COLLECTION FOLIO

Myriam Anissimov

# Romain Gary, le caméléon

ÉDITION REVUE

Denoël

Myriam Anissimov a été journaliste culturel et grand reporter au *Monde de la Musique*. Elle a publié une biographie de Primo Levi, *Primo Levi ou la tragédie d'un optimiste*, ainsi que de nombreux romans, notamment *Sa majesté la mort*, récompensé par le prix Jean Freustié en 2000.

*Pour Maxime et Benjamin*

*Tout est permis dans l'art, sauf l'échec... Lorsque l'art n'échoue pas, son mensonge est honnête, lorsqu'il échoue, aucune « vérité » ne saurait l'empêcher d'être un mensonge piteux.*

ROMAIN GARY,
Pour Sganarelle

*Sa vie aventureuse a prêté à des mémoires apocryphes fabriqués de son vivant.*

SAINTE-BEUVE,
extrait du
*Comte-Pacha de Bonneval,*
Causerie du lundi 22 mars 1852 [1]

# INTRODUCTION

Romain Gary aimait les *Nouvelles Histoires extraordinaires* d'Edgar Poe. Il s'identifiait à l'apparition du *Masque de la mort rouge*, et se vivait comme un homme sans visage.

Dans cette nouvelle, une sorte de fantôme surgit mystérieusement dans la salle de bal du prince Prospero, retiré derrière les portes de fer soudées de son château, en compagnie d'un millier de courtisans, pendant une épidémie de peste. Lors du dénouement, le prince et sa cour découvrent que sous les traits « cadavéreux » du spectre, il n'y avait « aucune forme palpable ».

Gary, homme aux multiples visages, était bien plus que le personnage dont les médias ont tracé le portrait. Il fascinait ses lecteurs par sa prestance, son goût pour l'aventure et la mystification.

Pourtant, il lui arrivait de douter de son existence : « La vérité ? Quelle vérité ? La vérité est peut-être que je n'existe pas [1] », déclarait-il à son ami François Bondy en 1957, au cours d'un entretien pour la revue *Preuves*.

Dans son roman *Europa*, paru en 1972, il s'est dépeint, sous les traits du diplomate Jean Danthès, comme un homme souffrant de troubles de la personnalité :

> Il se surprenait même parfois à lutter pour conserver son identité, son autonomie et jusqu'à ses contours physiques, comme s'il y avait eu, penché sur lui, un Ingres qui

> ne transigeait pas avec la perfection, le contemplait d'un œil critique et, peu satisfait de l'œuvre, s'apprêtait à lui donner un coup de gomme et peut-être à l'effacer complètement[2].

Au centre de ce trou noir — l'étoile éteinte de son enfance —, il y avait un cœur en fusion, Mina Owczynska, sa mère, à laquelle il vouait un amour sans limites, mais qui lui inspirait aussi parfois de la haine. Excessivement possessive, Mina avait si souvent prédit les étapes vertigineuses de la vie de son fils qu'il eut l'impression d'exister seulement par procuration. Elle ne voulait pas qu'il fût simplement Roman, l'enfant né de son mariage avec Arieh-Leïb Kacew, considéré comme un simple géniteur. Gary avait compris ce qu'elle attendait de lui : devenir à la fois ambassadeur de France, Jascha Heifetz, Yehudi Menuhin, Gabriele D'Annunzio, Victor Hugo et Vaslav Nijinski.

La réussite consistait également à réaliser les ambitions artistiques inaccomplies de sa mère.

> Je ne pouvais voir le visage désemparé de ma mère sans sentir grandir dans ma poitrine une extraordinaire confiance dans mon destin. [...] Cette conviction ne m'était pas venue toute seule. Sans doute ne faisait-elle que refléter la foi que ma mère, dès sa naissance, avait placée en celui qui était devenu sa seule raison de vivre et d'espérer,

écrit-il dans *La Promesse de l'aube*.

Pourtant, quand Mina lui demandait de lever les yeux vers elle, victime d'une sorte d'hallucination, au lieu de son fils elle voyait un homme qu'elle avait aimé et qui l'avait sans doute abandonnée. Le petit Roman, tel le héros d'Edgar Poe, était une apparition dans la conscience de celle qui lui avait donné le jour.

> Souvent, avant de m'endormir, je voyais ma mère entrer dans ma chambre. Elle se penchait sur moi et souriait tristement. Puis elle disait :

> Lève les yeux...
> Je levais les yeux. Ma mère demeurait penchée sur moi un long moment. Puis elle m'entourait de ses bras et me serrait contre elle. Je sentais ses larmes sur mes joues. Je finis bien par me douter qu'il y avait là quelque chose de mystérieux et que ces larmes troublantes, ce n'était pas moi qui les inspirais.

Ou bien encore :

> Elle s'approcha de moi, prit mon visage entre ses mains, fixant chaque trait avec une attention étonnante et les larmes se mirent à briller dans ses yeux. Un sentiment étrange de gêne s'empara de moi : j'eus soudain la sensation d'être quelqu'un d'autre [3].

Son père l'avait abandonné. Il avait passé sa vie à semer le doute : selon les situations qu'il affrontait, il affirmait être d'ascendance polonaise, russe ou tatar. Il s'était aussi inventé des géniteurs de substitution, laissant finalement planer le mystère et l'incertitude sur leur nom. De toute façon, laissait-il entendre, l'homme dont il portait le nom, qui signifie « boucher » en hébreu et en yiddish, n'était pas son père. Contre toute attente, le célèbre acteur russe Ivan Mosjoukine, le plus improbable de tous, un homme qui n'avait jamais rencontré sa mère, sembla le plus crédible aux yeux des admirateurs de l'écrivain. Une légende sans aucun fondement était née. Romain Gary savait très bien de qui il était le fils, mais il se sentait menacé par la réalité de son appartenance et avait substitué l'acteur russe, fils de petits propriétaires terriens de lointaine origine noble, au négociant juif de Wilno, Arieh-Leïb Kacew. Pourtant, son œuvre prouve que s'il avait réussi à se couper de lui, il avait en revanche échoué à étouffer les sentiments que son père lui inspirait.

Il donnait aux questions que lui posaient l'administration ou les journalistes des réponses différentes et lacunaires sur le lieu de sa naissance et sur le nom de son père. Souvent, ces renseignements étaient faux, ou partiellement exacts. Comment comprendre cette détermination, jamais démentie, de dissimuler une vérité qui pourtant ne sentait pas le soufre ?

Dès sa plus tendre enfance, Gary avait dû apprendre à vivre dans un monde hostile et dans des conditions précaires, entre Wilno et Varsovie, deux villes de l'Empire tsariste embrasé par de gigantesques pogroms, en proie aux convulsions de la guerre et de la révolution.

La France, tant idéalisée, lui réserva d'autres épreuves auxquelles il répondit en s'adaptant, c'est-à-dire en effaçant ce qui pouvait le distinguer.

Il revêtit avec bonheur l'uniforme d'aviateur de la France libre, puis de consul général. Dans les années de sa maturité, on le remarquait dans la rue, car il aimait porter toutes sortes de chapeaux et de vêtements qu'on jugeait excentriques. Mais il ne dédaignait pas le costume strict, ou encore sa vieille vareuse bleu marine, avec la croix de Lorraine sur la poitrine.

Il semblait donc avoir pleinement accompli les vœux de sa mère : devenir un héros, capitaine de réserve dans les Forces aériennes françaises libres, Compagnon de la Libération, commandeur de la Légion d'honneur, écrivain à la fois adulé et sous-estimé, deux fois couronné par le prix Goncourt sous deux noms différents, diplomate, cinéaste, grand reporter pour des magazines américains. Comme Mina le lui avait prédit lorsqu'il avait treize ans, il avait eu beaucoup de femmes à ses pieds.

Cependant, sous la carapace de la réussite et de l'arrogance, les traumatismes qu'il avait subis depuis son enfance menaçaient de disloquer l'édifice fragile. Dans *La nuit sera calme*, long soliloque auquel il ajouta des questions avec la complicité de François Bondy — qui prêta généreusement son nom pour légitimer la forme de ce livre alors qu'il n'avait pris aucune part à sa rédaction et à sa conception —, Gary écrivit :

> Il y avait une fois un caméléon, on l'a mis sur du vert et il est devenu vert, on l'a mis sur du bleu et il est devenu bleu, on l'a mis sur du chocolat et il est devenu chocolat

> et puis on l'a mis sur un plaid écossais et le caméléon a éclaté.

Il entra dans la défroque de plusieurs écrivains imaginaires, et eut recours à plusieurs pseudonymes pour publier ses romans. Gary, puis Fosco Sinibaldi, Shatan Bogat, enfin et surtout Émile Ajar, cet écrivain auteur de quatre livres qui valurent, fait unique dans l'histoire littéraire, un deuxième prix Goncourt à son créateur. Celui-ci, avec un rire sardonique, se frottait les mains dans l'ombre et se réjouissait du bon tour joué au monde littéraire parisien qui le brocardait. Concevoir et organiser cette mystification n'avait pas été difficile. Gary avait lu Cervantès en son adolescence et, pour lui, réalité et fiction ne faisaient qu'une ; la vérité ne pouvait être issue que de l'imagination et de la parole.

C'était un conteur à l'imagination en perpétuelle ébullition, lançant une première phrase et avançant librement vers l'inconnu, sans *a priori*, sans aucune inhibition.

Il déclara à son ami François Bondy qui l'interviewait pour la revue *Preuves* [4] :

> Pour l'artiste, le réel ne sera jamais le vrai, ni la vie le vivant. Il vaut mieux connaître les paysages que l'on veut décrire : cela vous permet en général d'éviter de le faire. Ce que l'on entend par « réalisme saisissant », c'est une violente impression de réalité.

Il mélangeait les genres et avait, dès la publication de son premier roman, *Éducation européenne*, irrité certains critiques qui lui déniaient le droit et la capacité d'écrire en français, car ils ne retrouvaient pas dans sa prose les repères et les stéréotypes du roman de l'époque. Impardonnable ! Leur hostilité était l'aveu d'hommes de lettres du terroir déroutés. Ceux qui bien des années plus tard lisaient encore avec condescendance Gary devenu célèbre encensèrent *Gros-Câlin* et *La Vie devant soi*. Enthousiasmés par l'audace et l'originalité du « nouveau-jeune-auteur », ils se demandaient : « Qui est cet Émile Ajar ? Émile Ajar est-il vraiment Émile Ajar ? » Les plus perspicaces proposèrent sans conviction quelques noms illustres, mais jamais celui de l'auteur de *La Promesse de l'aube* qui, après les événements de mai 1968 et à cause de sa fidélité au général de Gaulle, passait pour le prototype du romancier conventionnel et réactionnaire. Afin d'échapper à leur curiosité et à leur manque de sagacité, Gary avait dû transmuer son auteur fictif en un être de chair et de sang : Paul Pavlowitch, son petit-cousin. Mais du fait même de son existence, l'écrivain le considéra très vite comme un imposteur échappant rapidement à son autorité. Imposture qu'il ne pouvait dénoncer sans se démasquer.

Conserver jusqu'à son suicide le secret de la véritable identité d'Émile Ajar ne fut pas la seule tentative réussie de pétrir la réalité selon sa volonté. Cependant, pour avoir désigné Pavlowitch comme seul Ajar légitime, il s'était condamné à l'ombre et à la solitude, dans lesquelles il se consumait. Il devenait une fiction en quête de réalité.

Roman Kacew, alias Romain Gary, s'efforçant toujours d'être un autre avait aussi, en quête de sa propre identité, entrepris de modeler sa généalogie à sa guise. Ses livres étaient plus réels que sa vie ; ils en devenaient le prolongement.

Roman Kacew, qui avait renoncé au nom de son père et fait l'impasse sur le monde dans lequel il avait grandi, s'était choisi une patrie : la France mythique — *La madone des fresques, la princesse de légendes*, selon l'expression du général de Gaulle, pour laquelle il avait risqué sa vie pendant la Seconde Guerre mondiale. Il se plaisait à dire : « Je n'ai pas une goutte de sang français, mais la France coule dans mes veines. »

Le voyage de Gary vers la terre française commence dans un petit village juif, à l'est de l'Europe. Sachant les Français ignorants de cette immensité qui s'étend jusqu'à la mer de Chine, il prétend être né en Russie, tantôt à Moscou, à Koursk, ou quelque part en Ukraine, tantôt dans un lieu indéterminé de la steppe. Il évoquera toujours, afin d'éviter toute suspicion, des villes ou des terres situées hors de la zone où la minorité juive de l'ex-royaume de Pologne démembré avait été contrainte de résider au sein de l'Empire tsariste, en expansion depuis le XVIIIe siècle.

Mais qui lui reprochait d'être juif, sinon lui-même ?

Roman Kacew s'effaça derrière un nom de guerre, Gary — prénom russe assez répandu —, qui devint plus tard son nom de plume. Et ce n'est qu'au moment où il reçut, au retour d'une mission de bombardement, le télégramme d'un éditeur anglais lui annonçant qu'il allait publier son premier roman, *Éducation européenne*, dans les plus brefs délais, qu'il eut enfin le sentiment d'exister. « J'ôtai mon casque et mes gants et restai longtemps là, dans ma tenue de vol, regardant le télégramme. J'étais né [5]. »

Il fut l'amant discret de nombreuses femmes. Elles venaient s'offrir à lui fugacement et, sans leur présence, la venue du crépuscule lui était insupportable. Il épousa Lesley Blanch, une célèbre femme de lettres anglaise voyageuse et fantasque, puis l'actrice Jean Seberg, qui lui donna un fils, Alexandre Diego. Malgré ses innombrables conquêtes, Gary n'était pas un Don Juan, mais un homme pressé, timide, solitaire et angoissé.

Dans les derniers mois de sa vie, il avait cessé d'écrire et se sentait assiégé par le monde réel qui le privait de son imaginaire. Désespéré, il ne savait comment faire face aux multiples problèmes générés par l'« affaire Ajar », qui l'avait fragilisé ; cette mystification qui se refermait sur lui comme un piège avait engendré une angoisse extrême et des situations qu'il jugeait insurmontables. Il songeait à la mort.

Le 2 décembre 1980, après avoir déjeuné au restaurant Le Récamier avec son éditeur Claude Gallimard, Romain Gary rentra chez lui, s'étendit sur son lit et se tira une balle dans la bouche. Il avait posé à ses pieds un message, *Jour J*, dans lequel il affirmait que son suicide n'avait pas pour cause la mort tragique de Jean Seberg.

En vérité, l'idée du suicide l'obsédait depuis longtemps. Dans les multiples brouillons de *Pseudo*, sur des feuillets épars, il avait maintes fois écrit cette phrase : « Mes tendances suicidaires avaient cependant disparu et je n'avais plus envie de me supprimer en laissant ce mot d'explication : "enfin authentique". »

Mais il n'en était rien ; achevant cette création de lui-même par lui-même, comme il se plaisait à dire, il avait décidé, par un geste souverain, de n'être pas seulement celui qui engendre la vie, mais aussi celui qui la supprime.

# *Lignée maternelle de Romain Gary*

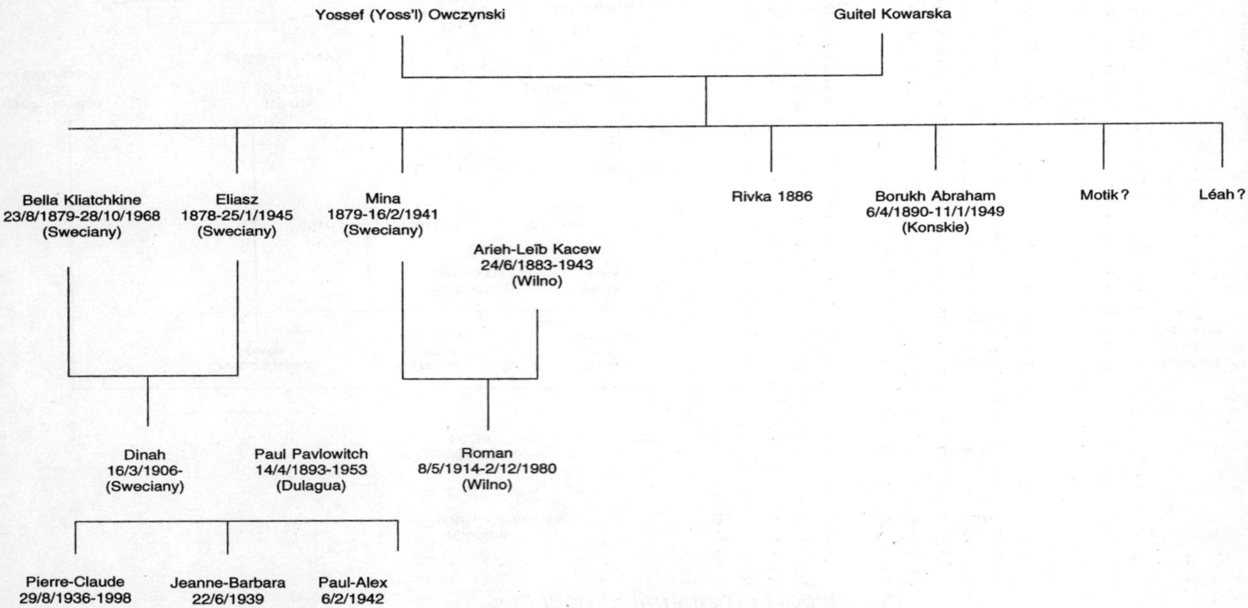

## *Lignée paternelle de Romain Gary*

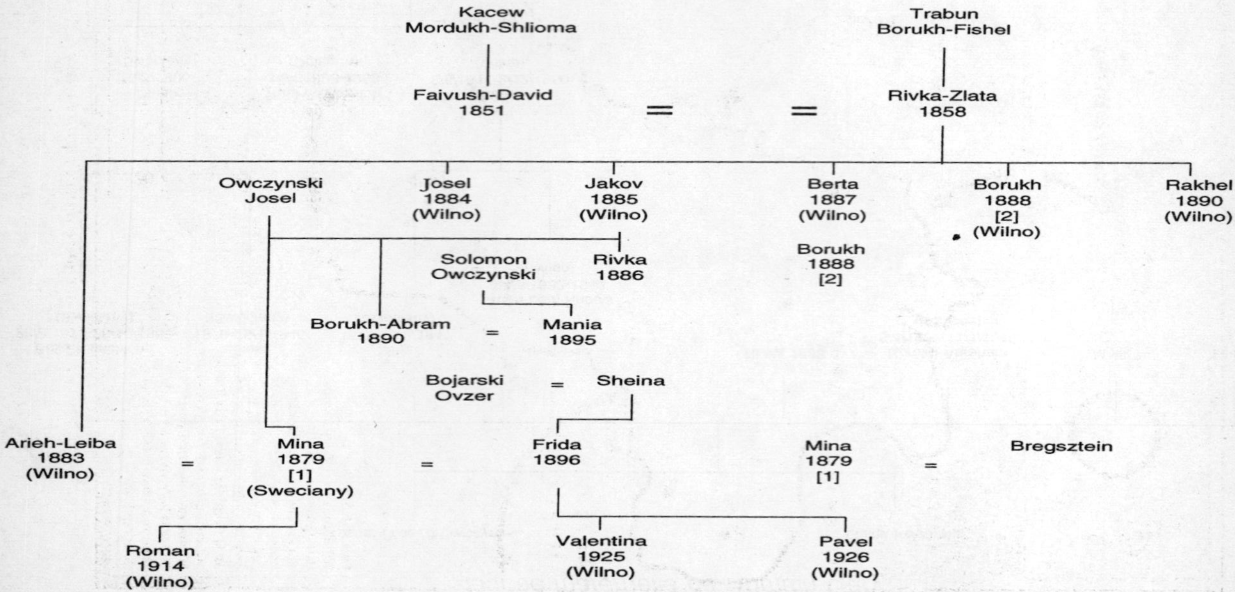

*La zone de résidence juive dans l'empire russe*

PREMIÈRE PARTIE

# De Wilno à Varsovie

*Tout ce que je leur avais dit, à Paris, lorsqu'on m'a interrogé la première fois avec tests et tout, c'est que j'étais seulement demi-juif. Je ne renie pas mes origines, je prends simplement des précautions pour l'avenir.*

ROMAIN GARY,
Pseudo

*Ne dis pas forcément les choses comme elles se sont passées, mais transforme-les en légendes, et trouve le ton de voix qu'il faut pour les raconter.*

ROMAIN GARY,
La nuit sera calme

# 1.

# Wilno

ווילנע, ווילנע, אונדזער היימשטאָט.
אונדזער בענקשאַפט און באַגער...
אַך ווי אָפט עס רופט דיין נאָמען
פון מיין אויג אַרויס אַ טרער.
ווילנער געסלעך, ווילנער טייכן,
ווילנער וועלדער, באַרג און טאָל,
עפּעס נאָיעט, עפּעס בענקט זיך
נאָך די צייטן פון אַמאָל.

*Wilnè, Wilnè, notre maison,*
*Notre nostalgie, notre désir*
*Chaque fois qu'est évoqué ton nom*
*Une larme tombe de mes paupières*
*Les ruelles de Wilnè, la rivière de Wilnè,*
*La montagne de Wilnè, sa vallée,*
*Quelque chose d'intime se remémore*
*Un temps qui n'est plus*

Poème de L. WOLFSON,
mis en musique par A. OLSHANSKY

Dans les documents du fonds d'archives « Rabbinat du gouvernement de Wilno [1] » se trouve une fiche d'état civil signalant que « le 15 mai 1914, dans la communauté juive, fut enregistrée la naissance d'un enfant prénommé Roman, fils d'Arieh-Leïb [Leïb est la traduction en yiddish du prénom Arieh, qui signifie « lion » en hébreu] et de Mina Iosselevna Kacew, né le 8 mai 1914, dans la ville de Wilno ».

Ce document, sauvé de la destruction systématique des pièces d'identité par les nazis qui, après les exécutions de masse, tentaient d'effacer les traces de leurs crimes, est la traduction en russe de l'acte de naissance de Roman Kacew, rédigé en hébreu par le *Bet din*[2] du rabbinat de Wilno. La communauté juive de l'ex-grand-duché de Lituanie, passé aux mains des Russes après les trois partages de la Pologne, était tenue de fournir à l'administration de l'Empire une copie des pièces d'état civil établies par ses soins[3]. Les archives d'État de Lituanie, cet ex-territoire soviétique ayant fait partie en 1941, sous le nom de Reichkommissariat, Ostland (commissariat du Reich, Ostland), des territoires conquis par le Reich n'ont pas été détruites par les Allemands.

Voici la traduction littérale de l'original de l'acte de naissance de Romain Gary déclaré introuvable aux différentes administrations françaises après la guerre.

*Sexe : masculin*[4].
*Qui est celui qui a circoncis (selon la formule rituelle : « Celui qui a coupé, qui a déchiré le prépuce, qui a aspiré*[5] *») : Itzik Berkatman.*
*Quantième du mois de la naissance et de la circoncision.*
*8 mai [selon le calendrier julien, alors en usage en Russie], 21 mai [selon le calendrier grégorien adopté partout ailleurs], 25 Iyar [selon le calendrier juif].*
*Situation du père, noms et prénoms du père et du grand-père paternel, prénoms de la mère.*
*Père : marchand de la deuxième guilde « Troki*[6] *».*
*Grand-père : Shraga-Faïvush David* (Faïvoush est la traduction en yiddish du prénom hébraïque Shraga[8]). *Père : Arieh-Leïb Kacew*[7].
*Mère : Mina bar Iossef*[9].

Roman Kacew, qui trouvait plus avantageux pour son roman familial, et surtout pour le genre du personnage qu'il avait créé, de raconter qu'il était né à Moscou, la capitale de l'Empire, a vu le jour dans la grande métropole spirituelle et intellectuelle, que les Juifs ashkénazes avaient surnommée la « Jérusalem de Lituanie ». En faisant circoncire leur fils, Arieh-Leïb et Mina Kacew ont manifesté leur intention de le conserver dans la communauté juive. Mais dans *Chien blanc* [10], il a écrit :

> Oui, ma mère était juive. C'est un dilemme absolument insoluble. Par-dessus le marché, mes ancêtres tatars du côté paternel étaient des pogromeurs, et mes ancêtres juifs des pogromés. J'ai un problème... Lorsque j'étais en Israël, au cours d'une conférence de presse, radiodiffusée, devant une salle pleine un vénérable journaliste juif de *Maariv* [11] qui ressemblait à Ben Gourion en beaucoup plus vieux m'a demandé : « Monsieur Gary, est-ce que vous êtes circoncis ? » C'était la première fois que la presse s'intéressait à ma verge, et encore radiodiffusée ! Je n'osais pas dire non, je ne voulais pas renier ma mère, je n'allais tout de même pas cracher sur sa tombe.

La tournée de conférences de Romain Gary en Israël en 1970 a certes été remarquée par de nombreux journalistes de ce pays, y compris *Maariv*, mais dans aucun article il n'existe de trace d'un tel échange.

Pour son ami René Agid, interrogé par la cinéaste Variety Moszynski, Roman Kacew n'était ni polonais, ni russe, ni mongol, ni tatar, ni catholique, ni chrétien orthodoxe. Certes, il était russe, mais il ne l'était pas plus qu'il n'était polonais. Il était juif et avait passé son enfance à deux pas de la synagogue où son père allait prier. Notons que le sang tatar entra dans sa mallette d'illusionniste lorsque Lesley Blanch, qui préparait *Les Sabres du paradis*, son livre sur l'histoire du conflit entre l'Empire russe et les tribus musulmanes du Caucase, commença ses recherches sur l'imam Shamyl.

Le 24 septembre 1963, l'ambassade de France à Moscou établit l'acte de naissance qui servirait à Gary de document officiel, sans doute à partir d'une traduction erronée de l'original hébraïque, dont il reprend l'essentiel, tout en altérant le prénom de sa mère et le nom du père de celle-ci. Le rédacteur de l'acte a, en effet, pris le prénom du père de Mina (*Yoss'l* en yiddish, *Yossef* en hébreu, et orthographié selon la transcription polonaise *Josel*[12]) pour son patronyme, ignorant que dans les actes de naissance hébraïques l'enfant est identifié non pas par le nom mais par le prénom du père, qui s'appelait Yossef Owczynski[13]. Les noms de famille ont été imposés aux Juifs par l'Empire russe. Mina n'est donc pas née Josel, comme il est écrit dans les actes d'état civil français, mais Owczynska. Quant au prénom de Mina, devenu « Stève » sur le document, il a peut-être été altéré par Gary lui-même dans ses déclarations antérieures pour protéger sa mère pendant la guerre.

Le document français d'état civil rédigé à Moscou en 1963 a utilisé la traduction yiddish du prénom hébraïque du père de Gary : Leïb. Ensuite, Leïb a été retranscrit en Lejba, selon l'orthographe polonaise. Dans *La Promesse de l'aube,* Gary transformera encore Leïb ou Lejba en Léon.

Dans le dossier militaire de Romain Gary, on peut lire un document écrit de sa main adressé au chef du 2e bureau des Forces aériennes françaises en Grande-Bretagne.

> Le 1er août 1940, l'amiral Muselier, alors commandant des FAFL, m'autorisa à changer de nom afin d'éviter des sévices éventuels à mon père, alors résidant en Pologne, et à ma mère, résidant alors à Nice, en France. Autorisation écrite me fut également donnée par le capitaine Chevrier, alors chef d'EM des FAFL à Londres de ne pas mentionner les noms réels de mes parents sur les pièces officielles afin d'éviter à ma famille un péril évident. Ces pièces furent versées à mon dossier en 1940 et conservées sans doute au QG de Saint-Stephen's House.
>
> Mon père a disparu en 1944 en Pologne et ma mère est morte à Nice en 1941[14].

On ne sait rien des circonstances dans lesquelles Mina Owczynska et Arieh-Leïb Kacew se rencontrèrent. Si Gary les connaissait, il préféra occulter cette période de leur vie. Selon deux documents rédigés par le tribunal rabbinique de Wilno, Mina Owczynska avait divorcé à Varsovie d'un premier époux, Reouven (hébreu)-Rouv'n (yiddish) Bregsztein, un homme originaire de Kovno [15], lorsqu'elle épousa le père de Romain Gary le 28 août 1912 à Wilno. La mère de Mina, bien que née à Sweciany, étant également originaire de cette ville, le premier mariage de Mina a sans doute été arrangé entre les deux familles par l'intermédiaire d'un *shatra'n* [16], comme c'était l'usage dans les communautés juives à cette époque.

Mina Owczynska avait trente-trois ans lorsqu'elle épousa en secondes noces Arieh-Leïb, son cadet, né à Wilno le 24 juin 1883 [17]. Ses parents, après son divorce, l'avaient-ils pressée d'épouser cet homme qu'elle ne connaissait pas, qui ne lui plaisait peut-être pas ?

Le rabbin Itzik Rubinstein, qui récita la bénédiction sur le vin et celle des *érousin* [18] lors de l'union de Mina et d'Arieh-Leïb sous la *khoupa* [19], inscrivit sur le registre que ce dernier était célibataire, et que Mina était libre puisqu'elle avait obtenu de son ex-mari le *guèt*, un document écrit lui permettant de se remarier. En s'unissant à une divorcée plus âgée que lui, ce jeune commerçant aisé bravait les préjugés de sa famille et de la société juive de son temps.

Mina Kacew avait déjà trente-cinq ans quand son fils Roman naquit. On ne sait pas si d'autres enfants étaient nés de sa première union avec M. Bregsztein.

La mère de Romain Gary, fille de Yossef Owczynski et de son épouse Gisèle ou Clotilde Kowarska [20] (comme l'indiquent fautivement son acte de décès et celui de son frère Eliasz), est née le 9 janvier 1879 à Sweciany [21], une petite ville située à 84 kilomètres au nord-est de Wilno, où vivaient ses parents [22]. La grand-mère maternelle de Gary ne s'appelait ni Gisèle ni Clotilde mais Guitel, un prénom juif très répandu. Kowarska, son nom de jeune fille, trouve son origine dans la ville de Kowarskas, proche de Kovno, en Lituanie[23]. Les Kowarski étaient des cousins des Owczynski, patronyme dont l'origine était Owczyny, un village proche de Sweciany, situé dans le district de Wilno[24].

Les parents d'Arieh-Leïb, Ryvka Zlata[25], fille de Borukh-Fishel Trabunski, et Faïvush-David, s'étaient mariés religieusement le 31 juillet 1881 à Wilno[26]. Leur nom est mentionné sur l'acte de mariage d'Arieh-Leïb et de Mina dont les témoins étaient, outre le rabbin Rubinstein, des membres de la maison de prières : Mordekhaï Liven, Shlomo Sarikhani, Leïb Katz, un membre de la famille, Isaac Zak et Itzik Mellekh[27].

L'arrière-grand-père paternel d'Arieh-Leïb s'appelait Mordekhaï-Shlomo Katz. « Katz », dans ce cas, s'écrit en hébreu uniquement avec les deux consonnes acronymes de *Kohen Tsedek*. Cela indique que les mâles de la famille étaient des descendants de la tribu de Lévi, le troisième fils du patriarche Jacob. Les *kohanim*, ou prêtres, sont des descendants mâles en ligne directe du grand prêtre Aron. Mais cet acronyme « Katz » signifie également « chat » en yiddish. Ce surnom n'était pas du goût du grand-père de Gary qui obtint de changer son patronyme en Kacew le 6 septembre 1907. La modification fut inscrite dans le registre d'état civil où a été enregistré l'acte de naissance de Berta, l'une des sœurs cadettes d'Arieh-Leïb[28]. Les Juifs lituaniens portant ce nom aux nombreuses variantes[29] sont originaires de Ponivesh[30], une bourgade située au nord de Kovno[31].

Roman Kacew naquit deux ans après le mariage de ses parents, le 21 mai 1914 à leur domicile, 6/A Subotch Gas[32], à l'angle de l'impasse Kaziemierz[33], à la limite du vieux quartier juif, une rue où vivaient également des chrétiens. L'année de son mariage, à seulement vingt-neuf ans, Arieh-Leïb était assez fortuné pour posséder une ligne téléphonique, le 13-06 à Wilno. Il résidait avec sa femme chez son père Faïvush-David, comme c'était la tradition chez les Juifs religieux. Sur l'annuaire figure également l'adresse du magasin de fourrures exploité par son père et son oncle au 31, rue Niemecka (en yiddish, Daïtsche Gas — rue Allemande), que les Allemands intégrèrent au ghetto dès leur arrivée en 1941.

> Je me souviens qu'on m'habillait dans des manteaux de fourrure très courts — j'avais toujours les jambes nues, juste des chaussettes. C'était comme ça. On trouvait que ça faisait élégant, à la mode française. Il y avait toujours des bouts de fourrure un peu partout. C'étaient des fourreurs,

a-t-il raconté à Lesley Blanch pendant les premiers jours de leur rencontre [34].

Arieh-Leïb Kacew était affilié, en tant que commerçant, à la deuxième guilde Troki des fourreurs [35], et appartenait à la catégorie sociale des « petits bourgeois » de l'Empire russe.

Le petit Roman avait cinq oncles et tantes paternels, tous nés à Wilno et habitant cette ville [36] : Yossef, Jakov, Borukh, Berta et Rakhel [37].

En 1897, il y avait à Wilno trois mille deux cent quatre-vingt-sept marchands, pour la plupart juifs, affiliés aux trois guildes de négociants de l'Empire. L'adhésion à l'une ou l'autre des corporations dépendait du montant du capital constant de l'entreprise. Les plus riches étaient membres de la première guilde et jouissaient de certains privilèges comme, par exemple, le droit de vivre pendant une durée supérieure à deux mois hors de « la zone dite d'assignation à résidence », un territoire d'un peu plus d'un million de kilomètres carrés, qui s'étendait de la mer Baltique à la mer Noire, et comprenait des provinces polonaises — la Lituanie, l'Ukraine, la Biélorussie-Sud et la Crimée —, dont ne pouvaient légalement sortir que les détenteurs d'un passeport spécial : les avocats, les médecins, les ingénieurs. Une loi du 3 mai 1882 interdisait aux Juifs de s'établir dans les zones rurales. « Afin que les habitants des campagnes soient convaincus que le gouvernement les protège contre leur exploitation par les Juifs [38] », ils durent résider hors des villes et des gros bourgs, ne purent acheter ni terres ni biens mobiliers, et se trouvèrent dans l'impossibilité de faire du commerce le dimanche et les jours de fêtes chrétiennes. Dans la « zone de résidence », la misère sévissait depuis la venue au pouvoir d'Alexandre III en 1881, dont le règne fut marqué par un accroissement de l'acharnement contre les Juifs. La première vague de pogroms fut suivie du règlement provisoire de 1882 qui imposait des mesures discriminatoires, et dont les buts furent définis par Konstantin Pobiedonostev, haut procureur du Saint-Synode : un tiers des Juifs se convertira, un tiers partira, un tiers périra [39]. Les 350 000 Juifs de l'ex-Lituanie, où sévissaient comme dans tout l'Empire des épidémies chroniques de choléra, survivaient donc dans la plus grande précarité.

## 2.

Dans ses récits autobiographiques, Gary n'a jamais évoqué nommément ses grands-parents et, tout en citant une fois Sweciany dans *Éducation européenne*, il n'a jamais dit que Yossef, son grand-père, et Guitel, sa grand-mère, y habitaient.

Sweciany[1], la ville natale de Mina Owczynska, de ses frères et sœurs et de ses parents, apparaît au sixième chapitre de la première version française d'*Éducation européenne*, publiée chez Calmann-Lévy à Paris, en 1945. Une dizaine de partisans juifs sortant des forêts, munis de leur *talès*[2] et de leur livre de prières, se retrouvent clandestinement à Antokol, à la périphérie de Wilno, dans les souterrains d'une poudrière en ruine pour y célébrer, un vendredi soir, la *kabalat shabbat*, l'office de shabbat, selon le *nosakh* — le rite — ashkénaze. Dans cette première version, Yankel Cukier, le Juif originaire de Sweciany, est un *hassid*[3] exerçant la profession de boucher rituel.

Les quatre pages d'*Éducation européenne* consacrées au *minyan*[4] secret organisé par des partisans juifs à Antokol prouvent que Gary ignorait que c'était un site d'extermination de masse lorsqu'il acheva son livre en Angleterre. Elles nous fournissent cependant des renseignements précieux sur le milieu dans lequel il a grandi, car il reproduit phonétiquement et de mémoire les prières entendues dans son enfance dans la synagogue Taharat Ha-kodesh de la rue Zawalna à Wilno, dont son père était l'un des administrateurs. Il les cite avec les caractéristiques linguistiques propres aux Juifs d'Europe orientale. Les prières sont dites dans un hébreu dont la prononciation est déformée par les particularismes de la langue yiddish.

> Les Juifs priaient : un long murmure soutenu, d'un timbre égal, et puis, soudain, un long sanglot s'arrachait d'une poitrine, une longue plainte, moitié chantée, moitié parlée, une sorte de question désespérée, condamnée éternellement à rester sans réponse. Les autres fidèles élevaient alors la voix, faisant entendre cette question tragique, ce sanglot vibrant, puis les voix baissaient et redevenaient un murmure[5].

Gary n'a pas choisi ces prières de shabbat au hasard. Elles ont un sens dramatique dans le contexte où elles sont prononcées par les officiants. Ces Juifs traqués par les nazis, dont les familles ont été massacrées et qui n'ont plus que quelques jours ou quelques heures à vivre, récitent l'acte de foi comme toutes les générations qui les ont précédés dans les pires heures de leur histoire féconde en tragédies. À la fin, à travers le Psaume 96, Gary évoque le jugement divin qui sanctionnera les actions humaines. Cela prouve que, dans son enfance, il a assisté à de nombreux offices. L'hébreu biblique des textes sacrés lui était familier et, devenu adulte, il ne l'avait pas oublié lorsqu'il écrivit son livre entre deux missions de bombardement.

# 3.

Avant 1917, Wilno, capitale du gouvernement de Lituanie, avec une population de 200 000 habitants, était une subdivision administrative du gouvernement général de Varsovie rattachée à l'Empire russe.

Deux rivières la traversent, la Wilejka et la Wilya, et elle est cernée de collines boisées d'où l'on peut admirer toute la ville, avec ses innombrables églises baroques.

> Il y a cent ans, la vieille cité de Wilno n'avait pas encore perdu ses allures médiévales. À chaque pas, l'on tombait sur les marques pittoresques et quasi fantastiques du temps jadis. Églises catholiques et synagogues se profilaient sur fond de maisons basses au détour de ruelles non pavées derrière l'ancienne citadelle [1].

Wilno, la Jérusalem de Lituanie, était le centre d'études juives le plus important d'Europe orientale. Une intense vie culturelle y fleurissait en yiddish, la langue du peuple, et en hébreu, celle de l'élite sioniste. Des imprimeries y avaient été créées dès le XVIII^e^ siècle et les philosophes, les écrivains, les savants y avaient afflué. On pouvait y lire deux quotidiens en hébreu. Tous les courants du judaïsme, souvent antagonistes, insufflaient une agitation bouillonnante au quartier juif. Les études talmudiques y prospéraient et, dans la grande synagogue, on pouvait écouter le célèbre chantre de Lomza interpréter la liturgie et parfois des airs d'opéra. Il y avait à Wilno quatre-vingts synagogues et d'innombrables oratoires privés (*stiblekh*) où les hommes formaient un *minyan* pour prier.

La plupart des Juifs de Wilno vivaient cependant dans la misère. Le quartier juif est décrit par les contemporains et les voyageurs de l'époque comme un lieu vétuste et sale où grouille une population répugnante et arriérée. Les sanitaires n'existaient pas, le tout-à-l'égout non plus. Les ruelles tortueuses et bruyantes, où serpentait un ruisseau d'eaux usées, étaient parcourues par les marchands ambulants, les colporteurs. Nombre d'enfants allaient pieds nus. Les plus pauvres vivaient dans les caves, des familles entières s'entassaient dans des sous-sols. Les petits commerçants occupaient l'entresol. On gelait l'hiver et on étouffait l'été dans ces réduits insalubres. L'historien Simon Doubnov[2], y arrivant en 1877, les décrit ainsi dans ses Mémoires :

> La petite fenêtre de ma chambre donnait sur une cour pleine d'ordures ; un monticule d'ordures de toutes dimensions s'élevait juste devant ma fenêtre. Dans la cour, d'où d'un côté s'étendaient des ailes de bâtiments crasseux avec de pauvres locataires, et de l'autre, une enfilade de cabinets d'aisance, on avait du mal à respirer dans cette puanteur insupportable... J'errais dans les rues de la ville qui, dans ce quartier juif, me laissaient une impression d'accablement : la pauvreté suintait de tous les murs[3].

Quand Romain Gary naquit trente-sept ans plus tard, rien n'avait changé dans le quartier juif qui, en dépit de son apparence misérable, restait un des hauts lieux de la spiritualité et de la culture hébraïques.

Gary a toujours raconté que sa mère et lui n'étaient que « de passage » à Wilno. En réalité, il y a vécu au moins huit ans : sa première année, puis de six à douze ans. Ce séjour prend vraisemblablement fin en 1927. Dans son œuvre, il n'évoque pas les Juifs en caftan, les colporteurs, les portefaix, les mendiants, les cireurs de chaussures, les ouvriers portant la fameuse casquette haute à visière courte. Il n'a pas voulu se souvenir de ces musiciens professionnels ambulants, ou *klezmorim* [4], qui sillonnaient l'Europe de l'Est, précédant les cortèges des mariages et jouant pour les fêtes de Pourim [5]. C'est dans une de ces rues que son père et son oncle avaient leur magasin de fourrures.

Il ne décrit pas non plus Wilno, ville baroque ; les arches enjambant les rues pavées de grosses pierres irrégulières et sonores, les cours qui communiquent entre elles, le marché aux poissons, les boucheries, les boulangeries où cuisent les *baïgels*, ces petits pains ronds saupoudrés de graines de pavot, les *khalès*, les pains tressés du shabbat, les épiceries et leurs tonneaux de *schmalz herrings* [6], de *gurken* [7], deux spécialités dont Romain raffole et qu'il courra acheter lorsqu'il vivra à New York, à l'angle de la 53e Rue et de la Cinquième Avenue, en se rendant chez son agent, Robert Lantz [8].

Gary, qui se souvenait des rues de son enfance, les a nommées dans *Éducation européenne* et *La Promesse de l'aube*. Il n'y évoque que la rue Zawalna et la rue Nemeckaja où se trouvaient l'Alte Kloytz [9] et la bibliothèque Strashun [10], une des plus grandes bibliothèques publiques juives du monde, fondée par Matitijaho Strashun [11], un riche savant et homme d'affaires qui fit don de ses livres à la communauté juive de Wilno. La grande synagogue et l'Alte Kloytz étaient le cœur très animé de Zydowska, le vieux quartier juif où, chaque jour, les Allemands allèrent rafler des centaines d'habitants pour les emmener sur le site de Ponary où ils furent fusillés en masse. En réalité, Romain Gary, lorsqu'il était enfant, n'est guère sorti de l'espace restreint du quartier juif mais, dans ses romans, il en a effacé l'identité et le caractère juifs.

La Première Guerre mondiale éclata l'année de la naissance de Romain Gary. Cela engendra dans la zone d'assignation à résidence, et en Lituanie en particulier, une situation complexe, fluctuante et chaotique pendant une dizaine d'années. De 1914 au 14 décembre

1925, date à laquelle Wilno fut intégrée à la Pologne, la ville changea huit fois de souveraineté. Le tsar Nicolas II décréta la loi martiale sur les territoires situés à l'ouest de la ligne Saint-Pétersbourg-Smolensk, et au sud du Dniepr.

Leïb Kacew fut mobilisé en tant que réserviste. Les Juifs soumis au service militaire devaient prêter un serment spécial et ne pouvaient devenir officiers, à moins de se convertir au christianisme orthodoxe. Le seul portrait que Romain possédât de son père le montre lors de son incorporation, revêtu d'une capote de l'armée russe datant de 1914-1915, sur laquelle aucun signe distinctif indiquant l'arme, le nom du régiment ou le numéro de bataillon n'a encore été apposé. Cette photo a été prise dès son arrivée, avant son affectation. Le ceinturon qu'il porte ne correspond pas à sa capote, et il est probable qu'Arieh- Leïb en a trouvé un pour la circonstance [12].

Quand Gary écrit dans *La Promesse de l'aube* que son père a quitté la maison alors qu'il n'était encore qu'un bébé, c'est partiellement exact, puisque ce dernier était au front. Il ne l'a connu qu'à la fin des combats, lors du retour des expulsés, quand il avait sept ans.

On ne sait pas réellement où Romain et sa mère ont vécu de 1915 à 1921. Entre le printemps et septembre 1915, ainsi que des centaines de milliers de Juifs des États baltes, ils furent accusés par les Russes battant en retraite devant l'armée allemande d'être des espions à la solde de l'ennemi. Comme leurs lieux de résidence étaient jugés trop proches de la zone du front, ils furent expulsés avec une extrême brutalité et convoyés vers l'est, vers la Russie profonde, dans des wagons à bestiaux. Ces déportations s'accompagnèrent d'incendies et de pillages. Tous les Juifs de Lituanie orientale et de Courlande, soit 600 000 personnes, furent déplacés en quelques semaines et dispersés dans toute la Russie, où l'épidémie de pogroms continuait. Entre 1917 et 1921, il n'y eut pas moins de deux mille émeutes antisémites dans l'ex-Empire russe.

> Il n'était pas rare de voir un train entier, avec sa cargaison humaine, aiguillé sur une voie de garage et oublié des jours entiers en raison des réquisitions de locomotives, de la pagaille, de la désorganisation du trafic, ou simplement de l'incurie du personnel ferroviaire, alors à son comble, et de la corruption. Quand on ouvrait enfin les portes de ces cages sur roues, c'était pour insulter les êtres torturés qui avaient survécu, aussi bien que les morts, victimes de la faim, de la soif, des maladies, de la chaleur ou du froid [13].

Au cours de leur repli, les soldats fouillaient furieusement les synagogues pour y trouver d'imaginaires appareils de transmission et cherchaient dans la barbe des Juifs des fils électriques supposés transmettre en yiddish, dialecte proche de l'allemand, des messages secrets à l'ennemi [14]. Les officiers refusaient leurs rations, prétendant qu'elles avaient été empoisonnées par les *zhids* (youpins) vendus à l'Allemagne.

Maurice Paléologue, ambassadeur de France à Saint-Pétersbourg, écrivit, horrifié, dans son journal au cours de l'hiver 1914-1915 :

> On voit des infortunés errer par centaines de milliers dans la neige, poussés comme du bétail par des escadrons cosaques, abandonnés sans ressources dans les gares, parqués dans les faubourgs des grandes villes, mourant de faim, d'épuisement et de froid [15].

À la fin de 1914, près de 80 000 Juifs réfugiés s'entassaient à Varsovie et dans ses environs. Les Polonais les assassinaient dans les rues et pillaient leurs biens. En 1921, après la réouverture de la frontière russo-polonaise, ils étaient encore 100 000 qui s'apprêtaient à quitter le territoire polonais afin d'être rapatriés ou pour émigrer vers l'Europe occidentale ou l'Amérique.

Gary a évoqué dans ses entretiens avec Patrice Galbeau pour France Culture, en 1973, le souvenir de son périple vers l'est, qui pourrait être l'écho de son expulsion de Sweciany. Après la mobilisation de son mari,

Mina quitta avec son fils la demeure de son beau-père, Mordekhaï-Shlomo, à Wilno pour celle de ses parents à Sweciany, d'où elle fut déportée avec eux vers la Russie profonde. Ils vécurent peut-être à Koursk, ville située au confluent de la Touskara, du Sein et du Kour — dont Gary raconta que ses ancêtres maternels étaient originaires pour accréditer le mythe de son ascendance russe. Il affirma aussi que son grand-père avait exercé la profession d'horloger ou bien d'orfèvre à Koursk.

Une seule fois, au mois de juillet 1923, à l'occasion d'un déplacement, le registre des locataires de l'immeuble du 16, Wielka Pohulanka (avenue de la Grande-Promenade) mentionne comme lieu de naissance pour Mina Kacew la ville de Koursk. Mais une ligne plus bas, pour un autre voyage effectué le 23 avril 1925, on peut lire sous la même rubrique : « Sweciany », avec l'annotation d'une rectification d'erreur administrative. Et ensuite, il en sera toujours ainsi [16].

Gary a écrit dans *La Promesse de l'aube* et *La nuit sera calme* que sa famille avait vécu à Moscou et à Koursk, et ne souffle mot sur l'installation de ses grands-parents à Sweciany. Quand il dit à Patrice Galbeau : « Nous étions à Moscou », il se garde de lui préciser à quelle époque et qui il désigne par ce « nous ». Les Allemands occupèrent Wilno jusqu'à la fin de l'année 1918, et les Juifs ne purent y revenir qu'au mois de janvier 1919. La mère de Romain Gary n'a donc pu quitter la ville après septembre 1915, ni y retourner avant janvier 1919.

Les souvenirs les plus nombreux mais aussi les plus douteux de Gary sur cette période concernent la carrière de comédienne de sa mère. Il a raconté à Patrice Galbeau sa petite enfance à Moscou, dans les coulisses d'un théâtre, où sa mère jouait les utilités dans une pièce intitulée *Le Chien du jardinier*, dont il ne révèle pas le nom de l'auteur. Il s'agit d'une comédie de Lope de Vega, publiée en 1618. Il y eut effectivement, à Saint-Pétersbourg et non à Moscou, parmi les salles importantes le théâtre Michel qui donnait des représentations en français de drames, comédies et opéras où se produisait une troupe d'acteurs professionnels, exclusivement français, invitant chaque saison des vedettes comme Mary Marquet, Françoise Rosay ou Lucien Guitry. Le nom de la mère de Gary ne figura sur aucun programme [17]. Il a peut-être puisé son inspiration dans les écrits de Voltaire sur la fondation de Saint-Pétersbourg par Pierre le Grand. Le philosophe se réjouissait en 1748 de la présence de comédiens français dans la nouvelle cité impériale [18].

Au cours de la même conversation, il dépeint sa mère portant l'art théâtral aux foules laborieuses des usines et parcourant les immensités enneigées sur un traîneau tiré par un cheval, au harnais garni de clochettes ! Nous sommes bien loin de l'évocation cruelle et chaotique de la révolution d'Octobre par Isaac Babel dans *Cavalerie rouge*. L'émancipation des Juifs avait certes été proclamée en Russie en 1917, mais de terribles pogroms perpétrés par Simon Vassilievitch Petlioura [19] et les armées russes blanches continuèrent pendant la guerre civile jusqu'en 1921, et décimèrent la population juive de Kiev, Berdichev, Jitomir. Emporté par la pulsion narrative et ne doutant pas de la candeur de son lecteur, Gary fait surgir, non pas sur le pont d'un transatlantique ou sur les quais d'un port, mais du tapis de neige immaculé l'incontournable matelot rescapé d'un navire et qui hisse le petit Roman sur ses épaules, afin de lui permettre d'apercevoir au loin, sous les projecteurs, l'auteur de ses jours.

Mina a-t-elle fait sombrer son fils dans une sorte de mythomanie ? Lui a-t-elle fait croire qu'elle avait été comédienne ? Il y eut bien une compagnie théâtrale à Wilno, la prestigieuse Vilner Trupe, qui jouait un répertoire d'avant-garde en yiddish. Mina n'en fit jamais partie. Et on ne trouve pas non plus son nom dans les programmes des théâtres moscovites en 1913 et 1914 [20].

> Les amis russes que j'ai connus avant la guerre et qui jouaient dans la même troupe que ma mère, ou qui

> l'avaient vue jouer, avaient des petits sourires en coin, quand ils parlaient de la carrière artistique de ma mère. À Nice, dans un coffre, il y avait des photos de ma mère grimée. Mes souvenirs datent de la Révolution russe. Je me souviens de ma mère dans *Le Naufrage de l'espoir*, une pièce d'Alexandre Ostrovski[21],

dit-il à Patrice Galbeau, en décembre 1973. Or il n'existe pas de pièce d'Ostrovski ayant pour titre *Le Naufrage* ou *La Mort de l'espoir*, en revanche, une comédie de Hermann Sudermann semble avoir inspiré Gary : *Schmetterlingsschlacht* (Le Massacre des papillons), jouée en Russie sous le titre de *Boï Babotchek*[22]. Et celui-ci ajoute pour faire bon poids que *La Dame aux camélias* était le livre de chevet de Mina. Puisqu'il avait créé le mythe d'une mère comédienne pendant la Grande Guerre, il fallait lui donner quelque consistance. Dans *La Promesse de l'aube*, il raconte qu'elle avait été intégrée à la troupe d'un théâtre à Moscou, dont il ne cite pas le nom. Ensuite, tous deux avaient traversé l'immensité enneigée et déserte de la plaine russe en traîneau à clochettes — image surgie du folklore d'une Russie de pacotille. La conception qu'il avait de ce pays n'était d'ailleurs pas plus conforme à la réalité que celle qu'avait Shakespeare de Venise lorsqu'il imagina l'histoire de Shylock. En fait, la Russie lui était parfaitement inconnue, même si elle était pour lui un paradis perdu. Pendant ce périple, sa mère aurait participé à l'Agitprop[23] devant des « matelots de la Révolution ». Le traîneau se métamorphose en un train bien plus réaliste, quelques lignes plus loin. Le matelot, un des symboles de la révolution d'Octobre, rappelle l'épisode du cuirassé *Potemkine* qui eut lieu en 1905, ou bien celui des marins mutinés de Cronstadt qui, en 1917, depuis le croiseur *Aurore*, tirèrent sur le palais d'Hiver où siégeait le gouvernement provisoire de Kerenski, avant de s'opposer au pouvoir soviétique en 1921. Gary, âgé de « cinq ou six ans » en 1919-1920, ne révèle pas dans quel port, après avoir traversé les immensités enneigées, sa mère et lui se seraient trouvés face à ces fameux « matelots de la Révolution ». À moins que le train de l'Agitprop qui parcourait les territoires soumis aux Rouges ne se fût transformé cette fois-ci en brise-glace par le seul pouvoir de son imagination.

La réalité était tout autre. À Sweciany, Mina avait été recrutée dans son lycée, dont l'enseignement laïque était prodigué en yiddish et en russe, par un mouvement scout procommuniste très actif en Lituanie. Afin de ne pas attirer les foudres de l'administration tsariste, les enfants et les jeunes étaient rassemblés au sein de deux groupes aux noms innocents : les plus petits appartenaient aux *Pionieren* - les Pionniers — et les adolescents, jusqu'à seize ans, à *di Bin* — les Abeilles[24]. À Sweciany, afin de camoufler ses activités d'extrême gauche, *di Bin* s'était adjoint le nom de cercle Yehoash, célèbre poète lituanien qui a réalisé une magnifique traduction de la Bible en yiddish. Le cercle Yehoash[25] organisait des manifestations sportives, des excursions, des voyages, des stages d'apprentissage professionnel, des conférences, des cercles d'étude d'histoire du socialisme, où on lisait Karl Marx et Berl Borokhov[26], du sionisme, d'économie, mais aussi des activités politiques illégales — « édifier un monde nouveau, en finir avec l'antisémitisme, l'exploitation et la misère de la classe ouvrière, construire le socialisme sous le signe de la liberté et de la fraternité » —, sous couvert de manifestations culturelles de haut niveau. Il éditait et diffusait des journaux et des tracts de propagande en yiddish, et avait créé un orchestre, une chorale, ainsi qu'une des troupes de théâtre qui jouait en yiddish. Un des fondateurs du mouvement juif communiste à Sweciany était Botke Kowarski, un parent de la grand-mère de Gary. Sur une photographie de groupe[27], on peut voir Mina Owczynska au dernier rang, tenant la bannière du mouvement sur laquelle est écrit : « Cercle Yehoash », à côté d'un camarade qui porte lui aussi un fanion sur lequel figure également en yiddish le nom de la ville : « Swentsia'n ». D'où la légende créée par Gary selon laquelle sa mère apportait en tant qu'actrice la culture aux masses laborieuses. Il avait la conviction qu'aimer, c'était avoir assez de « talent » pour imaginer l'autre.

En vérité, nul ne sait aujourd'hui quelle fut la jeunesse de Mina avant son mariage avec Rouv'n Bregsztein. Une des deux photos où on la voit jeune prouve qu'elle ne vivait pas comme une Juive orthodoxe, qu'elle était jolie et bien vêtue.

## 4.

Après l'exil en Russie, raconté par Gary dans *La Promesse de l'aube* à la manière d'un conte pour enfants, la mère et le fils se retrouvèrent à Wilno.

En 1918, la Pologne devint un État indépendant. Mais avant la proclamation de la République, les Polonais partirent en guerre contre les Ukrainiens en Galicie, et contre les bolcheviks près de Wilno. Ils disputèrent aussi au nouvel État tchèque l'ancien duché de Teschen, tandis que la guerre contre la Russie reprenait au printemps 1920 dans le but d'annexer une partie de la Lituanie, de la Biélorussie et de l'Ukraine. Les bolcheviks n'étaient plus loin de Varsovie quand les Polonais réussirent à repousser l'Armée rouge. Le traité de Riga signé au mois de mars 1921 détermina les frontières, et autorisa la circulation des personnes déplacées depuis le début de la Grande Guerre.

Pour retourner dans les territoires dont ils étaient issus, les réfugiés traversèrent la Russie dans des conditions aussi effroyables que celles qu'ils avaient connues lors de leur expulsion, ainsi que le constata une commission de rapatriement : « Récemment, un train est arrivé à la frontière polonaise chargé au départ de 1 948 personnes... 1 299 sont mortes d'épuisement, de privations et de contagion ; 649 seulement ont regagné la terre natale, c'est-à-dire un tiers. »

En effet, au lendemain de la guerre, les déportés ne furent autorisés à rentrer qu'après la paix signée entre la Lituanie et l'Union soviétique, le 12 juin 1920. Dès le mois d'août, des trains quittèrent la Russie. 100 000 Juifs retournèrent en Lituanie, devenue indépendante.

À son retour à Wilno, Gary habita, jusqu'à l'âge de douze ans, au numéro 16 de la Wielka Pohulanka, dans un imposant immeuble en briques aux façades de stuc jaune où avaient été aménagés de vastes appartements avec balcon donnant sur la ville basse. Mina Kacew figura sur la liste des locataires de l'immeuble à partir du 20 septembre 1921. Romain avait alors sept ans.

Seuls les membres de l'élite juive de la communauté, tels l'historien Simon Doubnov, l'écrivain Sholem Aleichem, le grammairien Max Weinreich, la nouvelliste Esther Taussig ou le président de la communauté de Wilno, le célèbre médecin, philanthrope et député au parlement polonais Tsemakh Szabad, pouvaient se permettre de résider dans cette rue située sur la partie haute de la ville, à la lisière du quartier juif et proche des rues du centre, la Zavalnaya et la Trokskaya.

On ne connaît pas la date du retour d'Arieh-Leïb, mais les Juifs engagés volontaires dans l'armée polonaise furent rapidement internés dans des camps de concentration par ces mêmes Polonais qui les considéraient comme des traîtres [1].

Les Kacew ont habité au premier étage d'un immeuble situé au fond de la cour de cet édifice qu'à Wilno on appelait « Le petit Versailles », comme cela est consigné dans les registres des locataires pour les années 1921 et 1925 [2]. Mais ainsi qu'il en fit un jour la confidence à son amie Hélène Hoppenot, l'épouse de l'ambassadeur Henri Hoppenot, son protecteur au ministère des Affaires étrangères, Gary n'habitait pas seul avec sa mère au numéro 16 de la Wielka Pohulanka, et cela au moins jusqu'en 1925, l'année de ses douze ans [3]. Il y vivait aussi avec son père qui pouvait se permettre de résider dans un immeuble aussi élégant parce qu'il était négociant en fourrures et faisait partie du conseil d'administration de la synagogue Tohorat Hakodesh[4] de la rue Zawalnaya, proche de son domicile.

Romain n'a jamais raconté cette vie auprès de son père. Il a écrit en revanche sur sa mère, la décrivant comme une modiste qui vendait ses chapeaux en démarchant sa clientèle par correspondance ou en faisant du porte-à-porte. Ce tableau est conforme à la manière dont les artisans juifs exerçaient leur métier. Mais elle n'a jamais monté, ainsi qu'il l'a prétendu, un prestigieux atelier de couture, succursale vilnoise des salons de Paul Poiret, le grand couturier parisien. Pour exécuter des toilettes selon les méthodes de Paul Poiret, Mina Kacew aurait dû engager des coupeurs, des couturières, des petites mains, des brodeuses hautement spécialisés et se procurer des matières premières rares et onéreuses qui auraient fait de son établissement une luxueuse et prospère entreprise, dont le siège social ne se serait pas trouvé au fond de l'arrière-cour d'un immeuble de la Wielka Pohulanka, où les orties, « les chats et les rats crevés ne manquaient pas[5] ». Il a métamorphosé en prestigieuse maison de haute couture l'atelier de fourreur de son oncle Borukh et de son grand-père Mordekhaï-Shlomo, dont l'adresse figurait dans l'annuaire de Wilno.

Sur les cinquante mille habitants juifs de Wilno, moins de 3 000 ont survécu au génocide. Néanmoins deux rescapés ont gardé le souvenir de Mina Kacew et de son fils.

Ainsi, Alexandre Magat se rappelle avoir joué dans son enfance pendant quelques après-midi d'été avec un petit garçon nommé Roman Kacew. La scène se déroulait à Pospieszki, une villégiature toute proche de Wilno, où le Dr Tsemakh Szabad[6], qui habitait dans le même immeuble que la famille Kacew, avait créé des colonies de vacances pour les petits. Alexandre Magat se souvient d'un camarade, âgé d'environ dix ans, très bien vêtu, qui passait comme lui ses vacances dans ce *home* d'enfants, où sa mère, soignée, élégante et attentive, vint un jour lui rendre visite[7].

Un deuxième témoignage, celui de Rose Khvolès[8], permet de confirmer que Mina Kacew vivait à Wilno avec son fils. Après la guerre, Rose Khvolès s'était établie à Varsovie. Elle racontait qu'autrefois, à Wilno, elle se faisait faire de magnifiques chapeaux par Mina Kacew, sa modiste, qui copiait ses modèles dans des revues françaises. Quand elle se rendait à son atelier rue Wielka Pohulanka, elle voyait souvent assis dans un coin un gentil petit garçon. Sur ses boîtes entourées d'un long ruban de satin, on pouvait lire en caractères latins : « La Maison Nouvelle. Paris-Wilno. »

La majorité des appartements du quartier juif de Wilno se composaient « d'une grande pièce, un cachot humide et obscur avec un mobilier rudimentaire et des paillasses à même le sol humide[9] ». La famille Kacew habitait au contraire un appartement confortable.

Au dos de la seule photo de son père, qu'il a léguée à son fils Alexandre Diego, Gary a écrit en soulignant trois fois le mot « père » : « Photo de mon père Léon Kacew, pendant son service militaire en Russie. Il est mort sur le chemin de la chambre à gaz. » Les traits d'Arieh-Leïb Kacew, autant qu'on puisse en juger sur la photo, ne sont pas ceux d'un Slave, mais plutôt d'un homme du Caucase, un Juif géorgien par exemple.

Roman Kacew, qui ressemblait à son père, a-t-il reconnu dans sa physionomie une étrange similitude avec celle des Karaïtes, ces Turcs ou ces Tatars installés à Troki et à Wilno au XIVe siècle par le prince Witold ? Se souvenait-il de les avoir vus dans sa petite enfance dans les rues de Wilno ? A-t-il imaginé que son père n'était pas le mari de sa mère, mais un de ces mystérieux Karaïtes au teint sombre, portant bonnet de fourrure, barbe et moustache, qu'il croisait dans les rues du petit quartier karaïte ?

Qui sont ces Karaïtes (en hébreu *Kara'im*), dont Gary s'est souvent prétendu le descendant ? Ils se définissent comme les « gens de l'Écriture » et sont d'origine juive, sans être juifs. Ils refusent à la tradition talmudique toute autorité, par opposition aux rabbanites qui accordent la plus grande importance à la tradition orale, c'est-à-dire à la *Mishnah* et au Talmud. Leur liturgie, imprimée à Wilno en 1863 dans des livres de prières mêlant l'hébreu et le dialecte tatar, est radicalement différente de celle des Juifs rabbanites, et le *talith* (châle de prières) ne comporte pas de franges rituelles [10]. Les Karaïtes respectent strictement le repos sabbatique et certaines prescriptions alimentaires. Ils sont en désaccord total avec les rabbanites sur la manière de concevoir le calendrier. Les restrictions imposées aux mariages, par crainte de la consanguinité, réduisent considérablement leurs possibilités d'union, aussi sont-ils menacés aujourd'hui de disparition.

Quand les nazis occupèrent la Lituanie en 1941, les Karaïtes déclarèrent à leurs « experts » en matière « raciale » qu'en dépit des apparences, ils n'étaient pas sémites mais descendaient d'une tribu mongole d'origine tatar [11]. C'est de manière analogue que Romain Gary s'est parfois présenté aux journalistes qui l'interrogeaient sur ses origines : « Je suis un Juif mâtiné de sang mongol et tatar. » Dans *Pour Sganarelle*, il a écrit : « Étant un peu cosaque et tatar, mâtiné de Juif — une sorte de Gengis Cohn. »

Gary voulait effacer ces traces et préférait imaginer qu'il était le bâtard d'un de ces hommes venus des confins de la Russie. Cependant, Gengis Khan [12], qui s'empara de la Chine et de l'Afghanistan en massacrant et détruisant tout sur son passage, n'était pas un Tatar, mais un Mongol.

Il existe un portrait de Mina Kacew, du temps où elle vivait avec Leïb, qui montre une femme séduisante, pulpeuse, vêtue d'une robe du soir largement décolletée. Cette photo a une histoire. De longues années après leur divorce, au cours d'une visite à Menton où elle résidait, Gary confia un paquet de vieilles photos et de papiers auxquels il tenait particulièrement à son ex-épouse, la romancière anglaise Lesley Blanch. Il redoutait qu'elles ne fussent perdues après sa mort et pensait ainsi les avoir mises en lieu sûr. Parmi les clichés, il y avait un portrait de Romain à cinq ans, et celui de sa mère, réalisé par le studio Modense à Wilno.

Or, une nuit d'avril 1994, la maison de Lesley Blanch prit feu, et brûla de fond en comble. Lesley, cernée par les flammes, réussit à enjamber la fenêtre de sa chambre qui donnait sur le jardin et, au péril de sa vie, retourna vers la fournaise pour s'assurer que Mildred, sa chatte, n'était pas restée prisonnière du brasier. Le lendemain matin, il ne restait rien, pas même une poutre, de la maison et des trésors qu'elle avait amassés au cours de ses innombrables voyages en Afrique du Nord, en Asie, dans le Caucase, en Russie et en Turquie. Sa « collection d'anciens livres de voyages sur la Russie et le monde islamique, les tapis, les manuscrits [13] », avait disparu. Elle fouilla pourtant longtemps les cendres gorgées d'eau et y trouva un soir, alors que le découragement la gagnait, les fragments d'une boîte en métal calcinée. Elle découvrit, encore attachées aux débris, deux des photos que Romain lui avait laissées : la mère et le fils. Comme elles étaient sérieusement endommagées, elle les confia aux soins d'un spécialiste qui les restaura parfaitement.

Une seule photo de Gary à l'âge de onze ou douze ans a pu être conservée [14]. Elle a sans doute été prise avant la séparation de ses parents. Le petit Roman Kacew, soigneusement coiffé, est habillé avec recherche et élégance. Il porte une chemise à col cassé, une cravate, un veston avec pochette. Son père avait les moyens de pourvoir à son éducation et à son entretien. Les traits de cet enfant sont d'une grande douceur, d'une exquise finesse. Il sourit, semble en sécurité. Aucune tristesse n'est encore venue altérer ni durcir ses traits, comme ce sera le cas sur les photos prises au lycée de Nice deux ans plus tard. Rares sont ceux, alors, qui surprendront un sourire sur son visage. Il rira parfois sardoniquement dans les brefs cycles optimistes de sa vie, auxquels succéderont de longues périodes d'angoisse abyssale qui le conduiront à plusieurs reprises dans le cabinet d'un psychiatre ou dans une clinique et le mèneront finalement au suicide.

Gary prétendait que sa mère lui avait payé d'éphémères cours de violon, de danse, d'escrime et de maintien. Des liens très forts unissaient à cette époque les enfants juifs avec l'art du violon, surtout dans la ville natale de Jascha Heifetz, qui n'était pas le seul *Wunderkind* de Wilno. Il y avait le petit violoniste Hirsh Reidel, le violoncelliste Gustav Katz, et Khaïm Epstein, un chantre de synagogue âgé de sept ans. La période de prospérité qui précède sa douzième année, pendant laquelle Gary reçoit une éducation d'enfant privilégié, est contemporaine de la présence du père au foyer. Car ces scènes d'un enfant vêtu de velours et de soie, courant d'un précepteur à l'autre, ne s'accordent pas avec la situation catastrophique dans laquelle se serait trouvée sa mère après le départ de son mari. C'est un petit garçon qui semble aussi avoir lu d'excellents auteurs traduits en polonais : Robert Louis Stevenson, Walter Scott, Karl May et Mayne Reid, Jerome K. Jerome, Alexandre Dumas, Bruno Winawer, Antoni Slonimski [15].

Il est impossible de retracer l'enfance de Gary dans une continuité méthodique ou romanesque. Dans ses écrits, il évoque très rarement son père, Arieh-Leïb. Cependant, on peut imaginer les sentiments qu'il éprouvait pour lui d'après des souvenirs dispersés et dissimulés au sein d'ouvrages de fiction. Ainsi, dans *Lady L.*, il évoque l'enfance de l'héroïne, Annette Boudin, qui haïssait son père. Il suffit de substituer à la petite fille le jeune Roman Kacew, pour reconnaître, dans ses paroles, les traits d'Arieh-Leïb, tels qu'ils nous apparaissent sur la photo :

> C'était un homme grand, costaud, moustachu, dont la voix enrouée prenait facilement des accents geignards et qui voulait réformer le monde, faire « table rase de tout »

et « repartir à zéro », deux expressions qui revenaient constamment dans ses propos peut-être parce qu'il laissait sa femme se tuer à la besogne sans jamais faire autre chose que de nobles discours pour l'aider. Annette se mit à détester tout ce que son père considérait comme admirable et à respecter tout ce qu'il dénonçait, si bien qu'elle put dire plus tard que l'éducation qu'elle avait reçue de son père fut une des raisons déterminantes de sa réussite dans la vie. Elle écoutait son maître à penser avec attention, ayant très tôt compris qu'en prenant le contre-pied de tout ce qu'il disait, son enseignement pouvait lui être utile. M. Boudin passait des heures à lui expliquer pourquoi on devait assassiner le préfet de police, d'une voix nasillarde portée par de tels relents d'oignon et de vinasse que le préfet de police devenait aux yeux d'Annette un prince charmant dont elle rêvait tendrement la nuit. Elle en vint très tôt à haïr la voix de son père... [16].

Gary ne buvait jamais de vin. « L'alcool m'a toujours fait horreur [17]. » Dans *La nuit sera calme*, il clame le dégoût que lui inspire l'alcool.

Tu donnes de l'alcool à un animal, tu verras sa réaction. C'est la mienne. Ce que je trouve insupportable, c'est des gens qui reviennent cinq fois à la charge, avec « Vraiment, vous ne voulez rien boire ? ». Le prosélytisme de la vessie.

C'est dire l'animosité que le petit garçon de Wilno, soigneusement dissimulé derrière l'écrivain et le diplomate qu'il était devenu, ressentait pour son père.

Méditant sur son enfance, Gary retrouva des informations assez précises sur Wilno dans un genre d'ouvrage que les Juifs d'Europe orientale appellent les « livres du souvenir [18] », publié à New York en 1974, et qu'on pouvait à cette époque se procurer au YIVO, l'Institut scientifique juif [19] fondé en 1925 à Wilno, « dans le but d'étudier et de conserver le patrimoine culturel des Juifs d'Europe orientale, et d'inaugurer la recherche en yiddish dans le domaine des sciences humaines et sociales [20] ».

*La Jérusalem de Lituanie* [21], le livre du souvenir dédié à la communauté juive de Wilno, imprimé en yiddish, hébreu, anglais et russe, publié à la mémoire des cinquante mille Juifs de Wilno exterminés par les Allemands, est un des rares ouvrages spécifiquement juifs de la bibliothèque de Romain Gary[22]. Il est composé de deux grands volumes abondamment illustrés et d'un troisième, plus petit, contenant deux index onomastique et de lieux, la bibliographie et les commentaires. L'écrivain y découvrit, entre autres, une photographie de la Soubotch Gas, où il était né, et deux de la Wielka Pohulanka, où il avait habité jusqu'en 1925 avec son père, sa mère et leur bonne Aniela Wojciechowicz[23] ; y figure aussi un cliché de la Niemiecka (Daïtsche Gas), où l'on voit l'atelier de fourrures de son père au premier étage, ainsi que la synagogue Tohorat Hakodesh où son père allait prier.

Roman Kacew a fréquenté une école à Wilno, c'était obligatoire, mais laquelle ? Comme dans toute la Pologne, l'école d'État fonctionnait six jours par semaine. Parallèlement existait un grand nombre d'établissements reflétant les orientations politiques du monde juif : deux institutions hébraïques et sionistes, un réseau orthodoxe et les écoles yiddishistes du Bund[24], qui dispensaient un enseignement moderne, avec des pédagogies d'avant-garde.

Romain parlait couramment le polonais. Mais selon Sophie Gajewski, l'épouse de son ami Stanislaw Gajewski, ambassadeur de Pologne en France, sa maîtrise de la langue écrite et surtout son accent étaient caractéristiques des Juifs qui avaient vécu loin de la capitale[25]. De même, les citations en polonais qui émaillent *Éducation européenne*, son premier livre, dont les épreuves ont été revues et corrigées par l'auteur, sont entachées de particularismes et de fautes. Malgré cela, Gary était un bon connaisseur de la littérature polonaise et entretenait des liens avec les écrivains Kazimierz Brandys[26] et Alexandre Watt[27].

Gary a raconté à Hélène Hoppenot et à Lesley Blanch[28] que sa mère avait quitté son père. Il semble plutôt que ce soit le contraire. Au moment de leur séparation, Mina et son fils habitaient 16, Wielka Pohulanka, mais nous ne savons pas si Arieh-Leïb, qui entretenait une liaison stable avec Frida Bojarski, fille d'Ozer et Sheïna, qu'il épousa le 27 octobre[29] 1929, dix jours seulement après la prononciation de son divorce, vivait encore avec eux. Le mariage de Leïb et Frida, célébré par le rabbin Itzik Rubinstein, eut lieu 10, rue Niemecka, au domicile de Faïvush-David Kacew, le père de Leïb, en présence de leurs témoins Khaïm Gordon et Mordekhaï Efron[30].

## 5.

*C'est merveilleux d'avoir une légende.*

ROMAIN GARY,
Le moment de vérité

Roman et sa mère nourrissaient une passion commune pour le cinéma. Entre tous les pères imaginaires que Romain Gary avait élus, le plus prestigieux a sans nul doute été Ivan Mosjoukine, le célèbre acteur russe du cinéma muet, dont on disait qu'il avait le physique d'un Tcherkesse. Il apparaît ainsi dans *Le Diable blanc*[1], le seul film où il ait tenu le rôle d'un Caucasien, pour lequel il avait été parfaitement grimé et costumé. La rencontre cinématographique de Mosjoukine avec les Tcherkesses, un peuple d'origine turque de confession musulmane qui vivait au Caucase, fut sans doute à l'origine de la légende que Gary laissa se développer à son sujet, selon laquelle, dans des conditions aussi invraisemblables que clandestines, il aurait été conçu par la star russe et sa mère en voyage à Paris. Gary se noircissait parfois la moustache au crayon noir pour lui ressembler et retrouver, sans doute, le sentiment d'exister en s'introduisant dans le costume d'un personnage issu de son imagination. Il est certain que Mina Kacew éprouvait une grande fascination pour l'univers du cinéma, et en particulier pour Ivan Mosjoukine, dont elle avait vu les films au cinéma Helios, à Wilno.

> Je revois encore l'acteur principal, vêtu de l'uniforme noir des Tcherkesses et d'un bonnet de fourrure, me fixer de l'écran de son regard pâle sous des sourcils ouverts comme des ailes, cependant que le pianiste, dans la salle, jouait son petit air nostalgique et claudiquant[2].

Gary poursuit quelques lignes plus loin à propos d'une fête enfantine où il serait allé costumé :

> J'ai à peine besoin de dire que j'allai au bal vêtu en officier des Tcherkesses, avec poignard, bonnet de fourrure, cartouchières et tout le tra-la-la.

Le costume d'officier des Tcherkesses est sans doute un souvenir romanesque de l'écrivain puisque *Le Diable blanc* a été tourné en 1930, bien des années après ce bal costumé, qui lui aussi n'a peut-être jamais existé.

La carte de séjour délivrée à Ivan Mosjoukine en 1936 à Paris indique qu'il est né à Kondol, une bourgade des environs de Penza, dans le bassin de la Volga centrale, à 250 kilomètres environ à l'ouest de ce fleuve. Le signalement le décrit comme un homme de « taille moyenne, cheveux blonds, visage ovale, nez rectiligne ».

En 1913, année de la conception de Roman Kacew, Mina vivait à Wilno 6/A Soubotch Gas, avec son mari Arieh-Leïb et son beau-père Mordekhaï-Shlomo, commerçant en fourrures, tandis qu'Ivan Mosjoukine tournait en Russie *La Maison de Koloma*, sous la direction de P. Tchardynine[3].

Mais Gary n'était pas de nature à se laisser vaincre par la réalité, ainsi qu'il l'écrit dans *La Promesse de l'aube*[4] :

> Attaqué par le réel sur tous les fronts, refoulé de toutes parts, me heurtant partout à mes limites, je pris l'habitude de me réfugier dans un monde imaginaire et à y vivre, à travers les personnages que j'inventais, une vie pleine de sens, de justice et de compassion.

Ainsi, alors qu'il était membre du jury au festival de Cannes en 1962, il rencontra sur la Croisette l'écrivain

Michel Mohrt qui venait d'assister à la projection d'une version restaurée de *Michel Strogoff*, dont Mosjoukine est l'acteur principal. « Ah, mon cher, lui dit-il, vous n'imaginez pas combien vous lui ressemblez ! » Passablement satisfait, Gary le considéra un moment, puis répondit à voix basse, comme s'il s'agissait d'un secret de la plus haute importance : « Mais oui, bien sûr, puisque je suis son fils... » Voyant Michel Mohrt très impressionné par cette révélation, il ajouta : « Je ne le raconte pas à tout le monde, mais si quelqu'un le dit, évidemment, je ne démens pas[5]. »

Romain Gary a évoqué dans *La Promesse de l'aube* une volumineuse correspondance entre Mosjoukine et sa mère, rangée dans un coffret secret, comme dans les romans à l'eau de rose. Mais Mosjoukine n'écrivait jamais. Cependant il était méticuleux et conservait le moindre papier. Après sa mort à Neuilly, ses archives ont été transférées à Moscou par sa belle-sœur qui était retournée vivre en URSS. Dans ses carnets d'adresses, il n'y a nulle trace de Mina ou Nina Kacew, Mina Owczynska, ou encore Nina Borissovskaïa — nom d'actrice supposé de Mina à Wilno, à Varsovie, Moscou ou encore à Nice.

Gary a-t-il trouvé ce nom dans *Nuits de princes*[6], un roman de son ami Joseph Kessel, qu'il admirait et auquel il aurait voulu ressembler ? Une des héroïnes de ce mélodrame, dont l'action se déroule dans le monde des émigrés russes chassés par la révolution dans le Paris des années vingt, a pour patronyme Elena Borissovna. Mais Roman Kacew a aussi prétendu que Gary, le nom qu'il s'était choisi, était le pseudonyme d'actrice de sa mère[7].

Pas de trace de Mina Kacew ni de ses prétendus noms d'actrice dans les carnets de Mosjoukine, qui avait en revanche noté l'adresse d'Olga Téléguine, sa compagne, et d'Alexandre, leur fils, qu'il avait abandonnés à Moscou. Aucune de ses maîtresses, dont Kiki de Montparnasse, à leur grand désappointement, ne reçut la moindre lettre de l'acteur.

Ivan Mosjoukine, dont Gary allait voir les films chaque fois qu'ils étaient présentés à la Cinémathèque, avait d'abord fui Moscou pour se réfugier en Crimée. Il avait quitté la Russie au mois de février de 1920 depuis Yalta, en compagnie du producteur Joseph Ermoliev, des metteurs en scène Protazonov et Volkov, des acteurs Rimski et Lissenko. Ils embarquèrent sur un navire grec qui accosta dans le port de Marseille quelques semaines plus tard, le 20 mars.

Il avait aussitôt commencé à tourner deux films. Il ne pouvait donc pas se trouver dans les années vingt en Pologne pour aller saluer une ancienne maîtresse qu'il avait abandonnée après lui avoir fait un enfant. Cette histoire montée de toutes pièces par Gary prouve toutefois que sa mère et lui nourrissaient une tenace passion pour le mélodrame dont on peut se faire une idée en lisant *Le Grand Vestiaire.*

> Heureusement, pour m'aider un peu à oublier, il y avait le cinéma. Nous passions au cinéma toutes nos soirées. Josette y allait souvent à deux heures de l'après-midi et revenait à onze heures. Nous en sortions enivrés, avec des voix un peu rauques, cherchant à prolonger quelques secondes encore, par nos attitudes, nos gestes, par notre langage, la vie étonnante à laquelle nous avions été mêlés. La beauté des femmes, la force des hommes, la violence de l'action, tout cela donnait à la réalité, qui nous reprenait à la sortie des salles, un caractère d'insupportable banalité. Cette réalité nous paraissait un décor, une mauvaise toile peinte qu'il suffit de crever courageusement pour trouver, derrière, la vraie vie, celle des films[8].

Gary était si fasciné par Mosjoukine qu'à Puerto Andraitx, aux Baléares, où il avait fait construire une luxueuse villa, il interrogeait sans relâche la marquise de la Falaise qui avait rencontré l'acteur en 1923 alors qu'il réalisait *Le Brasier ardent*[9], un film surréaliste et morbide dont il était aussi le scénariste. Quand Romain essayait d'insinuer que Mosjoukine était peut-être son père, elle n'en croyait pas un mot.

## 6.

Les difficultés matérielles commencèrent après la séparation de Mina et Leïb. Ainsi, la séquence dramatique du déménagement dans *La Promesse de l'aube*, attribuée à une faillite, est-elle simplement le récit voilé de la dislocation du foyer familial, prélude au départ du fils et de la mère chez les parents de celle-ci, à Sweciany, et quelques mois plus tard à Varsovie. Wilno, puis Varsovie, avaient été selon Romain Gary que de simples étapes dans la lente migration de Mina Owczynska vers la France.

Après le départ du père, les chapeaux qu'elle fabriquait se vendaient mal et ne suffisaient plus à les faire vivre. Le loyer était parfois payé en retard. Il fallait alors subir les réclamations et les menaces du propriétaire. Le fait de ne pouvoir payer le terme était si banal dans le monde juif de Pologne qu'il est célébré par une chanson populaire yiddish :

*L'Argent du loyer*
*Oïe Oïe Oïe Oïe !*
*L'Argent du loyer*
*Oh mon Dieu !*
*Le loyer il faut le payer*
*Le percepteur arrive*
*Il ôte son chapeau*
*Et si on ne lui paye pas le loyer*
*Il vous délivre une sommation*
*Voici qu'arrive le propriétaire*
*Avec une grande canne*

*Et quand on n'a pas l'argent du loyer*
*Il fout tous les lits dehors !*
*Pourquoi devrais-je payer le loyer*
*Alors que le poêle est cassé*
*Pourquoi devrais payer le loyer*
*Alors que je n'ai rien à jeter dans la marmite !*

Les voisins considéraient avec mépris cette Mme Kacew qui, abandonnée par son mari et se retrouvant seule avec son fils, dut quitter son appartement et retourner vivre à Sweciany, chez ses parents.

L'apparition de Mosjoukine, le père imaginaire et prestigieux, au volant d'une luxueuse limousine décapotable devant l'immeuble du 16, Wielka Pohulanka, dans une ville envahie de réfugiés faméliques après la Grande Guerre, est uniquement destinée à convaincre les lecteurs de *La Promesse de l'aube* du mystère de sa naissance et à rendre la situation de sa mère moins tragique.

Dans *La Promesse de l'aube* encore, Gary évoque deux maladies assez graves qu'il aurait contractées successivement à cette époque, la scarlatine et une néphrite qui l'auraient conduit aux portes de la mort lorsqu'il avait dix ans. « D'abord, je tombai malade. La scarlatine me quittait à peine qu'une néphrite lui succédait et les grands médecins accourus à mon chevet me déclarèrent perdu[1]. »

Ces maladies ne figurent pas au chapitre des antécédents du dossier médical militaire du lieutenant Romain Gary de Kacew, établi par le Dr Bernard Bercault, médecin du groupe Lorraine. Il y est seulement fait mention d'une angine soignée à la base aérienne de Salon-de-Provence au mois de février 1938.

Des spécialistes venus d'Allemagne sont-ils réellement arrivés au chevet du petit Roman à Wilno ? Le voyage en Italie et le séjour à Bordighera avec sa mère, entre le 25 mars et le 28 avril 1925, sont en revanche certains comme le signale le registre du concierge de son immeuble chargé de contrôler les allées et venues des locataires.

Roman est parti avec sa mère peu de jours avant la naissance de sa demi-sœur Valentina, née de l'union de son père avec la jeune Frida Bojarski, et dont Gary n'a jamais parlé à personne. Se rendre de Wilno à Bordighera n'était pas une mince affaire, et cette villégiature d'un mois en Italie prouve une fois encore que, jusque-là, la famille jouissait de moyens considérables. Gary ne donne aucun détail sur ce voyage, si ce n'est l'émerveillement que provoqua en lui la découverte de la mer. Cette mer qu'il retrouvera trois ans plus tard en descendant du train à San Remo, au mois d'août 1928. Sans doute ce séjour est-il intervenu au moment de la séparation de ses parents. À son retour d'Italie, Roman resta à peine trois mois avec sa mère dans l'appartement de la Wielka Pohulanka. Le 12 août 1925, elle quitta Wilno et prit le train pour Sweciany, avec son fils[2].

Dans *La Promesse de l'aube*, Gary écrit qu'en quittant à jamais Wilno, il emporta le souvenir de sa passion pour Valentine, une gamine qui lui avait infligé mille épreuves cruelles. Il lui a consacré une nouvelle intitulée *Je mange une galoche*, dont le texte est très proche de celui ultérieurement intégré dans son roman *La Promesse de l'aube*[3]. En français, le mot galoche désigne une chaussure montante en cuir extrêmement rigide et à épaisse semelle de bois, qu'on porta pendant la Seconde Guerre mondiale quand le cuir manquait, tandis qu'en polonais, il s'agit de ce qu'on nomme chez nous snow-boot. Gary affirme donc, dans sa nouvelle, qu'il a mangé une galoche à la demande de Valentine, pour lui prouver sa flamme. Bien qu'il s'agisse d'une galoche polonaise, l'opération n'en est pas moins difficilement réalisable.

L'histoire pourrait sembler anodine si l'on ignore que Valentina, sa demi-sœur à laquelle ce chapitre est secrètement dédié, avait été internée dans le ghetto de Wilno en 1942 au 3/5, Shavler Gas (appartement 10), puis déportée au camp de Klooga au mois de septembre 1943, où elle fut assassinée avec son frère Pavel et leur mère.

# 7.

Dans ses récits autobiographiques, Gary a fait l'impasse sur ses souvenirs de Sweciany et n'a jamais évoqué nommément ses grands-parents, Yossef et Guitel.

Sweciany, une des plus anciennes localités juives de Lituanie, est située dans une vaste région de forêts, de cours d'eau et de lacs. Les Juifs s'y installèrent dès le XVI^e siècle. La ville et ses alentours appartenaient à la dynastie aristocratique polonaise des Potocki, dont le château entouré d'un parc se trouvait à deux kilomètres.

Plus de la moitié des habitants de Sweciany étaient juifs[1]. Nombre d'entre eux furent contraints à l'immigration aux États-Unis et en Europe à la suite des pogroms organisés par la police tsariste après l'échec de la révolution de 1905.

Les rues de la ville étaient pavées. Au centre, il y avait une vaste place où se tenait le marché, avec de nombreux abreuvoirs et écuries pour les chevaux. Les commerces les plus importants se trouvaient au rez-de-chaussée des maisons de bois qui l'entouraient. Les drapiers étalaient, les jours de marché, leurs pièces de tissu sur des tréteaux, devant leurs portes. Les affaires se traitaient dans les restaurants et les boutiques de la Lilsoufe Gas, où les paysans allaient ensuite acheter de la vodka. Non loin de l'église, les marchands de légumes, les bouchers installaient leurs étals de bois. Les pêcheurs des environs, les veines du cou gonflées à force de crier, brandissaient des carpes et des aloses. Les paysans pauvres, méfiants et pleins de convoitise, examinaient les marchandises vendues dans les boutiques. Le marché aux chevaux attirait beaucoup de clients. Des moutons et des veaux apeurés attendaient leur triste sort. Des enfants aux vêtements usés et reprisés, portant les boucles rituelles et la casquette, couraient entre les jambes des portefaix. D'innombrables mendiants et des infirmes en guenilles attendaient que les Juifs plus fortunés eussent accompli la *Tsedaqah*[2] qui leur assurerait un morceau de pain ou un repas. Le soir, la place se vidait ; les paysans ivres se dirigeaient vers l'auberge, tandis que les riches visiteurs regagnaient leur hôtel confortable.

Le long des rivières utilisées pour le transport des personnes, et surtout du bois qu'on exploitait dans de grandes scieries, on avait construit des moulins. La ville s'était développée parce qu'elle se trouvait sur la ligne de chemin de fer Wilno-Saint-Pétersbourg.

Yossef Owczynski, le grand-père de Roman, un bel homme portant la barbe des Juifs et respectant la Loi, exploitait un commerce de grains, semences et céréales, et habitait une confortable maison de bois rue Novo Swencianskaïa. Gary raconte dans *Pseudo* qu'il était atteint de la tuberculose. Bluma Katz, l'une des cinq survivants juifs de Sweciany, se souvient que Yossef mourut effectivement de la tuberculose avant l'invasion allemande de 1941. Guitel, la grand-mère de Romain, une robuste femme brune, fut assassinée par les nazis. Certaines sépultures de la famille Owczynski se trouvent dans l'immense et très ancien cimetière juif de la ville[3].

Mina avait au moins une sœur et deux frères. Rivka (née en 1886) épousa Borukh, le frère cadet d'Arieh-Leïb, en 1914 à Wilno. Borukh Abraham naquit un an après Mina, le 6 avril 1890, à Konsk (Konskie), une bourgade de Pologne située à 130 kilomètres au sud-ouest de Varsovie. Borukh changea son prénom au gré des circonstances, mais en en conservant toujours la première lettre. Il devint Boris à Wilno, puis Boleslaw à Varsovie, où il alla étudier à la faculté de droit. C'est sous cette identité qu'il fut enregistré parmi les survivants juifs à Cracovie en 1945[4]. Romain Gary a conservé dans ses papiers une photo de lui, au dos de laquelle il a écrit : « Mon oncle, frère de ma mère, avocat à Varsovie : Boris Owczynski, en 1949-1950. »

Dans *Pseudo*, se présentant sous les traits de « Tonton Macoute », Gary écrit : « Ils étaient deux frères et quatre sœurs, dont la mère de Tonton Macoute...[5]. » Plus loin, il raconte que l'une d'elles, qui s'appelait Leah, selon les rares archives conservées par les survivants de Sweciany[6], avait perdu la raison parce qu'elle avait été contaminée à dix-sept ans par son jeune époux syphilitique lors de sa nuit de noces. L'autre, qu'il nomme Olga, aurait été violée par les Cosaques lors des expulsions massives des Juifs de Lituanie en mars et avril 1915.

Selon Paul Pavlowitch, Mina aurait eu un autre frère nommé Motik (Moshé, en yiddish), qui aurait été tué pendant la guerre russo-japonaise, en 1905[7].

Les archives des communautés juives d'Europe orientale ayant été presque totalement détruites par les nazis, il est impossible d'en savoir plus.

L'autre frère de Mina, qui changea son prénom, Eliasz, en Liova, épousa Bella Kliatchkine, la fille de Yoël Kliatchkine[8] et de Gitla Eiges[9], elle aussi originaire de Sweciany. Après leur mariage, Eliasz et Bella s'installèrent à Varsovie puis à Wilno, où ils exploitèrent une bijouterie jusqu'à leur départ pour la France. C'est du moins ce qu'Eliasz déclara au commissaire Baudot, à son arrivée à Nice au mois de décembre 1927.

La famille maternelle de Gary fut massacrée par les SS et leurs auxiliaires baltes, biélorusses et ukrainiens de l'Einsatzgruppe A.

Le 5 et le 6 octobre 1941, les Allemands expulsèrent les huit mille Juifs de Sweciany de leurs demeures et les transférèrent dans un ghetto composé de quelques rues, où se trouvait la maison des Owczynski. Après la liquidation du ghetto, la demeure familiale fut détruite. Les 7 et 8 octobre, les Juifs furent conduits à Poligony, dans les caves de bâtiments militaires polonais désaffectés situés dans les bois de Novo, à 12 kilomètres de la ville [10].

Les SS les obligèrent à s'asseoir par terre et choisirent quelques hommes robustes capables de travailler. Les autres furent conduits par petits groupes sur le site de leur exécution : une immense fosse, où les nazis fusillèrent trois mille sept cent vingt-six Juifs de la ville ainsi que huit mille des environs en deux jours. Parmi les victimes identifiées se trouvaient Leah Owczynska, Abraham Owczynski et son épouse, Etta Leah, Berah Moshe Owczynski et sa femme, Henya, de très proches parents de Romain Gary [11].

Les derniers Juifs de Sweciany épargnés lors de l'évacuation du ghetto furent envoyés sur le site d'extermination de Ponary près de Wilno, le 5 avril 1943, car les Allemands, craignant les embuscades des partisans, procédèrent au « nettoyage » de la zone frontalière entre la Biélorussie et la Lituanie [12]. Ils avaient fait croire aux victimes qu'elles seraient regroupées dans le ghetto de Kovno, avec des survivants d'autres bourgades. Quand le train s'arrêta dans la forêt de Ponary et que les SS ouvrirent les portes, les Juifs entendirent les rafales de mitraillette et tentèrent de fuir. Ils furent tous abattus près des wagons.

Ce que Gary savait, c'est que sept membres de sa famille maternelle avaient été exterminés. Dans les brouillons de *Pseudo* [13], de nombreuses pages, maintes fois écrites et réécrites, ont été consacrées à l'exécution de ses proches. Elles n'ont pas été conservées dans le manuscrit définitif.

> Je ne m'occupe pas de partager, docteur. Je ne cherche pas à faire une affaire. Je ne suis pas âpre au gain : les *sept* membres de ma famille maternelle qui ont fait l'affaire des nazis n'ont déduit aucun pourcentage en allant au four crématoire : pas un n'a été épargné. J'irai gratuitement.

> [...]
> Il y en avait une quarantaine — hommes, femmes, enfants — au fond du trou que nous leur avions fait creuser, et ils attendaient. Ils ne songeaient pas à se défendre. Les femmes hurlaient, évidemment, et tentaient de protéger leurs petits de leur corps...

Gary ne mentionne pas que plusieurs membres de sa famille paternelle — son père, sa femme et leurs deux enfants, ainsi que son oncle Borukh, le mari de sa tante Rivka — figuraient aussi parmi les victimes.

# 8.

Si Romain Gary a fait en sorte que toute information sur son père restât inconnue, il ne parvint pas à en effacer totalement la trace.

Il a écrit dans *La Promesse de l'aube* que son père était mort de peur en arrivant devant les portes de la chambre à gaz[1]. Il affirme qu'une personne, dont il ne dévoile pas l'identité, lui a envoyé une lettre décrivant les circonstances de la mort de Arieh-Leïb Kacew, quelques jours après que le prix Goncourt lui eut été décerné pour *Les Racines du ciel*, en 1956.

Il se serait trouvé, bouleversé, dans l'escalier de la NRF avec cette lettre à la main, lorsque Albert Camus, le voyant pris d'un malaise, l'aurait prié d'entrer dans son bureau. « Le préposé à la porte, le réceptionniste [...] m'écrivait que mon père n'était pas arrivé jusqu'à la chambre à gaz et qu'il était tombé raide mort de peur, avant d'entrer[2]. »

En écrivant « préposé, réceptionniste », sans doute Gary voulait-il désigner par dérision un des détenus du Sonderkommando, ces hommes sélectionnés par les SS pour leur robustesse à la descente du train, et contraints à extraire les victimes de la chambre à gaz, puis à incinérer leurs corps dans les fours crématoires, ou dans de gigantesques fosses à ciel ouvert qui se trouvaient dans leur immédiate proximité, quand les fours étaient saturés. Ils assistaient au déshabillage et à l'entrée des victimes dans la chambre à gaz et reconnaissaient parfois des membres de leur famille ou des proches parmi les cadavres. Ceux qui ont survécu à la liquidation ou à l'évacuation des camps sont extrêmement rares, car ils étaient périodiquement exterminés après quelques mois de « travail[3] ».

Pourquoi Gary a-t-il écrit que son père était mort de peur avant d'entrer dans la chambre à gaz ? Voulait-il ainsi se venger parce qu'il l'avait abandonné ? Il savait que les Juifs déportés vers les centres d'extermination pressentaient le destin terrible qui les attendait. En se fiant aux connaissances très médiocres de ses contemporains sur le génocide des Juifs, Gary propose une version historiquement fausse de la mort de son père qui, bien qu'assassiné par les nazis, ne mourut pas dans une chambre à gaz, car les Juifs de Lituanie furent, comme il a été dit, fusillés en masse par les Einsatzgruppen.

Tout ambivalent qu'il fût, Gary ne pouvait effacer de sa mémoire l'assassinat de son père par les Allemands. Malgré l'hostilité qu'il éprouvait envers lui, c'est une part de lui-même qui avait été détruite. En assurant que ce dernier n'était pas entré dans la chambre à gaz, peut-être a-t-il voulu arracher l'âme et le corps de son père aux nazis. Son désespoir, sa souffrance, Gary les a attribués à son jeune héros Janek Twardowski[4] dans *Éducation européenne*. « Janek se sentit soudain pris de tristesse et presque désespéré : pour la première fois, il savait à présent avec certitude que son père était mort[5]. »

Si Gary avait effectivement reçu un témoignage aussi exceptionnel, l'aurait-il laissé dans le vague ? N'aurait-il pas précisé le nom du camp où s'était déroulée la scène et qui la lui avait rapportée ?

Arieh-Leïb Kacew a bien été assassiné par les Allemands, et Romain Gary le savait depuis la fin de la guerre. Le 9 octobre 1945, il avait écrit depuis Londres à François Bondy, son camarade du lycée de Nice, que son père était mort en Pologne.

> Chez moi, tout le monde est mort, dans des « conditions couleur du temps ». Ma mère, en 41. Cancer. Mon père et

toute ma famille en Pologne. Je ne sais pas comment. Mon oncle à Nice, également[6].

Si Gary en voulait tant à son père, c'est parce que ce dernier l'avait abandonné en 1925 pour vivre avec Frida Bojarski[7], une femme qui avait dix-sept ans de moins que Mina. Frida lui donna deux enfants : Wala, dite Valentina, née le 10 juin 1925, dont l'acte de naissance ne fut régularisé que le 29 mai 1931, et Pavel, né le 19 mars[8] 1926[9], un mois avant terme, alors que Leïb était encore marié avec Mina[10]. Il est probable que le passé de sa mère resta étranger à Romain Gary. Il avait confié à François Bondy, lorsqu'ils étaient en classe de philosophie au lycée de Nice, qu'il avait un frère, mort en bas âge en Pologne[11]. S'agissait-il de l'enfant que Mina avait eu avec son premier mari, Rouv'n Bregsztein, ou d'un frère de Romain, issu du mariage de Mina et Leïb, et qui n'aurait pas survécu ? À Lesley Blanch, sa première épouse, il a raconté que son frère était resté en Pologne avec son père.

Le nom du père ne fut porté sur l'acte de naissance de Valentina que le 29 mai 1931, et le 5 mars 1930 sur celui de Pavel.

Le divorce des parents de Gary a été prononcé le 17 octobre 1929[12], quatre ans après leur séparation, comme en témoigne l'acte de divorce, ou *guèt*, établi par le tribunal rabbinique du district de Wilno[13], alors que Mina et Romain, alors âgé de seize ans, s'étaient déjà établis à Nice depuis six mois. Cela implique que cette dernière, après avoir quitté Varsovie pour la France avec son fils au cours de l'été 1928, avait certainement dû retourner à Wilno car, dans la loi juive, l'acte de divorce est rédigé par un scribe (*sofer*) du tribunal rabbinique (*Bet din*) en présence des deux conjoints et signé par deux témoins[14].

Le motif de la séparation, qui doit en principe figurer dans le registre, n'a pas été indiqué par le rabbin. La date du divorce, le 13 Tichri, est étrange parce qu'elle est située entre deux des plus grandes fêtes juives : trois jours après Yom Kippour [15] et l'avant-veille de Soukkot [16]. La signature des époux ne figure pas sur le registre [17]. Comme la loi juive l'autorise, la femme divorcée peut continuer à porter le nom de son ex-époux.

En 1954, Romain Gary eut une conversation intime avec Hélène Hoppenot, l'épouse de l'ambassadeur Henri Hoppenot qui avait accepté de l'engager comme secrétaire à l'ambassade de France à Berne. Mme Hoppenot ne se contentait pas d'être l'épouse d'un grand ambassadeur, elle avait aussi une passion pour la photographie, publia plusieurs beaux livres et tint jusqu'à sa mort un journal passionnant dans lequel elle jugeait avec lucidité, et un humour souvent cruel, les grands de ce monde, qu'elle côtoyait. Elle relatait aussi les faits et gestes de ses amis. Romain Gary lui raconta qu'à onze ou douze ans, il était un prodigieux joueur d'échecs, doué des capacités d'un champion. On trouve un écho de cette passion dans son roman *Europa*, dont l'action se déroule sur les soixante-quatre cases de l'échiquier.

Après le départ de Gary, Hélène Hoppenot nota dans son journal :

> « Soudain, poursuivit-il, je ressentis une telle aversion pour les rois, les reines, les fous et même les pions, que j'étais pris de malaise quand je les voyais.
> — Cela a-t-il coïncidé avec un incident ou un événement désagréable dans votre vie ?
> — Mais non... »
> Puis, après avoir réfléchi :
> « Ah si ! tout de même... c'était l'époque où mon père et ma mère allaient se séparer. »

Alors que Mina et Roman quittaient Wilno, Leïb partit s'établir à Kovno avec Frida et ses deux enfants jusqu'au 10 juin 1940, date à laquelle il revint avec eux à Wilno, car presque toutes les petites entreprises exploitées principalement par des Juifs avaient été nationalisées par les Soviétiques, tandis que Wilno était encore sous la tutelle de la Pologne. Ils habitèrent chez son père, 3, rue Saviciaus [18].

Mais ce répit fut de courte durée car les Kacew furent transférés en 1942 par les nazis dans le ghetto numéro 2, au 3/5 de la rue Siaulu [19]. Pour échapper aux sélections qui décimaient en premier lieu les vieux et les enfants, Leïb se rajeunit de dix ans en déclarant être né en 1893 [20]. Il obtint pendant quelque temps un emploi privilégié, celui de ramoneur, dont les Allemands avaient le plus grand besoin, y compris hors de l'enceinte du ghetto, afin d'éviter les risques d'incendie. Les détenteurs d'un tel permis de travail étaient parmi les mieux rétribués et avaient le privilège de pouvoir sortir librement du ghetto pendant la journée. Ils pouvaient ainsi se procurer des denrées de première nécessité du côté « aryen ».

La date de la mort de son père — année 1943-1944, sans autre précision — que Gary avait indiquée au dos de sa photo est vraisemblable, car la liquidation du ghetto de Wilno fut réalisée en plusieurs étapes de juillet 1941 à septembre 1943. La première phase commença en juillet. Elle se poursuivit du 31 août au 12 septembre 1941 et fit trois mille sept cents victimes. Les Allemands avaient organisé une provocation, puis prétendu que les Juifs avaient tendu une embuscade à des soldats et tiré sur eux. Dans les heures qui suivirent, ils expulsèrent les habitants du vieux quartier juif, les emprisonnèrent et confisquèrent leurs biens. Le 13 septembre, ces derniers furent conduits à pied sur le site d'extermination de masse de Ponary (Ponar en yiddish), pour y être fusillés dans de vastes fosses circulaires creusées par les premières victimes. Les SS, assistés de leurs supplétifs lituaniens, assassinèrent d'abord les hommes par groupes de dix, puis ils réservèrent le même sort aux femmes et aux enfants.

Après ces massacres, le Judenrat, l'administration juive du ghetto mise en place par les Allemands, fut informé que trois mille personnes devaient se regrouper en vue de leur transfert dans le petit ghetto, qui fut à son tour liquidé du 15 septembre au 21 octobre 1941. Ainsi furent isolés ceux qui n'avaient pas ou plus de permis de travail, avec les femmes accompagnées d'enfants en bas âge. Seulement six cents personnes parvinrent sur le lieu de rassemblement, les deux mille cinq cents autres furent conduites à la prison de Lukiszki, dans la Strashun Gas. Les détenus furent ensuite transférés par groupes à Ponary où l'Einsatzkommando 3 les exécuta. Environ deux mille Juifs, qui s'étaient enfuis au moment des arrestations, retournèrent clandestinement dans le grand ghetto.

Constatant qu'ils n'avaient pas pu rafler tous les Juifs de la ville, les Allemands coupèrent les lignes de téléphone et interdirent toute distribution de courrier. Les deux ghettos furent ceints d'une palissade, les entrées munies de portes gardées par des SS et les fenêtres donnant sur le quartier non juif murées.

Une nouvelle *Aktion* d'extermination fut organisée à l'occasion de Yom Kippour, le 1er octobre 1941. Elle commença à midi dans le petit ghetto. Au total mille sept cents personnes, arrêtées pendant le jeûne et les prières, furent emmenées à la prison de Lukiszki. Dans l'après-midi, mille autres Juifs furent traînés hors de leurs logements avec la plus grande brutalité. Ceux qui ne se présentaient pas avec leur permis de travail étaient menacés d'être exécutés sur-le-champ et, finalement, deux mille deux cent vingt hommes qui en possédaient un se rendirent, espérant être épargnés. Ils furent à leur tour emprisonnés à la prison de Lukiszki, où ils passèrent la journée du 2 octobre. Une sélection parmi les prisonniers fut alors organisée par les SS. Une centaine d'entre eux dont les professions leur étaient utiles furent renvoyés dans le ghetto. Les autres furent fusillés à Ponary.

Les nazis achevèrent la liquidation du ghetto du 3 au 21 octobre. Cette fois encore, ils prirent leurs victimes par traîtrise, en leur faisant croire qu'elles allaient être transférées dans un troisième ghetto [21].

Le petit ghetto était à présent vide. Les neuf mille derniers Juifs de Wilno, auxquels vinrent s'ajouter quelques clandestins du grand ghetto qui avaient réussi à se cacher dans des caves, des greniers et des bunkers, furent officiellement installés dans le petit ghetto. Sa liquidation fut ensuite menée comme celle du grand, par étapes. Elle se déroula du 22 octobre au 22 décembre 1941.

Les permis de travail jaunes octroyés aux mille ouvriers spécialisés des ateliers de fourrure Kaïlis des rues Nowogrodzka et Szeptycka, qui fabriquaient, dans les deux bâtiments de l'ancienne usine électrique Electrit, surpeuplés, clos et isolés hors des limites du ghetto, des pelisses, des bottes fourrées et des gants pour l'armée allemande, étaient les plus recherchés [22]. Ils devaient être présentés avec la carte d'identité du porteur établie par la police juive du ghetto, et garantissaient la vie sauve à leur détenteur, ainsi qu'à trois membres de sa famille : l'époux ou l'épouse, et deux enfants de moins de seize ans. Cela explique pourquoi la famille Kacew, qui possédait avant la guerre une entreprise de pelleterie, fit partie des Juifs provisoirement épargnés jusqu'en 1943 [23]. Les trois mille ouvriers spécialisés des ateliers Kaïlis avaient le droit de quitter le ghetto pour se rendre en ville [24]. Mais le jeudi 23 septembre 1943, la police allemande informa le Judenrat que celui-ci allait être liquidé, et que les dix mille Juifs qui y survivaient encore seraient évacués vers des camps de travail en Estonie et en Lettonie. Le lendemain, les supplétifs lituaniens et ukrainiens encerclèrent le ghetto. Hans Kittel, le chef de la police allemande, ordonna aux habitants de se rassembler dans la cour du Judenrat et chargea Jacob Gens, son président, de traduire ses ordres en yiddish. L'ensemble de la population devait être en ordre de marche à midi. Certains obéirent, d'autres se cachèrent dans des caves, des greniers, derrière de fausses cloisons, de fausses portes.

À cinq heures du matin, les Juifs rassemblés en rang par cinq sortirent du ghetto, escortés par un détachement de SA. Les rues et ruelles étaient quadrillées par des troupes d'assaut. Dans la Soubotch Gas, les nazis effectuèrent un tri parmi les victimes. On sépara les hommes des femmes et des enfants, dans les cris et les larmes, en les faisant passer par une porte cochère située derrière l'église. Les hommes restèrent dans la rue, tandis que les femmes étaient refoulées dans une cour cernée de soldats en armes. On garda les deux groupes en plein air, sous la pluie, toute la nuit. Pendant ce temps, les Ukrainiens raflèrent les malades dans les hôpitaux, les orphelins à l'hospice, les chargèrent dans des camions et les regroupèrent avec les femmes et les enfants.

Les hommes furent emmenés pour être fusillés à Ponary. Puis les Allemands et les Lituaniens commencèrent une nouvelle sélection parmi les femmes et les enfants, en les faisant à nouveau passer sous le seuil de la porte cochère. Les jeunes femmes valides d'un côté, les enfants de l'autre. D'atroces scènes de panique s'ensuivirent. Beaucoup de femmes préféraient mourir avec leurs enfants. Elles furent envoyées à la chambre à gaz de Maidanek.

Mille sept cents jeunes filles qui avaient conservé une bonne apparence, malgré la famine, furent transférées au camp de concentration de Kaiserwald, près de Riga, en Lituanie. Quelques centaines d'autres furent assassinées à Ponary. L'herbe était sanglante. Les arbres portaient accrochés à leurs branches des fragments de chair, de cervelle humaines, des membres d'enfants.

Ensuite, les nazis utilisèrent des gaz et des explosifs pour déloger les récalcitrants qui s'étaient cachés. Seuls restèrent pour la nuit les membres de la police juive et leurs familles, auxquels on avait promis la vie sauve. Le lendemain, les Ukrainiens emmenèrent tous les groupes, y compris les policiers juifs. Ils les fouillèrent et leur volèrent tout ce qu'ils possédaient encore, argent, bijoux, montres. À seize heures, ils les firent monter dans des wagons de marchandises et verrouillèrent les portes. Le convoi s'ébranla sous la surveillance des SA. Après quatre jours de voyage, le train s'arrêta au camp de Vaivara, et de là, les Juifs furent transférés au camp de Klooga. Internés dans les ruines d'une caserne, ils dormaient à même le ciment et travaillaient pour le compte du Reich sous l'autorité des agents de l'organisation Todt[25] qui employait les prisonniers esclaves. Cette organisation portait le nom de son fondateur, l'ingénieur Fritz Todt, mais fut ensuite dirigée par Albert Speer. Les hommes étaient employés à la cimenterie et les femmes dans les carrières, sous les coups de fouet des kapos. Tous étaient tondus et trimaient douze heures par jour, par tous les temps, en tenue légère. Réveil à cinq heures du matin ; distribution d'un ersatz de café, appel, début du travail à six heures ; pause et distribution d'une soupe liquide et d'un morceau de pain de trois cent quarante grammes alourdi de sable jusqu'à douze heures quarante-cinq ; travail jusqu'à dix-huit heures, appel du soir. Pas de dîner. L'appel pouvait durer plusieurs heures, sous les coups de pelle ou de matraque des kapos. Les punitions équivalaient à une condamnation à mort. Beaucoup de prisonniers, couverts d'œdèmes, tombaient rapidement malades. On se débarrassait d'eux par le poison ou par le feu. Les quelques enfants qui naquirent dans le camp furent brûlés vifs sur ordre du Lagerführer.

Chaque jour, les SS fusillaient dix pour cent de l'effectif du camp, essentiellement constitué de femmes et d'enfants travaillant pour le WVHA (Hauptamt Verwaltung Wirtschaft ou Office central d'administration et d'économie) selon la directive du 16 septembre 1942 donnée par Oswald Pohl à Heinrich Himmler : « Les Juifs utilisables qui émigrent dans l'Est devront interrompre leur voyage et travailler à l'industrie de guerre[26]. »

À Klooga, Pavel, le demi-frère de Romain Gary, qui portait le matricule 4275, travaillait pour l'armée dans des kommandos extérieurs. Il fut admis au KB — abréviation de « krankenbau », infirmerie — le 12 avril 1944 pour une « forte fièvre ». Sa sœur Valentina, matricule 899, et leur mère Frida, matricule 896, étaient employées comme couturières. Leïb Katz, *Häftling* n° 750, un parent d'Arieh-Leïb qui avait assisté à son premier mariage, était également interné à Klooga. Il entra à l'infirmerie le 15 mars 1944 pour une « bronchite [27] ».

À l'approche de l'Armée rouge, les SS, entendant le grondement des canons russes, commencèrent à fusiller les prisonniers puis à détruire les installations du camp pour en effacer les traces. Quelques Juifs réussirent à se cacher dans les caves ou s'enfuirent à travers les balles vers les lignes soviétiques, tandis que les nazis dressaient des bûchers sur lesquels ils brûlèrent vifs les deux mille cinq cents prisonniers restants en les arrosant d'essence. Frida, Pavel et Valentina figurent parmi les victimes [28]. Les rares survivants furent délivrés par les soldats de l'Armée rouge quelques jours plus tard [29]. Quant à Leïb, il a probablement été fusillé dans les fosses de Ponary lors de la liquidation finale du ghetto, le 24 septembre 1943.

Dans *La Danse de Gengis Cohn* et dans *Pseudo*, Gary décrit comment les Einsatzgruppen massacrèrent les Juifs des États baltes et de Biélorussie. Fusillé au bord d'une fosse, le héros, Meier Cohn, s'installe, tel un *dibbouk* [30], dans la conscience de Schatz, le SS commandant le peloton qui l'exécuta et devint après la guerre commissaire de police dans une paisible ville allemande.

> On les avait tous foutus à poil, hommes, femmes et enfants avant de tirer. Ce n'était pas de la cruauté : les Allemands manquaient de tout, à la fin de la guerre, et ils voulaient récupérer les vêtements intacts, sans trous.
>
> [...]
>
> Nous étions une quarantaine, dans le trou que nous avions creusé, et il y avait naturellement des mères avec leurs enfants. Je lui fais donc écouter, avec un réalisme saisissant — en matière d'art, je suis pour le réalisme — les cris des mères juives une seconde avant les rafales des mitraillettes, lorsqu'elles comprirent enfin que leurs

> enfants ne seraient pas épargnés. Ça fait au moins mille décibels, une mère juive, à ces moments-là.
>
> [...]
>
> Je ne veux pas paraître antisémite, mais rien ne hurle comme une mère juive lorsqu'on tue ses enfants.
>
> [...]
>
> La culture c'est lorsque les mères qui tiennent leurs enfants dans les bras sont dispensées de creuser leurs tombes avant d'être fusillées [31].

On touche ici le fond de l'abîme. Gary, manipulant l'horreur et le sacrilège, se définissait comme un « terroriste de l'humour [32] ».

> L'humour et la bouffonnerie n'ont jamais eu d'autre raison d'être que cette volonté d'amortir les chocs mais, poussés au-delà du minimum vital nécessaire, ils finissent par devenir une véritable danse sacrée d'écorché vif, et c'est ainsi que La Marne s'était peu à peu transformé en un véritable derviche tourneur,

écrit-il dans *Les Couleurs du jour* [33] et, d'une manière légèrement différente, dans *Les Clowns lyriques* [34], nouvelle version de ce livre publiée en 1979 chez Gallimard.

## 9.

Pour interdire tout accès aux sources de son passé, Gary s'ingéniait à en effacer les traces, ou au moins à les rendre illisibles. Les actes d'état civil des émigrés sont souvent erronés, car les fonctionnaires ne savent pas retranscrire correctement les noms étrangers. Ainsi, l'acte de décès de Mina Owczynska mentionne qu'elle est née à Wilensky, en Pologne. Or, cette localité ne figure sur aucune carte parce que ce mot signifie « de Wilno » en polonais. Sur un autre document, établi après l'enquête menée en vue de l'attribution de la carte d'identité des étrangers, et rédigé par le commissariat spécial de Nice, le 19 novembre 1928, le lieu de naissance de Mina Owczynska est bien Wilno, Pologne.

Eliasz Owczynski, son frère, est né le 3 décembre 1878 à Sweciany. À son arrivée en France, il a pourtant déclaré, à l'instar de Mina, qu'il était né à Wilno, comme cela est mentionné sur son acte de décès. La famille Owzcynski résidait à Sweciany, et il est probable que Mina, détentrice d'un passeport polonais, pour ne pas compliquer les choses a également déclaré être née à Wilno, une localité plus connue que Sweciany, cette bourgade située aux confins de la Pologne et de la Russie qui changeait de souveraineté au gré des conflits, et se trouvait être soviétique au moment de leur installation à Nice.

La guerre entre la Russie et la Pologne avait éclaté le

14 juillet 1920. Les troupes soviétiques étaient aussitôt entrées dans Wilno, mais l'avaient évacuée à la fin du mois d'août. La ville avait alors été annexée à la Pologne, contrairement au reste du territoire lituanien. Expliquer à des fonctionnaires ou à des militaires français les tribulations des Juifs et les capricieuses et complexes fluctuations de souveraineté auxquelles était soumise une ville ignorée d'Europe orientale aurait été une totale perte de temps. C'est certainement pour cela que Gary, interprétant à sa guise l'instabilité et la confusion régnant dans la région, a tantôt écrit qu'il était né en Pologne, tantôt en Russie. Il souhaitait ardemment s'intégrer dans la France xénophobe des années trente qui, comparée à la Pologne antisémite, était un pays de rêve. Il prétendra que son père était un Russe de religion grecque orthodoxe. Prendre ce genre de liberté avec la réalité des faits ne lui causa aucun souci. Il fallait s'adapter.

Il donnait l'impression d'avoir oublié son milieu, sa culture d'origine. Tel Mauro, fils de Renato Zaga, un des héros de son roman *Les Enchanteurs*, Romain Gary, maître dans « l'art de tromper son monde », après plusieurs mutations s'était substitué au petit Roman Kacew qui demeurait cependant enfoui dans le personnage public, jouant à merveille ses différents rôles.

> D'où mon grand-père conclut, non sans quelque fierté, tout en se répandant contre l'ingrat en imprécations de gondolier, que le fils prodigue, bien qu'il eût rejeté jusqu'au nom de la famille, n'avait point trahi la voix du sang [1].

## 10.

Les années que Romain Gary vécut à Wilno et à Varsovie furent douloureuses. Regardant parfois le monde dont il est issu avec les yeux de ses ennemis, il lui serait toutefois odieux de trahir sa mère. Aussi s'acharnera-t-il à réécrire l'histoire, pour lui-même d'abord, et ensuite pour plaire à ses lecteurs français ignorants de cet univers « exotique » — celui des « métèques » des années trente — qu'il voulait avoir quitté pour toujours. Jouant pour la galerie le jeu de l'assimilation à outrance, il répondit à François Bondy qui lui demandait pour sa revue *Preuves* « ce que représentait pour lui le fait d'être juif » : « Une façon de me faire chier. »

Mina, comme toutes les mères juives, rêvait d'un avenir brillant pour son fils, auquel elle vouait un amour jaloux et intense. Son imagination exaltée prédisait que son rejeton deviendrait, entre autres, ambassadeur de France parce que rien n'était possible en Pologne. C'était sa façon de défier le destin : la destruction de son foyer, sa situation précaire à Wilno pendant la dernière année qu'elle y vécut.

Stanislaw Pienkowski [1] avait écrit :

> Les Juifs doivent savoir que, dans leur histoire extraordinaire, ils ont pu pendant plusieurs siècles faire une halte chez nous en Pologne, mais l'horloge historique vient de frapper pour eux une nouvelle heure, l'heure d'une nouvelle errance, de nouvelles recherches et de nouvelles

épreuves. Quoi qu'il leur arrive, c'est leur problème et leur destin [2].

Pour le poète polonais Czeslaw Milosz [3], être juif en Pologne était considéré comme une maladie honteuse. Romain Gary en a tant souffert qu'il a répugné à raconter la véritable histoire de son enfance. Il a préféré lui substituer des anecdotes comme celle de son voyage de Wilno à Berlin en 1925 pour assister à la représentation de *L'Opéra de quat' sous* de Bertolt Brecht et Kurt Weill, qu'en connaisseuse de l'avant-garde Mina aurait voulu faire découvrir à son fils. L'opéra de Brecht a été créé au Theater am Schiffbauer Damm, à Berlin, en 1928, date à laquelle ils avaient déjà quitté Varsovie pour s'établir à Nice, où ils habitaient 15, avenue Shakespeare, dans un petit logement proche de la gare.

Aux yeux de Gary, son enfance était impropre à constituer le matériau d'un roman destiné à un vaste lectorat, ceux qu'il appelait « les Français garantis d'origine [4] » insensibles pour la plupart au lointain et exotique « malheur juif ».

Sa mère avait imaginé la France, le pays des Lumières, de la Révolution et des droits de l'homme, comme le paradigme du paradis sur terre. Cette conviction était partagée par la majorité des Juifs d'Europe orientale, en dépit de l'affaire Dreyfus. Certes, Maurice Barrès avait écrit « que Dreyfus est capable de trahir, je le conclus de sa race », mais Dreyfus, finalement innocenté, avait été décoré de la Légion d'honneur, et cette crise, cette explosion, qui avait si profondément divisé les Français, s'était achevée par la victoire de ceux qui défendaient la conception de la démocratie et des principes universels de la Révolution. Quant à la judéophobie de la droite nationaliste, catholique et maurrassienne qui devait aboutir à la révolution nationale, elle leur paraissait peu de chose au regard de ce que les Juifs vivaient en Pologne ou en Russie.

Ils prenaient avant tout en considération le fait que l'Assemblée nationale constituante, en votant la Déclaration des droits de l'homme, avait élevé les Juifs au rang de citoyens. Le vieux Victor Hugo, qui avait œuvré à la tête du Comité d'aide aux Juifs de Russie après l'assassinat d'Alexandre II en 1881, Émile Zola, Romain Rolland, Anatole France, traduits en yiddish, étaient lus et vénérés. Gary, fruit de cette éducation, écrit dans *Les Couleurs du jour*, à propos de son héros La Marne[5] :

> On enseignait alors la France, la Révolution, les droits de l'homme, liberté, égalité, fraternité, dans les ghettos, pour apprendre aux enfants à respirer, et il se trouve que La Marne fut particulièrement sensible à ces exercices respiratoires.

Comme des dizaines de milliers d'immigrés, Mina Kacew promettait à son fils : « En France, nous ferons fortune, les rues sont pavées d'or. »

La France a accueilli entre les deux guerres plus d'un million d'étrangers[6]. Ce ne fut pas de gaieté de cœur, mais après l'hécatombe de la Grande Guerre, la population accusait un déficit de près de trois millions d'âmes. On fit venir des travailleurs principalement d'Italie et de Pologne, où l'administration française avait envoyé des missions de recrutement. Pendant cette période, la France aura sur son sol le plus fort taux d'étrangers au monde. Les Juifs développèrent les secteurs de la confection, de la maroquinerie, du meuble. Plus de douze mille ouvriers juifs furent recrutés, mais en 1919, *Lebensfragen*, un journal du Bund socialiste polonais, publia des lettres d'émigrés révoltés par le traitement dont ils avaient été l'objet : « Nombreux sont les nôtres qui sont tombés malades, qui agonisent... On nous a vendus comme des esclaves. »

Cependant, l'opinion française, effrayée par le krach de 1929, la grande tension de la situation politique internationale et les affrontements politiques nés à l'époque du Front populaire, se laissa à nouveau séduire par un vieux démon, l'antisémitisme.

En 1931, on commence à sentir les effets du désastre

économique. La concurrence dans le domaine de l'emploi devient particulièrement aiguë. À la fin de 1934, un sénateur parle d'une « haine prête à exploser ». Parmi les intellectuels apparaît le thème de la protection de la culture française étouffée par la culture étrangère. Robert Brasillach s'inquiète pour le cinéma français : « Les plus paisibles commençaient à regarder de travers les cheveux crépus, les nez courbes qui abondaient singulièrement. » Céline tient à peu près le même langage : « Messieurs les youtres, les semi-nègres, vous êtes nos dieux[7]. »

Les circulaires ministérielles s'opposent à la régularisation de la situation des immigrants. Le ministère d'Édouard Herriot s'inquiète :

> Le contrôle des étrangers, leur assistance, l'instruction de leurs enfants, créent aux différents départements ministériels des dépenses qui vont croissant et dont il paraît légitime de rechercher la contrepartie dans une contribution à réclamer aux étrangers eux-mêmes[8].

Édouard Herriot, le radical-socialiste, regrette à la Chambre le 20 mars 1924 que « la France [soit] en ce moment terre d'élection des indésirables[9] ».

La France, qui établit une différence entre les Polonais d'origine slave et

> des éléments d'origines diverses qui, déjà, n'étaient installés en Pologne qu'à la suite d'émigrations successives et ne sont jamais parvenus à s'accommoder au régime politique et social établi en Europe orientale... En conséquence, il conviendrait d'écarter les étrangers dont on ne peut escompter l'assimilation et qui n'offriraient pas, par ailleurs, au point de vue de la stabilité et de l'utilité sociale toutes les garanties désirables[10].

Les Juifs fuyant les pogroms de Petite-Russie et de Pologne, sans être nommés, sont visés.

Georges Mauco écrit dans son livre *Les Étrangers en France* :

> Ils portent en eux, dans leurs coutumes, dans leur tournure d'esprit, des goûts, des passions et le poids d'habitudes séculaires qui contredisent l'orientation profonde de notre civilisation [11].

Cette réalité n'empêchait nullement les Juifs d'arriver en nombre, légalement et illégalement, sous divers prétextes : expositions internationales, cures médicales, tourisme. En Pologne, de prétendus agents de voyages promettaient aux candidats à l'émigration billets et visas moyennant finance [12].

De 1900 à 1928, l'antisémitisme connaît en France son étiage. L'ancien journal de Drumont, dont le tirage avait atteint 300 000 exemplaires en 1889, disparaît faute de lecteurs en 1924. Le pape Pie XI condamne l'Action française en 1926, et l'antisémitisme deux ans plus tard. Les prêtres ne lisent plus le journal de Maurras. Mais quand Bergson, Juif « déjudaïsé », comme on disait à l'époque, est élu à l'Académie française, *L'Action française* titre : « La juiverie entre à l'Académie française. »

## 11.

# Varsovie

*Varsovie ! Vieille ville juive, bondée comme une synagogue au Jour du Pardon,*
*Comme le marché un jour de foire ! Juifs de Varsovie, si tristes et si joyeux*
*Vendant au marché, priant à la « shule »*
*— ô Juifs quêteurs de subsistance et quêteurs de Dieu !*

ITZHAK KATZENELSON,
Le Chant du peuple juif assassiné

Au cours de l'année 1926, un an après son arrivée à Sweciany, Gary prit le train avec sa mère pour Varsovie, emportant avec lui le souvenir des forêts et des champs de tournesols dont il garda toute sa vie la nostalgie[1].

Ce n'était pas la première fois que Mina se rendait dans la capitale où certains de ses frères et sœurs s'étaient établis. Le registre du concierge de la Wielka Pohulanka nous apprend, en effet, qu'elle les avait visités en 1921. Voyager à Varsovie était à présent chose aisée car Wilno avait été annexée par la Pologne en 1920. Romain et Mina y passèrent deux ans durant lesquels ils furent accueillis par divers membres de la famille en attendant l'obtention d'un visa pour la France. La dislocation du foyer n'avait pas été la seule cause de leur départ. Dans de nombreuses villes de

Pologne, notamment à Wilno et à Varsovie, les actes antisémites se multipliaient.

Une partie de la famille Owczynski était établie dans la capitale polonaise et y vivait plutôt bourgeoisement. Mina avait à Varsovie son frère, Abraham Borukh, celui qui s'appelait Boleslaw, et exerçait la profession d'avocat malgré le *numerus clausus*. Il avait fait ses études à la faculté de droit de Varsovie, où les étudiants juifs se faisaient rosser par leurs condisciples chrétiens et étaient parqués sur des bancs réservés. C'est lui que Gary désigne sous le prénom de Boris, au dos de la photo datée de 1949 prise quelques mois avant sa mort.

Borukh-Abraham avait épousé à vingt-deux ans sa cousine Myriam (Maria) Owczynska, la fille de Solomon Owczynski, âgée de dix-sept ans, originaire de Sweciany. Les jeunes gens s'étaient unis sous la *khoupa* le 22 avril 1912[2] à Wilno devant le rabbin Rubinstein qui avait déjà marié Mina et Arieh-Leïb.

Boleslaw et Maria, la tante[3] de Gary, formaient un couple très uni et avaient un fils, Sasza, qui mourut à l'âge de huit ans, en 1921. Gary conservera des liens avec sa tante Maria Owczynska jusqu'à son décès à Varsovie. Après la guerre, elle fut plusieurs fois l'invitée de son neveu. Tout d'abord avant 1962, pendant les mois d'été, dans sa maison de Roquebrune et, quelques années plus tard, à son domicile parisien 108, rue du Bac. Maria était une grande femme blonde, belle et élégante, qui portait toujours plusieurs rangs de perles autour du cou. Elle menait une existence bourgeoise et possédait de nombreux tableaux de valeur dans son appartement de Varsovie[4]. Elle n'avait néanmoins pas de revenus, et, dans les années soixante, Romain Gary lui versait une rente mensuelle de 30 dollars sur un compte en devises à la Polska Kasa Opieki, 7, rue Czackiego, à Varsovie. Pour quelque raison obscure, Romain Gary, lorsqu'il était consul général de France à Los Angeles, chargeait Odette de Bénédictis, sa secrétaire, de réaliser cette transaction à la Bank of America, afin que son nom n'apparût pas sur les bordereaux de versement. Un jour, à l'occasion d'un modeste découvert, la banque ferma son compte sans préavis et ne procéda pas au transfert d'argent vers la Pologne. Indigné, Romain Gary envoya une lettre à son banquier, auquel il reprocha de laisser sa tante « mourir de faim ».

Gary a écrit dans *La Promesse de l'aube* qu'il a vécu avec sa mère pendant deux ans dans une situation précaire à Varsovie, en attendant de recevoir un visa du consulat de France pour quitter le pays. Ils ont séjourné chez Boleslaw 22, rue Poznanska, une artère élégante du centre économique de la capitale, proche de l'ancienne poste et de l'ambassade d'Union soviétique[5]. Rachel, une des sœurs de Mina (que Gary nomme Olga dans *Pseudo*), qui exerçait la profession de dentiste, résidait à la même adresse. Ce n'était pas confortable, mais la misère dans laquelle ils auraient vécu est sujette à caution, car les déclarations que Mina a faites à son arrivée en France au commissaire spécial de Nice et les documents fournis prouvent au contraire qu'elle présentait de sérieuses garanties.

> Nous allâmes vivre chez une parente de ma mère, dans un appartement occupé par un avocat et sa sœur, qui était dentiste : nous dormîmes d'abord dans la salle d'attente, ensuite dans le cabinet, et chaque matin, il nous fallait débarrasser les lieux avant l'arrivée des clients et des patients[6].

Plusieurs autres membres de la famille Owczynski — parmi lesquels probablement d'autres frères et sœurs de Mina et Boris — vivaient aussi à cette époque à Varsovie[7].

Pauvres ou pas, Romain et sa mère gardèrent un mauvais souvenir de leur séjour dans cette ville. Faisant l'impasse sur les conditions exactes dans lesquelles il y vécut, sur l'atmosphère qui y régnait, sur le demi-million de Juifs qui y habitaient, l'écrivain, dans son autobiographie, a privilégié, comme souvent, une assez modeste anecdote : il aurait remporté un vif succès d'acteur dans *Konrad Wallenrod*, le poème dramatique d'Adam Mickiewicz, lors d'un spectacle d'enfants présenté à l'élégant collège Michal Kreczmar, rue Wilcza, qu'il assure avoir fréquenté. Selon Sophie Gajewski, la deuxième épouse de son ami Stanislaw, ambassadeur de Pologne à Paris, Roman Kacew a été scolarisé au collège polonais Gurskiego, un établissement fréquenté par des élèves de condition plus modeste [8]. Gary a surtout pris des leçons particulières de français avec Lucien Kollek de Luboc, qui habitait 3, rue Nowi Zjad à Varsovie, métamorphosé en Dieuleveut-Caulec dans *La Promesse de l'aube* [9]. L'école primaire était gratuite et accessible à tous, mais le *gymnazjum* (lycée) était payant et n'acceptait que très peu d'élèves juifs. En Pologne régnait un antisémitisme d'État pratiquant ouvertement la discrimination et interdisant certaines professions aux Juifs. Le « Front chrétien des affaires » organisait le boycott des boutiques juives, tandis que l'« Union des jeunesses étudiantes » avait fait du *numerus clausus* le mot d'ordre du mouvement, le transformant peu de temps après en *numerus nullus*. Cet antisémitisme était attisé par l'Église polonaise, dont les prêtres appelaient à la lutte contre les Juifs dans leurs lettres pastorales. Jamais apaisé par le succès, Romain redouta jusqu'à sa mort de connaître la pauvreté.

Gary a raconté à son amie Barbara Pszoniak [10] que sa mère, obsédée par les maladies vénériennes, l'avait emmené à Varsovie visiter une exposition sur la syphilis, où l'on voyait des photographies de personnes atteintes de chancres. Il avait été épouvanté, mais ce souvenir n'empêchera pas dans les années qui suivirent sa fascination pour les prostituées.

On peut se faire une idée plus précise de l'impression que laissa à Romain Gary le séjour à Varsovie en lisant le chapitre IV [11] des *Clowns lyriques*. On y trouve le portrait d'un personnage nommé Rappaport, un Juif polonais naturalisé français et qui, comme Gary, a changé de nom après sa naturalisation ; il se fait désormais appeler La Marne. La physionomie de ce dernier est pour le moins surprenante sous la plume d'un écrivain juif. Tout en évoquant les humiliations et les persécutions dont La Marne a été la victime dans son enfance à Lodz, Gary adopte pour le décrire les stéréotypes antisémites que l'on trouve couramment dans le roman français au XIXe siècle et au début du XXe.

> La Marne — de son vrai nom, qui sait ? — était petit, le teint olivâtre sous des cheveux très noirs et soigneusement teints, qui tombaient sur ses joues comme deux ailes de corbeau entrouvertes ; son visage avait une sorte de joliesse sud-américaine, on disait autrefois : rastaquouère. Il était en réalité d'origine polonaise, fils d'un tailleur de Lodz. Il avait aussi des cils très longs et palpitants et des yeux de biche, bruns et doux, avec ce côté bon-à-toucher qu'il est plus agréable de rencontrer dans un gant de bonne qualité que dans un regard d'homme.
>
> […] Il avait à présent quarante-sept ans et un de ces nez qui paraissent s'allonger avec le passage des ans.

Quelques lignes plus loin, Gary attribue ses propres souvenirs d'enfance à La Marne :

> Lorsqu'il était enfant et que ses camarades polonais le traitaient de youpin et le rossaient, il ne leur en voulait pas, parce qu'ils n'étaient pas français. C'étaient de pauvres petits barbares [12].

Un enfant juif, violoniste virtuose, apparaît également comme victime dans *Éducation européenne*. Moniek Stern, le *Wunderkind* [13], est séquestré par une bande de voyous polonais qui le martyrisent. Il joue aussi bien que Jascha Heifetz ou Yehudi Menuhin. Gary était non seulement totalement dépourvu de don pour la musique, au grand regret de sa mère, mais il la détestait. « Quand il avait quatre ans, ses parents avaient pour lui une vocation de virtuose [14]. »

Dans son imaginaire, le génie juif est compagnon inséparable de la laideur physique :

> Le grand Artur Rubinstein, qui avait les traits exigés par les antisémites, s'en était sorti, et il était reçu comme virtuose par les plus grands aristocrates, il a même écrit un livre pour le prouver. Le génie excuse tout [15].
>
> Au milieu du groupe, un enfant d'une douzaine d'années se tenait debout. Il était laid : des cheveux rouquins, bouclés, une bouche et un nez épais et des yeux sans cils, aux paupières rouges.

Peut-on aller plus loin dans la haine de soi ? Quelques lignes plus bas, l'enfant juif martyrisé, métamorphosé en sauveur, rachète l'humanité :

> Debout au milieu de la cave puante, vêtu de chiffons sales, l'enfant juif aux parents massacrés dans un ghetto réhabilitait le monde et les hommes, réhabilitait Dieu. Il jouait. Son visage n'était plus laid, son corps maladroit n'était plus ridicule, et, dans sa main menue, l'archet était devenu une baguette enchantée.

Gary clôt le chapitre de Varsovie en racontant comment ses camarades de classe se moquaient de lui parce qu'il leur avait parlé de son prochain départ pour la France. Un jour, l'un d'entre eux vint le provoquer en lui disant que sa mère était une « ancienne cocotte ». Il ne pleura pas, ne répliqua pas à son agresseur et, à son retour, raconta l'incident à sa mère. Celle-ci, au lieu de le plaindre, lui administra une volée de gifles, afin qu'il luttât désormais pour leur dignité. Furieuse, elle lui expliqua qu'il valait mieux revenir en sang qu'humilié. Il est peu probable que des gamins de Varsovie aient su quoi que ce soit sur le passé « vilnois » de la mère du jeune Roman Kacew, qui était d'ailleurs des plus respectables. S'il a été l'objet de quolibets, les causes de l'incident furent sans doute différentes. Peut-être reçut-il des injures — *zydparch* (youpin) — ou des coups, comme c'était la règle pour les enfants juifs qui fréquentaient une école polonaise dans les années vingt. Le lendemain de l'incident, assure Gary, sa mère alla au consulat de France entreprendre des démarches en vue de leur émigration. Elle dut peut-être payer les services d'un *makher*, un « faiseur », qui moyennant une belle rétribution s'engageait à procurer billets et visas à l'intéressé. À Varsovie, où l'on vendait des contrefaçons de visa français d'excellente qualité, on lui conseilla d'entrer en France par la frontière italienne parce que des visas du consulat de France à Milan étaient accordés aux Polonais qui disaient venir faire une cure en France [16].

Gary et sa mère ont fait partie de la troisième vague d'environ dix mille personnes qui émigrèrent en France entre 1908 et 1939 [17].

Mina Kacew, qui arrive à Menton le 23 août 1928, explique au commissaire spécial de Nice qui l'interroge les raisons pour lesquelles elle a quitté la Pologne [18]. Elle espère beaucoup de la France, réputée terre d'asile pour les proscrits, mais elle sait que la réalité est différente de ses rêves et des mythes. L'essentiel est d'être acceptée par les fonctionnaires chargés de l'immigration, en dépit du fait qu'elle n'arrive pas en tant que travailleur étranger. Détentrice d'un passeport polonais, elle ne dit pas toute la vérité, mais juste ce qu'il faut pour que ses mensonges paraissent vraisemblables. Elle passe sous silence l'antisémitisme violent qui règne dans ce pays, les pogroms et surtout, fort heureusement, sa lointaine appartenance à une organisation communiste à Sweciany. Elle ne se présente pas comme une réfugiée sans ressources, mais comme une personne munie de sérieuses références, qui a d'excellentes raisons de vouloir résider en France.

Mina ne voulait pas être considérée comme un « mauvais étranger » à qui on pouvait refuser le permis de séjour sur la Côte d'Azur. Afin d'éviter une expulsion, elle prépara un dossier [19] conforme aux normes requises par l'administration.

> Mme Kacew Mina est en possession de son récépissé de demande de carte d'identité délivré à Nice, le 25 octobre 1928.
>
> Mme Kacew Mina est arrivée sur la Côte d'Azur à cause

de l'état maladif de son fils qui, âgé de quatorze ans, est atteint d'angine.

Elle désire que son fils poursuive ses études en France ; effectivement depuis le 1er octobre dernier, le jeune Kacew est élève au lycée de notre ville et suit les cours de 4e B3.

Mme Kacew cite comme référence M. Lucien de Luboc Kollek, français, professeur de français au collège de Varsovie, et M. le vice-consul de France à Varsovie, dont elle a oublié le nom, demeurant chez M. Lucien Luboc Kollek. Elle cite également comme référence Mme Smessof Raïssa, française par naturalisation, professeur de langue russe au lycée de jeunes filles de Nice qu'elle aurait connue depuis son jeune âge à Koursk (Russie).

Mme Kacew Mina est en instance de séparation d'avec son mari. Ce dernier envoie mensuellement, pour l'entretien et l'éducation de son fils 1 500 francs par mandat poste.

Quant à elle, elle reçoit trimestriellement 5 200 francs (coupons d'actions de société de crédit immobilier déposées à la Banque anglo-polonaise, rue Krakoweko-Pzedmeisce, à Varsovie.)

J'annexe :

1/un certificat de Mme Margolies, docteur en médecine, duquel il résulte que le jeune Kacew Roman a besoin d'un séjour prolongé dans le midi de la France.

2/un certificat de M. le Proviseur du lycée, duquel il ressort que le jeune Kacew est élève au lycée de Nice, en qualité d'externe, depuis le 1er octobre 1928.

3/Un certificat de Mme Smessof Raïssa, professeur au lycée de jeunes filles de Nice, attestant de l'honorabilité de Mme Kacew qu'elle connaîtrait depuis vingt ans.

Avis : favorable

Le commissaire spécial. Signé : Cottoni.

Il est remarquable que, dans son attestation, Raïssa Smessof, qui rédige le certificat sur le papier à lettres de son mari Basile, « de l'ancien barreau de Kiev — traducteur juré », n'ait nullement fait mention de la ville de Koursk. Elle se contente d'écrire qu'elle connaît Mme Kacew depuis vingt ans. Il est possible que son mari, Me Smessof, ait délivré, moyennant finances, aux émigrés d'Europe orientale des attestations de pure forme nécessaires à la constitution de leur dossier.

Nice le 16 novembre 1928

Monsieur le Commissaire spécial de la Ville de Nice
Certificat
Je soussignée Smessof Raïssa, professeur au lycée de jeunes filles de Nice, déclare par la présente connaître Mme Mina Kacew, demeurant à Nice, depuis près de vingt ans. Elle habite Nice à cause de la santé de son fils et ses ressources ne l'obligent pas de travailler.

Voici enfin la déclaration de Mina Kacew adressée au préfet de Nice.

Monsieur le Préfet,
Je soussignée Kacew Mina, de nationalité polonaise, ai l'honneur de vous exposer que je me suis rendue en France accompagnée de mon fils Roman âgé de quatorze ans en vertu d'un visa qui m'a été délivré par le consulat de France à Varsovie le 1er août 1928.

Arrivé en France, mon fils est entré au lycée de Nice pour terminer ses études ; d'autre part, sa santé ne lui permet pas de retourner dans les pays du Nord. Actuellement, j'ai loué un appartement à Nice et je compte y rester tant que l'exigera la santé de mon fils et la durée de ses études.

C'est pourquoi j'ai l'honneur de solliciter votre bienveillance, Monsieur le Préfet, pour m'accorder à moi ainsi qu'à mon fils un permis de séjour pour résider à Nice et sur la Côte d'Azur.

J'ajoute que j'ai une situation de fortune indépendante et que je vis de l'argent que m'envoie mon mari et que tous les renseignements sur mon compte peuvent être pris chez Mme Smessof, professeur au lycée de jeunes filles à Nice.

En vous remerciant d'avance, je vous prie, Monsieur le Préfet, d'agréer l'expression de mes sentiment dévoués et distingués.
Mina Kacew.

Mina, qui n'était pas détentrice d'un contrat de travail, avait réussi à convaincre les autorités françaises que ses ressources lui permettaient de vivre en France. En effet, la loi stipulait : « Tout étranger entré en France ne peut y être employé que s'il a reçu une autorisation spéciale. » C'était tout ce que la loi exigeait d'elle. Mais était-ce vrai ?

# 12.

Mina n'avait pas quitté Varsovie au mois d'août 1928 sans savoir où elle allait s'établir, car son frère Eliasz, qui à présent se faisait appeler Liova, sa belle-sœur Bella et Dinah, leur fille, l'avaient précédée dans l'émigration, et s'étaient déjà installés à Nice.

Selon Romain Gary, Liova, après Wilno, avait vécu à Berlin afin d'échapper à ses créanciers et aux conséquences de ses indélicatesses [1]. Ruiné par sa passion du jeu, il avait utilisé les fonds de la société pétrolière pour laquelle il travaillait afin de payer ses dettes. Son employeur l'avait licencié, flairant quelque mise en scène, lorsqu'on l'avait retrouvé ligoté devant le coffre-fort ouvert et vidé de son contenu. Ses frères et sœurs avaient tenté de l'aider à sauver la face, mais à cause de sa réputation, on ne l'avait pas cru. Il était alors parti joindre l'utile à l'agréable en ouvrant un salon de jeu clandestin à Berlin, où il gagnait des sommes considérables, qu'il allait aussitôt perdre chez ses concurrents. Son épouse Bella Kliatchkine, une Juive très pieuse, en souffrait beaucoup et priait à la synagogue sans qu'aucune de ses prières fût exaucée [2].

Toujours selon Gary, Liova fut expulsé d'Allemagne pour avoir signé des chèques sans provision dans la noble intention de rembourser ses dettes. Il alla ensuite tenter sa chance à Nice, au casino municipal, au cercle privé, au-dessus du Grand Café & Brasserie viennoise Pomel, ainsi qu'à Monte-Carlo, où il jouait à la roulette.

Chaque fois qu'il avait tout perdu, il provoquait un incendie dans la bijouterie qu'il avait ouverte, puis attendait le chèque de sa compagnie d'assurances. Ce genre de combine ne pouvant durer éternellement, l'assureur le radia, si bien que Liova se retrouva bientôt dans l'impossibilité d'assouvir sa passion du jeu. C'est alors que, pour passer le temps, il entreprit d'écrire un grand nombre de drames, qui ont été perdus.

La version officielle semble différente et beaucoup moins romanesque. Notamment en ce qui concerne la passion supposée d'Eliasz pour le jeu. Le Service central des cartes d'identité des étrangers a établi le 14 février 1938 un bulletin de recherche qui montre qu'Eliasz n'est ni anarchiste ni communiste ; il n'est recherché pour aucun délit et n'est pas connu pour être joueur [3]. Selon les renseignements rassemblés à l'issue de l'enquête menée par le commissariat spécial de Nice, Eliasz, qui était soigné par le Dr Walter, souffrait d'asthme et de rhumatismes [4].

Eliasz Owczynski arriva à Menton en provenance de Wilno le 10 décembre 1927, muni d'un visa valable deux mois, pour retrouver Bella, entrée en France par la frontière belge le 2 août 1926, en possession d'un visa « et retour » valable deux mois [5]. Dinah, atteinte d'une pleurésie purulente depuis le 27 juillet, avait été opérée le 10 décembre 1926 par le Dr Michel Maccardo à la clinique russe de la Croix-Rouge, située 15, boulevard du Tzarevitch. Après l'intervention chirurgicale, elle reçut des soins dans cet établissement pendant sept mois. Lorsqu'elle fut rétablie, le chirurgien lui délivra, le 16 janvier 1928, une attestation selon laquelle la convalescente avait « besoin encore, en plus d'une médication reconstituante, d'un séjour prolongé sur la Côte d'Azur, d'une durée qu'on ne saurait fixer [6] ». Dinah passa un mois de convalescence à l'Hostellerie de la Puya, à Annecy, en 1927.

Le commissaire spécial Baudot donna un avis favorable à leur demande d'autorisation de résider en France :

Les époux Owczynski, anciens bijoutiers à Wilno, jusqu'à ces dernières années, auraient vendu tout récemment un immeuble de rapport de 250 000 francs, avec l'intention de venir vivre de leurs revenus dans notre pays. Une partie de cet argent est placée à la Banque commerciale italienne de notre ville.

Ces étrangers, dont l'attitude est correcte, citent comme référence : M. le marquis de Méranville de Sainte-Claire, 1, rue Frédéric-Passy, et M. Smessof Basile, ce dernier naturalisé français, commerçant, 64, rue de France[7].

Ceux-ci interpellés se portent garants des sentiments des époux Owczynski.

M. Charles Laurent, premier président honoraire de la Cour des comptes demeurant 42, rue Notre-Dame-des-Champs, connaîtrait Mme Owczynska et sa fille Dinah, âgée de vingt et un ans.

Mme Owczynska, qui n'est titulaire que d'un visa de deux mois, a continué à demeurer dans notre pays, préoccupée par la grave maladie de sa fille Dinah, qu'elle crut à un certain moment trépasser. Affolée, dit-elle, elle ne songea pas à solliciter sa prolongation de séjour.

J'ai perçu pour elle et sa fille, le montant du visa non acquitté au départ — 49 francs (10 francs-or). La demoiselle Dinah n'a obtenu de notre consul à Varsovie qu'un visa de quinze jours.

Avis favorable.

Dinah était partie la première pour Varsovie en 1924, à l'âge de dix-huit ans, dans l'intention d'aller étudier en Angleterre. En remplissant les formulaires officiels, elle avait prétendu, comme Gary, avoir habité Moscou. C'est la seule ville pour laquelle elle ne donne aucune adresse. Ses parents ont toujours mentionné Wilno dans le questionnaire du commissariat spécial de Nice. Sans doute Dinah avait-elle trouvé plus judicieux de se présenter comme une Russe chassée par la révolution d'Octobre que comme une Juive fuyant la Pologne à cause de l'antisémitisme.

La jeune fille avait indiqué sur les papiers officiels destinés à sa naturalisation qu'elle avait quitté Varsovie pour se rendre à Londres, où elle avait séjourné de 1924 à 1926, travaillant comme fille au pair, tout en poursuivant des études. Elle précisa aux autorités françaises que dans cette dernière ville elle avait habité 15, Dayton Gardens, South Kensington.

Dinah, malade, retrouva sa mère à Nice au mois d'août 1926, après son séjour en Angleterre où Gary raconta dans *Pseudo* qu'elle était tombée amoureuse d'un Anglais, que les sentiments exaltés d'une Juive lituanienne avaient laissé insensible. Désespérée, elle aurait tenté de se suicider, en se tirant une balle dans la poitrine, et Kojine, un chirurgien réputé de Nice, l'aurait sortie d'affaire. Dans la famille Owczynski — au moins en imagination —, on avait le sens de la démesure. En réalité, Dinah était entrée à la clinique pour soigner sa pleurésie.

C'est au cours d'un séjour à Nice qu'elle rencontra son futur mari, Paul Pavlowitch, un Serbe du Monténégro né le 14 avril 1893 à Dulcigno, en Yougoslavie. Lucas, le père de ce dernier, né en 1855, et Barbara Manusch, sa mère, née en 1870, prisonniers politiques, avaient été transférés de Yougoslavie en Turquie, pendant la Première Guerre mondiale, tandis que Paul n'a pu satisfaire à la loi militaire dans son pays parce qu'il a été interné civil de 1914 à 1918 [8]. Ils vécurent et travaillèrent à l'ambassade d'Angleterre à Smyrne de 1906 à 1920. Paul Pavlowitch fit ses études chez les Maristes, puis en Angleterre, où il émigra à l'âge de dix-huit ans.

Paul Pavlowitch, de son propre aveu chrétien orthodoxe et antisémite, devint le gendre de Bella Owczynska, cette Juive très pieuse considérée comme « une sainte femme » par son neveu. Romain Gary, qui ne buvait pas d'alcool, n'aimait pas Pavlowitch, qui trompait son épouse et commençait sa journée en débouchant sa première bouteille de *slivovitz* et continuait avec d'innombrables apéritifs [9].

Arrivé en France en 1921, ce dernier se fit engager à l'American Express, 11, rue Scribe, où il travailla jusqu'en 1926. Il logea d'abord dans divers hôtels meublés, puis loua La Villa des Roses, à Bois-Colombe. À la fin de l'automne 1926, il se rendit en Égypte, où il trouva un emploi de comptable à l'Heliopolis Palace Hotel d'Alexandrie. L'année suivante, il vécut au 6, rue Praxitèle, chez ses parents, à Athènes, et travailla dans un hôtel jusqu'en 1928. En 1929, il acheta une bijouterie à Nice, Au Rubis, 89, rue de France, où il installa un atelier de fabrication, de transformation et de réparations. Mais on le voyait rarement derrière le comptoir de sa boutique, car il faisait ses affaires ailleurs. Associé à des orfèvres parisiens, il vendait des bijoux et des pierres précieuses à la clientèle des palaces de la Côte d'Azur. Un jour, il paya à un particulier quatorze carats de débris d'or et les revendit le même jour à la Banque de France. Cela lui valut une amende de 500 francs, infligée par le tribunal de commerce de Nice. Il habita successivement impasse Saint-Laurent, boulevard François-Grosso, et finalement, à partir de 1947, au 18, avenue des Orangers, où il avait acheté un appartement.

Lors de son arrivée à Nice, Paul Pavlowitch était veuf, depuis le mois de mai 1924, d'une Anglaise qu'il avait épousée à Smyrne, et dont il avait eu deux fils, John et Honoré. Ils avaient vécu au 6, Fletle Drive à Liverpool, où Pavlowitch avait été comptable dans une usine de textiles.

Paul (trente-sept ans) et Dinah (vingt-quatre ans) s'épousèrent à Londres, le 3 janvier 1930, au 3, St. George Road[10]. Pour devenir l'épouse d'un orthodoxe monténégrin, Dinah s'était convertie au catholicisme à la paroisse Saint-Pierre d'Arène, toute proche de la boutique de Paul, Au Rubis. Après leur mariage, ils s'installèrent à Nice. Elle lui donna trois enfants : Pierre-Claude, né en 1936, Jeanne-Barbara, née en 1939, et Paul-Alex, né à Nice, le 6 février 1942, qui deviendra le complice de Romain Gary dans sa future supercherie littéraire, en personnifiant l'écrivain imaginaire Émile Ajar.

DEUXIÈME PARTIE

# En France

DEUXIÈME PARTIE

# En France

Roger Agid [illegible] Romain Gary [illegible] que Mina et Romain [illegible] pas [illegible] puis [illegible] par [illegible] Ils logèrent quelques jours dans une [illegible] famille [illegible] malgré la [illegible] [illegible] une grande [illegible] dans un [illegible] sur le [illegible] Roger Agid [illegible] qu'elle [illegible] lequel elle exerçait la [illegible] de ses [illegible] Romain [illegible] main, ses [illegible] pour une [illegible] elle [illegible] deux pour évoquer une [illegible] s'arrêta.

Sylvia Agid, l'épouse de René, frère [illegible] le souvenir d'une Mme Kacew [illegible] des regards [illegible] sur son fils [illegible] s'empêcher de raconter, à la plus grande [illegible] de Romain, combien il était beau et bien habillé quand il était petit, puis en venait à la fête [illegible] où, en chapeau empanaché et costumé de Tcherkesse, il avait porté une épée [illegible] le défendre contre des [illegible] sur le chemin de ses rêves. Pendant qu'elle

# 13.

Roger Agid[1], ami intime de Romain Gary, raconte que Mina et Roman, devenu Romain parce que c'était plus commode, arrivèrent par le train à San Remo, où ils logèrent quelques jours dans une petite pension de famille. Puis ils entrèrent en France par Menton. Mina, malgré la modestie de leurs moyens, trônait, l'air hautain, prête à déverser des insultes sur quiconque lui manquerait de respect. À près de cinquante ans, c'était une grande femme plantant des cigarettes à bout doré dans un long fume-cigarette qui faisait vive impression sur le petit Roger Agid, alors âgé de onze ans. Arrogante, elle ignorait le monde entier, son fils excepté, sur lequel elle exerçait la tyrannie de son amour absolu. Romain, redoutant par-dessus tout ses esclandres, son parler théâtral, ses poses de diva attendant un baisemain, ses brutales sautes d'humeur durant lesquelles, pour une peccadille, elle se muait en poissonnière, filait doux pour éloigner une éventuelle tempête.

Sylvia Agid, l'épouse de René, frère aîné de Roger, a le souvenir d'une Mme Kacew laide et édentée. Elle jetait des regards éperdus sur son fils[2]. Elle ne pouvait s'empêcher de raconter, à la plus grande confusion de Romain, combien il était beau et bien habillé quand il était petit, puis en venait à la fête enfantine où, en chapeau empanaché et costumé en Tcherkesse, il avait porté une épée censée le défendre contre des conspirateurs surgis sur le chemin de ses rêves. Pendant qu'elle parlait, Romain, imperturbable et respectueux, se consumait d'amour et de haine mêlés et attendait qu'elle se tût[3].

À son arrivée à Nice, Mina eut du mal à gagner sa vie. Elle prenait de l'argenterie à condition, chez les brocanteurs du boulevard Gambetta, et surtout à la bijouterie Au Rubis qu'exploitaient Dinah et Paul Pavlowitch, qu'elle allait ensuite, sa valise dans une main et sa canne dans l'autre, proposer aux clients des palaces. Elle leur assurait que ces trésors avaient appartenu, avant la révolution d'Octobre, à des altesses ou à la famille impériale et que, très liée avec la cour de Russie, elle les avait secrètement reçus en dépôt.

Mina n'a jamais fréquenté d'altesses à Wilno. Encore moins à Moscou, où elle n'a jamais été. Elle a affirmé posséder des actions et recevoir une pension de son mari pour l'éducation de son fils. Les services d'immigration ont-ils vérifié ses déclarations ? Aucune trace dans le dossier.

Les 1 500 francs qu'Arieh-Leïb envoyait chaque mois par mandat-poste pour l'éducation de son fils étaient-ils insuffisants ? Ou bien les « 5 200 francs perçus trimestriellement de coupons d'actions de sociétés de crédit immobilier déposées à la Banque anglo-polonaise » étaient-ils, comme la pension d'Arieh-Leïb, une fiction destinée à constituer un bon dossier ? Sachant la IIIe République plutôt encline à refouler les étrangers « indésirables », indigents ou juifs, ou le plus souvent les deux à la fois, Mina Kacew avait déclaré aux policiers être dotée d'une fortune suffisante pour lui permettre de vivre à Nice sans exercer la moindre activité rémunérée. En effet, un étranger entré en France sans contrat de travail devait s'engager à ne pas travailler pour obtenir un titre de séjour. Mina en fut réduite à gagner sa vie en travaillant au noir pendant ses premières années à Nice.

On voit que si, selon les dires de son fils, cette dernière proclamait à qui voulait l'entendre son amour pour la France, elle n'en était pas aveugle pour autant.

Elle savait que d'un côté existait le mythe de la France terre d'asile, hospitalière et généreuse, et, de l'autre, la volonté de la République de trier et partager les bons et les mauvais étrangers, comme l'écrira Georges Mauco, « expert » des problèmes de l'immigration auprès de Philippe Serre, sous-secrétaire d'État au Travail dans le troisième gouvernement Chautemps, en 1932 :

> Le but d'une politique de rénovation de la race française doit avant tout viser l'assimilation d'individus similaires... [4]. Non moins pernicieuse est la déliquescence morale de certains Levantins, Arméniens, Grecs, Juifs et autres « métèques », négociants ou trafiquants. L'influence des étrangers du point de vue intellectuel, encore que difficilement discernable, apparaît surtout comme s'opposant à la raison, à l'esprit de finesse, à la prudence et au sens de la mesure qui caractérisent les Français [5].

Prétendant fonder ses analyses raciales sur des bases scientifiques, il écrit au sujet de l'« altération du caractère » des Arméniens et des Juifs, considérés comme inassimilables :

> Une semblable altération du caractère se retrouve chez le Juif. Elle est grave, car elle est le produit non seulement de l'éducation et du milieu sur l'individu, mais en partie sur l'hérédité. La psychologie moderne — et spécialement la psychanalyse — a montré que ces traits, transmis avec l'influence des parents dès les premières années de l'enfant, modifiaient l'inconscient même du sujet et ne pouvaient être résorbés qu'après plusieurs générations soumises à des conditions satisfaisantes et échappant complètement à l'influence du milieu héréditaire.
>
> Toutes les particularités défavorables de l'immigration imposée apparaissent pour les réfugiés juifs. Santé physique et psychique, moralité et caractère sont également diminués. [...] La névrose juive, avec son surmenage d'activité nerveuse, son hérédité alourdie par les événements actuels, apparaissait chez tous les réfugiés. Fait plus grave, elle se réveillait par contact, chez les Juifs francisés, et leur faisait perdre en partie les qualités qu'ils avaient pu acquérir. [...]
>
> Au moins ces réfugiés apportent-ils une valeur intellec-

> tuelle à défaut d'une valeur morale et physique ? Il ne semble pas, malgré les apparences.
>
> [...] Aussi particulièrement doués par leur habileté et leur souple ingéniosité, les Juifs étrangers parvenaient-ils aisément dans une France libérale, où la puissance de l'argent et de l'intellectualisme l'emportait sur le caractère et la force virile ! La même aptitude à la compilation du savoir ou de l'argent leur permettait d'affluer dans les sphères dirigeantes de la nation. Alors que la multitude des rudes ouvriers étrangers entraient dans la collectivité française par la base, y prenant ainsi les réflexes des hommes et des travaux qui font la nation, les Juifs, au contraire, sans transition, se portaient vers les centres nerveux du pays et agissaient directement sur les activités de direction. Certains parvenaient même à des fonctions d'autorité sans avoir aucune des qualités du chef ni la connaissance des hommes. Ils dévirilisaient ainsi l'autorité dont ils étaient investis et la dégradaient dans l'esprit des Français [6].

René Martial, un autre expert raciste, spécialiste des questions de santé publique, qui prône la sélection des immigrants, affirme l'existence d'une race française, et se déclare hostile au métissage et à la naturalisation qui risqueraient de la faire disparaître. Il classe les peuples selon les critères d'un « indice biochimique », en fonction de la proportion de chaque groupe sanguin dans la population, et conclut que seules des races d'indices biochimiques proches peuvent se mêler. Dans cette échelle, les Français sont affectés du coefficient 3,2, et les Juifs, comme les Arabes, du coefficient 1,6. D'où l'incompatibilité des premiers avec les deuxièmes et les troisièmes.

Au sein de la droite catholique, aux yeux de laquelle les principes universels de la Révolution française n'existaient pas, beaucoup pensaient que si un étranger pouvait devenir citoyen français en vertu de la loi, l'esprit d'un Juif ne pouvait en revanche se transformer en descendant des croisés [7].

Les expertises de Georges Mauco et René Martial en matière d'immigration furent contestées, notamment par William Oualid, professeur à la faculté de droit à Paris, qui écrivit :

> Au nom de l'égalité des hommes et de tous les hommes devant la loi, au nom des droits universels de l'homme, on s'insurgera contre cette sélection dont d'ailleurs il n'est pas sûr que les résultats attendus et obtenus soient ceux que l'on recherche[8].

Quand Mina et Roman arrivèrent à Nice, les Juifs représentaient 0,8 % de la population française, alors qu'ils constituaient 9,5 % de la population en Pologne, et 30 % à Varsovie qu'ils venaient de quitter. Même si les autorités françaises n'ont pas mis en œuvre les recommandations de leurs experts sur le plan des principes, pendant les années vingt, et même si les travailleurs étrangers étaient nombreux en France, il n'était pas facile d'accéder à la citoyenneté française. Les fonctionnaires se penchaient soigneusement sur ce qu'ils considéraient être les mérites des uns et des autres.

## 14.

C'est en se présentant à L'Hermitage, l'un des plus somptueux établissements de Nice, construit sur la colline de Cimiez, que Mina se lia avec la famille Agid. Le directeur était Alexandre, le père de trois futurs amis intimes de Romain : Roger, René et Suzanne. Comme toujours vêtue d'une robe grise assez informe, Mme Kacew était arrivée dans le hall du palace avec sa valise et sa canne.

« Cher monsieur, avait-elle dit en russe à Alexandre Agid, je viens présenter à vos clients l'argenterie de la famille impériale ! »

Devinant d'emblée la situation de sa visiteuse, Alexandre Agid lui accorda la permission de proposer sa brocante dans ses hôtels, allant même jusqu'à mettre à sa disposition des vitrines pour l'exposer dans les vastes promenoirs du rez-de-chaussée.

Alexandre Agid avait lui aussi connu des débuts difficiles. Il était né en 1899 à Lemberg[1] dans une famille juive polonaise de neuf enfants. Un de ses frères avait été assassiné en pleine rue en Pologne et quand le meurtrier avait comparu devant un tribunal, il avait déclaré pour sa défense que l'homme qu'il avait tué n'était qu'un Juif. On l'acquitta. Depuis ce jour, Alexandre Agid avait décidé de rompre avec le monde de son enfance et de son adolescence, la Pologne de l'antisémitisme et des pogroms.

Il quitta Lemberg pour aller étudier l'allemand et

l'anglais à Heidelberg. On l'engagea comme directeur à l'hôtel du Nord à Cologne, puis dans les mêmes fonctions à Berlin et en Égypte, au Caire. Il arriva en France en 1923, à l'âge de vingt-quatre ans. À cette époque, la Compagnie des wagons-lits, propriétaire de tous les établissements de luxe du Caire et de Louxor, employait déjà son frère Joseph, son aîné de trois ans, alors directeur à Londres, afin de créer de nouvelles résidences à Paris en vue de l'Exposition universelle de 1900. Les deux frères firent édifier, en quelques mois, les immeubles que l'on peut voir aujourd'hui autour de la place du Trocadéro. Les chambres furent aménagées avec des meubles loués aux magasins de La Samaritaine. Lorsque l'Exposition prit fin, ils rendirent le mobilier au grand magasin et vendirent les immeubles divisés en appartements.

Alexandre Agid épousa Esther Aymon [2], une Juive née à Bruxelles dans une famille lorraine. Ils eurent six enfants : Georges, Roger, Suzanne et son frère jumeau André, Liliane et René. Ce dernier sera l'ami le plus proche de Gary, son confident, son conseiller, une sorte de père, son ultime recours en toute circonstance, jusqu'à la veille de sa mort.

Naturalisé français, Alexandre Agid se déclarait dorénavant protestant, et cela sans aucune conviction, dans le seul but de protéger ses enfants, qu'il avait fait baptiser afin qu'ils ne fussent jamais exposés à l'antisémitisme. Quand, fortune faite, il allait une fois par an rendre visite à sa famille restée en Pologne, il craignait tant pour la sécurité de sa femme et de ses enfants, qu'il les priait d'attendre son retour dans un hôtel à Vienne.

Joseph et Alexandre avaient pris la direction de deux hôtels à Nice : le Queen's, sur le boulevard Victor-Hugo, et le Riviera, à Cimiez.

Avec le produit de la vente des immeubles du Trocadéro, les deux frères, faisant appel à l'architecte Charles Dalmas, firent construire, entre 1904 et 1906, le Winter Palace à Cimiez, le Royat Palace à Royat, une station thermale dans le Puy-de-Dôme, et L'Hermitage, un immense palace, villégiature préférée des maharadjahs[3] sur lesquels leurs gardes du corps en uniforme veillaient jour et nuit. Pablo Casals, Alfred Cortot et Jacques Thibaud, des fidèles du lieu, répétaient souvent dans le salon d'Esther, la maîtresse de maison, qui mettait à leur disposition un excellent piano.

Le directeur venait accueillir à la gare les clients, qui disposaient chacun d'un serviteur de l'hôtel attitré. Les employés faisaient de la part de leur patron l'objet d'une attention particulière. Le préposé aux repas du personnel était un ancien communard et, chaque jour, Alexandre Agid ou le directeur venait goûter les mets avant qu'ils fussent servis.

L'Hermitage, un vaisseau de deux cents chambres, avait été édifié sur la colline de Carabacel, au-dessus de Nice, sur le terrain acheté par le brasseur Émile Bieckert aux Ursulines. Alsacien chassé par la défaite de 1870, ce dernier avait fait fortune avec ses frères en Argentine. À son retour, il avait acheté tous les terrains disponibles de Cimiez et de Carabacel. C'est aux frères Agid qu'il vendit la magnifique esplanade de rocailles et d'abondante végétation où sera construit L'Hermitage, autrefois propriété du comte de Venanson.

> Un parterre de fleurs rares et d'arbustes précède et entoure la maison... Et lorsqu'on a parcouru ses rampes multiples, bordées de rosiers et de lilas, lorsqu'on s'est promené sous les immenses berceaux de vigne, que des arbres fruitiers disposés en éventail abritent du soleil, lorsqu'on s'est assis sur les bancs qu'offrent les endroits les plus commodes, en présentant une perspective admirable, lorsque enfin on s'est plu à contempler la multitude et la variété des fleurs d'un nouveau parterre, on passe chez le voisin[4].

Dès son ouverture, il eut un tel succès qu'Alexandre Agid lui adjoignit un nouvel établissement, le Palais Langham, qu'il relia à L'Hermitage par un funiculaire. Il acheta aussi au centre de la ville L'Atlantic, un hôtel somptueux.

Les aristocrates anglais et d'Europe du Nord, les hommes d'affaires américains venaient passer l'hiver sur la Côte d'Azur avec leur nombreuse domesticité. Les chauffeurs, femmes de chambre, gouvernantes attachés à leur service étaient logés à l'arrière du bâtiment, dans les chambres dites « de courrier ». Vingt-cinq familles suffisaient à remplir l'hôtel.

Riches, oisifs et élégants, ils restaient plusieurs mois, rejoints pour quelques semaines par des industriels qui aimaient les nouveaux établissements, où ils étaient remarquablement servis. L'été, tous quittaient la côte de la Méditerranée pour Royat.

Mobilisé comme simple soldat pendant la Première Guerre mondiale, Alexandre Agid offrit L'Hermitage à la ville, qui le transforma en hôpital militaire. Son épouse Esther y travailla comme infirmière. Démobilisé en 1916, il retrouva L'Hermitage dévasté. Il entreprit immédiatement sa restauration et fit construire une annexe reliée au bâtiment principal par un souterrain somptueux dont les ascenseurs desservaient les deux parties de l'hôtel. Le palace comptait désormais deux cent cinquante chambres.

Les enfants d'Alexandre Agid vivaient à « l'annexe » avec une gouvernante qui leur imposait une discipline très stricte. Il leur était formellement interdit de pénétrer dans le hall du palace. En revanche, ils avaient toute latitude pour jouer au tennis avec la progéniture des clients. Seule exception, le vendredi, où il y avait une soirée dansante avec des amuseurs et des prestidigitateurs. Alexandre Agid autorisait ceux de ses enfants qui avaient atteint l'âge de quinze ans à pénétrer dans la salle à manger en compagnie de leurs amis.

Dans le long cortège qui défilait jour et nuit sur la promenade des Anglais, on pouvait reconnaître des rois et des princesses venus de Saint-Pétersbourg, Vienne, Londres ou Paris qui, progressivement, se retirèrent sur les hauteurs de Cimiez, à distance respectable des gigolos, des cocottes, des acteurs et des musiciens de jazz, eux aussi éblouis par la Côte d'Azur.

Dans les grands hôtels, on se gobergeait, on se costumait, on dansait sous les pampilles de cristal des salles de bal. Au casino, on perdait des fortunes à la roulette et au baccara. Des portiers d'hôtel originaires d'Europe centrale qui avaient fait fortune au jeu se métamorphosaient du jour au lendemain en barons magyars en villégiature. Si un groom pouvait subitement devenir baron, pourquoi Gary, le jeune immigré juif, n'aurait-il pu devenir le fils du plus célèbre acteur russe de l'époque — cet Ivan Mosjoukine qu'il apercevait parfois à La Grande Bleue ou assis à la terrasse du Negresco ?

En 1930, Alexandre se retrouva seul lorsque Joseph mourut à soixante ans d'un infarctus en poussant la voiture d'un client qui peinait à démarrer.

On sait de quelle manière le gouvernement de Vichy et les Allemands traitèrent ceux qui avaient naïvement cru se mettre à l'abri derrière un certificat de baptême. Fort heureusement, Alexandre Agid, caché en Auvergne, et son fils Roger, membre important du réseau de résistance Buckmaster, réussirent à échapper aux investigations des Allemands et de la Milice [5]. L'Hermitage fut successivement occupé par les Italiens, la Gestapo et les Américains. Après la guerre, l'hôtel fut vendu et transformé en appartements. C'est dans l'un d'eux que s'éteignit Alexandre Agid en 1951 [6].

## 15.

Romain Kacew avait fait la connaissance de René Agid, son aîné d'un an, au lycée de Nice, à l'époque où il vivait avec sa mère dans un petit logement 15, avenue Shakespeare, près de la gare. Toujours soigneusement vêtu comme un adulte — costume, cravate, montre à gousset avec chaîne — Romain, qui entra en classe de quatrième en 1928, fut soudain confronté aux enfants de la bonne société niçoise. C'était un élève studieux, secret, silencieux, très timide, et surtout profondément triste, comme il apparaît sur les photos de classe.

Cependant, intégré dans le havre de l'école laïque et républicaine, le jeune émigré échappe alors à la condition de Juif, de *zydpach* [1], qu'il avait dû supporter à Wilno et à Varsovie. Il ne souffre pas de l'exil et entrevoit la possibilité d'enfouir en lui-même sa singularité. Il est libéré des blessures et des souffrances que les siens endurent en Pologne. En France, il peut se permettre d'être excellent, de maîtriser le français en quelques mois, et, avec sa vivacité d'esprit et sa mémoire, de rafler les meilleures notes de sa classe dans cette discipline. Non seulement il découvre avec exaltation la littérature française mais il n'oublie rien de ses lectures russes et polonaises. Il comprend parfaitement le yiddish et sait le parler [2]. Il ne perd pas sa langue maternelle puisqu'il s'exprime en russe avec Mina, son oncle Liova et sa tante Bella. Le fait de connaître plusieurs langues lui donne un privilège que les Français de souche possèdent rarement. Il est attentif aux tournures de phrase, aux idiotismes, aux bizarreries, qu'il utilisera avec virtuosité lorsqu'il écrira sous le pseudonyme d'Émile Ajar.

C'est à Nice, ville blanche qui lui fait oublier l'horreur des pogroms, le bouillonnement furieux qui secoue l'Empire russe, que Roman Kacew vivra son adolescence et sa jeunesse. La Méditerranée est le lieu d'une nouvelle naissance, où il va s'éveiller au monde.

Mina veillait à ce qu'il ne manquât de rien et la situation n'était sans doute pas aussi dramatique qu'il l'a raconté dans *La Promesse de l'aube.* Affirmer qu'elle se privait de viande afin qu'il pût, lui, en manger, servait son goût pour le drame : il l'aurait découverte un jour dans la cuisine occupée à saucer la poêle où avait cuit le steak qu'il venait d'achever, et se serait enfui de la maison en pensant aller se jeter sous un train. Mina l'aurait retrouvé sanglotant le long de la voie ferrée et, pour le consoler, aurait prophétisé sa réussite inéluctable, et certainement grandiose, qui serait aussi son apothéose à elle.

Cet épisode sans doute imaginaire de son adolescence a le double mérite d'émouvoir le lecteur et d'exprimer la vérité intérieure de Gary, celle de Roman Kacew, qu'il s'efforçait de cacher au fond de lui.

Les affaires connaissaient des hauts et des bas. Peut-être les mandats expédiés de Wilno par Arieh-Leïb arrivaient-ils irrégulièrement, ou pas du tout. Gary souffrait de voir Mina, prématurément vieillie et atteinte d'un diabète grave, frapper aux portes des chambres d'hôtel. Il rêvait de réussir, d'accomplir mille prouesses pour lui offrir le succès que méritait, comme il disait, son « talent ». Car il pensait n'être venu au monde que pour justifier l'existence de sa mère, pour lui permettre d'être l'artiste que, dans ses chimères, elle n'avait jamais cessé imaginer d'être.

> Aujourd'hui que la chute est vraiment accomplie, je sais que le talent de ma mère m'a longtemps poussé à aborder la vie comme un matériau artistique et que je me suis brisé à vouloir l'ordonner autour d'un être aimé selon quelque règle d'or[3].

Lorsque Mina n'avait pu placer sa marchandise à Nice, elle prenait le train pour Cannes. Quand l'argent rentrait, elle se faisait faire une mise en plis, engageait une femme de ménage et allait écouter avec son fils l'orchestre de violoneux tziganes qui se produisait 23, promenade des Anglais, à la terrasse plantée d'orangers, noire de monde à toute heure, du Royal Palace, l'hôtel construit par Charles Dalmas pour Henry Ruhl. Ils restaient debout sur le trottoir, car les consommations étaient chères, puis ils louaient deux chaises municipales sur la promenade. Tout en contemplant la foule qui déambulait, Mina sortait de son sac des concombres salés et du pain noir, enveloppés dans du papier journal. Quand elle n'avait rien vendu, elle empruntait de l'argent à taux d'usure chez M. Agroff, boulevard Gambetta, qui prétendait reconnaître en elle une ancienne chanteuse de bar à soldats. Gary jure avoir giflé l'impudent qui lui aurait rétorqué : « Voyou. Ça ne m'étonne pas de la part du rejeton d'une saltimbanque et d'un aventurier[4]. »

Voici que Mosjoukine se mue à présent en « aventurier ». Cette citation arrive à point pour accréditer à la fois la mystérieuse identité de son père et la fable selon laquelle sa mère s'était d'une manière ou d'une autre produite en public. Gary était un manipulateur de haute volée et un lecteur admiratif de Joseph Kessel, puisqu'il s'inspire encore de *Nuits de princes* pour réécrire l'histoire de Mina. Il emprunte, en effet, à Lenotchka Borissovna, l'héroïne de Kessel, non seulement une partie de son nom dont il fait le pseudonyme d'actrice de sa mère, mais aussi un peu de son passé. Hélène, cette jeune fille bien, ne sombre-t-elle pas dans la turpitude des cabarets et des caveaux russes du quartier de Pigalle avant de devenir une femme respectable ?

Selon Roger Agid, quand elle avait tout épuisé, Mina n'avait d'autre recours que Liova et Bella, qui lui prêtaient de l'argent à contrecœur. Après de multiples déconvenues, elle prit des parts dans l'achat d'un taxi et d'un camion de livraisons, vendit à la commission des appartements et des terrains pour le compte d'une agence, trouva un appartement plus grand, dont elle sous-loua deux chambres. Une certaine sécurité s'installa enfin lorsqu'un Ukrainien, J. Jedwaburk, à qui elle avait fait visiter et vendu un immeuble situé 7, boulevard Carlone (aujourd'hui boulevard François-Grosso), l'engagea comme gérante de la modeste pension de famille qu'elle proposa d'y fonder aux trois étages supérieurs. Il se peut aussi qu'elle ait été tout simplement l'associée du propriétaire et qu'elle ait acheté ses parts avec le produit de la vente de ses actions polonaises. L'entreprise ne pouvait être créée à son nom car, en France, un étranger n'avait pas le droit d'ouvrir un commerce.

## 16.

La pension Mermonts était proche de la cathédrale orthodoxe Saint-Nicolas, à cinq minutes à pied de la mer. À ce propos, il convient de démentir une légende, propagée par Gary, selon laquelle sa mère l'aurait fait baptiser catholique, ou bien, autre variante, serait allée prier à la cathédrale orthodoxe. Il n'en a rien été. Jamais ni Gary ni sa mère ne se sont convertis à quelque religion que ce soit[1]. Seule Dinah, la fille d'Eliasz et Bella Owczynski, a reçu une bénédiction dans une église orthodoxe lors de son mariage avec Paul Pavlowitch[2].

À cette époque, le boulevard Carlone et l'extrémité du boulevard Gambetta, bordé d'un merveilleux jardin, propriété du roi de Wurtemberg et de son épouse Olga, fille du tsar, se trouvaient aux confins de la ville. Dans ce nouveau quartier peu habité, des émigrés russes avaient construit sur des terrains vagues des villas avec des jardins plantés d'amandiers. La demeure somptueuse du prince Masséna d'Essling côtoyait des cafés ouvriers, comme la Cave Washington, située à l'angle des rues Washington et Andrioli, où la famille Pellegrino vendait, outre du vin, du vinaigre, de l'huile et du savon. On pouvait parfois y voir le jeune Gary attablé, en grande conversation avec la comtesse Cantacuzène et Vladimir Apreliev, ancien officier de l'armée du tsar.

À la pension Mermonts, Romain et sa mère occupaient chacun une chambre. Mina, qui se levait à six heures, était secondée par deux femmes de chambre, un cuisinier et surtout par sa secrétaire lituanienne, Mlle Jacoby. On la voyait souvent, une seringue à la main, prête à se faire une injection d'insuline pour juguler son diabète. Elle avalait une tasse de thé en fumant sa première cigarette, puis partait d'un pas militaire rue Dante faire ses achats pour sa table d'hôtes. Elle était connue de tous les commerçants au marché couvert de la Buffa, où elle négociait âprement, dépréciant la marchandise avec un fort accent russe, clouant le bec à ceux qui la traitaient de « sale étrangère ». Elle anticipait de plusieurs années les événements : « Mon fils est officier de réserve et il vous dit merde[3] ! »

La cité marchande de la Buffa avait été fondée trois ans avant l'arrivée de Romain et sa mère sur le site d'un verger d'orangers appartenant à la famille Séassau, qui y vendait aussi du lait. Les douze premiers marchands, la plupart des immigrants très pauvres, s'étaient installés autour d'une fontaine. Ils avaient pour clients les propriétaires des luxueuses villas avoisinantes et des grands hôtels.

> L'avenue Dante, qui mène de l'hôtel-pension Mermonts au marché de la Buffa, s'ouvrait devant ma fenêtre. De ma table de travail, je voyais ma mère venir de loin[4].
>
> [...] Chaque fois que je reviens à Nice, je me rends au marché de la Buffa. J'erre longuement parmi les poireaux, les asperges, les melons, les pièces de bœuf, les fruits, les fleurs et les poissons. Les bruits, les voix, les gestes, les odeurs et les parfums n'ont pas changé, et il ne me manque que peu de chose, presque rien, pour que l'illusion soit complète. Je reste là pendant des heures et les carottes, les chicorées et les endives font ce qu'elles peuvent pour moi.
>
> Ma mère rentrait toujours à la maison les bras chargés de fleurs et de fruits. Elle croyait profondément à l'effet bienfaisant des fruits sur l'organisme et veillait à ce que j'en mangeasse au moins un kilo par jour. Je souffre de colite chronique depuis. Elle descendait ensuite aux cuisines, arrêtait le menu, recevait les fournisseurs, surveillait le service du petit déjeuner aux étages, écoutait les clients, faisait préparer les pique-niques des excursion-

nistes, inspectait la cave, faisait les comptes, veillait à tous les détails de l'affaire[5].

Tout en gérant sa pension, fume-cigarette au bec, Mina fredonnait souvent *Le Nègre violet* (*Lilovy negr*), une chanson qu'Alexandre Vertinski avait composée en 1916[6].

Mina adorait Vertinski, un acteur ambulant, chanteur d'opérette originaire de Kiev, qui était arrivé à Moscou pendant l'été 1913. Elle l'avait repéré quand il faisait de la figuration au cinéma ; de plus, il avait connu Mosjoukine. En 1915, il se mit à composer des chansons, et sa carrière d'auteur-interprète commença dans les cabarets. Il se produisait maquillé en blanc, comme une sorte de Pierrot, puis il porta un smoking tout en conservant toutefois ce maquillage qui ravissait son public. Il accueillit favorablement la révolution au mois de février 1917, mais quitta en octobre la capitale pour Odessa, où il resta jusqu'en 1919, et connut de grands succès. En 1923, il alla chanter pour la colonie russe de Bessarabie. Il séjournait aussi souvent à Varsovie où il était extrêmement populaire. Tout en continuant les tournées, il s'installa en France en 1925, et posséda un temps un restaurant sur les Champs-Élysées. Il est probable qu'il vînt à Nice car, dans les archives d'Alexandre Mosjoukine, il y a une photo de Vertinski datant des années trente, où on le voit assis dans un transat sur la plage de galets de la ville[7].

Mina avait laissé à son fils la meilleure parmi les trente-six chambres de la pension Mermonts (« Mer », comme mer, et « Monts », comme montagnes[8]). Romain se mit fébrilement à y écrire des contes, tout en se cherchant un pseudonyme français. Il était persuadé que Kacew, en France, le désignait comme étranger. Il n'avait qu'une aspiration, devenir français, porter un nom français, se fondre dans la nation. Ne plus être un immigré, tel était son désir, écrit-il en 1974 dans *La nuit sera calme* :

Un métèque, un rastaquouère, comme on disait alors.
« [...] j'étais un jeune Algérien d'aujourd'hui, et encore, sans le prestige du pétrole[9]. »

Il essayait des noms semblables à ceux qu'il lisait sur les jaquettes des livres exposés dans la vitrine des libraires : Saint-Exupéry, Malraux — qui deviendra son ami —, Valéry, Mallarmé, Apollinaire, Montherlant.

Il avait aussi songé à Lucien Brûlard, proche sémantiquement de Gary et Ajar, qui en russe signifient respectivement « brûle » (à l'impératif) et braise. Henri Brulard fut le pseudonyme sous lequel Stendhal écrivit ses souvenirs d'enfance et d'adolescence, illustrés par ses croquis et des gravures d'époque[10].

Sa volonté de changer de patronyme sera un jour exaucée. Voici ce qu'il écrit à propos des noms juifs dans *La Danse de Gengis Cohn* :

> Je voudrais ici faire une autre remarque. Ces noms vous paraissent sûrement ridicules, si bien que vous avez peut-être l'impression qu'en tuant ces gens-là, on a diminué un peu le ridicule, on en a enlevé un peu, en quelque sorte, une bonne chose de faite. Expliquons-nous. Ces noms, nous ne les avions pas choisis. Au cours de la diaspora, un grand nombre d'entre nous s'étaient retrouvés en Allemagne. Nous nous appelions « fils d'Aron », « fils d'Isaac », et cætera, et cætera. Évidemment, les Allemands trouvaient qu'il nous fallait des patronymes moins vagues. Ils nous en ont distribué généreusement, avec beaucoup d'esprit. Et comme ça, du jour au lendemain, et à ce jour, nous nous trouvons affublés de noms grotesques qui prêtent à rire. Le rire est le propre de l'homme[11].

Aucun des textes de jeunesse de Gary n'a été conservé, excepté ses deux premiers romans, *Le Vin des morts* et *Bourgeoisie*, qu'il écrivit quelques années plus tard, à Aix et à Paris. Il envoya à des éditeurs, y compris Gallimard, un manuscrit sous le pseudonyme de François Mermonts, pensant que l'enseigne de la pension lui porterait bonheur. Il fut refusé.

Alexandre Kardo Sissoeff, surnommé Sacha, un de ses fantasques amis de lycée de 1930 à 1933, avec qui

Gary eut tout long de sa vie des ruptures, des brouilles et des réconciliations, se rendait souvent à la pension. Il confirme que Romain et sa mère vivaient modestement, mais pas pauvrement. En revanche, il ne se souvient pas de Mina comme d'une femme extravagante ou colérique, telle que Gary la présente dans *La Promesse de l'aube*. Il voit plutôt dans ce portrait celui de sa propre mère, qui tenait également, dans le quartier du Fabron, une pension de famille, la Villa Lido, fréquentée par des Russes exilés : des généraux, des amiraux, chassés par les bolcheviks et devenus garçons de café ou chauffeurs de taxi.

Vladimir Nabokov, un écrivain russe non « exotique » (dans son œuvre, pas de clochettes, de traîneaux, de solitudes enneigées, d'ivrognes et de tripots, de taudis ni de mysticisme), avait bien écrit dans son étude sur Nicolas Gogol :

> Il me revient ici de dire quelques mots sur la mère bien qu'à vrai dire j'en aie assez de lire des biographies dans lesquelles les mères sont portraiturées à partir des écrits de leurs fils, après quoi on prétend qu'elles « influencent » leur remarquable fils de telle ou telle manière. Non, chercher l'autobiographie dans l'œuvre est vain car « toute réalité est un masque »[12].

Sacha Kardo Sissoeff, tout aussi désargenté que les Kacew, suscitait l'admiration de Romain parce qu'il était champion universitaire dans plusieurs disciplines sportives et pratiquait, avec un égal bonheur, le cyclisme — il s'entraînait avec Igor Troubetskoï, champion de France cycliste universitaire —, le tennis, le ping-pong et surtout le football. Il jouait en première division junior et participait à des matchs professionnels amicaux.

« La mère de Gary, intelligente et insolente, posée, sérieuse, très à cheval sur les bonnes manières, parlait un russe parfait, très classique, se souvient-il. Vers cinq heures, sur la terrasse, elle servait cérémonieusement le thé sur des petites nappes blanches, des assiettes à dessert remplies de confiture à la framboise — la *malina* — et des gâteaux secs. Dans son attitude vis-à-vis d'elle, l'attachement passionné de l'enfance avait fait place à une soumission attentive, et parfois exaspérée surtout quand elle régalait ses visiteurs, en sa présence, d'histoires éculées et embellies sur ses exploits de petit garçon. Romain présentait respectueusement la chaise à sa mère, afin qu'elle pût s'asseoir. Elle gérait d'une main de fer la pension Mermonts, un minuscule hôtel intime, bourgeois, dont la dizaine de chambres, convenables et propres, étaient occupées principalement par des Russes aux revenus modestes qui y vivaient pendant plusieurs mois. »

Lorsque paraît *La Promesse de l'aube*, François Bondy, qui avait été envoyé par ses parents préparer son bachot à Nice parce qu'il était peu assidu à Paris, le genre d'élève qu'on appelle un « fumiste » — mais il était un brillant fumiste ! —, écrit le 17 septembre 1961 à Romain, son ex-condisciple qui lui lisait à Nice *Les Nuits ukrainiennes* de Gogol, son livre préféré :

> Je ne suis pas sentimental à l'excès, mais j'ai pleuré en lisant *La Promesse de l'aube* puisque ce « roman » est la vérité même et qu'il ressuscite l'étonnante et merveilleuse personnalité de ta mère qui en effet n'avait nul besoin d'être transformée ou agrandie par l'imagination. Qui pouvait l'oublier, l'ayant connue ? Pas moi, qui ai vécu dans sa pension et l'ai vue vivre, pas mes parents qui ont été comme moi si émus de la retrouver et qui ont comme moi aimé ce livre, non seulement pour ce qu'il est, mais pour la fidélité totale avec laquelle tu as donné à ton tour une vie à celle qui te l'a donnée.

« Mina Kacew était une dame aux cheveux gris et aux beaux traits à présent délabrés, volubile et dominante », se souvient aujourd'hui François Bondy qui était venu habiter pendant quelques mois à la pension Mermonts afin d'échapper aux roulements de tambour qui réveillaient les internes du lycée de Nice à six heures du matin. « Je crois qu'elle était mythomane. Quand nous déjeunions tous les trois à la cuisine, elle racontait des histoires dont je doutais beaucoup. Elle avait une personnalité théâtrale, comme le théâtre n'en connaît pas. Elle racontait sa vie d'actrice, et ne parlait jamais de son métier de modiste ou de couturière. Elle prétendait avoir été une grande comédienne. C'était une grande tragédienne dans la vie, mais peut-être pas au théâtre. Romain a hérité d'elle une tendance à l'affabulation, qu'il a finalement remplie de réalité. Elle s'est métamorphosée en un talent d'écrivain. Ses récits prétendument autobiographiques contiennent une bonne part de mythe. Romain ne m'a, par exemple, jamais dit qu'il était le fils de Mosjoukine, mais il ne l'a pas non plus démenti, il laissait la question en suspens. »

Gary, dans son désir de sortir du rang, ne s'autorisait pas à se désolidariser de sa mère, mais il pouvait secrètement dire à son père qui l'avait abandonné : « Tu n'es pas mon père. Tu ne l'as jamais été. »

Pour Romain, aimer sa mère, c'était l'inventer. Nul doute que cette femme maltraitée par la vie ne fut pas le personnage omnipotent, cette divinité qui a bouleversé les lecteurs de *La Promesse de l'aube*. Qu'importe l'origine de cette illusion qui mit en branle son âme, son imagination et sa faculté de fabuler : elle ne devait jamais s'éteindre.

Au début, Kardo Sissoeff et Kacew échangèrent des propos en russe, langue dans laquelle Romain s'entretenait avec sa mère en faisant quelques entorses à la grammaire. Avec Sacha aussi, Romain, que ce dernier évoque comme un adolescent à la fois aimable, renfermé et neurasthénique, entretenait le mystère sur ses origines. Il ajoutait certaines exagérations et la fiction progressivement se consolidait. En lui présentant Mina, Romain lui avait glissé dans l'oreille que son père était avocat en Pologne.

Quand il n'écrivait pas, Romain allait nager avec Sacha à La Grande Bleue, l'établissement chic de la promenade des Anglais où il pouvait admirer les célébrités venues prendre des bains chauds ou froids d'eau de mer à l'intérieur du bâtiment sans être vues par les passants, et disputait, non sans élégance, des compétitions de ping-pong avec François Bondy[13].

Excellent joueur de tennis, Sacha vibrait pour les exploits de René Lacoste et de Suzanne Lenglen, qui s'entraînaient souvent sur les courts du Parc impérial, haut lieu du tennis français, tout près de l'église orthodoxe et de la pension Mermonts. Le vieux roi Gustave V y venait souvent, les jambes vacillantes, assister aux tournois. Sacha affirme que Romain n'a jamais mis les pieds sur un court. C'est lui qui, au cours d'un match en double, a envoyé sa balle sur le front du roi qui s'est effondré, tandis que dans les rangs du public régnait un silence consterné et scandalisé[14].

Alexandre Kardo Sissoeff affirme aussi, en brandissant à quatre-vingt-six ans sa carte de champion universitaire, que c'est lui et non pas Gary, comme celui-ci l'a écrit dans *La Promesse de l'aube*, qui a gagné le match de ping-pong en 1932. « Nous étions partis ensemble l'après-midi à Toulon, où je devais jouer ce tournoi qui s'achèverait le soir, à neuf heures. J'ai remporté la victoire, mais il était trop tard pour attraper le dernier train pour Nice. Nous étions assis sur un banc, en face de la gare, et Romain se lamentait parce que sa mère allait s'inquiéter. »

Sacha savait que Romain faisait courir des bruits sur Mosjoukine et sa mère en choisissant soigneusement ses interlocuteurs. « Il n'a jamais osé prétendre devant moi qu'il était le fils d'Ivan Mosjoukine, parce que l'acteur qu'il vénérait était un bon ami de ma mère, qui venait parfois nous rendre visite à la Villa Lido, quand il tournait aux studios de la Victorine. En 1929, quand nous étions en classe de 4e, nous sommes allés voir ensemble *Michel Strogoff*, dont Ivan Mosjoukine était la vedette, au cinéma Paris Palace, à l'angle de l'avenue de la Victoire et de la rue de Paris. En sortant, j'ai dit à

Romain que Mosjoukine connaissait bien ma mère. Nous n'en avons plus reparlé pendant cinq ans. À cette époque, la carrière de l'acteur déclinait, mais il lui restait encore assez d'argent pour séjourner au Negresco quand il venait à Nice [15]. Un jour, nous l'avons vu se baigner à La Grande Bleue. Romain, fasciné, l'admirait de loin, sans oser l'aborder. Il a commencé à laisser entendre à certaines personnes qu'il était son fils, et ne détrompait jamais devant moi ceux qui le croyaient [16]. »

Ses interlocuteurs, qu'il laissait sur leur faim, ne se souciaient pas de vraisemblance, n'exigeaient pas de précisions. Personne ne lui demandait s'il rendait visite à « son père », lorsque ce dernier séjournait au Negresco. Il y avait d'ailleurs plusieurs variantes de l'histoire qui pouvaient justifier bien des imprécisions. Parfois, l'émigré de fraîche date laissait encore entendre que son père était, selon les cas, attaché commercial, avocat ou diplomate.

Plusieurs condisciples et amis de Gary étaient juifs : François Bondy, Edmond Glicksman, René Ziller. Mais, dans les années trente, où les Juifs étaient appelés « les métèques » par l'Action française, il ne serait pas venu à l'idée de ces jeunes gens bien élevés, considérés comme des israélites, d'en faire état, même entre eux. Le Juif était caché, à l'insu de tous. Ce Juif captif fera entendre sa voix lorsque Romain Gary publiera en 1967 *La Danse de Gengis Cohn*. Et encore, d'une manière extrêmement sophistiquée, puisque le Juif Gengis Cohn qui parle dans ce livre abyssal n'est autre qu'un *dibbouk* — l'esprit malin d'un défunt habitant le corps d'un vivant — venu posséder la conscience d'un ex-SS, nommé Schatz, tous deux n'existant que dans la conscience du narrateur.

À Nice, les apatrides d'Europe orientale étaient légion. La France comptait alors deux millions et demi d'étrangers parmi lesquels on dénombrait de nombreux Juifs. Gary découvrait que la patrie des droits de l'homme n'était pas telle qu'il se l'était figurée au fond de la Pologne.

Kardo, qui était né le 22 août 1914 à Moscou, avait dit à Romain que ses ancêtres, des boyards, faisaient partie du Gotha et que M. Shuïski, son grand-père maternel, avait été vétérinaire des haras du tsar.

Alexandre, le père de Sacha, né le 7 mai 1872 à Tiflis, dans le Caucase, était ingénieur diplômé et avait servi, en tant que colonel, dans l'ancienne armée russe, dans la garde impériale. Au mois de février 1925, alors qu'il vivait à Prague, il avait demandé un visa pour se rendre en France avec sa femme et son fils. Comme la mère de Gary, il avait invoqué pour s'installer dans le Midi la santé fragile de son fils âgé de onze ans qui fréquentait le lycée royal français de Prague. Dans le dossier du préfet de police, Alexandre Kardo Sissoeff est décrit comme un Russe originaire de Géorgie [17] jouissant d'une belle fortune.

Marianne, la mère de Sacha, née Scrochin, avait également vu le jour dans le Caucase, à Gori — se prononce Gari ! —, le 15 janvier 1886 [18]. Elle était institutrice et aimait la peinture. Depuis son arrivée en France, elle gérait sa pension dont les clients, des aristocrates exilés, n'avaient pas toujours de quoi honorer leur loyer.

Roman prétendait comme Sacha être né à Moscou [19] et choisira de porter le nom de la ville natale de Marianne Scrochin, qui avait en outre une signification en russe.

## 17.

À la rentrée de septembre 1929, Romain Kacew avait été accepté en classe de quatrième au lycée de Nice, ex-Lycée impérial de troisième classe, fondé le 22 septembre 1803. Ses premiers locaux étaient situés dans l'ancien couvent des Pères-Augustins-Déchaussés et de l'ancienne École centrale, qui fut la première des Alpes-Maritimes. Le Lycée impérial ferma quand Nice retourna à la souveraineté de la maison sarde. Le collège des Pères-Jésuites lui succéda dans les mêmes bâtiments de 1820 au 5 mai 1848, date à laquelle Charles Albert, roi d'Italie, les expulsa et confisqua leurs biens parce qu'ils s'opposaient à sa politique.

Quand Nice revint à la France, par le traité du 24 mars 1860, le ministre de l'Instruction publique ordonna la création d'un Lycée impérial de quatrième catégorie, la plus modeste. Des dortoirs furent aménagés et l'église restaurée. Avec la chute du second Empire, l'établissement fut appelé le Grand Lycée. En 1872, sous la IIIe République, il fut élevé à la troisième catégorie, à la deuxième en 1876 et enfin à la première en 1883. On construisit une nouvelle façade, où se trouvaient l'entrée et un préau couvert.

En 1882, il fut décidé de raser les belles bâtisses du vieux lycée, dont les pierres furent utilisées comme remblais, et d'édifier de nouveaux bâtiments, dont Armand Fallières posa la première pierre le 26 avril 1909. Les travaux d'aménagement furent interrompus à plusieurs reprises et le lycée ne fut inauguré que vingt-deux ans plus tard, le 11 avril 1931.

C'est donc dans un vaste établissement, édifié sur l'esplanade recouvrant le Paillon, et nommé lycée de Nice, que Gary commença sa scolarité française. Plus de mille élèves, venant de toute la région et internes pour la plupart, y étaient inscrits.

Les professeurs agrégés avaient succédé aux prêtres. L'enseignement classique était dispensé dans des divisions de trente élèves de la huitième jusqu'aux classes de rhétorique, philosophie et mathématiques élémentaires. Plus tard furent introduites les classes de mathématiques spéciales et les classes préparatoires aux grandes écoles.

Des hommes illustres ont fréquenté le lycée de Nice, qui devint le lycée d'État Masséna : Alfred Binet, René Cassin, Roland Garros, François Bondy, Édouard Corniglion-Molinier (ami de Romain Gary et commandant en chef des Forces françaises libres au Moyen-Orient et en Grande-Bretagne), Francis Carco, Guillaume Apollinaire, alias Guillaume de Kostrowitsky, dit Kostro, qui épatait ses camarades par le récit de ses exploits dans les bordels de la vieille ville. Était-ce dans les mêmes rues que Gary s'aventura plus tard, malgré les admonestations de sa mère, qui n'était pas prude mais redoutait par-dessus tout la syphilis ? Impressionné par les descriptions suggestives de Mina, obsédé par les maladies vénériennes, il usa et abusa du permanganate de potassium, panacée pour plusieurs générations.

Nombre de maîtres du lycée Masséna furent également remarquables : le professeur Farigoule, alias Jules Romains, Jules Isaac, Louis Fouassier, dit Foua-Foua, l'émir Fouacial, ou encore Loulou, professeur de philosophie qui succéda à Jules Romains, et qui lisait en chaire des pages d'un philosophe alors peu connu, Henri Bergson. Louis Fouassier, ami d'Alexandre Agid, était volontiers reçu à L'Hermitage et, durant les mois d'été, dans sa vaste maison de famille à Chamonix. Pendant son cours, les potaches regardaient avec fascination la bave se durcir aux commissures des lèvres de son immense bouche. Il inspira à Gary la physionomie du héros de son premier roman inédit, *Le Vin des morts*.

Albert Oriol, agrégé de lettres classiques, grec et latin, était unanimement admiré. Il publia en 1932 dans l'austère journal *Le Temps* la dissertation d'un de ses meilleurs élèves nommé Roman Kacew, pour lequel il avait une profonde affection. En classe de seconde, le professeur Antony Musso avait déjà lu en chaire un devoir du même élève, qui avait conclu sa copie par la phrase suivante : « La Fontaine n'est pas le plus poète des Français, mais le plus français des poètes. » On imagine la jubilation de Mina, confortée dans ses prophéties.

La personne d'Albert Oriol, invalide de la Grande Guerre, était impressionnante. Portant le pince-nez à cordon, la moustache et la barbe, il arrivait, le thorax soutenu par un corset, poussé dans son fauteuil roulant par son valet au portail de la rue Désiré-Niel, où l'attendait un garçon qui aidait à le transférer sur une chaise qu'on transportait, puis hissait jusqu'à sa chaire. C'est alors que ses élèves avaient le droit d'entrer. Derrière son bureau, il s'appuyait sur une béquille, maniant du bout des doigts un coupe-papier qui lui permettait de tourner les pages de ses livres. Il avait pour ses élèves la plus haute considération.

Pour les cours où ils étaient peu nombreux, Albert Oriol était autorisé à recevoir chez lui, rue Gioffredo. Il attendait les garçons assis derrière son secrétaire, drapé dans sa robe de chambre, un foulard noué autour du cou. Quand il était pris d'une violente quinte de toux, il leur demandait avec simplicité : « Voulez-vous sortir, s'il vous plaît ? » Le valet arrivait, secourait le maître qui disait : « Excusez-moi. Reprenons, voulez-vous », et les faisait travailler, les initiant à l'art de la dissertation française ou de la version latine. Il leur lisait parfois des extraits des livres qu'il aimait. Ces lectures, que Roman Kacew attendait avec impatience, lui ouvraient les portes de l'imagination. Il écoutait son professeur lire avec tout son cœur des histoires qu'il aurait aimé avoir écrites. Quand elles étaient tragiques, il avait du mal à retenir ses larmes et, les yeux rougis, prenait l'air bravache tandis qu'Albert Oriol refermait le livre en silence.

Au lycée, les professeurs se réunissaient régulièrement pour dresser la liste des manuels, planifier les horaires de cours, distribuer récompenses ou blâmes, et discuter de sujets aussi édifiants que le rapport de M. le Ministre au sujet de l'éducation physique dans les lycées avec internat.

> M. le Ministre propose un quart d'heure de gymnastique à faire dans les dortoirs, fenêtres ouvertes. Les professeurs sont d'avis que la gymnastique et les fenêtres ouvertes ne permettent pas en un quart d'heure de nettoyer « le miasme humain ». Faut-il alors, à six heures du matin, faire descendre les élèves habillés dans la cour pour la gymnastique, puis les faire remonter et déshabiller pour procéder aux ablutions ? *ad libitum.*

La distribution solennelle des prix avait lieu début juillet. Les élèves et les parents endimanchés écoutaient debout *La Marseillaise*, tandis que les professeurs faisaient leur entrée, accompagnés du directeur et du proviseur. Suivaient d'interminables discours à la gloire de l'instruction publique. Puis commençait la lecture du palmarès. On appelait les lauréats qui montaient sur l'estrade pour recevoir un compliment et un nombre de livres proportionnel à leurs mérites. Ils redescendaient sous les applaudissements, leurs mères versaient quelques larmes. Gary ne dit pas si Mina assistait à la distribution des prix.

À la fin de l'année scolaire 1929, la première qu'il ait passée dans un établissement français, Roman Kacew, en quatrième B3, est inscrit au tableau d'honneur et reçoit le 1er prix de récitation. Son ami Sigurd Norberg, venu de Suède, dont le père pratique la kinésithérapie à Nice, est récompensé par un 1er accessit d'allemand. Le 11 juillet 1930, l'élève Kacew, en troisième B1, décroche un 2^e^ accessit de composition française. En 1931, en seconde B1, M. Musso lui décerne le 1^er^ prix de composition française. Le 13 juillet 1932, en première B2, il est une fois encore le lauréat du 1^er^ prix de composition française. Dans les autres matières, excepté l'allemand qu'il parle et écrit très correctement, il est médiocre.

Gary devait certainement s'ennuyer au lycée, mais il subissait calmement. Très mûr pour son âge, pas vraiment beau mais séduisant, il exerçait un ascendant sur ses camarades qui étaient encore des gamins. On disait qu'il avait des amies. Il y eut notamment Marguerite Lahaye, une demoiselle de bonne famille élève au lycée de jeunes filles Raoul-Dufy, qui lui apprit à danser. Son père ne voyait pas d'un bon œil ce flirt avec un étranger sans le sou et le lui fit savoir.

Roman Kacew ne se vantait pas de ses succès. Bien que sa mère ne cessât de lui répéter d'un air pathétique : « Tu es le plus bel homme du monde [1] », Gary craignait beaucoup d'être laid. Un jour, son amie Sylvia Agid s'étonna de le voir lever un sourcil à intervalles réguliers. Elle lui demanda pourquoi il n'était pas naturel et éprouvait le besoin de faire cette horrible grimace qui lui tordait le visage en deux. « Tu lèves un sourcil, tu baisses l'autre, tu essaies de te donner un air diabolique, mais c'est assez ridicule. — Mais, Sylvia, tu ne vois pas que je suis obligé de faire ça, tellement je suis laid... [2] ? »

Bien des années plus tard, son opinion avait évolué car, lors d'un entretien avec Caroline Monney qui l'interrogeait sur son aspect physique, il répondit :

> Je suis un mélange de Gary Cooper et de Rudolf Valentino, en mieux parce que j'ai des yeux bleus, la moustache de John Gilbert, la voix de John Barrymore, l'élégance vestimentaire de Leslie Howard. Voilà ! Non, on ne peut pas aimer son physique. Vous connaissez, vous, des gens ?... Il faut être terriblement narcissique pour aimer son physique. Tout être a une idée de lui-même, physique et

morale, intellectuelle, tout le monde court après une idée de lui-même. Si j'en avais les moyens, je m'arrangerais tout ça autrement[3].

Comme le disait Sylvia Agid, Romain, si timide, si humble en réalité, s'était forgé plusieurs personnages pour ne pas souffrir de cette timidité qui lui gâchait la vie.

Il a peut-être fait les quatre cents coups à Nice, comme il le laisse entendre dans *La Promesse de l'aube* et *La nuit sera calme*, mais ses aventures furent surtout imaginaires. Il racontait parfois vaguement à François Bondy qu'il venait de casser la gueule à quelqu'un. Les choses n'allaient pas plus loin. Sa mère ne lui aurait pas permis de devenir un délinquant. Selon Roger Agid, le plus audacieux de la bande était Edmond Glicksman, qui échafaudait des plans pour réussir un hold-up dans une banque à Paris. Heureusement, la spéculation intellectuelle l'intéressait davantage que le passage à l'acte et, une fois émigré aux États-Unis, il devint, sous le patronyme d'Edmond Glenn, un respectable fonctionnaire au département des Affaires étrangères.

Comme les futurs bacheliers qui voulaient devenir officiers pendant leur service militaire, Roman Kacew suivait la Préparation militaire supérieure, en espérant devenir sous-lieutenant dans l'aviation. Il guignait la casquette et la veste en cuir de cheval, qui faisaient grande impression. Mina le voyait déjà franchissant le seuil de la pension, ses galons illuminant son uniforme d'officier français. Mais français, il ne l'était pas encore.

Lui voyait avec effroi le diabète de sa mère s'aggraver. Les injections d'insuline mal dosées provoquaient parfois des crises d'hypoglycémie. Elle pouvait tomber dans le coma à tout moment. Le temps pressait. Ensemble, ils comptaient les années qui le séparaient de l'obtention de ses diplômes, de la fin de son service militaire et de l'inéluctable réussite. Gary doutait qu'elle aurait la force de tenir jusque-là, et estimait avec une certaine lucidité que la probabilité de ses exploits futurs était quasiment nulle. Il n'était pas mythomane, il fabulait seulement quand cela lui paraissait nécessaire.

Roman Kacew, Edmond Glicksman, Sigurd Norberg, dont le père, d'une sévérité extrême, s'indignait du relâchement de l'éducation française, réussirent le baccalauréat de philosophie à la session de juillet 1933. Le premier eut la mention « passable », les deux autres « assez bien ». François Bondy fut repêché en septembre à la session de rattrapage. Il se présenta aussi avec Gary à l'épreuve de philosophie du Concours général. Ils n'obtinrent aucune distinction.

Quand Alexandre Agid l'invitait à déjeuner le dimanche à L'Hermitage, Romain faisait une chaste cour à Suzanne Agid, une des plus jolies filles de Nice. Humilié d'être pauvre, il drapait sur son unique veston une écharpe blanche pour se rendre des trois petits étages de la pension Mermonts au parc luxuriant et aux fastes du plus somptueux palace de Nice. René, comme sa mère, jouait du piano, son frère André du violon dans le salon de musique. Personne, sauf Mina Kacew, n'imaginait que l'affaire pourrait se terminer par un mariage entre Romain et Suzanne, un parti très recherché, qui ne fut d'ailleurs pas son seul amour de jeunesse. Ainsi qu'il l'a lui-même écrit quarante ans plus tard dans *Gros-Câlin*, Gary s'attachait facilement.

18.

Au mois de septembre 1933 se produisit un événement dans la vie familiale de Romain Gary dont il n'a fait état dans aucun de ses livres, et dont il ne parla à personne. Le 17 août 1933, Borukh Kacew, son oncle paternel qui était également l'ex-mari de Rivka, la sœur de Mina, arriva à Nice en provenance de Wilno et s'installa à la pension Mermonts[1]. Un mois après son arrivée, il sollicitait du commissariat spécial de Nice une prolongation de son séjour pour une durée de huit mois :

> M. Kacew Borukh est né le 27 octobre 1888 à Wilno (Pologne). Il n'exerce aucune profession et demeure à Nice, 7, boulevard Carlone, hôtel Mermonts.
>
> Divorcé, commerçant en fourrures dans son pays d'origine, il est entré en France le 17 août 1933, nanti du passeport n° 1/2253/33 délivré à Varsovie le 10 août 1933 et valable jusqu'au 13 septembre 1933.
>
> Cet étranger est le beau-frère de Mme Kacew Mina, dont le fils Romain doit prochainement accomplir son service militaire sous nos drapeaux.
>
> Aucun renseignement défavorable n'a été recueilli sur cet étranger qui observe une attitude correcte à tous les points de vue; je ne vois pas d'inconvénient à ce qu'il reçoive satisfaction.
>
> Le commissaire divisionnaire, signé : Cottoni.

Le 13 octobre, le ministre de l'Intérieur écrit au préfet des Alpes-Maritimes pour lui demander d'accorder une prolongation de séjour de huit mois à Borukh[2] Kacew, « sous réserve qu'il n'occupe aucun emploi salarié dans notre pays ».

Comme Mina cinq ans plus tôt, Borukh Kacew prétendit avoir du bien et s'engagea à ne pas travailler sur le territoire français. Tout étranger entré en France ne pouvait y être employé que s'il avait reçu une autorisation ministérielle spéciale. Sujet polonais, il savait que la République n'était pas disposée à l'accueillir, car il n'était ni maçon, ni mineur, ni agriculteur. La France des années trente refusait d'accepter de nouvelles bouches à nourrir. Après 1932, les étrangers furent accusés de voler le travail des Français. Improductif, Borukh Kacew était suspecté de faire partie, comme le formulera quelques années plus tard une note du ministère des Affaires étrangères du 4 août 1939, de « cette immigration clandestine massive [qui] présente de réels dangers […] pour notre sécurité nationale, car les éléments les plus tarés et les plus suspects peuvent se glisser sur notre sol[3] ».

Pendant au moins huit mois, Borukh habita sous le même toit que sa belle-sœur à la pension Mermonts. Pourquoi est-il venu rendre visite à Mina et Romain au mois d'août 1933 alors que son frère Leïb n'a jamais fait le voyage ? Pourquoi a-t-il si longtemps prolongé son séjour ? Était-il venu dans l'espoir de quitter Wilno et de s'établir en France ? Les autorités françaises refusèrent-elles de prolonger une nouvelle fois son permis de séjour en vertu de la réglementation en vigueur ?

> La carte d'identité peut être refusée à l'étranger qui a négligé de se conformer à la réglementation en vigueur et à celui qui, après enquête, ne paraît pas offrir les garanties désirables. Elle peut, de même, être retirée à celui qui cesse d'offrir ces garanties. Dans ces différents cas, l'intéressé doit quitter le territoire dans le délai qui lui est imparti et une mesure d'expulsion peut être prise à son égard[4].

Lorsque la Seconde Guerre mondiale éclata, Borukh Kacew s'engagea dans l'armée polonaise.

Parmi les photos que Gary a léguées à son fils, toutes sont clairement identifiées sauf une, conservée dans la même enveloppe que celle de sa mère. Elle ne porte aucune indication. Il s'agit du portrait d'un homme jeune au regard pénétrant et intelligent, qui est peut-être Borukh Kacew, le visiteur qui resta neuf mois à la pension Mermonts, sans que Gary l'évoquât jamais. Ou alors sous une forme déguisée dans *La nuit sera calme*, où il est question d'un visiteur polonais censé rester trois semaines, et reparti bredouille au bout d'un an sans avoir obtenu la main de Mina. Au lieu de prêter au prétendant les traits et la profession de Borukh, il leur substitue ceux de Maliavine, peintre officiel de la cour suédoise qui vivait dans l'opulence à Nice.

Au mois d'octobre 1933, Romain Kacew s'inscrivit à la faculté de droit d'Aix-en-Provence. En ce temps-là, les jeunes gens titulaires du prestigieux baccalauréat qui ne savaient trop quelles études poursuivre choisissaient, tout en n'éprouvant aucun intérêt pour elle, cette discipline réputée de tout repos. L'assiduité aux cours n'était pas exigée. On obtenait sans grande difficulté la licence, qui permettait d'accéder à la profession d'avocat.

C'était la première fois que la mère et le fils allaient se séparer. Devant l'autocar qui reliait Nice à Marseille en cinq heures, Mina pleura tandis que Romain, tout à la fois pétrifié, exaspéré et bouleversé, dans un ultime réflexe de protection, se raidissait pour ne pas l'imiter.

Gary pouvait éclater en sanglots à tout moment et, pour empêcher qu'on ne le remarquât, se donnait souvent un air méprisant et vaniteux. Dans certaines situations éprouvantes, comme l'enterrement de son ami André Malraux, il demandait à son médecin, le Dr Bertagna, un médicament pour résister à la débâcle et aux larmes en public. On le prenait parfois pour un dur, un rustre, un goujat. Il avait des manières empreintes d'une certaine brusquerie dont le seul but était d'occulter son extrême vulnérabilité, sa fragilité et surtout sa profonde bonté. Gary revendiquait pour l'homme une appréhension du monde que l'on qualifie habituellement de féminine. La part de féminité était à ses yeux la meilleure ; elle ne devait pas seulement être préservée, mais cultivée comme un des seuls moyens de sauver la civilisation menacée par la brutalité virile. De plus, la féminité est associée dans son œuvre à l'image du Christ. Cela ne signifie pas qu'il était séduit par le christianisme. Pour lui, Jésus n'était pas une figure religieuse. Il voyait dans le Christ une figure féminine et une occasion manquée par l'humanité de vivre dans une civilisation fondée sur des valeurs féminines.

> Il est tout à fait exact que j'ai toujours eu un grand faible pour Jésus. Pour la première fois dans l'histoire de l'Occident, une lumière de féminité venait éclairer le monde, mais c'est tombé entre les pattes des hommes et ce furent les croisades, l'extermination des infidèles, la conversion par le sabre, l'hérésie, quoi. Le christianisme, c'est la féminité, la pitié, la douceur, le pardon, la tolérance, la maternité, le respect des faibles, Jésus, c'est la faiblesse. Je t'ai déjà dit que j'ai un côté chien, un côté instinctif et déterminant, et si j'avais rencontré Jésus, j'aurais tout de suite remué la queue et je lui aurais donné la patte. Pour moi il s'agit là d'humanité et non d'au-delà, de l'humain et non de divin[5].

Ce qui intéressait aussi Romain, c'était le dogme selon lequel le père est le fils, et le fils le père. Cette représentation rejoignait son obsession de l'autoengendrement. Mais il avait également idéalisé sa mère, personne énergique, à la poigne plutôt virile. Si bien que Gary crée l'image d'un Christ mythique féminin et d'une mère dotée de pouvoirs virils. En outre, il n'était pas un homme féminin, ainsi qu'il aimait se décrire. Dans la réalité, les choses se passaient bien differemment.

À Aix-en-Provence, Romain loua une chambre rue Roux-Alphéran, ancienne et lumineuse ruelle en pente, bordée de maisons basses, à quelques minutes des platanes du cours Mirabeau et du Café des Deux Garçons.

Sa mère lui envoyait des provisions par le car quotidien et payait les 60 francs de son loyer mensuel. Dans ses lettres, elle l'exhortait à s'endurcir pour vaincre l'adversité.

Au Café des Deux Garçons, Gary se mit à écrire un roman intitulé *Le Vin des morts*, une histoire sanguinaire, obscène, scatologique, diluvienne, qu'il acheva et remania l'année suivante lorsqu'il s'installa à Paris, et qui dut surprendre les lecteurs des maisons d'édition auxquelles il l'envoya. Aucun éditeur ne voulut le publier. Submergées par un torrent de pulsions démesurées ne rencontrant aucune inhibition, les étreintes qu'il décrivait avaient lieu sur terre et sur mer, dans des contrées lointaines et barbares ; les protagonistes buvaient, forniquaient, urinaient, déféquaient sans discontinuer, dans un concert de hurlements, de grognements et de râles. La première scène se déroulait dans l'arrière-salle d'un bouge d'Extrême-Orient, où le héros, qui avait emprunté les traits et la silhouette de M. Fouassier, le professeur de philosophie du lycée de Nice, violait puis tuait une adolescente de quatorze ans.

Malgré ses indiscutables imperfections, sa rage, *Le Vin des morts* présentait nombre de particularités stylistiques et lexicales que l'on retrouvera mieux utilisées dans *Tulipe*, *Le Grand Vestiaire* et, beaucoup plus tard, *La Vie devant soi* et *L'Angoisse du roi Salomon*.

Chose curieuse, les deux premiers manuscrits de Gary portent le même titre, *Le Vin des morts* (achevé au mois de février 1937), bien que l'un d'eux ait un sous-titre, *Bourgeoisie*. Leurs sujet et intrigue diffèrent totalement. Et pourtant on y retrouve les mêmes caractéristiques : haine du bourgeois et du curé, goût du sarcasme et de la provocation, aspects diluviens et scatologiques.

> Des lueurs se mirent à errer, ici et là, en avant-garde et la famille effectua son entrée dans un biblique, un dilu-

vien, un préhistorique, un apocalyptique vacarme et défila de bout en bout devant Tulipe. En tête marchait le morveux, les mains dans les poches, un mégot aux lèvres. À sa suite venait un peloton de vingt à trente rejetons d'âges et de sexes divers. Ils étaient à ce point emmêlés, emberlificotés les uns dans les autres, que cela faisait penser à une hydre, un poulpe immense, roulant, cul par-dessus tête, un brin saoul, un brin hilare, travaillant violemment du tentacule. Ça bondissait, ça tanguait, ça se répandait, se ramassait, bavait, grouillait, pétait, se cognait, dégueulait, se touchait, urinait, se déroulait, s'enroulait, se mettait en boule, se contractait, se mettait le doigt dans l'œil, dans le trou du cul, dans la bouche, sentait les merdes, les urines, le bouc, le lait de maman. C'était petit, court, mince, long, larde, trapu, rond, carré, ovoïde, paraboloïdal, trapézoïdal, tronconique, convexe, concave, bossu, raide, bandant, bandant pas, bandouillant, flasque, très dur, pantelant, affaissé, recroquevillé, pimpant, verdâtre, rougeâtre, jaunâtre, bleuâtre, blond, brun, chauve, roux. Était couvert de morpions, de puces, de larves, de vers, de champignons, de poux blancs, de poux gris, de poux noirs, de poux chocolat. Était chancreux, granuleux, pustuleux, œuxématique, urticaireux, clouté. Avait la gale, la coqueluche, le ténia, la rougeole, l'asthme, la goutte, la prostate, la chaude-pisse, la phtisie, la vérole, celle de son père, celle de sa mère, celle de ses aïeux, la sienne propre, la personnelle ! la privée ! l'individuelle ! celle que ça s'était procuré tout seul, par les moyens du bord ! Elle ruisselait, toute cette belle jeunesse, elle allait et venait devant, sous les yeux de Tulipe, bien pimpante, allègre, le jus de la terre, la semence du globe, le grain qui ne meurt ! avec son sang boueux, infecté, souillé depuis des siècles par tout ce qui s'est jamais fait de mieux comme microbe, comme pourriture, comme infection ! une sélection magnifique ! un choix formidable ! une culture unique ! rien que des perles ! au choix ! surchoix ! entrée libre ! sortie gratuite ! le grain qui ne crève ! avec sa solide décharge, sa belle cargaison de chromosomes détraqués, complètement mabouls, pourris jusqu'à l'os, resquilleurs patibulaires, que bien il tient ! que jamais il ne lâche ! le grain qui lève ! qui lève partout ! aux chiottes ! au clocque ! dans la boue ! dans la peste ! dans la guerre ! dans la famine ! dans le feu ! dans le sang ! dans la haine ! dans la mort ! n'importe où, n'importe comment, dans n'importe qui ! en neuf mois ! Une, deux ! Une, deux ! gauche ! gauche ! le tout beau ! le rude gaillard ! le serre-les-dents ! le crispe-les-fesses ! le malheureux petit enfant de putain démerdard, pieux conservateur du troupeau galeux, en éternelle

> balade, le famélique, à travers millénaires ! Elle grouillait devant Tulipe, la meute enragée, lui crevant le tympan de ses vagissements. Derrière venait la maman, la sainte, le très doux symbole. Elle portait un gosse sous chaque bras et un troisième dans son ventre, lequel était bien gros [6].

La simplicité et la noblesse de ton d'*Éducation européenne*, le premier livre publié de Gary, trancheront nettement avec ces premiers écrits.

Il brûlait de rejoindre ses amis à Paris. François Bondy, Roger Agid et son frère René, Alexandre Kardo Sissoeff, René Ziller y étaient maintenant installés. Jusque-là, les moyens matériels de sa mère ne lui avaient pas permis d'y songer. Gary a prétendu que les affaires de la pension Mermonts pour l'année 1933-1934 avaient été bonnes. En réalité, il était allé retrouver son père à Varsovie pendant les vacances d'été en compagnie de Sigurt Norbert. Nul doute qu'Arieh Leib, prospère négociant en fourrures et peaux, donna à son fils les moyens nécessaires pour aller poursuivre ses études de droit à Paris. Sur une photo, étonnamment intemporelle et conservée par Sigurt, on peut les voir tous trois marchant dans une rue du centre de Varsovie. Malgré ses craintes, Gary décida de tenter l'aventure. Il était convaincu qu'il lui fallait, avant de faire son service militaire, achever ses études dans la capitale, où il aurait peut-être la chance de rencontrer des personnalités influentes.

## 19.

## Paris

Gary, torturé par un fort sentiment de culpabilité, quitta sa mère à l'automne avec 500 francs en poche. Les adieux furent pénibles, mais il devait conquérir la gloire. Arrivé à Paris, il s'inscrivit à la faculté de droit, rue Saint-Jacques, et trouva une chambre dans un modeste établissement du Quartier latin, l'hôtel de l'Europe, situé 14, rue Rollin, à deux pas de la place de la Contrescarpe, où vivaient déjà Roger Agid et Sacha Kardo Sissoeff, de retour en France après deux années en Yougoslavie. Gary a écrit que les chambres, aux cloisons minces, étaient lugubres et dépourvues du moindre confort. Un sommier étroit au matelas défoncé, un poêle à charbon primitif, une sorte de lavabo surmonté d'une glace piquée et fendue, des fenêtres sans rideaux, des toilettes au fond du couloir communes à tous les locataires de l'étage, une seule salle de bains crasseuse pour tout l'établissement. Mina Kacew n'avait pas les moyens d'offrir mieux à son fils. On peut s'étonner que Roger Agid habitât un pareil galetas ; cela dit, Alexandre Agid avait des idées bien à lui sur l'éducation. Toutefois, Sacha Kardo Sissoeff ne souscrit pas à la description de Gary. Il se souvient que les chambres spacieuses et claires avaient deux fenêtres et une cheminée où l'on pouvait faire une flambée de bûches. Les cabinets de toilette étaient convenables et un homme de peine venait chaque jour faire les lits.

Chaque fois qu'il avait une aventure, Romain, en

grand hypocondriaque, craignant pour l'avenir de sa virilité, se précipitait fou d'inquiétude rue Tournefort, chez René Agid, et lui disait en ouvrant sa braguette : « René, je voudrais que tu regardes si je n'ai pas attrapé une chaude-pisse. » René Agid examinait et rassurait. Romain si timide, qui pouvait passer pour orgueilleux, vaniteux quand il avait affaire à d'autres personnes, se livrait avec une confiance et une impudeur totales à René.

René Agid, plus âgé que Roger, donnait toute satisfaction à son père. Rêvant de devenir chef d'orchestre, il avait d'abord fait des études de piano et de composition en Allemagne. Puis, se pliant aux volontés d'Alexandre Agid, il étudia l'agronomie, la physique, la chimie avant de venir faire sa médecine à Paris en 1933. Il avait une voiture et habitait un confortable appartement. Roger, adolescent récalcitrant, payait son indépendance. Son père lui répétait : « Tu finiras sur l'échafaud si tu continues à faire l'imbécile ! » Quand il avait été renvoyé du lycée de Nice, il l'avait fait accepter comme interne au lycée Janson-de-Sailly. Il s'était ensuite inscrit comme auditeur libre à l'Institut des sciences politiques, mais il en fréquentait rarement les salles de cours. Le droit et les affaires ne l'intéressaient pas plus que Romain Gary. Roger s'asseyait au café La Source, boulevard Saint-Michel, pour observer Louis-Ferdinand Céline en train d'écrire sur un coin de table. Un jour, sur le conseil de Romain, il alla lui montrer une de ses nouvelles. Céline lut quelques pages et, sans lever la tête, lui dit :

« Vous savez, jeune homme, quand vous aurez quelque chose à dire, il faudra peut-être écrire ; vous n'avez rien à dire. »

Roger lui répondit que c'était exact[1].

Quant à Kardo, qui habitait la chambre juste au-dessous de celle de Romain, il était toujours aussi désargenté car, en tant qu'étranger, il ne possédait pas de carte de travail. Il donnait aux enfants des Russes blancs aisés des leçons de ping-pong dans le sous-sol d'un restaurant de l'impasse Étienne, rue Marbeuf, le Yar, dont le propriétaire était un colonel russe associé à un Géorgien. On pouvait aussi y rencontrer le prince Alexis Mdivani, époux de Barbara Hutton, Youka Troubetskoï et de beaux Géorgiens. Joseph Kessel, à la chevelure léonine, au sommet de sa gloire, y déjeunait souvent, ainsi que Danielle Darrieux et Michèle Morgan. Romain suppliait Kardo : « Je voudrais tant rencontrer Kessel. Je t'en prie, emmène-moi ! » Gary n'ambitionnait pas seulement d'atteindre la célébrité de Joseph Kessel, ses personnages aussi le faisaient rêver. Il aurait préféré ressembler par exemple à Fédor, le jeune Caucasien, plutôt que d'avouer qu'il était un Juif de Wilno.

> On ne pouvait rencontrer homme plus beau et qui, en même temps, fît mieux songer à quelque bête superbe. La pureté violente du visage et du corps, la poitrine large et profonde, l'étroite taille flexible, la finesse des attaches, tout chez lui venait d'une tribu ancienne et magnifique, nourrie sur les cimes, dans la guerre et dans la liberté[2].

Kardo accéda à la demande de Romain et parfois, tout en observant l'écrivain, ils dévoraient au comptoir le *kebab* préparé par le chef arménien.

François Bondy, qui émerveillait ses amis par sa culture et son intelligence, avait retrouvé sa famille à Paris. Fritz Bondy, son père, était un brillant intellectuel de langue allemande originaire de Prague. Margit, sa mère, née en Hongrie, était morte de la tuberculose à Davos. Fritz avait acheté dans le Tessin, un canton pauvre de la Suisse, une « bourgeoisie[3] » qui lui permettait d'y résider et d'y travailler. Après la mort de sa femme, il s'était remarié avec Madeleine Walther. Il avait été metteur en scène et assistant de Max Reinhardt et était aussi l'auteur, sous le pseudonyme de N.O. Scarpi, d'une trentaine d'ouvrages et de traductions littéraires. On pouvait l'entendre sur les ondes de la radio suisse parler de musique classique et d'opéra[4].

Fritz Bondy avait déménagé à Paris lorsque son fils s'était inscrit à la Sorbonne. François avait dit à ses amis que chez ses parents, la nourriture était abondante. Roger et Romain étaient chaleureusement accueillis rue Jean-Daudin, lorsqu'ils arrivaient le ventre vide après avoir traversé à pied une partie de la ville parce qu'ils n'avaient pas de quoi s'offrir un ticket de métro. Le reste du temps, leur ordinaire se composait de croissants et de crêpes bretonnes achetées au Quartier latin.

Romain vivait dans une misère noire, attendant impatiemment chaque mois le mandat de sa mère et ses colis de nourriture. Pudique et fier, et toujours impeccablement vêtu, il cachait, autant qu'il le pouvait, sa pauvreté à ses amis. La chambre numéro 3 de la rue Rollin coûtait 200 francs par mois. Il recevait 375 francs de sa mère et Roger 450 francs de son père. Il ne restait plus grand-chose pour acheter à manger.

Les jours de bombance, les Bondy emmenaient Romain et Roger manger au comptoir du restaurant russe Chez Dominique, rue Bréa, où Gary se jetait sur les concombres et le caviar rouge qu'il mangeait à la cuillère avec des blinis.

Il a souvent raconté et écrit qu'il avait été serveur Chez Dominique, ce lieu mythique de Montparnasse, fondé par Léon Aronson, venu de Saint-Pétersbourg, et sa femme, originaire de Tiflis[5]. Aronson avait obtenu en Russie une médaille d'argent à l'issue de ses études d'ingénieur, malgré le *numerus clausus* qui frappait les Juifs. Il avait ensuite travaillé aux côtés de Gorki dans l'édition, pendant les premières années de la révolution d'Octobre. Ayant refusé de s'inscrire au Parti communiste, il avait dû vivre quelque temps en exploitant une boutique de jouets folkloriques, puis avait quitté l'Union soviétique pour Paris. C'est alors qu'il avait fondé, au mois de décembre 1928, un simple comptoir où l'on pouvait consommer ou commander des plats à emporter. Romain Gary n'a jamais été serveur ni plongeur Chez Dominique. Selon Roger Agid, il n'a pas travaillé durant ses études de droit excepté quelques semaines passées comme main-courantier à l'hôtel Lapérouse grâce aux recommandations d'Alexandre Agid. Il passait le plus clair de son temps enfermé dans sa mansarde à écrire, fuyant les amphithéâtres poussiéreux, où il s'ennuyait autant qu'au lycée de Nice. Romain se levait chaque jour à six heures pour écrire des nouvelles après avoir étudié son droit. Puis il allait faire une partie de billard à La Chope, place de la Contrescarpe.

Il envoya ses nouvelles à *Gringoire*, le prestigieux hebdomadaire politique et littéraire fondé en 1928 par Joseph Kessel, Horace de Carbuccia et Georges Suarez, qui devint fasciste et collaborateur pendant la guerre. Roger publiait des petits contes améliorés par la plume de Romain à *Paris-Soir.* Ces historiettes étaient payées 50 francs. Une page dans *Gringoire* en rapportait 1 000. C'était une somme considérable pour le texte d'un inconnu. Une fortune pour Gary.

*Gringoire* accepta d'abord *L'Orage*, puis *Une petite femme*, signés Romain Kacew, comme *Le Vin des morts*. *L'Orage* parut le 15 février 1935 sur six colonnes, c'est-à-dire toute la page, comme *Une petite femme* le 24 mai de la même année. Le nom de l'auteur était imprimé en caractères aussi grands que ceux de Robert de Flers, Francis de Croisset, Paul Rival, auteurs célèbres à l'époque. Henry Torrès, Philippe Henriot, Francis Carco et André Maurois figurent aussi parmi les collaborateurs du journal. Fortement orienté à droite, et bientôt à l'extrême droite, *Gringoire* fonda un prix, le prix Gringoire, qui rassembla dans son jury des plumes de renom, sous la présidence de Marcel Prévost : Henri de Régnier, André Maurois, Roland Dorgelès, Joseph Kessel, Francis Carco, Abel Hermant, Paul Morand, Jacques de Lacretelle, Pierre Benoit, Maurice Debroka.

Les deux nouvelles de Gary reflétaient ses admirations littéraires : Joseph Conrad, Nicolas Gogol, mais aussi, par la forme, Joseph Kessel, un homme avec lequel il avait de profondes affinités.

Après d'innombrables rebuffades, Roman Kacew pouvait enfin prouver à sa mère qu'ils ne s'étaient pas trompés. Mina, convaincue à présent qu'il aurait le prix Nobel, gardait toujours les numéros de *Gringoire* à portée de la main pour les mettre sous le nez de quiconque franchissait le seuil de la pension Mermonts. Romain, son fils, disait-elle, signait dans le même journal que Joseph Kessel. On avait reconnu dans la prose d'un inconnu de vingt et un ans la carrure d'un écrivain.

Il avait situé l'action d'*Une petite femme* et de *L'Orage* en Extrême-Orient. Les deux nouvelles, dans leur facture, leur atmosphère, se ressemblaient. La guerre, le désir, la mort :

> Hélène regardait partir son mari : elle le vit descendre le versant abrupt de la colline, puis disparaître brusquement dans les palmeraies. Ils étaient installés dans l'île depuis quatre ans : le soleil du tropique avait tué en lui l'homme, en elle l'amour.
>
> [...]
>
> Son regard parcourait rapidement ce corps étendu et comme abandonné, ces seins si bombés qui paraissaient vouloir percer la chemise, ce visage, ces jambes... Assis sur une chaise, les genoux écartés largement, la poitrine nue, il balançait lentement ses bras velus. Sa barbe noire, ses yeux aux paupières enflammées, les veines bleues de ses tempes gonflées démesurément, lui donnaient un air à la fois étrange et sinistre. Il regarda autour de lui : personne. L'enclos était désert. La femme était là, à portée de sa main, nue et blanche sous sa chemise de toile grossière. Le sang lui monta soudain au visage[6].

Le jour où *Gringoire* le rétribua pour *L'Orage*, Gary invita René et Sylvia Agid, René Ziller, Edmond Glicksman et François Bondy à dîner. Ses amis n'avaient pas conscience de son état de pauvreté. Quand il eut dépensé son dernier sou au restaurant pour briller devant eux, Sylvia se souvient qu'il eut un triste sourire.

Il n'oublia pas. Au fond de lui, il ne pouvait pardonner cette indifférence, même à René, qu'il considérait comme un frère. Il disait que personne n'avait prêté attention au fait que, bien souvent, il avait souffert de la faim. Peut-être est-ce en souvenir des jours anciens qu'il répondit ainsi à la question tirée du questionnaire de Proust : « Quelle est la qualité que vous appréciez le plus chez vos amis ? » « Je n'ai pas d'amis. »

Gary renonça courageusement aux généreuses rétributions de *Gringoire* quand le journal afficha des idées fascistes et antisémites. Il écrivit à la rédaction une lettre pour dire en substance : « Je ne mange pas de ce pain-là[7]. » À la faculté de droit, les étudiants d'Action française et des Jeunesses patriotes avaient conspué le professeur de droit fiscal Gaston Jèze, considéré comme un traître, un « antinational ». Les étudiants d'extrême droite l'accusèrent en outre, après l'agression italienne en Éthiopie, de conseiller le Négus. Ils organisaient des chahuts à la faculté de droit, faisaient grève et manifestaient « contre l'invasion des métèques » au Quartier latin[8].

> La constante pression exercée par l'Action française, tout comme par les autres ligues, les imposants défilés des Croix-de-Feu, les affiches qui couvraient les rues de Paris pour flétrir la présence des métèques constituaient le pain quotidien de l'époque[9].

L'Action française avait largement contaminé l'intelligentsia. Il n'y avait pas que Louis-Ferdinand Céline, Drieu La Rochelle, Robert Brasillach ou Lucien Rebatet dont les écrits vomissaient les Juifs. Des romanciers et des dramaturges célèbres — Paul Morand, Marcel Jouhandeau, Pierre Benoit, Jean Anouilh, Georges Simenon, Pierre Gaxotte, André Gide, Jean Giraudoux — ne dissimulaient pas leur antisémitisme prétendument de bon aloi. L'auteur d'*Ondine* déplorait que la France fût submergée par « des centaines de mille Askénazis, échappés des ghettos polonais ou roumains[10] ». Quand on demanda à Giraudoux : « Pourquoi écrivez-vous ? » Il répondit : « Parce que je ne suis ni suisse ni juif. » Il écrivit dans *Pleins pouvoirs* :

> Il s'agissait, tout immigrant, dans les conditions présentes de notre pays et de l'Europe, étant un Français potentiel, de définir les règles d'une immigration rationnelle. Mais il s'agissait aussi, par un choix méthodique, par une surveillance impitoyable, de refouler tout élément qui pouvait corrompre une race qui doit sa valeur à la sélection et à l'affinement de vingt siècles.

On ne trouve aucune mention dans *La Promesse de l'aube* de ces « glorieuses journées de mars [11] » dont Gary fut le témoin à la faculté de droit et au Quartier latin. Pourtant, aux yeux de ses condisciples fascistes, Roman Kacew était bien le métèque.

À vingt et un ans, Roman Kacew devint citoyen français par le décret du 5 juillet 1935 [12]. Il raconta à sa première épouse, Lesley Blanch, que sa mère avait également fait des démarches auprès du secrétariat d'État à la Santé publique et à la Population dans le but d'obtenir la nationalité française. Si cela est exact, sa demande a été refusée. Il prétendit également que Mina avait écrit sur une feuille de renseignements :

> Juif ! Elle l'a écrit noir sur blanc ! Religion : juive. Est-ce qu'elle ne savait pas ce qu'elle faisait ? Est-ce qu'elle ne savait pas ce que ses chers Français éprouvaient à l'égard des Juifs ? Il aurait été tout à fait simple de mettre : orthodoxe. À présent, ça me colle à la peau, c'est sur tous mes papiers, plus moyen de m'en débarrasser [13].

Pure affabulation. Bien entendu, le mot « juif » ne figure sur aucun des papiers officiels de Mina ni de Roman Kacew. Depuis la séparation de l'Église et de l'État, la religion est une affaire privée en France. Être né juif pouvait constituer, pensait-il, un handicap sur le chemin de sa réussite sociale. Il ne se trompait pas tout à fait.

# 20.

Pendant sa dernière année de droit, Gary préparait sa licence et continuait sa Préparation militaire supérieure au fort de Montrouge, au carrefour dit de La Vache noire, au terme de laquelle il obtint le brevet, au mois d'octobre 1937. À présent qu'il était naturalisé français, il rêvait de devenir officier et en parlait sans cesse à Sacha Kardo Sissoeff. Être soldat, porter une arme, offrait une revanche sur les coups qu'il avait reçus de ses camarades de classe polonais qui le traitaient de « youpin » à Varsovie. En outre, il était obsédé par l'idée de l'exploit physique puisque la propagande antisémite des années trente insultait les Juifs et les prétendait incapables de se battre, alors que, pendant la Première Guerre mondiale et son « Union sacrée », les Juifs avaient eu un comportement exemplaire. Même un antisémite aussi convaincu que Maurice Barrès l'avait reconnu en racontant la mort du grand rabbin de Lyon, Abraham Bloch, aumônier au 14e corps d'armée, qui, pendant la bataille de la Marne, avait été tué quelques instants après avoir porté le crucifix à baiser à un soldat catholique grièvement blessé.

Gary croyait-il qu'en accomplissant son devoir de bon Français, le « métèque », le « rastaquouère », serait accepté par la communauté nationale ? Il n'en était rien car « l'ère de la haine » avait commencé, ainsi que l'a écrit l'historien Claude Fohlen. Dans *Gringoire*, *L'Action française, Je suis partout, La France enchaînée,* on pouvait lire : « À bas les Juifs ! À bas les youpins ! »

*La Patrie* publiait dans son premier numéro un article dans lequel on lisait :

> [Les Juifs] refusent depuis des siècles de se fondre dans la société française... Le gouvernement français ne prétend pas assimiler les Juifs de force... [il] ne les expulse pas. Il ne les prive pas de moyens d'existence. Il leur interdit seulement les fonctions de directeur de l'âme française ou des intérêts français [1].

Gary songeait à s'engager dans la Légion étrangère. Tel le jeune prince caucasien Fédor Achkeliani, héros de *Nuits de princes* [2], le roman de Joseph Kessel.

En attendant son incorporation dans l'armée française, Gary, au terme de médiocres études, bûchait sa procédure en espérant être reçu au dernier examen pour son diplôme de licence. Il l'obtint à Paris le 8 juillet 1938. Il avait décidé qu'il abandonnerait le droit et qu'il serait écrivain. Aux yeux de Mina, ce n'était pas une manière sérieuse de gagner sa vie. Avec son accent polonais, il lut de bout en bout le manuscrit du *Vin des morts* à René, qui fut très impressionné. Comme les éditeurs et les directeurs de revues restaient indifférents aux lettres qu'il leur envoyait, il demanda à son ami de faire lire son roman à Roger Martin du Gard, proche du professeur Fouassier, qui était devenu un ami de la famille Agid. Martin du Gard déclara à René que c'était là l'œuvre « d'un fou, d'un mouton enragé [3] ».

Dans *La Promesse de l'aube,* Gary écrit que Robert Denoël soumit son manuscrit à la princesse Marie Bonaparte. Dans l'étude de vingt feuillets qu'elle lui consacra, elle décrivait la personnalité de l'auteur à l'aide de concepts freudiens tels que : « complexe fécal, tendances nécrophiles, complexe de castration ». Le rapport de lecture du *Vin des morts* n'aurait pas été conservé. Gary l'aurait montré à ses condisciples pour se rendre intéressant à la faculté de droit. Il était en fait beaucoup trop timide et désespéré par ces premiers déboires littéraires pour s'en vanter. Mais il jouissait secrètement de sa singularité dans un milieu si convenu. Les Éditions Gallimard lui retournèrent son manuscrit jugé « trop violent, morbide et ordurier ».

Au mois de mai 1938, Romain Kacew, qui séjournait à la pension Mermonts, apprit qu'André Malraux, qu'il admirait, faisait un bref séjour dans un hôtel de Menton. Le célèbre écrivain consentit pendant une bonne partie de la nuit à écouter le jeune homme, qui avait découvert *La Voie royale*, lui lire, « dans une atmosphère romantique de tonnerre et d'éclairs[4] », un manuscrit qu'il avait achevé au mois de février 1937. Malraux l'encouragea chaleureusement, lui disant qu'il y avait quelque chose de nouveau et d'« attendu » dans son roman, mais qu'il devait le retravailler en effectuant des coupes claires : au moins quarante feuillets sur deux cent cinquante. Par ailleurs, Malraux souhaitait que ses héros fussent plus présents et ardents et qu'il adoptât le point de vue communiste, car on ne pouvait rester indifférent à la guerre d'Espagne. Or, pour Gary, la guerre civile était une épidémie de peste qui ravageait l'Espagne. Malraux lui martela que les fascistes incarnaient la peste et que pour soigner ce mal, il existait un remède, le communisme. Gary objecta que le communisme était lui aussi la peste.

Quelques jours plus tard, il expliqua dans une lettre à Christel Söderlund, la jeune Suédoise qu'il aimait, que Malraux avait peut-être raison du point de vue social, mais qu'il avait tort du point de vue humain. « Mille fois tort, et pour cette raison ma très chère, je me battrai et je vaincrai. Je le dois. J'ai beaucoup à dire. Les hommes doivent m'entendre[5]. »

## 21.
# Christel

Quand René et Roger Agid partaient à Nice visiter leur famille pendant les vacances universitaires, ils payaient le voyage de Romain pour lui permettre de voir sa mère, dont l'état de santé se dégradait. Mina se laissa convaincre de se faire admettre en observation à l'hôpital Bichat, à Paris, dans le service des professeurs Abrami et Lichwitz, grâce à la recommandation de René Agid. Mais comme elle ne supportait pas l'attitude familière des infirmières à son égard, elle réclama subitement ses affaires, et se fit conduire en taxi à la gare de Lyon.

À la fin du mois de juillet 1937, Romain Gary avait rencontré à Nice Christel Söderlund, une journaliste suédoise de vingt et un ans venue à Paris effectuer des reportages sur l'Exposition universelle. Par un jour de grande chaleur, elle était partie pour la Côte d'Azur avec deux amies suédoises[1], Ebba Greta Kinberg (la demi-sœur de Sylvia, qui épousera René Agid) et Juditt Balean. Elles s'étaient installées dans un établissement confortable, la pension du Danemark. En se rendant à La Grande Bleue, où elle prenait un cours de plongeon avec le maître nageur, Christel avait plusieurs fois croisé, sur la promenade des Anglais, le regard d'un garçon brun aux yeux bleus qu'elle trouvait extraordinairement beau. En s'élançant du plongeoir le plus haut, elle fit un matin un grand plat. Romain, de stature athlétique et excellent nageur, considéra que cet incident lui permettait de tenter sa chance auprès de cette superbe fille. Il se jeta à l'eau, nagea vers elle, lui avoua que depuis huit jours il la guettait discrètement ; elle ne le repoussa pas. Les deux autres Suédoises reprirent bientôt le train pour rentrer l'une à Paris, l'autre à Stockholm. Christel et Romain se retrouvèrent seuls.

Il était aussitôt tombé amoureux de Christel qui menait une vie incroyablement libre. Épouse de Lille Bror Söderlund, elle était en instance de divorce et mère d'un petit garçon, Ölla, qu'elle avait laissé à la garde de sa mère et de sa sœur pour tenter de faire carrière à Paris. Un grand quotidien suédois lui avait commandé ses premiers reportages et des interviews, mais elle n'avait pas de contrat, devait payer ses frais et était rétribuée à la pige. Romain emmena Christel prendre le thé à la pension Mermonts, et Mina, fière du succès de son fils, ne put s'empêcher de déclarer, éperdue, en prenant Christel à témoin : « Romouchka, tu es le plus bel homme de la terre ! » Romain ne broncha pas.

Ils allèrent nager à La Grande Bleue, s'aimèrent dans l'eau et dansèrent sous les étoiles. Après trois jours et trois nuits passés entre la mer et le lit, Christel reprit le train pour Paris, où Romain ne tarda pas à la rejoindre. Elle vivait à l'hôtel des Grands Hommes, place du Panthéon, avec Sylvia et sa demi-sœur Ebba Greta, dite Bagreta, deux amies suédoises qui aimaient boire un alcool russe, la *vichniovka* (eau-de-vie de cerise). Romain retrouva sa chambre minable de la rue Rollin et lui envoya une carte sur laquelle il avait seulement tracé ces mots : « *Dich Sehen !* » — « Te voir ! » Il n'écrivait pas en allemand par snobisme mais parce que c'était leur seule langue commune.

Romain s'était présenté à Christel comme un demi-Juif, né en Russie. Elle lui avait avoué qu'elle était mariée à un compositeur, violoniste dans un orchestre, pas encore divorcée, et qu'elle ne pouvait donc rien lui promettre. « Mon mari était le premier dans mon cœur et dans mon corps, dit-elle aujourd'hui. Romain était très sérieux, calme, douloureux. J'étais très jeune et j'avais beaucoup d'admirateurs. Romain m'aimait beaucoup trop. » En vérité, Christel hésitait. Son mari lui avait envoyé un télégramme lui demandant de rentrer à Stockholm, tandis que sa mère l'encourageait à divorcer. C'est elle qui eut finalement gain de cause.

Romain s'aventura à l'hôtel des Grands Hommes en compagnie de René Agid. Christel leur présenta Sylvia, illustratrice, directrice artistique talentueuse d'une grande firme suédoise de design ; elle avait remporté une médaille d'argent de saut en longueur aux jeux Olympiques. Bien qu'elle jouît d'une grande notoriété dans son pays, elle abandonnera tout pour épouser René, et deviendra l'amie de cœur et bien souvent la conseillère de Romain, la seule personne qui pouvait se permettre de lui dire ses quatre vérités, même quand il fut devenu célèbre. Après ses visites, elle dessinait souvent des caricatures le mettant en scène, dans lesquelles elle brocardait son égoïsme, sa vanité, ses mauvaises manières à table, sans que jamais il s'en offusquât. Il savait qu'elle l'estimait et qu'elle avait compris qu'il se conduisait ainsi pour masquer sa vraie nature.

Dans *La Promesse de l'aube*, Gary a tracé un portrait plutôt léger de Christel, ce qui l'offensa profondément. Romain lui écrivit pour lui expliquer qu'il était un artiste.

> Mon roman est avant tout une œuvre littéraire et, comme je l'explique au dos du volume, rien n'est tout à fait vrai, mais rien n'est tout à fait faux. J'ai mis en un seul plusieurs personnages et les deux dames qui m'ont déjà écrit pour dire qu'elles se sont reconnues dans Brigitte se trompent toutes les deux. Mon livre est une œuvre d'art, ce n'est pas un document[2].

Malgré sa connaissance médiocre du français, Christel lui répondit le 11 mai 1960 par une lettre très spirituelle, dans laquelle elle lui déniait tout droit de la présenter comme une femme légère, même dans une œuvre d'art.

Romain,

Alors ! Tu dis que ton livre est une œuvre d'art. Mais les autres sont mieux à même de juger ce point.

Et tu dis que tu es un artiste.

Bien. Cela sonne beau ! Et naturellement tu trouves que les artistes ont le droit de s'exhiber comme des paons, de sortir leurs plumes en grattant le sable sale aux yeux des femmes qu'ils aimaient jadis.

Tu pourrais dire « qu'importe dans cent ans ou même cinquante ans, les petites histoires seront pardonnées ou même oubliées » — comme ton livre probablement. Dans cette perspective, on pourrait faire ce qu'on veut, n'est-ce pas ? Mais malheureusement, *j'existe*, je suis extrêmement vivante, et je n'ai aucune envie de prendre ma vie pour ta production littéraire. Alors je pense qu'il faut un peu de tact et des égards pour les autres dans les relations amicales, surtout de la part de cet « ambassadeur de France » ou Gabriele D'Annunzio.

Pensez ! C'est si facile ! Pourquoi tu n'as pas fait, par exemple, une sauce hollandaise de cette ravissante mais malheureusement très légère Suédoise ? Tu pourrais installer sa mère non pas à Björko, l'archipel nord de Stockholm, mais dans une autre île de nature légendaire, comme Hawaii. Au point de vue artistique et acrobatique, ce serait magnifique.

[...] Tu sais aussi bien que moi que les lecteurs croient à chaque mot, même si tu leur fournis une explication en première page, disant qu'il ne s'agit que d'une fiction, surtout dans un livre qu'on peut facilement estimer *éminemment autobiographique*.

[...] Après tout, je te suis reconnaissante pour une chose, tu m'as placée entre « la plus belle fille du Quartier latin » et « la charcutière ».

Je vous remercie.

Christel a bien eu une aventure avec un homme peut-être mieux installé dans l'existence que Romain. Il est vrai également que ce dernier, décidé à l'amener à l'hôtel de l'Europe, la surprit un soir en flagrant délit alors qu'il était venu la chercher avec Roger Agid rue Champollion, à l'hôtel de Monaco où elle avait emménagé. En montant l'escalier qui conduisait à la chambre de Christel, ils l'entendirent crier, au sommet de l'orgasme. Romain, effondré, redescendit les marches mais ne renonça pas. Après une scène spectaculaire, les amants se réconcilièrent, et Christel déménagea rue Rollin pour faire des économies. Sylvia alla habiter chez René, rue Tournefort, tout comme Ebba Greta, qui était devenue la compagne de René Ziller.

Malgré les refus des éditeurs, Romain n'abandonnait pas ses tentatives. Il lisait de bout en bout le manuscrit sans cesse remanié du *Vin des morts* à ses amis et à Christel, bien sûr. Un éditeur auquel il l'avait envoyé lui répondit qu'il avait la certitude d'avoir découvert un écrivain, mais que celui-ci n'avait pas encore écrit un livre digne de son talent.

Christel retourna à Stockholm passer les fêtes de fin d'année dans sa famille et revint bientôt à Paris. Jusqu'en avril 1938, elle vécut à l'hôtel de l'Europe avec Romain, qui l'invita ensuite à passer une semaine à la pension Mermonts, avant son retour définitif en Suède. Christel l'y rejoignit, accompagnée de ses deux amies suédoises qui louèrent une chambre. Elle garda de Mina le souvenir d'une étrange vieille dame aux cheveux blancs. Elle fut un peu gênée quand un jour, subitement, Mina releva sa jupe et se mit à danser, puis alla s'asseoir au piano et leur joua fort décemment quelques pièces du répertoire classique.

Mina alla présenter la belle Christel à Philippe Maliavine[3], un célèbre peintre russe de sa connaissance qui possédait un château sur les hauteurs de Nice. Il avait peint pour les ambassades quinze grands portraits de Gustave V, le roi de Suède. Il esquissa au fusain et au pastel un rapide portrait de la jeune fille, tandis qu'elle l'interviewait pour son journal, et le lui offrit en omettant prudemment de le signer.

C'est le même Maliavine, homme riche et élégant, que l'on retrouve sous les traits de Zaremba[4] dans *La Promesse de l'aube.* Gary écrivit que ce peintre s'était installé à la pension Mermonts et avait demandé la main de sa mère. En vérité, Mina, vieille et malade, n'eut jamais de prétendant à Nice, même si son fils aurait aimé qu'il en fût ainsi, afin de pouvoir vivre un peu plus librement et surtout de ne plus éprouver un profond sentiment de culpabilité.

Au cours de ce dernier séjour à Nice, Christel reçut un télégramme de la rédaction de son journal lui demandant de partir sur-le-champ en reportage en Autriche où venait d'être plébiscité l'Anschluss. Quand elle prit congé, Mina lui fit don de deux charmants chapeaux garnis de fleurs, qu'elle avait sans doute confectionnés autrefois à Wilno. Romain, les larmes aux yeux, lui offrit une bague avec une pierre noire sertie de petits diamants qu'il avait reçue de sa mère et qui provenait probablement de la bijouterie de Dinah et Paul Pavlowitch. Il lui demanda de la porter jusqu'au jour de leurs retrouvailles. Sur le chemin du retour, Christel écrivit à Gerda Hedstöm, sa mère, féministe radicale et membre du « Club antinazi du mardi » : « Romain Kacew est le plus bel homme que j'aie jamais vu... Je ne pense qu'à Romain. Je suis devenue romanesque, et j'écris comme une journaliste de magazine féminin[5]. »

Christel arriva à Vienne, où des foules paradaient dans les rues en hurlant *Heil Hitler !* tandis que de rares fenêtres avaient été voilées de noir, en signe de deuil. À son retour en Suède, elle fut aussitôt engagée comme reporter dans son journal. Romain lui adressait des lettres romantiques et passionnées d'une écriture tourmentée, auxquelles elle répondait, mais avec moins d'ardeur. Depuis le Café de France —« Brasserie-Orchestre » — qui se trouvait sur le boulevard Gambetta, il répondit en ces termes à celle que Christel lui avait envoyée de Vienne :

> Ma petite fille, douce, mauvaise, bonne, unique...
>
> Je me sens si affreusement triste et seul, que ta lettre, au lieu de m'égayer, m'a fait presque mal, m'a rendu plus triste encore et j'ai envie de pleurer comme un idiot. Si seulement je pouvais savoir que tu es à moi, à moi seul, à moi, rien qu'à moi des pieds à la tête, de tout ton corps que je vois comme si je te caressais encore, partout, fillette, partout, de mes lèvres, de mes dents, de mes doigts, Christel, dix jours sont passés depuis que tu es partie et maintenant, peut-être, tu sais mieux, tu vois mieux

si vraiment tu es à moi, à moi seul, comprends-tu, si toi et moi c'est vraiment ça ou si seulement, c'était autre chose.

Je sais que tu es égoïste et que tu m'aimes dans la mesure où ça te fait plaisir, mais je voudrais savoir si c'est quelque chose de plus fort que toi, est-ce que tu peux, vraiment, tout quitter pour être à moi, ou si seulement das ist « eine solche Liebe süss und klein, die von Zeit zu Zeit, zu Füllen schön ist » wie das Goethe nicht geschrieben hat‘.

C'est très beau, Christel, le chocolat de luxe, et avec moi, je le crains, il y aura fort peu de chocolat, fillette, et encore moins de luxe…

Christel, souviens-toi que les choses au monde que je respecte le plus sont *l'homme et la droiture*, souviens-toi que si je t'aime comme femme, c'est aussi parce que je t'aime comme *homme* et qu'un de ces deux amours n'ira *jamais*, pour moi, sans l'autre… Il est très difficile d'être un homme. C'est dans la mesure où tu le seras, ou que tu t'efforceras de l'être (car c'est peut-être impossible) que tu seras toujours toute proche de moi, même si des milliers de kilomètres nous séparent, c'est par cette volonté dure d'arriver à être un homme que tu seras toujours, au sens le plus beau de ce mot, ma femme… J'ai peur, Christel, que tu ne comprennes pas ces quelques mots qui ont pour moi une si grande importance. J'ai peur, aussi, que ces mots soient impossibles à *comprendre, en ce moment, à Vienne*.

Si je les écris, c'est parce que, désespérément, je cherche quelque chose qui pourrait te rapprocher de moi… Et rien, jamais, ni le mariage, ni l'amour, ni les enfants ne te rapprocheront de moi plus que ça : *l'effort* d'être un homme. C'est par cet effort, par cette volonté dure, par cette aspiration à la dignité humaine, que ton sang, Christel, sera dans mon sang, ta pensée, dans ma pensée et ta main, fillette, dans ma main. Il y a peut-être trop de grandes lettres, trop de majuscules, dans ce que je te dis là. Mais ce ne sont pas des grandes lettres, des grands mots : ce sont de grands sentiments et il ne faut pas en avoir honte. Et puis, nous sommes seuls, en ce moment, toi et moi, personne ne nous écoute, nous pouvons parler tranquillement. Il y a bien cette horrible musique… mais je te parlerais dans l'oreille… comme ça… Il faut vivre pour cela, Christel. Il faut travailler, lutter pour cela. Il faut aimer pour cela. Dis « aimer » et non pas « faire l'amour ». Je voudrais être cet amour et que cet amour pour moi t'aide dans l'effort. Mais peut-être trouveras-tu un autre homme qui t'aide mieux, plus que moi. J'en serais heureux… quoique malheureux… En tout cas,

Christel, n'oublie jamais cela : rejette loin de toi l'amour qui n'enrichit pas, qui ne t'aide pas à être, à devenir un homme. Je serais tellement heureux si je pouvais t'aider ! Mais il faut d'abord voir clair en toi-même. Ce que je te conseille là demande beaucoup, beaucoup plus de courage que tu ne le crois. Ça n'a rien à voir avec le plaisir, et presque rien avec le bonheur... en tout cas, pas pour les gens qui croient — les malheureux ! — que le bonheur, c'est seulement le maximum de plaisir. Le bonheur — mon bonheur — c'est un chemin très dur. Sur ce chemin, [...] il n'y a personne. Il faut du courage pour marcher seule sur ce chemin-là, mais je te propose de marcher à deux : avec moi. Je crois que tu seras capable, un jour, de marcher sur ce chemin. Je l'ai pensé quand je t'ai vue marcher dans la montagne, pieds nus... Te souviens-tu ? Dans quelques jours, je t'enverrai une photo : toi et moi, sur ce chemin-là... Oui... Ne t'étonne pas ! Il faut travailler, ma lointaine, il faut étudier, être seule, lutter, souffrir beaucoup, dans l'effort et mépriser les hommes qui envoient du chocolat de luxe... Mon Dieu, je suis bête. Je t'ennuie. Non, peut-être. Je ne sais pas. Quelquefois, je doute, je pense que je ne serai pas entendu... tu es tellement blonde ! J'ai parlé beaucoup trop... et je n'ai pas envie de m'arrêter... j'ai envie de continuer... je suis un imbécile ! mais un imbécile qui *t'aime.*

Romain

Au début de l'été 1938, avec 2 000 francs en poche, il annonça d'abord son arrivée en Suède pour le Noël suivant, plus exactement pour le 23 décembre. Il habiterait à Stockholm chez son ami Sigurd Norberg, au 14 de la rue Blasieholmstorg. Redoutant un refus, ne pouvant dormir, il termina sa lettre en avouant à Christel qu'il allait prendre un canot à La Grande Bleue et passer la nuit en mer. Christel déclara à sa mère qu'elle se réjouissait de le revoir. Il ne vint pas.

Six mois plus tard, à la fin du mois de juin 1939, il se décida à partir pour Stockholm afin de mettre le destin à l'épreuve. La venue de Romain en Suède n'était plus attendue. Christel ne s'était engagée à rien. Elle assurait à présent la permanence de nuit au journal et avait résolu ses problèmes familiaux et sentimentaux en reprenant pour un temps la vie commune avec son mari et son enfant.

Les parents de Sigurd Norberg furent heureux d'accueillir Romain à Stockholm où il apprit que sa bien-aimée passait ses vacances dans le village de Simpnäs-Björkö, au nord de l'archipel, sur une île où se trouvait l'antique et immense propriété familiale. Romain ne s'avoua pas vaincu. Il s'embarqua aussitôt sur un bateau à vapeur pour aller reconquérir Christel, dans l'« *Archipelag* », où Sigurd Norberg lui prêtait sa maison de vacances, afin qu'il pût aussi y remanier son *Vin des morts*[7]. Il débarqua bien dans les îles du nord, mais fut arrêté dans sa *reconquista* sur le débarcadère par la mère et les deux sœurs de Christel, venues en conciliatrices pour le ramener à la raison. Celle-ci ne souhaitait plus être tourmentée par Romain ; elle ne l'épouserait jamais. Il n'oublia jamais la magie de la vaste maison de bois où il avait été accueilli pendant son séjour.

## 22.

# Ilona

Après l'obtention de sa licence, Romain Kacew rentra à Nice, chez sa mère. Une jeune et mystérieuse Juive hongroise, élégante et portant des bas de soie, loua une chambre à la pension Mermonts. Ses manières aristocratiques, ses bagages luxueux laissaient penser qu'elle aurait sans difficulté pu s'installer dans un hôtel beaucoup plus confortable que cet établissement occupant trois étages d'un immeuble neuf, dont un des murs longeait un terrain vague. Elle s'appelait Ilona Gesmay, avait les yeux verts, des cheveux bruns, un sourire radieux. Toujours vêtue de gris de la tête aux pieds, elle ne se déplaçait qu'en taxi. Aussitôt qu'il la vit, alors qu'il écrivait encore des lettres passionnées à Christel, Romain Kacew en tomba éperdument amoureux.

Il avait vingt-quatre ans, Ilona vingt-huit. Elle vivait librement et devint bientôt sa maîtresse. Gary connut avec elle des moments d'extase qu'aucune femme ne sut ensuite lui apporter.

> C'était certainement la femme que j'ai le plus aimée dans ma vie et qui était faite pour vivre avec moi jusqu'à la fin des jours, des miens, en tout cas.
>
> Ilona, qui — l'idéalisation par le souvenir y aidant, évidemment — était la plus belle femme que j'aie jamais vue et que j'aie aimée comme on aime quand on aime une fois dans sa vie, et encore, si on a du talent pour ça... [1].

Elle exerçait sur lui une extraordinaire fascination et eut une influence considérable sur sa création littéraire, où elle apparaît de façon manifeste dans *La Promesse de l'aube, La nuit sera calme* et surtout *Europa*[2], un roman ambitieux, fraîchement accueilli par la critique, et dont Ilona, sous le nom d'Erika, est le personnage central : un être aux pouvoirs magiques et maléfiques qui se déplace instantanément dans l'espace et dans le temps.

Elle ne fut pas seulement une muse lorsqu'elle était à ses côtés ; disparue de sa vie, elle continua à hanter douloureusement ses jours et ses nuits[3]. À tel point qu'il avait expliqué à Lesley Blanch, avant de l'épouser, qu'Ilona tenait encore, malgré son absence, la même place qu'autrefois.

> Pendant ces premiers jours que nous avons passés ensemble, il m'a raconté sa jeunesse à Nice, et le personnage quasi mystique d'Ilona m'a été présenté. Elle se faufila à travers ses souvenirs, incarnation romantique d'un amour perdu, qui représentait toute la beauté du désir…
>
> Si jamais on la retrouve, évidemment elle vivra avec nous, annonça Romain[4].

Dans *La Promesse de l'aube*, Gary évoque sa rencontre avec Ilona assez brièvement au chapitre XXVIII. Dans *La nuit sera calme*, sous la fausse apparence d'un dialogue avec François Bondy, il lui consacre neuf pages qui constituent la version transfigurée de l'amour qu'il lui voua et de son épilogue tragique. Voici sa version des faits :

À la pension Mermonts, Roman Kacew essayait de comprendre le comportement énigmatique de sa maîtresse qui pouvait rester plusieurs semaines d'affilée couchée dans sa chambre, puis soudain s'absentait pour aller soigner un mal mystérieux dans une clinique, sur les rivages d'un lac suisse. Pour elle, l'argent ne comptait pas. Mina fut sidérée lorsque Ilona lui demanda d'appeler un taxi qui devrait la conduire —

aller et retour ! — au concert que Bruno Walter donnait le soir même à Cannes.

Romain, qui passait ses nuits avec Ilona, ne se lassait pas de la contempler et lui avait demandé de l'épouser. Très peu de temps avant la guerre, elle rentra à Budapest pour aller parler de leur mariage à ses parents. Elle ne donna plus de nouvelles jusqu'en 1960.

Après ce long silence, Catherine Rethi, comédienne de l'ancien TNP[5] et dont Ilona était la grand-tante, se manifesta pour lui parler d'elle à la demande de Klara.

Elle rencontra à deux reprises Romain Gary, ainsi qu'il l'a écrit dans *La nuit sera calme*. La première fois, il lui donna rendez-vous chez lui, rue du Bac. Tout juste aimable, il la fit entrer dans son grand salon. Parler d'Ilona lui faisait horreur[6]. « Pourquoi venez-vous me raconter tout ça[7] », lui demanda-t-il, au bord des larmes.

Ilona Gesmay était née en 1908 dans une famille de la grande bourgeoisie juive assimilée de Budapest. Gisèle, sa mère, était une femme intelligente et cultivée. Joseph, le père, d'origine modeste, était devenu directeur général des cimenteries et président des Charbonnages de Hongrie, propriété d'une filiale flamande de la Kredit Bank. Ilona avait deux sœurs, Eva, née en 1907, et Klara, en 1910. Les Gesmay menaient une vie mondaine et fréquentaient la haute société hongroise, snob et antisémite. Bien que faisant partie de la communauté juive, ils n'étaient pas observants. Leurs filles avaient reçu la meilleure éducation : gouvernantes allemandes et françaises, humanités classiques et internat de *finishing school* à Dresde.

Ilona, jeune fille gâtée, passait son temps à voyager. Elle avait quitté Budapest afin d'oublier un jeune homme de la bonne société chrétienne hongroise qui ne voulait pas l'épouser. Elle aimait tout particulièrement la France, où elle rêvait de s'installer et de fréquenter la haute société. Elle avait séjourné à Versailles chez des amis fortunés lorsqu'elle faisait ses études de langue et littérature françaises, au terme desquelles elle obtint un diplôme de professeur de lettres, dont elle ne fit jamais usage.

Quelques mois avant la guerre, le père d'Ilona, lassé de ses interminables voyages et anxieux des bruits de bottes qui se faisaient entendre à l'est de l'Europe, la somma de rentrer à Budapest. Constatant qu'elle ne se pressait pas d'obéir, il lui coupa progressivement les vivres. C'est ainsi que, contrainte de restreindre son train de vie, Ilona arriva à la pension Mermonts.

Il est vrai que Romain tomba d'emblée follement amoureux d'elle et qu'il lui demanda de l'épouser. Elle devint sa maîtresse. Selon Klara, Ilona souffrait d'une inflammation des ovaires et était soignée par des praticiens de renom, le Pr Burger et le Dr Barsony, qui lui conseillèrent de mettre un frein à ses aventures amoureuses. Il semble que l'amour de Romain pour Ilona ait été infiniment plus passionné que celui qu'elle lui portait. Elle ne songeait nullement à l'épouser. Elle était de quatre ans son aînée et il n'était encore qu'un jeune diplômé sans ressources. Pour cacher leurs ébats, elle s'installa dans un autre hôtel où Romain la rejoignait chaque soir. Ilona a raconté à Klara que son amant était exceptionnellement puissant sexuellement et qu'il donnait irrésistiblement vie à ses désirs. De plus, a-t-elle encore confié à sa sœur, c'était un homme aux besoins sexuels hors norme.

Ilona quitta Nice en 1939 pour un long séjour à la clinique Sant' Agnese, à Locarno, où elle fit la connaissance de Mme Keller, une infirmière qui lui recommanda un jeune et riche médecin, le Dr Sciapira. Ilona alla le consulter, et ce dernier l'invita à prendre le thé. La clinique appartenait à son père qui voyait d'un mauvais œil son éventuel mariage avec l'étrange Hongroise. Les archives de la clinique Sant' Agnese ont disparu, et le Dr Sciapira étant depuis longtemps décédé, on ne peut savoir quels soins Ilona recevait dans sa maison de santé. Gary a écrit que lorsqu'elle pressentait une crise, elle quittait subitement Nice pour la Suisse. Selon les documents conservés par Klara, Ilona à cette époque était hypocondriaque. Elle avait, par exemple, manifesté les symptômes d'une appendicite aiguë alors qu'elle était en parfaite santé. Quand elle se croyait malade, elle gardait la chambre des jours entiers pendant lesquels elle brodait et dessinait.

Ilona n'avait jamais travaillé et n'imaginait pas qu'une telle infortune pût lui arriver. Aussi, malgré son amour immodéré pour la France, son peu de goût pour la vie familiale, elle décida d'obéir aux injonctions de son père au mois de mars 1940, peu de temps avant le siège de Budapest.

Eva, la sœur d'Ilona, quitta la Hongrie pour les États-Unis en 1940. Klara épousa Imre R., un Juif cultivé. Désireux de tenter une assimilation définitive, Klara et son mari avaient pris la décision de se convertir au protestantisme.

À partir de mars 1944, Adolf Eichman déporta quatre cent mille Juifs hongrois à Auschwitz-Birkenau, où ils furent gazés de la mi-mai à août de la même année. Aux yeux des nazis, la conversion au christianisme ne métamorphosait pas un Juif en « aryen ». Imre R. fut assassiné en pleine rue par les fascistes hongrois et son corps jeté dans le Danube. Les parents d'Ilona, protégés par le comte Bernadotte, ne furent pas transférés dans le ghetto. Pendant le siège de Budapest, les Gesmay se cachèrent dans la cave de leur maison. Munie de faux papiers, Ilona, recueillie dans diverses institutions religieuses, fut le témoin d'actes de cruauté et de massacres.

Alors que Romain la croyait morte dans la tourmente de l'extermination, Ilona, après trente années de silence, fit à nouveau irruption dans sa vie par l'intermédiaire de sa sœur Klara, qui essayait de le rencontrer depuis le mois de juin 1963. Cet été-là, Klara avait rendu visite à sa sœur Eva installée aux États-Unis. En faisant des courses au drugstore, elles remarquèrent sur un présentoir un livre, *Promise at Dawn*, la traduction en langue anglaise de *La Promesse de l'aube* de Romain Gary. Klara, qui avait déjà lu plusieurs de ses romans, l'acheta. Elle n'ignorait pas la liaison de sa sœur avec Romain Kacew. En effet, à son retour à Budapest en 1940, Ilona lui avait confié les circonstances de son séjour à la pension Mermonts et la forte impression que lui avait faite l'étrange propriétaire, qu'elle qualifiait de « grande dame ». Elle évoquait aussi souvent, en prenant un air mystérieux et entendu, son fils Romain, « un jeune homme charmant et intelligent ». Klara n'en fut pas moins stupéfaite quand elle reconnut sa sœur Ilona dans « la jeune Hongroise aux yeux verts » de *La Promesse de l'aube.* Gary n'avait même pas pris la précaution de changer ses nom et prénom. Espérait-il ainsi retrouver sa trace ? C'est exactement ce qu'il advint.

Après avoir lu *Promise at Dawn*, Eva et Klara écrivirent à Romain Gary chez son éditeur américain à New York, sans obtenir de réponse.

Au mois de mars 1969, Klara R., qui vivait à Haïfa avec son fils et sa fille, apprit en lisant les journaux que Romain Gary s'apprêtait à venir donner des conférences en Israël. Ayant vainement tenté de le rencontrer pendant son séjour, elle lui écrivit pour lui dire qu'elle avait reconnu sa sœur dans le personnage d'Ilona, et lui reprocher plusieurs affabulations relevées dans son roman. Gary répondit le 21 mars 1969 à Klara en la priant de lui raconter tout ce qu'elle savait sur sa sœur. Klara reçut une nouvelle lettre de Gary datée du 18 juin 1969, dans laquelle il confessait qu'Ilona avait été le grand amour de sa vie[8].

Dans une longue correspondance, Klara expliqua à Gary qu'Ilona avait été une des plus jolies jeunes filles de Budapest, qu'elle avait mené une vie mondaine et brillante dans les salons de la haute société.

> Elle n'était plus vraiment juive, mais pas totalement acceptée par les chrétiens. Plus tout à fait bourgeoise, mais à peine tolérée par les aristocrates, elle ne trouvait pas sa place.

Courtisée, considérée comme un beau parti, elle avait cependant toujours refusé de se marier.

En 1944, au sein de l'enfer nazi, Ilona commença à présenter des troubles mentaux. Elle se convertit au catholicisme. Grâce à leurs relations et à leur fortune, les Gesmay réussirent à quitter la Hongrie pour la Belgique, où ils vécurent dans la clandestinité jusqu'à la Libération. À la fin de la guerre, obsédée par la crainte de voir les Allemands revenir, Ilona quitta la Hongrie par un convoi de la Croix-Rouge en partance pour Bruxelles, où ses parents avaient des amis très proches. Dès son arrivée en Belgique, son état psychique s'aggrava, mais la schizophrénie ne se déclarera qu'en 1952. En 1946, Joseph fit hospitaliser sa fille dans une clinique en Suisse mais, ne pouvant bientôt plus faire face aux frais, il trouva un excellent établissement tenu par des religieuses au nord d'Anvers, où elle devait rester jusqu'à sa mort en 1999. Ilona ne comprenait pas pourquoi elle devait vivre dans un hôpital psychiatrique et souffrait terriblement de la solitude ; son père était mort en 1953, sa mère en 1961. Klara ne pouvait lui rendre visite qu'une fois par an durant quelques semaines. Elles parlaient du passé, uniquement du passé. Pendant de courts moments, Ilona redevenait charmante et intelligente. Elle évoquait Romain avec un sourire complice, comme s'il avait toujours été présent auprès d'elle.

On lui proposa maintes fois de l'installer dans une autre maison de santé mais, au dernier moment, elle qui prétendait ne pas aimer le lieu où elle vivait refusait de partir pour l'inconnu.

En 1964, lors d'une visite à sa sœur, Klara lui apporta un exemplaire de *La Promesse de l'aube.* Quelques jours plus tard, Gary reçut une lettre de six lignes, parfaitement cohérente, dans laquelle Ilona lui disait qu'elle avait lu son livre et lui demandait de lui écrire. Elle ajoutait qu'elle vivait dans un couvent où elle avait pris le voile. Gary lui répondit aussitôt. Quelques jours plus tard, une lettre parfaitement identique à la première, une troisième, puis une quatrième lettre, toutes semblables, arrivèrent, auxquelles il répondit encore. La cinquième lettre d'Ilona n'était pas tout à fait analogue aux autres.

Perplexe, il demanda alors à M. Rialand, consul de France à Anvers, d'entreprendre des recherches pour la retrouver. Quelques jours plus tard, ce dernier l'informa que le couvent était en réalité un hôpital psychiatrique. Les médecins lui avaient affirmé qu'Ilona était incurable, que les lettres de Gary ne lui avaient pas été transmises afin de ne pas la perturber davantage. Ils firent dire à l'importun de cesser de lui écrire et de ne pas chercher à lui rendre visite.

Gary, submergé par une intolérable douleur, avait écrit à Klara que cette tragédie avait définitivement brisé sa vie. Elle ne devait pas s'étonner de son comportement parfois dur ou agressif puisqu'elle savait à présent en partie quelle en était la cause.

Selon Myriam B., sa nièce, Ilona était restée parfaitement lucide sur tous les événements qui précédaient la guerre : les souvenirs de son enfance et de sa jeunesse étaient intacts. Elle n'avait en revanche aucun contact avec la réalité. Elle pouvait de manière imprévisible être charmante ou violente. Ses troubles s'estompèrent progressivement avec l'âge. Elle quitta le service fermé de l'hôpital et vécut libre pendant les quinze dernières années de sa vie.

Sur ses vieux jours, Ilona ressentait une vive nostalgie pour le judaïsme. Profondément divisée, elle se disait « foncièrement juive », mais continuait d'aller à la messe le dimanche, parce qu'elle en avait l'habitude et qu'elle aimait ça. Elle rêvait d'aller en Israël « où tout le monde est juif », mais ne pouvait se résoudre à sortir du parc de sa résidence, alors qu'elle était à présent autorisée à le faire. Peu avant sa mort, elle était redevenue quasiment normale. Les médecins lui accordaient à volonté des permissions de sortie. Elle rendait visite à sa famille à Bruxelles, mais au bout de quelques jours elle ressentait une profonde angoisse loin de l'institution gérée par les sœurs norbertines[9], où elle avait passé le plus clair de ses jours. Comme autrefois son père, Klara lui avait maintes fois proposé de changer d'établissement mais, au dernier moment, Ilona refusait de partir. Toujours très chic, impeccablement vêtue, coiffée, manucurée, elle passait son temps dans sa vaste chambre, située dans un pavillon donnant sur le splendide parc où elle ne se promenait pas. Ilona s'est éteinte une semaine après son quatre-vingt-onzième anniversaire. Son corps a été incinéré et ses cendres dispersées près d'Anvers.

# 23.

Déclaré « bon pour le service » au conseil de révision du 26 mars 1936, Romain Kacew a été appelé le 4 novembre 1938 et incorporé dans l'armée française à Salon-de-Provence[1]. Il était prévu de le verser dans l'infanterie mais, sur sa demande, il fit son service militaire dans l'armée de l'air. Gary a écrit dans *La Promesse de l'aube* que sa mère avait tenu à l'accompagner à la gare, munie d'un drapeau tricolore qu'elle brandissait en direction du train des conscrits en criant : « Vive la France ! » Certes, Mina se conformait rarement au comportement habituel des « Français de souche », mais on peut douter de cette scène qui aurait dégénéré dans le train en bagarre générale aux cris de « à bas l'armée ! » et « traîtres ! ». Gary redoutait en toute circonstance les démonstrations publiques et spectaculaires de sa mère. Il la pria certainement de ne pas l'accompagner sur le quai de la gare, surtout si elle comptait s'y rendre avec un drapeau tricolore. Cet épisode, destiné à rendre poignante la séparation des inséparables, illustre le lien puissant qui unissait, dans l'amour, l'exaspération, parfois la honte, l'écrivain à sa mère.

Gary prétend que, contrairement aux autres conscrits, il dut attendre six semaines à Salon-de-Provence son affectation à l'école de l'air d'Avord, à laquelle lui donnait accès son brevet de Préparation militaire supérieure n° 3 qu'il avait obtenu au mois d'octobre 1937. Son dossier militaire indique bien que la décision de le diriger sur le centre des élèves officiers de réserve au bataillon de l'air n° 106 fut prise le 5 novembre 1938, soit le lendemain de son incorporation, mais il n'y arriva que le 7 décembre de la même année. Le lendemain, on le détacha au bataillon de l'air n° 127, dans la 3e brigade. L'école de l'air d'Avord était un immense champ, cerné de casernements situés dans un lieu désert, non loin de Bourges. Le gouvernement avait pris la décision de demander à l'armée de former, au cours de stages de six mois, des observateurs et des jeunes officiers pilotes de réserve. Pendant plusieurs semaines, Roman Kacew vola comme élève observateur, revêtu de la combinaison en cuir de cheval, du casque, des gants et des lunettes sur des avions Potez 25, Potez 63 et Goëland Léo 20, obsolètes en comparaison des Messerschmitt 110 de l'armée allemande. L'observateur avait une mission de navigation, d'observation et de reconnaissance des sols. Gary eut quelques difficultés à maîtriser le maniement délicat du compas magnétique. On l'entraînait aussi à sauter en parachute.

Le général Petit, qui fit partie de la même promotion que lui, le décrit comme un jeune homme discret, timide et silencieux.

À sa mère qui se faisait du souci de le savoir en train de s'entraîner à voler ou à sauter en parachute, il écrivit qu'elle avait mal compris. Il suivait un cours d'observateur, et son unique fonction consistait à se coucher sur le dos pour observer consciencieusement les avions. On ignore si elle le crut.

Le souhait le plus ardent de tous ceux qui entraient à l'école de l'air était bien sûr de revêtir l'uniforme de pilote. Mais pour chaque avion, il n'y avait qu'un pilote, un ou deux mitrailleurs, un observateur ou un navigateur. Trois aspirants aviateurs sur quatre devaient donc se résigner à des fonctions moins prestigieuses, au terme d'une douloureuse sélection. Gary, qui avait demandé à ses supérieurs de subir les tests pour devenir pilote, ne fut pas retenu. Le soldat de 2e classe

Roman Kacew, qui portait le numéro de recrutement 2589, a volé 250 heures de jour et 25 de nuit pendant sa formation. Le 11 février 1939, il écrit à Christel : « Moi, je vole toute la journée et souvent la nuit. » Au terme de cet entraînement, les élèves officiers passaient un examen de sortie. Il eut lieu au mois de mars 1939. Selon le général Petit, Roman Kacew et, « peut-être », une autre recrue furent les deux seuls à ne pas être nommés officiers à l'issue de cet examen. Son amour pour l'armée de l'air ne fut pas payé de retour. Effondré et révolté, il songeait, affalé sur son lit dans le dortoir, au désespoir de sa mère quand il devrait lui annoncer cette injustice.

Que s'était-il donc passé ? Roman Kacew était-il un élève si médiocre qu'il dût être éliminé au terme d'une série d'épreuves que pratiquement tous, sauf lui, avaient réussies ? Pour quelle raison aurait-il été si mal noté ? En fait il avait réussi tous les examens de sortie, comme le lui confirma le lieutenant Jacquard. Mais d'après son camarade de l'escadrille Lorraine, Robert Bimont, et son amie Sylvia Agid, si Gary ne fut pas nommé, ce fut à cause d'une décision particulière de la hiérarchie prenant en considération sa récente naturalisation et sa judéité, même si l'intéressé n'en avait jamais fait état[2]. Gary écrivit dans *La Promesse de l'aube* qu'au moment où il touchait le fond, un de ses camarades vint lui expliquer que la cause réelle de son échec était sa trop récente naturalisation. Il découvrit qu'aux yeux de l'armée, il n'était qu'un Juif récemment émigré, et que ses mérites étaient peu de chose pour ceux qui du jour au lendemain l'avaient isolé du reste de sa promotion.

À l'issue de son stage de formation à l'école de guerre, section de pilotage, Roman Kacew fut donc nommé sergent, c'est-à-dire le grade le plus bas, alors qu'il avait obtenu son diplôme. Il devait encore achever son service militaire[3]. Il eut une permission et rentra désespéré à Nice, ne sachant comment annoncer la nouvelle à sa mère.

Les éléments contenus dans son dossier personnel indiquent : « Renvoyé sur son corps le 29 mars 1939. Décision militaire du 27 mars 1939. » Voici la lettre qu'il écrivit le 1er avril à Christel sur le papier à en-tête de la pension Mermonts :

> C'est un homme usé, fatigué, malade qui t'écrit. C'est un autre Romain, pas celui que tu as connu. Je suis couché sur une chaise longue, sur le toit. Je n'ai même pas le courage, la force de t'écrire tout ce que j'ai sur le cœur... J'ai donné ma démission d'élève officier — dès que je serai guéri, je terminerai mon service — 18 mois - comme simple caporal. Pourquoi ? Bah... J'ai toujours été un imbécile romantique, idiot, idiot... Je ne veux pas t'expliquer tout cela : tu diras, comme tu l'as si souvent dit : « Immer Gestern, immer gestern[4] »... Je suis en congé de maladie à Nice, chez maman (pauvre maman !). Je ne demande plus rien à personne. Si tu pouvais me donner un peu d'amitié fraternelle !... Je voudrais aussi te savoir heureuse, souriante... Je voudrais te voir... Mais je ne voudrais pas que tu me voies : je ne suis pas beau à voir tu sais... Il y a encore une chose, une seule, que je souhaite avec ardeur, avec rage, de tout mon cœur de civilisé : mourir enfin dans une *juste guerre !*
>
> Je t'embrasse tendrement, chère petite tête claire.

Il convient de replacer cet événement dans le contexte de la psychose de guerre du printemps 1939. La décennie avait été marquée, sur fond de crise économique et sociale, par la flambée d'un antisémitisme violent qui présentait les Juifs comme des envahisseurs malfaisants, mercantiles, belliqueux, assoiffés de pouvoir, fauteurs de guerre, à la fois bourgeois et révolutionnaires. Les ligues nationalistes accentuaient leur pression sur la démocratie : l'Action française, les Jeunesses patriotes, les Croix-de-Feu, le francisme. Ces ligues avaient été dissoutes en 1936, mais lorsque Léon Blum fut nommé à la tête du gouvernement, Xavier Vallat s'indigna de voir son « vieux pays gallo-romain gouverné par un Juif ».

L'antisémitisme français n'était pas un article d'importation. Il eut pour propagateurs quelques-uns des jeunes talents littéraires des années trente : Marcel Jouhandeau, Robert Brasillach, Drieu La Rochelle, Louis-Ferdinand Céline, Lucien Rebatet, Jean Giraudoux. Nommé au commissariat à l'Information, ce dernier souhaitait « un grand ministère de la race », et écrivait dans *Pleins pouvoirs* :

> Notre terre est devenue terre d'invasion. L'invasion s'y poursuit exactement de la façon dont elle s'opéra dans l'Empire romain, non point par les armées, mais par une infiltration continue des Barbares, dont faisait partie « la cohorte curieuse et avide de l'Europe centrale et orientale... races primitives ou imperméables ».
>
> Nous sommes pleinement d'accord avec Hitler pour proclamer qu'une politique n'atteint sa forme supérieure que si elle est raciale, car c'était aussi la pensée de Colbert ou de Richelieu.

Et encore :

> Les centaines de mille Askénasis, échappés des ghettos polonais ou roumains [...] [qui] apportent là où ils passent [...] la concussion, la corruption [...] Horde [...] que sa constitution physique, précaire et anormale, amène par milliers dans nos hôpitaux qu'elle encombre[5].

Drieu La Rochelle déplorait la décadence de la France, « la terrible insuffisance française », dont les Juifs étaient selon lui responsables. Quant à Céline, il donnait en 1937 ce conseil dans *Bagatelles pour un massacre* :

> Si vous voulez vraiment vous débarrasser des Juifs, alors, pas trente-six mille moyens, trente-six mille grimaces : le racisme !... Racisme ! et pas un petit peu, du bout des lèvres, mais intégralement ! absolument ! inexorablement ! comme la stérilisation Pasteur parfaite... Qu'ils crèvent tous d'abord, après on verra.

En 1938, Pierre Gaxotte écrivait au sujet de Léon Blum : « Il incarne tout ce qui nous révulse le sang et nous donne la chair de poule. Il est le mal, il est la mort. »

Lorsque le 7 novembre 1938, Herschel Grynszpan, un Juif allemand d'origine polonaise âgé de dix-sept ans, abattit Ernst von Rath, conseiller à l'ambassade d'Allemagne, l'Action française claironna : « Pas de guerre pour les Juifs. »

Un mois plus tard, le 6 décembre 1938, Ribbentrop, ministre allemand des Affaires étrangères, était venu à Paris signer l'accord français de non-agression. Le même soir, un « dîner aryen » eut lieu au Quai d'Orsay auquel les ministres juifs Georges Mandel et Jean Zay furent priés de ne pas participer. La psychose accentuait l'image du Juif belliqueux, qu'on accusait de pousser la France à une guerre de revanche avec l'Allemagne.

« On ne va tout de même pas faire la guerre pour cent mille Juifs polonais[6] », déclarait Ludovic Zoretti à la revue pacifiste d'extrême gauche *Redressement*. À l'extrême droite, Darquier de Pellepoix éditait un tract s'inspirant de la propagande allemande : « Ce sont les Juifs qui veulent la guerre parce qu'elle est le seul moyen d'éviter la défaite et de poursuivre leur rêve de domination mondiale[7]. »

Marcel Jouhandeau déclarait pour sa part qu'il n'aurait point de repos « tout le temps qu'il restera un [Juif] en France qui ne soit pas soumis à un statut spécial ».

Une année plus tard, l'offensive législative serait lancée quand le Conseil des ministres de Vichy arrêterait le premier statut des Juifs du 3 octobre 1940 qui visait à exclure ces derniers des services publics, et tout particulièrement du corps des officiers et des sous-officiers. Ce ne fut pas la première mesure prise par le gouvernement de Vichy contre les Juifs. Des restrictions avaient déjà été apportées à l'égalité dont jouissaient les citoyens naturalisés français. Le statut définissait les critères permettant de désigner ceux qui devaient être considérés comme Juifs. Le but étant de les exclure des services publics, le slogan de *L'Action française* « La France aux Français ! » avait été entendu.

Après sa convalescence, Gary retourna à Avord où, affecté à la 2e compagnie de l'école de l'air, section de pilotage, il obtint le 10 mai 1939 le brevet de mitrailleur en avion, homologué sous le n° 1977, et reçut l'ordre de se rendre à l'école de l'air de Salon-de-Provence, comme moniteur. Il est certain que Roman Kacew, séparé de ses camarades à l'issue de l'épreuve au terme de laquelle tous sauf lui étaient devenus officiers, a dû être chahuté à son retour à la base de Salon. Il y resta jusqu'à la fin août 1939, subissant d'abord les brimades des adjudants et des sergents qui, ne se contentant pas de le traiter de « lieutenant de mes deux » parce qu'il n'avait pas été promu, le désignèrent en outre comme préposé à l'inspection des latrines [8]. Quelques semaines plus tard, on s'aperçut qu'on pouvait utiliser ses compétences de mitrailleur et on l'employa comme instructeur de tir. L'école de l'air se replia à Bordeaux le 30 août 1939, veille du début de la Seconde Guerre mondiale. Gary fut dirigé au dépôt n° 106 dans la classe des élèves officiers de l'école d'observateurs n° 152, à Bordeaux-Mérignac.

TROISIÈME PARTIE

# La guerre

*[…] pour remplacer le compagnon dont le nom magnifique a résonné glorieusement pendant un millénaire dans les annales de la France, dont les ancêtres grands soldats, grands seigneurs, grands dignitaires, amis des princes et des rois, ont fait partie de son histoire d'une manière éclatante, pour le remplacer, qui avez-vous désigné ? Un Russe de naissance, et juif de surcroît. Un Juif d'Europe orientale […] Vous avez marqué, par le contraste singulier de cette succession, que les origines d'un être humain n'ont rien à faire avec le jugement que l'on doit porter sur lui. De la sorte, Messieurs, vous avez donné un nouvel et puissant appui à la foi obstinée et si belle de tous ceux qui, partout, tiennent leur regard fixé sur les lumières de la France.*

JOSEPH KESSEL,
discours prononcé
lors de sa réception
à l'Académie française,
le 22 novembre 1962.
« Éloge du duc de La Force ».

# 24.

Dans son édition « Sixième dernière » du 4 septembre 1939 *Paris-Soir* titrait à la une sur huit colonnes :

> Depuis onze heures ce matin l'Angleterre est en guerre avec l'Allemagne. La France sera en guerre à 17 heures. C'est en plein accord que les deux grandes puissances ont présenté séparément leurs injonctions à l'Allemagne. La France et la Grande-Bretagne ont tout fait pour épargner au monde cette immense catastrophe. Mais la folie sanguinaire du maître de l'Allemagne l'a voulue. Son monstrueux orgueil, son aveuglement insensé précipitent l'Europe dans le sang. Peu lui importe la mort et la souffrance de millions d'êtres humains ; certain d'être écrasé, il veut s'ensevelir sous les ruines.

Le 1er septembre, l'ambassadeur de Sa Majesté à Berlin avait reçu pour instruction d'informer le gouvernement allemand que l'Angleterre s'acquitterait sans hésitation de ses obligations à l'égard de la Pologne si l'Allemagne ne donnait pas des assurances satisfaisantes prouvant qu'elle avait suspendu toute agression et était prête à retirer promptement ses troupes du territoire polonais. Le 3 septembre, à 9 heures, Neville Chamberlain avait fait savoir à Hitler qu'un délai de deux heures lui était accordé. Sinon, ce serait la guerre entre les deux pays à dater de 11 heures. Le Premier ministre, qui avait abandonné la Tchécoslovaquie à son sort l'année précédente, déclarait à la Chambre des communes : « Je souhaite voir le jour où l'hitlérisme aura été vaincu. »

L'ambassadeur français à Berlin, Coulondre, s'était rendu à la Wilhelmstrasse à midi pour demander aux Allemands leur réponse à la communication qui leur avait été remise le 1er septembre à 22 heures. Le délai français expirait à 17 heures. Le Reich lui opposa une fin de non-recevoir.

Tandis que la France attendait la réponse, l'aviation allemande attaquait la Pologne. Ses aviateurs mitraillaient les civils fuyant sur les routes. Varsovie fut bombardée six fois en une seule journée. Une bombe tomba sur l'orphelinat des enfants juifs, tuant cinquante-cinq d'entre eux.

Édouard Daladier informa les Français que le pays était entré en guerre par une allocution à la radio :

> La cause de la France se confond avec celle de la justice. Elle est celle de toutes les nations pacifiques et libres. Elle sera victorieuse.

Édouard Herriot déclara à la Chambre :

> La France aborde le péril la tête haute et la conscience pure. Elle a fait preuve d'une longue patience. Même en ces heures d'angoisse, elle rappelle qu'ayant travaillé à unir tous les peuples, elle n'a contre aucun d'eux de préjugés hostiles ; elle ne rend responsables que les oppresseurs. Rassemblons-nous comme les membres d'une famille autour du gouvernement qui a la charge et l'honneur de défendre notre patrie. Fidèle à la vieille devise, elle est sans reproche, elle est sans peur. Mes chers collègues, il n'y a plus place que pour un cri : Vive la France !

Le 30 août 1939, Gary était arrivé à Bordeaux où il exerçait, six heures par jour, la fonction d'instructeur de navigation sur un avion Potez 540. Comme il parlait couramment le polonais, on lui avait confié des équipages polonais en double commande. Tout en apprenant les rudiments du métier d'observateur, il exerçait parallèlement la fonction d'interprète, debout entre les deux pilotes, traduisant les ordres de l'instructeur français. C'était une méthode aléatoire pour enseigner le pilotage : un avion élève, ratant son atterrissage, s'écrasa au sol. Gary, la cloison nasale brisée, saignait abondamment. Le beau « nez rectiligne » décrit sur sa fiche signalétique militaire n'était plus.

Nommé officiellement sergent le 1er février 1940 par le colonel commandant de la base, il portait à présent la veste de cuir et la casquette légèrement penchée sur l'œil, comme on peut le voir sur une photo prise à Nice pendant la permission qui lui fut accordée lorsque l'état de santé de sa mère s'aggrava de façon irrémédiable. Son diabète ne cessait d'empirer et elle était atteinte d'un cancer de l'estomac. Pour la rejoindre, Gary monta dans le train des permissionnaires. Il mit deux jours pour arriver à destination. Des soldats vilipendaient l'Angleterre qui avait entraîné la France dans l'aventure de la guerre.

Gary sortit de la gare à l'aube et courut au Mermonts. Au septième étage, la petite chambre de Mina était vide. La concierge lui apprit la vérité. Un taxi le conduisit à la clinique Saint-Antoine, où il trouva sa mère frêle, la tête enfoncée dans l'oreiller, les traits creusés par la souffrance. Après l'avoir embrassée, il s'assit dans un fauteuil en face du lit et tous deux restèrent longtemps sans parler. Lorsqu'il était ému, angoissé ou désemparé, il pouvait rester des heures immobile, sans dire un mot.

Soudain Mina, la cigarette au bec — la sachant perdue, les médecins ne lui interdisaient pas de fumer —, lui demanda s'il avait des nouvelles d'Ilona. Non, il n'en avait pas.

Le dernier jour de permission, Gary prit congé de sa mère en tâchant de faire bonne figure, et elle en fit autant. « Je l'embrassai sur une joue en souriant. Ce que m'a coûté ce sourire, elle seule pouvait le savoir, qui me souriait aussi[1]. »

Il a écrit dans *La Promesse de l'aube* que sa mère lui avait demandé à ce moment d'épouser Ilona. Elle le pria effectivement de se marier, mais pas avec cette dernière. Mina avait choisi Suzanne, la sœur de René, qui en l'absence de Romain lui rendait chaque jour visite à la clinique et veillait à ce qu'elle ne manquât de rien. Alexandre Agid, son père, payait les frais d'hospitalisation. Mina avait fait promettre à Suzanne d'épouser Romain lorsqu'il reviendrait. Tout en sachant qu'il n'en serait rien, elle avait promis.

La veille de son retour à la caserne, Romain et Suzanne dînèrent ensemble, puis allèrent au cinéma. Au restaurant, Romain, fidèle à sa mère et amoureux de Suzanne, lui demanda de l'épouser, puis ajouta qu'il avait le sentiment qu'il ne survivrait pas à la guerre. Plus tard, dans l'ombre, il lui prit la main et Suzanne ne la retira pas. Elle aimait Romain comme un frère. Peut-être éprouvait-elle également des sentiments d'une autre nature, mais les choses n'allèrent jamais plus loin.

Romain ne revit jamais sa mère. C'est Suzanne Agid qui lui ferma les yeux, lorsqu'elle mourut à la clinique, le 16 février 1941[2].

# 25.

Après la « drôle de guerre », plusieurs millions de civils fuirent sur les routes la foudroyante offensive allemande de l'été 1940. Les soldats français avaient été démobilisés, mais il restait un million et demi de prisonniers de guerre dans les stalags et les oflags en Allemagne.

L'amour inconditionnel de la mère de Gary pour la France allait vaciller, lorsque les premières mesures discriminatoires s'abattirent sur les Juifs. Moins de trois mois après la chute de la République, le gouvernement de Vichy scellait une politique de collaboration avec l'Allemagne et excluait les Juifs de la cité. Raphaël Alibert, le garde des Sceaux auteur du premier statut, n'a jamais entretenu de relations avec les autorités d'occupation. « Les mesures de Vichy contre les Juifs sont d'origine française. Ce furent des actions autonomes décidées en vue d'atteindre les objectifs propres au pays[1]. »

Tout comme Alibert, Xavier Vallat, le commissaire général aux Questions juives, allait déclarer pour sa défense lorsqu'il comparut devant la Haute Cour à propos du second statut des Juifs du 2 juin 1941 : « Jamais, jamais, je n'ai emprunté le statut des Juifs aux modèles étrangers. Pas du tout. J'ai renoué à travers le temps avec les traditions nationales et celles de la chrétienté[2]. »

Pendant la dernière année de sa vie, Mina vivait dans la partie de la France non occupée, qu'on appelait la « zone libre ». N'étant ni française ni catholique, elle fut sommée, comme toute personne juive, de « se présenter jusqu'au 20 octobre 1940 auprès du sous-préfet de son arrondissement dans lequel elle a[vait] son domicile ou sa résidence habituelle pour se faire inscrire sur un registre spécial ». Elle avait déjà affronté l'antisémitisme des Russes et des Polonais, était peu légaliste et avait la chance de résider dans la zone non occupée par les Allemands, aussi ne le fit-elle pas.

Était considéré comme Juif par les Allemands celui ou celle qui avait plus de deux grands-parents juifs. Le statut de Vichy, initiative française, allait plus loin en déclarant juive toute personne qui n'avait que deux grands-parents « de race juive » si l'époux ou l'épouse était juif. La loi du 4 octobre 1940 autorisait l'internement des Juifs étrangers. Mina, qui n'était pas naturalisée, risquait d'être jetée dans un des quatre-vingt-dix-neuf camps de concentration français, toute malade qu'elle fût[3].

Ce qu'elle ne sut pas, puisqu'elle mourut le 16 février 1941, c'est que la naturalisation de son fils allait être soumise à la Commission de révision des naturalisations[4] le 6 décembre 1943, avec un avis d'enquête. Il s'agissait d'engager une procédure de dénaturalisation de Roman Kacew. S'associant au Reich dans sa politique antijuive, le gouvernement de Vichy avait créé cette commission le 22 juillet 1940.

> Article 1 – Il sera procédé à la révision de toutes les acquisitions de nationalité française intervenues depuis la promulgation de la loi du 10 août 1927 sur la nationalité.
>
> Article 2 – Il est institué à cet effet une commission dont la composition et le mode de fonctionnement seront fixés par arrêté du garde des Sceaux, ministre, secrétaire d'État à la Justice.
>
> Article 3 – Le retrait de la nationalité française sera, s'il y a lieu, prononcé par décret pris sur le rapport du garde des Sceaux, ministre, secrétaire d'État à la Justice, et après avis de cette commission.

Ce décret fixera la date à laquelle remontera la perte de la qualité de Français.

Cette mesure pourra être étendue à la femme et aux enfants de l'intéressé.

Article 4 – Le présent décret sera publié au *Journal officiel* et exécuté comme loi de l'État[5].

Officiellement, la loi visait les naturalisés, mais en réalité, précédant le statut des Juifs, elle était la source de la politique antisémite.

Ainsi, Roman Kacew cesserait d'être un citoyen français et entrerait dans la catégorie des Juifs étrangers susceptibles d'être arrêtés puis déportés à Auschwitz dans les wagons à bestiaux de la SNCF[6].

Au cours de l'automne 1940, le maréchal Pétain avait publié dans *La Revue des Deux Mondes* plusieurs articles dans lesquels il précisait notamment les objectifs de sa politique d'exclusion de certaines catégories de la population :

La révision des naturalisations, la loi sur les sociétés secrètes, la recherche des responsables de notre désastre, la répression de l'alcoolisme témoignent d'une ferme volonté d'appliquer, dans tous les domaines, un même effort d'assainissement et de reconstruction[7].

Suivirent le 27 août 1940 l'abrogation du décret-loi du 21 janvier 1939 qui interdisait la propagande antisémite dans la presse, puis la loi portant sur le statut des Juifs le 3 octobre de la même année[8].

Le 1er janvier 1944, le conseiller d'État, secrétaire général à la Police à Vichy, envoyait au préfet des Alpes-Maritimes une lettre à en-tête du ministère de l'Intérieur, de la direction de la Police nationale et de la direction de l'administration de la Police pour lui ordonner de lui communiquer tous les renseignements disponibles sur Roman Kacew :

Objet : révision des acquisitions de la nationalité française.

Par sa lettre en date du 28 décembre 1943 n° 133479,

mon représentant auprès de la Délégation du gouvernement français dans les territoires occupés me signale que la Commission de révision des naturalisations avait appelé son attention sur le nommé Kacew Roman, né le 18 mai 1914 à Wilno, naturalisé par décret n° 16153X35 du 5 juillet 1935, demeurant 7, boulevard Carlonne, à Nice.

Je vous prie de vouloir bien faire reccueillir de toute urgence sur l'intéressé :

1/les renseignements généraux les plus complets et militaires.

2/votre avis sur l'opportunité de lui appliquer les dispositions de l'article de la loi du 22 juillet 1940 sur la révision des acquisitions de la nationalité française.

Votre réponse devra me parvenir sous le timbre indiqué ci-contre et porter en marge le numéro du dossier transmis à la chancellerie *suivi de la mention R.E.V. Le rapport me sera adressé en double exemplaire.*

Le sous-chef du 15e bureau. Signé Sivan[9].

Le 22 février 1944, la préfecture des Alpes-Maritimes (4e division, 2e bureau) et le préfet des Alpes-Maritimes répondirent au chef du gouvernement et au ministre de l'Intérieur — direction de la Police (15e bureau) :

Objet : révision des acquisitions de la nationalité française.

Votre dépêche du 14 février.

Comme suite à votre dépêche citée en référence, concernant le nommé Kacew Roman, susceptible d'être touché par la loi du 22 juillet 1940, j'ai l'honneur de vous faire connaître que l'intéressé a été vainement recherché en tous lieux utiles.

Pour le préfet régional, pour le préfet intendant régional de police, le chef de division de Nice[10].

Quelques jours plus tard, le 28 février, le chef du gouvernement et le ministre de l'Intérieur de l'État français à Vichy sollicitaient la collaboration de la direction générale de la Police nationale et de la direction de l'administration de la Police pour retrouver Roman Kacew :

Objet : révision des acquisitions de la nationalité française.

Mon attention vient d'être attirée sur le nommé Kacew

Roman, né le 18 mai 1914 à Wilno, demeurant 7, boulevard Carlonne, Nice, Alpes-Maritimes.

Je vous serais obligé de bien vouloir me faire parvenir tous les renseignements que vous possédez sur l'intéressé, notamment sa résidence actuelle.

Le sous-chef du 15e bureau, signé Sivan[11].

Le 28 juin de la même année, le nom de Roman Kacew apparut une dernière fois sur le fichier central de la Police nationale dans une liste de dix personnes juives recherchées en vue de leur arrestation[12].

Mina ne put conserver la gestion de la pension Mermonts, puisqu'il était interdit aux Juifs de gérer des entreprises commerciales et que leurs biens étaient mis sous séquestre. Elle se trouvait sans argent pour acheter de l'insuline et contrainte de vivre clandestinement sous son propre toit, dans une chambre de l'hôtel[13], car la propriétaire, Ludmilla Jedwaburk, avait confié à quelqu'un d'autre l'exploitation de son affaire. En témoigne une lettre écrite en russe et ayant transité par le Portugal adressée à Mina par cette dernière. Il semble qu'Abr. Pavlowitch, qui n'était pas juif, jouait un rôle d'intermédiaire ou bien de gérant dans cette situation critique[14].

Chère Militsia[15],

Nous avons reçu votre lettre et sommes heureux que vous alliez mieux. En ce qui concerne les comptes, Abr. Pavlowitch, dans une période aussi difficile que celle que nous traversons, ne peut ni ne veut apporter davantage pour la maison[16]. En effet les dépenses dépassent les revenus et Abr. Pavlowitch a déjà écrit à ce propos à Ada Ziguéjidov, qui vous donne une chambre à l'hôtel et 1 000 francs.

Si votre fils Roman vient en congé, on mettra bien sûr à sa disposition une chambre à l'hôtel pendant son séjour.

J'écrirai à Mme Polouektovâ, ou bien vous lui écrirez vous-même, peut-être pourra-t-elle vous procurer gratuitement des injections (un médicament). Comme vous le savez sans doute, nous avons partout restreint toutes nos dépenses (à Paris, etc.).

Si les revenus de la maison augmentent, vous recevrez un peu plus chaque mois.

Si vraiment on ne peut pas trouver une solution, ou inventer quelque chose, alors A. Pavlowitch pense vendre la maison (ce que je voudrais éviter, mais A.P. n'a pas l'intention de donner encore de l'argent pour la maison).

On ne peut qu'espérer que cette période difficile pour nous tous finira et que Dieu nous récompensera tous pour les souffrances endurées, je vous souhaite à vous, chère Militsia Ossipovna, du fond du cœur tout le bien du monde et je vous prie dans la mesure du possible de prendre soin de votre santé, car elle vous sera utile quand reviendront les temps heureux.

Cette terrible guerre prendra fin, votre fils reviendra vers vous et vous aurez encore dans votre vie beaucoup de joies, de satisfaction ; c'est qu'il est si talentueux et chanceux dans tous les domaines et je suis sûre qu'il ira loin dans la vie.

J'attends une lettre de vous et vous prie de m'écrire en détail comment vous êtes installée et comment vous vous sentez.

Je vous embrasse

Liussia, A.P. vous salue[17].

Entre le 4 et le 8 juin 1940, le front établi par Weygand sur la Somme et l'Aisne fut enfoncé, tandis que les Allemands progressaient dans toutes les directions. Après la débâcle, le gouvernement ayant abandonné Paris, le Conseil des ministres se réunit le 14 juin à Bordeaux, où l'école de l'air d'Avord avait été évacuée. Les Allemands, après avoir signé le 22 juin l'armistice avec Pétain à Rethondes, avaient annexé l'Alsace-Lorraine et rattaché les départements du Nord au commandement allemand de Bruxelles, tandis que le reste de la France était divisé en deux par la « ligne de démarcation ». Dans la zone non occupée, dite *zone libre*, le maréchal Pétain installait à Vichy un nouveau régime, l'État français.

Gary ne pouvait se résigner à l'idée que la France abandonnât le combat et que ses chefs, derrière le maréchal Pétain, s'engageassent dans la collaboration avec l'Allemagne nazie. Se décrivant comme un optimiste incorrigible, il avoue n'avoir pas désespéré de son pays dans ces heures sombres, et n'avoir pas été surpris outre mesure lorsque, dans le chaos et la veulerie ambiants, on entendit soudain s'élever la voix d'un général de modeste importance, désormais considéré comme un traître, celle de Charles de Gaulle.

De Gaulle, après avoir participé aux travaux du Centre des hautes études militaires, avait publié en 1938 une étude historique, *La France et son armée*, dont le maréchal Pétain lui avait commandé la rédaction. Mais dès 1934, dans *Vers l'armée de métier*, il avait préconisé la formation d'une armée professionnelle de cent mille hommes, composée de six divisions de ligne motorisées et blindées. La France, écrivait-il, n'était plus en état de se défendre parce qu'elle ne s'était pas dotée, à l'instar de l'Allemagne, d'une armée motorisée, mécanisée, terrestre et aérienne. Avant 1937, l'Allemagne avait exhibé dans les rues de Berlin une Panzer Division ; elle disposait en outre de tanks et d'avions d'assaut. Pour la France, il était déjà trop tard. Le mémorandum de Charles de Gaulle provoqua indifférence et irritation de la part du maréchal Pétain. Quand le général Gamelin lui confia le commandement de la 4e division cuirassée, il lui fit part de son inquiétude. Gamelin lui répondit qu'elle n'était pas justifiée[18].

Le 15 juin 1940, de Gaulle monta à bord du contre-torpilleur *Milan* qui l'amena jusqu'à Plymouth. Il arriva à Londres à l'aube du 16, et s'installa d'abord à l'hôtel Hyde Park. Dans la journée, il fut reçu par Winston Churchill. Le lendemain soir, il retourna à Bordeaux à bord d'un avion mis à sa disposition par le gouvernement britannique. Sur l'aérodrome, on lui expliqua que le président du Conseil avait donné sa démission et que le président Lebrun avait chargé le maréchal Pétain de former le gouvernement. Après avoir pris congé de Paul Reynaud, effondré, de Gaulle se rendit au milieu de la nuit chez sir Ronald Campbell, ambassadeur d'Angleterre, pour l'informer qu'il avait l'intention de partir pour Londres. Paul Reynaud lui fit porter la somme de 100 000 francs, prélevée sur des fonds secrets, et le

17 juin au matin, de Gaulle s'envola, en compagnie du général Spears et du lieutenant de Courcel, dans l'avion à bord duquel il était arrivé la veille. Ils se posèrent à Londres vers midi. Dans ses Mémoires[19], il écrit :

> Tandis que je prenais logis et que Courcel, téléphonant à l'ambassade et aux missions, les trouvait déjà réticentes, je m'apparaissais à moi-même, seul et démuni de tout, comme un homme au bord d'un océan qu'il prétendrait franchir à la nage.

Dans l'après-midi, de Gaulle rencontra à nouveau Winston Churchill et lui exposa ses intentions. Aussitôt, ce dernier mit les studios et l'antenne de la BBC à sa disposition. Les deux hommes décidèrent que le Général s'adresserait aux Français lorsque Pétain aurait demandé l'armistice. Le lendemain à 18 heures, il prononçait son célèbre appel sur les ondes. De Gaulle et Courcel apprirent qu'ils étaient condamnés à mort comme déserteurs et francs-tireurs par un décret du 27 juillet 1940, signé par le maréchal Pétain et Pierre Laval.

Le sous-lieutenant Frédéric de la Fite de Pelleport écrivit le 7 août 1940 à ses parents[20] :

> À Bordeaux-Mérignac, après la demande d'armistice, d'innombrables avions, certains criblés de balles, atterrissaient sur les pistes de l'aérodrome. D'étranges équipages en sortaient. Des militaires avec leur famille, leur chien, leur chat, et quelques valises. Des vétérans de la Grande Guerre qui profitaient de la désorganisation générale pour s'entraîner sur les vieux Potez 25. Des centaines d'avions, de nouvelles marques, fuyant les Allemands, faisaient le plein d'essence pour voler vers le Maroc… On voyait partout une confusion indescriptible. Le ministère de l'Air récemment installé était un exemple parfait de notre décadence. Les Allemands étaient à quelques kilomètres, il était nécessaire que nous quittions immédiatement le pays, si nous voulions continuer le combat.

À propos de ceux qui avaient accepté la débâcle, Gary écrit dans *La Promesse de l'aube* :

> Je suis sans rancune envers les hommes de la défaite de 40. Je comprends fort bien ceux qui avaient refusé de suivre de Gaulle. Ils étaient trop installés dans leurs meubles, qu'ils appelaient la condition humaine. Ils avaient appris et ils enseignaient « la sagesse », cette camomille empoisonnée que l'habitude de vivre verse peu à peu dans notre gosier, avec son goût doucereux d'humilité, de renoncement, d'acceptation. Lettrés, pensifs, rêveurs, férus d'humanités, au fond d'eux-mêmes, secrètement, ils avaient toujours su que l'humain était une tentation impossible et ils avaient donc accueilli la victoire d'Hitler comme allant de soi[21].

Gary décida de passer en Angleterre, avec trois camarades, sergents comme lui. Ils étaient jeunes, n'avaient pas combattu et, comme lui, ne se résignaient pas à la défaite. En outre, Gary était juif, il devait au plus vite quitter la France de Vichy qui avait déjà interné les Juifs étrangers réfugiés sur son territoire dans des camps de concentration. Si, en 1945, la découverte des camps d'extermination stupéfia le monde, il était de notoriété publique que, depuis 1934, les Juifs d'Allemagne étaient soumis aux lois raciales de Nuremberg, qu'ils avaient subi le pogrom de la Nuit de cristal, et qu'on internait les opposants au nazisme et les Juifs dans le camp de concentration de Dachau. Les larmes aux yeux, Gary pensait à sa mère, vieille Juive malade à présent sans ressources.

L'un de ses trois compagnons avait trois cents heures de vol comme pilote à son actif. Alors que Gary s'apprêtait à monter dans l'avion où les autres avaient déjà pris place pour faire un tour d'essai, un cycliste vint le prévenir qu'on le demandait d'urgence au téléphone. C'était Mina qui, dans le chaos de la défaite, avait réussi à le joindre. Il laissa ses camarades essayer l'avion sans lui, et leur demanda de venir le chercher dans le hangar. L'avion, un Den, décolla, tandis qu'il s'éloignait sur sa bicyclette. Soudain, le

Den se cabra, explosa et s'écrasa au sol. Il n'y eut pas de survivants.

À la centrale téléphonique de Mérignac, Gary trouva le sergent Dufour, dont la physionomie et l'attitude à la fois indignée et débraillée devaient lui inspirer la silhouette du personnage de Morel dans *Les Racines du ciel.* Il parla à sa mère pour la dernière fois.

> Je suis incapable de transcrire ici ce que nous nous sommes dit. Ce fut une série de cris, de mots, de sanglots, cela ne relevait pas du langage articulé. J'ai toujours eu depuis l'impression de comprendre les bêtes. Lorsque dans la nuit africaine, j'entendais les voix des animaux, souvent mon cœur se serrait quand j'y reconnaissais celles de la douleur, de la terreur, du déchirement et, depuis cette conversation téléphonique, dans toutes les forêts du monde, j'ai toujours su reconnaître la voix de la femelle qui a perdu son petit[22].

Il erra sur le terrain en quête d'un autre avion. Plusieurs pilotes l'éconduisirent brutalement lorsqu'il leur parla de l'Angleterre. Trois d'entre eux menacèrent de le faire arrêter. Puis il reçut quelques coups de poing qui lui mirent le nez et les lèvres en sang. Après quoi, on lui versa le contenu d'une canette de bière sur la tête. « Ma tête éclatait, je ne cessais d'essuyer le sang de mon nez et de mes lèvres, et j'étais continuellement pris de nausées et de vomissements[23]. »

Ceux qui l'écoutèrent avec sympathie lui répondirent que la guerre allait se poursuivre en Afrique du Nord, sous les ordres du général Noguès. Ils étaient donc disposés à s'envoler pour le Maroc, en aucun cas pour l'Angleterre. Le camion-citerne était bien gardé par des Sénégalais armés.

Dans le récit de cet épisode qu'il fera dans *La Promesse de l'aube*, il se décrira comme un « possédé » : un mannequin habité par la puissante voix de sa mère, dont la résolution à continuer de se battre ne serait que l'expression de la volonté de celle-ci.

> Peut-être un peu sous le coup de l'ivresse, je me laissai aller à un de mes discours inspirés. Je parlai de l'Angleterre, porte-avions de la victoire, j'évoquai Guynemer, Jeanne d'Arc et Bayard, je gesticulai, je mis une main sur le cœur, je brandis le poing, je pris un air inspiré. Je crois vraiment que c'était la voix de ma mère qui s'était ainsi emparée de la mienne, parce que, au fur et à mesure que je parlais, je fus moi-même éberlué par le nombre étonnant de clichés qui sortaient de moi et de choses que je pouvais dire sans me sentir le moins du monde gêné ; et j'avais beau m'indigner devant une telle impudeur de ma part, par un phénomène étrange, sur lequel je n'avais pas le moindre contrôle et dû sans doute en partie à la fatigue et à l'ivresse, mais surtout au fait que la personnalité et la volonté de ma mère avaient toujours été plus fortes que moi, je continuais et en rajoutais encore, avec le geste et le sentiment. Je crois même que ma voix changea et qu'un fort accent russe se fit clairement entendre alors que ma mère évoquait « la Patrie immortelle » et parlait de donner notre vie pour « la France, la France, toujours recommencée ».
>
> [...] Mon nez était bouché par les caillots de sang et j'avais de la peine à respirer. Je n'avais qu'une envie : me coucher dans l'herbe et rester là, sur le dos, sans bouger. La vitalité de ma mère, son extraordinaire volonté, me poussaient cependant en avant et, en vérité, ce n'était pas moi qui errais ainsi d'avion en avion, mais une vieille dame résolue, vêtue de gris, la canne à la main et une gauloise aux lèvres, qui était décidée à passer en Angleterre pour continuer le combat[24].

Avec humour, Gary précise :

> L'appel du général de Gaulle à la continuation de la lutte date du 18 juin 1940. Sans vouloir compliquer la tâche des historiens, je tiens cependant à préciser que l'appel de ma mère à la poursuite du combat se situe le 15 ou le 16 juin – au moins deux jours auparavant[25].

Il est difficile d'affirmer que Mina Kacew avait effectivement incité son fils à gagner l'Angleterre après la défaite de la France. Gary se le figurait ainsi. Il avait peut-être décidé qu'un hommage littéraire convaincant à sa mère nécessitait certaines entorses à la vérité. Ainsi se construisent les légendes. Toutefois, une lettre non datée écrite par Mina et conservée par Gary nous montre comment elle envisageait les choses.

> Mon cher et bien-aimé Romouchka !
> Je te bénis et je te jure que ton départ ne m'a pas chagrinée, ne m'a pas causé de peine. Tu ne m'as du reste jamais causé de chagrin, bien au contraire, tu ne m'as apporté que du plaisir.
> Sois fort et résolu.
> Maman[26].

Cette formulation : « sois fort et résolu » est issue de la Bible. Elle signifie que la fidélité à la Loi est la condition du secours divin. Cette injonction : *Rak hazak ve-ematz*, est un ordre divin transmis par Moïse à Josué lors de la passation des pouvoirs, alors que le prophète se préparait à mourir sur le seuil de la Terre promise[27].

> Soyez forts et résolus, ne craignez pas et ne tremblez pas devant eux, car c'est Yaveh ton Dieu qui marche avec toi : il ne te délaissera pas et ne t'abandonnera pas[28].

## 26.

Gary se rangea à l'avis des membres de son escadre qui pensaient que la guerre continuerait en Afrique du Nord. Le jour où celle-ci reçut l'ordre de rejoindre Meknès, il quitta Mérignac pour Salanque où il arriva dans la soirée, en pure perte : aucun avion n'était autorisé à décoller. Les ordres antérieurs avaient été annulés par la nouvelle autorité qui contrôlait les mouvements aériens à destination de l'Afrique. Toujours persuadé d'agir sous l'emprise de la volonté farouche de Mina, bien décidé à défendre la France qui ne lui avait pas accordé sa naturalisation, Gary monta à l'aube du 20 juin en compagnie de l'adjudant Delavault dans un Potez, avec l'espoir de gagner l'Algérie. L'autonomie de l'avion ne leur permettait théoriquement pas de réussir. Mais se considérant, selon ses propres termes, comme le *happy end* de sa mère, et voyant dans l'existence humaine une œuvre d'art, il ne doutait pas de l'issue de l'entreprise.

Gary et Delavault avaient tout de même emporté deux pneus, destinés à leur servir de bouée en cas de panne au-dessus des flots. Poussés par un vent providentiel, ils atterrirent sur le terrain de Maison-Blanche, à Alger, avec un réservoir quasiment vide. *Via* Oran et Fez, ils rejoignirent l'école de l'air qui avait été évacuée, à Meknès, où ils apprirent que les autorités françaises en Afrique du Nord avaient accepté l'armistice. Ordre avait été donné d'empêcher tout appareil de décoller.

Le sous-lieutenant Bernard Crouzet, qui effectuait un stage à l'école de perfectionnement au pilotage de Meknès, avait eu une longue conversation le 20 juin 1940 avec son colonel, qui cherchait à le dissuader de répondre à l'appel du général de Gaulle ; il lui avait dit que Pétain et Weygand ne pouvaient être des traîtres et qu'ils avaient droit à leur confiance, ajoutant :

> Il valait peut-être mieux le régime de paix hitlérien, que la paix des Juifs de la Cité de Paris… La France pouvait très bien vivre comme une nation de deuxième ordre dans l'ordre nouveau[1].

Errant dans la médina de Meknès, Gary entra dans un bar où la serveuse, une Polonaise, lui offrit son corps et son lit. Dans la relation pleine d'humour que Gary fait de leur brève rencontre, il écrit à deux reprises cette phrase que l'on retrouvera quinze ans plus tard sous la plume d'Émile Ajar : « Je m'attache très facilement. »

Ensuite, il partit à Fez en autocar avec un camarade pour essayer d'obtenir des faux papiers du consul d'Angleterre. La situation était dangereuse car il risquait d'être arrêté et condamné à mort comme déserteur par une cour martiale. Après avoir été éconduit, il décida de voler un avion pour aller se poser à Gibraltar, sous domination britannique. La tentative tourna au désastre : surpris par des gendarmes, il réussit à prendre la fuite et à monter dans un autobus qui passait non loin du camp. Il lui fallait atteindre Casablanca et s'y cacher en attendant de trouver un bateau en partance pour l'Angleterre. Ne doutant pas que les patrouilles militaires allaient le rechercher, il descendit du bus et alla se noyer dans la foule des militaires qui grouillaient dans le quartier réservé de Meknès, le *bousbir*, cerné d'une enceinte fortifiée où officiaient des milliers de prostituées, enfermées dans des maisons closes. Il marcha sans but dans les ruelles de la médina, habité par la voix de sa mère.

> Jamais sa présence ne fut plus réelle pour moi... Ma mère profitait de mon extrême fatigue nerveuse et de mon abattement pour occuper toute la place... J'essayais, je l'avoue, de me dérober à sa présence dominatrice, je tentais de la fuir dans l'univers grouillant et bigarré de la médina[2].

En contravention avec le règlement militaire, selon lequel aucun soldat ne devait se trouver dans un bordel passé l'heure de la fermeture, il resta un jour et deux nuits dans le claque de la mère Zoubida, qui lui permit de « faire un couché », c'est-à-dire de passer la nuit dans son établissement. Afin de ne pas éveiller ses soupçons, il dut feindre un violent appétit sexuel et masquer sa hantise du tréponème et du gonocoque.

> On devine aisément avec quelle consternation nous nous regardâmes, ma mère et moi. Je fis un geste résigné pour lui indiquer que je n'avais pas le choix et qu'une fois de plus, mais d'une manière vraiment inattendue, advienne que pourra, j'étais décidé à faire de mon mieux. Après quoi, prenant mon courage à deux mains, je piquai une tête dans les flots déchaînés[3].

Le lieutenant-colonel Hamel, qui commandait l'escadre, ne le signala pas comme déserteur, ni à plus forte raison comme voleur; la police abandonna donc ses recherches. Dans l'affaire, Gary avait perdu sa veste de cuir à laquelle il tenait tant. Il revint au camp. Après avoir dormi longtemps et pris une douche, il monta dans le car pour Casablanca où il rencontra, place de France, deux aspirants de l'école de l'air, Jean Forsans et Daligot. C'était le 5 juillet 1940[4]. Tous deux cherchaient aussi un moyen de quitter le Maroc et de se rendre en Angleterre. Pour cet épisode, nous disposons de deux récits : celui de Gary dans *La Promesse de l'aube* et celui, plus prosaïque, de Jean Forsans[5] :

> Daligot avait fait la connaissance d'un aspirant, de Kacew dit Romain Gary, parlant le polonais et le russe. Celui-ci avait appris qu'un dernier transport de troupes

polonaises allait quitter le port de Casablanca, le lendemain soir.

Du coup, obsédés par l'idée de rejoindre un théâtre d'opérations pour continuer la lutte, nous décidons de partir pour Casablanca sans songer aux conséquences qui pourraient résulter d'un échec. Et le risque était bien réel puisque j'ai découvert en 1962, à mon départ à la retraite, que j'avais une fiche de déserteur dans mon dossier militaire. Arrivés à Casablanca, nous cherchons en vain des Polonais tout l'après-midi. Le soir, jugeant la partie perdue, nous nous attablons à la Reine Pédauque pour y faire un repas bien arrosé.

À la sortie de la Reine Pédauque, nous tombons sur un important groupe de Polonais habillés comme nous en 2e classe de l'armée de l'air. Gary qui parle leur langue les met en confiance d'autant plus facilement qu'ils sont très éméchés. Seulement dans le black-out ils n'arrivent plus à retrouver leur bateau. On y parvient enfin, mais il n'est plus relié au quai que par une planche gardée par deux sentinelles françaises. Nous nous engageons en vitesse sur cette planche et nous perdons rapidement dans l'entrepont qui n'est pas éclairé. En trébuchant sur des corps assoupis, nous nous faisons une place et essayons de nous endormir sur les tôles du cargo.

Le lendemain, nous étions en mer, et constations que le cargo était surchargé de personnel de l'armée de l'air polonaise. L'eau et la nourriture étaient assurées, mais pas de sanitaires et encore moins de douche. Il y avait bien la mer pour recueillir nos déchets, mais il faudrait apprendre à s'accrocher au bastingage par temps de roulis et tangage.

Au matin, on se réveille sur le cargo à l'ancre à Gibraltar.

L'escadre navale anglaise qui venait d'anéantir la flotte française à Mers el-Kébir croisait au large. Il y avait le porte-avions l'*Ark Royal*, le *Hood*, le *Resolution* et toute une flottille de destroyers, dont le *Keppel* et le *Villox*.

Le 30 juin 1940, deux Glenn Martin avaient décollé de Casablanca pour Gibraltar. Le premier s'était posé sans encombre, le deuxième avait été abattu par la DCA espagnole, après avoir frôlé la limite de ses eaux territoriales.

Que faire ? se demandèrent les trois fugitifs que deux

nouveaux — Wainstein et Bouquillard, un as français de la bataille d'Angleterre — étaient venus rejoindre. Le 5 juillet, ils décidèrent de poursuivre leur route vers l'Angleterre[6] en embarquant sur le *Del Piaz*, un cargo qui, chargé de victuailles, rapatriait des soldats polonais sans escorte. À bord, ils découvrirent d'autres « déserteurs » français : Chatoux, Gentil, Loustreau, Mylski-Latour, Rabinovitch, Charnac, Stone et les deux frères Langer. Gary écrivit dans *La Promesse de l'aube* à la mémoire de Bouquillard, qui tomba après sa sixième victoire : « Il n'a pas sa rue à Paris, mais pour moi toutes les rues de France portent son nom[7]. »

Le voyage dura dix-sept jours par une mer agitée. Une attaque aérienne allemande manqua le cargo de près et, le 22 juillet, le vaisseau remonta la Clyde pour s'amarrer dans le vaste port de Greenock. Les Français eurent quelque mal à se débarrasser de leurs compagnons de fortune polonais.

## 27.

Les Anglais les embarquèrent pour Glasgow, d'où un train devait les emmener jusqu'à Londres. Londres, où un certain général de Gaulle — ce nom ne disait rien à Gary ni à ses camarades — regroupait les Français qui refusaient la reddition. Sur le quai de la gare, des soldats les encadrèrent, puis les escortèrent jusqu'à l'Olympia Hall, lieu de rassemblement des Français libres, situé dans un ex-grand magasin où régnait le plus profond chaos. Des jeunes filles de la bonne société anglaise portant l'uniforme militaire venaient réconforter les volontaires. Gary ne parlait pas un mot d'anglais. Il joua et se fit battre aux échecs par une très belle fille.

On les conduisit ensuite à Saint Stephen's House, où de Gaulle s'était installé au mois de juin 40. Il occupait une modeste chambre dans un immeuble, sur les bords de la Tamise. Les accords que le Général avait passés avec Winston Churchill lui permirent de disposer peu de temps après d'un local plus décent, et surtout plus adapté, situé à Carlton Gardens, dans un immeuble imposant. Le Général était trop occupé pour recevoir de simples soldats. Et puis, comme l'écrira Gary en 1958 dans *L'Homme qui connut la solitude pour sauver la France* [1] :

> De Gaulle ne pouvait se permettre de se montrer aux yeux des autres comme un simple être humain. Il lui

> fallait devenir une légende. La tâche politique qu'il s'était imposée paraissait sans espoir, et, à cet égard, il reconnaît dans ses Mémoires avoir souvent failli flancher. N'était-il pas privé de pays, condamné à mort dans sa propre patrie, et n'ayant à ses côtés que quelques milliers de volontaires ?

En vérité, au début, certains d'entre eux, comme le raconte le colonel Soufflet, n'étaient pas disposés à servir sous ses ordres. « Je ne voyais pas pourquoi on aurait servi sous les ordres d'un général d'infanterie française[2]. »

Le sergent Roman Kacew, incorporé le 8 août 1940 dans les Forces aériennes françaises libres, reçut le numéro de matricule 30349[3].

On expédia les nouvelles recrues vers la base aérienne de la Royal Air Force de Saint Athan, un vaste terrain d'aviation près de Cardiff[4], au pays de Galles. À Saint Athan, il ne se passait pas grand-chose, on volait très peu. Gary y rencontra Marcel Boisot qui donnait des cours de mathématiques, de navigation aérienne et de bombardement aux quatre cent soixante-dix Français qui avaient rejoint de Gaulle.

Le 8 juillet 1940, le Général, redoutant que les Français ne fussent dispersés dans les unités de la RAF, vint s'adresser aux deux cents aviateurs :

> Deux cents aviateurs sous notre uniforme seront plus utiles que deux mille sous l'uniforme anglais, car au jour de la victoire, la France devra posséder des avions volant sous ses cocardes. C'est à ce prix qu'elle sera réellement présente[5].

Puis cette phrase que Gary n'oublia pas :

> Les Allemands perdront car, malgré leurs engins de guerre modernes, leur esprit s'apparente à une barbarie révolue[6].

C'est grâce à la détermination farouche du Général que l'état-major anglais accepta le principe de la constitution de véritables unités françaises combattant aux côtés de celles de la RAF.

Roman Kacew fut nommé adjudant le 1er septembre 1940 à Willington, et participa, au sein de la Royal Air Force, à deux missions de bombardement de nuit au-dessus de l'Allemagne sur des avions Blenheim en juillet et septembre 1940. Le Blenheim IV était un bombardier moyen triplace, comportant deux moteurs Bristol Mercury XV de 920 chevaux chacun. Son autonomie était de 2 350 kilomètres et sa vitesse maximale des plus modestes, 428 kilomètres-heure à 3 350 mètres d'altitude. Son armement était composé de quatre mitrailleuses Browning de 7,7 millimètres ; il pouvait emporter une charge de bombes de 600 kilos.

Gary était un des soixante-quinze membres originaires de la 1re escadrille de bombardement TOE5, dite escadrille Topic, dotée de huit Blenheim. Romain Gary de Kacew, ainsi qu'il se faisait alors appeler, fut affecté comme mitrailleur lors de sa fondation le 15 septembre 1940, sous le commandement du capitaine Jean Astier de Villatte.

Le groupe de bombardement n° 1 « Lorraine » fut officiellement créé le 24 septembre 1941 par une note de service de l'état-major des Forces aériennes françaises libres en Grande-Bretagne, quand le général Valin, commandant en chef des FAFL, décida d'attribuer des noms de provinces françaises à toutes les unités combattantes de la France libre[7].

Le groupe Lorraine était issu de l'union de l'ancien groupe réservé de bombardement n° 1 (né en décembre 1940) et de l'ex-2e escadrille de bombardement (née en mars 1941).

Le 11 novembre 1941, le général de Larminat avait présenté le groupe à l'*air marshal* Tedder, commandant en chef de la Royal Air Force au Moyen-Orient, et l'avait placé sous ses ordres. Le Lorraine appartenait au 270e *wing* (escadre), qui comprenait trois squadrons britanniques.

Le Lorraine était une unité qui dépendait administrativement, techniquement et opérationnellement de la Royal Air Force. Au début du mois d'août, quelques dizaines de Français libres, dont Gary, furent transférés sur une base plus proche de Londres, Odiham, où se trouvaient des femmes qui n'étaient pas insensibles à l'« exotisme » de l'uniforme français. En dehors des heures d'entraînement, les recrues passaient le temps chez leurs maîtresses, au restaurant, sur un court de tennis ou au cinéma.

Quelques semaines plus tard, Gary fut transféré, avec ses camarades, à la base d'Andover où, pendant deux semaines, il apprit à maîtriser les bombardiers Blenheim IV, au sein d'Operation Training Units (OTU), tandis que la bataille d'Angleterre, à laquelle il ne participa pas, faisait rage. Le colonel Valin avait fait ouvrir une autre école réservée aux Français pour le « prédébut » à Camberley. C'est là que le « père Charles », le commandant Ottensooser, accueillait les élèves et leur donnait une instruction militaire française en même temps qu'il leur enseignait les rudiments de la langue anglaise[8]. Ils devaient tout étudier à nouveau : en Angleterre, les avions volaient en milles nautiques, les altitudes étaient exprimées en pieds, les capacités en gallons impériaux, les pressions en pouce carré par litre. Deux années plus tard, nouvelles conversions, quand ils volèrent sur des avions américains : il ne s'agissait plus de milles nautiques mais de miles terrestres, les gallons américains n'étaient pas identiques aux gallons impériaux[9].

À Andover, les hommes se préparaient à partir pour l'Afrique, sous le commandement du capitaine Jean Astier de Villatte. Ils reçurent des tenues kaki, des shorts et des casques coloniaux. On leur accorda quatre jours de permission à Londres. Les *free French* fréquentaient le Sixty-six Grosvenor Street Club, le Val's Club, le Wellington et dînaient à La Coquille, dont la publicité annonçait que le restaurant resterait ouvert même si une bombe endommageait l'édifice, en cette période de pilonnages nocturnes intensifs. C'était la bataille d'Angleterre. Les Allemands, s'apercevant qu'ils ne réussiraient pas à envahir l'île, cherchaient à abattre le moral de la population en bombardant les villes chaque nuit. Londres brûlait, les docks avaient été anéantis. Plus ils étaient bombardés, plus les Anglais résistaient. Après avoir passé une partie de la nuit à ramasser les décombres, à porter assistance aux blessés ou à éteindre les bombes incendiaires, ils allaient à leur travail et longeaient les boutiques en ruine, dont toute la marchandise se trouvait sur le trottoir. Personne n'aurait songé à voler quoi que ce soit, fût-ce un paquet de cigarettes. Le civisme était très fort. La consigne selon laquelle chaque citoyen n'avait le droit d'utiliser le réseau électrique que deux heures par jour était respectée par tous.

Les Anglais qui croisaient dans la rue un de ces Français en uniforme bleu leur disaient « Vive la France ! » et continuaient leur chemin sans se retourner.

Gary a écrit dans *La Promesse de l'aube*[10] que, tombé dans un guet-apens tendu par une femme, il avait dû se battre en duel au pistolet avec un soldat polonais dans les couloirs d'un hôtel de Londres. Il n'y a pas trace de cet incident romanesque dans son dossier militaire et aucun des rares survivants du groupe Lorraine n'en a gardé le souvenir. Autre épisode inventé, celui que Gary a raconté dans *La nuit sera calme*[11] : excédé parce qu'on ne leur permettait pas de participer au combat dans les escadrilles anglaises de la RAF en attendant que des unités françaises fussent constituées, il décida avec ses camarades, au mois d'août 1940, de tuer le commandant Chènevier, jugé responsable de cet état de fait. Un jour où ce dernier était venu les inspecter à Odiham, ils lui proposèrent de les accompagner sur un vol d'entraînement durant lequel ils étaient convenus de simuler une panne de moteur, d'assommer leur homme, puis de le jeter dans le vide, en expliquant au retour que le commandant avait voulu sauter pour sauver sa vie, mais que, malheureusement, son parachute ne s'était pas ouvert. Une fois en l'air, l'affaire tourna court car Gary, chargé de l'exécution, ému par les pieds nus et sales de sa victime qu'il venait de déchausser de force, renonça à le tuer. Gary a étoffé son récit, publié en 1969 dans *Life Magazine*[12], en prétendant qu'il aurait pu passer en conseil de guerre « pour une tentative avortée d'assassinat contre le chef d'escadrille de notre force aérienne ». Sommé de s'expliquer devant le général de Gaulle qui les avait convoqués, Gary aurait tenté d'expliquer leur attitude :

> Je lui dis qu'on ne peut plus attendre, que nous sommes venus pour nous battre, qu'on nous avait condamnés à mort comme déserteurs, en France, qu'il fallait nous laisser partir dans les escadrilles anglaises. Il écoute. Avec des petits tics de moustaches, genre furax. Puis il se lève : « Très bien allez-y... Et surtout n'oubliez pas de vous faire tuer ! » Je salue militairement, je fais demi-tour, je vais à la porte, et à ce moment-là, le vieux, il a une sorte de remords. Il veut adoucir ça. Alors, il me lance : « D'ailleurs, il ne vous arrivera rien... *Ce sont toujours les meilleurs qui se font tuer !* » Autrement dit, pour adoucir, il me sortait une vacherie supplémentaire. Il avait un petit côté peau de vache qui était sa façon d'en baver et d'en vouloir[13].

Inutile de préciser que le dossier militaire de Roman Kacew est totalement muet sur cette affaire.

L'escadrille de bombardement Topic fut la première à reprendre la lutte en 1940. Le 18 octobre, par un froid matin de brouillard, Gary embarquait sur l'*Arundel Castle*, un paquebot jaugeant 17 000 tonnes, propriété de l'Elder Dempster Line, qui, en quittant Glasgow, avait à son bord, outre les hommes de l'escadrille, des civils et cinquante-six jeunes filles en uniforme, engagées volontaires dans le corps féminin. À la sortie de l'estuaire de la Clyde, une torpille frôla le transatlantique sans le toucher.

Gary voyageait en 2e classe. Le navire fit une halte à Greenock. Le lendemain, il gagna enfin le large. Onze jours de navigation sur une mer infestée de sous-marins allemands. À bord, il rencontra plusieurs officiers portant des noms à particule : le sous-lieutenant Claude de la Roche, les lieutenants Guy et Maurice du Boisrouvray, le capitaine Astier de Villatte, le lieutenant Pierre Tassin de Saint-Péreuse, le lieutenant de La Maisonneuve. On peut supposer que cela amena l'adjudant Roman Kacew à choisir d'abord Romain de Kacew comme nom de guerre. À Bangui, où il arriva le 15 février 1941, il modifia à nouveau son nom en Gary de Kacew.

Le groupe Lorraine était hétérogène dans sa composition sociale et politique. Les communistes, les socialistes, les royalistes se côtoyaient sans distinction. Les préjugés antisémites n'étaient pas absents, mais les nombreux combattants juifs volontaires — comme Joseph Kessel, Bernard Citroën, Pierre-Louis Dreyfus, Pierre Mendès France, Walter Lewino, Bernard Bercault, Jean-Claude Fishof, Roman Kacew — furent les bienvenus et aussitôt considérés comme des Français libres, bien que pour les non-Juifs l'antisémitisme fût considéré comme un sujet plaisant.

« L'antisémitisme se faisait ressentir d'une façon très humoristique. Mais on était Français libre, c'était notre seule religion[14] », se souvient Robert Bimont.

Walter Lewino, engagé dans les forces aériennes françaises libres, écrit dans *Cabine Boy* :

> Pudeur, honte, méfiance ? [nous] n'évoquions jamais notre judéité. On sait que l'armée française était de tradition antisémite, la France libre n'échappa pas à la règle. En pleine guerre contre le nazisme, à Londres chez de Gaulle, on continuait à appeler les bureaux de l'état-major le ghetto, tant il coulait de source qu'il était envahi par des grands planqués de Juifs. Honte à moi ! je ne disais jamais l'état-major, mais le ghetto, comme mes copains goyim, et n'y voyais aucun mal[15].

Sur le plan humain, l'escadrille de bombardement Topic était une mosaïque composée d'hommes âgés de dix-huit à quarante-cinq ans, provenant d'horizons et de catégories sociales et professionnelles très différents : polytechniciens, normaliens, ingénieurs, instituteurs, chefs d'entreprise, fonctionnaires des PTT, mécaniciens d'usine, employés. Le groupe était soudé pendant les combats dans une atmosphère de camaraderie et de fraternité même, si au sol, les rapports hiérarchiques prévalaient.

Radio-Paris, en 1943, présentait les combattants de la France libre comme un « ramassis de jeunes voyous, de Juifs tarés, de mercenaires en mal de solde et de galons ! ». Paul Morand regrettait que de Gaulle fût « entouré de communistes et de Juifs[16] », et de Gaulle lui-même en serait convenu en 1940 : « Je n'ai pour moi que les métèques. »

Plusieurs navires traversaient en convoi, protégés par quatre contre-torpilleurs, car les Allemands en avaient coulé un grand nombre dans les jours précédents. La vie à bord s'organisa autour des jeunes filles en uniforme qui accordaient, pendant le black-out, des promenades sentimentales au clair de lune sur le pont. On approchait des tropiques ; les soldats revêtus de la tenue coloniale faisaient la sieste ou se jetaient dans la piscine.

La nuit venue, Gary, solitaire, taciturne et silencieux, s'accoudait dans l'obscurité au bastingage et songeait à sa mère atteinte d'un cancer de l'estomac, dépendant de son insuline, et susceptible d'être arrêtée à tout moment, puis internée dans un camp de concentration français. Voulant prouver que les espoirs fondés en lui n'avaient pas été vains, il commença à rédiger non pas le récit de ses exploits militaires mais les fragments d'une fresque sur la Résistance polonaise dans les forêts de Lituanie :

> [...] suivant la vieille méthode des conteurs picaresques. Ainsi, si j'étais tué avant d'avoir achevé le livre, du moins laisserais-je derrière moi quelques nouvelles, toutes ancrées sur le thème même de ma vie, et ma mère verrait que, comme elle, j'avais essayé de mon mieux. C'est ainsi que la première nouvelle de mon roman *Éducation*

*européenne* fut écrite à bord du navire qui nous emportait vers les combats du ciel africain. Je l'ai lue immédiatement à ma mère, sur le pont, dans les premiers murmures de l'aube. Elle parut contente[17].

Gary a bouleversé ses lecteurs avec l'histoire des lettres préparées à l'avance par sa mère qui, se sachant condamnée, aurait demandé à une amie de les poster à son fils depuis la Suisse, après sa mort. Suzanne et Sylvia Agid, qui prenaient soin d'elle, ont bien vu Mina alitée écrire au crayon d'une grande écriture désordonnée dans des petits carnets qu'elle gardait sur sa table de nuit des messages destinés à son fils. Elle ne doutait pas qu'il survivrait à la guerre et deviendrait un grand homme. Mais, selon Suzanne, l'histoire des lettres est tout à fait différente. C'est Romain qui avait rédigé d'avance des centaines de lettres non datées, pour le cas où il se ferait tuer. De son invention d'auteur il disait en riant : « J'ai fait pleurer les femmes, avec ça ! » Il se peut que l'idée d'écrire des lettres d'avance à sa mère lui ait été inspirée par la lecture de *L'Exploit*, un des neuf romans russes de Nabokov publié en 1932[18]. À la fin du livre, le héros, Martin Edelweiss, éternel amoureux éconduit de Sonia, « une flirteuse lunatique et cruelle[19] », décide d'accomplir un haut fait — pénétrer clandestinement en Union soviétique —, où il est à peu près certain de trouver la mort. Mais pour le cas où son entreprise hasardeuse réussirait, il demande à Darwin, son ami et rival (abandonné par Sonia), de bien vouloir envoyer à sa mère les cartes qu'il a préparées à son intention :

> En fait, voilà, je projette de pénétrer en fraude en Russie à partir de la Latvie, rien que pour vingt-quatre heures, oui, et ensuite revenir. Et c'est là que tu interviens : je vais te donner quatre cartes postales, tu les enverras à ma mère, une par semaine — disons tous les jeudis… Tu comprends, il faut que ma mère ne sache rien de tout ça, qu'elle reçoive mes cartes postales de Berlin régulièrement[20].

Gary, tel le romantique Martin, était en quête de la réalisation de soi. Comme lui, en désertant l'armée française pour rejoindre, au prix de mille périls, le général de Gaulle, il s'apprêtait à affronter la mort.

Son engagement avait été motivé par l'écœurement qu'il avait ressenti après l'effondrement de la France. Dans *Les Couleurs du jour*, il écrit :

> En France, sa vie se serait sans doute écoulée tout doucement entre les revues du 14-Juillet et les réunions pour les Droits de l'homme à la Mutualité, s'il n'y avait pas eu la guerre. Juin 1940 le transforma en loque, mais il s'accrochait encore, il croyait que c'était seulement les tanks. Ce fut l'étoile jaune, le commissariat aux Affaires juives et la rafle du Vél' d'Hiv' par la police française en uniforme français qui l'achevèrent. C'était normal : il avait commencé par apprendre la France dans un livre et, pendant longtemps, il l'avait seulement entendue de loin, comme un son du cor au fond des bois. Même naturalisé, même vivant à Paris, il continuait à l'entendre. Mais le son s'était brusquement arrêté. Il ne comprenait plus. Il scrutait le visage des Français garantis d'origine, et eux aussi, ils semblaient ne plus rien entendre [21].

# 28.

Après de grands détours dans l'Atlantique pour éviter les sous-marins et les avions allemands, le cargo fit escale à Freetown (Sierra Leone) et dans le port de Takoradi, sur la côte de l'Or[1], le débarquement commença. Les Anglais y avaient construit une grande base militaire où se trouvaient des ateliers de montage et d'entretien des avions.

Gary, revêtu de la tenue blanche, mit le pied sur la terre d'Afrique qui, quinze ans plus tard, lui inspirerait *Les Racines du ciel.* Les officiers étaient cantonnés au Bonanza, un ancien hôtel italien, et prenaient leurs repas à l'Ikoyi Club pour la modique somme d'une livre sterling.

Le 1er novembre, on les emmena à bord d'un train assez luxueux, aux vitres fumées, à Caterouli, sur la côte de l'Or. Des cocotiers partout ; au loin, de hautes collines rocailleuses et désertiques.

Depuis le 18 juin, les gouverneurs du Tchad, du Cameroun, du Congo et de l'Oubangui s'étaient rangés sous la croix de Lorraine, après l'appel du général de Gaulle, tandis que l'Afrique-Occidentale, obéissant aux ordres de Vichy, refusait de se rallier. Le Tchad, l'Oubangui-Chari[2], le Moyen-Congo[3], le Cameroun repris par Leclerc, Larminat et Félix Eboué devinrent les premiers territoires français libres.

Pour le moment, écrit le général de Gaulle dans ses Mémoires[4], il s'agissait de faire vivre et de mobiliser l'ensemble équatorial français pour participer à la bataille d'Afrique. Mon intention était d'établir, aux confins du Tchad et de la Libye, un théâtre d'opérations sahariennes, en attendant qu'un jour l'évolution des événements permît à une colonne française de s'emparer du Fezzan[5] et d'en déboucher sur la Méditerranée. Mais le désert et les difficultés inouïes des communications et des ravitaillements ne permettraient d'y consacrer que des effectifs restreints et spécialisés.

Les choses sérieuses commencèrent par une prise d'armes le 11 novembre à Apapa[6]. Nouveau cantonnement pour la troupe : un grand hangar et des lits de camp pour les hommes. Le sous-lieutenant Robert-Henri Bimont, ancien élève à l'école de l'air de Versailles, nota dans son journal : « Les indigènes sont complètement nus — juste trois feuilles devant et un petit bouquet derrière. Ça n'est pas appétissant. » Puis tout le monde fut transféré à Bukuru, à quinze kilomètres de là, la troupe toujours dans un grand hangar, les sous-officiers, dont Gary de Kacew, dans un bungalow, les officiers dans deux villas. Bimont, qui était chargé de l'intendance, allait au marché acheter des poulets pour la somme de 3 pence pièce, soit 1,25 franc, afin de compléter les rations jugées insuffisantes.

Le 2 décembre, trois convois partirent pour Maidiguri, au Nigeria[7], *via* Bauchi, Potiskum et Maidiguri, grande ville indigène de cent mille habitants où la base serait établie. Voici les consignes données aux officiers pour la route périlleuse qui les attendait :

Route de Bukuru-Jos-Maidiguri-Dikwa.

Tenez la gauche. Sur toute la longueur de cette route les ponts et les passerelles sont très étroits. Certains ponts ont des entrées sinueuses, étroites et en remblais. Les lampes tempête doivent être en service à partir de 18 heures.

Bukuru à Jos, 14 kilomètres.

Pont de chemin de fer avec passage pour voitures et piétons au 5e kilomètre. Les camions doivent s'arrêter à l'entrée du pont, la traversée se fera au pas et un seul camion à la fois sur le pont. (Par ordre de la direction des Chemins de fer.)

Jos à Bauchi, 120 kilomètres.

Route sinueuse. Tournants et descentes très dangereuses surtout pendant les premiers 45 kilomètres. Spécialement faire très attention du 4e au 5e kilomètre ; puis du kilomètre 14e de Jos, et de 40 kilomètres environ à 53 kilomètres de Jos. Ces descentes sont rapides et très dangereuses. (Descendre en première vitesse.)

Bauchi à Potiskum, 210 kilomètres. Via Darazo.

Route assez bonne. Tronçons de ligne droite sur plusieurs kilomètres, terminés brusquement par des virages inattendus à angle droit.

Potiskum à Maidiguri, 240 kilomètres. Via Damaturu.

Maiduguri à Dikwa 85 kilomètres. Précautions habituelles.

Dikwa à la frontière (Ngala), 45 kilomètres.

Route moins bonne. Plusieurs diversions. La frontière est formée par un ruisseau de traversée difficile, par laquelle il ne sera peut-être pas possible de transborder plus de vingt véhicules par jour.

Cette question peut être réglée à Maidiguri, où il y a de bons cantonnements pour plusieurs jours.

Frontière à Fort Fourreau ; 110 kilomètres, environ.

Arrivés le 15 décembre 1940 à Maidiguri, où vivaient quelques Européens, les hommes furent logés dans une vaste caserne dont les bâtiments venaient tout juste d'être achevés. Tenue de travail : casque, short, chemise. Le terrain d'aviation se trouvait à six kilomètres de la ville. Les mécaniciens qui les avaient précédés avaient remonté, sans notice, les Blenheim arrivés en caisses à la base de Takoradi, sous les ordres du lieutenant-colonel de Marmier. Quatre avions avaient acheminé le personnel volant jusqu'à Maidiguri, où il était difficile de s'entraîner, car l'escadrille Topic ne disposait que de quelques Westland Lysander, Dewoitine 520 et Potez 29. On livra bientôt vingt-huit bombardiers Blenheim IV supplémentaires.

Le Blenheim, dont l'équipage se composait d'un pilote, d'un navigateur-bombardier et d'un radio-mitrailleur, était un bimoteur — Bristol Mercury

840 chevaux — multiplace, entièrement métallique, produit par les usines Bristol. Modestement armé, il ne disposait que d'une mitrailleuse Browning avant et de deux autres jumelées sur une tourelle arrière ainsi que d'une charge de bombes de 600 kilos. Il avait une autonomie de 1 900 kilomètres, mais le sable du désert engorgeait rapidement ses filtres et usait prématurément ses moteurs.

Les premiers jours, les conditions furent difficiles ; plusieurs hommes y laissèrent leur vie. Les mécaniciens travaillaient jour et nuit, souvent sans pièces de rechange ; ils devaient en récupérer sur des épaves. Les navigants effectuaient leurs missions sans parachute ni matériel de survie, sans liaison radio et avec des cartes plus que sommaires. Gary, dont les avions d'entraînement avaient été détruits au cours d'exercices, n'eut à souffrir d'aucune blessure. Il y avait plus d'équipages que d'appareils. Comme ses camarades, il était plutôt oisif et chevauchait, solitaire, à travers la brousse désertique.

Le soir de Noël les hommes, quelque peu désœuvrés, présentèrent une « soirée récréative ». Ils chantèrent : *La Topic, Chanson ch'timi, Le p'tit Jésus, La Maison Levy, Widdecome Fair, Les Petits Oiseaux, Le Soldat bédouin, Cœur de marin, H. et M.* Suivirent un récital d'accordéon et, après l'entracte, une série de sketches : *Histoire drôle, Le Biniou, Silent Sportsman, La Vedette radiophonique, Le Coiffeur, Le Bat'leur.* Il y eut même un intermède musical, sous la direction de l'adjudant Didier : *Se canto* et *Les Montagnards*, et pour finir *Maidiguri Pensioneers, Boum !, Roméo et Juliette.* Le menu du repas qui suivit le spectacle était appréciable en temps de guerre : « Pot-au-feu, dinde rôtie, pommes rôties, choux, carottes, épinards, pudding, dessert, café, liqueurs. » Les officiers eurent en outre droit à des haricots verts, un pamplemousse, du fromage et des biscuits. Nombre d'engagés volontaires, réduits à l'oisiveté faute de matériel, se demandaient ce qu'ils faisaient là alors que leurs parents étaient peut-être en train de mourir de faim.

Au mois de janvier 1941, le capitaine Jean Astier de Villatte, nommé commandant, prit la direction du groupe réservé de bombardement n° 1, composé de l'escadrille de Blenheim partie d'Angleterre pour l'Afrique avec le général de Gaulle au mois d'août 1940 et de l'escadrille TOE5, dite Topic, qui devint la 2e escadrille du GRB1. L'escadrille n° 1, basée à Fort-Lamy, comportant six Blenheim et un Luciole de liaison, fut placée sous les ordres du capitaine Arnaud Langer. L'escadrille n° 2, basée à Maidiguri, sous les ordres du lieutenant de Saint-Péreuse, possédait huit Blenheim. Début février, le groupe réservé de bombardement n° 1 migra vers le nord : Omionga, Kebir, Koufra pour apporter un appui aérien aux troupes du général Leclerc face aux Italiens, alliés de Hitler qui, après avoir conquis la Libye désertique en 1931, convoitaient le Tchad, un immense territoire, pour son lac, sa végétation et sa population.

Dans *La Promesse de l'aube*, Gary raconte que, las de son oisiveté à Maidiguri, il obtint d'effectuer quelques convoyages d'avions qui devaient être pilotés jusqu'en Égypte. Au cours d'une de ces missions qui devait l'amener au Caire avec Robert Bimont, le Blenheim à bord duquel il était monté comme passager afin de se familiariser avec le parcours s'écrasa dans la brousse au nord de Lagos. Le pilote et le navigateur furent tués. Gary, qui n'avait pas une égratignure, attendit trente-huit heures qu'on vînt le tirer de la carlingue brûlante, où il s'était réfugié pour se mettre à l'abri des insectes. Toutefois, Robert Bimont, qui ne l'a pas quitté pendant une année, n'a conservé aucun souvenir de cette aventure. Cet épisode romanesque a certainement été inspiré par les nombreux crashs qui ont endeuillé l'escadrille. Le lieutenant Claron se tua en avion, Saint-Péreuse et Bernard Barberon posèrent leur appareil sur le ventre et passèrent quatre jours et quatre nuits dans le désert. Bien des années plus tard, fiction et réalité se mêlaient : Gary racontait cet épisode lors d'interviews comme s'il l'avait réellement vécu. Il éprouvait une profonde admiration pour Barberon avec lequel il avait noué une véritable amitié. Parmi les hommes de l'escadrille Topic, Gary n'eut pendant cette période que deux amis, Paul-Jean Roquère et Bernard Barberon[8].

Après la bataille de Koufra, trois Blenheim avaient été envoyés en révision au parc de Bangui. Le matériel — les pièces détachées, les munitions, l'essence, les tentes — chargé à Brazzaville, capitale de la France libre depuis septembre 1940, était acheminé par bateau à aube sur le fleuve Congo, à travers les lianes et la jungle, jusqu'à Bangui. Les officiers étaient logés dans un pavillon, les sous-officiers dans des bungalows. Mais le malheur frappa : en quelques jours, quatre équipages s'écrasèrent. Seul un homme en réchappa, grièvement blessé. Les survivants des autres avions allaient boire, danser et se baigner au cercle des Tchadiens, le long du Chari. Fort-Lamy, Bangui, le fleuve, le lac Tchad, le cercle Le Tchadien, la brousse seront le théâtre des *Racines du ciel*, un livre qu'on pourrait qualifier de premier roman écologique.

Gary avait été détaché avec plusieurs camarades (Robert Bimont, Paul-Jean Roquère, le lieutenant Hirlemann, le sous-lieutenant Becquart, le lieutenant Grillet, le lieutenant de Starhemberg, ancien vice-chancelier d'Autriche, évadé après l'Anschluss) pour assurer la protection aérienne des Blenheim en révision et la défense aérienne de Bangui[9]. Cette ville, située au bord de la rivière Oubangui, était la capitale vallonnée et verdoyante du très calme territoire de l'Oubangui-Chari. Les hommes de la base allaient au cinéma, assistaient à des courses de chevaux au Bangui Rock Club, recevaient des tickets d'entrée pour la piscine. Ils tissaient des liens avec les familles françaises résidant sur place, qui les invitaient à jouer au bridge. Gary de Kacew ne se mêlait pas au groupe. Il observait, écrivait, s'insurgeait contre la cruauté des hommes.

Le 27 avril 1941, le général de Gaulle arriva à Bangui pour une prise d'armes. Gary de Kacew, qui avait été nommé au grade de sous-lieutenant trois jours plus tôt, avait organisé, avec des moyens rudimentaires et la contribution de trois jeunes filles du pays, un gala artistique au profit du fonds de contributions volontaires au Bangui Rock Club. On invita le général de Gaulle à y assister.

Le spectacle en six tableaux, dont Romain Gary de Kacew est le seul auteur, s'intitulait *Espoir, 4°5 latitude nord*. Tandis que les tableaux (*Correspondants de guerre, La Rançon, Au cœur des ténèbres, Le Gala des voleurs, C'était un très vieux château, C'était en France*) se succédaient, Gary, qui faisait aussi l'acteur — un acteur très grandiloquent, selon Robert Bimont —, se rendit compte qu'à l'instar du Général la salle restait de marbre[10]. Mauvais présage ! À son grand regret Romain, qui s'y essaya plusieurs fois, n'eut jamais de relation heureuse avec le monde du théâtre.

## 29.

Le courrier fonctionnait mal entre l'Europe et l'Afrique. Dans le meilleur des cas, il mettait plusieurs mois à atteindre ses destinataires. Un jour, Gary reçut une lettre de René Agid l'informant que sa mère était morte de son cancer de l'estomac, le 16 février 1941. Son ami lui écrivait que Mina avait de nouveau été hospitalisée à la clinique Saint-Antoine, rue Auber, où Romain lui avait rendu visite pour la dernière fois avant de quitter la France. On l'avait l'opérée, mais il n'y avait plus rien à faire. Peu avant de mourir, elle avait écrit, désespérée, une lettre à une dénommée Nadejda, dont nous ne savons rien :

> Nadejda ! C'est dur pour moi ! Je n'en peux plus ! Viens ici !
>
> Sauve-moi, ma chère ! Je n'en peux plus ! Je vais crever comme un chien, le visage dans la merde, l'âme en feu [barré] l'âme dans la merde ! Prends-moi chez toi, ma chère[1].

Sylvia et Suzanne Agid étaient restées près d'elle jusqu'au bout. Alexandre Agid avait payé la clinique et les funérailles. Cinq personnes avaient suivi le cercueil : Bella et Eliasz Owczynski, leur fille Dinah, Sylvia et Suzanne Agid[2].

## 30.

Le 30 juillet au matin, les Français reçurent l'ordre de se rendre à Khartoum d'où les Anglais allaient partir à la reconquête de l'Abyssinie italienne. Rien cependant n'était prévu pour les y conduire. Bimont, qui était le sous-lieutenant le plus ancien, déclara aux dix hommes placés sous son commandement : « Vous vous démerdez. Chacun prend sa caisse avec de quoi manger pendant huit jours. Chacun pour soi. »

Bimont et Kacew, affectés à la 1re escadrille de bombardement n° 1, devenue Free French Flight n° 1, partirent en urgence rejoindre leur unité à Khartoum par le convoi Ouhame-Nana.

Leur voyage dura onze jours. Complètement dépenaillés, ils voyagèrent trois jours en voiture sur la piste Bangui-Fort-Archambault. Ils embarquèrent ensuite sur une baleinière et naviguèrent pendant une semaine pour remonter le cours ensablé du Chari, qui se perd dans les eaux du lac Tchad en un immense et peu profond marécage. Dans ses affaires, Gary n'avait emporté que des boîtes de compote de pommes. Pas de pain, pas d'eau filtrée. Il n'y avait tout simplement pas pensé ! Bimont partagea son pain et son eau. Ils étaient passés des sables du désert à la forêt équatoriale.

Les caisses de quinine et de conserves, les provisions d'eau potable avaient été transportées par camion de Bangui à Fort-Lamy, sur une route de 1 500 kilomètres qui longe le lac Tchad. Le dépôt de vivres, d'essence, l'atelier de réparations étaient installés à l'escale de Koro-Toro, où il faisait quarante degrés à l'ombre. Pour atteindre Fort-Lamy il fallait ensuite traverser le désert du Djourab, formé d'une langue de sable mou, où les camions s'enlisaient.

Bimont chassait l'antilope, le crocodile, l'hippopotame, les canards et les pintades. Ce fut son meilleur souvenir d'Afrique. Gary, au contraire, sentait monter en lui un très fort sentiment de révolte contre les hommes acharnés à exterminer la faune africaine.

À mi-chemin, comme ils n'avaient plus d'eau, ils se désaltérèrent dans le fleuve et contractèrent la fièvre typhoïde. Pour Bimont, l'attaque fut bénigne parce qu'il avait été vacciné. Gary, allergique[1], ne l'avait pas été, comme en témoigne le médecin de l'escadrille, Bernard Bercault, un Juif roumain qui demandait toujours avant de planter sa seringue : « Ch'ti pique, ou ch'ti pique pas ? » L'injection du produit d'origine canadienne était si douloureuse qu'aussitôt après la piqûre, Bercault poussait les hommes dans la cour pour éviter qu'ils ne s'évanouissent.

À Fort-Lamy, Gary découvrit d'abord les chasseurs qui se vantaient d'exterminer les gazelles, les antilopes-cheval et les éléphants. Certains de ses camarades se réjouissaient également d'abattre biches et buffles. Il était scandalisé par le massacre des éléphants, qui deviendrait le sujet de son roman *Les Racines du ciel.*

À Fort-Lamy, il n'y avait pas de rues, pas de routes, pas d'électricité et pas d'eau courante. Le désert. « Pour prendre la douche, nous avions une dame-jeanne que notre boy remplissait le matin, puis mettait au soleil toute la journée, et qu'il venait ensuite vider dans un seau avec une pomme d'arrosoir bricolée au-dessous[2] », se souvient Robert Bimont.

Gary a raconté dans *La Promesse de l'aube* qu'au cours d'un vol en rase-mottes au-dessus d'un troupeau d'éléphants, le Luciole dans lequel il avait pris place percuta un des pachydermes,

> tuant du même coup l'éléphant et le pilote. En sortant des débris du Luciole, je fus accueilli à coups de crosse et à demi assommé par un civil forestier dont les paroles indignées : « on n'a pas le droit de traiter la vie comme ça » sont restées longtemps présentes dans ma mémoire. Je fus honoré de quinze jours d'arrêt de rigueur[3]...

Faire du rase-mottes au-dessus des troupeaux était fréquent, mais encore une fois Robert Bimont, qui vivait aux côtés de Gary, n'a pas conservé le souvenir de cet accident, pas plus que l'histoire de la petite Africaine atteinte de la lèpre que Gary de Kacew aurait épousée.

> Nous étions vraiment ensemble, nous ne nous quittions pas. Nous habitions l'un à côté de l'autre et je n'ai absolument pas de souvenir de cela. Il y a un certain nombre de choses que Gary raconte qui ne se sont pas passées mais qui auraient pu se passer. Ce n'est pas invraisemblable. Ses anecdotes ont une base de vérité[4].

Selon le lieutenant-colonel Jean-Marie Pouliquen, Gary, au grand étonnement de ses camarades, a bien vécu à Fort-Lamy avec une jeune Africaine dont il était épris. En revanche, personne n'a jamais entendu dire qu'elle était atteinte de la lèpre.

Gary ne s'aimait pas. Un jour, il se rasa deux centimètres de cheveux sur le haut du front parce qu'il le trouvait trop bas, expliqua-t-il à Robert Bimont. Pendant l'année où ils vécurent côte à côte, Gary ne parla jamais de sa famille. Il restait silencieux la plupart du temps, répondant aux questions de son camarade avec une grande prudence.

Gary et Bimont firent ensuite de l'« avion-stop ». Un Blenheim de la Royal Air Force les convoya en trois étapes jusqu'à Khartoum, au confluent du Nil blanc et du Nil bleu, d'où ils espéraient partir pour participer aux opérations en Abyssinie. Ils apprirent à la base de Gordon's Tree, située non loin de la belle ville de

Khartoum, qu'elles venaient en fait de s'achever. Les Free French Bomber Squadron allaient partir pour la Syrie le 17 août. Gary et Bimont virent un film au cinéma Coliseum, puis quittèrent le Soudan en sleeping pour Wadi Alfa, terminus du train, à la frontière égyptienne. On les avait habillés au magasin de la base, où ils avaient reçu deux sahariennes de brousse en toile kaki, deux chemises en popeline, un pantalon et deux shorts parfaitement retouchés à leurs mesures. Ils avaient acheté chez Bata des chaussures en daim, avec d'épaisses semelles en crêpe, pour éviter de se brûler les pieds dans le désert.

Un bateau à aube naviguant sur le Nil les emmena à Assouan, où ils eurent le temps de visiter le temple, sur l'île de Philae. Ils reprirent le train jusqu'au Caire et, le lendemain, traversèrent le canal de Suez à El Kantara, tandis que les avions allemands y larguaient des mines. Ils arrivèrent en Palestine, à l'époque sous mandat britannique, se rendirent à Tel-Aviv, puis à Haïfa où ils restèrent pour la journée. Après Haïfa, ils passèrent la nuit dans un tortillard qui remonta la vallée du Jourdain, traversa les plateaux du Hauran, le djebel Druze, et les conduisit à Damas le 15 août. L'indépendance de la Syrie, proclamée en 1941 par le général Catroux, avait été garantie par la Grande-Bretagne après la victoire de la France libre sur l'armée française du Levant du gouvernement de Vichy.

Les vieux avions appartenant au groupe Lorraine avaient été retirés des opérations après l'armistice de Saint-Jean-d'Acre et amenés à Damas, une base de dépôt, un cimetière d'avions qui ne disposait ni de matériel ni de personnel qualifié et où le colonel Lionel de Marmier tentait malgré tout de réparer les épaves avec les moyens du bord.

Peu de temps après son arrivée à Damas, le 11 décembre 1941, Gary tomba gravement malade. Il était atteint d'une forme très sévère de fièvre typhoïde. Pendant quinze jours, tremblant de fièvre au pavillon des contagieux de l'hôpital de la ville, il fut entre la vie et la mort : ulcères sur la langue, hémorragies, délires. Complètement paralysé, il resta inconscient durant plusieurs semaines. Ses médecins, le capitaine Guyon et le commandant Vignes, étaient réservés sur ses chances de survie. Quatre mois plus tard, en juin 1942, Robert Bimont rendit visite à Gary à l'hôpital de Damas, où ce dernier commençait sa convalescence. On l'envoya ensuite reprendre des forces pendant quelques semaines au Winter Palace, à Louksor.

Pendant la maladie de Gary, le groupe Lorraine avait été reconstitué à la base de Rayak, près de Damas. Les formations des Forces aériennes françaises libres avaient reçu de nouveaux Blenheim et du matériel roulant, livrés par la Royal Air Force ; des navigants et des mécaniciens, du personnel administratif avaient été recrutés pour remplacer ceux qui étaient morts. Le général Valin, qui dirigeait le groupe Lorraine, nomma les deux escadrilles qui le composaient Metz et Nancy à la demande du lieutenant-colonel Astier de Villate, originaire de cette région. Le groupe Lorraine rejoignit la Libye au mois de novembre et participa au combat contre les troupes allemandes du maréchal Rommel jusqu'en janvier 1942.

Le 9 février 1942, après un examen médical peu poussé, Gary, déclaré guéri, avait reçu l'ordre de rejoindre la base aérienne de Rayak où il avait été nommé instructeur au cours d'observateur. Il était logé à l'hôtel Khadri comme Maurice Paturau, avec lequel il s'était lié d'amitié et auquel il avait lu les premières pages manuscrites d'*Éducation européenne.* À Rayak, où le général Catroux avait remis la fourragère de la croix de guerre au groupe Lorraine, il ne se passait rien, l'essence manquait, les vols sur des avions hors d'âge étaient rares. Le groupe Lorraine resta en léthargie jusqu'au mois de novembre 1942.

Le 19 juin, le commandant Corniglion-Molinier muta provisoirement Gary à Beyrouth, auprès de l'officier de liaison de la Royal Air Force, à l'état-major des Forces aériennes françaises libres en Méditerranée orientale.

Au mois de septembre 1942, Corniglion-Molinier le proposa pour le grade de lieutenant mais, on ne sait pourquoi, le général Valin s'y opposa. À la fin de l'année, le 15 décembre, Gary de Kacew fut enfin nommé lieutenant.

Le 12 août, il fut muté à l'escadrille de commandement côtier n° 2 Nancy à Rayak, base secondaire pour l'entretien des appareils, où on lui attribua l'insigne n° 20[5]. L'escadrille venait de recevoir quatre nouveaux Blenheim V. Basé à Saint-Jean-d'Acre pendant cinq mois, Gary participa à trois missions de surveillance côtière et d'escorte — Coastal Command — en Méditerranée, au cours desquelles il repéra un sous-marin italien au large de Chypre mais manqua son objectif parce qu'il avait par mégarde laissé ses bombes sur le cran « sécurité ». Profondément mortifié, il ne se le pardonna jamais.

Au mois de février 1980, quelques mois avant son suicide, il écrivit, à la demande de Michelle Michel, conservatrice du musée de l'Ordre de la Libération, une courte préface pour le catalogue de l'exposition « Résistance, déportation, libération dans le bruit des armes ». Dans cette page consacrée aux manuscrits retrouvés après la Libération à proximité des chambres à gaz, Gary affirmait :

> Il n'y avait pas de graffiti à Auschwitz ou Treblinka. Mais nous savons aujourd'hui que l'on a *écrit* — oui, *écrit* — même à Auschwitz, à Belsen ou Treblinka. Sur des bouts d'étoffe, sur des cartonnages, sur du papier « hygiénique » par des hommes qui allaient mourir. Rarement la « littérature » eut plus de portée et d'authenticité que lorsqu'elle devenait ainsi un alphabet de la souffrance. Car les exterminés écrivaient.

Gary acheva son texte par une phrase manuscrite que Michelle Michel lui suggéra de reconsidérer :

> En 1942, j'ai raté, en Méditerranée, un sous-marin italien. J'ai peut-être sauvé ainsi une chanson, un poème ou une lettre d'amour. Tout compte fait, ce sous-marin

italien manqué, c'est peut-être ce que j'ai fait de mieux dans ma vie.

Gary reformula cette conclusion amère de manière plus conforme à ce que l'ordre de la Libération estimait devoir attendre d'un Compagnon :

> Les bombes que j'ai lâchées sur l'Allemagne de 1940 à 1944 ont peut-être tué dans son berceau un Rilke, un Goethe, un Hölderlin ! Et bien sûr, si c'était à refaire, je recommencerais : Hitler nous avait *condamnés* à tuer. Même les causes les plus justes ne sont ainsi jamais innocentes. Il faut que l'humain et l'inhumain rompent enfin leur couple infernal[6].

## 31.

En septembre 1942, après six mois d'opérations anti-sous-marins, l'état-major des FAFL au Moyen-Orient fit embarquer sur ordre de Londres tout le personnel disponible en vue de la reformation du groupe Lorraine pour des opérations en Grande-Bretagne [1].

Les combattants furent dirigés sur Port-Saïd pour embarquer à Suez le 12 novembre 1942 sur l'*Ordunia*, un rafiot délabré, surpeuplé, vite baptisé l'*Ordura* par ses passagers.

Des Yougoslaves, deux généraux et deux cents prisonniers italiens étaient déjà montés à bord depuis le 29 octobre, à Berbera, en Somalie. Aden, Mombasa, Madagascar, Diégo-Suarez, Tamatave, puis escale de cinq jours à Durban où les Italiens furent débarqués. Deux navires chargés de matériel suivaient. La chaleur était insupportable, le goudron des ponts fondait. Pas d'air conditionné, pas d'eau douce pour se laver. Marcel Boisot, un officier du groupe Alsace, se souvient d'avoir vu Romain Gary, en slip comme tout le monde, et la mine mélancolique, travailler sur *Éducation européenne* dans un cahier d'écolier, au milieu de ce chaos. Chaque soir, il venait lui lire les pages qu'il avait rédigées, puis lui demandait ce qu'il en pensait [2]. Il les lisait aussi à Bercault, si bien que chacun resta persuadé d'avoir été le premier témoin des débuts littéraires de Gary.

Bernard Bercault avait émigré en France parce que

les diplômes roumains y étaient reconnus. À Paris, il avait exercé en tant que médecin de quartier spécialisé dans la gynécologie. Il gérait l'infirmerie du groupe Lorraine, dépistait les maladies courantes, passagères : bronchites, rhumes, angines, troubles gastro-intestinaux, et pratiquait les actes de petite chirurgie. Les Anglais avaient été stupéfaits de le voir utiliser des ventouses, un instrument thérapeutique qui n'avait pas franchi le Channel. Et Bercault, qui n'obtenait aucune amélioration avec les traitements classiques, n'avait pas été moins surpris de voir des hommes atteints de blennorragie revenir complètement guéris au terme d'un court séjour dans les hôpitaux anglais. Ses confrères lui avaient alors montré des flacons numérotés, remplis d'une poudre jaune, dont le nom était considéré comme un secret de guerre à l'époque : pénicilline.

Blagueur, Bercault avait répondu ainsi à l'interrogatoire du colonel Corniglion-Molinier, qui lui aussi avait un sens un peu gros de l'humour :

« Toubib, que faisiez-vous dans le civil ?

— Vous le savez bien, je suis docteur en médecine. J'ai pratiqué la médecine générale, j'ai fait des accouchements, de la gynécologie.

— Ça alors, je me demande comment vous êtes arrivé ici, parmi les aviateurs. Que faites-vous donc ici ?

— Mon colonel, je n'ai pas changé. Je continue à soigner une bande de cons [3]. »

En fait, Bernard Bercault était venu remplacer un dentiste qui faisait fonction de médecin.

Parfois Romain livrait quelques bribes de son passé : il parlait de sa mère et de lui, et de sa mère encore, exclusivement. Comme si, en dehors de ce centre habité par eux deux, l'univers n'était que vide et désolation. « Sinistre, profondément cynique, sceptique », se souvient Marcel Boisot.

Après le passage du cap de Bonne-Espérance, le navire jeta l'ancre à Capetown, en Afrique du Sud. On avait choisi d'embarquer les officiers mariés sur l'*Empress of Canada*, un grand paquebot de vingt mille tonnes qui poursuivait sa route vers Freetown (Sierra Leone) puis Gibraltar. C'est au large de Freetown, dans le golfe de Guinée, que ce transatlantique fut coulé en pleine nuit par un sous-marin italien.

Dans l'obscurité, certains arrivèrent à sauter dans des canots de sauvetage. L'équipage jeta des radeaux pardessus bord. Les naufragés se bousculaient devant l'échelle de corde pour se hisser dessus. À la fin de la première nuit, des bagarres éclatèrent, car les embarcations étaient surpeuplées et deux d'entre elles menaçaient de se retourner. Des prisonniers italiens brandirent leur couteau. Un grand nombre d'hommes épuisés moururent noyés, puis furent dévorés par les requins, comme le lieutenant Paul-Jean Roquère, sous les yeux de sa femme Suzanne. La voyant sans défense, certains essayèrent de lui enfoncer la tête sous l'eau pour prendre sa place sur le radeau[4].

Suzanne, qui épousa plus tard Grégoire Salmanowitz[5], fut une des amies les plus intimes, les plus chères de Romain Gary. Il l'avait rencontrée à Beyrouth pendant les opérations en Méditerranée orientale. « Je le revois assis sur un haut tabouret de bar où, du reste, il ne buvait pas. Il était impassible, silencieux. Parfaitement immobile, ne regardant ni à gauche ni à droite[6]. »

Un autre bâtiment du convoi transportant le groupe Lorraine — une centaine de cargos et de paquebots, protégés par des navires de guerre — fut torpillé devant Durban.

Le 25 décembre, les navires atteignirent Gibraltar mais ils ne purent y accoster. Ils furent intégrés à un convoi : six destroyers, un porte-avions et neuf bateaux de transport. Les survivants du groupe Lorraine arrivèrent à Glasgow le 31 décembre 1942, après soixante-huit jours en mer. Les hommes, vêtus de leurs seuls short et chemisette, se retrouvèrent dans les rues recouvertes de trente centimètres de neige. On les rassembla à Camberley, près de Sandhurst, où ils passèrent un mois, le temps de recevoir une nouvelle formation. Tout était à recommencer. Il s'agissait à présent d'apprendre à piloter et à utiliser le nouveau Boston III, un bombardier léger quadriplace de construction américaine, entièrement métallique, produit par les usines Douglas et équipé de deux moteurs « Wright Cyclone » de 1 600 chevaux. Armé de sept mitrailleuses Vickers et Browing de 7,7 millimètres, il avait une autonomie de 1 650 kilomètres et pouvait transporter une charge de bombes de 905 kilos. Il ne pouvait cependant se comparer aux forteresses volantes américaines. L'équipage d'un Boston était constitué d'un pilote, d'un navigateur, d'un mitrailleur-radio supérieur et d'un mitrailleur inférieur. Le pilote prenait place dans le cockpit isolé. Le navigateur était assis dans le nez en Plexiglas de l'avion, situé en avant et un peu en dessous du pilote. Il effectuait les repérages au sol permettant la navigation et les visées de bombardement. La soute à bombes se trouvait derrière lui, entre son siège et les deux mitrailleurs. Le mitrailleur inférieur volait le dos tourné au sens de la marche, à plat ventre, forcé d'interpréter les indications du pilote, la droite de l'un étant la gauche de l'autre. Pilote, navigateur et mitrailleur ne pouvaient communiquer que par le téléphone de bord [7].

Gary apprit le métier de navigateur, qui consiste à guider le pilote en phase finale de bombardement de manière qu'il suive le bon itinéraire, compte tenu de la dérive, c'est-à-dire l'effet du vent sur l'avion. C'est le vent qui donne sa vitesse et sa direction à la bombe. Son travail consistait donc à calculer la direction et la force du vent.

C'est le navigateur qui largue les bombes.

> Gary s'entraînait en école ou en exercice à bombarder un mur de cinq mètres de long et d'un mètre de hauteur. Sur le Plexiglas de sa cabine, il colle à la hauteur de ses yeux une bande de chatterton. Dès que celle-ci coupe l'objectif, une infime fraction de seconde, il largue ses bombes, bombes à retard de onze secondes. L'appareil photo automatique, fixé verticalement dans la queue du Boston et dont l'objectif est muni d'un miroir incliné à 45 degrés, enregistre les résultats. Ceux-ci sont la plupart

du temps remarquables, les bombes étant pratiquement posées sur l'objectif à détruire [8].

Dans la Royal Air Force, on ne changeait pas la constitution d'un équipage. C'est pourquoi la formation individuelle était complétée par un entraînement global au sein de l'Operation Training Unit [9]. En dehors de l'aéronautique, on enseignait aux pilotes l'anglais, les réglementations de la RAF, et on leur faisait faire du sport.

Tous les hommes qui arrivaient en Angleterre dans le but de combattre au sein des Forces françaises libres ou de la Royal Air Force étaient d'abord enfermés dans les locaux de la Patriotic School pour y être soigneusement interrogés afin de connaître leurs véritables intentions et vérifier qu'ils n'étaient pas des espions.

Au mois d'avril 1943, le groupe Lorraine, entièrement refondé, fut rattaché à la Royal Air Force et intégré au deuxième groupe aérien de la Tactical Air Force sous les ordres de l'*air marshal* Conningham, ancien chef de l'aviation tactique en Libye. Il fut immatriculé 342e squadron du 2e groupe de la Tactical Air Force appartenant au 137e *wing* (déjà composé des squadrons 88 et 226), stationné d'abord à West Raynham, puis à Hartfordbridge [10], dans le Hampshire, un aérodrome situé à soixante kilomètres de Londres, tout près de Camberley, où se trouvait le camp de réception et de formation des Français libres [11].

En Angleterre, Gary était apprécié par ses supérieurs pour son intelligence, sa culture, sa pratique des langues slaves, ses connaissances en droit, mais à Jurby (île de Man), centre de formation des observateurs où il suivit un stage de perfectionnement d'un mois, ses instructeurs anglais le jugèrent « pas très compétent sur les sujets purement aéronautiques ». À l'issue des épreuves de navigateur, son instructeur, R. Rodgers, écrivit qu'il avait atteint un niveau moyen dans la lecture des cartes et le maniement des instruments — la montre, le compas et le dérivomètre :

> This officer made a very slow start, but has had additional instruction and has been brought up average standard. Will probably feel more at home in the French Squadron [12].

Il ne le recommandait pas pour être le leader d'une boîte d'avions [13] mais il était apprécié comme bombardier. « *Knows the job and does it well* » (« Connaît le travail et le fait bien »). Les Anglais ont entraîné les Français au vol rasant, pour le bombardement léger.

Le 22 juillet, au terme de cet entraînement intensif, le groupe Lorraine fut déclaré opérationnel. Il volait de jour comme de nuit, et remplissait des missions de bombardement à haute et basse altitude.

Au dernier moment, les armuriers montaient les bombes et l'officier de renseignement donnait les ultimes consignes aux navigateurs des équipages.

> L'opération relevait surtout de l'action psychologique. Il s'agissait moins de frapper l'ennemi que de le terroriser en le persuadant que notre aviation pouvait l'atteindre de nuit comme de jour. Chaque bombardier se voyait attribuer un secteur approximatif de patrouille qui s'étendait jusqu'à une centaine de kilomètres derrière le front. Les consignes étaient simples : tirer sur tout ce qui bouge et larguer ses bombes selon l'inspiration [14].

Le 6 septembre 1943, le groupe rejoignit le terrain d'Hartfordbridge. Les conditions de vie y étaient spartiates. Les aviateurs étaient logés dans des huttes Nissen, des habitacles semi-cylindriques en tôle ondulée posés à même le sol et semblables à de gros tonneaux coupés en deux par le milieu. Ces huttes comportaient une porte à chaque extrémité. Gary partageait une « chambre », dans laquelle il y avait un mobilier sommaire : deux lits, une petite table, deux fauteuils, une chaise, un mauvais poêle — mais une baignoire alimentée en eau chaude ! — avec Pierre-Louis Dreyfus, nom de guerre Delmas. Vêtu de son blouson de vol et de ses bottes fourrées, Romain remaniait son livre, qu'il considérait comme son testament, jusqu'à l'aube.

> Tous les soirs, il s'installait à cette petite table et il écrivait *Éducation européenne*, et vers minuit, une heure, il venait s'asseoir au pied de mon lit, me secouait pour me réveiller et me disait : « Écoute. » C'était sa façon de se relire. Il lisait malgré mes insultes et mes dénégations. J'essayais de l'envoyer au diable, furieux d'avoir été réveillé [15].

Puis, vers quatre heures du matin, il enfourchait sa bicyclette, allait se réchauffer au mess en buvant une tasse de thé, et attendait l'heure de repartir en mission.

Gary volait en formations de douze, vingt-quatre ou trente-six Boston, par groupes de six, appelés boîtes — un avion en tête, et un de chaque côté, si serrés qu'ils semblent se toucher, et pareil en dessous. Le navigateur du premier des dix-huit ou vingt-quatre avions décide de tout ; les autres ne font que suivre jusqu'au moment du bombardement, où le chef d'escadrille donne, au micro, l'ordre de lâcher les bombes en même temps. Ils franchissaient la mer du Nord et la Manche en frôlant la crête des vagues. Jaillissant de la surface des eaux, en une acrobatie périlleuse, ils sautaient au-dessus des falaises de Picardie sous le feu des obus traçants et de la Flak [16]. Ils continuaient à 100 mètres du sol, en rase-mottes, à 400 kilomètres-heure pour échapper à la chasse et aux radars allemands. Si l'appareil était touché, il était impossible de sauter en parachute. Les premiers avions en vol rasant larguaient leurs bombes à retardement qui explosaient une douzaine de secondes après avoir touché le sol. Les autres, qui volaient en formation, s'approchaient de l'objectif et bondissaient à trois ou quatre cents mètres d'altitude pour bombarder à leur tour. Puis ils descendaient au ras du sol pour amorcer le retour, en changeant fréquemment de cap afin de minimiser les interceptions. L'opération était extrêmement dangereuse.

> Naviguer de nuit en temps de guerre sur un bombardier conçu pour le vol de jour pose quelques problèmes. Pas la moindre lumière au sol, ni radio ni radar ; il faut se contenter de lire la carte. Seules les côtes, les rivières, parfois les voies ferrées ou la forme des agglomérations sont repérables, à condition que le ciel soit clair. On bricole dans l'à-peu-près, on compte autant sur le hasard que sur sa propre science. Rien ne ressemble moins à une carte bariolée qu'une terre noyée dans la grisaille lunaire. Il est essentiel de coller à son cap et de respecter ses horaires quoi qu'il arrive. Sinon, une fois égaré, c'est le trou noir. En fait, le bon navigateur lit d'abord la carte et regarde le sol ensuite. Il ne se repère pas, il anticipe. C'est un exercice de haute voltige qui réclame du goût pour l'improvisation [17].

Au début de juin 1943, le groupe fut équipé de Boston IV. Ce remarquable avion de fabrication Douglas A20 du type 3A était un robuste bimoteur d'assaut. Il disposait d'un armement plus lourd, d'un viseur Mark XIV, d'un compas magnétique, d'un indicateur gyroscopique et emportait une tonne de bombes. Son action était principalement dirigée contre des installations portuaires ou ferroviaires, ponts, terrains d'aviation, dépôts de matériel, centrales électriques, concentrations de chars ennemis, mais aussi les installations d'armes secrètes, c'est-à-dire les sites de V2, ces missiles balistiques mis au point par Werner von Braun, localisés grâce à des indications recueillies par les réseaux de renseignement de l'Europe occupée.

Au mois d'avril 1943, le commandement du groupe Lorraine fut confié au lieutenant-colonel Henri de Rancourt, tandis que les capitaines Charbonneaux et Yves Ezanno prenaient respectivement en main une des deux escadrilles Metz et Nancy. Les opérations en rase-mottes, très dangereuses, se multipliaient.

Une heure avant le décollage des Boston, les équipages figurant au tableau noir sur le Battle Order étaient réunis dans une salle pour le briefing.

> Les observateurs arrivèrent les premiers, remplirent leur feuille de vol, inscrivirent les changements de cap, les

> heures, les vitesses, les altitudes. Ensuite arrivèrent les radios. C'étaient des gens à part. Ils formaient une congrégation bien particulière, avec ses coutumes, son état d'esprit et ses petits secrets. Ils venaient là juste avec un bout de crayon et inscrivaient leurs renseignements pour le vol de manière curieuse : sur leurs manchettes, sur les revers de leurs mains ou leurs paquets de cigarettes. Ils étaient un peu mystérieux mais pas du tout encombrants. Après vinrent les pilotes, toujours en retard, détachés des contingences et pénétrés de leur supériorité. Ils ne s'intéressaient à rien, mais discutaient de tout. Pour eux tout cela était du travail de manant. Le leur, leur rôle élevé, ne commencerait que plus tard. Les mitrailleurs, eux aussi, arrivaient pour noter les indicatifs de reconnaissance de la formation... [18].

Chaque membre d'équipage recevait des informations précises sur la mission, le trajet, le type d'objectif qui allait être attaqué, la composition de la formation. Le briefing des navigateurs était long et difficile. À la fin, on réunissait tout le monde pour le briefing général. Le leader de la formation prononçait une allocution : il exposait les objectifs de la mission, son intérêt tactique et stratégique, donnait des directives en cas de pépin, fixait l'heure du départ, celle du bombardement de l'objectif, celle, précise également, du retour. L'officier de la météorologie annonçait ses prévisions. Ultime formalité requise : ne rien laisser dans ses poches, pas même un ticket de métro ou de cinéma, en cas de capture par l'ennemi.

Au mur étaient accrochés des grandes cartes et des tableaux où étaient inscrits les consignes du bombardement, les mots de code et « les couleurs du jour », « ces couleurs étant celles des fusées à tirer au passage de la côte anglaise ». Ces *Couleurs du jour* deviendront le titre du roman que Gary publiera en 1952.

Puis les hommes se soulageaient du « pipi de la frousse » sur les roues de l'appareil. Certains regardaient leur montre toutes les trente secondes. L'équipage s'installait à bord, contrôlait le fonctionnement des instruments. Quelques minutes avant le décollage, le navigateur, cachant son appréhension — dans le Boston c'était lui le plus exposé —, fumait une dernière cigarette devant l'avion dont le moteur tournait déjà. Puis il se hissait dans son habitacle de Plexiglas. Le cœur battait à tout rompre, les bras, les jambes tremblaient. Les appareils se présentaient à l'entrée de la piste. Un feu vert s'allumait : le signal du départ.

Les avions, espacés de quinze mètres, roulaient vers le bout de la piste d'envol, rangés par deux. Tant que le décollage n'était pas effectué, la respiration de l'équipage était brève et saccadée. Le pilote annonçait qu'il avait décollé et qu'il rentrait le train d'atterrissage. Les avions se rangeaient par boîtes de six. Le leader passait en tête et mettait le cap sur l'objectif. Il était interdit de parler au cours de l'opération pour ne pas être repérés par les *radio-locations* de l'ennemi qui, de l'autre côté de la Manche, surveillait nuit et jour les mouvements aériens sur l'Angleterre. Si quelqu'un enfreignait l'ordre de silence, une voix se faisait entendre dans l'« intercom » : « Ne parlez pas, nom de Dieu, vos gueules ! »

Les équipages — un *wing* était constitué par trois groupes de douze avions, ou trois groupes de vingt — des Boston accomplissaient des missions tactiques. Ils attaquaient les tanks, les troupes, les soutes à munitions, les fortifications, les voies ferrées, les routes, les gares. Quand commençait le bombardement, le navigateur leader annonçait : « Attention, trois, deux, un, *go* ! »

Les missions à basse altitude étaient les plus dangereuses. L'avion qui arrivait à dix mètres du sol devenait une cible facile. Il posait la bombe, tandis que d'autres appareils arrivaient derrière lui, quelques secondes après que la bombe eut explosé. Le groupe Lorraine avait également été entraîné à déposer des écrans de fumée en vue d'un débarquement en Normandie. Les appareils transportaient dans leur soute de gros bidons fumigènes à la place des bombes et devaient frôler les vagues pour déposer l'opaque fumée nocive. Le *D day* (le jour J), l'écran de fumée s'étendait de la pointe du Cotentin jusqu'à l'ouest de Caen.

À l'approche des côtes françaises, le pilote faisait des manœuvres pour éviter les boules orange et noires de la Flak, la défense antiaérienne allemande. Le navigateur annonçait le nombre de minutes qui les séparaient de l'objectif. Il avertissait enfin : « La Trappe de bombes est ouverte » et demandait au pilote de bien garder la ligne droite pour réussir la mission. On refermait la trappe et les appareils viraient pour retourner à la base. Au bord de la piste, les mécaniciens, anxieux, scrutaient le ciel et cherchaient leur avion. Chaque mécanicien prenait soin d'un appareil. Dès qu'il avait atterri, il l'examinait avec de simples petites lampes, et même s'il était criblé de balles, il faisait le maximum dans les pires conditions météorologiques pour le remettre en état en quelques heures. Quand un équipage ne rentrait pas de mission, son mécanicien pleurait.

> Presque toujours, au retour, un camarade manquait ; une fois, en allant sur Charleroi, nous perdîmes sept avions d'un seul coup en franchissant la côte. Il était difficile, dans ces conditions, de faire de la littérature. Il est vrai que je n'en faisais pas : pour moi, tout cela faisait partie du même combat, d'une même œuvre [19].

Les carnets de vol des équipages disparus se fermaient à jamais. Des huttes Nissen, des lits restaient vides. Les effets, soigneusement pliés dans les sacs, étaient retournés aux magasins de la Royal Air Force. Les survivants manifestaient une sorte d'euphorie. Ils subissaient avec plaisir l'interrogatoire de Jeannette Massias, l'*intelligence officer* du groupe Lorraine, attablés devant *a nice cup of tea*, et, comble du luxe, un œuf sur le plat, mets extrêmement rare en cette époque de pénurie. Les aviateurs écrivaient de petits quatrains pour célébrer leur retour :

> Une mission de jour
> Les briefings préludaient aux célestes ivresses,
> Les ailes se frôlaient avec témérité,
> La Flak nous prodiguait ses brutales caresses ;
> Au retour on sablait... une tasse de thé [20] !

Si tout s'était passé sans incident, la mission était qualifiée par les Anglais de *piece of cake*. En sortant de la carlingue certains, célébrant la joie d'être encore en vie, baisaient le sol, prenaient de la terre entre leurs mains. Ensuite, chacun regagnait sa chambrée afin de se mettre en grande tenue pour aller au mess. Les conversations se poursuivaient au bar. Les équipages analysaient les étapes de la mission, puis chacun allait dormir, sauf Gary et Kessel qui restaient de longues heures à discuter ferme. En attendant une nouvelle mission, Romain écrivait ensuite jusqu'à l'épuisement, ne dormant que trois ou quatre heures par nuit.

Pierre Mendès France [21], observateur au groupe Lorraine, se souvenait d'avoir passé une soirée morose en compagnie du commandant Gorri (alias Michel Fourquet), Jarette, Stoloff, Lang et Gary de Kacew qui venait d'arriver. Mendès France n'aimait pas beaucoup Gary, et ce dernier racontait volontiers qu'il l'avait vu courser sans succès une belle fille autour de la table du petit déjeuner. Le 25 septembre 1943, Mendès France [22] consacre quelques lignes de son journal à Gary.

> [...] un lieutenant observateur, un peu esthète, pose au communiste (je dis souvent : communiste amateur, formule qui ne souligne pas sa sincérité à laquelle je crois), joue au paradoxe et au scepticisme, slavisant (parle couramment russe, polonais... littérature slave, etc.), origines russes — le soir, très sombre : « Je suis inquiet de ces avances russes sans grande résistance allemande. Les Russes ont repris Smolensk ce soir, évacué. On va tirer encore le canon à Moscou. Toutes ces salves depuis deux mois. On veut persuader le peuple russe que ce sont des victoires, que c'est la Victoire. Après la victoire, il y a tout naturellement la paix. Leur territoire libéré, les Russes pourraient bien s'arrêter. Conséquences... C'est la fin de la France. » Ce soir, il ne joue pas au paradoxe. Il est grave et sincère. Il a peur pour la France, pour sa foi de communiste, pour le destin qu'il attribuait aux Soviets dans le monde. « Voilà ce qui peut arriver dans un pays sans opinion publique. »

Pierre Mendès France ne croit pas à une paix séparée. Mais concède à Gary qu'une stabilisation du front serait catastrophique. Gary ajoute : « Je n'en dors plus. » Mendès écrit : « Et là de nouveau je vois bien qu'il ne blague pas. »

Le 25 janvier 1944, après le départ de Pierre Mendès France pour Alger, Gary, qui le remplaçait, et Langer furent désignés comme leaders d'une des boîtes de six Boston volant avec douze avions de la Royal Air Force, pour effectuer une mission au-dessus de la France. Il s'agissait de bombarder des « travaux militaires au bois d'Esquèdres, à une dizaine de kilomètres de Saint-Omer. Les appareils arrivent face à la grande falaise de Picardie : Étretat, Fécamp, Dieppe, et se dirigent vers les rampes de lancement allemandes qu'ils doivent anéantir[23] », selon le rapport de François Broche, témoin de l'opération.

Voyant de gros cumulo-nimbus légèrement à droite, le leader annonça : « Nous franchirons la côte française à la verticale du Touquet, non à l'endroit prévu au briefing. » Soit un décalage de six kilomètres et demi, environ.

Le ciel est dégagé, mais tout à coup, alors que les appareils ne sont plus qu'à quinze kilomètres de l'objectif, les traceuses multicolores surgissent, la Flak tire de toutes parts des obus de 88 et de 105 qui forment un écran d'énormes flocons rouges et noirs dans le ciel. C'est la minute interminable du *bombing run*, le cap suivi par l'avion durant la minute précédant le largage des bombes. L'avion de tête lâche enfin ses bombes. *Bombs gone !* Soudain le Plexiglas du cockpit de Gary et Langer vole en éclats.

Les chasseurs qui protégeaient la formation ont soudain disparu, l'avion de tête, après avoir lâché ses bombes, tourne, monte, pique et semble se diriger vers Amiens. Le Boston de Sommer et Allégret s'approche et aperçoit Gary de Kacew blessé, évanoui et effondré sur son siège, « plié en deux, courbé à l'avant. Sa tête se lève une fois ou deux, puis retombe. Du pilote, on ne voit qu'une face sanglante ; ses lunettes sont arrachées : des éclats se sont fichés sur son front et sur ses paupières. Et l'avion vole toujours, désorienté [24] ».

« Gary, pauvre vieux ! Tu crois qu'il est mort [25] ? » Aveuglé, Arnaud Langer n'avait pas abandonné l'idée de bombarder l'objectif. René Bauden, le mitrailleur resté sain et sauf, reprit momentanément le contrôle de l'avion. Allégret, à la tête de quatre Boston qui tous avaient été touchés, franchit la côte anglaise à Deal, au nord de Douvres. Les cinq appareils se regroupèrent dans l'espoir de se poser sur le terrain de secours de Hawking. Hartfordbridge était proche. Langer, ensanglanté, aveuglé par les morceaux de Plexiglas qui clouaient ses paupières à sa cornée, tenta de se poser avec l'aide de Gary qui avait repris connaissance. Il s'était redressé et le guidait en lui donnant les altitudes afin qu'il pût se présenter face à la piste. La tour de contrôle lui donna son *heading* : « *Two two five... two two zero... two three five... left... left...* [26] »

L'appareil s'approchait de la piste, s'en éloignait, la rejoignait. Une grosse voiture rouge de pompiers roulait en dessous, prête à intervenir. Les roues du train d'atterrissage touchèrent brutalement le sol, l'avion rebondit, puis réussit à revenir dans l'axe, enfin à freiner, et s'immobilisa lentement en travers de la piste. Une ambulance fonça vers la carlingue déchiquetée. Des infirmiers hissèrent Langer et Gary dans la voiture et les conduisirent à l'infirmerie où les attendait Bernard Bercault qui, pour comprendre le comportement des aviateurs au cours d'une mission de guerre, avait obtenu de son chef de groupe l'autorisation de monter à bord en tant que mitrailleur. Gary avait été frappé à l'abdomen par un éclat de culot d'obus de 88 ou de 105 qui avait traversé et coupé la sangle de son parachute, ainsi que son battle-dress, et s'était logé sous la peau, après lui avoir fait une énorme ecchymose et perdre beaucoup de sang [27]. Les yeux et le visage de Langer étaient très abîmés. Le médecin ne pouvait se prononcer. Les blessés furent hospitalisés.

Cinq jours plus tard, au bar du mess, le colonel Henri de Rancourt vint faire ses adieux aux officiers du groupe. Il allait passer le commandement à son successeur, le commandant Gorri [28]. Soudain, Bercault fit son entrée avec Gary, ils soutenaient Arnaud Langer, le visage couvert de pansements et portant d'épaisses lunettes aux verres fumés. Il avait obtenu une permission de quelques heures. Lorsqu'il se retrouva seul, les deux coudes sur le bar, il pleura [29].

L'exploit de Gary et Langer ne resta pas ignoré. « Blessé et sachant son pilote également blessé, il a néanmoins effectué le bombardement et ramené la formation jusqu'à la sortie du territoire ennemi, suivant un itinéraire judicieux [30]. » Quelques jours après leur haut fait, les deux rescapés furent interviewés sur leur mission par la BBC. Le lendemain, l'*Evening Standard* publiait un article sur les deux aviateurs français. Un télégramme émanant de Charles de Gaulle, à Carlton Gardens, arriva le 20 novembre de la même année à la base d'Hardfordbridge, où Gary était retourné. La croix de guerre avec palme de bronze et la croix de la Libération furent décernées aux lieutenants Romain Gary et Arnaud Langer [31].

## 32.
# Londres

Lorsqu'ils avaient effectué une trentaine de missions, qu'on appelait tour d'opérations, les aviateurs recevaient la croix de guerre et ne volaient plus pendant six semaines. On leur accordait également périodiquement des permissions qu'ils passaient à Londres, à une heure de train de la base.

Dans la capitale, les aviateurs français avaient leurs habitudes dans des clubs, ils fréquentaient leurs marraines de guerre et leurs maîtresses du moment. Gary et le Dr Bercault, qui prenaient leurs permissions ensemble, habitaient dans le même appartement. Beaucoup de femmes vivaient seules, sans nouvelles de leur mari parti au front ou prisonnier dans un stalag. Les Français étaient bien accueillis [1].

Une petite amie belge joua un vilain tour au lieutenant Gary qui venait de vendre pour 800 livres les droits d'*Éducation européenne* à un éditeur anglais. Ayant appris la nouvelle, elle prétendit soudain qu'elle était enceinte de ses œuvres. Gary, désemparé, vint trouver Bercault qui lui proposa d'examiner la fille pour tirer l'affaire au clair. Mais Gary préféra lui donner 300 livres pour solde de tout compte.

Une autre aventure faillit coûter la cour martiale au lieutenant Gary de Kacew, qui se faisait à présent simplement appeler Gary. Une amie de passage, à qui il avait annoncé sa prochaine visite, lui écrivit qu'il était inutile de venir « parce que les Anglais allaient débarquer », signifiant ainsi l'arrivée imminente de ses règles.

Mais les services de la censure britannique, ignorant les subtilités de la langue française, crurent qu'ils avaient affaire à une correspondance codée, visant à transmettre des renseignements sur les mouvements de troupes en cours, car cette lettre coïncidait avec un véritable bombardement allié sur la côte italienne. Gary eut beaucoup de mal à expliquer au colonel britannique qui l'avait convoqué que cette phrase ne recelait aucun sens caché, tout au moins en ce qui concernait le théâtre des opérations, qui intéressât l'issue de la guerre[2].

Le 16 mai 1944, après sa sortie de l'hôpital, le lieutenant Gary de Kacew, encore convalescent, « retiré d'opérations et éloigné du combat par suite de son inaptitude physique[3] », fut nommé chef de la chancellerie, à l'état-major. Le général Corniglion-Molinier l'avait désigné parce qu'il était titulaire d'une licence de droit et maîtrisait l'anglais, l'allemand, le russe et le polonais. Pour donner plus de crédibilité à ses aptitudes, Gary avait écrit sur une fiche de renseignements qu'il était aussi titulaire d'un diplôme de langues slaves de l'université de Varsovie. Il n'y avait jamais été inscrit, mais personne ne pourrait le vérifier. Ceux qui comptaient mettre à profit ses compétences en langues étrangères préféreraient qu'elles fussent le fruit de longues et studieuses études plutôt que celui du hasard lié aux circonstances de sa naissance. En toute occurrence, il devait instantanément s'adapter, être crédible pour parvenir au niveau social qu'il s'était fixé.

À Carlton Gardens, où étaient installés les bureaux du général de Gaulle, sa tâche consistait, entre autres, à enregistrer les documents du groupe Lorraine et à archiver les promotions et les décorations attribuées. Il résidait désormais dans la capitale, et se rendait chaque jour à son bureau, situé dans le quartier de Kensington qui jouxte Hyde Park et Holland Park. Il admirait les maisons élégantes, recouvertes de stuc blanc, aux portes peintes et brillantes avec leurs marteaux de cuivre bien astiqués, les demeures victoriennes aux imposantes colonnes, les ruelles ombragées bordées d'anciennes écuries aménagées en appartements.

# 33.

Les V1, petites bombes volantes, sans pilote, contrôlées par un gyroscope, et des V2, qui filaient à quatre ou cinq cents kilomètres-heure, pleuvaient sur Londres et provoquaient l'effondrement de quartiers entiers. La Royal Air Force et les Forces aériennes françaises libres ripostaient en attendant le débarquement de juin 1944. Souvent, une *evening party* réunissait les membres des forces françaises. C'est au cours d'un de ces cocktails que Lesley Blanch, une journaliste jouissant d'une grande notoriété dans le monde littéraire, et qui fréquentait les cercles élégants de la capitale, remarqua un jeune homme inconnu qui avançait « comme un ours dressé sur ses pattes arrière [1] ».

Ce qui charma ce soir-là Lesley, dont les articles sur les livres, le théâtre, le cinéma, la musique et les arts faisaient autorité, ce furent les yeux extraordinairement clairs, les cheveux noirs et l'accent russe de ce grand garçon robuste qui se tenait à l'écart en dévorant mélancoliquement un bol d'amandes salées, sous le regard angoissé de la maîtresse de maison, qui dut retirer de ses mains cette rareté en temps de guerre.

Lesley Blanch dirigeait la rubrique culturelle au magazine *Vogue*. John Murrey, le grand éditeur, dont les ancêtres avaient publié lord Byron, appréciait beaucoup ses articles. C'est lui qui publierait en 1954 un livre sur quatre femmes amoureuses de l'Orient qui devait bientôt valoir la célébrité à Lesley Blanch. Elle écrivait aussi des grands reportages sur les nombreux voyages qu'elle avait faits au début des années trente en Russie et dans le Caucase. Depuis son enfance, elle n'avait connu qu'une seule passion : l'immensité de l'Europe orientale.

On les présenta l'un à l'autre. Elle remarqua une cicatrice à la mâchoire qui déformait obliquement son sourire en montrant des dents inégales. Ils échangèrent quelques paroles décisives en russe. Rien ne lui était plus agréable que d'entendre parler cette langue. Le puritanisme anglais lui était étranger. Elle n'avait aucune inhibition. Elle était belle et blonde, avait le teint délicat, des manières exquises. Malgré ses nombreuses lectures et le voyage qu'elle avait fait en Russie, l'idée qu'elle se faisait du monde slave n'avait pas beaucoup de rapport avec ce qu'en avait connu Gary.

Elle était née en 1904 et avait appris à lire dès l'âge de quatre ans. Jusqu'à l'âge de dix ans, son éducation lui avait été uniquement dispensée par ses parents, assez fortunés pour ne pas travailler, et qui vivaient dans la compagnie des livres. En lui offrant *Oliver Twist*, dans l'édition illustrée par George Cruikshank, sa mère, élégante et distinguée, lui avait dit : « Voyez ce que vous pouvez comprendre là-dedans. » Quelques années plus tard, elle récitait des poèmes de Byron, Blake, Lovelace. Notamment ces vers qui émerveillèrent Gary : « *But at my back I always hear/Times minged chariot hurrying near* [2]. »

Indifférents aux sentiments religieux, ses parents ne prêtaient pas plus d'intérêt aux convenances. C'étaient cependant des personnes très raffinées. Martha, sa mère, pensait qu'une jupe devait nécessairement être doublée de taffetas, à cause du frou-frou qu'il produisait lorsqu'elle marchait ; un parapluie ne se concevait qu'en soie. Le père de Lesley faisait fabriquer ses souliers chez le meilleur bottier de Londres. Le dimanche, il l'emmenait dans les musées, les galeries d'art. Ils s'aventuraient ensuite dans les vieilles rues louches de Londres décrites par Charles Dickens, tandis que sa *nanny* s'insurgeait : « C'est criminel d'élever un enfant de cette manière ! »

Mais l'homme qui avait fasciné Lesley Blanch dès son plus jeune âge et allait décider de son avenir était celui qu'elle avait nommé le « Voyageur » dans sa magnifique autobiographie, *Journey into the Mind's Eye*[3]. Mystérieux personnage que ce Voyageur. C'était un ami de ses parents qui débarquait à Londres sans prévenir, les bras chargés de cadeaux, pour disparaître quelque temps plus tard, sans jamais dire où il allait. On ignorait tout de ses moyens d'existence. Était-il un espion ? Il était russe, mais ses traits étaient ceux d'un Mongol. Il racontait à la petite Lesley qu'il était né dans les riches terres noires des steppes infinies de Sibérie, et n'avait aucun lieu de résidence fixe dans le monde. Il était toujours en mouvement, chargé de malles et de valises.

Lesley ne vivait que pour lui ; à six ans, elle lui avait envoyé sa première lettre d'amour. « *Please come back I love you, I love you sincerely*[4]. » Elle l'attendait pendant ses longues absences et le suppliait de l'emmener lorsqu'il s'apprêtait à repartir, au terme d'un séjour à Londres. Il lui envoyait de Vienne, de Moscou, de Paris des cartes postales jugées indécentes par sa gouvernante, comme cette reproduction du tableau de Fragonard *La Chemise levée*, avec ce commentaire : « *Miss you, miss*[5]. » À son retour, il lui rapportait des cadeaux somptueux qu'un homme ne destine pas à une enfant, mais à une femme aimée : une tabatière en métal précieux, un œuf bleu incrusté de diamants, une icône, un samovar. Assis dans l'univers enchanté de la chambre rose, qu'il préférait de loin au salon où parlaient les adultes, il chantait, lui racontait les légendes, les coutumes de son pays natal. En fumant des cigarettes roulées avec un tabac extrêmement fruste et fort, le *mahorka*, il lui révéla que les femmes étaient régulièrement violées par les Cosaques, les Turcs, les bachi-bouzouks ou les Kurdes.

Lesley n'ambitionnait malgré tout qu'une chose,

prendre le transsibérien avec le Voyageur, traverser la Russie enneigée qui l'obsédait, et atteindre ses confins, là où la lune au-dessus de la neige et des traîneaux à clochettes cédait la place aux caravanes et aux chameaux. C'est du moins ce qu'elle imaginait en attendant impatiemment de partir pour Koursk, Nijni-Novgorod, Irkoutsk, Karvin, Boukhara ou Vladivostok.

Drapée dans un des innombrables châles de sa collection, qu'elle appelait sa châlothèque, elle vécut son adolescence dans cette pièce encombrée de tableaux, de livres, de géraniums, de daturas et de partitions musicales, au milieu de laquelle trônait un grand lit doré surmonté d'un miroir. Le narguilé, les coussins et le paravent du XVII^e siècle recouvert de cartes à jouer russes très rares furent fidèlement décrits par Romain Gary dans *Lady L.*, le roman qu'il dédia à Lesley.

> Il y avait, par exemple, un grand lit, parfaitement scandaleux par ses dimensions, doré, insistant, qui sentait le harem et même pire, surmonté d'un baldaquin et surtout d'un miroir qui n'avait vraiment rien à faire là... Tout cet endroit était du reste d'un goût douteux et avait quelque chose de bizarre, de morbide même. Il y avait partout des portraits de guerriers moustachus et barbus, probablement turcs, penchés sur des captives pâmées, des icônes russes où les traits dessinés au fusain d'un jeune homme sombre d'une grande beauté avaient remplacé les visages des saints, des masques, des narguilés, une robe espagnole d'un autre temps sur un mannequin d'osier, beaucoup trop de coussins moelleux, ainsi qu'un curieux paravent entièrement fabriqué avec des cartes à jouer : des centaines de dames de pique collées les unes à côté des autres et qui paraissaient vous dévisager de leur œil plein de funestes présages. Il y avait aussi partout, naturellement, les museaux des animaux familiers de Lady L. ; peints fort irrévérencieusement par-dessus les visages humains, sur les portraits de famille de Lord L. [6].

Lesley occupait le plus clair de son temps à dessiner et à peindre des interprétations raffinées et ironiques des chromos animaliers et sentimentaux victoriens.

Elle avait été initiée dans le plus grand secret à

dix-sept ans par le Voyageur, dans un compartiment du rapide Paris-Dijon, loué tout exprès, à défaut du Transsibérien. Elle n'en conçut aucun sentiment de culpabilité car, comme l'avait affirmé son complice à l'issue de leur escapade, elle n'avait en ce domaine « aucun sens moral ». Plus tard, elle connut des amours libres avec des hommes rencontrés durant ses expéditions en Russie, au Caucase, en Asie.

Dans *Journey into the Mind's Eye*[7], elle évoqua la vie libertine des femmes anglaises pendant la guerre.

> Londres grouillait de soldats et d'uniformes appartenant aux armées alliées ; on y parlait des langues étranges. Chaque homme tirait le meilleur parti de ses brèves permissions, aidé en cela avec enthousiasme par les Anglaises. Un grand nombre d'entre elles, ayant peu ou pas du tout voyagé avant la guerre, découvraient alors certaines joies du voyage, sans quitter le pays. Polonais, Tchèques, Belges, Hollandais, Norvégiens, Yougoslaves, Américains, Français libres, tous étaient parmi nous... sauf les Russes.

Lorsqu'elle voyagea en Turquie, au Sahara, au Moyen-Orient, en Asie centrale, au Caucase, les différentes civilisations arabes et musulmanes l'envoûtèrent.

> Elles sont devenues une étoile fixe, une lueur vers laquelle je me tournais, et vers laquelle je retourne dès que je peux. Mais la Russie est restée l'étoile Polaire à partir de laquelle j'affrète les expéditions, qu'il s'agisse de l'horizon de mon esprit, ou bien de celui qui guide mes pas[8].

Le soir de leur rencontre, à cause des bombardements violents sur Londres, Lesley Blanch et Romain Gary décidèrent de finir la soirée dans un club souterrain, où l'on buvait de l'acool acheté au marché noir et dont l'atmosphère était réputée chaude. Toujours dégoûté par l'alcool, Gary n'en but pas. Cette animosité s'étendait d'ailleurs à ceux qui en consommaient. Cette phobie lui venait-elle du souvenir de l'éthylisme des Polonais dans les rues de Wilno et de Varsovie ?

Il avait trente ans et elle quarante. Elle était belle, extrêmement sophistiquée et courtisée. Ils dansèrent et devinrent amants dans la petite maison du XVIIIe siècle que Lesley avait louée à Olivier Wormser[9], 32, Saint Leonard Terrace, dans l'ancien village de Chelsea, après que ses deux appartements précédents eurent été détruits par les bombardements. Elle avait presque tout perdu, sauf un modeste poêle à gaz, son grand lit doré, un canapé Louis XVI et une somptueuse table de style baroque, avec un plateau en marbre. Il y avait devant la maison, face au parc du Royal Hospital[10], un minuscule jardin dont les grilles avaient été réquisitionnées et fondues, si bien que la propriété était à présent délimitée par des cordes tendues entre des piquets. Lesley prêtait volontiers sa maison à ses amis qui l'appelaient « la maison des amants », où se retrouvaient, le plus souvent clandestinement, Edna Box, une jeune peintre mariée à un banquier, et Marston Fleming, officier dans l'aviation canadienne. Edna avait mené une vie galante pendant les années trente. Elle possédait une étonnante collection de robes de chambre affriolantes et peignait des tableaux naïfs et raffinés qu'elle offrait à Lesley, sa complice. Après son divorce, elle épousa Marston. Romain voyait en lui un modèle de virilité — une sorte de Gary Cooper ou de Leslie Howard — parce qu'il était beau, grand, blond et mince. Marston et Edna Fleming, qui signait ses œuvres Eden Box, s'installèrent à Queue Bridge dans une belle maison du XVIIIe siècle au bord de la Tamise, sur la route de Richmond. Ils y organisaient plusieurs fois par an de fastueuses *parties*. Plus tard, ils firent de fréquents séjours à Roquebrune, dans les maisons que Romain et Lesley avaient achetées dans le village pour recevoir leurs amis.

Après leur première nuit, Romain Gary retourna à sa base, où il reçut une carte de Lesley, représentant Faust et Marguerite, au dos de laquelle elle avait écrit : « Cher Romain, Je n'ai aucune intention de jouer la Marguerite de votre Faust ! »

Lorsqu'il eut une nouvelle permission, Gary vint

retrouver Lesley dans sa petite maison de Saint Leonard Terrace. Quand elle lui ouvrit la porte, il la vit élégamment vêtue d'un saroual de laine rouge brodé et pailleté et d'une blouse de soie blanche, ornée de perles. Ce pantalon, lui expliqua-t-elle, l'aidait à supporter le froid tout en restant chic. L'exotisme des vêtements et de la demeure de Lesley le ravissait.

Gary quitta sa chambre d'officier située dans des casernements pour Chelsea, le quartier des artistes et des intellectuels, avec ses petites bâtisses de brique et de stuc blanc aux murs garnis de rosiers, ses allées romantiques le long de la Tamise, ses rues silencieuses bordées d'arbres et de belles demeures.

La chambre exceptée, la maison était meublée de façon rudimentaire mais elle possédait une richesse inestimable en cette époque de pénurie : une baignoire alimentée en eau chaude où Gary aimait rester de longs moments, entre les heures fougueuses qu'il passait au lit avec Lesley. Quand elle se trouvait au rez-de-chaussée, soudain il l'appelait : « Laskov, Laskov, montez ! montez vite ! » Elle adorait les surnoms russes qu'il lui donnait. Il l'enlaçait aussitôt en murmurant : « Par terre, par terre, vite [11] ! »

Les amis de Lesley appelaient Gary *the French Frog*. Stupéfait et émerveillé de son aventure, il disait à Lesley : « Si ma mère me voyait ici ! »

Un matin, vers la fin de la guerre, alors qu'ils étaient en train de prendre leur petit déjeuner, il y eut un terrible bombardement sur Londres. Ils entendirent un énorme bruit d'explosion : la moitié du mur de leur chambre s'était effondré. Le lit était couvert de gravats ; Lesley, sans perdre son calme, continua à servir le thé, la confiture et à beurrer les tartines.

Elle essayait de parler le russe, comme le Voyageur le lui avait enseigné, et corrigeait l'anglais rudimentaire de Romain qu'il avait appris dans le *Restricted French Phrase Book*, publié au mois de septembre 1943 et distribué aux troupes françaises. Y figuraient le vocabulaire et les expressions indispensables au soldat, et la manière de les prononcer. Par exemple : avion de chasse, avion de reconnaissance, avion torpilleur, nids-de-poule, usine génératrice, sous-marin, pétrolier, vitesse, victoire, visibilité, navire de guerre, groupe d'aviation, bombardier, mitrailleur, parachutiste, pilote, je suis empoisonné, hémorragie, masque à gaz, mitraillette, agent de liaison...

Pour l'aider en l'amusant, Lesley, elle-même merveilleuse illustratrice, lui acheta et lui dédicaça les petits livres de E. B. White et de Beatrix Potter destinés aux enfants : *The Tale of Johnny Town-Mouse, The Tale of Timmy Tiptoes, The Tale of Mrs Tittlemouse, Stuart Little.* Il en raffolait. Elle lui offrit aussi l'indispensable *Mother Goose's Nursery Rhymes* [12], illustré par Charles Folkard. Extraordinairement doué pour les langues, il fit des progrès fulgurants en anglais.

Ils allaient dîner à Soho ; Romain lui parlait inlassablement de sa mère décédée, souvent sur le ton de l'invective parce qu'elle avait exercé sur lui la tyrannie de son amour. Quelques instants plus tard, il tombait, les larmes aux yeux, dans la contrition la plus théâtrale, ce qui exaspérait Lesley qui lui lançait durement : « Quittez le mur des Lamentations ! »

Chez Lesley, Gary feuilletait les livres d'art, sans les ranger sur les étagères d'où il les avait sortis. Il ne remettait jamais rien en place. Mina ne le lui avait pas appris. Il ne savait rien faire de ses mains, sinon écrire.

En quelques semaines, il parlait couramment l'anglais. Lesley lui enseignait la langue classique en lui lisant des poèmes de Byron, de Blake et de Lovelace, tandis que les V2 détruisaient Londres :

*I could not love thee, Dear so much*
*Loved I not honnor more...* [13].

Elle lui montra, près de Piccadilly, la maison de Murrey, avec son vaste salon, ses peintures et sa cheminée, où s'était consumé le journal de Byron. On pouvait aussi voir, dans le tiroir d'une commode, des mèches de cheveux offertes au poète par des admiratrices.

Gary, en profane, se plongea dans une anthologie de la poésie anglaise. Il lut Keats, Marvell, Coleridge, John Donne. Mais il dévorait avec un égal bonheur les albums pour enfants que lui avait offerts Lesley.

Dans leur intimité, ils parlaient uniquement anglais. Gary avait décrété qu'en aucun cas Lesley ne serait autorisée à s'essayer au français.

Il rencontra dans les dîners où elle l'emmenait tout ce qui comptait dans le monde intellectuel de Londres : Felix Topolsky, qui faisait des croquis des destructions provoquées par les bombardements allemands à Londres, Cecil Beaton, le célèbre photographe des aristocrates et des stars de cinéma, qui le détestait, Viola Garvin, la fille du rédacteur en chef du *Times*, qui allait bientôt traduire en anglais le manuscrit d'*Éducation européenne.*

Gary avait auparavant fait la connaissance de Raymond Aron qui, après avoir lu le manuscrit, lui avait « promis une grande carrière littéraire [14] » et l'avait alors présenté à la baronne Moura Budberg [15], aventurière célèbre, écrivain, traductrice et agent littéraire, qui tenait un salon où s'illustraient la bonne société londonienne et les écrivains les plus en vue. Moura Budberg avait rejoint les permanents de *La France libre*, la revue mensuelle de la Résistance éditée à Londres et dirigée par Raymond Aron. Son tirage atteignit quarante mille exemplaires en 1943, et elle comptait soixante-seize mille abonnés à la fin de la guerre [16]. Gary y avait publié quelques nouvelles [17]. Le jeune aviateur français la charma dès leur première rencontre. C'est grâce à cette femme extravagante qu'*Éducation européenne* parut d'abord dans une traduction anglaise sous le titre *Forest of Anger*, au mois de décembre 1944 [18]. Issue d'une famille aristocratique d'Estonie, fille d'un sénateur russe, la belle Moura Krakevskaïa Budberg, devenue obèse avec l'âge, et qu'on surnommait la « baronne Bedbug » — en anglais, « punaise de lit » —, trônait telle une impératrice dans les salons, aimait les hommes et avait été adorée par quelques-uns, parmi les plus célèbres. Elle avait été la maîtresse de H. G. Wells, de Maxime Gorki et de l'espion russe sir Robert Bruce Lockhard, avant d'épouser Ivan Alexandrovitch von Benckendorff en 1911, puis le baron Budberg en 1922. Elle ne se déplaçait jamais sans son énorme sac à main, dans lequel elle fourrait tout ce qu'elle convoitait. C'était une kleptomane compulsive. Elle volait partout, alors qu'elle était riche, même chez Harrod's où elle s'était fait prendre en flagrant délit, et disait pour se justifier : « Mais c'est ça l'aventure ! »

Romain trouvait naturel que Lesley le recommandât à ses amis. Elle avait quitté *Vogue*, qui rétribuait mal ses collaborateurs, et donnait chaque lundi des chroniques au *Daily Mail*, où Peter Quennell, le directeur des pages littéraires, lui avait proposé d'écrire aussi dans *Cornhill Magazine*.

Ils allèrent passer quelques jours en Cornouailles où ils cherchèrent une chambre à louer. À l'époque, il n'était pas très convenable de partager un lit sans être mariés.

Lesley était divorcée d'un certain M. Bicknell. Au bout d'un an de vie commune, Romain et Lesley décidèrent de se marier, comme le désirait ardemment la mère de la jeune femme, qui vivait à Richmond-upon-Thames, une banlieue chic et tranquille de Londres, résidence des rois d'Angleterre depuis les Plantagenêts. Gary avait pris la décision de sauter le pas parce qu'il estimait Ilona perdue à jamais. Il écrit dans *The Jaded*, un roman inachevé, directement rédigé en anglais :

> Le fait que je n'ai jamais aimé une femme autant qu'elle signifie peu de chose, si ce n'est peut-être que je ne suis pas capable d'aimer. Quand les chars allemands commencèrent à envahir la France au mois de mai 1940, elle était en Suisse, et je ne l'ai jamais revue. La Croix-Rouge, les amis qui vivaient dans des pays neutres, les ambassades, j'ai tout essayé. En vain. C'était fini pour toujours. C'était tellement fini que je me mariai en 1945, une chose

que vous faites quand vous comprenez qu'il est inutile de chercher encore[19].

Romain et Madame mère éprouvaient une grande sympathie l'un pour l'autre. Elle lui confectionnait des petites tartes qu'il dévorait avidement dès qu'elles sortaient du four.

Gary était constamment préoccupé par son état de santé. Mais certaines de ses souffrances ne relevaient pas de l'hypocondrie. Il avait une hernie hiatale qui transformait parfois ses repas en supplice tandis qu'il regardait Lesley dévorer avec appétit. « Vous ne souffrez pas ? l'interrogeait-il incrédule. Vous avez une santé d'acier, vous nous enterrerez tous. »

Après deux accidents d'avion, il souffrait d'une paralysie faciale qui donnait à son sourire un air inachevé et avait une cloison nasale fortement déviée, des sinusites à répétition et des migraines épouvantables. Son nez fut refait dans un hôpital militaire en Angleterre. Quand il rentra à Londres, Lesley vint l'accueillir à la gare. Gary lui raconta qu'il n'avait pas subi une anesthésie générale et était donc parfaitement conscient de ce qui se passait dans la salle d'opération. Lorsque le chirurgien avait commencé à taper sur son nez et qu'il l'avait entendu craquer sinistrement, il avait répondu : « *Yes, get in !* » — « Oui, entrez ! »

Ainsi, les admirateurs de Gary qui crurent à la légende de Mosjoukine en voyant une ressemblance entre son nez et celui de l'acteur se trompaient. Romain était né avec un nez rectiligne, comme sa mère.

Persuadé d'être malade, il vivait cette disgrâce comme une punition sanctionnant des péchés imaginaires : « Je me déteste tant, que j'accepte de souffrir », disait-il à Lesley. Il gémissait en comprimant à deux mains le siège de sa douleur, bien réelle, même si elle n'était que le fruit de son imagination. Toutefois, cela ne l'empêchait nullement de travailler à Carlton Gardens et de mettre la dernière main à son manuscrit, avant de le confier à Viola Garvin.

Lesley et Romain adoptèrent un chat roux qu'ils nommèrent Mortimer. Un camion militaire l'écrasa alors qu'il traversait la rue. On l'enterra à grands pleurs dans le jardin. Lesley peignit son portrait sur une vieille photographie victorienne représentant un enfant vêtu d'une robe à volants et de bottines à boutons, en remplaçant la tête de l'enfant par celle du chat.

Gary demanda le 23 février 1945 au ministre de l'Air l'autorisation[20] d'épouser Lesley Blanch. Alors que la date de la cérémonie approchait, Gary, l'air catastrophé, la tête dans les mains, annonça à Lesley qu'il avait un pénible aveu à lui faire : il était juif. « Il m'a semblé qu'il fallait que vous le sachiez... Vous allez donc être ma femme goy[21]. » Lesley s'en moquait. Cela ne l'embarrassa nullement d'apprendre qu'il avait grandi au sein d'une famille juive qui vivait du négoce des fourrures. Elle préférait ce qui lui paraissait insolite à la normalité anglaise. Après le mystérieux Voyageur qui avait enchanté son enfance, un homme surgissait dans sa vie qui pouvait se targuer de multiples identités. Romain Gary de Kacew : écrivain, aviateur, capitaine de l'armée française, Compagnon de la Libération, Juif lituanien parlant couramment le russe et le polonais. Elle disait quand elle parlait de lui à son amie Edna Box : « *I adore him !* »

Le 25 mars 1945, le colonel Coustey rédigea son rapport sur le lieutenant Romain Gary, en vue de sa promotion au grade de capitaine de réserve :

> Une belle figure d'aviateur. Sur la brèche depuis 1940. Ayant fait campagne avec les FAFL, dès l'époque héroïque des campagnes de 1940 et 1941. Cultivé, fin, intelligent, un peu bohème mais sans excès, est éminemment sympathique. Parle plusieurs langues ; capable de rendre de grands services aussi bien en unité qu'à l'état-major. Brillant sujet. Gary de Kacew est un officier qui, éloigné

> du combat malgré lui, après janvier, a brillamment fait ses preuves. Il s'est révélé un précieux officier qui donne toute satisfaction dans sa tâche de chef du bureau de la Chancellerie à l'état-major. Il mérite d'être nommé capitaine sans plus tarder.

Le colonel ajoute : « A combattu et désire retourner au combat. Tout spécialement appuyé. Numéro de préférence 4/11. » Gary fut effectivement nommé au grade de capitaine de réserve[22]. Le 16 juin 1945, il était en outre promu chevalier de la Légion d'honneur pour actions de guerre ayant fait l'objet de citations antérieures[23].

Au mois d'août 1945, Gary partit trois jours en France, où il n'était pas retourné depuis l'appel du 18 juin 1940. Lors d'une prise d'armes à Nancy, sur la place Stanislas, le groupe Lorraine reçut des mains du général Valin la croix de la Libération. Parmi les aviateurs alignés sur l'esplanade, il ne restait que cinq survivants des premiers jours ; cent huit des premiers volontaires étaient tombés.

Le 27 septembre 1945, le général de Gaulle remit au groupe Lorraine sa septième citation à l'ordre de l'Armée aérienne et fit son éloge :

> Magnifique unité de bombardement qui, après avoir été la première à reprendre la lutte en 1940 et fait l'objet depuis de six citations à l'ordre de l'Armée aérienne, vient de prendre une part très active à l'assaut final contre l'Allemagne. Sous la conduite de son chef, le commandant Mentré[24], le Lorraine a effectué, en trois mois, 1 910 heures de vol de guerre en 832 sorties.
>
> Durant cette période, il a attaqué et détruit de nombreux objectifs de la rive gauche et de la rive droite du Rhin et plus particulièrement des voies ferrées, des gares de triage et des nœuds de communication vitaux pour l'ennemi dans des conditions rendues très difficiles par une DCA adverse intense et précise.
>
> Pendant les journées des 23 et 24 mars, a contribué efficacement à la protection des troupes alliées au cours de leur franchissement victorieux du Rhin. A pris part ensuite à la poursuite des armées ennemies jusqu'à leur anéantissement sur les rives de la Baltique[25].

Quelques jours avant le mariage, Romain tomba malade et s'alita. Soupirant et geignant, il se plaignait d'un terrible rhume ; il ne cessait de se moucher. Alors que Lesley, qui avait eu quelques difficultés à se séparer de son mari, lui montait avec une certaine irritation son repas au premier étage, il lui annonça : « Si je ne me sens pas mieux mardi, je n'assisterai pas à la cérémonie. » Sans se départir de son sens de l'humour, Lesley lui répondit : « Oh, *Darling*, faites un effort. Ce ne sera pas la même chose sans vous [26]. » Mais Gary, lui, ne riait pas. Il aimait le drame et supportait mal que les choses ne tournent pas à la tragédie.

Le mariage entre Roman Kacew et Lesley Stuart, fille de Walter et Martha Blanch, récemment divorcée de Robert Alan Winberley Bicknell, fut célébré deux jours plus tard, le 4 avril 1945, au bureau de l'état civil du bourg métropolitain de Chelsea n° 134. Leurs témoins étaient le général Henri de Rancourt et son épouse Rosemary. Gary indiqua aux officiers d'état civil que son père s'appelait Léon Gary de Kacew et qu'il exerçait la profession de diplomate. Les nouveaux époux et leurs témoins allèrent ensuite déjeuner chez Prunier parce qu'on pouvait encore y trouver du poisson, alors qu'on ne pouvait acheter de la nourriture qu'avec des tickets d'alimentation.

À Lesley, sa femme et son aînée, Gary avoua qu'il ne pouvait se contraindre à la fidélité sexuelle. Il désirait surtout les très jeunes filles. « Mon idéal [...] serait d'avoir une très jeune fille très jolie... Est-ce que ça vous choque [27] ? » Rien de ce que disait ou faisait Romain ne la choquait.

*Éducation européenne*, dont le titre original était *La Forêt engloutie*, avait été publié fin 1944 en traduction anglaise par Cresset Press (filiale de Penguin Books [28]), sous le titre *Forest of Anger*. Gary l'avait dédié à son camarade Robert Colcanap, qui s'était engagé dans les Forces françaises libres à l'âge de dix-huit ans.

Robert Colcanap était parti de Brest sur une embarcation, avant même l'appel du général de Gaulle. On l'avait interné sur un bateau dans un port du sud de l'Angleterre. Il s'en était évadé, avait rejoint Londres et avait réussi à se faire recevoir par le général de Gaulle qui, le jugeant trop jeune pour combattre, l'envoya d'abord chez les scouts où il occupa son été à faire le tour du pays de Galles et de l'Écosse. Il lui imposa également de s'inscrire au lycée français de Londres pour y passer son baccalauréat. Le jeune homme suivit ensuite un cours et un entraînement dans une base anglaise pour devenir observateur.

Lors de son engagement dans les Forces françaises libres, il expliqua les raisons de son choix à la base de Camberley :

> Oui, ma première réaction a été celle-ci : un Français ne peut laisser un Allié se battre seul. Ça m'a été une consolation intérieure d'autant plus belle que, longtemps, j'en ai ignoré la source et les raisons véritables. Toujours est-il que j'ai eu une révélation soudaine du beau, du vrai, du juste. De là est jaillie la lumière qui m'a toujours éclairé depuis six mois que je suis en Angleterre et qui m'a empêché de dévier du droit chemin.
>
> Et je me suis embarqué tout tranquillement : comme je suis né, comme j'ai vécu et comme je mourrai, fort probablement [29].

Gary et Colcanap étaient partis en Afrique avec le premier groupe de bombardement Topic. Lors du torpillage et du naufrage des bateaux qui les ramenaient sur le théâtre des opérations en Europe, Colcanap, qui était musicien, perdit son violon. Il en racheta un dès son retour à Londres. Sur les bases militaires anglaises, il partagea quelquefois avec Gary le même habitacle de tôle ondulée. Entre les missions, l'un jouait du violon tandis que l'autre travaillait à son livre. Robert Colcanap fut tué le 11 novembre 1943, en choisissant de ne pas se poser en urgence sur un terrain de football où se déroulait un match, alors que son avion était à court de carburant. L'appareil s'écrasa un peu plus loin. Colcanap, qui avait donné sa vie, ne fut cependant pas nommé Compagnon de la Libération [30].

Dans les débris de son avion, on retrouva une partie de son testament adressé à ses parents :

> Je désire que l'argent que j'ai laissé en banque revienne à parts égales à mon frère Pierre et à ma sœur Anne.
>
> Cet argent sera dans la mesure du possible utilisé afin de leur permettre de continuer leurs études.
>
> Dans le cas où vous désireriez obtenir des renseignements supplémentaires, voudriez-vous vous adresser à la personne qui a pris soin de moi et de mes intérêts pendant tout le temps que j'ai été en Angleterre : Mlle Briais, 70 Holland Park, Flat 5a, Londres, W. 11.
>
> Je voudrais aussi que soient conservés mes livres de médecine-physique-chimie (achetés avec mes économies), les poésies de Baudelaire, de Péguy et surtout *La Vie de Mozart*, ainsi que mes Concertos et Sonates pour violon. Lesquels ont pendant de longs mois été mes meilleurs compagnons et ont constitué la meilleure des consolations.
>
> C'est à peu près tout, je crois. Je vous demande pardon pour tous les soucis que je vous ai causés depuis le jour de ma naissance. Je suis heureux néanmoins d'avoir fait ce que je considère comme mon devoir. Si c'était à refaire, je recommencerais. J'estime en toute conscience que je n'ai rien à me reprocher.
>
> Je regrette de ne pouvoir vous laisser les deux objets auxquels je tenais le plus. Un Kodak 35 acheté au Caire en avril 1942, et une ciné Camera 8 mm, fruits de mes économies, tous deux perdus au cours du torpillage à 100 mètres au large de Durban, le 1er novembre 1942.
>
> J'ai également perdu ce jour-là mon carnet de route commencé le 8 juin 1940, auquel je tenais énormément, sans compter un nombre assez considérable de photos et de films pris au Kenya, durant mon stage de perfectionnement en OTU (Nanyuki). Grâce à ces documents, il vous eut... [31].

Dès sa sortie, *Forest of Anger* fut l'objet d'un intérêt considérable ; les critiques furent nombreuses et élogieuses. Lesley avait fait portraiturer son mari en uniforme des FAFL par Lee Miller, une photographe qui jouissait d'une grande notoriété. Sur ces clichés réalisés en studio, il sourit avec un air de bon garçon. Plus jamais on ne lui verra ce regard, ce sourire-là.

Le 5 novembre 1945, Romain Gary répond à Pierre Calmann qui lui propose d'éditer son livre en France :

> Mon cher ami,
> Je vous écris pour vous dire que je suis tout à fait d'accord pour que vous publiiez mon livre *La Forêt engloutie* en France, après vous être entendu avec Penguin Ltd. Voilà ! Bien à vous, Romain Gary.

Gary et ses éditeurs étaient convenus d'un bon à valoir sur des droits d'auteur correspondant à la vente de 10 000 exemplaires.

Le curriculum vitae qu'il envoya était le reflet de son œuvre : une affabulation concernant sa naissance, sa filiation et sa formation. Il écrivit ce qui était crédible, logique et, croyait-il, attendu :

> Romain Gary, né le 8 mai 1914 aux environs de Koursk, Russie, de parents français.
> A fait ses études à Nice, à Aix-en-Provence, à Paris et à Varsovie. Il est licencié en droit, licencié ès lettres et licencié en langues slaves.
> Actuellement capitaine d'aviation à l'état-major français de l'air à Londres. A fait toute la guerre dans l'aviation.
> S'est évadé de France en avion au moment de l'armistice. A été en Afrique avec le début de l'escadrille « Lorraine », ensuite en Angleterre. A été blessé deux fois, a la croix de guerre coloniale, la croix de guerre française, la Légion d'honneur et est Compagnon de la Libération.
> Il a épousé l'année dernière à Londres une journaliste anglaise, Lesley Blanch [32].

Cette version sera ultérieurement étoffée par le détail des opérations auxquelles l'écrivain a participé en Afrique et en Angleterre. Un an plus tard, une nouvelle rédaction enrichit les éléments du mythe en perpétuel remaniement :

> Né le 8 mai 1914 dans la campagne de Koursk, de père russe et de mère française. Sa mère était actrice au Théâtre français de Moscou. Venu en France en 1920,

> reparti en Pologne avec sa mère qui ouvrit là-bas une grande maison de mode. Revint au lycée de Nice en 1928, licence en droit, et licence ès lettres à Aix-en-Provence et Paris, diplôme d'études slaves à Varsovie. Service militaire en 1938 comme pilote aviateur.

Une vérité dans cette fable : Gary aurait bien voulu devenir pilote, il l'a demandé par écrit à ses supérieurs hiérarchiques.

Les épreuves de son livre lui furent expédiées à Carlton Gardens le 20 mars 1945. Pierre Calmann lui écrivit :

> Le titre que je préfère pour votre ouvrage est : *L'Éducation européenne*. Je trouve que les autres sont nettement moins bons. Il sera fait comme vous le désirez : 1° Les récits vont être recomposés en caractères comme le reste du volume. 2° Nous supprimerons de la couverture l'appellation « ESPOIRS » qui vous déplaît. Chacun son goût.

L'éditeur espérait pouvoir sortir le livre au mois de juin, à condition que le problème du papier ne fût « plus insoluble en France ».

L'orthographe des noms propres et la correction des phrases en polonais, en allemand, en russe, entachées de nombreuses erreurs, posaient des problèmes à cause de l'éloignement de Gary. « Si vous aviez été ici, toutes les corrections, et spécialement celles des textes allemands et polonais, auraient été faites beaucoup plus rapidement, et les points de doute soulevés par les correcteurs auraient été tranchés par vous sans délai », lui écrivit-on de la rue Auber, le 5 juin.

*Éducation européenne* parut chez Calmann-Lévy[33] à la fin du mois de juin. Romain Gary l'envoya à Albert Camus. Ce dernier lui écrivit aussitôt une lettre qui rendit Gary « malade de joie ». Lui répondant le 7 août, bouleversé, il lui avoua avoir pleuré en lisant sa lettre généreuse. Il venait d'éprouver « une des plus pures joies » de sa vie. Et il ajouta : « J'ai eu beaucoup de difficultés au cours des quinze dernières années et je n'ai pas été souvent aidé. »

C'est un aveu très rare de la part de Gary. La vérité toute nue. L'histoire d'un jeune Juif obscur et pauvre, fraîchement naturalisé, qui a souffert et est à présent capitaine aviateur à l'état-major des Forces aériennes françaises à Londres. Il informe Camus qu'il a déjà écrit un autre livre, en a tiré une pièce de théâtre, mais n'a aucun projet qui lui permettrait d'assurer sa subsistance.

Stupéfait par l'ampleur de son succès, Gary écrivit le 8 août 1945 à Raymond Aron, premier lecteur enthousiaste d'*Éducation européenne* :

> Mon cher Raymond,
>
> Qu'est-ce qui se passe ? Je reçois des lettres ahurissantes d'Albert Camus, la lettre la plus belle, la plus émouvante que vous pouvez imaginer de Martin du Gard, ainsi que des épîtres absolument invraisemblables de quatre ou cinq types qui se disent écrivains et qui ont tous des revues. Je reçois un mot stupéfiant de Gaston Gallimard qui a toujours refusé mes manuscrits et qui demande maintenant mon prochain (mon présent) livre. Je viens de recevoir un télégramme d'un gars qui signe « administrateur délégué de Leg. Ed » (?) et qui m'offre 200 livres pour mon prochain bouquin. Qu'est-ce que ça veut dire « existentiel, existentialisme » ? Qu'est-ce qui se passe, nom de Dieu ? Il n'y a pourtant rien dans les journaux sur mon livre, rien dans les revues. Je viens de passer deux jours à Paris et Calmann Robert m'a dit que le livre ne marche pas. Alors qu'est-ce que ça veut dire ? Je vous en prie, répondez-moi vite, je suis très effrayé. Je ne comprends pas [34].

L'accueil des cercles littéraires français est plus que chaleureux : de nombreux articles, des plus flatteurs. D'abord celui de Joseph Kessel :

> Romain Gary, aspirant en 1940, capitaine aujourd'hui avec la croix de la Libération, a vécu cette épopée. Il semblait naturel, et comme inévitable, qu'un jeune homme, un écrivain y trouvât le sujet, la couleur, le climat de son premier ouvrage.
>
> Or, entre deux vols contre l'ennemi, tantôt d'un terrain de Grande-Bretagne et tantôt d'un autre, c'est un livre sur

> les partisans de Pologne que Gary a composé. Et quel livre !
>
> Depuis dix ans, depuis qu'ont sonné soudain les noms de Malraux et de Saint-Exupéry, on n'a pas lu, en langue française, un roman nourri d'un talent aussi profond, aussi neuf, aussi éclatant. Le pouvoir mystérieux de créer se lève de chaque page[35].

Une pluie d'éloges parfois ampoulés aussi. Le livre de Gary est le premier roman français publié au lendemain de la guerre évoquant le nazisme et la Résistance. C'est précisément cette image juste de la Résistance qui enthousiasme les lecteurs, après la nuit de la France de Vichy. La légende prend forme :

> Le livre de Romain Gary, *Éducation européenne*, est une œuvre bien curieuse et intéressante. C'est un roman de la Résistance [...] et ce roman est certainement l'un des meilleurs que l'on ait écrits sur cette guerre, l'un des plus pathétiques, l'un des plus saisissants. Il est curieux d'ailleurs d'y trouver un style qui rappelle celui des romans américains, mais qui ne provient pas d'une imitation ; on a l'impression que l'auteur l'a retrouvé et que la nature même de son sujet (et la façon dont il l'a senti) le lui fait redécouvrir. Et c'est ce qui donne à ce livre un ton si particulier et si original. *Front national.*
>
> C'est un événement littéraire. Nul doute que le nom de Romain Gary, l'auteur d'*Éducation européenne*, ne soit familier demain à tous ceux qui s'intéressent en France à notre littérature. On salue ce roman comme l'œuvre symbolique et capitale de la Résistance [...] elle révèle un écrivain véritable, admirablement doué, fervent, en qui se rejoignent le sens classique et le sens moderne du roman. Louis Lambert, *Le Pays*.
>
> L'on a le sentiment de se trouver devant un livre exceptionnel et, pour parler clair, le premier grand livre de cette guerre... Nombre de scènes fortes, trop fortes, comme on peut le dire d'un vin, cheminent en nous longtemps après que le livre est refermé. *Le Figaro*.
>
> S'il ne fait pas de doute que demain le nom de Romain Gary et de son roman *Éducation européenne* soient sur toutes les lèvres, c'est qu'il n'a pas écrit un roman de résistance, mais « le » roman de la Résistance, ou plus exactement, puisque ce vocable a déjà pris un sens étroit, il a

écrit l'histoire de la lutte des peuples opprimés d'Europe sous la schlague fasciste [...] Gary, qui a retrouvé la profonde humanité du roman russe, nous fait aussi penser inévitablement au meilleur Hemingway, celui de *Pour qui sonne le glas*... Autant d'instantanés qui donnent à son tableau un accent authentique, une ampleur épique, qui font d'*Éducation européenne* le signe avant-coureur de la grande littérature d'émancipation humaine que nous attendons. Maurice Nadeau, *Combat*.

Je crois pouvoir affirmer qu'*Éducation européenne* a la chance d'être — et de beaucoup — le meilleur roman depuis la Libération [...] Je vous le dis sans hésiter : un très beau livre qui vous rendra la foi dans le génie de la France et, à travers les laideurs de notre temps du mépris, dans la beauté de la mission de l'homme. César Santelli, *La Voix de Paris*.

*Éducation européenne* est littéralement une révélation, un symptôme réconfortant [...] De quoi est fait le charme étrange de ce livre ? De la sauvagerie du décor, du tragique de ces luttes et surtout de la noblesse d'âme des héros, de la poésie qui se dégage de l'ensemble. Frédéric Lefevre, *Libération-Soir*.

Le livre de M. Romain Gary — récit, roman, évocation, tout cela à la fois et plus encore — n'a que 178 pages. Le lecteur aura toutefois le sentiment d'en avoir parcouru bien davantage, car telles sont les « dimensions » de ce magnifique bouquin — épopée et promesse d'une mythologie nouvelle — qu'il se prolonge indéfiniment en nous par tout ce qu'il y a fait lever de sensations inédites et neuves [...] *Éducation européenne* : un notable événement littéraire dans une saison avare en réussites. Qu'on se le dise ! Pierre Descaves, *Point de vue*.

Vouloir écrire 178 pages sur un sujet à peine tracé, avec une action pratiquement inexistante — il s'agit plutôt d'une suite d'anecdotes — c'est se montrer auteur téméraire. Le faire avec une aisance, une verve, des qualités de style qui font lire le livre d'un trait avec un plaisir sans cesse renouvelé, c'est se montrer un excellent auteur et qui promet. P. Beauschene, *Les Nouvelles littéraires*.

Mauvais titre, sur un très beau livre. L'auteur, M. Romain Gary (un pseudonyme), est un inconnu, que ce début, du jour au lendemain, va rendre célèbre ; comme de semblables coups d'essai le sont devenus, les Tharaud avec leur *Dingley*, Kessel avec *La Steppe rouge*, Malraux avec *Les Conquérants*... Attention, il y a quelqu'un !

M. Romain Gary est ce quelqu'un. Émile Henriot, *Le Monde*.

Le talent de M. Gary a été de faire de son récit une œuvre authentiquement slave. Il est français de culture, il a grandi en France, mais le sang paternel a parlé en lui assez fort pour lui permettre de nous restituer tout naturellement le climat psychologique, moral, sentimental de l'Est européen, sans préjudice des qualités bien françaises de sobriété vive et alerte qui rendent, j'allais dire si plaisante, mais il faudrait dire plutôt si bouleversante, la lecture d'*Éducation européenne*. André Billy, *Le Monde illustré*.

Les seules réserves exprimées vinrent de Louis Parrot qui jugea, dans *Les Lettres françaises*, le livre « mal construit », « ses dialogues trop longs », et de Jean-Paul Sartre qui écrivit dans *Les Temps modernes* du 1er novembre 1945 consacré à « La naturalisation de la littérature » :

Comment peut-on décider de l'importance des ouvrages qui viennent de commencer leur carrière ? [...] Le critique contemporain [...] après chaque œuvre nouvelle fait le bilan, comme si cette œuvre marquait la fin de l'histoire et de la littérature.

Dans cent ans on pourra décider pour de bon si le surréalisme a fait un retour offensif sur les années 45, si *Éducation européenne* était ou non le livre de la Résistance ; dans cent ans on déterminera les courants littéraires de cette après-guerre. [...] Un monde tout particulier de fraternité. Comment dirai-je, moi résistant, à cet ancien résistant que je ne trouve point bon son dernier roman sur la Résistance ?

Il le lui dit cependant, car il était honnête.

Tout le monde, y compris Joseph Kessel, avait trouvé dans *Éducation européenne* un fort sentiment d'authenticité, un aspect documentaire, alors qu'il n'en était rien. Sa peinture des maquis polonais... en Lituanie fut acceptée, même en Pologne, où le livre fut également publié. Et Gary fut toujours reconnaissant à ce pays de lui avoir permis d'assumer de temps à autre — à lui le *zyd*, le youpin, qui se faisait tabasser par ses camarades de classes à Varsovie — le personnage d'un Polonais. « Le réalisme, pour l'auteur de la fiction, cela consiste à ne pas se faire prendre [36] », déclara-t-il à François Bondy au cours d'un entretien pour sa revue *Preuves*.

Gary était un conteur capable de donner une forte impression de réalité à des pages dont le contenu était très éloigné de la vérité historique. Non pas qu'il eût décidé de n'en pas faire de cas, mais parce qu'il avait écrit son livre loin du lieu où son action était supposée se dérouler.

Gary a campé une grande partie de l'action d'*Éducation européenne* dans les paysages et les bourgades proches de Sweciany (Baranowicze, Modolcezno, selon leur dénomination polonaise), où il avait habité chez ses grands-parents maternels, après la séparation de ses parents. C'est dans la forêt de la Wilejka toute proche que se déploient les scènes majeures de son roman. Les fugitifs y affrontent la trahison et la mort. Les bois sont le théâtre d'embuscades tendues aux nazis par les partisans et recèlent un trou creusé dans la terre, dissimulé par des branchages et des feuilles, où se cache le héros,

*Éducation européenne* est une reconstitution très naïve des combats qui se déroulèrent dans les forêts entre les groupes de partisans et des éléments de l'armée allemande. Si les sites sont parfaitement évoqués, le romancier a en revanche conçu de manière idyllique les conditions dans lesquelles les groupes de combattants juifs et non juifs ont existé.

Au mois de septembre 1943, cent cinquante hommes appartenant à cinq groupes de combat (la plupart d'entre eux originaires de Sweciany [37] et membres de l'Organisation unie des partisans — *Faraïnigte Partizaner Organizatsie*) réussirent, pendant la liquidation du ghetto, à quitter Wilno par les égouts, puis à rejoindre les forêts de Narotch et de Rudnitska, où ils se livrèrent à des actions de sabotage.

Gary évoque des unités mixtes dans lesquelles les Juifs sont reçus fraternellement par leurs homologues lituaniens, russes et polonais. Contrairement à cela, la plupart des évadés de Wilno qui approchèrent ces formations (elles étaient lituaniennes et non polonaises) en espérant y être accueillis furent systématiquement désarmés et assassinés. Il y eut toutefois l'exception de deux bataillons juifs admis dans une formation de partisans russes, la brigade Markov, et une unité de partisans lituaniens parachutée dans la forêt de Rudnicki, où Juifs et non-Juifs combattirent côte à côte, faisant sauter les ponts, les voies ferrées, sabotant les installations téléphoniques et électriques, collectant des armes dans les villages alentour. Même au sein de ces deux groupes, qui comportaient vingt-cinq évadés du ghetto de Sweciany, seuls les Juifs en possession d'une arme furent acceptés.

Par ailleurs, Janek, le héros de Gary, se glisse plusieurs fois dans les ruelles du vieux Wilno, au cœur de la nuit. Il y marche sans rencontrer le moindre obstacle, comme s'il n'y avait pas de ghetto, et sans se heurter aux patrouilles allemandes et aux SS qui en gardaient l'entrée.

Quand l'écrivain remania profondément *Éducation européenne* pour sa réédition chez Gallimard en 1956, puis dans une édition bibliophile en 1959, il laissa telles quelles ces imprécisions historiques. En revanche, il ajouta un chapitre désabusé qui exprimait toute son horreur de la guerre et son dégoût de tuer, même pour une cause juste. Janek, le tout jeune partisan, le dit ainsi à son chef Dobranski, après avoir effectué une mission au cours de laquelle il a tué un soldat allemand qui lui avait témoigné de la sympathie :

> — Il était assis sur la glace, dit Janek, avec ses patins et son écharpe si gaie autour du cou — et c'est sûrement sa mère ou sa fiancée qui la lui a tricotée —, il n'était pas plus vieux que toi. Il ne m'a même pas regardé. Il acceptait, il avait simplement baissé la tête et attendait le coup. J'ai bien visé, et j'ai tiré.
>
> — Tu ne pouvais rien faire d'autre, Janek. C'est leur faute. Ce sont eux qui ont déclenché toutes ces horreurs.

À cela, Janek répond par une profession de foi indignée. On vient du monde entier en Europe pour y recevoir la meilleure éducation, y admirer les œuvres d'art, les cathédrales. Liberté, fraternité, dignité, voilà les belles idées qu'on enseigne en Europe. Mais en réalité, tout ce que cette fameuse éducation vous apprend, c'est à violer, à torturer, et à trouver des raisons honorables pour tuer d'autres hommes, massacrer les animaux, détruire la beauté du monde. Cette rage, cette indignation, qu'il oppose aux exaltés qui croient à la construction d'un monde fraternel et nouveau, Gary les portera dans son cœur jusqu'au jour de sa mort. « Combien de rossignols humains, confiants et inspirés, sont morts avec cette éternelle et merveilleuse chanson sur les lèvres ? […] Combien de larmes et de chansons, combien de voix dans la nuit ? Combien de rossignols ? » L'indignation, l'amertume, l'ironie cinglante nourriront les œuvres de sa maturité : *Les Racines du ciel*, *La Danse de Gengis Cohn*, *Europa*, *Les Enchanteurs*, *Les Cerfs-volants*.

Cette édition comportait de très nombreuses citations en langue polonaise, émaillées de nombreuses fautes qui montraient que Gary avait déjà un peu oublié ses souvenirs de l'école primaire.

## 34.

Bien que sous contrat avec les Éditions Calmann-Lévy, Gary, grâce à Albert Camus qui avait aimé son livre et lui avait proposé de l'éditer dans une collection qu'il allait diriger, avait pris contact avec la maison Gallimard où il rêvait depuis son adolescence d'être publié. Très préoccupé par son absence de projets professionnels, sur le point d'être démobilisé après sept ans passés sous l'uniforme, il écrivit, sur le conseil de Gaston Gallimard, à André Malraux dans l'espoir qu'il l'aiderait.

> Cher Monsieur,
>
> Gaston Gallimard me conseille de vous écrire pour vous demander un coup de main ; j'avais plutôt l'intention d'aller vous voir, mais je suis retenu à Londres. Vous ne vous souvenez sans doute pas de moi, je vous ai ennuyé, il y a dix ans de ça, avec mes manuscrits, je m'appelais alors Kacew, ou quelque chose comme ça.
>
> J'ai écrit un livre que j'ai publié à Paris sous le titre *Éducation européenne* et à Londres, sous le titre *Forest of Anger*. (Je vous l'ai envoyé, je ne sais si vous l'avez reçu, mais Camus me dit que vous l'avez lu.) Je suis en ce moment aviateur, capitaine aviateur, à l'EM de Londres, j'ai combattu pendant cinq ans au groupe de bombardement « Lorraine ». Croix de la Libération et tout. Je vous écris pour vous demander — nous y venons ! — un job à Londres. J'y suis marié et ma femme est malade et ne peut aller vivre à Paris pour l'instant. Je peux y traîner — à Londres j'entends — encore un hiver sous l'uniforme, mais peut-être pourriez-vous m'utiliser mieux que ça.

Chez le patron, pas mal de gens doivent me connaître au point de vue militaire — Soufflet, Ortoli, peut-être se rappellent encore — un peu — de moi. J'ai toutes les licences qu'il faut ou qu'il ne faut pas — droit, lettres, langues — je parle et écris comme le français, l'anglais, le russe et le polonais.

Je vous fais sans doute rire un peu avec mon curriculum vitae, mais il faut ce qu'il faut.

Je suis immédiatement démobilisable. Attaché culturel ? Attaché de presse ? Je n'en sais rien à vrai dire. Simplement, si l'occasion se présentait, vous pourriez peut-être suggérer mon nom, à titre d'essai, pour une des nombreuses places à remplir. À moins qu'elles ne soient déjà toutes remplies, ce qui me satisferait aussitôt : je me résigne très facilement, c'est un don chez moi, un vrai don.

Il ne m'est pas facile d'écrire cette lettre, j'ai horreur de demander quelque chose à quelqu'un que j'estime tant, mais après tout, zut, on est tout de même entre vivants.

Croyez surtout une chose : je connais trop les difficultés de l'heure pour me formaliser d'un refus, ou pour ne pas comprendre que vous ne pouvez que le possible.

Très sincèrement à vous,
Romain Gary

André Malraux répondit favorablement à Gary et lui assura que « la chose était faite [1] ». Il lui promit qu'il serait nommé conseiller culturel à l'ambassade de France à Londres. Mais Gaston Palewski, qui dirigeait le cabinet du général de Gaulle, rejeta cette proposition au motif que le candidat était trop jeune. Raymond Aron était tout à fait favorable à Romain Gary. C'est pourtant à lui que Gaston Palewski demanda d'apprendre à Gary la mauvaise nouvelle au téléphone, si bien que celui-ci lui attribua à tort la responsabilité de cet affront. Il en résulta une « brouille » qui dura plusieurs années. Romain se réconcilia plus tard avec Aron, et lui fit parvenir *Les Cerfs-volants*, son dernier livre, « avec une dédicace flatteuse ». Raymond Aron le remercia pour cette attention et lui envoya la lettre qu'il lui avait écrite en 1945, dans laquelle il lui disait sa surprise de lire tant d'articles élogieux sur *Éducation européenne*. Gary répondit le 29 novembre 1980 par une carte :

Merci, cher Raymond Aron, pour cette lettre qui me rappelle les jours où j'« y » croyais encore : gloire littéraire, célébrité, etc., etc. Tout maintenant, est devenu « etc., etc. ». Je suis avec admiration votre superbe cours intellectuel : votre esprit souligne si bien ces temps obscurs que l'on en vient parfois, en vous lisant, à croire à la possibilité d'en sortir et à l'existence d'un chemin. Rares sont les cas où la force de la pensée rejoint celle d'un caractère. Je vous dis donc — j'adore cette expression populaire — « bonne continuation ». À vous fidèlement[2].

Quatre jours plus tard, dans l'après-midi du 2 décembre 1980, il se tirait une balle dans la bouche.

Gaston Gallimard, après avoir lu *Éducation européenne* au mois d'août 1945, avait écrit à Gary tout le bien qu'il en pensait, et ajoutait : « Quand vous reviendrez à Paris, prévenez-moi et réservez-moi une soirée... Je suis impatient de lire votre prochaine œuvre[3]. »

Gary avait aussitôt répondu par une modeste lettre, dans laquelle il faisait état des « faiblesses et imperfections » de son livre et des admonestations de Roger Martin du Gard, lui rappelant les dangers du succès. Voilà pourquoi, expliquait-il, il s'était résolu à retravailler le manuscrit de *Prière pour les vainqueurs*, achevé depuis quelques mois, avant de le faire lire à Gaston Gallimard dans le plus grand secret. Il avait l'impression, ajoutait-il, de ne jamais avoir fait mieux, de ne jamais pouvoir faire mieux, et de n'avoir plus rien à dire, mais il espérait signer un bon contrat.

Il est possible, vous l'admettrez, que nous ne nous entendions pas, après tout, sur le contrat et que je sois obligé de revenir chez les Calmann-Lévy. J'aurais assez mauvaise mine, alors... Je suis sur le point de quitter l'armée et les décorations se vendent mal.

Gaston Gallimard, persuadé que Gary était un grand romancier, lui fit envoyer les livres d'Albert Camus et de Jean-Paul Sartre. Commentaire de Gary :

> J'ai beaucoup aimé *L'Étranger* et j'ai lu *La Nausée* avec une grande admiration, malheureusement, je n'ai pu la comprendre convenablement, manquant quelque peu d'intelligence et aussi de culture nécessaire[4].

Roger Martin du Gard, qui connaissait Gary depuis 1937, lui fit quelques remarques sur *Éducation européenne* qu'il soutenait cependant. Gary répondit :

> Mon œuvre sera fonction de la vie qu'il me sera donné de mener et si j'ai horreur du succès à bon marché, je préfère tout à la misère. Je sais que j'ai du talent, mais entre vous et moi — nom d'un chien, pourquoi ne serais-je pas sincère ? — le talent ne me suffit pas. Tout le monde a du talent... Cher Maître, si vous saviez les peines que je me donne pour faire mieux et mieux et mieux !... Une œuvre, un écrivain, une civilisation sont tous des produits accidentels et aveugles d'un concours de circonstances : et il est parfaitement possible — probable ! — que celui qui devait sauver l'humanité, prolonger la vie de cent ans, inventer le truc contre le cancer, contre la faim, contre la mort — il est parfaitement possible — probable ! — que cet homme magistral fut tout simplement battu à la course à l'ovule par un spermatozoïde plus débrouillard, qui joua des coudes, arriva premier à l'ovule, vint au monde et s'établit épicier. C'est un peu primaire, je le sais bien, mais je ne suis pas bien malin ; si je dois être le Gogol du siècle, je le serai, si je dois être seulement Gary, eh bien « Y a rien à faire refaire, y a qu'à chialer[5] ».

Les lecteurs voulaient en savoir plus sur cet écrivain inconnu, dont le nom était soudain sur toutes les lèvres. Une variante fantasque de la vie imaginaire de Gary, sans doute inspirée à la fois par ses lectures enfantines, son ambition et l'espoir de nouveaux honneurs, fut relatée dans un article paru dans le magazine anglais *Cadran* :

> Après avoir étudié le droit à Paris et à Aix-en-Provence, il tâta du journalisme et fut conduit à cette occasion dans une prison espagnole pour activité antifasciste [...] La police de Vichy sur ses traces, il dut vivre déguisé en Arabe aux environs de Casablanca. Il put un jour rejoindre à la

nage un cargo britannique qui quittait le port et arriva de cette façon en Angleterre en juillet 1940 [...] outre les nombreuses maladies qu'il emportait de chaque pays comme autant de cadeaux : typhus en Lituanie, malaria en Afrique, rhumatismes en Angleterre, il côtoya la mort de si près que ses compagnons le laissèrent pour mort plus d'une fois.

## 35.

À la fin du mois d'août 1945, Gary demanda à Pierre Calmann de bien vouloir lui régler « les 10 000 exemplaires, comme promis. Je compte me faire démobiliser bientôt. C'est assez urgent ». Il ajoutait : « Il me semble que votre service de coupures de presse est très mal fait. On me signale des articles sur mon livre que je serais très heureux de lire mais que vous ne semblez pas avoir reçus. »

À Paris, le bruit courait qu'*Éducation européenne* allait recevoir le prix des Critiques, mais Gary n'y tenait pas. Comment dire aux membres du jury sans les insulter : « Je ne veux pas de votre prix ! » Il aurait préféré de loin le Goncourt, mais refusait de manœuvrer pour l'obtenir. Il s'insurgeait parce que ce prix est récompensé par de l'argent et non par une attribution de papier, ce papier qui faisait cruellement défaut aux imprimeurs.

Arrivé à Paris le 23 septembre, pour une semaine, Gary prit une chambre à l'hôtel Royal Opéra, 20, rue d'Antin. Au cours d'un dîner avec Émile Henriot, membre du jury, il lui confia qu'il n'était pas candidat au prix des Critiques. Il chargea son éditeur d'avertir Raymond Aron et Gabriel Marcel.

Pierre Calmann lui proposa de s'inscrire en faux contre les rumeurs concernant ses origines russes, qui semblaient pouvoir faire obstacle à l'attribution d'un prix tel que le Goncourt.

> Considérez, lui rétorqua Gary, le 15 octobre 1945, que démentir serait faire preuve, en cette circonstance, d'esprit vraiment intéressé. Ce serait aussi me détacher des personnages d'*Éducation européenne*, démentir mon nouveau livre et toute mon œuvre future, en vérité. Laissez-les oublier tranquillement ma croix de la Libération, ma Légion d'honneur, ma croix de guerre et le fait que j'ai donné deux fois mon sang pour mon pays. Mes camarades et moi, nous n'avons jamais espéré autre chose que la bassesse en guise de remerciement... Comment pourrait-on faire savoir discrètement aux Goncourt que je ne suis pas russe, mais niçois ? Moi, je refuse absolument de démentir. Avez-vous une idée ?

Il poursuivait en demandant à Pierre Calmann : « Quand enverrez-vous le pognon ? », puis achevait sa lettre en lui enseignant sans ménagement son métier : la bande-annonce sur la jaquette était mauvaise, mal rédigée. Il proposait un autre texte, signé de sa main.

Le tirage fut rapidement épuisé. L'éditeur, qui avait déjà vendu 60 000 exemplaires, se procura du papier pour en tirer 10 000 de plus.

« Le livre est paraît-il furieusement demandé. Papier, papier ! Heureux de savoir que vous réimprimez encore 10 000. Continuez, continuez », demandait l'écrivain. Il envoyait sans répit lettres et télégrammes à Pierre Calmann qui ne bronchait pas. Les droits d'*Éducation européenne* furent cédés dans dix-neuf pays [1] ; Gary avait exigé des royalties élevées. La Librairie Arthème Fayard proposa d'acquérir *Tulipe*, son nouveau roman, pour sa collection « Le Livre de demain ».

En octobre, Gary écrivit à François Bondy qu'il travaillait à un troisième roman et à une pièce de théâtre mais n'avait pas de projets d'avenir, à part *Tulipe*, le nouveau roman qu'il venait d'achever. Sartre lui proposa de le publier en feuilleton dans *Les Temps modernes*.

Le 7 novembre 1945, malgré ses manœuvres, Gary fut lauréat du prix des Critiques, doté d'un montant de 100 000 francs, offerts par les Éditions du Pavois, et décerné par un jury composé de Marcel Arland, André Billy, Maurice Blanchot, Jean Blanzat, Jean Grenier, Émile Henriot, Armand Hoog, Robert Kemp, Frédéric Lefèvre, Gabriel Marcel, et Jean Paulhan. Gary avait obtenu six voix contre quatre à André Dhôtel pour *Rues dans l'Aurore*, et une à Jacques Lemarchand pour *Geneviève* et *Parenthèses* [2]. Comme André Malraux, il dédicaça son livre revêtu de son uniforme d'aviateur des Forces aériennes françaises libres.

Deux semaines auparavant, le 25 octobre 1945, Romain Gary avait envoyé son livre à Louis Jouvet, en témoignage de sa vénération. L'acteur lui répondit, le 10 novembre, qu'il avait été sensible à sa dédicace.

36.

Georges Bidault, président du Conseil national de la Résistance, qui avait été nommé ministre des Affaires étrangères dans le gouvernement formé par le général de Gaulle le 9 septembre 1945, décida d'ouvrir le Quai d'Orsay à des hommes ayant combattu dans les rangs de la France libre [1]. La principale condition d'admission était « la participation d'une manière active à la poursuite de la lutte contre l'ennemi et ses collaborateurs [2] ». On appela cette entrée par la petite porte dans les services du ministère des Affaires étrangères « le cadre complémentaire », car ces agents n'avaient pas passé l'examen d'entrée au grade de secrétaire d'ambassade ou le concours pour le recrutement des agents diplomatiques et consulaires. De plus, ils n'étaient pas, pour la plupart, issus des couches sociales dans lesquelles on recrutait traditionnellement les conseillers d'ambassade et les diplomates, à savoir l'aristocratie et la grande bourgeoisie. Ils n'étaient pas *persona grata*, car nombre d'agents du Quai avaient été des vichystes convaincus et actifs pendant l'Occupation et ne voyaient pas d'un bon œil l'intrusion de gaullistes, moins encore de Juifs, dans leur club très fermé. Cependant, certains parmi les plus compromis — ceux qui n'avaient pas démissionné de leur fonction avant 1943 — furent écartés, et le corps diplomatique fut ainsi partiellement renouvelé.

Georges Bidault avait pu apprécier les qualités du

capitaine Gary puisqu'il avait été détaché auprès de lui pendant la durée de la conférence de Cisey, à Londres. Il lui avait proposé de solliciter son admission au cadre complémentaire. L'écrivain postula au poste de secrétaire d'ambassade de 2e classe le 18 septembre 1945 en produisant les documents requis, y compris une fiche de renseignements qui ne comportait qu'une inexactitude : ses études (de 1930 à 1933, alors qu'il était élève au lycée de Nice), et son diplôme de langues slaves à l'université de Varsovie.

Les commentaires qui accueillirent cette candidature furent tous très favorables : « magnifiques titres de guerre, candidat de grande classe ».

Le 25 octobre, Romain Kacew était nommé dans le cadre complémentaire des services extérieurs du ministère des Affaires étrangères. Le 14 décembre 1945, il devint chargé de fonction comme secrétaire d'ambassade de 2e classe à la légation de France à Sofia, en remplacement de M. Colonna-Cesari qui était rappelé à l'Administration centrale. Sur le plan administratif, Romain Kacew, dit Gary, était nommé au grade le plus humble : administrateur de 3e classe. M. Gilbert de Sainte-Marie, à la direction du personnel, demanda à Romain Kacew de conserver dans ses fonctions son pseudonyme de guerre, devenu son pseudonyme littéraire.

« C'est sous le nom de Romain Gary que vous devrez en toutes circonstances présenter votre nouveau collaborateur dont le passeport diplomatique sera, bien entendu, établi suivant ces données [3] », télégraphiait la direction du personnel à la légation de France à Sofia. Mais l'identité de Gary était déjà connue, car son interview dans le journal *France-Soir* du 8 novembre 1945 avait été reproduite par *La Presse de France* de Beyrouth du 16 novembre, qui était distribué dans la capitale bulgare.

Jacques-Émile Paris, ambassadeur de France, répondit à la direction du personnel qu'une interview de l'auteur d'*Éducation européenne* avait déjà été publiée en

Bulgarie et que ses services ne feraient donc pas mystère de son nom véritable, si la question venait à être posée par les autorités bulgares.

Quelques années plus tard, lorsqu'il était en fonction à Berne, Gary constata qu'il apparaissait sous deux noms dans l'annuaire diplomatique. Il écrivit alors, avec malice, à la direction du personnel pour expliquer qu'il souhaitait reprendre son patronyme, Kacew, dans ses fonctions. Bien entendu, au Quai on préférait Gary à Kacew. C'est précisément ce qu'il souhaitait entendre dire.

Gary demanda au ministre de l'Air sa démobilisation à la chancellerie. Elle intervint une quinzaine de jours plus tard. Pour la première fois depuis 1938, il quittait à regret l'uniforme. Il conserva toujours son blouson, son pantalon et sa casquette d'aviateur, cette casquette usée, cabossée, qui devait désormais l'accompagner dans tous ses déplacements. Romain avait reçu sa solde et l'indemnité de fonction du personnel navigant en quittant le service armé. Il lui fallait maintenant acheter des vêtements civils. Il aimait les étoffes et les costumes de coupe anglaise. Lesley l'emmena chez les tailleurs de Saville Row, où ils trouvèrent de beaux lainages. Mais, à sa grande déception, Gary se trouva l'air engoncé dans son complet neuf; sur lui, le costume paraissait « exotique ». Rien ne lui allait aussi bien, pensait-il, que l'uniforme bleu marine des aviateurs, et aucun tailleur anglais n'était capable de comprendre cela, d'adapter sa coupe à la stature de cet homme venu d'ailleurs.

Dépouillé de son uniforme, il l'était aussi, sauf au Quai d'Orsay, du patronyme de guerre qu'il s'était choisi. Officiellement, il était redevenu Romain Kacew, ainsi que l'attestait le 10 décembre 1945 le colonel Henri de Rancourt : « Le colonel de Rancourt, attaché de l'Air en Grande-Bretagne, certifie que le capitaine Kacew, des Forces aériennes françaises libres en Grande-Bretagne, fut autorisé à servir sous le nom de Gary Romain et que sa véritable identité était connue de ses chefs. »

QUATRIÈME PARTIE

# Secrétaire d'ambassade et écrivain

QUATRIÈME PARTIE

# Secrétaire d'ambassadeur errant

Avant [illegible] Sartre [illegible] [illegible] Camus [illegible] [illegible] qu'il n'avait [illegible] pour les [illegible] Paris. [illegible] Gallimard [illegible] [illegible] [illegible] la guerre [illegible] [illegible] les Forces Françaises Libres [illegible] [illegible] [illegible]

Lesley [illegible] au quartier du Marais [illegible] le Pletzl. Tandis qu'ils [illegible] des Juifs, dont une grande partie des habitants étaient morts dans les camps d'extermination nazis, Romain lui dit : « Vous aimez le quartier juif, je ne vous comprends pas. » Il préférait les terrasses des cafés de Saint-Germain-des-Prés [illegible] raconter ses souvenirs de guerre [illegible]

## 37.

# Paris

Avant que ses démarches pour obtenir un poste au ministère des Affaires étrangères aboutissent, Gary avait décidé de retourner en France. Romain et Lesley fermèrent la petite maison bien chauffée de Chelsea pour arriver dans Paris où tout manquait. En quittant pour toujours cette demeure, Romain embrassa le mur et se mit à pleurer. À Paris, Lesley fut surprise de constater que la plupart des appartements n'avaient pas l'eau chaude. Cependant, en tant que membre illustre des Forces françaises libres, Gary fut logé dans un palace, le Bristol, rue du Faubourg-Saint-Honoré, où l'on pouvait prendre des bains mais à des heures imprévisibles, le plus souvent au milieu de la nuit ; ce n'en était pas moins un luxe inouï en ces mois d'immédiat après-guerre. Ils n'avaient pas d'argent, les taxis étaient rares, et dans les rues sombres et glaciales de Paris où ils déambulaient, Gary, qui manquait cruellement du sens de l'orientation, perdait son chemin. Ils allaient souvent au théâtre et au cinéma.

Lesley l'emmena au quartier juif du Marais qu'en yiddish on appelait le *Pletzel*. Tandis qu'ils marchaient rue des Rosiers, dont une grande partie des habitants étaient morts dans les camps d'extermination nazis, Romain lui dit : « Vous aimez le quartier juif. Je ne vous comprends pas. » Il préférait les terrasses des cafés de Saint-Germain-des-Prés. Simone de Beauvoir l'écouta raconter ses souvenirs de guerre à La Rhumerie[1].

Romain se passionnait pour la peinture, visitait des artistes dans leur atelier, mais ne supportait pas les musées, encore moins les salles de concert. Il condescendait à suivre Lesley jusqu'à l'église orthodoxe de la rue Daru pour écouter des chœurs d'hommes. Ensuite ils s'attablaient au restaurant russe juste en face, où il ingurgitait un pot entier de concombres marinés.

Madeleine et André Malraux, qui habitaient à Boulogne, les invitèrent. Gary avait une flamme, un amour fou pour Malraux. Intimidé, muet, empoté, il dévorait des yeux l'écrivain embarrassé qui attendait que l'atmosphère se dégèle.

Dans l'attente de l'affectation de Romain à Sofia, Lesley était retournée à Londres mettre de l'ordre dans ses affaires et s'occuper de sa mère.

38.

Dès son arrivée dans la capitale bulgare, au mois de février 1946, Gary reçut de la direction du personnel une fiche de renseignements qu'il devait compléter et renvoyer avec des pièces justificatives. On exigeait en outre une note détaillée de ses frais de voyage de Paris à Sofia. Il avait quitté Paris en avion, puis avait pris un bateau qui transitait par Alger, Benghasi, Le Caire, où il avait dû patienter trois jours avant d'obtenir une place dans l'avion pour Ankara. D'Alger, Romain Gary avait envoyé à Lesley, par l'intermédiaire de Calmann-Lévy, une carte postale représentant « Un campement de nomades au désert », avec ce commentaire : « *Having a wonderful time!!! R.* — Je m'amuse follement ! » À Ankara, il avait encore attendu un train pour se rendre à Istanbul. Puis il était passé du train turc au train bulgare pour enfin arriver à Sofia *via* Svilingrad. Il n'existait pas à cette époque de communication régulière entre Istanbul et Sofia. Bien qu'offensé, Gary avait été contraint de se soumettre. Mais il ne répondit à la direction du personnel que dix mois plus tard, le 10 décembre 1946, et avec une grande insolence.

> Je vous retourne, dûment rempli, le questionnaire que vous m'avez envoyé.
>
> Je me permets toutefois d'attirer votre attention sur le fait que l'impression et l'envoi de cette feuille, ainsi que le temps mis à ce faire, constituent une dépense gratuite, absolument injustifiable, qui ne saurait empêcher les

fraudes — en un mot, un poids inutile sur le dos du contribuable français.

Je m'excuse de vous importuner avec mes remarques, mais j'ai rarement vu un exemple aussi frappant de gaspillage administratif.

Bien respectueusement, Romain Gary[1].

Le pays, une démocratie populaire, était gouverné par le Premier ministre communiste Georgi Dimitrov[2]. Séjournant par hasard en Allemagne au moment où Hitler avait pris le pouvoir, Dimitrov avait été accusé d'avoir incendié le Reichstag, le 27 février 1933. Lors des débats devant la Cour suprême, il avait été confronté à Goering, « qu'il interrogea comme si c'était lui qui menait le débat ». Au terme de son procès il avait été acquitté, ainsi que tous les accusés, sauf Van der Lubbe[3]. Très malade, il avait non seulement échappé aux nazis, mais aussi aux purges staliniennes des années trente. Si la reine et son fils Siméon II étaient toujours là, confinés dans leur palais, l'Armée rouge était partout en Bulgarie. À l'Union Club, l'ambassadeur des États-Unis prodiguait de bonnes paroles à ceux qui bientôt connaîtraient la prison ou la potence.

Gary se lia avec Nicolas Petkov, un homme droit et courageux, descendant d'une grande famille bulgare. Petkov avait fait ses études à la Sorbonne et était le président de l'Alliance française à Sofia. Il dirigeait aussi le parti agraire libéral et le journal *Narodno Zémlédeslsko Znamé*[4]. Il espérait des temps meilleurs, et surestimait le soutien que semblait lui apporter l'ambassadeur des États-Unis, Maynard Barnes. Au terme d'un procès fabriqué de toutes pièces, il fut pendu par Dimitrov, malgré les protestations des puissances occidentales.

Lesley ne rejoignit Gary qu'au mois d'avril. Elle se rendit de Londres à Paris où elle attendit chez René et Sylvia Agid l'ordre de mission du Quai d'Orsay l'autorisant à rejoindre son mari. Celui-ci, hormis ses vêtements, n'avait rien emporté, car il ne possédait rien. Quant à Lesley, elle avait perdu tous ses biens dans les bombardements. Le Quai allouait à ses agents en mission à l'étranger des caisses de vin destinées aux réceptions officielles. La jeune femme alla donc au ministère des Affaires étrangères demander des conseils au préposé aux alcools. Les bouteilles furent expédiées par la valise diplomatique.

Lesley envoyait des télégrammes à Romain lui réclamant des détails pratiques sur les conditions de vie à Sofia et sur l'appartement qu'on leur avait alloué. Il lui écrivait en retour des lettres charmantes sans répondre à ses questions parce que les détails de la vie quotidienne lui échappaient totalement et que l'appartement de la rue Christophe-Botev mis à leur disposition par la légation était inconfortable et sinistre. Enfin, l'ordre de mission arriva et les Agid accompagnèrent Lesley à la gare de Lyon où elle monta dans un train de nuit bondé. Elle voyagea debout jusqu'à Marseille. À la gare, elle ne trouva pas de taxi, mais un porteur accepta de l'accompagner jusqu'à la Canebière, où elle croyait pouvoir aussitôt monter à bord de son bateau. Elle erra dans le port encombré par du matériel militaire américain. Le navire était bien là, mais pas du tout prêt à partir. Toujours suivie de son porteur, elle se rendit au bureau de voyages où on l'informa qu'on lui délivrerait son billet lorsque le bateau serait prêt. Mais quand ? C'était le chaos de l'immédiat après-guerre. Aucun hôtel n'était ouvert. Découragée, Lesley se mit à pleurer. Le porteur, la prenant en pitié, lui dit qu'une de ses amies pourrait éventuellement la loger, modestement, mais elle aurait un endroit où dormir. Elle le suivit dans les petites rues derrière la Canebière. Dès qu'ils entrèrent, Lesley comprit qu'elle était arrivée dans une maison de passe. La tenancière, une grosse femme portant des bigoudis, fut heureuse d'accueillir l'épouse d'un aviateur de la France libre parce que son fils était mort à la guerre. Elle veilla à ce que ses pensionnaires ne fissent pas de bruit pour ne pas déranger « la femme anglaise de l'aviateur français ». Lorsque Lesley alla donner son adresse au bureau de voyages, l'employé lui demanda si elle était certaine du nom et du numéro de la rue. Six jours plus tard, elle montait à bord du paquebot roumain infesté de vermine qui, selon un itinéraire compliqué, accosta à Istanbul où Lesley, éblouie, trouva matière à alimenter son amour immodéré pour l'Orient. Inquiet de ne pas la voir arriver, Gary avait demandé par télégraphe à Pierre Calmann s'il avait des nouvelles de sa femme.

Sur le pont du navire, Lesley, qui avait découvert la Turquie, conversa avec un marchand d'Istanbul. Ainsi qu'elle l'écrivit dans son livre *Journey into the Mind's Eye*, son aventure initiatique avec celui qu'elle appela le Voyageur avait dévoilé sa fascination pour la Russie et pour ses confins asiatiques.

Romain, en l'absence de Lesley, avait séduit Nedi Trianova, une belle Bulgare qui allait devenir leur amie. Nedi disait à Romain : « Quand votre femme arrivera, tout sera fini. » À quoi il répondait : « Mais non, certainement pas ; vous ne connaissez pas ma femme, elle comprend tout. »

La mère de Nedi aida Lesley à s'installer lorsqu'elle arriva à Sofia. L'appartement de fonction était dénué du moindre confort, et on ne trouvait rien dans les magasins. Nedi vendit aux Gary pour une somme symbolique des nappes et une ménagère en argent afin qu'ils pussent recevoir.

Un jour, Gary, dont les autorités bulgares souhaitaient se débarrasser, fut photographié par les services secrets pendant ses ébats avec Nedi. On lui montra les tirages dans un café crasseux où on l'avait attiré pour le faire chanter. Si les photos arrivaient sur la table de son ambassadeur, sa carrière était finie. Pris au piège, il examina calmement les clichés et remarqua : « C'est vrai, vous avez raison. Je n'étais vraiment pas en forme ce jour-là, et je ne faisais pas du tout honneur à mon pays. Ne voudriez-vous pas me renvoyer la petite dame ; je ferais un effort pour être au meilleur de mes capacités. »

Bientôt, Romain et Lesley comprirent que Nedi travaillait pour les services secrets bulgares et qu'elle avait été forcée de trahir Gary pour sauver et nourrir sa famille qui vivait dans un sordide deux-pièces sans chauffage.

Nedi tomba bientôt amoureuse de l'ambassadeur Jacques-Émile Paris, et tous les quatre ne se quittèrent plus, bien que l'épouse légitime menaçât de faire éclater le scandale. Cela n'empêchait pas les quatre complices de quitter parfois Sofia pour aller passer quelques jours dans une modeste maison sur les bords de la mer Noire.

Le 29 octobre 1946, Gary écrivit à son ami René Ziller, qui était aussi entré au ministère des Affaires étrangères après avoir rendu de brillants services à la Résistance :

> Pour commencer, un bon conseil : ne viens pas en Bulgarie... Nous espérons pouvoir quitter ce pays vivants, avant la fin de l'année, mais nous n'en sommes pas sûrs [5].
>
> [...]
>
> Les communistes me sortent par l'anus, les autres aussi. Ça sent la merde partout. Les cons sont tellement cons et les malins sont tellement malins que les désastres les plus roses sont en vue. Parfaitement mon bon. J'aspire d'ailleurs au cataclysme. Mais que ce soit, nom de Dieu, sans précédent, nom de Dieu et que la couleur du sang humain devienne, nom de Dieu, verte — couleur de l'espoir.

Les arrestations, les procès, les exécutions de la dictature stalinienne l'affectaient profondément. Ceux qui pouvaient fuyaient le pays clandestinement. Beaucoup se suicidaient. Mais, ajoutait Gary, les Bulgares devaient être pardonnés, car le pays était très beau. Bien qu'il n'aspirât qu'à partir, il resta deux ans à Sofia, où il acheva son troisième livre, *Le Grand Vestiaire*. Il avait signé sa lettre à René Ziller « Tulipe », le nom du héros du récit qu'il avait commencé, et qu'il avait déjà attribué à celui de *Bourgeoisie*, son premier roman de jeunesse qu'aucun éditeur n'avait voulu publier.

Le soir, on jouait au bridge. Des réceptions à l'Union Club rassemblaient les diplomates de tous les pays ; ils faisaient des festins de blinis et chantaient, tandis que dehors les gens souffraient de la faim. Lesley visitait les églises, les monastères, se liait avec les Tziganes pour lesquels elle ressentait une profonde attirance, comme pour tout ce qui lui semblait exotique et oriental. Mais elle écrivait à Pierre Calmann que Sofia était une ville hideuse, chaude, bruyante, provinciale, où régnait le marché noir.

Gary rédigeait des rapports brillants et pertinents sur la situation politique dans le pays et dans la région[6]. Mais le fait qu'il parlait russe, qu'il pouvait s'entretenir avec les communistes, que sa femme était à la fois entichée de tout ce qui était slave et sous le charme de l'islam et qu'on voyait Nedi, connue pour être une espionne, trop souvent en leur compagnie eut pour conséquence qu'on se méfiait de lui dans le milieu des diplomates occidentaux. Et puis, Romain avait des manières qui s'accordaient mal avec celles, guindées, des dames et des messieurs du Quai, avec lesquels, en vérité, il mourait d'ennui.

Au mois de juin 1946, Gary avait été autorisé à se rendre à Varsovie pour y donner une conférence sur *Éducation européenne*. Devant quel public ? L'avait-on invité dans l'espoir qu'il légitimerait la fiction officielle selon laquelle la résistance polonaise avait volontiers accueilli des Juifs dans ses rangs ? Il n'était pas retourné en Pologne depuis qu'il avait quitté, l'année de ses treize ans, Varsovie, cette ville d'où cinq cent mille Juifs avaient été acheminés vers les camps d'extermination, où les derniers combattants du ghetto avaient résisté aux nazis pendant trois semaines au printemps 1943. En 1946, rien n'avait été encore reconstruit, la cité n'était qu'un immense champ de ruines. Il n'y avait plus de Juifs à Varsovie. Le silence affreux de leur absence planait sur les décombres. Gary vit les amas de gravats calcinés sur le site du ghetto rasé. Plusieurs membres de sa famille maternelle avaient été enfermés dans le ghetto et déportés à Treblinka. Il ne subsiste aucune trace de ce voyage dans les papiers personnels de l'écrivain et il n'a rien écrit à ce sujet.

En octobre, il reçut la permission de prendre, à ses frais, quinze jours de congé à Paris. Il voulait parler affaires avec son éditeur et surtout rencontrer Léon Blum qui l'avait félicité après avoir lu *Éducation européenne*.

En 1946, à Sofia, Gary fit la connaissance de Pierre Ouvaliev, un diplomate bulgare qui, quelques années plus tard, jouerait un rôle secret parmi les prête-noms de l'écrivain. Ouvaliev avait fait ses humanités chez les Pères Augustins, puis étudié le droit à Sofia. Il parlait couramment plusieurs langues, avait produit des pièces de théâtre et des opéras en Bulgarie. Il avait été en poste de 1942 à 1945 à la légation royale de Bulgarie à Rome, avant l'accession des communistes au pouvoir. Âgé d'un an de moins que Gary, il lui ressemblait étrangement et portait comme lui cette fine moustache, empruntée à Édouard Corniglion-Molinier, avec qui il avait combattu en Afrique pendant la guerre. À présent, Ouvaliev cherchait le moyen de quitter au plus vite la république populaire de Bulgarie, alors que les têtes tombaient. Le 30 juin 1947, le passeport spécial n° 236 serait délivré au futur fugitif.

« Le ministère des Affaires étrangères et des Cultes de Bulgarie prie les autorités civiles et militaires des pays amis d'accorder libre passage à M. Pierre Ouvaliev, homme de lettres, se rendant à l'étranger et de lui prêter aide et protection en cas de besoin. Le présent passeport est valable un an. » Le 18 juillet 1947, Gary lui procura, avec la complicité du vice-consul, le visa spécial n° 296 de la légation de France en Bulgarie : « Bon pour un visa d'entrée aller et retour pour un séjour de trois mois en France. »

Pierre Ouvaliev transita par l'Italie le 19 juillet et alla se fixer en Grande-Bretagne, où il fut naturalisé sous le nom de Pierre Rouve en 1948[7]. Il avait formé le projet de se rendre à Paris. Mais il avait rencontré le chef de la légation de Bulgarie à Londres qui lui avait demandé s'il était toujours diplomate et s'il parlait anglais. Ouvaliev, qui n'en connaissait pas le moindre mot, lui répondit : « Mais qui ne parle pas anglais ? » Il fut donc engagé comme troisième secrétaire, un minuscule poste de fonctionnaire qui lui permit de solliciter le lendemain l'asile politique. Les Anglais, qui redoutaient le scandale, lui conseillèrent de rester sur place, de faire son travail et de demander de nouveau l'asile à la fin de sa mission. Ouvaliev s'installa dans un petit studio et commença à collaborer avec les producteurs Anatole et Dimitri Grunwald en 1950. Il prit la direction du Gateway Theatre et finança de nombreux spectacles prestigieux, avant de se tourner vers le cinéma. Il fonda avec Carlo Ponti et Sophia Loren une société, Grage Films, qui produisit les films d'Antonioni, et travailla à des scénarios pour Claire Bloom, Peter Sellers, James Mason, Geraldine Chaplin et Marcello Mastroianni sans jamais abandonner le théâtre et son enseignement à Londres et à Cambridge.

Il n'allait pas tarder à retrouver Romain Gary à son retour en France, et à jouer un rôle important dans la carrière de l'écrivain.

Au mois de mars 1946, Gary avait envoyé à Pierre Calmann le manuscrit de *Tulipe*, et l'éditeur avait aussitôt fait composer les épreuves qui furent expédiées en Bulgarie au mois de mai. En les corrigeant, Gary suggéra de changer le titre de son livre. Il proposait *Le Vin des morts*, le titre de son premier roman, refusé par tous les éditeurs. On lui répondit qu'il était trop tard pour changer mais, s'obstinant, il proposa alors *Tulipe ou la protestation*. Il était loin, ne pouvait intervenir facilement, et Pierre Calmann lui objecta quelques bonnes raisons pour ne rien faire. D'ailleurs le livre était déjà au brochage.

Dans le même temps, Gary ne parvenait à calmer son anxiété chronique qu'en s'asseyant à sa table de travail. Il avait tiré une adaptation théâtrale de *Tulipe* qu'il pria Pierre Calmann, au mois de juin, de soumettre à Louis

Jouvet. L'acteur et metteur en scène et l'éditeur se rencontrèrent dès les jours suivants.

Le 11 juillet, Louis Jouvet adressa à Romain Gary une réponse[8] assez cruelle malgré son apparence attentive et bienveillante :

> J'ai éprouvé un très vif plaisir et un grand enthousiasme à lire l'un et l'autre, car votre pièce par son texte m'assure que vous êtes un auteur dramatique et vos personnages m'ont beaucoup séduit.
>
> Je ne vous ai pas répondu tout aussitôt dans le premier élan de mon enthousiasme car j'ai cherché à voir comment je pourrais porter à la scène, au plus vite, une œuvre aussi importante et actuelle. J'ai mis une quinzaine de jours à le faire.
>
> Le personnage que vous avez inventé et le thème que vous avez choisi sont admirables mais je ne crois pas qu'il soit possible de présenter la pièce telle quelle sans s'exposer à un échec. Il est important, il est nécessaire que votre première pièce soit un succès auquel adhérera le public comme la critique.
>
> Je crains que votre pièce ne fatigue le public. L'idée des intermèdes n'est pas bonne ; la fin de la pièce n'est pas heureuse : le personnage s'efface peu à peu et perd sa vie personnelle par toutes les abstractions qu'il supporte. Peut-être votre intention était-elle de submerger et dissoudre ce personnage par toutes les péripéties qu'il subit et d'en tirer une distillation, une sublimation. Ce pur esprit que nous voyons aborder dans les limites où le reçoit l'énigmatique Dr Livingston ? Si cette idée est la vôtre, elle n'est pas assez apparente et la conclusion de la pièce ne s'impose pas dans ce sens.
>
> Je serais très curieux de connaître votre sentiment sur ces réflexions et sur l'opinion que je me suis faite de votre pièce. Telle quelle, je ne crois guère que le public puisse suivre l'aventure de Tulipe. Il me semble, si vous croyez que mon jugement ait quelque valeur, qu'il y aurait intérêt à chercher une intrigue plus rigoureuse, plus apparente, en réduisant aussi les dimensions de la pièce. Je suis sûr que vous savez par vous-même tout ce qu'elle contient de magnifique entre l'étonnant monologue de Tulipe qui ouvre la pièce, et les malédictions finales auxquelles il se livre.

*Tulipe* est un récit féroce. Un survivant d'un camp de concentration allemand a échoué à Harlem, dans un taudis. Il lui vient l'idée de lancer à l'humanité un message burlesque et provocateur : s'habiller à la manière de Gandhi, entreprendre une grève de la faim et rameuter les journalistes qui fabriqueront un mythe autour du « blanc Gandhi de Harlem ». Ainsi, les disciples enthousiasmés surgiront, les souscriptions viendront remplir les poches de l'imposteur et de ses complices. Tulipe, cyniquement, prophétise, bénit, insulte l'hypocrisie. Bouffon, il bafoue l'idéalisme, les belles paroles, pour ceux qui liront ces pages dans cinq milliers d'années. « Chez Tulipe — et chez moi-même, bien sûr — le cynisme c'est du désespoir idéaliste[9]. »

En vérité, cet ouvrage désespéré échappe à toute définition. Mais il illustre bien celle que son auteur donnait de lui-même : « un terroriste de l'humour ». On y trouve déjà la subversion de la langue, les particularités lexicales que les critiques, ayant depuis longtemps oublié *Tulipe*, appelleraient le style Émile Ajar.

> *Noir* ou *nègre*. Se dit également : *juif*. Terme général désignant des êtres inférieurs issus du singe. En anglais : *Shit-eaters*. Divers produits chimiques avaient été inventés afin de les éliminer et de protéger les récoltes. Connus également sous le nom de *phylloxera*. Les *nègres* se reconnaissent à la longueur de leur nez ; ils avaient les oreilles décollées et on trouvait de l'argent à l'intérieur. Ils étaient protégés surtout par un « guide » dont ils n'ont jamais cessé de chanter les louanges et qu'ils ont toujours refusé de renier, malgré les persécutions et les tortures, Adolf Hitler.

Le livre est plutôt fraîchement accueilli par la critique. On reprocha à l'écrivain d'avoir fait dire à Tulipe : « Gandhi a fait la grève de la faim toute sa vie, mais à la fin il a fallu l'abattre à coups de revolver[10]. »

Gary est plus proche des romanciers russes et anglo-saxons que des écrivains français comme Malraux et Camus. Il est attaché à cet ouvrage, signe certaines de ses lettres à ses amis du nom de son héros. Il est ce survivant désabusé, dont le père a été fusillé, puis brûlé dans les fosses de Ponary.

Remis de l'éreintement de Jouvet, Gary lui répondit le 20 juillet pour lui demander s'il envisageait vraiment de monter sa pièce une fois qu'il l'aurait remaniée. Puis il pria sa secrétaire de lui retourner son manuscrit à Sofia. Il se remit au travail et lui envoya un télégramme pour l'informer qu'il aurait achevé son travail trois semaines plus tard. Il lui écrivit à nouveau le 3 août, pensant pouvoir lui soumettre « quelque chose d'assez réussi ».

Le 16 janvier 1947, nouveau télégramme : « Je vous envoie enfin quelque chose de costaud. » Le 31, Gary, impatient, télégraphia à Pierre Calmann pour savoir si Jouvet avait reçu la seconde version de sa pièce. L'éditeur confirma : « Jouvet vous a écrit par avion il y a quelques jours. »

Le 5 février, sans nouvelles du maître, Gary lui renvoie un exemplaire de son manuscrit. Il lui a successivement donné deux titres : *Le Radeau de la Méduse* et *Personnes déplacées*. Il pense ne pas pouvoir « faire mieux ». « Si vous estimez que "ça n'est pas ça", je vais retourner définitivement au roman : je me serai trompé, ça arrive. »

Le 2 mars, Jouvet répond à Gary. Il aime le personnage de Tulipe, mais il n'a pas trouvé à la nouvelle version des changements « bien grands ». Les personnages existent mais ils n'engendrent pas l'action. Les scènes dans leur succession donnent une impression de décousu. Malgré son « sens du drame, du dialogue et du langage du théâtre », Gary n'a pas réussi *Tulipe*. N'aurait-il pas un autre sujet à proposer ? L'écrivain, vexé, informe Jouvet le 1er mai qu'il abandonne cette « mésaventure ».

Gary est venu à deux reprises passer quarante-huit heures à Paris au mois d'avril 1947 sans aller saluer son éditeur, car il hésitait. Devait-il lui rester fidèle, alors que *Tulipe* n'avait pas bien marché, que Pierre Calmann rechignait à présenter les comptes et régler les droits, ou bien écouter le chant des sirènes de plus en plus pressant de Gaston Gallimard ?

Depuis le mois de janvier 1947, Romain Kacew avait été intégré dans le cadre des administrateurs civils des Affaires étrangères, en qualité d'administrateur de 3e classe (1er échelon).

Chaque fois qu'il achevait un manuscrit, Gary sollicitait de la direction du personnel l'autorisation de le publier. Les textes étaient examinés avec soin et suscitaient des commentaires. Ainsi, pour l'adaptation théâtrale de *Tulipe* : « Étant donné la transposition poétique de cette œuvre, la direction d'Amérique — consultée pour donner son avis — ne pense pas que les critiques qu'on y relève contre certaines formes de pensée et de vie aux États-Unis puissent la faire considérer comme un pamphlet contre les institutions américaines. »

Fin novembre, le secrétaire général du Quai d'Orsay, Jean Chauvel, qui joua à plusieurs reprises un rôle décisif dans la carrière diplomatique de Gary, le nomma consul adjoint à l'ambassade de France à Moscou. C'était une petite promotion qui ne prit pas effet car un télégramme de la légation de France à Moscou vint tout remettre en question quelques jours plus tard. Une revue littéraire de la capitale avait consacré un article intitulé « École des renégats » à *Éducation européenne*, sous la plume d'un certain M. Guelfand. C'est un délicieux fleuron du style stalinien.

> Au fond, Gary a développé dans son livre l'« idée que la lutte armée des peuples européens contre l'impérialisme allemand est une stupidité et une insanité tragique (car selon lui, il en est ainsi de la vie humaine en général) et que ce n'est pas le fascisme hitlérien qui est responsable des malheurs de l'Europe mais le fait qu'il y a dans le monde trop de nations indépendantes, d'États, de frontières [...] C'est un effort pour ramener à des phrases vides et pour déshonorer le véritable libérateur de la lutte qu'ont menée des peuples de la coalition antihitlérienne pendant la Seconde Guerre mondiale.
>
> Ce philosophe et ce chantre de la nausée, perpétuelle-

> ment pessimiste pour l'est de l'Europe, est prêt à sourire sans arrêt dès qu'il se reporte en pensée vers l'Occident. Ainsi, l'idylle « occidentale » dans le livre de Gary est opposée au « chaos » et à la « jungle » de l'Europe orientale.
>
> L'attitude pessimiste, le culte de l'absurdité générale, une tristesse condescendante pour l'humanité, des divagations cosmopolites, tout cela n'empêche pas Gary de mener au fond la plus vulgaire et la plus malpropre des politiques. C'est là la logique du nihilisme de renégats, c'est là qu'est l'*Éducation européenne*, selon le système Gary.

Suivait l'article d'un certain Anissimov :

> Gary, dans son livre, prétend peindre la vie des partisans dans la région de Wilno, et ne montre comme Sartre que la déchéance humaine, la boue, le néant. Et il y a beaucoup de critiques français qui louent ce calomniateur, qui cherche à compromettre le souvenir des combattants de la Résistance, qui inquiète vivement la réaction française.

Le fonctionnaire de l'ambassade chargé du dossier ne pensait pas que le visa serait nécessairement refusé à Gary, mais il savait que la personnalité de l'écrivain ne jouissait pas en URSS d'une opinion favorable. La décision de le nommer à Moscou fut reportée.

À la fin de l'année 1947, sans la moindre considération pour ses titres de guerre, le Quai l'informa qu'il devait rentrer à Paris. Il était promu au 2e échelon de son grade. Une misère. Jacques-Émile Paris écrivit qu'il regretterait son départ qui ne manquerait pas de provoquer une grave perturbation dans le fonctionnement du service. Ne pouvait-on pas le nommer à l'emploi de conseiller puisqu'il avait rendu les plus grands services à Sofia, étant le seul à lire et à parler le bulgare ? Cette requête ne fut pas entendue en haut lieu. Au contraire, on expliqua au ministre que Gary ne pouvait en aucun cas prétendre au poste de deuxième conseiller, parce qu'il était incapable d'en assurer les fonctions. Tout au plus accepta-t-on de le maintenir à Sofia jusqu'au 15 février. Après dix-huit mois de service ininterrompu, on lui accorda généreusement un congé de quinze jours.

Pourtant, Gary donnait toute satisfaction. Ses notes annuelles pour les années 1946 et 1947 étaient excellentes. Les remarques de ses responsables hiérarchiques méritent d'être citées. Pour l'année 1946. Éducation : « Bien — quelque peu bohème dans ses goûts et ses habitudes, ce qui n'exclut pas une très grande délicatesse d'esprit. » Caractère : « Très droit. A un sens très aigu de la justice et une intransigeance sur tout ce qu'il considère comme son devoir. Tendance à l'instabilité. Très sensible à la critique. » Aptitudes spéciales : « S'intéresse beaucoup aux problèmes politiques et sociaux. Connaît à fond les langues slaves — russe et polonais. » Détail succinct des services et des travaux dont l'agent a été spécialement chargé : « Plusieurs études et travaux sur des questions concernant la vie politique et sociale en Bulgarie. A établi le rapport annuel sur la Bulgarie, année 1946. » Remarques générales : « Personnalité très riche, très doué. A su se faire apprécier dans les milieux intellectuels et artistiques bulgares » ; « Sens patriotique très élevé. Uniquement préoccupé de l'intérêt national sans considération ou parti, bien que marqué par un attachement mystique de "gauche" » ; « Il me paraît capable de rendre de très grands services. Il devrait, à mon avis, être placé "à l'essai" dans un poste comportant une certaine responsabilité. » Note générale : 16.

Année 1947. Instruction professionnelle : « Bonne. » Exactitude dans le service ou dans la correspondance avec le chef de la mission diplomatique : « Très exact. » Éducation : « Bonne. » Caractère : « Très droit et loyal — sensible — Ayant une notion élevée du devoir et de l'intérêt de l'État. » Conduite privée : « Bonne. » Rapport avec les supérieurs, les subordonnés, les autorités, le public : « Capable de beaucoup de dévouement. Très apprécié par ses subordonnés. Excellents rapports avec les autorités bulgares. » Aptitudes spéciales : « Aptitudes littéraires — grand talent de rédaction. »

Remarque des services pendant l'année sur les travaux dont l'agent a été spécialement chargé : « S'intéresse particulièrement aux problèmes politiques et sociaux. A établi le rapport annuel du poste pour l'année 1947. A su entretenir des contacts extrêmement utiles avec les milieux littéraires et artistiques bulgares. » « Agent de grande valeur, d'une culture étendue. Sur le plan professionnel comme sur le plan humain a conquis l'estime et la sympathie de tout ce qui compte à Sofia. Son départ constitue une grande perte pour le poste. Sa connaissance des langues et de la mentalité slaves en faisait un auxiliaire irremplaçable. » Note générale : 17.

Gary acheva un nouveau roman, *Le Grand Vestiaire*, et décida de le donner à Gaston Gallimard. Comme à l'accoutumée, il soumit le manuscrit à la direction du personnel. On ne vit pas d'objection à la publication mais : « Toutefois, en raison des fonctions que vous occupez actuellement ou que vous pouvez être amené à exercer à l'étranger, le département estime préférable que vous utilisiez un pseudonyme, qui vous laissera plus de liberté dans vos activités d'écrivain. » Autrement dit, Gary pas plus que Kacew n'étaient au goût du Quai d'Orsay !

Lesley et Romain quittèrent Sofia un soir de décembre. Il neigeait. Les membres du corps diplomatique les accompagnèrent à la gare. Le lendemain, le couple monta dans l'Orient-Express, qui reliait une fois par semaine Istanbul à Paris, et n'avait à cette époque ni wagon-restaurant ni couchettes et pas le moindre service. Pendant la tragique période stalinienne, quelques Bulgares réussirent clandestinement à s'exiler, enfermés parmi les caisses de la valise diplomatique. Gary fut souvent mêlé à l'organisation d'aussi périlleuses expéditions.

Voyant Lesley éclater en sanglots au moment du départ, Gary pleura aussi. Toujours son amour du drame. Trois jours plus tard, ils arrivaient à Paris.

## 39.

Avant son départ, Gary avait écrit quelques lettres, notamment à Gaston Gallimard, pour essayer de trouver un appartement correspondant à ses modestes moyens. Il avait aussi demandé respectueusement à la direction du personnel de lui proposer une nouvelle affectation. On lui avait vaguement laissé entendre qu'il pourrait y avoir un poste disponible en fin d'année au Caire ou à Stockholm. Il n'en fut rien. On le nomma à la direction politique, au département Europe centrale, dans un emploi subalterne au sein de l'équipe de Jean Sauvagnargues, jeune sous-directeur du département Europe centrale qui avait la charge des affaires allemandes et autrichiennes [1]. Cette nomination prouvait que Gary, bien que de nationalité française, était considéré comme une sorte de Russe ou de Polonais. Son allure n'était pas conforme à l'idée qu'on se faisait d'un fonctionnaire au Quai d'Orsay. C'était un grand basané aux cheveux noirs, qui écrivait bien le français, mais le parlait avec un accent slave.

Gary touchait un salaire de misère, n'avait pas droit aux frais de représentation. En général, ceux qui acceptaient ces postes modestes, après avoir passé ce qu'on appelait le petit concours, avaient des parents qui pouvaient les aider ou au moins les loger. Il n'avait plus que sa tante Bella et sa cousine Dinah, auxquelles il rendit visite à Nice à la fin de l'été.

Il prit ses fonctions le 20 avril 1948.

Lesley et Romain vivaient dans des hôtels de troisième catégorie à Saint-Germain-des-Prés et ne se permettaient qu'un repas par jour aux tables des bistrots de la rue Saint-Benoît. Le soir, la faim au ventre, ils devaient se contenter de biscuits et de fromage blanc. Gary se levait à cinq heures pour travailler à son nouveau livre, à cheval sur le bidet.

Marguerite Duras leur loua durant quelques semaines son appartement tout proche du Flore et des Deux Magots, mais ils ne pouvaient dormir à cause de la boîte de nuit qui se trouvait en dessous, où se produisaient, entre autres, Boris Vian, Serge Gainsbourg, Claude Luter. En six mois, ils changèrent sept fois d'adresse. Ils déménagèrent sur la rive droite au 25, rue du Faubourg-Saint-Honoré, à deux pas de l'Élysée, chez le vieux marquis de Saint-Pierre, père du romancier Michel de Saint-Pierre, puis ils allèrent 14, place Dauphine, 76, rue Bonaparte, et encore place Saint-Sulpice. Lesley trouvait la vie plus facile à Sofia qu'à Paris. Elle était frappée par la vétusté et l'inconfort des appartements de la capitale.

Le 19 mai 1948, Gary, se ravisant, écrivit à Jouvet. Bien que ses livres aient eu beaucoup de succès, il ne pouvait se permettre de repartir de zéro, compte tenu de ce qu'il avait enduré pendant la guerre. Mais il voulait à présent lui soumettre l'adaptation théâtrale de son nouveau roman, *Le Grand Vestiaire*, parce qu'il n'avait pas le temps de « risquer le coup autrement : six mois pour écrire une pièce, sans certitude de réussir, c'est un luxe ». Il donna au maître les numéros de téléphone où l'on pouvait le joindre : le 16-40 au ministère des Affaires étrangères, et Littré 71-31, chez lui.

Gary fut un jour sollicité par Marcel Carné, installé dans un luxueux hôtel proche du château à Saint-Germain-en-Laye. Entouré de son équipe, le cinéaste cherchait des idées de scénario pour un nouveau film. La première séance de travail ne fut pas fructueuse : les propositions de l'écrivain furent jugées peu réalistes et trop coûteuses.

Dans une lettre non datée à son ami René Ziller, Gary, « menacé de tous les côtés par la misère », dit gagner 25 000 francs par mois et en dépenser 60 000 « en mettant la ceinture ». Puis, dans une lettre du 11 septembre 1949, il raconte qu'il dépense 90 000 francs par mois, en gagne seulement 28 000, alors qu'à Sofia son traitement était de 81 125 francs. Après de laborieuses négociations, Gaston Gallimard lui accorda un demi-million d'avance pour un nouveau roman qu'il écrivait le couteau sous la gorge. Cela lui permettrait, affirmait-il, de se tenir à flot pendant six mois.

> Peux-tu m'envoyer quelques colis ? Sucre, riz, etc. deux paires de draps aussi, si possible... Je suis, comme toujours, profondément emmerdé, ne sachant pas du tout comment je veux vivre et ne pouvant par suite même pas prétendre à me choisir un genre de vie... J'ai envie d'avoir beaucoup d'argent et ne sais comment m'y prendre. J'ai en même temps envie d'aller au Mexique, à Pékin, et de me retirer en Afrique.

Le livre que Gary avait remanié « installé » sur le bidet des hôtels de Saint-Germain fut publié sous le titre *Le Grand Vestiaire.* Pour l'imposer, Albert Camus et Gaston Gallimard, qui l'avaient trouvé remarquable, avaient dû faire preuve de diplomatie. L'auteur avait d'abord intitulé son livre *Les Rats.* Ensuite, ce fut *Le Rat*, puis ayant suggéré *Le Grand Vestiaire*, il se ravisa parce qu'il y avait selon lui beaucoup de « grands » dans la vitrine des libraires et sur les écrans de cinéma — *Le Grand Sommeil*, *Le Grand Cirque*, *Le Grand Schisme*, *Le Grand Monôme.* Il proposa *Quarante millions de juges*, et encore *Les Patrouilles perdues*.

*Le Grand Vestiaire*, dédié à Lesley, raconte l'histoire, dans l'immédiat après-guerre, de trois gangsters adolescents organisant, comme au cinéma, le marché noir, le vol, les coups de main. Ils sont recueillis et parrainés par Vanderputte, un vieil homme qui a dénoncé des résistants juifs et qui s'est attribué l'appartement d'un des membres du réseau, mort en déportation. Luc Martin, l'un des adolescents, fils d'un instituteur tué d'une balle dans l'œil dans le maquis, a été adopté comme pupille de la nation. Il s'est échappé du centre parisien où l'on devait le prendre en charge et a rejoint chez Vanderputte, traître et délateur vertueux, donneur de leçons, un frère et une sœur, également tombés dans la délinquance, et qui travaillent en compte à demi pour le vieux. Dans le logement confortable du déporté, les cigarettes, les médicaments, le chocolat, les vêtements volés s'accumulent. Bientôt les jeunes voyous, colt en poche, très influencés par les films policiers américains, décident de se mettre à leur compte ; ils sont ainsi persuadés de se venger des malheurs que leur a infligés la société. Vanderputte, dénoncé à son tour par un maître chanteur, s'enfuit avec Luc, qui a pitié de lui. Mais celui-ci le voyant identifié, cerné par des justiciers, l'abattra d'une balle dans la nuque pour prouver qu'il a fait « ce que le monde entier réclame de lui ». Ainsi pourra-t-il retourner parmi les hommes, tous lâches et coupables, donc accueillants.

Dans ce roman, Gary avait abordé le thème de l'épuration en décrivant Vanderputte livré à des hommes qui voulaient l'exécuter sans jugement. Parmi ceux qui se préparaient à l'abattre, nombreux avaient fait partie sans remords, naguère, de la France vichyssoise. Devenus patriotes au lendemain de la Libération, ils suivaient avec ardeur le mouvement d'épuration de la même manière qu'ils avaient acclamé le maréchal Pétain.

Albert Camus avait trouvé le livre de Gary « très public ».

Avant la sortie du *Grand Vestiaire*, Gaston Gallimard mit en place une campagne de promotion exceptionnelle : notes aux représentants, service de presse aux libraires, vitrines, séances de signature, affiches, office spécial. Cet effort n'eut pas le résultat escompté : il s'en vendit 5 520 exemplaires.

Dès qu'il eut le *Grand Vestiaire* entre les mains, Gary

l'envoya à Louis Jouvet. Dans une lettre datée du 27 janvier 1949, il lui demanda s'il aimerait jouer le rôle de Vanderputte, car Sacha Gordine, un producteur de cinéma, semblait vouloir porter son roman à l'écran. Finalement, il n'y eut pas d'adaptation cinématographique, et Gary n'eut pas plus de succès auprès de Jouvet avec *Le Grand Vestiaire* qu'avec *Tulipe.*

Les critiques boudèrent l'humour de Gary qui se reconnaissait comme maîtres Gogol et les Marx Brothers. Après cet échec, l'écrivain se demanda s'il ne devait pas écrire directement en anglais.

Émile Henriot, dans *Le Monde* du 16 mars 1949, avait exprimé sans ambages toute sa perplexité et sa réprobation.

> Grand merci du cadeau, M. Gary ! [...] Mais en fait, mis à part le tableau jovial et bien venu de cette pègre juvénile, qu'avez-vous donc voulu nous démontrer par la voix de votre petit porte-parole, assez mal qualifié, je le crains, pour fonder la nouvelle morale ? Que cet univers est absurde ? Nous commençons à le savoir, on nous le répète tous les jours, mais ce n'est pas pour nous rendre plus intelligents. Que personne n'a le droit de juger, de dire le bien et le mal, dès l'instant que nous sommes tous coupables — et par suite que tout est permis ? Alors nous n'avons plus qu'à nous défendre individuellement les uns et les autres comme dans la jungle. Mais y aura-t-il assez de revolvers pour tout le monde ? Le plus grand nombre est déjà en main.

*Le Figaro*[2] ne pensa pas non plus du bien de ce *Grand Vestiaire*, tandis que Luc Estang[3], dans *La Croix*, déplorait son pessimisme, son cynisme :

> Ainsi résumé, le livre apparaîtra sombre et paradoxal. Sombre, il l'est, mais, dans son fond ; on touche à celui-ci à travers un humour souvent féroce, auquel il pourrait être reproché trop de concessions au simple pittoresque. Le paradoxe, au contraire, ne réside que dans la forme. Car il est vrai que la pitié — cette dégénérescence, déjà, de la charité — a déserté le monde et que la solitude de l'homme est grande parmi les autres hommes. À croire qu'il n'y a plus d'hommes, que ce ne sont que des vestons,

> des pantalons, des chapeaux et des souliers, comme ceux dont le vieux Vanderputte encombre son logis, avec une foule d'autres épaves. Ainsi le narrateur voit-il le monde comme « un immense vestiaire abandonné ».

Il ne vint à l'esprit d'aucun des critiques que cet « immense vestiaire abandonné », cet amoncellement de vêtements et de chaussures pouvaient évoquer une catastrophe récente dont on parlait encore peu à cette époque : l'extermination des Juifs. Immédiatement après la libération des camps par les Alliés, des photos étaient parues dans les journaux du monde entier où l'on voyait les tas de cadavres et les monceaux de vêtements des déportés dans les baraquements d'Auschwitz, après leur assassinat. Ces images avaient été vite oubliées.

Traduit en anglais un an plus tard, sous le titre *The Company of Men*, le livre eut les honneurs de la *New York Times Book Review* [4] et de la *Saturday Review of Literature* [5].

Gary écrira deux ans plus tard à Michel Gallimard[6] :

> Il semble donc que je devienne définitivement un auteur international et en ce qui concerne la France, un auteur apatride. Tu sais bien toi-même que *Le Grand Vestiaire* a eu infiniment plus de succès en Allemagne et en Amérique, par exemple, qu'en France.

Après l'échec du *Grand Vestiaire*, Claude Gallimard n'abandonna pas Gary qui vint lui proposer, au mois de novembre 1949, plusieurs titres d'ouvrages à paraître dans le but d'obtenir une nouvelle avance sur ses droits : pour le mois de mai 1950, un court roman, *Les Habitants de la terre*. Puis *La Baie des Anges* et une grande fresque dans le genre de *L'Espoir*, qui lui tenait à cœur, sur laquelle il travaillait, et qui comprendrait deux volumes respectivement intitulés *Les Patrouilles perdues* et *Les Couleurs du jour*. Il annonça aussi *Le Serment de Vézelay*, un pamphlet de 850 pages qui ne verra jamais le jour.

Le tempérament et la fécondité de Gary avaient

séduit Gaston Gallimard et, au terme de longues discussions, ce dernier finit par lui accorder ce qu'il refusait aux autres : de généreuses avances généralement mensualisées, que la maison cesserait de verser si l'écrivain ne remettait pas les ouvrages promis. Négociant habilement et âprement chaque article de ses contrats avec Gaston, puis Claude Gallimard, Gary défendait en toutes circonstances ses intérêts en conservant pour lui l'intégralité du montant de la vente de ses droits pour la langue anglaise, abandonnant à son éditeur seulement 10 % pour les autres pays ! La gestion de son œuvre à l'étranger coûtait donc plus d'argent à Gallimard qu'elle ne lui en rapportait. Souvent, malgré de grands succès, Gary avait une ardoise dans la maison.

Toujours aux abois, et fidèle au style provocateur du *Vin des morts*, il écrivit à René Ziller, qui avait été nommé à Montevideo, ces remarques sur ses employeurs au Quai d'Orsay :

> S'il est vrai que ces enculés ouvrent les lettres de la valise, je leur dis bien moi, GARY, Compagnon de la Libération, chevalier de la Légion d'honneur, que je leur chie sur le visage, dans la bouche et leur barbouille les narines du foutre de mon chien préféré.

Quant à ses éditeurs, il ajouta qu'il les haïssait.

Lesley ne connaissait personne à Paris, « cette ville sombre et froide[7] ». Elle suivait Romain dans ses pérégrinations nocturnes chez des peintres inconnus qui vivaient dans des ateliers glacials. Il s'enthousiasma pour Jean Venard, qu'il recommanda chaleureusement à Gaston Gallimard. Pendant la journée, Lesley allait voir des films yiddish dans un petit cinéma du faubourg Saint-Antoine, au grand étonnement de Romain qui n'avait déjà pas compris l'enthousiasme qu'elle avait manifesté pour la troupe du théâtre Habima de Moscou, en tournée à Londres.

Ils rendaient aussi souvent visite à Sylvia et René Agid 99, rue La Boétie. Ils avaient un petit garçon de sept ans, Yves, auquel Romain avait apporté un cadeau de Sofia : une banane, luxe inouï dans le Paris de l'après-guerre. À René, il avait offert un kilo de caviar. La première livre fut engloutie le soir même avec Romain et Lesley.

Le 29 septembre 1949, après une année et demie d'ennui dans les bureaux de l'administration centrale, où il signait modestement ses analyses, ses notes, souvent brillantes et pertinentes, des seules initiales [R.G.] en haut et à gauche de chaque page, Gary écrivit très humblement au directeur du personnel pour le prier de le nommer secrétaire à Athènes où il était par-dessus tout désireux d'aller.

Au début du mois d'octobre, sa requête fut acceptée : Gary fut nommé premier secrétaire à Athènes, à dater de la première semaine de novembre.

Christian Carra de Vaux-Saint-Cyr, ambassadeur de France, ne l'entendait pas de cette oreille. Il considérait cette nomination tout à fait inopportune, car « un nom slave à l'ambassade de France sera très mal vu dans ce pays surtout en ce moment où la tension est particulièrement vive entre la Grèce et ses voisins slaves ». Et puis, ajoutait-il, Romain Kacew dit Gary venait du cadre complémentaire et, par conséquent, l'intéressé manquait « d'un métier qui ne s'acquiert qu'à la longue ». Il s'opposait à la nomination et demandait instamment au département de surseoir à tout changement parmi le personnel de l'ambassade. M. Parodi observa que s'il avait mentionné le nom de Kacew, c'était pour que son curriculum vitae fût plus rapidement trouvé dans l'annuaire, mais que celui-ci figurait sous le nom de Gary dans les listes diplomatiques. Le département, rappelait-il, était seul en mesure d'apprécier les qualités et la valeur professionnelle de ses agents, quel que fût leur cadre d'origine. Cependant, Parodi céda, après avoir mollement suggéré à Vaux-Saint-Cyr de reconsidérer sa position. Soulagé, ce dernier feignit l'indignation. Il n'avait rien contre « Kacew dit Gary » qu'il ne connaissait pas. Mais il aurait été puéril de cacher sa véritable identité, et les

Grecs, très fâchés, auraient reproché à la France d'avoir voulu leur dissimuler que M. Gary n'était qu'un… Bulgare ! En réalité, les raisons du refus de Vaux-Saint-Cyr étaient moins avouables. Hélène Hoppenot, l'épouse d'Henri Hoppenot, ambassadeur de France à Berne depuis le 22 février 1945, écrit dans son journal : « À Pâques, Vaux-Saint-Cyr assiste à la messe au Saint-Sépulcre, il suit le patriarche latin, un cierge à la main, avec Charvériat » ; il ne veut « ni d'un Juif, ni d'un Bulgare, ni d'un agent du cadre latéral[8] ».

L'incident était clos. Gary aurait continué à se morfondre et à emprunter de l'argent pour survivre, si Henri Hoppenot n'avait entendu cette histoire lors d'un de ses passages au Quai.

Poète, écrivain, homme de vaste culture, diplomate expérimenté, Henri Hoppenot avait abandonné le régime de Vichy au mois d'octobre 1942 pour rallier la France combattante en suivant le général Giraud, comme le lui avait conseillé son ami Alexis Léger[9], ennemi de De Gaulle. Sa fille avait fait partie de la Résistance intérieure à Lyon. Il y eut longtemps des obstructions, des rivalités qui tentèrent d'entraver, sans succès, sa carrière[10].

Il lut les livres de Gary et fit savoir que si on voulait le nommer à Berne, il serait d'accord. Il confia à sa femme : « C'est un billet de loterie, mais ça me changera d'avoir pour collaborateur un écrivain de talent. » Le fait que Gary était juif et que Vaux-Saint-Cyr l'avait refusé pour cette raison n'était pas étranger à la décision d'Henri Hoppenot de le choisir comme collaborateur. Il avait été profondément bouleversé par l'affaire Dreyfus et avait écrit un *Hommage à Camille Dreyfus, 1876-1966*[11].

Le 29 novembre 1949, il envoyait une lettre manuscrite non dépourvue de duplicité au directeur du personnel du Quai :

> Cher Ami, j'ai été heureux d'avoir confirmation de votre accord avec le secrétariat général et, je pense, le Cabinet,

> pour la désignation de Romain Gary pour remplacer ici Kœnig en février prochain. Je voudrais beaucoup que cette nomination pût être consacrée le plus tôt possible par un arrêté qui fixe définitivement les deux intéressés sur leur sort, et me mette à l'abri de diverses interventions que je prépare en faveur de tel ou tel candidat...

Le 8 décembre, Henri Hoppenot était informé que Gary, administrateur de 3e classe, 2e échelon, avait été promu secrétaire d'ambassade de 1re classe, et qu'il arriverait à Berne au mois de février 1950. Sa nomination lui valut immédiatement une modeste promotion ; il était nommé administrateur civil de 2e classe (1er échelon).

Avant de rejoindre son poste à Berne, Gary prit quelques jours de congé à Nice, la ville de son adolescence, pour se rendre sur la tombe de sa mère. Avec une brassée de lilas, la fleur préférée de Mina, les yeux pleins de larmes, il partit sous un soleil de plomb à la recherche de la sépulture tout au bout de l'immense cimetière de Caucade. Il n'y avait pas encore de stèle. Pendant la guerre, Bella et Eliasz qui devaient se cacher n'avaient pas eu la possibilité d'acheter une concession et de commander un monument à un marbrier[12].

Romain alla voir sa tante, la vieille Bella, qu'il aimait beaucoup, et sa cousine Dinah, à présent mère de deux enfants[13].

Pendant ce séjour, il retrouva son ami de lycée Alexandre Kardo Sissoeff qu'il n'avait pas revu depuis la déclaration de la guerre. Sacha lui raconta qu'il y avait des maisons en ruine à vendre pour une somme dérisoire à quelques kilomètres de Nice, à Roquebrune, un village du XIIIe siècle perché sur la montagne, surplombant la mer, où sa mère s'était retirée, et où Auguste Rodin était venu travailler pendant l'hiver 1914. Romain, Sacha et Lesley prirent l'autocar : Villefranche, Beaulieu, Èze, La Turbie, Roquebrune. Le car s'arrêta sur la route, au bas du village, car aucun véhicule ne pouvait circuler dans les ruelles médiévales en pente raide. Ils montèrent jusqu'au café de la Grotte, qui se trouvait sur une petite place. Puis Romain et Lesley suivirent Sacha dans la rue de la Fontaine. Sur la droite, il y avait un court boyau obscur où les chats et les chiens allaient faire leurs besoins. Dans cet espace à peu près circulaire, ils distinguèrent une porte. À tâtons, Kardo fit tourner la clef, soudain la porte tourna en grinçant et ils furent éblouis par une gerbe de lumière aveuglante qui venait de la mer. Ils marchèrent l'un derrière l'autre sur un court sentier embaumant le jasmin et découvrirent l'immense baie qui s'offrait à eux, avec ses flancs veloutés de mimosas, de cyprès et d'oliviers aux feuilles argentées. Il y avait une tour d'angle, quelques clapiers, des poulaillers et des étables, destinées autrefois aux mulets, propriété d'Auguste Odella, scieur-fondeur à Beausoleil.

À droite, au flanc du mur arrière de l'église, se trouvait le minuscule jardin du curé, indiscernable aussi bien de la rue que de la route. Sur la placette étroite, la façade rose de l'église Sainte-Marguerite, avec une fontaine. La tour de guet comportait trois niveaux et n'était pas reliée aux minuscules étables. Mais le panorama était si grandiose — des jardinets encastrés entre l'église et la cure, la côte arrondie à gauche, concave à droite — que Lesley et Romain décidèrent de l'acheter avec les premiers droits d'auteur d'*Éducation européenne*. Les ruines de Roquebrune coûtaient 20 000 francs, un prix dérisoire. Comme Gary devait d'urgence rentrer à Berne, Sacha Kardo Sissoeff, muni d'une procuration, alla signer le 7 février 1950 la promesse de vente chez M^e^ Mounier, notaire à Beausoleil. Lorsqu'elle avait définitivement quitté sa maison bien-aimée de Londres où elle avait passé sa dernière nuit avec Romain Gary, Lesley, les larmes aux yeux, avait murmuré : « Adieu petite maison. »

Les étables en ruine de Roquebrune leur avaient été quasiment offertes avec la tour. Lesley savait qu'elle pourrait construire entre les murs des étables labyrinthiques qui communiquaient entre elles par des marches une cuisine et une salle de bains. En remblayant un peu le terrain à pic surplombant de très haut la mer, elle conquerrait une petite terrasse. Quant à la tour, elle pourrait y installer leur chambre et, au-dessus, un espace de travail pour Romain. Une échelle de meunier vertigineuse relierait provisoirement les deux éléments. Peu de maisons avaient l'eau courante, le gaz ou même l'électricité. Gary passa les plus heureux moments de sa vie dans ce village qu'il décrit dans *Les Couleurs du jour* :

> La rue de la Fontaine finissait dans un tournant, balayant le sol de ses escaliers, dans une dernière révérence de pierre. Ils débouchèrent sur la place de l'église, si étroite, avec ses quatre façades rapprochées, qu'elle avait toute l'intimité d'un intérieur [...] Une maison de deux étages, une sorte de tour sur un rocher et des deux côtés, des façades qui s'écartaient avec la théâtrale légèreté, l'élégance d'un pas de danse — des façades jetées comme deux coups de pinceau hâtifs, à droite, à gauche — [...] Le jardin était tout petit, sur une terrasse et il semblait sortir de l'église un peu comme un rameau en fleur [...] Le jardin dominait les ruelles du village et on entendait les sabots des ânes et des mulets et l'on voyait la mer très bleue, bleue, comme il se devait, comme si on le lui avait dit une fois pour toutes et l'horizon vous ouvrait ses grands bras comme pour vous attraper — au sud, il y avait la montagne qui ne laissait qu'un petit bout de ciel, un bout d'oreille qui dépassait.

## 40.

# Berne

René Lalouette[1], chargé de lire *Le Grand Vestiaire* au Quai d'Orsay, avait prié Gary de prendre un pseudonyme. Stoïque, ce dernier lui demanda s'il était vraiment nécessaire d'en choisir un second !

Établi à Berne, Gary avait régularisé sa situation en rappelant à l'administration centrale que c'était à la demande de Gilbert de Sainte-Marie[2] qu'il avait conservé son pseudonyme littéraire et de guerre dans ses fonctions. En outre, il avait intenté une action au Conseil d'État. « Je n'aime pas figurer sous deux noms à l'annuaire (qui est entre toutes les mains de toutes les ambassades étrangères) et, au besoin, j'aimerais mieux reprendre le nom de Kacew dans mes fonctions. » Mais en même temps, maniant le double langage, il écrivait à Raymond Bousquet[3], directeur général du personnel, pour lui exprimer le désir de voir la mention Kacew retirée de l'annuaire. Et il entreprit sur-le-champ les démarches pour changer légalement de nom. Le dernier lien avec son père était ainsi tranché.

Le dossier fut examiné le 8 juin 1949 par le garde des Sceaux qui demanda au ministre de l'Intérieur de lui communiquer tous les renseignements qu'il pourrait recueillir sur le compte de l'intéressé et de lui faire connaître la suite que cette affaire paraissait devoir comporter. Le 5 juillet suivant, le ministre de l'Intérieur répondait au garde des Sceaux qu'il n'avait pas d'objection pour que satisfaction fût donnée au requérant[4].

Les Gary trouvèrent un logement dans une superbe maison bernoise à Kirchenfeld, le quartier des ambassades. L'appartement cossu qu'ils occupaient avait été loué à M. Grenu, président du club « Grande société ». Ses membres se réunissaient dans deux grands salons fanés aux rideaux poussiéreux, place du Théâtre.

Au rez-de-chaussée, il y avait une vaste entrée, avec de riches tapis d'Orient que Lesley avait rapportés de ses voyages, au centre de laquelle s'élançait un majestueux escalier et, sur les côtés, des galeries. De part et d'autre de ce hall se trouvaient la salle de bains et une pièce où Gary avait installé son bureau d'écrivain.

Comme Berne était une ville extrêmement ennuyeuse, voire sinistre, Lesley s'absentait souvent. De plus, elle s'accommodait assez mal de l'atmosphère guindée qui régnait dans le milieu diplomatique. Les repas avec les collègues de Gary et leurs femmes l'assommaient. Cependant, elle s'acquittait strictement de ses devoirs d'épouse de premier secrétaire d'ambassade et assistait volontiers Hélène Hoppenot, très à cheval sur l'étiquette, dans les corvées mondaines. C'est ainsi qu'elle dut apprendre à s'incliner et à faire la révérence au nonce apostolique. Elle savait aussi parfaitement organiser des dîners, recevoir et tenir une conversation spirituelle avec les Hoppenot qui invitaient à leur table des écrivains, des peintres, des compositeurs, des musiciens : Paul Claudel, Igor Stravinski, Nikita Magaloff, Darius Milhaud, François Mauriac, Igor Markevitch, Alexandre Calder, Francis Picabia, André Breton.

Elle s'évadait à Roquebrune où, truelle en main, avec l'aide des artisans du cru, elle avait commencé à restaurer les ruines qu'ils avaient achetées. Au village, on était pauvre et on parlait encore le niçois. L'arrivée de Gary, qu'on appelait « le consul », et de Lesley, qui transformait des caves et des clapiers en maison turque, fit grand bruit. Elle engagea Ida d'Agostin, une maîtresse femme qui deviendra la gouvernante, le régisseur, l'amie, la conseillère, la confidente du couple jusqu'à leur divorce[5].

L'ambassade française de Berne, un édifice que Lesley trouvait fort laid, était située sur une éminence et, juste en dessous, une maison charmante abritait les locaux du consulat où régnait un protocole très strict. Depuis que François Ier avait signé la Paix éternelle de Fribourg en 1516, l'ambassadeur de France jouissait d'un privilège qui lui donnait la préséance sur tous les autres.

La première remarque d'Hélène Hoppenot sur Lesley dans son journal concerne une question qu'elle posa alors qu'à table on s'entretenait d'*Orphée*, le film que Jean Cocteau venait de réaliser : « A-t-il toujours les manches de ses chemises et de ses vestons trop courtes ? demanda-t-elle en parlant du poète. — Oui, répondit Hélène Hoppenot, et j'en ai été frappée. — C'est pour faire ressortir la finesse de ses poignets... si, si, je vous assure c'est connu », assura Lesley.

Quant à Gary, Hélène Hoppenot le voit ainsi : « Un beau garçon au teint bistré, aux yeux très bleus, aux cils longs et noirs, agréable de manières. » Comme ce dernier s'ennuyait autant que sa femme à Berne, il loua à Genève, rue Moillebeau, un appartement où il allait secrètement retrouver Suzanne Salmanowitz, la veuve de Paul-Jean Roquère, qu'il avait connue pendant la guerre à Beyrouth au moment des opérations en Méditerranée orientale. Elle lui était chère et serait la dernière à lui parler, une demi-heure avant son suicide[6].

Henri Hoppenot, homme de gauche, fin lettré, poète, qui avait fait dans la carrière des débuts discrets mais remarqués, s'ennuyait lui aussi à Berne. Hélène rapporte dans son journal une histoire authentique qu'elle qualifie de typiquement bernoise. Le directeur du Théâtre national se voit proposer par l'ambassade d'accueillir une représentation du *Soulier de satin* avec Marie Bell, qui exige une vingtaine de figurants et douze musiciens lors de la première répétition. Le directeur, embarrassé, demande, en invoquant des raisons budgétaires, si on ne pourrait pas envisager un spectacle avec moins de personnages. Henri Guillemin lui répond que la célèbre comédienne joue aussi *Phèdre.* « De qui est-ce ? — De Racine. — Il faudra alors que je consulte notre comité romand qui nous conseille pour les pièces françaises », remarque le codirecteur du Théâtre national, qui inscrit dans son agenda, sous les yeux du diplomate français : *Faidre* de Racine.

Henri Hoppenot comprenait et protégeait Romain Gary. Il n'exigeait de lui que peu d'heures de présence au bureau afin qu'il pût accomplir son travail d'écrivain.

Au mois d'avril 1950, Gary envoya à Gaston Gallimard une comédie en trois actes, *La Tendresse des pierres*, qu'il venait d'achever à la demande de Louis Jouvet. *La Tendresse des pierres* est le titre provisoire que l'écrivain — sous le nom de plume d'Émile Ajar — donnera en 1974 à son roman *La Vie devant soi.* Quelques jours plus tard, il soumit son manuscrit au célèbre acteur et metteur en scène. Comme ce dernier tardait à lui répondre, Gary, persuadé que sa pièce était excellente, lui écrivit : « J'en suis très satisfait, et si vous ne l'êtes pas cette fois je ne vous croirai plus. »

Les protagonistes de cette farce tragique écrite en dix nuits étaient quatre : Florian, inspiré par le physique de Jouvet, Lily, le Baron, ce mannequin habillé à l'anglaise qui apparaîtra dans nombre de ses romans, et un jeune homme simple d'esprit. Le Baron, Florian, Lily et le jeune homme seront également les héros de *La Danse de Gengis Cohn.*

Commentaire de Jouvet qui n'envisageait pas de monter le texte si Gary ne procédait pas à de profonds remaniements : « Voilà une pièce absolument originale, une situation et des personnages originaux. » Mais l'auteur devait dramatiser la fin par quelque chose de nouveau. Au lieu de trois actes, l'apprenti dramaturge aurait dû n'en écrire qu'un seul, long, « avec un dénouement frappant qui ne serait pas la simple suppression du drame par la double mort des personnages ».

Gary, désespéré, se confia alors « comme à un père » à Gaston Gallimard :

> Vraiment ma vie devient trop compliquée pour que je puisse la supporter plus longtemps. Je travaille sur *La Baie des Anges*[7], je suis en train de finir un récit intitulé *Une histoire de chien*, et j'ai esquissé les romans dont je vous donne, à vous, les titres : *La Compagnie des hommes*, *Les Clowns lyriques*, *Les Caves étoilées*, *Les Amants des causes perdues*.
>
> Je travaille toute la journée à l'ambassade, j'ai des obligations mondaines ineptes. J'ai en plus une vie privée de tout homme moyennement soucieux de son bonheur. Chaque retard apporté à finir un roman fait qu'un écrivain nouveau surgit et dit certaines choses que je suis en train de dire ; je suis donc obligé de travailler la nuit pour ne pas me laisser devancer par des romanciers uniquement occupés à leur œuvre et qui saisissent ce que je sens généralement deux ou trois ans en avance, mais qui devient rapidement « des idées en l'air » à la portée de tous les talents.
>
> Là-dessus, Jouvet pour la troisième fois vient me demander une pièce de théâtre. Je ne peux plus jouer ce jeu-là. J'ai envie de faire du théâtre et je suis doué beaucoup plus pour cela que pour autre chose ; mais je ne puis prendre sur mon temps d'écrire une pièce à laquelle Jouvet trouvera du talent, mais qu'il ne pourra jouer à cause du risque que comporte à l'heure actuelle la création d'une œuvre qui ne peut être qu'originale, car je ne peux écrire comme tout le monde [...] Je n'ai pas le goût du luxe, mais j'ai eu dans ma vie trop souvent faim pour avoir envie de recommencer mes expériences d'avant guerre. Si Jouvet, pour qui j'ai la plus grande et la plus féroce des estimes, ainsi que vous le savez, veut une pièce, qu'il me la commande et qu'il me paye ce que je lui écrirai. Je ne lui demande pas beaucoup d'argent, mais une simple excuse morale pour mettre pour quelques semaines de côté mes romans et risquer une nouvelle aventure.

Le 8 juin, Jouvet offrit des places à Gary pour assister à une représentation de la pièce de Sartre *Le Diable et le Bon Dieu* qu'il avait mise en scène. Trois jours plus tard, Romain lui écrivit pour lui dire qu'après le premier acte, il y avait

> une heure et demie d'emmerdement sans nom. Deux bons tableaux à la Strindberg pour finir, où Vilar[8] se rattrape un peu, admirablement réglés par vous. Brasseur

> est admirable, c'est un vrai comédien intellectualisant intellectuellement. C'est un vrai routier du passé. Les costumes sont hideux, sauf ceux des reîtres de Brasseur. Les décors pas assez stylisés — mais que la volonté de Sartre — j'imagine — soit faite... Les acteurs sont écrasés par Brasseur. Maria Casarès arrive parfois à se détendre, mais resserre l'anus presque aussitôt. Dommage, elle a une présence.

Malgré son échec, Gary écrivit le 6 août 1950 au directeur du théâtre de l'Athénée pour lui annoncer qu'il viendrait lui rendre visite en Provence. Louis Jouvet avait en effet, par l'entremise de Gaston Gallimard, invité pour huit jours Gary dans sa maison provençale de Beaurecueil où il vivait avec Monique Mélinand. Il entraîna l'écrivain dans les meilleurs restaurants. Il mangeait avec un inépuisable appétit en face d'un Gary qui, torturé par sa hernie hiatale, le considérait avec stupeur et acrimonie. Après le repas, il fallait accompagner l'acteur dans ses longues promenades, puis se mettre au travail. Quand il s'était plié à tout cela, Gary devait subir les remarques vipérines de son hôte qui ne se montrait jamais satisfait.

De retour à Berne, il se remit avec acharnement à ses pièces, abandonnant les romans en chantier. Il retravailla à l'adaptation de *Tulipe*, de *La Tendresse des pierres*, puis à celle qu'il avait tirée d'*Éducation européenne.* Finalement, Jouvet n'accepta rien et lui suggéra de songer à autre chose. Gary, excédé, accusa ce dernier de le faire tourner en bourrique. Néanmoins, quelques semaines plus tard, le célèbre acteur le convainquit de venir le voir à Paris. Ils dînèrent chez Lipp. Le repas s'éternisa jusqu'à trois heures du matin. « J'ai à discuter avec Monsieur », expliqua Jouvet au maître d'hôtel qui s'impatientait. Gary, épuisé et furieux, se leva enfin en lui criant qu'il irait porter sa pièce à quelqu'un d'autre. Jouvet tenta de le retenir en lui disant : « On vous la prendra mais ce sera pour un petit théâtre, vous n'en tirerez rien tandis que chez nous, je vous ferai gagner des millions. » Il acheva par une plaisanterie : « Les soirs où je vais jouer *Tartuffe*, trente minutes avant d'entrer en scène, je pense à André Gide. »

Lesley, voyant son mari sombrer dans la mélancolie et douter de ses capacités, avait écrit à son insu à Claude Gallimard pour lui demander d'intervenir auprès de Jouvet. Gary envoya à Robert Gallimard, son confident qui deviendra son exécuteur testamentaire, la réponse et ultime dérobade de son tourmenteur :

> Voici le télégramme de Jouvet de mes deux :
> « Merci / stop / pièce très admirable mais à mon sens inachevée / stop / intrigue insuffisamment conductrice et prenante/stop/besoin vous revoir et parler / stop / serai Zurich vendredi / stop / vous téléphonerai de Lyon pour rencontrer / stop / votre ami Jouvet. »

Les tentatives de Gaston Gallimard auprès de Jouvet, qui séjournait la première semaine de juillet au Grand Hôtel à Marseille, restèrent sans effet.

Gary lui écrivit le 4 octobre une lettre pathétique :

> Je voudrais mettre dans ces mots toute l'affection que j'ai pour vous... Comme je ne peux malheureusement pas, par quelque malédiction, être un homme de théâtre, je voudrais pouvoir dire aux gens que vous êtes mon ami, pour sentir tout de même que le théâtre m'a effleuré.
>
> Mais l'amour que j'ai pour votre métier me force aujourd'hui à vous dire que vous perdez votre temps avec moi.
>
> Je suis une cruche vide. Florian, c'est moi et Lily, c'est tout ce que je n'ai pas pu réaliser dans la vie. Le théâtre aussi, c'est Lily pour moi.
>
> Il vous sera difficile de comprendre cela parce que vous vous êtes réalisé complètement. Moi, je me suis toujours loupé.
>
> Je passerai un jour à Paris, en octobre et j'espère que vous me permettrez de traîner un peu dans les coulisses. J'aime l'odeur du bois — ça doit être celle du décor ou des planches, je ne sais pas.
>
> Voyez-vous, j'ai de la vie une idée *commedia dell'arte*. Nous mimons notre vie et puis, brusquement, conscients de la pantomime, nous interrompons le jeu en pleine action pour échanger nos impressions, devant le public des étoiles. Mais ce sentiment *dell'arte* poussé à l'extrême,

comme dans mon cas, tue le spectacle. Il ne reste plus alors que des clowns constamment en dehors de toute action, de toute histoire perceptible, de tout sujet, des « à part » incompréhensibles.

Je ne crée pas, je ne compose pas ; j'improvise. Dans le théâtre d'aujourd'hui, donc, il n'y a plus de place pour moi.

Ajoutez à cela une vie de bouteille bouchée, et vous comprendrez pourquoi votre ami est un raté typique.

Les débuts euphoriques des relations entre Gary et Jouvet avaient tourné à la tragédie. L'amour du romancier pour le théâtre ne serait d'ailleurs jamais récompensé.

La même année, Gary eut au moins la consolation de voir *Le Grand Vestiaire*, traduit en anglais chez Simon & Schuster, non seulement applaudi par la presse prestigieuse de New York, mais aussi remarqué par Norman Mailer qui allait devenir son ami[9]. Mais il était hanté par l'idée de l'échec. Il rêvait d'avoir le prix Nobel, mais écrivait ce qu'il avait à dire — « un hurlement inarticulé » — poussé par l'urgence, pressé de remplir ses contrats parce qu'il redoutait de connaître à nouveau la misère.

Bien qu'il s'adonnât à son œuvre, Gary ne renonçait pas aux jolies femmes. Il les séduisait sans se cacher de Lesley qu'il commençait à juger trop âgée pour embraser ses sens. Il avait assuré à son ami Gérard Gaussen[10] que les Bernoises étaient mariées à des messieurs austères qui se couchaient à huit heures pour être sûrs d'arriver dispos à six heures du matin au bureau. Les soirs de bal à l'ambassade, les diplomates suisses partaient tôt en abandonnant leurs femmes. Gary n'avait plus qu'à choisir.

À la date du 26 novembre, le journal d'Hélène Hoppenot révèle une aventure entre Gary et Myriam Cendrars, la fille de l'écrivain, « coquette et flirteuse[11] ». Le hasard les avait placés l'un à côté de l'autre dans un avion qui devait relier Berne et Londres, mais qui avait dû retourner se poser en Suisse à cause d'une avarie. Romain lui confia qu'il ne savait pas dans quel hôtel descendre. Myriam lui proposa alors l'hospitalité et ils passèrent la nuit ensemble. Le lendemain, au petit déjeuner, Gary en pyjama se retrouva stupéfait face à l'amant de Myriam, qu'il connaissait et auquel elle avait voulu jouer un mauvais tour. Furieux et écœuré, il ne voulut plus jamais la revoir.

Dans la maison de Berne, Romain écrivait revêtu d'un ample peignoir japonais, ou dignement enveloppé dans une serviette de bain drapée comme une toge. Lesley le voyait souvent sortir trempé de la salle de bains, traverser le hall pour aller noter une idée à sa table de travail.

Chez Gary, la fiction prenait d'ailleurs bien souvent le pas sur la réalité. Alors qu'il apparaissait au bureau la plupart du temps la mine sombre, ses collègues le virent un jour faire son entrée hilare et triomphant pour leur raconter une aventure qui, leur assura-t-il, lui était advenue le matin même, et devait autant à sa fantaisie de romancier qu'à son désir de provoquer son entourage contaminé par le puritanisme suisse. Il était en train de prendre son bain, poursuivit-il, quand soudain, mû par l'inspiration, il était sorti ruisselant et dans le plus simple appareil dans le hall pour aller noter quelques lignes dans son bureau. De nouveau plongé dans l'eau, ayant soudain l'impression d'une présence, il avait levé la tête vers le plafond et aperçu, au-dessus de la porte, un œil-de-bœuf dans lequel s'incrustait le visage de Mme G., sa logeuse, une créature trapue, corsetée et plus très jeune. Se demandant comment elle avait pu accéder à pareille hauteur, Gary avait couru dans l'entrée ouvrir la fausse porte de l'étroit placard à balais dont il n'avait jusqu'ici pas remarqué l'existence et dans le mur duquel était encastré l'œil-de-bœuf qui donnait précisément sur la salle de bains. Il avait vu la solide Bernoise au sommet d'une grande échelle qui s'apprêtait pesamment à quitter son poste d'observation. Lorsque enfin elle eut regagné le sol, Gary lui avait fait un baisemain dévot et, toujours nu, lui avait dit : « Madame, souffrez que je vous reconduise chez vous. » C'est ainsi qu'ensemble ils avaient descendu les marches de l'imposant escalier recouvert d'un tapis rouge à baguettes de cuivre. Avant de prendre congé, il lui avait dit : « Madame, j'ai été ravi de vous apercevoir[12]. »

Si Gary, tout comme son ambassadeur, s'ennuyait à Berne, il n'a pas, ainsi qu'il l'a écrit dans *La nuit sera calme*, sauté dans la fosse aux ours du zoo, ni envoyé de télégrammes insolents à ses supérieurs hiérarchiques à Paris. Il observait strictement l'étiquette lorsqu'il travaillait avec Henri Hoppenot, qui l'appréciait beaucoup, et ne ménageait pas ses efforts pour lui assurer un avenir meilleur au sein de l'« Église[13] ».

Gary partageait avec deux collègues un bureau souterrain, 44, Sulgeneckstrasse, dont les lucarnes arrivaient au ras du trottoir. Il travaillait sur un petit secrétaire en bois de rose, et passait parfois le temps à feuilleter des magazines de femmes nues qu'il gardait dans ses tiroirs. Pendant ces longues heures d'ennui, il écrivait aussi des lettres. Christel, remariée, restait chère à son cœur. Le 28 août 1950, il lui confiait que si, un jour, elle était lassée de sa vie conjugale, elle devait ne pas oublier qu'il éprouvait encore pour elle le même attachement violent où participaient à la fois le cœur et le sexe[14]. Il ajoutait cette constatation : « Je ne suis pas heureux, bien entendu. Ma carrière d'écrivain est "comme ça", c'est-à-dire très loin d'atteindre mes ambitions. Quant à ma vie privée, c'est exactement la même chose. Rien en comparaison de mon ambition et de mes désirs. Les temps sont difficiles. Je n'ai pas de projets, seulement des espoirs. »

Lesley continuait ses allers-retours entre Berne et Roquebrune pour rendre la maison plus confortable. Hélène Hoppenot, pianiste et photographe, qui avait publié de beaux albums sur ses voyages en Chine et en Tunisie, consultait une voyante autrichienne, Mme Kahn, et un mage nommé Kordon Very. Gary avait assisté à des séances avec le mage. Ce dernier leur avait un jour présenté un automate à qui l'assistance pouvait poser des questions auxquelles il répondait. Gary avait été très impressionné par le côté spectaculaire de la prestation de Very et s'en inspira bien des années plus tard dans *Les Enchanteurs* et *Les Mangeurs d'étoiles*. Le 11 octobre, Hélène Hoppenot nota dans son journal :

> Romain Gary pose la question : « Jouvet jouera-t-il une de mes pièces ? » Oui. En 1951. Mais elle n'aura pas beaucoup de succès car s'il y a dedans du sel et du vinaigre, il n'y a pas assez de sucre. Or le public aime le sucre. On ne peut pas avoir entièrement confiance dans la personne qui va monter la pièce, car elle est changeante. Après la séance lorsqu'il eut retiré son bandeau, Hoppenot lui révéla que Gary était écrivain et Kordon Very, qui ne savait pas un seul mot d'une autre langue que l'allemand, lui demanda : « Avez-vous quelque chose à faire avec un vestiaire ?
>
> — C'est le titre d'un de mes livres.
>
> — Vous ne vouliez pas écrire un roman mais des nouvelles, mais vous les avez réunies. Vous êtes en train de faire la même chose en ce moment. »
>
> Gary, groggy, dit à Hoppenot : « C'est exact, mais je ne l'ai dit à personne. » Kordon est un prestidigitateur voyant. Tours de cartes et réponses à des questions écrites avec bandeau sur les yeux.

Romain, contraint d'attendre ses congés, s'essayait à la peinture. Il n'avait aucune éducation artistique, aucun talent, détestait les musées, mais sentait monter en lui une certaine exaltation lorsqu'il humait l'odeur de l'huile et de la térébenthine. Mû par un enthousiasme enfantin, il acheta un chevalet, une toile de dimensions respectables, des pinceaux et des couleurs. Lesley, illustratrice réputée, lui donna quelques notions techniques sur l'utilisation des couleurs et de l'essence, après quoi, méprisant ses exhortations à protéger d'un drap le sol de l'appartement dont ils étaient locataires, Romain alla s'enfermer jusqu'au soir sans manger ni boire. Il en sortit enfin la mine sombre. Il avait maculé la toile de grandes formes abstraites à coups de pinceau rageurs. Quelques jours plus tard, il remisa le matériel de peinture et détruisit un portrait que Claude Venard avait fait de lui lorsqu'ils vivaient à Paris.

À la fin du mois de mars 1951, Gary acheva le premier jet de son roman *Les Couleurs du jour*. Il prit le train pour le remettre à Gaston Gallimard et lui demander une avance, car il dépensait encore beaucoup plus qu'il ne gagnait. Pour économiser, chaque fois qu'il venait à Paris, il dormait chez Michel Gallimard, neveu de Gaston et ami intime d'Albert Camus.

Gaston et Michel Gallimard témoignaient amitié et confiance à Gary qui les inondait de lettres rageuses. Ils réussissaient à tempérer sa vanité avec diplomatie. Ainsi, après avoir lu *La Baie des Anges* qui allait devenir *Les Couleurs du jour*, ils persuadèrent l'auteur de retravailler son manuscrit. « Le public n'aime pas "les problèmes", mais "les histoires" », lui écrivit Gaston Gallimard.

Gary retourna modestement à sa table et avoua le 10 juin 1952 à Claude Gallimard :

> J'écris entièrement par vanité... j'ai besoin d'être admiré. C'est ma grande faiblesse, mais aussi ma seule force, parce que si je n'avais pas le goût de l'exploit, je n'aurais rien fait de ce que j'ai fait dans ma vie et j'aurais été, à l'heure actuelle, hôtelier sur la Côte d'Azur, dans l'affaire de ma mère.

Pendant un an, il remaniera profondément la troisième et la quatrième partie de son roman. Le manuscrit qui comportait initialement mille deux cents pages en fut réduit à cinq cents. Ce travail ne fut achevé que l'année suivante, alors qu'il vivait déjà à New York.

Au printemps 1951, une affaire de mœurs éclata à l'ambassade de France à Washington, qui aurait des conséquences non négligeables sur la carrière de Gary. Un diplomate de haut rang, marié, père de famille et qui se piquait de littérature, fut surpris en flagrant délit pendant une rafle de police dans un hôtel fréquenté par des homosexuels. Il fut laissé en liberté grâce à sa qualité de diplomate, tandis que tous les autres étaient transférés dans les locaux de la police. Aux États-Unis, c'était l'époque de la chasse aux sorcières. L'administration, qui persécutait les communistes et leurs agents réels ou supposés, avait également commencé à licencier les homosexuels. Les diplomates étrangers étaient étroitement surveillés. L'homme avait précédemment été observé à son insu dans les allées de Central Park et lors de réceptions officielles, lorsqu'il tentait de séduire un partenaire éventuel par des frôlements et de discrètes allusions. Pour éviter le scandale, le Français fut invité par un fonctionnaire du Département d'État à quitter son poste dans les vingt-quatre heures. On ne lui accordait aucun délai pour préparer son déménagement. Après un bref passage à Paris, il se réfugia pendant quelques semaines en Irlande chez un ami, Stas Ostrorog, tandis que l'Administration centrale jetait pudiquement le manteau de Noé sur sa « débauche ».

L'histoire circula tout de même dans les couloirs du ministère des Affaires étrangères, et Gary en entendit parler par Gaston Palewski au mois de juin 1951. Elle fut peut-être à l'origine d'une de ses nouvelles, *Ainsi s'achève une journée de soleil*, qui parut trois ans plus tard, au mois de juin 1954, dans une revue littéraire, *La Table ronde*. Le diplomate à l'origine du scandale ne l'aurait sans doute jamais découverte si un mauvais plaisant ne la lui avait fait lire. L'intrigue, ni scabreuse ni triviale, racontée par Romain Gary était celle d'un adolescent turc dont un diplomate de haut rang, très distingué, marié et père de famille, tombait amoureux en apprenant à jouer du *oûd*[15] avec lui, tandis que sa femme, un modèle de vertu, se désespérait sur le seuil de la chambre interdite. Le diplomate, à tort ou à raison, s'y reconnut aussitôt. La dimension poétique de l'œuvre n'y fit rien ; il en conçut pour son auteur une haine tenace qu'il manifesta quelques années plus tard en faisant obstacle à sa nomination à Londres.

Le 26 juin 1951, Romain Gary écrivit à Raymond

Bousquet, directeur général du personnel, pour l'informer que la procédure de changement de nom qu'il avait entreprise quatre ans plus tôt venait d'aboutir : le Conseil d'État l'autorisait à adopter légalement le nom de Gary. Il apparaîtrait désormais dans l'annuaire sous ce seul patronyme. Exit Roman Kacew.

Pendant l'année et l'été 1951, Romain et Lesley passèrent de longues semaines dans leur maison de Roquebrune, où elle avait installé, dans une des étables, une cuisine sommaire avec l'eau courante et un poêle, unique moyen de chauffage qui fonctionnait seulement quand César d'Agostin, occupé à régler des affaires avec son cousin boucher à Gorbio, voulait bien livrer du charbon. Ils étaient arrivés de Menton en taxi, luxe inouï aux yeux des villageois, étonnés de les voir habiter dans une ruelle obscure, où ne vivaient que les plus pauvres. Même le maire ne résidait pas à Roquebrune. Les artistes célèbres, dont ils se méfiaient, achetaient des propriétés en bas, sur la presqu'île de Cap-Martin.

Gary, revêtu d'un manteau qu'un officier de l'Armée rouge lui avait offert à Sofia, s'était remis à écrire dans son grenier aux fenêtres dépourvues de vitres, balayé certains jours par un mistral glacial. Jouvet envoyait des lettres à Lesley pour lui demander de persuader son mari de ne pas donner par dépit sa pièce à un autre théâtre. Il avait confié à Hélène Hoppenot que *Les Bonnes*, la pièce de Jean Genet qu'il venait de monter, était « une horreur ». « J'ai voulu essayer de faire quelque chose de nouveau. C'est la plus grande erreur de ma vie », avait-il ajouté.

Tôt levé, Gary partait se promener dans le village. Il longeait le minuscule parvis de l'église pavé d'une mosaïque de galets, puis passait devant la *Mater Dolorosa* du monument aux morts[16]. Au coin du parvis, à trois pas, il y avait l'unique épicerie du village. Sans rien dire, Gary prenait une pomme dans un cageot à l'étalage et la brandissait devant M. Janowski, l'épicier. Il lui signifiait ainsi qu'Ida passerait bientôt le payer. Chaque matin, il allait voir l'olivier bimillénaire, dont le tronc avait une circonférence de 23,50 mètres. Ses racines avaient envahi sur dix-huit mètres la jonction de la voie Julienne et de la voie Aurélienne, à la sortie du village, en contrebas du lieu où Lesley devait plus tard acheter à Romain un « haut de terrain » planté de sorbiers, figuiers et oliviers, avec un jardin et une source, pour qu'il vienne y méditer. Mais Romain préférait marcher jusqu'à la chapelle Notre-Dame de la Pausa, d'où l'on avait une vue superbe sur l'Italie, la montagne et la mer.

Mireille, la fille d'Ida d'Agostin, attendait impatiemment chacun des séjours des Gary au village. Elle se précipitait chez eux dès la sortie de l'école catholique, située sur le chemin de l'olivier millénaire. Romain l'envoyait acheter des cigarettes au café de la Grotte, et lui demandait de lui monter ou de lui descendre tel ou tel livre. Mireille grimpait alors à l'échelle qui reliait les étables au sommet de la tour dominant la côte. Elle rôdait dans sa chambre, admirait le lézard doré posé sur une pierre que l'écrivain caressait d'une main distraite, des statues de bois représentant des animaux africains, encastrés les uns dans les autres : un tigre tenant entre ses pattes un éléphant et un hippopotame. Elle feuilletait des livres et des revues qui la fascinaient, comme, par exemple, un numéro spécial publié par Air France en 1950 sur l'Afrique et l'outremer.

Un jour Gary l'appela : « Viens un peu ! Tu as touché aux livres, n'est-ce pas ? — Oui. — Tu peux regarder, mais quand tu vois une note entre deux pages, laisse-la à sa place. »

Mireille se glissait dans la maison vide quand les Gary étaient absents et lisait tout ce qui lui tombait sous la main. Dans des albums, elle découvrit des photos d'hommes nus, et apprit que les musulmans épousaient plusieurs femmes. Elle contemplait aussi une peinture naïve achetée à Prague représentant le Christ enfant. Lesley avait transformé l'Enfant Jésus en petit chien vêtu d'une robe rose. Quand le curé fit sa tournée annuelle pour bénir les maisons, il contempla longuement le tableau et murmura : « Bon, eh bien passons. Pour cette fois, je vous bénis. » Les sœurs de l'école à qui Mireille racontait ses découvertes étaient épouvantées. Elles firent tout un scandale quand Mireille leur demanda si le Christ était polygame puisque toutes les sœurs de Saint-Joseph étaient ses épouses. La voisine disait à Ida : « Tu vas travailler chez eux ! Moi, j'irais pas. » Mireille était élevée strictement par sa mère qui était accidentellement tombée enceinte à quarante et un ans. Elle était allée chez un docteur auquel elle offrit en paiement des poulets pour qu'il « la fasse partir. Mais elle resta ».

À Roquebrune, Gary était heureux. « Ici, disait-il, je peux écrire mieux que n'importe où[17]. » Il travaillait au sommet de la tour, dans le grenier ensoleillé, où autrefois on faisait sécher les herbes et les tomates. Il y avait pour tout mobilier une table de cuisine, une chaise et un lit à roulettes. Gary écrivait assis à même le plancher, cerné par des paniers de paille dans lesquels il jetait les brouillons et les pages éventuellement destinées à disparaître. Il y avait des feuilles partout ; certaines s'insinuaient entre les lattes grossières du parquet, d'autres s'envolaient par la fenêtre.

Quand Mireille, arrivée au sommet de l'échelle, lui tendait ses gauloises bleues, elle était effrayée par l'aspect de Gary qui écrivait dans un état de transe, dodelinant de la tête et les cheveux dressés sur le crâne[18]. C'est durant ces premiers longs séjours à Roquebrune que Romain remania son roman *Les Couleurs du jour*[19], dont l'action se déroule dans le village de Roquebrune, dans sa maison de la rue de la Fontaine et à Nice. Cette histoire d'amour romantique et désespérée lui avait été inspirée par Ann Metzger, une jeune femme originaire de Pologne qui vivait à Lyon. Elle avait fait un séjour au sanatorium de Sancellemoz, ils s'écrivirent de nombreuses lettres, et il semble que les choses n'eurent pas d'autre suite.

Un jour, la jeune femme écrivit dans le plus grand secret à Robert Gallimard, qui occupait le poste de secrétaire de direction et siégeait au comité de lecture, pour lui demander de conserver dans un coffre les lettres que Gary lui avait adressées. Celui-ci lui répondit que c'était possible. Mais les lettres furent finalement confiées à une autre personne[20].

Pendant ce temps, Lesley surveillait les ouvriers qui restauraient la maison. Le matin, on la voyait surgir de la chambre à coucher qui se trouvait également dans la tour, juste au-dessous du grenier. Elle descendait de son perchoir, vêtue d'un déshabillé et les pieds chaussés de mules à pompons, tandis que ceux-ci la contemplaient, stupéfaits.

Au rez-de-chaussée, donnant sur la minuscule terrasse, Lesley avait aménagé trois pièces basses sans portes qui communiquaient entre elles par des marches. Les toilettes n'étaient accessibles que de l'extérieur. Le vent soufflait par les fenêtres et la porte mal isolées. Dans la cuisine, elle apprenait à préparer la bouillabaisse sous la direction de M. Félix, qui avait tenu un restaurant à Marseille.

Ce confort spartiate ne gênait pas Gary. Quand il avait fini d'écrire, il s'allongeait dans un hamac et contemplait la mer. Puis il descendait nager au cap Martin. À son retour, il trouvait Lesley sur la terrasse travaillant à un manuscrit, un verre de vin à portée de la main. Il l'assurait que « le gros rouge » était plus dangereux que la vodka.

La nuit, il traversait le village en montant lentement les longs escaliers vers la sombre rue du Château, bordée de passages voûtés et de maisons en ruine. Les villageois, assis devant leur porte, murmuraient : « Qui est-ce ? *Mi fa pau* — Il me fait peur. »

En l'absence de Romain et Lesley, Ida veillait à tout. Elle allait à Menton négocier avec le percepteur qui menaçait de mettre les scellés sur la maison quand ils oubliaient de payer les impôts. Elle faisait exécuter les travaux urgents comme lorsque la gouttière de la maison qui fuyait provoqua d'importants dégâts dans la sacristie de l'église qu'elle jouxtait. Quelques années plus tard, quand le couple acheta et restaura plusieurs maisons dans le village, elle s'occupa de l'entretien, des travaux et de la comptabilité. Un jour, Ida, qui n'avait reçu ni argent ni courrier depuis six mois, décida, furieuse, de louer les maisons pour régler les factures impayées. Elle écrivit à Gary pour l'en informer. Il lui répondit aussitôt qu'elle avait très bien fait, la priait de l'excuser pour sa négligence et lui laissait désormais toute latitude pour gérer ses propriétés à sa guise et conserver le reliquat pour prix de son travail. Il avait joint à sa lettre quelques chèques, mais Ida ne croyait qu'aux espèces.

Gary rentra de son long séjour à Roquebrune avec deux jours de retard sur la date fixée par le Quai d'Orsay. La 4 CV noire qu'il achevait de roder avait les freins en panne. Il avait descendu les cols suisses en utilisant le frein à main, qui fonctionnait encore, dépassant en trombe un cortège de voitures américaines qui attendaient le passage d'un enterrement.

Plusieurs mauvaises nouvelles l'attendaient à Berne. Jacques Vimont, premier conseiller avec lequel il avait tissé des liens d'amitié, était nommé secrétaire général du gouvernement tunisien. Henri Hoppenot était lui aussi sur le point de partir, mais il ignorait encore pour quelle destination car ses ennemis faisaient courir de faux bruits sur sa prochaine affectation. Quant à Gary, la chancellerie lui proposait de partir à Moscou. Lesley jubilait, espérait, mais Romain demeura inflexible. L'idée de vivre en Union soviétique lui faisait horreur. Celle de se séparer d'Henri Hoppenot lui causait tant de tristesse qu'il envisageait de démissionner. Lesley l'exhortait à réfléchir. Devant le refus obstiné de Romain, elle passa une nuit à pleurer dans sa chambre. De quoi vivraient-ils, s'il quittait la diplomatie ?

Henri Hoppenot, à qui on avait fait miroiter ce poste important, ne fut pas nommé à Moscou. Roland de Margerie l'informa que les socialistes voulaient le poste pour l'un des leurs. Quand il apprit la nouvelle, le visage de Gary s'illumina. Il se tourna les larmes aux yeux vers son ambassadeur et lui dit : « Je voudrais pouvoir vous embrasser ! Je vais enfin commencer à travailler à un nouveau livre. » Il alla dire à Hélène Hoppenot qu'il voulait acheter un appartement à Paris pour se sentir complètement français. « Vous pourrez à peine l'habiter, lui répondit-elle. — Ça ne fait rien. Même inoccupé, il sera à moi et j'aurai la clef dans ma poche. »

Après un bref voyage à Vienne en compagnie de Romain, Lesley rédigea quelques articles pour des journaux suisses, sans omettre de demander à l'ambassadeur de vérifier qu'ils ne comportaient rien qui puisse lui déplaire. Elle tenta aussi d'emmener son mari au concert écouter la musique de Wagner. Faisant sans doute allusion aux écrits antisémites du compositeur, Gary lui avait répondu par ces mots tracés à la hâte sur un billet : « *Darling*, j'ai horreur de votre Wagner. Je crache sur sa tombe. »

Au cours de cet automne 1951, Hadji, le petit chien que Lesley avait recueilli à Paris et qui régnait en maître dans la maison, tomba malade et mourut. Elle était persuadée qu'un vétérinaire français l'aurait sauvé, car pour elle les Suisses ne savaient soigner que les vaches. Romain ne comprenait pas qu'elle passât des jours à pleurer pour un chien dont ils avaient hérité par hasard. Elle lui expliqua : « Mais le chagrin est le même ! »

Lesley partit chez Anne et Jacques Vimont, qui avait pris ses fonctions de secrétaire général du gouvernement en Tunisie. Leur somptueuse demeure, située dans la baie de Tunis face à la mer, avait été construite par un riche Italien pour Galeazzo Ciano, le gendre de Mussolini. Les Vimont mirent à sa disposition un pavillon dans le parc, et la mère d'Anne, qui travaillait comme médecin à l'hôpital musulman Sadiki, dans la médina, lui fit visiter la ville arabe, qui l'envoûta. Les prostituées exposées derrière les vitres des bordels arabes la fascinèrent. Une voiture de louage avec chauffeur la conduisit à Sidi-Bou-Saïd, Sfax, Kairouan,

Djerba, Laghaoran et Takrouna. Elle envoyait des lettres très détaillées sur son périple à Hélène Hoppenot, et la priait de rappeler son existence à « Monsieur mon mari ». Accompagnée par Magee, une photographe qu'elle détestait à cause de ses manières vulgaires et de son accent irlandais, elle entreprit des recherches sur Isabelle Eberhardt, une des quatre héroïnes du livre qu'elle avait projeté d'écrire sur les femmes amoureuses de l'Orient et des Arabes.

## 41.

Le 25 octobre 1951, Henri Hoppenot apprit qu'il était nommé représentant permanent de la France au Conseil de sécurité des Nations unies à New York. Il proposa immédiatement à Romain Gary de le suivre dans son nouveau poste. Il fut convenu que l'écrivain le rejoindrait aux États-Unis après avoir effectué une mission de deux mois à l'administration centrale parisienne, au cours de laquelle il assisterait Pierre de Leusse, chef du service d'information et de presse, pour la session de l'ONU qui se déroulerait à Paris en novembre et décembre 1951. Avant de quitter Berne, Gary voulut prendre congé de son protecteur qui travaillait dans son bureau. Celui-ci lui répondit qu'il le recevrait quelques instants plus tard, mais quand le secrétaire vint le chercher, Romain ne put se résoudre à entrer, car il était en larmes.

Juste avant de partir, il écrivit à Gaston Gallimard pour l'avertir de sa prochaine arrivée à Paris. Après les amabilités d'usage, il informait son éditeur qu'il exigeait trois mensualités de 150 000 francs versées le 15 du mois à valoir sur les droits de son roman *Les Couleurs du jour*, somme qu'il s'engageait à rembourser si le manuscrit était refusé, et dont il avait un besoin urgent, car le percepteur le menaçait de saisie et d'une amende de 100 000 francs pour ne pas avoir payé ses impôts à Roquebrune.

À Paris, Gary s'installa à l'hôtel Lutétia, boulevard

Raspail, proche des éditions Gallimard. La session de l'ONU avait lieu dans des baraquements préfabriqués édifiés devant le palais de Chaillot, autour des pièces d'eau. Gary reçut au cours de cette mission le même traitement que ses collègues qui avaient des postes similaires, pour la même durée. Il dut toutefois avancer ses frais de voyage, à concurrence de 646 dollars, qui lui furent remboursés de très mauvaise grâce trois mois plus tard. Comment s'étonner qu'il fît alors le siège des éditions Gallimard pour obtenir une avance lui permettant de régler sa note au luxueux hôtel où il avait choisi de résider !

Commentaire de Geneviève Tabouis — qui donnait le dimanche matin « les dernières nouvelles de demain » — à Romain Gary sur la nomination d'Henri Hoppenot au Conseil de sécurité des Nations unies : « Il a dû en faire des démarches et remuer des tas de gens pour avoir obtenu un si grand poste ! » Mais elle s'empressa aussitôt d'envoyer un télégramme enthousiaste à l'ambassadeur pour le féliciter.

Entre-temps, Lesley continuait ses investigations en Afrique du Nord. Elle écrivait des lettres rageuses à Romain parce qu'elle était sans nouvelles de lui. Celui-ci, ne sachant où la joindre, lui envoyait au hasard des télégrammes chez les Vimont. Les expéditions de Lesley n'étaient pas toujours une partie de plaisir. Le 11 novembre 1951, elle se trouvait au nord du Sahara où elle avait entendu de merveilleux musiciens arabes. Elle avait quitté Ghardaïa à bord d'un camion Renault réduit à l'état d'épave. Le chauffeur, blessé et couvert de pansements, persuadé qu'il était victime d'une hémorragie, s'était soudain arrêté au bord de la route pour défaire ses bandages. En remontant dans le camion, Lesley s'était cruellement blessée en refermant la porte sur son doigt. Le chauffeur eut beaucoup de mal à rejoindre la prochaine oasis, car le radiateur fuyait. On leur offrit du thé vert, mais l'eau n'étant pas potable, Lesley fut bientôt victime de troubles gastriques. Aussi leur véhicule se transforma-t-il progressivement en ambulance. Parvenue à Aletti, après dix jours de pénurie d'eau, elle put enfin prendre un bain chaud, dont elle eut beaucoup de mal à sortir. Il faisait si froid dans les montagnes du djebel Amour qu'elle s'était acheté un épais burnous de laine à Beni-Sgen.

À son retour en Suisse, Lesley apprit que Romain avait dû sans délai quitter Berne pour Paris, puis pour New York. Elle ignorait ce qui était advenu de leur appartement et de leurs affaires. « Il est évident que Romain et moi sommes nés sous l'étoile du désordre ; où que nous nous trouvions, nous devons faire face à des désastres domestiques », écrira-t-elle dans *Romain, un regard particulier.*

42.

# New York

Embarqué au Havre à bord du paquebot *Île-de-France* sans Lesley, toujours en expédition en Afrique du Nord, Gary, nommé au sixième rang de la délégation française, débarqua à New York au mois de janvier 1952.

Quelques jours après son arrivée, il écrivit à Henri Hoppenot, qui n'était pas encore à son poste, qu'il ne se sentait pas promis à une grande carrière diplomatique et que Lesley se berçait de douces illusions à ce sujet. Il ajoutait : « Les membres de la délégation se bouffent entre eux... et leurs épouses sont tristes et lourdes. C'est même pas de la viande, c'est de la charcuterie. »

L'affaire de mœurs du diplomate français qui avait eu lieu quelque temps plus tôt avait si bien fait le tour des salles de rédaction new-yorkaises qu'un jour où Gary confiait à un journaliste qu'il allait courir le matin dans Central Park pour se mettre en forme, son interlocuteur lui répondit : « Oh ! prenez garde, Central Park ne réussit pas à la délégation française. »

La tâche de Gary consistait à défendre la politique extérieure de la France. Il était enchanté de son travail à l'ONU. Bien que ce fût souvent une tâche difficile, il s'y entendait à merveille. Il parlait l'anglais sans accent et résistait courageusement aux questions agressives des journalistes concernant la guerre coloniale menée par les Français en Indochine et leur refus d'accorder l'indépendance au Maroc et à la Tunisie. La guerre d'Algérie n'avait pas encore éclaté. La presse américaine s'intéressait également à la position négative des dirigeants français vis-à-vis du projet de Communauté européenne de défense. La France avait, en effet, signé un traité à Paris le 27 mai 1952, dont elle avait été l'initiatrice. Après une volte-face, sa ratification fut cependant rejetée définitivement par le Parlement le 30 août 1954, peu de temps avant le départ de Gary des États-Unis. Il avait été obligé de justifier l'abandon d'un traité qu'il avait défendu pendant deux ans devant les représentants de la presse internationale. Malgré sa haine de l'Allemagne, Gary avait été scandalisé par l'attitude de son pays qu'il jugeait pusillanime. « La mission culturelle de la France, écrivait-il au mois de septembre 1953 à son ami Jacques Vimont, c'est tout de même autre chose qu'un trou du cul serré. »

Il n'était cependant pas appointé pour délivrer aux médias américains ses états d'âme. Il avait donc défendu la rage au cœur le vote de la France, ainsi que l'écrivit Henri Hoppenot dans des termes plus conformes au langage diplomatique :

> Bien qu'en principe et conformément aux instructions très strictes que je lui ai données, mon collaborateur se refuse de traiter de questions étrangères au domaine propre de cette délégation, il ne lui a pas été possible dans les circonstances actuelles de se dérober à toute discussion du problème de la Communauté européenne de défense. Se conformant à mes indications, il s'est attaché non à justifier le vote du Parlement, mais à en faire comprendre les raisons à ses auditeurs et à réfuter les interprétations tendancieuses qui en ont été données.

Le bureau de la délégation française se trouvait au 4 de la 79e Rue, très loin des bâtiments de l'ONU, dans une maison du XIXe siècle glaciale en hiver et insupportablement chaude en été. Outre Gary, la mission permanente de la France était composée d'éléments assez jeunes et brillants : Jacques Tiné, Francis Huré et

Charles Lucet. Le matin, le nouvel attaché de presse travaillait à ses romans. Après le déjeuner qu'il prenait avec ses trois collègues, il se rendait aux Nations unies, dans le gratte-ciel de trente-neuf étages construit au bord de l'East River par K. Wallace Harrison sur le site des anciens abattoirs.

C'était l'époque de la guerre froide, et Romain, qui parlait bien le russe, discutait de temps en temps, non sans fierté, avec des membres de la délégation soviétique. Il revenait avec des informations dont il exagérait probablement l'importance, d'après Jacques Tiné. « Professionnellement, ce n'était pas tellement productif parce qu'il nous racontait des coups, et nous ne savions pas si c'était lui ou les Russes qui les inventaient [1]. »

Gary tenait en piètre estime l'Organisation des Nations unies. Dans *La nuit sera calme*, il écrit :

> Pour le contenu politique, c'est le viol permanent d'un grand rêve humain. L'ONU a été dévorée par le cancer nationaliste. Le nationalisme, surtout quand il est jeune, frais et pimpant, c'est d'abord le droit de disposer sans appel d'un peuple — par tyrannie intérieure — au nom du droit des peuples à disposer d'eux-mêmes. C'est le droit de couper les mains ou le clitoris des filles, de lapider les femmes adultères, de fusiller, d'exterminer, de torturer, au nom du droit du peuple à disposer de lui-même. Tu peux faire tuer un million d'hommes à l'intérieur des frontières de ton pays et siéger aux Nations unies à la commission des Droits de l'homme, monter à la tribune de l'Assemblée générale et prononcer un discours sur la liberté, l'égalité et la fraternité et te faire acclamer, parce que les affaires intérieures d'un État, s'est sacré. « Nations unies », ces mots-là, ces mots en eux-mêmes, sont un défi au langage, un détournement, un viol du langage. Les Nations unies, c'est un endroit où le comité directeur, en quelque sorte, c'est-à-dire le Conseil de sécurité, peut enterrer n'importe quel cadavre, n'importe quelle extermination, n'importe quel esclavage, par l'exercice du veto d'une des grandes puissances [2]...

Quand Lesley rejoignit enfin Romain à New York, elle tenta tout d'abord de rendre leur maison plus agréable. Les meubles étaient arrivés de Berne cassés et rayés, elle trouva ses services de porcelaine en morceaux. Comme elle pleurait devant le désastre, Gary lui lança : « C'est de votre faute, vous n'aviez qu'à être là ! », alors que lui-même ne s'était occupé de rien, pas même de les assurer. Effondrée, elle alla chercher un peu de compassion auprès d'Hélène Hoppenot qui l'écouta patiemment se lamenter : « Vous ne savez pas ce que c'est la vie avec Romain. Il jette tout par terre. Ses vêtements, le trognon de la pomme qu'il vient de manger. Il met ses pieds sur les coussins de mon lit. — Établissez un *modus vivendi*. Ayez une chambre complètement à vous, où il lui sera défendu d'entrer, conseilla Hélène. — Et puis toutes ces femmes ! » poursuivit Lesley. Gary avait de nombreuses maîtresses dont il lui lisait les lettres. Hélène demanda à Lesley si son mari se comportait de cette manière quand elle l'avait épousé. Non, autrefois, il était doux et aimant, mais à présent son caractère était devenu violent et irascible.

Selon Hélène, Lesley aussi avait changé, mais elle ne s'en rendait pas compte. Ainsi, il lui arrivait de manifester publiquement son irritation envers son époux quand elle ne lui lançait pas des réflexions blessantes.

Avec beaucoup de tact, Mme Hoppenot évoqua l'éventualité d'un divorce, ce qui eut pour effet de faire redoubler les larmes de Lesley. Elle adorait Romain, mais ne comprenait pas pourquoi il se comportait avec elle « comme un moujik ». Lesley ne se contentait pas de pleurer. Un jour où Gary passa les bornes durant le déjeuner, elle s'empara du gigot qu'elle venait de déposer devant lui et le lança à toute volée dans sa direction. Le gigot manqua la tête de Romain et s'encastra derrière lui entre deux rayons de la bibliothèque. Lesley éclata de rire, tandis que « Monsieur son mari », gravement offensé, se levait et quittait sans un mot leur maison.

Ces relations tempétueuses ne les empêchaient pas de travailler chacun à son œuvre, ni de remplir leurs obligations mondaines. Ils reçurent à déjeuner Madeleine et André Malraux, avec Teilhard de Chardin,

Gladwyn Jebb, ambassadeur de Grande-Bretagne aux Nations unies, et Jacques Tiné qui se rappelle que Malraux avait été battu sur le terrain de la volubilité et de l'éloquence par les propos très élevés de Teilhard de Chardin, tandis que Gary écoutait en silence et que Lesley courait dans tous les sens pour servir le repas à des hôtes aussi remarquables.

Ainsi que Lesley Blanch l'écrivit dans son livre de souvenirs, *Romain, un regard particulier*[3], ils accompagnèrent le couple Malraux le temps d'un week-end à Washington dans un train de luxe, dont un wagon était aménagé comme un salon. Malraux déversait un flot de paroles, submergeant ses amis et même les autres voyageurs. Il continua dans le taxi qui les emmenait à l'hôtel. Après un court répit alors qu'ils s'installaient dans leurs chambres respectives, Malraux convia Romain et Lesley à visiter des musées. On les avait conduits dans des salles fermées au public en son honneur. Malraux commentait les œuvres. Gary souffrait en silence. À l'heure du déjeuner, il dut s'allonger. Dans le train du retour, poursuivant son monologue, Malraux aborda sa passion pour les poupées Hopi Kachina confectionnées par les Indiens d'Amérique. Gary, affalé dans son fauteuil, semblait dormir. Il n'en était rien. À son retour à New York, il s'empressa d'acheter pour les exposer dans son salon une collection de poupées Kachina et une étude très sérieuse qui leur était consacrée[4].

Lesley, toujours entichée des Russes, fréquentait des émigrés proches de la grande-duchesse Marie et de la princesse Natasha Paley, petite-fille d'Alexandre II. Elle rendait souvent visite à Carson McCullers qui buvait du gin pur qu'elle dissimulait dans sa théière. Elle était aussi l'amie du mécène et imprésario Lincoln Kirstein, de Leo Lerman, journaliste spécialiste de théâtre et de musique qui vivait avec le peintre Gray Foy. Elle fit la connaissance de Marlene Dietrich, Maria Callas, Truman Capote, Tennessee Williams et de la princesse Oblensky, qui partageait sa passion pour le Caucase et les tribus musulmanes. Elle convainquit le célèbre photographe Horst de faire des portraits de Gary pour la sortie de *The Colours of the Day.* « De quoi voulez-vous qu'il ait l'air ? Beau, intéressant ? — Les deux », avait-elle répondu. Elle réussit aussi l'exploit d'emmener son mari écouter le pianiste Nikita Magaloff qui jouait Schubert. À sa grande surprise, Gary ne chercha pas à quitter la salle de concert[5]. Mais il assistait plus volontiers aux défilés de mode à cette époque où la présentation de la collection de Christian Dior à New York constituait un événement et un enjeu économique important pour la France[6].

Tandis que Gary achevait la réécriture des *Couleurs du jour,* Lesley rédigeait *The Wilder Shores of Love,* le livre que lui avaient inspiré ses voyages et ses recherches en Afrique du Nord.

Ses quatre héroïnes n'étaient pas des intellectuelles mais d'audacieuses aventurières. Elles illustraient les fantasmes de la société européenne du XIXe siècle. Bien que d'origine et d'éducation différentes, elles croyaient avoir trouvé à l'Est les horizons luxuriants et voluptueux peints par Delacroix. La fascination du *kef* — le vide —, la grande passivité de l'Orient, qui était en train de disparaître à l'Ouest, les attiraient. Aimée Dubuck de Rivery, élevée au couvent, enlevée par les corsaires et jetée dans le harem du Grand Turc, offrait un violent contraste avec Isabelle Eberhardt, née à Genève, Russe mystique et voluptueuse qui crut trouver la liberté en allant vivre parmi les Arabes travestie en homme et qui mourut noyée dans un oued à l'âge de trente ans. L'honorable Jane Digby, lady Ellenborough, baronne Venningen, comtesse Théotoky et épouse de Sheik Abdul Medjuel El Melzrab, riche et scandaleuse divorcée, connut une multitude d'hommes, tandis qu'Isabel Arundell, lady ruinée, aima exclusivement et avec une fureur obstinée Burton d'Arabie, un des plus grands aventuriers de son temps.

Après avoir expédié *Les Couleurs du jour* à Claude Gallimard, Gary s'absenta pour faire le tour des

États-Unis en autobus. Son voyage s'acheva de la pire façon. Il n'avait pas pris assez d'argent et dut rentrer en voyageant sans repos de jour comme de nuit. À son arrivée à New York, épuisé, il s'évanouit théâtralement deux fois. Hypocondriaque, il se faisait sans cesse examiner par les médecins et confia à ses collègues qu'il craignait, cette fois, d'être atteint d'une maladie de la prostate.

D'une humeur massacrante, il rentrait chez lui à l'heure du dîner, mangeait en toute hâte, puis allait lire dans sa chambre sans adresser un mot à sa femme.

Les médecins américains lui avaient conseillé de se faire ôter la vésicule biliaire. Il avait pris rendez-vous avec un chirurgien à Paris et interdit à Lesley de l'accompagner. C'est le moment qu'il choisit pour expliquer à son épouse qui n'était plus en âge de procréer qu'il voulait ardemment un enfant, car c'était une promesse qu'il avait faite à sa mère.

Chaque matin, devant sa glace, il observait ses rides naissantes, et disait à Henri Hoppenot : « Vieillir est affreux ! — C'est vrai, mais on s'y habitue. — Ah, ce que vous dites là est plus affreux que tout !... » Il guettait, encore imperceptible, un sillon qui se creusait de chaque côté du nez et rejoindrait un jour encore lointain mais redouté de molles bajoues. Pour retarder la dégradation de son corps d'athlète, il s'imposait des régimes cruels, nageait, courait. Il prenait soin de sa peau, et s'évertuait à conserver toute l'année un beau teint ambré naturel, uniforme de la tête aux pieds, entretenu l'hiver sous une lampe à ultraviolets. Ses yeux saphir, ombrés de longs cils bruns, n'avaient rien perdu de leur transparence. Mais il observait sans indulgence, comme la préfiguration de sa vieillesse, les outrages du temps sur le visage de sa femme, de onze ans son aînée.

Henri Hoppenot appréciait la loyauté, le dévouement de Gary et la manière dont ce dernier avait appris à parler parfaitement l'anglais américain en quelques mois. Certes, il avait tendance à faire un peu trop confiance à son imagination puissante de romancier, mais il réussissait courageusement, dans une atmosphère souvent hostile, à défendre la France devant les journalistes.

Dans un rapport du 8 février 1954, Gary écrit :

> L'activité de l'attaché de presse auprès de la délégation permanente s'exerce sur deux terrains bien distincts, celui des relations avec les journalistes et celui des rapports directs avec le public, dans le cadre spécifiquement américain des *public relations*. Les cinq cent soixante-dix-neuf représentants de la presse accrédités auprès des Nations unies ne constituent donc qu'une partie du public auquel doit faire face tous les jours le « porte-parole » de la délégation.
>
> Les Nations unies sont entrées profondément dans la vie américaine, sinon peut-être comme une institution mondiale, du moins comme une attraction prestigieuse. Elles ont le caractère de ce qu'on appelle ici « front page news ». Cette curiosité se traduit par un flot ininterrompu de demandes de conférences, d'interviews à la radio et à la télévision, de discours, de participations à des réunions contradictoires, demandes émanant de diverses associations, groupements, amicales, « fraternités », clubs, sociétés, etc., dont l'importance dans la vie américaine est considérable.
>
> Le but de ces conférences est de présenter les points de vue français sur les problèmes évoqués devant les Nations unies, mais les questions s'écartent toujours de ce thème pour s'étendre à tous les aspects de la vie politique française.

La question la plus fréquemment posée à Gary concernait la place de la France au Conseil de sécurité, alors qu'elle n'était plus considérée comme une grande puissance par les Américains.

Hélène Hoppenot assistait aux séances de l'Assemblée générale des Nations unies. Dans son journal, elle décrit l'arrivée des grands de ce monde dans la salle des délibérations : Gromyko, le sanguinaire Vichinsky, Malenkov, Malik accusant, à tort, les Américains de mener une guerre bactériologique en Corée, Cabot Lodge, Maurice Schumann. Lesley, trop occupée à écrire son livre ou à rédiger des articles pour les journaux, n'y mit pas les pieds une seule fois.

C'est à cette époque qu'éclata l'affaire Rosenberg. Durant la « guerre froide » et la « chasse aux sorcières » menée par le sénateur McCarthy, Julius Rosenberg, un ingénieur communiste, et son épouse Ethel avaient été reconnus coupables le 9 avril 1951 de conspiration en vue de livrer les secrets de la bombe atomique à l'URSS. Ils furent condamnés à la peine capitale. La cruauté du verdict eut un immense retentissement. Une campagne d'opinion mondiale tenta de sauver le couple, dont la culpabilité n'avait pas été clairement établie. Le pape intervint auprès du gouvernement américain pour demander la grâce. Les présidents Truman et Eisenhower refusèrent d'examiner tout recours en grâce, alors que les condamnés, dénoncés par leur beau-frère David Greenglass, continuaient à clamer leur innocence.

Curieusement, on ne trouve pas trace dans l'œuvre de Gary de cette tragédie, pas même dans son récit autobiographique *La nuit sera calme*, où il décrit longuement son travail d'attaché de presse de la délégation française aux Nations unies à New York, évoque la guerre froide, les crises qui ont marqué la vie politique de l'Amérique pendant son séjour aux Nations unies et nombre d'événements politiques américains de moindre importance. Il ne mentionne nulle part le procès et l'exécution d'Ethel et Julius Rosenberg. Pourtant, Hélène Hoppenot, que Gary côtoyait quotidiennement, y consacra plusieurs pages de son journal. Le 20 juin 1953, bouleversée, elle écrivit :

> La fin du procès Rosenberg a été une corrida à mort qui restera un scandale dans l'histoire de la justice américaine. Les Rosenberg sont morts sans prononcer un mot, faisant preuve d'un courage bouleversant. Coupables ou non, ils ont donné à ceux d'ici, et jusqu'à leur dernier instant, une leçon de dignité, leçon qu'ils sont malheureusement incapables de comprendre.

Le 21 janvier 1954 :

Maître Emmanuel Bloch, l'avocat des Rosenberg, est menacé de radiation. On pourrait aussi lui enlever la tutelle des deux fils des condamnés !

Le 1er février :

L'avocat des Rosenberg, Emmanuel Bloch, a été trouvé mort dans sa salle de bains. Mort étrange sur laquelle jusqu'ici aucun détail n'a été donné. Les deux enfants, sans défenseurs, vont pouvoir être livrés à des « institutions » qui se chargeront de leur faire entendre la bonne parole et de semer en eux le bon grain.

Le 12 février :

Les deux enfants Rosenberg ont été confiés à leur grand-mère. Mais avant de les lui donner, le juge a fait passer à la vieille dame un examen complaisamment commenté par les journalistes : on lui a demandé si elle avait élevé les enfants dans les principes du judaïsme lorsqu'ils ont passé une année chez elle après l'arrestation de leurs parents. Leur avait-elle appris que Dieu existe ? Leur avait-elle inculqué l'amour des États-Unis ? Enfin, une dernière question que je trouve atroce dans son hypocrisie : « *You wouldn't teach these children to hate this country, would you*[7] ? »

Le 11 mars :

Le *State Department* a refusé de délivrer un passeport au dramaturge Arthur Miller qui avait l'intention de se rendre à Bruxelles pour assister à la première de sa pièce *Les Sorcières de Salem*.

Julius et Ethel Rosenberg furent exécutés le 19 juin 1953 sur la chaise électrique de la prison de Sing Sing. Or, à soixante-dix-neuf ans, cinquante ans après l'exécution, David Greenglass avoua sur un plateau de télévision de la chaîne CBS que c'était lui qui espionnait pour le compte des services secrets soviétiques. Il admit avoir fait un faux témoignage et avoir passé un accord avec Roy Cohn, l'assistant du procureur, pour charger sa sœur et son beau-frère qu'il détestait et auxquels il devait de l'argent. Sans remords, il justifia son acte en expliquant qu'il ne voulait pas sacrifier sa femme et ses deux enfants.

## 43.

En France, *Les Couleurs du jour* n'eurent pas plus de succès que *Le Grand Vestiaire.* Sous le titre *Colors of the Day,* le roman avait été très bien accueilli en Angleterre et aux États-Unis en 1953. Roger Martin du Gard écrivit à Gary :

> Vous avez fait un bond prodigieux [...] Tous vos dons semblent éclos, et l'on vous sent en possession de quelque chose de plein, de fort qu'il faut bien appeler la maîtrise... Oui, votre talent, si particulier qu'il soit, si incomplètement satisfaisant même qu'il puisse être encore, a atteint un degré de force, de puissance (dans ses limites), qui fait penser que vous n'irez pas beaucoup plus loin maintenant dans la possession de votre art, que vous pouvez maintenant, avec cet outil remarquable, faire ce que vous voudrez : le chef-d'œuvre qu'on attend de vous ! Allez-y !

Ces compliments n'étaient cependant que le prélude annonçant les plus cuisantes critiques : Martin du Gard a lu le livre avec une irritation constante. Pourquoi diable Gary cherche-t-il sans cesse à surprendre, à épater le lecteur ? Pourquoi ces minauderies, ces galipettes. « Pourquoi, par exemple, prenez-vous tant de malignité à finir chaque phrase autrement qu'on ne s'y attendait, autrement qu'il eût été naturel de la finir, et, ce qui est plus grave, autrement que la logique évidente de votre pensée vous poussait à l'écrire ? » Martin du Gard conclut cependant que « la critique est impardonnable de n'avoir pas élevé ce livre au tout premier rang, pour les immenses qualités et l'éclatante personnalité dont il témoigne ».

Gary envoya une lettre fulminante à Michel Gallimard l'accusant de ne pas savoir mettre son livre en valeur. On voulait le faire passer « pour un âne prétentieux » en écrivant sur la bande-annonce que *Les Couleurs du jour* était le premier roman écrit sur l'amour. « Nous étions jusqu'ici des pingres et des crétins, nous sommes aujourd'hui des saboteurs, il y a parmi nous des âmes perfides qui cherchent à te nuire... » lui répondit Michel Gallimard, en ajoutant que son roman n'était pas commercial. Tout finit par s'arranger, Gary se montra très satisfait lorsqu'il reçut les premiers exemplaires de son livre : « Ces sacrés Gallimard, tout de même ! On sent la griffe tout de suite ! »

Au mois de mai 1954, Lesley céda au désespoir. Romain lui proposait de se séparer, de divorcer. Elle s'y opposait. Il pleura, cria qu'il était malheureux, qu'il n'en pouvait plus. Il voulait quitter New York, se faire engager au service des Œuvres[1]. Ainsi, il pourrait revenir en France et satisfaire sa passion du cinéma, aller au festival de Cannes. Les jeunes Américaines ne l'inspiraient « ni sentimentalement ni physiquement » et il se consumait à l'idée de toutes les occasions manquées ailleurs. Lors de leur mariage, ils s'étaient promis une liberté mutuelle. Lesley l'a lui avait pleinement accordée. En larmes, elle demanda à Hélène Hoppenot si le fait d'être plus âgée que son mari faisait d'elle une femme repoussante.

Le 20 juillet, l'ambassadrice note dans son journal une anecdote étonnante à laquelle un roman de Gary allait donner un écho cocasse puisqu'on la retrouvera dans *Gros-Câlin*.

Betty Killien, une vieille fille, demeurant 246 East Street, examinait son appareil à air conditionné à travers la fenêtre, quand elle aperçut un long serpent enroulé sur la partie extérieure de l'appareil. Ayant frappé sans succès sur la vitre pour l'effrayer, elle téléphona à la police qui alerta la Société protectrice des animaux. Un policier vint également chez elle et vit le reptile pénétrer dans l'appareil, laissant un bout de sa queue à l'extérieur. Le policier la tira violemment, mais elle lui resta dans la main. On fit alors appel à des spécialistes qui démontèrent l'appareil et se trouvèrent face à un grand trigonocéphale, un serpent très venimeux.

Dans *Gros-Câlin*, le serpent fausse compagnie à Cousin qui l'avait adopté, descend par les canalisations chez les voisins où il apparaît dans la cuvette des W-C.

> Je savais qu'il aimait beaucoup l'eau et je ne le laissais jamais jouer dans les W-C, à cause de leur usage. Mais ce jour-là, en partant, j'avais mal fermé la porte et Gros-Câlin, qui est très explorateur, s'était glissé à l'intérieur. De là à s'intéresser à la cuvette des W-C il n'y a qu'un pas et Gros-Câlin se dressa pour respirer avec curiosité hors du tuyau et ce faisant toucha la personne de madame Champjoie du Gestard. Celle-ci étant très réservée, aimant la musique et les broderies fines, crut d'abord à une illusion, mais lorsque Gros-Câlin persévéra dans ses efforts, donnant ici et là à la moumonette de madame Champjoie du Gestard des coups de tête dans sa sensibilité, celle-ci crut à un accident dans le tuyau et regarda à l'intérieur de la cuvette, pour se trouver devant un python de belle taille, qui émergeait[2].

L'avancement de Gary dans l'« Église » était lent et semé d'obstacles. En août 1952, il fut promu au modeste poste de secrétaire des Affaires étrangères de 1re classe, 1er échelon. Le 30 décembre de la même année, Henri Hoppenot écrivit dans son rapport qu'il n'avait qu'à se louer des services de Romain Gary. « Ce dernier assure les contacts avec la presse et il doit sa réussite dans ces fonctions à ses qualités personnelles de courtoisie, d'habileté et de sens psychologique. »

Ce rapport faisait suite au refus de la direction du personnel de promouvoir Gary au grade de conseiller des Affaires étrangères de 2e classe au prétexte du défaut d'ancienneté de l'intéressé. Or, se plongeant dans l'annuaire, Henri Hoppenot, qui était membre de la commission paritaire, avait constaté que certains collègues de Gary allaient bénéficier de cet avancement tout en se trouvant dans une situation similaire. Tous avaient été recrutés dans le cadre complémentaire à la même époque. Raymond Bousquet justifiait l'injustice en arguant du fait que le nombre de postes vacants était inférieur à celui des candidats, que les quatre agents promus étaient « relativement âgés » et que « leur manière de servir donnait toute satisfaction ». Le 20 juin 1953, Raymond Bousquet répondit à la lettre d'Henri Hoppenot datée du 28 mai : il allait faire réexaminer le cas de Gary, mais ajoutait perfidement qu'il serait « fort difficile de retenir cette année sa candidature ».

Henri Hoppenot avait tout lieu de se féliciter de Gary. Dans ses observations annuelles, il lui avait donné la note de 18 sur 20, et avait écrit le 15 juin 1953 :

> M. Gary s'est acquitté à mon entière satisfaction des fonctions d'attaché de presse que je lui ai confiées depuis mars 1952. Il s'est rapidement assuré la confiance et l'estime de tous les journalistes accrédités auprès de l'organisation [...] Fonctionnaire zélé, capable et dévoué, combattant héroïque des premiers jours dans les rangs de la France libre, M. Gary mériterait entièrement l'avancement de grade qui lui est, depuis deux ans, et malgré les promesses formelles qui m'avaient été faites, injustement refusé.

Le 29 juin 1953, Henri Hoppenot revient à la charge sans mâcher ses mots. Il écrit à Raymond Bousquet que la situation de Gary n'a pas été examinée de façon équitable, qu'il a été lésé puis, ainsi que l'établit la lettre circulaire du mois de février 1951, victime d'une erreur technique des services au moment de la rédaction du nouveau statut. Il signale que Gary a rendu des services à la libération de la France. Or, ses sept années de guerre n'ont pas été prises en compte pour la reconstitution de sa carrière. Ainsi, des agents moins bien notés que lui ont bénéficié d'années d'ancienneté. Le ministre demande instamment que cette erreur soit réparée. Il est intéressant de noter, ajoute-t-il, que parmi les autres agents discriminés, figurent trois Compagnons de la Libération. Il s'étonne que des hommes plus jeunes et moins bien notés aient bénéficié de faveurs qui n'ont pas été accordées à ceux qui présentaient toutes les qualités requises. Il rejette aussi les prétextes invoquant des dispositions budgétaires ne permettant pas de réparer une erreur de l'administration. Et pour que les choses soient bien claires, le chef de la délégation écrit sans ambages des choses qu'on ne dit pas au Quai d'Orsay :

> Il est scandaleux de voir des agents, dont certains, pris « par erreur » dans le cadre complémentaire sont restés jusqu'en août 1942 au service militant de Vichy, bénéficier d'un avancement qui les classe aujourd'hui bien avant un agent ayant la valeur professionnelle et les titres de résistance de Gary.

Pourtant Raymond Bousquet avait promis en février 1952 que Gary passerait conseiller avant la fin de l'année. Il avait même laissé entendre qu'on pouvait le nommer immédiatement mais que, dans son intérêt, il valait mieux attendre quelques mois pour qu'il bénéficiât ensuite d'une promotion plus rapide au grade de conseiller de 1re classe.

> Je vous ai fait confiance et je vous ai cru [...] Je dois dire que je le regrette maintenant en constatant que ces assurances n'ont pas été tenues et que rien n'a été fait pour réparer l'erreur [...] Je pousserai l'affaire aussi loin et aussi haut qu'il le faudra pour que cette injustice soit réparée.

Cette lettre n'émut pas la direction du personnel qui persista et signa : « Gary ne s'est pas trouvé sensiblement retardé dans sa carrière par rapport aux agents de sa génération », estimait Raymond Bousquet dans une interminable lettre du 8 juillet à Son Excellence M. Henri Hoppenot. Bousquet en arriva à la conclusion que le nouveau statut n'avait pas porté le moindre préjudice au cadre complémentaire, mais avait au contraire constitué le seul moyen de rétablir des situations et fait « progresser des agents d'une manière qui eût pu paraître exorbitante [de deuxième secrétaire à ministre plénipotentiaire de 2e classe] entre 1951 et 1952, si leur âge et leur valeur professionnelle ne l'avaient pas pleinement justifié ». Le directeur concédait que la valeur professionnelle de Gary était égale à celle des cinq nommés. Il prétendit qu'ayant essayé de résoudre son cas et celui de deux de ses collègues, il s'était heurté au *non possumus* des responsables du budget. L'argument de l'âge avait départagé les candidats. Seuls cinq agents promus avaient moins de quarante ans.

Hoppenot ne s'avoua pas vaincu. Le 13 juillet, il écrivit de nouveau à son « cher ami » Bousquet. Il démontra que l'argument de l'âge ne pouvait être avancé puisque des agents plus jeunes que Gary et qui avaient servi Vichy à l'ambassade de France à Berne jusqu'à la fin d'août 1944 avaient été promus. Et cela, concluait-il, quelle que fût leur valeur professionnelle, était choquant.

Le 8 février 1954, Henri Hoppenot envoya au ministre des Affaires étrangères le rapport sur Romain Gary et une copie au cabinet du ministre, à celui du secrétaire d'État, à la direction d'Amérique, à la direction des Relations culturelles, à la direction du personnel, au secrétariat des Conférences et à l'ambassade de France à Washington !

Le 1er avril 1954, Henri Hoppenot poursuivit ses efforts auprès de Bousquet pour obtenir l'inscription de Gary au tableau officiel d'avancement pour le grade de conseiller. Jacques Vimont lui avait garanti l'accord total du cabinet. Le 3 juillet 1954, Son Excellence reçut le tableau d'avancement pour les conseillers et y trouva enfin le nom de Gary au grade de conseiller de 1re classe, 2e échelon.

L'affaire était cependant loin d'être réglée. Le 3 septembre, l'ambassadeur de France, chef de la mission permanente de la France aux Nations unies, demanda la communication officielle lui indiquant que Gary était habilité à porter son titre de conseiller. Le 17 novembre, la direction du personnel répondit au ministre que la nomination de Gary n'avait pu être effective, faute de vacance.

Le 24 novembre, Henri Hoppenot exprima son regret de voir la mission de son attaché de presse à New York toucher à sa fin. Gary avait décidé de quitter New York. Il écrivit le 27 octobre à la direction du personnel pour rappeler que M. Levasseur lui avait promis formellement trois ans plus tôt de le nommer conseiller de 1re classe dans les trois mois. Or, cette promesse confirmée à Henri Hoppenot n'avait pas été tenue. « Dès lors, Monsieur le Ministre, de deux choses l'une : ou bien une telle médiocrité de carrière résulte de la médiocrité de mes capacités, et je tiens alors ma démission à la disposition du département, ou bien elle est une injustice évidente, et je me permets de demander qu'elle soit réparée. » Henri Hoppenot avait attribué à son collaborateur la note maximale pour toute la période de son activité à la délégation française aux Nations unies.

On proposa à Gary une affectation dans le cadre de l'Organisation du traité de Bruxelles. Il pourrait rejoindre Londres dès le 15 décembre. Le 21, Gary, toujours secrétaire des Affaires étrangères de 1re classe, 2e échelon, était chargé, en dépit de ses protestations, des mêmes fonctions à l'ambassade de France à Londres. En attendant d'être détaché, il devrait effectuer provisoirement la liaison entre l'ambassade et le secrétariat général du pacte de Bruxelles. On lui demandait de communiquer de toute urgence le devis de son voyage et du transport de ses meubles à Londres. Ses ennuis n'étaient pas terminés.

## 44.

Cette année 1954 vit le triomphe de Lesley Blanch. Son premier livre, *The Wilder Shores of Love*[1], dédié à Romain Gary rencontra un immense succès en Angleterre et aux États-Unis où il reçut le prix « Book of the Month[2] ».

Les droits d'adaptation de l'histoire d'une de ses héroïnes, Aimée Dubuck de Rivery, *La Sultane blonde*, furent vendus très cher à la Metro Goldwyn Mayer qui engagea Elizabeth Taylor dans une superproduction en Technicolor qui fut tournée en 1955. « Je sais d'avance que ce sera une horreur, mais je pourrai gagner un peu d'argent », soupira-t-elle en signant le contrat. Elle devait subvenir aux besoins de sa mère âgée et malade qui vivait en Angleterre. Il y eut douze traductions. Néanmoins, Lesley tempêtait parce que l'index comportait beaucoup d'erreurs. L'une de ses héroïnes s'appelant Eugénie, l'index indiquait : « *Eugénie, Empress of the French*[3] *!* » En découvrant la dédicace sur la page de garde, Gary avait éclaté en sanglots.

Il avait subi en France trois déceptions consécutives avec ses romans et traversait une profonde crise de dépression. Un soir, Charles Lucet, premier conseiller à la mission permanente de la France à l'ONU également ministre-conseiller, délégué adjoint auprès du Conseil de sécurité, fut surpris de trouver de la lumière en entrant dans les bureaux de la délégation française. À travers la vitre dépolie d'une porte, il devina une forme affaissée sur la table. Il entra et trouva Gary prostré. « Êtes-vous souffrant ? — Non, je suis un raté... je suis un raté... »

*Les Rives sauvages de l'amour* figurait en tête des best-sellers en Angleterre et aux États-Unis. À la maison, le téléphone sonnait sans cesse pour Lesley. Un jour où les journalistes assiégeaient l'appartement, Gary se réfugia dans la salle de bains. Il était assis sur le rebord de la baignoire, lorsque l'un d'entre eux passa la tête dans l'embrasure de la porte et lui demanda : « Quel effet cela fait-il d'être marié à un écrivain célèbre ? — Vous devriez demander à ma femme. Voilà dix ans qu'elle en fait l'expérience quotidienne », répondit-il sans broncher.

Trois ans plus tard, alors qu'il venait de recevoir le prix Goncourt pour *Les Racines du ciel*, *Actualité littéraire* publiait une nouvelle intitulée *Vient de paraître*, où Gary pratiquait l'autodérision en racontant le succès de Lesley.

> Un dimanche, je me réveillai dans l'appartement que ma femme et moi occupions à New York sans éprouver le moindre pressentiment du désastre qui nous menaçait. Je savais bien que ma femme avait écrit un livre, que celui-ci venait d'être publié et que les premières critiques allaient paraître le dimanche qui suivait la sortie du livre, selon la coutume des journaux new-yorkais [...] Je m'emparai des deux kilos de papier que représentent, le dimanche, les numéros réunis du *Times* et du *Tribune*. Pendant quelques secondes je demeurai, je crois, parfaitement immobile.
>
> J'ai été pilote de guerre et je suis capable de résister aux plus grandes secousses. Mais j'avoue que je n'avais jamais rien ressenti de pareil. À la fois le *Herald Tribune* et le *New York Times* consacraient, l'un toute sa première page, et l'autre un *double spread* au livre de ma femme. Il n'est pas assez de dire qu'ils lui trouvaient des qualités. Ils l'accablaient d'éloges...
>
> Mon désarroi fut tel que je dus m'allonger. Le médecin vint me voir et m'annonça que je semblais avoir reçu un choc nerveux[4].

Le 8 décembre 1954, Romain Gary écrivit à son ami René Agid qu'il pensait arriver à Londres une semaine plus tard et que, désormais, il pourrait venir plus souvent à Paris. Lesley restait à New York. Avant de partir, Romain lui avait demandé : « Et vous ? Retournerez-vous à Londres ? — Pour rien au monde, avait-elle répondu. Je ne veux pas retrouver le milieu que j'ai quitté pour vous épouser et montrer à tous la faillite de notre mariage. »

Quelques jours avant son départ, Gary téléphona à neuf heures du matin au domicile de son ambassadeur. Comme il n'avait pas assez de malles pour organiser son déménagement, il avait couru en acheter, lui expliqua-t-il, mais celles qu'il avait choisies étaient si grosses, qu'elles ne pouvaient pas passer par la porte de l'appartement. Il les avait laissées dans le couloir qu'il partageait avec d'autres locataires. Henri et Hélène Hoppenot le reçurent. Il était désemparé et pleurait comme un enfant.

« Il faut que je parte, mon bateau lève l'ancre dans deux heures... Voudriez-vous prendre soin de Lesley. Elle n'est pas bien. » Il se précipita dans les bras d'Henri Hoppenot et s'enfuit sans plus un mot.

Le 30 décembre 1954, Jean Chauvel, encore en poste à Vienne, écrivit à Raymond Bousquet qu'il avait appris avec déplaisir que Gary avait été désigné pour tenir à Londres un emploi qu'on qualifiait de provisoire. Il s'agissait de lui assurer une rémunération en attendant son détachement vers un emploi relevant de l'Organisation du traité de Bruxelles. Il se disait offensé que sa nomination ait été effectuée sans qu'il en eût été avisé. Le futur ambassadeur de France à Londres déclarait qu'il ne tenait pas à avoir Gary dans son équipe, car il ne lui paraissait à aucun égard être « l'élément français » capable de tenir un secrétariat international. Un télégramme signé Bousquet arriva à la délégation informant Hoppenot qu'il fallait surseoir au départ de Gary « par suite d'un empêchement imprévisible ». Trop tard, ce dernier avait pris le bateau le 15 décembre et se trouvait à présent au milieu de l'océan.

Lorsqu'il arriva dans la capitale britannique, il fut informé que l'ambassadeur de France, pour des raisons inexpliquées, mais que tout le monde connaissait, refusait catégoriquement sa nomination, et qu'il n'acceptait pas non plus son détachement ultérieur auprès de l'Organisation du pacte de Bruxelles.

Le refus de l'ambassadeur était sans appel, ainsi qu'en témoigne sa lettre du 8 février 1955 à Raymond Bousquet, directeur général du personnel. Chauvel l'avait signifié deux jours plus tôt à l'écrivain au cours d'une entrevue d'une demi-heure très pénible dans son bureau, à l'ambassade de France.

À la place de Gary, Chauvel proposait de lui substituer Claude Cheysson, pour lequel il assurait qu'une dérogation serait très facilement obtenue, afin de le placer comme premier secrétaire, alors qu'il n'était actuellement que deuxième.

Gary, affolé, envoya, le 21 décembre, un télégramme à Henri Hoppenot.

NOMINATION LONDRES REMISE QUESTION
VOUS SUPPLIE TÉLÉPHONER BOUSQUET
ÉVENTUELLEMENT ME CONSERVER NEW YORK
SUIS COMPLÈTEMENT À BOUT
PRÉVENEZ LESLEY
ROMAIN

Alors qu'il s'était publiquement réjoui de sa nomination à Londres avant son départ de New York, Gary devait à présent supplier d'y rester. Il écrivit à nouveau à Henri Hoppenot : « Je suis complètement désemparé ! C'est tellement injuste ! Je ne sais pas quoi faire. Occupez-vous de Lesley. » Puis, quelques jours plus tard : « Chauvel s'est cru reconnaître dans le personnage de l'ambassadeur de ma nouvelle publiée par La Table ronde et *Harpers* et a formulé son veto contre ma nomination à Londres. Pour l'instant, je fais comme si je ne le savais pas. »

Romain affirma à Henri Hoppenot que l'ambassadeur avait eu tort de se reconnaître dans sa nouvelle qu'il avait écrite en 1948 à Sofia. Il l'avait alors lue à Jacques-Émile Paris, ministre plénipotentiaire de la légation de France[5].

Romain Gary aurait dû prendre ses fonctions le 21 décembre. C'est en vain qu'on tenta de convaincre Chauvel d'accepter Gary le temps de lui trouver une autre affectation. L'écrivain partit du 20 décembre au 3 janvier 1955 se reposer à Roquebrune. On pouvait le joindre à la cabine téléphonique. C'était le seul poste existant dans le village.

Henri Hoppenot écrivit encore deux lettres, le 21 et le 24 décembre, en faveur de Gary. Il disait bien connaître les dessous de l'affaire et déplorait qu'un ambassadeur de France se montrât sans raison à la fois aussi obstiné et maladroit. Il demandait un autre poste pour son protégé, espérant mettre fin au tort qu'il avait subi depuis trois ans dans sa carrière.

45.

# Londres

Le séjour à Londres tourna à la tragédie. Gary sombra dans un état dépressif si grave qu'il fallut l'hospitaliser. Au fond de l'abîme, il écrivit à son ami René Agid :

> Je viens de traverser un enfer et j'y suis encore. Arrivé à Londres juste à temps pour faire une dépression totale, heureusement cachée par des amis et depuis dix jours à l'hôpital, sans résultat positif : « désintégration de la personnalité sous le poids de conflits intérieurs irrésolus ».
>
> Mon docteur est : R. Saint Aubyn, 8 Wimpole Street à Londres.
>
> Je lui ai donné ton nom comme celui de « la personne à prévenir en cas d'accident », le seul ami que j'ai.
>
> Je suis absolument incapable de prendre une décision. Je ne comprends rien à ce qui m'arrive et pourquoi je suis dans cet état.
>
> Je ne comprends plus rien.
>
> Mon hôpital est : King Edouard the Hospital VII for officers. 1, Beaumont House, London W1.
>
> Je paye pour des années d'irrésolution.
>
> Je ne comprends pas du tout pourquoi j'ai perdu le contrôle…
>
> Tulipe.

Le médecin avait demandé à Lesley Blanch, qui trouvait la vie sans son mari plus légère, d'arriver à Londres au plus vite. À l'infirmière qui lui avait téléphoné pour lui dire que sa présence aux côtés de Romain était vivement recommandée, Lesley avait répondu, impavide :

« Est-ce que vous l'avez vu monter sur le rebord de la fenêtre ? — Non, pourquoi ? » lui répondit-on.

Lesley Blanch prit l'avion sans enthousiasme et se conforma aux instructions du psychiatre qui lui conseilla d'être très ferme face à Gary. Elle lui proposa à son tour de divorcer, ce qu'il ne lui pardonna pas. Lewis Allen, producteur de films, ami américain de Gary de passage à Londres, lui rendit aussi visite. Il le trouva en train de pleurer. Mais, quelques instants plus tard, l'écrivain eut la force d'éclater de rire et de se tourner en dérision.

À sa sortie de l'hôpital, Romain emménagea dans un logement à Brompton Road, dans le quartier chic de South Kensington, sans Lesley, installée pour sa part non loin de là, sur un ravissant *square*, au 7, Montpellier Terrace. Il écrivit des lettres mélancoliques à Henri Hoppenot. La nourriture était « pathétique », « le temps naturellement abominable ». Il rêvait de Venise, du café Florian, disait qu'il allait porter une boucle d'or sur le lobe gauche et ainsi devenir « le Vénitien de Brompton Road ». Il ramenait des filles chez lui, « jolies, simples, humbles et reconnaissantes ». Le suicide du peintre Nicolas de Staël l'avait profondément affecté.

*Persona non grata* à l'ambassade, Gary travailla dans les bureaux internationaux de la commission permanente du Pacte du traité de Bruxelles à Eaton Place, sous la férule d'un secrétaire général belge peu doué, qui s'occupait de questions culturelles et sociales. Il s'agissait d'intéresser les masses à la culture de l'élite. Gary fit quelques voyages en Europe, donna une conférence à Strasbourg. Le 12 février, Chauvel avait écrit une longue lettre assez alambiquée au directeur général du personnel dans laquelle il exprimait son désir de voir Gary aller exercer ailleurs ses talents, si grands fussent-ils. Néanmoins, il l'autorisait à demeurer à Londres jusqu'en août. Après quoi, l'écrivain fut discrètement invité à solliciter un congé rémunéré.

Gary écrivit à Sylvia. Il n'avait pas renoncé à l'idée du suicide qui l'obsédait depuis toujours :

> Merci de tes lettres. La réalité est que je suis au bout du rouleau au point de vue de mes ressources nerveuses. Je souffre au fond d'un extrême appauvrissement du système nerveux. C'est une sensation presque physique d'absence de ressource.
>
> Combien de temps je tiendrai le coup, je ne saurais le dire. De toute façon, j'aurai vécu jusqu'à quarante et un ans. C'est un exploit avec ma sensibilité.
>
> [...] Ne vous affolez pas de ma lettre. Rien d'immédiat. Je choisirai mon coin pour ça et ce ne sera pas un des lieux comme Londres ou New York où j'ai joué la comédie[1].

Au mois de juillet, Gary repartit à Roquebrune. Lesley l'y rejoignit. Il ne savait plus au juste s'il voulait divorcer. Il ne pouvait se passer d'elle.

Pendant son séjour, il commença un nouveau roman, *Éducation africaine*, un titre déplorable selon Michel Gallimard. Gary proposa alors *Les Racines du ciel*. Le livre allait lui apporter la consécration et une certaine aisance matérielle. Il décrivit ainsi ce séjour à *Paris-Match* :

> Je me rendis à Roquebrune-village, dans ma maison, d'où l'on voit l'Italie et la principauté de Monaco, et, sur mon petit balcon, face à la Méditerranée tranquille, dans la douceur d'un climat merveilleux, j'écrivais toute la journée, me délassant parfois par des plongeons rapides dans la mer bleue[2].

L'amour de Gary pour les éléphants qui s'exprimait dans *Les Racines du ciel* était lié à un souvenir de sa petite enfance, à Wilno :

> C'est dans une chambre d'enfant, il y a près d'un demi-siècle, que nous nous sommes rencontrés pour la première fois. Nous avons pendant des années partagé le même lit et je ne m'endormais jamais sans embrasser votre trompe, sans ensuite vous serrer fort dans mes bras jusqu'au jour où ma mère vous emporta en disant, non sans un certain manque de logique, que j'étais désormais un trop grand garçon pour jouer avec un éléphant.
>
> Il se trouvera sans doute des psychologues pour pré-

> tendre que ma « fixation » sur les éléphants remonte à cette pénible séparation, et que mon désir de partager votre compagnie est en fait une forme de nostalgie à l'égard de mon enfance et de mon innocence perdue. Et il est bien vrai que vous représentez à mes yeux un symbole de pureté et un rêve naïf, celui d'un monde où l'homme et la bête vivraient pacifiquement ensemble[3].

*Les Racines du ciel* fut le premier roman destiné à alerter l'opinion sur le danger d'un désastre écologique. Avant de le rédiger, Gary avait lu et annoté l'imposant rapport de la troisième conférence internationale sur la Protection de la faune et de la flore en Afrique, qui s'était tenue en 1953 à Bukavu, dans l'ex-Congo belge. Il y puisa les chiffres correspondant aux éléphants abattus, les renseignements sur les techniques de chasse, les protocoles, les recommandations fondamentales, les résolutions ayant pour objet la préservation des animaux sauvages, et notamment des éléphants, la police sanitaire, les captures, la législation forestière[4]. Il s'était également procuré plusieurs livres en anglais et en français sur la vie des éléphants et la menace de leur disparition : *Elephants, Komoon ! The Cry of the Fish Eagle, Hunter, Mes éléphants du Tchad*[5]. Hunter a inspiré à Gary le personnage du chasseur cruel. En revanche, le héros Morel lui vint sans doute d'un personnage réel, Raphaël Matta, dont l'histoire étonnante avait été diffusée par la presse. Diplômé de l'école d'horticulture de Versailles, garde-chasse, employé par une entreprise commerciale, Matta servait le dimanche de guide aux visiteurs du zoo de Vincennes. Il vivait à Paris avec ses deux enfants et sa femme Christiane, petite main et vendeuse dans une boutique de l'avenue de Friedland. Blessé par l'explosion d'une mine pendant la Seconde Guerre mondiale, il devint presque totalement sourd. Le président du Conseil, Henri Queuille, ému par son amour pour les animaux, le fit nommer dans l'immense réserve de Bouna, en Côte-d'Ivoire, où il vivait dans des conditions primitives avec sa famille. Se croyant investi d'une mission, il se mit en tête de sauver les éléphants d'Afrique des massacres perpétrés par les braconniers et les chasseurs blancs. Il se heurta à la prudence, voire à l'hostilité de l'administration, effarouchée par ses rapports aussi véhéments que désespérés. Voyant en lui un illuminé, un gêneur, les fonctionnaires lui opposèrent le langage cynique de la politique et de la raison. On racontait qu'on l'avait vu se mêler aux ébats des lions, jouer nu avec des singes carnassiers et vaincre une vipère de deux mètres prête à le piquer[6]. Matta avait envoyé aux autorités françaises de Côte-d'Ivoire une lettre dont le style ressemblait à s'y méprendre à celui du héros de Gary :

> Peut-être comparaîtrez-vous bientôt devant le tribunal de votre conscience quand mes amis et moi — car je ne suis plus seul — monteront sur l'échafaud. Vivent les éléphants ! Raphaël Matta, député des éléphants devant le Parlement mondial[7].

Visionnaire, Gary avait anticipé dans son roman la fin tragique de Matta, trahi par ses assistants noirs de la tribu Dioula qui avaient, à l'instigation du sorcier Digbéré Sib, conclu un pacte avec leurs ennemis Lobis pour tendre un guet-apens au Kongo-Massa, le « sorcier blanc ». Le 16 janvier 1959, Matta pénétra seul dans le village de Timba-Ouré, où onze guerriers nus se ruèrent sur lui et le transpercèrent de flèches. « Le lendemain, les meurtriers arboraient fièrement sur la tête la plume de coq, ce qui signifie qu'ils avaient tué un homme. C'est ainsi qu'ils furent arrêtés[8]. »

Pour Morel, le héros du roman, la défense des éléphants et de la nature se confond avec celle des êtres humains et de la liberté. À quoi pense Morel lorsqu'il est pourchassé pour être jugé ? Aux camps de concentration nazis. À quoi pensait-il lorsqu'il était prisonnier dans un camp nazi ? Aux troupeaux d'éléphants parcourant les forêts d'Afrique. « Dans mon livre, j'avais poussé un appel au secours, un cri de solitude métaphysique de l'homme sur terre », écrit Gary en 1960 dans *Paris-Match*. Le massacre des éléphants et des animaux sauvages fut associé dans son esprit à toutes les persécutions humaines en général, et, en particulier, à l'extermination des Juifs dans les chambres à gaz pendant la Seconde Guerre mondiale : « Il commençait à voir sa réserve de Bouna comme une espèce de ghetto de Varsovie sur le point d'être annihilé par une race de seigneurs sans pitié pour ce qu'elle croyait être des "espèces inférieures"[9]. »

> Tout n'est pas encore perdu, ajoutera encore Gary dans *Le Figaro*, le dernier espoir de liberté ne s'est pas encore complètement évanoui de cette terre, et qui sait ? si nous cessons de détruire les éléphants et les empêchons de disparaître, peut-être réussirons-nous également à protéger notre propre espèce contre nos entreprises d'extermination[10].

Morel, quelques jours après avoir été libéré par les Alliés, rencontre à Hambourg une petite fille sans manteau qui pleure avec son chiot dans les bras. « On ne peut pas le garder, maman est obligée de travailler, on n'a pas d'argent... » Morel embarque l'animal dans sa poche, mais trois jours plus tard, il s'aperçoit que la bête lui a faussé compagnie. Il court aussitôt à la fourrière et trouve la chienne au milieu d'un grand nombre de chiens abandonnés.

> — Qu'est-ce que vous en faites si personne ne vient les réclamer ?
>
> — On les laisse là huit jours et après, on les passe à la chambre à gaz. On récupère les peaux et avec les os, on fait de la gélatine et du savon.
>
> [...] Je crois bien que c'est là que ça m'a pris brusquement. J'ai failli d'abord assommer le gardien et puis je me suis dit non ; et pas tout de suite comme cela. Je les ai bien regardés ces chiens, dont on allait faire de la gélatine et du savon et je me suis dit : attendez un peu, bande de salauds, je vais vous apprendre à respecter la nature... Je vais m'expliquer avec vous et avec vos chambres à gaz, vos bombes atomiques et votre besoin de savon... Ce soir-là, j'ai ramassé deux ou trois gars sur les routes, deux Baltes et un Juif polonais, et on est allés faire un petit commando

> sur la fourrière... C'est comme ça que je me suis lancé. J'étais sûr de tenir le bon bout. Il n'y avait plus qu'à continuer. Ce n'était pas la peine de défendre ceci ou cela séparément, les hommes ou les chiens, il fallait s'attaquer au fond du problème, la protection de la nature[11].

Quand un journaliste lui demanda pourquoi il avait écrit *Les Racines du ciel*, Gary répondit : « J'ai écrit un livre sur l'extermination... des éléphants », en marquant un silence appuyé entre « extermination » et « éléphants ». Il désirait exprimer ainsi qu'il faisait sien le destin de son peuple. N'avait-il pas écrit dans son livre :

> Fields saisit sa caméra.
> — Tu pourras l'accompagner ?
> — Je veux continuer avec vous.
> — Voyez-moi ça ! Je croyais que tu n'avais plus de film ?
> — Ça m'est égal. Je m'arrangerai.
> — Tu vas prendre des photos comment ? Avec ton cul ?
> — Je veux vous donner un coup de main.
> — Tiens, tiens, je croyais que les éléphants tu t'en foutais ?
> — J'ai eu toute ma famille gazée à Auschwitz.

Et pour bien préciser sa pensée, réfutant totalement que les éléphants fussent une allégorie, dans la préface à l'édition américaine de son livre en 1964, il écrivait :

> Il me semble vraiment difficile de parler de mes éléphants en termes de symboles. Ils sont, je le redis, typiques. Ils sont de chair et de sang ; ils souffrent et ils ont peur ; par conséquent, ils sont nous-mêmes. C'est encore une fois tout autre chose qu'une allégorie. Il s'agit d'une identification de *soi*[12].

Gary pensait aussi à une longue nouvelle sur les mœurs « onusiennes ». Il croyait ainsi, comme par magie, grâce au seul pouvoir des mots, faire disparaître les obstacles qui le séparaient à présent de l'ambassadeur Hoppenot et demeurer encore sous sa protection. Il lui expliqua dans une lettre que ce serait une sorte de fantaisie poétique et satirique qu'il souhaitait lui dédier. Henri Hoppenot ne se réjouissait guère à l'idée de cet hommage. Heureusement, Gary envisageait de publier ce texte « sous un impénétrable pseudonyme... » et ne doutait pas qu'il serait favorablement accueilli aussi bien aux États-Unis qu'en France.

« Je vous dirai franchement, ajoutait l'écrivain, que je n'ai pas peur des conséquences mais que je ne voudrais causer aucun tort à l'organisation, et mon éditeur américain faisant une très grosse publicité, la chose est destinée à un certain retentissement. »

Toute la sollicitude manifestée par Henri Hoppenot à l'égard de l'écrivain n'empêchait pas Hélène, son épouse, de penser que Gary avait franchi le seuil de la décence en écrivant cette lettre qui ne respectait pas les rapports hiérarchiques. Elle demanda à son mari : « Auriez-vous écrit de la sorte, quand vous étiez conseiller ? » Hoppenot, sans rien dire, leva les yeux au ciel.

Elle trouvait cependant Gary sympathique, qui avouait avec candeur : « En attendant, j'ai un gros rhume, dû au temps et une légère manie de la persécution due sans doute à mon sang juif ou peut-être à mon grand-père qui n'était que cordonnier en Lituanie. Vous avouerez qu'il y avait largement de quoi devenir ambassadeur de France. »

La nouvelle onusienne fut publiée quelques années après *Les Racines du ciel*, sous le titre *L'Homme à la colombe*. Elle était signée Fosco Sinibaldi, du nom d'un des camarades de Gary au groupe Lorraine.

Hélène Hoppenot affirme dans son journal qu'on proposa à Gary, en janvier et en février 1955, trois postes de conseiller à Belgrade, Addis-Abeba et Téhéran. Jacques-Émile Paris, qui appréciait Gary, était disposé à le recevoir à Téhéran. L'écrivain ne souhaitait aller ni dans une république populaire ni dans aucun pays islamique parce qu'il ne pourrait pas y avoir de maîtresses. Il pria l'administration d'excuser ses refus en expliquant qu'il n'avait pas pu obtenir de rendez-vous pour subir des examens à l'hôpital Édouard VII avant la mi-juillet, et que son médecin lui déconseillait vivement de partir au Moyen-Orient.

Quelques jours plus tard, apprenant que son attitude avait causé quelques remous, il se déclara prêt à accepter Téhéran, en précisant qu'il avait une nette préférence pour Mexico. Son congé à Roquebrune fut prolongé jusqu'au 20 septembre.

Au retour, Romain s'arrêta quelques jours à Savigny-sur-Orge, à L'Oasis, le magnifique domaine autrefois propriété du prince Soltikov et acquis par René Agid lorsqu'il avait reçu sa part d'héritage après la mort de son père. Située au bout de l'avenue du Mail, elle s'étendait sur quatre hectares et comportait des prés, une forêt, des étangs, une ferme, une laiterie et une maison d'amis.

Le dernier étage avait été loué à des connaissances qui vivaient cependant la plupart du temps à l'étranger. Lorsque ces derniers partirent définitivement, Romain songea à s'y installer.

De retour à Londres, il écrivit à René :

> Je suis arrivé en bon état.
>
> Ton amitié m'a sauvé la vie pour le moment. J'ai une effroyable tentation du suicide. Un bouton qui manque, un soulier trop petit, une clef perdue, et je vois immédiatement la paix du suicide comme la seule solution.
>
> J'ai oublié chez toi mon seul costume correct bleu marine.
>
> Peux-tu en faire le plus vite possible le plus petit paquet possible et me le déposer à la valise diplomatique, 37, quai d'Orsay, avec l'adresse suivante : Romain Gary. Ambassade de France. Londres.
>
> Je ne peux aller dîner nulle part sans ce costume…

À Londres, une nuit de mars, Gary réveilla Lesley qui se trouvait aux États-Unis. Il lui avoua qu'il avait commis une action lamentable qui allait probablement l'irriter. La direction du magazine *Elle*, qui publiait le livre de Lesley en feuilleton de neuf épisodes, adapté par Boris Vian, avait demandé à Gary de décrire les impressions d'un écrivain jouissant d'une certaine notoriété qui, du jour au lendemain, voyait sa femme devenir au moins aussi célèbre que lui. La rédaction avait ajouté à son texte un titre et un sous-titre de son cru : « Ma femme est une sorcière » et « Une femme qui réussit trop bien ». Lesley, avec son flegme habituel, lui répondit : « Eh bien, envoyez-moi l'article et raccrochez, car vous allez nous ruiner. »

Gary supplia Charles Lucet de lui faire obtenir le poste de consul à Los Angeles. Seul commentaire d'Henri Hoppenot à ce sujet : « Il fera la cour à toutes les petites starlettes du coin. » Charles Lucet pressa Gary de se contenter du modeste emploi de consul adjoint à New York qui serait bientôt libre. Puis on lui suggéra Saigon, où la tâche était lourde et le climat accablant. Gary déclina l'offre pour « impossibilité physique ».

Durant les mois de juin et juillet, on lui laissa successivement entrevoir la possibilité d'être nommé à Mexico, Rome, Venise et Madagascar, mais rien ne se concrétisa. Gary eut la maigre consolation, le 20 août 1955, d'être élevé au grade d'officier de la Légion d'honneur.

Au mois d'octobre 1955, en attendant une décision du ministre pour un nouveau poste, les époux, réconciliés, séjournèrent à nouveau à Roquebrune. Tous les matins, Gary nageait, cultivait son hâle et se demandait s'il ne serait pas finalement obligé de changer de métier.

Le 20 décembre, Lesley écrivit à Hélène Hoppenot que Romain avait avalé un morceau de verre en buvant au goulot d'une bouteille de bière. Terrifié, il lui avait demandé le plus sérieusement du monde : « Passera-t-il ? Vais-je mourir avant de savoir si un jour le prix Goncourt me sera attribué ? »

Le 24 décembre 1955, le ministère des Affaires étrangères avait procédé à la reconstitution de la carrière de l'agent Gary et y avait adjoint ses services dans la Résistance pendant la guerre. Les bénéfices étaient infimes.

Il monta d'un échelon dans son grade et reçut un rappel de traitement en vertu d'une majoration d'ancienneté de cinq mois et six jours.

Le 29 décembre, il écrivit à Henri Hoppenot : « Je viens de faire l'expérience de la mescaline à la Huxley, pour m'amuser. Zéro. Le rouge est devenu plutôt vert, le gris a eu de l'esprit, mais je suis resté fâcheusement le même. »

CINQUIÈME PARTIE

# De retour aux États-Unis

## 46.

# Los Angeles

Le 16 novembre 1955, Maurice Couve de Murville, ministre des Affaires étrangères, donna son accord à la nomination de Romain Gary, conseiller des Affaires étrangères de 2e classe, en qualité de consul général de France à Los Angeles [1]. Pour des raisons budgétaires, alors que le poste était vacant, le Quai n'autorisa pas Gary à partir avant le 15 janvier 1956. Le président Pinay signa le décret le 17 janvier, la commission consulaire du nouveau consul général fut ensuite soumise à l'exequatur du président des États-Unis.

Était-ce la lettre pathétique que Gary avait envoyée le 23 juin au ministre des Affaires étrangères, dans laquelle il évoquait l'année qu'il venait de passer sans affectation, qui avait provoqué ce dénouement heureux ? Il avait vu arriver avec effroi l'expiration de son congé, prolongé jusqu'au 20 septembre. Il se demandait s'il ne devrait pas une fois encore affronter la misère qu'il avait connue lorsqu'il était étudiant en droit.

En attendant, il alla passer quelques semaines à Londres, où il avait de nombreux amis, dont Arthur Koestler, l'auteur du *Zéro et l'Infini*, un roman dénonçant les procès de Moscou paru en 1941. Ce livre lui avait valu aussitôt la célébrité mondiale. Bien qu'il fût antinazi, il avait été emprisonné au camp du Vernet en tant que ressortissant d'une nation ennemie, en 1939, et en avait gardé un amer souvenir : « Au point de vue de la nourriture, de l'installation et de l'hygiène, le Vernet était même au-dessous du niveau d'un camp de concentration nazi[2]. » Condamné à mort pendant la guerre d'Espagne, Koestler avait été échangé contre un officier fasciste peu avant la date de son exécution. Grand séducteur, il vécut un temps avec la romancière Elizabeth Jane Howard. Quand Gary arriva à Londres, Arthur et Elizabeth ne vivaient déjà plus ensemble mais continuaient de se voir souvent. Lorsqu'il vit arriver Gary, Koestler, terriblement jaloux, interdit à son ex-compagne de prendre part à la conversation ou de parler à Romain. Soudain, au milieu du repas, il cria à ce dernier : « Pourquoi la dévisages-tu ainsi ? Pourquoi ? » Très gêné, Gary nia avoir le moins du monde fait les yeux doux à Elizabeth.

Le lendemain, vers midi, il téléphona à Elizabeth pour lui demander de le recevoir immédiatement, car il avait quelque chose d'urgent à lui dire. Elle n'avait pas grand-chose à lui offrir à déjeuner, mais ce n'était nullement la perspective d'un bon repas qui l'amenait. Une demi-heure plus tard, Romain lui avoua qu'il était follement amoureux d'elle et lui proposa de le suivre aux États-Unis, en tant que maîtresse officielle. Elle n'avait aucun souci à se faire, le ministère des Affaires étrangères prendrait en charge le déménagement de tous ses biens. Aucun problème avec son épouse Lesley Blanch ; ils étaient séparés, et elle s'était établie en France, dans leur maison à Roquebrune. Romain affirma à Elizabeth qu'ils seraient très heureux en Amérique. Il ne souhaitait pas en dire plus et lui laissait une semaine pour réfléchir ; il ne partait à Los Angeles que deux mois plus tard. Puis ils parlèrent des *Racines du ciel*, dont la traduction venait de sortir en Angleterre. Gary prit congé d'Elizabeth après le café. Il devait préparer son départ pour Paris le soir même. Voulait-elle bien lui téléphoner à son hôtel pour lui faire connaître sa réponse ? En la quittant, il murmura : « Je vous aime sincèrement et j'espère que vous viendrez. » Il lui fit un baisemain et disparut. Tout émue, elle appela Romain le soir même. Elle avait aussi une proposition à lui faire. Elle allait le rejoindre et vivre une semaine avec lui à Paris. Elle ne prendrait sa décision qu'au terme de sept jours de vie commune. Le lendemain matin, Gary lui communiqua l'horaire des trains et des ferrys, et, dans la soirée, il vint l'attendre à la gare du Nord, portant une chapka et drapé dans un long manteau sombre.

Dès les premières heures, l'aventure sembla moins romantique à Elizabeth qu'elle ne se l'était figuré à Londres. Ils habitèrent dans un petit hôtel, prirent leurs petits déjeuners au café des Deux Magots, où Romain discutait longuement avec Camus avant de se rendre chez Gallimard. Il était très jaloux de ce dernier qui disposait d'un bureau vaste et confortable.

L'expérience de vie commune fut décevante. Gary proposa élégamment à Elizabeth de rentrer à Londres et de bien réfléchir à sa proposition, ce qui était une manière bien à lui de lui signifier son congé. Elle n'en fut pas fâchée. Ce n'était qu'une simple aventure [3].

Gary quitta Le Havre sans Lesley, à bord du paquebot *Liberté*, le 20 janvier suivant. Il se rendit d'abord à Washington, et arriva à Los Angeles le 3 février avec si peu d'argent qu'il sollicita la direction du personnel afin d'obtenir un mois d'avance sur son traitement, remboursable en six mensualités, pour faire face aux premières dépenses liées à son installation. On ne peut comprendre l'attitude de Gary vis-à-vis de l'argent qu'au regard de ses difficultés de jeunesse qui lui avaient inspiré une peur insurmontable des dépenses quotidiennes. Un jour où Lesley lui avait acheté du linge de maison, il lui avait écrit une lettre furieuse :

> J'ai reçu une facture pour six serviettes de bain et quatre paires de draps et de taies d'oreiller, et quelque chose pour une bouilloire électrique. Est-ce que vous êtes devenue folle ? Comment pourrai-je m'en sortir si vous jetez l'argent par les fenêtres ? Payer ! payer ! payer ! Qu'avons-nous besoin de nouvelles serviettes de bain, voulez-vous

me le dire... Vous n'avez pas la moindre conscience. Vous me ruinerez...[4].

À Los Angeles, il dépensait néanmoins généreusement son argent lorsqu'il s'agissait de bien se vêtir ou d'inviter ses maîtresses dans le studio qu'il avait loué dans le quartier de Hollywood. Il fit aussi montre de largesse lorsque Lesley lui demanda de financer un long voyage dans le Caucase pour préparer *The Sabres of Paradise*, son livre monumental sur l'imam Shamyl[5].

À son arrivée, Gary fut présenté à la colonie française de Californie, à Los Angeles. Après les discours officiels et la réception qui suivit, une femme qui dirigeait un journal local se mit à s'agiter autour de lui et à lui faire la cour. Comme il feignait de ne pas comprendre ses avances, elle lui demanda en s'adressant à la cantonade : « Alors, Monsieur le consul, vous n'aimez pas les femmes ? — Non, madame, lui répondit-il assez fort pour être entendu de tous, je suis plutôt homosexuel et j'ai perdu mes testicules pendant la guerre[6]. »

En attendant l'arrivée de Lesley, Gary trouva au consulat dévouement et amitié en la personne de la belle Odette de Bénédictis, sa secrétaire, qui allait devenir son amie, sa maîtresse amicale et sa complice en toute circonstance[7].

Odette était née en 1929 à Tianjin (Tien-Tsin) en Chine, d'un père français et d'une mère chinoise. À dix-sept ans, elle avait fait la connaissance d'un jeune Américain d'origine italienne qui lui avait offert de l'aider dans ses démarches pour obtenir l'autorisation d'aller étudier en Californie. Il avait tenu parole, et lorsqu'elle arriva en Amérique, elle fut reçue par la famille du garçon à Los Angeles. Ses parents la rejoignirent en voyageant sur le dernier navire qui put quitter la Chine lors de l'arrivée au pouvoir des communistes.

Après avoir obtenu son diplôme de gestion, Odette fut engagée par une firme américaine. Une année, elle alla assister aux festivités du 14 juillet dans les jardins du consulat de France à Los Angeles. Raoul Bertrand, le consul général, un brillant polytechnicien, très méticuleux, l'aborda et lui demanda si elle consentirait à remplacer une secrétaire sur le point de quitter son poste. Trois mois plus tard, elle se rendit à une convocation. On la fit asseoir devant une feuille blanche pour lui faire passer l'épreuve de la dictée. Ce ne fut pas très concluant. Le consul lui proposa d'aller réviser son orthographe et de postuler à nouveau six mois plus tard, quand un nouveau poste se libérerait. Vexée, elle retourna travailler chez ses employeurs américains, et n'ouvrit pas un manuel de français. Six mois plus tard, le consulat lui proposa de se soumettre à nouveau à l'épreuve d'orthographe et de traduction. Cette fois, on la félicita : « Vous avez fait des progrès extraordinaires », et on l'engagea avec un salaire de 265 dollars par mois.

En arrivant à son bureau un matin, Odette voulut se préparer une tasse de café. Elle se rendit à la cuisine qui faisait partie de l'appartement de fonction du consul, où les employés déposaient habituellement leur nourriture pour le déjeuner. Elle vit à sa grande surprise un homme de haute taille, en caleçon, très brun, en train de manger des carottes crues. Sans la moindre gêne, il lui demanda : « Qui êtes-vous, vous ? — La secrétaire du consul général. — Ah, bon ! Eh bien, c'est moi le consul général. »

Ils allaient travailler ensemble pendant quatre ans et demi. Gary lui dictait les dépêches en français et se contentait de relire et signer la correspondance en langue anglaise qu'elle lui soumettait.

Le personnel du consulat se composait à l'époque de huit personnes : Jean Dimanchin, vice-consul, Yvonne-Louise Pétrement, consul adjoint qui fut nommée deux ans après l'arrivée de Gary à Los Angeles, deux personnes à la chancellerie, une archiviste, un comptable et Odette.

Le consul était assisté par deux consuls adjoints : Yvonne-Louise Pétrement qui prenait volontiers le relais chaque fois qu'il devait s'absenter ou pendant ses congés, et Jean Ortoli, un diplomate traditionnel qui n'appréciait pas le nouveau consul général. Yvonne-Louise Pétrement, cette vieille fille bretonne que le capitaine Gary avait rencontrée à Londres pendant la guerre, prenait en charge le travail administratif qu'il détestait. Comme lui résistante de la première heure, elle vouait une grande admiration au général de Gaulle. Quand cette « perle » fut nommée au consulat deux ans après lui, Gary lui accorda une confiance totale, alors que jusqu'ici, selon ses propres termes, il avait été étouffé par « la petitesse ».

Le consulat de France se trouvait dans l'un des plus anciens quartiers de Los Angeles, tout proche de Hollywood Boulevard, 1919 Outpost drive. La rue, pentue, au pied de la montagne, était bordée de maisons anciennes dissimulées par une végétation luxuriante. La villa blanche du consulat, d'allure mexicaine, donnait sur un jardin délimité par des palissades de bois. Au rez-de-chaussée, il y avait les appartements de Gary et, au premier étage, les quatre bureaux, ainsi que la salle des archives. On y accédait par un escalier formant une large volute, dont l'imposante rampe en fer forgé se terminait en un balcon surplombant le hall.

À gauche du salon, donnant sur le jardin, il y avait en contrebas du hall une ravissante salle à manger au plafond peint. Toutes les portes de cette demeure construite en 1928 par une famille bourgeoise de la ville étaient en bois massif sculpté. Les Français qui l'avaient acquise pour 35 000 dollars la revendirent quelques années plus tard à un prix deux fois supérieur.

Quand Lesley rentra de son long périple dans le Caucase, elle prit possession de la maison qu'elle trouva banale, sans le moindre charme et assez mal entretenue. Elle se mit énergiquement au travail pour la métamorphoser selon ses goûts, malgré le peu de moyens dont elle disposait. Le salon avec sa cheminée et son immense baie vitrée fut habillé d'étoffes, tapis, coussins, miroirs, icônes, tableaux, rapportés de ses voyages.

Lesley engagea une cuisinière russe, Katiusha, qui faisait également fonction de bonne, et avec laquelle elle entretenait des rapports passionnels. Il arrivait même qu'elle la frappât quand elle était mécontente de ses services. Katiusha, qui marchait pieds nus dans la maison, les cheveux couverts d'un foulard aux couleurs vives, confectionnait un excellent gâteau au fromage et le distribuait généreusement aux employés du consulat. Lorsqu'elle travaillait sur un livre, Lesley lui demandait de lui servir un *bortsch*[8] au milieu de la nuit.

Dans la maison, Gary et Lesley vivaient chacun de son côté. Pour lui, la claire et vaste chambre avec une confortable salle de bains. Pour elle, une salle d'eau et une modeste pièce dont la porte-fenêtre donnait sur le jardin où, en compagnie de ses deux chats, Norman et Titimi, au grand étonnement des visiteurs, elle travaillait à son livre sur des tapis disposés sur le gazon, en écoutant de la musique orientale et caucasienne. L'ensemble du consulat subissait sans répit ces mélodies exotiques.

Lesley aimait les jardins anglais mais avait engagé un jardinier japonais qui travaillait à la mairie de Los Angeles. Après son premier passage, il ne restait plus une plante ou un arbre qui ne fût taillé. Furieuse, Lesley cria : « *Odette, I want you to fire the gardner! He is an asiatic murderer*[9]. »

Lesley avait découvert une colonie russe qui vivait isolée dans quelques rues calmes bordées de maisons et de jardins. L'épicier s'appelait Popov, le patron de la laverie Sonovski, l'horloger Shtochass. Il y avait une église, un pope, des samovars. De quoi satisfaire ses obsessions.

Elle partit un matin avec Odette chez un pépiniériste. Quand elle eut fait son choix, elle souleva un pot de fleurs très lourd et, tandis qu'elle s'éloignait, cria : « Alors, Odette, vous pouvez bien porter l'autre ! » Odette pensa : « Mais je ne suis pas un âne, tout de même ! » En rentrant, elle prévint le consul : la prochaine fois que sa femme irait faire des courses, elle devrait se faire accompagner par quelqu'un de plus robuste. Romain éclata de rire.

Gary représentait la France. Lire les journaux pour y puiser des informations politiques ne l'intéressait pas. Il aimait paraître à la télévision, donner des interviews à la radio ou recevoir les journalistes, accorder des séances de photos. Il s'exprimait avec aisance, dans un anglais parfait, sans notes ni préparation. Le consulat de Los Angeles avait en charge un immense territoire qui englobait les treize comtés de la Californie du Sud [10], le Nouveau-Mexique et l'Arizona. Gary partait souvent en tournée pendant trois ou quatre jours, tandis que Lesley travaillait à son grand ouvrage, *Les Sabres du paradis*. Elle avait beaucoup d'amis à Hollywood, notamment un des plus grands réalisateurs américains, George Cukor [11], avec lequel elle allait longtemps collaborer. Nourri de théâtre et de culture européenne, George Cukor ne pouvait que goûter le raffinement de Lesley Blanch. Elle travailla pour lui à des scénarios et donna des conseils avisés à Cecil Beaton qui signa les costumes et les décors de *My Fair Lady*.

Gary, contraint de recevoir, s'en remettait à Lesley pour organiser ces dîners protocolaires qui l'assommaient, tandis qu'Odette, tenant le rôle d'attachée de presse, était chargée des grandes réceptions et des cocktails, comme ceux donnés à l'occasion de l'Academy Awards, auxquels acteurs et producteurs se rendaient volontiers. Le consulat de France à Los Angeles n'était pas situé dans un quartier à la mode. Il était presque considéré comme infamant par la société élégante des studios d'y habiter. Si Lesley Blanch, très choyée par les producteurs, n'avait pas été la maîtresse de maison, les célébrités de Hollywood n'auraient pas accepté de s'y rendre. Sa conversation brillante représentait à merveille la culture européenne. Elle savait en outre avec très peu de moyens transformer son salon et sa salle à manger en lieu magique. Encens, voiles ornés de perles sur les abat-jour dans le salon, table éclairée par des bougies pour le dîner. La nourriture était simple mais bien présentée, servie dans de magnifiques assiettes que Lesley avait rapportées de ses voyages. C'est pourquoi Billy Wilder ou Sophia Loren acceptaient volontiers ses invitations, de même que Charles Boyer, Claudette Colbert, Irwin Shaw, Sam Spiegel, Marcel Dalio, Glenn Ford ou Darryl Zanuck. La Californie n'était pas exclusivement la capitale du cinéma. Des écrivains comme Christopher Isherwood et Aldous Huxley, le compositeur Igor Stravinski vivaient entre New York et Los Angeles. Comparé à ces étoiles, Romain Gary commençait à peine à scintiller. Pendant ces soirées, il écoutait d'un air morne et irrité les discours de sa femme qui dominait la situation. Il n'adressait la parole qu'à ses voisines de table, pourvu qu'elles fussent jolies. Dans ce cas, il était assidu et prévenant. Tout le monde savait que ce séducteur sombre et mélancolique était couvert de femmes [12].

Odette, mariée et mère de famille, n'en éprouvait aucune jalousie envers Gary car, depuis de longues années, elle entretenait une liaison avec un homme marié dont elle était éprise. Elle l'aida au contraire à se tirer d'un mauvais pas lorsqu'il séduisit une jeune fille de seize ans après lui avoir fait franchir la frontière entre deux États dans sa voiture. Il risquait d'être inculpé de détournement de mineure, avec toutes les conséquences que ce scandale impliquait pour son avenir. C'est de cela que le père de l'adolescente vint l'informer au consulat, revolver au poing, quelques jours plus tard. Odette jura à ce dernier que le consul travaillait dans son bureau le jour et à l'heure du délit. Ce ne fut malgré tout pas la dernière fois que Gary joua avec le feu. En dépit des avertissements de Lesley, il continuait de rechercher la compagnie de prostituées mineures. Son ami le comédien Marcel Dalio le tira à son tour d'affaire en lui fournissant un alibi lorsqu'il se mit à recevoir des coups de téléphone anonymes. Il tomba aussi amoureux de Patricia Neal, une actrice de théâtre sans avenir qui préféra s'attacher à séduire Gary Cooper.

Un jour, alors qu'il poursuivait en courant une fille dans l'escalier de son studio, il tomba et se blessa sérieusement. « Quand je ne pourrai plus, confia-t-il à Odette, je me suiciderai. » Le plus surprenant, s'étonnait-elle, c'est qu'en fait les femmes ne l'intéressaient pas vraiment. Il avait peu de temps à leur consacrer, il écrivait [13].

De fait, le consul général passait la plupart du temps devant les gens sans les voir, absorbé par le livre qu'il était en train d'écrire. Il pouvait se consacrer à la littérature chaque matin avant l'ouverture des bureaux. Si, dans la journée, tout était calme au consulat, il se rendait à l'appartement qu'il avait loué à l'insu de Lesley sur Laurel Lane pour écrire.

La première fois qu'Odette vint retrouver Gary dans sa garçonnière, il lui courut après autour de la table en lui disant : « Odette, dépêchez-vous, dépêchez-vous, je n'ai pas le temps de flirter, il faut que je retourne travailler. » Au moment suprême, il cria Odette ! Puis ayant retrouvé ses esprits, il lui dit : « Je n'ai plus besoin de vous présenter aux voisins, ils connaissent tous votre nom à présent. »

Malgré cette intimité secrète, Gary, qui dictait parfois son courrier à Odette depuis sa baignoire, une éponge posée sur les parties les plus sensibles de sa personne, réussissait à faire respecter les règles du protocole lorsqu'il travaillait dans son bureau. Le jour où tout le personnel reçut 15 dollars d'augmentation et Odette seulement 5, celle-ci entra en trombe dans son bureau et lança : « Gary, vos 5 dollars, vous pouvez vous les foutre où je pense. » Plus tard, il la fit appeler et lui demanda posément — il n'élevait jamais la voix : « Pouvez-vous répéter ce que vous avez dit ce matin ? » Odette rapporta fidèlement leur conversation en omettant seulement la phrase fatidique. « Rien d'autre ? demanda le consul. — Non, rien. — C'est mieux ainsi. »

Il pouvait aussi se montrer sérieux et sincère à sa façon. Un jour, il convoqua Odette dans son bureau, la pria gravement de s'asseoir et commença à parler : « Écoutez-moi et surtout, ne m'interrompez pas. Vous me répondrez dans une semaine. Accepteriez-vous que je vous fasse un enfant ? Je m'occuperai de tout, je paierai tout. J'ai promis à ma mère que j'aurai un fils. » Odette, qui avait déjà deux enfants, soumit le soir même la proposition à sa mère. « Ton patron est complètement fou ; j'espère que tu n'y penses même pas ! » trancha-t-elle. Huit jours plus tard, Gary lui demanda sa réponse. Après un long silence, il répondit : « Bon, très bien » et n'y fit jamais plus allusion.

Lesley, qui disait n'avoir jamais été attirée par la maternité et qui avait à présent cinquante ans, lui avait dit : « Si vous voulez avoir un enfant, allez faire votre bébé avec une paysanne très simple et saine qui n'a pas comme vous de sang neurasthénique. Pas avec une de ces starlettes de passage. Mais il faudra que vous engagiez une bonne. Je ne passerai pas mon temps à nettoyer le derrière de cet enfant qui devra être soigné par une *nyanya*. Je l'adopterai, je l'élèverai. Je crois que je pourrai donner une éducation amusante à cet enfant. »

Un soir où elle venait d'achever avec Katiusha les préparatifs d'un grand dîner officiel au consulat pour lequel Gary ne l'avait avertie que la veille, ce dernier vint trouver Lesley alors qu'elle était en train de se maquiller dans sa chambre. « Qui est cet homme assis dans le salon ? — Je ne sais pas. Quel homme ? — Le petit homme... — Ah, oui, j'ai commandé un guitariste. — Mais il me semble qu'il est russe... — Ah, bon, je ne sais pas. — Je suis très embarrassé, il me semble que j'ai séduit sa fille à Damas pendant la guerre. Je ne sais pas s'il est au courant. Elle était alors la maîtresse d'Ali Khan. Vous auriez pu choisir quelqu'un d'autre ! — Comment vouliez-vous que je le sache ! J'ai demandé un guitariste, voilà tout [14]. »

Lesley feignait de n'attacher aucune importance à la vie privée de son mari qui était devenu son ami et complice, même si elle en souffrait en secret. Elle lui permettait de la malmener, mais en aucun cas de nuire à ses chats. Ainsi, un matin où Gary devait aller donner à onze heures une conférence devant un groupe d'hommes d'affaires à la mairie de Los Angeles, il trouva à dix heures et demie en sortant de la salle de bains Lesley en faction devant sa penderie. Romain, en caleçon, se dirigea vers le placard pour choisir un costume. Or, leur chatte était en train d'y faire ses petits. Lesley gardait la porte à claire-voie afin que nul n'allât la déranger. Gary, furieux, arpentait la chambre de long en large, tandis que Lesley menaçait : « *You are not going to disturb the babies !* » (« Vous n'allez pas déranger les bébés ! ») Excédé, le consul décrocha le téléphone et ordonna à Odette : « Prévenez ces messieurs que le représentant de la France ne sera pas à l'heure parce que la chatte de Madame est en train de faire ses petits ! »

Gary emmenait souvent Odette au restaurant et lui confiait qu'il rêvait de recevoir le prix Goncourt pour son prochain roman. Un agent, Odette Arnaud, s'occupait depuis peu de ses intérêts. C'était une veuve charmante et cultivée qui entretenait les meilleures relations avec tout ce qui comptait dans le milieu littéraire parisien. « Si je gagne le prix Goncourt, disait Romain à Odette de Bénédictis, je vous achèterai une cape en vison. » Et lorsqu'il le reçut, pour *Les Racines du ciel*, il lui annonça qu'il allait tenir sa promesse. Odette lui demanda comment elle pourrait rentrer chez son mari avec une cape de fourrure achetée par un autre homme. Il répondit : « C'est très simple. Vous allez au magasin, vous choisissez la cape qui vous plaît. Vous me dites combien elle coûte, je vous donne l'argent, mais vous la paierez à crédit. Ainsi, tout le monde n'y verra que du feu. »

Quand ils déjeunaient ensemble, Odette de Bénédictis s'asseyait à côté de lui pour ne pas le voir avaler la nourriture ; il mangeait salement, le plus souvent avec les doigts. Il introduisait des asperges entières dans sa bouche en les tenant par le bout, ou crachait les pépins de fruits par terre.

Un jour, au consulat, elle l'entendit crier « Odette ! » Elle accourut alors qu'il s'affalait évanoui sur le palier, entre son bureau et le couloir. Elle appela un médecin. Dans l'ambulance qui l'emmenait à l'hôpital, il se sentit soudain mieux et lui expliqua qu'il s'était étouffé en mangeant un bifteck qu'il avait coupé en gros morceaux. Tout ragaillardi, il l'implorait : « Odette, tirez-moi de là ! »

Odette s'occupait de tout. Elle avait appris à lire la grande écriture irrégulière de Gary et dactylographiait sous sa dictée. Elle trouvait les innombrables pages des *Racines du ciel* mortellement ennuyeuses et ne se gênait pas pour le lui dire. Il lui reprochait ses fautes d'orthographe, son manque de culture. Il lui dicta une fois une lettre dans laquelle il y avait le mot chassé-croisé. Odette, qui ne l'avait jamais entendu, écrivit : un chat s'est croisé. Lors d'une réception officielle, le consul général qui la cherchait la réprimanda : « Alors, Odette, vous m'avez laissé en carafe ! » Se trompant sur le sens de cette expression, elle lui répondit : « Vous vouliez un verre d'eau ? — Vous ne connaissez pas le français et ne parlez même pas le chinois, vous avez été élevée dans une théière, ma pauvre ! »

Gary ne payait jamais Odette pour la dactylographie ou la sténographie de ses manuscrits, qu'elle effectuait en dehors de ses heures réglementaires. Un soir où elle ne pouvait pas rester plus tard, elle s'aperçut soudain qu'elle ne retrouvait pas ses clefs. Il la pria de s'asseoir et de lui taper quelques pages. Lorsqu'elle eut fini, il brandit son trousseau qu'il prétendit avoir miraculeusement trouvé sous un tas de papiers. Odette s'en saisit. « Romain, les clefs sont toutes chaudes, vous les aviez cachées dans votre poche pour me retenir ! » Il éclata de rire et comme bien souvent demanda :

« Odette, est-ce que je vous impressionne ? — Non, je ne suis toujours pas impressionnée. »

Souvent, à peine rentrée chez elle, Gary la suppliait de revenir tard dans la soirée pour saisir le texte d'une conférence urgente. Il venait souvent la chercher le samedi matin pour l'emmener en voiture au bord de la mer, à Santa Monica, alors qu'il ne possédait pas de permis de conduire. Tout en conduisant très lentement, comme s'il avait été seul sur la route, et puisant son inspiration dans le paysage qu'ils traversaient, il lui dictait une histoire qu'elle prenait en sténo.

Il la chargeait de lui acheter ses sous-vêtements et ses chaussettes noires ou bleu marine au London Shop, ses robes de chambre en soie chez Carrols, de prendre livraison de ses chemises et costumes chez Charles, le meilleur tailleur d'Hollywood, sur Wilshire Boulevard. Elle portait ses pantalons chez le teinturier, toutes choses dont Lesley dédaignait de s'occuper. Odette lui faisait remarquer que les boots de style militaire en cuir grossier avec des boucles dorées qu'il portait en toute circonstance ne s'accordaient pas avec ses chemises en soie et ses costumes de prix, mais c'était justement le contraste qui paraissait à Gary le comble de l'élégance. Quand elle donna à nettoyer l'imperméable du consul dont le col crasseux était lustré comme du cuir, son initiative ne fut pas appréciée. Gary le retrouva dans sa penderie sous une housse et hurla : « Qui vous a demandé de le faire nettoyer ! À présent, il ne ressemble plus à rien ! Il n'a plus de caractère ! »

Odette prenait les rendez-vous de Romain chez son dentiste, Lejba Bankoff, qui avait entrepris de restaurer sa denture mise à mal par de médiocres praticiens français. « Vos plombages sont du travail de plombier ! » Gary était si anxieux et douillet qu'un jour il lui avait mordu le doigt jusqu'au sang.

Avec Odette, qui ne le prenait pas au sérieux et n'attendait rien de lui, il était naturel, amical mais incapable de tendresse et ne le dissimulait pas. Le plus souvent, il était d'humeur sombre, tout en lui faisant des farces dignes d'un enfant. Un jour, il avait glissé un serpent en caoutchouc dans sa machine à écrire pour lui faire peur. Elle le vit d'une humeur enjouée quand les membres du mouvement juif hassidique Loubavitch vinrent lui demander de l'argent. Il leur déclara qu'il était catholique pratiquant. Quand ils furent sortis, il se frotta les mains en se réjouissant du bon tour qu'il leur avait joué. Il n'avait pas dissimulé à Odette qu'il était juif, mais jugeait inopportun de le déclarer à tout le monde.

Le joli duplex que Gary avait loué — son « studio » — pour y recevoir ses maîtresses et travailler comportait une petite entrée, un salon, une salle à manger, une cuisine et, au premier étage, une chambre et une salle de bains. Il rencontrait beaucoup de femmes au cours des réceptions et des cocktails. Certaines désiraient avoir une relation intime avec lui, comme Renée Flood, la rédactrice en chef d'un journal, dotée de seins énormes qu'elle exposait au consul général dans un vertigineux décolleté. Gary disait à Odette : « C'est vraiment un *flood*, une inondation. » Même dans des situations périlleuses, il savait garder son calme. Un jour, il avait donné rendez-vous par mégarde à deux jeunes femmes à la même heure. Quand la deuxième sonna, alors qu'il était au lit avec la première, il alla ouvrir la porte et, pour la faire partir gentiment, lui dit que sa femme venait de découvrir l'appartement et qu'elle devait s'en aller sur-le-champ. Une fois par semaine, une masseuse noire qu'il avait surnommée Sally Smith venait le retrouver dans son studio.

Mlle Pétrement régentait le consulat d'une poigne de fer. Elle interdisait aux employées de fumer et de boire du café entre les pauses réglementaires et dans les bureaux, car elle prétendait que lorsque ces dames fumaient et buvaient, le rendement était moins bon. Mais comme son pas n'était pas des plus légers, on l'entendait arriver de loin. Aussi Eva Owen Muller, l'archiviste, cachait-elle précipitamment sa tasse dans le tiroir de son bureau dès que s'annonçait l'intraitable

Mlle Pétrement. L'odeur du café est tenace. Mlle Pétrement ouvrait tous les tiroirs à la recherche de la tasse odorante. Elle renvoya un jour Odette se changer parce qu'elle jugeait indécente la robe en jersey doré très moulante qu'elle portait. Elle lui demanda aussi de prouver qu'elle avait le droit de porter la particule de son patronyme. Odette dut lui présenter une copie de son acte de naissance, celui de son mari et leur livret de famille.

Mlle Pétrement était un personnage étrange. Tous les mois, elle envoyait des colis de nourriture à sa mère en Bretagne, et disait en ficelant le paquet : « Je mets deux papiers d'emballage pour que ma sœur n'essaie pas de voir ce qu'il y a dedans. » Gary appréciait Mme le consul adjoint qui était efficace, scrupuleuse et loyale. Il n'en était pas de même pour Jean Ortoli dont on lui rapportait les remarques perfides. Ce dernier ne comprenait pas comment il avait pu ordonner à Odette lors de la visite d'une délégation d'élèves pilotes français : « Offrez-leur une caisse de champagne, organisez une fête chez vous avec vos copines, et présentez-moi la note. Ça les amusera mieux que tous les gâteux de la communauté française. »

Six mois après avoir pris ses fonctions, Gary écrivit à Henri Hoppenot une lettre qui témoignait de la rapidité avec laquelle il s'était coulé dans le personnage du consul général et annonçait à l'ambassadeur qu'il lui dédiait son dernier roman. En fin de compte, les dédicataires des *Racines du ciel* seraient nombreux : à côté d'Hoppenot figureraient Claude Hettier de Boislambert, J. et E. de Hoorn, René Agid, Jean de Lipkowski, Leigh Goodman et Roger Saint-Aubyn.

> Cher monsieur l'Ambassadeur,
>
> Ma première impression de « chef de poste » est que je vous imite : le même « cher ami ? » un peu ironique lorsqu'un collaborateur passe sa tête dans la porte, la même grimace lorsqu'on m'annonce un raseur, la même position derrière le bureau et la même indulgence un peu distante envers le personnel [...]

Le poste a des côtés amusants, mais évidemment c'est très loin de tout. L'atmosphère est franchement méditerranéenne sans contenu réel. J'en ai profité pour finir *Les Racines du ciel* — cela paraît en septembre, un gros volume qui vous est dédié et qui fait un tel effet chez Gallimard qu'ils ont du coup racheté mes œuvres antérieures à Calmann-Lévy... Je ne me sens pas plus rassuré pour ça.

[...] À part ça, il y a Hollywood : on en fait vite le tour. Aucune ressource intellectuelle, ce qui est très agréable : au moins, on n'est pas obligé d'aller au théâtre, ou au concert. (Malheureusement, il y a parfois un très bon concert, mais on trouve facilement des excuses.)

À part ça, l'océan, le désert, la piscine et... enfin, passons. Je crois que je vais profiter de mon séjour ici pour me mettre au théâtre et rentrer à Paris ensuite. Je serai probablement à Paris fin octobre-début novembre pour recevoir le prix Goncourt — y a-t-il une chance quelconque pour vous y voir ?

Dans une lettre du 23 juillet 1956, il fit aussi part de ses impressions à Sacha Kardo Sissoeff qui, après des déboires à la Bourse de New York, voulait savoir s'il existait des opportunités de rétablir sa situation financière en Californie.

Il est incontestable que la Californie, l'Arizona et le Nouveau-Mexique, etc. offrent des ressources innombrables et ont un charme de vie très différent du midi de la France, mais assez prenant. Il est incontestable aussi qu'à moins d'avoir beaucoup d'argent, ou beaucoup d'énergie, ou beaucoup de volonté de travail, ce n'est certainement pas un pays dont on puisse profiter ou tirer quelque chose sans avoir « what it takes ».

[...] Il y a une opulence et une certaine atmosphère ensoleillée dans une variété assez étonnante de paysages, de maisons, de gens et de modes de vie qui me manqueront toujours quand j'aurai à les quitter.

[...] Je suis fasciné par la Californie et je trouve cela une expérience incomparablement plus agréable que New York.

Malgré l'ennui qu'il ressentait, Gary se pliait scrupuleusement aux obligations mondaines au consulat : réceptions, dîners, conférences, discours aux représentants des deux mille bergers basques vivant dans les montagnes Rocheuses... Il dînait avec Yorty, le maire de Los Angeles, et serrait respectueusement la main du cardinal Mac Intyre. Lorsque Maurice Couve de Murville, ministre des Affaires étrangères, vint en Californie, il s'acquitta dignement de sa tâche. Il réussit même à faire en sorte que le très raide, très austère Couve de Murville fût pris en photo par les journalistes avec un nouveau-né américain dans les bras.

Prendre sa voiture pour aller déjeuner avec son ami Robert Luc, consul général à San Francisco, était pour Gary une promenade des plus agréables. En revanche, se rendre en compagnie de Lesley à une cérémonie officielle à Santa Barbara constituait une contrainte insupportable. Un après-midi d'hiver où il devait aller donner une conférence à San Francisco, il se perdit à l'entrée de la ville. Excédé, il erra au volant de sa voiture décapotable pendant deux heures sur les échangeurs et se rendit compte qu'il serait en retard. Quand il arriva enfin à l'hôtel où ils devaient être hébergés, il déclara à Lesley : « Je n'y vais pas », puis il se coucha.

Une autre fois, Gary et Lesley quittèrent le consulat en tenue de soirée pour assister à un dîner très chic à Hollywood. Lesley portait une robe de satin rose. Il pleuvait. Ils se trompèrent d'adresse et s'aperçurent qu'ils étaient partis sans prendre le numéro de téléphone de leurs hôtes. Gary, furieux, arrêta sa voiture devant un grand hôtel de Beverly Hills, ouvrit la portière et dit à Lesley : « Descendez, débrouillez-vous. » Il l'abandonna sans un sou sur le seuil du palace. Elle réussit sans difficulté à se tirer de cette situation, car elle y connaissait tout le monde. Le lendemain, Gary envoya une lettre d'excuse dans laquelle il prétendait être malheureusement tombé très malade.

Gary réagissait aussi violemment aux petits aléas des relations mondaines. Un soir, il reçut le romancier François-Régis Bastide qui donnait une série de conférences aux États-Unis. Au cours du repas, Romain dut laisser échapper quelques confidences sur la monotonie de son travail de consul général. De retour à Paris, Bastide rapporta les propos du consul lors d'un dîner mondain : « Gary s'emmerde à Los Angeles et il aimerait bien revenir à Paris. » Le lendemain, ce dernier lui téléphona et hurla : « Alors connard ! Je vous ai chargé de gérer ma vie ? De quoi vous mêlez-vous ? Je suis assez grand pour m'occuper de mes affaires, salut ! » Et il lui raccrocha au nez.

Le consul général appréciait en revanche l'aspect médiatique de sa fonction. Il endossait pour les grandes occasions l'uniforme noir et or que lui avait prêté Jacques Vimont, et entrait alors en scène comme un acteur, l'épée au côté, coiffé d'un bicorne à plumes. Le costume lui allait si bien que le directeur d'une agence de publicité l'ayant vu vêtu de la sorte lui proposa de poser pour une lotion de rasage. Les journalistes se pressaient pour l'interviewer et le photographier. On le voyait souvent à la télévision ; il présenta à Las Vegas le show inaugural du Lido. Ralph Graves, le directeur de *Life Magazine*, qui lui commandera nombre de grands reportages, décelait avec plaisir des influences française, russe, juive dans son anglais. Aux États-Unis, Gary était devenu une star.

Le célèbre agent de New York Robert Lantz, un homme cultivé et raffiné, originaire de Berlin et arrivé aux États-Unis après la venue au pouvoir de Hitler, gérait admirablement ses intérêts. Grâce à lui, *The Company of Men* (*Le Grand Vestiaire*) et *The Colors of the Day* (*Les Couleurs du jour*) furent de grands succès. Quant à *The Roots of Heaven* (*Les Racines du ciel*), il figura parmi les dix meilleures ventes de l'année 1960. Robbie et son jeune assistant Michael Remer lui conseillèrent de créer une société lui permettant de mieux gérer les fruits de l'exploitation de ses droits littéraires aux États-Unis. On lui trouva un nom : Lattra Incorporated.

Gary, très ému, écrivit une comptine pour « Robbie » Lantz, accompagnée d'un dessin de Lesley :

The Magic Man

*The man who changes your life*
*The complete true story character*
*The man who makes the dreams*
*Come true*
*The provider*
*The super-cat in boots*
*Who knows how to take a*
*Lot of weight of your shoulders*
*I could go on for hours* [15] *!*

Lesley était invitée à des réceptions très courues à Hollywood et à la remise des oscars. Gary plaisait aux producteurs et déjeunait avec eux au restaurant de Mike Romanov qui se faisait passer pour un descendant de la famille impériale russe. Il connaissait Bill Goetz, Harry Cohn, Daryl Zanuck et David O. Selznick qui, en 1958, l'engagea pour écrire l'adaptation de *Tendre est la nuit*, le roman de Scott Fitzgerald. Il lui recommanda d'aller voir un film qui l'avait grandement impressionné avant de se mettre au travail.

> Cher Romain,
>
> [...] J'aimerais vous recommander de voir de toute urgence un film extraordinaire que j'ai vu l'autre soir : *La Déesse* (*The Goddess*). On y trouve beaucoup de choses qui clochent, et ce ne sera pas un succès auprès du grand public. Mais il y a aussi beaucoup de choses très brillantes, et (Paddy) Chayefsky a de nouveau prouvé qu'il était l'un des dramaturges modernes les plus originaux et les plus doués.
>
> J'aimerais, en particulier, que vous examiniez comment il peint la genèse de la créature impossible et versatile qui en est l'« héroïne » — une idole du monde entier absolument insupportable, incapable d'être une épouse, une mère ou un être humain, et qui ne vaut absolument rien pour rien, sauf comme star de cinéma. C'est un portrait impitoyable, mais brillant et stupéfiant. C'est féroce, mais la façon dont cette femme détruit les autres sonne vrai, et, très opportunément sur ce point, la révélation de ce qui a amené cette femme à être ce qu'elle est se révèle déchirante. Vous verrez la séquence dans laquelle l'enfant soli-

taire ne peut trouver personne à qui dire qu'elle a fait des progrès à l'école, et qui finit par le dire à son petit chat, ce qui nous apprend absolument tout ce que nous avons besoin de savoir sur les origines de cette femme monstrueuse. Nos matériaux sont différents, mais nous devrions en tirer quelque chose d'au moins aussi bon...

J'ai toujours eu l'impression que Daphné du Maurier avait dû être influencée par *Tendre est la nuit.* Si vous connaissez *Rebecca,* vous devez vous rappeler que le point de départ en est le « couple le plus fascinant d'Europe », Max de Winter et sa femme, Rebecca, qui faisait l'envie du monde entier. Il en était de même de Nicole et de Dick. C'est vrai de beaucoup de couples que nous connaissons, vous et moi (doués de talents brillants, beaux à voir, objets de convoitise), mais avec quelque chose de pourri sous la surface, qu'ils sont les seuls à connaître, comme c'est précisément le cas pour Nicole et Dick. Ou peut-être, devrais-je dire, que quelques intimes savent ce qui ne va pas...

*Tendre est la nuit* est une tâche très difficile. Des écrivains très compétents s'y sont cassé les dents. Ce serait croire aux miracles que d'imaginer que vous pourrez en venir à bout en une semaine ou deux, ou même un peu davantage. Je suis sûr que vous pourrez en venir à bout plus vite que les autres écrivains que je connais, mais j'espère que vous aurez la patience d'approfondir tous les rapports, de préserver tout ce qu'il y a de bon en Fitzgerald...

Meilleurs sentiments,

DOS [16]

Bientôt, on paya Gary des fortunes pour écrire ou rafistoler des scénarios. C'est ainsi qu'en 1962, il collabora avec James Jones aux dialogues de *The Longest Day — Le Jour le plus long —*, une superproduction sur le débarquement américain en Normandie, réalisée par Ken Anrakin, Andrew Martin et Bernard Wicki. Le film, produit par la Twentieth Century Fox Film Corporation, bénéficiait d'une distribution prestigieuse : Richard Burton, Robert Mitchum, Henry Fonda, Bourvil, Arlctty...

Gary était invité à des soirées chez Dany Kaye, Fred Astaire, Frank Sinatra, Cecil B. De Mille. Il dînait chez Gary Cooper, Kirk Douglas, Katherine Hepburn, passait en élégante compagnie ses dimanches à Palm Springs, la villégiature des milliardaires où il faisait du saut en parachute. Il rencontra Marilyn Monroe, Lana Turner, Ava Gardner, aima et fut aimé de Veronika Lake —, dont il conservait la photo — qui mourut alcoolique à cinquante ans. Il devint l'ami de Charles Boyer, Louis Jourdan, Marcel Dalio.

Le producteur Walter Wanger qui avait engagé Francis Scott Fitzgerald comme scénariste vint le trouver pour lui proposer de jouer le rôle de César dans une « petite » production en technicolor, *César et Cléopâtre,* avec Joan Collins. Flatté, Gary qui faisait d'épuisantes cures de haricots verts, d'endives et de pommes au four pour garder la ligne, dut choisir à regret entre la diplomatie et le cinéma. Richard Burton et Elizabeth Taylor, qui interprétaient les rôles principaux, transformèrent le film à petit budget en superproduction de 27 millions de dollars. En fait, Romain Gary n'admirait que Gary Cooper, Billy Wilder et John Ford, lequel lui apprit à fumer le cigare et lui offrit un chapeau gris tout cabossé de chez Bullock à San Francisco. Nul ne sait quelle aurait été sa réponse si ses amis Wilder ou Ford lui avaient proposé un rôle dans un de leurs films. Mais Gary n'était pas dupe :

> L'amitié, là-bas, ça tient à des bouts de ficelle professionnels, à des instants de convergence, un film, un scénario, et puis s'en va. Et ça se divise en deux : ou bien leur succès devient de plus en plus grand, ils montent, et ils te laissent quelque part derrière eux, tu n'es plus de leur « horizontale », ou bien ils baissent au box-office, leur cote dégringole et ils t'évitent parce qu'ils ont honte et se sentent coupables et parce qu'ils s'imaginent que tu es gêné à leur égard, ce sont toujours des histoires de « valeur » marchande qui se fréquentent [17].

Norman et Titimi guettaient les oiseaux-mouches dans le jardin. Au rez-de-chaussée du consulat, sur fond de musique orientale et caucasienne, des dossiers, des manuscrits, des livres s'entassaient sur les chaises et les sofas. Lesley continuait à rédiger *Les Sabres du paradis*, tandis que Romain, ayant achevé *Les Racines du ciel*, formait le projet d'écrire une manière d'autobiographie et toujours la satire annoncée à Hoppenot sur les Nations unies.

## 47.

Alors que les négociations sur le rachat du contrat de Gary étaient sur le point d'aboutir amicalement [1] entre la maison Gallimard et les Éditions Calmann-Lévy, Michel Gallimard, dans une lettre datée du 22 février 1956, disait à l'auteur douter de l'existence du manuscrit qu'il lui promettait depuis des années. Pouvait-il par ailleurs lui dire quelle impression lui avait faite Marilyn Monroe [2] ?

Gary avait recopié les cinq cent cinquante premières pages des *Racines du ciel* afin que Mme Rouquier, sa secrétaire, pût déchiffrer son écriture. Le 5 avril, il expédia deux exemplaires du manuscrit tant attendu par bateau puis, le 22, un troisième exemplaire par avion. Le colis arriva par la valise diplomatique le 2 mai chez Gallimard. Gary bouillonnait d'inquiétude et d'impatience. Quand un roman était achevé, il voulait le voir publié sur-le-champ. Il demanda d'urgence des épreuves pour André Malraux, et pressa son éditeur de faire paraître son livre à la mi-septembre. Odette Arnaud, son agent, le soutenait en ce sens.

Michel Gallimard donna l'ouvrage à lire à Jacques Lemarchand [3] et Albert Camus, afin que Romain pût bénéficier de leurs conseils amicaux avant la composition : « Je t'enverrai leurs critiques, dont tu feras ce que tu voudras, mais du moins ne pourras-tu nous faire les reproches dont tu nous as couverts à l'occasion des *Couleurs du jour*. » Gary prit la mouche et répondit :

« Je ne te le fais pas dire mais je crois que la cause est entendue. Ça a été toujours comme ça depuis que je suis entré dans la maison[4]. »

Michel Gallimard tenta diplomatiquement de convaincre Gary de patienter jusqu'en février, « meilleure époque pour le lancement des livres non goncourables ». Il invoquait comme arguments que le manuscrit avait été rendu tardivement et que les imprimeries étaient fermées en août. Si *Éducation africaine* était immédiatement mis en fabrication, ajoutait-il, l'auteur ne pourrait pas bénéficier de ses deux lecteurs.

Le 15 mai, Michel Gallimard informa Gary que Lemarchand et Camus avaient lu son manuscrit. Tous deux étaient emballés. Jacques Lemarchand lui écrivit :

> J'ai passé avec vos éléphants deux beaux jours. J'ai aimé vos bêtes jusque dans leurs verrues et Camus qui a, de son côté, lu votre livre, a pour lui la même amitié [...] Aujourd'hui, je ne dois vous parler que des verrues de vos pachydermes, et je me dépêche de le faire[5].

Camus était persuadé que Gary était un grand romancier. Il voyait en lui un tempérament de créateur, un conteur plus proche des Russes et des Anglo-Saxons que des Français, qui sont souvent des écrivains avant d'être des romanciers. Cependant il lui conseilla de supprimer nombre de répétitions, de condenser certains passages et de corriger les anomalies syntaxiques et les négligences de style. « Il faudrait que tu revoies assez attentivement l'écriture qui n'est parfois pas très correcte, semble-t-il, en particulier dans les accords de temps, si j'ai bien compris. » On espérait qu'il n'abuserait pas des corrections sur épreuves qui alourdiraient le coût de fabrication du volume.

Gary corrigea fébrilement ses épreuves, les retourna avec le bon à tirer, et proposa deux nouveaux titres : *Caprices du ciel* et *Une silhouette à l'horizon*. Il aurait voulu retravailler son livre en tenant compte des remarques de Malraux auquel il avait fait envoyer un jeu d'épreuves. Mais celui-ci fera la sourde oreille aux sollicitations du romancier jusqu'au 20 février 1957, date à laquelle il lui signala quelques erreurs !

Malgré l'enthousiasme de Lemarchand et Camus, on doutait chez Gallimard que Gary pût être lauréat du prix Goncourt. Le romancier, lui, insistant pour tenter sa chance, écrivit plusieurs fois à Claude Gallimard pour le convaincre de le publier en septembre :

> Mon raisonnement est simple : nous ne risquons pas grand-chose. Si nous n'obtenons pas un prix, nous retombons dans la situation de mes deux précédents romans publiés chez vous, et le fait d'être noyé sous la production de fin d'année n'y changera pas grand-chose. Ce n'est pas pour nous une question de vendre deux ou trois mille exemplaires de plus, mais d'essayer de sortir du marasme dont mon œuvre est entourée en France.

Le 4 juin, Gaston Gallimard lui donna satisfaction : son livre sortirait en septembre, sous le titre *Les Racines du ciel*[6]. Gary lui écrivit : « Si mon livre rate, ce ne serait ni de votre faute ni de la mienne, mais cela voudrait dire simplement qu'il est temps pour moi de renoncer. »

Le 28 mai, Gary sollicita un congé et quitta Los Angeles pour Roquebrune, où il resta du 14 juin au 1er août, heureux de troquer le costume de diplomate pour des tenues jugées parfois extravagantes par les villageois. On pouvait le voir marcher le long de la grande corniche vêtu d'un seul paréo et, par goût de la provocation, portant voracement à sa bouche un os de gigot pour le rogner.

Chaque matin, il descendait à pied au Pirate, la plage du cap Martin. Il nageait pendant une heure, puis déjeunait chez « la mère Jeanine » qui préparait admirablement le loup au fenouil dans son petit restaurant situé à la pointe du Cap, en compagnie d'Alexandre Kardo Sissoeff, de sa maîtresse Evelyn-Princesse Abd El-Kader[7] et de Barbara Aptekman, un jeune mannequin rencontré à Hollywood, dont le mari, rappelé sous les drapeaux après avoir accompli son service militaire, avait fui la France pour ne pas aller combattre en Algérie. Il y invita un jour son petit-cousin Paul Pavlowitch, alors âgé de quatorze ans. L'homme qui déjeunait au Pirate avec ses amis ne semblait rien avoir de commun avec l'écrivain solitaire que les villageois voyaient arpenter les ruelles de Roquebrune, ou discuter gravement avec le curé des grandes affaires de ce monde.

Lesley ne se mêlait pas à la bande du cap Martin ; elle vouait une solide inimitié au frivole Kardo Sissoeff. Elle écrivait dans sa « maison turque », qu'elle trouvait confortable. Sylvia Agid, venue passer quelques jours avec ses fils Yves et Olivier, n'était pas du même avis ; elle se cognait souvent le front contre le linteau des portes basses et voûtées qui séparaient les pièces. René, quant à lui, n'appréciait pas les divans, les tapis, les coussins sur lesquels, sans aucun égard pour leurs broderies, Romain posait les pieds sans se déchausser. Un escalier intérieur avait été substitué à l'échelle par laquelle on accédait à la tour. Grâce à l'intervention d'Édouard Corniglion-Molinier, devenu ministre des Travaux publics, Gary, seul du village à jouir de ce privilège, possédait depuis le 25 janvier 1956 une ligne téléphonique.

Le 6 octobre 1956, Gary quitta Los Angeles *via* New York pour accompagner par avion la valise diplomatique à Paris. Deux hôtels avaient ses faveurs dans la capitale : l'hôtel Montaigne, au 6, avenue Montaigne, dans le quartier des Champs-Élysées, et surtout le luxueux hôtel Lutétia, à Saint-Germain-des-Prés, où le général de Gaulle avait passé sa nuit de noces. Gary s'y installa pour douze jours. Chaque matin, il se rendait à pied chez son éditeur pour surveiller les préparatifs de l'impression des *Racines du ciel*, dont la sortie avait été retardée. Il donna un avis péremptoire sur la maquette de la jaquette. Certains dans la maison doutaient que l'ouvrage fût un roman. Il confirma à Gaston Gallimard que cette mention devait figurer sur la page de garde.

Le 24 octobre, de retour à Los Angeles, Gary fut informé qu'Hervé Alphand, ambassadeur plénipotentiaire à Washington, et la direction politique du Quai d'Orsay le chargeaient, à partir du 10 novembre et pour une durée de trois mois, de la gérance de l'ambassade de France à La Paz, en Bolivie, en remplacement de Jean Dupuy-Dutemps, chargé d'affaires. Il devait également pendant la durée de sa mission se rendre au Pérou, au Chili et au Brésil. Cette décision avait été prise parce que la situation en Bolivie était explosive. Il n'y avait plus d'ambassadeur de France dans ce pays depuis six mois, et cette vacance indisposait le dictateur du moment.

Gary, qui avait d'abord accueilli cette nouvelle fonction avec une certaine satisfaction, arriva à La Paz le 8 novembre 1956, sans Lesley. Il s'installa à la résidence. Très vite, il comprit que sa mission en Bolivie ne serait pas une partie de plaisir mais, comme chaque fois qu'il s'établissait dans un lieu nouveau, il sut capter très rapidement la réalité du pays. Il était un caméléon, comme il se plaisait souvent à le dire. Sur une photographie parue dans *Paris-Match*, il porte un bonnet de laine traditionnel qui suffit à le métamorphoser en un Indien très crédible[8].

> La Paz est à cinq mille mètres[9] au-dessus du niveau de la mer — on ne peut pas fuir plus haut sans cesser de respirer. Il y a des lamas, des Indiens, des plateaux arides, des neiges éternelles, des villes mortes, des aigles — dans des vallées tropicales errent les chercheurs d'or et des papillons géants[10].

Le chef de poste à l'ambassade, tout en se morfondant, trompait la solitude en pensant à un nouveau roman. Il avait sous les yeux la toile de fond, il lui manquait les personnages et surtout l'héroïne. Il ignorait qu'il rencontrerait bientôt Jean Seberg qui lui inspirerait l'intrigue des *Mangeurs d'étoiles*.

Dès le 16 novembre, Hervé Alphand, ambassadeur de France à Washington, réclamait son retour en Californie du Sud, tandis que les relations entre la France et les États-Unis traversaient une crise à cause de l'inscription de l'affaire algérienne à l'ordre du jour aux Nations unies. Gary envoya quelques lettres à François de Panafieu, directeur général du personnel à l'Administration générale, suggérant la nécessité de son retour à Los Angeles. La réponse tomba le 5 décembre. Il n'y avait pas, dans la conjoncture politique délicate qui prévalait, d'agent suffisamment qualifié pour le remplacer en Bolivie.

Le 6 décembre, après quelques difficultés d'ordre protocolaire, Gary avait été officiellement agréé comme chargé d'affaires à l'ambassade de France à La Paz. Les paroles chaleureuses qu'il avait prononcées envers le peuple bolivien, et dont la presse française s'était faite l'écho, avaient grandement facilité les choses.

> Les journaux sont pleins, depuis le 3 décembre, d'articles élogieux consacrés à la culture française que l'on fait d'ailleurs quelquefois voisiner avec des « nouvelles » de source égyptienne sur les atrocités franco-anglaises à Suez. Le conseil municipal m'a voté ses félicitations et vingt ambassadeurs ont levé hier leurs verres à la « grandeur éternelle de la culture française »,

écrit Gary dans un télégramme au Quai le même jour.

Cela ne le découragea nullement de solliciter à nouveau l'autorisation de quitter son nid d'aigle, car il avait été averti quelques jours auparavant par Odette Arnaud que *Les Racines du ciel* avait de fortes chances de recevoir le prix Goncourt. Ne pouvait-on pas, en haut lieu, malgré l'intervention soviétique en Hongrie et l'affaire de Suez, considérer que sa modeste mission était accomplie, insistait-il, impatient de prendre l'avion pour Paris.

Odette Arnaud avait vu juste, mais l'auteur se trouvait toujours à La Paz lorsque le jury lui décerna son prix.

En effet, le 4 décembre, les membres de l'académie Goncourt, réunis place Gaillon, attribuaient leur prix à Romain Gary au premier tour par huit voix contre deux : celle d'Armand Salacrou qui avait voté pour

*L'Emploi du temps* de Michel Butor, et celle de Raymond Queneau qui avait préféré *Angelina fille des champs* d'Angelina Bardin, en sachant parfaitement qu'elle n'avait aucune chance. Les plus ardents défenseurs de Gary avaient été Pierre Mac Orlan et Roland Dorgelès.

Le 7 décembre, François de Panafieu le félicita et autorisa enfin Gary à venir passer quelques jours à Paris pour y recevoir son prix, tout en lui précisant que ses frais de déplacement ne pouvaient être pris en charge par le département.

À La Paz, Gary vit la presse locale arriver en trombe dans sa villa pour lui annoncer qu'il venait de recevoir le prix Nobel. Tout cabotin qu'il fût, il garda les pieds sur terre. Quelques heures plus tard, il reçut un télégramme de son éditeur, puis un autre de son ami Jean de Lipkowski : « Victoire éclatante. Huit voix contre deux. Pratiquement unanimité. Je t'embrasse. »

Très ému, Gary envoya une lettre à Roland Dorgelès :

> Cher Maître,
>
> Depuis deux jours, je brûle de vous remercier, de vous dire ma joie, ma gratitude, et aussi mon admiration pour le courage avec lequel, sous votre égide, le jury avait défendu son point de vue... [11].

Avertie par Odette Arnaud et non par Romain qui la laissait sans nouvelles, Lesley arriva à Paris par le train de nuit en provenance de Londres. Odette Arnaud avait dû insister pour la persuader de venir à Paris. « Je crois que Romain va l'emporter. Vous devez être auprès de lui. » En examinant son passeport où sa profession était indiquée, le contrôleur s'était exclamé : « Quel train, nous avons Minou Drouet dans le compartiment d'à côté ! » Lesley trouva une foule de photographes qui attendaient son mari à Orly le 14 décembre, où son avion atterrit au terme d'un vol interminable.

Avant de quitter La Paz, Gary avait envoyé un télégramme à Sylvia et René Agid : « Je pense à vous, à Christel et à l'hôtel de l'Europe [12]. »

Gary, qui au fond de son cœur était resté le petit garçon de Varsovie, aurait voulu annoncer cette nouvelle à sa mère. Mais il était seul, car celle qui avait cru à son « génie » jusqu'à sembler ridicule ne pouvait le serrer dans ses bras et lui affirmer qu'elle avait tout prévu. Il ne pouvait pas non plus, à l'instar de Camus, lorsqu'on lui avait décerné le prix Nobel, écrire à son instituteur pour lui dire qu'il était encore un écolier plein de gratitude. René et Sylvia Agid jouaient le rôle de parents adoptifs.

Lesley et Romain Gary s'installèrent à l'hôtel du Pont-Royal, situé à quelques mètres des éditions Gallimard. Il fut assailli par les journalistes. Son livre, où subsistaient quelques négligences, avait suscité une polémique dans le petit monde littéraire parisien. Parmi ses défenseurs, les plus enthousiastes étaient des écrivains illustres.

Albert Camus affirmait que Romain Gary avait écrit « un grand livre », Émile Henriot, Jean Giono le soutenaient également chaleureusement.

Jean Giono, membre de l'académie Goncourt, défendit *Les Racines du ciel* dans *Arts* : « J'ai voté pour Romain Gary. Je le dis avec plaisir car son roman était parmi les meilleurs [13]. »

Émile Henriot, qui avait éreinté *Le Grand Vestiaire*, écrivit un article élogieux dans *Le Monde* [14] :

> La notion de chef-d'œuvre étant devenue très difficile à définir, j'aime mieux ne pas crier au chef-d'œuvre à propos des *Racines du ciel*, le nouveau roman de Romain Gary. C'est en tout cas un livre admirable, plein de talent, d'originalité, d'épaisseur, comme je n'en ai pas eu depuis longtemps entre les mains. L'aventure, le mouvement, l'humour, la réalité, l'idéal, s'y trouvent mêlés et battus pour composer la lecture la plus excitante qui soit.

L'académicien Robert Kemp, qui avait mis six jours à lire le livre, affirma dans *L'Express* que cette œuvre, par son côté touffu, lui faisait penser à l'*Ulysse* de

Joyce ; Dominique Aury, de la NRF, parla d'un « Alexandre Dumas intellectualisé par Malraux[15] ».

Maurice Nadeau, qui fit partie des détracteurs de l'écrivain, écrivit dans *Les Lettres nouvelles*[16] : « [...] Et si on donne le Goncourt à ce sermon en images, à cette rhapsodie humanitaire, à cette histoire qui ferait les délices de Tintin, c'est que, place Gaillon, on n'a plus une conception très nette de la littérature... »

Rue Sébastien-Bottin, quand le nom du lauréat du Goncourt avait été annoncé, un critique s'était indigné de la même façon, en présence de Pierre de Boisdeffre, du choix « enfantin, si peu littéraire », du jury. Albert Camus lui avait répliqué, sarcastique, que « l'Académie Goncourt, une fois n'est pas coutume, couronne un grand livre et cela vous étonne ! Comme vous êtes parisien[17] ! ».

Cependant, le vainqueur ne comptait pas que des admirateurs. L'ennemi le plus violent des *Racines du ciel* fut Kléber Haedens. Son hostilité, d'abord modérée, s'était amplifiée quand la plupart des journaux avaient fait courir le bruit, quinze jours avant la date du vote officiel, que Gary était le favori du jury.

Dans un premier article, il reprochait à l'écrivain d'imiter les romanciers américains

> qui coupent les histoires en morceaux, mélangeant les fragments parce qu'ils pensent naïvement qu'un récit obscur est par là même un récit profond et croient, avec une ingénuité bouleversante, qu'il est « moderne » de commencer un récit par la fin. Cette méthode est, en réalité, extraordinairement surannée puisque nous savons qu'elle lassait déjà les romanciers chinois, il y a cinq mille ans. Elle est, en outre, épuisante pour le lecteur qui doit attendre la page 100 pour comprendre ce qu'on lui a dit à la page 10, et de cette confusion factice il ne sort aucun bénéfice pour le romancier. Celui-ci ne fait que poser des devinettes, compliquer vainement son récit sans lui gagner le plus petit mérite, le plus mince attrait.
>
> Malgré tout, le lecteur prévenu peut s'engager hardiment dans le roman de Romain Gary sans se soucier des obscurités. Elles disparaîtront par la suite. Mais pour venir à bout des *Racines du ciel*, il faut surmonter la

fatigue que donne la répétition implacable des mêmes idées et des mêmes thèmes (pourtant bien simples), répétition qui permet de supposer que Romain Gary n'a pas l'espoir d'être lu par des gens très intelligents... Il me semble que si l'on réduisait son livre des trois quarts, celui-ci y gagnerait beaucoup [18].

Dans un second article paru le 1er décembre dans *Paris-Presse-L'Intransigeant*, Kléber Haedens passait du jugement sévère à l'attaque :

On nous affirme de tous côtés que l'académie Goncourt décernera lundi prochain sa récompense annuelle aux *Racines du ciel.* Romain Gary s'est héroïquement battu pendant la dernière guerre et il est une des gloires de l'aviation. Ses biographes disent qu'il connaît sept langues. Mais je suppose que parmi ces sept langues il ne vient à l'idée de personne de compter le français.

Nous avons le regret, mais aussi le devoir, de le dire : Romain Gary ne sait pas le français [...] Il n'existe pas d'ouvrage aussi lourdement incorrect dans toute l'histoire de la littérature française [...] Et si le héros des *Racines du ciel* fonde un comité pour la défense des éléphants, nous pensons qu'il est dès maintenant nécessaire de fonder un comité de défense de la langue française contre Romain Gary [19].

Kléber Haedens écrivit ensuite dans la revue *Arts* [20], affirmant qu'il avait relevé jusqu'à douze fautes de français par page dans *Les Racines du ciel.* Le même revint à la charge en publiant une nouvelle critique non signée contre Gary, au contenu xénophobe, si ce n'est antisémite, à peine voilé :

Né à Moscou, devenu français, aviateur dont les faits de guerre valent des lettres de noblesse, puis diplomate, l'auteur d'*Éducation européenne* s'est voulu écrivain pour être pleinement un témoin. S'il ne se montre pas toujours parfaitement maître dc sa langue (on y trouve des lourdeurs, des redites, des expressions rocailleuses, parfois des vulgarités) il s'est fait le défenseur des valeurs qui constituent notre humanisme — auquel il est d'autant plus attaché qu'il ne l'a pas trouvé dans son héritage, mais il l'a choisi librement [21].

Aux yeux de Kléber Haedens, l'humanisme ne faisait donc pas partie de l'héritage juif.

Pendant la Seconde Guerre mondiale, Kléber Haedens, proche de l'Action française, ce mouvement d'extrême droite catholique et antiparlementaire qui avait apporté son soutien au gouvernement de Vichy, n'avait pas collaboré avec les nazis, mais avait écrit des chroniques littéraires et sportives dans le journal du mouvement.

En attaquant Gary, en qui il voyait un étranger parce qu'il était français par naturalisation, il disait vouloir défendre la pureté de la langue française. Il traquait les phrases maladroites, les répétitions, les barbarismes, les impropriétés, les fautes de syntaxe. C'était la première tentative de présenter Gary comme un écrivain de seconde zone. Kléber Haedens se faisait une idée très personnelle du roman « français ». Il était dérouté par le surgissement d'un élément nouveau, étrange et insaisissable qu'il réussissait à identifier uniquement par des critères négatifs. Il ne comprenait pas la capacité d'assimilation de multiples traditions littéraires par Gary. Dépendant de tout ce qui avait été pensé et écrit dans les langues qu'il maîtrisait, ce dernier avait insufflé dans le français surtout — mais aussi dans l'anglais — son héritage du yiddish, du russe et du polonais.

C'est avec une impatience extrême que Gary se plaisait à changer de peau sans fin. Ainsi que l'écrit Ossip Mandelstam dans son *Voyage en Arménie* :

> La salamandre ne suspecte nullement qu'elle a le dos tacheté de noir et de jaune. Elle n'a pas conscience que ces macules se succèdent sur deux parallèles ou se fondent au contraire en une seule traînée homogène, en fonction de l'humidité du sable ou de la teinte vive ou sévère d'une étoffe placée dans le fond du vivarium.
>
> Mais l'homme, salamandre pensante, peut avoir quelque pressentiment de la température de ses lendemains, pour peu qu'il détermine lui-même la couleur qui est la sienne…[22].

*Le Canard enchaîné* répondit en ces termes à l'acharnement de Kléber Haedens : « Nous, on s'en fiche que M. Gary écrive mal, car on aime beaucoup les éléphants. Ce M. Gary est, à sa manière, un éléphant charmant. Et un éléphant qui a de la défense. »

Gary savait ce que Kléber Haedens jugeait presque inconvenant dans sa prose :

> Je plonge mes racines littéraires dans mon « métissage », je suis un bâtard et je tire ma substance nourricière de mon « bâtardisme » dans l'espoir de parvenir ainsi à quelque chose de nouveau, d'original. Ce n'est d'ailleurs pas un effort : cela m'est naturel, c'est naturel, c'est ma nature de bâtard, qui est pour moi une véritable bénédiction sur le plan culturel et littéraire. C'est pourquoi d'ailleurs certains critiques traditionalistes voient dans mon œuvre quelque chose d'« étranger[23] ».

Certains se sont mépris sur le sens que l'écrivain attribuait au mot « bâtard », concluant hâtivement qu'il était le fruit d'un amour adultérin. Quand il utilisait le mot « bâtard », ou encore le mot « cosaque », Gary voulait simplement dire juif. C'était sa manière de vivre sa singularité dans la France jacobine qui, dans sa passion égalitaire, souhaitait supprimer tout particularisme, selon la formule restée célèbre du comte de Clermont-Tonnerre, lors des débats de la Constituante : « Il faut tout refuser aux Juifs comme nation et tout leur accorder comme individus ; il faut qu'ils ne fassent dans l'État ni un corps politique, ni un ordre ; il faut qu'ils soient individuellement citoyens. »

Gary avait des médailles, des décorations, sa carte d'identité française, mais il n'avait pas « une goutte de sang français dans les veines », comme il se plaisait à dire. Neuf ans plus tard, dans *Pour Sganarelle*[24], il devait évoquer sur le ton de l'ironie son entrée dans la culture et dans la littérature françaises.

> C'est la France, la grande France traditionnelle, ah, que c'est beau, ah, que c'est permanent, ah, que c'est toujours

là, ah, que mon âme de cosaque se réjouit d'être admise, de flairer, de remuer la queue, de jouir de son patrimoine : elle a acquis du bien, un trésor culturel, une Histoire, c'est si bon, si bon de se sentir chez soi, d'avoir appris son home spirituel en classe et de pouvoir ensuite y pénétrer sur la pointe des pieds, le chapeau à la main, le croupion en l'air, les portraits de famille, nos ancêtres les Gaulois, c'est si bon !

Dans un entretien avec son ami François Bondy, Gary répondit encore, nommément cette fois, à Kléber Haedens :

— Je ne connais pas M. Kléber Haedens, ce qu'il a fait ou ce qu'il n'a pas fait dans sa vie ; seulement : « M. Romain Gary s'est bien battu pour la France. Mais il ne sait pas le français », il y a là enfin un cri de souffrance, de regret, d'amertume, bref un aveu devant lequel, lorsqu'on est tant soit peu généreux, on ne peut que s'incliner avec respect. J'ai baissé la tête avec compréhension, douceur et compassion. C'est mon côté humain, tu comprends : il paraît que tous les critiques l'ont relevé. Et tu sais combien je suis sensible à toute allusion à mon sang tatar, mon sang slave, mon sang juif...
— Je sais, je sais. Tu les assumes tous.
— Dès que j'entends dans la voix d'un homme cet accent de souffrance haineuse, je me prosterne avec sympathie et jubilation. C'est un frère.

Plus claire et définitive fut la réponse qu'il donna dans un entretien avec Roger Giron pour *France-Soir* :

On m'a reproché des fautes de français. Je voulais écrire un livre dur, brutal, réaliste, quelque chose qui ait beaucoup de force. Si j'avais léché le style, le livre serait devenu froid comme une allégorie, une œuvre formelle, dans le genre de Poe, d'Alain-Fournier, de Julien Gracq. Mon but était tout autre, je cherchais la puissance, fût-ce au prix de fautes. Mais de là à dire que je ne sais pas le français ! Si le Goncourt ne suffit pas, j'ai obtenu pendant sept ans le premier prix de français au lycée de Nice.

Et comme il ne dédaignait pas l'humour, Gary répondit lors d'une interview dans *Paris-Presse* à Kléber Haedens : « Je ne massacre ni la syntaxe ni les éléphants[25]. »

Cependant, Kléber Haedens avait entraîné dans son sillage un certain nombre de critiques qui reprirent ses griefs, si bien que Gary fut longtemps l'objet d'âpres conflits entre ses admirateurs et ceux qui lui refusaient le statut d'homme de lettres français, avec tout ce que cela comportait de sous-entendus. Robert Kanters avait déclaré lors d'une émission littéraire : « Monsieur Gary est un écrivain intéressant, mais il écrit en moldo-valaque[26]. »

On pourrait citer à ce propos un constat fait par Elsa Triolet lors d'un voyage à Moscou où elle se plaignait à sa sœur, Lili Brik :

> J'ai fait de mon mieux pour m'intégrer, mais pour les Français je reste une étrangère[27] [...] L'amour que l'immigré peut avoir pour son pays d'adoption est toujours un amour malheureux [...] Pour s'aimer il faut être deux, or l'indigène ne rend pas son amour à l'étranger[28].

Quant à Carmen Tessier, elle propagea une calomnie comparable à celle que le prix des Critiques avait suscitée autour d'*Éducation européenne.* Certains avaient fait courir le bruit que Gary avait trouvé son manuscrit sur le cadavre d'un aviateur polonais de la Royal Air Force. De même, dans sa fameuse rubrique de *France-Soir,* « Les Potins de la Commère », Carmen Tessier affirma que Jacques Lemarchand et Albert Camus avaient dû réécrire les quatre cent cinquante pages des *Racines du ciel.* Ce mensonge — signifiant implicitement qu'ils avaient négligé bien des fautes — provoqua la fureur de ces derniers, qui envoyèrent une lettre fulminante à Charles Gombault, le patron de *France-Soir,* et Carmen Tessier en rendit compte le 7 décembre 1956 en ces termes :

> Nous avons reçu de M.M. Albert Camus et Jacques Lemarchand une lettre discourtoise dans laquelle ils déclarent opposer le démenti le plus formel à l'information suivant laquelle ils auraient été chargés par les éditions Gallimard de revoir le texte du prix Goncourt : *Les Racines du ciel.*

« Il s'agit, écrivent-ils, d'une information ridicule, totalement dénuée de fondement et également blessante pour tous ceux qu'elle met en cause. »

Les corrections « blessantes » existent pourtant comme pourront s'en rendre compte les lecteurs de la première édition en comparant avec les éditions suivantes : mais c'est l'auteur lui-même, Romain Gary, qui les a faites.

Charles Gombault décida qu'on ne reparlerait jamais dans son journal d'Albert Camus, sauf pour annoncer sa mort[29].

Mais Gary ne pardonna pas à Kanters d'avoir inspiré la calomnie de Carmen Tessier dans *France-Soir*. Lorsqu'il le rencontra un jour par hasard chez Lipp, il lui administra une paire de claques.

La vindicte de Kanters et Kléber Haedens, se posant en défenseurs de la langue française outragée par le viol d'un étranger, était consternante. Plus navrante encore était leur incapacité à reconnaître les sources littéraires de l'œuvre de Gary : les écrivains russes virtuoses de l'illusion, de la narration orale, ou *skaz*, dont les maîtres sont Nicolas Gogol, Nicolas Lesskov et Mikhaïl Zochtchentko.

La cabale montée par les deux critiques ne dissuada pas les lecteurs. *Les Racines du ciel* se vendit à 185 000 exemplaires.

Romain et Lesley étaient tous deux arrivés à Paris quasiment sans argent. Le concierge de l'hôtel du Pont-Royal joua un temps le rôle de banquier. Devenu soudain un personnage célèbre, Gary était tenu de recevoir ceux à qui il devait cette gloire et tout ce qui comptait dans le monde littéraire, politique et diplomatique. Il fut convenu qu'il donnerait le 22 décembre un grand souper, préparé par Scott, le traiteur de l'avenue Kléber. Comme il n'avait pas de logement à Paris, Jean de Lipkowski, qui partageait avec Gary une admiration fervente pour le général de Gaulle, mit à sa disposition sept des quatorze pièces de son magnifique hôtel particulier du boulevard Saint-Germain.

Lesley n'avait pas d'autre vêtement que l'austère tailleur gris avec lequel elle était arrivée de Londres. Pour l'occasion, elle courut chez sa couturière et lui demanda de lui faire de toute urgence une robe digne de cet événement. Voyant que la chose était impossible en si peu de temps, elle pria son ami Pierre Balmain de la tirer d'affaire. Il lui vendit une écharpe rouge et une étole de vison doublée de soie, destinée à dissimuler le modeste tailleur gris.

Gary prononça un discours au cours duquel il remercia malicieusement Jean Chauvel, l'ambassadeur qui n'avait pas voulu de lui à Londres, de lui avoir donné le temps précieux dont il avait eu besoin pour écrire son livre. Henri Hoppenot le félicita chaleureusement. René Agid et la féroce Sylvia étaient de la fête. Ils virent arriver Christian Pineau, la duchesse de La Rochefoucauld, Gladwin Jebb, l'ambassadeur de Grande-Bretagne, Philippe Hériat, Gérard Bauër, Louis Joxe, Jacques Duhamel. Durant l'interminable soirée, Sylvia raconta à Christel ce qu'elle avait vu et entendu [30] :

> Romain ressemble à une prima donna d'opérette. Il fait des histoires, complique les choses, invente, ment et traficote. Il est terrible ! Dommage que la mère de Romain n'ait pas pu être le témoin de la gloire de son fils.
>
> Romain avait organisé une réception et un souper pour cent ciquante personnes dans un hôtel particulier immense, propriété d'un de ses meilleurs amis — quatorze pièces, avec des tapisseries et des meubles anciens. Des ambassadeurs de tous les coins du monde, le jury du prix Goncourt, les notables littéraires de Paris — sauf Sartre et Camus —, des comédiens, toutes sortes de gens chic, Sigurd Norberg et nous. Sigurd, qui avait les pantalons les mieux repassés de la soirée, se tenait debout tout seul dans un coin avec sa femme. Elle avait les sourcils les plus étranges, peints en zigzag — peut-être pour obtenir un effet diabolique dans le style de sa robe beige, de ses gants rouges, de son sac de soirée chinois et de son long fume-cigarette. Dommage ! si j'avais repeint ses sourcils comme ceux d'Audrey Hepburn, elle aurait été belle. Sigurd est gentil, vieilli et simple. C'était émouvant de voir Romain si heureux jusqu'au moment où il s'est aperçu que le poulet et les canapés au foie gras n'avaient pas été livrés.

Lesley gardait son calme et feignait de ne pas s'apercevoir que quelque chose n'allait pas.

[...] Tout ému, Romain a fait un discours. Il n'a pu s'empêcher d'engueuler les critiques qui ont malmené son livre. C'est bête ! Bauden, le mécanicien qui avait sauvé leur avion frappé par la Flak allemande, était là. Il avait les larmes aux yeux quand Romain l'a publiquement remercié.

[...] Lesley avait emprunté à Pierre Balmain une interminable écharpe de soie rouge — au moins quatre mètres. Elle était charmante, magnifique comme un diablotin. Tout d'un coup, elle s'est rendu compte que Romain fixait de manière insistante son double menton et ses rides qui prouvent qu'elle a dix ans de plus que lui. Elle était furieuse, mais n'en montra rien. Elle pensait : « Regarde-moi autant que tu veux, je suis Madame Gary et rira bien qui rira le dernier. »

J'étais vêtue de noir, avec mon meilleur corset, un collier, un bracelet et une fourrure empruntée à une amie, qui donnaient de l'allure à la vieille ! Je me défendais bien parmi les grosses légumes qui n'étaient d'ailleurs pas si distinguées ou si fines, mais ils ne le savaient pas. Tous les amis de Romain sont des snobs.

Nous pensions pouvoir rapidement nous éclipser mais Lesley est venue nous dire que Romain serait très peiné, alors nous sommes partis à trois heures du matin. Ce salaud a quitté Paris sans nous dire au revoir. Martin du Gard s'est réjoui pour le prix Goncourt, mais il redoute que le succès ne lui tourne la tête.

En effet Martin du Gard écrivit à ses amis :

Je crains seulement que tous ces honneurs ne finissent par lui monter un peu à la tête, car il n'était pas indifférent au succès ; et (entre nous) je ne suis pas sûr qu'il ait, pour la modestie, des dispositions exceptionnelles... Croyez-vous qu'il va rester dans la diplomatie ? Ou bien va-t-il tout abandonner pour la littérature ? (Je crois que, dans son cas, un second métier constitue un contrepoids assez utile...)

Romain Gary prit le train pour Le Havre. Il s'installa dans un compartiment de première classe, où se trouvaient déjà deux personnes : une belle femme blonde et un monsieur distingué qui semblait l'accompagner.

L'écrivain s'absorba dans la lecture d'un quotidien, mais au bout de quelques minutes, la jeune personne remarqua que le lecteur abaissait de temps en temps son journal pour l'observer. Dans la gare, ils se perdirent de vue. Gary embarqua à bord du *Queen Mary*, où il retrouva l'écrivain Jean Blot qui lui aussi se rendait à New York.

La jeune femme que Gary avait dévisagée dans le train s'appelait Romy Van Looye. Elle voyageait également sur le *Queen Mary* mais, pendant quelques jours, aucun d'eux ne s'aperçut de la présence de l'autre à bord du paquebot. Romy resta les trois premiers jours enfermée dans sa cabine. Mais n'ayant plus rien à lire, elle monta sur le pont pour se rendre à la bibliothèque. Alors qu'elle s'apprêtait à remplir la fiche de renseignements, elle s'avisa qu'elle n'avait pas de quoi écrire. Soudain, un bras entoura son épaule, une main apparut, offrant un stylo à plume. Romy le prit sans regarder celui ou celle qui le lui tendait. Ayant rempli sa fiche, elle se retourna pour remercier la personne qui lui avait si aimablement rendu service, et reconnut le monsieur du train. Il insista pour l'emmener au bar prendre un apéritif. Elle ne buvait pas d'alcool. « Mais il y a aussi des jus de fruits ! » répondit-il. Gary lui raconta qu'il avait voulu faire ce voyage incognito après une semaine de fête consécutive à la sortie de son livre. Romy, ignorante de tout ce qui regardait l'actualité littéraire, ne broncha pas. « Vous ne m'avez donc pas reconnu ? lui demanda-t-il. — Non, qui êtes-vous ? répondit-elle. — Vous n'en avez pas la moindre idée ? insista-t-il, surpris. Je suis Romain Gary. — Oh, Gary ou le roi de Belgique, pour moi, c'est du pareil au même ! » Romy, qui était mannequin, posait souvent pour le magazine *Vogue*, des photos d'elle paraissaient dans le monde entier.

Gary éclata d'un rire énorme. Les larmes coulaient sur ses joues. Les femmes se jetaient ordinairement à ses pieds et il était ravi de cette méprise. Il avait quarante-deux ans et elle vingt-sept. Sur le pont du paquebot, il lui raconta sa vie, lui confia qu'il était marié avec une femme plus âgée que lui et qu'il était désireux de se libérer des liens conjugaux. Elle était libre. Il l'aima. Ils ne se quittèrent plus jusqu'à New York.

Elle pensait ne jamais revoir son chevalier servant, mais celui-ci, au moment de la séparation sur la passerelle de débarquement, insista pour lui laisser son adresse et son numéro de téléphone à Los Angeles, et lui demanda comment la remercier d'avoir effectué une si belle traversée. « Je voudrais que vous m'offriez votre fameux livre dédicacé », lui répondit-elle. Il promit de le faire dès son arrivée. Elle s'engagea à le prévenir si par chance elle venait en Californie.

Une pluie glacée tombait sur New York. Frissonnante, Romy entra dans une cabine téléphonique et appela le consulat de France à Los Angeles. À Odette de Bénédictis qui filtrait les appels, elle expliqua qu'elle était Romy, la jeune femme que le consul avait rencontrée sur le *Queen Mary*. En fidèle complice, Odette passa bien volontiers la communication à son patron.

En quelques instants, Gary organisa la venue de Romy à Los Angeles. Il vint l'attendre à l'aéroport et la conduisit dans un appartement qu'il avait loué pour elle au 133, Hollywood Boulevard. Elle était effrayée par tant de prévenance et de précipitation.

Alors qu'il disposait déjà d'une garçonnière dans laquelle il écrivait et recevait ses maîtresses, Romain lui demanda si elle accepterait de laisser l'appartement à sa disposition lorsqu'elle était en voyage pour qu'il puisse venir y travailler sur son prochain livre. Chaque fois qu'elle rentrait, il l'attendait sur le seuil et la serrait fougueusement dans ses bras en laissant tomber de vraies larmes de ses longs cils bruns. Un jour, il vint la voir sans l'avoir prévenue et, trouvant la porte close, il se laissa tomber sur les marches de l'escalier où, à son retour, Romy le trouva en train de sangloter. Il avait redouté qu'elle ne fût définitivement partie sans l'avertir. Il lui demanda de lui donner un enfant. « Je veux qu'il soit comme toi, franc, honnête, simple et intelligent. »

Ils partirent quelques jours en Arizona où Gary devait participer à une assemblée avec d'autres consuls.

En 1958, Romy fut grièvement blessée dans un accident de voiture au Canada, dont les séquelles furent graves. Elle rentra en Belgique, où elle eut à subir deux interventions chirurgicales au cerveau, puis s'installa à Nice. Après ces épreuves, elle s'isola et rompit avec Gary qui tenta plusieurs fois en vain de la revoir. À l'instar d'Ilona Gesmay, elle lui inspira le personnage double de Marina von Leyden/Erika, l'héroïne de son roman *Europa*, demeurée paralysée après un tragique accident de voiture [31].

Le 8 janvier 1957, Gary reprit la direction du consulat général de France à Los Angeles et commença simultanément deux romans, *L'Homme à la colombe* et *Lady L.*, le premier livre qu'il écrivît en anglais. Ces deux entreprises comportaient chacune une part de mystère et de supercherie.

*L'Homme à la colombe*, écrit dans un mouvement de révolte, passa largement inaperçu aux yeux des critiques, alors que Gary s'était figuré que sa sortie susciterait un scandale. Son livre était une satire contre l'Organisation des Nations unies qui lui avait laissé un souvenir déplorable. Gallimard n'en vendit que quelques dizaines d'exemplaires. Près de vingt ans plus tard, Gary reconnut dans *La nuit sera calme* que son livre était « beaucoup trop gentillet, trop anodin [32] ». Il avait redouté la réaction du Quai d'Orsay. Or, le ministère des Affaires étrangères n'en prit même pas offense.

> [...] J'ai vu à la tribune des Nations unies quelques-uns des plus atroces et plus sanglants fournisseurs des charniers de l'histoire de l'humanité, comme Vychinski, le procureur de tous les grands procès staliniens, qui a expédié au peloton d'exécution les plus illustres, les plus honnêtes et les plus léninistes pères et auteurs de la révolution bolchevique de 1917. Je dirais même que le moment le plus authentique des Nations unies, un moment indiscutable de vérité, c'était lorsque Vychinski montait à la tribune pour évoquer la liberté des peuples, les droits de l'homme,

> et pour dénoncer le colonialisme français, alors qu'au moment même où il parlait son maître Staline achevait la déportation des Tatars ou faisait le compte des exterminations de populations entières, dont tu trouveras un vague bilan dans *L'Archipel du Goulag* de Soljenitsyne [33].

L'action de *L'Homme à la colombe* se situe dans l'immeuble de verre des Nations unies, tandis qu'une rumeur agite et terrifie le personnel et les diplomates du monde entier. Le fantôme d'un cow-boy portant une colombe aurait été aperçu à plusieurs reprises dans les couloirs du building. Il s'agit en fait d'un être de chair et de sang nommé Johnnie qui a élu domicile en compagnie d'un cireur de chaussures et de sa petite amie dans une pièce non répertoriée et sans fenêtre du bâtiment. La tentative de Johnnie pour ridiculiser l'Organisation sera vouée à l'échec. Gary se demandait s'il devait risquer de briser sa carrière de diplomate pour publier *L'Homme à la colombe*, ce manuscrit que René Agid et Lesley ne trouvaient pourtant pas des meilleurs. Elle lui conseilla de réfléchir, de le publier plus tard. « Plus tard ! hurla-t-il. Attendre quoi ? Ma mort peut-être ! »

L'idée d'un second pseudonyme, Fosco Sinibaldi [34], n'était pas seulement destinée à échapper à la censure ou aux sanctions du Quai d'Orsay. En réalité, le projet était plus ambitieux et demeura inconnu du milieu littéraire, sauf de ses éditeurs, Michel et Claude Gallimard. Il y avait là les prémices d'une mystification identique à celle que Gary, désireux de mener une nouvelle carrière littéraire à l'insu de tous, hormis quelques indispensables complices, allait organiser deux décennies plus tard en créant l'écrivain imaginaire Émile Ajar.

Gary avait, en effet, demandé en premier lieu à son ami Sacha Kardo Sissoeff s'il accepterait de lui servir de prête-nom pour une série de romans policiers. Kardo ayant refusé cette proposition, Gary s'était tourné vers Pierre Ouvaliev, connu en Angleterre sous le nom de Pierre Rouve, lui soumettant un contrat dont les termes étaient comparables à ceux qui allaient le lier à la fin de sa vie à son petit-cousin, Paul Pavlowitch. En effet, Pierre Rouve devait non seulement signer le contrat à sa place, mais également personnifier Fosco Sinibaldi, l'auteur imaginaire. Il consentit à parapher le contrat d'auteur avec les éditions Gallimard, mais refusa de jouer le rôle de Fosco Sinibaldi et de signer la convention que Gary avait préparée [35].

> Entre les soussignés M. Romain Gary, 37, Quai d'Orsay, Paris, et M. Pierre Rouve, 10, Wetherby Garden, London.
>
> Les soussignés reconnaissent réciproquement et déclarent :
>
> M. Pierre Rouve : qu'il n'est pas l'auteur de *L'Homme à la colombe*.
>
> M. Romain Gary : que tous les textes dont cet ouvrage est composé sont sa création.
>
> En conséquence, M. Romain Gary et M. Pierre Rouve conviennent qu'au moment que choisira M. Romain Gary pour en manifester le désir, cessera la fiction créée, d'un parfait accord entre eux, pour des raisons personnelles.
>
> Jusqu'au moment où cessera cette fiction, M. Pierre Rouve est habilité à passer toutes conventions utiles à l'exploitation de *L'Homme à la colombe*, après cependant avoir reçu l'agrément de M. Romain Gary pour chacun de ses projets.
>
> Dès que M. Romain Gary aura repris sa position d'auteur, il continuera d'exécuter tous les contrats et conventions souscrits par M. Pierre Rouve, mais il pourra exiger de tous les tiers intéressés de lui rendre compte de l'exécution de tous les contrats qui auront pu être souscrits pour l'exploitation de *L'Homme à la colombe*, de lui remettre tous les comptes afférents à ceux-ci, et de lui verser toutes les sommes à revenir à l'auteur.
>
> La présente convention sera opposable à tous les héritiers et tous les ayants droit de M. Pierre Rouve qui les y oblige.
>
> Romain Gary

Un contrat fut signé par Romain Gary et Pierre Rouve (pseudonyme Sinibaldi, 10, Wetherby Gardens, South Kensington, Londres) avec les éditions Gallimard le 9 août 1957. Gary y ajouta plusieurs lignes de sa main :

> Aux présentes conventions intervient M. Romain Gary qui, confirmant l'obligation du secret qu'il impose tant à M. Pierre Rouve qu'à l'éditeur, après en avoir pris connaissance, déclare les tenir pour agréables et s'engage à en poursuivre fidèlement l'exécution en son nom personnel, dans le cas où cesserait la fiction qui consiste à faire apparaître M. Rouve comme l'auteur de *L'Homme à la colombe*. M. Romain Gary oblige ses héritiers et ayants droit au respect du présent engagement. Signé Romain Gary [36].

En outre, Gary accordait à l'éditeur un droit de préférence pour cinq ouvrages sous le nom de Pierre Rouve.

Pierre Rouve et Gary étaient initialement convenus de publier la photo de « l'auteur » dans le catalogue, et de le présenter aux responsables chargés de l'éditer chez Gallimard. Mais ainsi que l'écrivait Gary à Claude Gallimard le 18 février 1958, le projet, tout du moins en ce qui concernait la personnification de l'auteur fictif, était abandonné.

Pierre Rouve accepta seulement d'être un Fosco Sinibaldi invisible. Peut-être n'était-il pas désireux de se fourvoyer dans ce genre d'affaire. Il était en outre trop occupé à produire des films avec Carlo Ponti pour entrer dans le jeu de Gary qui rêvait déjà d'égaler l'exploit du mythique Maharal de Prague. La légende raconte que le rabbi Yehoudah Loew ben Bezalel [37], doté de pouvoirs surnaturels, avait réussi à créer le Golem, une créature d'argile muette ayant apparence humaine, dont il était le maître absolu [38]. Considéré comme un précurseur du hassidisme, kabbaliste, moraliste et mathématicien, le grand rabbin de Moravie, de Poznań et de Prague était un érudit des sciences juives. Au moyen de certaines incantations et en insérant sur le front de son automate le tétragramme sacré, le rabbi lui insufflait la vie. Mais un jour, le Golem s'échappa de l'Altneuschul où il le gardait sous son contrôle, et sema le désordre dans les ruelles du ghetto de Prague. Le Maharal décida alors de détruire sa créature en effaçant de son front le mot *Emet* — vérité. Celui-ci retourna à la poussière dont le rabbi l'avait tiré. Certaines légendes racontent encore cependant que le Golem est caché dans les combles de la synagogue de Prague, attendant qu'un nouveau rabbi le tire de son sommeil.

Aussi bien l'aventure de Rabbi Loew que celles de Gary furent vouées à l'échec. Ni Pierre Rouve ni, encore moins, Paul Pavlowitch n'allaient se montrer plus disciplinés que le Golem. On peut se demander si Gary n'a pas préféré se soustraire au monde des vivants plutôt que de « détruire » le faux Émile Ajar qui, au début tout du moins, avait volontiers joué son rôle.

La première tentative de Gary de créer un écrivain fictif infirme l'idée communément admise selon laquelle il aurait créé le personnage d'Émile Ajar uniquement pour échapper à l'image d'un romancier sur le déclin. L'entreprise était d'une bien plus vaste ambition. En démiurge, Gary jouait non seulement avec l'idée de l'auto-engendrement mais rêvait aussi d'être le thaumaturge qui agitait dans l'ombre les ficelles de créatures de chair et de sang.

Chez Gallimard, Gaston n'avait pas été mis au courant, ce que Claude réprouvait. Gary finit par accepter qu'il fût mis dans la confidence, et écrivit dans des termes assez durs à Claude :

> Je suis tout aussi peiné que vous d'avoir à garder le secret devant Gaston. J'ai pour le profond scepticisme de Gaston, son cynisme vécu, sa ruse, sa cruauté féminine et son absence totale d'illusions sur la littérature en général et sur les hommes en particulier — les hommes, l'humanité sont très largement une création littéraire — une admiration non dépourvue d'envie.
>
> Bref, si vous le désirez tellement, mettez-le donc au courant. Je suis parfaitement conscient qu'en vous donnant cette autorisation, je jette mon grade de ministre par-dessus bord. Je n'ai également nulle illusion qu'en cas de coup

dur, je ne pourrai pas compter sur la maison Gallimard pour mes petits besoins.

Je vous connais tous admirablement, comme si je vous avais écrit moi-même.

Il va cependant sans dire que si Gaston ouvre son gosier j'irai de ce pas chez Julliard avec mon autobiographie malgré ma tendresse pour lui. (Vous savez, Claude, si je vous aime bien, et si j'ai pour vous plus d'amitié que vous ne le pensez, c'est que je n'ai plus d'illusions sur rien.)

Et ne craignez pas de me voir quand, vidé de la Carrière, je battrai la semelle à Paris, venir vous demander de l'argent. Je trouverai une femme pour ça... [39].

Admettant qu'il avait peut-être dépassé la mesure, Gary reconnut dans une lettre ultérieure : « Les sentiments que j'attribue à Gaston sont les miens... Montrez donc le livre à Gaston, en recommandant la discrétion. Je vous y autorise de tout cœur. »

Il pensait à un nouveau titre : « Faut-il brûler l'ONU ? »

Jacques Lemarchand lut le manuscrit de *L'Homme à la colombe*, trouva le livre drôle, mais la fin somme toute assez décevante. Également consulté, Camus, en vacances à l'hôtel du Grand Écuyer à Gordes, écrivit à Claude Gallimard que l'histoire ingénue et un peu féroce était susceptible de provoquer quelques remous, donc de connaître un certain succès commercial. Il ajoutait : « C'est pourquoi il me semble qu'on pourrait publier, compte tenu aussi de la personnalité de l'auteur qui sait ce dont il parle. »

Un an plus tard, Gary demanda en ces termes à Claude Gallimard de lui faire préparer un exemplaire de son livre pour le général de Gaulle :

Je crois que l'auteur s'appelle Sinibaldi, ou quelque chose comme ça. J'ai gardé le souvenir d'une couverture mochissime, et je vous serais donc reconnaissant d'arracher la couverture, de relier un exemplaire en maroquin rouge à mes frais, bien entendu, et de me l'envoyer par avion à Los Angeles, car je désire y inscrire quelques mots.

Je vous serais reconnaissant si cela pouvait être fait le plus rapidement possible avant que le Général ne soit assassiné par quelque ultra d'Algérie [40].

Gary obtint un congé pour venir à Paris au mois de juin 1957. Il écrivit à Michel Gallimard pour lui demander s'il lui serait possible de le loger pendant une semaine, avant son départ pour Roquebrune. Fort du succès des *Racines du ciel* en librairie, il avait suggéré à Claude Gallimard de publier une à une ses nouvelles dans de petits volumes vendus très bon marché. C'était une idée novatrice que certains éditeurs allaient exploiter bien des années plus tard. Claude Gallimard fit réaliser une élégante maquette format couronne, 64 pages, sur un beau papier afin d'établir le devis d'une plaquette pour un tirage à 7 700 exemplaires d'*Ainsi s'achève une journée de soleil*[41]. Le prix de revient fut considéré trop élevé, et le projet abandonné. Déçu, Gary écrivit à Claude Gallimard :

> En ce qui concerne les nouvelles, je n'insiste pas, mais c'est dommage. Entre nous soit dit, il n'existe pas dans le monde aujourd'hui d'auteur capable de me tenir tête dans le domaine de la nouvelle. Ça peut vous paraître puant ce que je dis là, mais c'est un fait. Un aspect essentiel de mon talent demeure dérobé au public[42].

# 48.

Au mois de septembre 1957, Romain Gary vendit pour 135 000 dollars les droits d'adaptation au cinéma des *Racines du ciel* à Darryl F. Zanuck, patron de la Twentieth Century Fox. Zanuck ressentait une passion violente pour Juliette Gréco, laquelle s'était enthousiasmée pour le livre.

Gary se demandait de quelle manière Zanuck entendait traiter ou plutôt maltraiter son livre. C'est pourquoi il téléphona à son vieil ami Claude Hettier de Boislambert [1], lui aussi Compagnon de la Libération et grand connaisseur de l'Afrique. Dans *Les Fers de l'espoir*, ce dernier raconte sa rencontre avec Zanuck :

> « Claude, je voudrais que vous veniez à Paris dîner avec Darryl Zanuck et moi. »
>
> L'hôtel George V ; Zanuck, mi-acteur, mi-caricature de dictateur autoritaire, cigare aux lèvres, trop élégant, cynique, mais fort aimable lorsque cela l'intéresse.
>
> « Voilà ! j'ai acquis les droits du livre de Romain. Je veux en faire un très grand film. Romain me dit que vous êtes l'homme le plus qualifié pour monter et conduire nos expéditions. Voulez-vous me donner votre concours et le temps nécessaire [2] ? »
>
> Zanuck pense d'abord tourner au Kenya, mais Boislambert lui explique que *Les Racines du ciel* se situe pendant une sécheresse dramatique au Tchad, et qu'il sait où filmer les éléphants entre le désert et le lac Tchad. Si le producteur refuse, il ne travaillera pas avec lui. « Eh bien, on ira au Tchad. »

Le film, une superproduction, fut réalisé par John Huston, avec Juliette Gréco, Trevor Howard, Errol Flynn, Orson Welles, Paul Lukas et Eddie Albert.

Claude Hettier de Boislambert précéda l'équipe de tournage pour organiser un campement au sud de Fort-Archambault. Il fit construire une cité de bungalows climatisés en bambous et paille — baptisée Zanuckville — ornés à l'intérieur de tissus imprimés et meublés rudimentairement de lits de camp. Il n'y avait pas d'eau courante, mais l'équipe disposait de puissants générateurs pour fournir de l'électricité. Une vaste paillote, avec une terrasse où les acteurs et les techniciens devaient prendre leurs repas, fut édifiée au bord du Chari. John Huston arriva avec quinze jours de retard, alors que cent soixante-quatre personnes — comédiens, assistants, coiffeurs, maquilleurs, décorateurs, machinistes, costumiers, opérateurs, électriciens, perchmans, techniciens, pilotes d'avion et chauffeurs — l'attendaient.

L'essentiel du tournage se déroula pendant trois mois près de Fort-Archambault. Comme l'écrit Errol Flynn dans ses souvenirs, les efforts déployés par la production pour offrir le maximum de confort aux membres de l'équipe de tournage ne leur épargnèrent ni la dysenterie, ni la malaria, ni la gonorrhée, pour ceux qui étaient les plus dévergondés d'entre eux. Errol Flynn se vanta de n'avoir rien attrapé en expliquant que lorsque l'eau minérale de France tardait à être livrée, il se contentait de boire sans restriction de grands verres de vodka Smirnoff, à laquelle il adressa dans ses Mémoires un vibrant hommage[3]. Tant que les objectifs des caméras n'étaient pas fixés sur lui, il offrait l'image d'un vieil homme épuisé par l'alcool. Mais lorsque les assistants l'appelaient pour tourner, il se métamorphosait en jeune homme fringant; une scène, qu'il tourna sans doublure, le montre traversant le Chari sur un cheval lancé au galop.

Claude Hettier de Boislambert partit avec une équipe

restreinte en avion vers N'Guimi, au nord du lac Tchad, pour tourner les prises de vues extérieures. Il espérait filmer les grands éléphants qui vivaient au milieu des papyrus. À Fort-Lamy, la piste était inondée, car les eaux du lac étaient montées de deux mètres pendant la saison des pluies. Ils arrivèrent à l'emplacement choisi et tournèrent la scène où le chasseur massacre les éléphants. Ils partirent ensuite à la recherche de grands troupeaux près de Korbol, sur la rive est du Chari, au nord de Fort-Archambault, puis dans l'immense parc de la Garamba.

À son retour à Fort-Archambault, Boislambert fit projeter au producteur les films qu'il avait tournés. Zanuck l'embrassa en s'écriant qu'il n'en avait jamais vu d'aussi admirables. Mais quand Huston monta *Roots of Heaven*, il ne conserva pratiquement aucune prise de vues où l'on voyait des éléphants ! La scène de la Garamba apparaissait encore, mais de quelle manière ! Huston avait ajouté en surimpression un premier plan où l'on voyait Juliette Gréco et Errol Flynn en train de se disputer violemment, à l'abri de palmiers et de plantes artificiels !

Quant à Gary, il s'insurgea contre « la bêtise humaine » lorsqu'il apprit que John Huston avait profité d'un transport de l'équipe d'Afrique équatoriale française au Congo belge pour se livrer à un safari, durant lequel il avait tiré sans pitié sur les éléphants.

Les acteurs transpiraient, leur maquillage fondait. Ils couraient sous la douche en attendant que le plateau technique soit prêt, enduraient une autre séance de maquillage, qui fondait à nouveau. Bien entendu, les scènes n'étaient pas filmées dans la continuité du scénario, mais de façon à coûter le moins cher possible à la production et de libérer rapidement les acteurs.

Michèle Manceaux ne fut pas indulgente pour l'adaptation cinématographique des *Racines du ciel* :

> Ce catéchisme sommaire est dilué dans l'alcool que boit avec satisfaction Errol Flynn, dans les sombres souvenirs

de Juliette Gréco qui a subi tous les malheurs avant d'échouer dans ce coin d'Afrique où elle porte de seyants haillons, et dans la profession de foi de Trevor Howard, croisé de la non-violence qui joue avec une certaine conviction.

De l'Afrique, on ne sent ni la chaleur, ni la couleur, ni le bruit — les barrissements émis du fond de la salle ont l'air de venir du Jardin des Plantes...

Excellent homme d'affaires, Gary refusa de vendre à la Twentieth Century Fox, sur la base d'un résumé de vingt pages, les droits cinématographiques de *La Possession du monde*, « l'autobiographie sensationnelle » (selon ses propres termes dans une lettre à Claude Gallimard) qu'il projetait d'écrire, et dont le titre définitif, après *La Confession de Big Sur*[4], fut *La Promesse de l'aube*, car le premier avait déjà été utilisé trente ans plus tôt par Georges Duhamel[5]. Il savait que si son livre ne rencontrait pas la faveur des lecteurs, le prix de vente des droits d'adaptation tomberait de façon substantielle auprès des studios. Mais comme *Les Racines du ciel* avait été une réussite financière, il pouvait se permettre d'attendre en spéculant sur le succès de son roman.

*Lady L.* fut le premier livre que Gary écrivit directement en anglais — « un si bon anglais, écrit Lesley Blanch dans ses souvenirs, que j'admirai une fois de plus la justesse de son oreille pour les langues[6] ». L'intrigue lui avait été inspirée par des événements authentiques : les attentats terroristes de la fin du XIXe siècle à Paris. Mais l'existence d'Armand Denis, un anarchiste qui se serait évadé de la prison de Livourne, est tout aussi imaginaire que les notes bibliographiques qui se trouvent à la fin du roman, parmi lesquelles on découvre un nom d'éditeur fictif qui est, en réalité, celui de son ami Alain Aptekman, pour *Le Nihilisme, ou le Rendez-vous d'Hiroshima*. Les titres de tous les ouvrages cités sont inventés[7]. Toutefois, il est intéressant de noter que le premier livre cité par Gary est *Armand Denis ou la Tentation de l'absolu*, œuvre d'un certain Bielkine. Or, *Les Contes de Belkine*, un recueil de cinq nouvelles attribuées à « feu Ivan Pétrovitch Belkine » — dont l'auteur fournit une biographie imaginée et détaillée —, fut écrit et publié par Pouchkine en 1830. Il est impossible de trouver la trace des événements et de la plupart des personnes citées comme, par exemple, la baronne de Chamisse, dont le nom évoque celui d'Adalbert von Chamisso (1781-1838), auteur de *La Merveilleuse Histoire de Peter Schlemihl*[8].

Le roman de Gary raconte l'histoire de Lady L., une des plus grandes dames de l'aristocratie britannique, membre de la famille royale. En réalité, cette inaccessible beauté n'est autre qu'Annette Boudin, née au fond d'une impasse mal famée de l'union d'une blanchisseuse et d'un typographe alcoolique et anarchiste. Ayant compris dès son adolescence « qu'il vaut mieux commencer par le trottoir que d'y finir », elle vend ses charmes dans une des plus célèbres maisons closes de Paris. C'est dans ce lieu qu'Alphonse Lecœur, un potentat de la pègre, et l'anarchiste Armand Denis la découvrent. Ce dernier, inspiré par les idées de Proudhon, Bakounine, Paul Brousse, Kropotkine, Élisée Reclus, Max Stirner (qui n'apparaissent pas dans le roman), en fait sa maîtresse dans le seul but de l'utiliser au service de sa cause : le progrès social de l'Humanité, la défense des opprimés. Il reprend à son compte la réponse faite par Lehautier, assassin du ministre de Serbie à Paris, à un journaliste du *Temps* qui s'inquiétait du désordre régnant dans la capitale : « Un beau désordre, il vaudra bien mieux qu'un ordre fondé sur l'injustice. » Il s'agissait donc de déclencher ce que l'on appela la « Terreur noire » : espionner la haute société, organiser vols, attentats et assassinats spectaculaires. Annette se métamorphose avec l'aide d'un ancien sociétaire de la Comédie-Française, chargé de l'éduquer de telle façon qu'elle puisse s'introduire dans le Gotha et séduire, à Genève, un esthète milliardaire et anarchiste, issu de la plus haute aristocratie, lord Glendale. Cynique et pragmatique, le lord découvre rapidement à qui il avait affaire, et se divertit. Il ne renonce pas pour autant à épouser la fausse comtesse de Camoëns, enceinte d'Armand, et à lui établir un arbre généalogique digne des plus grandes maisons françaises. Désormais Diane, l'ancienne grisette saura en toute circonstance tenir son rang, tout en conservant, avec l'accord du duc, des liens avec Armand Denis, son complice, aux yeux duquel elle passera toujours après son rival, « le bonheur de l'Humanité ». Le terroriste, trahi et envoyé en prison par sa maîtresse, réapparaît huit ans plus tard pour la relancer et la contraindre à reprendre son ancienne vie. Celle-ci décide alors de lui tendre un piège cruel. L'ayant convié à un rendez-vous secret dans son pavillon chinois, elle lui fait croire à l'arrivée soudaine de la police, et elle le guide en toute hâte vers la porte d'un immense coffre-fort qui se referme sur lui pour l'éternité.

Gary déclara qu'il avait toujours été fasciné par « un certain côté terroriste de l'humour anglais, cette arme blanche et froide qui rate rarement son but ». Formule qu'il reprit ensuite dans un entretien avec François Bondy en se définissant lui-même comme « un terroriste de l'humour [9] ».

Les proches de Gary reconnurent en Lady L. le portrait de Lesley, dont elle avait les bonnes manières, l'humour et la beauté au moment où ils s'étaient rencontrés. De même, sa chambre de jeune fille était identique, jusque dans les moindres détails, au pavillon chinois de l'héroïne.

Sylvia Agid interpréta ainsi l'épilogue du roman :

> Lady L., c'est Lesley. Et Romain veut dire qu'elle, Lesley, l'a enfermé, lui, Romain, dans un coffre où il moisit. Lesley n'a pas démenti. Elle riait, assez contente. Je n'ai jamais été une putain, a-t-elle dit. Les gens le croiront probablement après ce livre, mais ça m'est égal [10].

Avant même sa publication, les deux plus grands Book Clubs aux États-Unis avaient acheté *Lady L.* Gary avait décidé de faire éditer son roman en France après la sortie de son autobiographie, *La Promesse de l'aube.*

Il préférait ne pas procéder seul à la transposition de *Lady L.* en français, mais il voulait que cela restât secret. Il ne désirait pas que son livre sortît à Paris avec la mention : « traduit de l'anglais par... ». Il demanda donc à son éditeur de trouver un bon traducteur qui acceptât de rester dans l'ombre et qu'il paierait de ses deniers. Michel Mohrt, chargé des traductions, fit appel à Jean Rosenthal qui consentit aux termes du contrat. Dès que Gary connut les conditions proposées en son nom à Rosenthal, il jugea que ses éditeurs s'étaient montrés pingres, et décida de doubler la mise en demandant à la NRF de verser de son côté la même somme que lui à l'éminent traducteur. Claude Gallimard lui fit alors remarquer que cette opération clandestine, dont ce n'était pas l'usage dans la maison, avait été organisée à sa demande.

Quand il fut installé à Paris, Gary supervisa la traduction de Rosenthal au rythme de deux séances de travail par semaine.

> Je me suis aperçu en traduisant en français les trois romans que j'ai écrits en anglais que je suis forcé de les changer, de leur donner une autre dimension. *Lady L.* était en anglais un roman léger, un roman d'aventures, avec sans doute une dimension psychique plus profonde, mais latente. J'ai été forcé en français de rendre cette dimension plus explicite, de sortir de la brume anglaise, de définir, creuser, « psychologiser ». La version française de chacun de mes romans anglais est au fond un autre roman. J'ai avec la langue française un rapport tout à fait libre et j'ai souvent voulu la bousculer, lui faire prendre des tournures sciemment adoptées du russe ou du polonais, ou de l'anglais. Mais chaque fois quelque cuistre pédant de critique me reprochait de ne pas savoir le français, alors j'y ai renoncé, un peu par fatigue [11].

Quand le livre sortit en France en 1963, dix traductions étaient déjà parues dans le monde, dont une version hébraïque.

Le général de Gaulle aima *Lady L.*

> Mon cher Romain Gary,
> Votre roman *Lady L.*, c'est très fort ! Au point que certains disent que « vous y allez fort ». Quant à moi, j'y vois, porté par un magnifique talent, un prodige d'humour et de désinvolture. Quelle chance est la vôtre qu'il y ait des Anglais ! Mais, cette chance, comme vous la méritez !
> Veuillez être assuré, mon cher Romain Gary, de mes bien fidèles sentiments [12].

Si *Lady L.* avait fait un triomphe aux États-Unis, il ne fit en France qu'une carrière très honorable. Gallimard en vendit 71 000 exemplaires. Gary ne s'en étonna point : « J'ai l'impression que je serai toujours pour les Français un écrivain "outsider", comme Conrad en Angleterre [13]. »

Les critiques virent dans ce livre un divertissement étincelant, une farce macabre, une satire ingénieuse ou encore un roman policier bien ficelé. « Il ne faut pas grossir ce livre qui est d'une malice pleine d'irrévérence et d'un cynisme souriant. Les personnages sont excellents. Romain Gary arriverait à nous convaincre de leur réalité. Et puis, il sait écrire, il sait conter, et cette charmante pochade sans excès d'ambition est toute lustrée d'esprit et d'imagination », écrivait Jacqueline Piatier dans *Le Monde* du 27 avril 1963.

Personne ne remarqua que la bibliographie qui se trouvait à la fin de l'ouvrage était fictive. Au contraire, on loua ses sérieuses références historiques. L'auteur n'y gagna cependant pas le statut de grand écrivain dont il rêvait. Seul Pierre de Boisdeffre vit juste :

> Dans la trentième édition de ma *Littérature*, me faudra-t-il ranger l'auteur de *Lady L.* parmi les grands écrivains yiddish ? N'est-il pas déjà l'un des fleurons de cette Renaissance juive qui constitue l'un des phénomènes marquants du roman d'après guerre — un des plus négligés par la critique française ? […] D'où l'incompréhension de la critique française à l'égard de Gary écrivain. Tente-t-il de faire passer dans notre langue le génie des langues barbares ? Francise-t-il une tournure slave, une expression espagnole, anglo-saxonne ? Chaque fois « quelque cuistre

pédant » (selon les termes de Gary) lui reproche de « ne pas savoir le français [14] ».

Lesley Blanch acheva à Los Angeles la rédaction des *Sabres du paradis*, son essai historique sur l'imam Shamyl et les tribus rebelles du Caucase.

> Celui qui écrit sur le Caucase écrit sur les extrêmes, et celui qui écrit sur la Russie — sur l'essence du tempérament russe — écrit sur les excès. Sur les champs de la bataille du Caucase ces deux tempéraments devaient se rencontrer avec de terribles conséquences, écrit-elle dans son introduction.

Ainsi que l'écrit Lesley Blanch dans son livre *Les Sabres du Paradis* [15], l'histoire de la vie de Shamyl, dont elle avait retrouvé les descendants dans un modeste appartement sur les rives du Bosphore, est aussi celle de l'expansion russe. Plus précisément la période connue sous le nom de guerres murides. Shamyl et ses redoutables guerriers, dont les sabres leur donnaient accès au paradis d'Allah, menèrent la guerre sainte contre la Russie. Les têtes, les mains droites, les oreilles coupées de leurs ennemis étaient couramment utilisées comme monnaie d'échange. Plus un jeune cavalier était brave, plus nombreuses étaient les têtes et les mains suspendues à la selle de son cheval, les oreilles enfilées sur son fouet. Les mains droites, bien sûr, les gauches comptant à peine, et la perte d'une main ne dissuadait jamais un Caucasien de retourner au combat. Mais on comprend que les Naïbs, moines combattants unis par Shamyl dans son armée de fanatiques, ne se laissaient jamais prendre vivants. Les armées du tsar furent écrasées dans les sinistres montagnes du Daghestan qui séparaient le monde chrétien du monde musulman.

Quand Gary eut achevé la lecture des *Sabres du paradis*, il envoya un télégramme enthousiaste à son épouse partie visiter sa mère à Londres : « C'est un livre extraordinaire et qui restera un classique. Avec admiration [16]. »

Tandis que sa notoriété s'affirmait, son comportement changeait. Le jeune homme doux, maladroit et souvent naïf disparut au profit d'un caractériel à l'ego démesuré, ainsi que le décrit Lesley Blanch : « [...] L'empereur romain sombrant dans la folie apparaissait de plus en plus souvent [...] L'égoïsme que sa mère avait encouragé se mit à prendre des proportions troublantes. Son insensibilité aux réactions des autres frôlait parfois la brutalité [17]. »

Dans les derniers mois de sa mission à Los Angeles, quand il devait recevoir au consulat des hôtes de marque, Romain avertissait ainsi Lesley : « Aux moindres frais possibles, vous entendez », ou encore lorsqu'il s'agissait de « foutus députés » français : « Trouvez-leur quelques starlettes [18]. » Il ne s'occupait de rien, affichait une mine morose et lointaine, et, après avoir fait tôt le matin un peu de course à pied dans Griffith's Park, se retirait dans sa chambre ou dans son bureau. Robert Lantz, l'agent new-yorkais du couple Gary, leur rendit visite. Il était venu saluer Lesley qui, les manches retroussées, préparait dans la cuisine, avec l'aide de Katiusha, un buffet pour cent cinquante personnes. Il s'apprêtait à sortir pour aller s'asseoir dans le salon, lorsqu'il vit Gary, tout de blanc vêtu, faire irruption dans la cuisine, un manuscrit à la main. « Lesley, lui annonça-t-il d'une voix calme et grave, j'ai un problème littéraire. » Elle abandonna aussitôt son travail, prit les feuilles et se mit à lire. Elle attira son attention sur les fréquentes répétitions qui alourdissaient ce premier jet, et il lui répondit, mortifié : « *Ok ! Let it tell again, let it tell twice* [19] *!* »

Quand il s'ennuyait sans le dissimuler pendant les réceptions protocolaires et interminables où son regard morne ne trouvait pas même une jolie femme à contempler, il manquait de la plus élémentaire considération pour ses invités et pouvait quitter brusquement la table, disparaissant sans un mot. Il désignait à Lesley les « bourgeois idiots » avec lesquels il était trop souvent obligé de dîner par le mot de code *krugly*. Un soir, au moment où ceux-ci allaient prendre congé, Lesley le trouva endormi sous une pile de manteaux de fourrure rangés sur le lit, dans la chambre voisine. Elle dut en toute hâte refermer la porte et, avec l'aide d'Yvonne-Louise Pétrement, déménager le vestiaire dans un autre endroit afin que Romain ne fût pas découvert.

Un matin d'hiver, il se souvint subitement qu'il devait se rendre de toute urgence à Santa Barbara, et pria Lesley de s'habiller pour l'accompagner. Malgré le froid et l'humidité, il roulait sur Pacific Highway dans sa voiture décapotable sans se soucier de sa femme, drapée dans son manteau, ignorant tout du lieu où ils étaient attendus. Pendant le voyage, il demeura silencieux, mais quand ils approchèrent de la ville, Gary se tourna vers elle et, examinant son manteau, lui demanda si elle pensait que le rouge convenait vraiment pour un enterrement. Parmi la foule des officiels, vêtus de sombre, on ne vit que la tache écarlate de son vêtement.

Quand Odette n'était pas disponible, Gary engageait une secrétaire intérimaire pour lui dicter l'œuvre en cours. Si, à son arrivée, elle lui déplaisait à cause d'un détail physique de lui seul connu, il exigeait, sans lui donner aucune explication, qu'elle s'asseye derrière un paravent pour travailler.

## 49.

En 1958, lors d'un voyage au Mexique en compagnie de Lesley pendant les fêtes de Noël, qui leur étaient insupportables à Los Angeles, Gary commença *La Promesse de l'aube*, son chef-d'œuvre, qu'une fois achevé il ne présenta pas comme une autobiographie mais comme un récit empreint de « vérité artistique », ne dissimulant nullement dans une lettre à son éditeur qu'il avait délibérément pris, comme tout romancier, quelques libertés avec la réalité.

Gary aimait voyager, mais détestait le tourisme. Dès qu'il fut arrivé à son hôtel, il s'enferma dans sa chambre. Il ne jeta pas un regard au Popocatépetl qu'on apercevait au loin par la fenêtre et plaça volontairement son fauteuil de manière à tourner le dos à la vue. Pendant que Lesley vidait les valises, il se mit à écrire frénétiquement. Comme autrefois à Roquebrune, sa tête oscillait et ses cheveux se dressaient. Pour ne pas devoir s'interrompre un instant, il avait préparé sur sa table un grand nombre de stylos à plume au réservoir plein. Sa main courait, lacérant le papier de sa grande écriture peu lisible du matin jusqu'au coucher du soleil. Alors, épuisé, il se plongea dans la baignoire et y passa quelques heures à méditer, laissant l'eau couler afin que la température restât chaude constamment, au point que la salle de bains prenait l'allure d'un bain turc. Pendant une semaine, il ne sortit pas de sa chambre, tandis que Lesley visitait les églises baroques et assistait aux processions de pénitents avançant à genoux, ensanglantés ou brandissant des crucifix, des crânes et des squelettes en sucre.

Au cours d'une de ses promenades, elle rencontra leur ami Lewis Allen qui lui proposa de les conduire en Jeep jusqu'à Oaxaca. Parce qu'il aimait Lewis qui produisait des pièces de théâtre et de bons films, Gary accepta contre toute attente de visiter les temples. Lewis prit Romain en photo sur la pyramide du Soleil à Teotihuacán. Au retour, il s'enferma dans sa chambre. Les voitures pétaradaient et klaxonnaient sous ses fenêtres, on entendait jour et nuit de la musique à la terrasse des cafés où des musiciens ambulants faisaient la manche. Lesley fit en vain le tour des pharmacies, car les boules Quies étaient un article inconnu. Le premier soir, au cours du dîner, Gary, la mine sombre, malaxa de la mie de pain, l'imprégna de pulque[1], et obtura ses oreilles avec les boulettes ainsi obtenues. Ensuite, il travailla et dormit paisiblement. Mais deux jours plus tard, il ressentit de violentes douleurs et déclara à Lesley en se lamentant qu'il avait au moins une tumeur au cerveau. Il exigea qu'elle trouvât sur-le-champ un chauffeur de taxi qui acceptât de les ramener à Mexico. Ils roulèrent jusqu'au matin. Couché à l'arrière de l'épave cahotante, la tête sur les genoux de Lesley, il lui expliqua d'une voix mourante comment gérer son œuvre et prendre soin de ses manuscrits lorsqu'il aurait disparu. À Mexico, ils consultèrent un médecin, et avant que celui-ci ait commencé à l'examiner, Gary se tourna vers le mur et déclara avec emphase que c'était trop tard, qu'il savait que ce serait bientôt la fin. Le docteur eut peine à croire que son patient s'était infecté les oreilles avec des boulettes de mie de pain imprégnées de pulque mais, grâce à ses soins, Gary put retourner deux jours plus tard à sa table de travail.

De retour à Los Angeles, Lesley lut avec enthousiasme les deux cents premières pages bouleversantes que Gary avait dédiées à sa mère. Puis chacun se remit à son travail. Délaissant la villa du consulat les jours de fermeture, il s'en allait travailler dans l'ancien appartement de Romy Van Looye. Le reste du temps, après le départ des employés, il s'enfermait dans le grand salon du rez-de-chaussée. Il écrivait sans répit en buvant de grands verres de thé pour achever en une seule impulsion créatrice la première mouture de son roman. Lesley, devant un *findjan* [2] contenant du café turc brûlant, s'était à nouveau installée dans le jardin, devant la porte-fenêtre de sa chambre, en compagnie de ses chats.

# 50.

Gary était las de Los Angeles mais le Quai d'Orsay ne lui faisait aucune proposition. Depuis près de quinze ans il vivait loin de l'Europe. Il songeait à d'autres cieux et se souvint que son ami Gérard Gaussen était consul à Venise depuis déjà cinq ans. Il lui écrivit pour lui demander s'il ne voulait pas venir à Los Angeles, et lui laisser le poste de Venise. Gaussen trouva l'idée séduisante et promit d'évoquer cette possibilité avec le directeur du personnel.

Aussitôt, l'esprit de Gary s'échauffa. Il ordonna à Lesley de faire immédiatement sa valise et de s'envoler pour l'Italie afin d'aller inspecter le consulat de Venise qui occupait les deux étages supérieurs d'un vieux palais, sur le Grand Canal. Il désirait disposer d'une grande pièce pour travailler, loin des bureaux où l'on recevait le public. Lesley débarqua deux jours plus tard à Venise et entreprit de faire le tour du propriétaire devant l'épouse de Gérard Gaussen, scandalisée. Quand elle ouvrit les placards de la cuisine et la porte du réfrigérateur, Mme Gaussen fit un oh ! d'indignation.

Jacques Fouques-Duparc, ambassadeur extraordinaire et plénipotentiaire à Rome, savait que Gérard Gaussen envisageait de quitter Venise. Il lui demanda un jour :

— Il paraît qu'un de vos amis est candidat au poste. Que pensez-vous de lui [1] ?

— C'est le type qu'il vous faut. Un écrivain célèbre qui recevra admirablement les célébrités. Si cela s'arrange, je pourrais aller le remplacer à Los Angeles, lui répondit-il.

Fouques-Duparc convoqua Gérard Gaussen huit jours plus tard dans son grand bureau à Rome et lui déclara d'un ton offensé :

— Votre ami est un voyou ! un voyou ! Je viens de recevoir une lettre de mon ami Chauvel qui était ambassadeur à Londres. Comment se fait-il que vous ayez pu me recommander ce voyou ?

— Monsieur l'Ambassadeur, j'aimerais savoir pourquoi Romain Gary est traité de voyou. C'est un homme très correct. Il n'est pas le moins du monde un voyou.

— Écoutez, il a publié une nouvelle dans une revue qu'il jure complètement inventée, dans laquelle il raconte l'histoire d'un ambassadeur...

Gary confirma à Gaussen qu'il avait effectivement écrit quelques années plus tôt une nouvelle dans laquelle un ambassadeur avait cru bien à tort se reconnaître. Depuis, celui-ci le poursuivait d'une haine implacable. Rien n'y fit. Gary ne fut pas nommé à Venise.

Chaque été, il demandait au directeur du personnel de lui accorder à ses frais un congé d'un mois, qu'il s'arrangeait pour prolonger d'une dizaine de jours. Aussitôt arrivé en France, il partait pour Roquebrune, où il pouvait enfin écrire, nager et arpenter en pleine nuit les ruelles du village. Il ne recevait personne, excepté sa maîtresse du moment, si Lesley était en voyage, et ses amis Agid qui venaient lui rendre visite avec leurs deux garçons. Sylvia ne trouvait toujours pas le décor turc de Lesley à son goût. « Comment peux-tu vivre dans un pareil "bazar" ? » demandait-elle à Romain. Elle étouffait au milieu des sofas, des coussins, des icônes, des tableaux, des bibelots et des tapis ; il n'y avait même pas une table devant laquelle pousser une chaise pour manger.

Romain demandait régulièrement à René Agid de l'aider à résoudre de manière expéditive ses intrigues amoureuses. Celle qu'il avait crue pendant quelques heures être l'élue de son cœur lui était soudain si odieuse qu'il menaçait de se tuer si elle ne disparaissait pas de sa vue. René était souvent chargé de trouver un prétexte pour ramener la belle à la gare ou à l'aéroport. Gary expliquait à son ami qu'il souffrait de besoins sexuels démesurés dont la satisfaction, au lieu de l'apaiser, l'excitait davantage.

Depuis longtemps déjà, il souhaitait se séparer de Lesley, son amie, sa complice, qu'il estimait avoir rencontrée dix ans trop tard. Elle avait à présent cinquante-six ans et il lui répugnait de l'abandonner sans lui avoir assuré une vie décente, mais il se plaignait qu'elle profitât de sa faiblesse et de sa pitié. Il était la proie d'états d'anxiété chronique qu'il ne parvenait à calmer qu'en dictant un nouveau livre. Mais, faisait-il remarquer à René Agid, à qui il demanda de lui trouver un spécialiste sérieux, il ne pouvait pas dicter jour et nuit[2].

Après sa romance avec Romy Van Looye, il était tombé amoureux de Barbara Aptekman, la femme de son ami Alain, et avait songé un temps à renoncer à la diplomatie pour s'installer avec elle chez René et Sylvia, à Savigny-sur-Orge. Au mois d'octobre 1957, il avait prié Sylvia de faire rénover de toute urgence l'étage supérieur de L'Oasis, leur demeure[3], qu'il se proposait de leur louer pour y habiter à son retour des États-Unis. L'appartement fut effectivement remis à neuf mais, ayant rompu avec Barbara, il n'y vint point. Quelques mois plus tard, Jean Seberg, qu'il venait de rencontrer, eut connaissance de cette liaison à cause d'une indiscrétion involontaire de Sylvia. Elle demanda des explications à Romain qui lui fit croire que Barbara n'était autre que la fille de sa cousine Dinah, de Nice, dont le frère Paul habitait chez lui.

## 51.

Le 29 octobre 1958, Gary vint à ses frais à Paris pour préparer un article que lui avait commandé *Life Magazine* sur le retour au pouvoir du général de Gaulle et la fondation de la V^e^ République. Il avait dû consulter le département par voie hiérarchique avant d'accepter cette offre, soutenue par la présidence du Conseil [1] et le ministre délégué à la présidence, André Malraux. Dans ce très beau texte écrit directement en anglais, le « romancier Romain Gary créateur de personnages [2] » dit son admiration non seulement pour l'œuvre du général de Gaulle, mais surtout pour « un personnage, un romancier-personnage qui s'est créé lui-même comme un romancier écrit et crée une œuvre » et joue « ce rôle dans un roman qui s'appelle *L'Histoire de France* [3] ». Un homme parfois incompris qui ne pouvait se permettre d'être familier lorsque, dans la solitude, il incarnait la France face aux collaborateurs de Vichy. Comme il a été dit : « Il lui fallait devenir une légende [4]. »

> Quand les Français de la France libre placés sous le commandement d'un de ses lieutenants connurent leur première action victorieuse à Bir Hakeim, en Afrique du Nord, il avoua dans ses Mémoires de guerre qu'il éclata en sanglots — mais seulement après que la porte se fut refermée derrière le messager de la victoire.

Gary n'écrivit pas cet hommage pour promouvoir le « gaullisme », dont il n'avait que faire, qu'il détestait même, mais pour tracer le portrait d'un humaniste, d'un homme courageux qui croyait à l'honneur, à la liberté.

> Parce qu'il n'était personne, il devait s'entretenir d'égal à égal avec Churchill et Roosevelt ; il devait sans arrêt, et de manière agaçante, revendiquer ses droits ; il devait parler comme s'il était l'incarnation de la France[5].

Le Quai d'Orsay avait exceptionnellement consenti à ne pas effectuer de retenues sur son traitement pendant la période où il écrivait son article à Paris. Cependant, Jean Ortoli, le consul adjoint qui avait assuré la gérance du poste pendant son absence, protesta auprès du département parce qu'il n'avait pas reçu d'indemnité pour sa prestation. S'inclinant devant « la petitesse », Gary déduisit des 2 000 dollars payés par *Life Magazine* l'équivalent de la somme de 120 000 francs de l'époque qu'il remit à Ortoli et versa le reliquat — 1 777,80 dollars — à l'Association des Français libres[6]. Laudateur du général de Gaulle qui était revenu aux affaires au mois de mai 1958, il aurait pu participer à la campagne des élections législatives, être candidat à la députation. Il n'en avait aucune intention. Il s'en ouvrit à son ami Jacques Vimont : « J'écris à Malraux pour éviter des plans pour moi qui ignorent le fait que je suis sans ambitions politiques. Je suis beaucoup trop ambitieux pour cela[7]. »

Si Jean Ortoli ne se lassait pas de critiquer son patron, ce dernier savait qu'il pouvait compter sur Yvonne-Louise Pétrement. Ainsi, au mois de juillet 1958, il prit un congé d'un mois à l'hôtel des Tropiques à Papeete, Tahiti, où il avait acheté un terrain et placé de l'argent. Pendant son absence, Gaston Monnerville, sénateur du Lot, président du Sénat, vint inaugurer la ligne directe d'Air France Paris-Los Angeles, et fut reçu au consulat par Lesley et Mlle Pétrement, qui sut inventer une importante et urgente mission pour justifier l'absence du consul.

Au cours de ce séjour en Polynésie, impressionné par la beauté des « îles vierges », Gary imagina le thème d'un roman dont Cohn le héros, un *picaro* sardonique, exploiterait, sous une fausse identité, le souvenir que Gauguin avait laissé à Tahiti. Pour la remercier de ses bontés, il envoya à Odette de Bénédictis une grande photo de lui dédicacée, où on le voyait portant une fleur à l'oreille : « À Odette, de la part de son gros et gras patron. »

À la veille de son départ, il écrivit à Gaston et Claude Gallimard pour les informer qu'ils allaient recevoir le manuscrit de *La Promesse de l'aube*. Ayant gardé un mauvais souvenir des critiques de Kléber Haedens et de Robert Kanters, il pria ses éditeurs de lui laisser la possibilité de relire et corriger les premières épreuves pendant trois mois [8].

Gary était en poste aux États-Unis pendant la guerre d'Algérie. Les universités, les associations culturelles l'invitaient à donner des conférences sur la politique extérieure de la France, très critiquée pour la répression exercée contre les combattants algériens. Gary se trouvait dans une situation délicate.

Après la chute du gouvernement Félix Gaillard, le 15 avril 1958, ni Georges Bidault, ni René Pleven, ni Pierre Pfimlin n'avaient réussi à redresser la situation, tandis qu'à Alger les généraux exigeaient que fût « instauré un gouvernement de salut public [9] ». Le général Salan n'excluait pas un geste de « désespoir de l'armée ». On pouvait aussi redouter une tentative de putsch et la guerre civile en France. De Gaulle écrit dans ses Mémoires :

> Au mois de mai 1958, à la veille d'un déchirement désastreux de la nation et devant l'anéantissement du système prétendument responsable, de Gaulle, notoire à présent, mais n'ayant pour moyen que sa légitimité, doit prendre en charge le destin.
>
> J'ai peu d'heures pour m'y décider. Car les révolutions vont vite. Cependant, il me faut fixer le moment où, fer-

mant le théâtre d'ombres, je ferai sortir « le dieu de la machine, autrement dit, où j'entrerai en scène [10] ».

De Gaulle voyait l'avenir au-delà de l'affaire algérienne. Il allait d'abord reprendre l'État en main, après avoir remis les militaires factieux à leur place, puis s'attaquer au problème de la décolonisation. Dès le 30 juin 1955, il avait fait connaître son opinion sur la question algérienne : « Aucune autre politique que celle qui vise à substituer l'association à la domination en Afrique du Nord française ne saurait être ni vivable, ni digne de la France [11]. »

Pour éviter de nouvelles tempêtes, il résolut d'opérer par étapes, c'est-à-dire de manœuvrer jusqu'au moment jugé opportun pour dévoiler ses véritables intentions. Il s'envola donc le 4 juin vers Alger en compagnie de trois ministres. Paraissant au balcon de l'Amirauté à 7 heures du soir, devant une foule immense, il prononça la fameuse phrase : « Je vous ai compris ! »

À Los Angeles, Gary avait d'abord dû expliquer l'apparente volonté affichée du général de Gaulle de maintenir l'Algérie française en faisant de tous les Algériens des « Français à part entière », puis il lui fallut défendre la nouvelle politique de la France lorsque, au mois de janvier 1959, le Général évoqua l'avenir de l'Algérie « pacifique, transformée, développant elle-même sa personnalité et étroitement associée à la France [12] ». Après avoir déclaré : « L'Algérie de papa est morte ! On mourra comme elle si on ne le comprend pas [13] », de Gaulle amorça des négociations avec les représentants du GPRA (gouvernement provisoire de la République algérienne), alors que l'armée française était sur le point de vaincre l'insurrection et au moment où le chef de la wilaya 4 apportait au palais de l'Élysée son accord pour un cessez-le-feu. C'est alors que les généraux Challe, Salan, Zeller et Jouhaud organisèrent leur putsch qui échoua au mois d'avril 1961. Pendant toute la durée de cette guerre cruelle, les attentats du FLN n'avaient pas cessé.

Tandis que Claude Bourdet, lui aussi Compagnon de la Libération, déclarait au cours d'une visite en Californie qu'il militait contre le colonialisme, Gary, contraint par sa fonction, confirma sa foi dans l'Algérie française. Surpris, Claude Bourdet, qui voyait en lui un homme opposé au colonialisme, voulut le rencontrer à Los Angeles, afin d'obtenir des explications. Celui-ci refusa non seulement de le voir, mais lui reprocha les conférences qu'il donnait aux États-Unis sur la situation en Algérie [14]. Indigné, Claude Bourdet le traita d'« hypernationaliste ». Gary se justifia dans *La nuit sera calme* : « C'était cette politique du peuple français que je "défendais" de mon mieux — j'accepte le mot, car mon métier était celui d'avocat, celui de Moro-Giafferi lorsqu'il défendait Landru, ou de Me Naud, lorsqu'il défendait Laval. J'ai fait ce métier dont j'étais capable, avec toute ma loyauté [15]. »

Après le putsch d'Alger, il reçut des lettres anonymes, des menaces de mort. Le 8 juillet 1960, il écrivit à Jacques Vimont, directeur du personnel au Quai d'Orsay, qu'il avait communiqué à la police la dernière lettre de menaces arrivée chez les Agid aussitôt après son discours d'adieu au World Affairs Council. Depuis, le consulat était discrètement surveillé le soir. L'auteur de cette lettre l'invitait à informer son gouvernement qu'on menaçait de l'exécuter. Gary pensait qu'il pouvait assurer lui-même sa propre sécurité, et ne voulait en aucun cas disposer d'une protection trop pesante à Paris.

Il fut scandalisé par la conduite de Lesley qui, un jour où des Algériens étaient venus protester devant le consulat de France contre la politique française, était sortie avec de la limonade pour les désaltérer. Il lui ordonna de rentrer immédiatement, en bougonnant : « Nous sommes neutres. »

Un soir, deux Algériens l'attaquèrent à la porte du consulat. Il savait se battre, répondit aux coups et se faufila dans le jardin au moment où Katiusha, accourue à son secours, refermait à clef la porte derrière lui.

Jacques Vimont écrivit le 21 juillet 1960 au ministre

de l'Intérieur pour l'informer que Romain Gary avait été appelé à donner des conférences sur le problème algérien au cours de son séjour aux États-Unis et avait été l'objet de menaces de la part de membres du FLN se trouvant sur le territoire américain[16]. Le FLN lui reprochait d'avoir recommandé aux États-Unis un Algérien qui avait tenu des propos favorables à l'Algérie française. Gary, qui se préparait à quitter son poste et à rentrer en France, souhaitait obtenir un permis de détention d'arme à feu pour une durée indéterminée. Un arrêté daté du 21 juillet 1960 l'autorisa à en posséder une de première, quatrième ou sixième catégorie. L'autorisation lui fut remise en mains propres par Jacques Vimont le 27 juillet suivant. Gary acheta un revolver Smith & Wesson, de type 38 spécial, deux pouces, n° 7099.983. C'est avec cette arme qu'il se suicida le 2 décembre 1980.

SIXIÈME PARTIE

# Avec Jean

# 52.

Peu avant les fêtes de Noël 1959, le consul fut informé par Odette de Bénédictis que François Moreuil, un jeune avocat français accompagné d'une très jolie fille, était venu déposer sa carte de visite au consulat. Le visiteur avait mentionné que cette démarche lui avait été conseillée par Jean-Louis Provski, une connaissance de Gary. Quelques jours plus tard, Lesley et Romain les invitèrent à dîner. Ils venaient de s'asseoir dans le salon quand Gary remarqua les chaussures de son hôte. Les trouvant à son goût, il lui demanda abruptement s'il lui permettait de les essayer. Stupéfait, Moreuil, un garçon de bonne famille dont le parrain était ambassadeur de France, trouva cette familiarité choquante mais n'osa pas refuser. L'incident surmonté, on passa à table. Gary découvrit combien la juvénile Mme Moreuil était belle. Petite, menue, elle portait ses cheveux blonds coupés court, comme un garçon. Ses traits étaient fins et réguliers, sa bouche bien modelée. Il songea qu'il avait à présent quarante-cinq ans, et que la somme de l'âge de ses invités égalait le sien.

Cette ravissante Américaine qui le fixa pendant tout le repas de ses yeux brillants et émerveillés, sous le regard résigné et ironique de Lesley, était Jean Seberg. Devenue célèbre en quelques mois grâce à son rôle dans *St. Joan*, elle avait été choisie par Otto Preminger parmi dix-huit mille candidates au terme d'une longue sélection qui s'était déroulée en Angleterre, au Canada et aux

États-Unis. Trois mille adolescentes avaient été convoquées pour une première audition à l'hôtel Sherman à Chicago le 15 septembre 1956, à 10 heures du matin. Jean Seberg avait eu beaucoup de mal à convaincre Edward Seberg, son père, de l'emmener à Chicago. Elle lui avait promis en contrepartie qu'elle s'inscrirait à l'université d'Iowa à la prochaine rentrée universitaire. À l'hôtel Sherman, l'audition dura jusqu'au soir. Preminger et ses collaborateurs étaient assis dans une salle plongée dans l'ombre. Chaque candidate était priée de monter sur un praticable illuminé par deux projecteurs. La plupart des filles avaient à peine le temps de se présenter, qu'elles étaient déjà remerciées. Quand elle entendit appeler son nom, Jean Seberg abandonna son sac et ses chaussures à celle qui attendait derrière elle. Otto Preminger fut ébloui par la frêle gamine de dix-huit ans qui s'avançait vers lui. Elle n'avait quasiment aucune expérience de la scène, hormis sa participation à une chorale et des cours d'art dramatique avec Carol Hollingsworth à la *high school*.

Preminger lui demanda pourquoi, contrairement aux autres candidates, elle ne portait pas une chaîne avec une croix autour du cou. Jean répondit dans un sourire que ses parents n'avaient pas les moyens de lui en acheter une, puis comprenant que son juge n'en croyait pas un mot, elle admit qu'elle avait ainsi cherché à se singulariser. À l'issue de l'audition, il lui fit dire par sa secrétaire qu'il désirait avoir une entrevue avec ses parents. Jean quitta la salle en oubliant son sac et ses chaussures. Lors de cet entretien avec Dorothy-Arline, née Benson, et Edward Seberg, celui que les techniciens de plateau avaient surnommé « Le Führer » leur assura que leur fille était très douée et les pria de l'autoriser à participer un mois plus tard à New York à une seconde audition destinée à départager les finalistes. Elle aurait à préparer deux scènes de la *Sainte Jeanne* de Bernard Shaw, qu'il allait adapter au cinéma. Elle devrait se présenter deux semaines auparavant à l'hôtel Ambassador, afin de répéter avec lui le test filmé.

La première séance de travail fut rude pour la débutante. Preminger bougonna qu'il était terriblement déçu. « C'est un désastre ! » Que lui était-il arrivé ? lui demanda-t-il, en colère. Il ne retrouvait plus en elle la spontanéité, la fraîcheur qui l'avaient séduit à Chicago. Avec quel incapable avait-elle eu la sottise d'aller travailler ses scènes ? Elle dut admettre qu'elle avait cru bien faire en demandant quelques conseils à Carol Hollingsworth.

Elle rentra chez ses parents, 1510 Kabreen Street, à Marshalltown, Iowa, où elle était née le 13 novembre 1938 [1]. Son père, descendant d'émigrés suédois, y tenait un drugstore et sa mère avait été maîtresse d'école. Tout enfant, Jean ramenait à la maison les chats et les chiens abandonnés. Elle avait écrit des poèmes et une pièce intitulée *Be Kind to Animals* — Soyez bons avec les animaux — pour laquelle elle avait reçu le prix de la Société protectrice des animaux. Elle allait à son cours de danse tous les samedis matin, puis courait au cinéma. Après avoir vu un film avec Marlon Brando, elle lui avait envoyé une lettre, et avait emprunté à la bibliothèque des livres sur l'art de l'acteur. Quand James Dean se tua en voiture, elle envoya 5 dollars à sa tante pour qu'elle dépose en son nom des fleurs sur sa tombe.

Elle ressentait aussi une profonde compassion pour la situation tragique dans laquelle vivaient les Noirs de Marshalltown et, à quatorze ans, elle s'était inscrite par lettre au NAACP, le mouvement pour la promotion de l'égalité des droits des Noirs et des Blancs.

Elle fut convoquée à nouveau à New York à la mi-octobre, avec les deux autres finalistes : Kelli Blaine, qui avait pris des cours à l'Actor's Studio, et Doreen Denning, une jeune comédienne suédoise venue de Stockholm.

Preminger s'était adjoint les services d'un photographe, Bob Willoughby, qui se rappelle que Jean Seberg avait alors les cheveux longs et des taches de rousseur sur le visage. Après une séance de photos, il l'emmena déjeuner à La Potinière, un restaurant français, où il lui enseigna comment effeuiller et manger les artichauts. Puis ils allèrent voir danser Martha Graham. Après lui avoir offert un bouquet de violettes, il la raccompagna à son hôtel.

C'est avec ce bouquet qu'elle se présenta le lendemain matin au Fox Movie-Tone Studio. Tous ses collaborateurs savaient déjà qu'Otto avait un faible pour « la petite de Marshalltown ». Après l'avoir entendue dans les scènes qu'ils avaient préparées, il lui demanda si elle accepterait de couper ses cheveux pour la deuxième partie des tests. Le coiffeur sacrifia ses longues mèches blondes et, aussitôt, son visage prit un éclat singulier. Elle avait ainsi l'allure androgyne du personnage qu'avait imaginé George Bernard Shaw. Preminger la pria de rejouer ses deux scènes, lui faisant reprendre inlassablement les mêmes répliques et commentant sans indulgence sa prestation. Irascible, il s'acharnait. Quand elle s'arrêtait, il ordonnait : « Recommence ! » L'épreuve dura plusieurs heures pour une scène de treize minutes seulement. Subitement, Jean s'effondra en larmes sur le plateau. « Eh bien, que se passe-t-il, tu n'as pas assez de tripes pour continuer ? » s'écria, sarcastique, le réalisateur pour la pousser à bout. Elle tenta de se relever, mais retomba sur le sol et fut prise de convulsions. Preminger vint à elle, la prit dans ses bras et la réconforta en lui assurant qu'elle avait très bien joué.

Le lendemain, après avoir visionné les tests des trois débutantes, il prit Jean à part, lui confia qu'il l'avait choisie, en lui faisant promettre de garder le secret, car le nom de la lauréate serait bientôt révélé au cours d'une célèbre et populaire émission de télévision, « The Ed Sullivan Show », où le violoniste Itzhak Perlman débuta également au mois de février 1959. Il ne fut pas facile de persuader Dorothy et Edward Seberg de venir assister à la proclamation des résultats. Qui garderait le drugstore et s'occuperait de leur fille Mary Ann et de leurs deux fils, Kurt et David ?

Le jour dit, Preminger présenta Jean Seberg, puis fit entrer Richard Widmark qui interpréterait le rôle de Charles VII, le Dauphin. Pendant « The Ed Sullivan Show », Jean dut à nouveau jouer les deux scènes de la pièce de George Bernard Shaw devant les soixante millions de téléspectateurs qui regardaient l'émission. Quelques jours plus tard, Preminger fit conduire celle que l'Amérique appelait la « nouvelle Cendrillon » à Boston chez un dermatologue chargé d'atténuer ses taches de rousseur. Quand elle rentra chez ses parents au mois de novembre, des dizaines de photographes l'attendaient à l'aéroport de Des Moines. On lui fit parcourir les rues de la ville assise avec ses parents à l'arrière d'une Cadillac décapotable. Le cortège rejoignit Marshalltown qui avait organisé une parade avec majorettes et fanfare pour l'accueillir. La voiture passa sous une banderole : *Marshalltown salutes you !* Son portrait géant ornait la façade de son lycée, le maire fit un discours et lui remit les clefs symboliques de la ville. Pendant la semaine qu'elle passa dans sa famille, elle dut encore assister à une réception organisée en son honneur par son lycée. Une fois le tumulte apaisé, elle se sentit infiniment triste et confia à une amie son sentiment qu'elle n'allait pas vivre longtemps.

Preminger lui fit signer un contrat de sept ans, dont les articles lui assuraient 250 dollars par semaine la première année, étant entendu que le producteur prenait en charge tous ses frais. La deuxième année, le salaire hebdomadaire atteindrait 400 dollars mais pendant quarante semaines seulement et, l'année suivante, 2 500. C'étaient des sommes énormes aux yeux d'Edward Seberg, qui décida de placer l'argent dans une banque, allouant à sa fille seulement 25 dollars hebdomadaires.

Le 13 novembre, Jean s'envola pour Londres, où devait commencer le tournage. Dans sa valise, elle avait emporté une Bible et une souris en satin que son grand-père maternel lui avait offerte comme porte-bonheur.

Preminger avait choisi Jean Seberg en pleine connaissance de cause. Elle n'avait aucune expérience professionnelle et n'avait pas reçu l'enseignement d'un bon professeur. Il était toutefois persuadé que cette virginité confrontée à la science subtile des grands acteurs anglais qu'il avait engagés pour lui donner la réplique donnerait davantage de crédibilité à son personnage. Il croyait aussi qu'il pouvait l'amener à interpréter le rôle tel qu'il le concevait. Selon lui, il n'en fut rien. Quelques années plus tard, visionnant son film, il soupira : « Oui, j'ai fait une grande erreur. Je n'ai aucun reproche à faire à qui que ce soit, si ce n'est à moi-même. »

Otto Preminger installa Jean Seberg pour trois mois dans une suite du Dorchester Hotel. Il tenait à ce qu'elle y vécût relativement isolée, en tout cas sous son contrôle exclusif. Il la présenterait à la presse britannique quand il jugerait le moment opportun.

Il lui fit donner des leçons de diction, d'art dramatique, d'équitation. On l'emmena au théâtre, on la présenta aux acteurs qui allaient lui donner la réplique : John Gielgud, Richard Todd, Finlay Currie, Felix Aylmer, Anton Walbrook et Margot Grahame. Puis il organisa un voyage en Lorraine pour lui faire découvrir les paysages dans lesquels la Pucelle avait passé son enfance. Preminger, Jean et Willoughby allèrent à Domrémy, Vaucouleurs, Reims et Rouen, où Jeanne d'Arc fut brûlée vive en 1431. Ce furent ensuite les Champs-Élysées et Saint-Germain-des-Prés. Chez Dior, on lui fit essayer des robes et des manteaux du soir. Preminger la présenta à Ingrid Bergman qui jouait *Thé et sympathie* au théâtre Montparnasse-Gaston-Baty[2]. On fit paraître des photos dans les magazines.

Le travail débuta au Shepperton Studio la première semaine de janvier 1957. Jean se levait chaque matin à 5 h 30. Une heure plus tard, Otto Preminger venait la chercher avec son chauffeur qui les conduisait au studio. À 7 h 30, on la maquillait, venait ensuite le coiffeur qui vérifiait la longueur de ses cheveux par rapport aux images de la veille, puis les habilleuses attachaient sur son corps les éléments de son armure qui pesait quatorze kilos. Preminger demandait dix prises de la même scène, quand ce n'était pas vingt lorsqu'il n'était pas satisfait. Et la plupart du temps il invectivait Jean : « Vous ne pensez pas à votre personnage ! »

John Gielgud, plein de compassion, restait sur le plateau même si on n'avait plus besoin de lui pour tenter d'amadouer le maître. Il lui rappela même que cette jeune fille sortait tout juste du lycée. Elle n'avait reçu aucune formation et ne pouvait savoir comment phraser ou utiliser sa voix.

Preminger lui avait interdit de bavarder avec les membres de l'équipe pendant les pauses. Son but était de la maintenir continuellement dans un état émotionnel intense. À la fin du travail, elle assistait à la projection des rushs de la veille, puis le chauffeur la reconduisait à son hôtel, où elle prenait son dîner seule dans sa chambre, avant d'aller se coucher. Il y eut une exception le soir où Preminger l'emmena au restaurant en compagnie de Laurence Olivier, Vivien Leigh et Peggy Aschcroft.

Vint enfin le jour où l'on tourna la scène de l'exécution de Jeanne d'Arc sur la place du Marché à Rouen reconstituée à l'identique. On y rassembla une imposante foule de figurants. Jean fut attachée sur le bûcher et Preminger donna l'ordre au bon peuple de crier « Brûlez-la ! Brûlez-la ! ». Le feu provenait de sept bonbonnes de gaz, dissimulées sous les fagots. Cinq s'allumèrent correctement, mais deux provoquèrent un début d'incendie parce qu'elles fuyaient. Une grande flamme s'élança et une épaisse fumée enveloppa Jean. Terrorisée, elle se mit à hurler : « Je brûle ! » Elle délia les chaînes qui entravaient ses mains, se couvrit le visage, mais ne put dégager son cou. Soudain, une boule de feu lécha ses genoux, puis son ventre et ses mains. Son costume commença à s'embraser. En un instant, un machiniste s'élança pour la détacher du bûcher, et les pompiers se précipitèrent avec des extincteurs pour maîtriser l'incendie.

On transporta Jean dans sa loge, et un médecin fut appelé pour panser ses blessures qui étaient superficielles, sauf sur le ventre où une brûlure plus profonde lui laissa une cicatrice indélébile. Certains journaux malveillants laissèrent entendre que Preminger n'avait pas réagi, ce qui est entièrement faux. Cependant, dans l'affolement général, le moteur des caméras avait continué de tourner pendant les quelques minutes qu'avait duré l'incident. La scène ainsi filmée fut partiellement utilisée au montage.

Le lendemain matin, la voiture qui emmenait Otto Preminger, Jean Seberg et Willoughby sur le tournage dérapa sur une plaque de verglas, fit deux têtes à queue et percuta un réverbère. Preminger s'en tira avec une fracture du poignet, Jean saigna du nez, et le photographe fut indemne. Quelques heures plus tard, quand elle assista à la projection des rushs de la scène du bûcher, Jean s'évanouit. On dut achever le tournage de cette scène avec un mannequin.

Quand les prises de vues furent terminées, Preminger concéda que Jean avait réussi à gagner son estime. Un soir, en la raccompagnant au Dorchester Hotel, il lui confia qu'il venait d'acquérir les droits du roman de Françoise Sagan *Bonjour tristesse*, et qu'il allait l'engager pour jouer le rôle principal. Elle devait d'ici à l'été prendre des leçons de français et s'entraîner avec un maître nageur.

Jean retourna chez ses parents à Marshalltown. L'argent gagné par leur fille leur permit de quitter la maison de la 6e Rue pour une propriété plus confortable.

La première projection privée de *St. Joan* organisée à New York au mois d'avril pour les professionnels en la présence de Jean Seberg, à l'Astor Theater, fut calamiteuse. Elle eut du mal à contenir ses larmes. Quelques jours plus tard, Otto lui lança : « Je n'aime pas ta façon de parler, de marcher et de t'habiller. » Le verdict tomba le 12 mai lors de la première projection mondiale à l'Opéra de Paris dont la recette fut offerte à un institut de recherches sur la poliomyélite. Le parterre du théâtre grouillait de célébrités : Harry Belafonte, Maurice Chevalier, Yul Brynner, Gérard Philipe, Arletty, François Mitterrand, Eddie Constantine, Anita Ekberg, Salvador Dalí, Olivia de Havilland, Bob Hope, Fernandel. Preminger apparut avec Jean, portant une robe du soir de Givenchy qu'il lui avait offerte. La fin de la projection fut saluée par des applaudissements polis, et peu d'invités se rendirent à la réception qui suivit chez Maxim's. Les critiques n'aimèrent pas non plus le film dont l'exploitation commerciale en France fut un échec. Il en fut de même en Angleterre. Preminger ne s'avoua pas vaincu. Il envoya Jean assurer en vain une tournée de promotion de *St. Joan* au Canada et aux États-Unis. C'est en Amérique que les critiques furent les plus cruelles pour la jeune actrice. Néanmoins, l'année suivante, ses cachets atteignirent 400 000 dollars.

À Paris, Otto Preminger avait organisé une rencontre entre Jean Seberg et Françoise Sagan, dont l'éditeur avait vendu les droits de *Bonjour tristesse* sur manuscrit pour la somme dérisoire de 10 000 dollars. Depuis, le livre avait connu un immense succès, et Sagan, devenue célèbre, regarda avec quelque dédain la jeune Américaine provinciale qui, à ses yeux, était bien incapable d'incarner Cécile, son héroïne.

## 53.

Otto Preminger envoya Jean se reposer sur la Côte d'Azur, en attendant le tournage de *Bonjour tristesse* qui devait se dérouler au Lavandou. Elle avait acheté une 4 CV et loué un modeste studio à Nice, rue Andreoli, car son père ne lui permettait toujours pas de disposer librement de son argent. Déstabilisée, seule et mélancolique, elle souffrait d'anémie. Une infirmière venait lui faire des injections de fortifiants trois fois par semaine. Avant son départ pour l'Europe, elle avait eu une brève romance avec Paul Desmond, un musicien du Dave Brubeck Quartet, et elle écoutait son disque le soir dans sa chambre. Elle songeait aussi à John Maddox, un comédien qui l'avait brusquement quittée lorsqu'elle était devenue célèbre. Elle allait à la plage et buvait du pastis à la terrasse des cafés. Lorsqu'elle rencontra Mylène Demongeot, qui avait également été engagée par Preminger, elle lui confia qu'elle voulait devenir écrivain, même si, jusqu'à ce jour, elle n'avait lu les œuvres d'Hemingway, Proust et Faulkner que sous forme de *digest*.

Jean Seberg devait cette fois encore être confrontée à de grands acteurs, David Niven et Deborah Kerr, aux côtés de qui elle allait jouer le rôle d'une jeune fille perverse de son âge, déterminée à provoquer la mort de la maîtresse de son père. En juin, elle fut convoquée à Paris pour essayer ses costumes créés par Givenchy. Les prises de vues commencèrent à Paris en noir et blanc. L'équipe devait ensuite descendre sur la Côte d'Azur où le tournage, en Technicolor, allait se dérouler dans la superbe résidence de Pierre Lazareff au Lavandou. Preminger n'était pas mieux disposé vis-à-vis de Jean que l'année précédente, bien au contraire. Il lui faisait partager sans l'avouer le fardeau de l'échec de *St. Joan*. Il consacra une journée entière à tourner une scène où elle devait se jeter à l'eau et sortir en courant. Le soir venu, l'équipe technique crut qu'elle était sur le point de défaillir. Comme Gielgud, l'année précédente, David Niven et Deborah Kerr, pleins de compassion, tentaient de la réconforter.

Quelques épisodes furent aussi tournés à l'hôtel Carlton à Cannes, alors que Jean était au plus bas ; elle confia à son amie Aki Lehman, qui était venue l'accueillir un an auparavant à l'aéroport d'Heathrow à la demande d'Otto Preminger, qu'elle pensait au suicide. Mais en même temps, elle s'aperçut que les hurlements d'Otto l'effrayaient moins qu'auparavant. Elle remarqua aussi, au cours des dîners et réceptions où il l'emmenait, que les hommes se disputaient ses faveurs.

Un des lieux les plus fréquentés par les célébrités, les milliardaires, les têtes couronnées et les hommes politiques était La Reine Jeanne, la propriété que Paul-Louis Weiller avait fait construire dans la baie de Cabasson sur une falaise boisée de pins et de feuillus qui s'étendait sur soixante-dix hectares. Paul-Louis Weiller, ingénieur diplômé de l'École centrale, aviateur pendant la Grande Guerre, patron d'industrie, fondateur de la plus importante entreprise européenne de moteurs d'avions, avait aussi créé une compagnie aérienne qui donna naissance à Air France. Mécène, il avait fondé une compagnie de ballet, aidé de nombreux artistes. Il animait un salon mondain à Paris et recevait fastueusement ses hôtes à La Reine Jeanne pendant l'été. La seule obligation de ses invités était d'assister à ses exploits matinaux en ski nautique.

C'est à La Reine Jeanne que Jean Seberg rencontra François Moreuil, qui devint son premier mari, un beau garçon qui venait d'obtenir son diplôme d'avocat et passait ses vacances chez Paul-Louis Weiller. Elle y était venue pour un déjeuner en compagnie d'Otto Preminger, David Niven et Deborah Kerr. Autour de la table, il y avait également ce jour-là Charlie Chaplin avec sa femme et ses enfants.

François Moreuil donna à Jean Seberg sa première leçon de ski nautique. Il l'invita à dîner dans un restaurant renommé, et elle fut impressionnée quand il refusa la bouteille au sommelier en disant qu'elle était bouchonnée. Cet incident l'avait épatée, et elle fut très étonnée quand, bien des années plus tard, Costa-Gavras lui dit qu'une scène semblable existait dans le film d'Autant-Lara, *Le Diable au corps*, avec Gérard Philipe et Micheline Presle. Moreuil était un play-boy qui connaissait Roger Vadim et Brigitte Bardot, fréquentait les boîtes de nuit et les restaurants à la mode de Saint-Tropez. Il accompagna Jean sur le tournage de *Bonjour tristesse*. Preminger n'était pas satisfait de son travail et la traitait en public de « petite jeune fille inculte » venue d'une bourgade insignifiante des États-Unis. Françoise Sagan resta impavide pendant la journée qu'elle passa sur le plateau.

François Moreuil vint rejoindre Jean à Londres où le tournage allait s'achever. Il l'emmena dîner dans les meilleurs restaurants. Puis ils partirent pour Paris, où il la présenta à sa mère.

Une fois le film achevé, Preminger ne manifesta aucun désir d'engager Jean à nouveau et, à Hollywood, les producteurs jugeaient qu'elle ne méritait pas la publicité dont ses premiers pas avaient été entourés. Elle décida que le mieux à faire serait de s'installer à New York et de travailler avec un bon professeur. François Moreuil était prêt à la suivre. Il avait étudié à l'université de Harvard après avoir obtenu son doctorat en France, puis brièvement collaboré avec un bureau d'avocats new-yorkais sur Madison Avenue. Il travaillait à présent chez un avocat international à Paris et, avec l'aide de son patron, entreprit de libérer sa bien-aimée du contrat qui la liait à Otto Preminger.

Jean, qui songeait déjà au mariage, présenta François Moreuil à ses parents, des petits bourgeois chaleureux et puritains, qui n'avaient jamais vu un garçon portant les cheveux aussi longs. Sur la télévision, dans le salon, Moreuil remarqua la photo de Liberace, le chanteur à la mode du moment.

Ils s'installèrent à New York dans un appartement modeste du Upper East Side. Jean ne voulait pas que ses parents sachent qu'elle vivait avec un homme, aussi François ne répondait pas au téléphone, et quand on sonnait à la porte, il s'enfermait dans la salle de bains.

La première de *Bonjour tristesse* aux États-Unis eut lieu au cinéma Capitol le 15 janvier 1958. Peu de professionnels y assistèrent. Les critiques furent plus venimeuses encore que pour *St. Joan.* Ainsi, le journaliste du *Saturday Review* écrivit : « Apparemment, Otto Preminger n'a pas réussi à convaincre Mlle Seberg de devenir une actrice. » La nuit, elle se réveillait brusquement en criant : « Est-ce que je suis capable de devenir une bonne comédienne ? » François Moreuil la présenta à Alice Hermes et à Étienne Decroux qui avait formé le mime Marceau, puis elle alla demander conseil à Lee Strasberg. Elle lui confia qu'elle était incapable de passer une audition, mais qu'elle souhaitait être admise à l'Actor's Studio en tant qu'auditeur. Il lui répondit froidement d'écrire pour solliciter son admission. Ses trois lettres restèrent sans réponse.

*Bonjour tristesse* reçut un accueil très chaleureux de François Truffaut dans *Les Cahiers du cinéma.* Il avait été enthousiasmé par la spontanéité, la grâce de Jean Seberg en qui il voyait une « Nouvelle Divine ». « Ce genre de sex-appeal n'est encore jamais apparu à l'écran... Jean Seberg porte tout le poids du film sur ses fragiles épaules. C'est le poème d'amour que Preminger lui a dédié. »

Le soir, François Moreuil emmenait Jean au restaurant et à des réceptions mondaines où elle s'ennuyait.

L'argent manquait souvent, mais parfois ils étaient invités à passer quelques jours chez un ami fortuné de François, comme Pierre de La Salle, ou encore chez Norma, la veuve du poète Vincent Millay, chez qui Jean lut à haute voix ses poèmes avec beaucoup d'émotion.

Quand le téléphone sonnait, Jean se mettait à trembler, redoutant que Preminger ne voulût à nouveau l'engager. François Moreuil et Claude Lewy proposèrent alors à celui-ci de revendre son contrat à Columbia Pictures. La transaction fut réalisée au mois d'août. Preminger garda symboliquement le droit d'engager Jean Seberg une fois par an. Mais il ne l'utilisa pas.

François Moreuil et Jean Seberg retournèrent à Marshalltown pour y célébrer leur mariage. Les parents de François, qui y étaient opposés, ne firent pas le voyage. Guy Laroche offrit la robe blanche, et François, toujours très mondain, partit en avion avec le richissime Bill Fisher pour aller acheter du champagne en France et du caviar à Chicago. La cérémonie eut lieu le 5 septembre 1958 à la Trinity Lutherian Church. Des photographes de *Life*, *Vogue*, *Paris-Match*, des journalistes de radio et de télévision y assistèrent. À Marshalltown, on n'avait jamais vu un pareil faste. Accompagnée à l'orgue par le professeur de musique du lycée, Dawn Murray Quinn, l'amie de Jean, chanta *O Lord Most Holy*.

Une seule chose scandalisa les habitants de Marshalltown : les longs cheveux du marié. Tout le monde se demandait pourquoi Jean n'avait pas tout simplement épousé un bon garçon américain, portant les cheveux coupés en brosse.

Le couple, escorté par la police, quitta la ville pour l'aéroport de Des Moines le soir même, car Jean était attendue à New York à la demande des studios Columbia. Aussitôt arrivée, elle fut informée qu'on l'autorisait à partir en voyage de noces. Paul-Louis Weiller prêta pendant trois semaines La Reine Jeanne, où les jeunes mariés s'étaient rencontrés l'année précédente. Jean n'aimait pas Saint-Tropez, les boîtes de nuit et les amis de François, comme Brigitte Bardot et Roger Vadim qui venait d'achever *Et Dieu créa la femme*, film qu'elle jugeait immoral.

Ils s'installèrent à Neuilly. Jean ne supportait pas davantage la vie mondaine de François à Paris. Elle se plaignait de n'avoir aucun projet, lorsque Columbia lui proposa un rôle dans un film à petit budget, *The Mouse that Roared*[1]. Il fut tourné à Londres avec Peter Sellers, un jeune acteur auquel était promise une grande carrière, et obtint un vif succès aux États-Unis. Suivit une période de totale vacuité professionnelle. Aki Lehman exceptée, Jean n'avait pas d'amis à Paris et ses relations avec François se détérioraient. Il lui était infidèle, elle eut aussi quelques aventures. Elle se sentait étrangère partout.

Au printemps 1959, la Columbia lui proposa de suivre des cours d'art dramatique avec Paton Price qui avait la réputation de développer les capacités des jeunes comédiens. Elle prit l'avion pour Los Angeles où les studios avaient mis à sa disposition un sinistre appartement au bout d'Olympic Boulevard. Paton Price, originaire du Texas, détestait le puritanisme américain. Il proclamait que jamais il n'accepterait une vierge dans son cours. Le premier jour, il demanda à Jean Seberg, très anxieuse, non pas de jouer une scène préparée à l'avance, mais d'improviser un dialogue avec un partenaire.

Elle interrompit sa formation pour passer deux semaines avec ses parents puis retourna travailler avec Price qui lui avait redonné confiance en elle-même.

Au mois de juin, elle partit à Paris *via* Copenhague et voyagea par hasard dans le même avion que Gary Cooper. Lors de l'escale à Copenhague, elle aperçut John Gielgud parmi les voyageurs en transit et courut vers lui pour le saluer et lui annoncer qu'elle voyageait en compagnie de Gary Cooper. Quelques années plus tard, le grand acteur anglais remarqua malicieusement : « Ce qui était délicieux chez Jean, c'est qu'elle avait appris à être une star avant de devenir une actrice[2]. »

À Neuilly, elle retrouva son mari et Bipp, sa chatte, qui avait fait des petits. Jean disait que partager sa vie entre Paris et la Californie brisait sa personnalité. François Moreuil avait décidé d'abandonner sa carrière d'avocat pour se lancer dans le cinéma, comme de nombreux jeunes gens à l'époque qui osaient réaliser des films hors des studios et avec des moyens extrêmement réduits. C'était les débuts de la Nouvelle Vague. François avait eu la chance de faire un stage avec William Wyler, un cousin éloigné de sa mère. Il écrivit un scénario.

Jean-Luc Godard avait été impressionné par la prestation de Jean Seberg dans *Bonjour tristesse*. Il souhaitait la rencontrer. L'entrevue ne fut pas une réussite.

Le cinéaste, influencé par les films policiers américains, espérait tourner une intrigue inspirée d'un fait divers sur lequel François Truffaut avait écrit un scénario original. Un motocycliste avait tué un policier et s'était enfui avec sa petite amie. Pour jouer le rôle de Michel Poiccard, le voyou, Godard voulait engager Jean-Paul Belmondo, un jeune acteur, passionné par la boxe, qui avait obtenu un deuxième accessit au Conservatoire d'art dramatique. Il espérait persuader Jean Seberg d'accepter d'incarner la petite amie, Patricia Franchini.

Godard proposa le rôle à Jean Seberg sans croiser son regard une seule fois. Elle voulait réfléchir. Belmondo et Truffaut la persuadèrent de prendre le risque de tourner avec un inconnu. Godard écrivit à Harry Cohn pour lui demander d'accepter un cachet extrêmement modeste pour Jean Seberg — 12 000 dollars — en échange de la moitié des bénéfices sur les droits d'exploitation du film dans le monde entier. Puis François Moreuil prit l'avion pour New York, pour menacer le producteur de mettre fin à la carrière de sa femme si on ne lui donnait pas l'autorisation de jouer dans ce film.

Pendant toute la durée du tournage, qui commença le 17 août 1959, Godard improvisa avec des notes inorganisées, des fragments de dialogues. L'équipe s'installait à la terrasse d'un café pour discuter de ce qu'on allait en faire. Dès le premier jour, Jean, désorientée, écrivit à Paton Price que Jean-Luc Godard avait inventé un mauvais scénario et que sa façon de diriger les acteurs était bizarre. Elle trouvait le personnage de Patricia très antipathique et envisageait d'abandonner. Elle refusa de jouer une scène où Patricia volait le portefeuille de son amant avant de le trahir. Les prises de vues furent réalisées dans des décors naturels, sans preneur de son, et les dialogues furent doublés ultérieurement en studio. Raoul Coutard, l'opérateur de la Nouvelle Vague, souvent caméra sur l'épaule, s'extasia sur la photogénie de Jean Seberg qui, au départ, ne lui avait rien inspiré de bon. Claude Chabrol accepta de superviser la réalisation.

Jean écrivit encore à Paton Price : « Je suis dans le brouillard du tournage du film français. C'est une expérience longue et folle. Pas d'éclairage, pas de maquillage, pas de son ! Un seul aspect positif, c'est si différent de Hollywood que je suis devenue inconsciente. »

Quand les relations avec Godard que Jean n'aimait pas étaient trop tendues, François Moreuil tentait d'apaiser le conflit. En revanche, elle éprouvait la plus grande admiration pour Belmondo, capable d'improviser dans la rue sans avoir reçu la moindre indication du réalisateur.

Le plus pénible pour Jean, qui n'avait encore rien cédé de son puritanisme, fut le tournage de la scène d'amour dans un petit hôtel de la rive gauche. Elle refusa de se dénuder, même sous les draps.

Quand le tournage prit fin à Marseille, le 15 septembre, elle visionna les rushs, et se demanda comment le public accueillerait un film aussi bizarre.

*À bout de souffle*, tourné sans découpage ni dialogues, apporta la gloire au metteur en scène et à ses deux acteurs. Sorti en exploitation témoin à Lyon et à Marseille, le 16 mars 1960, il rencontra immédiatement la faveur du public. Les critiques, excepté Jean Rochereau de *La Croix*, Jacques Chevallier d'*Image et son* et Louis Seguin de *Positif*, saluèrent un coup de maître, une réussite totale, un chef-d'œuvre dans ce film d'un débutant de vingt-neuf ans. *À bout de souffle* exprimait, disaient-ils, un aspect de la sensibilité moderne : le nihilisme romantique. Jean-Paul Sartre s'écria : « C'est très beau ! », Jean Cocteau : « Une merveille ! », Henri Jeanson : « Je n'ai jamais vu ça ! » Parmi les autres laudateurs célèbres, Joseph Kessel, Sophia Loren, Carlo Ponti, Jacques Becker. Le plus hostile à la manière de Godard était sans doute Louis Seguin, qui écrivit :

> *À bout de souffle* n'en reste pas moins le plus fabriqué, le plus truqué des films, et les recettes en sont des plus simplistes. Vous faites dire une chose à vos héros puis, un peu plus tard, le contraire et vous n'avez plus qu'à présenter ce mauvais paradoxe comme l'ambiguïté même de la vie. De même pour le style. Vous suivez « objectivement » vos personnages par de « vertigineux » mouvements d'appareil tout en vous gardant soigneusement de raccorder les diverses étapes de leurs parcours. Le film prend un aspect chaotique que vous présentez comme la vivacité même du génie [...]. L'anarchiste Gabin était du bois dont on faisait les combattants des Brigades internationales ; l'anarchiste Belmondo est de ceux qui écrivent : « Mort aux Juifs ! » dans les couloirs du métro, en faisant des fautes d'orthographe [3].

*À bout de souffle* obtint en 1960 le prix Jean-Vigo, le prix de la meilleure mise en scène au festival de Berlin, et le prix de la critique allemande pour la photographie de Raoul Coutard.

Columbia convoqua Jean Seberg pour tourner un mélodrame intitulé *Let No Man Write My Epitaph*. Elle partit seule pour Los Angeles. Son mariage commençait à se désagréger. En arrivant, elle comprit qu'on l'avait convoquée à Hollywood non pas pour l'engager, mais pour passer un test. Finalement, la production du film fut reportée, et Jean se retrouva seule et sans projets.

Quand Paton Price fut remercié par la direction de

Columbia qui n'était pas satisfaite de ses services, Jean lui prêta une pièce de son appartement pour lui permettre de continuer à enseigner. Elle eut quelques aventures sans lendemain. François Moreuil la rejoignit au moment de Noël et, grâce à Ursula Andress, trouva une maison à louer plus agréable. C'est pour l'aider à sortir de son isolement qu'il s'était présenté au consulat de France. Et c'est ainsi que Romain Gary et Jean Seberg se retrouvèrent à la même table, quelques jours plus tard.

## 54.

Si François Moreuil était scandalisé qu'un monsieur à peine rencontré, qui le recevait de surcroît dans sa résidence de consul général de France, pût lui demander de se déchausser pour essayer ses souliers, Jean Seberg, quant à elle, fut subjuguée par la prestance de Romain Gary. Elle ne pouvait détacher son regard de cet homme dans la force de l'âge, au teint hâlé, aux yeux d'un bleu intense et à l'abondante chevelure noire. Il se penchait vers elle et, de sa voix veloutée, s'exprimait dans un anglais parfait.

Elle ne songea plus qu'à le revoir, et, arguant de sa solitude, elle revint dîner. Lesley Blanch comprit immédiatement de quoi il retournait, mais pensa qu'il s'agissait encore d'une nouvelle liaison éphémère.

Les époux Moreuil passèrent Noël en famille chez les Seberg, puis Jean insista pour aller à Las Vegas assister à la revue du Lido de Paris. Sans doute une idée de Gary qui était fasciné par les artistes de music-hall [1]. François perdit en une nuit tout son argent au jeu, puis récupéra sa mise. Ils rentrèrent à Hollywood.

Avant de repartir pour Paris, François Moreuil téléphona à Gary pour lui dire au revoir, et lui demanda bien imprudemment de veiller sur sa femme.

Dès que François eut quitté Los Angeles, Jean et Romain commencèrent à se voir en cachette. Puis ils voulurent passer quelques jours au Mexique, et Romain chargea Odette de faire établir dans le plus grand secret un visa pour Jean à l'ambassade du Mexique. Il lui remit le passeport et une lettre de sa main demandant à son collègue de bien vouloir délivrer un visa pour Mme Moreuil.

Romain Gary et Jean Seberg apparurent pour la première fois en public à Los Angeles lorsque Simone Signoret vint y séjourner. Le consul, ayant prétendu qu'il serait dans l'impossibilité d'aller la saluer, pria Jean Dimanchin et Odette d'aller présenter ses excuses et lui proposer un rendez-vous à sa convenance. Mais alors qu'ils étaient tous les trois en train de bavarder sur la terrasse de l'hôtel Miramar à Santa Monica, ils le virent à leur grande surprise venir à leur rencontre, accompagné de Jean Seberg.

Au commencement, Gary ne fonda pas de grands espoirs sur sa liaison avec cette très jeune femme désemparée qui l'émouvait par sa naïveté et l'attachement qu'elle lui témoignait. Elle l'effrayait. Malgré ses déclarations vibrantes en faveur de la féminité et des qualités qui lui sont généralement associées, il était rare qu'il témoignât la moindre tendresse vis-à-vis des femmes qu'il séduisait. Ses passions étaient violentes, impérieuses et surtout brèves. La différence d'âge qui existait entre eux lui semblait rédhibitoire. Jean était fragile, ainsi qu'il l'écrivit à René Agid. Il ressentait le besoin de la protéger.

Bientôt Lesley Blanch comprit que la relation entre son mari et Jean n'était pas une simple passade. Depuis longtemps ils ne partageaient plus la même chambre, mais la manière dont Gary menait cette nouvelle romance était inacceptable. Elle écrivit à René et Sylvia Agid que Romain pouvait avoir « toutes les maîtresses, mais avec style ». Elle ne voyait pas d'inconvénient à ce qu'il découchât, qu'il s'éloignât pendant quelques jours. En revanche, elle considérait que l'écrivain Romain Gary avait besoin d'un « foyer stable » pour écrire ses livres et ne tolérerait pas d'être publiquement humiliée.

Jean Seberg, sans aucune proposition d'engagement, quitta bientôt Los Angeles pour Paris, où nombre de jeunes cinéastes étaient désireux de l'engager. Romain commença à méditer sur la situation délicate dans laquelle il se trouvait. Il était marié avec Lesley Blanch ; il éprouvait un grand respect, une profonde amitié pour elle, mais désirait depuis des années la quitter. Il songea à nouveau au divorce. Jean était déterminée à vivre avec lui mais, au Quai d'Orsay, on n'aimait pas le scandale. Il écrivit à Sylvia Agid qu'il ne songeait pas « à la folie d'épouser une gosse de vingt-cinq ans plus jeune » que lui. Et il ajoutait : « Je suis beaucoup plus fatigué, usé et proche de la fin que vous ne supposez : je le dis sans drame, sans romantisme. Il me reste très peu de temps [2]. »

Divorcer d'avec Lesley était de toute manière souhaitable pour normaliser leurs rapports. Il se décida à lui en parler. Il découvrit que le prix de sa liberté serait très élevé. Trop élevé, pensa-t-il.

*La Promesse de l'aube*, dédié à René et Sylvia Agid, sortit la première semaine de mai 1960. Sylvia envoya un exemplaire du livre à Christel, le premier amour de Gary, et lui écrivit que c'était « une espèce d'autobiographie » dans laquelle elle voyait « un portrait de Romain ». « Il triche avec la vérité pour que tout soit plus artistique et il vit dans ses rêves [3]. » L'indignation de Christel à la lecture du récit de l'épisode de leur aventure plongea Romain dans le désespoir. Il pleura. Il ne considérait pas son livre comme un récit strictement autobiographique mais comme une fantaisie pleine d'humour. Sylvia écrivit à Christel qu'il ne s'agissait que de quelques pages assez drôles qui exprimaient une « vérité sans vérité réelle ». Puis Romain se fâcha à son tour contre Sylvia. Tout était de sa faute ! Si elle n'avait pas envoyé le livre à Stockholm en recommandant tout spécialement les pages 207 à 211, Christel ne se serait peut-être pas reconnue dans le personnage de

Brigitte. Il proposa de les modifier pour l'édition suédoise, si elle y tenait. Elle accepta.

Claude Roy fit une recension élogieuse de *La Promesse de l'aube* dans *Libération*[4], tout en émettant une réserve : Gary grossissait un peu trop le trait :

> Il exagère. Par exemple, il aime sa mère. Il aime la France. Il aime sa mère, qui aimait la France... Il n'était pas question que Romain fût autre chose qu'un grand écrivain français, qu'un grand ambassadeur de France. À quarante-cinq ans, Gary n'est qu'un demi-raté : prix Goncourt, et consul de France. Ce qu'il a réussi tout à fait, c'est d'être français. Les historiens nous affirment qu'aucun enfant n'est né du mariage de la « furia francese » avec le charme slave, et que les couples Balzac-Mme Hanska, Chopin-George Sand sont morts sans postérité. Les historiens, on le savait bien, sont des menteurs. Et Romain Gary, qu'est-ce que vous en faites ?

Matthieu Galey détestait Gary, qui le lui rendait bien. Accoudé au zinc du Brazza, rue du Bac, l'écrivain avait dit de lui en tapant du poing : « Matthieu Galey, ce pédé ! » Le critique considéra *La Promesse de l'aube* comme « un ouvrage manqué [...] un pieux tribut d'un fils à celle qui l'a élevé et tâchons de ne pas juger du point de vue de la littérature ».

Émile Henriot, qui n'avait pas aimé *Le Grand Vestiaire* mais avait loué *Les Racines du ciel*, encensa *La Promesse de l'aube* sur huit colonnes dans *Le Monde*.

> [...] un livre de premier ordre, auquel aucun lecteur ne pourra rester insensible; irritant parfois ou gênant, caricatural, excessif, à la fin profondément émouvant, atteignant même à la grandeur et ne cessant pas d'attacher par la présence de l'auteur, bien qu'il se défende d'avoir écrit là une autobiographie, et assure que le souci de l'art, sous sa plume, s'est à chaque instant glissé entre l'événement et son expression littéraire, au point que toute vérité se réduise à une vérité artistique.

Comme toujours, Romain Gary envoya un exemplaire de son roman dédicacé au général de Gaulle. Ce dernier répondait toujours aimablement à son « cher Compagnon ». Il le lisait scrupuleusement et commentait. Le ton de ses lettres était aimable quoiqu'un peu lointain. Gary ne tenait pas la même place auprès du Général qu'André Malraux ; il en souffrait.

Le livre connut un bon succès public. Il s'en vendit 91 000 exemplaires. L'auteur accorda des interviews à *Paris-Match, Elle, Marie-Claire*. Il démentit devant Maurice Chapelan, le journaliste du *Figaro littéraire* [5], les rumeurs sur son départ imminent du Quai d'Orsay. Mais non, affirma-t-il, bien au contraire : « Après cinq ans passés à Los Angeles, j'attends une nouvelle affectation, en mission à l'administration centrale. » Il n'en était rien. Il avait demandé un long congé parce que Couve de Murville, qui n'avait aucune affinité avec lui — ils n'étaient pas du même monde —, s'opposait formellement à sa promotion ou à sa nomination dans un nouveau poste, et il savait bien qu'il serait contraint de se faire mettre en disponibilité à la fin de son congé. Il était en fait acculé à la démission, et seul. Aucune connivence ne le liait à Pierre Mendès France, son camarade des Forces aériennes françaises libres. Il lui battait froid et le fit attendre un long moment dans l'antichambre de son cabinet ministériel avant de le recevoir.

Contraint à court terme d'abandonner la carrière diplomatique, Gary, en contrepartie, était libre. Il sollicita de la direction du personnel un premier congé du 12 mars au 13 mai. Il écrivit à Claude Gallimard pour lui demander de lui réserver dans le plus grand secret une suite à l'hôtel du Pont-Royal ou au Montalembert ; l'hôtel Lutétia pouvait aussi convenir. Personne ne devait savoir dans la Maison qu'il était à Paris. Il prit à ses frais l'avion pour Paris, et s'installa avec Jean Seberg à l'hôtel Lutétia.

Au cours d'un dîner chez Henri Hoppenot où il était arrivé avec un bouquet de roses en déclarant à Hélène, toujours ironique, « ce sont les plus belles qu'on puisse trouver ! », il confia à ses hôtes qu'une femme qu'il venait de rencontrer l'avait bouleversé, et qu'il ne savait comment gérer cette situation. En se tournant vers Hélène, il ajouta : « Je vais bien vous étonner, mais je voudrais que Lesley soit là pour me conseiller. »

Le 26 mai, de son côté, Jean déclara à la presse qu'elle n'était pas certaine de reprendre la vie conjugale avec son mari, mais qu'ils mèneraient à bien le film qu'ils avaient commencé.

Elle avoua son infidélité à François et, au cours de la violente dispute qui s'ensuivit, elle commença à tout casser dans l'appartement. Moreuil décida de l'emmener à l'Hôpital américain. Dans la voiture, elle prit soudain une de ses chaussures et brisa tous les instruments du tableau de bord en les frappant avec le talon. Le médecin lui fit une injection de somnifères.

Désemparé, François Moreuil alla tout raconter à son père. Ce dernier, qui avait aussi combattu dans la France libre, téléphona à Gary chez les Agid et lui proposa de s'entretenir avec lui de la situation. Avec son sens de l'honneur, Romain ne pouvait refuser. Ils convinrent d'un rendez-vous à l'hôtel Lutétia. Puis, emporté par son imagination enfantine, il dit à son ami : « Je n'ai pas peur. Mais, René, tu prends mon revolver et tu tires s'il a l'air méchant. » On était en plein mélodrame. C'était précisément ce qu'il aimait.

Le père de François fit remarquer à Gary qu'il jugeait déraisonnable à son âge de briser l'union d'un jeune couple. Il lui fit promettre de respecter la décision du psychiatre qui avait interdit les visites de François et de Romain à Jean, pendant son hospitalisation. Gary promit tout ce qu'on voulut. De retour à Savigny, il s'affala sur un divan et commença à se lamenter en attendant de passer à table. Pendant le dîner, auquel participait Aki Lehman, Jean appela de la clinique pour lui parler. Désespéré, Romain répétait : « Je ne peux pas répondre, j'ai donné ma parole ! » Jean demanda à Sylvia : « Êtes-vous sûre que Romain m'aime ? » Sylvia : « Il vous adore ! » Soudain, il prit le téléphone et débita à Jean des phrases sibyllines sur la liberté, l'égalité, la fraternité, car ainsi, il n'avait pas l'impression de rompre sa promesse. Effondré, il sanglotait sur les malheurs de sa « pauvre petite ». Puis, prenant René et Sylvia à témoin, il annonça tragiquement que lui et Jean n'avaient plus qu'à mourir ensemble, puisqu'ils étaient incapables de se libérer. Scènes que Sylvia immortalisa aussitôt sous forme de bande dessinée. Le lendemain, revêtu d'une blouse blanche et se faisant passer pour un médecin, Romain entra triomphalement dans la chambre de sa bien-aimée.

Sylvia envoya ses caricatures à Jean qui lui répondit : « Vos dessins sont vraiment si justes et si drôles ! Vous pouvez imaginer comme j'étais étonnée d'entendre au téléphone mon "héros" : "Il faut devenir un citoyen ! Liberté, égalité, etc. !" » Dans la même lettre, elle écrivait à « tante Sylvia » que, pour la première fois, elle était amoureuse et qu'elle voulait consacrer sa vie à rendre « Romouchka, son gros ours russe » heureux.

Quand Romain apprit que René et Sylvia avaient pris la décision de vendre 39 000 mètres carrés de leur propriété pour ne conserver qu'un jardin de 6 000 mètres carrés, il renonça à habiter avec Jean l'appartement qu'il avait fait rénover à L'Oasis. Les terrains vendus étaient promis au lotissement et, en aucun cas, Gary ne pouvait envisager d'écrire dans pareil environnement. Ce serait tout juste assez bon pour Lesley, quand il l'aurait définitivement quittée, pensa-t-il.

Les médecins de l'Hôpital américain étaient réticents à laisser partir Jean Seberg, dont ils estimaient l'état très précaire. Romain Gary demanda à René Agid d'intervenir pour la faire sortir [6]. Jean rejoignit ensuite pendant quelques jours Romain chez les Agid, à Savigny, puis partit comme seul passager dans un petit avion d'une compagnie privée spécialement aménagé se reposer à Marshalltown. Son beau-père, Aki Lehman, Sylvia et Yves Agid l'accompagnèrent à Orly. Au moment de la séparation, les dames émues sortirent leur mouchoir, tandis qu'Yves riait ouvertement. Pendant ce temps, à Savigny, René consolait Romain qui lui aussi aimait pleurer et être consolé. Éperdu, il écrivit à sa cousine Dinah pour lui demander d'intervenir, de lui sauver la vie, c'est-à-dire de l'aider à convaincre Lesley d'accepter une procédure de divorce.

Quand Gary rentra à Los Angeles, Odette lui apprit que Lesley, à son retour de Turquie, était allée s'installer pour quelques semaines dans l'appartement qu'il avait fait rénover dans la demeure des Agid à Savigny. Romain Gary écrivit à Sylvia Agid qu'elle avait fait des dettes pour se venger de son infidélité notoire, dont déjà tout le monde jasait. Mais de son côté, Lesley, bouleversée et indignée, écrivit également à Sylvia pour démentir tout ce que Romain racontait sur son compte. Gary, furieux, ne trouva rien de mieux que d'envoyer deux télégrammes. L'un à Sylvia : « Je découvre que Lesley a fait un million de dettes pendant mon absence en dehors de l'argent versé chaque semaine. Cela fait, avec le voyage en Turquie, deux millions et demi en un an. Je n'en peux plus. » L'autre à Lesley. « Si ma mère était encore en vie, vous auriez dû lui donner des explications[7]. » Il l'avait informée de son désir d'officialiser leur rupture, et lui avait promis en échange de son accord de lui acheter un logement à Paris. Lesley, qui envisageait de vivre séparée de Romain, mais sans divorcer, avait visité plusieurs maisons avant de reprendre l'avion pour Los Angeles. René et Sylvia lui en avaient signalé une avec jardin à Montmartre qui pouvait lui convenir. Gary hésita à l'acheter, puis regretta. Il fut ensuite question d'une maisonnette dans le quartier des Ternes, que Romain n'acheta pas parce qu'il la jugeait trop chère et trop exiguë pour être revendue sans perdre de l'argent.

Amère, Lesley eut le mauvais goût de lui dire : « Vous autres, Juifs, n'avez pas le sens de la terre, de la nature. » Gary écrivit le 31 mai à René : « J'ai alors offert à cette Aryenne le billet [sous entendu : à destination d'Israël] pour aller voir[8] ! »

55.

Jean avait promis à François Moreuil, en échange de sa liberté, d'achever *La Récréation*, le film qu'il avait commencé de tourner et où elle tenait le rôle principal. Elle tint parole[1]. Ed et Dorothy Seberg considéraient la séparation comme parfaitement inconvenante. Jean n'en tint pas compte et demanda à Harry Druker, son avocat, d'engager une procédure de divorce. C'était alors une démarche aussi aisée aux États-Unis que longue et difficile en France.

Le tournage de *La Récréation*, dont le scénario était inspiré d'une nouvelle de Françoise Sagan, devait commencer le 6 juin. Jean, qui n'osait affronter seule son mari, prit l'avion pour Paris quatre jours plus tôt en compagnie de Frances Benson, sa grand-mère maternelle.

Le divorce des époux Moreuil fut prononcé le 20 septembre 1960 par la cour de Marshalltown aux torts du mari, pour cruauté mentale. François le découvrit en lisant les journaux. Il s'en défendit dans un écho publié par *Paris-Soir*, où il accusait Gary d'avoir fomenté ce divorce inique et se déclarait prêt à publier les lettres que celui-ci avait envoyées à sa femme. Il contesta aussitôt la validité du jugement. Son mariage avait été enregistré au consulat de France, or il n'avait reçu ni assignation ni notification de l'action engagée. Son avocat eut facilement gain de cause. La décision de la cour américaine fut invalidée, et une nouvelle procédure fut engagée en France pour adultère. Gary fut officiellement désigné comme l'amant et le jugement prononcé aux torts de Jean Seberg. Elle était désormais prête à tout pour que Romain se décidât à l'épouser.

Or, s'il souhaitait se libérer de sa relation devenue oppressante avec Lesley, considérant que la rupture était « une simple question d'hygiène », Gary était réticent à envisager de tels liens avec la fille fragile dont il était tombé amoureux.

> C'est trop tard pour Jean, c'est trop tard pour tout le monde, je suis un partant. Je suis tout à fait conscient d'avoir raté ma vie personnelle, ce fut la faute de la guerre, de ma sexualité, de faux jugements que j'ai portés sur moi-même : j'ai toujours présumé de mes forces... J'adore Jean, comprenez-le bien, mais j'ai quatre-vingt-dix ans. J'ai beaucoup vécu, et c'est cuit. J'espère rester avec elle le temps de quelques sourires[2].

Lesley, pour sa part, n'envisageait pas du tout de libérer son mari. Elle lui conseilla de tenter l'expérience de vivre une année avec Jean, puis de reconsidérer l'affaire. Il ne renonça cependant pas à s'émanciper de sa tutelle. Le premier pas fut d'abandonner officiellement la diplomatie afin de pouvoir vivre avec Jean Seberg sans se cacher. Il prit la décision de quitter ses fonctions dès son retour à Los Angeles le 15 mai 1960, et demanda sa mise en disponibilité à la direction du personnel.

Cela fait, Gary envisageait de partir au plus vite. Cependant, Hervé Alphand, l'ambassadeur de France à Washington, souhaitait qu'il restât à son poste jusqu'à la réception annuelle du 14 Juillet. Finalement, Mlle Pétrement reçut les quatre cents invités, alors que le consul général s'était éclipsé six jours plus tôt sans prendre congé ni de ses collaborateurs ni de ses amis. Abandonnant ses bureaux et son domicile dans le plus grand désordre, il avait laissé à Lesley, désemparée, le soin d'emballer leurs biens et de procéder à leur expédition vers la France : nappes, torchons, draps, couvertures, vaisselle, argenterie, pots de fleurs, livres, vêtements, tapis précieux, papiers, miroirs, batterie de cuisine, lampe de bronzage, équipement de plongée, ainsi qu'elle le raconta dans une lettre à Sylvia Agid. Dans la précipitation de son départ, Romain avait oublié un de ses innombrables testaments dans le coffre-fort du consulat.

Il se rendit d'abord à New York, à Washington, puis prit l'avion pour Paris. Lesley, désespérée, savait que désormais leurs chemins se séparaient, et elle était déterminée à faire payer à Romain un prix très élevé pour ce qu'elle considérait à la fois comme une trahison et comme une lamentable erreur qui le conduirait inéluctablement à sa perte. Comme gage de sa liberté, elle exigeait qu'il lui versât d'emblée la moitié de ce que ses livres et le cinéma lui avaient rapporté, et, à l'avenir, la moitié de ce qu'il gagnerait chaque mois. Gary, furieux, répondit qu'il préférait ne plus travailler, ne rien publier et ne plus écrire pour le cinéma pendant deux ans. Mais il savait qu'un jour il devrait demander à un tribunal de trancher.

La situation n'était pas aussi tragique qu'il la décrivait dans ses lettres à Sylvia et René, mais il ne pouvait vivre sans respirer l'atmosphère exaltante du drame.

À la fin du mois d'août, Lesley déménagea au 611 North Crescent Drive à Beverly Hills dans une coquette petite maison, avec balcon, terrasse et jardin pour ses chats. Quitter le consulat où elle avait passé ses derniers moments avec Gary fut un arrachement douloureux. Elle pleura quand elle referma la porte de bois du jardin. Plus jamais elle ne verrait les lauriers-roses, les citronniers, les palmiers, les oiseaux-mouches. Elle formait le projet de rester jusqu'au mois d'octobre à Hollywood à la demande de George Cukor qui l'avait engagée comme conseiller technique pour *My Fair Lady*, produit par la Metro Goldwin Mayer.

Très estimée, elle était invitée par tout ce que Hollywood comptait d'acteurs, de musiciens et d'écrivains de valeur. Dans une de ses lettres à Sylvia elle raconte une soirée avec Vivien Leigh, venue jouer une pièce de Jean Giraudoux. Une photo la montre en compagnie de Glenn Ford.

Romain lui avait laissé suffisamment d'argent pour vivre correctement et honorer les factures impayées. Cependant, elle écumait de rage parce que des articles annonçaient dans la presse américaine le prochain mariage de Romain et Jean, dont Charlie Chaplin serait le témoin. Certains journalistes prétendaient que les amants avaient conclu un pacte de suicide si leur mariage s'avérait impossible, à cause de l'opposition de l'épouse de l'écrivain. Lesley était persuadée que ces ragots étaient l'œuvre de Jean. Une altercation violente au téléphone avec Gary s'ensuivit. Il cria : « Démentez ! jamais je ne l'épouserai ! » Lesley estimait qu'à l'exemple d'Yves Montand lorsque sa relation avec Marilyn Monroe avait été connue, Romain devait lui-même annoncer aux journalistes qu'il n'avait nullement l'intention de quitter sa femme. Épouser cette petite arriviste venue du Far West ! Était-il devenu gaga ? écrivit-elle à Sylvia.

Après son déménagement, Lesley, très affectée, prit quelques semaines de repos. Puis elle apprit que l'état de santé de sa mère, âgée de quatre-vingt-six ans, s'était aggravé, et qu'il était difficile de trouver du personnel compétent pour lui administrer des soins à domicile.

En France, l'adresse officielle de Gary était provisoirement celle du Dr René Agid, 5, rue du Rossay, à Savigny-sur-Orge. Il avait un temps imaginé pouvoir s'installer dans une des maisons qu'il avait acquises à Roquebrune, mais Lesley, offensée, avait refusé.

Pendant les premières semaines qui suivirent son retour, Gary vint parfois dormir chez René et Sylvia. Après le dîner, il racontait inlassablement sa vie, ses exploits. Lorsqu'il abordait le récit de ses bonnes fortunes auprès des femmes, Sylvia éclatait de rire, et quand René n'avait plus la force de l'écouter, il montait se mettre en pyjama et redescendait fermer les grands contrevents de bois sur les vitraux néogothiques du salon. Un soir, Romain, qui, comme d'habitude, n'avait parlé que de lui jusqu'à minuit, s'exclama soudain en se tournant vers René : « Assez parlé de moi, qu'est-ce que tu penses de mon livre ? »

Jean et Romain décidèrent de vivre ensemble et trouvèrent à louer un appartement de deux pièces dans l'île Saint-Louis. Ses fenêtres donnaient sur la cour d'un vieil hôtel particulier, avec un arbre et des fleurs. En attendant qu'il fût disponible, Romain prêta la maison de Roquebrune à Aki Lehman en échange de celle qu'elle possédait 55, rue de Bellechasse : une ravissante demeure avec une terrasse.

Jour après jour, Lesley et Romain écrivaient aux Agid à l'insu l'un de l'autre, pour les prendre à témoin de leur infortune et leur demander implicitement de choisir. Lesley, alarmée par la tournure que prenait la liaison de son mari, se confia aussi à Hélène Hoppenot, en lui annonçant avec effroi son prochain retour solitaire en Europe.

Après quelques semaines de vie commune, Gary confia à René que Jean faisait preuve d'un appétit sexuel qu'il avait peine à satisfaire. Non qu'il fût physiquement incapable d'accomplir les exploits qu'elle exigeait de lui, mais l'essentiel de sa vie était la littérature ; si elle l'enchaînait toute la journée au lit, il n'écrirait plus. Comme toujours lorsqu'il était embarrassé, il demanda à Sylvia, épouse de médecin, de ramener Jean à la raison. Gary lui envoya un brouillon de lettre esquissant ce qu'elle devait transmettre et de quelle manière :

> 1) Plus Romain fait l'amour et plus il tend à changer de femme… La première femme qui saurait le *modérer* le garderait complètement. Il faut trouver un rythme sexuel qui le calme au lieu de l'exaspérer…

2) *[Sylvia], c'est très difficile à faire avec tact, sans donner une impression de refus. Si vous arrivez à la stabiliser, vous réussirez ce que personne n'a réussi.*

3) Si vous voulez rester avec lui un an ou deux, ça n'a aucune importance. Mais si vous comptez vivre définitivement avec lui, il faut penser à tout ce que je viens de vous dire[3].

Un compromis fut trouvé : deux fois par jour. La suite des événements prouva qu'il ne s'agissait là que de vaines promesses.

Dans ses lettres aux Agid, Gary disait que certains répandaient des ragots sur la vie privée de Jean, qualifiés d'« affreuse mer de boue[4] », mais il pensait pouvoir l'aider, car il la considérait comme une enfant. Et puis, ajoutait-il, « je veux qu'après ma mort quelqu'un se souvienne de moi avec gratitude ou peut-être même avec un soupir[5] ». Espérant qu'elle rencontrerait tôt ou tard quelqu'un de convenable qui la prendrait en charge, il anticipait leur séparation. Par ailleurs, plus égoïstement, il voyait en Jean un personnage de roman qui sollicitait son imagination et il n'abandonnait pas ses personnages avant d'en avoir épuisé les ressources.

Dans le chaos de sa vie intime, et redoutant d'être ruiné parce qu'il avait perdu presque tout son argent à la Bourse, il s'était mis à dicter en anglais un scénario qui prit rapidement les proportions d'un roman. *Talent Scout*, achevé en quatre semaines, traduit quelques années plus tard, comme *Lady L.*, par Jean Rosenthal, puis révisé par l'auteur, fut publié sous le titre *Les Mangeurs d'étoiles*[6].

L'héroïne de ce livre, une petite Américaine naïve, pétrie de bons sentiments, déterminée à sauver le monde et les opprimés, dont elle devient elle-même la victime, ressemblait à s'y méprendre à Jean Seberg : originaire d'une ville proche de Des Moines, Iowa, elle était membre du NAACP depuis l'âge de quatorze ans et avait remporté dans l'Iowa un concours de poésie interscolaire. Cette jeune fille blonde aux cheveux très courts, émouvante, généreuse et pitoyable, élevée dans une famille puritaine, avait un faible pour l'alcool et subissait sans rechigner les grossiers outrages de son amant. Le portrait était féroce.

Bien que fâchée contre Romain, Lesley accepta de lire le manuscrit. Elle le trouva faible mais perfectible. Lorsque Gary écrivait directement en anglais, elle le relisait et le corrigeait pour donner à la langue de son mari la patine d'une fine styliste. Gary était désormais privé de cette précieuse collaboration. Il partit retravailler son manuscrit à Roquebrune accompagné de Jean à laquelle il avait laissé croire qu'elle serait capable de faire ce travail. Il aurait voulu lui montrer sa maison qu'il aimait tant, mais Lesley s'était opposée formellement à ce que Jean entrât chez elle. Aussi loua-t-il une luxueuse villa au bas du vieux village de Roquebrune. Pendant tout le séjour, il dicta à la secrétaire que Roger Agid avait engagée les diverses moutures de *Talent Scout*. Il écrivit à Sylvia qu'il était très heureux. Cependant « la petite » lui faisait peur. « D'abord, lui confiait-il, le rythme continue à être assez effrayant. C'est chez elle une forme de l'angoisse. Il faudra, à son retour, lui parler diplomatiquement [7]. » Il lui trouva une tendance à l'autodestruction. « Il m'est difficile de l'aider : elle n'écoute pas. Elle obéit à des compulsions intérieures [8]. »

Tourmenté par la crainte de l'impuissance, Gary téléphona à Robert Bimont, le compagnon avec lequel il avait voyagé de Bangui à Karthoum, pendant la guerre.

« Allô, Robert Bimont ? Est-ce que tu reconnais ma voix ?

— Espèce de vieux couillon, il y a dix-huit ans que je ne t'ai pas parlé, mais je te reconnaîtrais n'importe quand ! »

Ils se retrouvèrent le lendemain dans un bar des Champs-Élysées, avant d'aller dîner dans un restaurant russe. En attendant Jean Seberg qui devait les rejoindre, Gary demanda à Bimont : « Elle a vingt-deux ans et moi quarante-six. Crois-tu que je tiendrai le coup ? »

En France, les cheveux courts de Jean Seberg devinrent l'emblème d'une génération de jeunes filles qui coururent chez le coiffeur pour lui ressembler. Le succès d'*À bout de souffle* avait suscité un phénomène de société. Les adolescentes rêvaient d'être abordées par un type qui aurait l'allure de Belmondo, qu'elles suivraient dans n'importe quelle chambre d'hôtel pour une brève étreinte. La photo de Patricia/Jean ornait la couverture des magazines. Elle était belle, moderne, libérée et immorale. Jean Seberg, au contraire, était puritaine. Elle se conduisait aussi librement que Patricia avec les hommes, mais avec beaucoup de remords.

Bientôt le monde intellectuel parisien sentit qu'il était urgent de suivre cet engouement. *Bonjour tristesse* fut à son tour considéré par tous ceux dont l'avis comptait, y compris Jean-Paul Sartre, comme un chef-d'œuvre. Jean, qui n'avait naguère aucun projet, fut soudain demandée par tous les réalisateurs français, et à n'importe quel prix.

Columbia Pictures l'avait autorisée à tourner deux films pour des cachets modestes : 20 000 dollars ; *Les Grandes Personnes*[9] de Jean Valère, avec Maurice Ronet, et *L'Amant de cinq jours*[10] de Philippe de Broca, avec Jean-Pierre Cassel. Tous deux furent des échecs. La critique new-yorkaise aima le second et s'extasia de la délicatesse avec laquelle Mlle Seberg était capable d'interpréter une comédie légère.

Chaque matin, elle se levait à l'aube pour se rendre sur le plateau, et ne rentrait épuisée qu'à 8 heures du soir. Une fois les films achevés, elle devait retourner aux États-Unis où Columbia l'attendait pour d'autres contrats.

Gary adorait Jean, mais ne voyait pas d'avenir à leur relation qui l'empêchait de se consacrer sérieusement à l'écriture de ses livres.

Sylvia regardait cette comédie avec lucidité. Elle savait que Jean plaisait aux hommes et avait décidé de devenir Mme Gary en usant de patience et de diplomatie. Quant à Romain, il aurait selon elle préféré vivre avec Jean tout en restant marié avec Lesley, en qui il voyait désormais une mère. Mais Lesley refusait catégoriquement de jouer ce rôle. Elle arriva à Paris, s'installa pendant quelques mois au troisième étage de L'Oasis, qu'elle transforma en palais oriental. Puis elle partit à Londres s'occuper de sa mère qui ne trouvait aucun hôpital, aucune maison de retraite et aucune garde-malade à son goût.

Gary se trouvait prisonnier de deux femmes entêtées. Celle qui ne consentait pas à la séparation définitive, et celle qui voulait à tout prix l'épouser.

Agacée, Sylvia écrivait à Christel : « Nous sommes évidemment mêlés à tout ce désordre, et ce n'est pas agréable. Romain est bovin ! Je dois consoler Lesley, faire entendre raison à Jean. On peut devenir fou pour moins que ça [11] ! »

## 56.

Gary était rentré en France avec deux manuscrits qui recyclaient chacun à leur manière les matériaux de livres antérieurs. En 1958, il avait déjà écrit une nouvelle version d'*Éducation européenne*, publiée en Angleterre et aux États-Unis sous deux titres différents, et par deux éditeurs différents. L'édition anglaise de Cresset Press s'intitulait *Nothing Important Ever Dies* [1] et l'américaine, de chez Simon & Schuster, *An European Education* [2]. Elles étaient cependant parfaitement identiques jusque dans leur présentation typographique. Gary avait largement remanié le manuscrit original de 1943 pour l'adapter au goût des lecteurs anglo-saxons [3].

Il avait ajouté un nouvel épisode intitulé « L'opération Loup-du-bois » (chapitre 3), l'exécution du soldat sur le lac gelé (chapitre 33), un personnage de partisan légendaire, nommé Nadejda (Espérance) dans l'édition française et, dans l'édition anglaise, *Partisan Nightingale* (partisan rossignol), ainsi que des références aux combats des années 1942-1943, et à l'entrée en guerre des Alliés. En revanche, il avait supprimé la fable de Dobranski, intitulée « Les environs de Stalingrad » (chapitre 32), qui n'aurait sans doute pas été appréciée par les Américains engagés dans la guerre froide. En outre, le rêve du pilote de chasse polonais Tadek Chmura [4] était devenu : *The Dream of Johnny Sayers, RAF, flighter pilot* [5]. Enfin, l'idylle entre Janek et Zosia était développée jusqu'au *happy end* avec la naissance d'un petit garçon après la guerre.

Le 29 décembre 1960, Gary écrivit à Claude Gallimard qu'il avait remis le jour même « un texte nouveau, profondément revu et augmenté, d'*Éducation européenne* » aux Libraires associés[6] : « Le texte comporte trois chapitres inédits, plus une quinzaine de pages disséminées à travers le texte, ainsi que diverses modifications. » Gary annonçait sa publication pour le mois de février 1961[7]. Cette version devait dorénavant être considérée comme la seule autorisée par lui. Mais quelques lignes plus loin, il ajoutait qu'il ne considérait pas cette version comme définitive, et qu'au cas où Gallimard envisagerait une réédition, il y apporterait encore quelques modifications, d'autant que les épreuves soumises par les Libraires associés fourmillaient d'erreurs.

Dans ce volume illustré par des documents sur la Résistance polonaise qui n'ont rien à voir avec le contexte historique et géographique du roman, Gary avait réintroduit le chapitre sur « Les environs de Stalingrad », le récital de poésie, expurgé du texte polonais qui figurait dans l'édition précédente, et le rêve de l'aviateur Tadek Chmura. Le partisan Nightingale (rossignol), métamorphosé en partisan Nadejda (Espérance), rendait l'épilogue peu compréhensible, car le lieutenant Janek Tawardowski, y faisant allusion, s'exclamait dans les dernières lignes : « Combien de rossignols ont chanté », mais de rossignols point ! Voilà pourquoi Gary transforma *in extremis* les rossignols en papillons.

Les illustrations consistaient en une reproduction de l'ordre du jour du commandement en chef de la Garde populaire, publiée le 15 mai 1942 en polonais, avec une traduction française, deux clichés représentant des unités de soldats et de partisans polonais, et une image de couverture présentant une forêt de bouleaux. En Lituanie, les forêts sont plantées de pins et d'érables.

Or, depuis la signature du pacte germano-soviétique

le 23 août 1939, la Lituanie faisait partie de la sphère d'intérêt allemande. En juin 1941, les Allemands l'avaient conquise en quelques jours. Jusqu'au mois de juillet 1944, le pays fit partie du Reichkommissariat d'Ostland[8], alors que la Pologne avait été intégrée dans le Generalgouvernement. Durant cette période, les Allemands, avec la coopération des Lituaniens, se livrèrent à l'extermination systématique des Juifs. Les groupes de partisans lituaniens désarmaient et massacraient les Juifs membres de la Fareinikte Partisaner Organizatie qui avaient fui le ghetto de Wilno et gagné les forêts de Narotch et de Rudnitska.

Si, en 1960, Gary, en remaniant son livre, avait souhaité rendre compte de façon crédible de cette réalité, il avait eu à sa disposition au moins quatre témoignages majeurs contemporains des événements, rédigés par des partisans qui avaient survécu à la guerre : le Journal d'Avrom Sutzkever[9], les Mémoires de Chaïm Kaczerginski[10], l'ouvrage de Joseph Tenenbaum[11] et les articles d'Aba Kovner[12].

Si la perspective de connaître à nouveau la pauvreté tourmentait Romain Gary, il faisait tout pour l'éloigner : il rapporta des États-Unis le manuscrit d'une pièce qu'il espérait faire jouer au plus vite et qu'il avait écrite en toute hâte : *Johnnie Cœur*, dont l'action était à la fois inspirée de *Tulipe* et de *L'Homme à la colombe*, et qu'il présenta comme un « poème satirique de l'Occident[13] ». Johnnie, le personnage central de la pièce, est un jeune idéaliste américain qui voudrait sauver le monde. Il décide de simuler, comme *Tulipe*, une grève de la faim afin d'exploiter le cynisme des médias. Dans un monologue provocateur, Grinberg, un journaliste sans illusions venu l'interviewer, déclare que l'escroquerie et l'autodérision sont des armes au regard desquelles l'indignation vertueuse est vaine :

> Je demande des garanties. Tout a été tellement pourri par la pureté et les bonnes intentions qu'il n'y a plus un

seul cochon sur qui on puisse compter entièrement. Vous croyez avoir trouvé un vrai porc, un salopard honnête et droit, et puis, quand il a bien volé, violé, pillé, assassiné, vous vous apercevez qu'il y avait là-dedans un contenu idéologique, une mission spirituelle, que c'était fait au nom d'une cause sacrée...

[...] Tout en moi aspire à la cochonnerie franche, ouverte, claire et nette, qui vous regarde droit dans les yeux, et ose vous dire son nom, honnête, enfin, sans masque de noblesse, sans principe élevé pour envelopper la marchandise, mais il n'y a rien à faire, l'idéalisme s'est glissé partout, jusque dans nos entreprises les plus louches. Il a corrompu l'âme de nos bandits. Il n'y a plus un gangster qui ose vous montrer son visage : ils veulent tous sauver le monde, ils se réclament tous d'une doctrine, d'une mission ! Une banque, ça ne leur suffit pas, c'est des pays entiers qu'ils veulent mettre dans leurs poches, avec tout le pétrole, et toutes les industries ! C'est l'humanité entière qu'il leur faut [14].

François Périer monta la pièce que Béatrix Beck avait jugée « d'une bouffonnerie sublime [15] » aux lundis de la Michodière, deux ans plus tard, à l'automne 1962. Il jouait le rôle de Johnnie et avait engagé Michel de Ré et Maurice Chevit qui campaient les personnages des journalistes véreux, tandis qu'Henri Virlojeux lui donnait la réplique dans celui de « Cheval ailé ». La couturière eut lieu devant un parterre de professionnels : André Roussin, François Chaumette, Anatole Litvak, Simone Signoret et Yves Montand, Madeleine Renaud, Audrey Hepburn et Mel Ferrer, Edwige Feuillère, Paul Meurisse, Micheline Presle qui venaient en amis dans le théâtre dirigé par Pierre Fresnay, François Périer et Yvonne Printemps. L'ensemble de la critique accueillit le spectacle par des sarcasmes ou de la commisération. Au lendemain de la première, Gary se vit ravalé au rang d'amateur de patronage. On lui reprochait non seulement d'avoir écrit une très mauvaise pièce, mais d'être aussi le plus parfait snob que l'on pût imaginer, selon un journaliste qui n'eut pas le courage de signer son article : « Il parlait trop fort, tranchait de façon définitive, s'habillait de façon voyante, avait le regard hollywoodien et s'exprimait avec la plus complète absence de simplicité. »

Jacques Lemarchand écrivit dans *Le Figaro littéraire* : « *Johnnie Cœur* est une pièce mal faite, extrêmement mal faite. C'est la pièce médiocre d'un excellent romancier, d'un conteur sensible, d'un poète généreux, et qui s'est lancé dans le théâtre avec foi et conviction, mais sans armure[16]. » Jean-Jacques Gautier, le critique du *Figaro*, se demandait comment Yvonne Printemps et Pierre Fresnay avaient pu laisser commettre « une si monumentale bévue, une pareille erreur d'appréciation ». Il ajoutait : « Je ne reconnais pas l'écrivain de *La Promesse de l'aube* dans l'auteur de ce fatras sarcasto-lyrique, cette prétentieuse "barbouillade", ce méli-mélo amphigourique et primaire[17]. » Georges Lerminier éreinta lui aussi *Johnnie* dans *Le Parisien libéré* : « Se rendra-t-on à l'évidence ? La force de frappe de cette sortie est faible. Le mauvais goût le dispute au grinçant malgré quelques élans du cœur qui se traduisent en répliques inattendues, perles trop rares… C'est lourd, indigeste, navrant[18]. » Paul Morelle jugea « la technique de M. Romain Gary [...] infantile, son humour pesant, sa fantaisie laborieuse, sa légèreté éléphantesque, sa faconde complaisante[19] ». Quant à Bertrand Poirot-Delpech, il conclut ainsi : « Ce n'est pas une pièce, mais une véritable causerie illustrée. »

C'en était fait de la carrière de dramaturge de Romain Gary. Toutes ses tentatives ultérieures de faire jouer ses pièces furent vouées à l'échec[20].

Cet automne-là Gary rencontra à Paris Samuel Taylor, célèbre dramaturge, auteur du scénario tiré du roman de Françoise Sagan *Aimez-vous Brahms ?* qui préparait une adaptation de *La Promesse de l'aube* pour un théâtre de Broadway. *First Love*[21] fut créé le soir de Noël 1961 au Morosco Theatre. Dirigée par Alfred Lunt, un metteur en scène chevronné, Lili Darvas jouait le rôle de Mina Kacew, tandis que trois acteurs — Claude Gersene, Rex Thompson et Hugh O'Brian — représentaient Gary enfant, adolescent et adulte. Le public fit une ovation aux acteurs, tandis que les critiques reprochaient à Samuel Taylor de n'avoir pas réussi à réduire à deux heures le beau livre de Gary, et de n'avoir pas rendu crédible le personnage du héros au travers de ses trois interprètes successifs.

Gary avait vendu les droits d'adaptation cinématographique de *Lady L.* pour la somme de 100 000 dollars à la Metro Goldwin Mayer. La production, qui avait d'abord envisagé d'engager Gina Lollobrigida dans le rôle de Lady L. et Tony Curtis dans celui d'Armand Denis, ne rencontra pas l'approbation de George Cukor, pressenti comme réalisateur. Finalement, les producteurs investirent des moyens considérables pour monter une superproduction réalisée par Peter Ustinov, avec Sophia Loren, David Niven, Claude Dauphin, Paul Newman, Michel Piccoli, Philippe Noiret et le compositeur Jean Wiener dans le rôle du pianiste enlevé par les anarchistes et contraint de jouer du piano dans un bordel.

La mode outre-Atlantique était à l'époque aux films très longs et coûteux. Certains étaient projetés en deux épisodes, séparés par un entracte. *Lady L.* fut d'abord réalisé en fonction de ces données, mais pendant le tournage la Metro Goldwin Mayer se ravisa, car une autre production construite de la même manière avait fait un four. On demanda à Peter Ustinov de couper trente minutes au montage. Pour la scène du bordel, il avait reçu des consignes précises : la maison de passe devait pouvoir être vue en famille ! Ustinov écrivit seul l'adaptation. Jamais Gary n'intervint dans son travail, ni pendant qu'il écrivait ni pendant le tournage aux studios de la Victorine à Nice [22], sachant qu'un auteur est très peu de chose au regard d'une maison de production.

Lesley, en guerre avec Romain, repartit pour Hollywood afin de travailler jusqu'au mois de mars 1961 en tant que conseillère assistante de production sur le film tiré du livre de son mari.

La critique trouva bien peu d'intérêt à ce fastueux navet hollywoodien, qui avait été annoncé à grand son de trompe.

## 57.

Gary et Jean passèrent Noël à New York, puis commencèrent au mois de février 1961 un voyage de six semaines qui les conduisit aux Indes, à Hong Kong, au Cambodge, en Thaïlande, puis au Japon, où la jeune femme avait été invitée par les patrons de l'industrie cinématographique. Ils furent choqués par la misère qui régnait en Inde, ne trouvèrent point de charme à Tokyo, mais Gary, enthousiasmé par la modicité des prix à Hong Kong, se fit faire sur mesure trente-quatre chemises de soie. Au cours du voyage, ils apprirent qu'*À bout de souffle* faisait un triomphe à New York et que les trois derniers films tournés par Jean en France étaient projetés simultanément dans les salles des Champs-Élysées. Ils envoyèrent plusieurs cartes à René et Sylvia. Gary écrivit : « Je suis très heureux ! »

Leur voyage s'acheva au mois de mars. Gary rentra directement à Paris. Après avoir fait un détour par Los Angeles, Jean s'installa au Plaza, à New York, où elle accorda des interviews à quelques journalistes, puis s'envola pour Marshalltown passer les fêtes de Pâques en famille.

Peu de temps après leur retour à Paris, Jean et Romain quittèrent l'île Saint-Louis. Ils louèrent 108, rue du Bac, dans un immeuble construit à la fin du second Empire sur le terrain de l'hôpital des Convalescents, un grand appartement, avec des cheminées et de magnifiques parquets, qui appartenait au comte de La

Rochefoucauld. Ils se lièrent d'amitié avec leur voisin de palier, le grand décorateur de cinéma Alexandre Trauner, qui était né dans le quartier juif de Budapest et avait fui la Hongrie à cause de l'antisémitisme qui y sévissait.

Gary était à présent déterminé à se remettre au travail, tandis que Jean, en attente d'un contrat intéressant, découvrait Paris avec Aki Lehman qui tenait une boutique d'antiquités non loin de chez eux. Elle emmenait Jean à des concerts de jazz, au théâtre, à des expositions. Tout ce que Romain exécrait.

Il se levait à 6 heures, descendait avec Jean dès l'ouverture au Brazza, le bar de Mme Ginette Gahier, commandait un café et des œufs durs, dont il ne mangeait que le blanc en lisant les journaux. Bientôt Trauner, qu'il admirait, apparaissait sur le seuil et Romain le saluait d'un chaleureux : « Salut Maestro ! » Il y avait aussi Maria Machado et Roland Dubillard, parfois Ken Ritter et Lydie Lachenal qui le soupçonnait de se noircir la barbe et les sourcils, ce qu'il faisait en effet. Une heure après, il se levait, l'air absent, et allait au comptoir emprunter de l'argent à Ginette parce qu'il en avait rarement sur lui. Chaque vendredi, il passait à la banque, à l'angle du boulevard Saint-Germain et de la rue du Bac, puis venait ponctuellement la rembourser.

Aussitôt rentré chez lui, absorbé et lointain, Romain s'enfermait dans son bureau jusqu'à l'heure du déjeuner. Puis il recommençait à travailler jusqu'à la fin de l'après-midi, dînait et se couchait tôt, souvent avant 23 heures.

Au début, Jean voulut s'asseoir dans la même pièce que lui quand il travaillait. Il lui expliqua qu'un écrivain avait besoin de solitude pour créer, et lui suggéra, plutôt que de rester oisive, d'étoffer sa culture générale. Jouant les Pygmalion, il entreprit de faire son éducation et demanda à André Malraux de faciliter son inscription à l'École du Louvre. Elle suivit scrupuleusement les cours, étudia l'art roman et gothique. Le ministre de la Culture du Général lui fit remettre à la demande de Romain un diplôme signé de sa main. Jean admirait Malraux et lui témoignait une inclination telle qu'il en ressentait une vive gêne vis-à-vis de Romain. Elle lui écrivait et lui téléphonait à Verrières-le-Buisson. Il l'invitait à déjeuner et la reconduisait rue du Bac, passait un long moment à discuter avec Romain dans la cuisine et, avant de partir, promettait d'écrire pour elle, quand elle serait plus mûre, une adaptation cinématographique d'*Anna Karénine*.

Anxieuse de la vacuité momentanée de sa vie professionnelle, elle eut l'idée de proposer à Paton Price de venir lui donner des cours à Paris. Elle lui offrit le billet d'avion et l'hébergement. Mais au bout de deux semaines, Price préféra rentrer aux États-Unis. La veille de son départ, Jean et Romain l'invitèrent à dîner au restaurant. Soudain, Jean devint pâle. Elle avait aperçu Otto Preminger et Antony Perkins qui occupaient une table non loin de la leur. En sortant, elle alla les saluer. Otto lui demanda si Gary était son nouveau mari. Elle répondit qu'en effet, elle ne désespérait pas de devenir bientôt sa femme. En guise d'au revoir, Preminger déclara : « Bien, nous nous reverrons peut-être lors de ton prochain divorce. »

Quand Romain recevait des invités à dîner, il chargeait leur domestique marocain, qui cuisinait admirablement, de s'occuper de tout. Jean essayait de se couler dans le moule de la parfaite épouse d'un écrivain célèbre. Si Gary était de mauvaise humeur, il ne disait pas un mot et ne la laissait pas non plus parler de la soirée. Il affichait même un certain agacement.

Elle continuait d'avoir de grandes exigences physiques vis-à-vis de Romain, malgré les admonestations de « tante Sylvia ». Quand tout était enfin consommé, il allait s'enfermer dans son bureau, ou dans sa salle de bains, où, comme naguère à Los Angeles, il faisait venir sa secrétaire à laquelle il dictait le livre en cours en fumant un cigare dans sa baignoire.

Dès qu'elle était livrée à elle-même, Jean s'ennuyait.

Elle sortait avec Yves Agid, qui avait le même âge qu'elle, boire un verre au Flore. Elle l'emmenait faire le tour de Paris dans sa Sunbeam. Tout juste débarquée de l'Iowa, elle se redécouvrait une conscience politique et lui disait qu'elle voulait, comme autrefois, lutter contre l'injustice.

Romain avait un temps songé à acquérir avec Jean l'atelier et la maison construits par Pierre Louis Baltard, qu'on découvre après avoir poussé la porte cochère au fond d'un passage étroit au 110 de la rue du Bac. Ils renoncèrent devant l'ampleur des travaux à entreprendre. Finalement, ce fut Aki Lehman qui s'installa dans cette demeure au fronton italien, à la façade ornée d'acrotères, située entre cour et jardin, et dont certaines fenêtres donnaient sur l'immense parc de l'hôtel des Missions étrangères [1].

Quelques mois plus tard, Romain apprit qu'un appartement de dix pièces, propriété du comte de La Rochefoucauld et du duc de Doudeauville, était en vente au deuxième étage, ainsi que deux pièces à l'entresol et plusieurs chambres de bonne au cinquième. L'appartement était vaste et beau. Ses hautes fenêtres donnaient d'un côté sur la rue du Bac et de l'autre sur le square de La Rochefoucauld, au fond duquel on aperçoit un très bel hôtel particulier. Gary demanda à Roger Agid, habile homme d'affaires, de le visiter. Celui-ci estima que 23 millions, le prix proposé pour cette merveille, était très bas. L'affaire fut conclue le 29 mai 1961.

La rue du Bac compte des couvents, des hospices religieux et nombre de belles demeures derrière lesquelles s'étendent des jardins et de vastes parcs [2]. Leur construction remonte à l'urbanisation du faubourg Saint-Germain, à la fin du XVIIIe siècle. Les immeubles à quatre niveaux abritent, au premier et au deuxième étage, des appartements nobles, au troisième des logis bourgeois, et des chambres de bonne sous les combles [3]. Au rez-de-chaussée, le commerce de luxe connut un essor extraordinaire sous la Restauration. Sous le

Consulat et l'Empire, les habitants de la rue du Bac appartenaient à l'aristocratie et au monde intellectuel.

Gary entreprit des travaux de rénovation coûteux qui enlaidirent cette demeure historique. Il fit remplacer les parquets par de la moquette et des tomettes d'allure provençale. Plusieurs cheminées de marbre furent démontées. Les lambris anciens disparurent sous un revêtement de liège, et il accrocha à des cimaises des grandes toiles, œuvre de Jean Lebenstein, un jeune peintre auquel il prédisait une belle carrière. Toujours acerbe, Hélène Hoppenot, invitée le 8 janvier 1961 « chez les Romain Gary », nota dans son journal :

> L'appartement qu'il a acheté est immense mais triste malgré sa peinture blanche ; les murs du salon sont couverts d'énormes toiles d'un peintre américain prôné par Jean, imitant Dubuffet à s'y méprendre... ce que je n'hésite pas à faire ! Gary, qui s'y était livré avec une passion de néophyte, vient d'abandonner la peinture et me dit avec cette naïveté que l'on croit feinte et que je soupçonne d'être sincère : « J'étais sûr de devenir tout de suite un génie... J'ai déjà peint plusieurs toiles dont l'une a bien dû me coûter 200 000 francs (anciens), rien qu'en tubes. Je les pressais à même la toile et je n'étais pas mécontent. Mais un marchand de tableaux est venu et je la lui ai montrée comme étant l'œuvre d'un artiste que je venais de découvrir. "Que vaut-elle ?", lui ai-je demandé. Il s'est mis à rire. "Rien du tout... Aucun talent." Alors, je l'ai jetée à la poubelle. Mon voisin du dessus l'a aperçue et m'a demandé : "Puis-je la prendre ?" J'étais flatté. Maintenant, elle est accrochée dans son salon. »

Diego, le frère d'Alberto Giacometti, créa pour le grand salon deux bibliothèques et des luminaires. Dans cette pièce meublée de deux divans bas en cuir recouverts de fourrures, il y avait encore une table de marbre rose où Eugenia Muñoz Lacasta servait les repas lorsqu'il y avait des invités. Sur une console trônait sa collection de poupées Hopi, ramenée des États-Unis.

Le 24 mai 1961, Pierre et Thierry, les deux fils qu'André Malraux avait eus avec Josette Clotis, trouvaient la mort dans un terrible accident à bord de leur Alfa

Romeo en revenant de Port-Cros, où leur marraine avait une vaste propriété. Gary, qui avait un véritable amour pour Malraux, en fut profondément affecté. À tel point que son amie Annie Pasquini, qui avait accompagné Jean dans les boutiques de Nice, le trouva tout habillé dans sa baignoire au Plaza en train de pleurer.

Au mois de septembre 1961, Gary accepta de réaliser un grand reportage en Russie pour Hélène Lazareff, directrice du magazine *Elle*. Il aurait préféré voyager seul et écrivit à Sylvia pour se plaindre que Jean tenait absolument à l'accompagner.

Romain et Jean cherchaient quelqu'un pour faire la cuisine et les courses. Aki Lehman recommanda vivement Eugenia Muñoz Lacasta à Jean Seberg. C'était une Espagnole qui travaillait chez elle, rue de Bellechasse. Avant la guerre civile, Eugenia avait quitté Pampelune pour épouser un homme qui exploitait une petite usine de textiles à Barcelone. Sa situation matérielle devint très précaire après l'arrivée au pouvoir du général Franco parce que son mari avait montré de la sympathie pour les républicains pendant la guerre civile espagnole. Un jour, il partit pour Valence, abandonnant sa femme sans ressources et ses quatre enfants. Peu de temps après, Eugenia fut renversée et grièvement brûlée par un camion qui explosa dans un village proche de Barcelone. Elle passa plusieurs mois à l'hôpital ; après sa convalescence, elle s'en alla travailler en France. Elle avait le goût de l'aventure. Partir ne lui déplut point.

Dès le premier jour, Eugenia, qui faisait un excellent pot-au-feu, plut à Jean et Romain. Elle fit bientôt partie de la famille. Le ménage lui était épargné, car quelqu'un s'en occupait déjà. Eugenia allait jouer un rôle déterminant non seulement dans leur existence, mais aussi et surtout dans celle de leur fils, Alexandre Diego.

Elle s'était installée dans une chambre de bonne quai Anatole-France avec sa fille Marisol qui la remplaça chez Gary, quand elle dut assister à l'enterrement de son beau-frère en Espagne. Marisol aimait Paris ; elle travailla aussi pour Maria Machado et Roland Dubillard qui louèrent, sur le même palier qu'Alexandre Trauner, l'appartement que Gary avait quitté après avoir acheté celui du deuxième étage.

René Agid n'était pas seulement l'administrateur de la comptabilité de Romain, mais également son confident et son médecin. Pour les questions financières, Romain s'en remettait aux conseils de René : il l'avait chargé de tenir dans un carnet la comptabilité de ses avoirs. Ainsi, dans une lettre à Sylvia datée du 10 août 1961, il la priait de « dire à René d'ajouter dans son carnet [qu'il avait] 10 000 dollars à la Bank of America, Highland Branch à Los Angeles, 11 millions chez Gumpel Zunz, 6, rue des Petits-Pères, et un fort compte à la Banque transatlantique ».

Et il abusait parfois de son dévouement lorsqu'il sombrait dans une subite crise d'angoisse. Ainsi, un soir où ils étaient en train de manger du saucisson dans la cuisine de la rue du Bac en compagnie du producteur Raoul Lévy et de Roger Agid, une dispute éclata soudain entre Jean et Romain. Gary se leva sans un mot, sortit en trombe et revint une dizaine de minutes plus tard. Une demi-heure après, on entendit des coups violents portés contre la porte palière. C'était René Agid qui arrivait, affolé, de Savigny-sur-Orge. Romain lui avait téléphoné pour l'avertir qu'il allait se suicider parce qu'il s'était querellé avec Jean, toujours pour le même motif : elle voulait passer tout son temps au lit, et ne le laissait pas travailler.

« René, René, je prends mon revolver, je me suicide, au revoir...

— Arrête ! J'arrive ! »

René était parti comme un fou avec sa vieille DS 19, prenant des sens interdits pour arriver plus vite. Quand Romain lui ouvrit la porte, un grand sourire aux lèvres, René, tout petit qu'il fût, lui lança son poing dans la figure[4].

Jean eut un moment l'espoir de tourner dans *The Ugly*

*American* aux côtés de Marlon Brando, l'acteur qu'elle admirait depuis son adolescence. On ne la choisit finalement pas et, à contrecœur, elle accepta le rôle d'une femme de colon belge frigide et suicidaire dans *Congo Vivo*, une production franco-italienne qui devait être tournée dans le Congo-Léopoldville[5]. Le 6 septembre, elle prit l'avion pour Léopoldville. Elle aima l'Afrique, s'indigna de la manière dont les Belges avaient traité les Noirs. Le tournage fut difficile : chaleur insoutenable, nourriture médiocre, eau polluée. Jean attrapa des amibes. La situation politique du pays était troublée. Moïse Tschombé avait fait sécession pour fonder le Katanga, où se trouvaient de nombreuses richesses minières. Dag Hammarskjöld, le secrétaire général des Nations unies qui arrivait de New York pour rencontrer le président Tschombé, fut tué quand son avion s'écrasa dans la jungle, le 28 septembre. Le réalisateur eut le temps d'intégrer le président Kasavubu et son futur successeur, Mobutu en personne, dans l'action de son film puis, constatant que la situation devenait dangereuse, l'équipe se replia à Rome. Gary s'y rendit au mois d'octobre pour le vingt-troisième anniversaire de Jean. Ils partirent pour Venise et passèrent quelques jours à l'hôtel Danieli, où avaient séjourné Lamartine et George Sand. Les photographes les mitraillèrent sur la plage du Lido et dans une gondole, sur le Grand Canal.

Gary écrivit à Sylvia que Jean avait fait du bon travail, mais que cette histoire de Blanche violée par un Noir ferait scandale aux États-Unis.

La traduction anglaise de *La Promesse de l'aube* à laquelle Lesley Blanch avait collaboré était sortie à New York[6] pendant qu'ils étaient à Rome. Dans la même lettre, Gary disait à Sylvia que les critiques étaient unanimes, que *Newsweek* écrivait qu'il était « l'auteur des deux plus grands livres de la décennie », et que *Life* s'apprêtait à lui consacrer, ainsi qu'à sa mère, un reportage de six pages. C'était vrai. Trois semaines après sa sortie, le livre figurait sur la liste des best-sellers. Le *New York Times* avait écrit que ce roman était « le bouquet posthume le plus beau qu'une mère ait jamais pu espérer recevoir ». Alors qu'en France certains critiques refusaient encore de lui accorder la qualité d'écrivain, aux États-Unis Gary était unanimement considéré comme un romancier important appartenant à l'« école juive » aux côtés de Norman Mailer, Bernard Malamud ou Saül Bellow.

Malgré le tourment que lui causait Lesley et les nombreux voyages que lui imposait la carrière de Jean, Gary traversait une des rares périodes euphoriques de sa vie. Il travaillait notamment à cette époque sur la version française de *Lady L.* avec Jean Rosenthal. Le traducteur se souvient que Gary le recevait dans le grand appartement sombre de la rue du Bac, où Jean Seberg, rayonnante, venait parfois les rejoindre à l'heure du thé. Gary était beau, soigné, charmeur et drôle. Il préparait parallèlement un recueil de seize nouvelles intitulé *Gloire à nos illustres pionniers*, qui serait publié à l'automne 1962. Il disait avoir trouvé ce titre[7] dans les *Promenades sentimentales au clair de lune* de Sacha Tsipotchkine, dont il avait mis un extrait en exergue :

> L'homme — mais bien sûr, mais comment donc, nous sommes parfaitement d'accord : un jour il se fera ! Un peu de patience, un peu de persévérance : on n'en est plus à dix mille ans près. Il faut savoir attendre, mes bons amis, et surtout voir grand, apprendre à compter en âges géologiques, avoir de l'imagination : alors là, l'homme ça devient tout à fait possible, probable même : il suffira d'être encore là quand il se présentera. Pour l'instant, il n'y a que des traces, des rêves, des pressentiments... Pour l'instant, l'homme n'est qu'un pionnier de lui-même. Gloire à nos illustres pionniers !

En réalité, l'écrivain Sacha Tsipotchkine et la citation qu'il lui avait attribuée étaient des créations de Romain Gary.

Certaines nouvelles, comme *Citoyen Pigeon*, comptaient parmi ses premiers écrits encore signés Romain Kacew. *Le Luth* avait initialement été publié à La Table ronde sous un autre titre : *Ainsi s'achève une journée de soleil.* C'était ce récit qu'un esprit malveillant avait déposé sur le bureau de Jean Chauvel et qui avait valu à Gary sa disgrâce à Londres.

Quelques critiques regrettèrent de déceler dans ces nouvelles un pessimisme irrémédiable, une totale noirceur. Les hommes en cours de mutation décrits par Gary étaient, disaient-ils, des monstres.

Pierre-Henri Simon écrivit dans *Le Monde*[8] :

> On comprend bien que M. Romain Gary est au fond un idéaliste qui voudrait recouvrer la noble et rassurante confiance dans la nature humaine, étoffe de l'humanisme occidental ; mais il a trop vu de cruautés, de vilenies en ce monde, et singulièrement en ce siècle, et il se demande si « ça existe vraiment les hommes » ; puis, à force de douter, il donne l'impression qu'il nie et sa voix s'accorde alors à celle des prophètes de la catastrophe et du néant, ce qu'au fond il n'est pas.

Mais le critique ajoutait que s'il résistait au « pessimisme stérile » de Gary, il admirait en lui l'écrivain :

> *Gloire à nos illustres pionniers* contient des récits parfaits, les meilleurs étant généralement ceux que la prévention métaphysique a le moins influencés : tels *Les oiseaux vont mourir au Pérou*, *Le Luth*, *Le Mur*, où l'on sent surtout le conteur qui se ravit lui-même du plaisir de conter.

Tiré à 11 000 exemplaires, *Gloire à nos illustres pionniers* ne fut pas un succès de librairie. Gallimard ne vendit même pas la moitié du stock.

Gary écrivait fréquemment à Gaston et Claude Gallimard, soit pour être tenu informé des ventes de ses livres, soit pour s'indigner de n'être pas assez soutenu par la maison, laissant entendre qu'il pourrait changer d'éditeur[9].

> Je n'approuve pas votre politique d'édition, tout en reconnaissant que vous êtes dans une position difficile pour pousser un auteur sans provoquer un tollé général chez les autres. Je vais donc chez un éditeur qui n'aurait

pas ce problème, et où je serai dans une très grande mesure mon patron.

Gaston et Claude Gallimard étaient accoutumés à supporter la mauvaise humeur et les invectives des écrivains. Ils répondaient avec patience aux reproches parfois injustes de Gary, le rappelant avec indulgence à plus de courtoisie. Mais Gary dans sa correspondance pouvait aussi faire preuve d'humour. Ainsi, il écrivait le 1er février 1962 à Gaston Gallimard :

> Cher Ami,
> Une visite rapide à la NRF m'a permis de constater que les secrétaires, de plus en plus nombreuses, portent des bas noirs, souvent avec des jarretières et des culottes noires également.
> Étant donné l'état nerveux général de vos auteurs, et les problèmes personnels de nombreux intellectuels, j'ai pensé qu'il y aurait peut-être lieu de donner des instructions de nature à rendre à la maison d'André Gide et de Roger Martin du Gard un caractère plus en rapport avec cette grande tradition.
> Je vous prie de bien vouloir accepter, mon cher Ami, l'assurance de mes sentiments les plus personnellement désintéressés.

Romain Gary, au comble de la fureur, écrivit à Sylvia et René Agid que Lesley exigeait qu'il s'engage à lui acheter l'appartement qu'elle avait choisi au 32, avenue Mozart, à lui laisser en pleine propriété leurs maisons de Roquebrune, à lui donner les meubles qu'ils possédaient et à lui assurer une rente mensuelle lui permettant de vivre confortablement. De son côté, Lesley écrivit également aux Agid pour expliquer le bien-fondé de ses demandes [10].

Romain, qui était marié avec Lesley sous le régime de la communauté de biens, se rendit à L'Oasis où elle était momentanément installée pour lui demander ce qu'elle exigeait pour lui accorder le divorce. Comme elle se montrait tout aussi réticente qu'auparavant, il dut lui avouer que Jean attendait un enfant, qu'il en était très heureux, car sa mère souhaitait qu'il eût une descendance. Lesley feignit d'admettre qu'elle avait perdu la partie, mais toute désespérée qu'elle fût, elle ne lui céda sur rien et lui posa des conditions qu'elle espérait à même de dissuader Romain. Elle envisageait de lui rendre sa liberté moyennant des contreparties financières extrêmement douloureuses. Afin qu'il ne puisse pas la flouer, elle exigeait en outre qu'il transmît à son avocat ses relevés de comptes bancaires et ses déclarations d'impôts.

Bouleversée après son entrevue avec Romain, Lesley rendit visite à Hélène Hoppenot et décrivit Jean en ces termes : l'héroïne de *L'Ange bleu.* « C'est Vénus tout entière à sa proie attachée », en conclut Hélène dans son journal, qui conseilla à Lesley d'accorder le divorce à son mari. Cette dernière ne se résolvait cependant pas à cette extrémité. On était en plein vaudeville. Gary vint aussi se plaindre quelques jours plus tard auprès de la redoutable chroniqueuse : « Lesley est la grande déception de ma vie, mais je ne veux pas épouser la petite », lui confia-t-il.

Pour se plier à ces exigences, Romain et Jean allaient devoir emprunter de l'argent. Ils venaient d'acquérir l'appartement de la rue du Bac et étaient à présent contraints d'en acheter un pour Lesley. Gary se considérait comme ruiné. Il demanda à René de lui rembourser l'argent qu'il lui avait prêté pour acquérir L'Oasis.

Fou de rage, il écrivit à Sylvia que son ex-épouse voulait les condamner lui et Jean « à la stérilité et à l'avortement » et d'ajouter, dans un excès de plume provocateur : « Il n'y a plus que l'OAS pour me tirer de là [11]. »

Dans une autre lettre, aux abois, il écrivit à Sylvia que Lesley était un produit typique de la rapacité bourgeoise et de l'hypocrisie anglaise, car elle avait « le culot » d'écrire à son avocat qu'elle espérait qu'une fois cette affaire réglée, il ne serait plus jamais question d'intérêt sordide entre eux.

> Voilà ce que c'est que d'avoir pitié. J'ai failli divorcer cinq fois depuis la guerre : chaque fois, je me suis retenu pour attendre de pouvoir lui assurer une vie décente. Je ne parle même pas de l'avoir tirée de *Vogue* où elle gagnait 27 livres par mois, de lui avoir donné une vie où elle pouvait écrire et voyager à mes frais. Tout cela parce que je ne voulais pas être « réaliste » avec une femme de dix ans mon aînée. Voilà ma célèbre muflerie... Quand je pense que Roquebrune a été acheté avec mes premiers droits d'auteur, ceux d'*Éducation européenne*...

De son côté, Lesley écrivait également à Sylvia pour lui présenter son point de vue. Elle voyait en Jean une petite actrice américaine ambitieuse et sans culture, qui ne serait jamais une grande comédienne, et qui ne méritait pas de vivre avec un écrivain tel que Gary parce que au lieu de l'aider, elle serait pour lui une source de chagrins et de soucis.

Gary se plaignait que « la petite lui jouait des tours ». Jean donna un entretien à l'hebdomadaire *Elle* dans lequel elle annonça que son divorce serait officiel au mois de janvier et que la procédure américaine était préférable à l'hypocrisie française. « À Paris, même si les gens ne s'entendent pas très bien, ils préfèrent toutes les tricheries possibles. Ils choisissent de mener leur vie chacun de leur côté. Les Américains divorcent, c'est plus honnête. » Elle ajoutait à propos de Lesley : « C'est une femme très bien, je dois l'avouer, mais elle est séparée de son mari depuis très longtemps. »

Le journaliste lui demanda si elle avait le projet d'épouser Romain Gary. « Je ne sais pas, répondit-elle. Tout ce que je peux vous dire, c'est qu'il est un homme merveilleux, un grand ami pour lequel j'ai de l'admiration et que j'estime, tant sur le plan humain que professionnel. »

Lesley, ayant lu cet entretien et des articles de la presse italienne consacrés à Jean et à celui qui était encore légalement son mari, bouillait d'indignation mais n'en laissait rien paraître. Le 21 novembre 1961, elle reçut Jean-François Devay de *Paris-Presse-L'Intransigeant* à l'hôtel de Ganay, rue de Varenne, où des amis l'hébergeaient à l'occasion de la sortie des *Sabres du paradis* chez Hachette [12]. À ses questions indiscrètes, elle répondit ironiquement qu'elle était peut-être « très vieille vague », mais qu'elle trouvait déplacé de déballer sa vie privée en public. Elle était mariée avec Gary depuis dix-sept ans. Elle l'avait rencontré au temps des bombardements ; ils avaient vécu ensemble des temps très difficiles et avaient connu le succès ensemble. Elle gardait une totale confiance en lui. « J'y croirai quand mon mari viendra me dire lui-même son intention de rompre notre mariage... »

Après avoir lu l'article, Henri Hoppenot et Jacques Vimont jugèrent qu'avec ce tapage, la carrière diplomatique de leur ami était gravement compromise. Gary appela Lesley en hurlant qu'elle l'avait détruit et qu'il ne lui donnerait plus un sou.

Au lendemain d'un dîner dans un grand restaurant parisien où « le nouveau couple » les avait invités, alors qu'Henri Hoppenot n'aimait que les petits bistrots, ce dernier rendit son verdict : « Elle le videra ! »

Gary était à présent prisonnier d'une situation qui lui échappait. Il s'était engagé à épouser Jean, et il était en très mauvaise situation pour négocier son divorce.

## 58.

René Agid fut nommé à cette époque professeur de physiologie à Toulouse. Peut-être Gary avait-il favorisé cet avancement car il avait déjà fait auparavant plusieurs tentatives dans ce sens. L'Oasis fut vendue. Yves était en quatrième année de médecine, tandis qu'Olivier, inconsolable, perdait le paradis de son enfance.

Les relations entre Romain Gary et les Agid furent parfois marquées par des crises. Leur rapport respectif à l'argent était un motif de dispute courant. René, très sobre, avait conservé les habitudes de sa jeunesse, tandis que Gary, quoique prudent, aimait montrer qu'il jouissait d'une certaine aisance. Il n'acceptait pas que René l'invite au restaurant parce que ce dernier choisissait un établissement modeste et disait : « On ne prend qu'un plat. » Cette phrase mettait Romain hors de lui. Un jour, chez Lipp, quand tomba la phrase fatale, ils se brouillèrent. Gary marmonna : « Qui crois-tu que je suis devenu ? Je peux quand même t'offrir ce repas. Tu resteras toujours le même ! » Roger réussit à les réconcilier six mois plus tard[1].

Gary, ombrageux, égocentrique, acceptait les remarques sévères de Sylvia, intransigeante pour tout ce qui regardait la morale. Elle ne passait rien à son ami de cœur. Intelligente, tumultueuse, ironique et d'une franchise corrosive, elle le blessa plus d'une fois, mais ne s'en repentit point. Elle fut tout aussi sévère vis-à-vis de Jean, lorsque Lesley lui écrivit qu'à Paris on jasait déjà sur ses infidélités. Sans doute ne s'agissait-il que de racontars lui attribuant des liaisons éphémères avec certains de ses partenaires dans tel ou tel film.

> Je suis méfiante à l'égard de Jean, écrivit Sylvia à Christel, mais j'espère me tromper. Elle est intelligente, et a beaucoup de charme. Elle est belle, tu le sais. Je crois qu'elle ne nous aime pas trop. Il faut que nous fassions des vœux pour Romain, car je pense qu'il mérite un peu de bonheur[2].

Les rumeurs sur le divorce de Gary et la prétendue vie dissolue que menait Jean avec un homme marié atteignirent Marshalltown, au grand déplaisir de ses parents. Un professeur de sociologie écrivit un article dans un quotidien de Des Moines pour fustiger la conduite de l'actrice, non conforme à l'idée que l'on se faisait des bonnes mœurs dans le Middle West.

Lors d'une visite à Marshalltown, Jean dut s'expliquer dans le journal local. Pour prouver qu'elle ne s'était en rien éloignée du droit chemin, elle accompagna modestement ses parents au temple le dimanche, acheta quelques frusques dans les boutiques de la ville —alors qu'elle s'habillait chez Dior et Givenchy —, alla saluer son professeur d'art dramatique, accorda une visite de courtoisie au directeur de son lycée.

Son père lui fit des remontrances. Il ne trouvait pas convenable qu'elle vécût avec un homme qui avait le même âge que lui, et était légalement le mari d'une femme de dix ans son aînée. Gary, de son côté, bien qu'il fût persuadé que Jean le quitterait tôt ou tard, s'était résigné à l'idée de l'épouser. Elle avait sa manière pour convaincre.

Un après-midi de décembre 1961, à Saint-Paul-de-Vence, où ils séjournaient dans la maison de Roger Agid, Jean crut à tort comprendre qu'en dépit du fait qu'elle allait lui donner un enfant, Romain n'était pas décidé à l'épouser et que Lesley n'accepterait pas de divorcer. Pendant que Romain dévorait un gâteau au chocolat, en y creusant des trous ronds avec sa cuillère, elle alla s'ouvrir les veines dans la salle de bains. La blessure était superficielle. Répandu sur le carrelage, il y avait l'équivalent d'un demi-verre de sang. Effrayée, elle appela : « Venez vite, je meurs, je me suis suicidée. » Romain se trouva mal, tandis que Roger téléphonait au Dr Rozanoff[3] qui vint réconforter la blessée et lui faire un pansement. L'incident s'acheva chez Loulou, un bon restaurant du bord de mer. Mais Romain avait pris la tentative de suicide de Jean au sérieux. De Roquebrune, il écrivit à René Agid qu'il souffrait de crises de panique et de claustrophobie. « Je ne dors plus... J'ai peur de recommencer ma dépression de Londres. Pauvre Jean — et pauvre moi ! »

# 59.

Lesley avait avoué à Hélène Hoppenot qu'elle préférait être la veuve de Gary plutôt que son épouse divorcée. Ultime manœuvre pour lui arracher son consentement, Romain lui annonça qu'il devrait bientôt faire opérer son hernie hiatale, et qu'il souffrait en outre d'une infection rénale et intestinale. Il fit croire à Lesley qu'avant d'entrer à l'hôpital il rédigerait un testament la déshéritant autant que la loi le lui permettait. Dans son journal, Hélène Hoppenot note, le 12 avril 1962, que Romain a dit à Lesley que, s'il survivait, il se ferait sauter la cervelle en laissant des lettres la rendant responsable de son suicide.

Sur le chemin de l'Espagne, où Eugenia leur avait trouvé une belle maison à louer à Sitges, un village proche de Barcelone, Jean et Romain s'arrêtèrent à Toulouse chez René et Sylvia qui observait Jean et écoutait Romain, résigné à l'idée du mariage. Il était profondément attaché à la jeune femme, et ne l'abandonna jamais, même quand elle sombra dans la dépression, alors qu'ils étaient divorcés depuis longtemps et qu'il n'avait plus aucune obligation à son égard.

Ils vécurent quelques semaines dans la villa de Sitges, puis préférèrent s'installer à Barcelone, chez Eugenia qui possédait, au 31, calle Callas, un appartement de quatre pièces avec une grande terrasse. Bientôt, Romain partagea son temps entre Barcelone et Paris.

Il se rendit aussi à Cannes. Robert Favre Le Bret, délégué général du festival de Cannes, lui avait demandé de faire partie du jury, aux côtés de Ernst Kruger, François Truffaut, Henri Deutschmeister, Jean Dutourd, Jerzy Kawalerovicz, Mario Soldati, Mel Ferrer, Sophie Desmarets, Youri Raisman, sous la présidence de Testuro Furukaki[1]. Les gazettes annoncèrent que Gary se levait chaque matin à 6 heures pour travailler à un nouveau roman sur le puritanisme, ou bien sur Tahiti. Il écrivit les prémices de *La Tête coupable*, dont l'intrigue se déroule dans un des paradis de l'océan Pacifique.

Au festival de Cannes, Gary visionnait des films, déjeunait sur la Croisette, arborant comme souvent un air arrogant pour masquer sa timidité et préserver sa solitude. Puis il rejoignit Jean, qui venait d'accepter de jouer dans *In the French Style*, une comédie inspirée de nouvelles d'Irwin Shaw dont le scénario ne l'enthousiasmait pas, et dont les prises de vues devaient débuter fin août à Paris. Les répétitions commencèrent à Klosters, un beau village dans la montagne suisse où Irwin Shaw possédait une villa.

De retour à Paris, après son séjour à Klosters, Gary trouva un télégramme de détresse envoyé par sa cousine Dinah, désorientée depuis la mort de son mari. Il lui expédia aussitôt un mandat. Bien souvent, Dinah, qui n'avait pas su reprendre en main les affaires de Paul Pavlowitch, se retrouvait sans un sou. Pourtant, celui-ci ne l'avait pas laissée sans ressources mais, dans un geste fou, elle avait donné la totalité de son héritage aux deux enfants issus du premier mariage de son mari, en Angleterre, compromettant ainsi l'avenir des siens. Généreuse et inconsciente, elle puisait dans le stock de sa bijouterie pour offrir des bijoux à Mabel et à Jean. Inconsolable, elle était incapable d'assumer l'éducation de ses enfants, qui étaient livrés à eux-mêmes. Elle passait ses journées à lire des romans anglais en buvant du thé et en avalant des comprimés de Maxiton, une amphétamine qui produit de gros dégâts sur le cerveau.

Quand Romain lui rendait visite, ils passaient des heures assis à la terrasse d'un café de la rue de France. Celui-ci, muet, le visage crispé par la douleur, écoutait Dinah raconter ses malheurs en russe, et regardait les larmes couler. Il ne pouvait faire qu'une chose : donner et donner encore de l'argent.

Le 10 décembre 1962, Jean Seberg accorda un entretien téléphonique à Carmen Tessier pour *France-Soir* : « Je ne peux pas me marier avec Romain Gary, il n'est pas divorcé », lui répondit-elle quand la journaliste lui demanda si les rumeurs selon lesquelles elle vivait depuis plusieurs années avec l'écrivain étaient fondées. « Nous sommes exactement dans la même situation depuis trois ans… Si nous étions mariés nous n'aurions aucune raison de nous cacher, au contraire. »

Bien que désespérée, Lesley Blanche ne renonçait pas. Depuis sa maison de Roquebrune, elle téléphona à Hélène Hoppenot et lui confia : « *For me life begins and ends with Romain*[2]. » Malgré les nouvelles alarmantes qu'il avait propagées sur sa santé, Gary ne se fit pas opérer et Lesley ne céda point. Elle augmenta même ses exigences. Le 7 décembre 1962, Gary écrivit à Sylvia Agid que son épouse lui réclamait « 75 millions, et un demi-million par mois[3] » pour réfléchir au divorce, car elle devait faire face aux graves conséquences financières engendrées par la maladie de sa mère âgée de quatre-vingt-six ans.

À la fin du mois d'août, au cours d'un dîner au Pied de cochon avec les Hoppenot, Gary leur confia, vraies ou imaginaires, les nouvelles revendications de Lesley : qu'il s'engage à ne jamais reprendre un poste diplomatique, afin que sa rivale ne puisse jamais parader dans une légation ou une ambassade.

Pendant tout le temps que dura le repas, Hélène Hoppenot examina Jean Seberg et Gary afin d'aller confier à son journal ses impressions et ses conclusions.

Il est certain que Romain Gary n'entretenait pas cette situation matrimoniale inconfortable dans le but de protéger sa carrière de diplomate. À cette époque, il jouissait d'un congé prolongé, il pouvait consacrer à son œuvre plus de temps que ne lui avaient jamais laissé ses responsabilités et fonctions officielles. Sa mise en disponibilité avait été légalisée le 17 août 1961. Il était officiellement en mission à l'Administration centrale, mais cette fiction était uniquement destinée à lui permettre, pendant une durée limitée, de changer éventuellement d'avis. Cela dit, à la direction du personnel, personne n'avait la moindre intention de lui proposer quelque poste que ce fût.

Une promotion honorifique avait accompagné sa mise à l'écart. Il avait été d'abord nommé au cinquième échelon de son grade de conseiller des Affaires étrangères de deuxième classe, puis promu le 29 juin conseiller de première classe. En outre, au mois de décembre 1962, l'armée l'éleva au grade d'officier de la Légion d'honneur[4].

Dix-huit mois après avoir quitté le ministère des Affaires étrangères, Gary fit une démarche auprès de son ami Vimont pour tenter d'obtenir sa réintégration « au sein de l'Église ». Vimont lui répondit :

> Mon cher Romain,
>
> Bien que je sois normand, la réponse que je vous apporte n'est pas le reflet de mon origine, mais bien celui de la réalité, telle du moins que je la vois.
>
> Votre retour « au sein de l'Église » soulève, selon moi, un peu plus qu'une difficulté technique et beaucoup moins qu'une objection de principe.
>
> La difficulté technique, vous la connaissez, ou plutôt vous la devinez, car les choses vont de mal en pis depuis le nouveau statut, qui a multiplié le nombre des ayants droit sans modifier celui des postes à distribuer.
>
> Quant à une véritable objection de principe, elle se comprendrait mal. Dans la mesure où je puis saisir et définir ce que l'on pense en haut lieu, je dirai que l'on vous estime actuellement trop engagé dans des activités extérieures — le fait qu'elles soient brillantes et couronnées de succès ne fait d'ailleurs qu'aggraver les choses — pour être un « agent comme les autres ».
>
> Cela ne signifie pas que vous n'avez plus votre place

dans la maison, mais simplement que vous posez pour celle-ci un délicat problème d'utilisation.

Les données peuvent d'ailleurs en changer avec le temps, de même que peut se présenter un poste qui vous convienne en tous points. Il ne s'agit donc pas d'une position définitive et non sujette à révision.

Croyez, mon cher Romain... [5].

Entre-temps, au mois d'août, l'armée aurait peut-être confié à Gary une mission secrète auprès de l'OAS, à la demande du général de brigade aérienne Charles Feuvrier, un de ses compagnons des Forces aériennes françaises libres, qui occupait alors la fonction de directeur de la Sécurité militaire. L'épisode demeure obscur. Le 24 janvier 1962, Feuvrier lui délivra le permis de port d'armes n° 63, libellé de la sorte : « Romain Gary, capitaine de réserve de l'armée de l'air (direction de la Sécurité militaire) est autorisé à détenir et à porter en tenue civile un pistolet automatique pour l'exécution de missions spéciales qui lui incombent. » L'arme possédait les caractéristiques suivantes : revolver de marque Smith & Wesson, numéro 983, calibre 38 spécial. Il s'agissait donc de celle qu'il avait déjà en sa possession.

Selon les enfants d'Eugenia, Gary et Jean allèrent passer quelques jours à Palma de Majorque au mois d'août 1962. Au cours de ce séjour, il aurait peut-être rencontré des officiers de l'OAS.

Le coup de force du 22 avril 1961 à Alger avait été préparé par les colonels Argoud, Broizat, Gardes et Godard, anciens résistants. Les généraux Challe, Zeller, Jouhaud et Salan, dressés contre la politique du général de Gaulle, avaient formé un directoire, proclamé l'état de siège et instauré une sorte de gouvernement. Après l'échec du putsch, certains officiers factieux, dont Lagaillarde, Argoud et Lacheroy, condamnés à mort par contumace en France, avaient trouvé refuge en Espagne et avaient été assignés à résidence aux îles Canaries par le général Franco.

Gary, combattant de la France libre, officier de réserve, diplomate en congé prolongé, aurait été choisi comme médiateur pour prendre contact avec les condamnés et négocier leur éventuel retour en France en échange d'une grâce. Il fut aperçu dans le hall d'un hôtel de Palma de Majorque où il était descendu avec Jean Seberg, alors que le colonel Argoud s'y trouvait aussi[6].

Hélène Hoppenot présenta dans son journal, le 20 août 1962, une autre version des faits. Gary, muni de son passeport diplomatique, aurait excité la curiosité des officiers en résidence forcée, qui auraient indûment interprété sa présence comme « une ouverture possible de Paris ». Il aurait entendu Lagaillarde dire à haute voix à ses amis afin d'être entendu de lui : « Moi, j'aime la solitude... tous les jours, à telle heure, je vais sur telle plage... Il nous faudrait un bateau pour nous enfuir... »

Gary, raconte Hélène Hoppenot, se hâta de quitter les lieux, mais à son retour à Paris il crut s'apercevoir que la police, avertie selon lui par les Espagnols, surveillait son domicile. « Il prétend qu'il y a sur les toits des individus intéressés à ce qui se passe chez lui. Mais ceci pourrait être un effet de sa puissante imagination », conclut Hélène Hoppenot.

Un matin, il jeta des regards inquiets lorsque, s'approchant de la fenêtre, il vit une voiture garée en face de la porte de son immeuble, avec le chauffeur immobile à l'intérieur. Que croire ? La réponse se trouve sans doute dans la lettre adressée le 31 janvier 1963 par Gary à ses amis Agid : « [...] Tout ce que je t'ai dit sur mes démêlés avec l'OAS est *rigoureusement* vrai. Si vous en doutez, je vous ferai dîner avec le général Feuvrier à votre passage à Paris. Il vous en dira un mot ! »

Gary dormit quelque temps avec son arme sous l'oreiller. Six jours plus tard, Jean confirmait par un autre courrier : « Tu sais, notre histoire OAS était quand même vraie ! »

Il écrivit un grand article sur Challe, Jouhaud, Salan et Zeller, les quatre généraux factieux d'Alger, pour *Time Magazine*, dont il était l'un des chroniqueurs appréciés. Il essayait de comprendre les événements et se demandait pourquoi d'anciens résistants, des officiers supérieurs parmi les plus décorés qui avaient combattu dans les forces de la France libre, avaient pu devenir des putschistes. Comment une telle aventure qui s'achevait en fiasco avait-elle pu se produire au sein de l'armée française ? Les sables du désert où était née la légende de la Légion étrangère ne feraient bientôt plus partie du territoire national, répondait-il. L'empire colonial était en train de disparaître, emportant avec lui une partie du folklore et des traditions militaires attachés à la colonisation de l'Afrique : les uniformes des tirailleurs sénégalais, les burnous des spahis, le saroual des cavaliers du désert, la chéchia des goumiers étaient en train de disparaître. Pas de chameaux sans désert, pas de Légion sans Afrique, pas de centurions sans Rome. Si tout ce qui attachait un soldat à la loyauté devenait obsolète, il n'y avait plus de loyauté. Le temps n'était plus aux armées glorieuses, aux uniformes, aux médailles et à une armée colonisatrice qui se figurait accomplir une mission de civilisation. Toutes ces traditions désormais démodées, ces idées aussi fausses que romantiques allaient céder la place à la haute technologie. Les officiers d'Alger étaient devenus anachroniques. La métropole se détachant de l'Algérie, leurs fonctions perdaient tout sens. La seule trace de présence française que ces soldats pouvaient espérer était leurs tombes. Ils pensaient avoir été trahis par les hommes politiques et même par le général de Gaulle. Ils l'avaient soutenu quand il était revenu au pouvoir en 1958, et maintenant il les abandonnait. La France, pensaient-ils, avait à nouveau besoin d'un homme providentiel. De Gaulle n'avait-il pas refusé de se soumettre au gouvernement de Vichy ? Si ce dernier avait pris le pouvoir en France, pourquoi ne pouvaient-ils le prendre en Algérie, puis reconquérir la Tunisie et le Maroc ? Ces officiers amers, qui pensaient que l'Armée française était infaillible, s'estimaient trahis, poignardés dans le dos.

L'échec de la rébellion signifiait aux yeux de Gary l'émergence d'une idée nouvelle. La survie de la République ne dépendait pas d'un seul homme, encore moins du général de Gaulle. Si, avant ces événements, on pouvait se demander ce qui arriverait après sa mort, à présent la réponse était toute trouvée : il ne se produirait rien du tout. Parce que ce qui est arrivé ne se reproduira plus. La France jouirait d'une stabilité des institutions qu'elle n'avait pas connue auparavant.

> C'est dire que la rébellion en Algérie aura eu un résultat pour le moins inattendu : non seulement de Gaulle aura sauvé la République de ses ennemis, mais il aura libéré aussi nos institutions de leur effrayante dépendance à l'égard de sa propre personne [7] !

La description de l'armée française désuète par Gary ressemble à celle que fit Soma Morgenstern au cours de son errance de réfugié juif allemand pendant la guerre :

> Celle-ci, la française, emportait encore dans sa misère toutes les éclatantes couleurs des garnisons de l'arrière où rayonnait de manière dérisoire la splendeur multicolore de l'empire africain. Spahis arabes en blanc, zouaves avec leurs pèlerines rouges, Marocains, Maures, Sénégalais, chasseurs alpins en bleu, matelots avec leur pompon rouge comme une fleur — ce n'était pas un misérable chœur austro-hongrois d'opéra ; c'était comme le fond factice et riche de tous les studios d'Hollywood, précipité dans une vraie tempête, dans une vraie misère, dans une véritable saleté... [8].

## 60.

Quelques mois après l'affaire trouble de l'OAS, Gary intervint dans une polémique concernant la politique éditoriale de la maison Gallimard. Ce fut la seule fois de sa vie qu'il s'impliqua dans une affaire touchant la vie littéraire parisienne. Robert Kanters avait écrit un article sur Roger Nimier, l'accusant de muflerie, au lendemain de sa mort dans un accident de voiture. Dans le *Bulletin de la NRF* de novembre 1962 [1], Marcel Aymé s'était indigné de la joie qui avait semblé envahir Robert Kanters à la nouvelle de la disparition de l'écrivain et l'avait qualifié de « grossiste de la critique ».

> J'ai lu, sous la plume de M. Jacques Chardonne, que « la mort était en lui », ce qui, en dépit de l'intention, ne signifie pas grand-chose puisqu'elle est en chacun de nous. Et M. Robert Kanters, qui saisit avec un jovial empressement l'occasion de cracher sa haine et son fiel dans une tombe encore ouverte en s'accordant de surcroît le plaisir inespéré de prendre en pitié un écrivain assez simple pour n'avoir pas exploité sa réussite — une pitié qu'il n'aurait certes pas osé lui offrir de son vivant —, M. Robert Kanters, donc, informant d'abord ses lecteurs que le jeune écrivain « s'est détruit », ce qui peut à la rigueur prêter à équivoque, écrit ensuite qu'« il y a bien dans ce vieux pays un parti de jeunes gens qui se sentent étrangement attirés par la mort — le parti de Drieu La Rochelle, le seul finalement auquel Roger Nimier ait jamais appartenu ». Ici, pas d'équivoque, le sens est clair. Bien qu'au cours de son article, il n'invoque pas le plus petit fait à l'appui de ce mensonge, et pour cause, M. Kanters veut faire croire qu'il

s'agit non pas d'un accident, mais d'un acte voulu, délibéré, procédant d'une obsession morbide. Si l'on réfléchit que Roger Nimier avait dans sa voiture une passagère qu'il connaissait à peine, la calomnie va très loin et c'est bien de diffamation qu'il convient de parler, une diffamation d'autant plus sale que, s'en prenant à un mort, elle se double de lâcheté. Elle n'aura d'ailleurs pas manqué d'accomplir son œuvre, trompant bon nombre de gens sur la qualité de l'homme et les détournant de son œuvre. Du moins, les amis de Roger Nimier, et ses compagnons de travail, devenus aussi ses amis, ne s'y seront-ils pas laissé prendre. Ils savent que la mort a été purement accidentelle et que M. Kanters a menti.

La NRF avait demandé la démission de Robert Kanters et la suppression de sa mensualité. Gary écrivit quelques jours plus tard une lettre [2] à Claude Gallimard pour lui demander d'épargner Kanters qui avait été un des détracteurs des *Racines du ciel* et qu'il avait giflé chez Lipp pour avoir inspiré la calomnie de Carmen Tessier. Les arguments qu'il invoquait constituaient un jugement moral sévère sur la politique éditoriale de la maison Gallimard.

Mon cher Claude,

Je suis désolé d'avoir à me mêler de cette affaire. Mais je suis bien obligé. J'ai lu l'article de Robert Kanters, celui de Marcel Aymé dans le *Bulletin de la NRF*. J'apprends par le Syndicat de la Critique que vous avez demandé la démission sans indemnité de Kanters, et je me trouve directement visé. Car enfin, au nom de la suprématie de la chose littéraire que semblait pratiquer depuis toujours votre maison, j'ai accepté de coexister avec Rebatet, Céline, Marcel Aymé et Nimier d'un côté, parce que de l'autre se trouvaient Camus, Guilloux, Aragon, Sartre et Malraux. Mais aujourd'hui, votre geste rompt l'équilibre.

J'ai sous les yeux une lettre de Roger Nimier à M. Pierre Moinot où votre conseiller le plus écouté écrivait : « Je savais qu'il y aurait beaucoup d'imbéciles aux obsèques de Camus, mais je ne croyais pas particulièrement vous trouver au premier rang. » Ce n'est pas grave : c'est un excès de plume, un excès de vitesse. Je trouve que vous devriez accepter les excès symétriques de Kanters, comme vous avez accepté une très malheureuse remarque sur « les yeux de Sartre et les poumons de Camus, dont la France n'avait pas besoin ».

Si l'on doit respecter la veine littéraire féconde allant de Léon Daudet à Roger Nimier, en passant par Bérard, Céline et Marcel Aymé, je vois mal pourquoi vous sortez aujourd'hui de votre coquille pour frapper d'un côté alors que vous n'avez jamais frappé de l'autre. Ce faisant, vous me mettez personnellement dans une situation désagréable car enfin Rebatet dans *Rivarol* a craché sur la tombe de ma mère, et il est publié par votre maison : je ne vous ai pas quitté, me disant que vous mettiez tout simplement la littérature au-dessus de toute autre considération. Je conçois une première réaction instinctive pour défendre la mémoire d'un ami tragiquement disparu, mais j'espère que vous vous arrêterez tout de même à temps et surtout avant les représailles financières, puisque l'on me dit qu'il s'y mêle une question d'indemnité.

Quant à M. Marcel Aymé, qui s'est élevé, jadis, par pure générosité humaine, contre l'épuration, il doit bien savoir que si on épure l'homme, il n'y aura certes plus de Tartuffe, mais il n'y aura plus de Molière, ni de littérature, et que cela vaut aussi bien pour Kanters que pour Nimier.

Je dois me rendre jeudi prochain à ce qui est difficile de qualifier autrement hélas ! qu'une réunion de la gauche littéraire de Paris, et je voudrais bien pouvoir leur expliquer qu'il s'agit d'une réaction due à un chagrin personnel profond, parfaitement compréhensible, mais qui n'aura pas de suite, et en tout cas — personne ne peut vous empêcher de vous séparer d'un collaborateur — pas de représailles financières.

Quand on publie des auteurs qui appelaient au massacre des Juifs, il faut savoir blinder un peu sa propre sensibilité, comme j'ai su blinder la mienne en continuant à être publié par vous.

J'ajoute que je ne suis sorti que deux fois cette semaine, et chaque fois on a tenu à me mettre les points sur les i et à m'informer hargneusement que les Gallimard attendaient la démission de Kanters pour ne pas lui payer d'indemnité de licenciement. Je peux évidemment toujours répondre que je ne suis pas responsable de Drieu La Rochelle, qu'on n'est pas responsable de Rebatet, qu'on n'est pas responsable de Roger Nimier, on finit quand même par se sentir responsable et même coupable.

Je vous assure qu'il commence à se créer dans cette affaire un climat moral profondément désagréable et le talent et la jeunesse impétueuse de Nimier méritaient mieux que cela. Nimier était un homme qui conduisait la nuit à cent cinquante à l'heure, et ses excès de plume étaient du même ordre, et il faut savoir faire la part du feu, la part du feu qui brûle en chacun de nous. Puisque Marcel Aymé parle dans son pamphlet de sa générosité, dont je ne me permets pas de douter, car un homme est toujours plus complexe que ses imprimés, ce serait peut-être le moment pour nous tous de nous montrer généreux.

Je serais heureux si vous pouviez me passer un coup de fil avant vendredi pour me rassurer.

Très amicalement à vous,

Romain Gary

Le 7 janvier 1963, alors qu'ils se trouvaient à Lausanne, en Suisse, Gary écrit à René Agid sur le papier à lettre de l'hôtel Central Bellevue pour lui annoncer solennellement la naissance de son fils. Le ton n'est pas joyeux, et les recommandations de Romain à son ami évoquent plutôt un testament.

« Mon cher René,

D'accord avec Jean, je t'informe par la présente de la naissance de mon fils Diego Romain. [...]

Le secret le plus absolu doit être gardé là-dessus pour le moment, car si Lesley l'apprend, elle peut nous détruire tous et surtout l'enfant.

Je suis venu en Suisse pour prendre certaines dispositions pour garantir l'avenir de l'enfant. Tu es un de mes trois chargés de pouvoir, avec Robert Lantz, 74 Fifth Avenue, New York et Robert Parrish chez Dr. Hans Egger à Klosters, Suisse. C'est donc en connaissance de l'existence de mon fils et dans le souci de son avenir que d'accord avec sa mère, tu devras t'acquitter de cette mission.

Quant à Lesley, il vous appartiendra éventuellement de décider quelle pension ou rente alimentaire elle mérite. Les instructions qui existent nous laissent à cet égard entière liberté.

Jean et moi vous demandons de réaliser à quel point le secret est essentiel, vital, pour l'avenir de l'enfant.

Affectueusement, Romain. »

Désormais, dans sa correspondance avec René et Sylvia Agid, Jean ne désigna plus son enfant que par une expression codée afin que son existence demeurât ignorée aux yeux de Lesley jusqu'à leur mariage.

Au mois de février 1963, Jean partit à Marrakech tourner *Le Grand Escroc*, un des cinq sketchs composant un film réalisé par Jean-Luc Godard. Elle devait une fois encore incarner le personnage de Patricia Franchini, mais Godard ne sut pas, comme dans *À bout de souffle*, tirer parti de sa grâce. Le résultat fut si médiocre que le court métrage fut finalement coupé au montage.

Romain Gary, ne pouvant se résoudre à se séparer d'elle, même pour quelques jours, l'avait accompagnée au Maroc. Sur le chemin du retour, ils montèrent à bord d'un ferry-boat qui reliait Tanger à la côte espagnole. Au moment où Algésiras était en vue, une violente tempête se leva. D'énormes vagues poussaient le navire vers les rochers. En raison de la violence du vent, les sauveteurs ne pouvaient prendre la mer. Après quelques heures, la situation devint critique. À bord, il n'y avait plus ni eau ni nourriture ; seulement du vin. Les enfants, terrifiés, pleuraient. Jean, maîtresse d'elle-même, tenta de les calmer et réconforta les malades. Quand le vent tomba un peu, un bateau de pêche fut envoyé au secours des passagers qui durent descendre par une échelle de corde au-dessus de la mer déchaînée.

Gary écrivit à René et Sylvia pour leur raconter qu'ils venaient d'échapper à un naufrage dans le détroit de Gibraltar, « après quarante-huit heures de cauchemar sur les rochers algésirois ». Il en profita pour dénoncer une fois encore l'attitude de Lesley, en affirmant que si lui et Jean avaient péri noyés, leur fils, orphelin, sans aucune existence légale, n'aurait même pas porté le nom de son père.

Lesley tenait bon, en espérant que les obstacles opposés à Romain le ramèneraient à la raison. C'est le contraire qui advint.

Alors qu'un compromis semblait sur le point d'être trouvé par leurs avocats, Gary cessa brusquement de payer les mensualités qu'il devait à sa femme. Trouvant son compte en banque à sec au retour d'un voyage à Boukhara, Lesley tenta en vain de joindre celui qui était encore légalement son mari. Il était aux sports d'hiver. Quelques mois plus tard, le 15 mars 1963, elle l'assigna devant le tribunal de première instance. C'était la guerre. Gary écrivit à Sylvia : « C'est ma gorge qui y passe cette fois », et à Henri Hoppenot : « Mon cher Patron, un petit mot par désespoir et amitié pour vous dire que Lesley après avoir encore une fois confirmé son refus définitif de divorcer vient de m'assigner devant le tribunal pour une pension alimentaire de 300 000 francs par mois. C'est vraiment atroce, les humains. Je vous embrasse. »

Le 5 avril 1963, Gary annonçait à Hélène Hoppenot que son divorce aurait lieu quelques semaines plus tard, qu'il avait finalement dû tout laisser à Lesley, qu'il était ruiné.

De son côté, Jean prévint ses parents de son mariage imminent. Sa mère, au cours d'un voyage à New York, fut reçue à l'ambassade de France à Washington où Charles Lucet avait été nommé ambassadeur. Elle fit part à Jacqueline Lucet de l'inquiétude que lui causait l'union de sa fille avec « un étranger », et cette dernière fit tout pour la rassurer en lui disant tout le bien qu'elle pensait de son futur gendre.

C'était l'époque où Jacqueline et Charles Lucet reçurent le général de Gaulle à l'ambassade. La veille de son arrivée, son officier de police vint examiner la chambre et le lit. Il fit deux remarques : le Général s'étant un peu tassé, la longueur du lit conviendrait tout juste et il faudrait ajouter un rideau à la petite fenêtre donnant sur le jardin de l'ambassade du Portugal, car une photo du Président en caleçon risquerait de faire le tour du monde. Jacqueline demanda quel vin elle devrait offrir à son hôte. À table, quand on lui servit le château-yquem, Yvonne se tourna vers son mari et dit : « Charles, vous buvez trop ! » À quoi il lui fut répondu : « Yvonne, vous m'emmerdez ! » Puis s'adressant à Jacqueline Lucet : « C'est une très bonne idée, madame ! »

## 61.

Au printemps 1963, Robert Rossen, qui était en train d'écrire pour les studios Columbia l'adaptation de *Lilith*, un roman de J. R. Salamanca, envisagea d'engager Jean Seberg dans le rôle principal aux côtés de Warren Beatty, Peter Fonda, Gene Hackman, Kim Hunter et Jessica Walter. On ne lui avait pas proposé un rôle aussi intéressant et des partenaires aussi prestigieux depuis longtemps. Elle avait lu le livre de J. R. Salamanca qui illustrait le mythe de Lilith, et désirait ardemment décrocher le rôle.

La Bible, dans le récit de la Création, décrit Lilith comme la première femme du premier homme, tous deux étant directement issus du limon, alors qu'Ève serait issue de la chair même d'Adam. Selon la tradition juive, Lilith est la compagne voluptueuse des méchants, le mauvais esprit qui fait éjaculer les hommes prononçant son nom. Le scénario écrit par Robert Rossen racontait l'histoire d'une jeune schizophrène qui, dans l'hôpital où elle était traitée, séduisait un infirmier dans le seul but de le détruire. Pour jouer ce personnage, le réalisateur avait successivement pensé à Yvette Mimieux, Natalie Wood, Samantha Eggar, Sarah Miles et Diane Cilento. Mais les producteurs de Columbia militant chaleureusement en faveur de Jean Seberg, Robert Rossen et Warren Beatty prirent l'avion pour aller la rencontrer à Paris. Après lui avoir demandé de laisser pousser ses cheveux, Robert Rossen l'engagea.

Même s'il manquait de confiance en lui, Robert Rossen était un réalisateur très doué. Sa collaboration avec la Commission des activités antiaméricaines au temps de la « chasse aux sorcières [1] » à Hollywood lui avait valu de solides inimitiés parmi ses collègues.

Jean Seberg signa avec Columbia un contrat de 60 000 dollars. En avril 1963, elle quitta Paris avec Romain pour quatre mois, laissant le petit Diego aux bons soins d'Eugenia. Le tournage devait se dérouler sur la côte est des États-Unis. Elle fit une halte à New York et s'installa au Sherry-Netherland Hotel, où l'attendaient des brassées de fleurs envoyées par ses admirateurs. Malgré sa célébrité, elle était anxieuse, et l'avoua à Rossen qui organisa le travail en conséquence : il plaça sur le plateau plusieurs caméras qui effectuaient des prises sous plusieurs angles, de manière à pouvoir sélectionner la meilleure.

Salamanca, professeur à l'université du Maryland, avait situé son histoire dans cette région, non loin de Washington. Rossen, ayant choisi de travailler loin des studios, loua à une vieille dame une vaste maison à Rockville et lui demanda de jouer le rôle de la grand-mère de Vincent, la victime de Lilith, rôle qu'interprétait Warren Beatty. De très belles scènes furent tournées au bord du Potomac.

Pour décrire l'hôpital où était soignée l'héroïne de son livre, Salamanca s'était inspiré de la maison de santé de Rockville, un établissement de luxe qui recevait des patients fortunés ; Rossen souhaitait faire visiter cette clinique à ses acteurs. Peter Fonda, qui devait jouer le rôle d'un malade, refusa en arguant que sa propre folie lui suffisait amplement. Jean y alla en compagnie du réalisateur. Il voulut lui présenter une patiente, qui avait été une reine de beauté, dont la manière de parler et les gestes l'intéressaient. Quand Jean Seberg entra dans sa chambre, elle était nue sous ses draps en train de se masturber. Très gênée, elle fit aussitôt fit mine de sortir, et lui dit au revoir. « Pourquoi ?, répondit l'autre. — Parce que je ne peux parler avec quelqu'un qui ne me voit pas. » La malade sortit du lit drapée dans ses draps, le visage totalement dissimulé dans ses plis, tandis que sa visiteuse se retirait. Jean imita les attitudes de cette femme dans les dernières scènes du film. Elle rencontra d'autres patients, notamment Philip L. Graham, un des rédacteurs du *Washington Post*, qui devait se suicider trois mois plus tard.

Jean Seberg raconta qu'elle éprouvait un grand respect pour les malades mentaux. « Ils me font penser à du cristal très fin, trop fin pour être touché. » Bien des années plus tard, quand son équilibre psychique allait être gravement perturbé, et qu'elle allait elle aussi faire des séjours dans des établissements psychiatriques, parfaitement lucide sur son état et désespérée, elle dirait à ses visiteurs : « Je suis devenue Lilith. »

Salamanca déjeuna avec Jean Seberg et Romain Gary dans une auberge rustique proche de Barnestown. Il observa Jean, « une enfant un peu maniérée » qui fumait des petits cigares noirs et portait des vêtements « excentriques ». Pendant le repas, il parla avec Gary de la littérature brésilienne, et Jean, ignorant le passé colonial du Brésil, demanda si on y parlait l'espagnol. Avant que Gary ait pu ouvrir la bouche, elle avait compris son erreur, et avait rougi violemment, tandis qu'il lui tapotait paternellement la main pour la consoler. Il avait l'air très fier de sa beauté et de sa fraîcheur. Tous les clients essayaient de s'approcher de leur table pour la regarder. Gary et Jean descendirent au Georgetown Inn, où Romain tenta d'ébaucher un nouveau livre. Mais il était si jaloux qu'il passait bien souvent sa journée sur le plateau. Suivant Jean sur de nombreux tournages, il ne parvenait pas à trouver la concentration pour mener à bien ses projets littéraires. Il en souffrait.

Jean se levait à l'aube pour rentrer vers 7 h 30 le soir. Robert Rossen était très exigeant. Il pouvait effectuer trente prises de la même scène. Sur le plateau, l'atmosphère était pesante, car Warren Beatty reprochait au metteur en scène de s'intéresser davantage au rôle de

Lilith qu'au sien, et en concevait de l'aigreur. Il impressionnait Jean par sa parfaite technique d'acteur de théâtre. Il cherchait à la déstabiliser pour apparaître comme le seul personnage important de ce film. Le tournage d'une des scènes, particulièrement violente, fut dramatique. Lilith devait physiquement agresser Vincent et tenter de le gifler. Lors de chaque prise, Warren Beatty la repoussait et la frappait si brutalement qu'elle fut bientôt couverte de bleus. Peter Fonda, indigné, voulut s'interposer, mais un représentant de la Columbia lui interdit de toucher le moindre cheveu de Warren Beatty. Ne se laissant pas intimider, Peter Fonda invita alors sur le plateau quelques amis ceinture noire de karaté.

Le scénario comportait une scène d'amour assez dénudée entre Warren Beatty et Jean Seberg, mais elle n'accepta pas de la tourner. Certains magazines comme *Confidential* s'emparèrent aussitôt de la nouvelle pour ajouter que l'actrice vivait sans être mariée avec Romain Gary, présent sur le tournage. Scandalisé, Ed Seberg, le père de Jean, refusa de vendre ce périodique dans son drugstore.

Jean Seberg avait hâte que ce cauchemar prît fin, mais elle mettait toute son énergie dans ce rôle qui la fascinait. Sur le plateau, les conditions de travail étaient difficiles, car Robert Rossen était en train de succomber à une grave maladie de peau, et les médicaments qui lui étaient prescrits avaient des effets secondaires très toxiques. Il s'endormait ou s'évanouissait parfois au milieu d'une scène, et l'équipe devait attendre qu'il récupère pour recommencer. Les dernières prises de vues eurent lieu à Long Island, près d'Oyster Bay, où le réalisateur avait découvert une vaste maison abandonnée.

Le seul moment agréable de ce séjour aux États-Unis fut l'invitation à dîner à la Maison-Blanche que Romain Gary et Jean Seberg reçurent de John Fitzgerald et Jacqueline Kennedy un soir du mois d'août, pour le lendemain. Très émus, ils prirent le premier vol disponible. Bien que le Président eût fait envoyer une limousine à l'aéroport, ils arrivèrent avec une demi-heure de retard pour découvrir qu'ils étaient conviés à une réception intime. Dans le salon, le couple présidentiel les attendait en compagnie de Richard Goodwin, le rédacteur des discours du Président, également directeur adjoint du Peace Corps[2], et son épouse. Gary, qui n'avait rencontré John Kennedy qu'une fois à Los Angeles, avait été invité à la Maison-Blanche grâce à sa notoriété d'écrivain. Contrairement à beaucoup de ses prédécesseurs, le président Kennedy aimait les artistes, les écrivains, les peintres et il lui arrivait fréquemment de convier certains d'entre eux à passer un week-end dans sa maison de Hyannis Port. Kennedy voulait changer l'image de l'Amérique dans le monde. Il avait vu *À bout de souffle*, et se tourna vers Jean Seberg pour brièvement lui en parler. Très curieux, parlant peu, il posait des questions précises à Gary et écoutait avec une attention extrême ses réponses sans émettre le moindre commentaire.

> Le regard bleu acier est posé sur moi fixement. C'est un regard d'une lucidité extrême qu'il est facile de prendre pour de la froideur… Nous sommes dans la salle à manger de la Maison-Blanche. Le repas vient à peine de commencer. La conversation aussi. Nous n'avons même pas eu le temps de « bavarder »… Kennedy vous interroge plus qu'il ne vous parle[3].

On se leva pour prendre le café dans le petit salon. Des maîtres d'hôtel noirs leur offrirent des cigares américains, du whisky et des liqueurs. Gary sortit un étui de cigares cubains de sa poche. Kennedy sourit malicieusement sans rien dire. L'importation de cigares cubains était interdite aux États-Unis[4]. Quand il était consul à Los Angeles, Gary se les faisait expédier *via* la valise diplomatique par Michel Gallimard ou par son ami Jacques Vimont.

John Kennedy évoqua librement le problème posé par la ségrégation de 17 millions de Noirs en Amérique, tandis que les serveurs de couleur évoluaient autour de lui. Gary l'écoutait en se disant que le Président parlait en réalité pour lui-même. Il était en effet en train de jeter les grandes lignes du discours qu'il allait prononcer quinze jours plus tard. John Kennedy ne s'adressait quasiment pas à sa femme, enceinte de six mois, se contentant de la regarder et de lui sourire. Jacqueline Kennedy montra à Gary une petite statuette précolombienne représentant une déesse de la fécondité que lui avait offerte André Malraux et commenta : « Il ne pensait pas si bien dire... »

L'entretien entre Kennedy et Gary dura trois heures. Gary était ébloui. Les deux femmes les écoutaient modestement jusqu'au moment où Jacqueline Kennedy prit Jean à part pour lui demander si elle et Romain avaient des projets de mariage. Jean, se méprenant sur le sens de cette question, répondit avec conviction qu'en effet, elle s'appellerait bientôt Mme Gary. « Ne le faites surtout pas, lui conseilla la première dame des États-Unis, une fois mariés, les hommes ne s'intéressent pas le moins du monde à leur femme ! »

Après les États-Unis, Romain et Jean partirent à nouveau pour l'Espagne. Ils s'arrêtèrent à Toulouse chez Sylvia et René Agid, puis allèrent à Barcelone et à Formentera, où Gary, songeant déjà à réaliser l'adaptation cinématographique de sa nouvelle *Les oiseaux vont mourir au Pérou*, cherchait un lieu où il était possible de filmer facilement les oiseaux. Ensuite, il passa quelques jours à Majorque, où il eut la surprise de retrouver Sacha Kardo Sissoeff qui connaissait Puerto Andraitx depuis 1936. Dans ce petit port de pêche, à l'époque inconnu des touristes, ils firent la connaissance de José María Bascones, un peintre espagnol qui avait longtemps séjourné aux États-Unis et qui venait d'acheter pour une somme dérisoire des terrains dominant la mer et dont l'ensemble constituait le lieu-dit de La Mola. Bascones leur montra des parcelles en vente et pour lesquelles l'on pouvait obtenir un permis de construire. Ils achetèrent chacun un terrain à deux cents mètres de La Mola. Romain fit également la connaissance d'un ami de Bascones, Otzoop, un architecte russe né à Saint-Pétersbourg. Ses parents avaient quitté la Russie au lendemain de la révolution d'Octobre, en 1918. Pedro avait étudié l'architecture à Berlin sans se laisser influencer par l'école du Bauhaus[5].

De retour à Paris à la fin de l'été 1963, Jean Seberg dut participer au doublage de la version française de *In the French Style*, puis elle s'envola pour Londres afin d'assurer la promotion du film. Romain, une fois encore, l'accompagna.

Le 10 octobre 1963, Romain et Jean se rendirent chez le notaire[6] pour passer un contrat de mariage. Six jours plus tard, leur union fut prononcée à la mairie de Sarrola-Carcopino, un petit village corse situé à une dizaine de kilomètres d'Ajaccio, où le général Charles Feuvrier et son épouse, leurs témoins, avaient pu organiser la cérémonie grâce à la complicité de M. Noël Sarrola, le maire, ancien combattant de la France libre[7]. Les bans avaient été publiés pendant quelques heures seulement le 13 octobre, car les futurs époux avaient obtenu une dispense du délai de publication à cause de « l'urgence à procéder au mariage » ; en réalité, afin que l'affaire restât ignorée par les journalistes.

Le soir du mariage, ils dînèrent à l'hôtel Campo del Oro, près de l'aérogare, à 20 kilomètres du village, et repartirent le lendemain en bateau aussi discrètement qu'ils étaient arrivés. Sur le chemin du retour, ils passèrent quelques jours à Nice où Romain rendit visite à Bella et à Dinah.

Gary revint à Nice le mois suivant pour assister au congrès de l'UNR[8] qui se tenait au Palais des expositions. Il devait y prendre la parole, à l'instar d'André Malraux. Alors que de Gaulle manifestait une vive animosité vis-à-vis des États-Unis, Gary avait intitulé sa communication *L'Amour de l'Amérique*. Pendant son discours, il évoqua avec chaleur sa rencontre avec Kennedy. Dans la salle, l'auditoire, glacé, attendait avec hostilité et embarras qu'il eût fini.

> Lorsque j'ai terminé, une fillette de douze ans au bout de la salle a essayé d'applaudir, mais son papa l'a immédiatement arrêtée. Au même moment, Jacques Baumel, qui était alors le secrétaire général de l'UDR — tu sais, celui que Pompidou appelait toujours le beau Baumel — se précipite comme un boulet de canon sur l'estrade, s'empare du micro et lance : « Je tiens à préciser que Romain Gary parlait à titre strictement personnel. » Et de foutre le camp sans dire un mot[9].

Or, le président américain fut assassiné à Dallas un court moment après son intervention. Gary apprit la nouvelle dans la voiture de son amie Annie Pasquini. Il arrêta la Fiat 500 au milieu de la route et éclata en sanglots.

Le soir, ceux-là mêmes qui lui battaient froid au congrès vinrent lui serrer la main et le congratuler. On le fit asseoir à la place d'honneur du banquet, et on lui donna l'accolade devant les caméras de la télévision.

Deux jours après l'assassinat du président américain à Dallas le 23 novembre 1963, Gary écrivit à Jacqueline Kennedy pour lui dire sa colère et son chagrin et lui assurer qu'en France une ombre était tombée sur tous les Français, que cette nation prétendument froide était en larmes. « Depuis les sombres jours de 1940, je n'ai pu constater un choc, une tristesse collective si profonde[10]. » Il rédigea pour *Le Nouveau Candide*[11] les notes qu'il avait prises juste après son long entretien avec Kennedy.

Les journaux comme *Jours de France* voyaient dans le mariage de la star et de l'écrivain un conte de fées. On comparait le couple Gary-Seberg avec celui que formait Grace Kelly et le prince Rainier de Monaco. Et de fait, Jean Seberg ne ressemblait plus à l'héroïne d'*À bout de souffle* qui vendait en blue-jeans le *New York Herald Tribune* sur les Champs-Élysées. Elle s'habillait chez les grands couturiers, avait acheté une Jaguar portant son monogramme, et engagé une secrétaire.

Romain Gary, assez cabotin, ne refusait pas de poser pour les photographes aux côtés de sa jeune épouse. Cependant, ce goût pour la publicité masquait la véritable humeur de l'écrivain, sur lequel pesait toujours l'ombre d'une infinie tristesse. Aussitôt les journalistes partis, il retournait s'enfermer dans son bureau pour travailler à la traduction française de son roman *Les Mangeurs d'étoiles*, dont l'action se situait au Pérou sous le règne d'un dictateur primitif et cruel. La première version de ce livre, que Gary avait écrite directement en anglais, était sortie aux États-Unis en 1961[12] sous le titre *Talent Scout*. Elle avait néanmoins été présentée comme une œuvre française traduite par John Markham Beach, auquel avait déjà été attribuée l'édition anglaise de *La Promesse de l'aube*.

Hélène Hoppenot, qui vint dîner chez les Gary en janvier 1964, n'épargna pas Jean dans son journal. Mais pour une fois elle se trompa sur un point : « [...] D'une beauté réelle, assez glacée, d'une amabilité factice ; elle ne paraît pas avoir encore mis à exécution le vif désir de son mari : avoir un enfant dans les délais les plus courts. »

# 62.

Gary espérait qu'on le nommerait une fois encore consul général, puis ambassadeur. Mais av[illegible] Couve de Murville ministre des Affaires étran[illegible] n'en était pas question. En tout cas, Jean, naïvement, y croyait tant qu'elle l'écrivait au mois de février 1964 à Carol Hollingsworth, son professeur d'art dramatique à la *high school*. Jean lançait des invitations à dîner à quelques collègues de Romain, notamment Jacques Vimont, qui fut un temps directeur du personnel, dans l'espoir qu'ils pourraient l'aider à recevoir de nouvelles propositions, malgré l'opposition catégorique de Couve de Murville.

Elle se voyait déjà remplissant les obligations mondaines pour lesquelles Lesley avait montré tant de dispositions naturelles. Le 18 du même mois, Gary fut invité par le général de Gaulle à déjeuner à l'Élysée. Jean se figurait que cela augurait les meilleures perspectives pour Romain. Il n'en fut rien.

Un des derniers jours de juillet 1964, Romain Gary et Jean Seberg invitèrent les Hoppenot et les Vimont à dîner chez Lasserre, un restaurant chic et cher du quartier des Champs-Élysées, qu'Hélène détestait. Dans son journal, elle commente :

> Ils sont manifestement heureux de leur choix, c'est pour lui la revanche du sort et il doit penser « si ma pauvre mère pouvait me voir ! »... Elle a embelli et pose moins de ques-

> tions inintéressantes qu'autrefois ; lui écrit un roman fleuve en trois volumes qui sera précédé par une préface où il dira ses vérités à tout le monde, à commencer par Sartre. Jean en souffre d'avance et cache son visage entre ses mains. « Il m'en a lu certaines pages et vraiment j'ai peur... »

Quelques mois plus tard, en effet[1], alors qu'il effectuait un reportage à Lima pour une revue américaine, Gary écrirait à Claude Gallimard qu'il venait d'achever le premier jet de *Pour Sganarelle*, un ouvrage de 600 pages qui constituerait la préface d'un roman à écrire en trois volumes, intitulé *Frère Océan*. « Seul l'Océan a la voix pour parler au nom de l'homme[2] », [illegible] dans *Chien blanc*.

[illegible] *[illegible]ganarelle, Recherche d'un personnage et d'un [illegible]man*, achevé à Paris au mois de juin 1965 et que Gallimard publia à l'automne de la même année, était un essai fracassant en faveur de la liberté du créateur, un réquisitoire contre le « roman sans chair et sans viscères » qu'était aux yeux de Gary le Nouveau Roman. Gary s'en prenait également à l'Europe, à la culture occidentale, qui avait engendré la barbarie :

> Le roman total [qui] ne reconnaît à aucun des rapports de l'homme avec l'univers un caractère essentiel, concentrationnaire et dominant. L'œuvre est là le seul absolu. Tout est intériorisé, possédé, mimé, imité, « bouffé », en quelque sorte : la rivalité avec la Puissance de la réalité va des grands ensembles jusqu'à la notation minime, de l'Histoire à un reflet de soleil sur un brin d'herbe. La création d'un monde se fait ici avec tous les moyens de la création d'un monde. Rien ne peut dominer une telle entreprise, sinon le souci de la victoire artistique. Le monde extérieur ne peut commander que la rivalité. Dès qu'une autre priorité apparaît, c'est la Puissance de la réalité qui commence à dicter ses conditions. Le romancier à vocation totale est un Valet éternel de l'éternel Roman, un Sganarelle aux gages du chef-d'œuvre. Gages qu'il réclame toujours mais qu'il obtient rarement[3].

Pierre de Boisdeffre excepté, et encore de manière très policée dans un petit essai intitulé *La cafetière est sur la table*[4] *ou contre le Nouveau Roman*, personne n'avait encore osé instruire le procès des auteurs présentés en 1958 par la revue *Esprit* : Jean Cayrol, Marguerite Duras, Jean Lagrolet, Kateb Yacine, Nathalie Sarraute, Samuel Beckett, Alain Robbe-Grillet, Claude Simon, Michel Butor, Claude Ollier ou Robert Pinget[5]. L'essai de Pierre de Boisdeffre ne visait d'ailleurs que l'auteur des *Gommes*, publié en 1953. Roland Barthes lui avait aussi consacré une étude dans la revue *Critique*, car il voyait dans ce livre un bel exemple de « littérature objective ». Lorsque le Nouveau Roman était né, Robbe-Grillet avait déclaré sur un ton péremptoire que tous les procédés romanesques dont il ne faisait pas usage étaient périmés. Beaucoup de critiques et d'écrivains s'étaient laissé intimider. Tous ceux dont les œuvres ne répondaient pas aux impératifs de Robbe-Grillet et de ses épigones appartenaient désormais au « vieux roman » méprisé.

Gary aurait pu sourire de la terreur instaurée dans le monde des lettres par des écrivains qui n'allaient pas longtemps obéir aux diktats qu'ils avaient promulgués. Mais il se sentait personnellement attaqué. Avec son essai, il espérait scandaliser, provoquer un séisme, une polémique.

La liste de la revue *Esprit* avait ensuite été épurée par Françoise Baqué[6] qui en avait banni Marguerite Duras, Jean Lagrolet, Claude Ollier et Kateb Yacine.

Romain Gary avait lu et annoté *L'Ère du soupçon* de Nathalie Sarraute, publié par la NRF[7]. Il vitupérait surtout contre Robbe-Grillet, soulignant dans ses œuvres des phrases qui le scandalisaient, et que Jean Ricardou[8] citait comme exemple de « la contestation du récit ». Robbe-Grillet, personnage principal du pamphlet de Gary, se déclara enchanté. « Quelle publicité pour le Nouveau Roman ! » déclara-t-il, ravi de l'aubaine.

Gary élargissait la liste des « coupables » puisque, selon lui, tout le mal procédait de Kafka, de Sartre malgré ses qualités, mais aussi de Camus, Marguerite Duras et Céline qu'il classait dans la catégorie des romanciers totalitaires n'ayant du monde qu'une vision exclusive. Seuls Tolstoï, Cervantès et, dans une moindre mesure, Balzac et Malraux échappaient à sa vindicte.

> Je dis bien roman *total* et non totalitaire : c'est cependant le roman totalitaire qui domine l'histoire de la fiction en Occident depuis Kafka. Totalitaire, c'est-à-dire à l'opposé du total : soumission au lieu de maîtrise. Kafka, Céline, Camus, Sartre enferment l'homme et le roman dans une seule situation, une seule vision exclusive. Ils nous clouent dans la fixité absolue et donc autoritaire, irrémédiable, de leur définition sans appel, dans une « condition » sans sortie : Kafka dans l'angoisse de l'incompréhension, Céline dans la merde, Camus dans l'absurde, Sartre dans le néant et tous leurs disciples combinés dans l'aliénation, l'incommunication, ou dans une irréalité littéraire recherchée par névrose obsessionnelle de la réalité politique [9].

Jean-Louis Bory écrivit dans *Le Nouvel Observateur* [10] : « Supposons Sganarelle romancier : Romain Gary représente l'équipement de ce confort : la création littéraire considérée comme un bas de laine, l'inspiration chantée comme le pot-au-feu des samedis soir, les pantoufles de l'imagination romanesque. » Bory touchait juste. Il observait que Gary, en dénonçant dans l'œuvre de Kafka une « névrose métaphysique obsessionnelle » qui devrait tout à la judéité et à la tuberculose, avait une vue bien courte : « Tous les juifs tuberculeux sachant écrire n'ont pas écrit *Le Château.* Et caetera, et caetera. Comme si tous les pédérastes asthmatiques avaient un *À la recherche du temps perdu* dans le tiroir de leur table de nuit ! »

Nombre d'autres critiques ne manquèrent pas de stigmatiser l'imprudence de l'auteur qui avait écrit : « Il n'y a jamais eu dans l'histoire de la littérature une œuvre romanesque sortie d'une théorie du roman », alors qu'il présentait la sienne propre dans le flot tumultueux d'une prose touffue (que le bulletin de l'Éducation

1
2

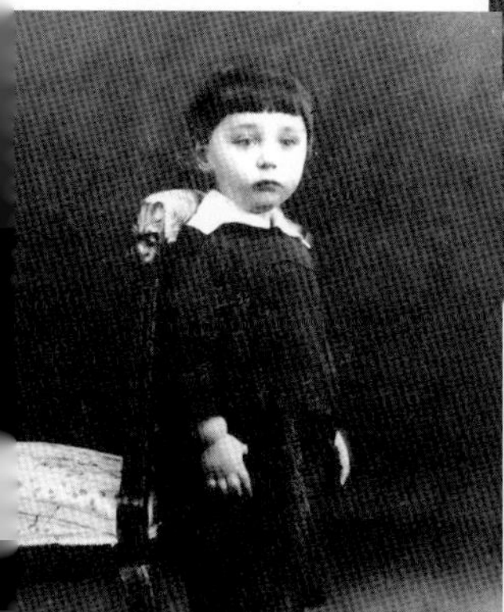

3

1 Mina Owczynska, la mère, à Sweciany, en Lituanie.

2 Roman Kacew à trois ans, à Wilno.

3 Arieh Leib Kacew,le père, pendant la Première Guerre mondiale, en uniforme de l'armée russe.

4

5

6

7

1
2

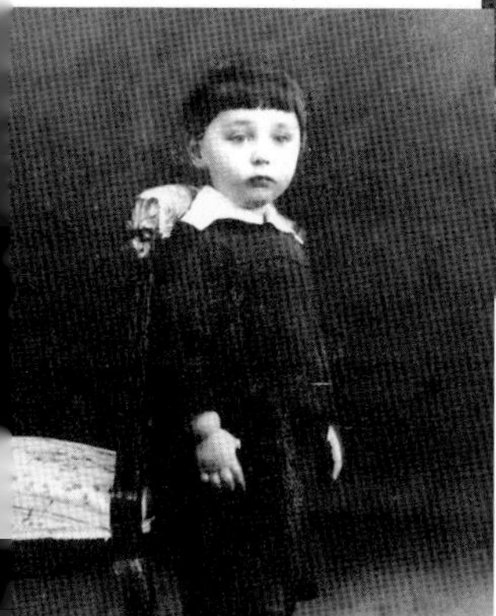

3

1 Mina Owczynska, la mère, à Sweciany, en Lituanie.

2 Roman Kacew à trois ans, à Wilno.

3 Arieh Leib Kacew,le père, pendant la Première Guerre mondiale, en uniforme de l'armée russe.

4

5

6

7

8

9

4 Ivan Mosjoukine, le père imaginaire. Photo dédicacée à une admiratrice achetée par Romain Gary au marché aux puces.

5 Eliasz Owczynski, frère de Mina, qui vécut à Nice.

6 Boroukh, dit Boleslaw puis Boris Owczynski, frère de Mina, avocat à Varsovie, en 1949.

7 Roman Kacew à l'âge de 12 ans.

8 Romain Kacew en classe de 4e au lycée Masséna de Nice en 1929 (deuxième rang, debout, deuxième à partir de la droite). À sa gauche, son ami Alexandre Kardo Sissoef.

9 Alexandre Agid, sa femme et ses enfants dans les jardins de L'Hermitage. De gauche à droite au premier rang : André, Georges, Roger sur les genoux de son père, Suzanne. Au deuxième rang : René et Liliane.

10

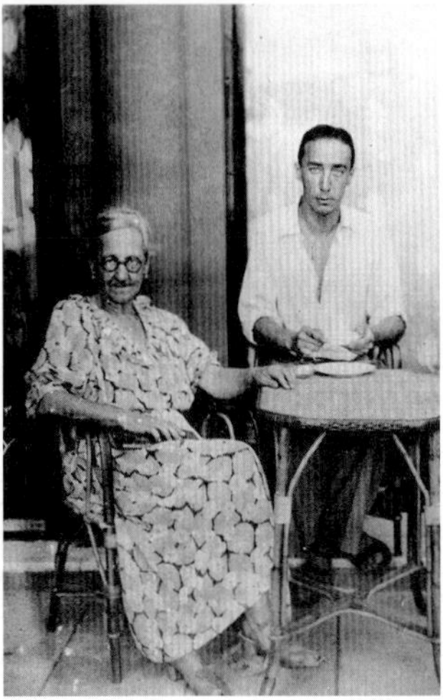
11

10 Mina Owczynska à Nice au début des années 1930.

11 Romain Kacew, à la veille de la Seconde Guerre mondiale, auprès de sa mère déjà très malade. Pension Mermonts à Nice.

12 Christel Söderlund et Romain Kacew âgé de 23 ans, lors de leur rencontre à Nice en 1937.

13 Romain avec Sigurd Norberg à bord du bateau à vapeur *Mariefred* sur le lac Mälaren en Suède. Romain avait fait ce voyage dans l'espoir de reconquérir Christel, laquelle était retournée vivre momentanément avec son mari.

14 Sigurd Norberg, Arieh Leib Kacew et Romain dans une rue de Varsovie, été 1933.

12

13

14

15 Ilona Gesmay, le grand amour de Romain Gary, en 1938.

16 Romain Kacew en permission à Nice en 1939, auprès de sa mère gravement malade. Bien qu'ayant réussi tous ses examens, il est le seul de sa promotion à ne pas avoir été nommé officier.

15

16

17

18
19

17 Le lieutenant Gary de Kacew avec son camarade pilote Arnaud Langer dont il a revêtu le blouson avant le départ en mission. Ils furent blessés tous deux le 25 janvier 1944 par des tirs allemands et réussirent néanmoins à poser leur appareil. À la suite de cet exploit, le général de Gaulle les nomma Compagnons de la Libération, le 20 novembre 1944.

18 Le lieutenant Gary de Kacew, le docteur Bernard Bercault et le mitrailleur Hervé Bauden devant leur Boston avant leur départ en mission au moment du débarquement allié en Normandie.

19 Le lieutenant Gary de Kacew au départ d'une mission dans les Forces aériennes françaises libres, en Angleterre.

20 21

22

23

20 Romain Gary photographié par Lee Miller, dans l'uniforme des Forces françaises libres, à la demande de Lesley Blanch.

21 Romain Gary en permission aux côtés de Lesley Blanch, à Londres, sur le seuil de leur petite maison de Saint Leonard Terrace.

22 Lesley Blanch et Romain Gary, alors secrétaire de la légation française à Sofia, en Bulgarie, en 1949, dans leur appartement de fonction sans chauffage.

23 De gauche à droite, Henri Hoppenot, Pierre Ordonneau, Romain Gary, Charles Lucet à New York, au banc de la délégation française auprès de l'ONU.

24

25

**24** Roquebrune : Yves Agid, Romain Gary et Sylvia Agid.

**25** René Agid et Romain Gary à Roquebrune.

**26** Carte de vœux dessinée par Lesley Blanch pour l'année 1955.

BRUSSELS PACT
LONDON, 1955
Joyeux Noël from
Lesley and Romain Gary
New York – London
1954
1955
EXCELS
The Wilder Shores of Love by Lesley Blanch
INK
Hollywood

27 Lesley Blanch en 1944, au moment de sa rencontre avec Romain Gary dans sa petite maison de Saint Leonard Terrace à Chelsea.

28 Odette de Bénédictis, secrétaire dévouée et complice, au consulat de France à Los Angeles.

29 Jean Seberg à l'âge de seize ans.

30 Romain et Jean à Los Angeles, début des années 60.

27

28

29

30

31

**31** Gary dans sa maison de Puerto Andraitx, à Majorque, au début des années 70.

**32** Romain, Jean, Diego et le chien Sandy.

**33** Romain, Diego et le teckel Pancho.

32
33

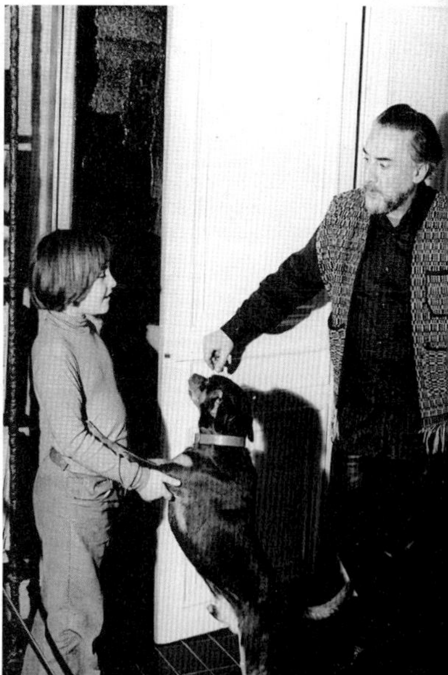

**34** Gary dans son bureau, au 108, rue du Bac, avec son teckel Pancho.

34

*Crédits photographiques*

1, 3, 4, 6, 10, 11, 16, 22, 23, 30, 31, 32 : collection Diego Gary-D.R. 2, 21, 26, 27 : collection Lesley Blanch-D.R. 5, 7 : collection Paul Pavlowitch-D.R. 8 : Archives du lycée Masséna. Cliché Tourter et Petkin © Archives départementales des Alpes-Maritimes. 9 : collection Roger Agid-D.R. 12 : collection Christel Kriland-D.R. 13, 14 : collection Nina et Simone Norberg. 15 : droits réservés. 17, 18 : Revue Icare. 19 : Musée de l'air et de l'espace/Revue Icare. 20 : Lee Miller Archives, Angleterre, 2006, tous droits réservés/collection Diego Gary. 24, 25 : collection Olivier et Yves Agid-D.R. 28 : collection Odette de Bénédictis-D.R. 29 : François Moreuil. 33, 34 : Jacques Robert © Gallimard.

nationale jugea ordurière) sur 470 pages constituant le socle idéologique d'une œuvre à venir.

Pierre-Henri Simon, dans son feuilleton du *Monde* [11], recensa dans un même article *La Prise de Constantinople* de Jean Ricardou et l'essai de Gary. Il était sans doute le seul parmi ses confrères qui avait lu jusqu'au bout les deux ouvrages.

> Je tiens l'auteur d'*Éducation européenne* et de *La Promesse de l'aube* pour un des écrivains de qualité de sa génération ; contre ceux qui reprochent à son style rugueux des lourdeurs qui y sont en effet, je le défends comme l'expression vigoureuse d'un tempérament singulier. C'est sans doute parce que j'attendais beaucoup de ce gros livre que j'en ai trouvé la lecture pénible, et qu'il m'en reste une déception. Dans l'essai, les défauts de M. Gary ne sont plus équilibrés, comme dans ses récits, par le sens dramatique ; mais un torrent d'idéologie fait rouler dans une prose profuse et bâclée, piquée de grossièretés sans invention qui ne sont que vulgaires, des assertions souvent arbitraires, contradictoires même, n'ayant pas d'autre unité que le ton d'un souverain mépris pour tout ce qui n'est pas dans l'horizon intellectuel, d'ailleurs étroit et plat, où l'auteur voudrait nous enfermer. Ce dogmatisme agressif vient d'autant plus mal que le dessein avoué est de substituer à l'esprit « totalitaire » attribué aux maîtres du nouveau style un goût « total » qui restituerait au roman toute l'étendue et la complexité du monde réel.
>
> Autre paradoxe qu'un essai voué à rendre à l'œuvre d'art la finalité de jouir, à l'exclusion de tout ce qui peut sentir l'engagement, le service ou l'intention démonstrative, soit à ce point dépourvu des prestiges de l'art qui eussent rendu sa lecture agréable.

Même si, dans son long monologue, Gary se contredisait, pourfendait fougueusement ses ennemis, provoquait ses lecteurs, il abordait, avec flamme et mauvaise humeur, d'autres sujets qui auraient mérité d'être débattus. Abandonnant dans les derniers chapitres le Nouveau Roman, il posait la question : « Est-il licite d'écrire des romans, après Auschwitz ? » Adorno, avant lui, avait écrit qu'on ne devrait plus écrire de poèmes après cela. Primo Levi lui avait répondu qu'on devrait, au contraire, écrire des poèmes, mais sur Auschwitz. Et d'attaquer avec virulence la métaphysique de la souffrance, touchant là au cœur de sa propre souffrance : l'extermination des Juifs, l'extermination de sa famille par les nazis. Gary hurlait et ne se souciait pas de satisfaire au bon goût. Considérant ce qui sépare fondamentalement le judaïsme du christianisme, il interpellait ainsi les chrétiens :

> N'êtes-vous pas conditionnés par la souffrance, respectueux de la souffrance, doublement victimes de la souffrance, par la « dignité » qu'elle vous confère, devenue culte de la douleur, au point de vous sentir intimement liés à elle, au point de sentir qu'elle vous confère quelque grandeur, quelque « douloureuse beauté », qu'elle est le sens de votre vie ? Que vous en tirez votre « sens », votre « dignité » ? Qu'elle vous confère de la « noblesse » ? Ne vous sentez-vous pas désorientés lorsqu'on vous dit que la souffrance, au contraire, constitue la source de votre bassesse, de votre ignominie, de votre laideur, de vos trahisons, de vos lâchetés, que vous lui devez tout ce qu'il y a en vous de vilenies ? Pourquoi vous sentez-vous profanés par une si élémentaire constatation ? Parce que, dès qu'on profane la souffrance, vous trouvez qu'on profane celle du Christ ? et que la souffrance est donc un « sacré », fille de Dieu ? Eh bien, dites-le : il serait intéressant d'entendre enfin exprimée à haute voix cette abjecte perversion de la souffrance du Christ, celle qui ferait adorer aux Juifs leur étoile jaune, et mènerait en pèlerinage à Auschwitz les foules juives pour baiser dans l'adoration les pierres du four crématoire… Merde que tout cela, sculpture dans la merde, dans l'esthétique, dans la philosophie et dans l'idéologie de la merde, couronnement de la merde en tant que Sublime Parfum : culte obscur de l'Irrémédiable qui finit par ne plus vouloir remédier [12].

Il stigmatisait aussi les grands romanciers russes et la « parfaite bonne foi du romancier [13] ».

> Lorsqu'on dit que le racisme n'a donné aucun chef-d'œuvre, on oublie un peu trop facilement le prodigieux Faggin. Tous les « grands » Russes, de Gogol à Pouchkine et à Dostoïevski, étaient organiquement, naturellement antisémites, au point qu'ils ne disaient jamais « juif », *yevrei*, mais toujours « youtre », c'est-à-dire *jyd.*

> Qu'il n'y ait pas eu d'œuvre entière antisémite est dû simplement au fait que les Juifs étant tenus pour de la merde, il ne serait venu à l'idée d'aucun artiste de travailler dans ce matériau-là. On s'en servait seulement pour donner par-ci, par-là des touches délicates [14].

Et encore, la barbarie nazie, toujours fidèle à sa définition de terroriste de l'humour :

> Les Allemands avaient Schiller, Goethe, Beethoven, les Simbas du Congo ne les avaient pas. La différence entre les Allemands héritiers d'une « immense » culture et les Simbas incultes, c'est que les Simbas mangeaient leurs victimes, tandis que les Allemands les transformaient en savon. Ce besoin de propreté, c'est la culture [15].

Le livre disparut rapidement des librairies.

Au mois de juillet, le couple se trouva à Barcelone d'où Jean écrivit à Sylvia que Romain avait sombré dans le désespoir. Il lui disait qu'il écrivait dans le vide, et qu'en tant qu'homme il se sentait « totalement dévirilisé [16] ».

Romain et Jean avaient loué une luxueuse villa, *Los Almendros*, à Paguerra tout près de Puerto Andraitx pour passer l'été sur l'île de Majorque avec Diego, ainsi qu'Eugenia qui resta avec lui après leur départ, jusqu'à la fin du mois d'août. Pendant leur séjour, on pouvait écrire à Gary au *Bar Bella Vista, Portals Nous,* à Palma, où Gary prenait chaque matin son petit déjeuner en lisant les journaux. C'est également pendant les semaines passées à Majorque que Jean Seberg persuada, non sans difficulté, ses parents de venir passer quelques jours dans la maison qu'ils avaient louée. Ed Seberg eut bien des remords d'abandonner son drugstore. Romain Gary alla les attendre à l'aéroport de Palma.

Jean Becker, après mûre réflexion, engagea Jean Seberg pour jouer aux côtés de Jean-Paul Belmondo dans une comédie légère, *Échappement libre.* Le tournage, qui dura neuf semaines, commença à Brême, puis se poursuivit à Barcelone, Naples, Athènes, Beyrouth, Damas. Gary vint rejoindre Jean à Barcelone, la suspectant d'avoir un flirt avec l'assistant de Becker, qui n'était autre que Costa-Gavras[17]. Sur le chemin du retour, ils séjournèrent en Grèce, et Jean acheta pour 3 000 dollars une minuscule maison de pêcheur dans les Cyclades, sur l'île de Mykonos, où elle ne devait venir que rarement, surtout après la prise du pouvoir par les colonels en 1967. L'adresse postale de la maison était : « Chez Joseph le tailleur. Mykonos. »

Robert Rossen avait apporté beaucoup de soin au montage de *Lilith*. Un temps, Columbia pensa le présenter pour l'ouverture du festival du film de Venise, mais le comité d'organisation n'y étant pas favorable, Rossen, écœuré, retira tout simplement *Lilith* de la compétition, alors que Jean avait caressé l'espoir de recevoir une récompense en Italie. *Lilith* fut présenté le 19 septembre 1964 au festival de New York, où il fut accueilli par des applaudissements polis. Les critiques n'aimèrent pas le film, mais louèrent la prestation de l'actrice Seberg. On le programma dans des salles désespérément vides, sauf dans les pays scandinaves. Malgré l'enthousiasme des *Cahiers du cinéma*, *Lilith* n'eut pas plus de succès à Paris qu'aux États-Unis. Jean, fascinée par la maladie mentale, n'en pensait pas moins que c'était le meilleur film qu'elle avait tourné, et elle le faisait projeter à ses amis.

Tandis que « Jeany » cherchait à échapper à l'ennui entre deux tournages, Gary, derrière les portes closes de son bureau, préparait une nouvelle édition profondément remaniée des *Couleurs du jour*[18], à laquelle il ajouta dix chapitres. Son titre devint *Les Clowns lyriques*. Pas plus que la première mouture cette version ne rencontra le succès.

Pendant la même période, Gary s'irritait parce que Jean Rosenthal[19], qui avait déjà établi la version française de *Lady L.*, tardait à lui remettre sa traduction de *Talent Scout*. Il avait en effet renoncé à traduire seul son livre en français. Il estimait avoir besoin de six mois pour mettre au net le texte définitif de son roman. Or il apprit, furieux, que Rosenthal n'avait pas encore commencé cette traduction qui avait pour titre provisoire *Le Mangeur d'étoiles* [20].

## 63.

Au mois de septembre 1964, Marjorie Brandon, une jeune Américaine venue étudier à Paris, lut une petite annonce dans le *New York Herald Tribune*[1] : « *Writer is looking a part-time secretary for literary works. Romain Gary. Babylone 32 93*[2]. » Elle entra aussitôt dans un café, mit un jeton dans le taxiphone et Gary décrocha. « *Mister Gary I just read your ad in* The Tribune *and I would like to apply for the job*[3]. » Il répondit : « *Do you take dictation on a type writer*[4] ? » Elle répondit qu'elle ne l'avait jamais fait, mais quand elle comprit qu'il allait raccrocher, elle s'écria : « *But why don't you give me a chance*[5] ? » Gary la convoqua le jour même pour un essai. Elle était très émue et, pendant qu'elle attendait qu'on vînt lui ouvrir, elle entendit la voix d'un petit enfant, mais quand elle entra, il n'y avait qu'un homme de haute stature qui la conduisit dans son bureau, dont la porte ouvrait sur l'entrée. Il lui désigna sa table de travail, et alla s'asseoir en face d'elle sur un sofa. Elle engagea une feuille de papier dans une machine mécanique, et l'écrivain commença à dicter en anglais. Elle tapait vite ; il se leva, vint examiner son travail et dit : « *It's good*[6]. » Elle devait venir travailler chaque après-midi, du lundi au vendredi, de 15 heures à 17 ou 18 heures pour sténographier le premier jet d'un nouveau roman.

Souvent, c'était Eugenia, la nounou de Diego, ou Antonia, la femme de ménage, qui venait lui ouvrir.

Marjorie allait aussitôt s'asseoir derrière la machine, et quelques instants plus tard, après un bref bonjour, Gary s'installait sur le sofa, ne semblant plus remarquer sa présence. En fumant ses cigares Monte-Cristo et en avalant des boîtes entières de pâtes de fruit, il dictait généralement cinq ou six pages de passages épars qui ne semblaient pas toujours avoir de lien entre eux. Mais quand il était en verve, il pouvait aller jusqu'à vingt-cinq ou trente pages. Très précis, il donnait la ponctuation. Elle devait taper en double interligne pour lui laisser la place d'écrire ses corrections. Souvent, il commençait une phrase, et la dictait avec quelques variantes à plusieurs reprises, en lui demandant d'aller à la ligne pour chaque nouvelle version.

Il pouvait aussi rester tout l'après-midi complètement silencieux. Un jour, un petit garçon de quatre ans ouvrit brusquement la porte et courut en criant en espagnol : « Papa ! papa ! *cuento ! cuento !* » Gary se tourna vers Marjorie : « *What does he want* [7] ? » Marjorie répondit : « *Well I think Mister Gary that he want's you to read a story* [8]. »

Parfois, au lieu de se mettre au travail, il envoyait Marjorie acheter des boîtes de cigares à La Civette, au Palais-Royal, ou bien la priait de faire des courses avec Arlette Merchez, la secrétaire de Jean.

# 64.

Pour Noël, Gary, qui haïssait l'alcool, les alcooliques... et le maréchal Pétain !, acheta chez un bouquiniste un album, *Mon docteur le vin*, illustré par Raoul Dufy sur un texte de Gaston Derys. Il l'offrit à Jean avec cet envoi cruel et sarcastique : « Bois, bois, chérie... *enjoy it... get fat fat FAT ! Romain Xmas 1964* [1] » En page 5, on découvrait un avant-propos en fac-similé manuscrit du maréchal Pétain daté du 27 juillet 1935, libellé ainsi :

> Hommage au Vin,
>
> De tous les envois faits aux armées, au cours de la guerre, le vin était assurément le plus attendu, le plus apprécié du soldat.
>
> Pour se procurer du « pinard » le « poilu » bravait les périls, défiait les obus, narguait les gendarmes. Le ravitaillement en vin prenait, à ses yeux, une importance presque égale à celle du ravitaillement en munitions.
>
> Le vin a été, pour les combattants, le stimulant bienfaisant des forces morales comme des forces physiques.
>
> Ainsi a-t-il largement concouru, à sa manière, à la Victoire.

Le texte était constitué par une suite de propos sur le vin illustrés par des tableaux, disons des saynètes, venant conforter les doctes propos d'illustres praticiens de la faculté de médecine de Paris, Toulouse, Bordeaux et Milan.

Premier chapitre, « Les calories du vin » :

« L'Homme des villes et des campagnes peut et doit, pour son plus grand profit, comme pour la richesse du pays, boire en sa journée, en mangeant, son litre de vin naturel. »

Sur la page de droite était reproduite la conversation d'une actrice avec une amie venue lui rendre visite dans sa loge :

« Comment ! déjà levée ! moi qui croyais que les artistes faisaient la grasse matinée...

— Le cinéma est un tyran qui a tout bouleversé... je suis au studio à huit heures... je tourne jusqu'à une heure... l'après-midi, je tourne encore... le soir, je joue...

— Comment peux-tu tenir ?

— Je mange et je bois bien... j'ai même fait venir au studio, où je déjeune souvent, un bordeaux qui me réussit, et je récupère gaiement les calories dépensées. »

Titre des dix-huit chapitres suivants : « Vitamines et radioactivité du vin », « Le vin contre les maladies infantiles », « Le vin contre la fièvre typhoïde », « Le vin pour les reins », « Le vin contre la dépression nerveuse et l'anémie », « Le vin contre l'appendicite », « Le vin contre le diabète », « Le vin pour les convalescents », « Action du vin sur le caractère », « Action du vin sur le moral », « Déchéance de la buveuse d'eau », « Le vin contre l'obésité », « Le vin maintient la jeunesse et l'esthétique », « Le vin est indispensable aux écrivains », « Le vin est nécessaire aux artistes », « Le vin est indispensable aux sportifs », « Le vin fait des beaux hommes » et « Longévité grâce au vin »...

# 65.

Au début de l'hiver 1965, Gary annonça à Marjorie Brandon que Jeany allait bientôt tourner un film, et que la maisonnée la suivrait, elle comprise. Tous prirent le Train bleu pour Cannes, mais séparément. Romain et Jean partirent les premiers, puis Eugenia et Diego, tandis que Marjorie devait les rejoindre quelques jours plus tard. Quand elle se présenta au Carlton, on lui répondit qu'aucune chambre n'avait été réservée à son nom. Elle expliqua au réceptionniste qu'elle travaillait pour Romain Gary, qui la reçut dans sa suite : « *Hy, Marjy, you are not staying here. I reserved a room for you a couple hotels down* [1]. » Il la pria de se présenter chaque matin entre 9 h 30 et 10 heures. La première fois, il l'envoya acheter un survêtement pour faire son jogging.

Gary prenait en charge le déjeuner de Marjorie au Carlton, mais ils ne mangeaient pas à la même table, et quand il entrait dans la salle du restaurant, il feignait le plus souvent de ne pas la connaître. Après le repas, elle le rejoignait dans le salon de sa suite. Absorbé dans de sombres ruminations, il restait de longs moments silencieux, au terme desquels il disait souvent : « *I can't do it today* [2] », et il l'envoyait acheter des cigares.

Jean avait accepté le rôle principal de *Moment to Moment,* un film policier à gros budget, que Mervin LeRoy, un réalisateur chevronné, réalisait pour la Metro Goldwyn Mayer. Elle jouait un personnage stéréotypé de blonde platinée, élégante et maquillée, coupable d'avoir assassiné un amant de passage. Pour lui donner la réplique LeRoy avait engagé Sean Connery, dont c'était là le premier rôle important et auquel l'on prédisait une grande carrière.

Les prises de vues se déroulèrent pendant deux semaines au restaurant La Colombe d'Or à Saint-Paul-de-Vence, à Mougins, et au marché aux Fleurs, sur le cours Saleya, à Nice.

L'équipe vint tourner quelques scènes en studio à Paris. Gary reprit sa routine de travail, interrompue par quelques rares visites de Robert Gallimard ou d'André Malraux.

Comme le temps était pluvieux en France, Mervin LeRoy trouva plus commode d'achever son film à Hollywood, où les palmiers et le soleil ne lui feraient pas défaut. Gary demanda alors à son amie Odette de Bénédictis, qui travaillait encore au consulat de France à Los Angeles, de lui trouver une maison à louer pour trois ou quatre mois. Elle dénicha une somptueuse villa avec une piscine et un grand jardin à Beverly Hills, proche de Benedict Canyon. Jean et Romain partirent avec Diego, Eugenia, Cecilia Alvarez, la nouvelle secrétaire de Jean, et Mabel Muñoz Lacasta, qui trouva à Los Angeles un emploi de jeune fille au pair. Pendant leur séjour, la sœur de Jean, son mari, ses deux filles Sarah et Melissa, leur rendirent visite. David, le frère de Jean qui s'était révélé homosexuel, vint se joindre à eux. De crainte que Diego ne subît l'influence de son beau-frère, Gary les tenait soigneusement à distance l'un de l'autre.

Très déprimé, il venait souvent parler à Eugenia, comme autrefois à Ida d'Agostin. Jean, lui disait-il, était jeune, belle et allait l'abandonner. Elle ne pensait qu'à sortir et à danser, alors qu'il restait la plupart du temps enfermé à écrire.

Une brouille sépara Gary de Sylvia et René Agid pendant sept ans. Il semble que Sylvia, entière, intransigeante, ait fait mine de gifler Jean parce qu'elle avait cru comprendre que cette dernière était infidèle à

Romain qui avait souffert des affres de la jalousie pendant le tournage, et avait à nouveau sombré dans le désespoir. Il n'avait cependant pas supporté le geste de Sylvia. Jean, pour sa part, ne lui en garda pas rancune. Elle écrivit à Sylvia quelques jours plus tard une lettre sereine :

> J'espère que vous savez que tout ça était entièrement une fabrication d'une imagination trop fatiguée et je crois que depuis ces derniers jours, il est tout à fait rassuré sur mon amour, fidélité et besoin de lui.
>
> Heureusement, ce putain de film est terminé et aussi, j'espère, ce chapitre lugubre de ma vie.

Ils revinrent à Paris et Romain reprit ses habitudes. Chaque matin, il descendait prendre son café et lire les journaux chez Ginette Gahier. Pour ne pas être dérangé par le bruit, il mettait souvent des boules Quies dans ses oreilles. On le voyait parfois promener Sandy, un grand chien jaune qu'il avait récemment recueilli.

Vers midi, il déjeunait souvent seul chez Lipp, où il avait une table attitrée. S'il la trouvait occupée, il repartait en claquant la porte.

Jean accepta de tourner, sous la direction de Nicolas Gessner, jeune réalisateur suisse, *Un milliard dans un billard*, une comédie légère, aux côtés de Claude Rich. Elle partit pour la Suisse, accompagnée de Romain. Marjorie fut une fois encore de la partie, mais elle passa son temps à faire des courses, car Gary, toujours aussi jaloux, n'arrivait pas à travailler. Il suivit Jean à Genève et à Lausanne où se déroulèrent les prises de vues. La jalousie n'était pas le seul motif de ses préoccupations.

Au mois d'août 1965, Gary loua pour deux mois une somptueuse et vaste villa avec piscine à Saint-Jean-Cap-Ferrat. À nouveau, la tribu migra vers le sud, y compris Sandy et les chats de Jean. Mais Romain ne retrouva pas dans ce luxe le bonheur qu'il avait autrefois connu dans sa tour rustique accrochée au flanc de la montagne de Roquebrune. À présent, il préférait écrire dans son bureau de la rue du Bac.

Jean, d'humeur sombre, se plaignait de ne tourner que des films médiocres. Elle refusait d'aller jusqu'à la plage mais ne voulait pas non plus se baigner dans la piscine. Elle aurait voulu aller voir des amis à Nice ou à Monte-Carlo, alors que Romain avait justement quitté Paris pour la séparer d'un certain nombre de fréquentations qu'il jugeait néfastes pour son équilibre mental et sa carrière. Elle se morfondait, ne prenant aucune part à l'éducation de son fils Diego qui restait auprès d'Eugenia. Le soir, Jean et Romain dînaient chacun à l'extrémité d'une longue table, dans la salle à manger. Pendant ce temps, Eugenia, Diego, Marisol et Marjorie prenaient leur repas à la cuisine. Un jour, Marjorie vit le chien Sandy entrer et se précipiter sur Gary pour lui demander des caresses. De mauvaise humeur, ce dernier lui donna un coup. Le chien fit mine de s'éloigner, puis revint et, levant posément la patte, lui pissa sur la jambe, avant de prendre la fuite. En voyant son visage courroucé, Margy eut envie de rire, mais n'osa pas.

Deux semaines plus tard, Gary, n'arrivant pas à travailler, rentra à Paris. Il engagea Marjorie Brandon à plein temps. Les meilleurs jours, il lui dictait six ou sept pages, mais durant les longues heures où il ne disait pas un mot, Marjorie lisait en cachette un livre posé sur ses genoux, tout en le guettant du coin de l'œil. Lorsqu'il tirait enfin une bouffée de son cigare, puis avalait une pâte de fruit, elle était certaine qu'une phrase allait bientôt tomber de ses lèvres. Elle s'étonnait qu'il fût assez égoïste pour ne lui avoir jamais proposé la moindre pâte de fruit, un café, ou même un verre d'eau.

Gary ne devait pas rester longtemps à Paris, car on proposa à Jean deux rôles dans des productions américaines. D'abord un rôle secondaire très bien payé[3] dans *A Fine Madness*, une comédie dont l'action se déroulait à Greenwich Village, le quartier des artistes à New York. Romain, Jean et Sandy quittèrent à nouveau la rue du Bac pour quatre mois. Marjorie, refusant de les suivre, fut chargée d'aller relever le courrier et vérifier une fois par semaine que tout était en ordre rue du

Bac. Elle était convenue avec Gary que, pendant son absence, elle prendrait un mois de congé. Mais il se mit à lui envoyer chaque jour des télégrammes parce qu'il avait téléphoné rue du Bac et qu'elle n'était jamais là. Il l'accusa d'être malhonnête, de le voler. Indignée, elle lui indiqua où se trouvaient la clef et l'argent qu'il lui avait confiés pour ses frais, et ajouta qu'en lisant ses livres, elle avait cru comprendre qu'il professait un grand amour pour ses semblables. Or, elle avait dû constater qu'il ne respectait même pas ceux qu'il avait engagés à son service.

Pendant ce séjour à Los Angeles, Gary fut impressionné par les changements survenus aux États-Unis. C'était le moment où la contestation battait son plein dans les campus contre la guerre du Viêtnam. Les jeunes montraient des signes d'inquiétude. C'était la fin de la confiance calme et totale dans les valeurs de l'Amérique sûre de son bon droit, incarnée par Gary Cooper. Gary le vénérait. Il avait d'ailleurs acheté une monographie illustrée comportant une filmographie complète de l'acteur. Les adolescents ne rêvaient plus de lui ressembler.

> Tu veux que je te dise, Lenny ? C'est fini Gary Cooper. Fini l'Américain tranquille, sûr de lui et de son droit, qui est contre les méchants, toujours pour la bonne cause, et qui fait triompher la justice et gagne toujours à la fin. Adieu, l'Amérique des certitudes. Maintenant c'est le Viêtnam, les universités qui explosent, et les ghettos noirs. Ciao Gary Cooper.

Ces observations sur la jeunesse américaine paumée allaient lui inspirer un nouveau roman, *The Ski Bum* [4], directement écrit en anglais et plus tard réécrit en français sous le titre *Adieu Gary Cooper*. Dans ce livre Gary faisait dire à son héros, Lenny, qu'on est tous des « paumés ». L'idéal, c'est l'« aliénation », « un truc formidable qui veut dire que vous êtes avec personne, contre personne, pour personne, voilà ».

Bien qu'il fût toujours rongé par la jalousie, Romain

s'éloignait de Jean. Progressivement, il était devenu pour elle un père de substitution. Officiellement, ils représentaient encore un couple dont les magazines aimaient à publier les photos, mais leur vie intime s'était étiolée. Jean convainquit tout de même Romain d'aller passer le Noël 1965 à Marshalltown avec Diego. Ce voyage ne le réjouissait certes pas, toutefois il s'inclina. Il existe une photo de ce séjour où on le voit assis à côté de Jean sur le divan dans le salon des Seberg en train de regarder l'album de famille. S'il était un étranger à leurs yeux, eux l'étaient tout autant pour lui. Mais son fils ne devait-il pas néanmoins connaître ses grands-parents ?

À la fin de l'année 1965, Georges de Beauregard, qui avait produit *À bout de souffle*, suggéra à Claude Chabrol d'engager Jean Seberg dans *La Ligne de démarcation.* Elle devait incarner le personnage d'une résistante héroïque mariée à un comte, joué par Maurice Ronet. Un film qui jetait un regard ironique et désabusé sur la France de Vichy, battant en brèche l'image d'Épinal d'une population massivement entrée dans la Résistance. Le tournage se déroula dans un village du Jura non loin d'un bon hôtel-restaurant où Chabrol s'était installé avec son équipe.

Claude Chabrol devait à nouveau engager Jean Seberg et Maurice Ronet quelques mois plus tard pour tourner dans *La Route de Corinthe,* une subtile parodie de film d'espionnage tournée en Grèce, qui ne fut pas comprise par le public.

66.

En 1965, la maison construite par Pedro Otzoop pour Gary à Puerto Andraitx fut achevée. La parcelle qu'il avait achetée au bord de la mer était exiguë — seulement 2 500 mètres carrés. Pedro lui avait proposé de construire une vaste villa méditerranéenne autour d'un patio qui occuperait toute la surface disponible. Impressionné par la fragilité de Gary, il avait voulu lui construire une demeure où il se sentirait protégé.

Quand il était un jeune architecte, Otzoop, lorsqu'il devait dessiner les plans d'une maison, montait une tente sur le terrain et allait y dormir une nuit pour « sentir ce que celui-ci lui disait ». Le meilleur endroit était dévolu à la chambre à coucher.

On entrait à Cimarron[1] par un large porche et une grille en fer forgé, prolongés de chaque côté par des arcades. Outre les appartements de Romain, la maison composée de deux ailes parallèles comportait un grand salon, une cuisine, un office, trois grandes chambres pourvues de placards et de salles de bains, un garage, une buanderie, et d'interminables couloirs. Il y avait enfin, sur toute la longueur de la maison, face à la mer, une large galerie couverte et ouverte où l'on mangeait sur une longue table en bois, une terrasse et une piscine dominant la baie de Puerto Andraitx. Ensuite, une chambre aussi vaste que la salle à manger, avec un salon et une salle de bains. Une chambre de service avec salle de bains avait en outre été aménagée pour le cuisinier. Presque pas de meubles. Tout autour de la maison, des terrasses pour ceux qui aimaient le soleil. Cimarron aurait pu se trouver à Beverly Hills et appartenir à un acteur affectionnant le style néomexicain.

Peter Ustinov, à qui Romain avait montré une petite maison à vendre avec une piscine dans les alentours, l'avait finalement achetée. Il trouvait le lieu splendide bien qu'il fût infesté de moustiques. « On parlait ensemble de choses curieuses en ne cessant pas de se taper pour essayer de les tuer[2] ! »

Gary aimait profondément sa maison et s'y installa plusieurs mois par an pour écrire. Il invitait souvent des amis à venir le rejoindre, mettait à leur disposition les chambres et la cuisine où officiait Eugenia, mais c'est à peine s'il remarquait leur présence. Il ne prenait qu'exceptionnellement ses repas en leur compagnie. Solitaire, il intimidait ceux qui voulaient l'aborder. Pedro qui l'aimait beaucoup le trouvait cependant terriblement ennuyeux. Quand ils se rendaient ensemble à une réception à cette époque où Régine Crespin et Peter Ustinov passaient les mois d'été à Puerto Andraitx, c'est vers eux que les invités se dirigeaient pour bavarder, tandis que Gary contemplait un moment l'assistance d'un air morne, puis partait sans dire un mot.

Comme à Paris, il passait le plus clair de son temps à écrire, mais aux premières heures de la matinée, il descendait sur les rochers qui environnaient la maison, se prenait parfois les pieds dans les oursins, puis plongeait dans la mer, nageant loin vers le large. Peter Ustinov qui possédait un splendide voilier, le *Nitchevo,* le voyait aussi souvent s'éloigner vers le large dans son kayak, torse nu et la moustache soigneusement taillée, aux premières heures de la matinée. Quand il arrivait à sa hauteur, Gary lançait à Ustinov : « *Que tal*[3] *?* »

Plus tard, il descendait le chemin de La Mola vers le port, s'asseyait à une terrasse du café Bella Vista et lisait les journaux. Il mangeait généralement seul le repas préparé par Eugenia, puis allait s'enfermer dans sa tour avec sa secrétaire qui passait là tout l'été.

Les premières années, il vint avec Jean, Eugenia et Diego, à qui l'on permettait d'emmener un camarade pour lui tenir compagnie.

Puis, quand Romain et Jean furent séparés, celle-ci y fit de brefs séjours pour voir son fils qu'elle aimait.

## 67.

Un été, le *Nitchevo* jeta l'ancre face au restaurant Miramar à Puerto Andraitx, à la demande de Pavla, la fille de Peter Ustinov, qui voulait rendre visite à une de ses amies qui y passait ses vacances. À l'époque, Peter Ustinov n'avait pas encore acheté la maison sur l'île. Il naviguait avec sa famille sur un voilier entre Minorque et Majorque.

Un matin, assise sur le pont près du gouvernail, Pavla entendit des pas sur la passerelle, mais ne leva cependant pas la tête parce que, en pleine crise d'adolescence, elle ne voulait pas dire bonjour à l'intrus, et détestait tout le monde. Le capitaine avait, comme il se doit, interdit le port des chaussures sur le pont. Soudain, des fragments de noix de coco tombèrent à ses pieds. Ignorant qui se comportait ainsi, elle était cependant ravie parce que cette conduite provocante constituait une transgression, une insulte aux bonnes manières. Elle savait que son père, qui paressait sur un transat derrière elle, serait furieux, et cela la faisait jubiler. Ni ce dernier ni le capitaine ne firent la moindre remarque à Romain Gary, leur visiteur mal élevé, qui à cause de son hernie hiatale ne pouvait supporter de manger de noix de coco. Mais comme il refusait de s'en priver, il la recrachait après avoir joui de son goût. Gary s'apprêtait à prendre congé quand il revint brusquement sur ses pas pour s'adresser à l'adolescente : « Je vais te faire une tarte aux pommes et je reviendrai demain à la même heure te l'apporter. Est-ce que tu aimes ça ? »

Le lendemain, Pavla attendit sur le pont et, à l'heure exacte, elle vit une Volkswagen rouge décapotable s'arrêter devant elle. Gary en sortit et attendit. La petite sauta sur le quai, tandis qu'il ouvrait le coffre. « Voilà, mange-la, je l'ai faite pour toi. » C'était une grande tarte carrée que Pavla posa sur sa couchette dans le bateau. Elle dormit avec et ne la mangea pas. Au bout d'une semaine, elle était complètement pourrie, et le capitaine la jeta aux ordures. Chaque matin, Romain, chevauchant une énorme Harley Davidson qu'il était incapable de faire démarrer seul, venait lui rendre une courte visite, puis repartait travailler.

À la fin de l'été, avant de la quitter, Gary avait donné son adresse à Pavla. Depuis sa pension de luxe en Suisse, elle lui écrivait, et il lui répondait. Elle lui parlait de sa mère alcoolique, Romain lui disait que Jean aussi buvait. Ses lettres la bouleversaient : « Il ne faut pas oublier, mon petit chou, que les parents sont des gens fatigués qui ont aussi les nerfs fragiles. » Elle le vouvoyait, il lui demandait de le tutoyer.

C'est l'année suivante que Peter Ustinov acheta la maison délabrée que Romain lui avait montrée. Comme lui, il vint passer tous les étés à Puerto Andraitx. Très souvent, Romain invitait officiellement Pavla à dîner, comme si elle avait été une femme. Si elle avait le moindre retard, il se mettait en colère. « Heureusement que tu es venue, je me suis teint la barbe pour toi », lui disait-il parfois. Il la raccompagnait chez son père. Elle l'embrassait sur les deux joues. Quand elle eut seize ans, au lieu de l'embrasser, il lui ordonna : « Va-t'en. Je suis trop vieux. »

Parfois, Peter Ustinov allait dîner au Miramar avec Romain et Jean, qui ne vivaient plus ensemble. Un soir, Pavla fit partie des convives. Au moment de payer, Peter Ustinov prit la facture, et Jean, qui avait la veste de Romain sur le dossier de sa chaise, échangea sa chaise avec Pavla, et lui murmura : « Prends-la. » Puis elle la lui jeta sur les épaules. Au moment de partir, Gary, cherchant sa veste, découvrit la manœuvre. En marchant le long de la jetée, Jean dit à Romain en parlant de Pavla : « Elle t'aime. Laisse-la entrer dans ta vie, même si tu es plus vieux. »

Depuis le jour où elle avait rencontré Gary, Pavla ne pensait qu'à lui. Eugenia, superstitieuse, lui avait dit qu'il n'y a qu'un homme qui compte dans la vie d'une femme : pour Pavla, c'était Romain.

Il avait songé le plus sérieusement du monde à demander à Peter Ustinov de permettre à sa fille de venir habiter chez lui pendant quelque temps. Devant les problèmes que soulevait pareille entreprise, il avait finalement renoncé.

Lors d'une de leurs rencontres, il lui raconta, les larmes aux yeux, que lorsqu'elle était encore un bébé de six mois, il avait rendu visite à ses parents à Londres qui lui avaient dit : « Viens, nous allons te présenter notre petite fille. » L'enfant lui avait mis aussitôt les bras autour du cou, la tête contre la poitrine, et ne voulait plus le lâcher.

Quand Pavla eut dix-sept ans, elle quitta sa pension pour une école internationale à Genève, où ses parents lui louèrent une chambre chez des bonnes sœurs, très strictes sur les horaires de leurs pensionnaires. C'était justement l'époque où Gary trouva un appartement dans une résidence construite à la fin des années cinquante rue Moillebeau, à deux pas de l'hôtel Intercontinental, grâce à son amie Suzanne Salmanowitz qui le recevait souvent dans sa somptueuse propriété, à Versoix.

Charles-André Junod, son avocat, lui avait obtenu un permis de séjour en Suisse, et il était légalement devenu un contribuable dans ce pays, où il devait résider un certain nombre de mois par an. Il se retirait à Genève pour travailler.

Romain envoya une lettre à Pavla qui contenait une clef, l'adresse et l'heure de leur prochain rendez-vous : 10 heures du soir. Gary trouva une excuse à présenter à la directrice de sa pension afin d'obtenir une permission spéciale. Pavla arriva à la nuit tombée dans le quartier excentré et élégant qui abrite le siège des Nations unies, ouvrit la porte, découvrit l'appartement : un salon, une cuisine, une chambre à coucher avec un lit garni de draps rouges, une salle de bains. Assise et désemparée, elle épiait chaque bruit de pas dans le couloir. Elle attendit longtemps. Soudain, la porte s'ouvrit, et Romain entièrement vêtu de cuir noir et le cigare aux lèvres, parut devant elle. Il alla s'asseoir devant sa table de travail, et rédigea un de ses innombrables testaments. À minuit, il lui demanda de s'asseoir face à la porte et de l'écouter. Il lui avait donné la clef de son appartement afin qu'elle eût un lieu où venir travailler, puisqu'elle avait montré des dispositions pour la peinture. Puis il lui expliqua qu'elle devait sortir avec des garçons, et lui ordonna de se trouver un petit ami. Or, elle était convaincue qu'elle n'appartenait qu'à lui. Elle l'aimait d'un amour qui lui faisait craindre qu'il ne prît froid quand il se baignait. Elle était convaincue qu'enfant on est davantage capable d'aimer qu'à l'âge adulte.

Elle obéit à Romain : elle se donna une fois à un garçon dont elle lui montra la photo quand elle le revit quelques mois plus tard à Paris. Il lui fit remarquer que ce jeune homme lui ressemblait. C'était vrai.

L'été suivant, à Palma, elle voulut mourir. Elle avala une grande quantité d'aspirine, des comprimés de somnifères avec un litre de vin. Un passant la trouva évanouie près d'un buisson. On la ranima, et elle murmura qu'elle n'irait pas à l'hôpital sans Romain. À 4 heures du matin, on amena Pavla devant la villa Cimarron. Gary monta dans sa Volvo et la conduisit si lentement à l'hôpital de Palma, que Pavla aurait eu le temps de mourir trois fois. Il l'abandonna entre les mains des médecins qui lui firent un lavage d'estomac. Pendant plusieurs jours, il ne vint pas la voir. Puis un matin, il entra dans sa chambre avec son gros cigare et lui fit la morale. « Fais pas le con ! On n'a pas le droit de se suicider. »

Pendant l'hiver, ils recommencèrent à se voir à Paris en fin de semaine. Toujours vêtu de noir, il l'emmenait dîner chez Lipp. « Tu sais, j'ai une très mauvaise réputation sexuelle, lui disait-il. — Et alors ? » lui répondait-elle. Il n'avait jamais un geste déplacé.

L'année de ses dix-huit ans, Pavla s'installa à Londres pour suivre des cours d'art dramatique, et son père l'envoya chez Serge Leibovici, un psychanalyste parisien réputé qui l'avait déjà reçue une fois lorsqu'elle avait onze ans et refusait de manger. « Qu'est-ce que vous avez, cette fois ? lui demanda-t-il. — Mon père veut que je vous parle parce que j'aime Romain Gary. — C'est très bien. C'est un très bon choix. »

Chaque semaine, Peter Ustinov payait le voyage de sa fille de Londres à Paris. Pavla passait dix minutes chez Leibovici, et le reste du week-end chez Gary, mais très convenablement. Ils allaient dîner chez Lipp, puis rentraient rue du Bac en suivant le boulevard Saint-Germain. L'appartement était plongé dans l'ombre, silencieux. Ils s'asseyaient dans le salon. Gary murmurait : « Ne pars pas. » Ils restaient des heures interminables face à face sans rien dire. Puis chacun allait se coucher dans sa chambre.

Pour ressembler à Mina Owczynska, Pavla avait choisi un parfum au muguet et offrait à Romain des bocaux de cornichons malossol. Le manège dura deux ans. Puis Pavla ne vit plus Romain qu'une fois par an parce qu'elle vivait aux États-Unis. À présent, c'était lui qui écrivait à Pavla, et elle qui répondait.

L'année de ses vingt-trois ans, lors d'une de ses visites à Paris, en rentrant de dîner chez Lipp en tête à tête, Gary l'emmena chez lui et partit dans son bureau lui appeler un taxi. Il la laissa seule un moment, puis revint dans le salon. « Je n'ai pas appelé de taxi… je voudrais que tu restes. » Après toutes ces années, Pavla, sereine, le laissa attendre longtemps, le regardant se dandiner nerveusement dans le costume gris très strict qu'il portait très rarement.

Il rompit enfin le silence. « Si tu ne veux pas rester, j'appelle un taxi. — Non, je réfléchis… Pourquoi maintenant, pourquoi pas avant-hier, pourquoi pas demain ? — Parce que tu étais trop jeune… — Je n'étais pas trop jeune l'année dernière ni l'année d'avant. »

Il fit mine de se diriger vers sa chambre et lui demanda : « Tu viens ? » Elle le regarda traverser le salon. Puis elle se leva et, lorsqu'elle atteignit la porte de la chambre, se retourna. Elle se revit assise là, comme tout à l'heure. Elle entra enfin dans la chambre inconnue.

Le lendemain matin, il lui demanda de lui offrir les grands portraits qu'un photographe avait réalisés d'elle. Il les exposa dans son salon. Au dos d'un des tirages qu'elle lui donna, elle écrivit : « Comment puis-je exprimer ce que j'ai ressenti à l'instant où je me suis enfin trouvée dans les bras de ma vie ? »

Ils prirent un taxi. Il la déposa chez sa mère et se rendit à la piscine du Cercle interallié. Avant de la quitter, il lui dit : « Nous irons en Pologne. Je veux aller en Pologne avec toi. » Il ne l'emmena jamais en Pologne.

68.

La traduction française de *Talent Scout* [1], sous le titre *Les Mangeurs d'étoiles*, premier volume de *La Comédie américaine*, fut publiée cinq ans après sa sortie honorable aux États-Unis. On trouva ce roman divertissant, mais l'œuvre de Gary n'était pas considérée comme de la « grande littérature ». Les critiques, qui n'avaient pas oublié *Pour Sganarelle*, ne manquèrent pas de faire remarquer à l'auteur que si le Nouveau Roman utilisait des trucages, lui, de son côté, en usait et abusait. On lui reprocha une composition hâtive, d'innombrables redites, tout en lui concédant de l'humour et des qualités de conteur passionné et chaleureux. Personne, en revanche, ne remarqua ce que le personnage de la naïve petite Américaine, fiancée du dictateur José Almayo, devait à Jean Seberg :

> Elle était très jolie, avec des traits délicats et dont l'équilibre semblait relever de quelque préméditation créatrice plutôt que d'un hasard de la nature. Une bouche ravissante et charnue, dont le dessin avait une sorte de vulnérabilité curieuse : c'était une bouche sans défense, comme celle des enfants. Le nez était un peu retroussé et les cheveux châtains aux reflets clairs donnaient au visage un halo de tendresse et de douceur [2]. [...] Elle se sentait terriblement coupable, comme avec les Noirs américains qui sont devenus racistes à leur tour, et qui vous crachent à la figure. Au fond, c'était la même injustice, et ce qu'elle faisait ici pour les Indiens, elle le faisait aussi pour les Noirs américains : elle avait été membre du NAACP depuis

> l'âge de quatorze ans, et avait toujours voulu se vouer, se dédier à quelque chose de propre, sauver quelqu'un ou quelque chose[3]. [...] Elle estimait que les États-Unis devaient faire beaucoup plus pour les pays sous-développés et expédia une longue lettre à un journal de Des Moines où elle décrivit longuement, et avec une émotion qui l'avait fait pleurer sur sa machine à écrire, la pauvreté qu'elle voyait autour d'elle, en protestant avec indignation contre la diminution par le Sénat de l'aide à l'étranger[4].

Ce livre ne se vendit pas non plus.

Au mois de mars 1966, Gary fit avec Jean un voyage en Pologne où ses livres étaient traduits et appréciés. Il avait été invité à donner une conférence sur la « Situation du roman » par le Centre de civilisation française de l'université de Varsovie. Ils y séjournèrent deux semaines. Il ne restait rien des rues où il s'était promené avec sa mère l'année de ses treize ans, avant d'émigrer en France. De la ville dessinée par des architectes italiens, très peu de chose avait subsisté. Après avoir déblayé les ruines, on avait édifié d'affreux immeubles de parpaings et de béton qu'on avait à peine pris la peine d'achever, si bien qu'ils laissaient voir leurs entrailles : d'innombrables fils, conduites d'évacuation des eaux usés et tuyaux, grossièrement assemblés avec du mortier.

Errant parmi les fantômes dans l'empire de la destruction, Gary eut soudain la vision de lui-même se détachant de lui, tel un double. Ce double, cet autre lui-même, ce spectre témoin du désastre survivant d'un autre temps, il l'appellerait d'abord Moïche Cohn, puis Gengis Cohn, futur héros de son roman *La Danse de Gengis Cohn*. Le ghetto incendié, dynamité, avait été rasé, réduit à l'état de terrain vague. Gary/Gengis, projetant son double dans les rues telles qu'elles avaient existé avant la Shoah, marchait dans la Varsovie qu'on avait substituée à celle d'un temps pourtant toujours présent qui se déployait devant lui, tel un éventail. Son esprit était uni aux Juifs qui avaient été assassinés. Il les voyait, non pas comme un souvenir, mais intacts, tels qu'ils étaient aux jours lointains de son enfance, et savait qu'il était dépositaire de ce qui avait existé ici, avant. Il était un dernier lambeau de ce monde englouti du Yiddishland. Une partie de lui-même était morte à Varsovie, où, jusqu'à son suicide, il reviendrait sans cesse. Mais il refusait la destruction totale.

En découvrant qu'il hébergeait cette part encore insoupçonnée de lui-même, il conçut le personnage de Gengis Cohn, dont il dirait : « Gengis Cohn, c'est moi [5]. »

Des cinq cent mille Juifs qui y avaient été séquestrés puis déportés dans des wagons de marchandises plombés à Treblinka ou à Auschwitz, seules quelques centaines avaient survécu. Parmi eux, ceux qui n'avaient pas encore quitté ce pays de cendres dissimulaient leur identité, car la campagne antisémite battait son plein sous le règne de Wladyslaw Gomulka.

Alors qu'il n'avait fait aucune allusion, ni dans ses lettres, ni dans son œuvre, au voyage qu'il avait fait au milieu des ruines en juin 1946, quand il était en poste à Sofia, son séjour dans la cité reconstruite bouleversa Gary.

À son retour, il alla passer une semaine à Nice, à L'Atlantic, propriété de son ami Roger Agid, et écrivit à Claude Gallimard pour lui parler d'un nouveau livre, premier volume d'une trilogie intitulée *Frère Océan*. Il hésitait entre plusieurs titres : *La Danse de Gengis Cohn*, *Kaddish pour une nymphomane*, *Kaddish pour une princesse de légendes*, *Kaddish pour un comique juif*. Il choisit finalement *La Danse de Gengis Cohn*, peut-être en hommage à Anna Akhmatova qui avait coutume d'observer : « Je suis une gengiskhânide [6]. »

Il évoqua à plusieurs reprises son dernier séjour à Varsovie lors des entretiens qu'il donna à l'occasion de la sortie de *La Danse de Gengis Cohn* [7], affirmant que c'était ce retour sur les lieux de son enfance qui lui avait inspiré ce roman. Dans un entretien qu'il accorda à Konstanty Andrzej Jelenski de la revue *Livres de France* [8], il confia :

> Je ne me suis plus senti le même depuis. Au cours d'un voyage à Varsovie, j'ai visité le musée de l'Insurrection. Je savais tout sur le meurtre des six millions de Juifs, j'avais lu tous les livres, j'avais vu les documents. Mais si je parlais souvent de mes origines juives, au fond, je ne me sentais pas juif, malgré mon attachement à la mémoire de ma mère. Or, devant la section du musée consacrée à la révolte du Ghetto, je me suis soudain écroulé et je suis resté évanoui vingt minutes. Je ne m'étais peut-être pas rendu compte du poids qu'avait eu pour moi, dans cette ville où j'ai été élevé, cette immense, cette massive absence : celle des Juifs.

À Claudine Jardin qui l'interviewait pour *Le Figaro* [9], Gary, forçant le trait, prétendit qu'on l'avait emmené de force visiter le Musée historique juif et qu'il avait ensuite passé quarante-huit heures à l'hôpital.

« Les Juifs étaient la couleur de Varsovie. On les voyait partout. Maintenant, c'est leur absence qui frappe. J'ai écrit le plan de mon livre, comme un possédé, en quatorze jours. »

Dans les dernières pages de *La Danse de Gengis Cohn*, le choc qu'a éprouvé Gary à Varsovie est évoqué au moment où il arrive sur le site du ghetto. Il est à la fois Romain Gary et Gengis Cohn.

> — Qui est ce monsieur, Florian ? Celui qui est couché là-bas, dans la rue, au milieu de la foule et qui sourit les yeux fermés ?
> — Hum. Ce n'est pas un monsieur, ma chérie. C'est un écrivain.
> […]
> — Oh, regarde, Florian. Il y a un monsieur qui nous suit.
> — Je le vois, moi aussi. Incurable ! Je suis heureux de savoir qu'il s'en est tiré encore une fois. Je voudrais me lever, aller à sa rencontre, l'aider, mais les forces me manquent encore, je ne sais depuis combien de temps je suis ici, tombé au pied de son monument, au milieu de la place, là où se dressait jadis le ghetto qui l'a vu naître.
> — J'entends des voix, une main tient la mienne, ma femme sûrement, elle a une main d'enfant.
> — Écartez-vous, laissez-le respirer…

— C'est sûrement le cœur...
— Voilà, voilà, il revient à lui, il sourit... Il va ouvrir les yeux...
— Il a peut-être perdu quelqu'un, dans le ghetto de Varsovie...
— Madame, est-ce que votre mari est... Est-ce qu'il est...
— Je l'avais supplié de ne pas revenir ici...
— Il a perdu quelqu'un dans le ghetto ?
— Oui.
— Qui ça ?
— Tout le monde.
— Comment tout le monde ?
— Maman, qui est ce monsieur qui s'est trouvé mal ?
— Ce n'est pas un monsieur, ma chérie, c'est un écrivain...
— Écartez-vous, je vous prie...
— Madame, croyez-vous qu'à la suite de cette expérience, il va nous donner un livre sur...
— *Please, Romain, for Christ's sake, don't say things like that...*
— Il a murmuré quelque chose...
— *Kurwa mac !*
— *Romain, please !*
— Nous ne savions pas que votre mari parlait la langue de Mickiewicz...
— Il a fait ses humanités ici, dans le ghetto ?
— Ah ! Nous ne savions pas qu'il était juif...
— Lui non plus [10].

Ce conte cruel avait trouvé sa source dans la fusion de deux légendes : l'une, le *dibbouk*, appartient à la tradition juive — l'esprit d'un mort qui s'est installé dans le corps d'un vivant —, l'autre est originaire de la Russie asiatique — l'histoire d'une belle princesse qui met ses prétendants à l'épreuve et fait exécuter ceux qui échouent. Gary s'était en outre inspiré d'une allégorie représentée sur une tapisserie allemande qu'il avait vue chez son oncle Boris à Varsovie quand il était enfant : l'Humanité représentée sous les traits d'une belle dame, la Mort marchant à ses côtés. « Genou à terre, un jeune homme tendait sa tête coupée en hommage à notre exigeante et jamais satisfaite souveraine [11] », écrivait Gary dans une préface à une seconde édition restée inédite, puisque le premier tirage invendu resta chez l'éditeur.

Le roman racontait l'histoire de Moïche Cohn, un acteur du cabaret yiddish Die Schwarze Schikse [12], fusillé par Schatz, un SS membre d'un Kommando mobile de tuerie qui avait fait creuser leur tombe à des Juifs avant de les exécuter. Au moment de tirer, il avait été stupéfait de voir une de ses victimes se déculotter et lui montrer son derrière. Quelques instants avant de tomber sous les balles de Schatz, Cohn avait demandé à son voisin une bonne définition de la culture, et celui-ci avait répondu : « La culture, c'est lorsque les mères qui tiennent leurs enfants dans leurs bras sont dispensées de creuser leurs tombes avant d'être fusillées. »

Superficiellement « dénazifié » après la guerre, ce SS, tourmenté par les souvenirs du génocide, devint commissaire de police dans une paisible ville allemande. L'âme de Cohn prit possession de son esprit, l'obséda et le conduisit au bord de la folie. Schatz avait des visions, le *dibbouk* parlait par sa bouche et ne manquait pas une occasion de lui rappeler son passé. Schatz lui répondait souvent en yiddish. Pour se débarrasser de lui, Schatz se livra aux soins des psychiatres et pensa au suicide.

Parallèlement, une enquête policière est menée par le SS à la suite d'une série de meurtres mystérieux commis dans la forêt de Geist [13]. L'histoire constitue une longue métaphore sur l'Allemagne, grande dame très belle, très raffinée, cultivée, toujours en quête du grand mâle qui saura la faire jouir. Puis l'allégorie macabre s'élargit à toute l'humanité désireuse d'être possédée et fécondée.

En 1967, lorsque parut *La Danse de Gengis Cohn,* on ne parlait quasiment pas de la Shoah, et surtout pas de cette manière. Ce mot, utilisé pour la première fois en France par Claude Lanzmann en 1985, n'appartenait pas encore à notre culture, à notre mémoire. Gary fut un des premiers auteurs, avec Élie Wiesel, Hannah

Langfus, Piotr Rawicz et André Schwartz-Bart, à faire entrer l'extermination des Juifs dans la littérature française. Mais sa voix ne suscitait pas la pitié, les larmes. C'était un cri véhément, grotesque et monstrueux, un livre mordant, cynique et comique mais qui provoquait un rire sardonique :

> Il y a des morts qui ne meurent jamais. Je dirais même que plus on les tue et plus ils reviennent. Prenez, par exemple, l'Allemagne. Aujourd'hui c'est un pays entièrement habité par les Juifs. Bien sûr, on ne les voit pas, ils n'ont pas de présence physique, mais comment dire ? Ils se font sentir. C'est très curieux, mais c'est comme ça : vous marchez dans les villes allemandes — et aussi à Varsovie, à Lodz et ailleurs, et ça sent le Juif. Oui, les rues sont pleines de Juifs qui ne sont pas là. C'est une impression saisissante. Il y a d'ailleurs en yiddish une expression qui vient du droit romain : le mort saisit le vif. C'est tout à fait ça. Je ne veux pas faire de la peine à tout un peuple, mais l'Allemagne est un pays entièrement enjuivé [14].

Le roman fut incompris et resta méconnu en France, alors qu'aux États-Unis, *The Danse of Gengis Cohn* [15], dont Gary avait écrit la version anglaise, rencontrerait un grand succès un an plus tard. André Malraux écrivit pour la jaquette américaine que ce livre était « une des très rares contributions de notre temps à la grande littérature comique ». Le quotidien *France-Soir* photographia le volume sur le bureau du général de Gaulle à l'Élysée, le 8 juillet 1967. Cependant, certains critiques français trouvèrent de mauvais goût, vulgaire et déplacé de traiter une telle tragédie sur le mode de la farce et, qui plus est, avec un langage provocateur et subversif. Ils crurent déceler dans l'humour noir et amer de Gary une profanation de la mémoire d'Auschwitz.

Pourtant les scènes qu'il décrivait étaient fidèles à ce qui advenait quotidiennement pendant la guerre en Pologne et dans les camps d'extermination :

Voici comment le *dibbouk* Gengis Cohn raconte son assassinat par le SS Schatz :

Je sais qu'il va régulièrement voir un psychiatre pour essayer de se débarrasser de moi. Il s'imagine que je ne suis pas au courant. Pour le punir, j'ai trouvé un petit truc assez marrant. Je lui fais le coup de la bande sonore. Au lieu de me tenir simplement là, en silence, devant lui, avec mon étoile jaune et mon visage couvert de plâtre, je fais du bruit. Je lui fais entendre des voix. C'est surtout aux voix des mères qu'il est le plus sensible. Nous étions une quarantaine, dans le trou que nous avions creusé, et il y avait naturellement des mères avec leurs enfants. Je lui fais donc écouter, avec un réalisme saisissant — en matière d'art, je suis pour le réalisme — les cris des mères juives une seconde avant les rafales des mitraillettes, lorsqu'elles comprirent enfin que leurs enfants ne seraient pas épargnés.

[...] Je me suis toujours demandé ce qui m'avait poussé à montrer mon cul nu aux représentants du *Herrenvolk* à un moment pareil. Peut-être pressentais-je qu'on allait un jour reprocher aux Juifs de s'être laissé massacrer sans résister : j'ai donc utilisé la seule arme, purement symbolique, certes, que nous avions réussi à conserver à peu près intacte à travers les âges et que j'allais perdre dans un instant. Je ne pouvais rien faire d'autre [16].

Voici un extrait du témoignage de Yakov Gabbay, un survivant du Sonderkommando d'Auschwitz-Birkenau :

En août 1944, un grand convoi arriva de Lodz, ce même mois deux cent cinquante *muselman* [17] polonais furent envoyés dans les camps aux alentours d'Auschwitz. Ils n'étaient déjà plus capables de se bouger. Le commandant des fours crématoires, le SS Moll, déclara alors : « N'envoyez pas ceux-là au gaz. » Il voulait les massacrer personnellement. Il commença à leur donner des coups avec une barre de fer, celle que nous utilisions pour écraser les os qui restaient des victimes. Puis il descendit et demanda à un des soldats un fusil et des balles. Il a commencé à tirer. Après qu'il eut tiré sur quatre ou cinq d'entre eux, un des muselman l'appela : « Commandant ? », et Moll, qui était un sadique féroce, répondit : « Oui ? »

« J'ai une sollicitation. »

« Que veux-tu ? »

« Pendant que tu tires sur mes camarades, je voudrais chanter la valse *Le Beau Danube bleu.* »

« Je t'en prie, très bien ! Tirer au son de la musique, c'est encore mieux ! » répondit Moll. L'autre chanta, et Moll tira

> sur tous, jusqu'à ce qu'arrive le tour du chanteur. La dernière balle l'exécuta [18].

Gary nota dans des feuillets restés inédits que, contrairement aux critiques français, les journaux israéliens, dont *Maariv* et la presse yiddish des États-Unis, avaient compris qu'il œuvrait pour la mémoire de la Shoah : Gengis Cohn, c'était lui. L'humour noir et le style subversif de Gary seraient autrement accueillis en France bien des années plus tard, quand les critiques peu perspicaces les retrouveraient sans les reconnaître sous la plume d'Émile Ajar. *La Danse de Gengis Cohn* annonçait si bien *La Vie devant soi* qu'à la page 174 on trouve l'expression « la tendresse des pierres », qui sera le titre du roman publié sous ce pseudonyme. Gary insérait souvent dans ses romans des phrases de ses ouvrages précédents. Il évoque également ainsi dans *La Danse de Gengis Cohn Les Clowns lyriques* : « Ce sont des clowns lyriques qui ne pensent qu'à leur petit tour de piste [19]. » Il pouvait aussi s'approprier des phrases d'autres auteurs. Par exemple, toujours dans *La Danse de Gengis Cohn*, voici, incognito, Franz Kafka : « Le pouvoir des cris est si grand qu'il brisera les rigueurs décrétées contre l'homme... »

69.

Gary et Jean quittèrent Varsovie en train pour Budapest, puis rentrèrent à Paris. En France comme aux États-Unis, Jean n'avait aucun projet excepté *Estouffade à la Caraïbe*, un navet qui fut tourné en huit semaines en Amérique du Sud au mois d'août 1966.

Eugenia emmena Diego à Barcelone, Sandy, le chien adoré de Gary, fut mis en pension, Jean et Romain atterrirent à Cartagena, en Colombie, pendant la chaude saison des pluies. À Santa Marta, ils s'installèrent à l'hôtel Togranna, un palace tropical cerné par la misère, la crasse, le crime. Indignée, Jean s'exclama : « Si je vivais en Amérique du Sud, je combattrais avec le Che. » Elle écrivit aux Agid : « On ne peut pas manger à cause des mouches, marcher à cause des serpents, nager à cause des requins, mais enfin qui a besoin de tout cela ? »

En 1968, les relations entre Romain Gary et son éditeur tournèrent au vinaigre. Romain avait des griefs ou feignait d'en avoir pour obtenir plus que ce qu'on lui donnait déjà, et qui n'était pas négligeable. Il écrivit à Léone Nora, la collaboratrice de Claude Gallimard, puis à celui-ci pour les informer qu'on lui proposait de prendre une « participation dans une très puissante entreprise[1] » d'édition. Ensuite, un malentendu vint compliquer la situation. En effet, ses contrats stipulaient que Gary se réservait les droits de publication pour la langue anglaise, et dans certains cas, pour toutes les langues hormis le français. Mais, parallèlement aux livres qu'il écrivait en français, il en écrivait d'autres d'abord en anglais. Bien souvent ces derniers étaient publiés aux États-Unis avant d'être traduits et publiés en France. Leur gestion avait été confiée à Robert Lantz, l'agent de Gary à New York, qui négociait habilement les droits dans le monde entier. Quand, plusieurs années plus tard, venait à être publié par la NRF un livre traduit en français, sans que fût mentionné qu'il s'agissait d'une traduction, le service des droits étrangers de la maison, n'en ayant pas été informé, tentait à son tour de vendre les droits chez des éditeurs étrangers, alors qu'il était déjà paru partout en Europe !

Il en fut ainsi pour *Les Mangeurs d'étoiles* et *La Danse de Gengis Cohn*, que Robert Lantz avait cédé à l'éditeur allemand Piper.

Gary, qui venait de publier *La Tête coupable*, le deuxième volume de *Frère Océan*, à la NRF, et devait encore plusieurs livres à son éditeur selon un contrat qu'il avait signé pendant l'été 1965, montra subitement des signes d'agacement.

Robert Lantz proposa aimablement de se rendre à Paris pour trouver un arrangement satisfaisant les deux parties, tandis que Gary envoyait des lettres comminatoires aux Gallimard les accusant d'incompétence : il donnait à Robert Lantz le droit exclusif de négocier les traductions de *La Danse de Gengis Cohn* dans le monde entier. *Idem* pour *La Tête coupable* qui avait déjà paru en anglais. En outre, Gary exigeait à présent de recevoir une avance immédiate pour chaque manuscrit déposé et accepté, quelle que soit sa date de parution, car il jugeait qu'on montrait peu d'empressement à publier les livres qu'il remettait. Claude Gallimard, qui connaissait les sautes d'humeur de son auteur et son goût pour le drame, lui proposa de venir en parler avec lui. Dans son courrier du 20 décembre 1968, Gary lui répondit qu'il acceptait. À la fin de cette lettre, il lui annonçait la mort de Bella Owczynski, sa tante, qu'il avait enterrée au cimetière de Caucade à Nice. Derrière cette façade aimable, le ton restait péremptoire.

Gary remit trois manuscrits à son éditeur au début de l'année 1969 : *The Gasp,* troisième et dernier volume de *Frère Océan,* qui paraîtrait en France sous le titre *Charge d'âme,* et deux pièces de théâtre. De plus, il annonçait pour le prochain semestre quatre nouveaux romans : *Chien blanc* et *La vie est jeune,* la version française de *Ski Bum* qui parut finalement sous le titre *Adieu Gary Cooper,* puis *La Société de provocation* et, enfin, *The Jaded,* un roman écrit directement en anglais qui devait rester inachevé. Jugeant le rythme de publication de ses livres peu satisfaisant, Gary ajoutait qu'on ne le soutenait pas du tout chez Gallimard : « Cela ne va pas du tout, mais pas du tout, alors. » Et de demander à son éditeur de verser sur son compte en banque une coquette avance sur-le-champ. Claude Gallimard rappela à Gary les gros tirages des *Racines du ciel,* de *La Promesse de l'aube* et de *Lady L.,* et lui fit part de ses doutes quant à l'efficacité de la publicité dans la presse. Des auteurs comme Le Clézio ou Yourcenar, Kundera ou Kessel se vendaient aussi bien, sinon mieux, sans campagnes publicitaires. Eh bien justement, Gary trouvait que les ventes de son Goncourt étaient « les plus minables depuis la fin de la guerre », sans parler des autres livres. Gary donnait des verges pour se faire battre. Claude Gallimard lui rappela que la maison savait vendre des livres. Pour preuve, parmi les douze prix Goncourt obtenus depuis 1949, quatre avaient connu des tirages plus élevés que *Les Racines du ciel,* en particulier *La Loi* de Roger Vailland qui avait atteint 576 000 exemplaires.

Georges Kiejman relut les contrats de Gary et observa que l'interprétation qu'il en faisait était erronée lorsqu'il prétendait qu'il pouvait reprendre sa liberté.

Le conflit allait durer et atteindre son apogée le 31 janvier 1969. Gary envoya une lettre à Claude Gallimard pour lui annoncer qu'il signait immédiatement avec un autre éditeur : « Je vous serai reconnaissant de me laisser tranquille. J'ai assez ri. Vous me connaissez. *C'est terminé*[2]. »

Les choses s'arrangèrent rapidement, car Claude Gallimard ne se laissa pas impressionner. Comment Gary pouvait-il signer avec un autre éditeur, alors qu'il lui avait récemment remis six manuscrits et qu'il lui avait accordé un droit de préférence sur les cinq prochains qu'il allait écrire ? Au mois de février, Gary écrivit « bien fidèlement » à Claude qu'il n'avait jamais eu l'intention de quitter la NRF — « Si vous croyez que je discute avec les autres éditeurs, *vous vous trompez*[3] » — et lui proposait de venir déjeuner chez lui. Lantz vint négocier un compromis, Gallimard versa une belle avance pour *Chien blanc*, et tout rentra momentanément dans l'ordre.

## 70.

Au mois d'avril 1967 Gary accepta un poste de conseiller pour la diffusion de la culture auprès de Georges Gorse, ministre de l'Information et ancien compagnon des Forces françaises libres. Ses attributions vagues, « penser l'avenir », n'empiétaient nullement sur celles d'André Malraux, ministre de la Culture ; il était surtout chargé des problèmes concernant le cinéma et la télévision. Pendant les dix-huit mois que dura sa mission, il ne fut astreint à aucune assiduité et refusa d'être rétribué. Son rôle était celui d'un donneur d'idées, alors que ses vues sur la culture n'étaient pas convenables et en totale opposition avec le politiquement correct de l'époque. Ainsi, il déclarait à un journaliste de *Valeurs actuelles* [1] :

> Il y a trop de spécialistes, de doctrinaires, de maniaques, de professionnels de la culture, avec le mode d'emploi. Ils condamneraient tout le monde aux travaux forcés culturels. Le goût de la culture et de l'éducation du public sont des notions pour pays sous-développés… En France, la culture ne doit pas être infligée… Je crois à la culture de contrebande.

On ne vit pas souvent Gary dans son bureau de la rue de Babylone, tout proche de l'hôtel Matignon.

> Je voulais briser les reins de la Commission de censure, qui sévissait alors d'une manière éhontée… J'avais posé comme condition une autorisation de sortie pour *La Reli-*

> *gieuse*[2], un film d'après Diderot que le ministre précédent avait fait interdire. Gorse obtint l'accord de De Gaulle. J'étais « conseiller sans traitement », libre[3].

Le 23 juin 1968, Gary exposa dans *Le Monde* les réflexions que lui avaient inspirées ses fonctions de conseiller de Georges Gorse. Il disait son regret de n'avoir pu atteindre les buts qu'il s'était fixés, Mais avant tout, quelques jours après la fin des événements de Mai, il se définissait comme un « gaulliste inconditionnel » :

> J'ai échoué dans tous mes projets : création d'un « terrain commun » entre la télévision et le cinéma, ouverture du petit écran aux spectacles de théâtre, constitution d'une « bibliothèque nationale » audiovisuelle où toutes les grandes mises en scène, du TNP à l'Opéra, de Planchon à Bourseiller, Gignoux, etc., auraient pu être « immortalisées ». Les ministres étaient d'accord mais, comme pour l'Éducation nationale, les leviers de commande étaient soudain devenus mous et ne « répondaient » plus. On sentait venir le « grand tournant » : aucun gouvernement ne peut se faire obéir de ses « rouages » lorsque ceux-ci savent que l'autorité ne tient qu'à quelques voix de majorité.
>
> Disons d'abord une chose clairement : je suis un « gaulliste inconditionnel ». Et puisque je fais ici cet aveu compromettant, aux conséquences imprévisibles pour moi et ma famille, je tiens à donner ici la définition du « gaulliste inconditionnel » à laquelle je me suis efforcé de demeurer fidèle depuis juin 1940. Un « gaulliste inconditionnel » est un homme qui se fait une certaine idée du général de Gaulle, comme le général de Gaulle « se fait une certaine idée de la France ». Dès que les deux conceptions cessent de coïncider, les liens sont rompus. Il s'agit donc bien plus d'une fidélité du général de Gaulle qu'au général de Gaulle. Fidélité à quoi ? À une « certaine idée de la France », justement, qu'il avait présentée aux Français libres bien avant de l'avoir formulée dès les premières lignes de ses *Mémoires*. Et cette idée, cet idéal — « la madone des fresques, la princesse de légende » —, est, par définition, incompatible avec une France du mensonge ou de la propagande tendancieuse, c'est-à-dire, puisque c'est cela qui nous concerne ici, avec une ORTF « asservie » ou « bâillonnée ».

Gary avait aussi accepté cette fonction de conseiller parce qu'il avait le projet de porter à l'écran sa nouvelle *Les oiseaux vont mourir au Pérou*, qui, traduite en anglais et publiée dans *Play Boy*, avait reçu aux États-Unis le prix de la meilleure nouvelle de l'année, en 1964. Elle traitait de sujets scabreux, sinon audacieux à l'époque : la nymphomanie et la frigidité féminine, que Gary considérait comme des maladies proches de la démence. Le sujet lui avait été certainement inspiré par la nature de ses relations avec son épouse, ce qui rendait l'entreprise on ne peut plus délicate. L'adaptation, le scénario et les dialogues qu'il en avait tirés comportaient des scènes pouvant être jugées pornographiques, et Gary espérait grâce à sa fonction de conseiller être en état de contrer la décision de la Commission de censure dont il ne doutait pas qu'elle voterait l'interdiction de son film.

Avant sa rencontre avec Jean Seberg, qu'il avait accompagnée sur le tournage de tous ses films, il était déjà familier des plateaux de cinéma, où Lesley Blanch l'avait introduit. On avait occasionnellement fait appel à lui pour la rédaction de scénarios ou pour améliorer des dialogues qui donnaient du fil à retordre aux acteurs. Il avait été déçu par la manière dont les réalisateurs avait dénaturé *Les Racines du ciel* et *Lady L.* pour en tirer de mauvais films. Il se figurait donc pouvoir débuter sans trop de difficulté dans la mise en scène. Il en fut tout autrement.

En réalité, Gary avait pris la décision de tenter l'expérience du cinéma car il pensait pouvoir aider Jean à qui les studios américains ne faisaient pas assez souvent des propositions intéressantes. Ayant pu trouver le financement de sa production, il avait d'abord prévu d'engager James Mason, Maurice Ronet et Henri Silva aux côtés de Jean. Il prit finalement Maurice Ronet, Pierre Brasseur, Danielle Darrieux et Jean-Pierre Kalfon. Les prises de vues sous la direction du chef opérateur Christian Matras commencèrent au mois de septembre 1967 aux studios de Billancourt, puis en Espagne, à Huelva, non loin de Séville.

L'équipe s'était installée dans une maison donnant sur la plage. Le chauffe-eau était en panne. Il n'y avait aucun magasin d'alimentation à proximité. Il pleuvait. Les pieds des caméras s'enfonçait dans le sol. Pour tuer le temps entre les prises de vues, Pierre Brasseur buvait. Un incident technique ruina cinq journées de travail.

Gary avait voulu donner à son histoire une dimension poétique, solennelle et tragique abordant la frigidité comme une fatalité. Aucun érotisme en réalité dans ces scènes glacées, où l'héroïne, visiblement mal à l'aise, simulait par des mimiques stéréotypées une femme luttant vainement pour atteindre l'orgasme avec ses partenaires successifs. Jean avait refusé d'être filmée nue. On ne voyait que son visage convulsé par la souffrance.

Le tournage fut achevé à Paris en décembre.

Tandis que Gary supervisait le montage, les studios Paramount, après avoir longuement hésité, proposèrent à Jean de passer un test pour un rôle important dans *Paint your Wagon*, une superproduction de 20 millions de dollars réalisée par Joshua Logan, avec Lee Marvin et Clint Eastwood. Après avoir lu le script de Paddy Chayefsky, elle avait été enthousiasmée, et bien qu'elle répugnât à l'idée d'une épreuve généralement réservée aux débutantes, qui lui rappelait ses échecs avec Otto Preminger, elle accepta. Elle vint à Los Angeles et eut à jouer une violente nuit de noces avec Lee Marvin qui devait lui arracher sa robe de mariée. Alan Jay Lerner l'engagea pour un salaire plutôt modeste — 120 000 dollars — comparé à celui qu'avait exigé Lee Marvin : un million de dollars. Le tournage devait se dérouler pendant six mois dans l'Oregon. En attendant, elle avait signé un contrat pour quatre semaines de tournage dans un film de série B, *Pendulum*, réalisé par George Schefer et produit par Columbia, où elle jouait un rôle mineur, néanmoins payé 100 000 dollars.

*Les oiseaux vont mourir au Pérou* avait dû affronter le veto de la Commission de censure qui avait interdit le film par neuf voix contre dix. « [...] la Commission motivait son interdiction en disant que, attendu que mon film traite de la frigidité féminine en termes tragiques allant jusqu'à la tentative de suicide, attendu que six névroses féminines sur dix sont causées par la frigidité, mon film risquait de pousser au suicide[4] ».

Gary sollicita alors l'aide de son patron Georges Gorse qui autorisa la sortie du film dans les salles de cinéma avec deux coupures et l'interdiction aux moins de dix-huit ans. Avant de partir pour les États-Unis, Jean organisa une projection privée pour quelques amis. Mais avant la fin du film, elle avait pris la fuite sans prévenir personne.

*Les oiseaux vont mourir au Pérou*, accueilli par un silence gêné, avait eu les honneurs de la première soirée au festival de Cannes. Projeté dans trois salles des Champs-Élysées, le Marivaux, le Bretagne et le George-V, il fut éreinté par la critique : « Plumes perdues » dans *L'Humanité*[5], « Calamiteux » dans *Le Nouveau Journal*[6], « L'échec était fatal » dans *Aux Écoutes*[7], « Déception » dans *Le Monde*[8], « Suite érotico-morbide » dans *Le Figaro*[9]. Seul Pierre Chazal dans *France-Soir*, dont le patron Charles Gombault était un ami de Gary, lui trouva quelques mérites.

C'est la même année que Gary publia *La Tête coupable*, une satire grotesque, obscène et cynique qui tournait en dérision « l'espoir et l'amour du prochain ». Gary avait utilisé comme toile de fond Tahiti, où Gauguin avait vécu et dont il ne restait pas la moindre trace. Pour se documenter, il avait acheté la monographie très détaillée et illustrée de Bengt Danielsson[10] sur la vie du peintre, et puisé pour son roman nombre d'anecdotes qui y étaient relatées. Son héros s'appelait Cohn comme dans *La Danse de Gengis Cohn*.

> Ce personnage est un homme qui change sans cesse d'identité, en devenir, confiait-il dans un entretien à Konstanty Andrzej Jelenski [11]. Vous savez bien : « pour se trouver il faut d'abord se créer ». Ainsi, lorsqu'on dit de moi : « c'est une forte personnalité », cela m'étonne : des personnalités, j'en ai vingt et je ne vois pas comment un conflit constant entre elles peut donner une seule forte personnalité.

Un homme qui se cache à Tahiti sous l'identité de Cohn vend « du Gauguin ». Il se fait passer pour la réincarnation du peintre et profite du sentiment de culpabilité que ressentent les autorités de l'île à l'égard de ce dernier. Quand il expose des barbouillages infâmes, personne n'ose le critiquer : « On n'avait pas envie, à Tahiti, de se mettre un deuxième Gauguin sur le dos. » Il n'est pas le seul à exploiter l'exotisme de la Polynésie : il y a Bizien, le roi du tourisme, avec lequel il va s'associer, et jouer des tableaux vivants avec sa vahiné Meeva — par exemple : « Adam et Ève au paradis » — pour les touristes qu'on leur amène en autobus à heure fixe.

> Les touristes prenaient leurs photos et posaient quelques questions à Cohn, qui leur répondait avec douceur, un sourire d'heureuse imbécillité répandu sur la gueule. Comment l'idée lui était-elle venue de quitter la civilisation et de retourner aux sources ? Cohn répondait qu'il avait toujours rêvé du paradis terrestre et qu'il avait finalement décidé de passer de la rêverie à la réalisation. Qu'avait-il fait dans le civil, avant son retour aux origines ? Cohn répondait selon l'humeur du moment et la tête du client, tantôt qu'il avait été rédacteur d'un grand quotidien du soir à Paris, mais qu'il avait fait une crise de conscience, tantôt qu'il en avait eu assez de la pollution idéologique et atmosphérique, tantôt qu'il voulait servir au rayonnement culturel de la France à l'étranger [12].

Réponses typiquement « garyen(nes) ».

Cohn, le héros, se trouve cette fois acoquiné avec un autre personnage familier des romans de Gary, Le

Baron, un imposteur qui incarne la bassesse et l'hypocrisie de l'humanité.

> Le Baron est un personnage qui apparaît, immuable, dans la plupart de mes livres : *Les Racines du ciel, Les Mangeurs d'étoiles, Le Grand Vestiaire, La Tête coupable, Europa,* et qui signifie toujours la même chose. C'est-à-dire une certaine parodie de soi et de ses propres aspirations ineffables, d'une certaine mythologie de l'Homme idéal qui se réduit finalement à une propreté vestimentaire. Il est à la poursuite de l'Homme majuscule et finit, dans son exigence, par refuser tout contact avec l'humain, toujours salissant. Il est un personnage de comédie dans sa volonté de se dérober à la malpropreté d'être. Il reste énigmatique, mais si je dois passer aux aveux, je dirai que le Baron mime d'une manière clownesque la plus vieille et dérisoire aspiration humaine : celle du stoïcisme, de l'invulnérabilité [13].

Dans *La nuit sera calme*, Gary s'est également expliqué sur le personnage du Baron.

> F. B. : Il a toujours sur lui plusieurs faux passeports et des lettres d'introduction auprès de quelques très hautes autorités morales.
>
> R. G. : Oui, il y a de l'imposteur dans l'Homme... l'Homme, tu sais, avec une majuscule, toujours poursuivi et inaccessible, cet éternel Baron du Devant et toujours Sganarelle...
>
> F. B. : Parfois, lorsque les circonstances sont particulièrement émouvantes, il lâche une série de petits pets...
>
> R. G. : Un excès d'âme.
>
> F. B. : Il utilise les pets pour s'exprimer parce que tous les mots ont trahi et il ne s'exprime donc plus que dans ce langage chiffré, cet alphabet Morse...
>
> R. G. : C'est un authentique membre du Jockey Club moral, comme l'Ordre des médecins, tiens, lorsque celui-ci condamne l'avortement au nom des sommets moraux sur lesquels il se retire, très propre, en laissant la souffrance au populaire... [14].

En réalité, Cohn est un physicien de génie, professeur au Collège de France qui a inventé la première bombe thermonucléaire française. Engagé dans une rocambolesque histoire d'espionnage scientifique, il est venu incognito à Tahiti « pour mimer la chute et la décadence de l'Occident ». Un thème cher à Gary, qu'il développera encore dans *Europa* : l'Europe dite civilisée, si fière de sa culture, de ses œuvres d'art, de ses musées, de sa musique, de ses droits de l'homme, avait produit la barbarie : les pogroms et Auschwitz.

> Lorsqu'on demandait à Cohn d'où lui venait cette rage de danser, il répondait : « Je ne danse pas. Je piétine. » Lorsque dans un petit village de Russie, on avait ramassé un Juif blessé à mort d'un coup de sabre à la poitrine après un pogrom, quelqu'un, dit l'Histoire, lui avait posé cette question : « Est-ce que ça fait très mal ? » Et la victime répondit, avant d'expirer : « Seulement lorsque je ris [15]. »

L'affaire commence et s'achève dans la dérision. Cohn qui, en réalité, ne s'appelle pas Cohn mais Marc Mathieu découvre que Meeva, sa vahiné, est une jeune Allemande à la cuisse légère. Elle s'excuse d'être ce qu'elle est, tandis que Cohn, tournant en dérision sa « bêle-âme » idéaliste, joue le rôle du bouffon.

> Elle tremblait. Ses cheveux étaient défaits et elle n'avait même pas eu le temps de remettre sa robe. Elle était complètement nue. Le nez de Cohn émettait des sifflements indignés. Cette salope d'Allemande était en train de se faire sauter sur la plage, comme une innocente vahiné. Une nymphomane, voilà ce qu'elle était. Une détraquée sexuelle. Il n'y avait qu'une Allemande qui pouvait se conduire ainsi. On n'avait pas idée de venir à Tahiti pour souiller la dernière innocence du monde, le dernier îlot où le sens du péché n'existait pas.
>
> — Putain !
>
> Meeva pleurait. Mais Cohn en avait assez de l'eau salée.
>
> — C'est ça, verse une larme, j'ai justement envie de rire.
>
> — Cohn, ma mère était tahitienne, je te le jure…
>
> — Ta mère était ce qu'elle était, je ne veux même pas y penser !
>
> — Tu sais bien que toutes les vahinés ont quelques gouttes de sang européen…
>
> — Quelques gouttes ! Ha !
>
> Il visa au cœur.
>
> — Liebchen ! dit-il, avec une cinglante ironie. Liebchen !

— J'ai vécu aux Tuamotu jusqu'à l'âge de douze ans... Tout mon psychisme est tahitien... je te le jure...

Cohn ferma les yeux. S'il y avait une horreur qu'il n'aurait jamais crue possible, c'était d'entendre le mot « psychisme » sur les lèvres de Meeva.

— C'est vrai que mon père est allemand, mais il a toujours été antinazi, Cohn, et...

— Oui, eh bien, avec une fille comme toi, il n'a plus rien à se reprocher. Je suis sûr qu'Hitler lui a pardonné.

[...]

— Cohn, il faut que tu m'écoutes. Je voulais redevenir tahitienne, comme ma mère. Je voulais retourner à mes origines. Tu peux comprendre ça ?

— C'est ça. Tu as dû faire cinq ans d'études à l'université de Tübingen pour retrouver ton innocence perdue ! Merde !

— Je ne voulais pas être allemande. D'ailleurs, au moment d'Auschwitz, je n'avais que trois ans et...

Cohn se redressa. Si elle n'avait pas été nue, il l'aurait probablement étranglée. Mais elle avait vraiment un corps admirable. Il ferma les yeux [16].

Cohn échappe momentanément à ses poursuivants — des agents secrets français chargés de le ramener dans la métropole — et s'enfuit en pirogue sur une île qui ne figure sur aucune carte en compagnie de Meeva, enceinte, mais pas de ses œuvres.

Dans ce livre, Gary a placé une anecdote qui ne lui a pas été inspirée par la Polynésie mais par l'église des Missions étrangères qui se trouve à deux pas de chez lui, à l'angle de la rue du Bac et de la rue de Babylone. Un jour qu'il se promenait en compagnie de son voisin, le romancier Roger Grenier, il vit sur la porte de la boutique des Missions un panneau sur lequel était écrit : « Rappelez-vous que tout homme rassasié a dans le monde un frère qui a faim... » Furieux, Gary dit à Grenier : « Moi aussi, je vais leur donner un conseil à ceux qui veulent me coller la notion de péché originel ! Je vais remplacer leur écriteau par : « Rappelez-vous que tout homme qui a faim a un frère rassasié et heureux dans le monde. » Grenier l'en dissuada, mais Gary intégra les deux phrases dans son roman, au sein du chapitre intitulé : « Saint Gauguin ».

Malgré la facture burlesque de ce livre, Gary aborde une de ses obsessions : le suicide. Se méfiant de l'instinct de conservation de l'homme, Cohn prépare sa mort comme s'il organisait un assassinat. Il rate son coup, et crie : « Au secours, à l'assassin, on tue un homme. »

# 71.

À Los Angeles, dans une villa de Bel Air, se tenaient des réunions qui rassemblaient des activistes noirs et trois cents personnalités du monde du cinéma — acteurs, metteurs en scène, scénaristes. C'est là que Jean Seberg avait rencontré Coretta King et le pasteur Ralph Abernathy qui avaient pris la tête du mouvement de Martin Luther King, l'apôtre de la non-violence, après sa mort. Harry Belafonte, Sidney Poitier, le révérend Jesse Jackson, Marlon Brando, Barbra Streisand, Jack Lemmon, Vanessa Redgrave y assistaient. Ils avaient adhéré au programme du Black Panther Party (BPP) publié au mois d'octobre 1966 :

> 1) Nous voulons la liberté. Nous voulons le pouvoir pour décider de la destinée de la communauté noire. 2) Nous voulons le plein emploi pour les membres de notre communauté. 3) Nous voulons que l'homme blanc cesse de piller la communauté noire. 4) Nous voulons des logements décents, acceptables pour des êtres humains. 5) Nous exigeons que notre peuple soit éduqué, et qu'on lui révèle la véritable nature de la société américaine décadente. Nous voulons recevoir une éducation qui nous enseigne notre véritable histoire et notre rôle dans la société d'aujourd'hui. 6) Nous voulons que tous les hommes noirs soient exemptés du service militaire. 7) Nous exigeons l'arrêt immédiat des brutalités policières et les assassinats de Noirs. 8) Nous exigeons la libération de tous les Noirs détenus dans les prisons des États-Unis. 9) Nous exigeons que tous les Noirs soient jugés par des tribunaux dont les juges appartiennent à la communauté noire, ainsi qu'il est écrit dans la Consti-

> tution des États-Unis. 10) Nous exigeons des terres, du pain, des logements, des vêtements, le droit d'être éduqués, la justice et la paix. Nous demandons un référendum auquel ne participeront que les Noirs afin qu'ils puissent déterminer leur destin national.

Bien souvent, les activistes noirs n'étaient pas impressionnés par le parterre de célébrités qui les accueillaient car ils ne savaient pas qui ils étaient. Ils savaient seulement que ces gens avaient du pouvoir, de l'argent, et étaient disposés à leur en donner.

Abernathy voulait organiser une « marche des pauvres gens » à Washington. Jean était persuadée qu'il existait un lien entre la guerre du Viêtnam et l'oppression des Noirs. Très vite, l'engagement de Jean Seberg fut connu. Des réunions avaient lieu dans sa villa qu'elle avait laissée à la disposition d'un activiste noir et de sa famille, au grand dam de Romain qui prévoyait comment les choses allaient tourner.

> Quand j'entre dans le salon, on se tait. Avec juste raison. J'ai une tête où ça se voit. Je veux dire, il suffit de me regarder pour sentir une certaine froideur. Car je sais qu'il y a dans les « bons camps » autant de petits profiteurs et de salauds que dans les mauvais [1],

écrit-il dans *Chien blanc*.

Jean Seberg s'était fortement impliquée dans le combat des Noirs américains pour la conquête de leurs droits civiques. Elle subventionnait généreusement leur mouvement et, pour cette raison, était surveillée par le FBI qui voyait d'un mauvais œil le soutien qu'apportaient des artistes célèbres à la stratégie de la violence du Black Power, instigateur des émeutes qui embrasèrent Watts, un quartier noir de Los Angeles.

Gary observait avec ironie tout ce petit monde qui battait sa coulpe, jouait aux Panthères noires et poussait les militants noirs à l'extrémisme assis au bord d'une piscine en marbre.

> Derrière chaque Noir qui brûle, viole ou assassine, il y a le crime des Blancs, *notre* crime. *Nous* les entassions dans des bateaux infâmes, *nous* les enchaînions à fond de cale dans l'ordure, sans air, si bien que cinquante pour cent de la « cargaison » crevait souvent en route[2].

Et Gary de poursuivre que l'avant-garde noire attaquait les Juifs

> pas en tant que Blancs mais en tant que Juifs… D'ailleurs, je trouve l'idée d'un Noir antisémite très séduisante. Je suis heureux de constater que les Noirs ont besoin des Juifs comme tout le monde[3].

Gary, excédé, fait remarquer que, comble du paradoxe, nombreux parmi ceux qui s'accusent ainsi sont juifs. Leurs parents « pourrissaient encore dans les ghettos entre deux pogroms, alors que l'esclavage n'existait plus aux États-Unis[4] ».

Ces stars qui offraient des enveloppes bourrées de dollars pour se donner bonne conscience n'avaient jamais mis les pieds à Watts, ni à Crampton, la banlieue noire située à un quart d'heure de chez eux et où trente-deux Noirs avaient été tués pendant les émeutes.

Gary avait de très bonnes raisons d'être inquiet, car Jean avait rencontré un homme qui allait la conduire sur le chemin de la déchéance et de la mort : Hakim Abdullah Jamal, chef de la Malcolm X[5] Organisation, de l'Organisation of Afro-American Unity (OAAU) et de la Republic of New Africa (RNA).

Hakim Jamal était né sous le nom d'Alan Donaldson dans le bas quartier de Roxbury, Massachusetts, le 28 mars 1933. Sa mère avait quitté le domicile conjugal quand il avait six ans. L'homme dont il portait le nom n'était pas son père. Ses frères et sœurs, qui étaient tous blancs, lui disaient qu'on l'avait ramassé dans une poubelle. Alan commença à boire de l'alcool à l'âge de dix ans. Quand il avait dix-neuf ans, il fut renvoyé de l'armée parce qu'il était héroïnomane, puis il fut bientôt condamné à quarante années de prison pour tentative de meurtre et kidnapping sur un chauffeur de taxi. L'homme avait eu la présence d'esprit d'allumer la radio qui le reliait à sa base. Toute la scène ayant été écoutée, la police avait pu localiser la voiture. Alan Donaldson fut libéré sous caution au bout de quatre ans. Pendant sa détention, il avait peur des rats et des vieux prisonniers qui lui disaient : « Préfères-tu ma bite dans le cul, ou ma lame de rasoir sur ta gorge [6] ? » Peu de temps après son élargissement, il tenta à nouveau de tuer un homme. Cette fois-ci, on l'interna dans un hôpital psychiatrique, où il volait de l'alcool chirurgical qu'il mélangeait avec de la cocaïne.

On le libéra à nouveau, et après de nombreuses aventures, il épousa Dorothy Durham, une cousine éloignée de Malcolm X originaire de Géorgie. C'était une belle et forte femme qui lui donna six enfants. Il apprit le métier de linotypiste qu'il exerça sporadiquement au *Herald Examiner* et dans un magazine pornographique. Alors qu'il avait vingt-six ans, Alan Donaldson entendit un prêche de Malcolm X, se convertit à l'islam, intégra le mouvement des Black Muslims, et abandonna l'héroïne et la cocaïne pour le LSD. Il prétendait avoir connu Malcolm X et avait fondé une école Montessori à sa mémoire à Los Angeles.

La création de l'Afro-American Unity avait été rendue publique le 28 juin 1964 à New York par Malcolm X Little qui était le leader de la Muslim Mosque Incorporated (MMI). Il avait lu un discours dans lequel il avait affirmé que son mouvement incluait à la fois les Noirs vivant aux États-Unis et ceux du continent africain. Son but était d'obtenir les droits civiques, en portant si nécessaire cette question devant l'Organisation des Nations unies. Son programme déclarait avoir pour objectif la promotion des Noirs dans le domaine de l'éducation, de la culture et des réformes sociales et politiques. Malcolm X fut assassiné à New York le 21 février 1965 lors d'un congrès, alors qu'il prononçait un discours à l'Abdulon Ballroom. Sa demi-sœur lui succéda à la tête de l'organisation, le 28 février 1965, avant qu'Hakim Jamal n'en prenne à son tour la direction.

La Republic of New Africa avait été fondée au mois de mars 1968. Robert. F. Williams, qui avait fui les États-Unis et vivait à Pékin, en avait été nommé président en exil. Il revint aux États-Unis en septembre 1969, après avoir également séjourné à Cuba parce qu'il était recherché par la police pour une affaire de kidnapping qui avait eu lieu à Monroe, en Caroline du Nord. La RNA ne se présentait pas comme une association caritative mais comme une structure révolutionnaire dont l'action aboutirait à l'établissement d'un État noir sur le territoire de plusieurs États américains du Sud : l'Alabama, la Géorgie, la Louisiane, le Mississippi et la Caroline du Sud. La RNA exigeait que l'État américain versât 10 000 dollars à chaque citoyen noir en guise de réparations pour quatre siècles d'esclavage. Une armée embryonnaire, la Black Legion, fut mise sur pied, ainsi qu'une autre organisation militaire, celle-là clandestine. Lors de la seconde convention de la RNA, le 29 mars 1969, des gardes du corps du vice-président Henry Milton tuèrent un policier et en blessèrent gravement un autre.

Jean Seberg rencontra Hakim Jamal dans un avion. Il était grand, mince et portait un anneau au lobe de l'oreille — anneau qu'on retrouvera dans certains romans de Gary, qui le haïssait. Jamal confia à Jean qu'il collectait des fonds afin de reconstruire son « école sans haine » pour les enfants noirs qui avait été ravagée par un incendie le 22 octobre 1968.

Les rapports établis par le FBI dans le cadre du programme de contre-espionnage intitulé « Cointelpro[7] », lancé le 14 mai 1969, rendent compte de l'implication de Jean Seberg dans l'activisme noir. Certains font état de nombreux chèques sur la City National Bank à Los Angeles remis par l'actrice à Hakim Jamal, dont la somme mensuelle pouvait atteindre 200 000 dollars.

Le 7 mai 1969, un autre rapport nous informe qu'ils ont tous deux été interrogés après avoir été surpris en train de photographier des policiers au téléobjectif, tapis derrière une haie, au niveau du 1472 South Crenshaw Boulevard.

La ligne téléphonique de Romain et Jean était sans arrêt sur écoute. Leurs relations intimes étaient au plus bas. Jean était tombée passionnément amoureuse d'Hakim Jamal.

Dès qu'au sein du mouvement noir on sut que Jamal avait rencontré une star de cinéma, on lui dit : « Nous pouvons utiliser ta verge [8]. » Aussi présentait-il ses relations avec Jean Seberg comme un devoir. La lutte, assurait-il, devait être menée par tous les moyens nécessaires. Gary n'avait aucune illusion sur les motivations de Jamal et de ses acolytes, ainsi qu'il l'écrivit dans *Chien blanc*.

> — [...] Parce que, chérie, quand tu mélanges ça avec l'amour, tout est foutu... La plus grande vacherie que tu puisses leur faire, c'est de coucher avec eux. C'est ce que tous les racistes blancs et noirs veulent que tu fasses. Tu joues leur jeu. Comme ça, ils peuvent dire que les idées, la justice, tout ça, c'est une excuse pour s'envoyer en l'air...

Jean, dans sa passion, partagea la paranoïa de Jamal. Il était en danger de mort, et elle devait lui trouver un refuge où il serait en sécurité. Avec la complicité de Sammy Davis Jr, elle l'aida à quitter Los Angeles et le rejoignit à Lake Tahoe (Nevada), dans un élan qu'elle appela Operation Love pour lui prouver que tous les Blancs n'étaient pas des diables aux yeux bleus. Jean savait que des agents du FBI les suivaient. Elle s'était mis en tête de sauver Jamal, sa femme et ses six enfants. Jamal était psychotique. Il n'avait aucune reconnaissance pour ceux qui soutenaient le mouvement noir. Cet homme violent ressentait au contraire de l'agressivité pour ceux qui l'aidaient et lui donnaient de l'argent.

Considérant qu'ils avaient été exploités pendant des siècles, alors que l'Amérique avait en quelque sorte été construite par eux, les Noirs américains ne voulaient rien partager avec les Blancs. Ils disaient : « rendez-nous le fric, nos arriérés de salaire [9] ». Gary remarquait que les Noirs qui n'avaient pas été éduqués avaient conservé l'état d'esprit de l'Amérique du XIXe siècle. C'est la raison pour laquelle, affirmait-il, le racisme, le nazisme, le fascisme, florissaient dans les ghettos. Les Noirs niaient la société de consommation américaine à laquelle ils ne pouvaient participer et voulaient lui substituer la « société de provocation ».

Jean parlait avec Jamal en essayant d'imiter l'accent d'une Noire et, lui, la traitait de connasse blanche. Elle lui téléphonait en se présentant sous son nom de code — Alisa ou Aretha — alors qu'elle savait que toutes leurs conversations étaient enregistrées par les agents du FBI. Lorsqu'il ne lui raccrochait pas au nez, elle concluait par : « Power ! » Le pouvoir aux Noirs.

Dès le début, Gary avait pris la mesure de la catastrophe qui se préparait, mais toutes ses tentatives pour ramener la mère de son fils à la raison étaient brutalement repoussées.

> Dix-sept millions de Noirs américains à la maison, c'est trop, même pour un écrivain professionnel. Tout ce que ça va donner avec moi, c'est encore un livre. J'ai déjà fait un livre avec la guerre, avec l'Occupation, avec ma mère, avec la liberté de l'Afrique, avec la bombe, je refuse absolument de faire de la littérature avec les Noirs américains [10].

Et pourtant *Chien blanc,* dont sont extraites ces lignes, vit le jour : un conte cruel et tragique, en partie autobiographique, publié en feuilleton dans *Life* en 1970, puis chez son éditeur World Publishing Company, et enfin chez Gallimard la même année. Gary y mêla son expérience des mouvements noirs à l'histoire tragique de Batka, un beau berger allemand qu'il avait recueilli.

Batka était ce que les Noirs américains appelaient un *white dog*, un chien blanc, parce qu'il avait été spécialement dressé par la police américaine pour attaquer les Noirs. Celui-là avait été adopté par un policier à la retraite et s'était échappé lorsque la caravane de son maître avait accidentellement pris feu. Il était arrivé en compagnie de Sandy devant la villa de Gary, et celui-ci l'avait aussitôt considéré comme un membre de la famille. C'était un animal sociable et affectueux, sauf quand un Noir se présentait à la porte. La bave ruisselant de sa gueule, jappant furieusement, il se jetait à la gorge du visiteur, plantait ses crocs et ne lâchait pas prise. Considérant qu'il ne pouvait ni le garder ni l'abandonner, Gary se mit en tête de le « guérir » en le confiant à Jack Carruthers qui exploitait un zoo privé à San Fernando Valley, dont les pensionnaires dressés étaient utilisés par les studios de cinéma. Keys, un jeune employé noir de Carruthers, décida de faire subir de la manière la plus sadique une sorte de lavage de cerveau à ce chien, dont il voulait se servir pour régler ses comptes avec les Blancs.

Écœuré par la naïveté indéfectible et destructrice de sa femme, Gary chercha à s'éloigner. Robert Lantz le mit en contact avec le magazine *Travel and Leisure* qui l'envoya en grand reportage en Extrême-Orient : Honolulu, Manille, Hong Kong, Calcutta, Téhéran, Guam, Phnom Penh et Angkor Vat. À regret, il quitta Maï, sa chatte siamoise, Sandy, son chien jaune, et Batka. Gary ramena de longs récits de voyage. Son séjour en Iran devait lui inspirer un joli et perspicace roman policier, *Les Têtes de Stéphanie*[11], publié quelques années plus tard sous le pseudonyme de Shatan Bogat.

Il était rentré depuis deux jours à Paris, quand Jean lui apprit qu'elle avait reçu un appel en pleine nuit de ses parents. Son frère David Allen, âgé de dix-huit ans, avait perdu le contrôle de sa voiture et venait de se tuer avec un ami non loin de Marshalltown. Romain vint assister aux funérailles. Un autre « malheur » consternait les vingt mille habitants de la ville : une jeune fille de bonne famille avait épousé un Noir. Gary écrit dans son livre que, par goût de la provocation, il raconta aux amis des Seberg qui venaient présenter leurs condoléances, que lorsqu'il combattait en Afrique en 1941, il avait épousé une « négresse », laquelle lui avait donné un fils qui était devenu membre du parti communiste français. « La provocation est ma forme de légitime défense préférée [12]. »

Le 4 avril 1968, trois jours après l'enterrement, Jean et Romain reprirent l'avion pour Washington où Jean était attendue pour le tournage de *Pendulum*. À bord d'un taxi qui les conduisait de l'aéroport dans la capitale, ils apprirent par la radio que le pasteur Martin Luther King, qui dirigeait l'Association pour la promotion des gens de couleur, à laquelle Jean Seberg avait adhéré depuis l'âge de quatorze ans, avait été assassiné à Memphis [13]. De violentes émeutes éclatèrent aussitôt. À l'hôtel Hilton où Jean et Romain étaient descendus, le service n'était plus assuré. Le lendemain, sept cents incendies allumés par des émeutiers noirs ravageaient maisons et commerces jusqu'aux abords de la Maison-Blanche. Douze mille soldats des troupes fédérales se dirigeaient vers la capitale. Le couvre-feu avait été décrété. L'équipe de tournage qui se trouvait en ville était en danger. L'opérateur réussit à filmer quelques scènes à la sauvette à Lafayette Square, puis techniciens et acteurs retournèrent aux studios de la Columbia à Los Angeles. Jean et Romain s'installèrent dans une belle villa de location non loin de la ville, à Coldwater Canyon.

Fin avril, Gary fut invité par Robert Kennedy qui prenait quelques jours de vacances chez John Frankenheimer sur la plage de Malibu pendant sa campagne électorale contre McCarthy. Il y avait là, outre quelques membres de son état-major électoral, ses deux conseillers, Dick Goodwin et Pierre Salinger et sa femme Nicole, le cosmonaute John Glenn, Angie Dickinson, Alan Jay Lerner et Warren Beatty, tous deux accompagnés de leurs épouses.

Jean avait l'âge des étudiants qui manifestaient

contre la guerre du Viêtnam et mettaient le campus des universités en état de siège. Elle fut séduite par le charme et la chaleur de Robert, tout l'opposé de son frère John. Alors qu'il sortait d'un bain de mer, elle vint à sa rencontre, lui exposa ses espoirs concernant la situation des Noirs aux États-Unis, et lui demanda de recevoir deux activistes. Il lui en fit la promesse, en lui précisant toutefois que l'idée d'un État noir au sein des États-Unis lui semblait délirante. Très paternellement, il lui conseilla de rester tranquille.

Gary écrivit qu'il avait eu ce jour-là la prescience de l'assassinat de Robert Kennedy et qu'il lui avait demandé s'il prenait des précautions pour assurer sa sécurité. Kennedy lui avait répondu qu'il n'existait pas de moyen fiable pour protéger un candidat pendant une campagne, qu'il comptait par conséquent sur la chance, mais qu'il ne doutait pas qu'un attentat aurait lieu.

## 72.

Les événements de mai 1968 venaient d'éclater en France. Gary, lassé des réunions et impuissant à mettre un terme aux relations que Jean avait nouées avec Hakim Jamal, décida de rentrer quelque temps à Paris.

Avant son départ, il alla passer une heure au chenil avec Batka qu'il avait décidé de ramener en France lorsque Jean aurait achevé le tournage de *Paint Your Wagon*, dont les prises de vues devaient commencer un mois plus tard dans l'Oregon. Puis il alla prendre congé de Jean qui assistait à une réunion à Cranton, non loin de l'aéroport. Quand il arriva, elle était en train d'expliquer à l'auditoire que lorsque les militants lui demandaient de signer un manifeste, ils se faisaient du tort. En effet, ses relations intimes avec Hakim Jamal et Raymond « Masai Hewitt », ministre de l'Éducation du Black Panther Party [1], étaient à présent de notoriété publique. Malgré ses largesses, elle n'était plus en odeur de sainteté aux yeux du mouvement noir. Dorothy Jamal avait décidé de forcer son mari à rompre avec Jean Seberg. Elle l'avait accusée publiquement de lui voler son mari et de mener en sa compagnie la belle vie, non pas dans les taudis de Compton ou de Watts, mais dans les restaurants huppés de Willshire Boulevard.

Par ailleurs, les activistes noirs n'hésitaient pas à exercer un chantage sur leur bienfaitrice.

Gary, persuadé que le mouvement était totalement infiltré par les agents du FBI, ne se trompait pas[2]. L'engagement de Jean lui fendait le cœur. « Quel est le meilleur moyen de contrôler un mouvement politique ? C'est de le créer[3] », écrivait-il dans *Chien blanc*.

Jean, de son côté, malgré sa passion pour Jamal, n'était pas dupe. Elle estimait Huey Newton et disait d'Hakim, son amant, qu'il était un « Black Muslim » romantique, doté de très peu de sens politique, et qui croyait au mythe machiste des armes.

Romain prit congé de Jean :

> Je me sens comme une épouse éplorée dont le mari part pour les croisades. Mais il vaut mieux pour Jean que je ne sois pas là. La différence d'âge, c'est terrible, lorsque vous avez épousé une jeune femme qui a quelques siècles de moins que vous. Sans compter que j'ai Voltaire et La Rochefoucauld sur le dos.
>
> Je parviens à traîner mon chagrin jusqu'à l'aéroport et le mettre dans l'avion[4].

À l'aéroport Kennedy de New York, Gary eut affaire à un agent du FBI qui le questionna aimablement, puis une voiture le conduisit jusqu'à l'avion.

Gary arriva à Paris alors que les étudiants édifiaient des barricades dans les rues du Quartier latin. Il consacra la seconde partie de *Chien Blanc* aux événements de Mai 68. Il écrivit que s'il n'y avait pas eu au même moment la guerre du Viêtnam, l'intervention soviétique en Tchécoslovaquie, les émeutes aux États-Unis, la famine et la guerre au Biafra, « la Révolution des étudiants de Paris ressemblerait singulièrement à une émeute de souris dans un fromage[5] ».

À l'ancien combattant de la France libre qui a survécu miraculeusement à la guerre, la révolution de Mai fait l'effet d'une « bluette ». À Watts, les Noirs pillaient les supermarchés, à Paris, les étudiants y mettaient le feu.

Le 30 mai, un ami lui téléphona pour lui dire « qu'un dernier "carré" de Français libres allait descendre les

Champs-Élysées ». Gary vénère toujours le Général, sa fidélité envers lui est entière.

> Le dernier « carré » c'est quelque chose à quoi je n'ai jamais pu résister. J'ai horreur des majorités. Elles deviennent toujours menaçantes. On imagine donc mon désarroi lorsque, me présentant plein d'espoir sur les Champs-Élysées, je vois déferler des centaines de milliers d'hommes qui donnent une telle impression d'unanimité que j'en ai la chair de poule. Immédiatement, je me sens *contre*. Venu pour brandir le drapeau tricolore et la croix de Lorraine sous les risées en compagnie de quelques centaines d'autres irréguliers, je me sens volé. Je leur tourne le dos. Tous les déferlements démographiques, qu'ils soient de gauche ou de droite, me sont odieux.
>
> Je suis un minoritaire-né[6].

Un an plus tard, au mois de mai 1969, Gary le « gaulliste inconditionnel » allait donner à la revue américaine *Life Magazine* un texte magnifique : *À mon Général : adieu avec amour et colère*[7], des réflexions amères que lui inspirait la démission du général de Gaulle après l'échec du référendum sur le double projet de « régionalisation » et de transformation du Sénat qui fut repoussé par 52,5 % de non.

> Votre présence à la barre de la France, mon Général, avait de moins en moins de sens, étant donné que vos priorités étaient d'ordre spirituel, moral et souvent mythologique, ce qui à l'évidence paraît incompatible avec une société totalement matérialiste.
>
> Il demeure néanmoins fort probable que la postérité vous considérera comme le plus grand paradoxe de notre temps. En effet, alors même que vous vous sentiez sincèrement engagé au service d'une France historique, spirituelle et mythologique — « princesse des contes » ou « madone aux fresques des murs », comme vous appelez votre aimée dans les premières lignes de vos *Mémoires de guerre* —, vous avez fait bien plus que toute autre figure nationale du monde occidental pour rompre avec le passé.
>
> [...] Et maintenant, mon Général, je m'en vais vous dire quelque chose qui vous déplaira sans doute beaucoup.
>
> Je vous soupçonne d'avoir délibérément orchestré la bataille du référendum en vue de la perdre.
>
> Contre l'avis des experts — contre les preuves statis-

> tiques, les prévisions et les rapports préfectoraux qui laissaient tous supposer une défaite presque certaine —, et sans nécessité aucune, vous avez annoncé votre intention de démissionner si les électeurs rejetaient votre contrat législatif. Pourquoi ?
>
> Parce que vous vouliez vous en tirer.
>
> Parce que vous étiez fatigué d'incarner cinquante millions de Français qui n'étaient même pas là derrière vous.

Le 6 juin 1968, Jean appela Romain pour lui dire qu'elle ne dormirait plus chez elle parce qu'elle avait reçu des menaces et des coups de téléphone anonymes : « La prochaine fois, salope, ce sera ton tour. Ne viens pas te mêler de nos affaires, *you white bitch*[8]. » Une roue de sa voiture avait été dévissée, deux de leurs chats avaient été empoisonnés. Elle demanda à son ami Paton Price de l'héberger dans sa maison de Studio City. Elle arriva chez lui terrorisée : « Ils ont tiré sur moi ! » Elle le supplia de cacher sa voiture dans le jardin et lui confia un mystérieux paquet. Le lendemain, en partant, elle l'oublia. Après son départ, Price et son épouse voulurent savoir ce qu'il contenait et découvrirent une chemise d'homme rose, tachée de sang.

Gary prit le premier avion en partance pour Los Angeles. Il trouva Maï, sa chatte siamoise, en train d'agoniser. Il la veilla jusqu'à sa mort, le 7 juin, et l'enterra avec Jean sous un eucalyptus de Cherrokee Lane. Il écrivit aussitôt la nouvelle à son ami Malraux qui partageait son amour pour les chats. Il assista aussi à la fin tragique de Batka, chien blanc devenu chien noir par les soins du jeune homme noir qui, au lieu de le guérir, l'avait dressé à attaquer et tuer les Blancs. Quand Gary arriva chez lui en compagnie d'un ami, Batka se jeta sur lui et le blessa sérieusement. Celui qui s'était institué son nouveau maître triomphait. Ayant reconnu Gary après l'avoir mordu, Batka s'était enfui et courait à travers la ville, tandis que les policiers, le prenant pour une bête enragée, tentaient de l'écraser. Il mourut d'épuisement devant la porte de la villa à

Coldwater Canyon. Jean tint longtemps son cadavre dans ses bras.

Romain rentra seul en France, puis passa deux semaines dans une clinique, dont quelques jours en cure de sommeil.

## 73.

Au mois de juin 1968, Jean Seberg et sa secrétaire Cecilia Alvarez prirent l'avion pour Baker, une petite ville de province dans la région de l'Oregon, où devait se dérouler le tournage de *Paint Your Wagon* (*La Ruée vers l'Ouest*). Elles s'installèrent dans une confortable villa avec jardin.

Les décors avaient été construits par John Truscott. L'équipe de tournage se composait de deux cent cinquante personnes et d'un grand nombre de figurants, presque tous hippies, et parfois drogués. Baker, leur lieu de résidence, étant très isolé, Joshua Lerner et Logan envoyaient chaque matin un hélicoptère chercher les acteurs à l'aube.

Le film comportant des *lyrics*, Jean dut apprendre avec Eliott Daniel les airs qu'André Previn avait écrits pour elle. Mais au moment de l'enregistrement, elle se montra incapable de chanter, et on décida de la doubler. Durant les interminables attentes entre les prises de vues, Lee Marvin buvait inconsidérément, Jean jouait aux cartes, ou discutait avec les figurants. Certains vinrent la solliciter jusqu'à Baker, où elle leur offrit le couvert, leur permit de prendre un bain et de faire leur lessive. On l'appela la Mère supérieure.

Jean Seberg, qui éprouvait le besoin d'être aimée, tomba amoureuse de Clint Eastwood et se figura qu'il en était de même pour lui. Mais en dépit de leur idylle, ce dernier n'envisageait nullement de quitter sa femme qui était aussi son agent. Leur liaison fut bientôt connue de tous. Persuadée que Clint Eastwood était le genre d'homme qui plairait à ses parents, Jean laissa publiquement entendre qu'elle allait quitter Romain, en expliquant qu'il avait à présent cinquante-cinq ans. Elle confia même à des journalistes qu'elle aimait Clint et qu'elle était certaine qu'il quitterait sa femme pour elle.

Gary arriva aux États-Unis au mois d'août pour la sortie de *The Danse of Gengis Cohn* chez World Publishing Company. Le livre remportait un grand succès aux États-Unis. Diego était venu passer quelques jours de vacances avec sa mère. Romain les rejoignit à Baker, après avoir donné des interviews à New York.

Quand il apprit que Jean le trompait au vu de tous avec Clint Eastwood, comme Pouchkine, son écrivain préféré, Gary provoqua son rival en duel au petit matin dans la cuisine de Joshua Lerner. Il était robuste et aimait se battre. Eastwood n'envisageait pas de mourir ou de prendre une raclée pour ce qu'il considérait comme une simple romance. Il se déroba. Gary reprit l'avion. Les gazettes s'emparèrent de la nouvelle le 17 septembre 1968. Interrogé, Gary confirma sa séparation d'avec Jean et leur prochain divorce.

Pendant un bref séjour à Paris, Jean écrivit à Romain qui était allé travailler à Puerto Andraitx en emmenant avec lui ses chats Bippo et Bruno. Les rushs de *Paint Your Wagon* qu'elle avait visionnés étaient bons, mais se lever chaque matin pour se rendre au studio avait été pour elle « *a pain in the tokhes*[1] », littéralement « une douleur dans le cul ». Elle avait exigé d'être doublée pour les scènes où son personnage apparaissait dénudé. Lasse de son métier d'actrice, elle envisageait de changer de profession. Timidement, elle demandait à son mari quels étaient ses projets, tout en admettant qu'elle savait bien que : « les carottes [étaient] cuites ». Elle était, disait-elle, vidée, brûlée, mais tentait de tenir le coup. Elle pleurait chaque jour, tandis que les souvenirs et le remords l'assaillaient. « Pardonne-moi si tu peux, Romain, pour la souffrance que je t'ai infligée. Je n'ignore pas que c'est plus facile à dire qu'à faire. » Elle renonçait au militantisme noir, et cela lui brisait aussi le cœur. Mais ceux qu'elle avait aidés la haïssaient et se moquaient d'elle à présent. Son état de santé l'inquiétait. On lui avait ôté des kystes à un sein, mais de nouveaux étaient apparus de l'autre côté.

Pour les fêtes de fin d'année, Gary revint à Paris aux côtés de son fils et de Jean.

Le 24 janvier 1969, Gary, furieux, vit débarquer Hakim Jamal rue du Bac. Dès qu'il ouvrait la bouche, Jean était en transe. Il disait qu'il fallait exterminer tous les Blancs. Elle lui donna encore de l'argent, le présenta à ses amis. Il repartit pour Detroit, où il tua un policier lors d'un meeting. Son avocat le sauva grâce à un vice de procédure. Jean l'aida à quitter clandestinement les États-Unis pour la France, puis l'accueillit à Cimarron, la maison de Romain. Ensuite, elle le suivit quelques jours au Maroc. Gary, consterné, écumait de rage et d'impuissance. Il écrivit en vain à Jean de prendre garde. De retour à Paris, elle sombra dans la dépression. Gary dut la conduire chez un médecin.

Jean se disait persécutée. Elle n'avait pas tort. Le FBI la suivait, surveillait ses comptes en banque, écoutait ses conversations téléphoniques, et attendait patiemment le moment de passer à l'attaque. Apparemment bien rétablie après un séjour à l'hôpital, elle quitta Paris pour Los Angeles, où elle était attendue pour tourner *Airport*, une production Universal à gros budget réalisée par George Seaton. Ses partenaires étaient Dean Martin, George Kennedy, Helen Hayes, Maureen Stapleton, Jacqueline Bisset, Van Heflin, Burt Lancaster et Dana Wynter. Ce fut le sommet de sa carrière. Mais aussi son dernier rôle dans une production américaine. Son agent avait négocié un cachet de 150 000 dollars, plus 1 000 dollars par semaine de défraiement pendant quatre mois. On avait en outre mis une limousine à sa disposition. Malgré tout, Jean ne se sentait pas à sa place. Comparée à ses aventures avec Hakim Jamal et

Masai Hewitt qu'elle recommençait à voir hors du studio, sa vie d'actrice lui paraissait dépourvue du moindre intérêt. Elle détestait son rôle, s'ennuyait sur le plateau, ne le dissimulait point et, entre les prises de vues, passait le plus clair de son temps dans sa loge en compagnie de son coiffeur et de son maquilleur.

Son romantisme révolutionnaire l'absorbait tout entière. *Persona non grata* au sein du mouvement noir, elle continuait de se laisser exploiter par Jamal qui cherchait à se débarrasser d'elle sans renoncer à ses largesses. Jean versa à nouveau de l'argent sur le compte du Black Panther Party pour louer des voitures et acheter des armes. C'est alors que le FBI, en la personne de G. C. Moore, chargé des groupuscules extrémistes, décida de se pencher plus sérieusement sur son cas. Instruction fut donnée aux services de douane des aéroports de fouiller systématiquement ses bagages. Sa photo et son signalement furent communiqués à tous les correspondants du FBI en Europe.

Une association, dont les animateurs croyaient qu'il œuvrait pour la création d'écoles d'enfants noirs des ghettos de Boston, avait invité Hakim Jamal à Londres en 1969. Pendant son séjour, on lui proposa d'écrire ses Mémoires et on le présenta à l'éditeur André Deutsch. Jamal rencontra et séduisit Gale Ann Benson, la fille d'un élu du parlement britannique. Elle avait vingt-cinq ans, venait de divorcer et souffrait de dépression. Elle s'enticha de Jamal qui la persuada de se faire désormais appeler Halé Kimga — anagramme de Hakim et Gale.

Jamal se retourna alors violemment contre Jean Seberg, sa bienfaitrice, l'accusant de l'espionner, de l'exploiter et de le trahir. Il passa quelque temps avec Halé au Maroc. De retour à Londres, il vécut chez Vanessa Redgrave, puis rentra finalement aux États-Unis. Alan Donaldson, qui était devenu Hakim Jamal et se prenait pour Dieu, affirmait à Gale que tous les Blancs étaient des diables. Elle avait pris en horreur sa peau blanche et avait coupé ses cheveux comme ceux d'un garçon. Elle prenait des leçons d'arabe et étudiait le Coran.

## 74.

Jean partit le 9 juin 1969 pour Rome où elle devait tourner dans *Dead of Summer*, un film de Nelo Risi, coproduit par la France et l'Italie. Son rôle ? Une jeune femme schizophrène mariée à un homme plus âgé qu'elle allait assassiner.

Son départ fut signalé par le quartier général du FBI à ses agents en Europe. Elle voyageait sous le nom de Mme Jean Gary, sur le vol TWA n° 840 jusqu'à Paris, et séjournerait à l'hôtel Excelsior à Rome.

Une partie du tournage se déroula dans des conditions pénibles à Agadir au Maroc. Puis elle dut retourner à Paris pour subir une intervention chirurgicale. L'équipe l'attendit à Rome où le film fut achevé à la fin de l'été. À Paris, elle rencontra l'écrivain noir James Baldwin[1], qui ne voyait pas les choses comme les Black Panthers. Les Blancs et les Noirs appartenaient au genre humain. Rien de plus.

À Rome, Jean avait loué une villa mythique. La légende raconte que Richard Burton y succomba aux charmes d'Elizabeth Taylor. Mais sans Romain, qui avait pour elle les attentions d'un père, elle se sentait perdue. Elle était tombée amoureuse de Kaba, un jeune danseur noir fort intelligent, que Gary avait rencontré à Paris et pour lequel il éprouvait une vive affection. Il raconta son histoire dans *Chien blanc*. Les parents de Jean, Diego et Eugenia vinrent la retrouver pendant quelques jours. Edward et Dorothy Seberg n'étaient nullement attirés par les trésors de la Ville éternelle et passaient leurs journées à jouer aux dominos, regrettant que Diego ne parlât pas anglais. *Dead of Summer* obtint le prix du meilleur film au festival international de Saint-Sébastien.

À son retour de Rome, Jean partit avec Romain, Diego et Eugenia pour Majorque. À présent qu'elle retrouvait la quiétude de Cimarron, confrontée une fois encore à la générosité de Gary, elle regrettait d'avoir voulu divorcer.

Dorothy Jamal la poursuivait de sa haine et la menaçait. Aussi Romain Gary lui envoya-t-il un télégramme la sommant de cesser immédiatement de harceler son épouse, tandis que Jamal, sans un sou, suggérait à Jean de l'épouser. Elle refusa énergiquement mais restait persuadée qu'elle était la représentante officielle des Black Panthers en Europe[2].

*Paint Your Wagon* ne rencontra pas le succès espéré aux États-Unis. Jean Seberg devait encore tourner une ultime production américaine au Mexique, *Macho Callahan*, un western médiocre pour un cachet de 100 000 dollars, négocié par son agent avant la sortie de *Paint Your Wagon*. Martin Schute, le producteur, et Bernard Kowalski, le réalisateur, avaient engagé pour lui donner la réplique David Janssen, un comédien qu'on voyait surtout dans les séries télévisées.

Jean et sa secrétaire Cecilia Alvarez arrivèrent à Mexico le 2 décembre 1969. Le tournage commença aussitôt. L'équipe cessa le travail pendant les fêtes de fin d'année. Jean passa deux jours à Marshalltown pour Noël. Les agents du FBI du bureau d'Omaha, qui la surveillaient aussi dans la maison de ses parents, notèrent qu'elle avait téléphoné au quartier général des Black Panthers et qu'elle avait à nouveau promis d'envoyer de l'argent.

Lors d'une fête, le soir du jour de l'an, elle fit la connaissance de l'écrivain Carlos Fuentes. Il la suivit à Durango, une petite ville au nord de Mexico, où la seconde partie du film devait être tournée. Leur romance, dans une affreuse villa, dura deux mois sous les yeux de la silencieuse Cecila Alvarez, parfaite secrétaire, masseuse et dame de compagnie. Au cours de leur liaison, Fuentes s'aperçut que Jean se levait la nuit et se postait devant la fenêtre ouverte pour regarder la lune à laquelle elle semblait rendre une sorte de culte antique. Elle avait des phobies. Ainsi, elle exigeait que la porte de communication entre la chambre à coucher et la salle de bains fût toujours fermée, sans quoi elle avait des angoisses. Il l'entendit aussi chaque nuit quitter la chambre et parler dans le salon d'une voix qu'il ne lui connaissait pas le jour. Il la suivit dans l'ombre et écouta ses conversations étranges avec un inconnu, un Noir qui la malmenait parce qu'elle était blanche. Hakim Jamal l'insultait. Elle semblait y prendre du plaisir.

Au cours d'un dîner officiel offert par les autorités de Durango, le gouverneur mit Fuentes en garde : Jean ferait bien à l'avenir de se montrer plus prudente. Non contente de soutenir les activistes noirs, elle s'était à présent entichée d'un jeune révolutionnaire mexicain, Carlos Navarra. Il participait aux violentes manifestations d'étudiants qui troublaient la ville. Elle invita chez elle les émeutiers menacés d'arrestation par les parachutistes de l'armée arrivés en renfort le 20 janvier. Puis elle renvoya brutalement Carlos Fuentes pour se jeter dans les bras de Carlos Navarra, bien décidé pour sa part à assassiner un gouverneur mexicain. Elle présentait son nouvel amant sous son surnom : *El Gato* — le chat.

## 75.

Invité par le département de langue et littérature françaises de l'université hébraïque de Jérusalem, Gary vint donner une conférence le 11 mars 1969 au pavillon Mazer. Le sujet de sa communication était le même qu'à Varsovie : « La situation du roman dans le monde ». Au cours de son séjour en Israël, il alla déjeuner avec Francis Huré à l'ambassade de France à Tel-Aviv, où étaient également conviés Hélène et Henri Hoppenot. Cette dernière rapporta dans son journal une gaffe commise par l'ambassadrice Jacqueline Huré :

> Interrogé sur son ex-femme, Gary leur dit qu'il avait dû se résoudre à accepter un divorce parce qu'elle était devenue militante et aidait la secte des Black Panthers. Il a eu la charge de son fils Alexandre. Jacqueline, poussée par son manque d'éducation, lui a demandé : « ce n'était pas parce que vous ne pouviez plus la satisfaire ? », et l'on entendit Gary protester à la gêne des convives !

En réalité, le divorce ne fut prononcé que le 1er juillet 1970 aux torts réciproques des époux. L'ordonnance de non-conciliation du 17 février avait été suivie en mars par la demande de divorce. Cela signifiait que les époux, selon la loi du genre, avaient été contraints de s'accuser mutuellement des pires maux. Gary avait affirmé que son épouse avait quitté le domicile conjugal et avait refusé de reprendre la vie commune, malgré ses sommations. Jean avait reproché à Romain son caractère autoritaire, les humiliations qu'il lui avait infligées en présence de tiers, les injures et les violences attestées par des témoins.

La garde de Diego fut confiée à la mère à condition que l'enfant soit laissé dans l'établissement scolaire où il était inscrit au moment du divorce. En d'autres termes, il restait au domicile paternel. Gary avait la charge de Diego chaque fois que sa mère s'absentait, et pendant tous les congés scolaires. Jean quant à elle pourrait lui rendre librement visite au domicile de son père, et devait accorder à Gary la réciprocité.

À Jérusalem, Gary retrouva Claude Vigée, un écrivain dont il avait autrefois fait la connaissance aux États-Unis lors d'un colloque à la prestigieuse Brandeis University[1], où ce dernier dirigeait alors le département de littérature française[2]. Vigée retranscrivit et publia la substance de son entretien avec Gary :

> Selon le romancier-diplomate Romain Gary, les Israéliens ne savent pas projeter une image utile d'eux-mêmes dans la sphère politique et publicitaire, ni entrer dans le cercle magique des mass media dont l'opinion fait loi dans le monde actuel. J'essaie de lui en donner une des raisons : « Les Israéliens sont encore des Juifs. Comme tels, ils n'imaginent pas qu'ils puissent faire croire aux autres ce qu'ils ne sauraient ou ne voudraient pas croire eux-mêmes, dans leur for intérieur. (Par exemple, la nécessité immédiate de créer un État palestinien indépendant, armé, et forcément hostile, sur la rive gauche du Jourdain.) Et pourquoi sont-ils incapables de croire cela ? D'abord, parce qu'ils méprennent bizarrement les autres pour des Juifs. Et parce qu'en même temps, ces autres, à leurs yeux, n'ont pas d'existence bien précise. Réaction paradoxale, caractéristique du Juif issu des ghettos d'Europe orientale, aussi bien que celui du mellah africain, à l'égard d'une gentilité énigmatique, qui demeure pour lui une entité abstraite, un Golem redoutable aux réactions tout à fait imprévisibles. Il vit sur une autre planète, loin de ce monde qui à la fois l'exclut et l'emprisonne depuis des millénaires[3]. »

Durant ce séjour, Gary rencontra également David Catarivas et Yehoshua Almog, alors premier conseiller à l'ambassade d'Israël avec lesquels il dîna Chez Cohen, un restaurant renommé de Jérusalem particulièrement prisé par les diplomates. Yehoshua Almog voyait en Gary « un Juif du Quai d'Orsay », pas tout à fait à l'aise, mais qui essayait néanmoins d'être sympathique en tant que Français.

David Catarivas eut l'impression que son judaïsme était pour Gary un boulet. Dans *La nuit sera calme,* il écrit qu'il eût été déshonorant de renier ses origines qui avaient été jetées dans la fange par les nazis. Puis il précise qu'il n'est que demi-juif avant de se remettre en cause : « Demi-juif, je ne sais pas ce que ça veut dire. » Dans ce balancement vertigineux entre la haine de soi et la fidélité aux siens, il ajoute : « C'est aussi une notion à l'usage des racistes maniaques d'Israël[4]. »

Au cours du repas Chez Cohen, il fit longuement part à David Catarivas et à Yehoshua Almog de son amertume d'avoir été évincé du ministère des Affaires étrangères, mais ne livra guère les sentiments que lui inspirait Israël. En tout cas, apparemment rien de très chaleureux, tout en n'allant pas jusqu'à exprimer devant eux un point de vue négatif. Il le fit dans des écrits dispersés. Par exemple dans *Pseudo* :

> Les Juifs ont essayé de se faire proclamer et certifier non humains depuis des siècles par les antisémites, mais ils n'ont pas réussi et tout ce que ça a donné, c'est Israël, et il n'y a rien de plus humain et de plus avoué que ça, Israël, mon vieux, une nation digne de ce nom, et il n'y a pas de preuve plus écrasante de caractère humain qu'une nation[5]...

En Israël, Gary ne jouissait d'aucune singularité puisque tout le monde était juif et que presque tous les Israéliens sont issus de l'immigration. De quelle minorité voulait donc se déclarer Gary lorsqu'il se définissait comme un « minoritaire-né » ? S'agissait-il d'un refus d'adhérer à toute communauté — y compris celle dont il était issu —, celle des Français libres exceptée ? Même pas. Il n'entretenait quasiment aucun contact avec eux en dehors de la commémoration annuelle de l'appel du 18 juin aux Invalides, où on ne le voyait d'ailleurs pas souvent. Ou bien cette affirmation était-elle l'ultime refuge d'un anticonformiste, et, dans les dernières années, d'un écrivain célèbre mais sous-estimé, complètement et désespérément seul ? Lui pouvait se permettre d'être un « terroriste de l'humour », mais si d'autres, y compris le Général, venaient à franchir certaines limites, Gary ne courbait pas l'échine.

Ainsi, le 17 novembre 1967, alors que Gary était encore, quoique de façon bien symbolique, au cabinet du ministre de l'Information, le général de Gaulle avait, au lendemain de la guerre des Six Jours, prononcé la phrase fatidique sur « le peuple juif, peuple d'élite, sûr de soi et dominateur » qui avait profondément ému et indigné les Juifs de France et inspiré à Tim[6] un dessin fameux, refusé par *L'Express* et publié dans *Le Monde*. Tim avait représenté le peuple juif en la personne d'un déporté, la tête fièrement rejetée en arrière, portant l'étoile juive et la main glissée dans l'échancrure de sa veste rayée, le pied nu chaussé d'un sabot posé sur les barbelés électrifiés d'un camp nazi.

Le général de Gaulle avait dit :

> Certains même redoutaient que les Juifs, jusqu'alors dispersés, qui étaient restés ce qu'ils avaient été de tout temps, un peuple d'élite, sûr de soi et dominateur, n'en viennent [...] une fois rassemblés dans le site de leur ancienne grandeur, à changer en ambition ardente et conquérante les souhaits très émouvants qu'ils formaient depuis dix-neuf siècles.

Gary, avec son sens de l'humour et son goût pour la provocation, commenta ainsi dans *La nuit sera calme* les mots du Général :

> C'était très flatteur, parce qu'enfin, la France, ça a été pendant mille ans de son histoire un peuple d'élite, sûr de lui-même et dominateur et je l'ai d'ailleurs dit à la radio sans provoquer la moindre indignation[7].

Dans sa lettre d'adieu au général de Gaulle[8], il avait à nouveau épilogué dans les mêmes termes sur la phrase en question : « Votre discours de novembre 1967 au sujet des Juifs — ce “peuple d'élite, sûr de lui et dominateur” — a provoqué l'indignation. Et pourtant, lorsque, parlant à la radio française en décembre, j'ai moi-même eu l'occasion de souhaiter une bonne et heureuse année à tous les Français — ce “peuple d'élite, sûr de soi et dominateur” —, nul n'a songé à protester. Les Français étaient contents. »

Certains reprochaient aux Juifs d'apporter leur soutien à Israël, c'est-à-dire à « une cause étrangère », car la France exigeait d'eux une allégeance exclusive. Gary balaya ces accusations dans une *Lettre aux Juifs de France*, publiée par *Le Figaro littéraire*[9].

> Cousins juifs, je n'ai vraiment aucune autorité pour vous prodiguer des assurances. Mais le grand rabbin Kaplan a autant le droit — il paraît que cela a choqué — d'intervenir en faveur de ses coreligionnaires d'Israël que le pape Paul VI — il paraît que cela n'a pas choqué — d'intervenir auprès du Nigeria musulman en faveur des Biafrais catholiques.

Outré qu'on pût penser que les Juifs de France n'appartenaient pas au peuple français puisque les mots « éléments composites » avaient également été prononcés, Gary affirmait haut et fort que ces derniers n'avaient pas à choisir entre la France et Israël. Ils ne devaient en aucun cas se laisser intimider par des menaces telles que : « Attention à l'antisémitisme ! » À ce genre d'avertissement, Gary répondait : « Ayez donc la franchise de dire : “Attention à notre antisémitisme.” Et tous ceux parmi vous qui modifient leur opinion pour “apaiser” le racisme collaborent avec le racisme[10]. »

La phrase du Général avait inspiré à Raymond Aron un chapitre de ses *Mémoires*, et un recueil d'articles intitulé *De Gaulle, Israël et les Juifs*. Se revendiquant à la fois comme « un écrivain français » et un Juif « déjudaïsé[11] », Raymond Aron, tout comme Romain Gary, n'en avait pas moins été choqué, et avait jugé qu'il devait « intervenir dans ce débat[12] ». Dans la préface de *De Gaulle, Israël et les Juifs*, il jugeait de manière sévère les propos du Général :

> Au reste, appeler « sûr de soi et dominateur » le peuple des ghettos me paraît, aujourd'hui encore, aussi dérisoire qu'odieux[13].
>
> [...] Écrivant librement en un pays libre, je dirai que le général de Gaulle a sciemment, volontairement ouvert une nouvelle période de l'histoire juive et peut-être de l'antisémitisme. Tout redevient possible. Tout recommence. Pas question certes de persécution, seulement de malveillance. Pas le temps du mépris, le temps du soupçon[14].

De Gaulle assura, de son côté, qu'on s'était mépris sur le sens de sa phrase :

> [...] il ne saurait rien y avoir de désobligeant à souligner le caractère grâce auquel ce peuple fort à pu survivre et rester lui-même après dix-neuf siècles passés dans des conditions inouïes[15].

Raymond Aron revint dans ses *Mémoires* sur l'intention « délibérément agressive » du président de la République :

> Pourquoi l'a-t-il fait ? Afin de se donner le plaisir du scandale ? pour punir les Israéliens de leur désobéissance et les Juifs de leur antigaullisme occasionnel ? Pour interdire solennellement toute velléité de double allégeance ? Pour vendre quelques Mirages de plus aux pays arabes ? Visait-il les États-Unis en frappant les Juifs ? Voulait-il soumettre à une nouvelle épreuve l'inconditionnalité de certains de ses fidèles qui ont souffert sous Charles de Gaulle ? Agit-il en descendant de Louis XIV qui ne tolérait pas les protestants ? En héritier des Jacobins qui aimaient tant la liberté qu'ils interdisaient aux citoyens d'éprouver tout autre sentiment ? Je l'ignore ! Je sais seulement que tout nationalisme, poussé au-delà d'une certaine mesure, finit par acculer certains Juifs (dont je ne suis pas mais que je ne veux pas déserter) à l'alternative du refus et du reniement[16].
>
> [...] Que les Juifs, dans la diaspora, fussent restés un peuple sûr de soi et dominateur, l'affirmation me sembla

si aberrante, si énorme que j'avais peine à en croire mes oreilles. Sûrs de soi, les Juifs, pendant des siècles parqués dans les ghettos, exclus de la plupart des professions, toujours menacés des persécutions qu'ils avaient eux-mêmes « provoquées » ou pour mieux dire « suscitées », pour citer encore le Général ? Xavier Vallat, commissaire aux Affaires juives pendant la guerre, commentant mon livre, salua le retour des idées qu'il avait toujours soutenues, appliquées. Je n'accusai pas le Général d'antisémitisme, je l'accusai de lui rendre des titres, sinon de noblesse, du moins de légitimité[17].

Dans *La nuit sera calme*, Gary jugea aussi l'attitude du « grand chef blanc, bon, juste et généreux » vis-à-vis d'Israël et le dit coupable de n'avoir pas suivi ses injonctions :

Je crois que lorsque de Gaulle se mettait en rogne, il y avait une sorte de *bitchery* qui intervenait, une colère presque féminine, avec vacherie, rancune et méchanceté à l'appui, et que toute sa puissance de raisonnement, une fois récupérée, s'organisait alors autour de sa rancune. C'était un homme qui avait entre autres le génie de la rancune. Je ne crois pas une seule seconde que de Gaulle aurait lâché Israël pour du pétrole ou pour vendre des armes aux Arabes[18].

Dans le même livre, Gary écrit qu'il est allé voir le Général pour lui parler de cette affaire. Il ne subsiste nulle trace de cette rencontre dans ses papiers personnels, mais voici comment il la raconta :

Je suis allé voir de Gaulle, au nom de mes « éléments disparates ». Je lui ai dit : « Mon général, il y avait une fois un caméléon, on l'a mis sur du vert et il est devenu vert, on l'a mis sur du bleu et il est devenu bleu, on l'a mis sur du chocolat et il est devenu chocolat et puis on l'a mis sur un plaid écossais et le caméléon a éclaté. Alors, est-ce que je pourrais vous demander quelques précisions sur ce que vous entendez par "peuple juif" et si cela veut dire que les Juifs français appartiennent à un peuple différent du nôtre ? » Il a levé les bras au ciel et il a dit : « Mais Romain Gary, lorsqu'on parle du "peuple juif", on parle toujours de celui de la Bible. » C'était un renard[19].

## 76.

Après sa parution à New York chez Harper & Row en 1964, les droits pour une adaptation cinématographique de *The Ski Bum* avaient été achetés par Embassy Pictures Corporation. Gary avait demandé à Claude Gallimard de trouver un traducteur qui, comme Jean Rosenthal, consentirait à conserver l'anonymat.

Michel Mohrt fut chargé de faire établir une première version française, étant entendu que, comme d'habitude, l'auteur retravaillerait la traduction. Mais deux ans et demi plus tard, rien n'avait été fait. Hors de lui, Gary demanda à Robby Lantz de faire savoir à Michel Mohrt qu'il se considérait comme libre de droits puisque le contrat n'avait pas été respecté. Il affirma qu'il allait confier son roman à un autre éditeur qui lui proposait une avance généreuse. Il savait qu'il ne pourrait mettre cette menace à exécution car elle était contraire aux dispositions du contrat qu'il avait signé avec Gallimard.

Une fois encore, tout finit par s'arranger. Jean Autret traduisit le livre sans que son nom apparût sur la couverture. Gary ne changea pas d'éditeur mais le manuscrit définitif de *Adieu Gary Cooper*, version française de *The Ski Bum*, n'arriva sur le bureau de Claude Gallimard que le 14 mars 1969.

*Adieu Gary Cooper*, dédié à son fils Diego, sortit au début de l'été 1969 dans la traduction française de Jean Autret réécrite par Romain Gary. Les personnages de ce roman étaient de jeunes hippies et beatniks désespérés et devenus « préviolents » qui avaient fui la société de consommation américaine et la guerre du Viêtnam pour vivre dans les hautes montagnes suisses. L'attitude de Lenny, le héros, préfigurait le vaste mouvement de contestation de la jeunesse qui se caractérisait par sa « tribalisation » et celle de toute la société, comme l'expliquait Gary à Jean-Jacques Brochier dans *Le Magazine littéraire*[1] :

> Aujourd'hui il y a inflation humaine, aggravée par le sentiment de non-importance et de non-existence de l'individu. L'individualisme réagit contre cette angoisse existentielle en devenant tribal : un petit groupe d'êtres qui vivent en commun, avec leurs propres concepts, leurs besoins, leur spiritualité, leur sexualité, leur attitude envers la drogue et envers la vie. Et ces groupes font le gros dos contre l'envahissement démographique contre lequel l'individu isolé ne peut pas lutter.

L'autre personnage, Jess, la fille d'un diplomate, procure des fonds au mouvement révolutionnaire étudiant. « Le drame des fils à papa, c'est que tous les vrais problèmes sont chez les autres. À quoi peut aspirer un fils à papa sociologiquement ? À sa propre suppression[2]. »

Gary écrivait beaucoup depuis 1965 : un livre par an. Alors qu'il exigeait toujours davantage de son éditeur, tout le monde n'appréciait pas sa prose chez Gallimard où certains se plaisaient à faire remarquer qu'aucun de ses livres n'avait remporté de réel succès depuis *Lady L.* (1963). Quant à la critique, après l'accueil hostile de *Pour Sganarelle* (1965), elle était devenue tiède et polie à son endroit. On le considérait plutôt comme une sorte de hippie gaulliste, démodé.

En 1969, Jules Dassin porta à l'écran *La Promesse de l'aube* avec Melina Mercouri et Fernand Gravey dans une belle production. En 1962, un premier projet d'adaptation avec Ingrid Bergman dans le rôle de Mina Kacew n'avait pas abouti. Il avait suivi de peu la création à Broadway, au Morosco Theater, de *First Love*, la pièce tirée du roman de Gary. En 1965, un deuxième projet de film avec Ingrid Bergman tomba lui aussi à l'eau.

Gary avait laissé toute liberté à Dassin concernant l'adaptation. Ce dernier avait engagé Jean Badal, un merveilleux chef opérateur, et avait demandé à Alexandre Trauner de concevoir les décors. Les costumes avaient été dessinés et réalisés à Rome, les maquilleurs étaient venus d'Italie. Gary avait chaleureusement approuvé le choix de Melina Mercouri pour jouer le rôle de sa mère. Mais quand il assista à la première projection privée du film, il sortit en pleurant de rage et sans saluer personne. Jules Dassin avait fait dire au petit garçon qui le représentait enfant : « Maman, je ne veux pas être juif ! » Gary, outré, ne le pardonna pas à Dassin, quel que fût par ailleurs le succès du film. Le 24 octobre 1969, il écrivait à Claude Gallimard : « Mes rapports avec Jules Dassin sont faits du soin que nous mettons à nous éviter[3]. »

Au mois d'octobre 1969, une lettre écrite en anglais par Romain Gary parvint à Maurice Paturau, président de la chambre de commerce et d'industrie à l'île Maurice qui, comme Gary, avait appartenu au groupe de bombardement n° 1 basé à Rayak, près de Baalbeck, en 1941.

Romain lui écrivait qu'il avait l'intention de passer au moins six semaines à Port-Louis pendant l'hiver, lors d'un long voyage qu'il effectuerait en vue d'une série de reportages pour *Life Magazine* que lui avait obtenus Robby Lantz. Il séjournerait également à la Réunion, à Madagascar, en Abyssinie et en Somalie. Paturau connaissait-il une secrétaire bilingue — anglais-français — capable de taper sous la dictée et de prendre en sténo ?

Paturau engagea quelqu'un par l'entremise de l'ambassade de France. Il conseilla à Gary de loger à l'hôtel du Morne, à l'extrémité sud-ouest de l'île, et lui rappela que dans l'hémisphère sud c'était à présent l'été, qu'il faisait très chaud et que des cyclones étaient à redouter. Le visiteur annonça son arrivée pour la fin du mois de mars et n'arriva qu'en juin, car il avait auparavant sillonné la mer Rouge.

Il rapporta de ce voyage, à la manière de Joseph Kessel, d'Henri de Monfreid ou de Joseph Peiré, une série de courts récits pittoresques et lyriques, construits autour d'un thème central à la limite du roman d'aventures. Ces textes furent d'abord publiés en feuilleton par *France-Soir*, puis parurent en recueil chez Gallimard en 1971 sous le titre *Les Trésors de la mer Rouge*. Ce n'étaient pas des histoires de pirates, de cargaisons ou de trafics clandestins. Gary était allé à la rencontre d'hommes oubliés : un ancien de la France libre ayant participé au putsch d'Alger et exilé à Djibouti ; Dominique Ponchardier, « le gorille », haut-commissaire de France, lui aussi ancien compagnon du général de Gaulle, qui passe ses fins de semaine sur un banc de sable où grouillent des milliers de crabes ; une femme médecin qui soigne les lépreux, un ex-capitaine rescapé de Diên Biên Phu devenu fou, ou simulant la démence, car pour lui l'Algérie et l'Indochine sont encore françaises ; un pirate de l'air mourant qui avait été son instructeur dans l'aviation anglaise. Il n'est pas certain que les épisodes de ce périple — Djibouti, Aden, Hodeïda, le désert arabique — soient authentiques car, pour écrire, Gary puisait aussi dans sa culture cinématographique. Ainsi, il cite trois films dont l'action se situe loin de la mer Rouge, au Maroc et en Algérie : *La Bandera*, réalisé en 1935 par Julien Duvivier, dont le héros, joué par Jean Gabin, est un assassin réfugié en Espagne qui s'engage dans la Légion étrangère ; *Sergent X*, film français de 1931, dans lequel Ivan Mosjoukine joue le rôle d'un émigré russe, lui aussi engagé dans la Légion étrangère, parce que sa femme russe, croyant qu'il a été tué pendant la révolution et la guerre civile, a épousé un Français qui a adopté son enfant ; enfin *Beau Geste*, réalisé en 1939 par W. Wellman et adapté d'un roman de Percival Christopher Wren. L'intrigue raconte l'histoire de trois frères ayant quitté l'Angleterre pour s'engager dans la Légion étrangère et qui meurent en se battant contre les Arabes. Le héros était joué par Gary Cooper. Dans ses notes de voyage, Gary écrit cette phrase malicieuse destinée à Peter Ustinov, une sorte de rival, qui, lui, est vraiment russe : « Le patron caravanier ressemble à Peter Ustinov, version noire » parce qu'il sait que ce dernier avait un ancêtre noir du côté paternel[4].

Gallimard publia un placard de publicité dans *Le Monde* du 15 octobre. Le 16, Gary, furieux, écrivit à son ami Robert Gallimard :

> Vraiment ! vraiment ! Des âmes charitables me téléphonent que Gallimard a annoncé hier dans *Le Monde* mon pauvre bouquin — je veux dire *Les Trésors de la mer Rouge* — en faisant figurer devant le titre la définition suivante : « Articles ». Mais enfin, enfin ! Un récit, un reportage, choses vues, tout ce qu'on voudra, mais... articles ! Parce que ça a été publié en feuilleton dans *France-Soir* ? ! Qui est-ce qui a jamais vu une définition littéraire pareille ? Quel est le lecteur qui va acheter des *articles* ? Cela a l'air d'un ramassis de je ne sais quoi[5].

SEPTIÈME PARTIE

# Seul

## 77.

Après le divorce, Jean ne quitta pas la partie de l'appartement qu'elle occupait depuis longtemps. Gary se mit à écrire fébrilement, comme s'il voulait rattraper le temps perdu, comme si ses heures étaient comptées.

Il partageait son temps entre Cimarron, sa maison de Puerto Andraitx, où il s'isolait parfois pendant plusieurs mois, et Genève, où il était tenu de résider plusieurs semaines par an pour conserver son statut de résident. Élisabeth de Farcy avait meublé son appartement du 54, rue Moillebeau mais, bien souvent, il préférait travailler à Versoix, au bord du lac Léman, dans la merveilleuse propriété de son amie Suzanne Salmanowitz. Chaque fois, il lui demandait timidement, comme si la réponse pouvait faire le moindre doute, si elle pourrait le recevoir. Il lisait dans le parc, écrivait dans sa chambre et, le soir, se présentait tout de blanc vêtu dans la salle à manger. Il dînait souvent sans rien dire ; Suzanne ne l'importunait pas par des questions. Elle l'accompagnait chez ses avocats, dont Me Junod, auquel il remettait la énième version de son testament. Romain venait aussi parfois avec Diego qu'il couvait comme une mère. « Mets tes chaussettes, enlève ton pull-over, mets une casquette, attention, il fait froid ! » Il l'emmenait aussi à Zermatt chez Suzanne qui y possédait une autre propriété. À Versoix, à Zermatt, pendant ces courts séjours, il était calme, rasséréné. Il trouvait une sorte de quiétude, de sécurité à vivre une vie normale sous le toit d'une famille, dans l'opulence et la paix. C'étaient là des choses qu'il n'avait jamais connues.

À partir de 1970, quand il résidait à Paris, Gary semblait seul. On le voyait assis à la terrasse du Rouquet, le cigare entre les dents et l'air renfrogné. Il déjeunait chez Lipp à sa table (la deuxième à droite en entrant. Lorsqu'il la trouvait occupée parce qu'il était arrivé trop tard, il criait au maître d'hôtel venu à sa rencontre : « Mettez-moi dans les chiottes, pendant que vous y êtes ! »), parfois au Récamier. Le soir, il dînait de temps en temps au restaurant Chez Dominique, à Montparnasse. Il sortait peu, recevait épisodiquement, se couchait plutôt de bonne heure.

Katherine Aksakov, une jeune admiratrice, écrivit à Gary. Ce dernier lui répondit une première fois le 5 février 1970 :

> Chère Mademoiselle,
> Lorsqu'on descend des Aksakov, de Wazemski, c'est-à-dire pratiquement de Pouchkine, on a vraiment des obligations car on descend en effet de la littérature même… de celle qui m'a formé en tout cas… J'espère que vous n'êtes pas de la génération qui ne sait pas lire le russe. Ce serait trop triste.
> Je ne vais plus guère à Nice, mais si vous avez un jour l'occasion de venir à Paris, ce n'est pas sans émotion que je serais content de contempler une descendante de la lointaine littérature dans laquelle j'ai mes racines.

Katherine continua à lui écrire. Gary redoutait de s'aventurer à nouveau avec une très jeune fille. Le 4 avril, il essaya d'éloigner de lui la tentation de mieux la connaître.

> J'espère que vous avez tout de même d'autres amis qu'un lointain écrivain pour vous dire que les chagrins sont nos compagnons de voyage les plus fidèles, hélas. Je vous embrasse. Et mettez toujours votre adresse au dos de l'enveloppe, ou à l'intérieur. Et ne dites pas « maître ». Merci pour la photo. Vous êtes très belle. Ce qui me rend bien triste ! Votre photo me vieillit terriblement. Zut !

Comme elle ne se résignait point à ce que leur relation restât si platonique, elle lui envoya d'autres lettres. Et Gary rompit douloureusement :

> Chère *enfant*,
> Laissez-moi tranquille. Vous êtes beaucoup trop jolie, trop jeune, et j'ai eu assez d'emmerdements comme ça dans ma vie. J'ai cinquante-six ans et votre photo m'a rendu malade. Je ne veux absolument pas vous rencontrer. Disparaissez et soyez heureuse de l'avoir échappé belle. Allez-vous-en ! N'écrivez plus surtout !
> Adieu, mignonne[1] !

Derrière cette résignation se dissimule l'anxiété. Gary ne pouvait vivre sans une présence féminine. Depuis qu'il s'était séparé de Jean Seberg, il vivait seul, en souffrait et trompait cette douleur en parcourant presque chaque jour un territoire familier selon un itinéraire qui commençait rue du Bac, où il avait inventorié toutes les femmes — parfois fille et mère — qu'il pourrait un jour conquérir. Il ne faisait pas de grands efforts pour obtenir leurs faveurs. Elles venaient le plus souvent à sa rencontre dans la rue, dans les cafés où il lisait les journaux, dans les boutiques de la rue du Bac, chez Lipp, à la librairie La Hune, chez Raoul Vidal, où il achetait des disques de Bob Dylan et d'Astor Piazzola. Des lectrices lui écrivaient chez son éditeur des lettres passionnées avant de se faire connaître et d'envoyer leurs photos.

Il n'aimait que la compagnie des jeunes filles mais elles lui rappelaient la vieillesse qui approchait. À René Agid, il disait : « Moi vieillir ! c'est impossible. Quand je ne pourrai plus, je me tuerai ! » Il se grimait la barbe et les sourcils pour sortir, portait des vêtements qui faisaient de lui un nouveau personnage : poncho, *Stetson hat*, blouson et pantalon de cuir noir. Des filles, il en trouvait cependant à la pelle. Il déambulait rue de Grenelle, boulevard Raspail, boulevard Saint-Germain, boulevard Montparnasse… Il voulait aimer, mais passé les premières heures et parfois même les premières minutes où il avouait son amour éperdu, l'illusion s'évanouissait, et il ne savait comment se débarrasser de sa nouvelle conquête. Parfois, il renonçait à l'honorer et la renvoyait après l'avoir invitée à déjeuner. Il suffisait d'un détail infime pour rompre l'intrigue qui se nouait : un geste, une parole malencontreuse, la forme des mains, la couleur d'un vêtement. Il congédiait celle qu'il avait courtisée avec une certaine brusquerie au moment où il sentait l'urgence de recommencer à travailler — « tu prends ton sac, et tu t'en vas » —, ou quand une autre, mieux aimée et invitée à l'heure du thé, allait bientôt sonner.

Sur des feuillets épars du manuscrit de *La nuit sera calme*, il écrira quelques années plus tard :

> Il y a de temps en temps une dame qui se met à me fréquenter et puis me quitte parce que les femmes n'aiment pas les adolescents. Il y en a qui restent un peu plus que les autres parce qu'elles ont déjà un mari, une famille. Elles sont très occupées. Et comme je leur prends très peu de temps, elles pensent que je suis l'homme de leur vie… J'ai l'impression qu'elles savent que je suis un cochon, mais j'ai mal. Parce que les femmes très jeunes m'intéressent, j'ai l'impression qu'elles voient que je suis un cochon. Parfois un mari vient me demander des explications que je suis incapable de lui fournir. Mais en général, ça se passe très bien parce qu'ils savent que j'ai soixante ans et qu'à cet âge-là c'est réellement de l'amitié. Je rêve d'amour, naturellement comme tous les adolescents. Mon fils qui habite au premier vient me regarder, me toucher. Tu sais, pour s'assurer que j'existe. Je l'adore, mais je ne sais pas le lui dire.

Pour certaines, il conservait une sorte d'affection, et l'aventure se poursuivait, sans que l'intéressée se rendît toujours compte que, d'une façon totalement cloisonnée, Gary menait cinq ou six aventures simultanément. Ses belles se rencontraient rarement rue du Bac, et ne savaient pas grand-chose de sa vie. Gary les écoutait, sans beaucoup raconter. Quand une nouvelle venue lui semblait stupide, sa fureur explosait : colère feinte faisant partie du stratagème propre à se débarrasser au plus vite de l'intruse. Mais lorsqu'il accordait sa confiance, c'était sans restriction. Il prêtait les clefs de son appartement, chargeait de certaines missions celles qui étaient entrées dans un des cercles de son existence. Il ne laissait en revanche aucune de ses maîtresses s'installer à la maison.

Souvent, le soir, il se retrouvait seul dans le vaste appartement silencieux et téléphonait à des amies très chères : Suzanne Salmanowitz, Sophia Loren, des femmes qui échappaient à l'univers de la séduction et auxquelles il pouvait se confier.

## 78.

Interceptant le 20 avril 1970 une conversation téléphonique entre Jean Seberg et Masai Hewitt, les fonctionnaires du FBI[1] apprirent qu'elle était enceinte de quatre mois et qu'elle désirait mener sa grossesse à son terme. Mais ils tirèrent des conclusions hâtives de ce qu'ils avaient entendu parce que Jean en plaisantant avait dit à Hewitt, qui longtemps s'était cru stérile, qu'il avait la réputation de semer des enfants partout.

Six jours plus tard, Richard Wallace Held, inspecteur du bureau du FBI de Washington, décida d'organiser une campagne de rumeurs et de calomnies afin de la discréditer.

La décision de divulguer des informations sur la vie privée de l'actrice avait été prise au plus haut niveau. Voici les documents du FBI qui établissent comment et par qui cette décision a été prise.

À distribuer sous enveloppe
Le 5/6//70
SAC Los Angeles (157-4054)
Directeur du FBI (100-448006) 1766
Programme de contre-espionnage
Groupe de Haine des nationalistes noirs
Service des renseignements raciaux
Parti des Panthères noires (BPP)
« Référence : votre aérogramme du 24.4.70

L'aérogramme demande l'autorisation par le bureau d'envoyer une lettre d'une personne fictive à des journalistes spécialistes en potins mondains pour dire que Jean

Seberg, actrice de cinéma bien connue, est enceinte de — (BBP) — pour lui faire du tort et pour salir son image vis-à-vis du public.

Les renseignements en provenance de — indiquaient que Seberg était enceinte de quatre mois de —.

Pour protéger la source délicate de ces renseignements d'une éventuelle compromission et pour assurer le succès de votre plan, le Bureau estime qu'il vaudrait mieux attendre deux mois de plus, jusqu'à ce que la grossesse de Seberg soit évidente pour tout le monde. Si vous considérez que c'est justifié, soumettez, à ce moment-là, vos propositions.

Note :

Jean Seberg a aidé à financer le BPP et devrait être neutralisée. Étant enceinte de — alors qu'elle est toujours mariée nous simplifie la tâche.

Le plan suggéré par Los Angeles semble être valable, sauf en ce qui concerne le temps, vue la source délicate, et pourrait être compromis si le plan est exécuté prématurément. Une copie est envoyée à San Francisco étant donné que ce dernier est concerné par la source de renseignements.

Cette proposition fut agréée par John Edgar Hoover, directeur du FBI de 1959 à 1972, Richard Wallace Held, Welsely G. Grapp, membre de FBI à Los Angeles, et Richard M. Bloeser, également membre du FBI à Los Angeles. Ils organisèrent la campagne de calomnies. En récompense de ses services, Richard Wallace Held fut promu au grade d'inspecteur du quartier général du bureau.

L'affaire suivit son cours.

Presse A : Directeur du FCI
De : SAC, Los Angeles
Objet : Programme de contre-espionnage.
Groupe de Haine des nationalistes noirs.
Service des renseignements raciaux, parti des Panthères noires.

La permission du bureau est sollicitée pour la publication du fait que Jean Seberg, actrice de cinéma bien connue, est enceinte de —. Ceci serait effectué en fournissant la nouvelle aux journalistes des potins mondains de la région de Los Angeles. Il nous semble qu'une éventuelle publication des difficultés de Mlle Seberg pourrait lui causer un certain embarras et servir à diminuer son image vis-à-vis du public.

Nous proposons que la lettre suivante, en provenance d'une personne fictive, soit envoyée aux journalistes locaux :

« Je pensais justement à toi, et me suis souvenu te devoir toujours un petit quelque chose. Eh bien… j'étais à Paris la semaine dernière et par hasard j'ai rencontré Jean Seberg qui, très visiblement, était enceinte. Je pensais qu'elle et Romain s'étaient remis ensemble. Elle m'a confié que l'enfant était de… des Panthères noires, nommé… On retrouve cette chère demoiselle partout !

Voilà, je pense que tout cela pourrait te faire une exclusivité. Porte-toi bien. Je te verrai bientôt.

Amitiés,

Sol. »

Les précautions habituelles seraient prises par la division de Los Angeles pour empêcher l'identification du bureau comme source de la lettre, si elle est approuvée.

Le 19 mai, la rubrique de potins mondains de Joyce Haber publia dans le *Los Angeles Times* une nouvelle sur « Mlle A. » contenant nombre de détails précis sur la vie professionnelle de Jean Seberg permettant de l'identifier sans le moindre doute. L'information principale de ce papier infâme — qui lui avait été donnée par Bill Thomas, rédacteur en chef du journal — était que l'actrice attendait un enfant du ministre de l'Éducation des Black Panthers, Masai Hewitt. Ce jour-là, John Edgar Hoover transmit un dossier sur les activités politiques de Jean Seberg à John Ehrlichmann, assistant du président Richard Nixon pour les Affaires intérieures, et à deux autres hauts fonctionnaires de l'État, John Mitchell et Richard Kleindienst.

Le 8 juin, la nouvelle fut relayée par le *Reporter* : « Les amis de Jean Seberg se demandent pendant combien de temps elle pourra garder le secret… »

Le 24 août 1970, un nouvel article non signé sortit à la page 31 du magazine *Newsweek* :

> Une jeune fille d'une petite ville d'Iowa peut-elle trouver le bonheur à Paris ? Cela semble possible en dépit des hauts et des bas de son mariage. « C'est merveilleux » a dit en souriant l'actrice de cinéma Jean Seberg (âgée de trente et un ans) quand les reporters sont venus la voir dans un hôpital de Majorque où elle se trouvait en convalescence après des complications de grossesse. « Nous nous sommes complètement réconciliés ! Juste au moment où les formalités du divorce touchent finalement au but. » Il est question d'un remariage entre l'écrivain français Romain Gary (âgé de cinquante-six ans) et ladite actrice bien que l'enfant attendu par Jean en octobre soit l'œuvre d'un autre homme, un activiste noir qu'elle avait rencontré en Californie.

Que s'était-il passé en réalité ? Jean Seberg avait maintes fois répété aux filles d'Eugenia qu'elle souhaitait avoir encore au moins un enfant avant d'avoir quarante ans, et que cette grossesse la comblait, alors qu'elle ne prenait quasiment aucune part à l'éducation de Diego[2]. Comme Romain lui avait proposé de reconnaître son enfant, Jean laissa courir le bruit qu'elle et son ex-mari allaient se remarier après son accouchement, alors qu'il n'en était rien. Gary avait un sens très pointilleux de l'honneur.

Au mois de juillet, Jean partit une dizaine de jours avec Diego fêter le soixantième anniversaire de sa mère à Marshalltown. Au cours de son séjour, elle raconta à sa famille qu'elle allait sans doute reprendre la vie commune avec Romain qui était en train d'écrire le scénario d'un second film pour elle.

Quatre jours après son retour à Paris, le *Reporter* publia encore une brève au sujet de Jean Seberg et de l'enfant qu'elle attendait d'un militant noir.

Les luttes internes, attisées par des membres du FBI infiltrés dans le mouvement, divisaient les Panthères noires. Certains militants, comme Eldridge Cleaver, Masai Hewitt et Hakim Jamal, passèrent à Paris et vinrent solliciter Jean Seberg pour lui extorquer de l'argent. Gary s'irritait de voir le 108, rue du Bac servir de lieu de réunion sans avoir été consulté.

Jean devait se ménager si elle voulait mener sa grossesse à terme dans de bonnes conditions. Gary lui proposa d'aller attendre la naissance de l'enfant à Majorque. Ils partirent à Puerto Andraitx avec Eugenia et Diego. Mais à Cimarron, ils ne partagèrent pas la même chambre. Jean comprit que si Romain était disposé à la secourir, il ne souhaitait cependant pas vivre à nouveau avec elle.

Le 7 août, Jean tenta de se suicider en avalant une boîte de comprimés de Valium. Cecilia Alvarez, sa secrétaire, la retrouva à minuit inanimée devant la porte arrière de la villa, sur les rochers, au bord de la mer. Elle fut transportée en ambulance à la clinique Juaneda, à Palma de Majorque, où les médecins lui firent un lavage d'estomac. Gary déclara aux journalistes qui étaient accourus que Jean avait été hospitalisée suite à un malaise gastrique. Quelques jours plus tard, apparemment rétablie, elle recevait la presse dans sa chambre, et annonçait qu'elle s'était réconciliée avec son mari au moment même où leur divorce était prononcé.

Malgré l'optimisme des médecins espagnols, elle redoutait que l'enfant ne fût mort. Gary la persuada qu'elle serait mieux soignée en Suisse et commanda un avion spécial qui la transporta là-bas, où elle consulta un célèbre obstétricien, le Dr Hubert de Watteville. Elle partit ensuite se reposer au Garmi Hotel à Zermatt, où Guy-Pierre Geneuil, son garde du corps, la rejoignit[3]. Elle tenta d'écrire un roman sur ses relations avec les leaders des Panthères noires.

Pendant ce temps, les rumeurs sur Jean Seberg et Romain Gary avaient atteint New York. Edward Behr, rédacteur en chef de *Newsweek*, après avoir passé quelques coups de téléphone à Paris, rédigea une note établissant la synthèse des informations vraies ou fausses qu'il avait collectées : Jean Seberg, qui attendait un enfant dont le père était un leader du Black Panther Party, se reposait en Suisse. Romain Gary réalisait une série de reportages pour *France-Soir* en Afrique. Il préparait aussi un nouveau film, *Total Danger,* dans lequel Seberg aurait le rôle principal. Les ex-époux allaient peut-être se remarier.

Le 19 août 1970, Jean Seberg appela, depuis Zermatt, le Black Panther Party sous le nom de code d'Arisa[4]. Sa conversation fut enregistrée par le FBI. Elle avait en main un exemplaire de *Newsweek*. Bouleversée, car c'était la première fois que son nom et celui de Gary étaient cités, elle expliqua à celle qui prit la communication — probablement Elaine Brown —, que Masai Hewitt devait immédiatement se procurer le magazine. Elle lui lut ensuite l'article de la page 31, et lui demanda de bien prendre note de son message : Son enfant allait naître en octobre et elle pouvait prouver qu'au moment de sa conception elle tournait un film au Mexique. Elle avait pris contact avec un important bureau d'avocats à New York pour poursuivre *Newsweek* en diffamation. Si elle gagnait des dommages et intérêts, elle verserait la somme au Black Panther Party.

Elle savait également que Hakim Jamal avait l'intention de publier un récit autobiographique sur sa relation avec elle, en utilisant leur correspondance. Elle avait eu connaissance d'une copie du manuscrit. Dans *A Sugar-Coated Bullet,* « ce livre ordurier », Jamal, affirma-t-elle, l'accusait d'avoir semé la zizanie au sein du BPP. Elle demandait à ce que ce dernier fût informé qu'elle plaiderait également contre lui si nécessaire. Elle avait en sa possession la dernière lettre qu'il lui avait écrite — une lettre pleine de gratitude — et elle avait l'intention d'en faire usage. (En fait, Jamal publia un récit autobiographique sur sa rencontre avec Malcolm X, *From the Dead Level,* dans lequel il ne mettait pas en cause sa bienfaitrice.)

Masai Hewitt devait être immédiatement averti de son appel. La conversation s'achevait par les salutations en usage au BPP : « *Power ! — Power*[5] *!* »

Ayant lu *Newsweek,* Gary, fou de rage, prévint Jean qu'il engageait aussitôt une procédure contre le magazine. Elle appela ses parents pour les convaincre qu'il s'agissait de fausses nouvelles, et qu'elle et Romain allaient engager des poursuites.

Profondément déprimée, Jean fut examinée par un médecin qui jugea urgent de l'hospitaliser. Quelques heures plus tard, elle fut transportée en hélicoptère à l'hôpital cantonal de Genève, où on lui administra des sédatifs pour tenter d'éviter un accouchement prématuré.

Le 23 août, elle écrivit quelques lettres désespérées, téléphona à des amis auxquels elle raconta qu'elle était espionnée par des membres du BPP qui rôdaient dans l'hôpital et que l'un d'entre eux se trouvait dans sa chambre armé d'un revolver. Elle prétendait qu'ils lui avaient volé les clefs de sa voiture, son argent, ses cartes de crédit, sa machine à écrire... Les infirmières affirmaient qu'elle délirait. Qu'il n'y avait personne. Et c'était vrai, ainsi que purent le constater ceux qui lui rendirent visite.

Les médecins appelés à son chevet ne réussirent pas à sauver l'enfant.

Le 24 août, en fin d'après-midi, Jean Seberg avait fait venir à son chevet un notaire de Genève pour ajouter un codicille à son testament, selon lequel elle maintenait ses dispositions antérieures en les complétant. Elle engageait un procès contre le magazine *Newsweek* qui avait diffusé, avec la complicité du FBI, un article comportant des informations calomnieuses sur sa vie privée et portant atteinte à son honneur. Elle accusait le périodique d'avoir provoqué la mort avant terme de sa fille. Le produit des dommages et intérêts accordés par le tribunal serait légué jusqu'à concurrence des deux tiers, après déduction de tous frais, dépens et honoraires, à six personnes : Huey P. Newton, Charles Garry, son avocat à San Francisco, David Hilliard, Raymond Hewitt dit Masai, Yvonne Anderson, la mère de l'enfant de Bunchy Carter, et le révérend Jesse Jackson, directeur de « Operation Broadbasket » à Chicago, pour chacun un sixième. « À charge pour eux d'utiliser ces fonds pour la défense des droits des minorités noires opprimées, ignorées et traquées des États-Unis d'Amérique en faveur desquels ils militent. » Elle ajoutait qu'ils ne devaient pas oublier leurs frères indiens, portoricains et mexico-américains.

Lorsqu'il arriva à la clinique, Romain Gary fit en sorte que désormais aucun importun ne pût tirer profit de la situation ni entrer en contact avec Jean. Il demanda à Guy-Pierre Geneuil de rester auprès d'elle. Sachant sa conduite imprévisible et parfois violente, Geneuil ne la quittait pas des yeux. Eugenia et Diego arrivèrent à Genève, tandis que Gary aménageait la convalescence de Jean à l'hôtel Beaurivage Palace, à Lausanne, avec l'aide de son avocat Charles-André Junod. Elle y fit son entrée sous un faux nom, portant des lunettes noires et une perruque, poussée sur un fauteuil roulant par Guy-Pierre Geneuil. Elle occupait une suite ; Eugenia et Diego, une chambre contiguë. Geneuil dormait sur un sofa dans le salon. La direction, qui avait été informée de la véritable identité de sa cliente, avait reçu la consigne d'observer la plus grande discrétion.

André Malraux écrivit une lettre pleine de compassion à Romain Gary, lui proposant de demander conseil à Louis Bertagna. Ce dernier préféra confier Jean Seberg au Dr Peyrouzet qui avait été son élève et devint, en revanche, le médecin de Gary.

De retour à Paris, Jean tomba éperdument amoureuse d'André Malraux, et, au cours d'un déjeuner, lui proposa de l'épouser. Ne sachant comment l'éconduire sans l'offenser, Malraux, embarrassé, lui fit livrer six douzaines de roses. La somptuosité du bouquet eut pour effet d'induire un malentendu ; Jean, dans ses chimères, crut son amour partagé. Mais bientôt, elle reçut pour seule consolation de la part du même expéditeur un coffret de mouchoirs brodés à ses initiales... pour éponger ses larmes.

Après le décès du bébé, Gary, indigné, écrivit à Genève « Le grand couteau », un violent article publié par *France-Soir*[6], dans lequel il accusait *Newsweek* de la mort du bébé de Jean Seberg.

Il fut un temps où la mère et l'enfant étaient sacrés. Les hommes leur devaient « aide et protection ». Même chez les bêtes sauvages, le respect de la femelle qui attend des petits a été souvent observé et décrit par Lorentz dans des pages admirables.

Foin de tout cela. C'est le temps des égorgeurs. Même une publication « sérieuse », lue par six millions d'Américains, ne peut apparemment s'empêcher de rêver au couteau de la bande de Manson qui avait mis fin à la vie de Sharon Tate et à celle de l'enfant qu'elle portait dans son sein.

Oyez Français :

D'abord ce furent ces quelques lignes d'une sorcière de Hollywood, reproduites aussitôt par cent autres journaux des États-Unis : « Selon des sources semi-officielles, une vedette américaine célèbre, résidant à Paris, l'ex-Madame G..., attend un bébé dont le père est une Panthère noire... »

Je ne saurais dire, évidemment, si par « sources semi-officielles », il faut entendre la Mafia ou le FBI, mais on ne peut qu'admirer leur adresse : les voilà installés jusque dans nos organes les plus intimes et ouvrant l'œil au moment propice. Notez, en passant, que ces « sources semi-officielles » vendent ensuite leurs informations aux chroniqueurs, sans qu'on puisse dire, au juste, qui est l'acheté et qui est le vendu.

Le choc du mensonge et de la calomnie fut tel que Jean Seberg, une première fois, faillit perdre l'enfant. Depuis, l'âge de quatorze ans, cette fille du Middle West soutient le droit des Noirs de son pays. Alors, il fallait à tout prix expliquer son horreur du racisme par des penchants sexuels. Il fallait à tout prix prouver qu'une femme blanche qui croit encore au rêve américain de justice et de fraternité, le rêve de Jefferson et de Lincoln, ne s'intéresse en réalité aux Noirs que parce que ceux-ci sont devenus chez les dingues racistes des symboles très attirants du fruit défendu.

Les médecins empêchèrent ce jour-là la perte de l'enfant. C'est alors que *Newsweek*, ne pouvant sans doute se résigner à un tel échec, entra en lice en visant droit au ventre. Dans son numéro du 17 août, cette publication, qui fut jadis celle du noble et humain Philip Graham, que le président Kennedy admirait tant, écrivait en mettant les points sur les i : « Jean Seberg attend un bébé dont le père est un activiste noir qu'elle avait rencontré en Californie. »

Je ne sais si Philip Graham, lorsqu'il se suicida en 1963, pressentait le degré de bassesse jusqu'auquel par souci de blancheur allait un jour descendre une publication qu'il maintenait si dignement au sommet de la presse américaine.

Car quelques heures après la lecture de cette infamie, Jean dut être transportée en hélicoptère à l'hôpital cantonal de Genève où elle vient de donner naissance, soixante-trois jours avant terme, à une petite fille qui, au moment où j'écris, est en train de lutter contre la mort de ces 1 700 grammes de chair blanche.

Cette petite étincelle de vie est de moi selon toutes les lois de France. Mais *Newsweek* se moque bien des lois de notre pays. Cette publication opère selon des lois pas commodes : celles qui, depuis un demi-siècle, ont assuré la prospérité de la Mafia.

J'essaie de croire de toute ma foi en une sorte de justice immanente que cette fillette de la rue du Bac sera sauvée. Mais d'après les médecins, *Newsweek* a quatre-vingts chances sur cent d'avoir fait de la bonne besogne.

Il est trois heures du matin. Il nous faut attendre, attendre, attendre, avant de savoir si cette tentative de boucherie à la Manson — lui non plus n'avait pas tenu *matériellement* le couteau — sera couronnée de succès, mais déjà un carnaval dantesque de médecins légistes, de témoins et d'avocats se déroule autour du petit être frémissant dans sa couveuse sans doute pour rassurer la race des élus sur ses femmes blanches.

[…] 25 août, six heures du matin. Le médecin vient d'entrer. L'enfant est mort.

Français, j'écris ces lignes sans mélo, sans trémolos, presque sans haine. Des millions d'enfants meurent dans le monde dans des conditions bien plus atroces. Je n'écris pas pour vous apitoyer ni même pour vous émouvoir. Je les écris par souci d'*information*, parce que mon devoir civique est de *témoigner*, et aussi pour vous aider à mieux comprendre ce qui se passe en Amérique et la révolte de la jeunesse de ce pays dont je ne désespérerai jamais. »

Commentaire d'Hélène Hoppenot dans son journal :

Bien étrange article dans *France-Soir* de Romain Gary si emberlificoté qu'il est nécessaire de le relire pour le comprendre, classer son désordre. Il semble que *Newsweek* ait publié un article ou un écho concernant son ex-femme Jean Seberg. Affirmation chevaleresque de Gary depuis longtemps séparé de sa femme ? Ou la vérité[7] ?

Pour sauver l'honneur de Jean, Gary accusa le FBI d'être responsable de la mort du bébé, ce qui n'était pas entièrement faux, et il intenta un procès à *Newsweek*.

Jean abordait à présent les années les plus sombres de sa vie. En proie à des hallucinations et à peine remise de l'intervention chirurgicale qu'elle avait subie à Genève, elle organisa les funérailles de sa fille. Pour prouver que l'enfant n'était pas le fruit de son union avec un Noir, elle fit embaumer le cadavre à la morgue de Genève, puis choisit un cercueil avec un couvercle de verre, qu'elle fit transporter à Marshalltown. La deuxième semaine de septembre, elle prit l'avion à Zurich en compagnie de Guy-Pierre Geneuil et eut une crise de démence dans le Boeing qui les conduisait aux États-Unis. Elle se leva pour se rendre aux toilettes. Quelques instants plus tard, elle en sortit nue en criant que ses poursuivants avaient détourné l'avion et qu'ils allaient la tuer. Geneuil et une hôtesse l'enveloppèrent dans une couverture, la persuadèrent de se rhabiller, la ramenèrent à son siège de première classe, puis lui administrèrent un somnifère [8]. À l'aéroport de Chicago, son état empira. Elle invectiva un policier noir et, en lui criant qu'il était un traître, lui ordonna de lui remettre son arme. Geneuil eut toutes les peines du monde a lui faire atteindre sans dommages la salle d'embarquement où ils attendirent la correspondance pour Des Moines. Ed et Dorothy Seberg, qui les attendaient à l'aéroport, les conduisirent à Marshalltown. À la maison, Jean téléphona à Charles Garry, son avocat à New York, pour l'informer qu'elle rompait avec le mouvement des Panthères noires. Elle appela aussi Joyce Haber, l'auteur de l'article paru dans le *Los Angeles Times*. « Comment vont vos enfants ? lui demanda-t-elle. Quel effet cela fait-il d'être un assassin ? »

Comme le père de son enfant était indien, Jean se rendit à la réserve de Tama pour inviter aux obsèques les membres de la communauté, et demanda que certains rituels de deuil fussent observés. Après un office funèbre au temple, célébré par le révérend Marvin Johnson, Nina Gary fut inhumée le 16 septembre au cimetière de Riverside, à Marshalltown, à côté de David Seberg, le frère cadet de Jean qui avait péri dans un accident de la route deux ans auparavant. Sur sa tombe, un second nom, « Hart », fut ajouté à « Gary », qui figure seul sur les registres de l'état civil suisse. John Hart était un ancêtre des Seberg, signataire de la déclaration d'Indépendance des États-Unis.

Les habitants de Marshalltown examinèrent le petit cadavre à travers la vitre de verre de son cercueil pour s'assurer qu'il s'agissait d'un enfant blanc. Certains lui trouvèrent l'air noir. L'absence de Romain Gary fut commentée : s'il n'était pas venu, c'est qu'il n'était pas le père de Nina Hart Gary. Une photo de Jean marchant avec sa mère au cimetière parut en première page du *Times Republican*. Jean donna l'article à son ami Paton Price, avec ce commentaire : « Où étaient donc les journalistes de *Newsweek* ? » La carrière de l'actrice était terminée, et une ignoble plaisanterie circulait dans les studios : « Savez-vous où le bébé de Jean Seberg est enterré ? À Paris, à côté d'Alexandre Dumas, parce qu'il était mulâtre. »

Le lendemain, Jean, Guy-Pierre Geneuil et Paton Price retournèrent à la réserve de Tama remercier les Indiens de leur présence à l'enterrement. Jean, bouleversée par leur misère, leur versa 40 000 dollars d'acompte pour l'achat d'un vaste domaine comprenant des bâtiments et des terres cultivables où elle envisageait un jour de se retirer. Au retour, elle recueillit un chien abandonné qui errait sur la route. Avant de rentrer à Paris, elle acheta encore, au centre de la ville, un immeuble de deux étages qu'elle pensait destiner à l'entraînement des jeunes athlètes de la communauté noire. Ses proches et nombre de Blancs y virent un acte de haute trahison. On l'appela la « Maison Seberg », et quelques années plus tard, sans jamais avoir réellement fonctionné, la bâtisse tomba en ruine. Dans cette épreuve, Jean Seberg n'avait trouvé de réconfort qu'auprès des Indiens et du rabbin Serber, qui l'avait cependant mise en garde. Elle ne pouvait à elle seule changer le monde, ni attendre une quelconque reconnaissance de la part de ceux qu'elle dotait sans compter.

Avant de rentrer à Paris, elle fit une halte fin octobre à Chicago en compagnie de quelques Noirs de Marshalltown pour rencontrer le révérend Jesse Jackson. Tout se passa très mal, car lors d'un dîner officiel, Jean, qui perdait progressivement le contact avec la réalité, crut que des espions noirs avaient placé un micro dans son sac. On la mit poliment mais fermement à la porte.

Elle prit une chambre avec Geneuil dans un motel. Comme elle était en train de découper des photos de sa fille défunte, elle se jeta soudain sur son garde du corps en brandissant les ciseaux ouverts, et le blessa aux mains. Il la maîtrisa. Elle sanglota toute la nuit. Le matin suivant, Geneuil tenta de prévenir Romain Gary à Paris, mais Eugenia lui apprit qu'il était parti à Puerto Andraitx. « Eh bien, avertissez-le que j'ai laissé Jean dans un hôtel, et qu'elle est devenue folle[9]. »

Jean rendit encore une visite à sa sœur Mary Ann à Cherry Hill, dans le New Jersey, puis alla consulter son avocat à New York. Ce dernier ne lui cacha pas que le procès serait long, qu'il lui coûterait à elle et à Gary un million de dollars en frais de procédures, que leur vie privée serait étalée aux yeux de tous sans avoir la certitude d'obtenir une décision favorable du tribunal.

Hakim Jamal, aux abois, espérant soutirer de l'argent à Jean Seberg, arriva à Paris en compagnie d'Halé Kimba Benson. Il persuada la jeune femme qu'il avait le pouvoir de la guérir de ses hallucinations et de ses obsessions morbides. Il la manipula et la brutalisa de façon odieuse ; des scènes pitoyables se déroulèrent chez Jean qui avait logé le couple dans les chambres de bonne que Gary possédait au dernier étage. Elle appointa Halé comme secrétaire, Halé dont elle était jalouse : « Cette esclave que vous gardez là-haut », disait-elle à Hakim. Un soir, dans un club où se produisait le pianiste de jazz Memphis Slim, elle brûla soudain Jamal avec sa cigarette, puis s'infligea la même torture[10].

Gary, consterné, trouva un stratagème pour se débarrasser de l'envahisseur. Il le convoqua de façon urgente pour lui annoncer qu'il venait de recevoir des informations secrètes selon lesquelles la police était sur le point de l'appréhender, mais il lui avait obtenu en haut lieu un laissez-passer qui lui permettrait de quitter le pays dans les quarante-huit heures. Sur quoi, il lui remit un papier couvert de tampons qu'il devait présenter si on lui faisait des ennuis. Dès qu'il fut parti, Gary conduisit à nouveau Jean chez son médecin. Elle fut d'abord hospitalisée quelques jours à l'hôpital Sainte-Anne, puis, pendant un mois, à la clinique du Parc-Montsouris. On lui administrait la pharmacopée souvent utilisée dans ce genre de troubles : Haldol, Marplan, Lithium. Ceux qui lui rendirent visite furent épouvantés par son état. L'intérieur de sa bouche était devenu complètement noir, sans doute à cause d'une mycose.

Gary, qui lui téléphonait pourtant chaque jour, crut qu'elle était séquestrée dans sa chambre. Il appela alors Roger Agid : « Vieux, j'ai besoin de toi. Il me faut trois gars pour enlever Jean dans une clinique. Tu montes un commando, comme pendant la guerre. » Roger le ramena à la raison : Jean pouvait signer une décharge si elle souhaitait partir.

À sa sortie de la clinique, Jean envoya 700 dollars à Dorothy Jamal. Puis Carlos Navarra, le père biologique de la petite Nina, arriva à Paris sans le moindre sou, escomptant lui aussi profiter des largesses de Jean. Elle lui donna quelque argent, l'envoya dormir à l'hôtel et, ayant épuisé son crédit, il partit.

D'autres amis remplacèrent bientôt ceux qui étaient partis. L'un d'entre eux lui suggéra de ne plus prendre ses médicaments et de les jeter aux toilettes. Ce qu'elle fit immédiatement. Quand Gary l'apprit, il entra dans une violente colère, appela le psychiatre de Jean et menaça le donneur de conseil de le faire arrêter par la police. L'état de la malade s'améliora. Elle recommença à s'alimenter normalement, fit du vélo dans le bois de Boulogne, cessa de boire. En quelques semaines, elle retrouva son visage d'autrefois.

Gary, qui avait cité le magazine *Newsweek* en correctionnelle, évaluait le préjudice subi à 500 000 francs.

## 79.

Le général de Gaulle mourut d'une rupture d'anévrisme aux premières heures de la soirée du lundi 9 novembre 1970 dans la bibliothèque de sa propriété de La Boisserie. Gary avait perdu un père.

Le matin de ses funérailles, son amie Élisabeth de Farcy le rencontra rue du Bac. Par fidélité au Général, il avait revêtu son uniforme bleu des Forces aériennes françaises libres qu'il avait précieusement gardé depuis sa démobilisation, et sur lequel étaient agrafées ses décorations. Surprise, elle lui demanda : « Mais Romain, qu'est-ce que c'est que cette tenue ? » Il lui donna une gifle, et murmura : « Pauvre conne ! »

Selon les instructions du Général, seuls la famille et les Compagnons de la Libération étaient autorisés à assister à ses funérailles. Les Compagnons de la Libération arrivèrent à Colombey-les-Deux-Églises dans un train affrété spécialement. Seuls André Malraux, Mme Burin des Roziers, Micheline Fourquet, dont le mari était chef d'état-major des armées, et Romain Gary prirent un avion qui décolla de l'aéroport militaire de Villacoublay. Ils atterrirent à la base de Saint-Dizier où ils déjeunèrent, puis un hélicoptère les transporta jusqu'à Colombey. Ils arrivèrent à La Boisserie au moment où le véhicule sur lequel était posé le cercueil du Général commençait à sortir.

Comme Gary avait pris un peu d'embonpoint depuis le temps de sa jeunesse, il lui avait été impossible de fermer son vieux blouson d'aviateur ; il avait glissé un foulard dans l'encolure de sa chemise, sur laquelle pendait une croix de la Libération. Le regard perdu, fuyant la foule, il rencontra Pierre Lefranc, ancien chef de cabinet du Général, au coin d'une grange : « Nous voilà vieux », lui dit-il.

Le fait que Gary portât sa veste d'aviateur eut pour effet de mettre en rage son compagnon d'armes Pierre-Louis Dreyfus qui, dans le train du retour où ils étaient montés à Bar-sur-Aube, lui reprocha dans les termes les plus vifs de s'être « déguisé », alors que les autres Compagnons portaient un manteau sombre avec la seule décoration de l'ordre de la Libération. Selon la tradition, les Compagnons se tutoyaient. Pierre-Louis, le doyen du Conseil de l'ordre, insista et lui demanda pourquoi il avait éprouvé le besoin d'assister aux obsèques du Général dans cette tenue. Romain n'estimait pas devoir expliquer que son geste signifiait sa reconnaissance, sa fidélité, son attachement religieux au Général qui, six ans après l'humiliation d'Avord, avait permis au *métèque* d'accéder au grade de capitaine de réserve de l'armée française. Gary, les larmes aux yeux, bouscula rudement Pierre-Louis et lui répondit avec colère que ça ne le regardait pas, qu'il n'acceptait pas son admonestation. On les sépara.

On pouvait les croire brouillés pour toujours. Il n'en fut rien. Quelques années plus tard, comme Pierre-Louis Dreyfus sortait de son bureau de la rue Rabelais, pour se rendre à un déjeuner d'affaires sur les Champs-Élysées, il tomba nez à nez avec Romain Gary avenue Matignon qui, le prenant par le bras lui dit : « Je t'invite à déjeuner. » Puis se ravisant aussitôt : « Oh, écoute, c'est toi qui m'invites à déjeuner parce que tu es beaucoup plus riche que moi. » Pierre-Louis lui dit que ce serait possible s'il réussissait à se décommander. Sa secrétaire inventa un prétexte, et les deux amis se retrouvèrent au Berkeley, au coin de la rue de Ponthieu. Ils ne reparlèrent pas de l'incident du train des Compagnons.

## 80.

Gary cherchait une nouvelle secrétaire, car il se lassait vite. Martine Carré, une jeune élève du cours Pigier qui venait de se présenter dans une entreprise d'intérim, reçut deux propositions : travailler pour l'hebdomadaire *Elle* ou bien pour la maison d'édition Gallimard, où on l'informa qu'il s'agissait en fait de taper les manuscrits de Romain Gary. Elle se présenta pour voir. Il la reçut en présence d'une autre secrétaire qui déclara à voix haute, avant de claquer la porte : « Il n'est pas commode ; j'en ai assez, je m'en vais. » Les yeux bleus de l'écrivain qui se posaient sur elle firent grande impression sur Martine, et ce dernier n'exigea pas d'essai. Apparemment d'excellente humeur, il lui demanda : « Est-ce que la machine est assez bonne pour vous ? Sinon, je vous en achète une autre. » Il l'engagea à plein temps, et lui expliqua qu'officiellement elle travaillerait pour son ex-épouse, Jean Seberg, qui lui établirait des fiches de paie.

Le lendemain matin, à 8 h 30, elle vint s'asseoir pour la première fois derrière la longue table en ardoise et Gary, affalé sur le sofa en face d'elle, commença à dicter un premier jet raturé sur des feuillets manuscrits qu'il lui lisait à haute voix. L'après-midi, il la libéra à 17 heures et lui offrit un café. Il en fut ainsi pendant plus de huit années, tous les jours ouvrables. À midi, il s'arrêtait et passait le plus souvent dans le salon pour manger seul le repas préparé par la cuisinière espagnole.

Martine habitait rue des Morillons. Romain lui octroyait un forfait mensuel qui lui permettait tout juste de payer son loyer, l'électricité, le téléphone. Elle était amoureuse, timide, et n'osait exiger plus. Pourtant Gary trouvait en elle une collaboratrice parfaite qui tapait impeccablement et était capable de déchiffrer son écriture. Il dictait sans plan défini des chapitres, indépendamment de l'ordre où ils se trouveraient une fois le roman achevé, mais tels qu'ils se présentaient à sa conscience. La construction s'imposait une fois qu'il avait épuisé tous les matériaux issus de son imagination.

Très vite, Martine devint sa maîtresse, mais cela ne signifiait pas grand-chose pour lui, car la plupart du temps, au moment où elle quittait son bureau vers 17 heures, il commençait une autre vie à laquelle elle ne prenait aucune part. Lorsqu'ils travaillaient tard et qu'elle dormait chez lui, Gary mettait à sa disposition une des nombreuses chambres de son appartement. Lorsqu'il désirait être seul, la plupart du temps pour recevoir une autre femme, il lui disait brutalement : « Martine, si tu allais à présent te promener ? » Docile, elle sortait en pleurant. Elle voyait en lui un substitut de son père qui avait quitté sa mère quand elle avait douze ans. Pendant les années qu'elle travailla pour Gary, les choses furent ainsi : l'été, il l'emmenait à Puerto Andraitx, mais ils ne voyageaient pas ensemble. Il partait d'abord ouvrir la maison en emmenant avec lui le chat et les deux chiens. Il prenait le bateau à Barcelone avec sa Rover, dont le coffre était rempli de viande. Quelques jours plus tard, il allait chercher Martine à l'aéroport de Palma de Majorque, après avoir longuement rechigné pour lui rembourser son billet d'avion. Pendant de longues semaines, ils étaient seuls dans la maison. Elle avait sa chambre, il vivait dans sa tour. Il l'emmenait en balade dans sa Rover ou dans sa Volkswagen décapotable.

Le soir, Gary allait souvent dîner au Focky Fum, le restaurant de son ami André Surmain qui, après avoir fermé le fameux Lutèce à New York, avait créé ce nouvel établissement chic entre le village et le port d'Antraitx. En rentrant à Cimarron, Gary rendait visite à ses amis : Régine Crespin, Nicole et Pedro Otzoop, Peter Ustinov. Régine Crespin l'intimidait parce qu'il était ignorant de tout ce qui touchait à la musique. Pour se donner une contenance et croyant la choquer, il lui raconta qu'un jour où il travaillait dans sa tour, il avait entendu un bruit de pas dans le patio. Il s'était levé et avait trouvé deux femmes auxquelles il avait demandé ce qu'elles faisaient là. Elles lui avaient répondu en anglais qu'elles voulaient voir l'écrivain qui habitait dans cette maison. Gary, qui était nu sous son peignoir, l'avait ouvert subitement et avait dit : « Vous voulez voir l'écrivain ? Voilà ! » « Elles sont parties en hurlant », raconta-t-il, passablement content de lui. Pour provoquer ses amis, il disait qu'il était fier parce que des inconnus avaient écrit à la peinture sur le mur extérieur de sa maison : « Casa de puta ».

Tôt le matin, solitaire, il allait lire le journal à la terrasse d'un café. Mais en réalité, il n'était jamais complètement seul. Souvent, Élisabeth de Farcy venait le rejoindre. Il lui disait : « C'est à Cimarron que je dois aller travailler parce que j'ai ma tour. » Cette tour qui lui rappelait les heures heureuses de Roquebrune, où il avait écrit ses premiers livres.

Il hébergea également Corinne, une belle fille de vingt ans dont les parents étaient séparés et qui vint se réfugier chez lui à Cimarron. En sortant de son bureau, il la trouvait dans le patio et lui disait : « J'aime savoir que tu es là. » Gentiment, il l'écoutait raconter ses difficultés familiales. Quand elle voulut rentrer à Paris, il lui confia les clefs de son appartement. « Tu t'installes, tu fais ce que tu veux, tu es chez toi. » Elle dormit seule dans le grand lit en cuivre de Romain. Quand il rentra à Paris, l'inévitable arriva. Il l'emmenait au restaurant, au théâtre. Noblement, Gary avait écrit à son père pour l'informer du lieu où se trouvait sa fille.

> Puerto Andraitx, 4 septembre 1974
> Monsieur,
> Personne ne sait mieux que moi à quel point cette lettre pourrait être indiscrète, mais je dois ici la vérité de témoignage. Corinne a habité ici chez moi pendant un mois, après avoir quitté l'autre maison. Elle est venue ici dans un espoir amicalement naïf de lutter, et elle s'est immédiatement rendu compte qu'elle n'était point à son affaire. Elle m'a fait confiance et est venue vivre dans ma maison. Désemparée. L'adresse est 108, rue du Bac, téléphone 222 62 00. Voilà. Je n'ai aucun droit d'en dire plus, étant déjà ici à la limite du permis.
> Veuillez bien agréer, Monsieur, l'assurance de mes sentiments les plus distingués[1].

Un jour, Corinne tomba amoureuse d'un jeune homme qui allait devenir son mari, et s'en alla.

Martine Carré n'ignorait rien des relations de Gary avec les nombreuses femmes qui traversaient épisodiquement sa vie. Il n'était pas frivole et ne pouvait vivre sans une présence féminine. Il s'affichait cependant rarement en compagnie de ses maîtresses. Un jour, Linda Noël arriva de Paris, alors que des journalistes devaient l'interviewer. Il mit Martine et Linda à la porte pendant plusieurs heures, afin que nul ne pût les voir ou les photographier dans sa maison. Patiemment, Martine attendait le départ de ceux et celles qui étaient à ses yeux des intrus. Elle savait qu'elle serait seule, avec Eugenia, à passer l'été à Cimarron. Gary la prévenait des visites au dernier moment, et lui ordonnait impérieusement de s'effacer.

Romain invitait aussi des amis très chers à lui rendre visite : René et Sylvia Agid, Paule Neuvéglise et son mari. Paule était à l'époque attachée de presse chez Gallimard, et s'occupait de la Série noire. Romain, qui avait une conception particulière de l'hospitalité — il aimait sentir sa maison habitée —, ne s'occupait quasiment pas de ses hôtes, les livrant aux bons soins d'Eugenia qui cuisinait pour tout le monde. Quand il les croisait dans le patio, il demeurait silencieux, marqué par une tristesse profonde.

Romain accepta pourtant une fois de recevoir quelques personnes à déjeuner à condition que chacun apportât un plat. André Surmain lui avait enseigné l'art et la manière de confectionner le soufflé, et il s'en était honorablement tiré. Mais à l'heure du repas, Gary, descendu de son bureau l'air absent, plaqua tout le monde et partit nager.

Au cours d'un dîner, excédé parce qu'une dame ne cessait de parler d'argent, il souffla à l'oreille de la marquise de La Falaise qu'il s'en irait si elle continuait. Quelques minutes plus tard, il se leva brusquement et disparut sans un mot d'excuse[2].

Romain Gary aimait surtout recevoir Stanislaw Gajewski, ex-ambassadeur de Pologne à Paris de 1954 à 1962. Gajewski parlait un français parfait, aimait les femmes, les bons vins, la bonne chère. Il était tombé amoureux de l'épouse d'un diplomate américain, et cette aventure avait mis un terme à sa carrière. Quand Gary lui rendait visite plusieurs fois par an à Varsovie, il s'installait à l'hôtel Bristol et, tout vêtu de cuir noir, courait les filles. Sophie Gajewski, l'épouse de Staj[3], détestait Romain qu'elle trouvait snob, et auquel elle reprochait par-dessus tout de parler « un polonais épouvantable, avec l'accent juif. Il aurait mieux fait de me parler français[4] ! ».

Un jour, Gary téléphona à la marquise de La Falaise pour lui demander si elle pouvait recevoir son ami Staj. Elle les invita à déjeuner. Dans ses souvenirs, elle raconta comment s'était passée leur visite :

> Ils arrivent, nous parlons, la mer est superbe, la conversation enjouée. À ma grande surprise, à l'heure du cocktail, Romain me demande un verre de vin rouge : il ne boit jamais. À table, il prend un autre verre et, se levant subitement, il dit : « Je deviens fou. » Il enlève sa chemise, ses pantalons. Sans dire un mot, il descend en slip jusqu'à la

> terrasse au-dessous, s'équipe d'un masque et de palmes, et plonge dans la mer. Je suis ahurie, mais son ami me dit de ne pas m'inquiéter : quand il boit un peu, il fait n'importe quoi, il oublie tout, mais ça n'a rien d'inquiétant. Nous poursuivons notre déjeuner, puis, au café, au moment où nous changeons de terrasse, nous voyons Romain réapparaître et dire comme si de rien n'était :
> — Je meurs de faim. Pourrais-je avoir une omelette ?
> On la lui sert et il me confirme l'étrange chose : quand il se sent heureux, il boit, et quand il a bu, il devient fou[5]...

À Puerto Andraitx, à cause de la chaleur accablante, les horaires de travail de Gary étaient un peu plus souples qu'à Paris : 9 heures-midi, 14 heures-16 heures. Il dictait dans sa chambre, où se trouvaient son bureau et son lit. Martine lui signalait des répétitions, des fautes de grammaire et, très modestement, il acceptait de corriger. Pendant la pause, Martine passait du bureau au lit. Ils déjeunaient à midi sur la terrasse et dînaient dans la cuisine. Gary se couchait le plus souvent vers 22 ou 23 heures. Jamais il n'invitait Martine à passer la nuit dans sa chambre. Elle avait vingt ans, elle allait danser[6].

Gary s'était également lié d'amitié avec Edmond Torn, un jeune Juif qui faisait du théâtre amateur, devenu aujourd'hui marchand de tableaux. Un jour il lui confia : « Tu sais, je perds un peu la mémoire maintenant. Je commence à me rappeler des choses de ma toute petite jeunesse. Je me souviens de mots yiddish que j'avais complètement oubliés, et même des chansons dans cette langue qui me reviennent très clairement[7]. »

Gary, qui était à sa manière une sorte de marrane, avait acheté une histoire des marranes de Majorque[8], une communauté qui s'était installée à Palma lors de l'expulsion des Juifs d'Espagne. Ils vivaient tous dans la même rue. Dans la langue de l'île on les appelait les *xueta*, c'est-à-dire cochons. Il en était de même en Espagne, car « marrane » vient du mot *marrano*, qui signifie aussi cochon. Ils ne se mariaient qu'entre eux et avaient conservé certains rites du judaïsme tout en pratiquant extérieurement le catholicisme. Leur église était l'ancienne synagogue de Palma, dont le principal vitrail est une étoile de David. Alors qu'il pouvait se montrer, de manière calculée, grossier et provocant, avec Torn, Gary était extrêmement policé et sophistiqué.

Ils eurent un jour à la terrasse d'un café du port, le Bella Vista, une longue conversation sur les femmes dont le sujet était en substance : « Qu'est-ce qu'un bon coup ? » Gary expliqua à Edmond Torn, très étonné : « Un bon coup, c'est une femme avec laquelle tu fais l'amour pendant dix ou quinze ans. Parce que tu sais très bien que tu peux être excité par n'importe quelle fille que tu rencontres un soir. C'est facile. Mais une femme avec qui tu fais l'amour après dix ou quinze ans, c'est le coup de ta vie ! » Il ne la rencontra jamais. Il donnait des conseils. « Tu es présenté à deux femmes. Celle qui t'intéresse, tu ne lui adresses même pas la parole. Tu parles avec l'autre, même si elle te déplaît. Surtout si elle te déplaît. L'autre est folle de rage et va tout faire pour te séduire. » Il lui dit aussi : « Tu ne dois pas oublier que ta mère, c'est la première femme que tu as connue, celle que tu gardes toute ta vie. C'est de cette manière que tu entres en contact avec les femmes. » Edmond Torn aurait bien voulu suivre ces recommandations. Mais il constatait que lorsque Gary arrivait dans une soirée, il s'asseyait ostensiblement à l'écart pour se plonger dans la lecture d'un journal. Quelques minutes plus tard, cinq femmes étaient assises autour de lui.

Gary pourtant se défendait d'être un don Juan en qui il voyait

> le premier consommateur, le premier chef de marketing, le premier public relation, en ce qui concerne le sexe. C'était un minable petit épicier n'est-ce pas ? Incapable d'amour, comme l'ont reconnu les auteurs de l'époque.
>
> Si je ne m'indigne pas contre cette expression « homme à femmes » c'est qu'en réalité elle veut dire autre chose que

> ce qu'elle dit. Quand on l'emploie, on désigne généralement par là un homme qui aime les femmes. Si c'est ça, alors oui, j'aime les femmes. Je n'ai même vraiment aimé que ça. Mais si « l'homme à femmes » est celui qui va d'une femme à l'autre, alors non. Je suis totalement monogame. Complètement monogame[9].

Pendant l'été 1971, Gary avait en tête un nouveau roman ambitieux, son préféré[10] : *Europa*. Le souvenir d'Ilona s'était métamorphosé en contrainte littéraire. L'année précédente, il avait appris qu'elle vivait depuis la fin de la guerre dans un hôpital psychiatrique près d'Anvers. Révolté, il décida de traiter « cette authenticité en escroquerie[11] ».

L'ange Ilona apparaît sous les traits de Malwina von Leyden, une maquerelle et magicienne viennoise qui traverse l'espace et les siècles. Le protagoniste de ce roman est Jean Danthès qui, comme Morel, le héros des *Racines du ciel*, a été interné dans un camp de la mort nazi. Devenu ambassadeur de France à Rome — un poste que Gary rêva d'obtenir — il demeure inconsolable de la disparition de l'Europe des Lumières. Danthès, le patronyme de l'ambassadeur, est bien sûr l'homonyme d'Edmond Dantès, le héros du roman d'Alexandre Dumas, *Le Comte de Monte-Cristo*, qui s'échappe à la nage du sombre château d'If après quatorze ans de réclusion. Il se peut aussi que Gary, qui voyait dans sa fable une métaphore sur le passé et l'avenir de l'Europe, ait fait allusion au baron d'Anthès qui, lors d'un duel, tua Alexandre Sergueïevitch Pouchkine, un de ses auteurs préférés.

Danthès se désespère que l'Europe ait justement trahi les Lumières, la culture, pour sombrer « dans l'horreur des charniers... Les hommes y avaient souffert atrocement et y étaient morts, mais la Joconde s'en était tirée avec le sourire sale, les yeux baissés, et la gueule pleine de sang : la Culture, convaincue de mensonge, s'était retirée dans ses châteaux-musées et y avait repris son existence luxueuse[12] ».

*Europa* est un roman dans lequel Gary a livré beaucoup de sa propre histoire et de sa vie intérieure. Le héros, Danthès, « homme d'une immense culture », ambassadeur de France, victime d'hallucinations et basculant dans la schizophrénie, est son double, son *doppelgänger*.

> Danthès prit dans sa poche un mouchoir et s'essuya le visage d'une main qu'il s'empêchait de trembler. Il voulait lui crier la vérité, sortir du mensonge, mais était totalement incapable de franchir la barrière psychologique, à ce point sensible qu'elle paraissait avoir été bâtie par la main d'un maçon.

Nombre de phrases du manuscrit, en grande partie élaboré et achevé à Majorque en 1971, sont des allusions à peine déguisées à son roman familial que seuls des initiés pouvaient comprendre. Certains passages évoquent ses fantasmes ; des fantasmes qu'il a d'ailleurs bien souvent réalisés. Par exemple, avoir, comme Danthès, une relation avec une mère et sa fille. L'intrigue se désintègre progressivement dans l'esprit du héros, dont le lecteur suit les représentations oniriques matérialisées par un échiquier imaginaire, sur les cases duquel les personnages sont déplacés par une main mystérieuse.

L'ambassadeur est à la fois l'amant de Malwina von Leyden et de sa fille Erika. Cette relation n'apparaît pas comme le fruit des tendances sexuelles perverses de Danthès, mais comme celui d'une machination ourdie par Malwina, la mauvaise mère qu'il a autrefois abandonnée et qui se venge : « Au fond, elle voudrait que je vous pousse au suicide... La vérité est qu'elle est folle et que c'est héréditaire. » Dans ce roman abyssal et tragique, il y a pis : Danthès découvre qu'Erika est non seulement la fille de Malwina, mais aussi la sienne.

Erika, pendant ses pertes de conscience, commet des actes dont elle ne se souvient pas lorsqu'elle reprend contact avec le monde. Elle ressemble à trois femmes que Gary a aimées : Ilona Gesmay, Romy Van Loye et Jean Seberg. À Ilona et à Jean, il a emprunté l'instabilité, à Romy, le grave accident de voiture qui l'a laissée paralysée.

L'action du roman se déroule à Rome dans un palais italien. Pour en décrire la splendeur, Gary acheta un gros ouvrage abondamment illustré et préfacé par Jean Giono[13]. On peut y voir des photos de palais dans toutes les régions d'Italie, y compris ceux du Latium : palais Doria Pamphili, villa Aldobrandini, palais Rospigliosi-Pallavicini, villa Lante, villa d'Este, villa et palais Farnèse, où déambule l'ambassadeur Danthès pendant ses insomnies.

Hors de l'intrigue extrêmement complexe, le thème d'*Europa* était le constat amer et désespéré que l'Europe n'existait pas, comme Gary l'écrivit dans la préface pour l'édition américaine de ce roman, ajoutée à l'édition française en 1999.

> Il est vrai de dire que si l'Europe n'existe pas et n'a jamais existé en tant qu'entité vivante, spirituelle et éthique, cela équivaut, sur le plan intellectuel, à un blasphème. Mais justement, mon blasphème à moi ne visait qu'à dépasser ce constat afin d'exprimer dans une œuvre de fiction ce qu'il en est du clivage schizophrénique existant entre culture et réalité.
>
> En effet, s'il veut dire vraiment quelque chose, le mot « culture » signifie — ou devrait signifier — un mode de comportement individuel et collectif, une force éthique agissante, à même de pénétrer l'ensemble des rapports humains et des manières de voir. Or l'histoire de l'Europe prouve que rien de ce genre ne s'est jamais produit, ni n'est susceptible de se produire dans un avenir prévisible. À cet égard, notre héritage spirituel a systématiquement échoué, et souvent de manière monstrueuse. Pour le seul XXe siècle : les holocaustes de la Première et de la Deuxième Guerre mondiale ; l'Allemagne hitlérienne ; la France de Vichy qui, en 1942, aura pourvu en Juifs les camps d'extermination nazis ; les millions de victimes des purges staliniennes ; Prague plongée dans les ténèbres ; l'impitoyable indifférence des dirigeants soviétiques à l'égard des droits de l'homme ; ou bien encore — à titre de souvenir personnel — les crânes rasés des femmes qui avaient « collaboré sexuellement » avec les soldats allemands et qu'on aura fait défiler toutes nues dans les rues de France après la Libération... Au fond il n'est pas un

seul bulletin d'information qui ne montre que la culture ne parvient pas à atteindre notre fibre psychologique et sociale, ni à devenir un système éthique vivant, une métamorphose de l'être humain. Nos chefs-d'œuvre restent en dehors et au-dessus, dans leur ghetto doré, incapables de « redescendre » et d'investir notre psyché collective.

[...] Jean Danthès, l'ambassadeur de France en Italie dans mon roman, est un « homme d'une immense culture » — hommage typique que l'on rend en Europe aux personnalités de marque. C'est à cette dichotomie, à ce fossé infranchissable entre l'esthétique et l'éthique qui a fini par scinder son propre esprit en deux, qu'il doit son acuité de conscience. Tout dévoré d'abstractions, et ce alors même qu'il a affaire à des êtres humains réels, l'ambassadeur se met à considérer ceux-ci comme incarnant les deux aspects de son Europe chérie, d'un côté la cynique sorcière et putain Malwina von Leyden, de l'autre la fille de cette dernière, la belle et pure Erika. La vérité de toute cette affaire, c'est bien sûr, que la sorcière-putain et la charmante beauté ne font qu'une seule et même entité, *Europa* — à supposer, bien sûr, que l'une ou l'autre existe vraiment, qu'elles ne soient pas le fantasme d'un « homme de grande culture », une projection mythologique de la culpabilité et des aspirations de l'ambassadeur, une création de son esprit tourmenté et éminemment raffiné[14].

L'écrivain hongrois Imre Kertész, survivant d'Auschwitz, a comme Gary constaté la faillite de l'Europe dans son discours prononcé devant l'Académie suédoise à Stockholm, le 7 décembre 2002 :

Dans l'Holocauste, j'ai découvert la condition humaine, le terminus d'une grande aventure où les Européens sont arrivés au bout de deux mille ans de culture et de morale.

Pour achever ce livre, Gary passa l'été et l'automne à Puerto Andraitx. Puis il partit à Genève, où il travaillait reclus dans le petit appartement impersonnel de la rue Moillebeau. Il écrivit à Henri Hoppenot :

Je vis entre Majorque et Genève. Je vous ai cherché l'été dernier, vous étiez absent. J'écris et voyage beaucoup et m'emmerde encore plus. À part ça... eh bien, il n'y a pas d'à part ça. Au fond, on attend que ça passe. Tout le truc est casse-pieds...[15].

Il envoya une première version du manuscrit à Robert Gallimard au mois de novembre. Après l'avoir lu, ce dernier le confia à Jacques Lemarchand, souvent chargé de faire des éloges mais aussi des critiques à Gary. Quand il s'agissait de grammaire, ce dernier s'en remettait à Nicole Grenier, l'épouse de Roger Grenier. Si ce dernier lui disait qu'une phrase n'était pas correcte, il demandait pourquoi. Après s'être souvent entendu répondre que la règle était oubliée, mais qu'il n'y avait aucun doute sur la faute, il allait voir Nicole qui était professeur de français au lycée Henri-IV. Devant sa science, il s'inclinait[16].

En 1971, Gary fit l'acquisition de trois maisons à Caniac-du-Causse avec Jean Seberg et son petit-cousin Paul Pavlowitch. Il chargea Élisabeth de Farcy d'acheter la vaisselle et d'autres objets utilitaires, tandis que Paul s'occupait du gros œuvre et de l'aménagement intérieur. Il réalisa notamment une magnifique salle de bains par la fenêtre de laquelle on voyait passer des bergers avec leurs moutons. Ni Romain ni Jean n'y vinrent souvent, mais Paul réhabilita sa ruine et en fit sa demeure. Ces trois maisons perdues dans un hameau sur le causse avaient représenté un temps pour Gary l'idée d'une famille reconstruite, d'une tribu, mais il n'en fut pas ainsi.

81.

Au mois de février 1972, Gary, qui souffrait toujours de sa hernie hiatale, décida de se faire opérer par le Dr Moreau. Un vendredi, chez Gallimard, il annonça son hospitalisation prochaine à son ami Roger Grenier qui lui fit porter aussitôt à la clinique des livres de la Série noire et des fleurs de la part de son éditeur.

Or, à sa grande surprise, arrivant le lundi suivant chez Gallimard, il rencontra Romain Gary, et lui rappela qu'il était censé subir une opération. Sans la moindre gêne, Gary lui répondit qu'il était effectivement allé à la clinique de la porte de Choisy. On avait commencé à le préparer en vue de son intervention, somme toute assez bénigne, mais il avait eu si peur qu'il avait soudain décidé de demander son avis à sa mère, morte depuis plusieurs décennies. Il était persuadé de pouvoir communiquer avec elle lorsqu'il affrontait quelque chose de grave. Sur ses conseils, assurait-il, il avait changé d'avis, s'était rhabillé, et avait quitté les lieux par la fenêtre en fabriquant, comme dans les romans de cape et d'épée, une corde avec les draps, au lieu de signer une décharge avant de quitter la clinique. Il était ensuite rentré chez lui en taxi. Pensant la mythomanie de l'écrivain à son comble, Roger Grenier n'en crut pas un mot. Mais cette fois-ci, tout était vrai. Le Dr Moreau qui devait opérer Gary était un ami de son psychiatre, Louis Bertagna. Le chirurgien raconta à ce dernier comment ses infirmières avaient constaté avec stupeur que leur patient s'était enfui en laissant les draps attachés à la poignée de la fenêtre. Un exploit qui l'avait certainement ravi.

Le Dr Louis Bertagna prescrivait à Romain Gary du Marplan, un des premiers antidépresseurs, qui sembla améliorer son état pendant plusieurs années. Gary voyait aussi un psychanalyste, le Dr Serge Leibovici, à qui Peter Ustinov avait adressé sa fille Pavla, dans l'espoir qu'il la guérirait de sa passion pour Romain.

## 82.

Gary attendait beaucoup d'*Europa*. Dès qu'il en eut un exemplaire entre les mains, il l'envoya à André Malraux, en espérant que celui qui se disait son ami en écrirait une recension élogieuse. Malraux lui répondit quelques lignes sur une carte. Il l'assurait de son soutien et était disposé à « le marquer ». Mais sollicité par Claude Gallimard, il fit une réponse évasive qui excluait toute nouvelle demande.

*Europa* sortit en librairie le 18 avril 1972. Les critiques ne parurent qu'à la fin du mois de mai. Amer, Gary reprocha à Robert Gallimard de négliger son livre. Robert voulait rassurer Romain, mais l'ouvrage avait soulevé quelques réserves parmi les critiques.

Angelo Rinaldi brocarda *Europa* dans *L'Express*[1] :

> *Europa* n'aboutit qu'à la caricature de ces romans de Giraudoux, où des diplomates à l'âme exquise échangent des paradoxes bien astiqués, entendent le rossignol au lointain, mais pas le vrombissement des Stukas tout proches. Tout le bric-à-brac cosmopolite des années trente y passe, et le goût du brillant, fatal au romancier, sombre dans *Les Déliquescences d'Adoré Floupette*. L'irréel et le chichi... On dirait que Gary, aviateur glorieux, consul général, commandeur de la Légion d'honneur, Compagnon de la Libération et cinéaste, a voulu emprunter au Malraux visionnaire ses bottes de sept lieues. Mais leur pointure est trop large. Et l'on pense à cette nouvelle de Henry James où le narrateur, écrivain célèbre, répond à la femme au

passé riche et à la vie pleine, qui sollicite une préface : « Vous êtes le Roman même. Que vous faut-il de plus ? »

Paul Audi a sans doute le mieux saisi la pensée de Gary quand il discourt sur l'Europe :

> Le concept de civilisation [...] est lui-même d'origine européenne ; mais l'Europe n'est pas seulement l'auteur : elle en est aussi l'objet. La civilisation est en effet le miroir — déformant, sublimant, positivement trompeur — dans lequel la réalité, sous toutes ses facettes, se mire ; mais elle est aussi la manière dont l'Europe elle-même se contemple, mieux, se considère. Depuis ses commencements, depuis, mettons, l'Antiquité grecque, l'Europe s'estime être le « *berceau de la civilisation* » — l'antonyme de cette conception présomptueuse, de cette orgueilleuse autoévaluation, disons même l'arrière-plan, sinon le repoussoir contre lequel ce point de vue s'adosse, étant ce que les Européens auront eux-mêmes qualifié de « barbarie » en en stigmatisant la teneur. Or, qui est-ce qui évalue ? qui sont donc les « Européens » ? L'Europe existe-t-elle vraiment ? A-t-elle raison de s'arroger les vertus de la civilisation en s'identifiant à elles — et de rejeter, en conséquence, hors de ses frontières les mœurs qu'elle juge indigne de sa moralité ? Si par convenance l'on donnait le nom d'*Europe* à cette invention de l'esprit humain en laquelle viennent se marier pour le meilleur et pour le pire l'éthique et l'esthétique, alors, force serait de reconnaître que l'Europe est un phantasme, une certaine « apparition » de ce même esprit, et rien d'autre que cela. C'est là, en tous les cas, ce qu'affirme *Europa* — le roman de l'Europe, de l'Europe comme roman[2].

Jean-Didier Wolfromm, qui avait écrit la recension d'*Europa* dans *France-Soir*[3], voyait aussi dans ce roman une métaphore sur la mort de l'Europe.

> En vérité, c'est plutôt une certaine idée de l'Europe qui agonise dans nos technocraties avancées, selon Romain Gary ; celle de l'Europe des Lumières au temps heureux où tous ses monarques s'exprimaient en français autour de Voltaire, l'Europe du raffinement intellectuel, l'Europe de Watteau, et de Goethe, l'Europe centre du monde.

Gary supporta mal ce qu'il appelait l'échec d'*Europa*, et une fois de plus Robert Gallimard essuya ses reproches. Dans une lettre datée du 4 septembre 1971, il accusa son éditeur de n'avoir fait aucune publicité à son livre. Marie-Anne Pini, l'attachée de presse, rédigea alors un dossier établissant la liste des placards publicitaires et des recensions d'*Europa* en les classant : « articles élogieux, articles mitigés ou courts, mauvais articles ». Robert Gallimard y puisa ses arguments pour raisonner son ami qui avait toujours pensé être délibérément négligé par sa maison d'édition.

> Il serait fou d'imaginer que nous ne défendons pas ton livre, que Roger[4] et moi avons beaucoup aimé, et dont j'ai parlé personnellement à la direction commerciale et aux représentants de la maison. L'effort commencé va d'ailleurs se poursuivre, j'y veillerai de mon mieux, avec toute l'amitié et l'affection que tu peux attendre de moi[5]...

Robert respecta ses promesses.

Gary pensait à la mort. Deux mois après la sortie d'*Europa*, il écrivit à Claude Gallimard qu'il se préoccupait du sort de « ses futurs héritiers ». Sa longue argumentation juridique avait pour but d'assurer à Diego une rente pendant les premières années qui suivraient son décès. Une fin qu'il imaginait proche puisqu'il prévoyait des versements mensuels à son fils jusqu'en 1977. Pour financer cette pension, il s'engageait à écrire encore au moins trois romans[6].

Alors qu'il préparait *Les Enchanteurs*, dont une partie a pour toile de fond la Cité des Doges, il partit à Venise avec Élisabeth de Farcy[7], avec laquelle il entretenait une amitié amoureuse. Ils voyagèrent en wagon-lit, et Romain entra dans une de ses colères spectaculaires parce que rien n'était tel qu'il se l'était imaginé. Il fallait faire la queue pour manger une nourriture médiocre au self-service crasseux, le confort et la propreté de leur compartiment n'avaient rien de commun avec le sleeping d'antan.

En arrivant à Venise, Élisabeth voulut prendre le *vaporetto*. Gary loua une vedette de luxe qui les conduisit à l'hôtel Danieli, où avaient séjourné George Sand et Alfred de Musset, lors de leur calamiteux voyage.

Élisabeth, qui travaillait alors pour une petite maison d'édition, lui montra où trouver de la documentation qui pourrait lui être utile sur la ville. Il l'emmena dîner au très chic hôtel Cipriani, dans l'île de la Giudecca, où avait vécu Michel-Ange. Ce jour-là, Gary portait sa veste de cuir noir, une chemise de soie largement ouverte sur sa poitrine bronzée et glabre. Le maître d'hôtel qui vint à sa rencontre lui proposa de passer la cravate qu'il réservait aux clients imprévoyants. Gary, outragé, partit en claquant la porte et ne mangea plus que dans des gargotes infâmes qu'il qualifia d'insurpassables.

Le 20 décembre 1972, Gary écrivit une nouvelle lettre à Claude Gallimard, dans laquelle il lui disait qu'il avait consulté son notaire, chargé de ses « dépouilles futures ».

Travaillant simultanément à plusieurs livres, il lui annonçait avoir achevé un nouveau roman, *Les Enchanteurs*. Au même moment, *The Gasp*, fable sur le péril des armes nucléaires tombées entre les mains des régimes totalitaires et belliqueux, qui venait de sortir aux États-Unis, y avait reçu un très bon accueil. Au mois de juillet, Martine Carré avait remis l'édition anglaise à Gallimard. Michel Mohrt chercha un traducteur acceptant de rester dans l'ombre. Tout alla si lentement que le livre ne sortit en France qu'en 1978. Il apparut aux lecteurs aussi bien qu'aux critiques comme une fantaisie futuriste, un western nucléaire. C'était en fait une œuvre visionnaire qui ressemble beaucoup à la réalité du XXIe siècle.

Autre motif d'amertume pour Gary, au mois de février 1973 Gallimard pilonna 3 786 exemplaires des

*Couleurs du jour* et 6 403 exemplaires du *Grand Vestiaire*. Il prit la nouvelle avec une feinte désinvolture.

> Cher Vieux,
> Je n'éprouve pas d'émotion particulière en matière de « mise au pilon ». Tout cela naît, meurt et ressuscite et d'ailleurs, nous irons tous au pilon[8].

## 83.

L'avocat de Jean Seberg avait réussi à la convaincre qu'un procès aux États-Unis n'avait aucune chance d'aboutir car, selon le droit anglo-saxon, elle devait apporter la preuve au juge que la mort de sa fille avait été causée par deux lignes mensongères de l'article paru dans *Newsweek*. Au contraire, en France, Me Cournot et le bâtonnier Paul Arrighi, les conseils de Gary et Seberg, pouvaient l'emporter en invoquant l'atteinte à la vie privée. Le 25 octobre, la XVIIe chambre correctionnelle, présidée par M. Bracquemond, rejeta leur demande d'affirmer que la mort de Nina était imputable à l'article de *Neesweek*, mais leur donna raison sur le second motif, « le viol de la vie privée ». Le magazine américain avait accusé Romain Gary de diffamation pour son article publié dans *France-Soir*. Il fut acquitté eu égard aux circonstances. *Newsweek*, représenté par Robert Badinter, fut condamné aux dépens. Jean Seberg et Romain Gary obtinrent chacun 15 000 francs et 45 000 francs de dommages et intérêts, alors que leurs avocats avaient demandé 500 000 francs pour chacun d'eux. Cette victoire morale n'eut pas d'effet notable sur l'état psychique de Jean Seberg.

Romain Gary retourna à sa table de travail pour écrire un nouveau scénario de film, dont le sujet lui tenait à cœur : la drogue.

Dans un article publié dans *Le Monde* du 11 décembre,

il avait taxé l'engouement des jeunes pour la drogue et le laxisme des pouvoirs publics de *faux romantisme*.

Le problème de la drogue nous vaut en ce moment un déferlement de bondieuseries de gauche et de droite qui n'est pas dépourvu d'un certain souci de se ménager une belle position morale sur l'échiquier idéologique. C'est tantôt la « permissivité » qui est blâmée, avec appel à exercer plus d'autorité sur la jeunesse, tantôt la « société capitaliste pourrie », avec invitation à un bouleversement qui va tout remettre en ordre. « Compréhension », « répression », « dissuasion », sont des mots utilisés avec complaisance : beaucoup de vent dans les voiles, ce qui permet de glisser en surface, bien à l'abri des périlleuses profondeurs. Et les contradictions abondent.

L'analyse socio-romantique très « mal du siècle » 1830 tend à créer autour de la drogue une aura, un *glamour* d'autodestruction du genre « poète maudit » aux échos nobles de protestation sociale, et qui met lourdement toute la responsabilité au compte de la société. Le pauvre romantisme de cette « justification » ne peut que favoriser un climat propice à l'épidémie : il suffirait de prendre de l'héroïne pour devenir une sorte de *desperado* intéressant. C'était déjà un peu l'opération Drieu La Rochelle dans *Feu follet*, et d'Ernst von Salomon dans *Les Réprouvés*, lors de son ralliement au nazisme. Le désespoir est toujours payant, lorsqu'on veut se parer de ténébreuse beauté.

[...] Les gangsters de Chicago habituaient à l'héroïne les jeunes femmes qu'ils livraient à la prostitution. Introduire dans un tel contexte une notion de « révolte sociale » constitue un détournement du malheur des êtres humains dans un but de facilité idéologique. Dire qu'une société, aussi mauvaise soit-elle, pousse à la toxicomanie, c'est oublier que les jeunes nazis, pour ne pas parler de la jeunesse écrasée aujourd'hui dans les pays totalitaires, ne s'adonnaient pas, eux, à la drogue.

Sur dix cas que j'ai suivis personnellement, sept avaient commencé par un empoisonnement prémédité, dans un but d'asservissement d'un être par un autre, dans un contexte « érotique » homosexuel ou hétérosexuel. La perversité de l'initiateur joue là un rôle capital...

[...] Ce qu'il y a par contre de curieux, c'est que certains condamnent la famille en tant qu'« *institution bourgeoise rétrograde* », en même temps qu'ils expliquent le recours à la drogue par le déclin du rôle du père dans la famille... Étrange logique.

[...] Qu'il y ait abandon culturel est indiscutable, mais

pendant combien de temps continuera-t-on encore à propager cette ineptie d'essence totalitaire et qui témoigne clairement d'une victoire posthume du fascisme, selon laquelle c'est à la société qu'incombe le « devoir » d'assigner un but à la vie des individus ?... Une civilisation peut préparer les hommes à choisir et à se choisir, mais chacun de nous est condamné à se trouver ou à se perdre par ses propres moyens.

[...] Tous les signes indiquent, en effet, que nous entrons dans l'âge du « complément » chimique à l'existence, c'est-à-dire de la drogue. Un homme aussi raisonnable qu'Arthur Koestler demande à la biochimie de modifier la dichotomie inhérente à nos « deux cerveaux » en conflit permanent.

[...] La civilisation évolue vers les multi-micro-sociétés, qui se formeront à l'intérieur des super-structures sociales de production et de distribution, chaque cellule, secte, clan, « fraternité », etc., recrutant ses adeptes selon des règles de vie, croyances, goûts et coutumes spécifiques et variés.

Quant aux trafiquants, l'écrasement impitoyable de cette vermine va de soi, mais il ne s'agit pas là du problème de la drogue en lui-même.

D'une manière générale, nous allons vers un âge où la vie réelle cédera de plus en plus le pas à l'irréalité : télévision, divertissement ou culture, le transfert de l'intérêt vers l'au-delà du réel est, dès maintenant, apparent dans les pays à technologie développée.

« Ma haine des trafiquants de drogue est sans limites », écrivait encore Gary dans *Le Figaro* du 27 janvier 1972, lors de la sortie de son film à Paris.

Le scénario était une sorte de jeu de parodie burlesque et violente, un film de série B, mais Gary n'avait pas de talent pour la mise en scène. Il avait intéressé à son projet deux producteurs, les frères Ilya et Alexander Salkind, qui voulaient du sang et du meurtre.

Le tournage commença au mois de février d'abord à Madrid, puis dans les environs d'Alicante, au sud de la Costa Brava. Gary avait arraché le consentement de Stephen Boyd, Curd Jurgens, Daniel Emilfork, et de son ami James Mason, pour jouer le rôle principal. Il avait engagé un excellent chef opérateur en la personne d'Edmond Richard. Bientôt Gary se querella avec Bob Logan, son assistant, qui était également un ami de

Jean. Ricardo Franco, un jeune aspirant metteur en scène espagnol qu'elle avait rencontré au Santa Barbara, un café madrilène, le remplaça. Il la fascinait parce qu'il était laid et presque nain. Lorsqu'elle devint sa maîtresse, elle expliqua qu'après avoir reçu les hommages d'hommes beaux et élégants, elle était à présent séduite par la laideur. Ricardo était amoureux de Jean. Gary, soulagé que quelqu'un veillât sur elle, le traita comme un fils. Le tournage prit fin en Tunisie.

La première de *Kill*[1] eut lieu à Marseille. Puis il fut programmé dans cinq salles à Paris[2]. Les critiques unanimes furent encore plus cruelles que celles qui avaient accueilli *Les oiseaux vont mourir au Pérou*. Henry Chapier écrivit à Gary une lettre ouverte dans *Combat*[3] :

> Vous êtes un écrivain rare, et un homme de qualités. J'aime vos livres, j'admire aussi — dans les moments graves — le courage de vos prises de position.
>
> Tout cela ne m'empêche pas de voir que pour la deuxième fois au cinéma vous faites fausse route, et que pour *Kill* votre méprise est d'autant plus tragique que vous aviez en tête un beau sujet.
>
> Entre vos images de poète et votre découpage de scénariste, il n'y a sûrement jamais de fausse note. L'erreur ne commence que lorsque vous êtes contraint de changer de langage, et que vous troquez votre plume pour le viseur de la caméra.
>
> Du coup, la ferveur, le délire poétique ou la révolte — admirables au niveau de la littérature — deviennent par le biais d'une illustration maladroite du très mauvais cinéma. Est-il possible qu'un homme aussi sensible que vous n'ait pas compris que son message dans *Kill* n'était plus qu'une grotesque mascarade ?
>
> Écœuré par la comédie que tous les pays dit avancés se donnent dans leur combat contre la drogue, vous vouliez dénoncer les complicités et arracher les masques.
>
> Jetant gouvernements, policiers, trafiquants dans le même sac, votre héros traduit votre envie de les abattre tous, de les fusiller *(kill them all)*. Allant plus loin que William Friedkin dans *French Connection*, vous souhaitiez non seulement montrer que les gros bonnets s'en sortent au détriment des petits, vous vouliez encore dresser un véhément réquisitoire contre toutes les formes d'un *establishment* qui laisse sciemment pourrir sa jeunesse.

Cela, c'est ce que je devine — vous connaissant, mais ce n'est pas du tout ce que vous avez montré... À quand le premier vrai film de Romain Gary ?

Il n'y en eut pas d'autre.
Deux jours plus tard, Gary se justifia dans *Le Figaro* :

Je ne nie pas que *Kill* est un film de haine et que la haine que j'éprouve pour les trafiquants d'héroïne est à peu près sans limites. Je considère ces empoisonneurs, ces véritables tueurs de jeunesse, comme dépourvus de tout caractère humain. Ce qui explique aussi la séquence finale de la rumba de la mort que l'on me reprochera sans doute, ainsi que les nombreuses séquences du film où je traite les corps des « patrons » de la drogue comme des poubelles. J'estime que même leurs dépouilles ne méritent pas d'être traitées avec le respect dû aux morts.

Je voudrais seulement faire deux remarques. Mon film est le contraire d'un appel au meurtre. Il est un appel à une justice tout simplement juste : est-il normal, ainsi qu'on l'a vu il y a deux mois à New York, que deux gros bonnets de la drogue soient remis en liberté dès qu'ils ont pu verser un million de dollars de caution, c'est-à-dire en vingt-quatre heures ?

Il est compréhensible que de telles prétendues « lois » provoquent dans la police deux sortes de réaction. L'une est d'abattre les trafiquants plutôt que de les voir remis en liberté par la « justice ». L'autre est de dire : bon, du moment que les trafiquants sont toujours gagnants, du moment qu'ils sont toujours les plus forts parce qu'ils font partie du système, autant se mettre avec eux, du côté du gagnant, c'est-à-dire d'entrer dans le système.

Le trafic d'héroïne atteint le « chiffre » de 5 milliards de dollars par an. À ce degré ce n'est plus du trafic : cela devient l'économie même d'un pays.

C'est dans ce contexte historique que les personnages de mon film prennent en quelque sorte le maquis, organisent la « résistance » à main armée contre la « pourriture ».

Un mot encore. Je crois que la commission de censure, en interdisant mon film aux mineurs de dix-huit ans, a motivé cette interdiction par « la morale ambiguë du film ». Je tiens à dire que la morale de mon film n'est pas plus ambiguë que celle de la Résistance française sous l'Occupation. Je ne vois pas la différence entre les trafiquants d'héroïne qui empoisonnent nos enfants et les nazis d'Oradour.

Seul Mario Beunat, qui avait compris l'intention de Gary, avait écrit dans *Le Figaro littéraire* : « Romain Gary n'a pas atteint l'âge de la sérénité et sans doute ne l'atteindra-t-il jamais. Elle suppose, en effet, détachement et absence de passion. Or ses convictions sont demeurées fidèles aux idéaux de sa jeunesse. »

Jean Seberg savait que Gary avait réalisé ce film rien que pour elle, et elle lui écrivit quand le film sortit sur les écrans :

> Romain mon amour,
>
> Il y a quelque chose que tu as oublié au sujet du film à propos des critiques absurdes ou qui parlent de « succès[4] », mais moi je n'ai pas oublié... Quand tu as réalisé le film, avec si peu d'aide de qui que ce soit autour de toi, c'était en partie dans le but de sauver ma vie. Au sens propre du terme. Personne — et surtout moi — ne pensait que je serai même capable de travailler à nouveau, que je serai à même de trouver les ressources psychiques et la force physique. Et tu savais que c'était une question de *survie* pour moi de trouver la discipline et la force de travailler à nouveau. Si tu n'avais pas fait ce film-là à ce moment-là, ça n'aurait pas été possible. C'était un acte d'amour. Tout le reste : ce qu'il était ou n'était pas, ce qu'il est ou n'est pas, n'a pas d'importance. Il faut se battre pour lui et en faire un autre bientôt. Mais, je t'en prie, mon amour, n'oublie pas les circonstances de cette période... de cette précipitation, de cette panique, de cette colère et de ce besoin. Le film existe totalement, même en dépit de ses imperfections, parce qu'il était une tentative entreprise en considération de raisons très nobles... Je n'oublierai jamais cela, jamais. Et tu ne le dois pas...
>
> Jean[5].

## 84.

Au printemps 1972, Imelhild Kalisky, qui avait lu *Les Trésors de la mer Rouge* en feuilleton dans *France-Soir*, reconnut un jour Romain Gary qui marchait rue du Bac. Elle l'aborda et lui dit qu'elle avait attendu chaque épisode avec impatience. Gary lui proposa alors : « Venez avec moi, je vais vous offrir le livre tout entier. » René Kalisky, qui accompagnait sa femme, approcha et se présenta. Les deux écrivains découvrirent qu'ils publiaient leurs ouvrages chez le même éditeur. Gary invita aussitôt le couple à dîner.

René était comme Romain un Juif polonais, et lorsqu'il eut révélé qu'Imelhild — peintre et sculpteur — était la petite-cousine de Joachim von Ribbentrop, condamné à mort par le tribunal de Nuremberg et exécuté en 1946, Gary éclata de rire et se tapa sur les cuisses. « C'est un mariage sublime ! s'écria-t-il. Venez avec moi aux Baléares ! »

René Kalisky, qui vivait alors en Belgique, était de passage à Paris et logeait dans un hôtel modeste de la rue du Bac. Il avait tant aimé *Europa* qu'il demanda à Gary l'autorisation d'en tirer une adaptation théâtrale.

Gary fut un peu surpris de découvrir que Kalisky avait introduit dans sa pièce une histoire de camp de concentration et un épisode d'homosexualité. Il n'aima ni l'une ni l'autre. Ils allèrent néanmoins présenter le texte à Jean-Louis Barrault. Il leur répondit que Madeleine Renaud pouvait jouer le rôle de Malwina von Leyden. Mais après plusieurs rencontres avec Barrault, ils comprirent qu'en réalité, ce dernier n'avait nullement l'intention de monter *Europa*. En sortant du théâtre de l'Odéon, Gary commenta : « Il n'en a vraiment pas, ce connard. Il n'en a vraiment pas ! »

Un soir, Romain invita René et Imelhild à La Coupole. Il arriva accompagné d'une superbe Antillaise. Il était en train de dévorer son troisième pied de cochon, quand un jeune homme s'arrêta soudain devant leur table et commença à invectiver la splendide créature, qui était en fait une call-girl. « Espèce de salope, tu m'as tout volé, tu as tout piqué chez moi ! » Un véritable esclandre. Gary, calme, très intéressé et amusé, se tourna vers sa belle et lui dit : « Tiens, tiens, qu'est-ce que j'entends ? » Effrayée par le regard bleu planté sur elle, elle s'enferra en prétendant ne pas connaître « ce monsieur ». « Devant moi, Romain Gary, tu oses mentir ! Aie un peu de courage, avoue, qu'est-ce qui t'en empêche ? Cela te montre sous un mauvais jour, espèce de petite conne ! » Faussement indigné mais intrigué, il abandonna son pied de cochon et ses amis. « On va prendre un taxi et tu vas me raconter cette histoire », lui dit-il en la prenant par la main et en l'entraînant vers la sortie. Une heure plus tard, René et Imelhild le retrouvaient chez lui. La belle Antillaise se prélassait dans la baignoire, et Gary, cigare au bec, se levait de temps en temps pour aller la contempler, et sans doute aussi pour vérifier qu'elle faisait sa toilette[1]. Il redoutait toujours d'être contaminé par la syphilis.

Quand il travaillait, peu désireux de perdre du temps dans les différentes phases de la séduction, de la conquête et de la rupture, il faisait appel à des prostituées de haut vol qu'il recrutait chez Mme Claude ou Mme Billy, pour lesquelles il avait de l'estime et qu'il avait rencontrées dans l'exercice de ses fonctions de diplomate. Quand des délégations étrangères venaient en visite officielle, il fallait occuper les soirées de nombre de ces messieurs[2].

Le matin, Gary allait souvent nager au Cercle interallié, faubourg Saint-Honoré. À l'heure du déjeuner, on le voyait boulevard SaintGermain se rendant chez Lipp. S'il lui préférait le Récamier, il prenait soit la rue du Bac et le square Boucicault, soit le boulevard Raspail, et faisait halte à la librairie Gallimard, où il avait un compte.

Avec ou sans barbe, avec ou sans moustache, avec ou sans couvre-chef, il ne se plaisait pas. Il portait des chemises de soie aux couleurs vives que lui faisait sur mesure son tailleur de la rue du Four, avec des ficelles tressées américaines en guise de cravate. Aux premières heures de l'après-midi, il prenait un café au Rouquet, boulevard Saint-Germain, passait saluer son confident Robert Gallimard, puis retournait s'enfermer dans son bureau avec Martine Carré. L'élue du jour arrivait au moment où Martine, éplorée, avait fini ses heures de travail.

Certaines se contentaient d'une aventure, d'autres se consumaient de jalousie, car bien qu'il cloisonnât soigneusement ses rencontres, celles qui lui étaient attachées finissaient par se rendre compte qu'elles n'étaient pas seules à recevoir ses hommages. Ainsi, il avait raconté à son amie Mariella Berthéas que, non loin de la rue du Bac, il avait remarqué, dans un salon de coiffure, une très jeune fille qui faisait des shampooings revêtue d'un débardeur. Il la trouvait jolie, mais était surtout attiré par les petites touffes de poils noirs qu'elle avait aux aisselles. Il était timide et n'osait l'aborder. Un matin d'été, il finit par entrer dans la boutique et, comme il était célèbre, la patronne vint le saluer avec empressement. Il lui expliqua d'une voix à peine audible qu'il désirait inviter son employée à dîner. Très honorée, la patronne accepta sans consulter la jeune fille qui vint sonner le soir même à sa porte, endimanchée et soigneusement épilée. Hélas, sitôt qu'il la vit, le charme s'évapora et, après le dîner, Gary en resta là.

Si Pavla Ustinov, Florence Baumgartner, Anne de La Baume l'aimèrent passionnément, Katherine Pancol, qui était très jeune, prit leur liaison avec moins de gravité. Il en fut profondément mortifié. Béatrice Clerc, belle et libre, considérait leurs amours comme l'expression de leur amitié.

Finalement, les maîtresses de Gary devenaient des amies qui lui témoignèrent leur dévouement en l'aidant à assumer la charge de la maladie de Jean Seberg. Chaque fois qu'il rencontrait une femme, il espérait sincèrement être amoureux. Mais la plupart du temps, avant de concrétiser les choses, il était déjà lassé, car sa mère lui avait déjà tout donné, ainsi qu'il l'écrit dans *La Promesse de l'aube* :

> Il n'est pas bon d'être tellement aimé, si jeune, et si tôt. Ça vous donne de mauvaises habitudes. On croit que ça existe ailleurs, que ça peut se retrouver. On compte là-dessus. On regarde, on espère, on attend. Avec l'amour maternel, la vie vous fait une promesse qu'elle ne tient jamais. On est obligé ensuite de manger froid jusqu'à la fin de ses jours. Après cela, chaque fois qu'une femme vous prend dans ses bras et vous serre sur son cœur, ce ne sont que des condoléances. On revient toujours gueuler sur la tombe de sa mère comme un chien. Jamais plus, jamais plus, jamais plus. Des bras adorables se referment autour de votre cou et des lèvres très douces vous parlent d'amour, mais vous êtes au courant. Vous êtes passé par la source très tôt et vous avez tout bu. Lorsque la soif vous reprend, vous avez beau vous jeter de tous côtés, il n'y a plus de puits, il n'y a que des mirages. Vous avez fait, dès la première lueur de l'aube, une étude très serrée de l'amour et vous avez sur vous de la documentation. Partout où vous allez, vous portez en vous le poison des comparaisons et vous passez votre temps à attendre ce que vous avez déjà reçu[3].

Au commencement, il était sincère. Il fit une cour ardente à la belle Annie Pasquini, qu'il supplia de quitter Nice pour la rue du Bac. Elle vint. À peine installée elle le vit, dès qu'il avait tôt le matin quitté leur lit, traverser le salon, le regard lointain et mâchouillant son cigare, pour aller travailler dans son bureau. C'était en 1973 et, pour respecter son contrat, il écrivait simultanément trois livres qu'il avait promis à son éditeur, en échange de mensualités : *Les Enchanteurs*, *La nuit sera calme* et *Les Têtes de Stéphanie*.

À cette époque, il avait recueilli chez lui Wojteck Pszoniak, un jeune acteur polonais, et son épouse Barbara. Wojteck était venu jouer *Les gens déraisonnables sont en voie de disparition* de Peter Handke au théâtre de Nanterre, dans une mise en scène de Claude Régy. Pour obtenir ce rôle, Wojteck avait menti en faisant croire qu'il connaissait assez bien le français, alors qu'il n'en était rien. Apprendre son texte phonétiquement avait relevé de l'exploit. Les répétitions étaient une torture, car il ne comprenait pas vraiment les indications du metteur en scène. Wojtek et Barbara habitaient rue Lauriston dans un foyer de l'Académie des sciences polonaise.

C'est Staj Gajewski qui avait informé Gary de la présence de l'acteur à Paris. Aussitôt, Romain invita Barbara et Wojteck à dîner et leur demanda de quelle manière il pouvait les aider. Ils cherchaient un studio modeste à louer, car ils ne pouvaient plus supporter l'hôtel épouvantable — avec sa cuisine communautaire — où ils étaient hébergés. Leurs communications téléphoniques étaient écoutées. Quelques jours plus tard, Gary les invita à nouveau et leur fit une proposition.

Les pièces que Jean occupait auparavant étaient à présent libres, car elle s'était mariée le 12 mars 1972 à Las Vegas[4], quelques jours après avoir rencontré Dennis Berry chez Castel[5]. Romain offrit au couple de s'installer rue du Bac à une seule condition : Eugenia, qui faisait la cuisine et le ménage, n'avait pas le temps de prendre en charge la partie où ils allaient habiter. Aussi, afin qu'elle ne soit pas embarrassée de voir Barbara laver la vaisselle, il leur demandait d'engager une amie espagnole d'Eugenia qui cherchait du travail. Paternel, attentif, Gary était heureux de les avoir auprès de lui. Il aimait parler polonais, manger la cuisine polonaise que Wojteck, fin cuisinier, préparait. Après le dîner, ils causaient longuement devant la cheminée avant de se coucher. Le sujet principal de la conversation était Diego. « Je suis une mère juive pour mon fils. Il ne le sait pas mais, lorsqu'il était plus petit, je le suivais discrètement dans la rue lorsqu'il allait jouer au tennis pour m'assurer qu'il ne lui arrivait rien de fâcheux. » Quand il sortait, il leur disait toujours : « Ne répondez pas au téléphone, ou dites que vous ne savez rien, parce que je mens tout le temps. » Il leur avoua aussi que sa mère ne lui avait jamais dit qu'il était le fils d'Ivan Mosjoukine. Barbara et Wojteck restèrent cinq mois, puis repartirent à Varsovie.

Dennis Berry, dont Jean était tombée amoureuse en quelques instants, était le fils de John Berry, un cinéaste américain qui avait été victime de la « chasse aux sorcières » pendant la période McCarthy. La Commission des activités antiaméricaines avait mis son nom sur la liste noire et, n'ayant plus le droit de travailler, il avait été contraint d'émigrer en France avec sa famille en 1950.

Peu de temps après leur retour à Paris, Jean et Dennis avaient emménagé dans un vaste appartement au fond du square La Rochefoucauld.

## 85.

Le 9 décembre 1972, Romain Gary publiait dans *Le Figaro* une lettre ouverte à son vieil ennemi Jean Chauvel qui venait de faire paraître un recueil de poèmes intitulé *D'une eau profonde* et le deuxième volume de ses *Mémoires*, ayant pour sous-titre *Commentaire II*. Gary put enfin prendre de façon magistrale et cinglante sa revanche contre celui qui avait injustement provoqué son effondrement psychique en 1955. Dans son *Journal inutile*, Paul Morand, en bon antisémite, à qui Jean-François Brisson, rédacteur en chef du *Figaro littéraire*, avait fait porter le deuxième volume des *Mémoires* de Chauvel, commenta ainsi le texte de Romain Gary :

> En matière de patriotisme, les étrangers en remettent toujours ; ça les ronge[1].

Et d'ajouter :

> Inutile de répondre, dans *Le Figaro*, à ce Gary, matamore de la Résistance, d'accusations dont le Conseil d'État a fait justice. Mais sous sa plume, abandon de poste vous a un petit caractère infamant, sentinelle à fusiller, scrognogneux ; fort comique. Ça n'intéresserait personne, trente années après l'événement, que j'explique comment, vu le retard (volontaire ou non de la poste britannique) en juillet 40, ayant été laissé sans instructions de Vichy, j'avais pris sur moi d'aller en demander oralement, je me

bombardai officiellement, profitant de Ordima, qui rapatriait ma mission[2].

Gary, qui critiquait durement le livre de l'ambassadeur, ne manqua pas de stigmatiser les compromissions, l'aveuglement et même la mauvaise foi de celui qui avait autrefois refusé d'accepter sa nomination à Londres. Gary, gaulliste et résistant de la première heure, ne venait pas du même monde. Il n'avait pas une goutte de sang français dans les veines, comme il se plaisait à le dire, mais il était un grand Français, et en ce qui concernait le courage et le patriotisme, il pouvait en remontrer à l'ambassadeur, qui était resté deux ans au service du gouvernement de Vichy. Il se considérait comme citoyen d'une France idéale, « la madone des fresques, la princesse de légendes ». Il vénérait le Général qui l'avait accueilli, comme ce fut le cas pour tout homme résolu parmi les Français libres. N'étant plus astreint au devoir de réserve, il lança des flèches empoisonnées contre Chauvel. Certaines visaient les opinions, la carrière de l'ambassadeur, d'autres étaient des allusions à peine voilées à sa vie privée, que seuls les initiés pouvaient comprendre. Enfin, Gary profitait de l'occasion qui lui était donnée en écrivant cet article pour défendre la politique menée par le général de Gaulle.

[...] À l'époque du blocus de Berlin par Staline, j'étais un des adjoints du directeur d'Europe, Jacques-Camille Paris. Je voyais passer sur mon bureau les dépêches de quelques-unes de nos meilleures plumes — deux, exactement, et celle de M. Chauvel n'était pas du nombre — qui recommandaient fortement l'évacuation de Berlin pour éviter la guerre avec les Russes... Il faut croire que les diplomates américains écrivaient mieux que nous.

[...] *D'une eau profonde* est fort réussi. Et je ne saurais oublier, en parlant des belles plumes de la maison, l'exquis Stas Ostroog[3], qui fut ambassadeur à New Delhi, et dont le rapport de trente pages sur la chasse au tigre royal au Bengale avait fait les délices des jeunes agents de ma génération.

[...] Ce qui crée le malaise, ce n'est pas la malveillance

systématique, une sorte de haine viscérale, caractérielle et triste de l'ambassadeur contre de Gaulle et « ses gens ». La haine, lorsqu'elle se nourrit de raisons, de convictions ou ne serait-ce que de lucidité, peut être fort saine, et d'ailleurs, M. Chauvel n'a pas à se justifier, à nous rendre des comptes de son psychisme, de son subconscient ou de ses antipathies.

[...] J'ajouterai d'abord, à l'intention de quelques-uns, que s'il y eut jadis, dans la façon dont nous ne nous sommes pas rencontrés à Londres, en 1955, lors de ma nomination au poste[4], une assez mauvaise manière de la part de M. Chauvel à mon égard, je n'ai jamais eu pour celui qui était alors notre ambassadeur auprès de la cour de Saint-James que du respect, et même de l'admiration — celle que j'éprouve lorsque je rencontre dans la vie un personnage qui me semble sortir tout droit d'une œuvre d'un de nos plus grands romanciers.

Ainsi, l'ancien secrétaire général des Affaires étrangères après la Libération nous fait part de la stupeur qu'il avait ressentie lorsqu'il fut informé du plan que de Gaulle avait mis à l'étude, dès le retour d'Alger : celui du morcellement industriel et territorial de l'Allemagne. La Ruhr devait être « enlevée au potentiel de guerre allemand et être soumise à un régime international... ». Et il ajoute, citant sa discussion avec M. Couve de Murville, « mon directeur politique représentant dans ma (c'est moi qui souligne) maison la plus stricte orthodoxie gaulliste », que « ces belles choses ne tenaient aucun compte des dispositions des Alliés ».

À mon tour de manifester ma stupeur. Car ce que dit là M. Chauvel est faux, complètement faux. Placé alors au centre de ces affaires, il ne pouvait ignorer que le « plan français » faisait tout simplement écho au projet américain de l'époque à l'égard de l'Allemagne et n'avait été mis à l'étude par de Gaulle qu'afin de protéger au maximum, *dans ce contexte politique, les intérêts français.*

Ce fait historique est étayé par la publication, depuis 1945, d'innombrables documents. Il me paraît inconcevable qu'un secrétaire général, collaborateur direct de son ministre, au courant de toutes les dépêches et informations, ait pu ignorer alors, et surtout qu'il puisse encore ignorer aujourd'hui, que Washington se disposait à aller beaucoup plus loin dans la voie que M. Chauvel attribue à de Gaulle, et à lui seul. J'affirme que l'ambassadeur sait parfaitement, et savait en 1944, que sur les ordres de Roosevelt, le *brain trust* du président venait d'élaborer le fameux « plan Morgenthau », lequel prévoyait tout bonnement l'éradication pure et simple de toute l'industrie lourde de l'Allemagne et *la transformation de ce pays tout entier en terres agricoles.*

Aberrant ? Bien sûr. Mais que de Gaulle cherchât, dans ces conditions, l'internationalisation de la Ruhr et l'annexion de la Sarre ne saurait en aucun cas être représenté comme une incroyable lubie, comme un projet « allant à l'encontre des intentions de nos alliés et n'ayant aucune chance d'être accepté » par eux. Le plan français, compte tenu de celui de Roosevelt, était au contraire infiniment plus réaliste et moins désastreux pour l'Europe.

[...] Prenons maintenant l'affaire du Liban et de la Syrie, l'autre cheval de bataille qu'enfourche l'ambassadeur pour se livrer à un de ces obscurs règlements de comptes avec nous-mêmes qui ont si souvent l'apparence de règlements de comptes avec les autres. La lutte d'influence entre la France et l'Angleterre dans cette région date du colonel Lawrence et du colonel Picot. Il est normal et humain et même, dirai-je, juste, étant donné le courage, la valeur et les souffrances de son peuple dans la guerre, que la Grande-Bretagne ait cherché à profiter de sa force pour réaliser enfin son vieux rêve, en nous éliminant du Levant. Mais M. Chauvel sait fort bien que dans l'affaire du Liban et de la Syrie il s'agissait de quelque chose de plus important que le Liban et la Syrie. Ce qui était en jeu, c'était tout l'avenir, toutes les positions de la France après la guerre, dans le monde et en France.

Il ne pouvait être question pour de Gaulle de jouer vis-à-vis de nos alliés le rôle que Laval jouait vis-à-vis de l'Allemagne. Ni de rentrer en France après avoir tout perdu, tout cédé, en échange de quelques bonnes notes de conduite de la part de Churchill. Et voilà où, une fois encore, à propos de cette « erreur » catastrophique, M. Chauvel fait appel à son procédé favori, celui de l'omission. Car nous ne sommes pas ici dans le domaine des spéculations, des hypothèses, mais sur le terrain des certitudes historiques solidement documentées.

Il suffit pour s'en convaincre de lire ce qui a été rendu public à ce sujet en Amérique même, ne serait-ce que les « papiers » de Harry Hopkins, le confident et le bras droit de Roosevelt, ou l'abrégé qui en a été tiré par Joe Barnes, édité par Simon & Schuster. C'est donc, je le répète, *un fait historique*, et non un soupçon paranoïaque de De Gaulle, que Roosevelt envisageait — et le disait ouvertement — de nous chasser à la fin de la guerre de tous nos territoires d'outre-mer. M. Chauvel en glisse un mot dans le premier volume. De Gaulle était si conscient du péril, qu'il songeait lui-même — M. Chauvel le dit avec un frisson d'horreur — à obliger les Anglais à utiliser la force pour nous expulser du Levant.

On fut à deux pas du conflit, que nous étions sûrs de perdre *sur le terrain, localement*. Mais pour sauver le reste. Car s'incliner au Liban eût été encourager Roosevelt à s'engager à fond dans la voie de notre élimination de la carte du monde ; se rebiffer, même en vain, comme l'avait fait de Gaulle, c'était préserver les seuls atouts dont la France allait disposer après la guerre dans le jeu international. C'était montrer clairement à Roosevelt qu'il ne pourrait nous évincer d'Afrique et d'ailleurs qu'en utilisant la force, chose qu'une puissance qui n'était pas hitlérienne ne pouvait se permettre vis-à-vis d'une alliée. Certes, le Liban et la Syrie furent perdus. Mais avec le bruit et la fureur. M. Chauvel devrait être le premier à reconnaître et à nous dire ce que ce bruit et cette fureur ont sauvé : c'est son métier. Et son devoir, me semble-t-il, consisterait, pour le moins, à ne pas esquiver la question et le débat.

[...] J'ai l'impression que, dans cette affaire, notre ancien ambassadeur à Londres s'en est trop fait conter par le général Spears, l'homme de main de Churchill au Levant, qui s'est cassé les dents sur de Gaulle, qu'il avait aidé à venir en Angleterre, et n'a jamais cessé, depuis, d'avoir à l'égard du Général une attitude de cocu dépité.

Et là, Gary lançait sa pointe la plus douloureuse :

Je dois dire aussi, à propos de nos amis anglais, que M. Chauvel a bien du mérite d'être resté deux ans à Vichy. Il a dû se forcer. Je le dis sans ironie ; il importe peu de savoir où les hommes étaient de 1940 au débarquement allié en Afrique du Nord, en 1942, mais ce qu'ils y faisaient, et, sans même lire l'ouvrage de personne, parmi ceux qui l'ont connu, d'imaginer qu'il pût se compromettre à Vichy.

[...] Mais comment ce nostalgique qui rêve de hauts siècles et dont l'élitisme fait parfois penser aux *Pléiades* de Gobineau eût-il pu résister au charme mélancolique que la survie du passé confère à la couronne britannique, cette dernière madeleine qui nous permet encore de retrouver la saveur du temps perdu ?

[...] On sent à chaque page que, pour M. Chauvel, la société c'est avant tout la bonne société. Faut-il enfin dire qu'il a parfaitement raison sur un point — et un seul — dans tout le livre : le reproche qu'il fait au Général d'avoir préféré d'Argenlieu à Leclerc, à Hanoi, avec le résultat désastreux que l'on sait.

Mais voyons, hélas! quelques omissions plus sanglantes. « Je n'ignorais pas, écrit l'ambassadeur, que nos gens avaient fait merveille en Italie, qu'ils se battaient à ce moment même en France... » Ah! qu'en termes galants ces choses-là sont dites! Monsieur l'ambassadeur, n'avez-vous pas, dans cette non-ignorance, oublié quelque chose, ou bien s'agit-il une fois de plus d'une omission délibérée au point d'être sacrilège? Et que cela est donc révélateur, sur le plan simplement humain, lorsque la volonté de prouver écarte tout ce qui la gêne y compris les tombes...

Pas un mot, pas un seul, dans tout le volume, sur ces gens de mauvaise compagnie, ces Français libres qui tombaient sur tous les champs de bataille du monde depuis le 18 juin, date qui semble vous être restée sur le cœur comme une grosse erreur professionnelle, une erreur de jugement que vous avez du reste su empêcher de devenir une erreur de carrière. Sur les deux cent quarante aviateurs qu'ils étaient à cette date, pour vous si irritante, pour eux mortelle, une cinquantaine étaient encore en vie quand vous arriviez à Alger, cinq seulement à la Libération, tout l'effectif de l'escadrille Normandie avait déjà donné son souffle, La Poye, Albert devenaient les plus grands as français de la guerre, dans les neiges russes.

« Nos gens », que vous ne considériez apparemment pas comme les vôtres, tombaient dans la bataille d'Angleterre, à Koufra, en Éthiopie, à Bir-Hakeim, leurs tombes se creusaient partout où l'on défendait la liberté et l'honneur de la France, et les croix de la Libération épanouissaient sur elles leur floraison posthume. J'aurais cru, pourtant, qu'en tant qu'ambassadeur de France vous les représentiez *aussi*. Mais non, pas une ligne, pas un mot.

Alors qu'on met une page à nous faire savoir que, partis d'Alger pour Paris sans avoir pris le petit déjeuner, « nous mourions de faim ». Chacun à sa place, bien sûr, mais au même moment ma pensée errait dans le désert de la Cyrénaïque, à la recherche de mon ancien équipage, Claron, Le Calvez, Devin, tous tués dans les sables et morts de soif au retour d'une mission. Leurs corps momifiés ont été retrouvés intacts il y a quelques années à peine.

Mais oublions le « sentiment », bien qu'il soit un peu étrange, sous ce rapport, de vous entendre reprocher à de Gaulle d'avoir « manqué d'amour » pour les Français. Admettons que vous ne vous intéressiez pas à ces choses-là. Elles manquent cependant à votre dossier et sont gênantes pour votre argument, car ces vies si généreusement données expliquent de quelle *réalité* de Gaulle et les

> « gens » d'Alger tiraient ce que vous appelez « leur prétention vaine ».
>
> Ces morts sont aussi des pièces du dossier. Elles manquent au vôtre.
>
> Aucun mérite n'est reconnu à de Gaulle, *strictement aucun*. La note est zéro. Non, je suis injuste : le Général reçoit malgré tout un bon point de son ambassadeur, un seul, et bien que ce trait de caractère prête au comique il révèle aussi les véritables motifs de la diatribe.
>
> Le chef du gouvernement provisoire nomme l'ambassadeur au poste de secrétaire général du ministère des Affaires étrangères. Et M. Chauvel écrit en toutes lettres : « Je l'inscris au crédit de De Gaulle qui savait que je ne l'aimais pas. » Ainsi, de toute l'œuvre entreprise par l'homme du 18 juin, un seul point est « inscrit à son crédit » : la nomination de M. Chauvel à ses hautes fonctions.
>
> [...] Sa façon de parler du peuple est à cet égard significative... : « nos gens », dit-il constamment, dont trois fois en un seul paragraphe, et la formule seigneuriale n'est pas une affectation gratuite, mais un trait de caractère.

Jean Chauvel répondit à Romain Gary dans *Le Figaro* du 11 décembre 1972. Sa repartie était distante, assez molle eu égard à la violence de l'attaque. Elle soulignait surtout le fait, comme il a été dit, qu'à ses yeux Gary et lui n'étaient pas du même monde. Issu de la bonne société française, l'ambassadeur méprisait l'écrivain, entré au ministère des Affaires étrangères grâce à sa qualité de résistant[5]. Il fit un cours de professionnel glacé à ce fonctionnaire de rang modeste à la langue lyrique, dont il avait retrouvé le nom, écrivait-il perfidement, en consultant l'annuaire des Affaires étrangères. Comme s'il ne s'était pas souvenu de lui, alors qu'il avait cru se reconnaître dans une de ses nouvelles !

Ses « commentaires » ne regardaient que « la période comprise entre avril 1944 et février 1952 ». Le Général lui avait conféré la grand-croix de la Légion d'honneur, et l'avait remercié pour l'envoi de son recueil de poèmes *D'une eau profonde*. « Je n'aime pas les " ismes ". Je n'ai jamais été pétainiste, ni gaulliste, ni antigaulliste, et mes dispositions à cet égard ne changeront point. »

En ce qui concernait la politique du général de Gaulle :

> elle s'inscrivait dans la tradition de la paix de Westphalie et des efforts de Poincaré. Son succès eût supposé un consensus allié qui ne nous fut acquis ni en 1919 ni en 1944, ce qu'il était en 1648. À quoi j'ajouterai que l'occupation du bassin de la Ruhr eût présenté quelques inconvénients. J'ai tenté, à l'époque, de faire inscrire dans nos propositions, ne fût-ce qu'à titre de démonstration, une occupation quadripartite de Teschen. Cette suggestion n'a pas été retenue.
>
> [...] Quant au Levant, je ne vois pas en quoi les événements qui s'y produisaient intéressaient, en ce temps-là, la politique américaine.
>
> [...] Les difficultés que nous avons éprouvées n'étaient pas le fait des Américains et des Anglais... Londres nous avait fait savoir qu'il importait de ne pas augmenter nos effectifs. Malgré cet avis très marqué, nous envoyâmes deux bataillons de renfort à Beyrouth. Il en résulta des incidents et des troubles si vifs que, d'ordre de Londres, nos troupes furent consignées dans leurs casernes. Je ne vois pas que le prestige de la France en ait été augmenté et je sais bien le long et difficile travail auquel nous dûmes nous livrer pour rétablir des relations amicales avec le Liban, normales avec la Syrie.
>
> [...] Spears était un de ces étrangers qui, sous le couvert d'une francophilie parfois réelle, s'introduisent chez nous en tous lieux et jusque dans les conseils de gouvernement. J'en ai connu d'autres exemples.
>
> [...] Quant aux morts de la France libre, je les ai honorés en toutes occasions comme tous les morts de la guerre, allant m'incliner devant leurs dépouilles là où elles reposent.

## 86.

Pendant l'été 1971, alors qu'il travaillait sur *Europa*, Romain Gary avait eu l'idée d'écrire un roman d'aventures sous un nouveau pseudonyme. Deux raisons l'y poussaient. Comme il avait un statut officiel de résident en Suisse, il voulait faire établir son contrat de telle manière que ses droits d'auteur fussent versés dans ce pays dont la fiscalité était plus avantageuse que celle de la France. D'autre part, il voulait tester la vigilance de la critique qui portait depuis plusieurs années une attention condescendante à son œuvre. Bien souvent, on le malmenait. On prétendait que tous ses livres se ressemblaient. Gary passait pour un conteur démodé dont les romans, avec intrigue et personnages, ne pouvaient se mesurer aux recherches formelles du Nouveau Roman. Philippe Sollers, à qui un critique avait demandé au cours d'un entretien ce qu'il pensait du dernier livre de Gary, avait répondu qu'il ne s'intéressait qu'à la littérature.

Gary avait en tête un thriller moyen-oriental plein d'humour et de cruauté. Il était persuadé que si son livre était signé d'un nouveau pseudonyme, il pourrait remporter un succès commercial. Il s'en ouvrit à Robert et Claude Gallimard en leur demandant de lui garantir le secret[1].

L'affaire amusa Gary quand il commença à réaliser son plan. Cela ressemblait un peu à l'affaire Fosco Sinibaldi, et constituait une sorte de préfiguration de la supercherie littéraire qui allait donner naissance à un nouvel auteur : Émile Ajar.

Le 3 décembre 1971, Me Junod, l'avocat genevois de Gary, rappela aux Éditions Gallimard qu'il avait soumis le 12 août à leur comité de lecture le manuscrit du roman intitulé *Les Têtes de Stéphanie*, dont l'auteur, Shatan Bogat, était un de ses clients et lui avait donné pleins pouvoirs pour négocier un contrat. Le livre était écrit en anglais et portait le titre *Emily's Heads*. Quelques jours plus tard, Gary lui substitua *Stephanie's Heads*. La procuration signée le 15 décembre 1971 était libellée ainsi :

> Je soussigné Shatan Bogat, écrivain, donne par la présente procuration à Me Charles-André Junod, avocat, 10, rue de la Corraterie à Genève —Suisse — pour me représenter aux fins de négocier et conclure, en mon nom et pour mon compte, tout contrat en vue de l'exploitation de mes droits d'auteur sur mon roman *Stéphanie's Heads*, ainsi que sur toute autre œuvre littéraire que je pourrais écrire ultérieurement…

Pourquoi Gary avait-il choisi ce pseudonyme ? Parce que Shatan Bogat signifie en russe « Satan le riche ». Ainsi avançait-il sous le masque de celui qui récolterait les fruits de sa supercherie.

Il avait inventé une biographie pour Shatan Bogat, comme il l'avait auparavant fait pour lui-même. Fils d'un émigré turc, c'était un homme de trente-neuf ans, originaire de l'Oregon, qui dirigeait une compagnie de pêche et de transport maritime dans l'océan Indien et le golfe Persique. Le trafic des armes lui avait inspiré ce roman. Le prix Dakkan — qui n'existe pas — lui avait été décerné en 1970 pour un reportage sur le trafic international de l'or et des armements. Ces éléments biographiques ne furent mis en doute par aucun des journalistes qui recensèrent *Les Têtes de Stéphanie*.

Robert Gallimard répondit le 22 décembre à l'avocat

de Shatan Bogat que la maison Gallimard était disposée à publier le roman de son client.

Charles-André Junod écrivit au mois de janvier 1972 qu'il avait rencontré Bogat au Moyen-Orient, et que ce dernier était prêt à signer un contrat aux conditions proposées par la maison Gallimard. La convention fut paraphée le 10 février 1972. Gary avait pris la précaution de préparer une lettre autographe conservée dans ses archives personnelles :

> Je soussigné Romain Gary déclare par la présente avoir utilisé pour certains de mes ouvrages le pseudonyme et la signature — suit la signature illisible — de Shatan Bogat suivie de ces mots : « C'est-à-dire, lire : SHATAN BOGAT. » Le premier roman que j'ai écrit sous ce pseudonyme a pour titre *Les Têtes de Stéphanie*, et a été lu et accepté par les Éditions Gallimard. Romain Gary. Fait à Paris, le 20 janvier 1972[2].

Il fut décidé que le livre serait publié dans une collection hors série. Michel Mohrt, qui n'appréciait pas les livres de Gary, confia la traduction à Pauline Verdun au début du mois de juin. Au mois de décembre, Shatan Bogat s'irrita de n'avoir pas encore reçu cette traduction et menaça Robert Gallimard de donner son roman à une autre maison. On l'informa que le travail lui serait soumis un mois plus tard. Effectivement, la traduction de *Stephanie's Heads* fut remise à Shatan Bogat le 26 février 1973. Paule du Bouchet, qui avait contrôlé ce travail, trouva qu'il exigeait un certain nombre de retouches. Mais Robert Gallimard, sachant quel usage en ferait Gary, décida de le lui envoyer tel qu'il était. Il ne se trompait pas. Fin mars, Charles-André Junod informait Gallimard que son client avait réécrit le livre, car il trouvait que son premier texte n'était pas assez vivant. Il se chargeait de faire effectuer à ses frais une nouvelle traduction par un « professeur de français [bien entendu fictif] vivant à Sydney ! »

« Shatan Bogat » acheva la réécriture de son livre le 28 septembre 1973. L'avocat genevois l'envoya à Robert

Gallimard, alors que Gary habitait à quelques dizaines de mètres de là.

Quand Monique Poublan lut le manuscrit, elle eut aussitôt l'intuition que Romain Gary en était le véritable auteur et en fit part à Robert Gallimard qui lui affirma qu'elle se trompait. Gary avait fait écrire sur la jaquette que la traduction des *Têtes de Stéphanie* était l'œuvre de Françoise Lovat. Ce roman avait un auteur et une traductrice fictifs. La version anglaise de *Stephanie's Heads* sortit un an plus tard chez Collins en Angleterre, sous le titre *Flight Direct to Allah*. Le livre ne fut finalement publié en France qu'en 1974, simultanément avec *La nuit sera calme*, et après *Les Enchanteurs* qui parurent en 1973[3].

Le 3 décembre 1971, Michel Fourquet, général d'armée aérienne et grand-croix de la Légion d'honneur, délégué par le grand chancelier, avait remis à Romain Gary les insignes de commandeur de la Légion d'honneur[4].

## 87.

Après sa séparation d'avec Jean Seberg, la situation matérielle de Romain Gary devint plus difficile. Les revenus d'un écrivain sont rarement aussi importants que ceux d'un acteur de cinéma. De plus, la carrière de Jean déclinait, et Gary dut souvent l'assister financièrement, y compris après son mariage avec Dennis Berry ; plus spécialement quand elle était hospitalisée pour une cure de désintoxication ou quand son état psychique empirait[1].

Pendant le même temps, à Nice, sa cousine Dinah perdait la tête. Elle avait fait faillite. Atteinte de la maladie d'Alzheimer, elle divaguait. Un jour, elle disparut subitement ; on la retrouva errant dans les rues à Mâcon. Gary la fit hospitaliser dans une luxueuse maison de santé à Meudon. Mais au bout de quelques semaines, ne pouvant plus faire face aux frais, il fallut trouver une autre solution : l'institut Camille-Mizet à Leyme, où elle mourut.

Romain Gary devait donc gagner beaucoup d'argent, c'est-à-dire écrire comme un forcené. C'est ainsi que durant les dix dernières années de sa vie, il travailla souvent à plusieurs romans en même temps. Au mois de mai 1973, il fut obligé d'emprunter pendant huit semaines de l'argent à son éditeur.

Chez Gallimard, on lui accorda de nouvelles conditions réservées aux auteurs les plus prestigieux. Ses contrats comportaient des clauses très avantageuses :

Gary conservait les droits pour la langue anglaise sous prétexte qu'il écrivait souvent ses livres d'abord en anglais, il obtenait des pourcentages élevés, y compris pour la cession des droits d'adaptation pour la radio et la télévision. Il se réservait l'entière disposition des droits d'adaptation de ses livres pour le cinéma et le théâtre. Enfin, il touchait une mensualité substantielle, mais il devait désormais se montrer vigilant. Son compte ne devait pas présenter un solde débiteur de plus de 100 000 francs.

L'attitude de Gary vis-à-vis de l'argent était déroutante. Il pouvait paraître très prudent et compter la moindre de ses dépenses puis, soudainement, se montrer d'une grande générosité, ou dilapider ses réserves au cours d'escapades luxueuses avec l'une de ses maîtresses.

Au mois de janvier 1973, il avait remis à Claude Gallimard le manuscrit de *The Gasp*, que Michel Mohrt s'occupait de faire traduire selon les modalités habituelles : Paule du Bouchet, la traductrice, remit son travail au mois de juillet 1973, mais *The Gasp*, intitulé *Charge d'âme*, ne sortit chez Gallimard qu'en 1978, alors que Gary publiait en même temps sous le pseudonyme d'Émile Ajar.

Également en janvier, Gary annonça à son éditeur qu'il s'apprêtait à mettre au net le texte des *Enchanteurs*. Le manuscrit fut d'abord entièrement rédigé à la main d'une belle écriture régulière et fluide, puis dactylographié par Martine Carré, longuement retravaillé, puis à nouveau retapé[2].

L'histoire, merveilleuse et pleine d'humour, contenait maints pastiches de l'esprit des Lumières. C'était aussi la première fois que — d'une façon voilée — Gary abordait la relation avec son père. Fosco Zaga, le héros de ce roman, est immortel et survit dans la personne de Gary en train de rédiger son livre. Comme pour *Europa*, l'intrigue se déroule simultanément à plusieurs époques, mais principalement sous le règne de Catherine II de Russie, pendant la révolte de Pougatchev. Les Zaga sont des saltimbanques vénitiens venus faire fortune dans l'Empire russe, ce pays fabuleux qui représente aux yeux de Gary le lieu de l'imaginaire.

Fosco Zaga est le fils de Giuseppe, un marchand d'élixir de jouvence et inventeur d'une recette de « haute durée » destinée aux amateurs d'intenses transports amoureux. Fosco Zaga aime la belle Teresina, la jeune épouse de son père, qu'il épie lorsqu'elle prend son bain. Jaloux, il jubile lorsque son vieux mari l'honore tandis qu'elle compte les mouches au plafond, alors qu'elle se pâme dans les bras d'un infâme lieutenant français. Fosco, qui est devenu illusionniste de foire, un rien imposteur si les circonstances l'exigent, prédit l'avenir et prétend être médecin. Sa survie et celle de sa famille dépendent de sa capacité à soulager la constipation de l'impératrice.

Les Zaga se tirent de tous les périls. Ils finissent par échapper aux cosaques et fréquentent les têtes couronnées. Ils croisent un rabbin miraculeux qui ressemble fort au Maharal de Prague. Gary le nomme Bénézar ben Zwi. Quand celui-ci lui confie qu'il veut créer un homme nouveau, Fosco lui répond : « Il n'existe qu'un matériau pour ce genre de création… C'est l'encre et le papier. »

Pour décrire les décors et les costumes de sa troupe de saltimbanques Gary avait utilisé un livre de sa bibliothèque sur la scénographie et les costumes d'opéra italiens[3] qu'il s'était acheté pour Noël, en 1962. Sur la page de garde, il avait rédigé un envoi en anglais dont il est le destinataire : « *For my darling Romain Gary a great writer and a noble heart — his greater admirer and adoring fan and most faithful companion, Romain Gary, Xmas 1962.* » : « Pour mon chéri Romain Gary, un grand écrivain et un noble cœur — son plus grand admirateur et son fan éperdu et son plus fidèle compagnon ».

Gary a puisé l'inspiration de ce grand roman dans l'œuvre de Pouchkine. Il cite notamment *La Tempête*, qui fait partie du recueil *Les Récits de feu Ivan Petrovitch Belkine* (Belkine apparaît, on s'en souvient, dans la bibliographie factice de *Lady L.*). *La Tempête* a pour cadre la révolte de Pougatchev contre Catherine II. Gary a également en partie emprunté son sujet à *La Fille du capitaine* du même Pouchkine[4].

Les inventions de romancier, les invraisemblances historiques sont intimement mélangées ; les emprunts puisés dans la littérature russe, les citations approximatives de mémoire sont nombreuses. Gary, emporté par le mouvement de la narration, ne se soucie pas de l'exactitude de ses sources. Par exemple, la forêt de Lavroro, « au cœur des vieilles forêts russes de chênes ». Les forêts russes comportent plus de résineux et de bouleaux que de chênes. En fait, Gary évoque la forêt polonaise de Sweciany, toute proche du domicile de ses grands-parents maternels. De même, tout au long du récit, Saint-Pétersbourg est constamment sous la neige, dans une évocation conventionnelle de la Russie, alors que le domaine de l'enfance est évoqué avec la force et les couleurs du souvenir. Dans le palais Okhrennikov, écrit-il, les enfants dorment sur les poêles de faïence. Il n'en était ainsi que sur les poêles des isbas, ces petites maisons en bois où habitaient les paysans en Russie. Sur les poêles de faïence, c'était impossible. Il invente le « Sanhédrin de Kichinev ». Il n'y a jamais eu de sanhédrin à Kichinev, capitale de la Bessarabie, devenue la Moldavie en 1940. Le marchand Okhrennikov fait bâtir un palais en pierre. Ce genre d'édifice n'existe pas à Saint-Pétersbourg, même le palais d'Hiver a été construit en brique. Il est question d'un cadenas rouillé dans le palais du même Okhrennikov qui devait dater des oubliettes d'Ivan le Terrible. Il n'y a jamais eu d'oubliettes en Russie, ni de doge Foscolo à Venise.

On peut encore citer les « Mémoires de la comtesse Stolytzine[5] », la partie d'échecs « jouée à Moscou le 22 octobre 1735 dans le palais de la vicomtesse Tcherdatov » qui se poursuit trois pages plus loin à… Saint-Pétersbourg. En outre, ce n'est pas Catherine II qui était constipée mais Elizabeth Petrovna, fille de Pierre le Grand et Catherine I^re [6].

Gary, merveilleux conteur, ne se soucie pas non plus de la vraisemblance et crée l'illusion de la réalité. Mario Zaga, né en 1717, meurt en même temps que le poète André Chénier, guillotiné en 1794. Mais il écrit dans un chapitre précédent de son roman que Mario Zaga a neuf ans lors de la partie d'échecs à Moscou, en 1735, alors qu'à cette date, s'il est né en 1717, il devrait déjà avoir dix-huit ans.

Les allusions à des auteurs admirés sont nombreuses. On voit un Français, un certain M. Beyle, qui, dans une loge de la Scala de Milan, ne cesse de parler « en intercalant tous les quelques mots une expression anglaise ». Il s'agit de Stendhal qui vécut à Milan entre 1814 et 1821. Il est aussi question des « pierres de Cagliostro remises au cardinal de Rohan avec un résultat fâcheux pour le trône de France ». S'inspirant d'Alexandre Dumas, Gary évoque l'affaire du collier de la Reine qui compromit Marie-Antoinette et discrédita la couronne de France. *Ad libitum*.

En réalité, ce roman est un récit autobiographique voilé. Ainsi que cela apparaît, par exemple, à la dernière page du chapitre III.

> Je sais que mon père se trompait. Mais il ne pouvait prévoir que tout en demeurant fidèle aux traditions de notre tribu, j'allais emprunter une voie qu'aucun des nôtres n'avait encore suivie. […]
>
> Ainsi donc, mon père se trompait. Mon enfance n'allait jamais me quitter ? Simplement, elle s'était cachée pour m'aider à mieux faire semblant d'être un adulte. Maternelle, elle voulait ainsi me permettre de me durcir, car il ne fait pas bon aller parmi les hommes lorsqu'on n'a pas appris à protéger d'une carapace solide ce roseau vulnérable et rêveur que l'on garde en soi.

Roger Grenier, qui aima beaucoup *Les Enchanteurs*, rédigea la quatrième de couverture.

Le livre sortit en 1973[7]. Gary souffrit de ce qu'il

appela l'« éreintement » de Piatier[8] dans *Le Monde*. Il écrivit à Robert Gallimard :

« Cela devient un crime d'écrire des romans[9]. »

Jacqueline Piatier l'obsédait. Au point qu'il la remit à sa place dans *La nuit sera calme* à propos de la critique qu'elle avait consacrée aux *Enchanteurs* :

> C'est ainsi donc que j'ai créé la tribu des *Enchanteurs* et le personnage de Fosco Zaga, soucieux avant tout de ses « enchantements littéraires », mais aigrefin et maquereau, parasite et vérolé. Pour me rapprocher le plus possible de ce personnage qui me semble assez éloigné de moi-même, de ma vie, j'avais écrit le roman à la première personne. Je lui ai même prêté mon appartement à Paris, rue du Bac, pour tenter d'avoir au moins quelque chose de commun avec lui. Sur ces détails, et la rue du Bac, Mme Jacqueline Piatier a conclu dans *Le Monde* que le héros du roman, charlatan, maquereau et vérolé, c'était moi. Et elle a même pris une phrase du livre où je décris cet écrivain vieillissant et à court de sujets écoutant « le bruit que fait l'histoire en passant pour voir s'il n'y a pas là encore quelque chose à prendre ». Comme thème de roman possible, un petit bénéfice. Elle m'a mis ce parasitisme sur le dos, sans se soucier du sang que j'ai versé pour faire cette histoire-là, et sans paraître remarquer que je n'ai à aucun moment nourri mon magot romanesque de la France libre et du sacrifice de mes camarades pour en tirer des best-sellers comme d'aucuns. Ce qu'il y a d'intéressant dans tout cela, et de plus en plus fréquent, c'est le refus de la fiction. Plus une œuvre est imaginative, plus elle est convaincante et plus je reçois des lettres de lecteurs me demandant si « c'est vrai, c'est vraiment vrai ? ».

Il reviendrait à la charge dans son ultime message, *Vie et mort d'Émile Ajar* :

> Un jour, j'eus droit dans un quotidien à une page entière d'éloges : il s'agissait de mon roman *Europa*. Bon. Un an après, je publie *Les Enchanteurs*. Éreintement fielleux d'une page dans le même quotidien par la même « critique ». Bon. Quelques semaines ou mois plus tard, je rencontre cette personne à un dîner chez Mme Simone Gallimard. Elle paraît gênée.
>
> — Vous avez dû être surpris par ma sévérité pour *Les Enchanteurs* ?

— Mmm.

— Je vous avais fait un très bon papier pour *Europa* et *vous ne m'avez pas remerciée...*

Joli, non[10] ?

Pourtant, Jacqueline Piatier lisait avec beaucoup d'attention les livres de Gary, et ne lui ménageait le plus souvent pas ses éloges. Mais il est vrai qu'elle n'aima pas *Les Enchanteurs*, qu'elle jugea dénué du moindre

> pouvoir d'enchantement. Curieux plaidoyer en faveur de l'art et de l'imaginaire, seuls remèdes, nous dit-on, capables de soustraire l'homme à la mort et aux horreurs de l'Histoire ! Mais, après tant de jongleries, ceci est reçu comme la dernière plaisanterie du jongleur, et l'apologie s'achève en dérision. Le rire forcé de Romain Gary y prend un timbre amer[11].

Tous les journalistes n'avaient pas sous-estimé ce roman. Claudine Jardin avait écrit dans *Le Figaro* :

> Gary est bien cet illusionniste qui demande à sa plume davantage sa propre joie que le bonheur des hommes, en préférant la fiction aux pamphlets. Nous sommes encore nombreux à lui en savoir gré[12].

Annette Colin-Simard loua les qualités des *Enchanteurs* :

> Si Romain Gary nous avait déçus ces dernières années avec son cycle de *Frère Océan*, aujourd'hui, avec *Les Enchanteurs*, il nous comble. Toute magie ressuscitée, il se montre aussi seigneur en son métier que les saltimbanques vénitiens dont il nous conte l'histoire. [...] Un livre si dense et si riche qu'il gagne encore à être relu.

Sans les louanges de Jacqueline Piatier, Gary se sentait jugé et rejeté. Amer, il ne renonçait cependant à rien. Il demanda la réédition de son recueil de nouvelles *Gloire à nos illustres pionniers* sous le nouveau titre *Les oiseaux vont mourir au Pérou* dans la collection Folio.

Le 22 mai 1973, Gary partit travailler à Puerto Andraitx. On pouvait le joindre à Cimarron, sa villa, en composant le 347 à Majorque.

Au mois d'octobre, il proposa un marché à son éditeur. Les Éditions Grasset lui offraient 100 000 francs pour éditer ses Mémoires improvisés[13]. Il laissait entendre qu'à défaut d'un accord, il partirait. Qui sait si la maison Grasset n'était pas prête à négocier le rachat de l'auteur à son concurrent ? Un contrat liait Gary (dont le compte présentait un solde débiteur de 153 000 francs) à la maison Gallimard qui possédait une option sur toute son œuvre pendant une durée de cinq ans. On céda, car il n'était pas question de le laisser partir, même pour un livre, par crainte de ne pas le voir revenir ; de plus, il pouvait donner un mauvais exemple à d'autres auteurs de la maison.

Romain téléphona alors à son vieil ami François Bondy pour lui soumettre une affaire bien dans sa manière. Son livre serait présenté comme le fruit d'entretiens élaborés avec sa collaboration en tant qu'interlocuteur. En réalité, Gary voulait écrire son livre seul. Pour la forme il montrerait le produit de son travail quand il serait achevé. François Bondy, qui habitait à Zurich et collaborait à la *Weltwoche*, accepta et signa au mois de décembre 1973 un contrat qui lui assurait un modeste pourcentage sur les droits.

Gary demanda à son ami d'écrire à Robert Gallimard qu'ils étaient convenus de travailler chez lui. Il ne quitta cependant pas Paris avant d'avoir pris d'ultimes précautions. Ainsi, il envoya une brève lettre à Robert Gallimard le 9 janvier 1974 :

> Cher Robert,
>
> Veux-tu prendre bonne garde du texte de la lettre recommandée ci-jointe que j'ai envoyée à François Bondy avec le contrat pour *La nuit sera calme*, au cas où, au cas où, au cas où...
>
> Avant d'aller à Zurich pour les questions proprement dites, je déposerai le texte que j'ai rédigé *seul*, avec procès-verbal, à l'étude de M^e^ Robineau[14].

Romain séjourna quelques jours à l'hôtel Éden au lac, et apporta à François Bondy les trois cent cinquante pages dactylographiées de *La nuit sera calme* qu'il avait composé rue du Bac et à Puerto Andraitx. Elles comportaient un certain nombre de questions que ce dernier était censé avoir posées. Gary proposa à Bondy de lui suggérer dans la marge celles qui lui venaient à l'esprit en lisant le manuscrit.

Il passait la journée chez François et s'entretenait avec lui dans sa vaste bibliothèque, mais ils ne discutaient pas du livre qu'ils étaient supposés préparer. Il évoquait *Les Nouvelles ukrainiennes* de Nicolas Gogol[15], les livres de Conrad, dont il venait d'acheter une belle biographie en langue anglaise[16]. Il allait aussi faire les courses avec Liliane, la femme de François. Il essayait des costumes, des manteaux, des vestes en cuir dans les boutiques de luxe de la Barenstrasse qu'il ne se décidait finalement pas à acheter parce qu'il était obsédé par la crainte de manquer d'argent. Il se plaignait. « Je n'ai qu'un million de francs suisses à la banque ! » Mais il ne pouvait résister à sa passion pour les stylos Mont-Blanc. Il écrivait indéfiniment son nom pour tester les plumes et ressortait bientôt du magasin avec plusieurs boîtes car, avant d'écrire, il faisait préparer par Martine Carré une dizaine de stylos pleins sur sa table afin de ne pas devoir s'interrompre quand ils étaient vides.

*La nuit sera calme* fut rédigé sur de grandes feuilles d'un papier épais. Dans le premier état du manuscrit, les sujets sont traités les uns après les autres — « amour, diplomatie, littérature, politique et Europe » —, sans aucun dialogue et sans pagination. Puis Gary ajouta les questions sournoises ou impertinentes qui semblaient le mettre en difficulté et qui, en réalité, valorisaient son esprit d'à-propos, son sens de la repartie[17].

Pour l'année 1973, il écrit : « Tu vis seul ? — Non. Disons plutôt que j'aime Miss Solitude… Elle devient de plus en plus belle chaque année, et Miss Solitude

1973 a été de toute beauté. Les reines de beauté, c'est très exigeant, c'est des pieds à la tête... »

Quand il l'eut achevé, Gary fit lire le manuscrit définitif à François Bondy.

Toujours à cours d'argent bien que les Éditions Putnam aux États-Unis lui eussent octroyé une garantie de 40 000 dollars pour ses trois prochains romans, Gary demanda à Claude Gallimard de voir de quelle manière on pourrait modifier avantageusement son contrat et, en attendant, lui emprunta 30 000 francs qu'il remboursa ponctuellement. Finalement, comme toujours, Claude Gallimard assura à Gary la sécurité matérielle sans laquelle il ne pouvait écrire en acceptant de doubler sa mensualité, qui se montait à présent à 20 000 francs.

*La nuit sera calme* parut dans la collection Air du temps au printemps 1974. Comme bientôt avec Émile Ajar, certains critiques tombèrent dans le piège que leur tendait Gary qui, cette fois, avait à la fois joué le rôle du clown blanc et de l'Auguste. Ils lui concédèrent des compliments tièdes tout en louant le bons sens modérateur de François Bondy sur sa prose. Ainsi Claudine Jardin dans *Le Figaro littéraire*[18] :

> Et c'est bien vrai qu'il déborde d'idéalisme, ce fils dressé par une mère russe, folle et ambitieuse, à aller « casser la gueule[19] » à tous ceux qui, de près ou de loin, avaient manqué de respect à cette grande dame aux prises avec les cruautés de l'exil.
>
> Il faut saluer le tact de François Bondy qui ne laisse jamais son ami céder au vertige du « galop verbal », ni à une virtuosité par trop maligne qui lui permettrait de fuir.

Celui qui recensa le livre pour le *Journal de Genève*[20] n'eut pas le courage de signer son article :

> Le goût très discutable du public et des éditeurs entraîne, aujourd'hui, les écrivains à se soumettre à des entretiens révélateurs de leur nature, où le meilleur et le pire sont avoués sans retenue devant un magnétophone.
>
> Romain Gary se livre, avec fougue et passion, à la pers-

picacité intelligente de François Bondy qui l'accule aux aveux, relance le dialogue avec adresse et l'amène en pleine lumière, en le forçant à expliquer ses choix et ses actes.

Madeleine Chapsal ne fut pas dupe :

> Ce qui intéresse vraiment — tout comme l'auteur des premières *Confessions* — c'est lui-même, sa personne, son personnage. Assister à la brillante évolution de Romain Gary dans le temps et ce vaste monde lui donne un contentement qu'il nous invite à partager. De tout cœur[21].

Pierre de Boisdeffre, qui reprochait à Gary de ne pas soigner son style, reconnut dans *La Revue des Deux Mondes*[22] l'intérêt et les qualités de *La nuit sera calme* :

> Il faut lire *La nuit sera calme* comme un roman dont les chapitres ont été vécus comme autant d'aventures auxquelles l'auteur s'est donné à fond. On peut discuter son style, sa morale, le niveau de sa pensée, son équilibre ou son art, on ne peut pas ne pas reconnaître qu'il y a là un peu de cette lave, de ce feu qu'empruntèrent à d'autres moments de l'histoire terrestre ces obsédés de la vie qui s'appelaient Shakespeare et Michel-Ange, Hugo ou Tolstoï... Quel écrivain, aujourd'hui, mérite semblable compliment ?

Celle qui avait le mieux lu *La nuit sera calme* était Jacqueline Piatier. Elle en rendit compte dans *Le Monde des livres* du 4 août 1974. Tout montre qu'elle avait percé à jour « l'écrivain sans doute assez rare qu'est Romain Gary dans la littérature d'aujourd'hui ».

> Avant tout un tempérament de romancier. Cela éclate dans le besoin incessant qui anime Gary de changer de personnalité, d'aller voir ailleurs où l'autre se trouve. D'où le don de donner vie à des personnages, à l'heure où le personnage, le héros, voire l'anti-héros, font mauvaise figure en littérature. Cela éclate aussi bien dans l'art qu'il a de transformer sa vie en roman, c'est-à-dire en une succession d'histoires signifiantes qu'il sait mettre en scène, dramatiser et qui transmettent, ironiquement ou non, un message. Car c'est une de ses déclarations, au cours de ce

livre tonitruant : « La seule obligation sacrée que j'attribue à l'art ou à la littérature, c'est la recherche des vraies valeurs. » S'ensuit une apologie de l'irrespect, de l'ironie, de la provocation, de la parodie, seules manières à ses yeux de faire apparaître ces valeurs en les décrassant de l'hypocrisie. On reconnaît là le ressort de Gary, et qui déroute sur son compte.

*La nuit sera calme* avait été publié en même temps que *Les Têtes de Stéphanie* sous le pseudonyme de Shatan Bogat. C'était un roman d'espionnage « sadique et drôle, étincelant d'humour », comme l'écrivit Christine Arnothy dans *Cosmopolitan*[23] qui vit un coup de maître dans l'œuvre d'un auteur inconnu. Une cover-girl américaine, son petit ami italien et un photographe de mode se retrouvent dans une république islamique pour des séances de photos destinées aux maisons de haute couture. Bien vite, le reportage tourne au drame : les trois voyageurs sont mêlés à des tentatives de coup d'État, émaillées de tueries atroces que Gary raconte avec désinvolture. Quand les têtes tombent sous les coups de sabre, Stéphanie ferme les yeux et murmure : « Balenciaga, Christian Dior, Givenchy, Courrèges... »

L'histoire horrible et désopilante, contée avec un humour glacé, rebondit sans cesse. Coups de théâtre, provocations dans les palais, les oasis, les ambassades.

Jacques-Pierre Amette avait remarqué ce roman d'espionnage qui n'était pas paru dans une collection de poche médiocre réservée aux livres de gare.

> Dans *Les Têtes de Stéphanie* tout surprend. Papier bien blanc, grand format, caractères racés. Histoire étincelante de drôlerie et d'humour noir... Style ? Filou, goguenard, fringant, glacé, poivré, charmeur, rapide. Imaginez la patte et le panache d'un Lucien Bodard combinés à l'élégance meurtrière d'un James Hadley Chase. D'ailleurs, très vite, le livre a disparu de mon bureau. On n'arrête pas le succès !...

Seul Jean-Claude Zylberstein, amateur de romans policiers, eut l'intuition que celui-ci n'était pas l'œuvre d'un inconnu. Il écrivit dans *Le Nouvel Observateur* du 8 mai 1974 :

> Une réussite majeure, exceptionnelle, dans l'art difficile du « thriller ». Chef-d'œuvre politique, l'histoire de cette provocation dans un État du golfe Persique ; chef-d'œuvre romanesque, le récit misogyne des affres de la jolie Stéphanie ; chef-d'œuvre stylistique, enfin, cette évocation fleurie d'une Arabie pleine de fureur et de mystère. Bogat est un maître. Mais lequel ? C'est aussi un mystère.

Quelques jours après la publication de son article, Zylberstein, à l'époque jeune avocat sans notoriété particulière qui se passionnait pour l'œuvre de Jean Paulhan et s'occupait de la littérature étrangère chez Julliard, fut par hasard présenté à Romain Gary à l'occasion d'une projection de film en avant-première. Avant de se quitter, ils convinrent de déjeuner bientôt chez Lipp.

Si quelques lecteurs avisés en avaient fait l'éloge, *Les Têtes de Stéphanie* n'étaient cependant pas un succès de librairie. Claude Gallimard conseilla alors à Gary de révéler aux médias qu'il était l'auteur de ce livre. Le 19 juin, Romain écrivit à Robert Gallimard que Claude l'avait convaincu d'accepter de « brûler le pseudonyme[24] ». À la demande de Gary, Robert Gallimard annonça la nouvelle à la radio. De son côté, Romain parla à deux journalistes : Jean Ferrand et Philippe Bouvard. Cette révélation fit chou blanc.

Sur la première jaquette tirée au mois de mai 1974, figure le pseudonyme de Gary : Shatan Bogat. Il proposa alors que sur la deuxième édition datée du mois de juillet, on choisît une de ses photos pour fabriquer un gros timbre de 5 centimes de la « Republic of Haddan », à l'effigie de Romain Gary. « En bas, sous ma photo, il y aura mon nom, comme pour les personnages des timbres-poste[25]. »

Sur la quatrième de couverture, on peut lire :

> On aurait tort de croire que j'ai choisi un pseudonyme pour écrire *Les Têtes de Stéphanie* parce qu'il s'agit de ce

qu'on appelle parfois du bout des lèvres « un roman d'aventures ». Je l'ai fait parce que j'éprouve parfois le besoin de changer d'identité, de me séparer un peu de moi-même, l'espace d'un livre.

Ce besoin, je m'en suis expliqué dans l'autobiographie qui vient de paraître : *La nuit sera calme.*

Certes *Les Têtes de Stéphanie* est un divertissement. Et ce plaisir — celui de divertir, celui de l'évasion — est devenu une qualité qui se perd, comme si la valeur littéraire exigeait l'ennui.

Aussi bien dans *Les Têtes de Stéphanie* que dans *Lady L.* et dans bien d'autres romans, je me suis efforcé de refaire la soudure entre le plaisir de lire et un certain enrichissement que l'œuvre littéraire peut procurer. Car ce livre se situe dans une actualité brûlante : celle du trafic d'armes et des bouleversements qui se passent dans le golfe Persique, et notamment au Yémen.

Je révèle aujourd'hui mon identité réelle parce que de toute façon certains critiques ont percé le secret de cette « réincarnation ».

J'ose espérer qu'en lisant ce livre, vous retrouverez ce qui fut, depuis que le genre romanesque existe, le plaisir de lire.

Après la sortie de cette deuxième édition, Gary, noyé dans les volutes de son havane, félicita Zylberstein assis devant une tasse de thé dans son salon de la rue du Bac : « Vous avez eu le bon œil, bravo. Vous avez reconnu ma patte. » Ce n'était pas tout à fait exact. Le jeune journaliste avait seulement compris que le roman était l'œuvre d'un écrivain chevronné et qu'il ne s'agissait pas d'une traduction.

Ils parlèrent de la séduction, des femmes, de la part de féminité dans l'homme et du judaïsme. À ce propos, Gary déclara à Jean-Claude Zylberstein, comme il devait le faire plus tard à l'auteur de ce livre :

— Rangez cela au placard, c'est du folklore, c'est sans intérêt cette histoire de tradition.

— Êtes-vous religieux, demanda-t-il encore ?

Zylberstein n'avait pas pratiqué le judaïsme depuis sa bar mitsva.

— Alors, quelle importance ?

— Mais il y a la culture, rétorqua Zylberstein.

— La culture, c'est beaucoup plus vaste que cela. Vous êtes un cosmopolite comme moi, vous parlez anglais, vous vous intéressez aux littératures du monde entier. Israël, le judaïsme, c'est tout petit. Pourquoi vous embarrassez-vous avec ça[26] ?

Gary, affectueux, paternel, lui donna une tape virile sur l'épaule et Zylberstein se demanda : « Mais enfin, ce type n'est pas homosexuel, comment est-ce possible d'être aussi sympathique ? »

Jacqueline Piatier écrivit un article très élogieux sur *Les Têtes de Stéphanie*, ainsi que sur *La nuit sera calme*, dans *Le Monde des livres* du 4 août 1974. Gary, qui avait en elle une lectrice scrupuleuse, attentive et subtile, épluchait ses articles avec un sentiment de grande frustration. Il fulminait, comme s'il avait voulu se défendre par avance de la moindre réserve.

L'article de Jacqueline Piatier était chaleureux, certes, mais l'écrivain se demandait pourquoi elle ne l'avait pas écrit avant qu'il eût révélé son identité ? En tout cas, elle était toute proche de dire : « Mais bon sang, Bogat, c'est Gary ! »

> Ce n'est plus un secret pour personne aujourd'hui : Romain Gary et Shatan Bogat, l'auteur inconnu des *Têtes de Stéphanie*, ne font qu'un. La presse, la radio, la télévision, l'ont révélé courant juillet, mais pendant plus d'un mois il y a eu mystère, ou plutôt mystification. [...] Le roman lui-même est un régal de drôlerie, d'invention, de dépaysement et de macabre humour. [...] Cette quintessence du romanesque mobilise à son service l'attirail le plus spécifique d'hier et d'aujourd'hui : trésors de Golconde, petit prince dépossédé, agents doubles ou triples, meurtres à répétition. Elle tire ses plus sûrs effets du contraste, utilisé comme procédé créateur, entre le suave et le monstrueux, la tradition orientale et le modernisme de l'Occident. Et pourtant, elle ne méprise pas les références au réel. [...] Bref, un excellent roman très intelligent, qui tire sur toutes les ficelles du romanesque, mais qui en même temps s'abandonne à lui, au plaisir de conter une histoire, même à dormir debout, et d'insuffler la vie, l'insolence, la complexité, même à des marionnettes.

Et pour se faire pardonner de n'avoir pas deviné la supercherie, Jacqueline Piatier conclut en faisant presque amende honorable :

> *La nuit sera calme* est le seul ouvrage qu'ait signé Romain Gary cette année. En le lisant attentivement et parce que son interlocuteur sait de quoi il parle, on aurait pu trouver que Shatan Bogat et lui ne faisaient qu'un. Maintenant, on regrette presque que les mystères soient éventés. Quelque critique aurait-il percé le secret ? L'éditeur — ou l'auteur — a été trop pressé. Nous savons dorénavant que cet été il y a deux livres à lire de Romain Gary et qui ne décevront pas.

*Les Têtes de Stéphanie*, publié en Angleterre chez Collins l'année suivante sous le titre *Direct Flight to Allah*, n'était pas seulement un roman d'aventures et d'espionnage, c'était aussi, sous l'apparence ludique, l'œuvre d'un écrivain visionnaire qui avait pressenti le violent réveil de l'islam et l'épidémie du terrorisme. Les critiques qui l'appréciaient voyaient en lui un conteur chatoyant parce qu'il ne correspondait pas à l'idée qu'ils se faisaient de la littérature. Sa langue n'était pas toujours soignée. Gary n'était pas un écrivain comme le voit le monde littéraire français, mais plutôt un romancier proche de l'école américaine ; il avait une compréhension instinctive du monde de l'image tel que le prophétisa, par exemple, Walter Benjamin dans ses écrits.

## 88.

Quand, certains soirs, Gary arpentait la rue du Bac en quête d'une femme, on ne voyait que lui : battle-dress, bottes à boucles dorées qu'il faisait fabriquer sous les tropiques, chemise en soie rouge brodée à son chiffre, Stetson, barbe charbonneuse, topaze au doigt. Sans la compagnie d'une femme, il pensait ne pas pouvoir survivre.

> Il va sans dire que je fus ainsi condamné au mensonge. Chaque fois que je caressais une femme avec tendresse, ses yeux cherchaient et trouvaient dans les miens un regard d'amour; elle sentait mon cœur marteler des serments contre sa poitrine; mes bras qui l'enserraient dans une emprise si étroite qu'ils paraissaient moins la tenir qu'exclure le reste du monde. Elle me prenait alors pour un amant : je n'étais qu'un rêveur. Que de femmes se sont crues ainsi aimées, alors qu'elles n'étaient contre moi qu'une absence de quelqu'un ! Lorsque je recommençais mes élans au fil des heures, elles y voyaient la preuve de la passion qu'elles m'inspiraient, alors que je luttais seulement contre ces temps morts où mes sens assouvis me privaient d'imagination et me réduisaient ainsi à la réalité, si bien que ces étrangères m'apparaissaient dans toute leur gênante et irréfutable évidence. Elles croyaient se rapprocher et se mêler intimement à moi dans nos étreintes, alors que c'était à ce moment-là que je les quittais pour rejoindre une autre.
>
> Je me souviens d'une petite Polonaise, Helenka, une jolie maigrichonne qui craquait entre mes doigts. Elle manquait cruellement de jugement, n'ayant pas vécu ces siècles qu'il faut avoir derrière soi pour comprendre que

toutes les rencontres accomplies ne sont que les déchets de toutes celles qui n'ont jamais eu lieu.

[...] La chose vraiment épouvantable, lorsque les heures enivrantes ont épuisé vos forces, c'est que l'« adorable objet de vos flammes », pour parler comme Pouchkine, se réduit brusquement à un être humain — et qui donc a envie de se trouver dans un lit avec un être humain[1] ?

Un jour où il déjeunait chez Lipp à sa table habituelle, entra une de ses amies styliste de mode, accompagnée d'une jeune fille tirant un chien roux presque rose, d'une laideur exceptionnelle. Un animal couvert d'anciennes cicatrices, dont la queue avait été coupée trop court, et laissait voir par conséquent son postérieur. Gary les invita à s'asseoir et s'intéressa au chien. Puis brusquement, se tournant vers sa propriétaire, il lui demanda : « Est-ce que vous connaissez les fromages ? » La demoiselle, qui vivait à l'époque seule, dans la plus menaçante précarité, allait bientôt devenir une romancière célèbre sous le nom de Katherine Pancol[2]. Elle ne s'était jamais penchée sur le sujet. Romain lui demanda quels étaient ses projets pour la soirée. Elle n'en avait aucun. « Je vais vous apprendre à manger des fromages », lui annonça-t-il. Il l'emmena chez Barthélemy, la célèbre boutique de la rue de Grenelle, et acheta de quoi nourrir une famille nombreuse. Le soir, il lui enseigna dans sa cuisine comment manger le fromage avec un verre de bon vin.

Katherine avait vingt ans et vivait avec son cabot dans une petite chambre de bonne, rue du Four. Le matin, elle se levait en se disant : « Mais qu'est-ce que je vais faire aujourd'hui ? » Pour survivre, elle sous-louait à des locataires de passage l'appartement parisien de sa mère qui habitait aux États-Unis, et à laquelle elle payait un loyer. Aux nouvelles venues, elle disait : « Pas d'hommes, pas de drogue à la maison. » Il y en avait partout. Elle se fichait de tout, y compris de Romain qu'elle trouvait néanmoins beau et passionnant. Il lui parlait de la guerre, de l'aviation, des gaullistes qui le décevaient profondément parce qu'ils trahissaient l'idéal de sa jeunesse, de Lesley Blanch pour laquelle il avait le plus grand respect. Katherine n'avait lu que *La Promesse de l'aube* parce que c'était un des livres de chevet de sa mère, et ne savait rien de plus sur l'écrivain. Ils marchaient la nuit dans les rues de Paris. Il lui parlait de sa mère. « Cette femme était merveilleuse parce qu'elle m'a aimé à la folie mais elle m'a toujours laissé entièrement libre. Elle m'a aimé plus que tout. Elle m'a laissé toute la place. »

Il lui rendait visite dans sa petite chambre. À peine avait-elle ouvert la porte, qu'il lui disait : « Surtout, tu ne me parles pas ! » Il s'asseyait sur son lit défait, et écrivait furieusement pendant un long moment. Certains jours, ils prenaient le métro, sans but. Une fois, Gary s'arrêta au milieu du quai, sortit un stylo et un bloc de sa poche, et écrivit : « Au-delà de cette limite votre ticket n'est plus valable. » Le soir, après avoir fait les courses chez Pucinella, l'épicerie italienne qui se trouvait en face du square La Rochefoucauld, ils dînaient dans la cuisine.

« Aujourd'hui, on est très riches, on va se promener rue Royale. La vie doit ressembler à un conte de fées ; tu vas voir. Que rêverais-tu d'acheter ? lui demanda-t-il un après-midi d'hiver. — Des chaussures à talons et un manteau de fourrure », lui répondit Katherine, qui se nourrissait presque exclusivement de sandwichs. Il lui acheta les escarpins, le manteau et l'emmena dîner chez Maxim's. Il lui offrit une pile de chemises de soie. Lui prêta les clefs de son appartement.

Rue du Bac, Gary entrait dans les boutiques pour payer les dettes de Jean. Il disait à Katherine : « Je l'aime comme ma fille. »

Parfois, il la saisissait par le col de sa veste et lui disait : « Je suis fou amoureux de toi. » Elle lui répondait : « Moi, pas. » Il lui fit une scène grandiose parce qu'elle ne l'aimait pas. Pour ne pas perdre la face, il lui racontait ses aventures avec ses maîtresses. Il avait payé à l'une d'elles, fort jolie, qui habitait en Angleterre un billet d'avion pour qu'elle vînt le rejoindre à Paris. Lorsqu'ils furent au lit, alors qu'il pensait être le plus virtuose des amants, la belle lui déclara brusquement : « Tu ne m'as pas payé le retour. »

Il emmena Katherine à Madrid, à Londres, à Venise en wagon-lit. Dans les hôtels, ils avaient chacun leur chambre. Puis un jour, il lui fit une proposition. « On passe une nuit ensemble. Je te donne le meilleur de moi-même, tu me donnes le meilleur de toi-même. Si ça te plaît, on continue, sinon, on n'en parle plus, je te le promets. » Elle accepta, et la chose eut lieu dans le studio de la rue Moillebeau, à Genève.

Le lendemain matin, Romain, assez fier de ses exploits, lui demanda : « Alors, c'était comment ?

— Très bien.

— Mais, tu n'es toujours pas amoureuse ?

— Non, je ne suis pas amoureuse.

— Alors, qu'est-ce qu'on fait ?

— On arrête. »

Ils ne cessèrent pas de se voir. Au cours d'un voyage qu'ils firent ensemble en Italie, deux jeunes garçons essayèrent d'aborder Katherine dans la rue. Voyant Romain se rapprocher d'elle et lui prendre la main, ils firent ce commentaire : « Le type qui l'accompagne, c'est son père ou son grand-père ? »

Souvent, chez Gary, Katherine rencontrait Pierre Michaut, un industriel au physique de petit-gros-costaud, qui vivait entre Paris et Rio de Janeiro, au Brésil. Il joua un rôle important au moment où Gary créa l'écrivain fictif Émile Ajar.

Trois années de suite, Gary et Katherine passèrent Noël ensemble. Romain l'accueillait dans le salon de la rue du Bac, où Eugenia avait décoré un sapin pour Diego. Ils traversaient le square La Rochefoucauld pour aller boire un verre de champagne chez Jean qui ne vivait plus avec Dennis Berry et perdait la raison. C'était d'une tristesse infinie. Seule et noyée dans son brouillard alcoolique, elle leur conseillait de ne pas s'approcher des fenêtres, car des espions de la CIA et du FBI se cachaient derrière les rideaux. Romain, consterné, ne répondait rien. Ils la quittaient, allaient au cinéma sur les Champs-Élysées, puis finissaient la soirée au restaurant russe Chez Dominique. Après un long silence, Romain lui dit un soir : « Personne ne lit plus mes livres. »

Pendant ce temps, Anne de La Baume, qui aimait passionnément Romain, se morfondait et ignorait qu'il lui était infidèle[3].

Anne de La Baume est la fille de Suzanne Salmanowitz et de Corniglion-Molinier. Mais, pour rencontrer Gary, elle n'avait pas voulu que sa mère eût à les présenter l'un à l'autre. Il aurait été facile de lui téléphoner en lui révélant qui elle était ; aussitôt il aurait voulu la connaître. Elle lui écrivit presque chaque jour pendant deux ans en signant de son seul prénom et sans donner son adresse, mais en espérant qu'il entreprendrait tout pour la retrouver. Elle s'était mariée presque adolescente, et était à présent en train de divorcer. Dès que ce fut chose faite, en 1975, elle vint habiter rue de Grenelle, à deux pas de la rue du Bac.

Elle rédigeait ses lettres sur du papier bleu de l'hôtel Claridge, à Londres, que sa mère lui rapportait de ses voyages. Ayant lu tous les livres de Gary, elle savait qu'il raffolait des concombres malossol et lui en déposait des bocaux sur son paillasson. Gary, pensant qu'il avait affaire à une folle, jetait les bocaux à mesure qu'ils arrivaient.

Un jour, Madeleine Perigault, une amie de Suzanne Salmanowitz qui avait été la marraine du groupe Normandie-Niemen et du groupe Lorraine et qui séjournait chez Anne prit une feuille de ce fameux papier bleu de l'hôtel Claridge pour noter la liste de ses commissions. Dans la rue du Bac, elle rencontra Romain Gary qu'elle n'avait plus revu depuis le temps de la guerre, et sortit sa liste pour inscrire son numéro de téléphone. Gary vit alors le papier bleu et lui demanda d'où elle le tenait. Elle lui expliqua qu'elle résidait tout près d'ici, chez une amie qui en possédait des liasses. Il lui dit alors que son amie était probablement dérangée et qu'il l'attendrait le lendemain à 8 h 30 dans le café qui se trouve au coin de la rue de Grenelle et de la rue du Bac. À l'heure dite, Anne le vit entrer et fut si émue qu'elle fut incapable de se manifester. Elle lui écrivit un pneumatique pour le lui expliquer et proposa de le retrouver le lendemain à la même heure en face de chez lui. À 8 h 30, elle vit un rideau se soulever discrètement au deuxième étage et, quelques instants plus tard, Gary traversait la rue et lui baisait la main. Ils allèrent au café. Elle lui avoua de qui elle était la fille. Il l'invita à monter chez lui. En examinant son profil, il trouva qu'elle ressemblait à son père. Il l'invita à dîner, à déjeuner. Gary, méfiant, se demandait si cette jeune femme énamourée n'était pas en réalité venue lui proposer de lire un manuscrit dont elle était l'auteur, car ses lettres n'étaient pas mal tournées. Quand il fut rassuré sur ce point, ils devinrent amants. Il l'emmena à Genève et l'envoya porter une nouvelle version de son testament chez Me Junod.

Un matin, il lui proposa de partir sur les bords de la Loire, car il voulait évoquer dans un roman ce paysage qu'il ne connaissait pas. Enthousiasmée, Anne fit sa valise, mais à peine avaient-ils achevé leur déjeuner en Touraine, que Gary lui dit : « J'en ai assez vu, on rentre à Paris. »

Elle était persuadée qu'elle devait lui ressembler jusque dans le choix de ses vêtements. Comme il portait des treillis kaki et de gros pull-overs qui grattaient, elle faisait de même, alors que pour les dames, il préférait la soie.

Il lui parlait de sa mère comme si elle était vivante.

Gary chargeait Anne de diverses missions. Faire changer son numéro de téléphone quand un raseur l'appelait trop souvent, prendre soin du chien de Jean pendant qu'elle était hospitalisée dans un établissement psychiatrique, vérifier qu'il ne se passait rien de catastrophique lorsqu'elle était de retour. Anne trouvait Jean ivre ou assommée par les tranquillisants, entourée de quelques parasites qui profitaient de son état. Elle déclara bientôt à Romain qu'elle renonçait à s'occuper de son ex-femme.

Elle osa lui avouer qu'elle souffrait de ses infidélités. « Aucune importance, lui répondit-il. Ça n'a aucune importance. »

Il lui faisait part de son amertume d'être un écrivain sous-estimé. Il lui disait que les articles, pourtant souvent élogieux, que Jacqueline Piatier écrivait sur ses livres le faisaient plus souffrir que tous les autres réunis.

Gary consultait encore régulièrement le Dr Bertagna et le Dr Leibovici, prenait des antidépresseurs, accusait ses médecins de lui « refiler le cancer du foie, du pancréas ou de la rate », prenait rendez-vous chez un spécialiste qui le trouvait indemne.

Rasséréné pendant quelques jours, il emmenait Anne déjeuner chez Lipp, et dîner au restaurant chinois, rue Jean-Mermoz. En rentrant, il s'attablait à L'Escurial, boulevard Saint-Germain, et observait le comportement des jeunes.

Quand ils ne sortaient pas, elle l'invitait chez elle rue de Grenelle et lui cuisinait des gnocchis. Il mangeait comme un ogre, saisissait les feuilles de salade avec ses doigts, se préparait d'énormes tartines de foie, exigeait des œufs au plat dont il ne mangeait que le blanc en se débarrassant du jaune dans l'assiette d'Anne, par crainte d'avoir du cholestérol.

Elle rêvait de l'épouser. Il ne le lui demanda pas. Il lui offrait seulement de temps à autre des cadeaux très laids qui venaient d'une boutique d'artisanat rue du Bac. Ce qui ne l'empêchait nullement de l'envoyer acheter un bijou pour une autre femme. Il disait cruellement à Anne que chaque fois qu'il rencontrait une femme, il espérait qu'il allait l'aimer, qu'elle serait « la bonne ». Et il ajoutait : « N'importe laquelle pourrait être la bonne. » Il n'y avait entre lui et les autres aucune possibilité de relation.

Comme Romain se plaignait à tout moment d'entendre dans son appartement parisien Roland Dubillard marcher au-dessus de sa tête et du bruit que faisait l'antiquaire en remontant chaque soir son rideau de fer à 19 heures, Élisabeth de Farcy le convainquit de calfeutrer sa chambre. Il la chargea d'engager un artisan pour en molletonner les murs. Quand le travail fut achevé, il la félicita, mais trois jours plus tard, furieux, il l'accusa d'avoir acheté des étoffes de mauvaise qualité à Barbès parce qu'il prétendait avoir été piqué par une araignée. Il croyait voir à présent des nids d'araignées dans toute la chambre, et il lui ordonna de tout faire enlever. Il fut fait comme le maître avait ordonné.

Élisabeth lui raconta un jour qu'elle avait assisté la veille au tour de chant d'une jeune chanteuse polonaise, Anna Prucnal. Le lendemain soir, il alla l'écouter dans un théâtre situé dans le quartier des Halles. Elle était belle et chantait *Le Nègre violet*, la chanson d'Alexandre Vertinski, l'auteur préféré de sa mère. Gary espéra que quelque chose allait enfin advenir. Il séduisit Anna Prucnal en lui faisant porter pendant plusieurs jours un bouquet de roses au théâtre. Il assista au spectacle chaque soir et, quand vint la dernière représentation, il frappa à la porte de sa loge[4]. Le miracle ne survint pas.

> À chaque nouvelle étreinte, je ressentais sur mes lèvres le même goût d'échec.
> — Combien de femmes avez-vous eues dans votre vie ? me demanda le « psychanalyste »...
> — Aucune, dis-je. Je m'étonne qu'un collègue de votre envergure puisse poser une telle question.
> — J'entends cela dans un sens dénué de transcendance. J'essaie simplement de mesurer la profondeur de la chute. Combien à peu près ?

« Je n'ai pas tenu la comptabilité des zéros », avait-il écrit dans *Les Enchanteurs*[5].

Le 4 mai 1974, Romain Gary, invité à déjeuner par Henri et Hélène Hoppenot, leur apporta un exemplaire de *La nuit sera calme*. Après son départ, la féroce Hélène nota dans son journal :

> Il a vieilli, les beaux yeux bleus se sont assombris, les cheveux trop longs sont devenus poivre et sel, il y a ajouté une barbiche à la Lénine qui souligne une lèvre sinueuse et épaisse.
>
> Il est venu à Paris pour voter Chaban au premier tour puisqu'il est gaulliste et songe à Mitterrand pour le second. Giscard, comme à tous les Compagnons, lui paraît être diabolique : celui qui a chassé de l'Élysée le Père.

Dans *Le Monde* du 11 mai 1974, Gary justifia ainsi sa décision de voter pour François Mitterrand :

> M. Jean Foyer a déclaré que voter pour M. Mitterrand constitue un « reniement » ; le Compagnon de la Libération que je suis s'empresse de lui donner raison : je renie M. Foyer et je vais voter pour M. Mitterrand.
>
> Je ne comprends pas comment des hommes qui se réclament du général de Gaulle peuvent se rallier à celui qui avait fait échouer la régionalisation et avait invité les Français à voter contre de Gaulle au moment du référendum. Je ne comprends pas comment des hommes comme M. Vivien, M. Sanguinetti, M. Debré peuvent s'allier à M. Lecanuet, qui a prononcé au moment de la mort de Charles de Gaulle les paroles que l'on sait. Je suis complètement opposé aux idées sur l'Europe de M. Lecanuet, que M. Giscard d'Estaing accepte, et qui me paraissent incompatibles avec tout ce qui fait le rayonnement de l'Europe, c'est-à-dire l'originalité et la personnalité des patries. J'ai été stupéfait, écœuré — mais aussi éclairé — par les intrigues, les traîtrises et les véritables sabotages qui ont suivi la mort du président Pompidou. J'ignorais l'existence des personnalités non élues qui se tenaient à l'ombre, tiraient les ficelles du pouvoir et s'étaient improvisées maîtresses de la succession. Je ne savais pas que c'était ça, la république, la démocratie…

Le même jour, Hélène Hoppenot poursuit :

> Très neurasthénique, Gary s'ennuie partout et bouge le plus possible : de Paris aux États-Unis, de là à Genève où il a loué un studio, de Genève à Majorque où il possède une maison. « Il faut que je gagne ma vie en écrivant des

scénarios, des articles pour les journaux ou les revues. » Cette vie est désordonnée à une heure où il aurait besoin de sécurité. « Je n'ai pas de succès auprès des femmes — au moins pour un amour sérieux. » Il regrette fort d'avoir abandonné la Carrière et sait que, maintenant, il n'arrive plus à se faire réintégrer : la soixantaine vient. C'est en partie à cause de Jean Seberg qu'il a quitté le Quai, il vivait avec elle en concubinage et ne pouvait l'épouser puisque son divorce n'était pas prononcé puis, leur amour tiédissant, ils se sont séparés mais sont restés des amis.

[...] Lesley ? Il en parle sans rancune, elle a toujours refusé de le revoir, des amis communs l'ayant rencontrée sur la Côte d'Azur où elle s'est retirée et ayant prononcé le nom de Romain, elle s'est mise à cracher de mépris ! « Et pourtant, j'ai beaucoup fait pour elle en apprenant qu'elle était dans la gêne et sachant qu'elle ne voulait rien accepter de moi, j'ai offert à un éditeur américain 10 000 dollars pour qu'il accepte d'imprimer un de ses manuscrits dont il ne voulait pas. »

Était-ce vrai ? Avec Romain Gary, on ne savait jamais. En tout cas, Lesley Blanch le dément catégoriquement.

Voici l'opinion d'Hélène Hoppenot sur les dires de Gary, notée dans son journal le 12 mai suivant, après sa lecture de *La nuit sera calme* :

Partagée entre le rire et l'indignation en lisant le livre que nous a apporté Romain Gary *La nuit sera calme.* Un beau titre. Une imagination aussi dévergondée que dangereuse car il fait croire à ses lecteurs à des faits présentés comme appartenant à sa biographie, faits incroyables. « À Berne, il paraît que j'ai fait des conneries. Je suis descendu me dit-on [Ah !... ce me dit-on...] dans la fosse aux ours du *Bärengraben*, peut-être dans l'espoir qu'il allait se passer quelque chose. Il ne s'est rien passé du tout, les ours n'ont pas bougé, c'étaient des ours bernois. Les pompiers sont venus me tirer de là deux heures plus tard. » Voyons, voyons !

D'ailleurs Gary ne se souvient de rien. « Ah ! si, j'ai déjeuné avec Churchill à l'ambassade en petit comité et il a bu à lui seul une demi-bouteille de whisky avant, une bouteille de champagne pendant le repas, un tiers de la bouteille de cognac avec le café... » Voyons !

Tout d'abord je ne me souviens pas de sa présence à ce déjeuner, je ne suis même pas sûre qu'il y ait eu du champagne mais sûrement du vin blanc et du bordeaux, sûrement un cocktail et je doute du whisky que les Anglais boivent surtout « *after sunset* ». Louis, le maître d'hôtel, servait les vins et si Churchill, placé à ma droite, avait bu plus que les autres invités j'aurais remarqué ses allées et venues.

Enfin ceci : s'ennuyant à Berne, il a fini par expédier à Georges Bidault, alors ministre des Affaires étrangères, un télégramme surchiffré *(sic)* priorité absolue *(sic)*. Qui le lui aurait donné ? « J'ai l'honneur d'informer Votre Excellence qu'il a neigé à treize heures pendant vingt minutes sur Berne. Il convient de remarquer que cette chute de neige n'a pas été annoncée par le service de météorologie helvétique et je laisse à Votre Excellence le soin de tirer les conclusions qui s'imposent... » Bidault a tiré les conclusions aussi sec, il a dit à Bousquet, le directeur du personnel : « Envoyez-le chez les fous. » « C'est ainsi que j'ai été nommé aux Nations unies à New York, en qualité de porte-parole. » Voyons !... S'il a été nommé à l'ONU c'est par la grâce d'Henri Hoppenot qui l'avait demandé pour ce poste.

Il parle de lui d'ailleurs comme du « cher vieil ambassadeur » et celui-ci proteste un peu : « J'avais soixante ans à ce moment-là, le même âge que lui maintenant !... » Il est plus amusé qu'indigné de cette mégalomanie. « Tout cela est du pur roman, même l'histoire du Guatemala où j'ai failli sauter. Tout a été transformé. » Falsifié aussi.

## 89.

Le 9 octobre 1974, Gary écrivit à Sylvia Agid, avec laquelle il s'était réconcilié, qu'il venait d'arriver à Puerto Andraitx pour vendre sa maison.

« Je la vends parce que, après huit ans d'amour, elle est devenue tellement superbe que c'est trop pour moi ! » Il ajoutait « [...] La littérature, c'est fini. Dans cinquante ans on ne saura plus lire », alors qu'il vivait une période de créativité intense en travaillant à plusieurs livres à la fois, dont *Gros-Câlin*, le premier roman signé Émile Ajar.

Gary se séparait de sa maison parce que son entretien coûtait cher. Le climat de Majorque est humide, il fallait chauffer pendant de longs mois. Gary était aussi lassé par l'attitude de ceux qui se disaient ses amis et venaient s'installer en son absence sans même prendre la peine de le prévenir, et vivaient à Cimarron à ses dépens, utilisant et cabossant ses voitures sans avoir le courage de le lui dire.

Jean Seberg, séparée de Dennis Berry, ne travaillait plus que rarement. Gary ne voulait pas que son fils pût la voir vivre dans la précarité. Il lui allouait une pension hebdomadaire et se trouvait dans l'obligation de gagner deux fois plus pour pourvoir à son entretien. Bien qu'elle n'habitât plus dans la partie de l'appartement où elle avait d'abord émigré après leur divorce, elle y avait abandonné son imposante garde-robe. Romain gardait la chambre de Jean intacte, comme s'il avait espéré la voir revenir. Pour faire face aux dépenses que lui imposait la maladie de Jean, il écrivait neuf heures par jour, et dormait le reste du temps.

La vente de Cimarron à la cousine d'Anne de La Baume procura de l'oxygène à sa trésorerie. Gary céda sa maison à une condition : qu'il puisse venir y passer un mois par an. Cette clause fut inscrite dans le contrat ; il vint une fois mais repartit bientôt, démoralisé, et ne parvint jamais à faire son deuil. Un été à Majorque, il avait noté sur des feuillets épars :

> Cette maison où j'écris est près de la mer et j'écoute son murmure, car il vient du fond des âges. Il y aura peut-être des mondes nouveaux, des voix que personne n'a encore entendues, un bonheur qui n'aura pas seulement un goût de lèvres, une joie encore jamais imaginée, une vie qui ne sera pas seulement au clair de femme. Mais moi je vis votre plus vieil écho...

De retour à Paris à l'automne, Gary, d'humeur sombre, s'enferma à nouveau pour écrire. Il ressentait des angoisses. Dans *Pseudo*, il écrirait bientôt :

> Cette nuit-là, j'ai eu de nouvelles hallucinations : je voyais la réalité, qui est le plus puissant des hallucinogènes. C'était intolérable[1].
>
> [...] Car l'angoisse la plus dévorante est celle qui n'a pas de nom : une immense qui ne se libère jamais en une horreur perceptible. Le cœur saute des étapes pour courir à la rencontre du pire et en finir. Mais l'inconnu se dérobe à reculons et ma terreur grandit à sa poursuite[2].

Un soir d'octobre, Eugenia Muñoz Lacasta ouvrit brutalement la fenêtre qui donnait sur le square La Rochefoucauld et appela sa fille Marisol qui promenait leur chien. « Monte vite, Romain a une attaque ! » Quelques instants plus tôt, Gary, chancelant, avait crié : « Eugenia ! Eugenia ! au secours ! » Marisol trouva sa mère qui soutenait la tête de Romain, pâle et affalé sur un fauteuil, puis monta chercher Maria Machado au troisième étage, tandis que Diego allait sonner chez le

Dr Grosgogeat, qui arriva aussitôt et appela une ambulance. Maria Machado et Eugenia accompagnèrent Romain à l'hôpital de la Salpêtrière. Au terme des examens qu'il pratiqua, Yves Grosgogeat conclut qu'on pouvait innocenter le cœur de Gary et que, peut-être, sa hernie hiatale pouvait en revanche être incriminée pour les douleurs thoraciques et brachiales qu'il ressentait[3]. Diego, de son côté, avait certainement vu juste en affirmant que son père avait seulement été victime d'une grave crise d'angoisse. Il passait, en effet, de la mélancolie à des phases d'excitation, et consultait ses médecins. Il fut parfois hospitalisé à la clinique du Vésinet quand son anxiété lui devenait insupportable.

HUITIÈME PARTIE

# La défense Émile Ajar

[...] — *Connaissez-vous beaucoup d'écrivains, monsieur Steiner ?*

[...] — *J'en connais beaucoup... Mais de toute ma vie je n'en ai encore vu aucun, aussi important soit-il, qui ait été aussi important, fût-ce approximativement, que ses livres.*

— *Il en est toujours ainsi ?*

— *Je ne dis pas cela. Je vous communique seulement l'expérience que j'ai faite. Et je parle d'écrivains qui ont écrit des livres importants. Il n'est pas question ici de littérature de gare et de ses auteurs.*

— *Comment expliquez-vous cela ? Comment est-il possible qu'un livre soit plus important que son auteur ?*

SOMA MORGENSTERN,
Errance en France

## 90.

*Est-ce que je n'étais pas devenu python pour échapper à mon caractère juif ?*

*Docteur, c'est infâme. Je connais maintenant la raison de tous mes efforts pour fuir mon identité, la cause de toutes mes angoisses et pipis de peur, de ma culpabilité et de mon refus d'hérédité. Je suis juif, docteur, d'où haine de soi-même et racisme à son propre égard.*

ROMAIN GARY,
Pseudo.

Au début de l'année 1973, Romain Gary congédia Martine Carré sous le prétexte qu'il avait momentanément des problèmes d'argent. Il partit à Genève et s'enferma dans son appartement de la rue Moillebeau. Deux mois plus tard, il lui demanda de revenir d'urgence travailler avec lui. Quand elle fut entrée dans son bureau, il lui annonça qu'il allait publier un livre sous un nouveau pseudonyme, et qu'elle devait s'engager à garder le secret.

Pendant l'absence de Martine, Gary avait écrit le premier jet de *Gros-Câlin*, un roman dont la facture rappelait celle du *Vin des morts* et de *Bourgeoisie*, ses deux premiers textes de jeunesse restés inédits.

Gary avait décidé de le publier sous un nouveau pseudonyme dans le but de créer, une fois encore, un écrivain imaginaire. Il refusait de se laisser imposer son image par des critiques hostiles, parfois haineux, qui lui étaient inférieurs et qui ne comprenaient pas son art, fait d'allusions linguistiques et de métaphores. Il voulait reprendre en secret le contrôle de son destin d'écrivain. Ce n'était pas la seule raison de cette aventure. Il s'en expliqua dans *Vie et mort d'Émile Ajar*, rédigé quelques mois avant sa mort, au mois de mars 1979.

> J'étais las de n'être que moi-même. J'étais las de l'image Romain Gary qu'on m'avait collée sur le dos une fois pour toutes depuis trente ans, depuis la soudaine célébrité qui était venue à un jeune aviateur avec *Éducation européenne*, lorsque Sartre écrivait dans *Les Temps modernes* : « Il faut attendre quelques années avant de savoir si *Éducation européenne* est ou non le meilleur roman sur la Résistance... » Trente ans ! « On m'avait fait une gueule. » Peut-être m'y prêtais-je, inconsciemment. C'était plus facile : l'image était toute faite, il n'y avait qu'à prendre place. Cela m'évitait de me livrer. Il y avait surtout la nostalgie de la jeunesse, du début, du premier livre, du *recommencement*. Recommencer, revivre, être un autre fut la grande tentation de mon existence. Je lisais, au dos de mes bouquins : « [...] plusieurs vies bien remplies... aviateur, diplomate, écrivain... » Rien, zéro, des brindilles au vent, et le goût de l'absolu aux lèvres. Toutes mes vies officielles, en quelque sorte, répertoriées, étaient doublées, triplées par bien d'autres, plus secrètes, mais le vieux coureur d'aventures que je suis n'a jamais trouvé d'assouvissement dans aucune. La vérité est que j'ai été très profondément atteint par la plus vieille tentation protéenne de l'homme : celle de la multiplicité. Une fringale de vie, sous toutes ses formes et dans toutes ses possibilités que chaque saveur goûtée ne faisait que creuser davantage. Mes pulsions, toujours simultanées et contradictoires, m'ont poussé sans cesse dans tous les sens, et je ne m'en suis tiré, je crois, du point de vue de l'équilibre psychique, que grâce à la sexualité et au roman, prodigieux moyen d'incarnations nouvelles. Je me suis toujours été un autre. Et dès que je rencontrais une constante : mon fils, un amour, le chien Sandy, je poussais mon attachement à cette stabilité jusqu'à la passion.
>
> Dans tel contexte psychologique, la venue au monde, la

> courte vie et la mort d'Émile Ajar sont peut-être plus faciles à expliquer que je ne l'ai d'abord pensé moi-même.
> C'était une nouvelle naissance. Je recommençais. Tout m'était donné encore une fois. J'avais l'illusion parfaite d'une nouvelle création de moi-même par moi-même[1].

Gary, personnage très isolé au moment où le Nouveau Roman dominait la scène littéraire française, voulait donner une leçon à ceux qui n'étaient fascinés que par Roland Barthes et Philippe Sollers. On le disait infréquentable, on ne l'invitait pas, on ne le citait pas :

> Il n'y a qu'une chose qui compte, être ou ne pas être cité ; et j'appartiens, moi, à la vraie race maudite qui est celle des écrivains que l'on ne cite jamais... prenez mon cas... je peux dire n'importe quoi... raconter des choses extraordinaires... je pourrais en mettre plein la vue à vos trissotins de Normale Sup'... jamais, vous m'entendez, jamais, vous ne verrez quelqu'un écrire : Gary dit que... Gary pense que... selon Gary ceci... d'après Gary cela... on me pillera, ça oui, on me dépècera... cette impression, très désagréable, qu'on vous fait les poches en permanence... mais me nommer, ça non... pas possible... pas sérieux... il aurait l'air de quoi, le zozo qui, m'ayant dévalisé, irait dire Gary dit que... ?

avait-il déclaré à Bernard-Henri Lévy[2].

Gary rédigea *Gros-Câlin* d'abord sur des feuillets épars, à l'encre noire, puis recopia une mise au net à l'encre bleue dans quatre gros registres noirs toilés, du mois de mars 1973 au 7 juillet de la même année, à Puerto Andraitx. Le manuscrit fut dactylographié par Martine Carré.

Gary retrouvait l'impulsion créatrice, la liberté, l'insolence fougueuse de sa jeunesse, mais avec la maîtrise, la virtuosité qu'il avait acquises. Il aborda les thèmes qu'il développerait dans les trois romans suivants signés Émile Ajar. Pour la première fois depuis *La Danse de Gengis Cohn*, *Les Enchanteurs* et *La Tête coupable* il puisait une partie de son inspiration dans ses racines juives.

Cousin, le héros de *Gros-Câlin*, ce roman brûlant et

ténébreux, est un homme si seul, si timide, que son seul compagnon est un python rapporté d'un voyage organisé au Maroc. Le reptile s'enroule autour de lui le soir, lorsqu'il rentre du bureau d'études statistiques où il est employé. Gros-Câlin ne mange que des petites souris vivantes, problème insoluble car Cousin est aussi l'ami des souris. Il adopte d'ailleurs la première souris blanche, à laquelle il donne le doux nom de Blondine. Il entretient également avec Mlle Irénée Dreyfus, une jeune Noire de la Guyane croisée dans l'ascenseur de son entreprise, une histoire d'amour tout à fait unilatérale. Surmontant ses inhibitions, il invite Mlle Dreyfus, « femme moderne », à prendre le thé un dimanche après-midi, à 17 heures. Elle accepte mais arrive chez lui avec deux collègues de bureau venus se moquer de lui. À la suite de quoi, Gros-Câlin s'enfuit par les canalisations des toilettes pour réapparaître dans la cuvette des waters des voisins du dessous au moment où Mme Champjoie du Gestard s'y trouvait assise. Chatouillée dans son intimité, elle s'évanouit et son mari fait un scandale. Michel Cousin est alors convoqué par le commissaire de police. S'ensuit une conversation des plus drôle avec le représentant de la force publique.

> J'essayai d'expliquer au commissaire que mon python était absolument inoffensif et qu'il avait touché par le plus grand des hasards la mistouflette de madame Champjoie du Gestard, mais ce fut en ce moment que monsieur Champjoie du Gestard y fut introduit à son tour, et m'accabla à nouveau d'« ordure » « vicieux », comme si c'était moi qui m'étais introduit dans le tuyau pour toucher la clopinette de madame Champjoie du Gestard[3].

Un jour, Mlle Dreyfus disparaît, car elle préfère de loin faire des passes dans un bordel où Cousin la retrouvera pour une unique étreinte professionnelle. Il tombe dans une terrible crise de dépression et se prend pour son serpent. On l'enferme alors au « jardin d'Acclimatation », où il abandonne son identité de python pour celle de Gros-Câlin. Il n'est plus qu'un serpent qui fait semblant d'être un homme. C'est le prix à payer, croit-il, pour vivre avec les gens normaux. Il proclame qu'il veut se réinsérer, mais est interné dans un hôpital psychiatrique d'où il sortira guéri en balbutiant : « J... Je... Vo... Vous Ai... Aime. »

Mais comme tous les livres de Romain Gary, *Gros-Câlin* ne veut pas dire seulement ce qu'il prétend dire. Et Gary s'en expliquera dans *Pseudo* :

> J'ai alors demandé au bon docteur si je n'avais pas été conduit à devenir python parce que les Juifs avaient été propagés depuis deux mille ans comme usuriers et boas étrangleurs, et il m'a répondu que c'était parfaitement possible[4].

Le livre était écrit dans une langue volontairement fautive, parsemée de calembours, d'anomalies de langage, d'incorrections délibérées, de mots employés pour d'autres. La syntaxe, elle aussi, était savamment mise en pièces. Gary utilisait certaines références culturelles issues du monde juif. La bien-aimée de Cousin s'appelait Dreyfus, « comme tous les Noirs de Guyane », et le voisin du troisième étage n'était autre que le professeur Tsourès — qui signifie souci, en yiddish. Et que dit Cousin à Tsourès, lorsqu'il le rencontre dans l'escalier ? « Il y a évidemment, comme chez vous, des massacres et des persécutions dont vous disposez lorsque vous êtes mélancolique et que vous vous sentez seul. »

Gary monta sa mystification avec la complicité de son ami Pierre Michaut que Martine Carré avait rencontré dans la maison de Puerto Andraitx. Cet homme d'affaires qui avait dû quitter la Côte d'Azur exploitait une affaire d'import-export de métaux non ferreux au Brésil, et possédait un bureau à Paris au 11, rue du Perche, dans le Marais.

Dès le début, Gary avait pris un certain nombre de précautions pour s'assurer que son ou ses prête-noms n'auraient pas l'idée de le supplanter. Il avait déposé chez M^e^ Charles-André Junod, à Genève, et chez ses confrères Sidney Davis et Michael Remer, à New York, tous les documents permettant de prouver qu'il était l'auteur des livres qu'il allait écrire sous le pseudonyme d'Émile Ajar.

Lorsqu'elle eut achevé de dactylographier le manuscrit de *Gros-Câlin,* d'abord intitulé *La Solitude du python à Paris,* Romain Gary fit signer l'attestation suivante à Martine Carré le 26 septembre 1974.

> Je soussignée Martine Carré, habitant 27, rue des Morillons, Paris 15e témoigne par la présente qu'au cours de l'hiver 1972-73, Monsieur Romain Gary dont je suis la secrétaire a écrit d'abord de sa main, et en me le dictant ensuite, un roman intitulé LA SOLITUDE DU PYTHON À PARIS. J'ai retapé ce texte à deux reprises, d'abord dans sa version intégrale en automne 1973 et ensuite dans sa version plus brève.
>
> Monsieur Romain Gary avait choisi le pseudonyme de Émile Ajar. Sur conseil donné par Monsieur Michel Cournot et transmis à Monsieur Romain Gary par Monsieur Pierre Michaut, M. Romain Gary a réduit quelque peu l'ouvrage et a changé le titre l'appelant GROS-CÂLIN. Un exemplaire du manuscrit original a été déposé sous enveloppe fermée chez M. Robert Gallimard au début de 1973.
>
> Je me suis engagée à conserver le secret, M. Romain Gary voulant absolument empêcher que la véritable identité de l'auteur ne soit connue.
>
> Fait à Paris le vingt-six septembre mil neuf cent soixante-quatorze.

Gary chargea son ami Pierre Michaut d'aller porter le manuscrit chez son éditeur et d'entrer en contact avec Robert Gallimard. Le lendemain, ce dernier fut averti par la réceptionniste qu'un monsieur insistait pour le voir. Robert Gallimard délégua un collaborateur mais l'inconnu exigeait de le rencontrer en affirmant qu'il venait de la part d'un ami d'Albert Camus. Or, Robert Gallimard avait été très lié à Albert Camus.

Un petit homme blond et robuste entra dans son bureau et lui dit : « Je m'appelle Pierre Michaut, je suis ingénieur, j'arrive du Brésil et, là-bas, j'ai rencontré quelqu'un dont je dois taire le nom parce qu'il ne peut pas séjourner en France. Il m'a prié de vous remettre en mains propres ce roman. »

Robert Gallimard, qui s'attendait à un texte minable, fut surpris en lisant les premières pages de *La Solitude du python à Paris*. Il décida alors de le confier à des lecteurs de la maison, afin que sa publication éventuelle fût examinée au comité de lecture. Il rappela Pierre Michaut, et lui expliqua qu'un peu de temps lui était nécessaire pour qu'une décision fût prise.

En ouvrant la chemise cartonnée qui contenait le manuscrit, il avait trouvé une lettre tapée par les soins de Martine Carré et signée Émile Ajar, d'une plume contrefaite où on reconnaît facilement la main de Gary.

> Rio de Janeiro, le 20 décembre 1973
>
> Je me trouve en ce moment à Rio et je vais continuer, sans trop d'adresse. Je confie donc mon œuvre à Monsieur Pierre Michaut, que j'ai agréablement rencontré ici et qui m'inspire confiance.
>
> Comme vous le savez peut-être, la situation des pythons dans le grand Paris est dramatique. Elle est même de premier secours et de toute urgence.
>
> Monsieur Michaut présentera donc ce manuscrit à Gallimard d'abord, à cause de Camus. *Pour quinze jours.* Je désire que ce livre paraisse avant le débat sur l'avortement, avant fin avril donc. Sans faute et par contrat.
>
> Veuillez croire (ici signature d'Émile Ajar)
>
> P.-S. Si vous publiez, vos correcteurs doivent scrupuleusement respecter les « fautes » du manuscrit. Quand c'est écrit « fort intérieur », c'est bien fort intérieur avec t et pas « for intérieur ». Quand j'écris « dix millions de personne », qu'on ne me « corrige » pas en mettant un s, etc. Les seules corrections d'épreuve à faire, c'est de vérifier la conformité typographique « faute par faute » du manuscrit. La vieille a vécu, je ne tiens pas à la ressusciter[5].

Le lendemain, Romain Gary trouva un prétexte pour inviter Robert Gallimard à passer le voir. Quand ce dernier entra dans le salon, il vit Pierre Michaut hilare assis à côté de Romain. Il reconnut sa physionomie mais ne se souvint pas que c'était l'homme qui avait forcé la porte de son bureau deux jours plus tôt. Romain lui dit alors : « Tu connais ce monsieur ? Est-ce que tu as compris maintenant ? » Incrédule, Robert répondit : « Romain, tu ne m'as pas fait ce coup-là ? — Si, et maintenant que tu es au courant, tu me donnes ta parole que tu ne diras jamais rien à personne. »

Robert Gallimard accepta à la seule condition de n'effectuer aucune démarche qui pourrait influencer la décision de publier ou non l'ouvrage chez Gallimard.

*La Solitude du Python à Paris* fut confié à quatre lecteurs : Claude Faraggi, Raymond Queneau, Colette Duhamel et Christiane Baroche. Claude Faraggi trouva le roman burlesque, cocasse, quoique entaché de quelques bavardages et de grossièretés inutiles. On pouvait le publier en le réduisant sensiblement, mais à la vérité, Faraggi ne dissimulait pas son manque d'enthousiasme. Colette Duhamel pensa que les aventures de cet homme seul dans une grande ville étaient traitées de manière originale. Mais, écrivit-elle, c'était « trop fou, trop dingo ». Raymond Queneau assura que l'histoire se situait « au point de rencontre de Ionesco, Céline, Nimier et Vian ». L'auteur lui semblait « pas mal imbu de lui-même et sûrement un emmerdeur. Ce n'est qu'un épigone, mais dans le genre, le talent est certain. Qu'écrira-t-il ensuite ? La question se pose ».

Seule Christiane Baroche n'émit pas de réserves :

> Dingue, merveilleusement dingue, voilà Émile Ajar. Alias Michel Cousin, python de son état. Dingue, intelligent jusqu'à la malice, ce qui est bien la meilleure manière d'en finir avec l'intellect desséché... Nous sommes tous des pythons, évidemment... J'ai ri, ricané, mes yeux se sont mouillés, je me suis attendrie... Bref, j'ai participé à ce roman comme on participe à la nature humaine, comme on devrait... C'est quelque chose qui vit. Bref, c'est bon à tirer.

L'enthousiasme de Christiane Baroche ne réussit pas à convaincre le comité de lecture de publier le roman d'Émile Ajar. Cependant, Robert Gallimard, ne voulant pas prendre le risque de voir *Gros-Câlin* édité chez un concurrent, conseilla à son cousin de ne pas laisser ce livre leur échapper. Ils décidèrent donc de le confier au Mercure de France, filiale à part entière des Éditions Gallimard dirigée par Simone Gallimard, ex-épouse de Claude, en spécifiant que l'auteur souhaitait garder l'anonymat. On confia le manuscrit à son directeur littéraire, Michel Cournot. Il commença son rapport par des compliments —« Nous nous trouvons devant un travail d'une qualité exceptionnelle... Le style est simple, vif. L'œuvre est dense et accessible » — bientôt tempérés par des critiques vigoureuses. Le roman comportait un certain nombre de digressions dont la qualité était jugée « très basse ». Après une première partie originale et amusante, quoique parfois vulgaire et alourdie par des passages à vide, la fin était décevante. L'auteur était-il disposé à accepter des coupures ? Mieux valait ne pas publier le livre tel quel. Quel dommage si Émile Ajar n'acceptait pas d'apporter quelques corrections à son texte ! Michel Cournot redoutait lui aussi que le manuscrit ne pût échapper au Mercure, et demanda à Robert Gallimard s'il pensait que l'auteur se montrerait flexible. Robert, contraint de jouer l'innocent, lui conseilla de s'en remettre à Pierre Michaut.

Le 13 février 1974, Robert Gallimard, acculé à la fourberie, écrivit à Pierre Michaut que le comité de lecture avait fort longuement débattu du manuscrit d'« Émile Ajar ».

> « Les critiques sont restées les mêmes : tous nos collaborateurs ont en effet été unanimes à penser que le livre gagnerait grandement à être resserré. Mais il y a là un tempérament incontestable, et il nous semble donc que cet auteur mérite que nous lui donnions sa chance[6]. »
> Dans ce courrier, Robert Gallimard précisait que le Mercure de France était d'accord pour publier le livre et Michel Cournot pour soumettre ses observations à l'auteur.

Robert Gallimard concluait ainsi :

> J'espère que vous accepterez de transmettre ces propositions à M. Ajar, en insistant sur le fait que je ne cherche

nullement, en lui proposant une publication au Mercure de France, à l'écarter de notre propre maison, mais au contraire, en le confiant à un éditeur moins surchargé que nous, à lui donner une chance supplémentaire d'obtenir une meilleure diffusion en librairie, d'autant que son absence de Paris et le mystère qui semble entourer sa personnalité sur ce plan ne faciliteront pas les choses.

Sur cette lettre, Gary ajouta à la main :

> Par cette lettre, les Éditions Gallimard se sont elles-mêmes désistées des ouvrages de Ajar au profit du Mercure de France. J'ai donc rempoché l'option Gallimard sur mes œuvres. Romain Gary (Ajar).

Robert Gallimard proposa ensuite à « Émile Ajar », *via* Pierre Michaut, d'entrer en contact avec Michel Cournot qui souhaitait lui suggérer quelques corrections. Gary répondit à Robert Gallimard par deux lettres au contenu identique. La première, datée du 21 février, est signée « Pierre Michaut » de la main de Gary qui, sachant son destinataire tenu au secret, n'a pas contrefait son écriture. La seconde, prétendument écrite le 1er mars à Rio de Janeiro, a été tapée sur du papier à en-tête du bureau parisien de Pierre Michaut, et porte en guise de signature un paraphe illisible.

Ce courrier était censé aviser Robert Gallimard qu'Émile Ajar accepterait certainement les recommandations de Michel Cournot :

> Je veux ajouter deux choses. Contrairement à ce que vous pensez, M. Ajar n'entoure sa personnalité d'aucun mystère mais il y a *impossibilité matérielle* pour lui de se rendre en France dans un avenir prévisible, pour des raisons sur lesquelles la lecture de son livre vous a peut-être éclairé indirectement…
>
> Au moment opportun, si le livre suscite de la curiosité, il serait sans doute possible d'organiser une interview avec un représentant de *France-Presse* à Rio. À titre personnel, je vous indique aussi qu'il s'agit d'un homme qui se trouve dans une situation, à tous égards, délicate.
>
> Je vous serais reconnaissant de me faire parvenir les suggestions de M. Cournot aussi rapidement que possible,

car je crois que M. Ajar n'est pas à l'aise à Rio et qu'il obtiendra peut-être la permission d'exercer son métier à l'intérieur du pays, assez difficilement accessible[7].

Le 19 mars, Gary rédigea une lettre un rien insolente, signée Émile Ajar et adressée à Pierre Michaut. Ce dernier devait la transmettre à Michel Cournot.

Cher Monsieur Michaut,
J'ai réfléchi à notre conversation d'hier comme vous me l'avez conseillé, et je vous confirme ce que je vous ai dit tout de suite, à savoir que je suis d'accord avec les coupures proposées par M. Cournot, et que je suis d'ailleurs d'accord pour n'importe quoi. Je trouve le titre qu'il propose très mauvais, je préfère alors celui dont je vous ai parlé au début, GROS-CÂLIN. Je ne sais pas non plus pourquoi vous vous êtes donné tant de mal, car je ne pense pas que cela change en quoi que ce soit ma situation matérielle. Je vous remercie de l'espoir que vous me donnez pour la Suisse.
Si vous l'estimez nécessaire, je peux écrire directement à M. Cournot dont j'ai autrefois aimé les articles sur le cinéma. Il faut dire que je les lisais dans un endroit qui soulignait fortement leur liberté...
Je sais que vous repartez pour Paris et je ne vais donc pas vous déranger en vous téléphonant. En ce qui concerne le manuscrit, la seule préférence que j'exprime, c'est le titre GROS-CÂLIN, mais ils peuvent faire ce qu'ils veulent...
Je vous serre la main
Émile Ajar.

La signature était différente des précédentes.

Le 28 mars, Pierre Michaut adressa à Michel Cournot une copie de la lettre que lui avait « adressée Monsieur Ajar » le 22 mars. Les lettres suivantes d'Ajar porteraient une signature encore différente. Personne ne le remarquerait. Toutes les signatures figurant au bas des lettres d'Émile Ajar sont dissemblables.

Cher Monsieur Michaut,
J'ai réfléchi à notre conversation d'hier comme vous me l'avez conseillé, et je vous confirme ce que je vous ai dit tout de suite, à savoir que je suis d'accord avec les cou-

> pures proposées par M. Cournot, et que je suis d'ailleurs d'accord pour n'importe quoi. Je trouve le titre qu'il propose très mauvais, je préfère celui dont je vous ai parlé au début : *Gros-Câlin*.
>
> Si vous l'estimez nécessaire, je peux écrire directement à M. Cournot dont j'ai autrefois aimé les articles sur le cinéma. Il faut dire que je les lisais dans un endroit qui soulignait fortement leur liberté…
>
> Je sais que vous repartez pour Paris et je ne vais donc pas vous déranger en vous téléphonant. En ce qui concerne le manuscrit, la seule préférence que j'exprime, c'est le titre *Gros-Câlin*, mais ils peuvent faire ce qu'ils veulent…
>
> Je vous serre la main. Émile Ajar[8].

Pierre Michaut rencontra à deux reprises Michel Cournot pour le compte de l'auteur, un médecin qui, lui assura-t-il, avait pratiqué des avortements clandestins et ne pouvait pour cette raison rentrer en France.

Malgré les soupçons de Michel Cournot, Gary imposa progressivement les éléments de sa fiction.

Le 31 mars, Michel Cournot écrivit à Pierre Michaut après avoir revu « de très près » le manuscrit d'Émile Ajar. Il proposa de couper le début et toute la fin, un long chapitre que Diego Gary a pu retranscrire et établir après la mort de son père, à partir du manuscrit original.

Michel Cournot suggéra d'autres coupes courtes sur des passages qui lui semblaient traîner en longueur, comme celui du Pr Tsourès. Cournot aimait ce livre qu'il trouvait « beau et passionnant », et ajoutait un post-scriptum plein de sagacité :

> Je tiens à vous faire part d'un aspect un peu bizarre de la chose. Plusieurs personnes, tout en trouvant ce livre très beau, restent vaguement convaincues que M. Ajar n'existe pas, et que le livre a été écrit par quelqu'un habitant Paris, et connu déjà sous un autre nom, soit en littérature, soit dans un autre domaine.
>
> J'avais eu moi-même ce réflexe à la première lecture, et j'avais dit chez Gallimard que, si le livre était un « canular », la qualité du texte en soi n'était pas moins éclatante.
>
> Cependant, cette suspicion de canular risque de peser

> un peu sur la sortie du livre, et il faudra que nous trouvions avec M. Ajar un moyen de mettre les choses au net, sans le contrarier en quoi que ce soit.

À l'origine, le manuscrit comportait 457 pages. À regret, Romain Gary accepta de couper le dernier chapitre, qu'il désigna dans *Vie et mort d'Émile Ajar*, son testament littéraire, comme « le chapitre écologique ». Un jeune auteur inconnu, dont le manuscrit avait d'abord été refusé par Gallimard, et en délicatesse avec la justice française, ne pouvait se permettre de repousser les demandes du directeur littéraire d'une maison d'édition renommée.

> Ce dernier chapitre « écologique » était à mes yeux important, écrit Gary dans *Vie et mort d'Émile Ajar*[9]. Mais il est vrai que son côté « positif », son côté « message », lorsque mon personnage, transformé en python, est porté à la tribune du meeting écologique, n'était pas dans le ton du reste. Je souhaite donc que *Gros-Câlin* demeure tel qu'il est apparu pour la première fois devant le public. Le chapitre « écologique » peut être publié séparément ; si mon œuvre continue à intéresser.

En étudiant le manuscrit de *Gros-Câlin*, Diego Gary retrouva les soixante-dix pages demeurées inédites qui appartenaient à la version originale du roman. Il se livra à un patient déchiffrement pour établir le texte, car l'écriture de son père est souvent illisible. Il s'agissait d'une péripétie où Michel Cousin se retrouvait au « zoo », c'est-à-dire dans un hôpital psychiatrique.

Dans l'édition actuelle, les épisodes de la venue de la police, de l'enfermement au « jardin d'Acclimatation », de la clandestinité, puis du grand meeting humaniste ont été supprimés. Dans ces pages apparaissent des thèmes chers à Gary : le droit du plus faible, l'écologie, la féminité comme avenir de l'humanité et la folie, plus tard abordée dans *Pseudo*, le troisième ouvrage signé Ajar. On y trouve déjà l'expression *Pseudo-Pseudo* et le jardin d'Acclimatation, qui est clairement désigné comme la clinique du Dr Christianssen. Diego Gary proposa à Simone Gallimard de l'intituler *Le Socialisme*, selon lui titre original de *Gros-Câlin*, qui avait été remplacé par *La Solitude du python à Paris* lorsque Pierre Michaut l'avait soumis à la délibération du comité de lecture chez Gallimard[10].

Simone Gallimard demanda à Nicole Boyer de préparer un contrat type, signé le 23 avril 1974, d'une écriture chétive et contrefaite par Jean-Claude Viard, un ami de Paul Pavlowitch. Cette signature n'avait rien de commun avec celle que Gary avait apposée au bas de sa lettre du 1er mars à Robert Gallimard. Les conditions proposées à l'auteur étaient modestes, comme il sied à un inconnu.

La première semaine de novembre de la même année, après que *Gros-Câlin* eut remporté un véritable succès auprès des critiques, et qu'il eut figuré sur la liste des ouvrages susceptibles de recevoir un prix, Émile Ajar demanda par l'intermédiaire de Pierre Michaut à Simone Gallimard de lui laisser la libre disposition des droits de traduction pour la langue anglaise et des droits d'adaptation cinématographique de son livre ; elle lui accorda ce privilège, réservé aux grands. Cette exigence de la part d'un inconnu ne suscita pas sa méfiance. La supercherie mise en place par Gary s'imposait chaque jour un peu plus[11].

Nicole Boyer avait joint au contrat une fiche de renseignements à remplir par l'auteur. Elle lui fut retournée ainsi libellée d'une écriture visiblement contrefaite :

> Nom : Raja (Ajar)
> Prénom : Émile
> Adresse : chez M. Pierre Michaut, 978 Nascimento Silva Rua, Appt Terreo Ipanema Rio de Janeiro Brésil
> Date de naissance : 14 février 1940
> Lieu de naissance : Oran
> Éléments biographiques : études de médecine
> Remettre quelques photos : non[12].

Michel Cournot voulut vérifier l'orthographe anormale de certains mots, s'assurer qu'elle avait été volontairement changée par l'auteur, et qu'il ne s'agissait pas de fautes de frappe. Pierre Michaut lui assura que la chose était facile grâce à ses excellentes relations avec le personnel d'Air France, qui prendrait le manuscrit et le remettrait en mains propres à Émile Ajar.

*Gros-Câlin* partit à la composition début juin. Les épreuves furent transmises à Pierre Michaut qui prétendit les porter à une hôtesse d'Air France de ses amies pour hâter les choses, alors qu'en réalité il les remit à Gary qui les corrigea dans son bureau de la rue du Bac.

Puis Michaut informa Michel Cournot qu'Émile Ajar (alias Raja) aurait aimé avoir une jaquette illustrée par Jean-Michel Folon, un jeune artiste qui allait prochainement exposer ses aquarelles dans une galerie de Saint-Germain-des-Prés. Le jour du vernissage de son exposition, le directeur de la galerie apprit à Folon que Romain Gary, un de ses admirateurs, était venu la veille acheter une œuvre et avait demandé une dédicace. Folon avait écrit : « *À Romain Gary Cooper* », en ignorant que ce dernier était l'auteur d'un roman intitulé *Adieu Gary Cooper*. En lisant cette dédicace Gary, très ému, décida de faire demander à Folon de concevoir la couverture de *Gros-Câlin*.

Deux semaines plus tard, ce dernier reçut une lettre de Michel Cournot confirmant qu'Émile Ajar, un jeune auteur habitant au Brésil, allait publier un très beau livre au Mercure de France. Il désirait ardemment que la couverture fût illustrée par lui. Folon avait tout compris et ne doutait pas que Gary et Ajar ne fussent qu'une seule et même personne, comme il l'écrivit dans *Le Monde* en 1981 :

> Un moment, je pense téléphoner moi-même à Romain Gary, et lui dire d'économiser le timbre brésilien. Lui dire que si je suis inconnu à Paris, sauf de lui, je le remercie de me donner l'illusion d'être connu au Brésil, au moins par un seul inconnu. Et puis, je décide de ne pas rompre le charme de cette histoire inventée. Et toute une série de

lettres épatantes de Cournot, et la lecture du manuscrit me donnent l'idée d'une couverture[13].

Folon aima *Gros-Câlin*, et son dessin ravit « Émile Ajar » :

> Ce jour-là, j'ai éprouvé la même étrange certitude qu'à la première lettre de Cournot : j'avais dessiné la couverture d'un livre de Romain Gary. Aujourd'hui, je verse cette histoire au dossier d'une mystification qui nous touche[14].

Le 8 juillet 1974, Gary joignit aux épreuves corrigées une lettre signée Ajar, adressée à Michel Cournot.

> Monsieur,
> Je vous fais parvenir posthumement après retour des épreuves les quelques petites corrections que j'ai faites au dernier chapitre. Je n'ai pas le temps car M. Michaut m'a bousculé au téléphone.
> Je vous demande de bien vouloir les rapporter vous-même avec vos soins sur le corps du dernier chapitre en épreuve.
> Je vous remercie.
> Avec mes meilleurs sentiments. Émile Ajar[15].

Pour s'assurer le secret, Gary fit signer le 30 septembre 1974, au moment de la publication de son livre, une lettre manuscrite à Pierre Michaut.

> Je soussigné Pierre Michaut, ingénieur demeurant à Paris au 6, rue de Panama à Paris 18e, déclare sur l'honneur ce qui suit :
> Au début de l'année 1974, mon ami Romain Gary m'a demandé de présenter aux Éditions Gallimard un manuscrit intitulé *La Solitude du python à Paris* qu'il a écrit sous le pseudonyme d'Émile Ajar. Résidant à mi-temps pour mes obligations professionnelles au Brésil à Rio de Janeiro 378 Avenida Nascimento Silva Appto Terreo, Ipanema, j'ai présenté ce manuscrit comme provenant d'un émigré « obligatoire », Français né en Algérie à Oran, le 14 novembre 1936 et réfugié pour raison de condamnation en France lui interdisant de revenir pendant une longue période et résidant au Brésil.
> Ce manuscrit a été refusé par les Éditions Gallimard qui

m'ont toutefois recommandé de le présenter au Mercure de France.

Cet éditeur représenté par Michel Cournot, que j'ai rencontré plusieurs fois et qui m'a adressé des courriers que j'ai conservés, a accepté de publier cet ouvrage. Il a recommandé des coupures que Romain Gary a pratiquées et demandé que le titre soit changé. Romain Gary a proposé *Gros-Câlin* qui a été retenu.

Je confirme donc que l'auteur de ce roman est bien Romain Gary sous le pseudonyme d'Émile Ajar.

*Gros-Câlin* sortit en librairie à l'automne 1974. Aucun des critiques, qui l'avaient bien accueilli, n'avait reconnu la voix de Romain Gary. Certes, Jean Freustié, qui n'avait pas aimé le livre, n'avait pas cru à la fable d'un jeune inconnu :

On vous dira que c'est l'histoire d'un monsieur qui élève un python dans un appartement parisien. N'en croyez rien. Il s'agit de l'histoire d'un écrivain qui possède assez bien son métier et qui se livre à un numéro tenant du music-hall autant que de la littérature[16].

Sceptique, Jacques-Pierre Amette affirma :

Émile Ajar se cacherait dans la jungle brésilienne. Plus vraisemblablement, il se tapit dans la forêt du petit monde littéraire parisien[17].

Christine Arnothy approcha de la vérité :

Serait-il né, Ajar, comme on l'affirme, à Oran ? Vivrait-il, comme on l'explique, en Amérique du Sud ? Je veux bien qu'à notre époque il n'y ait plus de distances, selon la formule des agences de voyages… Ajar, ce pseudonyme qui évoque une efficace poudre à récurer, vous fera en tout cas frémir de terreur et de plaisir. Ajar, cet « Oranais » à l'humour tchèque et à l'angoisse russe, décrit Paris, par petites touches, comme on ne l'a jamais fait. D'une manière déchirante, hallucinante. C'est peut-être l'effet de la chaleur d'Amérique du Sud !

Elle conclut avec une remarquable prescience :

*Gros-Câlin* est un livre d'une grande importance, aussi bien sur le plan littéraire que sur le plan médical. Qu'il soit malade ou médecin, Ajar a une force comparable à celle de son python. Il vient d'ouvrir la voie à une nouvelle « psycho-littérature ». Pourvu qu'elle le guérisse, plutôt que le faire sombrer[18] !

Michel Mohrt, qui n'appréciait guère les romans de Gary, ne fut pas insensible au charme d'Ajar, et fut surtout le seul à évoquer ce que le python pouvait signifier :

En d'autres temps, Cousin aurait été résistant clandestin. D'ailleurs, son python est juif. Ce python, c'est aussi une allégorie de la différence, de l'aliénation comme on dit aujourd'hui...[19].

Jacqueline Piatier eut la juste intuition en rapprochant Ajar de Gary. Dans son article du 27 septembre, elle écrivit :

Le manuscrit est arrivé par la poste d'Amérique du Sud sous un pseudonyme : Émile Ajar. L'éditeur affirme n'avoir jamais rencontré l'auteur, qui vit hors de France et dont il sait seulement qu'il est né à Oran en 1940, qu'il a fait des études de médecine, qu'il a commencé à écrire sur le conseil de Camus, auquel pourtant sa manière ne doit rien. Cet incognito et la qualité du livre ont échauffé les cervelles dans les salles de rédaction, où l'on se plaît à forger un mystère autour d'Émile Ajar. Au printemps dernier, n'y a-t-il pas eu la farce de Romain Gary signant Shatan Bogat *Les Têtes de Stéphanie* ? Le Mercure de France dément formellement ces bruits[20].

Les critiques estimant le style de *Gros-Câlin* entièrement nouveau, aucun d'entre eux ne se rendit compte qu'ils auraient pu trouver nombre de similitudes avec *Éducation européenne*, *Le Grand Vestiaire*, *La Promesse de l'aube*, *Adieu Gary Cooper*, et plus encore avec *Tulipe*, ou *Les Têtes de Stéphanie*, publié quelques mois plus tôt. Gary avait en effet pris soin de parsemer *Gros-Câlin* de métaphores et de personnages tirés de ses œuvres antérieures. Il ferait de même dans *La Vie devant soi* et *L'An-*

*goisse du roi Salomon*, et en établirait la liste, conservée dans les archives de Sylvia et René Agid.

« La même image symbolique de l'homme qui se tord sur terre et essaie de se libérer, comme un ver sous le soc de la charrue » :

> *La Promesse de l'aube* (Folio, page 369) :
> On peut me voir encore souvent ôter ma veste et me jeter soudain sur le tapis, me plier, me déplier et me replier, me tordre et me rouler, mais mon corps tient bon et je ne parviens pas à m'en dépêtrer, à repousser mes murs.
> *Gros-Câlin* (page 222) :
> Je rampe, je me noue, je me tords, et me plie sur la moquette.

« Le thème de l'incompréhension douloureuse des êtres très jeunes devant la vie est exprimé de la même façon par les adolescents du *Grand Vestiaire*, d'*Éducation européenne*, Momo, dans *La Vie*, et Jeannot, dans *L'Angoisse*, ce dernier étant quasiment l'équivalent français du jeune Américain Lenny dans *Adieu Gary Cooper*. »

> *La Vie devant soi* (page 22) :
> Quand on a fini de se répéter mais ce n'est pas usé, ce sont les nazis, ce sont les Cambodgiens... on finit quand même par comprendre que c'est de nous qu'il s'agit.
> *Les Racines du ciel* (Folio, chapitre XVIII, page 204) :
> Lorsqu'on dit que tous les Allemands ne sont pas comme ça, tous les Russes ne sont pas comme ça, tous les Chinois ne sont pas comme ça... on a en somme tout dit sur l'homme !
> *L'Angoisse du roi Salomon* (chapitre XIII, page 90) :
> Chuck dit que si je suis tellement ému devant la Connerie, c'est que je suis saisi par le sentiment révérenciel du sacré et d'infini... Chuck dit qu'il n'y a pas une seule thèse sur la Connerie à la Sorbonne et que cela explique le déclin de la pensée en Occident.
> *Chien blanc* (Folio, page 37) :
> La plus grande puissance spirituelle de tous les temps, c'est la Connerie.
> (Toujours avec C majuscule !)[21].

« Le thème de "l'attachement", exprimé identiquement » :

*Gros-Câlin* (page 48) :
Je m'attache très facilement.
Page 203 :
Je m'étais déjà attaché à celle-là.
*La Promesse de l'aube* (Folio, page 285) :
Je m'attache très facilement.
Page 371 :
Je m'attache très facilement.

« Ce thème de l'attachement, même aux objets, est typique : à la veste de cuir (*Promesse*, page 298), au bouquet de violettes (*Gros-Câlin*, pages 219-222).

« C'est aussi le thème du *cordon ombilical* avec la mère dans *La Promesse* et du *python* (même forme qu'un cordon ombilical) dans *Gros-Câlin*. »

Dans *Le Grand Vestiaire*, Luc donne sa chienne Roxane à des GI pour qu'elle vive heureuse dans une Amérique riche (page 92) et dans *La Vie*, Momo donne son chien Super à une dame riche pour qu'il vive heureux et protégé comme il aimerait vivre.

Il suffit de lire les pages où apparaît Lenny dans *Adieu Gary Cooper* pour trouver le langage « Ajar » du *Roi Salomon* et les personnages des hippies autour de Lenny sont les mêmes — comme Chuck — qui partagent la chambre de Jeannot dans *L'Angoisse du roi Salomon*.

Pour le langage, par exemple :

Page 277, aussi dans *Adieu*, la mère (ligne 6 et suivantes), c'est déjà la mère prostituée de Momo dans *La Vie*, et la mère qui se fait sauter de Jeannot dans *L'Angoisse du roi Salomon* (page 152, et tout le paragraphe central, page 195).

Le fétiche du *Grand Vestiaire* (page 127), c'est déjà le fétiche « parapluie Arthur » dans *La Vie* (pages 76-77).

On trouve même un nom identique, composé en deux de la même façon :

*Grand Vestiaire* (page 152, ligne 8) :
Gestard-Feluche
*Gros-Câlin* (page 160) :
Chamjoie du Gestard.

Enfin, Janek, dans *Éducation européenne*, Luc, dans *Le Grand Vestiaire*, Momo, dans *La Vie*, c'est la même sensibilité et la même compréhension de l'existence.

Le python, compagnon de solitude de Michel Cousin, le héros, était déjà apparu dans *Chien blanc*.

« Je vais au ranch et j'entre dans la cage de Pete l'Étrangleur, qui se déroule aimablement, puis se met aussitôt en équerre.

Nous nous regardons.

Ce python, quand il contemple ainsi fixement un homme de ses yeux ronds, on dirait qu'il n'a encore jamais rien vu de pareil.

Nous nous observons ainsi un long moment, communiant une fois de plus dans une absence de compréhension, une stupéfaction sans limites. Nous échangeons nos impressions, en quelque sorte. Cela se résume en un seul mot : monstrueux... » (Archives de René et Sylvia Agid.)

Gary écrivit dans *Vie et mort d'Émile Ajar* :

> En vérité, je ne crois pas qu'un « dédoublement » soit possible. Trop profondes sont les racines des œuvres, et leurs ramifications, lorsqu'elles paraissent variées, très différentes les unes des autres, ne sauraient résister à un véritable examen et à ce qu'on appelait autrefois « l'analyse des textes »[22].

Tandis qu'à l'approche des prix les supputations s'amplifiaient dans les rédactions, Gonzague Saint-Bris crut avoir trouvé la clef de l'énigme. « Mais ce livre a une histoire et l'on chuchote dans les maisons d'édition que son auteur n'existe pas. Ou mieux encore que sous ce pseudonyme se cache un écrivain connu, de plus directeur dans cette même maison : Michel Cournot. » Ce dernier s'en défend avec vigueur : « Dire cela c'est une manœuvre pour éloigner ce roman de la course aux prix. Son auteur existe, je l'ai encore rencontré cette semaine à Genève[23]. »

Bavardant avec son ami Sempé boulevard Saint-Germain, Gary lui demanda : « Est-ce que tu as lu *Gros-Câlin* ? C'est un livre que tu devrais lire... »

Sempé était touché par la gentillesse, la chaleur de Romain mais ceux qui le croisaient en sa compagnie lui disaient : « Mais qu'est-ce que tu fais avec ce mec-là ? — Mais enfin qu'a-t-il fait ? » Il était fidèle au général de Gaulle, donc infréquentable ! C'est tout juste si Sempé ne se faisait pas traiter de fasciste parce qu'il prenait un café avec Romain chez Lipp ou aux Deux Magots. Bien que célèbre, Gary était seul, réprouvé.

L'affaire prit une autre tournure quand *Gros-Câlin* figura sur la liste du prix Renaudot. Simone Gallimard, dont la maison n'était pas habituée aux récompenses, en conçut une grande joie. Gary s'était discrètement renseigné sur les intentions des membres du jury et avait eu la confirmation que les chances de son livre étaient sérieuses. Il en avait aussitôt parlé à Robert Gallimard qui lui déconseilla énergiquement d'accepter un prix en principe destiné à récompenser l'ouvrage d'un auteur dont la notoriété n'était pas aussi confirmée que la sienne. Contrarié, Gary écouta son ami lui dire : « Tu ne peux pas faire ça ; ce n'est pas honnête. Tu dois laisser leur chance à d'autres... »

Simone Gallimard eut le déplaisir d'apprendre, par un courrier daté du 7 novembre 1974, signé de la main de Jean-Claude Viard, qu'en aucun cas Émile Ajar n'accepterait un prix.

> Chère Madame,
>
> Ayant pu joindre Émile Ajar cette nuit à la suite des circonstances que vous connaissez, je vous prie, à la demande expresse d'Émile Ajar, de faire savoir aux différents jurys littéraires que l'auteur exprime formellement et par avance son refus de tout prix littéraire.
>
> Il ne veut être candidat à aucune récompense littéraire.
>
> Je vous prie de croire, chère Madame, à l'expression de mes sentiments distingués[24].

Des lettres semblables furent également déposées par Jean-Claude Viard et Annie Pavlowitch, la femme de Paul, successivement au restaurant Drouant, puis au journal *Le Monde* à l'attention d'Alain Bosquet, et enfin au *Figaro* pour Pierre Mazars, tous deux membres du jury du prix Renaudot.

Tout comme Simone, Claude Gallimard ne fut pas content de voir le prix échapper au Mercure par la faute de l'auteur. Tandis qu'il s'en ouvrait à son cousin Robert, ce dernier tâchait de faire bonne figure tout en souffrant de trouver l'hypocrisie comme seul refuge. Résignée, Simone Gallimard fit savoir aux membres du jury qu'il n'était pas question de décerner le prix Renaudot à *Gros-Câlin*.

## 91.

Gary avait eu la satisfaction de réussir ce projet qu'il nourrissait depuis si longtemps : imposer comme s'il s'agissait d'un être vivant un écrivain imaginaire totalement conçu par lui. Pour parfaire l'expérience, puisant ses forces dans une excitation nerveuse, il continuait d'écrire l'œuvre de Romain Gary, se délectant sombrement de l'aveuglement et des idées toutes faites des critiques parisiens. Ce qu'il appelait avec mépris le parisianisme.

Mais il y avait une autre raison tout aussi urgente à sa fièvre créatrice. Jean Seberg, dont il était divorcé, se trouvait sans moyens d'existence. Sa relation avec Dennis Berry s'était défaite. Elle buvait et grossissait, Dennis avait cédé à la violence et, après quelques séparations et réconciliations, ils s'étaient quittés. Après leur séparation définitive, Jean fut souvent hospitalisée dans des établissements psychiatriques comme la Villa Montsouris pour subir une cure de désintoxication, ou bien à la suite de crises de dépression grave, durant lesquelles il lui arrivait de s'automutiler.

Sans projets, elle s'était lancée dans d'épisodiques travaux expérimentaux qui avaient la faveur des comédiens à cette époque : le psychodrame, l'improvisation, dont le Living Theater de Julian Beck et Judith Malina ainsi que le Polonais Jerzy Grostowski, à Wroclaw, avaient lancé la mode. Elle avait aussi participé à une aventure assez marginale avec le réalisateur Philippe

Garrel qui avait résolu de tourner *Les Hautes Solitudes*, dont elle était le seul sujet et l'unique actrice. Pas de son, pas de lumières, pas de décors, pas de scénario. Une succession de plans et de gros plans exprimant une douleur insupportable. Un jour, Jean avait demandé à Garrel de filmer une scène préfigurant son suicide. Couchée dans son lit, elle avait convulsivement avalé une boîte entière de comprimés (qui se révélèrent n'être que de l'aspirine) et Garrel, bouleversé, avait alors interrompu le tournage pour se précipiter vers elle, en dépit de ses protestations.

De tout cela il n'était à peu près rien sorti de bon. Seulement un petit rôle dans un film allemand de Hans Geissendörfer, d'après *Le Canard sauvage* [1] d'Ibsen, tandis que *Le Grand Délire* de Dennis Berry, auquel elle avait participé, ne connaissait qu'une diffusion confidentielle.

Gary, ne pouvant tolérer que la mère de son fils fût déshonorée par des dettes impayées ou dans l'impossibilité de faire face à ses besoins les plus immédiats, travaillait jusqu'à l'épuisement. Pendant la même période, son fils souffrait de voir sa chère Eugenia, celle qu'il avait toujours appelée maman [2], mourir d'un cancer du pancréas. Elle alla se soigner en Espagne et s'éteignit à Barcelone le 20 mars 1976. Jean Seberg, Dennis Berry, Diego et Romain Gary assistèrent à ses funérailles. Ce dernier en revint révolté après avoir vu l'urne contenant les cendres d'Eugenia se balancer dans les airs entre les pinces d'une grue, avant d'être introduite dans le trou d'un mur en béton du cimetière de Cerdamola.

## 92.

Tandis que les critiques se passionnaient pour Émile Ajar, Gary, pour les égarer plus encore, étoffait la biographie de sa créature d'éléments nouveaux et contradictoires : Ajar, d'abord médecin avorteur exilé au Brésil, s'était mué en Hamil Raja, terroriste libanais.

Romain ressemblait fort à Fosco Zaga, le héros de son roman *Les Enchanteurs* :

> Le nom d'« enchanteurs » nous fut donné pour la première fois par Valériano, au XIIe siècle ; il se référait à Merlin et signifia bientôt, par extension, nous dit le dictionnaire de M. Littré : « Agir sur les hommes par une action comparée à un enchantement [1]. »

Jubilant, Gary écrivait simultanément deux nouveaux livres : *Au-delà de cette limite votre ticket n'est plus valable* et *La Tendresse des pierres*, qui allait devenir *La Vie devant soi* [2], et lui apporter son second prix Goncourt sous le nom d'Émile Ajar.

Ainsi que le raconte Paul Pavlowitch dans son récit *L'Homme que l'on croyait* [3], au mois de février 1975, Romain Gary s'en alla se promener boulevard Barbès et dans les ruelles de la Goutte-d'Or en compagnie de son ami noir Caba, rencontré grâce à Jean Seberg en 1967. Cette visite avait suffi à brosser le décor où allait se dérouler l'intrigue de *La Vie devant soi* dans l'esprit de l'écrivain. Dans une sorte de frénésie, il écrivit en trois mois l'histoire de Momo, l'enfant arabe recueilli par une ancienne prostituée juive. Mais, parallèlement, il dictait à Martine Carré un roman sur la tragédie de l'impuissance d'un homme vieillissant et amoureux d'une jeune femme, qu'il signerait Romain Gary. Il était simultanément un jeune écrivain virtuose, innovateur, qui représentait ce que les journalistes appelleraient « le sang neuf » de la littérature française, et un romancier démodé révolté par la décrépitude à l'approche de la mort.

Tandis que Paul Pavlowitch rénovait son appartement, Gary acheva *La Tendresse des pierres* au printemps 1975 au domaine de l'Arnaude, près de Lorgues, chez son ami Roger Agid. Il était arrivé à l'aéroport de Nice en compagnie d'une superbe Noire qu'il prit en grippe peu d'heures après son arrivée. Fébrile, désemparé, il s'enferma dans sa chambre et chargea Michèle, l'épouse de Roger, de s'occuper de la belle en inventant n'importe quel prétexte justifiant le fait qu'on devait la reconduire immédiatement à l'aéroport. Une fois seul, il se mit fougueusement au travail pendant une semaine. Il remplissait des centaines de pages de sa grosse écriture pressée, et le soir, après les avoir relues, en jetait des tas dans une corbeille. Vers une heure, il allait parfois s'asseoir à la terrasse du café de Vidauban et regardait les villageois jouer aux boules. Un jour, l'un d'entre eux, l'ayant probablement reconnu, s'approcha de lui et lui demanda : « C'est vous qui... ? » À quoi Romain répondit, impavide : « Oui, c'est moi qui. »

Au moment de prendre congé, il fit promettre à ses amis de brûler tous les papiers qu'il avait abandonnés dans sa chambre. Michèle obéit à contrecœur, et une partie du manuscrit de travail fut ainsi détruite.

Avant de remettre son roman à Michel Cournot, Gary décida de pousser plus loin sa supercherie en « personnifiant » — selon ses propres termes — l'écrivain Émile Ajar. Il obtint le consentement de son petit-cousin Paul Pavlowitch qui s'engagea à jouer le rôle d'Ajar auprès de Simone Gallimard et Michel Cournot. Gary lui fit signer une attestation dans laquelle Paul reconnaissait avoir reçu le manuscrit de *La Tendresse des pierres*.

À Paris, le 3 juin 1975[4]

Aujourd'hui, le 3 juin, j'ai reçu de Romain Gary le manuscrit du roman dont il est l'auteur, intitulé *La Tendresse des pierres*. Je m'engage par la présente à assumer devant l'éditeur, le public et la presse le personnage de « l'auteur » Émile Ajar, pseudonyme que Romain Gary a adopté afin d'échapper à l'image de « l'auteur » et pour mettre en pratique sa théorie du « roman total », telle qu'il l'a exposée dans son essai sur le roman *Pour Sganarelle*.

Je m'engage sur l'honneur à ne divulguer la véritable identité de l'auteur qu'avec l'accord de Romain Gary ou de ses exécuteurs testamentaires.

Je tiens à préciser que ni Michel Cournot ni Simone Gallimard ne sont au courant de ce qui précède. Les seules personnes au courant sont Pierre Michaut qui a présenté *Gros-Câlin* alors que je n'étais pas encore entré en scène, Martine Carré, secrétaire, qui a tapé les manuscrits, Diego Gary, Jean Seberg, l'exécuteur testamentaire de Romain Gary qui est Robert Gallimard et les avocats Davis et Remer à New York et Junod à Genève.

Gary fit également signer une lettre manuscrite à Martine Carré qui avait dactylographié le manuscrit[5].

Je soussignée Martine Carré, secrétaire, fais la déclaration suivante :

J'ai témoigné dans un document antérieur que ce fut moi qui ai transcrit à la machine et puis en dictée le roman de M. Romain Gary intitulé *La Solitude du python à Paris*, et publié ensuite sous le titre *Gros-Câlin*, sous le pseudonyme que M. Romain Gary avait adopté : d'Émile Ajar.

Ce manuscrit a été remis ensuite à M. Pierre Michaut, industriel, qui s'est chargé de le présenter aux Éditions Gallimard.

Enfin pour préserver l'anonymat de M. Romain Gary, M. Pierre Michaut ainsi qu'il en a témoigné ailleurs avait prétendu que l'auteur vivait au Brésil.

En mai et avril 1975, M. Romain Gary a écrit à la main et ensuite m'a dicté un nouveau roman intitulé *La Tendresse des pierres* qui a été remis à l'éditeur par son avocat M^e^ Gisèle Halimi. Le roman a été publié ensuite sous le titre *La Vie devant soi* et sous le pseudonyme d'Émile Ajar également.

> Afin de protéger M. Romain Gary, Paul Pavlowitch, un parent de M. Romain Gary habitant 108, rue du Bac a accepté de passer pour l'auteur auprès de Mme Simone Gallimard, directrice du Mercure de France.
>
> Je certifie comme je l'ai fait pour *Gros-Câlin* que M. Romain Gary est le seul véritable auteur de ce nouvel ouvrage et que je l'ai assisté dans son travail qui a duré trois semaines pour le premier brouillon, et trois semaines pour la version définitive.
>
> Fait à Paris le 25 juin 1975.

Le même jour, Gary dicta une seconde lettre à Martine Carré, attestant qu'elle avait transcrit à la machine la lettre par laquelle l'écrivain, sous le pseudonyme d'Émile Ajar, s'était désisté de toute candidature aux prix littéraires.

Après une première lecture, Michel Cournot n'aima point autant *La Tendresse des pierres* que *Gros-Câlin*, parce qu'il le jugeait trop fabriqué, trop « vendeur ». Il le confia à son épouse Nella Bielsky qui lui démontra qu'il tenait là un livre magnifique, susceptible de remporter un immense succès. Une fois encore, Michel Cournot, qui s'était laissé convaincre, prépara une série de questions à soumettre à Émile Ajar et pria Pierre Michaut de les emporter à Rio de Janeiro[6].

À sa grande surprise, Michel Cournot s'entendit répondre : « Inutile, il vient. Pas à Paris, mais il a l'opportunité de voyager à Genève. » Un rendez-vous fut donc fixé dans cette ville, auquel Michel Cournot convia Simone Gallimard. C'est alors que Paul Pavlowitch, le fils de Dinah, entra en scène. Gary lui demanda de signer le contrat de *La Tendresse des pierres* et, le 23 juin, une nouvelle déclaration manuscrite dans laquelle il certifiait que l'auteur des livres signés sous le pseudonyme d'Émile Ajar était M. Romain Gary, « désireux de garder son anonymat ». Paul Pavlowitch reconnaissait également avoir assumé le pseudonyme d'Émile Ajar et signé de ce nom tous les contrats et correspondances avec les éditions Gallimard[7].

## 93.

Dans le même élan qui l'avait poussé à conter la vie d'un adolescent arabe, Gary écrivait *Au-delà de cette limite votre ticket n'est plus valable*, un roman cruel d'un humour morbide, décrivant la névrose et les obsessions d'un homme vieillissant devenu impuissant et amoureux d'une Brésilienne de trente-quatre ans sa cadette. On identifia plus volontiers « le vieux Gary » à Rainier, son héros défaillant, qu'au fougueux Émile Ajar, que Jacques Bouzerand, un journaliste originaire du Lot, reconnaîtrait bientôt sous les traits de Paul Pavlowitch.

Les deux romans avaient un point commun, le boulevard qui va de Barbès à Belleville où vivent Momo, le petit Arabe « fils de pute » recueilli par Rosa, une vieille Juive impotente, et Ruiz, alias Antonio Montoya, un voyou, locataire d'une mansarde dans un taudis à la Goutte-d'Or.

*Au-delà de cette limite votre ticket n'est plus valable* entretient des liens avec plusieurs romans de Gary, qui ont souvent en commun un ou plusieurs personnages. On y retrouve Jacques Rainier, le héros des *Couleurs du jour*, des *Clowns lyriques* et de la nouvelle *Les oiseaux vont mourir au Pérou*, le chauffeur avec sa jaquette, ses gants mais portant à présent un pantalon de cuir noir.

> Il portait la casquette et l'uniforme de chauffeur de maître. Une paire de gants noirs étaient enfoncés sous l'épaulette droite, les doigts dressés, recourbés et rapaces.

> La veste était déboutonnée et je voyais au-delà du bras tendu un maillot de corps blanc... Je n'avais encore jamais vu de visage d'une beauté aussi animale.

L'homme robuste, bestial, à la sexualité puissante qui hante l'œuvre de Gary, incarnait déjà le héros de *L'Orage*, sa première nouvelle publiée dans *Gringoire* en 1935. Planté sur ses jambes écartées et portant un maillot de corps, il sue abondamment à l'heure où se noue le drame.

> Il se tenait devant moi, les jambes écartées, les mains sur les hanches, le blouson ouvert sur son maillot de corps blanc...

La robe vert pâle et pailletée de l'héroïne des *Oiseaux* est également portée par Laura, la compagne de Rainier dans *Au-delà de cette limite votre ticket n'est plus valable*. Dans *Les Oiseaux*, Rainier aperçoit une jeune femme sur la plage.

> Elle portait une robe couleur d'émeraude, tenait une écharpe verte à la main, et avançait vers les brisants, traînant l'écharpe dans l'eau, la tête rejetée en arrière, les cheveux défaits sur ses épaules nues.

Laura, la compagne de Jacques Rainier dans le *Ticket*,

> se tenait debout à la porte, la main sur le commutateur... Elle enlevait ses gants. Elle tenait un petit sac argenté à la main. Une robe émeraude. Une longue robe couleur émeraude, avec des manches longues et une tunique pailletée qui étincelait.

On retrouve la maquerelle résistante dans l'ultime roman, *Les Cerfs-volants*, et dans un livre inachevé et inédit *The Jaded* (Le Désabusé), où la vieille prostituée est mandatée par le héros désireux d'en finir pour passer un contrat avec un tueur. Ruiz, le voleur [1], n'est pas sans parenté avec Armand Denis, l'amant de *Lady L.*

qui, avec ses complices Gromoff et Sapper, fait main basse sur les bijoux des dames pendant un bal masqué au château de Wigmore[2]. Scène presque identique lorsque Ruiz, observé par Rainier, vole les sacs des invitées dans une propriété de Saint-Germain-en-Laye.

Certains passages de ce roman présentent des aspects prémonitoires, comme l'idée du père d'offrir sa jeune maîtresse à son fils, afin de se continuer en lui après sa mort.

> Je guettais donc, entre mon fils et Laura, un échange de regards ou un moment de silence un peu gêné, lorsque l'un découvre l'autre pour la première fois, un silence qui se prolonge un peu trop et que l'on interrompt avant qu'il ne devienne éloquent.

Et surtout, la préméditation du suicide par arme à feu, que Gary met en relation avec l'extermination des Juifs, en l'appelant sa « solution finale » :

> Je suis sorti de là aussi heureux que si j'avais déjà réussi à me débarrasser de moi-même. Je savais que s'il y avait un être au monde capable de me rendre ce service... c'était bien cette femme... Je savais que le moment venu, elle n'hésiterait pas à m'aider à faire pchitt. Je tenais enfin ma solution finale.

Mais Romain Gary voyait dans ce roman tout autre chose : une allégorie de ce qu'il appelait « l'intoxication, l'infection virile » qui avait peu de points communs avec la virilité. L'Occident, obsédé par la virilité, montrait paradoxalement, selon lui, des signes inquiétants de dévirilisation. Quand Roger Vrigny demanda à Romain Gary sur France-Culture s'il n'y avait pas dans le titre une volonté d'agression qui donnait aussi le ton du livre, Gary répondit :

> Ce que j'ai voulu symboliser par une métaphore, c'est le recours à l'artifice et à la prothèse de toute notre civilisation occidentale, qui se sent à bout de souffle et s'accroche par le substitut ; c'est ce que j'ai voulu exprimer entièrement et en dehors aussi d'une obsession personnelle, celle

de vivre avec toute la tendresse, je dirais même toute la féminité dont je suis capable, une belle histoire d'amour!...

[...] Le prototype de cette prothèse de puissance, c'est l'arme nucléaire... Mais pour moi, l'essentiel du livre, c'est l'histoire d'amour... L'amour refait la synthèse entre le corps et l'esprit, entre la sexualité et ce quelque chose d'autre! Je crois à la permanence de certaines valeurs[3].

Quant à son propre déclin sexuel, il l'évoqua sans faux-semblant dans *La nuit sera calme*, comme si le sujet avait été suscité par une question de François Bondy :

F. B. : Je note donc que tu as commencé à « théoriser » la féminité à partir de cinquante-sept-cinquante-huit ans, c'est-à-dire, quand tu as abordé, comme tout le monde, ton déclin sexuel... Est-ce que cet immense essor « théorique » n'est pas une compensation du déclin de la « pratique » ?

R. G. : C'est assez bien joué, mon vieux. La prochaine fois tu devrais essayer Spaski ou Fischer. Je ne peux plus bouger, là où tu m'as fourré. Ça s'appelle « pat » aux échecs. Tu as vraiment coincé mon roi, si j'ose dire. La provocation est belle, mais je ne marche pas. Je ne suis pas un pionnier du nudisme intégral. Ce n'est pas que j'aie quelque chose à cacher, mais on ne peut pas répondre sans exhibitionnisme et sans touche-pipi. Nous entrons là dans le domaine du « combien de fois avant le petit déjeuner », et je ne joue plus. Je me refuse à m'exprimer là-dessus verbalement. Les personnes qui sont concernées sont renseignées. [...] Le jour où je ne pourrai plus, je ne pourrai plus, un point c'est tout. Je ne chercherai pas à ressusciter ça par le verbe[4].

Gary pouvait dicter à Martine Carré du « Gary » le matin et du « Émile Ajar » après le déjeuner. Il se frottait les mains à l'idée du bon tour qu'il était en train de jouer aux critiques. Il se délectait de leur aveuglement et de leur crédulité.

Il travaillait aussi sur la traduction française de *The Gasp*, établie par André du Bouchet et sa fille. Il avait directement écrit ce livre en anglais qui avait été publié en 1973 aux États-Unis chez Putnam. Il avait trouvé un beau titre, *Charge d'âme*, pour l'édition française mais était mécontent de son travail, ainsi qu'il l'écrivit à Claude Gallimard le 28 juin 1975[5].

> Mon cher Claude,
> Après deux mois de lutte, je renonce à traduire *The Gasp* en français et à le publier. Pour des raisons que je ne puis définir, ce roman perd toute qualité narrative en français et sombre dans la banalité. J'en étais relativement satisfait en anglais mais ça ne « sort » tout simplement pas en langue française et, si je m'obstine, je n'arriverai qu'à un médiocre brouillon et ce au prix d'autres œuvres, ou au moins d'une autre œuvre valable que je pourrais écrire pendant le même laps de temps.
> C'est tout à fait étonnant : un roman que j'ai dicté facilement en anglais se refuse totalement à sa réincarnation en français. Je ne suis pas homme à entrer en lutte contre la volonté d'un livre à ne pas exister.
> Donc échec.
> Je vous donnerai un autre roman pour 1976.
> Fidèles amitiés.
> Romain Gary
>
> P.-S. Je suis un romancier en continuels changement et réinvention, et il est possible que je ne suis plus celui qui a écrit *The Gasp* et qu'il m'est impossible de redevenir. Je ne peux plus y arriver en le réécrivant. Mes longueurs d'ondes ne sont plus les mêmes.

Avant la sortie du *Ticket*, Gary demanda à Claude Gallimard de lui accorder un effort de publicité exceptionnel pour son livre, persuadé que : « c'[était] le roman de cette époque, de l'Occident, d'une civilisation et de la condition masculine[6] ».

Le livre fut certes très remarqué. Mais certains, comme Daniel Oster[7], n'hésitèrent pas à lui refuser la qualification d'œuvre littéraire. Oster stigmatisait le phallus capitaliste du romancier, et lui reprochait la possession d'un compte en banque en Suisse !

> Comme *document*, c'est sans doute passable, mais comme littérature, c'est du néoréalisme ravaudé par un redresseur de torts… Bien sûr, entre Goncourt et Gary, il s'est passé bien des choses. Mais Jacques Rainier et Ché-

> rie ne sont-ils pas, l'une en plein capitalisme triomphant, l'autre en pleine crise, les deux avatars d'une même idéologie ? Jacques Rainier et ses semblables n'expient-ils pas par où ses ancêtres du XIX^e ont péché ? L'ennui, c'est que ce « drame » ne nous concerne pas. De même qu'elle a confondu ses objectifs avec ceux de l'*Homme* en général, la bourgeoisie a voulu, veut encore, nous faire croire que le phallus bourgeois est LE phallus en général, ce qui est une imposture. Une de plus, Éros, le vrai, celui qui n'a pas de compte en Suisse, a toujours voyagé sans ticket.

Dans la puritaine *Tribune de Genève*, l'auteur de l'article ne signa que par ses initiales un article haineux.

> Le mondain Romain Gary figure en tête de liste dans cette course à la remonte. Étalon fatigué de l'écurie Gallimard, qui a toujours écrit de façon nonchalante et diplomatique, il semble tout savoir du phénomène dont il parle dans son dernier roman, *Au-delà de cette limite votre ticket n'est plus valable*, allusion assez vulgaire à l'avertissement en vigueur dans le métro parisien. De sorte que les précédents titres de l'auteur changent de sens. *La Promesse de l'aube* n'est plus tenue. *Le Grand Vestiaire* ne sert désormais qu'à se rhabiller. *Lady L.* est frustrée[8].

Dans un même article, Bertrand Poirot-Delpech recensa dans *Le Monde*[9] sans enthousiasme le roman de Gary et celui de Jean Freustié, *Loin du Paradis*, qui abordait aussi le sujet de l'impuissance. Kleber Haedens consacra quelques feuillets au roman de Gary, et blâma la vulgarité avec laquelle l'écrivain relatait les fiascos de son personnage.

Gary quitta Paris au mois de juillet. Il arriva à l'aéroport de Toulouse en provenance de Nice dans la soirée du 21 juillet, où Paul Pavlowitch vint le chercher. Il faisait très chaud. C'était l'époque où Romain s'habillait de cuir noir par tous les temps. Quand ils furent sur la route de Cahors, Paul lui apprit qu'Annie venait de relire *Adieu Gary Cooper* et qu'elle avait découvert que l'expression « la tendresse des pierres » y figurait déjà, et de quelle manière ! L'héroïne, Jess Donahue, écrit un roman intitulé *La Tendresse des pierres*. Romain, catastrophé, ordonna à son cousin d'appeler d'urgence Michel Cournot pour lui proposer un autre titre. Il était persuadé que s'il était conservé, Émile Ajar serait bientôt démasqué. Michel Cournot proposa alors le merveilleux : *La Vie devant soi*.

Quel titre ironique pour un livre renouvelant l'écriture romanesque de la Shoah, dont le héros, un petit garçon arabe nommé Mohamed, croit avoir neuf ans alors qu'il en a en réalité quatorze ! Il raconte sa vie à un couple de bourgeois, Nadine et Ramon (anagramme de Roman, le prénom véritable de Gary), qui l'ont recueilli chez eux.

Momo, fils de pute, a été mis en pension dans sa petite enfance chez Mme Rosa, une vieille Juive sénile qui autrefois exerçait le plus vieux métier du monde. Rosa, rescapée d'Auschwitz, que les policiers français ont enfermée dans un « vélodrome pour Juifs », habite au sixième étage d'un immeuble insalubre de Belleville. De nombreux personnages gravitent autour de Rosa : N'Da Amédée, proxénète vêtu de satin rose, le petit Moïse à qui Rosa cherche une famille d'accueil, Katz, un vieux médecin juif — le grand-père paternel de Gary ne s'appelait pas Kacew, mais Katz —, Mme Lola, travesti et ex-champion de boxe, M. Hamil, marchand de tapis aveugle, et les frères Zaoum, déménageurs « toukouleurs ». Dans une étude sur la langue de *La Vie devant soi*, David Bellos remarque que Zaoum, le nom des déménageurs « toukouleurs », est proche du mot *Zaum*, un terme inventé par les futuristes russes pour qualifier le « langage transrationnel » de leur poésie [10]. Dans son roman, Gary racontait non seulement d'une manière transfigurée son enfance à Wilno lorsque son père les ayant abandonnés lui et sa mère ils devaient attendre le mandat envoyé de Kovno par ce dernier pour payer le loyer, mais aussi l'amour fou qui avait uni Eugenia Muñoz Lacasta et son fils Diego.

La morale du livre se résume à cette phrase : « Ce n'est pas nécessaire d'avoir des raisons pour avoir peur,

Momo. » Car la peur était un des tourments de la vie quotidienne de Gary. Il avait eu peur pour les siens pendant toute la durée de la guerre, et quand il revint, excepté Dinah et Bella en France, Maria et Boleslaw en Pologne, tout le monde était mort. Cela, personne ne le sut. La honte de la France, sa participation active à l'extermination des Juifs fut longtemps occultée. Là résidait, bien plus que dans l'usage de nombreux pseudonymes, la partie secrète de l'œuvre de Gary en dépit du fait qu'il avait joué à fond le jeu de l'identité française.

Gary arriva le 25 juillet à Puerto Andraitx et s'installa pendant deux mois à Cimarron, sa maison, qu'il venait de vendre, mais dont il avait conservé la jouissance pour le mois d'août. Les nouveaux propriétaires l'avaient meublée à leur manière, qui n'était pas de son goût. Cela l'aida à se consoler de l'avoir perdue. Dès qu'il eut malgré tout pris ses marques, il alla chercher Martine Carré à l'aéroport et, le lendemain matin, ils se mirent au travail.

Gary avait cette année-là invité René et Sylvia Agid à passer une dizaine de jours au mois de septembre à Puerto Andraitx, alors qu'il jouissait pour la dernière fois de son paradis. Au cours de leurs conversations, il ne leur parla pas d'Émile Ajar. Cependant, René, qui avait lu les premiers manuscrits de Romain, lui affirma qu'il le suspectait d'être l'auteur de *Gros-Câlin*, car il avait parfaitement reconnu sa manière d'écrire qui n'avait pas du tout changé depuis les jours lointains de leur jeunesse. Il lui avait dit : « Qu'est-ce que tu as encore fait ? Pourquoi écris-tu à nouveau sous un autre nom ? Tu ne vas pas me dire que ce n'est pas toi qui as écrit ça ! Mais enfin, c'est évident, j'entends ta voix qui sonne à mes oreilles ! Malgré le masque, tu n'arrives pas à te déguiser. »

Romain eut beau nier et prétendre qu'il n'avait rien de commun avec Émile Ajar, René et Sylvia n'en démordirent pas, et quelques mois plus tard, lorsque la presse révéla qu'Émile Ajar n'était autre que Paul Pavlowitch, le fils de Dinah, il fut tacitement entendu que les Agid, qui avaient tout compris, garderaient le secret.

À son retour de Majorque, Sylvia écrivit à Christel que le roman de Romain *Au-delà de cette limite votre ticket n'est plus valable* était un best-seller.

> Il se vend certainement bien parce que les gens aiment le porno, et ils croient que le livre de Romain est porno. *Ce qui est totalement faux!* Le livre est bon — il se situe tout à fait au-dessus du porno. Le porno est vulgaire et le roman de Romain ne l'est pas. Du reste, Romain a le don de ne *jamais* devenir vulgaire!
>
> [...] Romain a fait des films pour gagner de l'argent. Dommage! Car Romain n'a rien à faire avec le cinéma, et il n'a pas besoin de vivre dans le luxe. C'est ce que moi, Sylvia, je pense. Romain n'occupe pas encore la place qu'il mérite dans la jungle de la littérature. Il aurait dû chercher la simplicité, plonger plus profondément. Mais Romain n'est pas un chêne, mais c'est un bel arbre quand même.
>
> Je lui ai demandé de t'envoyer son dernier livre, mais il est toujours dans les nuages. Il voyage tout le temps. Il oublie et, crois-moi, nous ne recevons pas ses livres, alors qu'il nous rend souvent visite. Je n'aime pas du tout les amis *célèbres*... Il est difficile de résister à l'adoration et au dévouement, s'ils sont exprimés avec une sollicitude émouvante accompagnée de mille cadeaux destinés à montrer de quoi on est capable. Alors, quand mes amis deviennent célèbres, je les laisse tranquilles. Nous sommes partis pour Majorque parce que nous sentions que Romain voulait nous avoir près de lui... Il est terriblement charmant, mais aussi hypocondriaque et hypersensible [11].

Au mois de septembre, Gary partit pour deux semaines en Turquie, puis il passa plus de deux mois à Rio de Janeiro, où vivait Pierre Michaut. Il avait demandé à Odette Laigle de lui faire suivre son courrier aux bons soins du consulat de France à Rio.

# 94.

Le 23 avril 1974, Romain Gary avait passé un contrat, au nom d'Émile Ajar, avec le Mercure de France prévoyant un droit de suite sur cinq ouvrages [1]. *La Vie devant soi* allait donc être édité aux mêmes conditions que *Gros-Câlin*. Gary chargea Paul Pavlowitch de remettre son manuscrit à Me Gisèle Halimi, qui le fit porter au Mercure de France. Exit Pierre Michaut.

Romain avait remis un exemplaire de son manuscrit à Paul, en lui faisant répéter son rôle. Il s'appelait Hamil Raja. Il avait pu entrer en Suisse grâce à la fille d'un diplomate de sa connaissance. Le lendemain, Pavlowitch prit le train à la gare de Lyon et alla s'installer dans le studio de Gary, au 54, rue Moillebeau. Mais l'endroit ne lui parut pas convenable pour assurer la crédibilité de la fiction selon laquelle Hamil Raja était un garçon qui, pour une raison obscure, avait eu maille à partir avec la justice. Pavlowitch téléphona à un ami qui possédait un appartement inoccupé dans le quartier résidentiel de Champel, sur la rive gauche du lac. C'est en ce lieu que Pavlowitch avait décidé de rencontrer Michel Cournot. Mais il donna involontairement à ce dernier un mauvais numéro. Aussi, après avoir attendu Émile Ajar à Genève tout un dimanche, Simone Gallimard et Michel Cournot rentrèrent-ils à Paris bredouilles.

Romain Gary, aussitôt consulté par son cousin, lui communiqua le numéro de téléphone personnel de

Simone Gallimard et, dès son retour tard dans la soirée, un nouveau rendez-vous fut arrangé pour la semaine suivante, mais avec Michel Cournot seul, Simone ne pouvant se libérer.

En attendant Cournot, Paul Pavlowitch demeura rue Moillebeau toute une semaine. La veille de leur rendez-vous, il reçut un télégramme de Michel Cournot l'informant qu'il serait à Genève le soir même. Paul laissa à son tour un message à la réception de l'hôtel des Bergues, où Cournot était attendu, lui proposant de se retrouver après le repas dans un appartement situé dans le quartier de Champel. Cournot sonna à 21 heures. Il entra dans une pièce mal éclairée et en désordre, dont l'atmosphère louche, lui rappelant un film des années quarante, enflamma son imagination. Il considéra le garçon brun qui lui faisait face. Ses vêtements n'étaient pas tout à fait nets, il lui trouva — selon ses propres termes — « la gueule d'un Yougoslave ». Il fut séduit par son intelligence, son accent chantant, ses yeux profonds et brillants[2].

Ils se mirent au travail. Pavlowitch interpréta impeccablement son rôle et répondit à toutes les questions. Pas un instant Cournot ne se douta qu'il n'était pas l'auteur de *La Tendresse des pierres*. Au contraire, il pensait qu'il y avait une adéquation totale entre l'homme et son œuvre, puisqu'il parlait un français très particulier, entaché d'erreurs qui donnaient du relief à la langue française. Pavlowitch lui parla de ses goûts littéraires, d'un jeune écrivain américain nommé Thomas Pynchon. La nuit était déjà très avancée lorsqu'ils se séparèrent. Au moment où Cournot allait fermer la porte de l'ascenseur, Pavlowitch lui demanda soudain : « Aimez-vous Romain Gary ? — La question que vous me posez est très drôle car, la première fois que j'ai publié un article dans la revue *Fontaine*, c'était sur *Éducation européenne*. J'ai été impressionné par ce livre. J'ai encore lu les deux ou trois suivants, mais je les ai moins aimés. »

Cournot rencontra à nouveau Pavlowitch le lendemain à l'heure du déjeuner dans un restaurant italien de la vieille ville. Ils ne parlèrent pas beaucoup de *La Tendresse des pierres*. Seules quelques questions furent posées concernant la manière dont Ajar malmenait de façon délibérée et calculée la syntaxe et la grammaire françaises. Cournot proposa au dessinateur André François d'imaginer la jaquette de *La Tendresse des pierres*. Elle n'avait plus de rapport avec le titre puisque Gary venait d'accepter la proposition de Michel Cournot d'intituler son livre *La Vie devant soi*.

Avant la sortie de *La Vie devant soi*, Romain Gary fit signer à Paul Pavlowitch, le 23 juin 1975, une nouvelle lettre par laquelle ce dernier certifiait : « l'auteur des livres signés Émile Ajar est M. Romain Gary. C'est sur la demande de M. Romain Gary désireux de garder son anonymat que j'ai assumé le pseudonyme d'Émile Ajar et signé de ce nom tous les contrats et correspondances avec les Éditions Mercure de France. P. Pavlowitch (Émile Ajar) ».

Dès que *La Vie devant soi* fut à la devanture des librairies, la rumeur sur l'identité de son auteur enfla. La plupart des critiques considéraient le livre d'Ajar comme le chef-d'œuvre d'un jeune homme mystérieux tandis que les mêmes voyaient en Gary une gloire démodée, voire illégitime.

Jean Freustié, qui n'avait pas aimé *Gros-Câlin*, bouleversé par le second roman d'Émile Ajar, écrivit dans *Le Nouvel Observateur*[3] :

> Il fallait à la fois le vraisemblable et l'irréel : un langage qui se démarquerait par l'erreur systématique, la fraîcheur nouvelle du propos usé, l'euphémisme soutenant les temps forts, le sous-dire allant rejoindre au magasin muet des véritables écrivains les sous-entendus signifiants. Il en ressort des phrases de ce genre : « Les monstres font rarement la lumière, c'est toujours le noir qui leur fait le plus de bien. » À propos du sommeil : « C'est les injustes qui dorment le mieux, parce qu'ils s'en foutent. »

La critique de Freustié était illustrée par une photo donnée par Pavlowitch à son éditeur. Juste en dessous, un encadré de Guy Dumur, contenant quelques bribes de vérités sur Pavlowitch — ces fuites avaient-elles été distillées avec l'accord de Gary ? —, ayant pour titre : « Un auteur mystérieux. »

> Qui est Émile Ajar ? Nul ne le connaît, si ce n'est un éditeur du Mercure de France, qui l'aurait rencontré récemment en Suisse. Obligé, dit-on, de vivre à l'étranger pour des raisons personnelles, ce brillant écrivain, qui aurait trente-cinq ans, serait un ancien étudiant en médecine, devenu ensuite moniteur dans un centre de prédélinquants et brièvement monteur de cinéma. À vingt-cinq ans, il aurait quitté la France pour l'Espagne, le Maroc, le Brésil…
>
> Malgré ces précisions, le lecteur averti s'étonne. Moins de l'existence possible d'un Émile Ajar que du miracle qui fait tomber sur le bureau d'un éditeur un aussi bon livre. L'écriture de *La Vie devant soi* est celle d'un écrivain chevronné, qui connaîtrait toutes les roueries du style, surtout quand on sait qu'il s'agit de la fausse reconstitution d'un langage enfantin et comme étranger. « Émile Ajar » joue avec la syntaxe, avec les mots, comme seuls Raymond Queneau ou Aragon, parmi les vivants, en sont capables. On en reste pantois.

Guy Dumur ne doutait pas qu'« un grand écrivain tapi dans l'ombre » se cachait derrière Émile Ajar, mais il n'avait cependant pas reconnu Gary parmi « les vivants » capables d'écrire ce chef-d'œuvre.

Guy Dumur écrivit en outre une lettre à Michel Cournot pour le féliciter d'avoir « découvert » Émile Ajar.

> Quelle réussite ! Bien entendu, j'ai été surtout sensible — pardonne cette déformation professionnelle — à la virtuosité du langage, rarement atteinte à ce point par aucun écrivain. Qui est cet Émile Ajar ? Quelqu'un, à coup sûr, qui vit parmi nous et a fréquenté la littérature, le cinéma, la vie quotidienne et le reste en grand professionnel. Dommage qu'il ne se dévoile pas. Mais peut-être est-ce mieux ainsi, les pseudonymes donnent plus de liberté… Mais j'ai lu ce livre avec passion, après que d'autres m'en avaient

parlé — pas très bien. N'y a-t-il donc plus de critiques capables de lire et d'entendre[4] ?

Angelo Rinaldi, qui avait aussi pris un pseudonyme et signé sa chronique Alexandre Sorel dans *L'Express*[5], faisait partie de ceux qui n'avaient pas aimé *La Vie devant soi*, ce livre qu'il soupçonnait avoir été écrit par un « romancier vieilli sous le harnais du rewriting qui aurait pris des notes sur les souches vierges de son carnet de chèques, un jour qu'il passait là en taxi ». Une phrase surtout dans l'article d'Angelo Rinaldi avait indigné Romain Gary :

Et chacun pataugeant dans la confiture, ou apportant son concours à une adroite campagne publicitaire, personne n'a remarqué l'odeur légère, mais tenace d'antisémitisme qui flotte dans ces pages. On la décèle un peu comme à la campagne, un jour de printemps, on hume avec étonnement des effluves que l'on hésite à qualifier tant que l'on n'a pas avisé la fosse d'aisances, là-bas, au-delà du champ de pâquerettes.

Sans doute Ajar ne l'a-t-il pas voulu, mais qu'il ne s'étonne pas d'être invité à dédicacer son ouvrage au prochain bal des anciens de la LVF.

Cette « odeur légère, mais tenace d'antisémitisme » décelée par Angelo Rinaldi dans son livre offensa tant Gary que, dans les différents états du manuscrit de *Pseudo*, on trouve un grand nombre d'esquisses ayant trait à cette accusation d'antisémitisme.

Je ne suis pas âpre au gain : les *sept* membres de ma famille maternelle qui ont fait l'affaire des nazis n'ont déduit aucun pourcentage en allant au crématoire : pas un n'a été épargné. J'irai gratuitement. C'est vrai qu'il y a eu six millions de Juifs qui ont fait l'affaire, mais Angelo Rinaldi, dans *L'Express*, se trompe : leurs cadavres ont servi à faire du savon et non du parfum...[6].

« Hein ?

— Je n'ai rien dit.

— Ce « léger parfum d'antisémitisme », dont ils parlent, c'est celui des chambres à gaz bien connues où ont péri...

quatre, cinq, six de mes parents maternels. Ce sont là des choses qui arrivent, docteur. Je ne me sens pas du tout persécuté. Je suis bien.

— *L'Express* cherche seulement à vous rendre service, mutilé Ajar. En vous accusant d'antisémitisme, ils veulent seulement vous aider...[7]. »

« Ce sont des choses qui arrivent, docteur. Je ne me sens pas du tout persécuté. Je suis bien.

— Vous avez raison. *L'Express* cherche seulement à vous rendre service, mutilé Ajar. En vous accusant d'antisémitisme, ils veulent seulement vous aider à passer au travers. Ils vous délivrent un certificat de bonne vie et mœurs. Ils dissimulent le fait que vous êtes porteur juif à... quoi, 25 %, 50 %[8] ? »

C'était une critique de mon livre *La Vie devant soi* où il était dit qu'il flottait dans mon livre « un léger parfum d'antisémitisme ».

J'étais bien. J'étais en règle. J'étais antisémite. Pas un cri. J'étais en pleine possession de leurs moyens, qui crevaient les yeux afin que le fils pût envoyer son père au four crématoire[9].

J'avais déjà remarqué qu'il serrait sous le bras un numéro de l'hebdomadaire français *L'Express*. Il me le tendit.

— Lisez ça, Juif Ajar, et ce sera, je vous le promets, notre dernier test, me dit-il en me montrant la page, et je crus à encore un massacre. Je n'allais pas en mourir, car il s'agissait des autres.

Mais ce n'était qu'une critique de mon livre *La Vie devant soi* où il était dit qu'il flottait sur mon livre un léger parfum d'antisémitisme.

J'étais bien. J'étais en règle. J'étais antisémite[10].

— Docteur, qu'est-ce qu'un Juif exterminé doit faire pour ne pas être accusé de racisme ?

— Il ne doit pas faire tant d'histoires et accepter le léger parfum que leur prépare *L'Express* parce que les chambres à gaz ne fonctionnent pas en ce moment...[11].

Acceptez l'accusation de racisme humaniste, Ajar. Comme ça, la prochaine fois que vous serez gazé vous aurez la conscience tranquille et vous servirez comme Juif parfumé la cause d'antiracisme. Je vois que vous êtes vraiment guéri[12].

— Tout ce que le collaborateur de *L'Express*, A. Rinaldi, veut dire, lorsqu'il affirme qu'il flotte autour de *La Vie devant soi* un léger parfum d'antisémitisme...

— Il est très lourd, ce parfum, docteur, il n'est pas léger, sans ça il [ne] flotterait pas depuis deux mille ans... Qu'est-ce que le Juif exterminé doit faire pour ne pas être accusé de racisme [13] ?

Et ainsi de suite, sur pas moins de trente feuillets épars, inlassablement réécrits. Il n'en subsistera qu'une légère trace dans le manuscrit définitif, d'où le nom d'Angelo Rinaldi sera expurgé. Ce dernier avait trouvé le livre de Gary antisémite parce qu'il avait été choqué par le ton persifleur, l'humour provocateur d'Émile Ajar. Gary en revendiquait l'usage, persuadé que la dérision était seule assez puissante pour exprimer l'horreur.

Madame Rosa avait bien connu l'Allemagne pendant la guerre mais elle en était revenue. Elle entrait, elle sentait le caca, et elle se mettait à gueuler « C'est Auschwitz ! C'est Auschwitz ! », car elle avait été déportée à Auschwitz pour les Juifs. Mais elle était toujours très correcte sur le plan raciste. Par exemple il y avait chez nous un petit Moïse qu'elle traitait de sale bicot mais jamais moi. Je ne me rendais pas compte à l'époque que malgré son poids elle avait de la délicatesse [14].

Madame Rosa avait tous les faux papiers qu'elle voulait, elle s'était organisée avec un ami juif qui ne s'occupait que de ça pour l'avenir depuis qu'il était revenu vivant. Je ne me souviens plus si je vous ai dit, mais elle était aussi protégée par un commissaire de police qu'elle avait élevé pendant que sa mère se disait coiffeuse en province. Mais il y a toujours des jaloux et Madame Rosa avait peur d'être dénoncée. Il y avait aussi qu'elle avait été réveillée une fois à six heures du matin par un coup de sonnette à l'aube et on l'avait emmenée dans un Vélodrome et de là dans les foyers juifs en Allemagne [15].

La seule chose qui pouvait remuer un peu Madame Rosa quand elle était tranquillisée c'était si on sonnait à la porte. Elle avait une peur bleue des Allemands. C'est une vieille histoire et c'était dans tous les journaux et je ne vais pas entrer dans les détails mais Madame Rosa n'en est jamais revenue. Elle croyait parfois que c'était toujours valable, surtout la nuit, c'est une personne qui vivait sur des souvenirs. Vous pensez si c'est complètement idiot de nos jours, quand tout ça est mort et enterré, mais les Juifs sont très accrocheurs surtout quand ils ont été exterminés, ce sont ceux qui reviennent le plus[16].

J'ai ouvert la porte doucement pour ne pas me faire peur et la première chose que j'ai vue, c'est Madame Rosa tout habillée au milieu de la piaule à côté d'une petite valise. Elle ressemblait à quelqu'un sur le quai qui attend le métro. J'ai vite regardé son visage et j'ai vu qu'elle n'y était pas du tout. Elle avait l'air complètement ailleurs, tellement elle était heureuse. Elle avait les yeux qui allaient loin, loin, avec un chapeau qui ne lui allait pas bien parce que ce n'était pas possible, mais enfin ça la cachait un peu en haut. Elle avait même le sourire, comme si on lui avait annoncé une bonne nouvelle. Elle portait une robe bleue avec des marguerites, elle avait récupéré son sac à main de pute au fond de l'armoire qu'elle gardait pour des raisons sentimentales et que je connaissais bien, il y avait encore des capotes anglaises à l'intérieur, et elle regardait à travers les murs comme si déjà elle allait prendre le train pour toujours.

— Qu'est-ce que vous faites, Madame Rosa ?

— Ils vont venir me chercher. Ils vont s'occuper de tout. Ils ont dit d'attendre ici, ils vont venir avec des camions et ils vont nous emmener au Vélodrome avec le strict nécessaire.

— Qui ça ?

— La police française.

[...]

— Ils nous ont donné une demi-heure et il nous ont dit de prendre seulement une valise. On nous mettra dans un train et on nous transportera en Allemagne. Je n'aurai plus de problème, et ils vont s'occuper de tout. Ils ont dit qu'on ne nous fera aucun mal, on sera logés, nourris, blanchis.

Je ne savais pas quoi dire. C'était possible qu'ils transporteraient de nouveau les Juifs en Allemagne parce que les Arabes n'en voulaient pas. Madame Rosa, quand elle avait toute sa tête, m'avait souvent parlé comment Monsieur Hitler avait fait un Israël juif en Allemagne pour leur donner un foyer et comment ils ont tous été accueillis dans ce foyer sauf les dents, les os, les vêtements et les souliers en bon état qu'on leur enlevait à cause du gaspillage[17].

Cependant, Angelo Rinaldi n'avait-il pas touché le point le plus fragile de l'identité « garyenne » ? Bien des années plus tôt, son ami François Bondy, dans un entretien intitulé « Le moment de vérité », pour sa revue *Preuves* [18], lui avait demandé de s'expliquer sur sa façon d'aborder les événements tragiques :

> — Je crois, en effet, que tu t'es laissé aller à un de tes accès de terrorisme humoristique… J'ai ainsi l'impression que tu as laissé délibérément s'accréditer de toi une image complètement fausse.
>
> — Précise un peu ton tir, veux-tu ?
>
> — Prenons, par exemple, la guerre d'Espagne. Tu n'as jamais mis les pieds en Espagne, ni avant, ni pendant, ni après la guerre civile. Or, depuis *Éducation européenne* jusqu'au Goncourt, les journaux ont répété que tu es un ancien pilote de l'escadrille España, que tu as servi sous les ordres de Malraux, et que toute une partie de ton œuvre s'explique par tes années de lutte dans les Brigades internationales. À ma connaissance, tu n'as jamais démenti…
>
> — C'est merveilleux d'avoir une légende.
>
> — Je voudrais, dans toute la mesure du possible, une réponse sérieuse.
>
> — Je ne vais pas renier la guerre d'Espagne sous prétexte que je ne l'ai pas faite. Si je publiais un démenti, on dirait ou bien que je renie mon passé, ou bien que je prends mes distances… Ce que je veux dire est ceci : si j'étais un écrivain sudiste, et si un journal écrivait que j'ai du sang nègre, je n'enverrais pas un démenti au journal : au besoin, j'irais plutôt vivre dans un quartier nègre, et voilà tout. Il faut savoir aller jusqu'au bout de sa foi dans son rire…

La curiosité pour Émile Ajar dépassait largement le champ de la presse littéraire. Tout le monde voulait savoir qui il était. Certains doutaient qu'il eût une existence réelle. On continuait à le dire tout aussi imaginaire que la Clara Gazul de Prosper Mérimée ou la Bilitis de Pierre Louÿs. Simone Gallimard, de bonne foi, assurait que Michel Cournot avait récemment rencontré Ajar à Genève, mais qu'il avait précipitamment dû retourner à Rio.

En dépit du fait que le visage d'Ajar était apparu dans plusieurs journaux, dont *France-Soir*, *Le Nouvel Observateur* du 22 septembre mais aussi le 9 octobre dans

*Ouest-France*[19], un quotidien aussi lu dans le Lot où vivait Pavlowitch, Émile Ajar restait une énigme. Cela dit, Jean Seberg reconnut immédiatement Paul lorsque la photo, qui était assez ancienne, parut dans les magazines. Sur le cliché réalisé aux Antilles en 1968, on voyait un Pavlowitch au visage massif et bronzé, vêtu d'un tricot de corps blanc, son abondante chevelure au vent et levant la main gauche sur fond de vagues et d'embruns.

Les jurés des prix Renaudot et Goncourt, les dames du Femina, le pressentaient pour lui décerner leur prix.

Gary écrivit dans *Vie et mort d'Émile Ajar* que cette photo avait été donnée par Paul Pavlowitch à Simone Gallimard et publiée dans la presse malgré son opposition[20]. Dans une courte lettre, reproduite par Pavlowitch dans son livre *L'Homme que l'on croyait*, Romain l'avait mis en garde, craignant qu'elle ne permît à Thérèse de Saint-Phalle et à Roger Grenier de l'identifier[21].

Roger Grenier, conseiller littéraire et membre du comité de lecture chez Gallimard, connaissait en effet Paul Pavlowitch depuis que Gary l'avait chaleureusement recommandé pour des travaux littéraires. Pavlowitch avait rédigé pour le compte du journaliste Daniel Morgaine[22] un ouvrage sur l'avenir de la presse, puis les légendes des photos du livre de Joseph Kessel *Les Mains du miracle*.

95.

Yvonne Baby dirigeait le service culturel du *Monde* — qui comprenait les arts, le cinéma, la radio et la télévision à l'exclusion des livres — lorsque *La Vie devant soi* parut en librairie au mois de septembre 1975. Michel Cournot collaborait au quotidien pour la rubrique de théâtre. Peu avant la sortie de *Gros-Câlin*, il avait raconté à Yvonne Baby qu'il allait publier le manuscrit tout à fait étonnant d'un inconnu nommé Émile Ajar. Il lui avait aussi révélé qu'il avait rencontré le mystérieux auteur à Genève : un personnage hors du commun.

Quelques mois plus tard, il donna à Yvonne Baby un jeu d'épreuves de *La Vie devant soi* en lui disant : « Je suis sûr que tu l'aimeras. » Il lui dévoila aussi un secret : Émile Ajar avait réussi à quitter le Brésil et se trouvait à présent à Copenhague. Il lui était possible d'obtenir une interview exclusive pour *Le Monde des livres*, alors dirigé par Jacqueline Piatier, qui avait beaucoup aimé le deuxième roman d'Émile Ajar. Aussi accepta-t-elle chaleureusement la proposition d'Yvonne Baby et réserva-t-elle la dernière page du supplément pour cet entretien.

Gary, mis devant le fait accompli, fut d'abord furieux[1] mais il dut s'en accommoder. Ajar n'était plus l'inconnu mystérieux, le personnage impossible à identifier. Il tâcha de se convaincre que la brève apparition d'Ajar en chair et en os serait profitable à sa fiction. D'autre part, il n'était plus seul maître à bord. Pavlowitch, qui avait pu se sentir humilié d'être une sorte d'agent secret de son célèbre cousin, le tenait à présent par la barbichette.

Pavlowitch suggéra à Gary de recevoir Yvonne Baby à Voldumvej, un quartier périphérique de Copenhague où il avait autrefois travaillé pour une entreprise touristique en tant qu'accompagnateur à Tanger et à Gênes. Le petit pavillon proche du parc qu'il avait loué était situé dans une allée tranquille bordée de maisons de bois. Paul Pavlowitch et sa compagne Annie y arrivèrent le 26 septembre.

Le lendemain, Simone Gallimard, qui désirait tant faire la connaissance d'Émile Ajar, annonça son arrivée, ce qui n'était pas initialement prévu. Un taxi la déposa dans l'après-midi devant le 8, Voldumvej. Rayonnante, elle entra dans la maison. Le chauffeur la suivit avec quelques cartons de livres qui devaient recevoir une dédicace de la main de l'auteur. Annie accueillit Simone Gallimard qui s'installa en toute simplicité pendant deux jours. Pendant le dîner, elle leur expliqua l'importance de la réception du livre en France. Elle regardait Paul Pavlowitch avec admiration. Il jouait parfaitement son rôle, mais jouer constamment la comédie commençait à lui poser des problèmes d'identité. Simone Gallimard ne doutait pas que *La Vie devant soi* allait recevoir un prix. Sans doute pas le Goncourt, mais au moins le Médicis. Le lendemain, elle se leva tard, puis soumit Paul à la séance de dédicaces destinée aux acteurs de la vie littéraire soigneusement sélectionnés. Simone lui dictait les formules qu'elle savait propres à séduire leurs destinataires. Puis elle voulut savoir si Émile Ajar travaillait déjà à un autre livre. Il la rassura aussitôt.

Candide et friande d'histoires de mauvais garçons, elle restait persuadée qu'Ajar, dont elle aimait l'air sauvage, et tout aimable qu'il lui semblât, avait peut-être des choses à se reprocher, et elle l'assura de son soutien en toutes circonstances.

Simone Gallimard partie, Paul attendit l'arrivée

d'Yvonne Baby et alla se présenter à son hôtel. Elle n'avait réservé une chambre que pour la journée, car elle voulait prendre le dernier avion du soir[2]. Ils partirent pour la vieille maison de bois de l'avenue Voldumvej et dînèrent avec Annie qui avait préparé le repas dans la véranda, à la lueur des bougies.

Yvonne Baby trouva le décor très russe, rien n'éveilla sa suspicion. Elle avait préparé de nombreuses questions. Paul y répondit, mais sans doute pas selon les recommandations que lui avait faites Romain.

> Il lui appartient, si un jour l'envie l'en prend, d'expliquer pourquoi, dans l'interview qu'il avait accordée au *Monde*, à Copenhague, il avait donné sa véritable biographie, et pourquoi, malgré mon opposition, il avait fourni sa photo à la presse[3].

Au lieu de reprendre les éléments de la biographie d'Ajar que Gary avait inventée, Paul Pavlowitch dévoila nombre de faits de sa propre vie[4]. Il était né à Nice, sa famille maternelle, qui était originaire d'Europe centrale, était arrivée sur la Côte d'Azur entre les deux guerres. Sa grand-mère (il s'agit de Bella, l'épouse d'Eliasz Owczynski) était très pieuse. Petite entorse à la réalité des faits — attestée notamment par les annuaires de téléphone de ces deux villes —, il avait déplacé la bijouterie d'Eliasz de Varsovie et Wilno à Saint-Pétersbourg. Mais il avait tout de même cité la ville de Wilno au cours de la conversation. Après son baccalauréat, il avait commencé des études de droit puis de médecine à Toulouse. Presque tout était vrai, sincère et émouvant. Cela n'avait plus rien à voir avec le roman conçu par Gary, selon lequel ce dernier était un avorteur né à Oran. Au cours de l'interview, devant la nécessité de faire coïncider au moins par un élément ses propos avec le mythe lancé par Gary, Pavlowitch affirma qu'il était allé au Brésil en 1971. En fait, toute l'histoire du Brésil était liée à Pierre Michaut.

Quand Yvonne Baby le questionna sur son œuvre, il s'en tira de façon cohérente. Lue rétrospectivement, cette interview est drôle, car Pavlowitch se raccrochait, quand les choses devenaient difficiles, à des propos tenus en sa présence par Romain. Il révéla aussi les titres auxquels ce dernier avait pensé avant que Michel Cournot eût trouvé *La Vie devant soi*. Il affirma, par exemple, que le meilleur titre du livre aurait été *La Goutte d'or*, comme le lui avait écrit Romain pendant l'été. Vers la fin de l'entretien, il lança quelques piques acérées et cryptées contre ce dernier qui le manipulait comme une marionnette : « Je pense qu'un écrivain ça bouffe tout et que seuls les lecteurs croient qu'ils sont généreux. Les écrivains sont égoïstes comme dirait Momo, ce sont des sales cons d'égoïstes. Il y a, je crois, une part d'irresponsabilité pardonnable... Les artistes sont à la fois courageux et pompeux, définitivement pompeux. Et ça, c'est une histoire de gratifications, de tous ces honneurs, de cette position d'étendard... » En relisant ses réponses, Paul n'en fut pas satisfait. Il rentra à Paris le lendemain et se rendit rue du Bac, où Gary avait mis à sa disposition ses chambres de bonne du septième étage. Il sonna d'abord chez Romain, qui était en train de discuter avec son avocate Gisèle Halimi, mise au courant de la supercherie et qu'il avait chargée de négocier les conditions de la publication de l'interview de Pavlowitch avec *Le Monde*.

Elle était irritée parce que Gary n'était pas un client discipliné. En outre, elle lui reprochait son « comportement phallocratique ». Gary, qui aimait, comme autrefois sa mère, brocarder Totoche, le dieu de la bêtise, lui écrivit une lettre sournoise pour lui expliquer que sa manière absolue de s'attaquer aux « mâles phallocrates » ne tenait pas compte de la situation actuelle. Elle négligeait le fait que les hommes et les femmes n'étaient pas encore des égaux et, pour cette raison, ne devait pas infliger des souffrances cruelles aux autres « au nom d'un idéal éloigné [5] ».

Le 2 octobre, Malcy Ozannat [6], attachée de presse au Mercure de France, écrivit à M$^{e}$ Halimi pour l'avertir qu'un cycliste lui porterait l'interview de Pavlowitch lundi matin à 10 heures, et qu'elle devait la lire immédiatement afin qu'elle puisse paraître dans *Le Monde des livres* le jeudi suivant.

En même temps, on continuait de beaucoup parler de Romain Gary qui avait été invité par Bernard Pivot avec Jean Freustié, Gilles Lapouge, Cécil Saint-Laurent (alias Jacques Laurent), le Dr Michel Meignant et Gérard Zwang sur le plateau d'Apostrophes, la première semaine de juin[7]. Au lendemain de l'émission, Claude Sarraute regretta dans sa chronique du *Monde*[8] que ces messieurs n'aient parlé que de la taille et de la durée de l'érection au cours du débat sur le déclin de la sexualité masculine, et qu'on n'eût point invité des dames pour donner leur avis.

*Au-delà de cette limite votre ticket n'est plus valable*, œuvre d'un vieil auteur prétendument sur le seuil de la sénescence, était un succès de librairie (87 934 exemplaires vendus). *La Vie devant soi*, après la parution de l'interview d'Yvonne Baby dans *Le Monde* du 10 octobre 1975, faisait fureur — 544 850 exemplaires vendus au moment de la mort de Gary —, pas toujours pour des raisons littéraires. Il fallait l'avoir lu, pouvoir donner son avis sur l'identité de l'auteur.

Gary, tantôt à Genève, tantôt à Paris, observait l'affaire en train de se développer d'une manière inattendue. Le 3 octobre, *France-Soir*[9] et *Le Journal du dimanche*[10] parièrent qu'Émile Ajar avait des chances sérieuses de recevoir le prix Goncourt, qui n'est décerné qu'une fois au même écrivain. Les journalistes qui avaient pour habitude d'éreinter les livres de Romain Gary publiaient des pages entières d'éloges sur Émile Ajar : il avait écrit un chef-d'œuvre.

Gary avait réussi la démonstration de l'idée qu'il avait développée dans son essai *Pour Sganarelle*. Il avait créé le « roman total ».

> Et ce rêve de roman total, personnage et auteur, dont j'ai si longuement parlé dans mon essai *Pour Sganarelle*,

> était enfin à ma portée. Comme je publiais simultanément d'autres romans sous le nom de Romain Gary, le dédoublement était parfait. Je faisais mentir le titre de mon *Au-delà de cette limite votre ticket n'est plus valable*. Je triomphais de ma vieille horreur des limites et du « une fois pour toutes »[11].

Ajar était ce « picaro », ce mythe, « personnage et auteur », que Gary poursuivait depuis le jour lointain de son adolescence où il s'était assis pour écrire devant une petite table, dans une chambre de la pension Mermonts.

Ce n'était pas Alexandre Natal, Armand de La Torre, Terral, Vasco de La Fernaye, Roland de Chanteclair, Roman de Mysore, Roland Campeador, Alain Brisard, Hubert de Longpré, Romain Cortès, des pseudonymes qu'il avait récités comme une litanie à sa mère, mais Émile Ajar, alias Hamil Raja.

Gary, qui assistait « en spectateur » à sa « deuxième vie », rentra de Genève en recommandant à Paul Pavlowitch la plus grande discrétion. Il devait garder le plus strict incognito. Selon lui, il n'en fut rien.

Ainsi que l'écrivit Romain, dès lors que Paul avait publié sa photographie dans la presse et livré aux lecteurs du *Monde* nombre de détails sur sa vie, « le personnage mythologique auquel je tenais tant cessait d'exister pour devenir Paul Pavlowitch[12] ». Comme dans une partie d'échecs Romain Gary se retrouvait à la merci de celui qu'il avait jusqu'ici considéré comme un pion. En outre, il ne pouvait plus changer de partenaire.

96.

Le 14 septembre, Jacqueline Piatier avait encensé *La Vie devant soi* en lui accordant « le rez-de-chaussée droite », c'est-à-dire la une. Son article avait pour titre : « La deuxième surprise d'Émile Ajar ». Elle avait trouvé beaucoup de réalisme dans le parler de Momo. À ses yeux, les « mal emplois [1] » du narrateur constituaient une traduction convaincante du parler d'une population marginale et immigrée. Elle discerna un sentiment de familiarité avec cette langue totalement sophistiquée qui n'a rien de commun avec le langage enfantin. Cela dit, la culture de Momo excède largement celle d'un gamin ordinaire.

Simone Gallimard fut si satisfaite de l'entretien d'Yvonne Baby qu'elle en fit tirer une plaquette pour la distribuer aux jurés du prix Goncourt. Tout le Paris littéraire bruissait du nom d'Ajar.

> Ceux que la chose intéressera encore maintenant que tout est fini, depuis longtemps, retrouveront aisément dans la presse de l'époque la curiosité, l'enthousiasme, le bruit et la fureur qui entourèrent le nom d'Émile Ajar à la sortie de *La Vie devant soi* [2],

écrivit Gary dans *Vie et mort d'Émile Ajar*.

À son retour de Copenhague, Paul Pavlowitch envoya une lettre signée Émile Ajar à Simone Gallimard, dans laquelle il se plaignait que ses ennuis avec la justice aient été évoqués par la presse danoise. Il risquait, disait-il, les pires ennuis et menaçait de quitter immédiatement le pays. Mieux valait laisser les journalistes dire qu'il n'existait pas plutôt que de confirmer cette rumeur. C'est par miracle qu'il avait obtenu l'autorisation de séjourner en Suisse, et voilà qu'à présent, il risquait d'être expulsé. Ah ! comme il regrettait de lui avoir donné la photo que les journaux avaient publiée ! Ultime recommandation : ni elle ni Malcy Ozannat ne devaient révéler à qui que ce soit qu'il résidait à présent à Genève[3].

Après la publication de l'interview d'Yvonne Baby, Jacqueline Piatier demanda à Simone Gallimard de lui ménager une entrevue avec Émile Ajar. Cette dernière organisa donc un déjeuner au restaurant. La « critique » et l'auteur devisèrent sur ses livres, en revenant à pied vers le Mercure de France.

Le lien de parenté qui unissait Romain Gary à Paul Pavlowitch fut rapidement découvert. Jacques Bouzerand[4], journaliste au *Point* à la rubrique « Société », avec Marie-Thérèse Guichard et Jean-Marie Pontault, fut chargé par sa rédaction de retrouver Émile Ajar. Il se faisait fort de prouver que les reporters étaient plus astucieux que les critiques littéraires. Camille Olsen, la correspondante de l'hebdomadaire, ne trouva à Copenhague aucune trace d'Émile Ajar ou de Hamil Raja. Ensuite, Bouzerand chercha vainement dans l'annuaire de Paris une personne s'appelant Azar, Raja, Arja... Puis il tenta d'obtenir des informations auprès des Renseignements généraux. En relisant l'entretien réalisé par Yvonne Baby, son attention fut attirée par le fait qu'Ajar disait avoir étudié la médecine pendant quatre ans à Toulouse. Or, Jacques Bouzerand, qui est né en 1939 à Cahors, connaissait tous ceux qui après avoir décroché leur baccalauréat étaient partis étudier dans cette ville. En outre, deux de ses amies, Denise Samson et Suzy Barreau, la sœur d'Annie Pavlowitch, y avaient fait leurs études de médecine. Il examina encore la photo d'Ajar qui avait été prise aux Antilles, au cours d'un séjour durant lequel Annie montait les images d'un film.

Quelques jours plus tard, Jacques Bouzerand montra la photo d'Ajar diffusée par son magazine à un couple d'amis originaires de Toulouse et leur demanda s'ils le connaissaient. Ils s'exclamèrent aussitôt : « Mais c'est Alex ! » Et soudain, Jacques Bouzerand se souvint d'Alex, le petit ami d'Annie au temps où ils étaient élèves au lycée Gambetta à Cahors. Paul Pavlowitch se faisait alors appeler par son deuxième prénom, Alex. Jacques Bouzerand se rappela aussi qu'il avait assisté dix ans plus tôt au mariage de Suzy, la sœur d'Annie.

Le lendemain, tout en poursuivant ses investigations, Bouzerand informa son rédacteur en chef, Jacques Duquesne, qu'il disposait de deux éléments sérieux. Il téléphona à Suzy Barreau. Ce fut son mari qui décrocha et il lui donna volontiers des nouvelles de son beau-frère Alex : il habitait avec Annie à Caniac-du-Causse, et venait justement de publier un livre dont tout le monde parlait. On ne pouvait pas les joindre facilement, car, dit-il pour le décourager, ils n'avaient pas le téléphone.

Jacques Duquesne envoya sur-le-champ Jacques Bouzerand, accompagné du photographe Roland Allard, dans le Lot. Ils prirent un train de nuit à la gare d'Austerlitz. Au petit matin, la mère de Bouzerand, qui habitait à Cahors, lui prêta sa Dauphine. En arrivant à Caniac-du-Causse, ils virent Annie devant la maison qui, visiblement contrariée, leur demanda ce qu'ils faisaient là. Bouzerand répondit qu'il était venu voir Alex. « Quel salaud ! » répliqua-t-elle. Elle alla prévenir Paul qui sortit en bougonnant : « Je n'ai rien à te dire, et il faut que tu te tires ! » Roland Allard, surnommé Titou, était prudemment resté caché sur le chemin. De fort mauvaise humeur, Paul expliqua à Jacques qu'il était dans l'impossibilité de lui parler, qu'il s'agissait d'un *deal* (un contrat) et qu'il allait chercher une carabine s'il ne déguerpissait pas.

Jacques Bouzerand rétorqua qu'il était en train de

réaliser une enquête pour son journal et que, dans la mesure où il avait laissé publier sa photo dans la presse, il ne devait pas s'étonner d'être découvert. D'ailleurs, ajouta-t-il, il était venu accompagné d'un photographe. Roland Allard sortit alors de sa cachette et eut le bonheur de ne pas déplaire à Pavlowitch qui refusa néanmoins catégoriquement de se laisser photographier ou de donner une interview. Si près du but, Bouzerand n'imaginait pas revenir bredouille à Paris et avouer à son rédacteur en chef qu'il avait découvert Émile Ajar, mais qu'il avait échoué dans sa mission. Les choses semblèrent s'arranger quand Annie, les priant d'entrer dans la maison, leur proposa de partager leur déjeuner. Tandis qu'elle préparait le repas, Bouzerand et Pavlowitch allèrent téléphoner à Claude Imbert, le patron du *Point*. En ce temps-là, le seul téléphone de Caniac-du-Causse se trouvait dans un café, au bord de la nationale 20. Quelques chaises, un vieux bar en zinc et un appareil primitif à manivelle.

Bouzerand fut informé que Claude Imbert était au restaurant en compagnie de Jacques de Fouchier, le président de la banque Paribas. On retrouva Imbert et le banquier au restaurant. Le directeur du *Point* parlementa avec Émile Ajar : Bouzerand l'ayant démasqué, il n'avait pas le choix. De toute façon, on écrirait un article. Il devait immédiatement prendre le train pour Paris.

La tension s'apaisa lorsque Annie servit le repas auquel prit part son père, M. Barreau, alors directeur de la Caisse d'allocations familiales du Lot. À 6 heures du soir, Pavlowitch, Bouzerand et Allard s'installèrent dans un compartiment de première classe du Capitole pour Paris. Ils commencèrent l'interview dans le wagon-restaurant. Arrivés à la gare d'Austerlitz, ils prirent un taxi qui délivra Paul de ses poursuivants au carrefour du boulevard Raspail et de la rue de Babylone. Il promit de les appeler le lendemain, et fila chez Romain Gary qui, fort surpris à une heure si tardive, lui ouvrit la porte en robe de chambre. Dans le salon,

Paul lui révéla toute l'affaire. Il avait rendez-vous le lendemain à midi avec Jacques Bouzerand pour relire une interview exclusive. Gary accusa le coup, lui reprocha encore d'avoir parlé de Wilno, où lui-même était né, dans l'interview de Copenhague. Paul monta se coucher dans la chambre de bonne que Romain avait mise à sa disposition. Tard dans la nuit, le cigare aux lèvres, Gary frappa à sa porte pour une ultime recommandation : il devrait venir lui rendre compte de la suite des événements une fois l'entretien terminé.

Le contrôle de la situation lui avait à présent échappé. Sa créature rebelle n'observait plus ses consignes, et il ne pouvait pas, comme le Maharal de Prague, le renvoyer d'un seul geste au néant d'où il se figurait l'avoir tiré.

Paul Pavlowitch retrouva Jacques Bouzerand, avec sa « mine d'endive endeuillée [5] », et Jacques Duquesne au Chant du Cygne, un restaurant du 5e arrondissement. Ils se mirent d'accord sur la publication d'une longue interview d'Émile Ajar (en deux épisodes), accompagnée d'une photo qui ne permettrait toutefois pas de l'identifier ; on ne donnerait aucun renseignement sur le lieu où l'écrivain résidait. La séance de prises de vues se déroula sur les quais de la Seine, au pied de Notre-Dame. Paul avait mis un passe-montagne dissimulant tout son visage, sauf ses yeux.

Il rejoignit ensuite Jacques Bouzerand à son domicile rue Lagrange, où ce dernier lui suggéra de préparer une courte déclaration — « un encadré » — qui accompagnerait l'entretien. Ce texte sibyllin constituait un aveu dont les lecteurs ne possédaient pas les clefs.

> Ma chair et mes os
>
> Moi, je suis peu sûr. J'écris pour qu'on me lise. Mes livres sont seuls. Il m'est absolument impossible d'exposer ma chair et mes os. J'en étoufferais sur-le-champ. Je ne peux pas. Jamais et pour rien au monde.
>
> Ce journal m'a proposé de donner mes « raisons ». Je

n'en ai pas. Je ne peux pas et, si c'est inévitable, je ne publie plus jamais.

J'écris. Et pour le reste, je vis avec les miens. Si quelqu'un ose pénétrer par effraction, alors il ne restera plus rien.

Je n'ai pas de place dans cette vie parisienne. Pas de place parce que je ne suis pas équipé. Je ne sais pas faire. Question d'outillage. Uniquement.

Prenez un poisson et sortez-le de son trou d'eau. Voilà ce que j'essaie désespérément d'éviter. L'asphyxie par excès de fausse sollicitude.

Entre mes lecteurs et moi, il n'y a que mes livres. Si quelqu'un vient prendre cette place et futilement me désigner du doigt, alors je ne peux plus.

Il y a ici une raison de vie. Une cause que je suis seul à défendre. Je sais la différence qui existe entre mes jours les uns après les autres et mes livres. D'un côté, c'est le jardin public — ouvert à tous. De l'autre, c'est mes oignons. Tout ce qui est à éclore. C'est une part sur laquelle je ne raisonne pas. Une part sur laquelle il n'y a pas à discuter.

Pavlowitch et Bouzerand se retrouvèrent le soir même au Relais de l'Alma, un restaurant de l'avenue George-V, proche des bureaux du *Point*. Au cours du dîner, Paul reçut une copie de l'interview. Vers 23 heures, il prit un taxi qui le déposa 108, rue du Bac. Gary lut l'entretien et s'étonna que Jacques Bouzerand ait, comme Guy Dumur, cité son nom, avec celui d'Aragon et de Queneau, comme auteur possible de *La Vie devant soi* se dissimulant derrière le pseudonyme d'Ajar.

En outre, une rumeur circula pendant quelques jours selon laquelle une mystérieuse journaliste suédoise avait découvert que Gary se cachait derrière Émile Ajar. Intrigué, Claude Gallimard demanda à son cousin Robert si tout ce qu'on racontait était vrai. Robert, fort embarrassé, lui répondit qu'à sa connaissance Romain n'était pas Ajar, puis organisa à son domicile une rencontre entre Claude et Romain. Gary nia solennellement être Ajar, et expliqua les similitudes existant entre les livres de ce dernier et les siens par l'influence qu'il exerçait sur Paul.

Pavlowitch rentra à Caniac-du-Causse. La première partie de l'article du *Point* sortit le 10 novembre. Les jurés du prix Goncourt ne dissimulaient pas qu'Émile Ajar était désormais leur favori. Le 17 novembre, au moment où sortait le deuxième épisode de l'article dans *Le Point*, ils lui décernèrent leur prix au huitième tour de scrutin, par six voix contre trois au *Policeman* de Didier Decoin et une à *Villa triste* de Patrick Modiano.

Des mesures de sécurité avaient été prises sur la place Gaillon et chez Drouant, le restaurant où délibèrent les jurés, car Jean-Édern Hallier, ancien directeur du journal d'extrême gauche *L'Idiot international*, était venu faire un scandale pour purifier, disait-il, la république des lettres. Il hurlait devant les policiers : « Libérez Jack Thieuloy ! » et « Le prix Goncourt à Pierre Goldman ! ». Une bouteille d'essence avait été découverte chez Françoise Mallet-Joris, membre du jury. Hervé Bazin, au nom du président de l'académie Goncourt, et Armand Lanoux avaient déposé une plainte contre X pour « injures, menaces et tentative de destruction d'édifice ». Jack Thieuloy était à la prison de la Santé, mais Jean-Édern revendiquait la responsabilité du délit pour plus de visibilité. Un cocktail Molotov explosa dans la matinée le même jour chez Grasset.

Pendant ce temps, rue du Bac, Romain Gary, qui venait d'obtenir un second prix Goncourt, exultait. Interrogé par *France-Soir* sur ce qu'il pensait du livre récompensé, il répondit : « J'avais aimé *Gros-Câlin*, mais je n'ai pas encore lu *La Vie devant soi*. Je ne crois pas que son auteur continuera à préserver longtemps son anonymat. »

Ce soir-là, il dîna en compagnie de trois amies : Élisabeth de Farcy, la mère de celle-ci et la jeune Florence Baumgartner, qui vécut avec lui quelques mois [6]. Romain avait énergiquement refusé d'aller chez Lipp, son restaurant préféré. La mère d'Élisabeth avait alors proposé une gargote géorgienne, La Toison d'or, située dans le 15e arrondissement, près de la rue de la Convention. L'établissement, tenu par deux frères très âgés, ressemblait à une isba. Au cours du dîner, Romain raconta que Paul était poursuivi et persécuté par les journalistes. Quand, au moment de partir, il insista pour signer le livre d'or, ces dames se moquèrent de lui. Lorsqu'ils arrivèrent rue du Bac, une meute de journalistes avait envahi l'entrée du square La Rochefoucauld. Romain, qui ne détestait pas cogner, rentra en jouant les gros bras.

Le lendemain, il arpentait la rue du Bac, le boulevard Saint-Germain, incognito. En réglant ses comptes avec la critique, il réalisait son rêve : être plusieurs hommes et plusieurs écrivains, au lieu d'un seul.

Dès qu'il sut que le prix Goncourt avait été décerné à *La Vie devant soi*, Robert Gallimard avait demandé à Gary de faire immédiatement cesser la fiction, de se démasquer et de refuser le prix. Très excité, Romain lui répondit qu'il se foutait de sa morale, et qu'il était fier d'être le seul écrivain à avoir reçu deux fois le prix Goncourt.

Le lendemain, Gisèle Halimi télégraphia à Pavlowitch de venir sur-le-champ à Paris afin de s'entretenir avec elle de cette affaire. Elle exigeait une lettre de désistement. Elle en avait déjà parlé avec Robert Gallimard qui lui avait reproché, non sans une secrète ironie, de vouloir empêcher un auteur du groupe Gallimard de recevoir le prix Goncourt.

Romain Gary, qui jubilait, céda néanmoins aux injonctions de son avocate parce qu'elle lui avait exposé les dangers que présentait ce qu'elle considérait comme une escroquerie.

Le 20 novembre, Paul Pavlowitch rédigea la lettre suivante :

> Je n'ai jamais fait acte de candidature pour un prix littéraire quel qu'il soit.
>
> L'attribution du Goncourt à mon dernier roman a mul-

tiplié les deux derniers jours les difficultés que je rencontre depuis sa publication à ne communiquer avec tous qu'à travers mon nom.

J'ai donc décidé de refuser l'attribution de ce prix à *La Vie devant soi*.

*C'est pour moi la seule façon de retourner à la vie que j'ai choisie.*

Je charge mon avocate Me Gisèle Halimi de confirmer ma décision à mon éditeur.

Le lendemain, l'avocate fit porter, avec celle de Pavlowitch, une lettre à Simone Gallimard, dont l'original avait été expédié par pneumatique recommandé avec avis de réception.

Chère Madame,

Je ne puis que vous confirmer la décision de mon client M. Émile Ajar de refuser le prix Goncourt pour son roman *La Vie devant soi*, publié par vos éditions.

M. Émile Ajar m'a remis une lettre manuscrite à l'attention du jury des Goncourt et aux termes de laquelle il confirme irrévocablement sa décision.

Je vous fais parvenir sous ce pli la lettre qu'il m'a remise à votre attention.

Je vous prie de croire, chère Madame, aux assurances de mes sentiments distingués.

Simone Gallimard lui répondit que la décision d'Émile Ajar de refuser le prix Goncourt trois jours après son attribution était surprenante. « Je peux vous affirmer que c'est en complète contradiction avec ce qu'il m'a dit personnellement, le lendemain de l'attribution du prix, et avec les instructions qu'il m'a données [7]. » Il fallait donc éviter de communiquer au public des informations provenant d'un télégramme dont l'authenticité n'était pas établie.

Gisèle Halimi écrivit une seconde lettre à Simone Gallimard le 24 novembre : « Émile Ajar a donc pris la décision de refuser le prix Goncourt. Cela implique que vous preniez toutes dispositions utiles pour que la bande soit supprimée du stock existant chez les libraires et qu'elle ne puisse plus figurer sur les stocks à venir. »

Simone Gallimard était désireuse de respecter la volonté d'Émile Ajar, mais elle était profondément heurtée par le ton comminatoire de la lettre de Me Halimi. Tout d'abord, l'éditeur ne mettait pas en doute la volonté de l'auteur, mais s'interrogeait légitimement sur la portée d'un tel refus. Certes, Ajar n'avait pas fait acte de candidature, mais en fait aucun acte de candidature n'est exigé pour se voir décerner un tel prix. Par ailleurs, par son attitude, Ajar laissait penser qu'il n'était pas hostile à cette récompense puisqu'il avait accepté deux fois de rencontrer les journalistes afin de leur prouver son existence. Son nom avait figuré dans la liste de sélection sans qu'il eût élevé la moindre protestation. Enfin, Ajar n'avait pas refusé le prix Goncourt le jour où il avait été officiellement décerné à son livre. En outre, comme l'avait fait justement remarquer le président du jury, le prix Goncourt ne se demande ni ne se refuse. Enfin, Simone Gallimard rappelait dans sa réponse à l'avocate que la présentation d'un livre relève de la seule responsabilité de l'éditeur et que l'auteur, en signant son contrat, garantit l'éditeur contre tout trouble susceptible d'entraver le succès de l'édition.

Simone Gallimard proposa à Gisèle Halimi de discuter de cette affaire lors d'une réunion avec Émile Ajar, Michel Cournot et Georges Kiejman, avocat de la maison Gallimard. De bonne foi, elle pensait que l'affaire s'arrêterait là.

*Le Monde* écrivit : « Quatre jours après le prix, Ajar refuse le Goncourt. »

Moins d'une semaine après le prix Goncourt, René Agid avait reçu un exemplaire de *La Vie devant soi* dédicacé par Émile Ajar. Il avait aussitôt téléphoné à Gary : « Romain, qu'est-ce que c'est que cette plaisanterie ? » Surexcité et ravi, Romain avait d'abord éclaté de rire. Un moment plus tard, affolé, il avait appelé René : « Maintenant, qu'est-ce que je fais ? — Mais enfin, tu te démasques, tu dis la vérité ! — Je ne peux pas faire ça… ce n'est pas possible[8]. »

Prudemment Romain Gary n'encaissa jamais le chèque symbolique de 50 francs qui est remis aux lauréats du prix Goncourt. « Mais la raison décisive pour laquelle je n'ai pas bougé peut se résumer ainsi : et puis merde[9] ! » écrivit-il dans *Vie et mort d'Émile Ajar*.

97.

La librairie de Pierre Lagarde se trouve sur le boulevard Gambetta, à Cahors. Au moment où *La Vie devant soi* reçut le prix Goncourt, le libraire remarqua qu'un jeune homme brun examinait souvent les livres exposés dans sa vitrine. Intrigué, il descendit jusqu'à la Maison de la Presse où M. Charvet, le patron, lui raconta que le même individu entrait fréquemment dans son magasin et posait des questions sur l'accueil du livre d'Émile Ajar.

La boutique de Pierre Lagarde se trouvait en face des bureaux de *La Dépêche du Midi* et, bien souvent, il rendait visite à son ami Martin Malvy, qui en était le rédacteur départemental. Or, ce dernier était un proche de Jacques Bouzerand, car son père Léon Bouzerand[1], qu'on appelait « Toto », avait ouvert un laboratoire photographique rue Foch à Cahors, et travaillait aussi pour le bureau lotois de *La Dépêche*. Lors d'une de ses conversations avec Pierre Lagarde, Martin Malvy lui confia un secret : Émile Ajar, qui habitait à Caniac-du-Causse, était le gendre de M. Barreau. En présence de Pierre Lagarde, Martin Malvy téléphona alors à ce dernier pour l'informer qu'il venait de découvrir la double identité de son gendre, et le pria de bien vouloir le mettre en relation avec lui. M. Barreau regrettait de ne pouvoir l'aider car Paul séjournait actuellement à Londres. Impavide, Malvy répondit que c'était regrettable et ajouta qu'il rédigerait de toute façon avant

22 heures (moment où le journal était imprimé sur les rotatives) un article révélant le pot aux roses. La nouvelle paraîtrait le lendemain en première page.

Paul Pavlowitch ne tarda pas à se manifester et insista auprès de Martin Malvy. Il ne devait pas publier son article sans l'avoir rencontré ; en échange, il lui accorderait une interview à la seule condition que son nom véritable ne soit pas révélé. Le rendez-vous fut organisé le soir même à 21 heures, étant bien entendu que cette entrevue devait se dérouler dans un lieu tenu secret. Pierre Lagarde proposa de recevoir Martin Malvy et Paul Pavlowitch à son domicile. Paul gara la Volkswagen rouge de Romain Gary près des halles et se rendit à pied chez Lagarde. L'entretien dura environ une heure et demie dans une atmosphère tendue, après quoi les protagonistes de cette conspiration lotoise trinquèrent et mangèrent des sandwiches jusqu'à une heure du matin dans la cuisine du libraire. Martin Malvy, qui ne comprenait pas le désarroi de Pavlowitch, et pour cause, le quitta près du pont Valentré. Le lendemain, Annie accorda elle aussi une interview et une séance de photos à Martin Malvy.

L'interview d'Émile Ajar parut dans *La Dépêche* du 21 novembre. À la question : « Nous ne dirons pas qui vous êtes, mais alors, au moins, êtes-vous Émile Ajar ? », Pavlowitch avait répondu : « Rien ne prouve que je sois effectivement Émile Ajar. Les éditeurs, si vous m'amenez les pieds et les poings liés, vous diront que c'est moi qui ai donné les manuscrits et corrigé les épreuves. Mais eux-mêmes ignorent mon identité administrative. Qu'est-ce que ça peut te foutre, mon pote ? »

Les quotidiens parisiens, dont *L'Aurore*, *Le Figaro* et *Le Monde*[2], qui n'étaient tenus par aucune promesse, écrivirent qu'Émile Ajar s'appelait en réalité Paul Pavlowitch et qu'il était le petit-cousin de Romain Gary. Ils annoncèrent également que l'écrivain avait rendu visite à son avocat, M^e^ Gisèle Halimi, jeudi soir, et lui avait remis la lettre manuscrite aux termes de laquelle il confirmait « sa décision irrévocable de renoncer au prix Goncourt ». « Me Gisèle Halimi a fait parvenir, vendredi matin, une lettre au président du prix Goncourt. Les éditions du Mercure de France ont été également informées de la même manière, et par courrier, par Me Halimi. »

Hervé Bazin, président de l'académie Goncourt, fit alors une déclaration :

> 1) M. Ajar ayant été interviewé et ne pouvant ignorer qu'il figurait sur toutes les listes de sélection des prix, sans qu'il ait manifesté la moindre opposition préalable, l'académie considérera ce refus comme réel le jour où elle recevra une lettre manuscrite de M. Ajar à signature dûment légalisée.
>
> 2) L'académie vote pour un livre, non pour un candidat. Le prix Goncourt ne peut ni s'accepter ni se refuser, pas plus que la naissance ou la mort. M. Ajar reste couronné, il est tout à fait libre de ne pas utiliser la bande « prix Goncourt ».
>
> 3) Toutefois, le prix Goncourt fournissant à son auteur une audience considérable, et le refus de ce prix, une publicité supplémentaire, l'académie, se rappelant, par ailleurs, que les deux lauréats précédents qui ont refusé le Goncourt ont tout de même encaissé les droits d'auteur, conseille à M. Ajar de refuser aussi les bénéfices et de les consigner, par exemple, à la Société des gens de lettres pour ses bonnes œuvres.

Pavlowitch n'avait-il pas déclaré lors de son entretien avec Martin Malvy : « Je ne peux pas afficher mon détachement face au fric, en aucun cas. J'ai assez couru après. À ce point de vue, je suis ravi du Goncourt, parce que cela fait rentrer de l'argent. »

Yvonne Baby écrivit dans *Le Monde* un petit encadré dans lequel elle conseillait aux lecteurs : « Laissons donc ces tumultes aux échotiers, ouvrons *La Vie devant soi*, entendons, mêlées, les voix d'Ajar, de Momo, de Madame Rosa, les seules que chacun devrait aujourd'hui écouter. »

Tout le monde savait désormais que Paul Pavlowitch

était un proche parent de Romain Gary qui se claquemurait dans son appartement, tandis qu'une meute de reporters assiégeait jour et nuit la montée d'escalier. Le lendemain, très inquiet, il appela les Pavlowitch et apprit de la bouche d'Annie que Paul avait pris le train pour Paris. Catastrophe ! Les journalistes l'attendaient justement rue du Bac. Annie envoya une de leurs amies parisiennes accueillir son mari à la gare d'Austerlitz.

Le lendemain matin, Paul appela Romain depuis la cabine d'un café-tabac. Dès qu'il entendit la voix de son petit-cousin, Gary s'exclama :

> « Bonjour, ma chérie ! Non, pas maintenant, je suis très occupé !
> — Ils sont encore là ?
> — Oui ! Ils sont tous là, chez moi. Tu sais ? Ils sont à la recherche de Paul… "La Gloire !" Ils l'attendent ici… Je leur ai dit qu'il ne reviendrait pas… mais ils ne veulent rien savoir… ils campent dans les escaliers…
> — Et toi ? comment ça va ?
> — Ça va. Un peu submergé… mais ça va. Écoute, ma poule, rappelle-moi un peu plus tard dans la journée. Je t'embrasse.
> — Cet après-midi ?
> — D'accord, mon chou, je t'embrasse[3]. »

La première photo de Pavlowitch avait été publiée par tous les quotidiens.

Vers 3 heures, Gary avertit Paul que la route était libre et il monta par l'escalier de service. Romain le reçut assez satisfait dans sa chambre à coucher : il avait su dissuader les journalistes de l'attendre en présentant son cousin comme un hypersensible qui ne pourrait supporter leur traque plus longtemps.

Plus tard, un reporter de France-Inter lui avait téléphoné pour lui demander s'il n'avait pas un peu tenu la main de Pavlowitch pour l'aider à rédiger son livre. « Merde ! » avait-il hurlé, avant de lui raccrocher au nez, retrouvant ainsi son insolence des jours anciens, celle du *Vin des morts* et de *Bourgeoisie*.

Linda Noël, une des amies de Gary, raconta alors à

qui voulait l'entendre qu'elle avait vu, de ses yeux vu, le manuscrit de *Gros-Câlin* un été à Cimarron. Fidèle à son goût pour la provocation, Gary répliqua : « Si cette dame a vu quelque chose chez moi, ce ne peut être que mes organes génitaux[4]. »

Avant de prendre congé de son cousin, Romain, qui s'apprêtait à partir à Genève, lui conseilla de cogner un peu sur les journalistes s'ils s'accrochaient trop à lui. L'occasion lui fut donnée à quelques centaines de mètres de la rue du Bac, lorsque Paul Pavlowitch atteignit le kiosque qui se trouve à l'angle du boulevard Raspail et de la rue de Sèvres. Paul donna un gnon à l'un des paparazzi qui lui avait crié : « Monsieur, monsieur ! Vous êtes Ajar ? » Des motards se mirent à le traquer sur le trottoir de l'hôtel Lutétia. Ils le poursuivirent ainsi jusqu'à la rue des Saints-Pères, puis rue de Grenelle, en criant : « Monsieur Ajar ! Monsieur Ajar ! »

Ce même vendredi 26 novembre, Jacqueline Piatier, qui se souvenait que, voilà peu, Romain Gary avait écrit un roman policier sous le pseudonyme de Shatan Bogat, voulut en avoir le cœur net. Elle lui téléphona et lui demanda s'il pouvait la recevoir de toute urgence[5]. Il lui proposa de passer chez lui vers minuit. Elle arriva avec Bertrand Poirot-Delpech, qui attendit dans la voiture garée devant l'entrée du square La Rochefoucauld. Gary vint ouvrir la porte vêtu d'une longue gandoura blanche qui donnait un éclat particulier à ses yeux céruléens et à son abondante chevelure noire où étaient apparus des fils argentés. Il la conduisit majestueusement dans le salon aux fourrures et s'assit en face d'elle sans un mot. Après quelques instants d'hésitation, elle lui rappela que son nom était évoqué avec de plus en plus de certitude à propos d'Émile Ajar. Que fallait-il croire ?

Gary, sans répondre, prit une feuille blanche sur la table basse et écrivit d'un geste théâtral : « J'affirme que je ne suis pas Émile Ajar et que je n'ai collaboré en aucune façon aux ouvrages de cet auteur. Romain

Gary. » En lui tendant le papier, il ajouta un peu plus bas : « Si ce n'était pas vrai, j'agirais exactement de la même manière ! »

Il lui donna l'autorisation de reproduire ces lignes dans *Le Monde*. Puis il raccompagna la directrice du *Monde des livres* vers l'ascenseur. En relisant la déclaration de Gary, Jacqueline Piatier était si convaincue qu'Émile Ajar était effectivement Pavlowitch, qu'elle pensa que le post-scriptum : « Si ce n'était pas vrai, j'agirais exactement de la même manière ! » était une des provocations dont Gary était si coutumier. C'est la raison pour laquelle elle ne publia en fac-similé dans *Le Monde* du vendredi suivant que la première phrase, suivie de sa signature[6].

Le lendemain était un samedi. Les photos de Paul en train de fuir puis de donner un coup de poing à l'un de ses poursuivants s'étalaient dans les journaux. Il retrouva Annie et Anna, sa petite fille, pour déjeuner chez Romain.

Dans *Le Monde*, on pouvait lire qu'Émile Ajar, qui avait quitté Caniac-du-Causse, venait d'être retrouvé par des reporters-photographes. Il occupait une chambre dans le même immeuble que son proche parent Romain Gary. Ce dernier avait déclaré, dans une interview commençant en quelque sorte son nouveau roman, *Pseudo* :

> Il était atteint d'une sorte d'éternelle errance, étudiant un peu partout, passant même six mois à Harvard, puis se mettant à gagner sa vie comme plombier, peintre, camionneur… il reconstruisit une bergerie de ses propres mains… Un jour j'ai appris par un de ses familiers qu'il travaillait à un roman. C'était le premier, *Gros-Câlin*. Il a caché son jeu pour éviter d'être épaulé par moi… Bien sûr, dans le Goncourt, on trouvera une petite influence de mes propres écrits, par-ci, par-là, de petites choses. Paul a lu mes écrits, c'est évident. Mais dites-moi comment j'aurais pu trouver le temps de faire le roman d'Émile Ajar alors que j'ai traduit en anglais mon dernier-né : *Au-delà de cette limite votre ticket n'est plus valable*, terminé une pièce de théâtre, achevé un scénario ? Je ne suis pas un génie sur-

humain capable de tenir la plume de Paul en plus de la mienne. Non, il faudra vraiment dissiper ces fumées et prendre Paul au sérieux. Ne pas abîmer ce garçon d'or pur...

« Ce garçon d'or pur ». Gary parlait-il de lui-même ou bien de Paul, le fils de Dinah ?

Et il ajouta que depuis qu'on l'avait découvert, son cousin était « dans un état physique atroce, nerveusement épuisé, sur le point d'exploser ».

Le samedi 24 novembre, *Le Monde* annonça qu'Ajar allait s'expatrier. Annie avait dit à Martin Malvy qu'elle avait l'impression que tout le monde la regardait, et elle craignait que chaque voiture passant sur le chemin de Jouani à Caniac-du-Causse n'allât s'arrêter devant leur maison.

Le 1er février 1976, Romain Gary, s'amusant à corser l'intrigue aux dépens de ses éditeurs, écrivit à son amie Simone Gallimard[7] :

> Chère Simone,
> On m'a enfin mis au parfum, ce qui explique tout.
> Il est certain que je n'ai aucune preuve quelconque Paul = Ajar.
> Si Cournot est le véritable auteur, je comprends maintenant pourquoi le Mercure laisse dire que c'est moi : je sers ainsi de rideau de fumée.
> Je vais donc commencer à m'amuser, dans mes déclarations à la presse. Vous allez, j'en suis sûr, rigoler avec moi. Il me paraît en effet de moins en moins probable que Paul = Ajar, et on va se marrer.
> Bise
> Romain Gary

Quelques jours plus tard, Yvonne Baby reçut au *Monde* un coup de téléphone de Martine Carré de la part de Romain Gary, qui souhaitait l'inviter à déjeuner chez lui, rue du Bac. Elle accepta. Au cours du repas, elle remarqua qu'il mangeait très peu. Ils parlèrent de leurs goûts littéraires, des écrivains américains, d'*Éducation européenne*, un livre qui lui tenait à cœur.

Ils évoquèrent leurs mères juives polonaises. Romain était doux et mélancolique.

Puis, Gary dirigea la conversation sur Émile Ajar, qui « avait été très satisfait de l'entretien ». Il insista beaucoup sur ce point, puis montra une photo de la maison de Pavlowitch à Caniac-du-Causse.

Il l'emmena dans son bureau. Elle vit le grand panneau sur lequel Gary avait collé des dizaines de photos de Jean Seberg. Lorsqu'elle rentra au journal, Yvonne Baby confia à Jacqueline Piatier qu'elle se demandait pourquoi Gary l'avait invitée. « Mais il adore les femmes, il était content, curieux de te connaître puisque tu avais rencontré Pavlowitch [8] », lui répondit-elle.

## 98.

Depuis le mois d'avril 1975, Romain Gary avait noué une relation stable avec une de ses lectrices, Florence Baumgartner[1]. Elle lui avait envoyé une lettre où elle disait combien elle avait aimé *Europa*. Gary avait aussitôt répondu par un court message sur un bristol : « Il y a des gens qui ont la comprenotte difficile ! » Elle habitait à côté de chez lui et le croisait souvent dans la rue sans savoir qui il était. Florence était peintre et se disait qu'elle devrait un jour aborder cet homme et lui proposer de faire son portrait. Elle lui trouvait l'air d'un explorateur débarqué en ville entre deux périples, avec son débraillé élégant. Un jour, dans la salle d'attente de son dentiste, elle eut la surprise de reconnaître sa photo dans *Paris-Match*. Elle lui écrivit aussitôt qu'ils se croisaient souvent dans la rue. Quelques jours plus tard, il la rencontra devant chez elle, rue de Grenelle. Elle était si éprise de lui qu'en l'apercevant, elle crut défaillir. Elle fut émue en remarquant qu'en essayant de fermer son blouson, il avait tremblé légèrement. Elle lui demanda : « Voulez-vous que je vous aide ? — Non, ça va. On prend un café ? »

Ils restèrent longtemps à la terrasse sans rien dire. Puis un chien passa. « Vous aimez les chiens ? » demanda-t-il. Et sans attendre la réponse il raconta à la jeune femme qu'il avait autrefois fait la connaissance de son père, Wilfrid Baumgartner, chez le mécène Pierre David Weill. Il se leva, lui fit un baisemain et ajouta : « Merci pour la compagnie. — Mais je n'ai rien dit... — Oui, justement. »

Et il s'en alla.

Ils se rencontrèrent encore plusieurs fois rue du Bac. Il lui proposa de passer chez lui un matin. Elle sonna le lendemain à 11 heures. Gary la fit entrer dans le salon aux fourrures, et s'en alla travailler dans son bureau. À midi, Florence vit entrer un superbe adolescent dans le salon. Diego revenait du lycée ; son père le réprimanda parce qu'il n'était pas allé à son rendez-vous chez le dentiste.

Ils continuèrent à s'asseoir à la terrasse des cafés, à se promener dans le quartier. Un jour, Romain fit venir Florence dans son bureau et lui dit : « Je t'aime. On peut vivre ensemble quand tu veux. » Elle lui répondit qu'elle ne venait pas le voir pour devenir sa maîtresse. Elle passa quelques semaines en Suisse. Quand elle revint au début de l'été, elle s'installa chez lui. Un soir, Florence et Gary reçurent une belle Sud-Américaine qui prétendit pendant le dîner avoir inspiré *Au-delà de cette limite votre ticket n'est plus valable*. Gary ne broncha pas.

Cette période de vie commune, la première depuis sa séparation d'avec Jean Seberg, fut un court moment d'apaisement dans les tourments de l'écrivain. Il prenait ses repas à la maison en bougonnant contre la mauvaise cuisine d'Antonia et se couchait de bonne heure. Romain n'était pas fidèle à Florence, mais elle ne s'en rendait pas compte. Elle travaillait de longues heures dans son atelier, Gary s'enfermait dans son bureau et dictait à Martine Carré. Un jour Florence emmena Diego à un match de football, et lorsqu'ils furent de retour, Gary commenta : « Est-ce que c'est ça la vie de famille ? »

Romain lui demanda ce qu'elle pensait de *La Vie devant soi*. Elle avait préféré *Gros-Câlin*.

Romain poursuivit : « À ton avis, qui est cet Émile Ajar ? — Eh bien, il me semble que c'est toi. »

Après un instant d'hésitation, il répondit :

« Malheureusement, non. J'aurais bien aimé. »

Cela ne la fit pas changer d'avis.

Les soupçons de Florence contrarièrent Gary. Il la laissa de nouveau partir visiter sa famille en Suisse, d'où elle lui téléphona un soir. D'une voix étranglée, il lui raconta qu'il allait très mal, qu'il était sous perfusion et qu'elle devait immédiatement rentrer à Paris. Elle prit un train de nuit. Au lieu de la recevoir chez lui, il lui donna rendez-vous au café L'Escurial, à l'angle du boulevard Raspail et de la rue du Bac. À peine était-elle assise qu'il lui dit : « Tu ne dois plus venir me voir. Les journalistes me traquent, ils épient mes allées et venues. » Naïvement, elle lui proposa alors de venir se réfugier dans son atelier.

« Il n'est pas question que je te mette dans cette histoire », lui répondit-il.

Il l'appela le même jour, dans l'après-midi. Les jours suivants, ils se retrouvèrent dans les cafés du quartier. Les mains de Gary tremblaient légèrement. Un matin, il lui déclara : « Ce n'est plus possible. Je n'aurais jamais dû t'entraîner dans ma vie. Es-tu d'accord pour qu'on cesse de se voir ? »

Elle pleura beaucoup, partit en voyage, et se souvint qu'il lui avait dit à plusieurs reprises qu'elle finirait par s'ennuyer avec lui parce qu'elle était trop jeune et qu'il était trop vieux.

## 99.

Le succès de *La Vie devant soi,* dont le tirage, six mois après son apparition dans les librairies, avait atteint 400 000 exemplaires, n'apaisait pas l'anxiété de Romain Gary. Avec les éditions réalisées par les clubs, le livre s'était vendu à plus d'un million d'exemplaires.

En compagnie de celle qu'il appelait « Miss Solitude », Gary endurait de terribles crises d'angoisse qu'il décrivit dans *Pseudo,* le nouveau roman qu'il était en train d'écrire sous le nom d'Émile Ajar. Il avait été transporté à l'hôpital de la Salpêtrière dans des circonstances pénibles, une nuit où Jean Seberg, en proie à une crise violente, hurlait et délirait dans l'appartement qu'elle occupait dans la cour. Ne parvenant pas à la calmer, Gary avait appelé à l'aide Bernard de La Valette et le cardiologue Yves Grosgogeat qui habitaient aussi le square de La Rochefoucauld. Tous trois tentèrent de la maîtriser, mais sans succès. Romain voulut alors rentrer chez lui pour appeler une ambulance, mais il était si bouleversé qu'en quittant la chambre il se cogna brutalement sur le chambranle et s'ouvrit l'arcade sourcilière. Il saignait abondamment. On dut l'emmener aux urgences pour lui poser des points de suture.

La thématique de *Pseudo* entretenait des liens très étroits avec *La Danse de Gengis Cohn,* car il s'agissait une fois encore d'une histoire de double, de *dibbouk.*

Au début du livre, le soi-disant narrateur, c'est-à-dire Paul Pavlowitch/Émile Ajar, hospitalisé dans une clinique psychiatrique à Copenhague, subissait l'intrusion de Gary, alias Tonton Macoute, dans sa conscience de la même manière que le SS Schatz était submergé par Cohn, le Juif qu'il avait assassiné en Pologne pendant la Seconde Guerre mondiale.

*Pseudo*, qui s'intitulait à l'origine *Pseudo Pseudo*, est sans doute l'ouvrage le plus autobiographique de Gary. Mais ce qui est raconté est exprimé dans un langage codé de telle sorte que le lecteur ne saisit que le premier degré de la narration, sans pouvoir atteindre les secrets qui sont pourtant portés des ténèbres au grand jour.

On pourrait citer plusieurs exemples comme celui du Dr Lennes [1] qui est en fait une allusion à l'institut Camille-Miret à Leyme, où est morte Dinah, la cousine de Romain et mère de Paul. Mais à cette réalité voilée, Gary ajoutait le récit véridique de sa mystification littéraire, y mêlant des épisodes réels que les journalistes avaient relatés.

Le lecteur pensait que Paul Pavlowitch réglait ses comptes avec Romain Gary, alors qu'au contraire ce dernier révélait beaucoup de faits intimes et douloureux de la vie de Pavlowitch sur un ton de persiflage que ce dernier trouva intolérable.

> Alors que je m'y étais fourré tel qu'on m'a inventé et que tous les critiques m'avaient donc reconnu dans le personnage de « Tonton Macoute », il n'est venu à l'idée d'aucun qu'au lieu de Paul Pavlowitch inventant Romain Gary, c'était Romain Gary qui inventait Paul Pavlowitch [2].

Paul Pavlowitch écrivit dans *L'Homme que l'on croyait* qu'il en fut très affecté.

Dans *Vie et mort d'Émile Ajar*, Gary confirma avoir créé le personnage de Pavlowitch sans l'accord de son petit-cousin :

> Le personnage de Paul Pavlowitch, ses névroses, psychoses, « états psychiatriques » et avatars hospitaliers,

sont entièrement inventés — et sans son accord. J'écrivis le livre en quinze jours dans ma cachette genevoise et lui téléphonai.

— J'ai inventé de toutes pièces un Paul Pavlowitch dans le roman. Un délirant. J'ai voulu exprimer l'angoisse et je t'ai chargé de cette angoisse. Je règle aussi des comptes avec moi-même — plus exactement, avec la légende qu'on m'a collée sur le dos. Je me suis inventé entièrement, moi aussi. Deux personnages de *roman.* Tu es d'accord ? Pas de censure ?

— Pas de censure [3].

Dans *Pseudo*, cette pseudo-confession, Gary se contredisait à plusieurs reprises. Ainsi, il ne fait aucun doute que l'angoisse extrême, la panique qu'il dépeint sont bien les siennes :

> Car il se trouve que ce roman de l'angoisse, de la panique d'un être jeune face à la vie devant lui, je l'écrivais depuis l'âge de vingt ans, l'abandonnant et le recommençant sans cesse, traînant des pages avec moi à travers guerres, vents, marées et continents, de la toute jeunesse à l'âge mûr, tant et si bien que mes amis d'adolescence, François Bondy et René Agid, reconnurent dans *Pseudo*, à quarante ans de distance, deux passages que j'avais gardés de mon *Vin des morts*, celui des flics-insectes froufroutant dans le bordel, et celui du Christ, de l'enfant et de l'allumette, que je leur avais lus dans ma chambre d'étudiant, rue Rollin, en 1936 [4].

Romain, s'il ridiculisait ses proches, ne s'épargnait pas non plus, allant jusqu'à tourner en dérision ses livres et ses exploits d'aviateur dans les Forces aériennes françaises libres.

Gary avait écrit la première mouture de *Pseudo* en une dizaine de jours à Genève, dans son appartement de la rue Moillebeau. Une partie était rédigée sur un grand registre noir toilé dont il avait arraché les pages ; l'autre, sur des feuillets numérotés à part. Comme à l'accoutumée, Gary avait glissé ce manuscrit de travail abondamment raturé dans une enveloppe jaune en papier fort, sur laquelle il avait écrit : « *Pseudo Pseudo*. Roman, remis à Me Charles-André Junod, le 5 décembre

1975. R. G. » Dans une autre chemise, Gary rangea la première version dactylographiée et photocopiée, portant ses corrections à la main.

Sachant que Simone Gallimard risquait d'avoir quelques scrupules à publier un livre qui brocardait un des auteurs les plus choyés de la maison Gallimard, Romain Gary prit les devants et lui écrivit le 22 décembre une lettre d'une rare duplicité :

> Chère Simone[5],
>
> Paul est venu ce matin, l'œil *sui generis*, me proposer, me [mot illisible] son nouveau manuscrit et d'exercer « mon droit de censure », parce que : « je te traîne dans la merde ».
>
> Je certifie par la présente qu'il a effectué auprès de moi cette démarche, que j'ai refusé de lire le manuscrit, que je dégage par avance toute responsabilité d'Émile Ajar-Pavlowitch et celle de l'éditeur et renonce par la présente à toute poursuite judiciaire pour caractère diffamatoire du livre. Il est donc, tu es donc, vous êtes donc entièrement libres de publier sans craindre la moindre action de ma part.
>
> Je te demande simplement de veiller à ce qu'aucun proche n'y soit mentionné d'une façon diffamatoire, et notamment mon ex-épouse, Jean Seberg, mais comme ce connard est un tendre, c'est sans doute une précaution inutile de ma part.
>
> Je t'embrasse, Romain Gary.

De retour à Paris, Gary confia une photocopie du premier jet de *Pseudo* à Paul qui demanda à taper ce manuscrit où il était tant question de lui. Romain, dans ce jeu dangereux et pervers, prenait une revanche sur sa créature qui, par deux fois, lui avait désobéi d'abord en donnant sa photo à Simone Gallimard, puis en racontant à peu de chose près sa vraie vie au lieu de celle d'Hamil Raja/Émile Ajar, lors de l'entretien avec Yvonne Baby. Gary, le démiurge, imposait sa réalité.

La première version de la pseudo-confession d'Émile Ajar, qu'il lut en une nuit, fut odieuse pour Paul qui s'était engagé à ne pas censurer Romain. Il écrit dans *L'Homme que l'on croyait* :

> Je me sentais défaillir à cette cruelle exposition de mes petits secrets. Ces piteuses révélations étaient d'autant plus atroces qu'elles témoignaient de son indifférence. C'était encore moins que ça. J'étais simplement un matériau[6].

À mesure que l'écrivain, enfermé dans son bureau, dégageait de cette gangue tumultueuse et chaotique le monologue du narrateur émaillé de quelques bribes de dialogue, le psychisme de Gary s'était scindé en quatre entités conflictuelles : Romain Gary et Tonton Macoute d'une part, Paul Pavlowitch et Émile Ajar de l'autre. Malgré cette tentative d'auto-engendrement à travers la littérature, il ne parvenait pas à se réconcilier avec lui-même. Puis il trouva dans son incomparable habileté la force de se ressaisir et élabora des scènes, une sorte de fil conducteur.

Pendant ce temps, dans le salon, Paul Pavlowitch, le vrai, jouant plein d'amertume après celui d'Émile Ajar le rôle de secrétaire, tapait dix heures par jour le fruit de ce cataclysme créateur sur la vieille machine Olympia que Romain lui avait confiée :

> Il fallait taper son évacuation quotidienne... Chaque matin, je m'installais dans ce salon trop élégant et je tapais les preuves de mon inanité[7].

Pas moins de douze cents pages en deux mois, dont Gary ne conserva que le dixième.

Il souffrait tout en n'ignorant pas que les romanciers, entre réalité et mensonge, sacrifient allégrement leurs proches sur l'autel de la création. Comble de la frustration, ce n'était pas lui qui créait, mais celui qu'il percevait comme son tortionnaire et dont dépendaient sa survie matérielle et celle des siens.

La situation se compliquait pour lui du fait que le rôle qu'il remplissait n'était pas bénévole. Au début, il avait accepté de jouer le personnage d'Ajar parce que Romain avait toujours porté secours à Dinah, sa mère.

> Il m'avait vu en 1960, étudiant et sans manteau, m'avait entraîné chez lui et, ouvrant sa penderie, m'avait donné brusquement une magnifique pelisse ramenée de Pologne. Petit détail immense. Cette pelisse me suivit longtemps. Je l'avais sur le dos comme si c'était lui[8].

Avec les tensions, le conflit s'envenima. Gary ne tolérait pas que Paul se crût autorisé à donner son avis sur les œuvres d'Émile Ajar. Leurs relations prirent une tournure plus formelle : Romain, qui gagnait des sommes folles, rétribuait généreusement son petit-cousin pour le travail qu'il effectuait.

Quelle revanche pour Roman Kacew, le petit garçon pauvre, abandonné par son père, que Romain Gary, devenu riche et célèbre, n'avait jamais cessé de porter en son cœur ! Quelle revanche ! La sécurité matérielle enfin conquise, et à présent l'opulence que sa mère et Dinah n'avaient jamais connue. Il venait justement de céder pour 200 000 dollars, une somme fabuleuse à l'époque, les droits d'adaptation au cinéma de *La Vie devant soi* à « Swifty Lazard », un des meilleurs agents américains[9]. Ce dernier les avait revendus, par l'intermédiaire de Jean-Pierre Bosc (l'agent d'Émile Ajar en France), à Jean Bolvari et Raymond Girard, deux producteurs français qui avaient chargé Raymond Danon, patron de Lyra Films, de trouver un réalisateur capable de monter l'affaire. Ce dernier pensa d'abord confier l'adaptation du roman et la mise en scène à Claude Berri, qui se montrait très impatient de faire la connaissance d'Émile Ajar. Mais bientôt il rencontra des difficultés dans l'écriture du scénario et fit appel à son ami Moshé Mizrahi, le réalisateur d'un film très remarqué, *Rosa je t'aime*, évoquant l'amour d'un adolescent pour sa jeune belle-mère. Jean-Pierre Bosc, dont le bureau se trouvait dans le faubourg Saint-Honoré, organisa une entrevue à l'hôtel Bristol entre Berri, Mizrahi et Pavlowitch.

Mizrahi fut intrigué et séduit par l'accent très particulier de Paul, qu'il n'arrivait pas à situer. Il s'étonna également de la seule réponse qu'il consentît à donner à leurs questions : « Moi, j'ai écrit mon bouquin, j'ai fait mon travail, c'est à vous de voir, vous faites ce que vous voulez. »

La collaboration ébauchée entre Berri et Mizrahi ne fut pas fructueuse, et quand ce dernier affirma que Simone Signoret était la seule actrice capable d'incarner le personnage de Madame Rosa, Claude Berri éluda cette proposition. Ce dernier engagea alors Gérard Brach, le scénariste de Roman Polanski, mais quelques mois plus tard, insatisfait du résultat de leur travail, il annonça à Moshé Mizrahi qu'il renonçait finalement à réaliser *La Vie devant soi*. Mizrahi lui fit alors part de son désir de mener à bien ce projet. Il crut comprendre qu'il n'avait pas assez de notoriété pour y prétendre. Toutefois, Claude Berri finit par favoriser un rendez-vous entre Mizrahi et les producteurs qui, après avoir assisté à une projection de *Rosa je t'aime*, lui confièrent la réalisation du film, en approuvant sa volonté d'engager Simone Signoret. Elle refusa d'abord parce qu'elle n'avait pas aimé le roman d'Ajar, et ensuite pour la simple raison qu'elle l'accusait d'être le fruit du plagiat de *Pentimento*, une nouvelle de Lilian Hellman [10] qu'elle avait traduite de l'américain. La nouvelle racontait la relation entre une vieille prostituée gravement malade et un adolescent réfugié dans un bordel, à La Nouvelle-Orléans. Mizrahi eut beau lui démontrer qu'il n'en était rien, que ce genre d'histoire entre une prostituée et un jeune garçon appartient à la mythologie occidentale, que l'analogie était circonstancielle, Simone Signoret n'en démordit pas. En outre, elle avait déjà repoussé l'offre de jouer ce personnage lorsque Claude Berri le lui avait proposé après avoir lu les épreuves de *La Vie devant soi*, que Michel Cournot lui avait fait porter [11].

Incarner Madame Rosa l'angoissait, car elle devait grossir et s'enlaidir. Un échec pouvait être fatal à sa carrière. Moshé Mizrahi lui demanda d'assister à une projection de *Rosa je t'aime*. Elle l'aima et se laissa convaincre.

Avec Mizrahi, qu'elle ne connaissait pas, elle renonça à faire preuve de coquetterie comme elle l'aurait peut-être osé avec ses amis Claude Berri ou Costa-Gavras : refuser un maquillage qui l'enlaidissait, une perruque, une robe, des chaussures hideuses.

Mizrahi considérait que les dialogues de *La Vie devant soi* étaient trop intelligents, sophistiqués et littéraires pour les faire dire tels quels aux acteurs. Le naturalisme de l'image est l'ennemi de l'art au cinéma, et Mizrahi savait qu'il devait, par exemple, rendre à Momo son âge véritable car, à l'écran, il ne pouvait tenir les propos que Gary avait écrits s'il était encore un petit garçon. Il avait donc repris les dialogues en conservant leur substance, leur parfum. Ainsi, ils donnèrent l'impression d'être tout à fait identiques à ceux du roman. Au mois de décembre 1975, Jean-Pierre Bosc lui fit savoir qu'Émile Ajar souhaitait lire son adaptation. Moshé était réticent parce que Ajar avait dit dans une interview que le film serait certainement mauvais, et que la seule chose militant en sa faveur était d'avoir d'engagé Simone Signoret. Dix jours plus tard, il reçut une lettre signée Émile Ajar le félicitant chaleureusement pour son travail, avec quelques remarques : il ne devait pas faire du personnage de Ramon un post-soixante-huitard mais un intellectuel de Saint-Germain-des-Prés. Une des crises de Momo devait être plus intériorisée. Gary, qui avait rédigé ces conseils de sa main, approuvait le changement que Mizrahi avait opéré dans le personnage de Nadine, qui de doubleuse était devenue monteuse, car ce qu'il avait écrit dans son roman était incompatible avec la réalité technique d'une salle de doublage, mais en revanche conforme à celle d'une salle de montage.

Quand le film fut achevé au printemps 1976, les producteurs proposèrent d'organiser une projection privée au Club 13, chez Claude Lelouch, pour Émile Ajar, qui refusa de venir. Le film fut montré aux professionnels lors d'autres projections. En pareille occurrence, Mizrahi et Signoret allaient s'asseoir dans un café proche de la salle Pleyel, où l'attachée de presse conduisait les journalistes qui désiraient les interviewer.

Le jour où on montrait le film à Michel Cournot et Simone Gallimard, Simone Signoret et Moshé Mizrahi virent Romain Gary arpenter nerveusement le trottoir vingt minutes avant l'heure. « L'oncle est très anxieux de voir ce que tu as fait de l'œuvre de son neveu », commenta l'actrice.

Le soir même, elle reçut par pneumatique une lettre enthousiaste de Gary lui demandant de bien vouloir la lire à Mizrahi. Bien des années après le suicide de l'écrivain, Moshé Mizrahi remarqua que les deux lettres, celle signée Émile Ajar et celle signée Romain Gary, étaient de la même main.

Le film sortit au mois de novembre 1977 en avant-première à Rouen. Il eut un énorme succès en France et aux États-Unis, où il battit les records de recette au box-office, et reçut l'oscar du meilleur film étranger.

## 100.

Gary écrivait de l'aube à la tombée de la nuit. Tôt le matin, Roger Grenier, qui promenait son chien, Ulysse, le rencontrait non loin du portail du Secours catholique.

> La maison d'après était celle de Romain Gary. Souvent, dès notre première sortie, à sept heures et demie du matin, nous le rencontrions traînant dans la rue, allant acheter les journaux, boire un café au tabac d'en face. Gary disait que la rue du Bac était sa patrie… « Viens ici, connard ! » disait-il à Ulysse qui avançait aussitôt en creusant le dos pour aller se frotter à lui.
>
> Un jour de septembre 1980, nous avons rencontré Gary, presque devant son immeuble. Il a dit, comme d'habitude :
>
> — Viens ici, connard !
>
> Nous nous sommes approchés. J'ai dit à Romain :
>
> — Je crois que c'est la dernière fois que tu vois Ulysse. Il est condamné.
>
> Romain a eu un violent sanglot et est allé se cacher sous son porche.
>
> Ulysse est mort le 23 septembre, et Gary le 2 décembre [1].

Après avoir lu les journaux chez Ginette Gahier, la patronne du café Le Brazza, Gary remontait travailler sur *Pseudo* jusqu'à une heure, revêtu de son peignoir dont l'étoffe sur fond noir était parsemée d'éléphants bleus. Il faisait feu de tout bois, racontant finalement beaucoup d'anecdotes véridiques, mais de telle façon qu'il soit bien difficile au lecteur de se situer.

Il tentait surtout de battre en brèche par la dérision

la suspicion de ceux qui commençaient à dire que Gary avait sans doute tenu la main d'Émile Ajar :

> D'ailleurs, il avait déjà trouvé dans un des bouquins des traces de son influence littéraire. Dans un de mes deux livres, il y avait un paquet de gauloises bleues. Dans un des siens aussi. Il avait utilisé les mots « python », « éléphant », et moi aussi. Les mots « Ah mon Dieu » et « friandises », et moi aussi. J'emploie dans mes deux bouquins les mots « ouf », « littérature », et lui aussi. Nous utilisons les lettres de l'alphabet. Je suis tombé sous influence, quoi [2].

Devenu le secrétaire intérimaire de Gary, Paul Pavlowitch ne goûtait pas la plaisanterie. Il devait à longueur de journée dactylographier des pages dans lesquelles il était question de lui et de sa mère Dinah. Romain Gary l'utilisait comme un matériau littéraire, en dévoilant des faits très douloureux de sa vie intime. De plus, à présent que tout le monde croyait qu'il était Émile Ajar, son existence aux yeux du monde dépendait de cette identité fictive. Impossible d'y renoncer. Comme tout créateur, Romain Gary ne voyait pas les choses de la même façon. Paul était sa créature généreusement rétribuée, exigeante et récalcitrante. Entre lui et Paul il n'y avait aucune possibilité de connivence, alors que la situation l'exigeait. Gary lui aussi se sentait piégé. Nul ne devait le démasquer, mais justement Paul avait le pouvoir fatal de le mettre en danger à chaque instant. Bien que l'intérêt de Pawlovitch fût justement que la fiction perdurât le plus longtemps possible, car, en personnifiant Émile Ajar, il avait échappé à la précarité.

Le 4 juin 1975, Gary avait dicté à Pierre Michaut, sur le papier à en-tête de ce dernier, une lettre dans laquelle il était écrit qu'Émile Ajar l'avait chargé la veille de remettre la missive ci-jointe à Simone Gallimard. Le but de ce courrier était de réclamer le versement en espèces de la somme de 15 000 francs, compte tenu des 5 000 déjà perçus. Pierre Michaut remit l'argent à Gary, et la lettre servit de reçu à la transaction. Cela n'avait pas grand-chose à voir avec les habitudes feutrées de la profession. Gary était ravi de voir Simone Gallimard se plier à ses fantaisies. En même temps, ses mauvaises manières engendraient en lui une immense panique. Ni Paul ni Romain, dans cette situation bien moins dangereuse ou dramatique que ce dernier ne se le figurait, ne faisaient preuve du moindre humour.

Au lieu de profiter de sa supercherie et d'en rire devant les proportions énormes qu'elle avait prises, Gary sombrait dans un état d'angoisse abyssal.

## 101.

Quand *Pseudo* fut achevé, Paul Pavlowitch téléphona à Michel Cournot et lui demanda de venir lire le livre chez lui. Cournot emprunta l'escalier de service et monta au sixième étage. Il arriva dans une suite de chambres de bonne aménagées dans le goût oriental. Paul le fit asseoir devant une petite table et lui tendit le manuscrit.

Si Michel Cournot n'avait pas aimé d'emblée *La Vie devant soi*, il fut conquis dès la première lecture par *Pseudo*. Le fait que, dans le roman, tout était inversé, raconté à l'envers, l'enthousiasma. Aussi proposa-t-il de le publier sur-le-champ. « Non, l'autre vient de sortir ; c'est trop tôt, répondit Pavlowitch, vous attendrez que je vous donne l'autorisation. »

Puis Paul Pavlowitch téléphona à Roger Grenier[1] pour lui demander de lire très vite son nouveau roman, *Pseudo Pseudo*. Deux jours plus tard, un dimanche, Roger Grenier, fort embarrassé (il était l'ami de Romain, il avait fait travailler Paul cinq ans plus tôt), dut rendre son verdict.

« — Le livre est bon, bien sûr, mais vous exagérez avec Romain, commença-t-il.

— Par exemple ? demanda Paul.

— Vous dites que Romain est tellement vaniteux qu'il a fait broder des éléphants sur ses pyjamas.

— Mais c'est vrai ! il a une robe de chambre imprimée avec des éléphants bleus sur fond noir.

— À part ça, je vous conseille d'intituler simplement votre livre *Pseudo*. »

Comme par hasard, Gary téléphona à Roger Grenier le soir même et lui proposa de venir avec sa femme prendre un verre chez lui le lendemain. Il les fit entrer dans le salon, et lorsqu'ils furent assis sur le divan aux fourrures, Roger Grenier remarqua sur la table un bloc de papier à côté des bouteilles d'alcool. Gary prit une feuille sur le dessus et la montra à son ami.

« Regardez comment Paul est gentil. Voilà la maison qu'il a restaurée pour moi à côté de la sienne. »

Très mal à l'aise, Grenier lui avoua alors qu'il venait justement de lire le manuscrit de *Pseudo*.

« Eh bien, écoute, c'est complètement contre toi...

— Oh, je suis déjà au courant. Il s'imagine que j'ai couché avec sa mère et qu'il est mon fils. Mais tu sais bien combien la morale est stricte dans les familles juives. C'est tout simplement impossible. La seule chose qui m'intéresse, c'est la valeur littéraire de son livre. »

Rasséréné par son test de lecture, Gary ordonna à Paul de prévenir Michel Cournot qu'on pouvait envoyer *Pseudo* chez l'imprimeur. Émile Ajar alla donc au Mercure de France demander pourquoi les épreuves du livre n'avaient pas été composées. Cournot lui rappela qu'il avait exigé qu'un certain délai lui fût accordé. Parfait acteur, Pavlowitch répliqua : « Eh bien allons-y, mais surtout pas de couverture "gants beurre frais". » Cournot murmura dans sa barbe : « Attends mon bonhomme, tu vas être gâté. » Il trouva à la Bibliothèque nationale une gravure anglaise qui représentait la tête et le cerveau d'un écorché et la fit reproduire sur fond rouge.

Le livre parut au début de l'hiver 1976. Roger Agid, venu rendre visite à Gary, vit un exemplaire de *Pseudo* posé sur la table du salon et se pencha pour le regarder. Romain lui dit alors : « Quel est le fou qui a écrit ce bouquin ? »

*Le Monde*[2] publia des bonnes feuilles choisies « par

Ajar lui-même ». Jacqueline Piatier lui consacra un grand article dans *Le Monde des livres* du 3 décembre, intitulé : « La troisième apparition d'Ajar. À visage pseudo-découvert. » Elle s'étonnait qu'Ajar n'eût pas poussé la satire du monde littéraire un peu plus loin, lorsqu'il évoquait la visite de Simone Gallimard et Yvonne Baby à Copenhague. Ce qui la frappa, en revanche, c'était les comptes que semblait régler Émile Ajar avec Tonton Macoute, alias Romain Gary. Mais elle n'était pas dupe : « Symbolique, feint ou réel, cet affrontement père-fils, chargé d'amour et de haine, donne lieu à des scènes bouffonnes où Gary fait figure de bouc émissaire. » Jacqueline Piatier énonçait les thèmes qui se trouvent au cœur du livre, à savoir l'identité, la genèse des œuvres d'art : « Le prix de revient de *Guerre et Paix*, c'est beaucoup trop cher », sans se souvenir que c'était exactement ce qu'avait écrit Gary mot pour mot, notamment dans *La Danse de Gengis Cohn*, *Europa* et même *Éducation européenne*. Elle remarquait aussi qu'Ajar, en cherchant des solutions, en proposait plusieurs : fuir l'appartenance à l'humanité en changeant d'espèce, se réfugier dans la folie. Comme l'ambassadeur Danthès dans *Europa* et Cohn dans *La Tête coupable*.

Jean Freustié salua également *Pseudo*, « ce livre flamboyant et diabolique », dans *Le Nouvel Observateur*[3] : « Sacré Ajar ! J'avais été un peu sévère avec son *Gros-Câlin*, infiniment plus indulgent avec *La Vie devant soi*, prix Goncourt 1975 tout de même. Je me sens devenir tout miel en présence de ce troisième livre, *Pseudo*. »

Gary lut en jubilant l'article de Matthieu Galey consacré à son livre dans *L'Express* du 20 décembre 1976 :

> Car ce livre-ci, c'est incontestable, nul n'y a mis la main. Il est « vomi » tel quel. Aucun souci d'ornement ni de composition. Un brouillon vrai, qui paraît bien être de l'Ajar à l'état pur. Mais ces confidences un tantinet pathologiques ne prouvent toujours pas l'authenticité de *La Vie devant soi*. Au contraire, on serait tenté de souligner la dif-

férence entre les roueries habiles du roman et la maladresse de la confession. Pourquoi s'en étonner ? Devenus célèbres, les auteurs ont souvent la grosse tête. Ils ne supportent même plus la moindre collaboration...

Gary, au fond ulcéré bien qu'il s'en défendît, ridiculisa le critique dans *Vie et mort d'Émile Ajar* en citant ses assertions pour mieux les détruire :

> Celui de *L'Express*, après avoir déclaré, fort d'une indiscrétion d'une personne pourtant tenue par le secret professionnel, que, pour ses œuvres précédentes, Ajar avait eu des « collaborateurs », dont sans doute moi, ajoutait que *Pseudo* avait manifestement été écrit par Ajar lui-même, et tout seul. Un livre « vomi » hâtivement, déclarait-il, et il expliquait que ce jeune écrivain, devenu célèbre et la tête gonflée, avait répudié ses « collaborateurs », refusé d'écouter leurs conseils, et y était allé de sa propre main tout seul et n'importe comment. D'où, disait notre critique, l'absence de « rouerie », de « métier », que l'on trouvait, d'après lui, dans les deux précédents ouvrages, et le caractère « vomi », bâclé du livre. Bonne mère ! S'il est un livre de vieux professionnel, c'est bien *Pseudo* : la rouerie consistait à ne pas la laisser sentir[4].

Comparées à celles de *La Vie devant soi*, les ventes furent modestes. Gary en prit ombrage et chargea Paul de faire des remontrances à son éditeur. Le Mercure de France n'avait pas bien lancé son livre qui aurait pu atteindre 150 000 exemplaires au lieu des 50 000 vendus. On avait édité précocement *Gros-Câlin* en livre de poche, et il avait perdu beaucoup d'argent puisque l'édition originale avait disparu des librairies. Il s'estimait lésé et exigeait dorénavant les mêmes pourcentages sur le prix de vente de ses livres que les éditeurs accordent habituellement aux best-sellers.

Michel Cournot rédigea une note à l'attention de Simone Gallimard :

> Rien qu'à propos de *Pseudo*, il m'a dit que nous lui avons fait manquer au minimum 50 millions anciens. C'est te dire qu'il doit s'estimer lésé, en tout, de nettement plus de

> 100 millions anciens. Je n'invente rien, il m'a clairement exprimé tout cela[5].

À présent que les journalistes avaient acquis la certitude qu'Émile Ajar, alias Paul Pavlowitch, était un proche parent de Romain Gary, ce livre magnifique ne les passionnait plus.

## 102.

Tandis qu'il poursuivait fébrilement l'œuvre d'Émile Ajar, Romain Gary commença, au mois d'avril 1976, *Clair de femme*[1], d'abord intitulé *Paso Doble*, un nouveau roman publié par les Éditions Gallimard. Le même mois, il remit un exemplaire corrigé d'*Europa* en vue de sa réédition. Sacrifiant tout à son œuvre, il travailla comme un forcené jusqu'à l'automne. Il vivait chaque jour comme si l'éventualité de sa mort eût été proche, mettait de l'ordre dans ses affaires, veillait à ce que ses livres fussent bien exploités par son éditeur. Ainsi, il obtint l'accord de Claude Gallimard pour la publication en Folio des *Têtes de Stéphanie*, en 1977.

Le 23 novembre 1976, Gary apprit la mort d'André Malraux alors qu'il se trouvait au Plaza, chez Roger Agid. Comme il ne passait pas inaperçu à Nice, les journalistes se ruèrent à l'hôtel pour l'interviewer. Il demanda à son amie Annie Pasquini ce qu'il devait faire « vis-à-vis d'elle », désignant ainsi une de ses maîtresses très jalouse qui l'attendait à Paris et à laquelle il avait menti. « Je ne peux pas donner d'interviews, elle va me faire une scène affreuse… » Annie lui montra comme à un enfant que s'il avait déjà menti à cette femme, il allait de soi que son ami Malraux était plus important que cette romance.

« Je ne peux pas y aller, je chiale déjà ! » déclara-t-il en s'apprêtant à partir à Verrières-le-Buisson pour s'incliner devant la dépouille d'« André » exposée dans le salon des Vilmorin. Il assista, avec de rares intimes, à l'enterrement en compagnie de Jean Seberg, puis se joignit le 27 novembre aux Compagnons de la Libération pour l'hommage national qui lui fut rendu devant dix mille personnes dans la cour carrée du Louvre.

Muni de ses anxiolytiques, Gary alla s'enfermer dans son studio de la rue Moillebeau, à Genève. Un soir, en entendant à la télévision Jean d'Ormesson, interviewé sur Malraux par un journaliste, dire que sur son lit de mort Malraux avait l'air si calme, Gary se souvint des tics qui défiguraient le visage de son ami et se mit à rire comme un fou.

Le 26 novembre 1976, Odette Laigle, la secrétaire de Gaston Gallimard qui aimait beaucoup Gary et recueillait parfois ses confidences, lui adressa le texte de la quatrième de couverture de *Clair de femme*[2] rédigée par Roger Grenier. « Ce nouveau livre de Romain Gary n'est pas un simple roman de plus, c'est un chant d'amour profond, célébrant cette union, cette association, cette fusion si dédaignée aujourd'hui qu'on appelle le couple[3]. »

Michel Folain, dont l'épouse atteinte d'une leucémie décide de se suicider, demande à son mari de l'aimer après sa mort à travers une autre femme, afin que la flamme mystique du couple ne s'éteigne pas. Cet homme dont l'unique recours, l'unique refuge a toujours été la féminité, rencontre par hasard dans la rue Lydia Towarski, foudroyée par la mort récente de sa petite fille survenue dans un accident de voiture, où son mari, choqué, est devenu aphasique. S'accrochant l'un à l'autre, Lydia et Michel tentent de trouver des raisons de survivre. Ils célèbrent une union passionnée, « où tout ce qui est féminin est homme, tout ce qui est masculin est femme », ainsi que l'écrit Romain Gary. Malgré l'insistance de Michel qui attend tout de cette « patrie féminine », Lydia, qui n'est pas dupe, répond : « Je ne veux pas entrer en religion. » En arrière-fond de ce roman ténébreux, se meuvent des personnages qui rappellent les acteurs de music-hall des *Mangeurs d'étoiles,* comme le señor Galba, un vieux montreur de chiens vivant dans une solitude lugubre et achevant sa carrière dans un cabaret minable où ses animaux dressés — un caniche teint en rose et un chimpanzé — dansent un ignoble et macabre *paso doble.*

Selon Odette Laigle[4], l'intrigue de ce livre fut inspirée à Gary par sa rencontre et sa liaison discrète avec Romy Schneider qui, à cette époque, habitait tout près de chez lui, rue Barbey-de-Jouy. Elle incarnerait bientôt Lydia dans le film que Costa-Gavras tirerait de *Clair de femme.*

Gary passa les premiers jours de 1977 chez Paul et Annie, à Caniac-du-Causse, pour corriger la version anglaise de *La Vie devant soi* qui avait été confiée à Ralph Manheim, traducteur jouissant d'une grande notoriété aux États-Unis. Avec sa maîtrise parfaite de l'anglais, Gary créa des « ajarismes » qu'il substitua à l'anglais trop correct du traducteur. Pavlowitch, qui transmettait « ses corrections » à Manheim, remit à Gary le manuscrit définitif le 19 avril. Finalement, le traducteur préféra son « anglais correct » aux « ajarismes » de Gary. Les éditeurs anglo-saxons sont très soucieux de conserver ce qu'ils appellent le *final cut,* même aux dépens de l'œuvre.

Romain Gary, qui n'avait plus envoyé ses livres à Lesley Blanch depuis leur séparation, lui dédicaça un exemplaire de *Clair de femme.* Comme elle ignorait que le paquet lui avait été expédié par Romain, elle le posa dans un coin, ne prenant pas la peine de l'ouvrir. Plusieurs mois après sa mort, elle le retrouva par hasard sous une pile de papiers et voulut voir ce qu'il contenait. Entre les pages, Gary avait glissé un bristol sur lequel il avait écrit qu'il aurait du plaisir à lui parler. Il avait ajouté : « Si vous avez le temps, si vous passez à Paris, venez faire la connaissance de mon fils. Il n'est pas mal ! »

*Clair de femme* était émaillé de formules qui plurent

à ses lectrices : « C'est merveilleux de pouvoir aider quelqu'un quand on a besoin soi-même de secours », « Il ne suffit pas d'être malheureux séparément pour être heureux ensemble », « La frigidité c'est quand la morale et la psychologie couchent ensemble », « Les problèmes du couple qu'est-ce que c'est ? Ou bien il y a des problèmes, ou bien il y a couple », « Le couple cela signifie un homme qui vit une femme, une femme qui vit un homme ».

Le 11 mars 1977, *Le Matin de Paris* publia une interview de Romain Gary : « À bas l'intellectuel dominateur ! Les romans de Romain Gary se vendent comme des petits pains. Mais après la parution de son dernier livre, *Clair de femme*, il affirme : "Le livre est une savonnette, il est promu et vendu comme telle. Il est inconcevable que les écrivains — quelle que soit leur notoriété — soient contraints de faire le trottoir pour vendre leur livre... Il reste si peu de libraires... C'est horrible de vivre une époque où au mot sentiment on vous rétorque sentimentalisme. Il faudra bien pourtant qu'un jour vienne où l'affectivité sera reconnue comme le plus grand des sentiments et rejettera l'intellect dominateur." »

*Clair de femme* donna lieu à des commentaires contrastés. Annie Coppermann dans *Les Échos* [5] en fit l'éloge :

> Ce pourrait être un mélodrame. C'est un très beau livre. Au lyrisme à la fois sincère et naïf, mais suffisamment passionné pour emporter l'adhésion. Truffé de formules déchirantes. Et jalonné, comme toujours chez Romain Gary, de silhouettes insolites, sorties de l'imagination d'un maître illusionniste pour ne plus se laisser oublier.

Jacqueline Piatier — la bête noire de l'écrivain — titra son bref article par une observation sarcastique : « Ma femme est morte, vive la femme [6] ! », et poursuivit :

> Naturellement, le couple, pour se maintenir, doit éliminer les partenaires hors d'usage. Les incurables ont la

> dignité de se suicider ou, s'ils en sont incapables, on les renvoie chez leur mère. Après quoi la voie est libre pour une nouvelle association charnelle et fraternelle tout ensemble… Cette sinistre union se déroule sur fond de fête : une somptueuse réception chez des Juifs russes, une boîte de nuit, où un dresseur de chiens exhibe un chimpanzé noir dansant avec un caniche rose. Dérisoire image du couple humain qui prend ses ébats dans le voisinage même de la mort.

Les ventes de *Clair de femme* apurèrent le compte d'auteur de Gary qui depuis deux ans présentait un solde débiteur de plus de 100 000 francs.

## 103.

En 1977, Romain Gary rencontra Béatrice Clerc, une belle brune qui travaillait aux Éditions Ramsay [1] où elle était chargée de commander des essais à Claude Lévi-Strauss et à François Châtelet. Elle aimait les livres de Gary et, n'osant l'aborder, elle lui téléphona sous le prétexte de lui commander un ouvrage. Par hasard, elle dîna la veille de leur rendez-vous chez Lipp avec des amis, et elle remarqua Gary, seul et sombre, assis à la table voisine. Il sembla ne lui accorder aucun regard.

Le lendemain, ayant parfaitement compris son manège, il éclata de rire après avoir patiemment écouté Béatrice lui proposer d'écrire un essai. Bien entendu, il n'envisageait en aucune façon d'être infidèle à Gallimard.

Béatrice, qui venait de divorcer, habitait un petit appartement rue du Dragon, à deux pas de chez Lipp. Ils allèrent y dîner souvent, ainsi qu'au Récamier. Avant de commander, il lui demandait : « Tu veux du vin, toi ? Moi, je ne bois que de l'eau, bien que certains racontent que je suis alcoolique. »

Certains soirs, Romain arrivait chez elle par surprise. Si elle n'était pas là, il dessinait des petits bouquets de fleurs sur des billets qu'il punaisait sur sa porte d'entrée. Il l'interrogeait longuement sur les hommes qu'elle avait connus ou fréquentés et les traitait tous de « pauvres cons ». La plupart du temps, égotique, il ne parlait que de lui, de sa mission littéraire dont elle allait bientôt être le témoin (faisant ainsi allusion à Émile Ajar). Il ne dédaignait pas de se battre, et lui raconta qu'un soir, en rentrant chez lui rue du Bac, il avait vu un couple en train de se quereller et l'homme lever la main sur sa compagne. N'écoutant que son esprit chevaleresque, il s'était jeté sur l'agresseur et lui avait asséné quelques coups de poing, alors que la femme battue criait : « Mais de quoi te mêles-tu, connard ! »

C'était un amant vigoureux et compétent, contrairement à ce que son roman *Au-delà de cette limite votre ticket n'est plus valable* avait laissé croire à des lecteurs naïfs, dont nombre de prostituées qui lui avaient proposé leurs services [2]. Les « bonnes putes », comme il se plaisait à dire, n'étaient pas les seules à vouloir l'aider. Gary garda, avec les lettres du Général, de Malraux, Raymond Aron, García Márquez et François Mitterrand, la carte de Pierre Chassin, docteur en pharmacie et expert près la Cour et les Tribunaux à Antibes, qui lui avait écrit que le Dr Subrini à Montpellier, ancien chef de clinique urologique des Hôpitaux de Paris et élève de Couvelaire, l'avait rendu « inflexible » physiquement et parfaitement sûr de lui psychologiquement. Commentaire de Gary sur le bristol de son correspondant : « Après *Au-delà de cette limite votre ticket n'est plus valable*, ce monsieur me propose une implantation de bite en plastique [3] ! »

. Il disait à Béatrice : « Ces connards de journalistes, qui ne savent lire qu'au premier degré, racontent partout que le pauvre Gary ne peut plus bander ! » Même si ce n'était pas vrai, c'est un fait que la perspective de l'impuissance le tourmentait [4]. Il éprouvait le besoin d'insulter Béatrice au moment ultime, ce qui avait pour conséquence de provoquer, au début de leur relation, un fou rire incoercible ; mais elle comprit vite que sa réaction faisait perdre à Romain ses moyens. Béatrice le tenait à distance, car elle redoutait en Gary l'homme comblé, ou tout du moins celui qu'on prenait pour un homme à femmes [5].

Comme Paul Pavlowitch avait achevé la restauration de la maison de Gary à Caniac-du-Causse, Gary vint en prendre possession le 25 juin 1977. Au cours de leurs conversations, il évoqua l'après-Ajar et son désir de mettre un terme à la fiction.

Avant de les quitter, il demanda à Paul et Annie de semer des tournesols autour de sa maison, Ils lui rappelaient les champs de Sweciany.

À la fin de l'été 1977, Gary acheva la traduction de *The Gasp* qu'il avait un temps délaissée, et qui attendait depuis cinq ans sa publication en France, sous le titre *Charge d'âme*. Il espérait beaucoup de cette fable de politique-fiction qui parut au mois de janvier 1978[6].

Le personnage central de ce thriller est Marc Mathieu, un savant génial. Il a inventé une nouvelle forme d'énergie inépuisable et gratuite, le « carburant avancé », qui fait marcher les lampes, les moteurs, les voitures et sert même à alimenter les bombes nucléaires. On se le procure en recueillant l'âme des morts, recueillie dans des « capteurs ». Ainsi votre père, votre mère qui viennent de décéder survivront, par exemple, sous la forme d'une ampoule de 100 watts, et votre ami, ancien résistant, se trouve à présent dans le moteur de votre automobile. Conscient de la monstruosité de sa découverte, Mathieu, traqué par « ces assoiffés de puissance », et redoutant que les Super Grands ne l'utilisent, se réfugie en Albanie, où il menace de réduire l'humanité tout entière à l'état de bêtes se traînant à quatre pattes. Pour sauver le monde, un commando de choc intervient à la demande du président américain, des Russes et du pape.

Dans sa préface, Gary défendit sa conviction d'humaniste :

> Le mot âme est passé de mode. Il est aujourd'hui banni de tout vocabulaire littéraire sérieux. Ce n'est plus qu'un archaïsme, une vieillerie bêlant-lyrique, et qui relève d'une sorte de Saint-Sulpice humaniste. Il a fait son temps, comme on dit.
>
> Je n'ai pas d'inclination religieuse. Plus exactement,

> celle-ci s'arrête chez moi à l'amour, dans ce qu'il a de plus terrestre. Si l'on me demandait une définition, je répondrais que l'âme est pour moi ce qui nous mobilise : c'est une idée que l'homme se fait de lui-même, de sa dignité et de son « honneur » — encore un mot devenu tabou.

Le 24 octobre 1977, Gary écrivit à Claude Gallimard qu'il souhaitait que l'illustration de la jaquette de son livre fût

> à la fois réaliste, allégorique et dramatique autour de deux objets ; le briquet allumé et la petite balle suspendue dans les airs — je voudrais voir, assis autour de la table, regardant avec horreur ces deux réalisations du génie humain, au centre et au premier plan, Paul VI, entouré de prélats. Derrière, debout, penchés sur les deux objets avec une attention fascinée, Brejnev, Carter, Giscard d'Estaing et Mao. Peut-être Mitterrand et Marchais, s'il y a assez de place.
>
> Au-dessus d'eux, à l'horizon, vers la droite, le « cochon », sous sa forme animale, en couleur de flamme rouge et orangée, auréolé de clarté blanche, comme pour le feu nucléaire. La forme du cochon doit être immédiatement évidente en tant que représentation porcine. Je laisse l'artiste décider s'il y a assez de place et, en évitant une image trop complexe et confuse, esquisser en perspective les sept silhouettes du commando marchant vers le « cochon ».
>
> Je considère cette couverture comme très importante, allégorique, et je n'en veux pas d'autre [7].

Cette description évoque irrésistiblement une affiche de cinéma. L'illustrateur suivit au mieux les recommandations de l'auteur, mais le résultat, assez piteux, laissait penser qu'il s'agissait d'un livre de gare.

Interviewé sur son roman par Françoise de Cambrousse pour *France-Soir*, Gary déclara avec aplomb, faisant une fois encore preuve de duplicité :

> Je vais avoir soixante-quatre ans et je jouis de la vie comme je n'en ai jamais joui avant, parce que je me suis débarrassé d'un certain nombre de grimaces. Je n'en ai plus besoin. Je peux enlever ma culotte en public sans me

> sentir génial ou ridicule. On pourrait me demander les détails les plus intimes sur moi. Je peux dire la vérité [8].

La dénonciation de la course effrénée au rendement, à la croissance illimitée et à l'asservissement de l'esprit par une science dévoyée n'apporta pas le succès escompté au livre, tiré à 35 000 exemplaires au mois de décembre 1977. Pierre Viansson-Ponté lui avait pourtant consacré le « rez-de-chaussée » gauche dans *Le Monde* du 16 janvier 1978 [9].

Jean Clémentin dans *Le Canard enchaîné* remarqua que Gary reprenait à son compte la sentence de Rabelais : « Science sans conscience n'est que ruine de l'âme », et traita aimablement Gary de : « judéo-slavo-gaullo-franco-cosmopolite, au demeurant grand baiseur devant l'Éternel. Voilà qu'il est dit du bien de lui dans *Le Canard* : il n'est pas prêt de nous le pardonner [10] ».

Gary incrimina encore son éditeur auquel il avait demandé par écrit de ne pas présenter *Charge d'âme* comme la suite de *Frère Océan* [11]. Or, *Le Figaro* avait exactement annoncé le roman dans ces termes et avait précisé qu'il était publié chez Stock. Gary, furieux, écrivit d'abord à son ami Robert Gallimard [12] :

> Mon vieux, c'est quand même pas croyable, comme bordel. J'ai eu je ne sais combien de réunions pour dire que l'appartenance au « cycle » ne devait pas être annoncée. J'ai fait une préface spéciale pour dire le thème du livre. Roger a fait une excellente prière d'insérer. Une telle ineptie confine au sabotage. Je veux une *explication*... Je suis vraiment indigné. Il a été entendu qu'on ne parlait pas de 3e volume de *Frère Océan*. J'ai même supprimé la préface. Or, dans *Le Figaro* du 31, non seulement on parle de *Charge d'âme*, « fin de *Frère Océan* », mais on donne un contenu du livre qui n'a aucun rapport avec ce que je dis. Je leur ai téléphoné : ils m'ont dit que ce « matériel » leur a été passé par Gallimard. C'est absolument honteux. Il suffisait de lire la prière d'insérer ! J'ai ameuté Claude, mais vraiment, c'est inexcusable !... Merde ! Qui a fait cette connerie *irrattrapable* ?

Il envoya à nouveau une lettre véhémente à Claude Gallimard le 21 janvier 1978 :

> La maison est tellement habituée à imprimer que l'on me délègue sur le marché sans aucun souci de l'événement.
>
> Et quelle est la personne chargée de gérer, ressortir l'ensemble de mes vingt-cinq livres ? Personne. C'est quasiment du dépôt légal. Je ne conçois pas l'édition comme ça : pas même une fabrique... Qui a donné au *Figaro* le « sujet » de mon livre totalement faux et sans aucun rapport avec la préface et la prière d'insérer ? Une telle légèreté et manque de coordination sont *inadmissibles* !

Claude Gallimard ne laissa pas un pareil ressentiment sans réponse, et proposa à Gary d'en parler au cours d'un déjeuner [13].

Au mois de décembre 1977, Michel Cournot discuta avec Paul Pavlowitch de son prochain livre, et confia sur une note ses conclusions très négatives à Simone Gallimard.

> Il m'a fait l'impression d'un homme qui a perdu la boule, qui est entièrement habité et démoli par des obsessions d'argent. Je veux te demander seulement d'être extrêmement prudente si tu dois lui donner de l'argent, car il considère d'une part que cet argent lui est d'ores et déjà moralement dû, qu'il a le droit de le récupérer comme il veut, après quoi il pourra éventuellement (mais pas forcément) nous balancer n'importe quel manuscrit infect — quitte à devoir nous accuser par la suite de n'avoir pas su le vendre, et donc d'être de nouveau ses débiteurs. Cela dit, je peux aussi avoir peur pour rien, espérons [14] !

Michel Cournot avait surtout des doutes sur l'existence et la valeur du prochain manuscrit d'Émile Ajar ; il en attendait des ventes si faibles qu'il conseillait de limiter de beaucoup l'avance qui lui serait consentie. D'autant plus qu'il était persuadé qu'Ajar exigerait le versement de l'à-valoir sur ses droits à la remise du manuscrit, et non pas à son acceptation.

Le 30 avril 1978, Simone Gallimard, sans prendre en

considération les craintes de Michel Cournot, signa un nouveau contrat avec Paul Pavlowitch pour *L'Angoisse du roi Salomon*. Elle lui accordait sur l'ensemble de ses droits un à-valoir de 500 000 francs réglés à raison de mensualités de 10 000 francs à compter de la signature du contrat. Ajar se réservait les droits d'adaptation au cinéma et pour la langue anglaise.

Les pressentiments de Michel Cournot s'avérèrent infondés. Les critiques réservèrent un bon accueil à *L'Angoisse du roi Salomon* qui se vendit à 125 000 exemplaires dans l'édition originale, et à 93 000 exemplaires dans les éditions achetées par les clubs de lecture.

Comme à l'accoutumée, Gary avait pris soin de faire signer à Martine Carré, le 23 août 1978, une attestation par laquelle elle certifiait qu'elle avait transcrit à la machine, en avril et mai 1978, « le roman de Romain Gary écrit à la main, intitulé *L'Angoisse du roi Salomon* ».

> Une partie de la première version m'a été dictée directement à la machine. En août de la même année, j'ai transcrit, d'après le manuscrit, la version définitive de *L'Angoisse du roi Salomon* que Romain Gary va publier sous le pseudonyme d'Émile Ajar [15].

Gary fit également parapher à Paul Pavlowitch une attestation cinq jours plus tard. Elle comportait des précisions :

> Aujourd'hui, le 28 août 1978, j'ai reçu de Romain Gary le manuscrit du roman dont il est l'auteur, intitulé *L'Angoisse du roi Salomon*. Ce roman commence par les mots : "Il était monté dans mon taxi un très vieux monsieur"... et se termine par "que j'entends rire parfois, penché sur nous de ses hauteurs augustes". Ainsi que j'ai accepté de le faire pour les romans précédents de Romain Gary publiés sous le pseudonyme d'Émile Ajar, *Gros-Câlin*, *La Vie devant soi* et *Pseudo*, je m'engage à assumer devant l'éditeur, le public et la presse, le personnage d'Émile Ajar, "l'auteur", afin de permettre à Romain Gary de mettre en pratique sa théorie du "roman total", telle qu'il l'a esquissée dans son essai sur le roman *Pour Sganarelle.* Je m'engage à ne pas divulguer la véritable identité de l'auteur sans l'accord de Romain Gary ou de ses exécuteurs testamentaires.

Cette lettre allait avoir des conséquences importantes sur la suite des événements.

Au mois de juin 1976, Romain Gary avait entrepris des pourparlers avec Jean-Claude Lattès qui voulait lui commander un ouvrage intitulé *Les Compagnons de la Libération*. Comme Gary était lié par contrat pour l'ensemble de son œuvre avec Gallimard, les deux éditeurs se mirent d'accord pour exploiter en participation la publication de cet ouvrage. Les conversations s'éternisèrent, et le contrat fut finalement signé le 4 juillet 1977. Il était prévu que les dépenses et les recettes seraient partagées pour moitié par les deux éditeurs. L'auteur recevrait une avance sur ses droits de 150 000 francs, et les frais de documentation étaient estimés à 100 000 francs. L'enquête fut confiée à Jérôme Camilly [16], qui avait déjà préparé avec Joseph Kessel *Les Combats d'Israël*.

Camilly rencontra Gary une première fois chez Gallimard, puis ils allèrent déjeuner au Récamier. Pendant le repas, l'écrivain lui parut plus chaleureux, plus naturel.

Au moment où ce projet avait vu le jour, trois cents Compagnons de la Libération étaient encore en vie. Gary éprouvait pour eux une grande affection, une sorte de culte pour une famille aimante et chaleureuse, à laquelle il se figurait appartenir. Jérôme Camilly, qui travaillait comme reporter pour la deuxième chaîne de télévision, devait les retrouver et les interviewer. Quand il téléphona au hasard de la part de Gary à quelques Compagnons, l'accueil fut réticent et méfiant. « Romain Gary ? Ah, oui, l'écrivain... » Il obtint un entretien avec le général Billotte. Une fois la glace rompue, ce dernier lui ouvrit toutes les portes.

Romain Gary voulait rédiger son livre à partir des entretiens réalisés par Jérôme Camilly. Chaque semaine, il le recevait et lui demandait avec un regard d'enfant : « Alors, qui as-tu vu ? Qui est-ce que tu as rencontré comme gros con ? Ce sont des gros cons, hein ? » Camilly répondait : « Non, pas tous. »

Certains étaient de parfaits inconnus, des gens très humbles, d'autres des hommes célèbres comme Jacques Chaban-Delmas, que Gary n'aimait pas beaucoup parce qu'il lui reprochait de s'être engagé trop tard. Jacques Massu raconta à Jérôme Camilly que de Gaulle lui avait dit un jour : « Alors Massu, toujours aussi con ? » Ce dernier lui avait répondu : « Toujours gaulliste, mon général. » Au sein de cette confrérie, Camilly découvrit des clans. Les aviateurs, « les volants », n'entretenaient pas de relations avec les autres. Les plus obscurs étaient souvent les plus intéressants. Lors d'une de ses visites hebdomadaires, Camilly révéla à Gary que certains étaient très amers. « Mais pourquoi ? s'étonna l'écrivain. — Ils ont risqué leur vie et aujourd'hui, personne ne se souvient d'eux. »

Une seule cérémonie les rassemblait, la messe annuelle au mont Valérien. Gary y assistait ponctuellement. Mais en réalité, s'il avait combattu et avait passé sept ans sous l'uniforme, il n'avait jamais fait partie du camp des hommes. Il n'avait pas de goût pour la vie militaire, les chambrées, la promiscuité virile. Au sein des Forces aériennes françaises libres, il avait trouvé un havre, où tout homme qui s'était engagé était l'égal de l'autre.

L'enquête et les conversations entre Romain Gary et Jérôme Camilly durèrent un an et demi. Un jour, ce dernier lui dit : « Tu sais, Romain, je ne sais pas où l'on va. — Moi, je sais », lui fut-il répondu.

Jérôme Camilly avait du mal à comprendre la dévotion que nombre des Compagnons de la Libération avaient pour le général de Gaulle. Gary trouvait ça parfaitement naturel. « C'est une affaire de génération. De Gaulle était un homme d'État. Il n'avait pas de comptes à rendre à des gens comme nous. »

Gary avait d'abord pensé écrire une fresque, une sorte de chanson de geste dédiée à Charles de Gaulle, mais il arriva à la conclusion que c'était impossible. Par ailleurs, lorsque Camilly parlait de Gary à ses anciens camarades, la plupart répondaient d'un ton peu amène : « Il n'est pas comme nous. Moi, je ne suis pas une star. » Si Camilly venait raconter à Gary que certains étaient devenus de parfaits voyous, Romain refusait de le croire : « Tu ne dois pas gober ces ragots. Tous ces vieux cons qui sont là à bavasser, à jouer au rami, ils se montent les uns contre les autres. »

Gary aimait entre tous Bernard Barberon, un colosse qui était devenu pilote à la compagnie UTA. Quand Camilly lui avait demandé pourquoi il n'était pas devenu général, il s'était écrié : « C'est à cause de ces salauds de Compagnons. Je suis un type plus courageux qu'eux, alors ils m'ont scié la branche par la politique ! » L'entretien avec Henri Frenay, qui avait été l'amant de Bertie Albrecht, fut éprouvant, car il ne comprenait pas que Jean Moulin fût devenu un mythe et lui pas. Daniel Cordier lui expliqua la complexité de ce qui se passait à Lyon dans la Résistance pendant l'Occupation. Christian Pineau lui confia qu'il avait vu de ses yeux Jean Moulin, trahi par un de ses camarades, battu à mort par les sbires de Klaus Barbie qui ne l'avaient pas identifié.

Puis les visites de Camilly s'espacèrent. Gary, fuyant, trouvait souvent une excuse pour ne pas le recevoir. Il partit en voyage et ne donna plus de nouvelles. Enfin, le 17 novembre 1978, il écrivit à Jean-Claude Lattès pour lui donner ses raisons de renoncer. Quant à Jérôme Camilly, il n'eut jamais l'occasion de le revoir.

> Cher Jean-Claude,
>
> J'ai échoué. Je ne suis pas parvenu à trouver une façon — si tant est qu'elle existe — d'aborder le sacrifice et les combats des Compagnons ni dans leur ensemble, ni individuellement, sans tomber dans l'énumération anecdotique que d'autres ont déjà faite. Et aussi, je me suis aperçu à tous les instants de mon travail de ce dont je me doutais... De très nombreux résistants plus ou moins obscurs ont souvent été tout aussi exemplaires. Il y a enfin le fait essentiel que, ne pouvant de toute évidence traiter des Compagnons dans leur ensemble, il ne m'est pas non plus

possible de faire un « choix de Compagnons », lequel serait d'autant plus arbitraire qu'un bon millier d'entre eux ne sont et ne peuvent être documentés, surtout les morts, et que l'excellent travail de Jérôme Camilly n'a porté, par la force des choses, que sur un dixième d'entre nous, et que tout choix serait arbitraire et une injustice.

Donc, je renonce. C'est définitif.

Je vais voir avec Claude Gallimard la question du remboursement de l'avance. Il y a aussi la question de la secrétaire qui continue à mettre les notes au propre.

Je regrette cet échec pour vous et pour moi mais m'en réjouis, au fond, pour les Compagnons. Qu'ils demeurent à l'abri de cette injustice qui consisterait dans le choix des uns et l'ignorance des autres [17].

Gary avait envoyé un double de cette lettre cinq jours plus tôt à Claude Gallimard pour lui demander de l'aider à le tirer « de ce guêpier au point de vue financier ». Il concluait par ces mots : « J'avoue que cette histoire me pèse sur la conscience mais, d'une part, ce que je dis à Lattès dans la lettre est indiscutable — nous nous sommes embarqués à la légère — et, d'autre part, j'en aurais pour un an pour faire une œuvre médiocre et arbitraire dans le choix des élus, au détriment de mes romans. J'attends ton coup de téléphone avec impatience car rien que la secrétaire touche de Lattès un salaire mensuel que je ne puis assumer. S.O.S... Je suis emmerdé [18] ! »

Jean-Claude Lattès et Robert Gallimard payèrent chacun la moitié des frais occasionnés par l'enquête, dont les résultats restèrent la propriété des deux éditeurs. Pour rembourser les 70 000 francs d'avances perçues, Gary envisageait d'écrire un scénario pour Hollywood. Finalement, il remboursa par chèque à Jean-Claude Lattès la moitié de cette somme, et l'autre moitié à Gallimard.

Tout en écrivant *L'Angoisse du roi Salomon*, le dernier roman signé Émile Ajar, Gary révisait les dialogues de *La Bonne Moitié*, la pièce qu'il avait tirée du *Grand Vestiaire*. Claude Gallimard décida de la publier après l'avis favorable donné par Jacques Lemarchand, directeur de la collection Le Manteau d'Arlequin. Gary, désabusé, écrivit le 30 septembre 1978 à Claude Gallimard[19] : « Je n'envisage pas de faire jouer la pièce de mon vivant. Ils me font chier. » Ce n'était pas tout à fait exact. Il aurait beaucoup aimé qu'on jouât son théâtre, mais on le tenait toujours en piètre estime dans le milieu du théâtre[20]. Il était triste mais résigné :

> Pour la publication, c'est comme tu veux. Cela peut être posthume aussi, mais le succès ne pouvant être en profondeur qu'à long terme, les considérations de rentabilité immédiate et chiffres de vente ne veulent rien dire, ne peuvent être, vu l'ensemble de mon fonds chez toi, ni ton souci ni le mien... Je serais plutôt tenté — vaguement — de publier pour que ça passe inaperçu et resurgisse après moi, d'autant que j'ai réservé de belles surprises à la postérité.

Dans sa lettre, Gary faisait allusion à ses livres signés Émile Ajar. Cet Émile Ajar/Paul Pavlowitch qui, s'étant accoutumé à son rôle d'acteur, avait sous le coup d'une inspiration géniale mis en demeure Simone Gallimard de l'engager comme conseiller littéraire. Il lui avait fait observer que c'était avec la manne que rapportait la vente de ses livres qu'elle payait ses employés et tous les frais de sa maison d'édition[21]. Simone s'était inclinée, car elle redoutait par-dessus tout qu'Ajar ne s'en aille publier ailleurs. Quant à Romain Gary, démiurge subjugué par sa création, il en fut tout à la fois fâché et impuissant. Lorsque Robert Gallimard apprit que Paul avait été embauché au Mercure de France, il en fit aussitôt le reproche à Romain, en lui disant que c'était de l'abus de confiance. « Je sais, répondit Gary, mais je ne peux rien faire ; je suis tenu[22] ! »

C'était pourtant prévisible, Émile Ajar, adulé et fêté, ne pouvait consentir à ce que Paul Pavlowitch fût un moins que rien. Cet homme de trente-sept ans était entièrement dépendant de Gary, ogre romantique qui avait sauvé de la misère sa mère atteinte de la maladie d'Alzheimer. Dinah s'était éteinte en 1976 à l'institut de Leyme, près de Grammat. Paul Pavlowitch, qui, au Mercure de France, ne se comportait pas du tout comme un fonctionnaire, eut parfois la main heureuse en publiant notamment *L'Autre Amour*, un joli roman de Michel Butel qui avait été refusé partout, et *Lumière de l'œil*, le premier livre de Paula Jacques, si impressionnée par Émile Ajar qu'elle n'acceptait des observations que de lui.

Costa-Gavras[23], qui avait aimé *Clair de femme*, demanda à Gary les droits d'adaptation pour le cinéma mais ce dernier les avait déjà cédés à Georges-Alain Vuil, un producteur et exploitant de salles de cinéma en Suisse. Lorsque Costa-Gavras lui téléphona, Vuil crut à une mauvaise plaisanterie. Quand il comprit qu'il n'en était rien, il fut heureux de lui confier l'écriture du scénario. Gary, échaudé par ses expériences précédentes, ne collabora pas avec le réalisateur.

Le producteur reprocha d'abord à Costa-Gavras d'avoir respecté les dialogues très littéraires et poétiques de l'écrivain, et décida de confier le travail à un autre scénariste. Mais après avoir lu le résultat, il reconnut qu'il s'était trompé, et accepta le scénario de Costa-Gavras qui avait choisi Romy Schneider et Yves Montand pour incarner les deux personnages du roman.

Le tournage s'acheva le 3 avril 1979 ; le film fut présenté au festival de Cannes la même année. Pour la première fois, Gary se déclara satisfait de l'adaptation d'un de ses livres à l'écran.

Les critiques s'accordèrent pour juger que Costa-Gavras avait tiré du « médiocre roman[24] » de Gary, « le spécialiste de la métaphysique bourbeuse », un film qui ne valait guère mieux. *Le Matin de Paris* écrivit : « Le rôle principal est tenu par l'imperméable d'Yves Montand. » Louis Marcorelles dans *Le Monde*[25] fut aussi sévère :

> Deux acteurs-piliers du cinéma français revivent la partie humaine de ce drame de gare : Yves Montand, le fidèle compagnon de Costa-Gavras, Romy Schneider, dont Claude Sautet a fait le prototype d'une certaine féminité bourgeoise. Costa-Gavras laisse voir les rides, naissantes ou profondément creusées, laisse entendre et chanter les accents.
>
> Le malaise d'abord nous envahit comme les héros, insidieusement. Le metteur en scène a respecté, dans une large mesure, le court roman de Romain Gary, assisté par la photographie toujours somptuaire de l'Argentin Ricardo Aronovich. Les acteurs récitent à la lettre les paroles dessinées sur la page blanche par l'écrivain. Le test est cruel : elles ne passent pas, l'émotion est coupée net. La sobriété proclamée ne suffit pas à authentifier un mélodrame gêné aux entournures, trop littéral, d'un humour noir assez pénible.

Les sarcasmes des critiques n'empêchèrent pas le film de rencontrer un franc succès dans les salles.

Le 28 février 1978, Romain Gary avait rédigé un nouveau testament dans lequel il déclarait léguer tous ses biens à son fils mais, jusqu'à ce qu'il ait atteint l'âge de vingt-six ans, la gérance et l'administration seraient confiées à Bernard Lasnier de La Valette, Charles-André Junod et Suzanne Salmanowitz. En cas de disparition de l'un d'eux, leurs remplaçants seraient choisis parmi les personnes suivantes : Florence de La Valette, Anne de Dietrich (fille de Suzanne Salmanowitz et qui devint Mme de La Baume), Robert Gallimard, le général Michel Fourquet, l'ambassadeur Jacques Vimont et André Asséo.

Dans ce testament, Gary veillait également aux besoins économiques de Lesley Blanch et Jean Seberg, ses deux ex-épouses. Sachant Jean incapable d'assumer ses responsabilités, il avait demandé que la garde de son fils fût confiée à Florence de La Valette et, en cas de décès de celle-ci, à Anne de Dietrich. Ce testament n'était pas le dernier.

## 104.

Au début de l'été 1978, William Styron reçut un coup de téléphone de son ami Romain Gary qu'il avait connu au début des années soixante. Ils avaient tous deux été proches de James Jones qui vivait alors à Paris. Diego Gary devait suivre cet été-là un stage de tennis dans le Connecticut, et Romain, qui désirait l'accompagner, demanda à William s'il lui permettait d'habiter et de travailler dans le pavillon de bois qui se trouvait à côté de sa résidence[1]. Styron, qui allait passer plusieurs mois dans sa propriété de Martha's Vineyard, une île au large de Boston, lui accorda son hospitalité de juin à septembre.

Romain Gary n'avait pas dit à William Styron, qui les savait divorcés depuis plus de dix ans, qu'il viendrait également avec Jean Seberg.

Revenu pour quelques jours à Roxbury, Styron eut la surprise de la découvrir installée au premier étage de sa propre maison. Il la trouva couchée, le regard absent, environnée de bouteilles vides et de boîtes de médicaments, et fut surpris de la métamorphose de ses traits, dont toute la beauté avait disparu. Elle se leva, indifférente à son visiteur, marcha comme une somnambule. Gary survint. William Styron fut ému de la sollicitude que Romain lui témoignait, il lui parlait comme à un petit enfant.

Lors d'un dîner au restaurant, Gary confia à son ami qu'il subissait un nouvel épisode dépressif, qu'il prenait des antidépresseurs et que, pendant ces périodes, la fin de l'après-midi, le crépuscule, était pour lui un moment particulièrement dangereux. Il évoqua le souvenir d'Albert Camus, lui aussi sujet aux crises de dépression, et que Styron avait toujours rêvé de rencontrer[2]. Il fut impressionné par le désarroi de Romain. Plus tard, lorsqu'il fut lui aussi victime d'épisodes mélancoliques graves, il se souviendra alors de leur conversation :

> D'origine juive et né en Lituanie, Romain m'avait toujours paru marqué par une mélancolie très Europe de l'Est, aussi n'était-il pas facile de s'y retrouver. Il m'avoua qu'il était capable de percevoir la lueur vacillante de ce désespoir que lui avait décrit Camus[3].

Pendant son long séjour chez Styron, Gary ébaucha *Les Cerfs-volants*, d'abord intitulé *Haute-Fidélité*, et abandonna un registre et des feuillets épars dans le pavillon au moment de son départ. Il ne revit pas William Styron avant l'hiver suivant à Paris, peu de temps avant la parution de son roman, *Le Choix de Sophie*, chez Gallimard. Gary avait déjà lu le livre en anglais et William lui confia un exemplaire du manuscrit de la version française pour avoir son avis sur la qualité de la traduction. Gary lui prédit que le roman serait un best-seller en France. Les droits d'adaptation au cinéma avaient été achetés par un producteur américain. Gary organisa un dîner chez lui auquel il invita William Styron et Marina Vlady qui aurait aimé jouer le rôle de Sophie. Styron fut impressionné par la tristesse que dégageait le vaste appartement sombre de Gary. Il le quitta à une heure avancée de la nuit, surpris par la profondeur du désespoir qui l'assaillait.

Jean Seberg sombrait dans l'alcoolisme. Elle tenait souvent des propos incohérents. Gary, afin de lui épargner des scènes accablantes, avait repris la garde de Diego, et s'éloigna de Jean afin qu'elle ne vînt pas perturber davantage son fils. On la voyait, hagarde, errer dans le quartier, s'attabler au Pont-Royal ou dans quelque autre café. Parfois, elle rendait visite à Roger

Grenier chez Gallimard. Gary confiait à ce dernier chaque semaine une somme fixe qu'il devait lui remettre en petites coupures afin d'éviter qu'elle ne dépensât tout en quelques heures. Une fois, elle présenta à Roger Grenier Ahmed Hasni, un jeune Algérien qu'elle prétendit être le colonel Bouteflika. Un autre jour, elle lui demanda de l'accompagner à l'hôpital psychiatrique de Villejuif pour aller délivrer des malades qu'elle considérait comme injustement enfermés. Pendant le trajet, elle lui suggéra de rouler à gauche en lui assurant que lorsqu'elle prononcerait une formule magique, les voitures venant en sens inverse s'écarteraient aussitôt. Elle sonnait souvent chez Yves et Françoise Grosgogeat et, aussitôt la porte ouverte, se précipitait dans leur salon pour se servir à boire. Ses médecins la firent hospitaliser pendant un mois à l'hôpital du Peray-Vaucluse, où elle fut soignée par le Dr Bailly-Salin[4].

Yves Agid, le fils de René et Sylvia, à présent jeune médecin agrégé, la trouva dans son lit, pas lavée, pas coiffée, et vêtue d'une chemise de nuit sale. Elle lui dit : « Tu ne me reconnais pas. Je suis grosse, je suis laide. » Il l'embrassa, la prit dans ses bras, puis tenta de la raisonner, de la persuader qu'elle pouvait s'en sortir. Elle le regarda d'un air narquois et lui répondit : « Mon pauvre, ce que tu es bête ! Je suis devenue Lilith. Tu ne comprends pas que je me suicide[5] ? »

Les rares amis autorisés à lui rendre visite furent frappés par la détérioration de son état. Elle prétendait être incapable de marcher parce que ses jambes étaient paralysées. Pourtant, elle récupéra rapidement. Raymonde Waintraub eut la surprise de la voir métamorphosée, souriante et belle, comme si rien ne s'était passé.

Quand elle sortit de l'hôpital, Jean voulut travailler bénévolement pour S.O.S. Amitié. Gary, qui achevait *L'Angoisse du roi Salomon*, s'en empara aussitôt en transformant S.O.S. Amitié en S.O.S. Bénévoles, dont les membres avaient de « bonnes vibrations ».

> C'est là que j'ai appris que monsieur Salomon avait été dans le prêt-à-porter toute sa vie, surtout dans le pantalon. Nous en avons parlé un peu. Il avait pris depuis quelques années sa retraite du pantalon et il occupait ses loisirs à des œuvres de bienfaisance, car plus on devient vieux et plus on a besoin des autres. Il avait donné une partie de son appartement à une association qui s'appelait S.O.S. Bénévoles, où l'on peut téléphoner jour et nuit quand le monde devient trop lourd à porter et même écrasant, c'est l'angoisse[6].

Avec *L'Angoisse du roi Salomon*, le dernier roman signé Émile Ajar, Romain Gary était revenu à son point de départ, le monde des origines, dont il avait vainement tenté de se délester, au moins en partie. Il n'était plus question de l'ambassadeur Danthès et de vastes considérations sur l'avenir de l'Europe et de la civilisation, mais d'un vieux commerçant juif à l'approche de la mort. Une sorte d'autodérision, en somme.

Le vieux Salomon Rubinstein, qui, à défaut de devenir un virtuose du piano comme Arthur, a gagné beaucoup d'argent dans le négoce des pantalons, le dilapide pour réconforter les âmes en peine. Il recrute par hasard Jean, le plus souvent appelé Jeannot, un chauffeur de taxi et loubard au cœur sensible qui devient son messager.

> Il est devenu en quelques semaines le meilleur soutien moral à S.O.S. et il a même réussi à empêcher une fille de se suicider, en lui prouvant que ce serait encore pire après[7].

Rubinstein l'envoie en délégation auprès de Mlle Cora Lamenaire, une ancienne chanteuse réaliste, « un genre qui demande beaucoup de malheurs », devenue dame-pipi dans le sous-sol d'un café, laquelle prétend avoir sauvé la vie de Salomon dont elle a été la maîtresse avant la guerre, parce qu'elle ne l'a pas dénoncé au voyou qui travaillait au service de la Gestapo !

*L'Angoisse du roi Salomon* est un roman de formation à l'envers (il ne s'agit pas d'un adolescent ou d'un jeune homme), une méditation ironique sur la vieillesse et la mort — les jeunes avec les jeunes, les vieux avec les vieux — exprimée dans un langage faussement naïf : « Ce sont là des choses qui arrivent, dit-il, et il n'a pas précisé, car on n'en finirait plus s'il fallait préciser toutes les choses qui peuvent arriver. »

Quant au style :

> Laissez la langue française tranquille, Jeannot. N'essayez pas de la sauter, elle aussi. Vous ne lui ferez pas un enfant dans le dos, je vous assure. Les plus grands écrivains ont essayé, vous savez, et ils sont tous morts, comme les derniers des analphabètes. Il n'y a pas moyen de passer au travers. La grammaire est impitoyable et la ponctuation aussi [8].

Rares furent les critiques qui ne crièrent pas au chef-d'œuvre. Même Jacqueline Piatier, qui avait éreinté *Clair de femme*, intitula son article : « Une bouffonnerie métaphysique d'Ajar ».

> C'est encore plus réussi que *La Vie devant soi*, parce que, cette fois-ci, aucune équivoque n'est possible... On va aimer Ajar pour ce qu'il est vraiment : un comique exceptionnel, un conteur fabuleux jamais à court d'invention, verbale ou autre, un virtuose de l'humour qui vise au plus profond [9].

Max-Pol Fouchet ne ménagea pas son enthousiasme :

> Quel talent de conteur ! Le dernier livre de M. Ajar est brillant mais profond, souvent drôle mais pathétique, rebondissant mais lourd de vérité, plein d'humour mais humain. Il se lit d'un trait, mais on y revient, comme on retourne aux chefs-d'œuvre. Laissons les louanges, il y a mieux à dire. Plus simplement, merci, merci, M. Ajar [10].

*L'Angoisse du roi Salomon* parut également aux États-Unis sous le titre de *King Solomon*, trois ans après la mort de Romain Gary, chez Harper & Row [11], avec une presse très élogieuse.

105.

La Paramount était désireuse d'acheter à Gallimard les droits d'adaptation au cinéma de *Chien blanc*. La transaction ayant abouti, sept équipes se succédèrent pour travailler sur le scénario. Parmi eux, Arthur Penn, Tony Scott et Roman Polanski, interdit de séjour aux États-Unis[1]. Samuel Fuller fut pressenti pour réaliser le film après le succès de *The Big Red One*, en 1980. Un grave différend l'avait opposé à Gary au temps où ce dernier, qui était consul général de France à Los Angeles, lui avait demandé de changer certains plans dans le montage de son film sur l'Indochine, *China Gate*, afin que l'image de la France, dont il était le représentant, ne fût pas ternie. Fuller avait refusé.

Samuel Fuller, qui n'avait pas tourné à Hollywood depuis dix-huit ans, accepta de réaliser un film à partir de *Chien blanc* à une condition : qu'on le laisse réécrire le scénario et qu'on lui permette de changer le profil des personnages afin que, dans l'esprit du public, cette histoire ne fût plus seulement celle de Jean Seberg et Romain Gary.

En une dizaine de jours, il rédigea avec Curtis Hanson une continuité dialoguée à la demande du producteur John Davidson, et modifia substantiellement la vision de Romain Gary, notamment en donnant à l'histoire un épilogue moins pessimiste. Le film, dédié par Fuller à Gary, fut finalement tourné en 1981, après sa mort, avec peu de moyens, par Film Forum pour Paramount, à Wildlife Waystation, près de Los Angeles, dans une réserve dirigée par Martine Colette, une anthropologue française[2]. Cinq bergers allemands appartenant à l'élevage de Karl Muller tinrent tour à tour le rôle de *Chien blanc*. John Edgar Hoover trouva *White Dog* procommuniste. Le film, qui ne fut pas distribué dans les salles aux États-Unis, fut projeté à Paris et à Londres en 1982 dans une version édulcorée. Une chaîne de télévision américaine par câble l'acheta en 1984, mais il ne fut diffusé qu'une fois par NBC, en 1991. Après cet échec, Samuel Fuller quitta les États-Unis.

106.

Paul Pavlowitch, après avoir dactylographié *Pseudo*, se considéra comme la victime d'une machination ourdie par Gary, qui lui opposa qu'il en était le seul responsable puisqu'il avait donné sa photo et sa biographie réelle en pâture aux journalistes. Le roman, lui dit-il, avait notamment pour objet de rétablir la crédibilité de la « fiction Ajar ». Paul pensait de son côté que Gary était une « ordure[1] » : à ses yeux, il était peu de chose comparé à l'œuvre en train de naître. Ces discussions orageuses semblaient vaines à Gary qui voyait son livre se révéler au cours de ses innombrables métamorphoses.

En même temps, Gary ne voyait aucune objection au fait d'arrêter d'écrire sous le nom d'Émile Ajar ; aussi avait-il achevé *Pseudo* par ces mots : « Ceci est mon dernier livre. » Il avait reçu deux fois le prix Goncourt, tourné en dérision les critiques parisiens, réussi à mettre en œuvre sa théorie du « roman total », et gagné beaucoup d'argent.

Paul Pavlowitch ne voyait pas les choses de la même façon. Si Émile Ajar cessait d'écrire, si Gary en outre décidait de tout révéler, il ne serait plus qu'une marionnette dont le metteur en scène avait coupé les ficelles. Mais il était aussi un mari, un père, un homme qui avait une existence sociale, et qui pouvait être anéanti par le seul pouvoir des mots — un communiqué de Gary, par exemple, qui serait porté à la connaissance du monde par l'un de ses avocats.

Comme l'écrit Paul Pavlowitch dans *L'Homme que l'on croyait*[2] :

> Une méchante bataille éclata subitement entre nous. Inévitable. Elle signifiait notre séparation définitive. L'argent devait servir de prétexte.

Voici comment Gary voyait ce même conflit qui l'opposait à son petit-cousin :

> Il y eut des moments comiques. Notamment, lorsque Paul Pavlowitch exigea de moi les manuscrits, pour ne pas être à ma merci, et moi, lorsque je ne lui donnai que les premiers brouillons, et encore après les avoir photocopiés, pour ne pas être à la sienne[3].

Après une violente dispute qui mit leurs nerfs à l'épreuve — « Je tremblais de plus en plus. Je ne pouvais plus m'arrêter », écrit encore Pavlowitch[4] — Romain Gary fit appel, le 15 mars 1979, à Me Junod[5], son avocat genevois, pour donner à ce qui avait commencé comme une énorme blague une forme juridique. Charles-André Junod vint à Paris et fit signer aux protagonistes une convention[6] établie dans les termes suivants :

Paul Pavlowitch avait accepté à la demande de Romain Gary de personnifier « Émile Ajar », et d'apparaître comme étant l'auteur de ses œuvres : *Gros-Câlin, La Vie devant soi, Pseudo* et *L'Angoisse du roi Salomon*. La convention fixait les modalités financières de cette collaboration. Paul Pavlowitch s'engageait à soumettre à l'approbation de Romain Gary, par l'intermédiaire de Charles-André Junod, toutes les propositions qu'il pourrait recevoir en vue de l'exploitation de l'œuvre d'Émile Ajar, sous quelque forme que ce fût.

Romain Gary ferait connaître le rejet de ces propositions, ou son accord, ainsi que ses conditions financières par l'intermédiaire de Charles-André Junod, qui notifierait la décision à Paul Pavlowitch.

Ensuite, Paul Pavlowitch s'engageait à tenir un compte détaillé et complet de la totalité des rémunérations perçues par lui au titre de l'œuvre d'Émile Ajar, notamment les décomptes qui lui seraient adressés par les éditeurs. De la même manière, il devait rendre compte à Me Junod de tous les autres paiements quelle que fût leur source, s'ils provenaient de l'exploitation de l'œuvre d'Émile Ajar. Il signalerait tout retard de plus de dix jours dans l'exécution des paiements des droits d'auteur d'Émile Ajar.

À titre de rémunération pour les services que Paul Pavlowitch rendait en personnifiant Émile Ajar, il aurait droit à percevoir quarante pour cent du produit net de l'exploitation des droits d'auteur d'« Émile Ajar ». Tous les frais occasionnés par l'exploitation des droits d'auteur — notamment les voyages de Paul Pavlowitch à l'étranger — seraient adressés à Charles-André Junod dans le mois qui suivrait son retour. Les frais et honoraires de Me Junod ainsi que du cabinet d'études fiscales et juridiques Francis Lefebvre, à Neuilly, désigné pour établir les déclarations aux autorités fiscales, seraient déduits. Ce spécialiste déterminerait le montant des provisions nécessaires pour garantir le paiement des charges fiscales grevant les droits d'auteur. Le cabinet Francis Lefebvre déterminerait également la quote-part incombant à Paul Pavlowitch.

Ce dernier devait verser à Romain Gary les sommes qui lui revenaient, après que les comptes auraient été contrôlés à la demande de Me Junod. Les rémunérations perçues par Paul Pavlowitch en qualité de conseiller-directeur littéraire au Mercure de France n'étaient pas visées par la convention.

En outre, Paul Pavlowitch respecterait de la manière la plus stricte, tant et aussi longtemps qu'il lui était demandé de personnifier « Émile Ajar », le secret touchant à l'identité réelle de ce dernier. Enfin, les modalités selon lesquelles la révélation de l'identité véritable d'« Émile Ajar » aurait lieu après la mort de Romain Gary seraient arrêtées, sans préjudice du « droit moral » de Romain Gary et/ou de ses descendants, d'un commun accord entre Paul Pavlowitch et Me Junod (ou le conseil qui se serait substitué à lui).

Tout litige qui pourrait surgir entre les parties serait soumis à la décision d'un arbitre unique, désigné d'un commun accord entre elles, ou, à défaut d'accord, par le bâtonnier de l'ordre des avocats de Paris.

Gary et Pavlowitch signèrent ces six articles, auxquels il fut ajouté un septième. Il prévoyait ce qui arriverait lorsque Romain Gary serait décédé. La rémunération de Paul Pavlowitch serait alors réduite de quarante pour cent à vingt pour cent, avec effet à compter du début de l'année civile de la mort de l'écrivain.

Il en serait de même à compter de la fin de l'année civile au cours de laquelle l'identité réelle d'« Émile Ajar » aurait été révélée d'un commun accord entre les parties. Si cette révélation survenait du vivant de Romain Gary, seule l'exploitation des droits d'auteur afférents aux ouvrages publiés pendant la durée de la convention donnerait lieu à une rémunération de Paul Pavlowitch.

Dans l'hypothèse où Paul Pavlowitch révélerait l'identité réelle d'« Émile Ajar » sans l'accord de Romain Gary ou de ses héritiers, il perdrait tout droit, avec effet immédiat, aux rémunérations prévues par la convention.

Si Romain Gary révélait l'identité réelle d'« Émile Ajar » sans l'accord de Paul Pavlowitch, ce dernier continuerait, nonobstant la stipulation de l'article précédent, à avoir droit à la rémunération de quarante pour cent jusqu'à la fin de l'année civile au cours de laquelle Romain Gary mourrait.

Après la pénible séance avec Paul Pavlowitch et Me Junod, Gary acheva la rédaction de son testament littéraire, *Vie et mort d'Émile Ajar*, qui comportait des dispositions concernant les modalités de la révélation de la véritable identité d'Émile Ajar.

## 107.

Le 2 mai 1979, Odette Laigle confirma à Romain Gary que la nouvelle version des *Couleurs du jour*, intitulée *Les Clowns lyriques*, paraîtrait au mois de juin. Contrairement à ce qui a parfois été affirmé, Claude Gallimard avait été mis au courant par l'auteur[1] que *Les Clowns lyriques* n'était pas une œuvre nouvelle. Gary avait écrit une courte préface pour expliquer que *Les Couleurs du jour* souffrait de ce que

> Roger Martin du Gard appelait « la volonté de trop dire » et d'un excès d'imagination qui donnait souvent à ma voix des accents de requiem prémonitoire : on était cinq ans avant Budapest, seize ans avant Prague et vingt ans avant que le mot « goulag » vînt rejoindre, grâce à Soljenitsyne, celui d'« Auschwitz » dans le vocabulaire courant de notre civilisation[2].

Gary avait procédé à la toilette du texte et apporté au récit des modifications mineures. Il avait voulu que ce livre fût réédité parce qu'il avait souffert de l'échec de sa première publication en 1952. Or, ce roman lui était cher, car Jacques Rainier et La Marne-Bebdern lui ressemblent comme des frères. L'un est porteur de l'angoisse et l'autre, pour se soustraire aux souffrances qu'elle lui inflige, choisit d'être une sorte de bouffon.

> Je tiens cependant à mettre en garde le lecteur peu familiarisé avec mon genre de drôlerie : je demeure entièrement fidèle aux aspirations que je moque et agresse dans

> mes livres afin de mieux en éprouver la constance et la solidité. Depuis que j'écris, l'ironie et l'humour ont toujours été pour moi une mise à l'essai de l'authenticité des valeurs, une épreuve par le feu à laquelle un croyant soumet sa foi essentielle, afin qu'elle en sorte plus souriante, plus sûre d'elle-même, plus souveraine [3].

*Les Clowns lyriques* fut tiré à 30 000 exemplaires, et les espoirs de Gary comblés puisque trois semaines après sa sortie 25 000 exemplaires avaient été vendus. *La Tribune de Genève* publia un article sur *Les Clowns lyriques* signé par les initiales E. D. et intitulé : « Le dernier feuilleton de Romain Gary ».

> Romain Gary a eu du talent. *Les Racines du ciel*, *Lady L.*, restent de bons romans solidement charpentés. Aujourd'hui, en revanche, il ne lui reste qu'un océan de prétentions. Véritable feuilleton pour *Confidences* [4], son dernier livre, *Les Clowns lyriques*, ne se prend-il pas pour de l'Hemingway ? Lointainement repris d'un scénario qu'Hollywood adapta il y a une vingtaine d'années sous le titre de *L'Homme qui comprenait les femmes* [5], *Les Clowns lyriques* se passe dans une Nice en carnaval des années cinquante. L'ouvrage met en scène une star américaine, Ann Garantier, et un ancien de toutes les bonnes causes, Jacques Rainier. Leur passion, située entre les mirages du cinéma et la guerre de Corée, où Jacques devrait aller incessamment, met donc en branle les producteurs, la maffia (pourquoi pas ?) et les fantasmes d'un mari réalisateur jaloux, le tout à l'ombre de Joseph Staline.

Tout le monde n'éreinta pas Gary de la sorte. Françoise de Cambrousse qualifia dans *France-Soir* le roman de « brillant numéro d'auteur [6] ».

Malgré le succès de *Clair de femme* et de *L'Angoisse du roi Salomon*, Gary était un homme triste. Il vivait seul. Il faisait en sorte que ses maîtresses le quittent. Diego, maintenant âgé de dix-sept ans, éprouvait le besoin de se libérer de l'écrasante présence de son père. Gary demandait des conseils à René Agid, ne les suivait pas, se faisait masser par Pierre Pallardy qui lui recommandait d'abandonner les antidépresseurs prescrits par le Dr Bertagna, de faire de la gymnastique et de renoncer à faire l'amour avec plusieurs femmes dans la même journée. Quand l'angoisse l'empêchait de respirer, Gary prenait l'avion pour Berne et allait se réfugier au Zurichberg, dans le sanatorium Lebendige Kraft (force vivante) fondé par Maximilian Oskar Bircher-Benner, l'inventeur du Birchermüesli. Convaincu des vertus thérapeutiques du régime végétarien, Bircher-Benner avait ouvert à Zurich cette clinique privée de diététique et de soins naturopathes qui jouissait d'une grande notoriété internationale. Le docteur était l'auteur de la théorie de l'entropie dont il avait emprunté les prémices à la thermodynamique, et qui consistait à diviser les aliments en trois catégories d'après leur contenu d'« énergie solaire vivante ». Il accordait une importance primordiale à la relation entre l'âme et le corps[7].

Pendant les mois d'horreur qui précédèrent et qui suivirent la mort de Jean Seberg, Gary continua de travailler, comme il se plaisait à dire, « sans filet » à son ultime livre, *Les Cerfs-volants*. Écrire sous la pression constante et veiller à protéger son fils relevait de l'acrobatie.

La version définitive des *Cerfs-volants* fut commencée le 8 février 1980. C'est une histoire d'amour élégiaque qui se déroule en France, en Pologne et en Allemagne pendant la Seconde Guerre mondiale. Ambroise Fleury, le personnage central du roman, est un facteur rural. Il confectionne des cerfs-volants et tous les villageois le considèrent comme un original. Il élève son neveu Ludo, le narrateur, qui fréquente l'école laïque et obligatoire. Tandis que les nazis occupent la France et implantent des camps de concentration et d'extermination en Europe orientale, Ambroise Fleury fabrique avec du papier et de la toile des machines à l'effigie de Rousseau, Voltaire et Hugo qui, dans le ciel, expriment sa résistance à la barbarie. C'est dans une atmosphère magique qu'apparaît le personnage de Lila, le grand amour de Ludo, que l'enfer et les turpitudes de la guerre ne parviendront pas à souiller. Lila est le double d'Ilona Gesmay, toujours chère au cœur de Gary, et Ludo, l'adolescent que ce dernier, à soixante-cinq ans, porte toujours en lui. Marcellin Duprat, célèbre restaurateur qui reçoit à sa table, l'une des meilleures de France, les officiers allemands tout en couvrant prudemment certaines actions de la Résistance, prétend qu'il participe au combat à sa manière, en prouvant que la France vaincue existe dans la perpétuation de ses traditions et de sa culture.

Pour représenter ceux qui avaient sauvé l'honneur de la France en cachant au péril de leur vie des centaines de Juifs, et parmi eux une majorité d'enfants dont les parents avaient déjà été déportés, Gary avait choisi le couple formé par le pasteur André Trocmé et son épouse Magda[8], qui avaient passé les années de guerre dans le village protestant de Chambon-sur-Lignon, où ils avaient constitué un vaste réseau d'assistance aux Juifs qui impliquait la majorité du village. André Trocmé avait réussi à persuader les habitants qu'en procurant un refuge et des planques aux Juifs traqués par les nazis, ils participaient à leur propre élévation spirituelle et morale. Gary s'était procuré un ouvrage écrit en anglais sur le pasteur Trocmé, écrit par Philip Hallie : *The Story of the Village of Le Chambon and How Goodness Happened There*[9].

Gary s'était posé tout au long de sa vie le même problème que Theodor Adorno au lendemain de la Seconde Guerre mondiale : pouvait-on encore écrire des poèmes, concevoir des œuvres littéraires après Auschwitz ? Il avait répondu à cette question par des livres provocateurs : *Pour Sganarelle*, *La Danse de Gengis Cohn*, *Europa*. Dans son dernier roman, il achevait dans l'élégie ce qu'il avait commencé par les sarcasmes : tout en doutant que ce fût possible, tenter de reconstituer, de rétablir la continuité dans la culture et la civilisation après l'interruption de la Shoah.

En visitant la zone déserte du ghetto de Varsovie, il avait ressenti un choc violent pas seulement parce que dans ce lieu avaient été martyrisés une partie des siens, mais aussi parce que, dans cette ville dévastée, la dignité humaine avait été profanée. En écrivant son œuvre ultime, il avait pour ambition de sauvegarder, de restaurer les lambeaux, les ruines partiellement conservés. C'était un chant d'espoir et de foi dans l'avènement, lointain peut-être mais possible, d'une culture humaniste.

Gary commença son livre à Lyon, sur les rives du Rhône, au Grand Hôtel, qui était alors la propriété de Roger Agid. Il y passa deux semaines car, pour tracer le portrait de Marcellin Duprat, il avait voulu voir comment fonctionnait un établissement de grande renommée.

Il s'adressa à Paul Bocuse qui lui envoya chaque jour un chauffeur au Grand Hôtel chargé de le conduire à Collonges, à vingt kilomètres au nord de Lyon, sur les bords de la Saône [10]. Bocuse avait commencé avant la guerre dans la petite maison de sa mère qui avait ouvert un restaurant ouvrier et un hôtel qui comportaient neuf tables et neuf chambres. Il n'y avait ni chauffage ni eau courante dans les étages.

La première fois qu'il vit Romain Gary, Paul Bocuse fut frappé par la splendide veste en cachemire qu'il portait avec un pantalon de treillis militaire et de lourds brodequins, bien cirés, impeccables, dont il laissait les lacets défaits. Gary, toujours assis à la même place au fond de la salle, déjeunait en observant le ballet des serveurs, du sommelier, du patron et du maître d'hôtel, qu'il décrit fidèlement dans son livre. Puis il montait s'isoler dans une chambre que le restaurateur avait mise à sa disposition et dormait un moment. Pour se documenter, il avait consulté un bel ouvrage illustré, publié aux États-Unis, sur l'art et la manière de fabriquer les cerfs-volants : *Kites, The Gentle Art of High Flying. How to Make and Fly over 20 Glorious Kites, by Susan Tyrrell* [11]. Il priait qu'on vînt le réveiller à 16 h 30. Bocuse le trouvait tout habillé sur le lit. Gary travaillait encore la fin de l'après-midi dans cette chambre, dînait tôt puis se faisait reconduire au Grand Hôtel, où il continuait de réviser le premier jet de son roman. Certains jours, Gary demandait à Bocuse de l'emmener faire les achats au marché et aux Halles, puis il regardait sa brigade préparer les plats dans son laboratoire.

# 108.

Au mois de novembre 1979, Gary invita à déjeuner Raphaële Balmes [1], la fille de son amie de jeunesse Suzanne Agid. Depuis son enfance, Raphaële avait entendu sa mère raconter comment Mina Owczynska lui avait fait promettre sur son lit de mort d'épouser Romain.

Raphaële, qui avait demandé à le rencontrer, lui parla de sa mère qui s'était convertie au catholicisme pour épouser son père, un homme impossible qui faisait régner la terreur dans sa maisonnée, au point que Raphaële, devenue professeur de lettres, avait préféré signer un de ses essais du nom de son grand-père, Alexandre Agid. Après avoir lu *La Promesse de l'aube* et *La Vie devant soi*, elle avait acquis la conviction que Gary en était l'auteur. Aussi lui affirma-t-elle qu'Émile Ajar était assis en face d'elle. Brandissant un exemplaire de *Pseudo*, Gary fronça les sourcils et s'exclama d'un air courroucé : « Mais non, ce n'est pas vrai ! Ce n'est pas moi. C'est cette espèce de petit salopard de Paul. Regardez plutôt ce qu'il a été capable d'écrire sur moi ! »

Elle le dévisagea en souriant et lui rétorqua que *Pseudo* était encore plus astucieux que les deux romans précédents. Ce qu'il venait de dire ne changeait en rien sa certitude. Au lieu de s'incliner devant l'évidence, Gary s'entêta. Raphaële en fut à la fois blessée et consternée. Elle se leva pour prendre congé. Gary la prit soudain dans ses bras et lui demanda quand ils allaient se revoir. Un instant, l'idée la séduisit d'avoir une aventure avec l'homme qui avait failli épouser sa mère, mais le fait qu'il niât la réalité avec tant de véhémence, qu'il fût si étranger à lui-même, que, dans cette affaire, il manquât du moindre humour, la convainquit qu'il n'y avait pas entre eux la possibilité d'une relation.

Avant de le quitter, Raphaële lui demanda ce que voulait dire le nom de famille Agid. Gary lui expliqua qu'en russe « agid » signifiait exactement « le youpin ». Elle fut ravie que sa mère, qui n'évoquait son origine qu'avec réticence, portât justement ce nom. Seul, lui dit-elle, son oncle Roger assumait son patronyme. Elle se souvint que sa tante Liliane, avec laquelle elle avait fait une promenade en voiture quand elle était enfant, lui avait intimé l'ordre de se taire lorsqu'elle lui avait demandé : « Est-ce que grand-papa était juif ? »

Elle voulut justement savoir quel souvenir Romain avait conservé de son grand-père Alexandre, fondateur de L'Hermitage. Quand Gary lui raconta qu'il ressemblait à l'un des personnages du film, plutôt antisémite, d'Andrzej Wajda, *La Terre de la grande promesse*, elle en fut si navrée qu'elle en conclut qu'il n'y avait pas eu entre eux la moindre complicité. Romain, voyant partir à regret une si jolie jeune femme qui évoquait en lui tant de souvenirs des jours lointains de sa jeunesse, s'enquit de ses projets pour Noël. Elle resta évasive et lui envoya à la fin de l'année une carte de vœux représentant un tableau de Paul Klee intitulé *Le Messager de l'automne*, un avertissement qui dut grandement offenser Gary.

Toutefois la perspicacité de Raphaële Balmes [2] l'avait réconforté, ainsi qu'il l'écrivit dans *Vie et mort d'Émile Ajar*, mais il aurait de loin préféré que cette reconnaissance vînt de la communauté intellectuelle.

Préoccupé par l'état de santé de Jean Seberg qui se dégradait, Romain Gary devait également affronter les problèmes que lui posait l'invention d'Émile Ajar. D'un côté, Paul Pavlowitch, malgré la rémunération qui lui était accordée, considérait qu'il était la victime de Romain, car il dépendait totalement de lui. De l'autre, Gary, contraint de rester dans l'ombre, se sentait dépossédé de la gloire qu'il méritait, et voulait à présent la reconquérir pour lui-même.

> Pourquoi, se demandera-t-on peut-être, me suis-je laissé tenter de tarir la source qui continuait encore à charrier en moi des idées et des thèmes ? Mais parbleu ! parce que je m'étais dépossédé. Il y avait à présent quelqu'un d'autre qui vivait le phantasme à ma place. En se matérialisant, Ajar avait mis fin à mon existence mythologique. Juste retour des choses : le rêve était à présent à mes dépens… [3].

Gary en parlait avec René Agid, ses médecins Serge Leibovici et Louis Bertagna, auquel il écrivait de nombreuses lettres [4]. Il savait que la seule solution pour sortir de l'impasse était de révéler la supercherie. Mais son imagination féconde lui jouait des tours. Il se figurait qu'une fois la vérité au grand jour, le fisc engagerait des poursuites contre lui, qu'un juge le déclarerait complice d'une escroquerie, qu'on viendrait poser des bombes dans son immeuble, que ses ennemis l'attendraient dissimulés derrière les grandes potiches sous le porche du square La Rochefoucauld pour lui casser la figure [5]. Il sortait avec son revolver glissé dans un holster sous un long imperméable.

Éternel fugitif en quête de personnage, le dernier qu'il avait inventé se retournait contre lui. Il était lassé des acrobaties que lui imposait l'incognito. Lorsqu'il évoqua devant Pavlowitch l'éventualité de mettre un terme à la fiction Ajar, ce dernier s'y opposa farouchement. Qu'allait-il dire à ses enfants, aux villageois de Caniac-du-Causse qui l'accuseraient d'être un faussaire, à Simone Gallimard qui l'avait engagé au Mercure de France ? Comment pourrait-il affronter cette perte intégrale de notoriété ? Romain s'engagea à ne rien révéler de la supercherie pendant au moins un an, mais il n'était plus le maître du personnage dont il était le créateur.

Pavlowitch envisagea d'écrire lui aussi sous le pseudonyme d'Émile Ajar, puisque aux yeux de tous il était l'auteur de ses œuvres. Pour Gary, c'était bien évidemment hors de question. Annie, pour laquelle il éprouvait une grande affection, vint le voir à Paris. Paul était au plus mal. Pour la première fois, Gary ne pouvait contrôler sa création, sa vie, son « roman total » à cent pour cent. Il n'était plus totalement l'auteur de son destin, comme il l'avait écrit dans *Pseudo* :

> Je suis Émile Ajar ! hurlais-je, en me frappant la poitrine. Le seul, l'unique ! Je suis le fils de mes œuvres et le père des mêmes ! Je suis mon propre fils et mon propre père ! Je ne dois rien à personne ! Je suis mon propre auteur et j'en suis fier ! Je suis authentique ! Je ne suis pas un canular ! Je ne suis pas pseudo-pseudo : je suis un homme qui souffre et qui écrit pour souffrir davantage et pour donner ensuite encore plus à mon œuvre, au monde, à l'humanité ! Quand il s'agit de mon œuvre, il n'y a pas de sentiment, de famille qui tienne ! La seule chose qui compte, c'est mon œuvre[6] !

Il ne pouvait le supporter et commença à penser que si l'un des deux devait mourir, ce serait lui. En fin d'après-midi, il s'allongeait parfois sur son lit et glissait le canon de son revolver dans sa bouche.

« L'annonce d'un examen approfondi de sa situation à la demande de la Direction nationale des enquêtes fiscales, arrivée par courrier le 24 octobre 1980, décupla ses angoisses. M. Gratianne, contrôleur du fisc, qui avait proposé à Gary un entretien préalable, le priait de prendre rendez-vous avec sa secrétaire[7]. Ce dernier devait-il expliquer au fonctionnaire ignorant de cette affaire que la substitution de paternité sur certaines de ses œuvres avait entraîné quelques irrégularités dans ses déclarations au fisc ? Claude Gallimard qui ne connaissait pas la véritable identité d'Émile Ajar déploya ses efforts afin que rien de grave ne lui advînt.

François Polge de Combret, qui était alors secrétaire

général adjoint de la présidence de la République et proche parent de Valéry Giscard d'Estaing, téléphona à Romain Gary le 31 octobre pour lui proposer de le recevoir. L'écrivain, qui eut un entretien avec François de Combret à l'Élysée le 3 novembre, apprit que le fisc s'était intéressé à sa situation de résident en Suisse, alors qu'il semblait continuer d'habiter à Paris. Gary ne nia pas cette contradiction et expliqua qu'il devait être souvent présent à Paris afin de prendre soin de Jean Seberg, dont l'état de santé le préoccupait.

Très affecté, Gary déclara à François de Combret : « Un Compagnon de la Libération ne peut être soupçonné. Je ne dors plus, je ne mange plus, je n'écris plus. »

Dans une note pour le président de la République, François de Combret écrivit : « Il paraît effectivement en piteux état. Si le Président le souhaitait, je pourrais demander à M. Bernard, directeur des Enquêtes fiscales, d'examiner personnellement ce dossier avec rapidité et bienveillance. »

Giscard d'Estaing écrivit sa réponse à la main au bas de la note : « Oui, dans le respect des règles fiscales[8]. » François de Combret dépêcha ensuite à Gary un conseiller chargé de lui expliquer qu'il n'avait aucune raison de s'inquiéter. Mais lorsque M. Bernard se présenta à son domicile, Gary, impulsif et s'infligeant une punition pour une faute imaginaire, accueillit le fonctionnaire par ces mots : « Je me fous complètement de votre enquête minable ! Giscard me protège ! » Humilié, le contrôleur le prit plutôt mal et le menaça des pires conséquences. Gary ruminait qu'il était « le roi des cons », ne dormait plus et prenait des anxiolytiques. Il ne pouvait faire face à ce que représentait pour lui, Compagnon de la Libération, le fait d'être l'objet d'un contrôle fiscal. Il accordait une grande importance à son intégration dans l'ordre de la Libération. Quand de Gaulle l'avait nommé, il avait cessé d'être un immigrant juif naturalisé de fraîche date, un élève officier que l'armée française avait refusé de promouvoir précisément pour ces raisons. Il avait franchi le Rubicon de l'assimilation, particularité du modèle jacobin. Or, voici que l'édifice sur lequel il avait construit son image de lui-même était mis en danger par une affaire qu'il se figurait tragique et déshonorante.

NEUVIÈME PARTIE

# « Face aux ténèbres * »

*Il y a une chose que je tiens à vous dire. Je tiens à vous dire, mes jeunes amis, que je n'ai pas échappé aux nazis pendant quatre ans, à la Gestapo, à la déportation, aux rafles pour le Vel' d'hiv', aux chambres à gaz et à l'extermination pour me laisser faire par une quelconque mort dite naturelle de troisième ordre, sous de miteux prétextes physiologiques.*

ROMAIN GARY,
L'Angoisse du roi Salomon

* William Styron, *Face aux ténèbres. Chronique d'une folie*, Gallimard, 2000.

# 109.

Gary envisageait les solutions légales pour soustraire son fils à la tutelle de Jean Seberg, au cas où il viendrait à disparaître. Il ne voulait pas que Diego pût rester sous son influence. Estimant cependant que son fils avait « besoin de féminité », il demandait que Florence de La Valette et Anne de Dietrich fussent dans ce cas consultées. Quand Robert Gallimard lui rendait visite, Romain appelait son fils et disait : « Je voudrais que tu parles avec Robert. Si je meurs, c'est lui que tu devras aller voir. » Puis il prit la décision d'émanciper légalement Diego le 26 octobre 1979. Cette démarche ne lui posa pas de crise de conscience puisqu'en réalité, en 1979, ce dernier était déjà dans sa dix-septième année. Dès qu'il s'absentait de Paris, Romain Gary priait ses amis de veiller discrètement sur son fils. Il demandait à Geneviève Dormann de l'inviter chez elle, et lorsqu'il séjourna brièvement à Berlin, il écrivit à Agnès Delarive pour lui recommander d'éloigner son fils des fréquentations néfastes.

Gary ne supportait plus de devoir prendre totalement en charge une femme en perdition dont il était divorcé depuis plus de dix ans. Il en était accablé, et l'inquiétude constante qu'elle lui causait l'empêchait souvent de travailler. Peu de temps après l'hospitalisation de Jean, Gary téléphona à Lesley Blanch. « *There is no way out* [il n'y a pas d'issue]. C'est elle ou moi [1]. »

Sortie de l'hôpital du Peray-Vaucluse, Jean Seberg

continua à recevoir les soins des Drs Peyrouzet et Bailly-Salin. Mais que pouvaient-ils contre le ténébreux univers qui progressivement l'engloutissait ? Toutes ses tentatives pour en sortir étaient vaines. Elle subissait sans force la partition de son corps et de son âme en deux parties inconciliables qui éprouvaient de la haine l'une pour l'autre : d'un côté, elle était encore la jeune fille puritaine et radieuse de Marshalltown, Iowa, et, de l'autre, une femme dont la sensualité et l'imaginaire avaient levé toutes les inhibitions inhérentes à son éducation. Cette femme qui avait un air de jeune fille de bonne famille abritait au plus profond d'elle une créature dont elle ne pouvait contrôler les violentes pulsions. Elle poursuivait la quête d'un homme qui lui donnât l'assouvissement lumineux, la félicité qu'elle avait parfois fugacement connus au cours de ses multiples rencontres. Mais elle était impuissante à faire renaître les émotions de ses anciennes expériences. Ses nouvelles aventures lui révélaient ses limites. Elles ne lui apportaient que détresse et humiliations.

Jean Seberg crut percevoir un changement dans son existence lorsqu'elle fit la connaissance d'Abdelkader Hamadi[2], un Algérien, au Keur Samba, une boîte de nuit proche des Champs-Élysées, propriété d'un Africain venu du Sénégal. Les relations intimes entre Abdelkader et Jean furent de courte durée, mais elle continua à fréquenter La Médina, le restaurant d'Abdelkader situé avenue Trudaine, venant y dîner avec ses amis. Au début, Abdelkader fut ravi de cette publicité imprévue pour un établissement des plus modeste, mais bientôt Jean refusa souvent de quitter les lieux à l'heure de la fermeture, et il dut consentir à la laisser passer la nuit dans la salle, une fois le rideau tiré.

Abdelkader avait une sœur qui gérait un bain maure à Tanger, au Maroc. Elle avait eu six enfants avec Kadida Hamadi, son mari, à présent décédé. Son fils Ahmed, qui avait quitté l'école à seize ans, était arrivé à Paris en 1978 pour travailler dans le restaurant de son oncle. Il n'y était resté que trois mois, puis Abdelkader s'était plaint de voir son neveu fréquenter des mauvais garçons dans les boîtes, les hôtels et les brasseries du 10e arrondissement, dont le Cadran Magenta[3]. Mythomane, Ahmed tantôt prétendait avoir été footballeur professionnel, tantôt acteur de cinéma, ou encore héritier d'une riche famille de négociants algériens. Il avait falsifié sa carte d'identité pour se vieillir de dix ans, et ne répugnait pas à séduire des femmes auxquelles il dérobait de l'argent à leur domicile, avant de disparaître.

C'est à La Médina que Jean Seberg rencontra Ahmed Hasni. Hasni lui raconta qu'il entretenait des relations étroites avec le monde politique en Algérie. Bien qu'elle le vît sans occupation, Jean le crut et l'appela Sheriff. Elle le présentait à ses amis comme étant Ahmed Hasni Sheriff, un cousin de son « ami Abdul Aziz Bouteflika, ministre d'État ». Le 31 mai 1979, ils allèrent à l'Église américaine demander au pasteur Thomas E. Duegan de leur donner une bénédiction. Ce dernier accepta, car il ne considérait pas le fait de bénir un homme et une femme comme la célébration d'un mariage qui, en France, doit obligatoirement être précédé de la cérémonie civile. De toute façon, Jean Seberg était encore légalement la femme de Dennis Berry. Hasni avait signé sur le registre : Hasni Ahmed Bouteflika. Rêvant d'être à nouveau mère, elle décora une chambre de son appartement en nursery.

Alors Ahmed se figura pouvoir devenir l'agent, le secrétaire de Jean Seberg, et surtout gagner beaucoup d'argent. Jean écrivit à Dean Reed, qui projetait de réaliser un film sur Arafat et l'OLP, que Hasni entretenait les plus hautes relations dans le monde arabe, et qu'il avait été aux côtés d'Arafat et de Bouteflika lors des funérailles du président Houari Boumediene. Elle voulait écrire et publier ses Mémoires. Ils envisagèrent aussi, fortune faite, de quitter la France pour l'Espagne ou le Maghreb.

Bientôt, les manières de Hasni changèrent. Lorsqu'il était en colère, il mettait Jean à la porte. Elle allait se réfugier chez sa vieille amie Aki Lehman, qui avait aménagé rue du Bac, dans une très ancienne maison dont le jardin était mitoyen du parc des Missions étrangères. Jean raconta à Frédéric Mitterrand que son ami la battait. Au printemps, elle se rendit avec Ahmed Hasni aux studios de Boulogne, où Costa-Gavras était en train de monter *Clair de femme*. Puis elle revint seule déjeuner avec le réalisateur qui s'aperçut qu'elle n'était plus dans son état normal.

Au début, Romain Gary n'avait pas vu d'un mauvais œil l'arrivée de Hasni parce que Jean semblait avoir cessé de boire et d'abuser des tranquillisants. Mais quand Ahmed vint à plusieurs reprises lui réclamer de l'argent au nom de son ex-femme, il en fut profondément irrité. Il le mit brutalement à la porte.

## 110.

Au printemps 1979, son amie Gabriella Van Zuylen invita Gary à passer un week-end dans son imposant Castel Haar Zuylen, en Hollande, où il se retrouva en compagnie d'une trentaine d'hôtes, dont Carlos Fuentes, avec lequel il conversa un moment dans le labyrinthe du parc. Il était arrivé vêtu de son treillis, de sa veste en cachemire et chaussé de ses lourds brodequins. Le premier soir, sa tenue fut très remarquée lorsque les autres invités passèrent la robe du soir ou le smoking à l'heure du dîner.

Le lendemain, Gary, qui s'ennuyait à mourir en leur compagnie, s'en alla discuter avec le personnel des cuisines pour avoir à faire à de « vrais êtres humains qui épluchaient les légumes », comme il l'expliqua à Gabriella. Puis, il lui demanda : « Prête-moi une bicyclette, veux-tu ? Je préfère encore aller me promener. »

C'est au cours d'un dîner chez ses amis André Asséo et Virginie Solenn[1], que Gary fit la connaissance de Leïla Chellabi.

Roberte Chellabi, dont le pseudonyme était Leïla Chellabi, venait de se séparer de son mari, Fabrice Simon Bessy, animateur à la station de radio RTL, où travaillait également Virginie Solenn, l'épouse d'André Asséo. Leïla, qui avait entendu à plusieurs reprises Virginie parler de Romain Gary, lui avait fait part de son désir de le connaître. Cette dernière organisa le dîner qui allait avoir des conséquences non négligeables sur les derniers mois de la vie de l'écrivain. Quand André Asséo lui téléphona, Gary, après avoir accepté l'invitation, précisa comme à l'accoutumée qu'il ne savait pas encore s'il viendrait accompagné d'une de ses maîtresses éphémères. Il arriva seul.

Gary préméditait son suicide. Il s'était procuré des balles explosives par l'intermédiaire d'André Asséo, dont un ami policier avait été invité par hasard à dîner le même soir que lui. Au cours de la conversation, précisant qu'il avait été tireur d'élite dans sa jeunesse, Romain avait ajouté : « C'est idiot, je n'ai plus de munitions pour mon revolver Smith & Wesson. » Pensant qu'il voulait s'entraîner au tir, le policier lui avait procuré une boîte de cartouches.

Au mois de juin 1979, Gary séjourna avec Leïla trois semaines à Puerto Andraitx où ils habitèrent à Cimarron, la maison qui avait autrefois été la sienne. Ils rendirent visite à Nicole et Pedro Otzoop qui recueillaient tous les chats abandonnés de La Mola. Ils partirent encore pour Rio de Janeiro où, selon Paul Pavlowitch, Gary était allé demander à Pierre Michaut de lui restituer ses lettres concernant l'affaire Ajar. Mais, toujours selon Pavlowitch, ce dernier refusa. Gary s'apprêta aussitôt à rentrer à Paris. Il expliqua à Leïla, qui préférait rester, qu'il ne pouvait se mettre au travail dans une pareille atmosphère.

Leïla Chellabi est née à Casablanca le 26 juillet 1940. Son père, Lhoussine Chellabi, avait exploité une entreprise de commercialisation du liège. Jeanne Sériat[2], sa mère, était originaire du département de la Gironde. Lhoussine Chellabi a été décoré de la Légion d'honneur pour sa bravoure pendant la Première Guerre mondiale. Dans son enfance, Leïla avait assidûment étudié la danse classique. À dix-neuf ans, elle rencontra Georges Bouvier, de presque vingt ans son aîné, chez la danseuse Ghislaine Thesmar. Dès qu'il la vit, il en tomba éperdument amoureux et la demanda en mariage.

Georges Bouvier, Compagnon de la Libération, était né en Chine, à Tien-Tsin, en 1921 [3]. Il avait fait ses études dans une école anglaise, puis à l'université de Harvard, dont il était sorti diplômé, notamment en langue et civilisation chinoises. Il s'était engagé dans les forces britanniques après avoir entendu Winston Churchill déclarer aux chefs d'État signataires des accords de Munich en 1938 : « Vous avez voulu la paix au prix de la honte, vous aurez la guerre et la honte. » Georges Bouvier avait épousé Leïla Chellabi le 15 juin 1960. Le divorce avait été prononcé le 27 avril 1971. Leïla avait ensuite rencontré Fabrice Simon Bessy, son second mari. Elle avait un temps exercé la profession de danseuse pour les spectacles de variété au music-hall et à la télévision, et avait travaillé notamment dans la troupe de Johnny Hallyday et Sylvie Vartan.

André Asséo, qui dirigeait la première chaîne de télévision, était devenu l'ami de Gary après avoir lu *La nuit sera calme*. Il avait tant aimé ce livre qu'il en avait fougueusement assuré la promotion, allant jusqu'à rédiger des interviews pour des présentateurs incultes qui devaient interroger l'écrivain à des heures de grande écoute. Lorsque Gary et André Asséo se lièrent davantage, ils découvrirent qu'ils avaient un ami commun, Joseph Kessel. Mais il y avait bien longtemps que tous deux, originaires de Lituanie, engagés dans les Forces françaises libres, aviateurs et amateurs de femmes, ne s'étaient vus. Michèle, la femme de Joseph, alcoolique et caractérielle, était hostile à Romain parce qu'elle avait reconnu en lui un ennemi de son vice. Un matin, Gary, nostalgique, téléphona à André Asséo et lui demanda d'organiser un déjeuner avec Kessel. Ils se retrouvèrent chez Bauman, avenue des Ternes, s'embrassèrent et s'étreignirent avec émotion. Ils reprirent des conversations anciennes, évoquèrent Londres, leur combat contre les nazis.

Quand Joseph Kessel mourut le 23 juillet 1979, Gary assista à ses funérailles. Alors que les croque-morts descendaient le cercueil, Maurice Schumann s'approcha de Gary qui n'avait pu retenir ses larmes, et lui coula dans l'oreille : « Il y a un fauteuil pour vous à l'Académie française. » Gary, sans répondre, lui lança un regard latéral glacé, et ne le lui pardonna pas.

Peu de jours après le début de leur liaison, Leïla Chellabi avait quitté son studio du 16e arrondissement pour s'installer chez Gary. Pendant quelque temps, il fut rasséréné. Comme il se plaisait à le dire, la présence d'une femme entretenait son « flux vital ». Elle soulagea l'écrivain des problèmes matériels quotidiens qu'il n'avait jamais su assumer. Gary espérait qu'elle donnerait à son fils, très affecté par la mort d'Eugenia et par la maladie de Jean, les soins d'une mère. Leïla montra, en effet, de la sollicitude pour Diego. Gary en fut ému et soulagé, car l'idée de la mort l'obsédait. Après sa disparition, une femme prendrait en charge la bonne marche de sa maisonnée. Son intention était claire puisque la présence de la nouvelle venue ne l'empêchait nullement de poursuivre des relations erratiques avec des maîtresses et une prostituée qui était devenue sa confidente : la maquerelle au grand cœur, un personnage qu'on retrouve souvent dans les romans de Gary et d'Ajar. Il recevait à présent ses conquêtes dans les chambres de bonne où avaient vécu Paul et Annie. L'après-midi, il poursuivait son idylle avec Martine Carré, mais seulement sur le divan, derrière les portes de son bureau, où l'on n'entrait pas sans son autorisation. Il lui disait : « À l'intérieur, j'ai dix-huit ans. » Martine se désolait en comprenant qu'avec l'arrivée de Leïla Chellabi, elle avait perdu la partie. Elle décida alors de quitter Romain qui la payait mal et la faisait tant souffrir.

## 111.

Au printemps 1979, peu de temps après sa sortie de la clinique Marignan, Jean Seberg eut l'heureuse surprise de recevoir une proposition de Georges de Beauregard, le producteur qui l'avait engagée pour *À bout de souffle*, *La Route de Corinthe* et *La Ligne de démarcation*. Il lui offrait un rôle dans *La Légion saute sur Kolwezi*, un film que devait réaliser Raoul Coutard, le cameraman d'*À bout de souffle*. Son cachet était modeste, 10 000 francs par jour, mais elle accepta avec joie, après trois années d'inaction, à condition d'être réglée en espèces, car elle ne possédait plus de compte en banque.

C'était un film d'aventures qui évoquait la mission de la Légion étrangère venue sauver les Européens au Zaïre pendant les troubles de 1978. Le tournage allait avoir lieu au mois d'août en Guyane, et s'achever en France. Jean Seberg devait incarner l'épouse d'un ingénieur des mines belge. Bien que la sachant extrêmement fragilisée, le producteur, qui l'estimait, l'avait engagée le 5 juillet 1979 pour neuf journées de tournage. Mais son agent, Olga Horstig-Primuz, avait refusé de signer le contrat en prophétisant que la comédienne ne serait pas capable d'assumer son rôle. Le Dr Zuccarelli, qui l'examina pour le compte des Productions Bella, la déclara capable de travailler.

Jean Seberg avait la capacité de retrouver une bonne apparence en quelques semaines. Elle partit faire une cure de thalassothérapie dans un hôtel diététique à Quiberon et en revint métamorphosée.

C'est alors qu'à l'instigation de Hasni, elle prit la décision de vendre son appartement. L'agence Chevallier, à laquelle elle avait confié la transaction, fit passer une annonce dans *Le Figaro.* Marie-Odile Bouilhet, un jeune médecin en instance de séparation avec son mari, visita l'appartement le jour même et décida de l'acheter. Elle n'était pas le seul acquéreur potentiel et le vendeur exigeait en contrepartie du prix très modéré du bien un fort acompte versé en espèces, au moment de la signature de la promesse de vente.

Le lendemain, l'agence informa Marie-Odile Bouilhet que Jean Seberg l'avait choisie. Elle vint signer une promesse de vente qui n'était pas définitive, car son mari, qui financerait cet achat, était en voyage à l'étranger et ne rentrerait pas avant trois semaines. Marie-Odile versa en espèces un acompte qu'elle réunit à la hâte, et proposa à Jean Seberg et à Ahmed Hasni de les recevoir dans sa maison de vacances, en attendant le retour de son mari. Ils passèrent dix jours à Grasse, au cours desquels Jean Seberg fit une hémorragie et fut hospitalisée à Marignane. Puis le couple rentra à Paris pour vider l'appartement. Romain était furieux parce que Jean se retrouvait à la rue, mais il n'avait aucun pouvoir sur elle. La jeune femme arrivait parfois chez lui couverte d'hématomes. Il constatait aussi qu'elle recommençait à délirer. Cela lui devint si douloureux qu'il résolut d'interposer Leïla Chellabi entre Jean et lui.

Jean et Ahmed partirent en Espagne aussitôt la somme en espèces perçue. Les liasses de billets furent rangées dans un attaché-case, dissimulé sous le siège avant de la voiture. Jean emporta dans ses bagages une machine à écrire et le script du film. Quelques jours plus tard Gary, très inquiet de ne pas recevoir de ses nouvelles, téléphona à Mabel Muñoz Lacasta, la fille d'Eugenia, pour lui demander si Jean n'était pas venue lui rendre visite à Barcelone. Elle était partie directement à Palma de Majorque avec Ahmed, et s'était violemment querellée avec lui lorsqu'il avait prétendu exercer sur elle un contrôle total, alors qu'elle avait accepté de passer la soirée en compagnie de deux Espagnols rencontrés dans un night-club. Terrifiée par la brutalité de Ahmed Hasni qui affirmait être légalement son époux, elle lui avait faussé compagnie et était allée se réfugier à Puerto Andraitx chez ses amis Nicole et Pedro Otzoop. Elle avait confié à Nicole que de graves menaces (vraies et imaginaires) pesaient sur elle. Elle quitta Majorque le 24 juin et se rendit à Barcelone chez Mabel, où Ahmed Hasni l'avait devancée trois jours plus tôt. Il avait aussi rendu visite à son frère Carlos, pour se renseigner sur les opportunités d'ouvrir une pizzeria dans cette ville, puis était reparti à Paris en emportant les Mémoires dont Jean avait commencé à rédiger quelques pages. Quand cette dernière arriva à son tour chez Mabel, elle abandonna une partie de ses bagages dans son appartement. Le même jour, Gary téléphona à Barcelone pour informer Jean que la société de production Bella était à sa recherche. Le tournage allait bientôt commencer. Mabel rassura Romain Gary. Il pouvait dire à Georges de Beauregard que Jean Seberg respecterait son engagement, mais qu'elle demandait que son retour à Paris fût tenu secret parce que Ahmed la terrorisait. Gary ordonna à Mabel de prévenir la police espagnole.

Quand le producteur vint l'accueillir à l'aéroport, Jean lui raconta que Hasni lui avait dérobé 60 000 francs, et qu'après le tournage du film elle avait l'intention de retourner vivre aux États-Unis. Il l'installa sous le nom de Mme Berry à l'hôtel Regina, place des Pyramides, après avoir averti la police que sa présence ne devait pas être révélée, car Hasni, se présentant comme son mari, était déjà venu s'enquérir d'elle au siège de la production. Craignant qu'il ne pût l'intercepter à l'aéroport au moment de son départ pour la Guyane, elle pria Georges de Beauregard de rester à ses côtés jusqu'à l'heure de l'embarquement.

À son arrivée à Kourou, Raoul Coutard trouva Jean

Seberg en bonne condition. Au cours du travail, elle ne posa aucun problème au réalisateur. Avant de rentrer à Paris, elle appela Georges de Beauregard pour lui demander de lui trouver un hôtel dont le nom serait une fois encore tenu secret. Il régla la facture pour l'occupation d'une suite chez Flat Hotel International, 43, rue Saint-Charles, dans le 15e arrondissement, où l'actrice séjourna du 3 au 9 août. Le producteur lui versa un acompte de 15 000 francs sur son cachet en espèces et lui dépêcha un coiffeur à son hôtel.

On ne sait pas de façon certaine comment Jean Seberg et Ahmed Hasni se retrouvèrent, mais selon Abdelkader Hamadi, l'oncle de ce dernier, Jean aurait téléphoné à La Médina et lui aurait communiqué son adresse. Hasni a dit aux enquêteurs, après la mort de sa compagne, qu'il avait passé une semaine avec elle, au dixième étage de l'hôtel.

Le 9 août, Jean Seberg et Ahmed Hasni se présentèrent à la réception de l'hôtel du Pont-Royal, à quelques pas de chez Romain Gary qui avait interdit à ce dernier de reparaître ou de perturber la vie de son fils, en train de préparer son baccalauréat. Ils séjournèrent deux jours dans la chambre numéro 19, puis choisirent un établissement plus modeste, l'hôtel Alexander, 102, avenue Victor-Hugo, où Jean Seberg s'inscrivit sous le nom de Mlle Hasni.

Le 11 août, elle loua à l'agence de M. Robert, 125, rue de Longchamp, au premier étage, un studio pour 4 200 francs par mois. L'immeuble, situé profondément en retrait de la rue, comportait uniquement des appartements de petite superficie disponibles pour de courtes durées.

C'est le dernier lieu où, dans un état de profond désespoir, Jean Seberg allait brièvement habiter. Le 18 août, peu après 13 heures, elle se jeta dans la fosse de la voie ferrée du métro, alors qu'une rame faisait son entrée dans la station Montparnasse. Jean Degrève, le conducteur, freina brutalement et coupa l'alimentation électrique. On dégagea Jean Seberg qui se trouvait sous la voiture de tête. On la fit asseoir sur un banc en attendant l'arrivée des pompiers qui la transportèrent à l'hôpital Cochin en état de choc, où elle fut admise dans le service du Pr Lucien Leger. Les médecins l'examinèrent, firent des radios, puis, constatant qu'elle ne présentait que des contusions, lui administrèrent des sédatifs et décidèrent de la garder en observation. Mais le lendemain, elle sortit contre l'avis médical et alla retrouver Hasni rue de Longchamp.

Quelques jours plus tard, le 27 août, Jean Seberg fut reçue par le Dr Michel Rothman, qu'elle avait déjà consulté en compagnie d'Hasni au mois de juin de l'année précédente. Elle lui confia qu'elle souffrait d'insomnies et qu'elle redoutait surtout de ne pas être capable d'achever le tournage du film commencé. Le médecin lui prescrivit un tranquillisant, le Temesta, et deux somnifères, le Nuctalon et le Nembutal, qu'elle devait utiliser alternativement. Elle acheta ces médicaments à la pharmacie Monnerville, rue Bonaparte.

Le 29 août, Jean Seberg et Ahmed Hasni allèrent au cinéma voir *Clair de femme* à la séance de 17 heures, dans un cinéma des Champs-Élysées. Marie-Odile Bouilhet eut l'occasion de parler à plusieurs reprises à Jean Seberg la veille de sa mort. La première fois, elle l'appela peu avant 20 heures pour lui demander comment fonctionnait la prise de courant du salon. Au cours de la conversation, Jean lui dit qu'elle était sur le point de passer à table et qu'elle revenait du cinéma où elle avait vu *Clair de femme*, le film tiré du livre de Romain Gary. Marie-Odile Bouilhet lui téléphona à nouveau vers 23 heures pour un autre problème domestique. Jean lui parut tout à fait sobre et normale. Rien ne lui laissa pressentir le drame qui se préparait. Mme Bouilhet appela une troisième fois vers minuit, et leur conversation fut anodine. Le lendemain matin, peu après 8 heures, elle voulut encore parler à Jean Seberg. Ahmed Hasni lui apprit alors qu'il s'était disputé avec elle, et qu'elle avait disparu vers 4 heures du matin, pendant qu'il dormait. Il ignorait où elle pouvait se trouver.

Au cours de la matinée, le commissaire Diem annonça à Romain Gary la disparition de son ex-épouse. Ahmed Hasni était allé se présenter au commissariat Dauphine, 75, rue de la Faisanderie, où il avait été entendu par l'inspecteur principal Jean-Pierre Lucchiani. Il précisa que « sa femme » avait emporté les médicaments que le Dr Rothman lui avait prescrits.

Aussitôt, un avis de recherche fut émis par la police judiciaire :

> Rechercher Jean Seberg. Disparue depuis ce jour vers 4 heures du matin de son domicile 125, rue de Longchamp. État dépressif. Serait partie à bord Renault 5 blanche. Signalement : type européen. 1,62 mètre. Corpulence mince. Cheveux courts, châtain clair. Tenue vestimentaire inconnue. Pour diffuser à tous les services. Conduite à tenir spéciale : état dépressif, peut attenter à ses jours. Prendre toutes les mesures de protection. Aviser urgence le service demandeur, ainsi que l'état-major de ma direction. Signé Jobard.

Redoutant le pire, Gary éprouva un bref soulagement à la pensée que leur fils était parti en vacances à San Francisco avec Florence de La Valette et ses enfants.

Le 2 septembre, Ahmed Hasni affirma aux policiers chargés de l'enquête qu'il n'avait pas la moindre idée du lieu où Jean Seberg pouvait se trouver. Cependant, l'inspecteur divisionnaire Barrier, agissant en vertu et pour l'exécution d'une commission rogatoire, découvrit après la mort de l'actrice un certain nombre de faits mettant en doute cette version.

Fernand Fenix, qui habitait 46, rue de la Faisanderie, remarqua deux ou trois jours avant la découverte du corps de Jean Seberg, rue du Général-Appert, le manège de quatre hommes semblant s'intéresser au contenu d'une R 5 blanche garée devant le numéro 16 de cette rue. L'un d'eux, très nerveux, dont le signalement correspondait à celui d'Ahmed Hasni, s'était approché d'une porte, mais avait été empêché de l'ouvrir par ses comparses. Un autre témoin, John Finaly, avait lui aussi remarqué la voiture blanche garée rue du Général-Appert quelques jours avant la découverte du cadavre de Jean Seberg. Passant à nouveau à proximité de la voiture, il remarqua la couverture qui dissimulait une masse à l'intérieur de la voiture. Il alla aussitôt prévenir le gardien de l'immeuble du numéro 24 qui se trouvait être également fonctionnaire de police.

Maria Blanquie, la gardienne d'un immeuble situé 22, rue du Général-Appert, avait elle aussi été intriguée par la présence de cette voiture qui semblait abandonnée, avec une couverture qui dissimulait quelque chose à l'intérieur.

Roger Desfarges découvrit le cadavre de Jean Seberg le mardi 4 septembre vers 19 heures en promenant son chien qui tirait sur sa laisse en direction de la voiture. Il s'approcha, ouvrit la portière gauche, côté rue, les autres portes étant verrouillées. Il se pencha pour voir la nature du « paquet » qui se trouvait entre les sièges avant et arrière du véhicule, et découvrit le cadavre décomposé d'une femme solidement enveloppé dans une couverture. Aussitôt, M. Desfarges courut à quelques pas de là chez Mata Phéli, elle aussi concierge, et demanda au mari de cette dernière de l'accompagner jusqu'au lieu de sa macabre découverte.

La direction de la police judiciaire publia aussitôt une dépêche :

> Le samedi 8 septembre 1979, vers 19 heures, le corps de l'actrice de cinéma Jean Seberg, née le 13 novembre 1938 à Marshalltown, Iowa, de double nationalité française et américaine, a été découvert dans son véhicule Renault SMR 334 APK 75, face au 16, de la rue du Général-Appert. Le décès daterait de plusieurs jours. C'est un concierge du voisinage qui, alerté par l'odeur émanant du véhicule, a découvert le corps...

Le commissaire Dupuy, du quartier d'Auteuil, fit les premières constatations à 20 heures. Le corps reposait allongé sur le plancher entre les banquettes avant et arrière. Contrairement à ce qu'avaient rapporté certains journalistes, Jean Seberg était vêtue : elle portait des sous-vêtements, une robe légère à rayures verticales bleu foncé, une veste de lainage rose, et des mocassins à barrette dorée.

Il est étonnant que la présence de la voiture de Jean Seberg, garée rue du Général-Appert plusieurs jours après sa mort, n'ait pas été remarquée plus tôt dans une rue environnée d'ambassades surveillées jour et nuit par de nombreux policiers.

Les enquêteurs essayèrent de savoir s'il était possible que Jean Seberg ait été transportée après sa mort dans la voiture qu'elle avait garée la veille de sa disparition sur le trottoir, devant l'immeuble du 125, rue de Longchamp. Ils démontrèrent que le cadavre aurait pu être facilement transporté jusqu'à la voiture par la porte du parking sans éveiller l'attention des habitants de l'immeuble, désert en cette nuit du 30 août.

Cherchant à en savoir plus sur Hasni, les policiers présentèrent à quelques patrons de bars parisiens sa photo collée dans un album parmi celles d'autres individus. Le patron du café À la bonne recontre, situé 3, rue René-Boulanger, derrière la porte Saint-Martin, affirma qu'il l'avait vu dans son établissement plusieurs fois après la mort de Jean Seberg.

Malgré l'état de dégradation avancé du cadavre, l'examen effectué à l'Institut médico-légal par Juliette Garat, expert pour le laboratoire de toxicologie de la préfecture de police, apporta des précisions qui épaissirent un peu plus le mystère sur les circonstances de la mort de l'actrice. Le Dr Garat dosa 7,94 grammes d'alcool par litre de sang (le contenu d'une bouteille de 75 centilitres) et 6,67 grammes par kilo sur les échantillons anatomiques prélevés. Dans ses commentaires, elle fit part de sa perplexité car, lorsqu'un sujet absorbe de l'alcool à 45° en une seule ingestion, la courbe d'alcoolémie monte en flèche, et l'alcool diffuse dans tous les tissus de l'organisme d'autant plus vite que l'estomac est vide. Il va imprégner en particulier les cellules fragiles des centres nerveux ; la conscience est altérée, le coma s'installe, puis la mort, qui survient en général pour une teneur qui se situe aux alentours de 8 grammes par litre de sang. Un sujet tombé dans le coma ne peut absorber de comprimés et, *a fortiori*, ne conduit pas un véhicule. Mais du fait que les dosages sont effectués *post mortem*, il est impossible de connaître le temps nécessaire pour atteindre la teneur de 8 grammes d'alcool par litre de sang. Outre l'imprégnation éthylique, Me Garat avait décelé une intoxication aux barbituriques (le Nembutal), qui eut pour conséquence de potentialiser les effets dépresseurs, donc de favoriser l'apparition du coma. Le Dr Deponge pratiqua une difficile autopsie qui confirma les conclusions de Me Garat.

La veille de son retour de Californie, Diego Gary se trouvait dans un motel proche de l'aéroport de San Francisco lorsque la télévision qu'il regardait seul dans sa chambre annonça pendant le journal télévisé la découverte du cadavre de sa mère. Il vit le corps enveloppé dans une bâche gisant sur le trottoir à côté des policiers qui allaient l'évacuer. Laissant ses enfants aux soins de sa nièce, Florence de La Valette ramena d'urgence Diego à Paris pour assister aux obsèques.

L'intérêt des enquêteurs se porta en premier lieu sur Ahmed Hasni mais, faute de preuves, ils ne l'écrouèrent pas après son interrogatoire au cours duquel il affirma d'abord que Jean Seberg était son épouse, qu'il exerçait le métier de scénariste et qu'il voulait écrire la suite de ses Mémoires. Il prétendit ignorer où et comment elle s'était procuré l'alcool qu'elle avait ingéré. Les recherches dans les poubelles du quartier, les débits de boissons ouverts la nuit, les boîtes de nuit n'avaient donné aucun résultat.

John Finaly, interrogé par les policiers, se souvenait

d'avoir vu la voiture de la comédienne, trois semaines avant sa mort, garée en double file devant une pharmacie au 130, avenue Victor-Hugo, dans le 16e arrondissement. Cette voiture, dans laquelle il avait aperçu deux hommes, avait attiré son attention parce que le conducteur avait démarré au moment où il était arrivé à sa hauteur. Ils avaient ensuite emprunté le même chemin que lui jusqu'à la rue Spontini. Les jours suivants, John Finaly avait remarqué la R 5 garée dans plusieurs rues du quartier, puis rue du Général-Appert.

Hasni se laissa photographier par les journalistes, brandissant une ordonnance que le médecin avait selon lui délivrée à la défunte. *L'Aurore* du 10 septembre 1979 titra : « Le mari de Jean Seberg accuse : "Un médecin a permis à ma femme de se procurer des barbituriques dangereux alors qu'elle était en pleine dépression." » Il offrit aussi un extrait des Mémoires au *Journal du dimanche*, qui le publia.

Le lundi 10 septembre, deux jours après la découverte du cadavre de Jean Seberg, Romain Gary avait convoqué, avec le soutien de Diego, une conférence de presse chez Gallimard pour évoquer « la mémoire de sa mère injustement salie » et dénoncer la responsabilité du FBI dans la dépression qui l'avait conduite au suicide, et la mort de sa petite fille née prématurément. « C'est depuis cet événement qu'elle est allée de clinique psychiatrique en clinique psychiatrique, de tentative de suicide en tentative de suicide. Par sept fois, elle a essayé de mettre fin à ses jours, le plus souvent à chaque anniversaire de la mort de cette petite fille... »

Gary n'avait pas dit « notre petite fille », avouant ainsi implicitement qu'il avait endossé la paternité de cette enfant pour sauver l'honneur de son ex-épouse. Assis aux côtés de Diego, les larmes aux yeux, tremblant et la voix brisée, Romain Gary accusa les agents du service de renseignement américain d'avoir calomnié l'actrice pour la punir de son militantisme en faveur du mouvement noir. « Ce n'est pas le film *Clair de femme*, où il n'est nullement question de la vie de Jean Seberg, qui est la cause indirecte du suicide de la mère de mon fils mais le FBI, la police fédérale des États-Unis », affirma-t-il. Le lendemain, un quotidien eut le mauvais goût d'écrire : « Gary ne sait plus vraiment que faire pour se mettre en vedette. » En larmes, Romain téléphona à André Asséo pour lui expliquer qu'il avait seulement voulu sauver l'honneur de son fils.

Avant les obsèques de Jean Seberg qui eurent lieu le 14 septembre au cimetière Montparnasse, un office funèbre pour les intimes fut organisé dans la chapelle de la rue du Bac. Aucun membre de sa famille ne vint des États-Unis assister aux funérailles. Romain et Diego Gary, Leïla Chellabi, François Moreuil et Dennis Berry, accompagné de son père, virent Ahmed Hasni jouer le veuf éploré cherchant l'objectif des photographes. Une centaine de professionnels du cinéma assistèrent à l'inhumation : acteurs, cinéastes, producteurs. Parmi eux, Jean Eustache, Bulle Ogier, Jean-Pierre Kalfon, Anouk Ferjac, Jean Drucker, Jean-Paul Belmondo et Georges de Beauregard.

Romain Gary avait demandé à Florence de La Valette de lire un poème que Jean Seberg avait écrit à l'âge de douze ans, et à Anne de La Baume de faire entièrement recouvrir le cercueil d'un manteau de fleurs. Il assista à la cérémonie aux côtés de Diego, le visage crispé par la douleur et les mains tremblantes. En quelques jours, il apparut métamorphosé. Il avait perdu sa prestance, ses traits s'étaient creusés, sa voix, comme souvent chez les êtres profondément déprimés, montait dans l'aigu, sa belle chevelure avait perdu son éclat. Il s'enferma chez lui derrière les persiennes et les rideaux tirés.

Au lendemain des funérailles, un porte-parole du FBI confirma à Washington, dans un communiqué publié dans tous les journaux américains, la véracité des accusations portées par Romain Gary contre la centrale de renseignements. Des dossiers issus du bureau de Los Angeles permettaient de comprendre de quelle manière la campagne de calomnies contre l'actrice avait été lancée en 1970. « On la mettra ainsi dans l'embarras et on ternira son image dans l'opinion publique... Jean Seberg a soutenu financièrement le parti des Panthères noires et doit être neutralisée. Sa grossesse nous en donne l'occasion », pouvait-on notamment lire, comme il a été dit, dans ces documents. « Oui, nous l'avons diffamée pour la neutraliser », regretta William Webster, le directeur du FBI qui affirma : « L'époque où le FBI utilisait des informations inexactes pour combattre les partisans de causes impopulaires est révolue depuis longtemps et pour toujours. »

L'enquête sur la mort de Jean Seberg fut rouverte dix mois plus tard, le 25 juin 1980, lorsque Gary, son exécuteur testamentaire, vint témoigner en compagnie de son fils dans le bureau du juge Guy Joly. Deux dossiers furent ouverts : le premier pour rechercher les causes de la mort de l'actrice ; le second contre Ahmed Hasni pour vols et usage de faux. Les résultats de l'enquête et de l'instruction furent peu probants. N'ayant pu réunir de preuves contre lui, le juge ne put mettre en mouvement l'action publique et inculper le suspect pour homicide.

Il était douteux que Jean Seberg eût pu se rendre seule à sa voiture après avoir ingéré une dose mortelle d'alcool ; il y avait donc eu l'intervention d'un tiers, mais on n'arriva pas à le prouver. Et cela ne signifiait pas pour autant qu'elle avait été assassinée, mais seulement qu'elle avait été transportée morte dans sa voiture.

Ahmed Hasni fut arrêté par hasard le 12 septembre 1980 à l'hôtel Rivière, rue Turgot. Il déclara aux policiers exercer le métier de « modèle masculin », et reconnut facilement avoir falsifié ses papiers d'identité, dérobé au moins 50 000 francs à sa compagne et avoir vendu à des antiquaires des tableaux en prétendant ignorer qu'ils appartenaient en fait à Romain Gary. En réalité, une somme beaucoup plus importante avait disparu, puisque l'attaché-case avec lequel Jean Seberg était partie à Majorque semble ne pas avoir été retrouvé. Hasni, remis en liberté sous caution de 10 000 francs le 14 octobre 1980, fut renvoyé devant le tribunal correctionnel et condamné par défaut à deux ans d'emprisonnement le 4 mars 1981.

Arrêté à nouveau par hasard, Hasni fit opposition au jugement. Sa peine fut ramenée à un an d'emprisonnement. Il fit à nouveau appel et, finalement, la Cour réduisit sa peine à huit mois le 20 mars 1989. Hasni, remis en liberté après avoir passé six mois à Fleury-Mérogis, rentra en Algérie.

Gary eut encore le souci de déjouer avec ses avocats les menées des Productions Bella qui entendaient obtenir un dédommagement sur la succession de Jean Seberg, puisque cette dernière n'avait pas rempli son contrat. Gary fit fermement répondre au producteur que l'état mental de l'actrice, suivie par deux psychiatres et souvent hospitalisée, était connu de Georges de Beauregard, qui aurait par conséquent dû exiger un examen psychiatrique approfondi avant de l'engager à vil prix. C'était d'ailleurs, précisa-t-il, parce que les producteurs américains redoutaient son incapacité qu'ils refusaient depuis longtemps de lui signer un contrat.

DIXIÈME PARTIE

# La nuit sera calme

## 112.

Le 21 décembre 1979, Romain Gary écrivit à Paul Pavlowitch :

> Mon cher vieux,
> D'abord bon et heureux 1981 à toute la famille (je dis 81 car 80, il vaut mieux ne pas en parler)[1].

Pour mettre ses affaires en ordre, il retrouva Paul Pavlowitch le 8 janvier 1980 à 18 h 15 chez Me Arrighi, 92, rue de Miromesnil[2]. Le même soir, il reçut Pierre Michaut à son domicile, 108, rue du Bac.

Du 8 au 18 février 1980, il séjourna à Nice chez Roger Agid, à l'hôtel Plaza. Martine Carré l'ayant quitté, il s'épuisa dix heures par jour à corriger le manuscrit des *Cerfs-volants* tapé par une secrétaire intérimaire, qui avait fait dix à quinze fautes d'orthographe par page.

Michèle et Roger Agid l'emmenèrent déjeuner à l'Éden Roc, au Cap-d'Antibes. Romain leur présenta son amie Sophia Loren qui y séjournait. À la fin du repas, il s'éloigna avec Roger et, avant de commencer à lui confier à voix basse ses soucis, se retourna anxieusement pour vérifier qu'on ne l'écoutait pas. Roger pouvait-il lui donner des conseils sur la manière de gérer les nombreux problèmes engendrés par l'invention de l'écrivain Émile Ajar ? À son retour, Gary eut le déplaisir d'apprendre qu'on avait pilonné les exemplaires invendus de ses livres : 3 768 exemplaires d'*Adieu Gary*

*Cooper*, 5 730 des *Trésors de la mer Rouge*, 2 230 d'un roman auquel il était très attaché, *Europa*.

Au mois d'avril, le général Simon, chancelier de l'ordre de la Libération, après avoir lu le manuscrit des *Cerfs-volants*, que Romain Gary lui avait envoyé, le pria de faire réserver un tirage spécial portant le nom de chaque Compagnon. Le 5 avril, profondément ému, Gary écrivit à Claude Gallimard : « C'est un hommage qui vaut bien pour moi un grand prix littéraire et il n'y aurait pas à rougir d'une telle publicité [3]. »

Le livre parut à la veille du quarantième anniversaire de l'appel du 18 juin. L'accueil de la critique fut élogieux. Commentant une phrase du roman : « Il faut au cerf-volant de la hauteur, de l'air libre, et beaucoup de ciel autour pour s'épanouir... », Max-Pol Fouchet écrivit dans *V.S.D.* : « À nous aussi, M. Gary ! Merci de nous le dire dans un livre admirable, tout d'humour, de poésie tendre, de frémissement [4]. »

Apparemment rasséréné, Gary expliqua le 15 juin à Pierre Macaigne qui lui demandait si les cerfs-volants du facteur Fleury étaient de simples allégories : « C'est le sort des belles idées qui se cassent la gueule dès qu'elles touchent terre. » Les cerfs-volants, façonnés à l'image de Jean-Jacques Rousseau, Victor Hugo, Montaigne ou Jean Jaurès, représentent

> des valeurs permanentes auxquelles je suis attaché : les Droits de l'homme, la fidélité, la liberté, la générosité d'un peuple et ce que j'appelle la mémoire historique des Français... Que le livre soit un livre patriote, je n'en rougis aucunement. D'autant moins que je suis un patriote français né en Russie d'une mère juive et d'un père géorgien ayant détenu deux passeports, l'un russe, l'autre polonais [5]. C'est vous dire si je me sens entièrement à l'aise dans ma peau de Français où personne, d'ailleurs, ne m'a jamais surpris en position de conquête. Mais je le dis à tout le monde : je fais une différence très nette entre le nationalisme et le patriotisme. Le patriotisme, c'est d'abord l'amour des siens. Le nationalisme, c'est d'abord la haine des autres. Le nationalisme, ce n'est pas moi. Alors ceux qui sourient de façon sarcastique de ma notion de patriotisme simplement se trompent de sourire. Voilà tout !...

Puis, coupant court, il cita une phrase extraite de son roman :

> L'imagination vous joue parfois de vrais tours de cochon. C'est vrai pour les femmes, pour les idées et pour les pays. Tu aimes une idée, elle te semble la plus belle de toutes et puis quand elle se matérialise, elle ne se ressemble plus du tout ou devient carrément de la merde. Ou encore, tu aimes tellement ton pays qu'à la fin tu peux plus le souffrir parce que ce n'est jamais le bon...

Pierre Macaigne voulut savoir si ce roman était à la fois une œuvre et un testament.

> Vous voulez savoir ? J'écrivais *Les Cerfs-volants* au moment où je vivais les heures peut-être les plus tragiques de ma vie. Le résultat ? J'avais besoin de me réfugier dans quelque chose à quoi je croyais profondément. C'est donc devenu cette somme en un seul roman, nullement pessimiste, d'ailleurs, et même victorieux, si je puis dire, alors que j'écrivais en pleine défaite, écrasé...

Gary ajouta que *Les Cerfs-volants* était né dans le même climat qu'*Éducation européenne*. Tous deux étaient des livres de combat.

Le 25 mai, il colla sur une grande feuille de carton un texte de Cioran intitulé *Contre tous les fanatismes*, dans lequel on pouvait lire :

> Il me suffit d'entendre quelqu'un parler sincèrement d'idéal, d'avenir, de philosophie, de l'entendre dire « nous » avec une inflexion d'assurance, d'invoquer les « autres », et s'en estimer l'interprète, pour que je le considère comme mon ennemi. J'y vois un tyran manqué, un bourreau approximatif, aussi haïssable que les tyrans, que les bourreaux de grande classe. C'est que toute foi exerce une forme de terreur, d'autant plus effroyable que les « purs » en sont les agents. On se méfie des finauds, des fripons, des farceurs ; pourtant on ne saurait leur imputer aucune des grandes convulsions de l'histoire ; ne croyant en rien, ils ne fouillent pas vos cœurs, ni vos arrière-pensées ; ils vous abandonnent à votre nonchalance, à votre

> désespoir ou à votre inutilité ; l'humanité leur doit le peu de moments de prospérité qu'elle connut : ce sont eux qui sauvent les peuples que les fanatiques torturent et que les « idéalistes » ruinent. Sans doctrine, ils n'ont que des caprices et des intérêts, des vices accommodants, mille fois plus supportables que les ravages provoqués par le despotisme à principes ; car tous les maux de la vie viennent d'une « conception de la vie »... Point d'êtres plus dangereux que ceux qui ont souffert pour une croyance : les grands persécuteurs se recrutent parmi les martyrs auxquels on n'a pas coupé la tête.

Gary écrivit dans la marge : « Ce n'est pas loin de *La Tête coupable* et des *Clowns lyriques*... »

## 113.

Au mois de mai 1980, Romain Gary séjourna deux semaines à Nice, à l'hôtel Plaza, et retourna à Roquebrune. Il rendit visite à sa chère Ida d'Agostin qu'il n'avait pas vue depuis longtemps. Mélancolique, il arpenta les rues du village, puis vint s'asseoir dans la cuisine d'Ida, et lui demanda de trouver une maison où il pourrait écrire et finir ses jours. Elle lui fit visiter celle de Lise Delamare, toute proche de l'olivier millénaire, qui allait bientôt être mise en vente. De la terrasse on voyait les toits du village, les collines et la mer jusqu'à Menton. Il entrevit la possibilité de renouer avec les années heureuses de Roquebrune. Puis Romain alla rendre visite à Lesley Blanch. Elle s'était installée dans une villa enfouie sous les pins. Gary sonna à la grille et monta la volée d'escaliers qui permet d'accéder à la maison accrochée au flanc de la montagne, dans la baie de Garavan. Depuis la mort de Jean Seberg, il lui téléphonait souvent. Lesley avait reconstitué le décor sans lequel elle ne pouvait vivre : tapis, sofas, icônes, tableaux, gravures, objets insolites, grimoires et livres rares en langue russe, imprimés avant la réforme de l'orthographe. Il vint s'asseoir à ses côtés et lui dit : « Ma chère, ma très chère Lesley, pourriez-vous me trouver sur la hauteur une maison d'où l'on verrait la mer, où je pourrais écrire et mourir. Une maison que vous arrangeriez pour moi, et surtout pas trop éloignée de la vôtre. » Il lui prit la main, pleura en silence, parfaitement immobile. Puis, dans un soupir, murmura que les plus belles années de sa vie étaient celles qu'il avait passées en Bulgarie. Lesley se demanda : avec ou sans moi ? Puis il ajouta : « *Oh ! Lesley, I played my cards wrong*[1] *!* »

Il rentra à Paris, continua à dîner avec Béatrice Clerc[2], à lui rendre visite chez elle, rue du Dragon. Elle le savait infidèle, il redoutait d'être trop vieux pour elle, et elle ne le démentait pas, une façon élégante et pudique de lui laisser l'initiative de la rupture, alors qu'il lui était très attaché. Le jour où le cadavre de Jean Seberg avait été découvert, il lui avait dit en sanglotant : « Comment peux-tu comprendre cela ? C'est inadmissible ! C'est horrible ! Elle m'a fait ça ! »

Une nuit où il se sentait mal, il lui demanda de venir. Elle arriva aussitôt, et le trouva dans un état de détresse dramatique. Il lui parla de la solitude et de la mort. Elle aperçut son revolver dans un tiroir[3].

Le 18 juin, il assista à la réception à la chancellerie de l'ordre de la Libération. Gary, assez triste, discuta un moment avec Philippe de Gaulle.

L'été, Gary, qui avait l'intention de séjourner en Grèce puis en Israël, loua une villa dans l'île de Porros du 1er juillet au 15 septembre 1980. Il proposa à Béatrice de l'accompagner. Elle avait aussi le projet d'aller en Grèce pendant la même période ; ils envisagèrent de s'y retrouver. Dès son arrivée, le désarroi de Gary fut si grand qu'il demanda à Michel Déon, qui était loin de partager ses idées et dont le passé était fort différent du sien, de l'accueillir dans la maison qu'il possédait à Spétzai. Romain passa dix jours chez les Déon, demandant à Leïla Chellabi de rester à Paris avec Diego, qui devait passer son bac. Ils arrivèrent plus tard, dans la maison louée à Porros.

Un matin, Michel Déon fut alerté par le bruit d'une explosion dans la cuisine. Il accourut et vit Romain consterné devant la fenêtre qui avait volé en éclats. Il avait ouvert le gaz pour se chauffer un café, puis était parti en quête d'allumettes en oubliant de le refermer. À son retour, tout avait sauté. Gary se promenait en bottes et treillis de toile par un temps de canicule, et attirait la curiosité du petit monde fortuné et international en villégiature sur l'île de Porros. En quittant à regret la maison de Michel Déon, Gary lui écrivit : « Merci pour la chaleureuse hospitalité et encore pardon pour ma casse à la cuisine... »

Béatrice ne vint pas à Porros, et Romain lui écrivit une lettre le 8 août, dans laquelle éclatait son désenchantement.

> Chère Claire (je veux dire illuminée de l'intérieur par *moi* (non : *Moi*) (non : MOI !)
>
> Je suis bouffé par des micro-bestioles volantes des pieds à la tête sur une île où le ravitaillement se réduit à la feta (fromage de chèvre ultra salé) et au porc. Trois kilomètres du port — mais sérénades aux touristes tous [les] weekends sur mes deux plages « privées ». Une adorable vieille dame de quatre-vingt-sept ans avec quatorze chats et ma propriétaire habitant à côté : elle parle toutes langues et me sauve la vie. Jamais Mallorca ne m'a paru plus belle ! Quant à toi, ton cul prend des proportions mythologiques. J'ai fait comme d'habitude une connerie en louant une maison sans connaître le lieu, mais je m'inquiète surtout de la mine que fiston va faire face à la bouffe et aux plages de cailloux. Il a réussi son bac et aurait mérité mieux. La maison d'ailleurs est spacieuse et fraîche mais tenir une telle baraque avec deux domestiques sans parler un mot m'occupe agréablement et me change du confort ! Je me suis habitué à te voir et enfin, la mer est froide.

Le 25 août, il lui écrivit encore :

> Belle dame, ici, c'est le vrai piège à cons ! Rien que le ravitaillement me prend une demi-journée par jour ! Et pas d'eau ! La seule chose qui fonctionne, c'est le soleil.

À son retour à Paris à la fin du mois d'août, Gary fut blessé d'apprendre que Béatrice était venue en Grèce sans lui rendre visite. Elle était aussi allée passer le week-end en Normandie sans le prévenir.

> J'ai passé le dimanche à t'imaginer écrabouillée sur une route. Tu sais, dans les rapports entre homme et femme, il y a aussi des considérations humaines !

Vexé et jaloux, il ajouta qu'il comprenait cependant que leurs rapports ne lui aient pas donné satisfaction. Il n'était pas fidèle, mais il souhaitait conserver son amitié, la revoir bientôt en septembre ou en octobre. À la fin de sa lettre, Gary lui confiait des projets qui ne laissaient pas prévoir son suicide :

> J'ai choisi finalement d'accepter une chaire à Princeton pour 1981. C'est à peu près sûr.

Au mois d'août 1978, Romain Gary avait appris que l'Académie française avait formé le projet de lui décerner, au mois de novembre, le prix Paul-Morand, doté de 300 000 francs.

Dans son *Journal inutile*, Paul Morand, qui a fait partie des diplomates qui ont accepté de servir le régime collaborationniste de Vichy, s'est souvent acharné sur les étrangers, les Juifs et sur Gary, coupable d'être à la fois juif et étranger :

Le 22 février 1974, Paul Morand commente une séance ordinaire à l'Académie française :

> Peu de monde. Calme, après la séance précédente, où on s'était agité ; le peu de candidatures pour l'élection du 7 mars et leur médiocrité ressentie par tous. Ce con de *** (le seul de l'Académie) avait sorti sa liste idéale, qui avait fait sensation. Cela commençait par Berl et finissait par Gary[4] !

Le 27 janvier 1975 :

> Mes ennemis les plus irréductibles, quarante ans après Vichy, sont assez curieusement des étrangers, tous :

1 – Cattani : Juif égyptien
2 – Loli La Rivière : Argentine (de la Résistance !)
3 – Romain Gary : Juif et Russe des Français libres !
4 – Massigli : Corse[5].

Je n'ai jamais vu des visages se défaire soudain, comme des visages de Juifs...[6].

Le 3 juin 1975 :

Que sont devenues toutes les biographies célèbres d'avant-guerre, les Stefan Zweig, Émile Ludwig, André Maurois, Philippe Erlanger ? Ces produits uniprix du savoir-faire juif ? Il n'en reste pas un livre[7].

Le 7 septembre 1975 :

La façon qu'ont les Juifs d'être toujours au bon moment au bon endroit de Paris, de connaître les meilleures adresses, en tout. Adaptation immédiate au milieu, au moment, à l'interlocuteur[8].

Le 3 décembre 1975 :

*Kacew*, c'est le vrai nom de Romain Gary. Toutes ces manigances extra-littéraires des Juifs russes nous font de drôles de mœurs littéraires[9].

Et sur les Juifs originaires d'Europe orientale, dont Gary fait partie, après une promenade dans le quartier du Marais :

Et déjà cette indéfinissable odeur d'Europe centrale. Cette maison, et celle qui porte le n° 20, sont connues des émigrants juifs du monde entier. À Lodz, à Yasez, à Constantinople, un Juif se met en route muni d'un billet crasseux où ces adresses sont inscrites. Sans savoir parler autre chose que le yiddish, il débarque là un beau soir. [...] Heureux de voir arriver la fin du voyage et de ses peines, sous ce ciel clément de la France, de ce Paris tant convoité où il va falloir rapidement s'enrichir. Tant d'exemples ne sont-ils pas là pour donner courage ? Y. H. n'était-il pas un Juif galicien, à tourloupe et à roufla-quettes, au lendemain de l'Armistice, lorsqu'il débarqua ?

> N'est-il pas maintenant à se promener en Rolls, avenue du Bois ? Les ancêtres, car l'on vient ici depuis le XVe, ne s'assimilaient pas volontiers. Ils restaient grégaires, asservis aux petits métiers, casquettiers, fourreurs, tailleurs, mourant avec leurs barbes, leurs prières et les bottes russes qu'ils portaient à leur arrivée, sans avoir appris trois mots de français. Aujourd'hui c'est bien différent ; en trois ans, un homme est poli, assimilé et fraye de pair avec les ministres [10].

Gary n'envisageait en aucun cas d'être gratifié d'une pareille récompense, et informa le 23 août Michel Déon de son refus :

> Vous avez lu mes *Cerfs-volants*, vous savez donc que je ne suis pas, ne serai jamais du « dernier carré » de la vertu historique — ou autre. Mais j'ai trop d'estime pour l'Académie en tant qu'une des formes encore existantes de la continuité française pour me résoudre à la mettre dans l'embarras par quelque refus gesticulatoire et regrettable à tous égards. Je n'ai jamais porté aucun jugement sur mon prédécesseur au poste de Berne [11] et ce serait vous faire injustice, à lui comme à moi, que de nous mettre dans une situation… ironique. L'Académie, j'en suis sûr, a le sens des manières — qu'elle veuille donc bien m'excuser, en cette circonstance.
>
> Il va sans dire qu'il n'y a peut-être rien de vrai dans cette rumeur, mais je sais que vous avez été l'ami de Morand, vous êtes, j'ose le croire, le mien, et vous comprendrez qu'il ne s'agit dans tout cela que de courtoisie… envers tout le monde.
>
> N'oubliez pas de me faire signe à Paris. Mon séjour chez vous a été un délice. Bien amicalement.

Gary écrivit à nouveau à Michel Déon à propos de cette affaire le 5 septembre 1980.

> Entendons-nous bien : Morand était un grand écrivain et un homme trop souvent à tort « victimisé ». Il ne s'agit pas non plus de *moi*. Il s'agit, justement, de lui. Je ne veux pas qu'on revienne sur tout cela. Je ne veux pas exciter les journalistes à rouvrir des plaies souvent causées par des banderilleros professionnels de la rancune. Je ne veux pas, *pour Paul Morand*, que l'on ressorte l'histoire que vous m'avez racontée du « *non* [12] » pour l'Académie, etc. Il y a

aussi le fait très simple que des poètes français, des écrivains sont dans des difficultés matérielles alors que je m'en tire bien mieux que d'autres. C'est précisément cette question d'argent qui me rend la chose si complexe.

Faites-moi l'amitié de montrer cette lettre au Secrétaire perpétuel et surtout, de grâce, qu'on n'en fasse pas état par quelque indiscrétion, à l'extérieur.

Très amicalement à vous

Romain Gary

Le plus con, c'est que je prends cette position non *contre* Morand mais *pour* lui. Je suis trop attaché à [ici, croix de Lorraine] pour contribuer à ce qu'on s'en serve comme d'une banderille !

Au mois de novembre 1978, Joseph Kessel avait téléphoné à Romain Gary pour lui proposer de se présenter à l'Académie française, en précisant que, s'il refusait, Jean Dutourd serait probablement élu. Gary répondit à son ami Jef qu'être Compagnon de la Libération était bien suffisant. Mais bientôt, il confia à Anne de La Baume qu'il regrettait parce que sa mère n'arrêtait pas de lui faire d'amers reproches. Elle l'engueulait !

## 114.

Lors de son séjour au Plaza au mois de mai 1980, Gary avait rendu visite chaque jour à René et Sylvia, qui vivaient à présent à Nice. Ils habitaient dans le magnifique immeuble, divisé en appartements, qui avait autrefois abrité L'Hermitage, sur les hauteurs de Cimiez. Romain leur était apparu désemparé. Sylvia lui avait dit comme une mère : « Alors, raconte-moi, qu'est-ce qui ne va pas maintenant ? » Après son départ, René avait confié à son frère Roger qu'il était très alarmé par la mélancolie de Romain : on ne pourrait sans doute pas l'empêcher de se suicider. Son médecin, le Dr Bertagna, avait constaté que le Marplan qu'il lui prescrivait depuis de longues années était susceptible de provoquer des effets secondaires très graves, voire mortels : il faisait monter la tension du patient de façon paroxystique et imprévisible. Il avait donc décidé d'arrêter ce traitement, mais aucun médicament de substitution n'eut le pouvoir du Marplan — inhibiteur de la mono-amine oxydase[1] — qui, judicieusement dosé, avait permis à Gary de créer dans un état de légère excitation. Il avait expérimenté cette accélération de la conscience et de l'esprit qui lui avait permis d'écrire des livres comme *Lady L.* ou *La Vie devant soi* en seulement quinze jours.

René Agid, spécialiste des métabolismes[2], lui donna des conseils pour l'aider à stabiliser son humeur, mais une fois de retour à Paris, Romain continua à se laisser séduire par les balivernes de quelque charlatan.

Pierre Lefranc, ancien chef de cabinet du général de Gaulle, le rencontra par hasard au mois d'octobre boulevard Saint-Germain. « Il avait l'air farouche. Je tentai de lui parler de l'avenir. Il n'y portait visiblement pas d'intérêt. Nous convînmes de nous revoir, vite. » Ils ne se revirent jamais. Pendant la même période, Maurice Schumann trouva Gary hagard sur un quai de métro et apparemment incapable de s'orienter. Il l'accompagna jusqu'à la sortie de la station.

La perspective de la vieillesse lui faisait horreur. Il avait confié à Caroline Monney qui lui demandait comment il supportait le fait de vieillir :

> Catastrophe. Mais ça ne m'arrivera pas. Jamais. J'imagine que ce doit être une chose atroce, mais comme moi, je suis incapable de vieillir, j'ai fait un pacte avec ce monsieur là-haut, vous connaissez ? J'ai fait un pacte avec lui aux termes duquel je ne vieillirai jamais [3].

Le 15 octobre, Gary rédigea son ultime testament [4] dans lequel il instituait son fils Alexandre Diego son légataire universel, à charge pour lui de supporter un legs particulier par lequel l'écrivain laissait une partie de l'usufruit de l'ensemble de ses biens à Leïla Chellabi. À cette disposition, Gary ajoutait une obligation à ses héritiers : verser une rente à vie à son ex-épouse Lesley Blanch Gary.

Lassé de la prudence, de la circonspection, Romain Gary jouait, avant de mourir, avec l'idée de révéler la véritable identité d'Émile Ajar, mais il tremblait en pensant aux explications qu'il devrait ensuite donner au fisc, puisqu'une partie des revenus d'Ajar était perçue par Paul Pavlowitch. L'obligation de garder le secret, de persister dans le mensonge, de devoir sans cesse contrôler la situation était son drame. Il se retrouvait à la merci de son entourage. De n'importe quelle personne décidée à l'exploiter en agitant devant lui le spectre du scandale qui éclabousserait l'armée française, l'ordre de la Libération. On le traiterait de salaud, de voyou. Il serait fini, humilié, dégradé. Gary parlait à sa mère morte, dont la voix n'avait jamais cessé de résonner en lui. Il ne pouvait se résoudre à lui infliger cette épreuve. On allait certainement poser une bombe chez lui, s'en prendre à son fils. René Agid, tentant de le ramener à la raison, lui disait : « Mais Romain, tu exagères, tout de même[5] ! »

« Et pourtant, poursuivait-il, je mériterais le prix Nobel si on savait que je suis à la fois Romain Gary et Émile Ajar. Or, je suis obligé de me cacher comme un criminel. » René Agid lui suggéra de dévoiler la vérité avec l'accord de Paul Pavlowitch. Ce dernier refusa opiniâtrement cette éventualité qui le renverrait à l'anonymat et le métamorphoserait aussitôt en proscrit. Gary disait à René que s'il devait être confronté à cette situation jusqu'à sa mort, autant mourir tout de suite. Il était difficile aux médecins d'équilibrer son humeur puisqu'ils devaient en même temps calmer son excitation et l'arracher à sa mélancolie. Pour la première fois, Gary ne trouvait plus la concentration nécessaire pour écrire, peut-être parce qu'il doutait de lui. Il avait dit à Luc Balbont, journaliste et professeur d'éducation physique qui venait le mettre en forme le matin : « Vous savez, je ne vaux rien comme écrivain. Je n'aurais jamais dû faire ce métier. »

Dans les derniers jours d'octobre, Guillemette de Sairigné, reporter à *L'Express*, sollicita un entretien avec Romain Gary. Leïla Chellabi vint lui ouvrir ; Gary la reçut dans un petit salon tendu de soie plissée qu'avait décoré son amie Mariella Berthéas.

« Vous avez bien fait de venir vite, me dit-il ; demain je ne serai sans doute plus ici[6]. » Il formait le projet de partir à l'île Maurice près de son ami Maurice Paturau, puis à Genève chez Suzanne Salmanowitz, et ensuite à New York[7].

Il donna une réponse rétrospectivement ambiguë à

son interlocutrice qui lui demanda s'il voulait s'éclipser du jour au lendemain sans bagages : « C'est vrai qu'autrefois j'aimais filer à l'anglaise. Mais je vieillis. Cette fois-ci, mon bureau est rangé, mes bagages sont prêts, j'ai eu le temps de me préparer. » On pense à la prédiction que fait au vieux Salomon Rubinstein la voyante dans *L'Angoisse du roi Salomon*. Il va faire un très très long voyage...

Quand Guillemette de Sairigné interrogea Gary sur sa sensibilité à la critique, il fut sur le point d'avouer sa double identité d'écrivain : « De toute façon, j'ai su tout de suite que j'aurais du mal avec les critiques. Ils aiment avoir en face d'eux une seule coulée. Quand vous avez une œuvre quasi schizophrène comme la mienne, avec des livres qui n'ont pas l'air du même auteur, ça complique la tâche ! »

Il était convaincu que la journaliste était en fait venue le voir en tant que représentant de la communauté juive, peu après l'attentat devant la synagogue de la rue Copernic qui avait fait le 3 octobre quatre morts et vingt blessés. De fait, Gary refusait d'être considéré comme un Juif répondant au nom de ses coreligionnaires.

« Il s'était juré de me renvoyer promptement et avait même préparé à mon intention un texte dûment tapé à la machine, [...] développant l'idée qu'il n'avait jamais représenté personne que lui-même », écrivit la journaliste dans son article.

« Je lui expliquai la seule et unique raison de ma venue chez lui : mon respect pour son œuvre, doublé d'un indéfinissable attachement à son passé de Compagnon de la Libération, comme mon père [8]. Il bondit : "Mais pourquoi ne me l'avez-vous pas dit tout de suite ?" "La France libre, me confia-t-il peu après : la seule communauté à laquelle j'aie appartenu à part entière. Une fraternité que je n'ai retrouvée nulle part ailleurs." »

En la quittant, Gary offrit à Guillemette de Sairigné le texte qu'il avait préparé à son intention, avant de la connaître.

Mettons les choses bien au point. Je sais que les travailleurs immigrés sont à l'ordre du jour, je sais que le racisme, la xénophobie et la question de telle ou telle « appartenance », juive ou autre, sont à l'ordre du jour et le seront de plus en plus. Je sais aussi que, personnellement, j'incarne tout cela assez bien, ayant été en plus de mes origines, officier aviateur français pendant sept ans, diplomate français de carrière pendant vingt ans et romancier français, si vous m'excusez, mondialement connu. Donc, je pense que c'est à titre de « bon » travailleur immigré qui a contribué un peu au rayonnement de la France, que vous venez, dans le contexte actuel, faire mon portrait. Mais je refuse d'assumer ce rôle, et pour une raison à la fois simple et importante. Si vous faites la somme de certains éléments qui me sont propres — parents russes, naissance russe catholique, mère juive, passeport russe, passeport polonais, naturalisation française, passeport diplomatique français, croix de la Libération, etc. — vous n'arriverez pas en additionnant tous ces éléments à dire quelque chose de général, de significatif, de démonstratif, ni sur les immigrés, ni sur le racisme, ni sur l'assimilation et vous n'apporterez aucune pièce au dossier, au débat, parce que, fussé-je un héros, cela ne prouverait rien non plus, en ce qui concerne la xénophobie, le racisme, ou leur contraire. Il est temps de reconnaître que chaque homme a le droit de n'être responsable que de lui-même et que sur le plan collectif d'appartenance et de responsabilité, on ne peut pas réduire, par exemple, l'Allemagne à ses criminels nazis, pas plus que la France à ses héros, à de Gaulle, à Pétain ou à la rafle du Vel' d'hiv'. Car au fond de tout cela dort un fait essentiel que j'ai essayé de traiter dans *La Bonne Moitié* : le problème de l'inhumanité de l'humain.

Quant au besoin extraordinaire de ce que j'appellerais les « mini » appartenances exacerbées — renouveau juif ou autre, la « prise de conscience » occitane, bretonne, corse, etc. —, il y a à cela deux raisons, dont l'une a été mille fois répétée, mais l'autre totalement ignorée. La première raison est que la désintégration des grandes valeurs traditionnelles rejette des individus vers de petites appartenances charnelles au sein desquelles chacun renforce son prochain. L'autre raison est que, contrairement à l'idée courante, selon laquelle le monde est devenu « petit » à cause de l'avion, des transistors, de l'information instantanée — le monde est au contraire devenu infiniment plus grand qu'il n'a jamais été. La vraie révolution de la fin du XX$^{e}$ siècle, c'est la visibilité. La visibilité du monde est devenue énorme, effrayante. Du « petit » qu'il était il y a encore cinquante ans, il est devenu visible au-delà de ce qui était concevable. Dans une telle perspective géante, inhumaine par ses dimensions, chacun se sent devenir infiniment petit. Ce sentiment est encore aggravé par l'anonymat d'une macro-société où chacun est, dès sa naissance, inséré dans les circuits de distribution sociologiques pour être éjecté à l'autre bout sous forme de retraité ou de cadavre. Pris entre l'immensité effrayante du monde et l'anonymat, l'homme précaire se défend en transférant son individualité et sa personnalité sur un groupe et un groupuscule. Ce sont là certainement les causes déterminantes de la recherche que l'on voit partout d'une unité d'appartenance quasi tribale dont les rites sont souvent scellés par le sang. En Angleterre, cela explique jusqu'à la folie meurtrière des supporters de « leurs » équipes de football. Il y a aussi le fait que l'État et le pays se sont scindés en deux et sont devenus pratiquement des notions antagonistes, si bien que le mot « France » a le plus grand mal à faire la soudure. Les jeunes se lancent donc à la recherche de petites équipes affectives, une tribalisation qui se soude par tout un rituel, où le besoin d'amour prend la forme de haine.

Par goût de la provocation et de la subversion, Gary se disait parfois catholique (ce qu'il avait raconté à Guillemette de Sairigné, mais aussi aux hassidim loubavitch de Los Angeles venus collecter de l'argent au consulat. Après leur départ, on s'en souvient, il s'était exclamé en riant devant Odette, sa secrétaire : « Je les ai bien eus. Ils m'ont cru ! »). Il se plaisait à dire que dans l'histoire humaine, il y avait « deux hommes féminins », le Christ et lui. Dans *La nuit sera calme*, Gary a précisé ce qu'il entendait par « féminité », « féminisation » du monde :

Toutes les valeurs de civilisation sont des valeurs féminines... Douceur, tendresse, maternité, respect de la faiblesse. [...] Le christianisme l'avait très bien compris avec la Vierge, mais il s'est limité à l'image pieuse. Il a commencé par exalter la faiblesse et en a tiré une leçon de force. [...] Je dis simplement qu'il faut donner une chance à la féminité, ce qui n'a jamais été tenté depuis que l'homme est sur terre [9].

Quand Gary évoque le Christ, il ne l'entend pas de la même manière que les chrétiens. Il ne croit pas à la Trinité du Père, du Fils et du Saint-Esprit. Il exprime son désir d'être pris pour quelqu'un d'autre, de changer d'apparence, en restant toutefois le même. En outre, il ne manque jamais une occasion de rappeler que Jésus était un Juif, et qu'il est mort juif. C'est pourquoi Gary a écrit par goût du paradoxe qu'il était techniquement catholique. Dans *La Vie devant soi*, il rappelle aux chrétiens que leur Dieu est juif mais que cette évidence n'a pas arrêté le bras de l'Église dans la persécution des Juifs.

> Mohamed que l'on appelle Momo pour la francophonie se tenait à côté du Juif dit le Christ, celui qu'on a désigné comme amour et salut de l'humanité dans le but de persécuter les Juifs, pour les punir, parce qu'un Juif avait inventé la civilisation chrétienne et les chrétiens ne leur pardonnent pas, vu que ça impose des obligations. C'est un fait clinique que les chrétiens en veulent à mort aux Juifs de les avoir rendus chrétiens avec tous les devoirs de leur charge dont ils ne veulent pas s'acquitter[10].

Au terme de ses métamorphoses, Gary/Émile Ajar, au lieu de donner naissance à un être neuf, était devenu juif, comme le Christ. Cependant, l'homme qui avait écrit *La Danse de Gengis Cohn*, *Tulipe*, *Les Clowns lyriques*, *Les Racines du ciel*, *La Vie devant soi*, *Pseudo*, *L'Angoisse du roi Salomon* et *Les Cerfs-volants*, qui avait une grande menorah[11] de synagogue au pied de son lit, faisait éclater son ambivalence. Il déclarait à sa visiteuse qu'il se dissociait d'un groupe imaginaire dans lequel cette dernière aurait voulu l'enfermer. Alors qu'il pensait depuis longtemps au suicide, qu'à ses yeux plus rien n'avait d'importance, les mots avaient encore le pouvoir de le mettre en danger. Et cette angoisse d'être pris pour ce qu'il était lui faisait dire en substance dans la circonstance tragique de l'attentat de la rue Copernic : « Je ne suis pas des vôtres; je n'appartiens pas à votre communauté. »

Dans *Les Cerfs-volants*, avant de s'effacer, Gary suscitait l'apparition d'un Juif de Pologne :

> Ce fut par un de ces après-midi brumeux, alors que nous marchions sur la plage dans le vent qui nous collait des gouttes marines au visage, que l'avenir nous fit signe. C'était un Juif vêtu d'un long kaftan que l'on appelait en polonais Kapota et coiffé de cette haute casquette noire que des millions de Juifs portaient alors dans le ghetto. Il avait un visage très blanc et une barbe grise et était assis sur une borne kilométrique au bord de la chaussée de Gdynia [12].

Cette pose contradictoire n'est qu'un masque derrière lequel Gary s'abrite pour avouer ce qu'il n'est pas, plutôt que ce qu'il est : un être divisé. Écoutons encore ce qu'il avait dit à François Bondy au cours de leur conversation, si paradoxalement intitulée « Le moment de vérité » :

> J'ai reçu l'autre jour la visite d'un intellectuel — mettons arménien. Appelons-le, si tu veux, Kaparet. Il va sans dire qu'il n'était pas un Arménien — je transpose et j'espère que mes frères arméniens m'excuseront. Il avait lu que j'étais d'origine arménienne, et il voulait m'exprimer sa sympathie, sa compréhension, et s'entretenir avec moi des problèmes de l'« apatridie » intellectuelle et morale. Ce gars-là, il avait vraiment besoin de compagnie. Il se trouve que je ne suis pas d'origine arménienne. Eh bien, pendant une heure j'ai fait de mon mieux pour assumer devant Kaparet le personnage d'un autre Kaparet. Je me fis apatride réfugié, vivant sur une terre de rencontre, jamais tout à fait accepté; je suis devenu, pendant une heure, arménien jusqu'au fond de mon âme. Je crois que les traits de mon visage eux-mêmes changèrent dans le sens voulu. Nous comparâmes nos souvenirs d'enfance de Smyrne, où je n'ai jamais mis les pieds, et nous finîmes par découvrir que nous habitions dans la même rue... C'était le seul nom de rue à Smyrne que je connaissais puisqu'il venait de le prononcer. Tu peux parler de terrorisme de l'humour, mais c'était ma seule façon de me défendre contre le pathétique Kaparet : on a tout de même le droit de se protéger.

On pourrait aussi rapprocher l'attitude de Gary d'une vieille histoire juive. Un Juif nommé Moshé rencontre un autre Juif nommé Shimon sur un quai de gare en Pologne. Le premier dit au second : « Où vas-tu, Shimon ? » Ce dernier lui répond : « Tu le sais bien, je vais à Varsovie. » « Ah, bon, commente Moché. Tu me dis que tu vas à Varsovie pour que je croie que tu vas à Cracovie, alors que je sais très bien que tu vas en réalité à Varsovie. »

Au cours de sa conversation avec Guillemette de Sairigné, Gary lui fit un aveu, dont on ne mesura la portée qu'après sa mort. « Il ne faut jamais oublier que la nature est intolérante, et que nous faisons partie de la nature. L'homme se conduit parfois d'une façon qu'on n'a pas à tolérer. Notre société, elle, tend à tout admettre et c'est cette permissivité qui dessert l'humain. Il est probable que ma vie va être brisée par l'extrême tolérance que j'ai manifestée. »

Guillemette lui dit encore : « Vous avez soixante-six ans, pourquoi jouer au vieux monsieur de quatre-vingts ans, complètement en bout de course ? » Il répliqua : « Vous trouvez ? je ne sais pas. J'ai l'impression que ça me pend au nez. »

## 115.

*Seule la personne qui se suicide est compétente pour parler des événements qui l'ont conduite à commettre cet acte.*

JOSEPH BRODSKY [1]

*Face à ton monde en folie*
*Une seule réponse — le refus.*

MARINA TSVETAÏEVA [2]

Gary avait écrit dans *Chien blanc* une phrase qui signifiait que, malgré sa rage contre un siècle particulièrement cruel, il ne désespérerait jamais de l'homme :

> C'est assez terrible d'aimer les bêtes. Lorsque vous voyez dans un chien un être humain, vous ne pouvez vous empêcher de voir un chien dans l'homme et de l'aimer. Et vous n'arrivez jamais à céder à la misanthropie, au désespoir. Et vous n'avez jamais la paix…

Gary céda pourtant au désespoir.

Deux mois avant sa mort, il avait prié René Agid de venir quelques jours à Paris pour l'aider à surmonter son angoisse [3]. René était rentré à Nice en espérant l'avoir momentanément tiré d'affaire. De passage à Paris, Charles-André Junod [4] téléphona à Romain Gary un vendredi en fin d'après-midi pour lui proposer de passer un moment avec lui, avant d'aller prendre son avion pour Genève. La conversation concernant la gestion de ses affaires fut brève. En le quittant, Gary dit à son avocat : « André, adieu, c'est la dernière fois que l'on se voit. » Charles-André lui répondit que tout homme a le droit de choisir sa mort, mais que lui ne devait pas se suicider parce qu'il avait un fils. Gary rappela que Diego était émancipé, et que lui, son avocat, était chargé de gérer ses intérêts financiers.

Gary avait choisi de mettre fin à ses jours alors qu'il aimait son fils plus que tout au monde. Un jour où Diego n'était pas paru à table à l'heure du dîner, Antonia, la cuisinière envoyée à sa rencontre, n'avait pu le trouver dans sa chambre. Gary, craignant qu'il ne lui soit arrivé un malheur, eut un malaise. Il était assis dans le vestibule, parfaitement immobile, muet, les yeux fixes, en état de choc. Il ne reprit progressivement ses esprits qu'après le retour de son fils.

Le 20 novembre, Romain Gary reçut un courrier affectueux de Raymond Aron[5] qui venait de retrouver à sa demande un document précieux : la lettre qu'il lui avait envoyée en 1945 lors de la parution d'*Éducation européenne*.

De passage à Paris à la fin du mois de novembre, Roger Agid téléphona à Gary et le trouva très excité, exagérant de façon délirante les dangers qui pesaient sur lui, alors que Claude Gallimard s'était efficacement employé à aplanir ses problèmes fiscaux.

À la fin du mois de novembre, Romain Gary partit à Londres en compagnie de Leïla Chellabi, à l'invitation du Pen Club. Il rendit visite à son vieil ami Alexandre Kardo Sissoeff dans le quartier de Kensington, s'extasia sur sa collection de tableaux, et lui parut surtout très démoralisé.

De retour à Paris, Gary prit la décision d'aller à Genève voir son avocat Charles-André Junod pour changer les dispositions qu'il avait prises dans son dernier testament. Mais il était si accablé qu'il demanda à René Agid de l'accompagner. Ce dernier arriva aussitôt à Paris. Romain lui exposa, à la lumière des événements survenus dans sa vie privée, sa volonté de mettre pour la dernière fois de l'ordre dans ses affaires. Il fut donc décidé qu'ils iraient ensemble en Suisse, et Gary commanda des billets d'avion. René Agid passa le dimanche 30 novembre avec Romain Gary jusqu'à 6 heures du soir. Il aurait souhaité rester avec lui jusqu'à leur départ mais il n'en fut pas ainsi. René Agid devait aller le lundi matin 1er décembre à l'enterrement d'un de ses cousins puis, le lendemain, donner une conférence dans le cadre d'une réunion scientifique à Avignon. En raccompagnant son ami de toujours jusqu'à l'ascenseur, Romain soupira : « Ah, si ma mère était là, tout cela s'arrangerait autrement. »

René Agid devait rejoindre Gary à Genève le 3, pour « l'aider à arranger les choses [6] » : résoudre les problèmes que posait l'invention de l'écrivain Émile Ajar. René restait persuadé que le plus sage était de faire éclater toute l'affaire au grand jour. Ainsi Romain n'aurait plus à se quereller avec Paul, quitte à se brouiller avec lui. Par ailleurs, René ne doutait pas qu'il fût possible de trouver une issue honorable au fait que Romain avait obtenu deux fois le prix Goncourt.

Mais Romain ne se résolvait pas à révéler qu'il était Émile Ajar parce qu'il savait que Paul, hostile à cette décision, était fragile. Sylvia Agid écrivit à Christel Kriland : « Romain est bête comme une charretée de foin quand il s'agit des êtres humains. » René disait de lui qu'à cause de sa naïveté, de son incapacité à imaginer le mal qu'on pouvait lui faire, il était une victime désignée.

Le dimanche 30 novembre, avant-veille de sa mort, Romain Gary téléphona à Florence de La Valette [7] qui habitait le bel hôtel particulier situé au fond du square La Rochefoucauld. Il lui demanda de passer le voir dans l'après-midi pour s'entretenir avec elle de Diego, car elle s'était beaucoup occupée de lui. C'était la première fois qu'elle entrait dans l'appartement de Gary qui la reçut dans le salon aux fourrures. Pendant une heure, il ne s'enquit que de son appréciation de mère de famille et d'éducatrice sur l'évolution de son fils. Puis soudain, avant de la quitter, il lui confia qu'il partait à Genève, chez son amie Suzanne Salmanowitz, et extirpa de son portefeuille deux billets. Le lendemain, Bernard de La Valette[8], rentrant chez lui vers 18 h 30, rencontra Romain Gary rue du Bac. Il sortait d'une agence de voyages et, son billet à la main, il raconta à ce dernier, qui était l'un de ses exécuteurs testamentaires, qu'il partait le lendemain en Suisse pour régler un certain nombre d'affaires.

Dans la soirée, Georges Kiejman avait aperçu Romain Gary rue du Bac à travers la vitrine de l'épicerie Hédiard, et il l'avait salué d'un signe de la main. Or, Gary lui avait récemment donné à lire *Adieu Gary Cooper*, espérant sans doute que Georges lui dirait qu'il avait reconnu la plume d'Émile Ajar dans celle de Romain Gary.

Le lendemain après-midi, il posta à Kiejman une lettre dans laquelle il lui demandait de le recevoir le plus rapidement possible pour une question urgente concernant sa succession. Il téléphona à l'infirmière qui lui faisait habituellement des injections pour lui demander de passer lui faire une piqûre, avant son départ à Genève.

Le lundi 1er décembre, Gary écrivit à Louis Bertagna, son médecin. Ce dernier reçut la lettre le mardi matin, jour du suicide de Gary. Rien dans son contenu ne laissait redouter cet acte. Au contraire, Gary semblait aller beaucoup mieux.

Mardi 2, à une heure, Romain Gary déjeuna avec son éditeur Claude Gallimard au restaurant Le Récamier. Le chauffeur de Claude Gallimard le raccompagna 108, rue du Bac. Il sortit de la voiture, fit quelques pas sous le porche, revint sur ses pas, se pencha, serra la main du chauffeur et lui dit simplement : « Au revoir, Gérard. »

Il monta chez lui. Son fils était absent, Leïla Chellabi chez le coiffeur. Vers 16 h 30, il composa le numéro de téléphone de son amie Suzanne Salmanowitz, toujours dévouée, à laquelle il avait écrit le 11 septembre :

> Chère, chère Suzanne,
>
> Merci ne suffit pas — je n'ai jamais connu une amitié comme la tienne, une gentillesse et une aide aussi généreuse, alors que je n'ai que des mots pour te dire combien j'ai été, je suis ému — bouleversé, même — par l'existence d'une telle *capacité de donner*. Et c'est venu à un moment on ne peut plus creux, solitaire et, franchement, désespéré.
>
> Alors, de tout cœur de ton Gary...
>
> Romain [9]

Pouvait-elle l'héberger chez elle 16, rue des Granges à Genève ? Elle lui assura qu'il était toujours le bienvenu et lui apprit qu'elle lui avait trouvé un magnifique appartement dans le même immeuble qu'elle, où il serait plus heureux que dans son studio de la rue Moillebeau. « Bien, conclut Gary, j'arriverai par l'avion de 15 heures. Mais j'ai une faveur à te demander. Viens me chercher au bas de la passerelle. » Elle avait promis de faire ce qu'elle pourrait pour obtenir l'autorisation de monter sur le tarmac. En tout cas, elle serait là.

Aussitôt après avoir raccroché, Romain Gary entra dans sa chambre, ferma les persiennes et tira les doubles rideaux. Il alla chercher la mallette bleue à motifs blancs qui contenait son revolver Smith & Wesson à cinq coups, calibre 38 spécial, portant le numéro 7099-983 frappé sur la carcasse et sur le barillet. Il plaça l'attaché-case au pied du lit, sortit l'arme de son holster, ôta ses lunettes qu'il plaça à côté de la mallette. Il déposa également une lettre sur celle-ci. Il retira sa veste, son pantalon, ses chaussettes, ses chaussures, garda ses sous-vêtements et la chemise bleue qu'il portait lors de son déjeuner avec Claude Gallimard. Il rangea soigneusement ses effets sur une chaise qui se trouvait en face de son lit. Il étendit sur l'oreiller une serviette de toilette rouge et beige. Il se coucha, rabattit la couverture jusqu'à la taille, prit son revolver. Il tenait la crosse par l'auriculaire et l'annulaire, et saisit la queue du barillet avec le majeur et le pouce. Il glissa le canon entre ses lèvres, le dirigea vers le palais, et appuya sur la détente [10].

Rentrant dans l'après-midi, Leïla Chellabi entrouvrit la porte de la chambre et, la trouvant plongée dans l'obscurité, pensa que Romain Gary se reposait. Elle alla faire des courses pour le repas du soir. À son retour, intriguée parce que Gary ne s'était pas levé, elle entra dans la chambre pour le réveiller. Elle alluma, et vit d'abord une feuille de papier posée au pied du lit.

Ce jour-là, le Dr Yves Grosgogeat, qui habitait dans le square La Rochefoucauld, rentra exceptionnellement tôt de l'hôpital, vers 17 heures. Une demi-heure plus tard, Florence de La Valette lui téléphona de monter d'urgence chez Romain Gary. Leïla Chellabi l'avait trouvé mort, et l'avait priée de venir. Le Dr Grosgogeat ne put que constater l'évidence et appela la police.

Le commissaire Annie Augeard arriva à 18 h 45. Elle entra dans la chambre et vit Gary reposant sur le dos, la tête sur l'oreiller, partiellement recouverte par la serviette. Sur les lèvres, elle découvrit des traces de poudre et une goutte de sang. Dans l'angle formé par l'index et le pouce, elle constata des petites traces de poudre.

Diego Gary se trouvait chez Florence et Bernard de La Valette quand son père fut retrouvé mort, et on attendit que sa dépouille fût transportée à l'Institut médico-légal pour le laisser entrer, à 19 h 45.

Aucune mesure d'autopsie ne fut décidée, car le suicide était patent. Le substitut du procureur de la République de permanence, Mlle Benaze, requit l'assistance du cabinet médical Vanier Delarue [11], médecin de l'état civil, pour examiner le corps à l'Institut médico-légal.

Le matin, Gary avait écrit la lettre trouvée sur le lit par Leïla Chellabi. L'écriture était lisible et apaisée. Le message était destiné à son éditeur Claude Gallimard. Une photocopie glissée dans une enveloppe non close fut remise à la police. Sur le coin gauche de la feuille Romain Gary avait écrit : « Pour la presse ». Leïla Chellabi obtint du substitut du procureur de permanence l'autorisation de rendre cette lettre publique, conformément à la volonté de l'écrivain.

> Jour J.
> Aucun rapport avec Jean Seberg. Les fervents du cœur brisé sont priés de s'adresser ailleurs.
> On peut mettre cela évidemment au compte d'une dépression nerveuse. Mais alors il faut admettre que celle-ci dure depuis que j'ai âge d'homme et m'a permis de mener à bien mon œuvre littéraire.
> Alors, pourquoi ? Peut-être faut-il chercher la réponse dans le titre de mon ouvrage autobiographique *La nuit sera calme* et dans les derniers mots de mon dernier roman : « car on ne saurait mieux dire ». Je me suis enfin exprimé [12] entièrement. Romain Gary

Le lendemain matin, le Dr Michel Delarue vint examiner le corps du défunt à l'Institut médico-légal. Il ne constata aucune trace de blessures ou de coups, aucun orifice de sortie de balle au niveau de la calotte crânienne. Il trouva un orifice d'entrée frontal au fond du pharynx, et conclut au suicide par arme à feu.

## 116.

Jean Daniel écrivit au lendemain de la mort de Gary :

> Ainsi donc un romancier, né lituanien et russe, vient en se suicidant de plonger, comme on dit, les lettres françaises dans le deuil. Sur sa tombe on écrira : « Romain Gary, écrivain français ». C'est ce qu'il était en effet. Mais on oubliera, ce faisant, que comme d'autres il fut d'abord ce que l'on pourrait appeler un immigré. L'un de ceux, après tout, à propos desquels on se demande s'il faut tous les garder, comment s'y prendre pour vivre avec eux, et s'ils s'accordent bien aux tendances profondes du génie français [1].

Les funérailles eurent lieu en début d'après-midi dans la cour des Invalides, en présence des Compagnons de la Libération. Ce ne fut pas chose aisée à obtenir. Le général Simon, grand chancelier de l'ordre, s'y opposait parce que Romain Gary s'était suicidé. Louis Bertagna téléphona à François de Combret, Secrétaire général adjoint de la présidence de la République, qui l'avait reçu le 3 novembre à l'Élysée, pour lui demander d'intervenir auprès de Valéry Giscard d'Estaing, que l'écrivain pourtant n'aimait pas et auquel il avait préféré François Mitterrand au second tour de l'élection présidentielle en 1974. À la demande de Giscard, Combret appela le général Simon, qui s'inclina, et Michelle Michel, conservateur du musée de l'Ordre de la Libération depuis 1971, rédigea l'oraison funèbre qui serait lue au cours des obsèques par le général Simon.

L'organisation de l'office funèbre dans l'église Saint-Louis des Invalides avait aussi rencontré un autre obstacle en la personne du père Georges Decogné. Romain Gary était juif ; on ne pouvait donc pas dire une messe. Diego Gary eut alors l'idée de proposer à Anna Prucnal de venir chanter pour son père. En tournée dans le Midi, elle prit un avion et rentra à Paris.

La cérémonie se déroula le mardi 9 décembre en présence d'une foule de lecteurs venus rendre hommage à l'écrivain. Olivier Stirn, secrétaire d'État aux Affaires étrangères, représentait le gouvernement. Parmi ceux qui assistèrent à l'office funèbre, on reconnaissait Jean d'Ormesson, Michel Droit, Maurice Druon, Claude Roy, Claude Bourdet, Jacques Chaban-Delmas, Edgar Faure.

Près de Diego, Paul et Annie Pavlowitch, seuls membres de la famille de l'écrivain, quelques proches : Lesley Blanch, Anne de La Baume et Suzanne Salmanowitz, René et Sylvia Agid, le Dr Louis Bertagna, Robert Luc, Claude et Robert Gallimard, Luc Balbont, Leïla Chellabi. Anne de La Baume avait réussi à imposer des fleurs, qui ne sont pas de mise dans des obsèques militaires. Les décorations de Gary étaient posées sur un velours noir, son cercueil recouvert d'un drapeau tricolore fut porté par onze aviateurs.

Dans l'église, dont le chœur avait été garni de drapeaux français, l'abbé Godard, ancien aumônier du groupe Lorraine, évoqua le jeune homme qu'il avait connu pendant la guerre : « Pardonnez-moi, cher Romain Gary, de venir exprimer devant vous et votre fils la douleur de vos anciens compagnons d'armes […], dans ce lieu où vous êtes venu vous-même vous recueillir sur des Compagnons. Vous me pardonnerez de rompre, par la parole, le recueillement. »

Puis Anna Prucnal chanta en polonais *Le Nègre violet*, la chanson un peu obscène que Mina Owczynska fredonnait lorsque Gary était enfant, et que certains journalistes prirent pour un chant hébraïque.

*Où êtes-vous désormais ? Qui vous baise les doigts ?*
*Où est donc parti Li, votre petit Chinois ?*
*Vous avez ensuite, je crois, aimé un Portugais,*
*À moins que vous n'ayez filé avec un Malais.*

*La dernière fois que je vous ai vue de près*
*Une auto vous emportait par les rues enchevêtrées,*
*Et je vois en rêve, dans les bouges de San Francisco,*
*Un Nègre lilas vous tendre votre manteau* [2].

Il n'y eut ni liturgie ni prière exprimée. Ce ne fut, comme le dit le prêtre, qu'« un moment de calme, de paix, de sérénité, dont chacun fera ce qu'il entend selon son cœur et sa foi en se rappelant le culte qu'il avait de l'amour vrai [3] ».

Le général Michel Fourquet fit l'éloge de son ami. « Romain Gary était de ces rares, très rares êtres à s'être forgé, tout jeune, un idéal de ce qu'il voulait être, ou plutôt de ce qu'il faudrait qu'il soit (car il y voyait une obligation, un devoir). Et cet idéal, il l'a réalisé, et en quelles circonstances ! » Évoquant le soldat Gary au sein du groupe Lorraine, il rappela : « Le moins militaire de tous était très certainement Romain Gary : tenue ultra-futuriste et négligée — horaires approximatifs, sauf lorsqu'il s'agissait de l'essentiel : les vols à accomplir. »

Enfin, une cérémonie militaire se déroula dans la cour, où un détachement de l'armée de l'air rendit les honneurs — fanfares et roulements de tambours — à l'aviateur de l'escadrille Lorraine en présence des anciens Français libres et des Compagnons de la Libération. Puis, le général Simon prononça l'oraison funèbre.

Compagnon Romain Gary, aujourd'hui, à l'exemple de votre fidélité, les membres de l'ordre de la Libération sont réunis, en ce lieu, pour vous rendre hommage.

L'idéal commun, l'estime réciproque, mais aussi l'acceptation de nos différences, ont forgé notre lien fraternel.

Par-delà l'époque qui nous a rassemblés, il y a la prodigieuse aventure de chaque vie d'homme.

En pariant toujours pour la liberté contre le destin, pour la faculté d'innover contre le déterminisme, Romain Gary choisit d'inventer, non de subir.

Chez lui, l'écrivain se fait romancier de sa vie comme de ses personnages, l'imaginaire modèle et recrée la réalité :

« L'homme sans mythologie de l'homme, c'est de la barbaque... On a volé à l'homme sa part imaginaire, mythique, et cela ne donne pas un homme vrai, cela donne un homme infirme et mutilé, parce qu'il n'y a pas d'homme sans part de poésie, il n'y a pas d'Europe sans part d'imaginaire ; sans la "part Rimbaud" ce n'est pas le règne du réalisme, c'est le règne du zéro.

[...] Qu'on veuille bien regarder attentivement le firmament après ma mort : on y verra, aux côtés d'Orion, des Pléiades, ou de la Grande Ourse, une constellation nouvelle : celle du Roquet humain accroché de toutes ses dents à quelque nez céleste. »

Mais avant de partir, le Roquet humain, mon cher Compagnon, a peuplé le ciel d'une multitude de grands cerfs-volants.

Et votre dernier livre, ce testament, nous l'ouvrirons à la page de garde pour y lire ces simples mots : « À la mémoire ».

On ne parla pas de sa solitude, de son désespoir, de son suicide.

Avant le départ du fourgon mortuaire pour le cimetière du Père-Lachaise, où le corps allait être incinéré en présence d'une poignée d'intimes, dont Anne de La Baume, Suzanne Salmanowitz, Lesley Blanch, Diego Gary et Leïla Chellabi, la sonnerie aux morts et *La Marseillaise* saluèrent une dernière fois celui qui « n'eut d'autres ennemis que ceux de la France », comme l'avait si justement écrit Michelle Michel.

Le Dr Bertagna resta un moment dans la cour qui se vidait lentement et vit Diego Gary, vêtu d'un long manteau sombre, marcher seul derrière le fourgon mortuaire. Sa silhouette et sa démarche étaient si semblables à celle de son père, qu'il eut un instant l'illusion que Romain Gary escortait son propre cercueil.

# ÉPILOGUE

Deux jours avant de se suicider, Romain Gary avait laissé à Robert Gallimard et Georges Kiejman des instructions concernant la manière dont *Vie et mort d'Émile Ajar*, son testament littéraire, devait être publié. Elles étaient inscrites à la main en tête de son manuscrit :

> La date à laquelle ces révélations seront faites sera déterminée par Robert et Claude Gallimard en accord avec mon fils.
> Romain Gary
> 30 nov. 1980.

Six mois après la mort de Romain Gary, Claude Durand, directeur des Éditions Fayard, reçut un appel de Paul Pavlowitch qu'il n'avait jamais rencontré auparavant [1]. Pavlowitch voulait le voir de toute urgence pour lui soumettre secrètement un manuscrit. Le rendez-vous fut fixé un dimanche après-midi, vers 15 heures, dans une chambre de bonne du quartier de la République. Pavlowitch désigna à l'éditeur une liasse de cinq cents feuillets et lui dit : « Lisez les premières pages, vous comprendrez. » Claude Durand s'engagea aussitôt à publier ce livre.

Bernard Pivot, fondateur de la célèbre émission littéraire Apostrophes, avait lui aussi reçu un appel de Paul Pavlowitch. Il voulait lui parler, mais pas dans son bureau. Intrigué, il accepta volontiers la proposition de ce dernier de passer chez lui, rue de Turbigo, le samedi matin suivant. Bernard Pivot estimait Paul Pavlowitch comme l'auteur des romans remarquables d'Émile Ajar, et avait parfois eu affaire à lui en tant que directeur littéraire au Mercure de France. Pavlowitch avoua à Bernard Pivot, stupéfait : « Je ne suis pas Émile Ajar. Émile Ajar est le pseudonyme de Romain Gary. J'ai écrit un récit, *L'Homme que l'on croyait,* dans lequel je raconte toute l'histoire, et je vous donne l'exclusivité de la révélation en échange d'une discrétion totale. »

Bernard Pivot promit d'inviter Paul Pavlowitch à son émission du vendredi soir, dès la parution du livre[2].

L'exigence de garder le secret absolu n'était pas uniquement gouvernée par la volonté de créer l'effet de surprise. Peu de temps après la mort de Romain Gary, Paul Pavlowitch, qui était en train d'écrire son livre, avait été reçu par Robert Gallimard à sa demande. Au cours de leur entretien, Pavlowitch lui avait demandé de ne pas révéler la véritable identité d'Émile Ajar, car sa situation deviendrait intenable, sauf dans le cas où il prendrait lui-même l'initiative de cet aveu. Or, Diego Gary était totalement opposé à cette éventualité. Seuls Robert Gallimard et Georges Kiejman étaient habilités à choisir le moment du dévoilement de l'identité véritable d'Émile Ajar, avec son accord.

Quand il apprit que Paul Pavlowitch avait mis à profit le délai qui lui avait été accordé pour écrire un livre divulguant la vérité, et qu'il allait être l'invité surprise de Bernard Pivot, Georges Kiejman, représentant les intérêts de Diego Gary, mit en garde les intéressés à la veille de l'émission. Robert Gallimard, qui n'avait jamais trahi Romain Gary, ne put plus différer le moment d'aller avouer toute la vérité à son cousin Claude Gallimard afin de lui expliquer les raisons pour lesquelles il avait depuis le début gardé le secret.

*L'Homme que l'on croyait* parut le 1er juillet, avec une bande publicitaire intégrée dans la couverture occupant un tiers de la page et sur laquelle était écrit entre guillemets, en caractères plus grands que le nom de l'auteur : « Ajar ». Souhaitant éviter toute confusion dans l'esprit du lecteur entre l'œuvre de Romain Gary et le livre de Paul Pavlowitch, Georges Kiejman et Diego obtinrent qu'elle fût supprimée dans les nouveaux tirages.

Alors que Bernard Pivot n'avait jamais consacré de portrait à Romain Gary, Paul Pavlowitch parut le 3 juillet sur le plateau d'Apostrophes pour raconter à des millions de téléspectateurs la genèse de cette magistrale imposture. François Bondy, Michel Tournier et le psychanalyste Gérard Mandel avaient été invités pour commenter l'événement. Pavlowitch parla longuement, dans une atmosphère qui excluait le scandale. Mais en dépit de ses affirmations : « Je n'étais pas assez fort pour garder le silence. Je n'ai aucune servitude par rapport à aucune espèce de légataire... Personne ne me fera croire que ce n'était pas à moi de faire cette révélation », il était légalement lié par une obligation à laquelle il avait lui-même consenti en signant le 15 mars 1979, comme il a déjà été dit, une convention avec Romain Gary, dont l'article 5 stipule que Paul Pavlowitch « respecterait de la manière la plus stricte, et aussi longtemps qu'il lui serait demandé de personnifier "Émile Ajar", le secret touchant l'identité réelle de ce dernier. [...] Les modalités selon lesquelles la révélation de l'identité véritable d'"Émile Ajar" aurait lieu après la mort de Romain Gary seraient arrêtées, sans préjudice du "droit moral" de Romain Gary et/ou de ses descendants, d'un commun accord entre Paul Pavlowitch et Me Junod... »

Le troisième alinéa de l'article 7 de cette même convention précise encore :

« Dans l'hypothèse où M. Pavlowitch révélerait l'identité réelle d'Émile Ajar sans l'accord de M. Gary ou de ses héritiers, il perdrait tout droit, avec effet immédiat, aux rémunérations prévues par la présente convention. »

Le témoignage de Paul Pavlowitch avait ému les journalistes. Dans *Le Monde* du 5 juillet, Bertrand Poirot-Delpech écrivit :

D'où qu'il regarde, Gary-Ajar a dû plisser son œil bleu d'outre-tombe. La révélation de son dédoublement par celui qui en fut le complice, son neveu Paul Pavlowitch, a inspiré un des grands Apostrophes, de ceux dont on se souvient. Avec l'intelligence du cœur, Pivot et ses invités, Pavlowitch en tête, nous ont conduits au bord du mystère Gary, et de la folie où se risque toute création.

Au droit des héritiers sur la vérité, Pavlowitch oppose calmement, mais fermement, celui de qui a, au sens strict, donné corps à l'aventure [...]. Décidément, Gary avait bien choisi son double. Celui-ci doit être remercié de sa collaboration à un exploit littéraire sans précédent. On aimerait qu'il le soit directement et qu'il trouve dans sa boîte aux lettres un de ces mots sibyllins et comminatoires dont *L'Homme que l'on croyait* révèle que son « inventeur » l'abreuvait au temps de leur folle collaboration : « Bravo, Paul, Ajar a rivé leur clou à tous ces bavards de merde... »

Simone Gallimard publia un communiqué pour témoigner de sa bonne foi.

J'affirme avoir ignoré jusqu'à maintenant que sous le pseudonyme d'Ajar se cachait Romain Gary. La duplicité, dans ce cas, serait le fait d'un éditeur dépourvu d'ambition, car très vite il ne serait plus crédible.

Je serai peut-être calomniée par une presse avide d'exploiter des informations hâtives, mais il me sera prochainement facile de prouver ma bonne foi. J'ajoute que quel qu'en soit l'auteur, l'œuvre d'Ajar se suffit à elle-même et ceux qui l'ont saluée ont eu raison... On ne se préoccupe plus de savoir qui est Shakespeare, seule l'œuvre compte.

Au lendemain d'Apostrophes, Georges Kiejman confirma :

J'authentifie la nouvelle, ayant eu entre mes mains des instructions testamentaires de Romain Gary. D'après ses volontés, c'est à Diego que devait incomber cette divulgation. Diego avait accepté de la retarder de quelques mois pour ménager les enfants de Paul Pavlowitch. Il est d'autant plus regrettable que celui-ci en ait pris l'initiative en choisissant de lier cette divulgation à la publication d'un livre qui a été écrit à l'insu de Diego. Il ne faut pas que l'aspect spectaculaire de la révélation dissimule l'essen-

> tiel : Gary était un immense écrivain dont nous avons ici la confirmation éclatante puisqu'il nous faudra relire l'œuvre d'Ajar en la lui attribuant[3].

Les Éditions Gallimard annoncèrent la publication de *Vie et mort d'Émile Ajar*, le testament littéraire de Romain Gary, dont ils cédèrent la prépublication exclusive à *L'Express*[4]. Après l'avoir lu, Yvonne Baby se justifia d'être tombée dans le piège et confirma dans *Le Quotidien de Paris*[5] qu'elle ne s'était jamais doutée de rien.

> Je suis allée le voir en 1975, à Copenhague. L'entretien a été tout à fait normal. Paul Pavlowitch avait vraiment l'air d'être l'écrivain de *La Vie devant soi.* Romain Gary lui-même m'a téléphoné et invitée à déjeuner. Il m'a beaucoup parlé de son neveu, durant les trois heures que nous avons passées ensemble. Rien ne pouvait laisser supposer une telle affaire.

Matthieu Galey, brocardé par Gary, analysant la haine dont il était l'objet, écrivit que sa perspicacité — affirmer que le véritable auteur de *La Vie devant soi* restait dans l'ombre — avait agacé et menacé l'écrivain.

> La hargne inattendue dont il me poursuit dans ce document (alors qu'Ajar « m'appréciait depuis longtemps »...) s'explique, je crois, par un double ressentiment. Je n'ai point partagé l'enthousiasme de mes confrères pour *La Vie devant soi*, qui me parut d'emblée « un joli gadget » fabriqué tout exprès pour séduire. Et, sans me douter que Romain Gary fût le véritable auteur du livre, j'ai flairé le premier la supercherie littéraire. « Momo, disais-je en conclusion de ma critique, rappelle furieusement ces petits pantins prodiges que font parler les ventriloques. Il ne reste plus qu'à découvrir le montreur de marionnettes. »
>
> À présent qu'on sait la vérité, quelle menace ! Comment ne pas comprendre la tenace rancune d'un homme alors contraint au silence, et qui a dû se croire un moment confondu ? Il n'avait pourtant rien à craindre de ma « perversité » : je suis parfois bon juge, mais toujours mauvais flic[6].

Dans *Le Monde* [7], Bertrand Poirot-Delpech s'interrogea sur les raisons qui avaient poussé Gary à s'obstiner à ne pas divulguer la paternité de son œuvre signée Émile Ajar. Il remarqua justement que si l'écrivain avait exagéré les risques de scandale qu'aurait engendrés la révélation, la vérité était ailleurs :

> La « liberté nécessaire » qu'il entend dégager grâce à Ajar lui rouvre un droit tout neuf à reparler du petit Juif errant qu'a fait taire, mais pas guéri, la gloire rêvée par sa mère.
>
> Mieux : sous son autre nom, l'écrivain va enfin pouvoir bousculer la forme. « La langue dit toujours non quand on lui fait l'amour », plaisantait Nabokov. Aux yeux de Gary, c'est d'un véritable inceste œdipien qu'il s'agit, tant sa mère s'est identifiée pour le petit Kacew à la langue française dont elle lui prescrivait le respect. Sans créer une nouvelle langue, comme ses maîtres Pouchkine et Mickiewicz, Ajar subvertit la syntaxe, démantibule les mots ordinaires, et en tire un surcroît de sens.

Poirot-Delpech soulignait surtout la dimension, l'importance de l'écrivain Romain Gary. Quelques phrases qui, si elles avaient été écrites plus tôt, c'est-à-dire non pas sous forme d'éloge funèbre, lui auraient peut-être donné le goût de vivre plus longtemps :

> Ajar l'avant-gardiste modéré complète Gary le traditionnel en révolte. À eux deux, ils tentent de colmater une même réalité douloureuse minée par le néant. Fort de son déchirement incurable, Gary-Ajar devrait prendre place, quelque part entre Malraux et Nabokov, parmi les écrivains de ce siècle qui ont cumulé à un point rare les errances de la vie et de l'imaginaire, l'intelligence, le cœur, le sens des valeurs nécessaires au salut humain, et du vide qui les menace.
>
> De ces créateurs qui laissent pressentir une dimension mal aperçue de l'esprit, et donnent le vertige du futur.

Dès le 2 juillet, Diego Gary, dans un communiqué transmis à Georges Kiejman, se dissociait formellement des « modalités choisies par Paul Pavlowitch pour s'acquitter d'une mission dont il n'était pas chargé ». Il souhaitait en outre que « l'aspect spectaculaire donné à la révélation de l'identité d'Émile Ajar ne masque pas l'essentiel : la dimension supplémentaire que cette révélation donne à la personne et à l'œuvre de Romain Gary ».

Dans une lettre datée du 24 juin, Georges Kiejman signifia à Me Jean Repiquet, le conseil de Paul Pavlowitch, que, du fait de la révélation unilatérale dont il avait pris l'initiative, il serait désormais privé de la part de revenus qu'il aurait encore pu attendre de l'œuvre d'Émile Ajar.

Paul Pavlowitch soumit le différend qui l'opposait à Diego Gary à l'arbitrage du bâtonnier Mollet-Viéville. Au mois d'octobre 1984, au terme d'une séance houleuse, où se trouvaient réunis les parties et leurs conseils (Diego Gary était accompagné de Robert Gallimard et de Georges Kiejman), le bâtonnier prononça une sentence qui donnait raison à Alexandre Diego Gary.

Dans une lettre adressée à son avocat Georges Kiejman le 13 septembre 1979, Romain Gary avait donné des instructions au sujet de son décès (« le plus tard possible S.V.P. ! ») : il désirait être incinéré et que ses cendres soient dispersées en mer ou dans une forêt.

De même, il avait dit à Lesley Blanch, sa première épouse, qu'il voulait que l'on répande ses restes dans la Méditerranée, au pied du vieux village de Roquebrune où, en 1949, ils avaient acheté une maison et une tour de guet en ruine pour y vivre et travailler. Après la cérémonie officielle des funérailles dans la cour, puis dans la chapelle des Invalides, Lesley Blanch assista à la crémation au cimetière du Père-Lachaise.

Quelques mois plus tard, Alexandre Diego téléphona à Lesley et l'informa qu'il souhaitait se rendre dans les plus brefs délais à Menton pour effectuer les dernières volontés de son père.

Lesley trouva un pêcheur disposé à louer son bateau. Le lendemain, 15 mars, Diego Gary arriva à la petite gare de Garavan, toute proche de la maison de Lesley, en compagnie de Leïla Chellabi, qui avait partagé les derniers mois de la vie de l'écrivain.

Le temps était pluvieux et la mer agitée. Seule Leïla Chellabi partit dans la petite embarcation avec l'urne funéraire. Lesley, qui souffrait d'une forte grippe, resta sur le quai près de Diego, qui détourna son regard quand le bateau s'éloigna du rivage pour gagner le large.

> Chère Méditerranée ! Que ta sagesse latine, si douce à la vie, me fut donc clémente et amicale, et avec quelle indulgence ton vieux regard amusé s'est posé sur mon front d'adolescent ! Je reviens toujours à ton bord, avec les barques qui ramènent le couchant dans leurs filets. J'ai été heureux sur ces galets [8].

Le soir venu, Alexandre Diego et Leïla Chellabi reprirent le train pour Paris. Dans l'urne qui avait contenu ses cendres, seule l'agrafe du pantalon de l'écrivain avait résisté aux flammes.

# ANNEXES

ANNEXE I

# Le nom du père. Une stratégie de survie

Au cours de sa vie, Romain Gary a donné des renseignements bien différents sur l'identité de ses parents, et notamment sur celle de son père. Parfois, il a aussi délibérément délivré des indications fausses sur le lieu et l'année de sa naissance. En fait, il choisissait sciemment la réponse qui lui paraissait la mieux appropriée aux circonstances auxquelles il se trouvait confronté, et dont il espérait tirer le meilleur parti. On ne peut donc parler de mythomanie à son propos.

Voici un aperçu des variations de sa généalogie familiale, telles qu'elles apparaissent dans les archives.

Dossier pour la préparation militaire supérieure. Mars 1936.
Nom : De Kacew. Né à Nice.
***
Fiche de renseignements remplie par Romain Gary lors de son incorporation dans l'armée française.
Nom et prénom : Gary de Kacew. Né le 8 mai 1915 à Nice.
***
Dossier militaire.
Kacew Romain. Classe 1934.
Cheveux châtains, yeux bleus, front moyen, visage rond, nez rectiligne.
Renseignements figurant sur « la grande liasse ».
***
Dossier militaire.
Né à Nice. Fils de Gary de Kacew Léon et de Nina Steve. Nom et prénom : Gary de Kacew, né le 8 mai 1915 à Nice.
***
Fiche de renseignements figurant dans son dossier militaire.
Gary de Kacew Romain, n° matricule des FFL 30349.

Né le 8 mai 1915 à Nice. Nationalité française.

Fils de Léon et de Nina Steve domiciliés à Nice.

***

Renseignements pris à Brazzaville, le 11 avril 1941, par le lieutenant-colonel commandant des Forces aériennes françaises libres.

Nom : Gary de Kacew, Romain. Né le 8 mai 1915 à Nice. Fils de Léon et Nina Steve, domiciliés à Nice.

***

Livret matricule.

Renseignements fournis par Romain Gary. Nom : « Romain Kacew. Né le 8 mai 1914 à Wilno, Pologne. Fils de Léon Kacew et de Steve Nina Owczynska. »

***

Bulletin individuel de notes. Dossier militaire.

Cadre navigant.

Date d'entrée en service 4.11.1938.

Date et lieu de naissance : 8 mai 1915 à Nice. Marié.

***

Livret matricule d'officier.

Gary Kacew Romain.

État civil : né le 8 mai 1914 à Wilno, Pologne. Fils de Léon Kacew et de Steve Nina Owczynska.

***

Note spéciale issue du dossier des Forces aériennes françaises libres, remplie le 4 février 1943.

Romain Gary, qui se trouve au *Old Dean Camp*, Camberley, répond au questionnaire du médecin militaire.

Nom : Gary de Kacew. Date de naissance : 1915.

Mère morte en 1941. Père soldat, mort pendant la guerre en 1914.

***

Éléments biographiques fournis en 1945 par Romain Gary à Pierre Calmann, son éditeur.

« Romain Gary, né le 8 mai 1914, aux environs de Koursk (Russie), de parents français. »

***

Renseignements transmis en 1946 par Romain Gary à Pierre Calmann, son éditeur.

« Né le 8 mai 1914 dans la campagne de Koursk, de père russe et de mère française. Sa mère était actrice au Théâtre français de Moscou. »

***

Ministère des Affaires étrangères. Bulletin individuel de notes, 1945. 1re feuille à remplir par l'agent.

Romain Gary né à Wilno (Lituanie), le 8 mai 1914.

***

Ministère des Affaires étrangères. Notes annuelles pour l'année 1946. 1re feuille à remplir par l'agent.

« Kacew dit Gary Romain, né à Wilno, Pologne, le 8 mai 1914. Pas de famille en vie. »

***

Ministère des Affaires étrangères. Notes annuelles pour l'année 1947. 1re feuille à remplir par l'agent.

« Kacew, Gary, Romain. Né à Wilno, Pologne, le 8 mai 1914. »

***

Ministère des Affaires étrangères. État civil : extrait du registre des actes de l'état civil de l'ambassade de France à Moscou, année 1954, n° 34.

« Le 8 mai 1914 est né à Wilno Romain, fils de Lejba Kacew et de Mina Josel. »

***

*La Voix du Nord et du Pas-de-Calais*, 9 décembre 1956.

« Né le 8 mai 1914, près de Koursk, en Russie, d'un père diplomate russe et d'une mère française, comédienne au théâtre de Moscou, Romain Gary vint tôt en France. »

***

Entretien accordé à Gabriel d'Aubarède pour *Les Nouvelles littéraires* le 27 décembre 1956.

« [...] Il est né dans une gare de la frontière russo-polonaise, à l'arrêt du train venant de Crimée, pendant la révolution russe [...] Son père était géorgien. Sa mère une actrice française. »

***

« Les rendez-vous de Paul Guth », *Le Soir*, Bruxelles, 30 janvier 1957.

« Tout le monde sait maintenant qu'il est né en Russie en 1914, près de la frontière polonaise, qu'il s'appelle Kassev avec un "v", comme Kiev. Que son père était un diplomate russe et sa mère une comédienne française. »

***

Régis Saint-Helier, *Femmes d'Aujourd'hui*, 2 mai 1957 :

« Il est né en Russie, tout près de la frontière polonaise, à Kiev, en 1914. Il s'appelle à l'état civil Romain Kassief. Son père, attaché commercial, était russe. Sa mère, une artiste du Théâtre français de Moscou, était française. »

***

Ministère des Affaires étrangères.

État civil.

Extrait du registre des actes de l'état civil de l'ambassade de France à Moscou, 24 septembre 1963.

Le huit mai mil neuf cent quatorze est né à Wilno Romain Gary, du sexe masculin, fils de Lejba Kacew et de Mina, née Josel.

***

Renseignements publiés dans le cadre d'une interview de Romain Gary, lors de la parution de *Lady L.*, en 1963.

« Il est né en Lituanie en 1914. Son père était un attaché commercial russe. Sa mère jouait au Théâtre français de Moscou. »

***

Entretien avec K. A. Jelenski, *Livres de France*, n° 3, mars 1967.

« Étant un peu cosaque et tatar, mâtiné de Juif, je me suis défini dans *Pour Sganarelle* comme une sorte de Gengis Cohn… »

***

Entretien accordé à *Valeurs actuelles* le 8 juin 1967.

« Il est né dans un wagon le 8 mai 1914, aux confins de la steppe russe, d'un mélange de sang juif, cosaque et tatar. Son père était agent commercial et sa mère comédienne au Théâtre français de Moscou »

***

Carte d'identité nationale délivrée le 21 août 1970.

Nom : Gary. Prénom : Romain. Né le 21 mai 1914 à *Villno* (Russie).

21 mai est la date correcte, selon le calendrier grégorien. Le calendrier julien est en retard de treize jours sur le calendrier grégorien.

***

Entretien avec Patrice Galbeau pour France-Culture, décembre 1973.

« Je suis né à Wilno aux confins entre la Russie, la Pologne et la Lituanie qui aujourd'hui fait partie de la république lituanienne de l'URSS. »

***

Passeport délivré le 4 juillet 1977.

Nom : Gary. Prénom : Romain. Né le 8 mai 1914 à *Vilno* (Russie).

***

Propos recueillis par Jérôme Le Thor : « Romain Gary, ou le nouveau romantisme », 1977.

« Mon père venait de Russie asiatique et ma mère était une Juive russe. »

***

*Les Trésors de la mer Rouge*

« Dans des cahutes coniques qui rappellent les « yourtes » de mon ancestrale Mongolie vivent des êtres humains qui paraissent faits d'ombres : une maigreur d'épineux. »

***

*Pseudo*

« Je me vois contraint de dire ici que l'extrait de naissance de Tonton Macoute et celui de ma mère sont, comme par hasard, introuvables. Ils les ont laissés en Russie, à la source du mal, et c'est en vain que j'ai cherché à les obtenir. »

***

*La nuit sera calme*

« Ta mère était une Juive russe qui allait voir un pope, lorsqu'elle éprouvait le besoin de recevoir les consolations de l'Église. Ton père était grec orthodoxe et je veux ici te demander clairement si ton père était bien Ivan Mosjoukine, qui était sans doute la plus grande vedette du cinéma européen muet des années vingt, avant l'avènement du film parlant... »

« Avant ma naissance, ma mère avait épousé un Juif russe du nom de Leonid Kacew, qui a divorcé quelque temps après ma naissance... À aucun moment ma mère ne m'avait dit que Mosjoukine était mon père, et pourtant je voyais cet homme très souvent chez nous, à l'hôtel. »

« Je savais que l'homme qui m'avait donné son nom avait une femme, des enfants, qu'il voyageait, allait en Amérique, et je l'ai rencontré plusieurs fois. »

***

*Pseudo*

« Je ne citerai pas, avec mépris, une fiche de mon dossier médical qui a un caractère nettement antisémite, puisqu'il y est dit que je suis juif. »

« Docteur, c'est infâme. Je connais maintenant la raison de tous mes efforts pour fuir mon identité, la cause de toutes mes angoisses et pipis de peur, de ma culpabilité et de mon refus d'hérédité. *Je suis juif*, docteur, d'où haine de soi-même et racisme à son propre égard. »

***

Lesley Blanch, *Romain, un regard particulier*

« Tel un arlequin chatoyant, de multiples fragments colorés de vérité et de fiction scintillaient autour de lui. Il était né dans le palais d'un khan à Samarkand, un prince polonais l'avait engendré ; il était le fils d'Ivan Mosjoukine. »

***

*Les Enchanteurs*

« Il avait compris que le plus grand don qu'un artiste désireux de s'attirer les bonnes grâces du public pouvait faire à ce dernier c'était l'illusion, et non la vérité, car celle-ci a souvent de fort mauvaises façons, n'en fait qu'à sa tête et ne se soucie guère de plaire. »

ANNEXE II

p. 138 :

| | |
|---|---|
| *Lekhou neranena laadonaï letzour ysheinou* | Allez, exaltons YHWH, exaltons le rocher qui nous sauve |

p. 139 :

| | |
|---|---|
| *shema Israël Adonaï* | Écoute Israël, YHWH |
| *shema Israël Adonaï eloheinou Adonaï ekhad* | Écoute Israël, YHWH est notre dieu, YHWH est un. |
| *baroukh shem kevod malkhouto leolam vaed* | Que le nom de gloire de son règne soit béni à jamais. |
| *arbaym shana akout bador vaomer* | quarante ans j'ai détesté leur génération et il dit |
| *arbaym shana akout bador vaomer* | quarante ans j'ai détesté leur génération et il dit |
| *Adonaï ekhad* | YHWH est un |
| *arbaym shana akout* | quarante ans j'ai détesté |
| *bador vaomer* | leur génération et il dit |
| *shirou laadonaï shir khadash* | chantez à YHWH un chant nouveau |
| *shirou laadonaï* | chantez à YHWH |
| *Oy, shirou laadonaï* | Oï, chantez à YHWH |

p. 140 :

| | |
|---|---|
| *Oy, shirou laadonaï* | Oï, chantez à YHWH |
| *laadonaï shir khadash* | à YHWH un chant nouveau |
| *laadonaï shir khadash* | à YHWH un chant nouveau |
| *shirou laadonaï shir khadash* | chantez à YHWH un chant nouveau |

| | |
|---|---|
| *baroukh shem kevod malkhouto leolam vaed* | Que le nom de gloire de son règne soit béni à jamais |
| *Adonaï ekhad* | YHWH est un |
| *shema Israël Adonaï* | Écoute Israël, YHWH |
| *lifney adonaï ki va lishpot haarets* | devant YHWH il vient pour juger la terre |
| *va lishpot haarets* | vient pour juger la terre |

p. 141 :

| | |
|---|---|
| *ki va ki va adonaï ki va* | il vient il vient YHWH |
| *Adonaï ki va. shema Israël Adonaï* | YHWH il vient. Écoute Israël YHWH |
| *shema Israël Adonaï eloheinou* | Écoute Israël, YHWH est notre dieu |
| *Adonaï ekhad* | YHWH est un |
| *malkhouto leolam vaed* | son règne à jamais |
| *malkhouto leolam vaed* | son règne à jamais |

La prière de Shabbat retranscrite de mémoire par Romain Gary dans *Éducation européenne*, alors qu'il était en opérations avec le groupe Lorraine.

# Œuvres de Romain Gary

*Le Vin des morts*, 1937.
*Bourgeoisie*, 1938.
(Œuvres de jeunesse inédites)

*Éducation européenne*, Calmann-Lévy, 1945. Nouvelle édition, Gallimard, 1961 (Folio n° 203).

*Tulipe*, Calmann-Lévy, 1946. Édition définitive, Gallimard, 1970 (Folio n° 3197).

*Le Grand Vestiaire*, roman, Gallimard, 1949 (Folio n° 1678).

*Les Couleurs du jour*, roman, Gallimard, 1952.

*Les Racines du ciel*, roman, Gallimard, 1956. Texte définitif, Gallimard, 1980 (Folio n° 242).

Sous le pseudonyme de Fosco Sinibaldi : *L'Homme à la colombe*, Paris, Gallimard, 1958. Version définitive, Gallimard, 1984.

*La Promesse de l'aube*, roman, Gallimard, 1960. Édition définitive, Gallimard, 1980 (Folio n° 373).

*Johnnie Cœur*, Comédie en deux actes et neuf tableaux, Gallimard, 1961. Version définitive, Paris, Gallimard, 1994, 166 p.

*Gloire à nos illustres pionniers*, nouvelles, Gallimard, 1962. En 1975, lorsque Gary tira un film de la nouvelle intitulée *Les oiseaux vont mourir au Pérou*, ce titre fut choisi lors de la parution en Folio (n° 668).

*Lady L.*, roman, Gallimard, 1963. (Folio n° 304).

Trilogie *Frère Océan* :

*Pour Sganarelle* (*Frère Océan I*), *Recherche d'un personnage et d'un roman*, essai, Gallimard, 1965.

*La Danse de Gengis Cohn (Frère Océan II)*, roman, Gallimard, 1967 (Folio n° 2730).

*La Tête coupable (Frère Océan III)*, roman, Gallimard, 1968. Édition définitive, Gallimard, 1980 (Folio n° 1204).

*La Comédie américaine* :

I. *Les Mangeurs d'étoiles*, roman, Gallimard, 1966 (Folio n° 1257).

II. *Adieu Gary Cooper*, roman, Gallimard, 1969 (Folio n° 2328).

*Chien blanc*, roman, Gallimard, 1970 (Folio n° 50).

*Les Trésors de la mer Rouge*, récit, Gallimard, 1971.

*Europa*, roman, Gallimard, 1972.

*Europa*, précédé de *Note pour l'édition américaine d'« Europa »*, traduit de l'anglais par Paul Audi (Folio n° 3273).

*Les Enchanteurs*, roman, Gallimard, 1973 (Folio n° 1904).

*La nuit sera calme*, récit, Gallimard, 1974 (Folio n° 719).

*Les Têtes de Stéphanie*, roman, Gallimard, 1974, sous le pseudonyme de Shatan Bogat. Nouvelle édition quelques semaines plus tard sous son nom. Roman d'abord écrit en anglais en 1971 sous le titre : *A Direct Flight to Allah*, et publié en Angleterre chez Collins (Folio n° 946).

*Au-delà de cette limite votre ticket n'est plus valable*, roman, Gallimard, 1975 (Folio n° 1048).

*Les oiseaux vont mourir au Pérou (Gloire à nos illustres pionniers)*, nouvelles (Folio n° 668).

*Une page d'histoire et autres nouvelles*, extrait de *Les oiseaux vont mourir au Pérou* (Folio n° 3759).

*Clair de femme*, roman, Gallimard, 1977 (Folio n° 1367).

*Charge d'âme*, roman, Gallimard, 1977 (Folio n° 3015).

*La Bonne Moitié*, comédie dramatique en deux actes, Gallimard, 1979.

*Les Clowns lyriques*, roman, nouvelle version de l'ouvrage paru en 1952 sous le titre *Les Couleurs du jour*, Gallimard, 1979 (Folio n° 2084).

*Les Cerfs-volants*, roman, Gallimard, 1980 (Folio n° 1467).

*Vie et mort d'Émile Ajar*, Gallimard, 1981.

*L'Homme à la colombe*, version définitive, Gallimard, 1984.

*Éducation européenne*, suivi de *Les Racines du ciel* et de *La Promesse de l'aube*. Avant-propos de Bertrand Poirot-Delpech (Biblos).

*Ode à l'homme qui fut la France*, suivi de *Malraux, conquérant de l'impossible*, textes traduits et présentés par Paul Audi, Paris, Calmann-Lévy, 1997, et Gallimard, 2000 (Folio n° 3371).

*Le Grand Vestiaire*, illustrations d'André Verret (Futuropolis/Gallimard).

### Aux Éditions du Mercure de France sous le pseudonyme d'Émile Ajar

*Gros-Câlin*, roman, Mercure de France, 1974 (Folio n° 906).
*La Vie devant soi*, roman, Mercure de France, 1975 (Folio n° 1362) ; « La Bibliothèque Gallimard », n° 102. Accompagnement critique par Domenica Brassel et Patrick Garcia.
*Pseudo*, récit, Mercure de France, 1976.
*L'Angoisse du roi Salomon*, roman, Mercure de France, 1979 (Folio n° 1797).
*Œuvres complètes d'Émile Ajar*, préface de Romain Gary : *Vie et mort d'Émile Ajar* (collection Mille Pages).

### Œuvres de Romain Gary écrites directement en anglais

*Lady L.*, Michael Joseph, Londres, 1959.
*Talent Scout* (*Les Mangeurs d'étoiles*), Harper & Brothers, New York, 1961.
*Millions of Dollars*, Library of Congress, 4 avril 1963, 118 p. dactylographiées. Scénario dont l'intrigue et les personnages sont proches de *The Ski Bum* (*Adieu Gary Cooper*). Le manuscrit de ce scénario se trouve également à l'IMEC.
*The Ski Bum*, Harper & Row, New York, 1964.
*The Gasp* (*Charge d'âme*), Putnam, Londres, 1973.
*Flight Direct to Allah* (*Les Têtes de Stéphanie*).
*White Dog*, commencé le 17 janvier 1968.

### Romans traduits en anglais par Romain Gary

*Promise at Dawn*, Translated from the French by John Markham Beach, Harper & Brothers, New York, 1961.
*The Guilty Head* (*La Tête coupable*), World Publishing Company, New York, 1969.
*White Dog*, World Publishing Company, Cleveland, 1970.

### Traductions revues et corrigées par Romain Gary

Les modifications apportées par l'écrivain furent ensuite intégrées aux versions françaises.

*The Colors of the Day*, Translated from the French by Stephen Becker, Michael Joseph, Londres, 1953.
*The Rools of Heaven*, Translated from the French by Jonathan Griffin, Simon & Schuster, New York, 1958.
*An European Education*, Simon & Schuster, New York, 1960.

*The Dance of Gengis Cohn*, Translated from the French by Romain Gary with the assistance of Camilla Sykes, World Publishing Company, New York, 1978.

*Europa*, Translated from the French by Romain Gary and Barbara Bray. Note from Romain Gary to the american edition, Doubleday, New York, 1978.

## *Nouvelles parues dans des journaux et des revues*

Les nouvelles restées inédites chez Gallimard sont signalées par un astérisque.

Sous son patronyme de naissance : Romain Kacew, « L'orage* », *Gringoire*, vendredi 15 février 1935, p. 10.

Sous son patronyme de naissance : Romain Kacew, « Une petite femme* », *Gringoire*, vendredi 24 mai 1935, p. 13.

Sous le pseudonyme A. Cary, « Géographie humaine* », *La Marseillaise*, 7 mars 1943.

## *Nouvelles de Romain Gary*

« Le continent englouti », *La France libre*, juillet 1944.

« Grandeur nature », *La France libre*, septembre 1944.

« Une page d'histoire », *La France libre*, décembre 1945.

« Sergent Gnama* », *Bulletin de l'Association des Français libres*, janvier 1946.

« Le blanc prophète de Harlem », *L'Âge d'or*, janvier 1947, n° 5-6 (première mouture de *Johnnie Cœur*, inspiré par *Tulipe*).

« Ainsi s'achève une journée de soleil », *La Table ronde*, juin 1954, et reprise dans *Les oiseaux vont mourir au Pérou* sous le titre « Le Luth ».

« Je rêve d'innocence », *Elle*, 30 avril 1956, et reprise sous le titre « Je découvre des Gauguin en vrac », dans *Les Œuvres libres*, mars 1966.

« Citoyen Pigeon », *Preuves*, mars 1957, n° 73, p. 8, et dans *Les oiseaux vont mourir au Pérou*.

« Je rencontre un barracuda », *Preuves*, mars 1957, n° 73, p. 11-13, et dans *Elle*, 23 avril 1956, ainsi que dans *Les Œuvres libres*, mars 1960. Également incluse dans *Les oiseaux vont mourir au Pérou*, sous le titre « Je parle d'héroïsme ».

« L'évasion du professeur Ostrach », *Preuves*, mars 1957, n° 73, p. 14-15. Tirée des *Racines du ciel*, pp. 200-205. Nouvelle reprise dans *Les oiseaux vont mourir au Pérou* sous le même titre.

« Le mur », *Preuves*, février 1958, et reprise dans *Les oiseaux vont mourir au Pérou*.

« Les belles natures », *Preuves*, février 1958, et reprise dans *Les oiseaux vont mourir au Pérou*.

« Promise at dawn », *Ladies Home Journal*, octobre 1961, n° 78, pp. 62-63, 92-124.

« Je mange mon soulier », *Les Œuvres libres*, mars 1966, n° 166, p. 17-22. Nouvelle incluse dans *La Promesse de l'aube*, chapitre XI.

« Débuts dans la vie », *La Revue de Paris*, mai 1960, pp. 82-92.

« La plus vieille histoire du monde », *Preuves*, mars 1962. Incluse sous le même titre dans le recueil de nouvelles *Les oiseaux vont mourir au Pérou*, et en anglais avec le titre *The Older Story Ever Told*, dans *Esquire*, décembre 1963, n° 60, pp. 144-147.

« Courage and Farewell ! », *Readers Digest*, mars 1962, n° 80, pp. 47-52.

« The Fake », *Ladies Home Journal*, novembre 1963, n° 70, pp. 78-84. Nouvelle incluse dans *Les oiseaux vont mourir au Pérou* sous le titre « Le Faux ».

« The Ski Bum Story », *LadiesHome Journal*, octobre 1964, n° 81, pp. 77-120.

« *Decadence* » *10th Annual Education, the year's best Science-Fiction*, Edited by Judith Merril Mayflower-Dell, 1965, pp. 152-168. Nouvelle incluse dans *Les oiseaux vont mourir au Pérou*.

« Dix ans après ou la plus vieille histoire du monde* », *Icare*, hiver 1967-1968, n° 44, pp. 200-202. Nouvelle écrite en 1943.

« White Dog », *Life*, 9 octobre 1969, pp. 58-74.

« A bit of a dreamer, a bit of a fool », *Play Boy*, 1973, n° 3. Nouvelle incluse dans *Les oiseaux vont mourir au Pérou*.

« Un inédit d'Ajar : je commençais à avoir une légende », *Lire*, septembre 1981, p. 67.

## *Manuscrits inédits de Romain Gary*

Les manuscrits de Romain Gary sont déposés à l'IMEC.

*Escape from the Animal Kingdom*. Version anglaise de *La Bonne Moitié*, initialement écrite sous le titre *Dans la nature*.

*The Ballade of Billy Joe*.

*Suba Duba, L'Homme grenouille*, comédie en deux actes de Romain Gary d'après une pièce de Bruce Jay Friedman.

*A Night in the Life of Harry Smithovitch*, comédie.

*La Mort en panne*, comédie en deux actes et trois tableaux.

Scénario et découpage du film *Les oiseaux vont mourir au Pérou*.

*Le Radeau de la Méduse*, comédie en trois actes et neuf tableaux. Remaniée en deux actes et six tableaux.

*La Belle Dame sans mercy*, adaptation théâtrale de *La Danse de Gengis Cohn*.

« Le socialisme », chapitre inédit de *Gros-Câlin*. Texte établi par Diego Gary.

*The Jaded, The Second Chance*, roman inachevé inspiré par sa relation avec Ilona Gesmay et des souvenirs de la guerre en Afrique et en Éthiopie. La deuxième partie du manuscrit semble être une esquisse de *Chien blanc*.

*Le Charlatan*, scénario d'un film policier sur la drogue. Préfiguration de *Kill*. Feuillets épars rédigés en français et en anglais.

## *Collaborations*

« Notre dette envers lui* », pp. 279-299, chapitre IX, dans *Tolstoï*, Hachette, 1965 (coll. Génies et Réalités).

« Les Français libres* », *La Revue de la France libre*, octobre 1970, numéro spécial.

« L'essentiel d'un homme : éloge funèbre de Jean Sainteny », *L'Espoir*, octobre 1973, n° 24, p. 55.

« Si l'enfer pouvait avoir des murs... », *Résistance et Déportation*, catalogue de l'exposition de l'ordre de la Libération, juin 1980.

Réponse au questionnaire de Proust, *L'Appel*, juin 1980, n° 44.

« Le général d'armée aérienne Martial Valin : éloge funèbre », *Revue de la France libre*, automne 1980, n° 232, p. 37.

## *Préfaces*

*André Malraux*, préface au catalogue de l'exposition « Malraux » organisée par la chancellerie de l'ordre de la Libération, musée de l'Ordre de la Libération, 19 novembre-19 décembre 1977.

*Merveilles des Amériques*, présentées par Pierre et Renée Gosset; préface de Romain Gary (textes d'Edgar Aubert de la Rüe, Pierre Chaunu et Jean-Baptiste Duroselle), Hachette, 1967.

Albert Camus, *The Plague*, introduction by Romain Gary, New York, *Time Reading Program*, 1962.

Robert Felsette, *Pierre et les Américaines*, préface : lettre à l'éditeur de Romain Gary, Julliard, 1961.

Jacques Guillaume, *Le Crépuscule des hommes* : *Matta, le*

*légendaire Kongo Massal*, préface de Romain Gary, Cino del Duca, 1959.

James Jones, *Mourir ou crever*, roman (*The Thin Red Line*) traduit de l'américain par France-Marie Watkins. Avant-propos de Romain Gary, Stock, 1963, et sous le titre *La Ligne rouge*, Pocket, n° 10465, 1999. Lettre-préface à *The Thin Red Line* (22 avril 1962) de James Jones, citée dans *To Reach Eternity, the Letters of James Jones*, édité par George Hendrick, Random House, 1989, p. 294.

Claude Raoul Duval, *Ciel de sable*, préface de Romain Gary, Éditions France-Empire, 1978.

Préface à *Vanishing Species*, Time Life Books, 1974 (13 pages).

## *Articles*

(Liste établie avec la collaboration de Jean-François Hangouët et Ralph Schoolcraft)

*De Gaulle et le gaullisme*

« The man who stayed lonely to save France », *Life*, 8 décembre 1958, pp. 144-158. Traduit en français par Paul Audi dans *Ode à l'homme qui fut la France*, Gallimard.

« The Anger that tumed generals into desperados », *Life*, 5 mai 1961, pp. 26-27.

« Gaulliste inconditionnel », *Le Monde*, 23-24 juin 1968, p. 6.

« To my General, Farewell with love and anger », *Life*, 9 mai 1969, pp. 26-29. Traduit par Paul Audi dans *Ode à l'homme qui fut la France*.

« Adieu mon général, avec affection et colère », *France-Soir*, 13 mai 1969.

« À la recherche du " Je " gaullien dans *Les Mémoires d'espoir* », *Le Figaro littéraire*, 26 octobre 1970.

« Ode to the Man who was France », *Life*, 20 novembre 1970. Traduit par Paul Audi et publié dans *Ode à l'homme qui fut la France*.

« Party of one : What's happening to the human face ? », *Holiday*, janvier 1960, n° 27, pp. 11, 14-16, 18-19.

« Party of one bad manners », *Holiday*, juillet 1961, n° 30, pp. 8, 10-13.

« Les esclavagistes du Sud, les voilà », *Candide*, 5 avril 1962.

« Here is might and reassuring promise », *Life*, 21 décembre 1962, p. 4.

« Vanishings species », *Life*, 1974.

« Encore des automobilistes irascibles », *Le Figaro littéraire*, 24 juin 1963.
« Mon dîner avec Kennedy », *Candide*, août 1963.
« The twilight of the Goddess », *Ladies Home Journal*, mars 1965, n° 82, pp. 90-91.
« Romain Gary s'attaque au nouveau roman », *Le Figaro littéraire*, 23 septembre 1965, pp. 1, 8, 14.
« Le cinéma meurtrier du roman ? Alibi commode. Nous sommes tous des assassins », *Le Figaro littéraire*, 30 septembre 1965, p. 8.
« Lettre à ma voisine de table », *Le Figaro littéraire*, 24 avril 1967, pp. 6-7.
« Dear elephant, Sir », *Life*, 22 décembre 1967, n° 63.
« Lettre à l'éléphant », *Le Figaro littéraire*, 4 mars 1968, pp. 10-12.
« The baiting society », *Play Boy*, mai 1969, pp. 103-104, 114, 200.
« Rome n'est pas tombée à cause des orgies », *Le Monde*, 15 janvier 1970, p. 19.
« Disqualification raciale », *Le Monde*, 1-2 mars 1970, p. 3.
« Lettres aux Juifs de France », *Le Figaro littéraire*, 9 mars 1970.
« Une question d'équipement », *Le Figaro*, 18 mars 1970, p. 1.
« L'Europe patrie », *France-Soir*, 26 mars 1970.
« La société de provocation », *France-Soir*, 15 avril 1970.
« L'injustice préalable », *France-Soir*, 30 avril 1970.
« Le grand couteau » *France-Soir*, 28 août 1970, p. 4.
« Power and promise », *Life*, décembre 1970.
« Faux romantisme et avenir », *Le Monde*, 11 décembre, 1971.
« The antidrug is coming », *The New York Times*, 4 février 1972, p. 31.
« Lettre de Romain Gary au sujet de Jules Roy », *Le Monde*, 18 décembre 1971.
« La vie dévalorisée », *Le Monde*, 15 novembre 1972.
« Polémique 1938-1952 : Lettre ouverte de Romain Gary à l'ambassadeur Jean Chauvel », *Le Figaro littéraire*, 9 décembre 1972, pp. 13, 19.
« Carnet d'un électeur », *Le Figaro*, 16 avril 1974.
« L'angoisse : Occident, sexualité et sexologie », *Le Monde*, 1975, pp. 22-23.
« Animales en peligro », *Offset Larios*, 1976.
« Lettre d'amour aux hommes politiques », *Le Monde*, décembre 1976, p. 23.

« Ils bouffent leur société avec appétit », *Le Monde*, 11 février 1977, p. 19.

Lettre de Romain Gary au sujet des envoyés spéciaux en Afghanistan, *Le Monde*, 2 janvier 1980, p. 27.

« André Malraux ou l'honneur d'être homme », *Le Monde*, 18 décembre 1977, p. 1.

*Chronique*

« Journal d'un irrégulier », *France-Soir*, 24 septembre 1970, 29 octobre 1970, 27 novembre 1970, 24 décembre 1970, 22 janvier 1971, 19 février 1971, 16 avril 1971, 14 mai 1971, 9 juillet 1971, 30 septembre 1971, 28 octobre 1971, 25 novembre 1971, 24 décembre 1971, 20 janvier 1972, 17 février 1972, 16 mars 1972, 13 avril 1972, 11 mai 1972, 11 juin 1972.

*Reportages*

« La Paz : The man who ate the landscape », *Holiday*, novembre 1958, n° 24, pp. 44, 46-47.

Reportage sur de Gaulle, *France Soir*, décembre 1958.

« The colonials », *Holiday*, avril 1959, n° 25, pp. 84, 86-89, 90-91, 93.

« I know a place in Paris », *Holiday*, janvier 1965, n° 37, pp. 54, 56, 139-141.

« Flamboyante Guadeloupe », *Holiday*, août 1967, n° 42, pp. 55-56, 58, 72-73.

« Enfers au bord de la mer Rouge », *France-Soir*, 19 mars 1971, 20 mars 1971, 21-22 mars 1971, 23 mars 1971, 24 mars 1971, 25 mars 1971, 26 mars 1971, 27 mars 1971, 28-29 mars 1971, 30 mars 1971, 31 mars 1971, 1er avril 1971.

« Penang : Tiger, tiger, burning bright », *Travel & Leisure*, décembre 1971-janvier 1972.

« The Oriental Hotel of Bangkok », *Travel & Leisure*, octobre-novembre 1972, pp. 54-55, 102-104.

« The antidrug is coming », *New York Times Friday*, 4 février 1972, p. 31.

« Singapore », *Travel & Leisure*, automne 1973, pp. 42-47, 82.

*Entretiens publiés dans la presse écrite*

Gabriel Aubarède, « Rencontre avec Romain Gary, prix Goncourt 1956 », *Les Nouvelles littéraires*, 27 décembre 1956, p. 1.

C. Berthod, « Treize questions crues », *Elle*, 16 juin 1969, pp. 112-117, 119.

François Bondy, « Gary ou la provocation de l'amour. Le

moment de vérité : entretien avec Romain Gary », *Preuves*, mars 1957, n° 73, pp. 3-7.

François Bondy, « Le moment de vérité », *Preuves*, mars 1957, p. 4.

Jean-Jacques Brochier, « Mes beatniks, par Romain Gary », *Le Magazine littéraire*, juillet 1969, n° 30, pp. 46-47.

Jean Fourniquel, « Romain Gary : L'ONU est la plus grande déception des idéalistes », *France-Soir*, 9 janvier 1962.

« Incredibly plausible : Talk with the author », *Newsweek*, 20 janvier 1958, pp. 92-93.

« L'ONU n'existe pas », *Candide*, 28 décembre 1961.

« Gary, the triple threat », *Life*, 12 janvier 1962, pp. 65, 66, 70, 75.

« Confessé au festival de Cannes », *Le Figaro littéraire*, 2 juin 1962.

« Film et roman : problèmes du récit », *Cahiers du cinéma*, décembre 1966, n° 185, pp. 85, 91-92.

« Romain Gary et la gauche bourgeoise », *Le Figaro*, 9 juin 1968.

« Dans la boîte aux lettres », *Le Figaro littéraire*, 30 mars 1970.

« Avis des couronnés Goncourt sur Ajar primé », *France-Soir*, 19 novembre 1975.

« Mœurs : voie libre pour la société de provocation », *Le Figaro*, 27-28 décembre 1975, p. 2.

« L'homme qui n'était pas fait pour toutes les saisons », *Le Matin de Paris*, 11 mars 1977.

« Romain Gary, pourquoi écrivez-vous ? », *Elle*, 13 février 1978.

Paul Guth, « À La Paz, m'a dit Romain Gary, on m'avait prévenu que j'avais... le Nobel », *Le Figaro littéraire*, 22 décembre 1956, p. 4.

Pierre Hahn, « Goncourt : ce qu'en disent des lauréats », *Le Magazine littéraire*, novembre 1967, p. 45.

John Hess, « Romain Gary, who says he wants peace and quiet, stirs storm with Hollywood memoir », *New York Times*, 27 avril 1970.

Claudine Jardin, « Gengis Cohn, c'est moi ! », *Le Figaro*, 4 juillet 1967.

Karol. A. Jelenski, « Entretien avec Romain Gary », *Livres de France*, mars 1967, n° 35, pp. 3-9.

Georges Klarsfeld, « Gary : Les trafiquants ne sont pas des êtres humains », *Les Nouvelles littéraires*, 24 janvier 1972, n° 2313, p. 24.

Pierre Kynia, « Entretien. Adieu à Gary Cooper », *Le Nouvel Observateur*, 3 août 1966, p. 28.

Philippe Labro, « Moments de Romain Gary », *Vogue*, 7 mars 1979.

F. Mathe, « Le bonheur n'est pas un problème », *Sud-Ouest*, 9 février 1975.

Louis Monnier et Arlette Merchez, « Je suis un irrégulier », *Les Nouvelles littéraires*, 31 octobre 1968, n° 2145, pp. 1 et 14.

Jean Montalbetti, « L'Amérique contre ses démons. Entretien », *Les Nouvelles littéraires*, n° 2220, 9 avril 1970, pp. 1 et 11.

Pierre Sipriot, « Être deux c'est pour moi la seule unité concevable », *Le Figaro littéraire*, 12 février 1977, pp. 13 et 15.

« Un démenti de Romain Gary », *Le Monde*, 28 novembre 1975, p. 18.

### *Participation à la rédaction de scénarios*

*The Roots of Heaven*, film de John Huston, produit par Darryl F. Zanuck, avec Errol Flynn, Juliette Gréco, Trevor Howard, Orson Welles, script de Romain Gary, États-Unis, 1958.

*The Longest Day*, film de Ken Anrakin, Andrew Marton et Bernard Wicki, produit par Twentieth Century Fox Film Corporation, avec Richard Burton, Robert Mitchum, Henry Fonda, Bourvil, Arletty, États-Unis, 1962.

*De Gaulle-Première !*, documentaire, par Daniel Costelle, TF1, 42 min, 1975.

### *Films écrits et réalisés par Romain Gary*

*Les oiseaux vont mourir au Pérou*, produit par Universal Production France, avec Jean Seberg, Maurice Ronet, Danielle Darrieux, Pierre Brasseur, Jean-Pierre Kalfon, Michel Buades, Jackie Lombard, France, 1968.

*Kill*, produit par Procinex, Almos Mezo et Cocinor, avec Jean Seberg, James Mason, Stephen Boyd, Curd Jurgens, Henri Garcin, Daniel Emilfolk, France, 1971.

### *Adaptations à l'écran d'œuvres de Romain Gary*

1971. *The Ski Bum*. Réalisé par Bruce D. Clark. Avec Zalman King, Charlotte Rampling.

1979. *Gros-Câlin*. Réalisé par Jean-Pierre Rawson. Scénario : Age et Scaparelli. Avec Jean Carmet.

1981. *Your Ticket Is no Longer Valid.* Réalisé par George

Kaczender. Scénario : Ian McLelan Hunter, Leila Basen. Avec Richard Harris, Jeanne Moreau, George Peppard.

1984. *Les Cerfs-volants.* Réalisé par Pierre Badel. Avec Jacques Penot, Anne Gauthier.

1994. *The Impostors.* Adaptation de *La Tête coupable.* Réalisé par Frédéric Blum. Avec Gérard Jugnot, Viktor Laelo.

*Talent Scout,* scénario non porté à l'écran de Alex Tartaglia.

## *Chanson*

*Kill'em all,* chanson du film *Kill.*

## Bibliographie sélective

Abdeljaouad, Firyel, *Les Figures de l'autre dans l'œuvre de Romain Gary et Émile Ajar ou comment le vif saisit le mort*, Éditions du Septentrion, 2001.

Annuaire diplomatique et consulaire 1962, Imprimerie nationale, 1962.

Arad, Yitzhak, *Ghetto in Flames, the Struggle and Destruction of the Jews in Vilna in the Holocaust*, Holocaust Library, 1982.

Aron, Raymond, *De Gaulle, Israël et les Juifs*, Plon, 1968.

—, *Mémoires. 50 ans de réflexion politique*, Julliard, 1983.

—, *Histoire et politique, 1905-1983*, Julliard, 1985.

Asséo, André, *Souvenirs inexacts*, Nil éditions, 1999.

Athill, Diana, *Make believe, a True Story*, Steerforth Press, 1993.

Audi, Paul, *L'Europe et son fantôme*, Éditions Léo Scheer, 2003.

Barbier, Colette, *Henri Hoppenot diplomate*, direction des Archives, ministère des Affaires étrangères, 1999.

Baverez, Nicolas, *Raymond Aron*, Champs, Flammarion, 1995.

Bayard, Pierre, *Il était deux fois Romain Gary*, Presses universitaires de France, 1990.

Beard, Peter Hill, *The End of the Game*, Doubleday & Company, 1963.

Berthéas, Mariella, *Faire danser la vie*, Grasset, 1998.

Blanch, Lesley, *Journey into the Mind's Eye*, Collins, 1968 et Sickle Moon Books, 2001.

—, *Voyage au cœur de l'esprit*, Denoël, 2003.

—, *Round the World in 80 Dishes*, John Murray, 1956.

—, *The Nine-Tiger Man*, Atheneum, 1965.

—, *The Sabres of Paradise*, Carroll & Graf, 1960, *Les Sabres du Paradis*, Denoël, 2004.

—, *The Wilder Shores of Love*, Carroll & Graf, 1954.
—, *Romain, un regard particulier*, Actes Sud, 1998.
Boisdeffre, Pierre de, *La cafetière est sur la table*, La Table ronde, 1967.
Bona, Dominique, *Romain Gary*, Mercure de France, 1987.
Bouvier, Georges M., *Les Compagnons de la longue marche*, Muller édition, 2000.
Broche, François, *Les Bombardiers de la France libre*, Presses de la Cité, 1979.
Carrington, Richard, *Elephants, their Natural History and Influence on Mankind.* Basic Books, 1958.
Catonné, Jean-Marie, *Romain GARY/Émile AJAR*, Belfond, 1990.
*Célébrations nationales*, La Documentation française, 2000.
Chaliand, Gérard et Rageau, Jean-Pierre, *Atlas des diasporas*, Éditions Odile Jacob, 1991.
Colton, Harold S., *Hopi Kachina Dolls, with a Key to their Identification*, The University of New Mexico Press, 1959.
Crémieux-Brilhac, Jean-Louis, *La France libre*, Gallimard, 1998.
Danielsson, Bengt, *Gauguin in the South Seas*, George Allen & Unwin, 1965.
Dayan-Rosenman, Anny, *Des Cerfs-volants en forme d'étoiles : la judéité paradoxale de Romain Gary*, Les Temps modernes, novembre 1993.
De Gaulle, Charles, *Mémoires*, Gallimard, Pléiade, 2000.
De Gaulle, Philippe, *Mémoires accessoires, 1946-1982*, Plon, 2000.
Deschodt, Pierre-Jean, et Hugenin, François, *La République xénophobe. 1917-1939. De la machine d'État au « crime de bureau » : les révélations des archives*, Jean-Claude Lattès, 2001.
Dickens, Homer, *Gary Cooper*, Henry Veyrier, 1975.
Doubnov, Simon, *Le Livre de ma vie, Souvenirs et réflexions, matériaux pour l'histoire de mon temps*, Cerf, 2001.
Douglas-Hamilton, Iain & Oria, *Les Éléphants et nous*, Stock, 1975.
Dupuis, Jean-Jacques, *Cary Grant*, Edilig, 1984.
Epelbaum, Didier, *Les Enfants de papier. Les Juifs de Pologne immigrés en France jusqu'en 1940*, Grasset, 2002.
Francolin, Claude, *À bout de souffle*, Seghers, 1960.
Fuentes, Carlos, *Diane ou la chasseresse solitaire*, Gallimard, 1996.
Geneuil, Guy-Pierre, *Jean Seberg, ma star assassinée*, Éditions n° 1, 1995.

Général Valin, Martial & Sommer, François, *Les Sans-culottes de l'air*, Robert Laffont, 1954.

Godard, Jean-Luc, *À bout de souffle*, Balland, 1974.

Greenberg, Anne, *Les Camps de la honte*, La Découverte, 1991.

Grenier, Roger, *Les Larmes d'Ulysse*, Gallimard, coll. L'un et l'autre, 1998.

Grossman, Leonid, *Confessions d'un Juif*, Phébus, 2000.

Hallie, Philip, *Let Innocent Blood Be Shed. The Story of the Village of Le Chambon and How Goodness Happened There*, Harper & Row, 1979.

Hathill, Diana, *Make Believe, a True Story*, Steerforth Press, South Royalton, Vermont, 1994.

Hettier de Boislambert, Claude, *Les Fers de l'espoir*, Plon, 1978.

Hilberg, Raul, *La Destruction des Juifs d'Europe*, Fayard, 1988.

*Histoire de la première unité des Forces aériennes françaises libres. L'épopée du groupe Lorraine*, adjudant Crabouiller, adjudant Malglaive et sergent Carlier, Service historique des armées.

Howard, Elizabeth Jane, *Slipstream, A Memoir*, Macmillan, 2002.

Hunter, J. A. *Hunter*, Harper & Brothers, 1952.

Huston, Nancy, *Tombeau de Romain Gary*, Actes Sud, 2002.

*Icare*, revue de l'aviation française, *Les Forces aériennes françaises libres*, tome VII : *1940/1945, le groupe Lorraine et le G.R.B1*, 1998 et 1999.

—, *Le Groupe Lorraine.*

—, *Les Forces aériennes françaises libres*, tome I : *Juin 1940, la naissance au Moyen-Orient*, 1989.

—, *Les Forces aériennes françaises libres*, tome II : *1940-1942, les premiers chasseurs français en Angleterre*, 1990.

Jones, James, *To Reach Eternity*, Random House, 1989.

Karantonis, Andreas, *Islands of Argosaronikos*, Pechlivanides & Co.

Karay, Felicja, *Death Comes in Yellow*, Harwood Academic Press, 1996.

Kessel, Joseph, *Des hommes*, Gallimard, 1972.

—, *Nuits de princes*, Gallimard, 1974.

—, *Belle de jour*, Gallimard, Folio, 2002.

Klarsfeld, Serge, *Vichy-Auschwitz. Le rôle de Vichy dans la solution finale de la question juive en France. 1942*, Fayard, 1983.

Kruk, Herman, *The Last Days of the Jerusalem of Lithuania*, Yvo Institute for Jewish Research, Yale University Press.

Kusniewicz, Andrzej, *Le Roi des Deux-Siciles*, Albin Michel, 1977.

—, *L'État d'apesanteur*, Albin Michel, 1979.

*La Rue du Bac*. Délégation à l'action artistique de la ville de Paris, 1990.
Labro, Philippe, *Je connais des gens de toutes sortes*, Gallimard, 2002.
Lambermont, P. M., *Videz vos poches, Histoire du groupe Lorraine*, La Table ronde, 1954.
Langbein, Herman, *Hommes et femmes à Auschwitz*, Fayard, 1975.
Larat, Fabrice, *Romain Gary, un itinéraire européen*, Georg éditeur, 1999.
Lazare, Bernard, *Juifs et antisémites*, Éditions Allia, 1992.
Levin, Dov, *The Litvaks. A Short History of the Jews in Lithuania*, Yad Vashem, 2000.
Lévy, Bernard-Henri, *Comédie*, Grasset, 1977.
—, *Les Aventures de la liberté*, Grasset, 1991.
Lewino, Walter, *Cabin-Boy*, Éditions de Fallois, 1991.
—, *Pardon, pardon mon père*, Grasset, 2001.
L'Herbier-Montagnon, Germaine, *Cap sans retour. Forces aériennes françaises libres. Mémorial des premiers Compagnons*, Raoul Solar éditeur, 1948.
*Lite* (Lithuania). Édité par Dr. Mendel Sudarsky, Uriah Katzenelenbogen, J. Kissin, Jewish-Lithuanian Cultural Society « Lite », New York, 1951.
Malraux, André, *Le Miroir des limbes I, Antimémoires*, Gallimard, Folio, 1972.
Marquise de la Falaise, *Les Années magnifiques*, Éditions n° 1, 1986.
Marrus, Michael R., *Les Exclus. Les réfugiés européens au xxe siècle*, Calmann-Lévy, 1986.
Maxwell, Gavin, *Ring of Bright Water*, Longman, 1960.
Mendès France, Pierre, *Œuvres complètes*, Gallimard, 1984.
Michlin, Gilbert, *Aucun intérêt au point de vue national. La grande illusion d'une famille juive en France*, récit commenté par Zeev Sternhell, Albin Michel, 2001.
Minczeles, Henri, *Vilna, Wilno, Vilnius ; la Jérusalem de Lituanie*, La Découverte, 1999.
Mitford, Nancy & Waugh, Evelyn, *Letters*, Hodder & Stoughton, 1996.
Molloy, Peter, *The Cry of the Fish Eagle*, Michael Joseph, 1957.
Moore, Kenneth, *Those of the Street, the Catholic-Jews of Mallorca*, University of Notre Dame Press, 1976.
Morand, Paul, *Journal inutile. Tome I : 1968-1972. Tome II : 1973-1976*, Gallimard, Les Cahiers de la NRF, 2001.
Morgenstern, Soma, *Errance en France*, Liana Levi, 2002.
—, *Le Testament du fils prodigue*, Liana Levi, 2001.

*Mother Goose's Nursery Rhymes*, edited by L. Edna Walter, Adam and Charles Black, 1924.

Mousseau, Jacques, *Le Siècle de Paul-Louis Weiller 1893-1993*, Stock, 1998.

Notin, Jean-Christophe, *1 061 Compagnons*, Perrin, 2000.

Oberjohann, Heinrich, *Komoon ! Capturing the Chad Elephant*, Pantheon, 1952.

—, *Mes éléphants du Tchad*, Arthaud, 1952.

Ordre de la Libération, Éditions et imprimerie de Bretagne, 1951.

Östman, Anne-Charlotte, *L'Utopie et l'ironie*, Almqvist & Wiksell international, 1994.

Pavlowitch, Paul, *L'Homme que l'on croyait*, Fayard, 1981.

Péan, Pierre, *Une jeunesse française*, Fayard, 1994.

Poier-Bernhard, Astrid, *Romain Gary im Spiegel der Literaturkritik*, Peter Lang, 1999.

Ponchardier, Dominique, *La Mort du Condor*, Gallimard, 1976.

Potter, Beatrix, *The Tale of Johnny Town-Mouse*, Frederick Warne & Co, 1918.

—, *The Tale of Mrs. Tittlemouse*, Frederick Warne & Co, 1910.

Pouchkine, Alexandre, *La Fille du capitaine*, Flammarion, Librio, 1999.

Preminger, Otto, *Autobiographie*, Ramsay Poche Cinéma, 1988.

Ran, Leyser, *Jerusalem of Lituania*, The Laureate Press, New York, 1974.

Revue d'histoire de la Shoah, *La Shoah dans la littérature française*, Centre de documentation juive contemporaine, diffusion Somogy, octobre 2002.

Revue d'histoire de la Shoah-Le Monde juif, *Des voix sous la cendre. Manuscrits des Sonderkommandos d'Auschwitz-Birkenau*, sous la direction de Georges Bensoussan, Centre de documentation juive contemporaine, 2001.

Ricardou, Jean, *Le Nouveau Roman*, Seuil, 1973.

Richards, David, *Played out the Jean Seberg Story*, Play Boy Paperbacks, 1981.

Robson, R. W, *Pacific Islands Year Book*, Pacific Publications, 1956.

*Roman 20-50*. Revue d'étude du roman du XXe siècle, « Romain Gary-Émile Ajar. *Éducation européenne* et *La Vie devant soi* », université de Lille III, 2001.

Rossfelder, André, *Le Onzième Commandement*, Gallimard, 2000.

Rouart, Jean-Marie, *Ils ont choisi la nuit*, Grasset, Les Cahiers rouges, 2003.

Roussel Éric, *Charles de Gaulle*, Gallimard, 2002.
Sacotte, Mireille, *Romain Gary et la pluralité des mondes*, PUF, 2002.
Sarraute, Nathalie, *L'Ère du soupçon, essais sur le roman*, Gallimard, 1956.
Schoolcraft, Ralph, *Romain Gary, The Man who Sold his Shadow*, University of Pensylvania Press, 2002.
Sellier, André et Jean, *Atlas des peuples d'Europe centrale*, La Découverte, 1991.
Sherry, Norman, *Conrad and his World*, Thames and Hudson, 1972.
Shor, Ralph, *Histoire de l'immigration en France de la fin du XIXe siècle*, Armand Colin, 1996.
Soufflet, Jacques, *Un étrange itinéraire*, Plon, 1984.
Styron, William, *Face aux ténèbres*, Gallimard, 1999.
Sungolowsky, Joseph, *Romain Gary and the Holocaust*, European Judaism, 1995.
—, *La Judéité dans l'œuvre de Romain Gary, de l'ambiguïté à la transparence symbolique*, Études littéraires, 1993.
Sutzkever, Avrom, *Wilner Ghetto*, Shavi, Tel-Aviv, 1947.
Todd, Olivier, *André Malraux, une vie*, Gallimard, 2001.
Todorov, Tzvetan, *Mémoire du mal, Tentation du bien, Enquête sur le siècle*, Robert Laffont, 2000.
Tyrrell, Susan, *Kites : the Gentle Art of High Flying*, Dolphin Books, 1952.
Vigée, Claude, *Délivrance du souffle*, Flammarion, 1977.
Wardi, Charlotte, *Le Génocide dans la fiction romanesque*, PUF, 1986.
Weill Patrick, *La France et ses étrangers*, Calmann-Lévy, 1991.
Weinberg, David H., *Les Juifs à Paris de 1933 à 1939*, Calmann-Lévy, 1974.
White, E. B, *Stuart Little*, Harper & Brothers, 1945.

*Ouvrages collectifs*

*Un grand lycée*, Éditions Alp'Azur, 1985.
*Lituanie juive 1918-1940*, Éditions Autrement, 1996.
Mairie de Paris, *Le Temps des rafles. Le sort des Juifs en France pendant la guerre*, 1992.
Colloque du 2 février 2002, *Romain Gary, écrivain-diplomate*, sous la direction de Mireille Sacotte, ministère des Affaires étrangères, 2003.
Troisième conférence internationale sur la Protection de la faune et de la flore en Afrique, conférence de Bukavu, Congo belge, 1953. Direction Agriculture, Forêts et Élevage du ministère des Colonies à Bruxelles.

# Notes

## *Introduction*

1. *Causeries du lundi*, Édition Garnier Frères, t. 5, p. 449-522. Première page.
2. *Europa*, Gallimard, 1972, p. 17.
3. *Ibid.*, p. 163.
4. *Preuves*, mars 1954.
5. *La Promesse de l'aube*, Folio, Gallimard, chapitre XL, p. 354.

## *Notes du chapitre 1*

1. Wilno en polonais, Wilna en allemand, Vilnius en lituanien, Vilna en russe, Vilnè en yiddish.
2. Tribunal rabbinique.
3. La création du royaume de Pologne, ou Pologne du Congrès, a été décidée au congrès de Vienne en 1815. L'Autriche s'appropria la Galicie, la Prusse reçut la « Grande Pologne » avec Poznan, et l'Empire russe s'octroya la partie centrale et orientale de la Pologne. La Lituanie, la Biélorussie, l'Ukraine, autrefois polonaises, restaient sous la souveraineté de l'Empire. Le royaume de Pologne jouissait d'une certaine autonomie. Le tsar de Russie, également roi de Pologne, était représenté par un vice-roi. Jusqu'au soulèvement de 1863, le royaume de Pologne était administré par la noblesse polonaise. Les ukases promulgués par le tsar n'étaient pas automatiquement appliqués dans le royaume. Après le soulèvement de 1863, l'administration et la justice en Lituanie furent contraintes d'adopter la langue russe comme langue officielle.

François Guesnet, *Cahiers du monde russe*, 41/4, octobre-décembre 2000. *Aperçus sur le monde juif*, Éditions EHESS, Paris, 2001, pp. 505-518.

4. Copie du registre d'état civil sur la naissance de Roman Kacew. Fonds 728, inventaire 4, dossier 241, feuillets 133-134, n° 233.

5. « La circoncision rituelle juive requiert l'ablation de tout le prépuce qui recouvre le gland du pénis, et la ponction d'une quantité minimale de sang. La circoncision est pratiquée par un spécialiste (*mohel*, dûment formé) le huitième jour de la vie d'un enfant de sexe masculin, conformément au commandement divin et en signe de l'Alliance entre Dieu et la descendance d'Abraham. » Source : *Dictionnaire encyclopédique du judaïsme*, Bouquins/Cerf/Robert Laffont.

6. Trock en yiddish, Troki en polonais, Trakai (prononcer Trakaï) en lituanien.

7. En hébreu, *shraga* signifie « lampe, lumière ». Selon certaines sources rabbiniques, Faïvush serait issu du mot grec *phoibos* qui signifie « le brillant », dont l'origine hébraïque est *shraga*.

8. Prononcer Katzev.

9. Mina, fille de Yossef. L'acte de naissance de Roman Kacew a été traduit de l'hébreu par Albert Herszkowicz. La traduction en français de la copie de cet acte en russe destinée à l'état civil a été traduite par Françoise Navailh.

10. Gallimard, 1970.

11. Grand quotidien israélien.

12. Yossl en yiddish, Yossef en hébreu. Josel : transcription selon l'orthographe polonaise du yiddish Yossl.

13. En polonais et en russe, le patronyme s'accorde avec le genre féminin ou masculin.

14. Toutes les pièces d'état civil de la famille de Romain Gary ont été mises à jour par Genrich Agranovskij et Galina Baranova aux Archives d'État de Lituanie. Qu'ils soient remerciés pour ce long travail. Acte de naissance de Leiba Kacew, fonds 728-3, année 1883, cote 1065. 99/232.

15. La famille Bregsztein est originaire de Panemune (en yiddish Ponimon), un faubourg de Kovno au bord du fleuve Niemen. Kaunas en lituanien.

16. Un marieur.

17. Selon le calendrier hébraïque : 1er Tammuz. Conformément à la loi juive, Leïb Kacew fut circoncis une semaine après sa naissance, le 1er juillet (8 Tammuz) par le *mohel* (circonciseur) Lipman Poliak. À cette époque, en Lituanie, on utilisait le calendrier julien.

18. La Bible désigne la cérémonie nuptiale antérieure au

mariage et à la cohabitation des époux par le terme d'*érousim*. *Dictionnaire encyclopédique du judaïsme, op. cit.*

19. Dais de mariage.

20. Dans les actes d'état civil, Kowarska est parfois orthographié Kowalska.

21. Svintsian en yiddish, Svencionys en lituanien.

22. L'origine du prénom Mina est Minitsia.

23. Kovarsk en yiddish, Kavarskas en lituanien. Kowarskas/ Kovarsk est situé sur la rive droite du Sventoji, à 24 kilomètres de Vilkomir. Le nom de Kovarsk est mentionné dans des documents datant du milieu du XVe siècle. De 1795 à 1915, Kovarsk fait partie du territoire de Wilno et, à partir de 1843, le village a été intégré au district de Kovno. Les Juifs se sont installés à Kovarsk au début du XVIIIe siècle. Ils avaient fondé une banque populaire, vivaient du commerce et du transport du bois sur la rivière, faisaient le commerce des textiles, et exportaient les oies et les fruits. Ils en ont été expulsés en 1915, après un pogrom perpétré par l'armée russe. C'est peut-être à ce pogrom que Gary fait à plusieurs reprises allusion dans son œuvre, notamment dans *Pseudo*. Le 22 juin 1941, les fascistes lituaniens ont exterminé les Juifs de Kovarsk dans la forêt de Pibonia. Il n'y a eu aucun survivant. Population juive : 1847 : 342 ; 1897 : 979 (63 % de la population); 1923 : 436 (42 % de la population); juillet 1941. Source : Institut Yad Vashem, *Pinkas Hakehilot*, par Dov Levin, traduction de l'hébreu par Dalit Lahav.

24. Guitel, la grand-mère maternelle de Romain, avait un frère, Yossef Israël Kowarski, qui avait épousé Elzbieta Goland (appelée familièrement Zlata) dont Eliasz Owczynski, un des frères de Mina, avait conservé une photo. La famille Kowarski, qui fut jetée sur les routes de l'exode lors de la révolution d'Octobre et de la Première Guerre mondiale, transita après son départ de Koursk par de nombreuses villes de l'Empire : Saint-Pétersbourg, Wilno et Sweciany toute proche, puis Varsovie (les Kowarski ont habité rue Wspolna, puis rue Targowa, à Varsovie.) et Konsk, situé à une centaine de kilomètres au sud de la capitale. Un des membres de la famille y exerça la profession de menuisier. (Source : *The Kielce — Radom Journal*, volume 6, n° 1. *A journal of jewish genealogy published quarterly, covering the Gubernias of Kielce and Radom of the Kingdom of Poland as defined by the boundaries as they existed 1867-1917. Winter 2002*, Warren Blatt, Editor, ISSN n° 1092-8006. Document communiqué par le Musée historique juif de Varsovie.) Yossef Israël Kowarski et Zlata Goland eurent

quatre enfants : Irena, Sophie/Sziffra (née en 1886 à Kourask, elle épousa M. Papp et eut deux enfants. Source : Jean Stimm et Lech Kowarski), Raïssa (née en 1918 à Saint-Pétersbourg, elle eut deux fils : Léonid, né en 1913 à Wilno, et Micha, né en 1918 ; celui-ci fut vice-président de l'Union des invalides de guerre. Source : Jean Stimm et Lech Kowarski) et Maximilian, né en 1892 (il est le père de Lech Kowarski. Il épousa Maciej Waclawa, une catholique polonaise, et se convertit au christianisme).

25. Ryvka Zlata, née en 1858, Faïvush-David, né en 1851.

26. Elle avait vingt-trois ans et lui trente ans. Fonds 728, inventaire 3, année 1881, dossier 1093, feuillet 104. Les actes d'état civil de la famille paternelle et maternelle de Romain Gary ont été traduits de l'hébreu par Albert Herszkowicz et du russe par Françoise Navailh.

27. Mariage célébré dans le 4e arrondissement rabbinique du district de Wilno.

28. Archives d'État de Lituanie, fonds 728, inventaire 3, année 1887, dossier 1174, feuillets 117-104. Je remercie Albert Herszkowicz qui a déchiffré et m'a expliqué ce que signifie l'acronyme « Katz ».

29. Kacev, Kaceff, Kacef, Katzef...

30. Panévézys en lituanien.

31. Kaunas en lituanien.

32. Les nazis établirent un bordel militaire au n° 9, Subotch Gas.

33. Liste des habitants de la ville de Wilno et des abonnés au téléphone, secteur VIII.

34. Lesley Blanch, *Romain, un regard particulier*, traduit de l'anglais par Jean Lambert, Actes Sud, 1998, p. 19-20.

35. Les Juifs créèrent des guildes de marchands et d'artisans en 1674 pour s'unir contre l'hostilité des guildes chrétiennes. En effet, les fourreurs chrétiens les accusaient de vendre sur les marchés aussi bien que dans leurs échoppes. Ils attaquaient les marchands juifs, détruisaient leurs marchandises, en dépit de la protection royale accordée aux guildes juives. En yiddish, on appelait *khèvres* (*khèvra* au singulier) les associations d'ouvriers et de marchands. Il fallait avoir été apprenti six ans et avoir effectué deux années de stage chez un artisan pour en faire partie. Wilno et sa région possédaient plus de vingt *khèvres*, où étaient représentés les bouchers, les fourreurs, les tailleurs, les cordonniers, les tisserands, les maroquiniers et les casquettiers. La Litvakie, ou « patrie des Juifs litvaks », était peuplée de Biélorusses, de Polonais ; les

Baltes n'y représentaient qu'une minorité. Après la décision du congrès de Vienne, en 1815, de placer une grande partie de la « Pologne du Congrès » (Source : *Atlas des diasporas*, Gérard Chaliand et Jean-Pierre Rageau, Odile Jacob, 1991) sous souveraineté russe, l'Empire avait incorporé dans ses frontières la majorité des Juifs polonais — deux tiers de la population juive mondiale de l'époque —, alors que le tsar disait ouvertement souhaiter leur disparition. Nicolas Ier avait ordonné en 1815 l'expulsion des Juifs des grandes villes, puis il leur avait interdit, en 1825, de pénétrer dans l'Empire à l'est de Kiev. L'Empire instaura un « système de correction des Juifs », selon lequel les petits garçons étaient enlevés à leur famille dès l'âge de douze ans, enfermés dans des casernes et, six ans plus tard, incorporés dans l'armée pour vingt-cinq années de service militaire. Une fois libérés, ils n'étaient que très rarement autorisés à retourner chez eux. (Le système de conscription des Juifs, ou *rekroutchina*, fut institué en 1827 par Nicolas Ier.)

L'immigration des Juifs russes vers le royaume de Pologne avait commencé en 1881, au moment de la vague de pogroms au sud de l'Empire, auxquels succéda en 1891 l'expulsion des Juifs « utiles » qui jusqu'ici avaient obtenu le privilège de résider à Moscou. La première migration des Juifs de Lituanie se fit principalement vers Lodz, centre de l'industrie textile, et vers Varsovie.

Les accusations de meurtre rituel, les pogroms organisés par la police se multiplièrent, et les lois de mai 1882 interdirent aux Juifs toute installation nouvelle, même dans la « zone de résidence ». Les villes de Moscou, Saint-Pétersbourg, Kharkov, Kalouga, Toula, Orel et Koursk, où Romain Gary prétendit quelquefois être né, leur furent interdites. En 1778, Catherine II avait divisé la Russie en provinces, dont les habitants avaient été répartis en catégories selon leur fortune. En 1780 et 1790, les Juifs riches des territoires annexés à l'Empire furent admis, en tant que marchands, à faire partie des guildes. Cette appartenance conférait au père de Gary le privilège de posséder un passeport lui permettant de circuler à l'intérieur de la « zone de résidence juive », créée par Catherine II en 1791. Avant l'émancipation des Juifs du royaume de Pologne, aucun Juif russe ne pouvait quitter la zone de résidence – *cherta osedlosti* — sans passeport.

36. Yossef a été circoncis par Shevel Shabad le 28 août (19 Elul), Jakov par Lipman Poliak, Borukh le 3 novembre (12 Kislev) par Mordekhaï Rabinovitch. Archives d'État de Lituanie, fonds 728, inventaire 3, année 1885, dossier 1167,

feuillets 210-571 ; fonds 728, inventaire 3, année 1884, dossier 1166, feuillets 119-335 ; fonds 728, inventaire 3, année 1885, dossier 1423, feuillets 145-456 ; fonds 728, feuillet 3, année 1887, dossier 1174, feuillets 104-117 ; fonds 728, année 1890, dossier 1438, feuillets 94-103.

37. Yossef, né le 21 août 1884 (12 Elul) ; Jakov, né le 14 décembre 1885 (14 Tevet) ; Borukh, né le 27 octobre 1888 (5 Kislev) ; Berta, née le 7 décembre 1887 (17 Av) ; Rakhel, née, le 30 juin 1890 (24 Tammuz).

38. Alexandre Soljenitsyne, *Deux siècles ensemble 1795-1995, Juifs et Russes avant la révolution*, Fayard, 2002, pp. 222-223.

39. Michaël R. Marrus, *Les Exclus. Les Réfugiés européens au XX<sup>e</sup> siècle*, Calmann-Lévy, 1986.

## *Notes du chapitre 2*

1. Je remercie Szulim Rosenberg qui a enregistré pour moi le texte du *Livre du souvenir de la communauté juive* de Sweciany, publié en 1965 à Tel-Aviv, traduit du yiddish par l'auteur.

2. *Talès* en yiddish, *Talith* en hébreu. Châle rectangulaire de prière en laine ou en soie, muni de franges, ou *tsitsit*. Chaque coin doit avoir huit fils, avec un fil plus long que les autres enroulé autour des sept autres et ensuite noué deux fois. Autrefois, les rayures du *talit* étaient de couleur noire. Aujourd'hui, on admet des rayures de couleur bleue.

3. Juif très pieux.

4. Assemblée de prière de dix hommes adultes nécessaire pour dire une prière communautaire.

5. *Éducation européenne*, Gallimard, 1956. Tous les passages en hébreu vocalisé et extraits de la prière d'accueil du shabbat *Kabbalat Shabbat* sont transcrits par Gary selon la tradition ashkénaze russe. On peut également noter la russification de la prononciation de l'hébreu. Par exemple, là où le texte dit *ha'arets* (la terre d'Israël), les locuteurs du roman prononcent *goorets*, le « h » devenant « g ». La répétition de certains versets suggère qu'il s'agit ici d'un chant synagogal. (Je remercie Michel Zlotowski qui a établi le texte de la prière d'accueil du shabbat en hébreu moderne, et l'a traduit en français. Ils sont reproduits ici, selon la prononciation dite israélienne, telle qu'elle est pratiquée aujourd'hui en Israël et dans l'ensemble des synagogues du courant orthodoxe.)

Voir Annexe n° 2.

## *Notes du chapitre 3*

1. Leonid Grossman, *Confessions d'un Juif*, Éditions Phébus, 2001.

2. Simon Doubnov (1860-1941), historien et idéologue politique, a enseigné à l'Université populaire juive et fut un des fondateurs de la Société juive d'histoire et d'ethnographie. Il est l'auteur de *L'Histoire universelle du peuple juif* en dix volumes. Après les pogroms de Kichinev, en 1903, il appela les Juifs à constituer des groupes d'autodéfense. Il fut assassiné par les Allemands dans le ghetto de Riga. Source : *Dictionnaire encyclopédique du judaïsme, op. cit.*

3. Simon Doubnov, *Le Livre de ma vie, Souvenirs et réflexions, matériaux pour l'histoire de mon temps*, traduction du russe et annotations de Brigitte Bernheimer, préface de Henri Minczeles, Éditions du Cerf, 2001.

4. *Klezmer*, pluriel *klezmorim*. Hébreu : de *kle*, instrument, et *zémer*, chant. L'orchestre *klezmer* comportait les instruments suivants : flûte, cornet, cymbale, trombone, violon, violoncelle et clarinette.

5. Fête des Sorts qui rappelle la menace d'extermination du peuple juif dans l'Empire perse et le rôle salvateur de la reine Esther.

6. Harengs gras de la Baltique.

7. Concombres aigres-doux, marinés dans la saumure et les aromates, confectionnés par les agriculteurs karaïtes à Troki.

8. Entretien avec Robert Lantz, New York, mars 1999.

9. La majestueuse Grande Synagogue de Wilno ainsi que tous les bâtiments qui l'environnaient, où se trouvaient les institutions religieuses, ont commencé à être édifiés en 1573 et furent achevés en 1642 dans le style de la Renaissance sur le site d'une très ancienne maison de prières qui subsista. L'ensemble des bâtiments avait la forme d'un L. On y accédait par deux rues : la Daïtsche Gas, ou rue Allemande, et la Zydowska, ou rue Juive, où l'on apercevait le grand portail de fer, encadré par deux lampes au sommet de piliers en pierre. Pour entrer, il fallait descendre des marches par une porte basse, car les synagogues ne devaient en aucun cas être aussi hautes que les églises chrétiennes. Ainsi, les architectes creusaient profondément le sol, afin qu'on ne découvrît la hauteur du bâtiment que lorsqu'on se trouvait à l'intérieur. L'édifice principal était entouré de maisons de prières et d'étude, du *Bet Din* ou tribunal rabbinique, d'un puits d'eau de source alimentant le *mikveh*, ou bain rituel, la prison et la fameuse bibliothèque

Strashun. L'Alte Kloytz et la bibliothèque Strashun ont été incendiés par les nazis.

10. Le fonds de la bibliothèque Strashun a été pillé par les nazis. Le Dr Poll, qui voulait fonder à Francfort « un musée de la race disparue », constitua la « brigade de papier », composée d'intellectuels juifs de Wilno chargés de sélectionner les ouvrages qui seraient envoyés en Allemagne. De grands écrivains comme Avrom Sutzkever et Chaïm Katcherginski en faisaient partie. Ils réussirent à enterrer et à sauver une partie des livres précieux de la bibliothèque Strashun qui se trouvent aujourd'hui au YIVO, à New York.

« L'Institut de recherches sur la question juive », qui devait être placé sous le contrôle de l'École supérieure du NSAP (le Parti national socialiste), ne vit jamais le jour.

11. 1817-1885.

12. Je remercie Françoise Navailh qui est allée le 30 juillet 2002 aux Archives d'État de l'histoire militaire de la Russie à Moscou, où elle a soumis aux experts la photographie d'Arieh-Leïb Kacew. Il est impossible de retrouver la trace d'un militaire à partir de son seul nom quand il s'agit d'un simple soldat ou d'un sous-officier.

13. Koch, Fred C., *The Volga Germans in Russia and the Americas from 1763 to the Present*, University Park, Pennsylvanie, 1977, p. 244.

14. La langue yiddish est proche de l'allemand, mais parce qu'elle s'écrit en caractères hébraïques, les Russes, ne pouvant lire les lettres envoyées par les Juifs au-delà des lignes de front, les accusaient d'envoyer des renseignements aux Allemands.

15. Maurice Paléologue, *La Russie des tsars pendant la Grande Guerre*, 3 volumes, Paris, 1921-1922, I, p. 355.

16. Romain Gary écrit dans *Pseudo* qu'il existe une photo d'Eliasz, un autre frère de sa mère, « en capitaine de sapeur-pompier de Koursk » (*Pseudo*, *op. cit.*, p. 140). Cette photo existe bien. On y voit un jeune homme au teint clair, vêtu d'un uniforme avec fourragère et médailles, arborant un casque rutilant et des moustaches en forme de guidon de vélo. « Cabinet Portrait », l'enseigne du photographe, figure en français au bas de la photo, mais aucune mention ne permet d'affirmer qu'elle a été prise à Koursk. Le personnage photographié a écrit son patronyme, en bas et à gauche : Z. Becharabov, un nom à consonance tatare. On peut donc douter que ce garçon ait été un membre de la famille maternelle ou paternelle de Gary, par exemple Eliasz Owczynski. Un autre cliché plus ancien pris le 1er juin 1905 représente une jolie jeune femme. Il porte plusieurs mentions à l'encre violette : au recto, le nom

et l'adresse du photographe : « V. Pakelski, rue de Moscou à Koursk ». Au verso : « À ma chère Bella, de la part de la méchante mère. » La signature est difficile à déchiffrer. Une phrase biffée succède à la dédicace : « le jour du souvenir ». Signé : « Zlapina », surnom de Zlata Goland, qui avait épousé Israël Yossef Kowarski, le frère de Guitel Kowarska, grand-mère maternelle de Romain. Fait-elle une allusion à ce qu'en hébreu on appelle *Izkor*, le Souvenir des morts ? (L'office commémoratif *Izkor*, d'après le premier mot de la prière d'introduction, comprend des prières à la mémoire des proches parents. On allume des flammes du Souvenir en cette occasion solennelle. Source : *Dictionnaire encyclopédique du judaïsme, op. cit.*) Évoque-t-elle un membre de la famille tué lors d'un pogrom ? Bella, la destinataire de l'épreuve photographique, est l'épouse d'Eliasz Owczynski, son neveu. Bella, à qui Zlata Goland a envoyé cette photo, est née loin, très loin de Koursk, à Wilno, le 20 août 1880 (la date de naissance figurant sur l'acte de décès d'Elie-Eliasz est 1878. Selon les déclarations de sa fille Dinah aux autorités françaises, en vue de sa naturalisation, son père serait né en 1883), et son mari Eliasz à Sweciany, le 3 décembre 1878, selon leurs actes de décès respectifs. Ils semblent y avoir connu une certaine aisance.

17. Je remercie Françoise Navailh qui a examiné les programmes du Théâtre français de Saint-Pétersbourg, et m'a signalé les souvenirs de voyages de Victor Tissot.

18. *Anecdotes sur le czar Pierre le Grand.*

19. Né à Poltava en 1879 et mort à Paris en 1926. Fondateur du Parti social-démocrate ukrainien (1905), Premier ministre du premier gouvernement indépendant d'Ukraine au mois de juillet 1917. Les Allemands, qui avaient installé un gouvernement dirigé par le général Skoropadski à Kiev, quittèrent l'Ukraine à l'annonce de la révolution à Berlin au mois de novembre 1918. Les partis autonomistes ukrainiens, avec Petlioura à la tête de leur directoire (13 novembre 1918), conquirent le pouvoir. Suivit une période confuse au cours de laquelle la ville de Kiev fut reprise par l'Armée rouge, les Russes blancs, les partisans de Makhno et les Ukrainiens de Petlioura secondés par les Français. Les *atamans* de Petlioura se livrèrent à d'atroces pogroms faisant des milliers de victimes. En février 1919, l'Armée rouge vainquit les troupes de Petlioura, prit Kiev, et ce dernier s'enfuit à Vinnitsa. Il s'allia avec les Polonais qui prirent la ville le 25 avril 1920, ainsi que Jitomir, Berdichev et Vinnitsa. Petlioura gagna la France en 1921, où il fut assassiné par Schwarzbard, un jeune Juif ukrai-

nien, en 1926, à Paris. Ce dernier fut acquitté au terme de son procès.

20. Merci à Dalja Epstein qui a exploré pour moi les archives du Musée juif d'État de Wilno.

21. Alexandre Nikolaïevitch Ostrowski (1823-1886).

22. David Bellos, « Ce que Momo veut dire, la mémoire de la Shoah dans *La vie devant soi* de Romain Gary », in *Perspectives*, Revue de l'Université hébraïque de Jérusalem, nº 6, 1999, p. 55-66. Hermann Sudermann (Matzicken 1857-Berlin 1928) était un romancier et dramaturge très populaire. Ses pièces étaient jouées dans le monde entier, y compris en Russie et en Pologne, quand Gary était enfant.

23. *Agitprop* : agitation et propagande marxistes utilisant divers moyens, dont cinq trains aménagés qui, d'août 1918 à décembre 1920, ont sillonné le pays et les fronts de la guerre civile.

24. La documentation sur *di Bin* à Wilno et dans sa région provient du YIVO à New York. Elle a été traduite du yiddish par Szulim Rozenberg.

25. Shloïme Blumgarten, alias Yehoash (1870, Varzhbolove/Virbaln-1927, New York). Le père de Yehoash militait dans le mouvement sioniste religieux Khovevey Tsion — Les amants de Sion –, sa mère exploitait une quincaillerie. Yehoash, un des plus grands poètes de langue yiddish, a étudié la Bible dans une école primaire religieuse (*kheder*) et avec son père. À l'âge de treize ans, il alla étudier dans une *yeshiva* (école talmudique), mais, influencé par sa sœur, il abandonna ses études religieuses pour entreprendre des études de littérature et de langues étrangères. C'est alors qu'en 1889 il commença à écrire ses premiers poèmes, qu'il fit lire à Itzhak Leïbush Peretz à Varsovie. Il exerça quelque temps le métier de précepteur pour des enfants de familles fortunées, puis émigra aux États-Unis pour éviter la conscription dans l'armée tsariste. Il détruisit ses premières œuvres et exerça plusieurs métiers : instituteur, tailleur et bibliothécaire dans une manufacture de vitres. Sous l'influence de Israël Davidson, un jeune écrivain, il recommença à écrire. En 1900, il contracta la tuberculose et passa sept ans au sanatorium de Denver (Colorado). Il se maria en 1903 et, à partir de 1908, voyagea aux États-Unis. Ces voyages influencèrent profondément son art. De retour à New York en 1909, il écrivit fiévreusement jusqu'en 1914, et participa activement à la vie culturelle. Il travailla à un dictionnaire des mots d'hébreu et d'araméen utilisés dans la langue yiddish avec Khayem Spivak. Yehoash, sa femme et sa fille émigrèrent en 1914 en Palestine et s'éta-

blirent quelque temps à Rehovot. Il étudia l'arabe, le Coran et la littérature arabe. Il s'installa ensuite pendant plusieurs mois dans une localité du désert, près du Caire, puis retourna à New York en 1915. Il collabora à de nombreux journaux et revues, et poursuivit son œuvre en hébreu et en yiddish. On lui doit des traductions de Byron et des Psaumes. Son œuvre a été traduite en anglais, en polonais, en russe, en français et en allemand. À partir de 1909, il a traduit en yiddish, jusqu'à sa mort prématurée en 1927, l'Ecclésiaste, le Cantique des Cantiques, le Livre de Job, les prophéties d'Isaïe, les Proverbes. Le grand poète yiddish Avrom Sutzkever lui a dédié un poème, *Yehoash*, dans le ghetto de Wilno, le 6 avril 1943. (Source : Itsik Goldenberg et Khayem-Leyb Fuks, in *Leksikon fun der nayer yidisher literatur*, New York, Congress for Jewish Culture, 1961, vol. 6, col. 233-244. Sol Liptzin, *The History of Yiddish Literature* et Charles Madison, *Yiddish Literature — Its Scope and Major Writers.*)

26. Berl Borokhov, dirigeant du sionisme ouvrier, est né en Ukraine (1881-1917). Il a tenté d'unir le marxisme et le nationalisme juif. Militant du Poale Zion, il a été expulsé de Russie en 1907, et s'est exilé aux États-Unis. Il était également un philologue de la langue yiddish. Il est mort à Kiev pendant un congrès de son parti.

27. Je remercie Bluma Katz qui a retrouvé à Sweciany la photo de groupe du mouvement de jeunesse communiste *di Bin*. Ce cliché non daté comporte une légende : « L'Abeille, une photo de groupe, sous le nom de Chaîne/Cercle Yehoash, lors d'une excursion, en compagnie d'un groupe orchestral. »

## Notes du chapitre 4

1. Erza Mendelsohn, *The Jews of East Europe Between the World Wars*, Bloomington, Indiana, 1983, p. 40.

2. Archives historiques d'État de Lituanie, fonds 64, inventaire 6, dossier 8107, feuillets 9-10, 1921 ; dossier 8108, feuillets 17-18, 1925. Ces documents ont été mis au jour par Genrich Agranovskij, collaborateur au Musée juif d'État de Lituanie, et Galina Baranova, collaboratrice des Archives historiques d'État de Lituanie. Albert Herszkowicz a traduit les documents rédigés en hébreu. Françoise Navailh a traduit les documents rédigés en russe.

3. Cf. le journal d'Hélène Hoppenot.

4. La synagogue Tohorat Hakodesh est la seule synagogue de Wilno à ne pas avoir été incendiée par les nazis parce qu'elle

était proche d'une église chrétienne que l'incendie aurait pu détruire. Sur son fronton, on peut lire : « Que ta maison soit celle de tout le monde. »

5. *La Promesse de l'aube*, *op. cit.*, p. 116.

6. Tsemakh Szabad, médecin, homme de science et homme politique juif (1864-1935). Chef du parti démocrate, il fut aussi sénateur et membre du conseil municipal de Wilno. Il créa des écoles et des colonies de vacances pour les enfants juifs.

7. Entretiens avec Alexandre Magat, le 24 février 2001 et le 16 octobre 2001.

8. Rose Khvolès, une des femmes les plus élégantes de la ville, avait une amie, Fedetzka Barbara Bruner. Le mari de Rose Khvolès, ingénieur dans une usine radioélectrique, fut déporté par les Russes lorsqu'ils occupèrent Wilno. Il mourut pendant sa captivité. Leur fils de dix-huit ans, raflé dans la rue, a été fusillé par les Allemands à Ponary dans les premiers jours qui ont suivi l'occupation nazie. Mme Khvolès et sa fille, expulsées de leur logement, furent transférées dans le ghetto. L'ayant appris, Fedetzka Bruner y courut pour tenter de les sauver. Elle sut convaincre la sentinelle allemande en faction devant la porte du ghetto en prétendant que Mme Khovlès, couturière, lui devait une robe. Fedetzka put remettre à Rose Khvolès des faux papiers qui lui permirent de gagner la « zone aryenne ». Elle la conduisit dans un domaine où elle affirma qu'elle était la femme d'un officier polonais mobilisé. Elle y travailla comme gouvernante jusqu'à la libération.

9. Henri Minczeles, *Vilna, Wilno, Vilnius, la Jérusalem de Lituanie,* La Découverte, 1999.

10. Voir la note 2 du chapitre 2.

11. Les nazis allèrent demander leur avis aux spécialistes du YIVO à Wilno (Institut scientifique juif). Pour sauver les Karaïtes de l'extermination, Kalmanowicz décréta qu'ils étaient d'origine tatare, et donc pas sémites. Les Karaïtes fournirent aux Allemands la liste des membres de leur communauté, en ne laissant pas aux Juifs la possibilité de se faire passer pour l'un d'entre eux.

12. Khân de la Horde d'or. Les Mongols ont régné sur la Sibérie occidentale et la Russie du XIIe au XVIe siècle.

13. *Romain, un regard particulier, op. cit.*

14. Cette photo a été prêtée à l'auteur par Annie et Paul Pavlowitch.

15. Karl May (1842-1912), écrivain allemand, auteur d'une saga célèbre en Allemagne : *Les Aventures d'un chasseur blanc, Old Shatterhand, et de son ami indien Winnetou*. Ce livre est

abondamment évoqué dans le premier chapitre d'*Éducation européenne.*

Mayne Reid (1818-1883), écrivain anglais, auteur de romans d'aventures, comme *Chasseurs de scalps* (1851) et *Le Cavalier sans tête* (1886).

16. *Lady L.*, Gallimard, 1963, et Folio, pp. 36-37.

17. *La Promesse de l'aube, op. cit.*, chapitre XXIX.

18. *Izkor Bukh* en hébreu et *Izker Bukh* en yiddish.

19. *Yiddisher Visnshaftlekher Institut*. Pendant la Seconde Guerre mondiale, une partie des archives put être sauvée et transférée à New York. Des archives enterrées sous les immeubles du ghetto de Wilno par les intellectuels de la « Briegadenpapier » du Dr Poll furent exhumées et également transférées à New York où, en 1956, le YIVO prit le nom de YIVO Institute for Jewish Research.

20. C'est ainsi que les fondateurs présentèrent le YIVO lors de sa création.

21. *Iroushalaïm Litè*, publié par le « Wilno Album Committee », 1974, par Leyzer Ran, Jackson Heights, New York. *The Laureate Press*, Egg Harbor City, New Jersey. *Library of Congress*, catalogue n° 73-90918. « L'expression yiddish *yizker-bukh* (livre du souvenir) est un néologisme forgé après la Seconde Guerre mondiale par la juxtaposition du mot yiddish d'origine germanique *bukh* (livre) et du mot hébreu *izkor* (rappel du souvenir des morts), titre et premier mot de la prière à la mémoire des morts : « Puisse l'Éternel notre Dieu se souvenir dans sa bienveillance de l'âme et de mon regretté X... en considération de l'offrande charitable que je fais pour honorer sa mémoire. Puisse l'âme de mon regretté X... participer à la vie éternelle auprès de nos patriarches Abraham, Isaac et Jacob, de nos pieuses mères Sarah, Rébecca, Rachel et Léa, et de tous les justes qui jouissent de la béatitude éternelle. »

« Ces livres, bien qu'appartenant à la littérature laïque, se placent directement sous le signe d'une mémoire ayant une dimension sacrée. Ils tiennent la place de mémorial, d'office commémoratif pour des morts sans sépulture. Dès la libération des camps d'extermination, des comités historiques se réunirent dans les camps pour personnes déplacées et constituèrent des commissions pour rassembler les témoignages des survivants et établir la chronique du massacre. Bientôt, on passe de cette chronique à l'histoire et à la vie d'avant le génocide », *Les Livres du souvenir. Mémoriaux juifs de Pologne*, présenté par Annette Wiewiorka et Itzhok Niborski, Gallimard/Julliard, 1983, collection « Archives ».

22. Les deux autres ouvrages étaient une *Histoire du peuple*

*juif* écrite en anglais par Cecil Roth, et une *Histoire des Juifs marranes de Majorque*, également en anglais.

23. Aniela Wojciechowicz, fille de Jozef et de Karolina, née en 1888 à Cerkosy. Archives centrales d'État de Lituanie, fonds mis à la disposition de l'auteur par Genrich Agranowskij et Galina Baranova. Le registre des locataires indique qu'en 1921, Aniela Wojciechowicz habitait dans le même appartement (numéro 4) que Mina et Romain Kacew. Traduction du polonais par Zofia Edelman ; traduction du russe par Françoise Navailh.

24. Union générale des travailleurs juifs de Lituanie, Pologne et Russie, fondée au mois d'octobre 1897 à Wilno. Le Bund (*Algemayner Bund fun di yiddische Arbeter fun Russland, Poyl'n un Lite*) était à la fois un syndicat et un parti ouvrier. Force puissante, il participa à l'établissement du Parti social-démocrate russe en 1898. Le Bund éditait des journaux, et avait fondé des institutions culturelles. Il militait en faveur d'une autonomie nationale juive au sein de l'Empire russe.

25. Entretien avec Mme Sophie Gajewski, dont le mari, Stas Gajewski, fut l'ami de Romain Gary, Varsovie, 27 mars 2001. Entretien avec Jean Stimm, Lyon, 5 août 2001.

26. Kazimierz Brandys. Romancier, essayiste et conteur polonais (Lódz, 1916-Nanterre, 2000). Membre du Parti communiste à partir de 1946, il connut le succès avec la publication de son premier roman : *Le Cheval de bois* (1946). Dès lors, il devint un adepte du réalisme socialiste (*La Ville invincible*, 1947 ; *Entre deux guerres*, cycle romanesque, 1948-1951, dont le réalisateur Andrzej Wajda s'inspira pour tourner *Les Citoyens* en 1954 ; *Troie, ville ouverte*, 1949 ; *L'homme ne meurt pas*, 1951). À la mort de Staline (1953), cependant, il rompit avec l'idéologie communiste et renia certaines de ses œuvres antérieures, autocritique dont témoignent : *La Défense de Grenade* (1956), publié par Sartre dans *Les Temps modernes* ; *La Mère des rois* (1957) ; *La Place du marché* (1968) ; *En Pologne, c'est-à-dire nulle part ailleurs* (1978), *Carnets de Varsovie 1978-1981* (1981), *Carnets Paris-New York-Paris 1981-1985* (1985), *Carnets de Paris 1985-1987* (1987), ainsi que *Rondo* (1989), *Hôtel d'Alsace et autres adresses* (1992), *L'Art d'être aimé* (1993) et *Le Troisième Henri* (1995). Il quitta le Parti en 1966, et fut par la suite victime de la censure dans son pays. Il s'installa définitivement à Paris après la proclamation de l'état de siège en Pologne par le général Jaruzelski (1981).

27. Alexandre Watt. Écrivain et poète polonais né le 1er mai 1900 à Varsovie. Maïakovski l'avait qualifié de « futuriste-né ». Dans les années trente, il dirigea *Miesiecznik Literacki*, une

revue d'opposition marxiste au régime autoritaire de Pilsudski. Il connut pendant la guerre les prisons staliniennes et fut un des très rares intellectuels à manifester son opposition au nouveau pouvoir. Il émigra en France en 1958 où, gravement malade, il se suicida dix ans plus tard. Un de ses livres a été traduit en France : il s'agit d'une autobiographie sous forme d'entretiens avec le poète Czeslaw Milosz, Éditions De Fallois, L'Âge d'homme,1989.

28. Entretien avec Lesley Blanch, 9 janvier 1999.

29. 23 Tichri.

30. Archives de la communauté juive de Wilno. Archives d'État de Lituanie, fonds 1817, inventaire 1, dossier 397, feuillets 203-404. Traduit du russe par Françoise Navailh; traduit de l'hébreu par Albert Herszkowicz.

## *Notes du chapitre 5*

1. *Le Diable blanc*, 1930, dans lequel Ivan Mosjoukine a joué le rôle d'un Tcherkesse.

2. *La Promesse de l'aube, op. cit.*, pp. 71-72.

3. Je remercie Françoise Navailh qui a pu consulter à Moscou la totalité des archives d'Ivan Mosjoukine et qui m'a communiqué le fruit de ses recherches et de ses découvertes.

4. Début du chapitre XX.

5. Entretien avec Michel Mohrt, novembre 2002, Paris.

6. *Nuits de princes*, Joseph Kessel, 1927.

7. *Vingt Questions à Romain Gary*, propos recueillis par Caroline Monney. Librairie Jules Taillandier, Cercle du Nouveau Livre, pour le dossier 1978. Édition bibliophile de *Charge d'Âme*.

8. *Le Grand Vestiaire*, Gallimard, 1948, et Folio, chapitre IX.

9. Lesley Blanch, *Romain, un regard particulier, op. cit.*

## *Notes du chapitre 6*

1. *La Promesse de l'aube, op. cit.*, chap. XVI.

2. Archives historiques d'État de Lituanie, fonds 64, inventaire 6, dossier 8108, feuillets 18-19, 1925. Traduit du russe par Françoise Navailh.

3. Le manuscrit de cette nouvelle m'a été communiqué au mois de mai 2000 par Odette de Bénédictis, secrétaire de Romain Gary à Los Angeles.

## *Notes du chapitre 7*

1. En 1880, Sweciany comptait 6 790 habitants, dont 4 850 Juifs.

2. Charité. Ce mot hébraïque est dérivé de la racine qui signifie « justice ». La *tsedaqah* est accomplie grâce à un don d'argent (dîme) ou en nature aux pauvres. Le Pentateuque ordonne : « Tu ouvriras franchement ta main et tu recevras l'indigent sur ta terre. » Il existe huit degrés dans la manière d'exercer la charité.

3. Entretien avec Bluma Katz, Sweciany, 23 mai 2001.

4. Boris/Boleslaw (en polonais, on écrit Borys) habitait, en 1939, 22 Poznanska, à Varsovie. Après la guerre, il a vécu à Cracovie à deux adresses : 25 Stradonska, puis 3/19 Wegtowa.

5. *Pseudo*, *op. cit.*, p. 141.

6. Liste des Juifs de Sweciany conservée par Bluma Katz. Entretien avec Bluma Katz, survivante de la communauté juive de Sweciany, mai 2001, Sweciany.

7. *L'Homme que l'on croyait*, Paul Pavlowitch, Fayard, 1981, pp. 225-226.

8. En russe, *kliatchka* désigne un mauvais cheval, une rossinante.

9. Bella Kliatchkine est née le 20 ou le 23 août 1879 à Sweciany.

10. Ithak Arad, *Ghetto in Flames, The Struggle and Destruction of the Jews in Vilna in the Holocaust*, Holocaust Library, New York, 1982.

11. Je remercie Bluma Katz qui m'a conduite, au mois de mai 2001, sur le site de Poligony où les Juifs de Sweciany ont été massacrés. Liste des victimes des Einsatzgruppen traduite du yiddish par Steven Weiss. Cinq cents ouvriers spécialisés restèrent dans le ghetto avec deux mille trois cents Juifs des environs.

12. La région de Sweciany fut le théâtre de fusillades de masse en mars et en juillet 1942. Les nazis massacrèrent également quatre-vingt-quinze mille Juifs près de Baranowicze, proche de la région de Wilejka.

13. Manuscrit de *Pseudo*, d'abord intitulé *Pseudo Pseudo*, IMEC. Feuillets épars (n° 13).

## *Notes du chapitre 8*

1. *La Promesse de l'aube*, *op. cit.*, pp. 106-107.

2. *Ibid.*

3. On a retrouvé sous la terre du camp d'extermination de Birkenau, à proximité des crématoires, les manuscrits de cinq membres du Sonderkommando. En février 1945, celui de Haïm Herman, rédigé en français ; en mars 1945, celui de Zalmen Gradowiski, rédigé en yiddish ; en avril, celui de Leïb Langfus, également écrit en yiddish. Sept ans plus tard, un manuscrit non signé, également attribué à Langfus, a été découvert. Au mois de juillet 1961, les chercheurs arrachèrent à la terre de Birkenau un premier texte de Zalmen Lewenson, puis un second au mois d'octobre 1962. Enfin, au mois d'octobre 1980, le manuscrit de Marcel Nadsari, rédigé en grec, fut mis au jour. En outre, les 10 et 11 mai 1945, Jan Sehn, le juge d'instruction du tribunal de première instance de Cracovie, membre de la Commission d'enquête soviétique sur les crimes nazis à Auschwitz, suivant les conclusions et en présence d'Edward Pechalski, membre de cette commission et vice-procureur du tribunal d'instance à Cracovie, avec la participation d'un expert, le Dr Jan Zygmunt Robel, entendit trois survivants du Sonderkommando d'Auschwitz : Szlama Dragon, Henryk Tauber et Alter Fajnzilber. Le témoignage d'un autre survivant, un Juif grec nommé Yakov Gabbay, a été recueilli plus tard en Israël par Gideon Greif. Ce dernier a confirmé que quelques équipes de frères travaillant aux Sonderkommandos de Birkenau ont survécu. Les frères Venetsia, Moshe Wienkrantz et son frère, Yakov et Dario Gabbay, Moshe, Mordekhaï et Yakov Moka, Avraham et Shlomo Dragon, les frères Iakhon, Berko et Itsel Taper, Volvol et Moshe Fuks, les frères Gojik, Aivish, Leivet Heirsh Kornik. Sources : « Des voix sous la cendre », *Revue d'histoire de la Shoah*, et *Le Monde juif. Manuscrits des Sonderkommandos d'Auschwitz-Birkenau,* Centre de documentation juive contemporaine, sous la direction de Georges Bensoussan, mars 2001.

4. Alexandre Trifonovitch Tvardovski est un écrivain russe (1910-1971).

5. *Éducation européenne, op. cit.*, chapitre XXXIII, p. 265.

6. Archives de François Bondy.

7. Frida était la fille d'Ozer Bojarski (prononcer Boyarski) et de Sheina, son épouse, née en 1896 à Wilno.

8. 4 Nisan.

9. Pavel fut circoncis le 26 mars (11 Nisan) par M. Pekler.

10. Archives de la communauté juive de Wilno. Archives d'État de Lituanie, fonds 1817, année 1926, cote 384-721-73-143. L'interdiction de l'adultère, considéré comme un crime par la loi juive, fait partie des Dix Commandements. C'est un péché contre Dieu, une souillure. La peine de mort par lapi-

dation était prescrite pour les adultères à l'époque biblique. Le Talmud tient toutefois la strangulation comme un châtiment plus humain. Mais on ne peut condamner les coupables que si deux témoins ont pu prouver la réalité du crime. L'homme peut répudier sa femme s'il est convaincu de son infidélité, mais celle-ci ne peut en revanche épouser son amant. Tout enfant conçu lors d'une union illégitime est un *mamzer,* un bâtard. Il ne peut épouser qu'un autre *mamzer.*

11. Bien des années plus tard, Romain Gary a aussi confié à Aki Lehman qu'il avait eu un frère en Pologne. Entretien de l'auteur avec Aki Lehman, 1999.

12. 13 Tichri.

13. Archives historiques d'État de Lituanie, fonds 1817, inventaire 1, dossier 398, feuillet 26, n° 37.

14. Les époux qui se préparent à divorcer doivent préparer un accord légal stipulant à qui sera confiée la garde des enfants. Dans la Loi juive, le droit de divorcer — si toutefois la femme est consentante — appartient exclusivement au mari qui remet à la répudiée une lettre de divorce pour la renvoyer chez ses parents devant le juge du tribunal rabbinique chargé de légaliser la procédure et deux témoins. L'épouse divorcée doit toujours conserver le *guèt* pour prouver qu'elle est autorisée à se remarier.

15. « Jour du Pardon », le jour le plus saint et le plus solennel du calendrier juif, qui a lieu le 10 Tichri, au point culminant des dix jours d'expiation qui commencent à Rosh Ha-Shana, le nouvel an juif.

16. Fête des Tabernacles, célébrée pendant la semaine qui commence le 15 Tichri. La fête a une signification historique et agricole. Elle rappelle l'errance des Israélites dans le désert sur le chemin de la Terre promise. Ils vivaient dans des tentes. La Bible commande en commémoration d'habiter dans une hutte, la Soukkah, pendant sept jours.

17. Albert Herszkowicz a traduit de l'hébreu l'acte de divorce de Mina et Arieh-Leïb Kacew. Françoise Navailh a traduit du russe la copie de cet acte destinée à l'état civil de la ville.

18. Soubotch Gas en yiddish. Son père possédait une ligne de téléphone, dont le numéro était 1339.

19. Shavler Gas en yiddish. *Vilnius Ghetto, Lists of Prisoners,* volume 1, publiée en 1996 à Wilno par le Musée d'État juif de Wilno, supplément de l'almanach « The Jewish Museum ».

20. Archives du Musée d'État juif de Wilno. Conservateur

Galina Baranova, archiviste Genrich Agranovskij. *Vilnius Ghetto, Lists of Prisoners*, volume 1, Vilnius, 1996.

21. C'est pendant cette phase de la liquidation que des membres de l'organisation clandestine de combat ordonnèrent aux Juifs de fuir. « Ne vous laissez pas prendre vivants ! criait Moshe Frumki. Fuyez dans les rues ! » Les Allemands abattirent ceux qui se détachaient de la colonne qu'ils avaient formée à coups de crosse, de fouet et de gourdin. Les autres furent massacrés à Ponary, ainsi que ceux qui furent raflés le 1er décembre. Ces deux « Aktion » totalisèrent sept mille victimes.

22. Herman Kruk, *Last Days of the Jerusalem of Lithuania. Chronicles from the Vilna Ghetto and the camps, 1939-1940*, Edited and Introduced by Benjam Harshav. Translated by Barbara Harshav, Yale University Press, New Haven and London, 200, et *Ghetto in Flames, The Struggle and Destruction of the Jews in Vilna in the Holocaust*, Holocaust Library, 1982.

Oscar Glick, un Juif viennois qui avait quitté l'Autriche et s'était réfugié à Wilno, rencontra un soldat allemand qu'il avait autrefois connu à l'école, en Autriche. Ce dernier l'aida à se faire engager par les ateliers Kaïlis. Il se fabriqua alors des faux papiers de *Volksdeutsche* (Allemand de souche). Glick persuada le major Glauser, responsable de l'approvisionnement de l'armée, de le nommer directeur des ateliers Kaïlis. Il obtint l'installation des ouvriers dans un quartier séparé et sécurisé. Mais en janvier 1942, un incendie ravagea les ateliers, et la police allemande découvrit au cours de son enquête que Oscar Glick était juif. Il fut aussitôt arrêté et fusillé avec son épouse.

23. D'autres « Aktion » furent organisées au cours de l'année 1941-1942 : celle visant à exterminer les détenteurs de permis jaunes qui furent déclarés trop vieux ou malades (2 367 victimes) ; celle contre les détenteurs des nouveaux permis jaunes (1 533 victimes) ; celle contre les employés juifs de la Gestapo et les détenteurs de permis roses (1 341 victimes). Au mois de juillet 1942, 19 560 Juifs étaient encore officiellement en vie dans le ghetto de Wilno, et 33 500 avaient été assassinés dans les différentes étapes de l'extermination. Au mois de mars 1943, 10 115 Juifs avaient reçu un nouveau permis de travail jaune et une carte d'identité. Ils ne furent pas épargnés.

24. Macha Rolnikaite, *Le Journal de Macha*, Éditions Liana Levi, 2003. Titre original *Ich muss erzählen. Mein Tagebuch 1941-1945*, traduit du yiddish en allemand par Dorothea Greve

et publié pour la première fois en yiddish en 1965 en version abrégée à Moscou et à Varsovie.

25. Organisation Todt : l'organisation de travaux publics d'équipement travaillant pour le compte du Reich.

26. NI-15392, *in* Raul Hilberg, *La Destruction des Juifs d'Europe*, Fayard, 1985. Les derniers Juifs du ghetto de Wilno qui avaient échappé aux fusillades de masse de Ponary furent déportés le 23 septembre 1943. La majeure partie des huit cents enfants et adolescents qui arrivèrent dans les camps de la Baltique furent gazés dans les camps d'extermination en Pologne à la mi-février 1944.

27. Le 19 septembre 1944, une partie des prisonniers qui avaient survécu aux liquidations furent évacués au camp de Stutthof, en Prusse-Orientale, par bateau sur la Baltique, dans des conditions effroyables.

28. Source : National Archives of Estonia, archiviste : Elle Allkivi.

29. Source : *Le Livre noir*, textes et témoignages réunis par Ilya Ehrenbourg et Vassili Grossman, Solin/Actes Sud, 1995, pp. 858 à 867.

30. Expulsion de l'esprit d'un mort ou d'un esprit malin qui s'est installé dans le corps d'un vivant. Source : *Dictionnaire encyclopédique du judaïsme*.

31. *La Danse de Gengis Cohn*, Gallimard, 1967, p. 62.

32. Cf. les multiples entretiens avec François Bondy.

33. *Les Couleurs du jour*, Gallimard, 1952, pp. 23-24.

34. *Les Clowns lyriques*, Gallimard, 1979, p. 35.

## *Note du chapitre 9*

1. *Les Enchanteurs*, Gallimard, 1973.

## *Notes du chapitre 10*

1. Stanislaw Pienkowski (1875-1944), journaliste et critique littéraire polonais lié aux démocrates nationaux ou Endecja.

2. Daniel Tollet, *Histoire des Juifs en Pologne*, PUF.

3. Czeslaw Milosz, né à Szetejnie, Lituanie, en 1911.

4. *Les Couleurs du jour*, *op. cit.*, et *Les Clowns lyriques*, *op. cit.*

5. *Les Couleurs du jour*, *op. cit.*, pp. 19-20.

6. Pierre-Jean Deschodt et François Huguenin, *La Répu-*

*blique xénophobe. 1917-1939. De la machine d'État au « crime de bureau » : les révélations des archives*, J.-C. Lattès, 2001.

7. Louis-Ferdinand Céline, *Bagatelles pour un massacre*, 1937.

8. Janine Ponty, *Polonais méconnus*, Publications de la Sorbonne, 1990.

9. Cité par Pierre-Jean Deschodt et François Huguenin. Marie-Claire Laval-Reviglio, « Parlementaires xénophobes et antisémitisme sous la IIIe République », in *Le Droit antisémite de Vichy*, Seuil, 1996, p. 89.

10. Cité par Pierre-Jean Deschodt et François Huguenin. Ministère des Affaires étrangères, note de la direction économique et commerciale à la sous-direction des chancelleries et du contentieux du 21 mars 1931, A.E., C/259.

11. Cité par Pierre-Jean Deschodt et François Huguenin. Georges Mauco, *Les Étrangers en France. Leur rôle dans l'activité économique*, Armand Colin, 1932, p. 89.

12. Didier Epelbaum, *Les Enfants de papier. Les Juifs de Pologne jusqu'en 1940*, Grasset, 2002.

## *Notes du chapitre 11*

1. Entretiens avec Florence Baumgartner, septembre 2002.

2. 18 Iyar du calendrier hébraïque. Les témoins du mariage étaient Abraham Efron et Leïb Broido. Avec son épouse Myriam qui, à Varsovie, était devenue Maria et se trouvait être également sa cousine, Boleslaw a réussi à quitter la Pologne après la rupture du pacte germano-soviétique. Ils ont survécu à la Shoah en Russie.

3. Également fille de son grand-oncle maternel.

4. Entretien avec Jean Stimm, 24 juillet 2001. L'un deux, représentant un bouquet de lilas, se trouve aujourd'hui dans l'appartement de Jean Stimm.

5. Son bureau se trouvait 47, rue Dluga, à Varsovie.

6. *La Promesse de l'aube*, *op. cit.*, p. 135.

7. Ernestyna et son époux Hersz Owczynski, bijoutier-joaillier fabricant, avait deux boutiques : 60 et 108, rue Maszalkowska. Eliasz, le frère de Mina qui devait plus tard s'installer à Wilno, puis émigrer à Nice, a tenu une bijouterie 22, rue Senatorska en 1910. Il y eut aussi Mowsze Owczynski, tailleur, 16, rue Leszno, en plein quartier juif ; Leïb Owczynski, résidant 4, rue Miodowa ; Aleksander Owczynski, ingénieur, résidant 8, rue Leszno ; Julian, horloger-joaillier, qui avait un atelier au 26 de la rue Senatorska.

8. Entretien avec Sophie Gajewska, Varsovie, 26 avril 2001.

9. En 1921-1922, 49 000 Juifs étaient inscrits dans les lycées polonais. Ils représentaient 23,7 % du nombre des élèves. Source : Didier Epelbaum, *Les Enfants de papier, op. cit.*

10. Entretien avec Barbara Pszoniak, Paris, 2002.

11. Il porte le numéro II dans la première version.

12. *Les Clowns lyriques, op. cit.*, pp. 33-34.

13. Enfant prodige.

14. *L'Angoisse du roi Salomon*, Le Mercure de France, 1979, p. 34.

15. *Ibid.*, p. 35.

16. Didier Epelbaum, *Les Enfants de papier, op. cit.*

17. Les Juifs représentaient, en 1928, environ 25 % des émigrants en provenance de Pologne.

18. Pierre-Jean Deschod a trouvé les fiches d'étrangers de Mina Kacew, Eliasz Owczynski et Bella Owczynska au Centre des archives contemporaines à Fontainebleau.

19. Centre des archives contemporaines, Fontainebleau, dossier n° 116050.

## *Notes du chapitre 12*

1. *Pseudo, op. cit.*

2. Les archives de la communauté juive de Nice ont été brûlées par les Allemands dans la cour de la synagogue après le départ des Italiens, en 1943. Source : Gérard Elbaz, consistoire de Nice.

3. Centre des archives contemporaines, Fontainebleau, dossier n° 107591.

4. Centre des archives contemporaines, Fontainebleau, dossier n° 107591 pour Eliasz et Bella.

5. Le passeport polonais d'Eliasz Owczynski délivré à Wilno le 1er décembre 1927 porte le numéro : 28.802. Il a été visé par le consul de France à Varsovie le 5 décembre 1927.

Bella Owczynska, née Kliatchkine, était porteuse d'un passeport polonais n° 34.621, délivré le 30 mars 1926 à Wilno, et visé par le consul de France à Varsovie le 31 juillet 1926.

6. Pierre-Jean Deschodt a trouvé au Centre des archives contemporaines, à Fontainebleau, le dossier de Dinah Owczynski. Dossier de naturalisation de Dinah Owczynska : 6193X48 ; cote 19780031/56.

7. Basile Smessof, de l'ancien barreau de Kiev, traducteur juré, est devenu commerçant.

8. Paul Pavlowitch a souscrit une demande d'engagé volon-

taire à Nice en 1939. Il a été arrêté par les Italiens (OVRA) le 21 janvier 1943, et interné au camp de Sospel. Libéré après la capitulation italienne le 10 septembre 1943, il a ensuite dû se cacher jusqu'à l'arrivée des Alliés. Membre du réseau « Radio-Patrie » depuis le 13 septembre 1942, il a pris une part active à la Résistance.

Paul Pavlowitch a aidé des soldats américains et anglais à échapper aux nazis. Il a reçu des attestations ainsi que des certificats de gratitude des armées britannique et américaine.

Sa sœur Pauline a été fusillée par les Allemands le 14 mai 1944 en Grèce.

Après la guerre, Paul Pavlowitch a été membre de la Fédération nationale des internés de la Résistance. (Source : Archives nationales contemporaines de Fontainebleau.)

9. Lesley Blanch se souvient d'une violente altercation entre Gary et Paul Pavlowitch père, pendant un repas de famille à Nice. Les deux hommes en vinrent aux mains. Après avoir échangé quelques coups, Gary ordonna à sa femme de se lever, et ils partirent.

10. Canton de Saint-Georges, Hanover Square. Leurs témoins s'appelaient W. C. Vincent et W. L. Paware Crawson. Le mariage fut enregistré par Harwey I. Halmilton et W. G. Lickley, officiers d'état civil.

## *Notes du chapitre 13*

1. Nombreux entretiens de l'auteur avec Roger Agid, en 1999, 2000 et 2001 à Nice.

2. Le prénom suédois de Sylvia Agid est Syllan. C'est par ce prénom qu'elle est nommée dans sa correspondance avec Christel.

3. Transcription des entretiens que Variety Moszynski a recueillis pour la réalisation de son film documentaire sur Romain Gary. René et Sylvia Agid étaient déjà décédés lorsque j'ai commencé mon travail.

Correspondance de René et Sylvia Agid avec Romain Gary communiquée par leurs fils Yves et Olivier.

4. Pierre-Jean Deschodt et Jean-François Huguenin, *La République xénophobe*, *op. cit.*

5. Georges Mauco, *Les Étrangers en France : leur rôle dans l'activité économique*, Paris, 1932, p. 598.

6. Cité par Patrick Weil in *La France et ses étrangers*, Calmann-Lévy, 1991, et Folio, pp. 69, 70 et 71.

7. Zeev Sternhell et Gilbert Michelin, *Aucun intérêt du point de vue national*, Albin Michel, 2001.

8. Patrick Weil, *Qu'est-ce qu'un Français ? Histoire de la nationalité française depuis la Révolution*, Grasset, 2002.

## Notes du chapitre 14

1. Lvov en russe, Lviv en ukrainien, Lwow en polonais, Lemberg en allemand.

2. Alexandre Agid, né en 1875, est mort en 1951. Esther Aymon, son épouse, née en 1888, est décédée au mois de mai 1969.

3. Notamment les maharadjahs Kapûrthala et Baroda.

4. Témoignage d'Augustin Bricogne, daté de 1939. Cité par l'équipe de *Nice historique*, dans son numéro consacré à « Carabacel, une colline de Nice », Nice Quartiers, avril 2002.

5. Entretiens avec Roger et Michèle Agid, Suzanne Guillermou, Annie Pasquini, Olivier et Yves Agid. Transcription des entretiens de Variety Moszynski avec René et Sylvia Agid, lors de la réalisation du documentaire qu'elle a consacré à Romain Gary.

6. Après la mort de leur père, Georges, André et Roger Agid reprirent en main ses affaires. Ils possédaient l'Atlantic, le Park Hôtel, le Plaza à Nice, le Grand Hôtel à Lyon, le Nouvel Hôtel à Châtelguyon.

## Notes du chapitre 15

1. Youpin.

2. Entretiens avec l'auteur, Paris, 1977-1978.

3. *La Promesse de l'aube*, *op. cit.*, p. 314.

4. *Ibid.*, p. 47.

## Notes du chapitre 16

1. Entretiens de l'auteur avec Romain Gary, 1977.

2. Gary expliquait souvent à l'auteur de ce livre que, pour se concilier le plus grand nombre de lecteurs, il devait accepter de donner quelques gages propres à les séduire. (« Inutile de raconter la vérité. Ils ne peuvent pas nous comprendre. J'ai essayé en pure perte, disait-il, pour expliquer l'échec en France de *Tulipe* et de *La Danse de Gengis Cohn*. ») La littérature n'a

rien à voir, insistait-il, avec les faits tels qu'ils se sont réellement passés.

3. *La Promesse de l'aube, op. cit.*, p. 178.

4. *Ibid.*, p. 176.

5. *Ibid.*, pp. 172-173.

6. Alexandre Vertinski est né à Kiev (1889-1957).

7. Agnès Petersen, la compagne d'Ivan Mosjoukine de 1928 à 1930, parle de Vertinski dans une lettre de mars 1928, alors qu'elle séjourne à Nice. Vertinski quitta la France pour les États-Unis en 1934, se produisit à New York le 5 mars 1935, après quoi il essaya de faire carrière à Hollywood apparement sans trop de succès puisque la même année il s'embarqua à San Francisco sur un paquebot à destination de Hawaii. Il alla ensuite au Japon et à Shanghai, où vivait une forte colonie russe. En 1943, il rentra en Russie où sa carrière se poursuivit de façon plus confidentielle.

8. *La Promesse de l'aube, op. cit.*

9. *La nuit sera calme, op. cit.*, p. 38.

10. *La Vie d'Henri Brulard*, Éditions Glénat, 1989.

11. *La Danse de Gengis Cohn, op. cit.*

12. Vladimir Nabokov, *Nicolas Gogol*, Rivages, 1988, p. 177. Étude de Françoise Navailh, *Romain Gary et la Russie*, communication au colloque sur Romain Gary à la Sorbonne, 26-27 mai 2000.

13. *Servir*, n° 49, 6 décembre 1945. Comporte également, sur une pleine page, la réédition d'une nouvelle de Gary, *Citoyen Pigeon.*

14. Trois interviews d'Alexandre Kardo Sissoeff recueillies à Londres en 1999, 2000 et 2001.

15. Il séjournait aussi parfois à l'hôtel du Parc (devenu Park Hôtel et acheté par Roger Agid), ou encore à l'hôtel du Luxembourg, aujourd'hui disparu.

16. Entretien avec Alexandre Kardo Sissoeff, 12 janvier 2002.

17. La Géorgie a été intégrée à l'URSS en 1936.

18. Le 2 janvier selon le calendrier julien et le 15 selon le calendrier grégorien, adopté après la révolution d'Octobre.

19. Alexandre Kardo Sissoeff est né le 22 août 1914 à Moscou.

## *Notes du chapitre 17*

1. Christel Kriland, entretien avec l'auteur, juin 1999. Entretien de Sylvia Agid avec Variety Moszynski.

2. Entretien de René Agid avec Variety Moszynski.

3. Cet entretien a été publié dans une édition « Club » de *Charge d'Âme*, Librairie Jules Tallandier, Cercle du Nouveau Livre, pour le dossier, 1978.

## *Notes du chapitre 18*

1. Borukh et Rivka s'étaient mariés le 9 octobre 1914 (2 Heshvan) à Wilno devant deux témoins : Mordekhaï Livet et Ozer Sarakhat ; le rabbin Rubinstein avait déjà uni plusieurs membres de la famille.

2. Centre des archives contemporaines, Fontainebleau, dossier n° 189074.

3. Pierre-Jean Deschodt et Jean-François Huguenin, *La République xénophobe, op. cit.*

4. Dispositions des décrets du 10 juillet 1929, du 21 mai 1932 et du 23 octobre 1933. Nous citons ici l'article 4 du dernier décret. Cité par Pierre-Jean Deschodt et Jean-François Huguenin, *La République xénophobe, op. cit.*

5. *La nuit sera calme, op. cit.*, p. 199.

6. Manuscrit. *Le Vin des morts, Bourgeoisie, op. cit.*, pp. 53, 54 et 55.

## *Notes du chapitre 19*

1. Entretiens de Roger Agid avec l'auteur.

2. *Idem.*

3. Titre de séjour qui permet à un étranger de s'installer en Suisse.

4. *Die Zeitschrift der Kultur. Du.* Heft nr. 10. Oktober 1998. *Fritz, François et Luc Bondy, Clan des Dramas und der Lettern.*
Entretiens avec François et Liliane Bondy à Zurich, décembre 1999.

5. Aujourd'hui, Tbilissi, capitale de la république de Géorgie.

6. *L'Orage.*

7. Entretien avec René Agid, recueilli par Variety Moszynski.

8. Pierre Péan, *François Mitterrand, une jeunesse française, 1934-1947*, Fayard, 1994, pp. 43-60.

9. Zeev Sternhell, postface du récit de Gilbert Michlin *Aucun intérêt du point de vue national. La grande illusion d'une famille juive en France*, Albin Michel, 2001.

10. Cité par Michaël Marrus et Robert O. Paxton in *Vichy et les Juifs*, Éditions Calmann-Lévy, 1981, p. 60.

11. Pierre Péan, *François Mitterrand...* , *op. cit.*, p. 59.

12. Centre des archives contemporaines, Fontainebleau, dossier 16153X35. En 1935, seulement cinq cent quarante-huit émigrés juifs venus de Pologne obtinrent la citoyenneté française. Source : Didier Epelbaum, *Les Enfants de papier, op. cit.*

13. Lesley Blanch, *Romain, un regard particulier, op. cit.*, p. 49.

## *Notes du chapitre 20*

1. *La Patrie*, n° 1. Cité dans J. Lubetzki, *op. cit.*, p. 19. Michaël R. Marrus et Robert O. Paxton, *Vichy et les Juifs*, *op. cit.*

2. *Op. cit.*, chapitre II.

3. Archives de la famille Agid.

4. Lettre de Romain Gary à Christel Söderlund, écrite sur le papier à en-tête de la pension Mermonts, datée du 22 mai 1938 à Nice. Les extraits de cette lettre écrite en allemand sont traduits par l'auteur.

5. La copie des lettres de Romain Gary à Christel a été confiée par cette dernière à l'auteur, qui l'a rencontrée à Stockholm en 1999. Les lettres ne sont pas toutes datées, ou le plus souvent de façon incomplète.

## *Notes du chapitre 21*

1. Interview de Christel Kriland à Stockholm, juin 1999. Lettres de Christel Kriland à l'auteur.

Je remercie Olivier et Yves Agid qui m'ont confié la volumineuse correspondance entre Christel et leur mère, Sylvia. Je remercie Anne Charlotte Östman, auteur d'un ouvrage sur Romain Gary, *L'Utopie et l'ironie (Stockholm Studies in History of Literature*, n° 33), qui a traduit ces lettres du suédois.

2. Lettre de Romain Gary à Christel, 9 mai 1960.

3. Philippe Maliavine, 1869-1940. Élève de Repine à l'Académie des beaux-arts de Saint-Pétersbourg de 1892 à 1899. Il participa à l'Exposition universelle de Paris en 1900. Il émigra en France en 1922 et vécut à Paris, puis à Nice, où il est enterré au cimetière de Caucade.

4. Au milieu du XVIIIe siècle, un événement extraordinaire et tragique survint à Wilno. Le prince Valentin Potocki, qui

s'était converti au judaïsme après avoir étudié avec un rabbin à Amsterdam en compagnie d'un de ses amis polonais nommé Zaremba, fut condamné à mort par le tribunal ecclésiastique. Potocki reçut le nom suivant : Abraham ben Abraham. Il retourna en Pologne en tant que *Ger Tsedek* (vertueux prosélyte) où il fut arrêté et ramené enchaîné à Wilno. Longuement emprisonné et torturé, il fut condamné à mort et brûlé vif le second jour de la Pentecôte, le 24 mai 1749. Leiser Zhiskes, un Juif de Wilno, ramassa les cendres du martyr et les enterra dans le cimetière juif. Du sol surgit alors un grand arbre, dont les branches ressemblaient à une silhouette humaine. Il devint un lieu de pèlerinage pour les Juifs de Lituanie. Zaremba était retourné en Pologne, où il avait épousé une jeune fille fortunée issue de la noblesse qui, elle aussi, se convertit avec lui au judaïsme à Amsterdam.

5. Les lettres de Christel à sa mère portent deux dates : d'abord 1938, puis la date a été corrigée en 1937.

6. « Un tel amour doux et ténu, qui parfois est si beau à éprouver, tel que Goethe ne l'a pas écrit. »

7. Romain Gary et Sigurd Norberg ont conservé des liens d'amitié après la guerre. Sigurd Norberg était devenu directeur de la chambre de commerce française à Stockholm.

## *Notes du chapitre 22*

1. *La nuit sera calme, op. cit.*

2. *Europa, op. cit.*

3. Nombreux entretiens de l'auteur avec Romain Gary au cours de l'année 1977-1978. Il aurait pris l'avion pour Anvers, se serait rendu à la maison de santé où Ilona était hospitalisée. Elle ne l'aurait pas reconnu.

4. Lesley Blanch, *Romain, un regard particulier, op. cit.*, pp. 15 et 17.

5. *La nuit sera calme, op. cit.*

6. Entretien avec Catherine Rethi, 4 décembre 2000.

7. Elle lui confirma qu'Ilona vivait depuis la fin de la guerre dans un hôpital psychiatrique tenu par des religieuses et qu'il n'y avait aucun espoir de guérison. Quelques mois plus tard, elle lui envoya une carte de vœux pour la nouvelle année. Au lieu de la remercier, Gary lui répondit par une lettre injurieuse et haineuse. Catherine lui écrivit qu'envoyer des vœux à quelqu'un ne méritait pas une telle pluie d'insultes. Gary téléphona, la pria de l'excuser en bougonnant : « Bon, bon, on peut déjeuner chez Lipp. » Le jour dit, arrivant avec cinq minutes

de retard à cause d'un embouteillage, Catherine Rethi trouva Gary assis devant une assiette déjà pleine. Il lui fit signe de s'asseoir et, sans rien lui dire, continua de manger.

8. Lettre de Romain Gary à Klara R., traduite de l'anglais par l'auteur.

9. Saint Norbert (1080-1118). Mondain converti, prêtre (1115), il devint prédicateur itinérant (1118) en Flandre et fonda, près de Laon, l'ordre des Prémontrés (1120) ou « chanoines blancs ». (Source : Le Petit Robert.)

## *Notes du chapitre 23*

1. Je remercie le général Sylvestre de Sacy, chef du Service historique de l'armée de l'air, ainsi que Mme Agnès Beylot, conservateur aux archives, de m'avoir permis d'accéder au dossier personnel de Romain Gary au Service historique de l'armée de l'air, Vincennes.

2. Entretien avec Robert-Henri Bimont, 1999. Journal de Robert-Henri Bimont.

3. Note 770-I/e du 29 mars 1939, du colonel commandant de l'école d'Avord.

4. « Toujours hier. »

5. Jean Giraudoux, *Pleins pouvoirs*, Gallimard, NRF, 1939, p. 66.

6. Michaël R. Marrus et Robert O. Paxton, *Vichy et les Juifs*, *op. cit.*, p. 49.

7. *Ibid.*

8. *La Promesse de l'aube*, *op. cit.*, chapitre XXVIII.

## *Notes du chapitre 24*

1. *La Promesse de l'aube*, *op. cit.*, chapitre XXVIII.

2. Entretiens avec Roger Agid et Suzanne Guillermou en 1999, 2000 et 2001.

## *Notes du chapitre 25*

1. Michaël R. Marrus et Robert O. Paxton, *Vichy et les Juifs*, *op. cit.*, p. 26.

2. Cité *in* Robert Badinter, allocution d'ouverture *in* Serge Klarsfeld, *Il y a cinquante ans : Le Statut des juifs de Vichy*, p. 12.

3. Anne Grynberg, *Les Camps de la honte, les internés juifs des camps français 1939-1945*, La Découverte, 1991. *Le Monde juif*, CDJC *Revue d'histoire de la Shoah* dirigée par Georges Bensoussan.

4. Le dossier de naturalisation de Roman Kacew porte le numéro 161X35.

5. Législation de l'Occupation. Recueil des lois, décrets, ordonnances, arrêtés et circulaires des Autorités allemandes et françaises, promulgués depuis l'Occupation, tome 1, mai-septembre 1940, *Journal officiel*, p. 4567.

6. Anne Grynberg, *Les Camps de la honte*..., *op. cit.*

7. Michaël R. Marrus et Robert O. Paxton, *Vichy et les Juifs*, *op. cit.*, p. 29.

8. Serge Klarsfeld, *Vichy-Auschwitz, le rôle de Vichy dans la solution finale de la question juive en France. 1942*, Fayard, 1983.

9. Centre des archives nationales de Fontainebleau.

10. *Ibid.*

11. *Ibid.*

12. *Ibid.*

13. L'adresse officielle de Mina pendant la guerre n'est pas connue. Les Juifs de la zone occupée ont été recensés sur l'ordre d'une ordonnance allemande en 1940 (fichier Tulard). Les Juifs de la zone libre ont été recensés par le gouvernement de Vichy au mois de juin 1941.

14. Lettre transmise par Diego Gary et traduite du russe par Anne-Victoire et Youri Pochtar.

15. Militsia est le diminutif de Mina.

16. Chaque fois que le mot « maison » est écrit, il désigne la pension Mermonts.

17. Liussia est le diminutif de Ludmilla.

18. Charles de Gaulle, *Mémoires*, Gallimard, La Pléiade, 2000.

19. *Ibid.*

20. Germaine L'Herbier Montagnon, *Cap sans retour. Forces aériennes françaises libres. Mémorial des premiers compagnons*, Raoul Solar éditeur, Monaco, avril 1948.

21. *La Promesse de l'aube*, *op. cit.*, p. 283.

22. *Ibid.*, chapitre XXIX.

23. *Ibid.*, p. 293.

24. *Ibid.*, p. 296-297.

25. *Ibid.*, p. 300.

26. Lettre traduite du russe par Anne-Victoire et Youri Pochtar.

27. Cet ordre divin apparaît à plusieurs reprises dans la Bible. D'abord dans le Deutéronome, au chapitre 31, aux ver-

sets 7 et 23 ; puis dans le Livre de Josué, chapitre 1, aux versets 6 deux fois, puis aux versets 7 et 9.

Aujourd'hui, les jeunes recrues qui commencent leur service militaire en Israël prêtent serment en prononçant les phrases contenues dans les versets 23 du chapitre 31, ét les versets 6 et 7 du chapitre 1 du Livre de Josué. Ils promettent d'être fiers et résolus.

28. Verset 23 : « Il donne cet ordre à Josué, fils de Nûn : " Sois fort et résolu, car c'est toi qui conduiras les Israélites au pays que je leur ai promis par secret, et moi, je serai avec toi. " »

Livre de Josué, chapitre 1, versets 6 et 7 : « Sois fort et résolu, car c'est toi qui vas mettre le peuple en possession du pays que j'ai juré à ses pères de lui donner. Seulement, sois fort et résolu pour veiller à agir selon toute la foi que mon serviteur Moshé t'a prescrite. »

Verset 9 : « Ne t'ai-je pas donné cet ordre : sois fort et tiens bon ! Sois sans crainte ni frayeur, car Yaveh, ton Dieu, est avec toi dans toutes tes démarches. »

## *Notes du chapitre 26*

1. Germaine L'Herbier Montagnon, *Cap sans retour, op. cit.*
2. *La Promesse de l'aube, op. cit.*, p. 301-302.
3. *Ibid.*, p. 313.
4. Dossier militaire de Romain Kacew conservé au Service historique de l'armée de l'air, Vincennes.
5. *Souvenirs d'un Français libre 1940-1944, Icare, Revue de l'aviation française*, éditée par le SNPL *Les Forces aériennes françaises libres*, tome 7 : 1940-1945, Le groupe « Lorraine » et le GRB1. Première partie, pp. 92- 98.
6. Romain Gary raconte dans *La Promesse de l'aube* qu'il a rejoint le cargo polonais à la nage. Ce n'est pas exact. Cet épisode lui a été inspiré par un fait réel. Le sous-lieutenant Grillet, frais émoulu de l'école de l'air de Salon-de-Provence, a rejoint le HSM *Villox* en slip, son poignard d'officier entre les dents, dans la rade de Port-Vendres.
7. *La Promesse de l'aube, op. cit.*, p. 324.

## *Notes du chapitre 27*

1. Ce texte d'hommage a été écrit en anglais, puis traduit en français par Paul Audi, « The man who stayed lonely to save France », *Life Magazine*, 8 décembre 1958, vol. 45, n° 23,

p. 144-158. *Ode à l'homme qui fut la France,* suivi de *Malraux conquérant de l'impossible,* textes présentés par Paul Audi, Calmann-Lévy, 1997, et Folio.

2. Jacques Soufflet, *Un étrange itinéraire, Londres, Vichy, Londres, 1940-1944,* Plon, 1984. Entretien du colonel Soufflet avec Édith Marchou, 1978.

3. Livre 124, rôle d'engagement des Forces aériennes françaises libres. Archives des FAFL.

4. Je remercie Robert Bimont, qui a bien voulu me confier le journal qu'il a tenu pendant toute la durée de la guerre, alors qu'il combattait dans les Forces aériennes française libres.

5. *L'Épopée du groupe Lorraine. Histoire de la première unité des Forces aériennes françaises libres. Groupe réservé de bombardement n° 1,* adj. Crabouiller, adj. Malglaive, sgt. Carlier. Service historique des armées.

6. « À mon Général ; adieu, avec affection et colère (mai 1969) », *in* Romain Gary, *Ode à l'homme qui fut la France,* Calmann-Lévy, 1997, p. 97, et Folio.

7. Le groupe avait été formé le 2 septembre de la même année sur la base de Rayak, près de Damas, sous les ordres du commandant Corniglion-Molinier. Cette unité avait reçu 21 Blenheim IV, mais l'état-major n'avait pu réunir que quinze équipages, faute d'effectifs. Les Blenheim IV pouvaient emporter quatre bombes de 250 livres, plus quatre de 40 livres, auxquelles on adjoignait des tracts en allemand et en italien pour inciter les soldats ennemis à se rendre. Le groupe Lorraine a trouvé son origine en septembre 1940, sur le terrain d'Odiham, dans deux unités : le groupe mixte de combat n° 1, comprenant quatre escadrilles : une escadrille de Dewoitines 520, une de 8 Blenheim et deux de 6 Lysander chacune. Au mois de septembre 1940, l'expédition *Menace,* placée sous le commandement du lieutenant-colonel de Marmier, quitta l'Angleterre en bateau pour assurer une partie de l'appui aérien à une expédition franco-britannique dont l'objectif était le ralliement de Dakar à la France libre. Cet objectif n'ayant pu être réalisé, l'expédition débarqua à Douala, au Cameroun, au mois d'octobre 1940. C'est sur ce terrain que furent montés les avions. Elle servit aussi de base de départ pour effectuer des missions de reconnaissance et d'appui des Forces françaises libres au Gabon.

Le groupe de combat n° 1 fut dissous le 20 novembre 1940 et ses éléments répartis de la façon suivante : l'escadrille de chasse fut envoyée au Moyen-Orient, où sous le commandement du lieutenant Denis, elle forma le *Free French Fighter Flight,* qui combattit en Libye, pour constituer ultérieurement la structure du groupe de chasse n° 1, dit Alsace. L'escadrille n° 4 fut transformée en un détachement permanent au Gabon et Moyen-Congo. L'escadrille n° 2 se joignit à une nouvelle unité, la première escadrille française de bombardement — celle à laquelle appartenait le sous-lieutenant Romain Gary de Kacew — comprenant 8 Blenheim, sous le commandement du capitaine Astier de Villate. La fusion fut réalisée au début du mois de janvier 1941 à Fort-Lamy, au Tchad. Ce groupe, dit groupe réservé de bombardement n° 1, apporta l'appui aérien aux troupes du général Leclerc dans les opérations sur les oasis de Koufra et Mourzouk, occupées par les Italiens. Source : Journal de marche du Lorraine, Service historique de l'Armée de l'air, Vincennes.

8. Les centres d'entraînement de la RAF en 1940 :

ITW : Initial Training Wing.

EFTS : Elementary Flying Training School.

CFTS : Complementary Flying Training School.

OTU : Operational Training Unit.

*Historia magazine*, 25 janvier 1968.

9. Édith Marchou, *Le Groupe Lorraine. Quelques aspects de la vie d'une unité des Forces aériennes françaises libres pendant la Seconde Guerre mondiale.*

Entretiens avec : le général Yves Gueguen, Robert-Henri Bimont, Walter Lewino, Henry Lafont, Anne Colcanap (la sœur de Robert Colcanap, dédicataire d'*Éducation européenne*, qui trouva la mort le 11 novembre 1943, à l'âge de vingt ans, au cours d'un vol d'entraînement), Paul Ibos, Mme Michel Fourquet, Pierre-Louis Dreyfus et Marcel Boisot.

10. *La Promesse de l'aube, op. cit.*, p. 336.

11. *Op. cit.*, pp. 18-20.

12. « À mon Général : adieu avec affection et colère », *in* R. Gary, *Ode à l'homme qui fut la France*, Folio, p. 59.

13. *La nuit sera calme, op. cit.*, pp. 19-20.

14. Entretien avec Robert-Henri Bimont.

15. Walter Lewino, *Cabin-Boy*, Éditions de Fallois, 1991, p. 141.

16. *Journal inutile*, 16 juillet 1968, Gallimard, 2001, pp. 30-31.

17. *La Promesse de l'aube, op. cit.*

18. Podvig, 1932. Réédité en 1971 en anglais sous le titre de *Gloru.* Le premier titre russe du livre était *Romanticheskÿi vek*, c'est-à-dire *Temps romantiques.*

19. Vladimir Nabokov, Avant-propos de *L'Exploit* (Montreux, le 8 décembre 1970), Julliard, 1981.

20. *Ibid.*

21. *Ibid.*, p. 30.

## *Notes du chapitre 28*

1. Aujourd'hui situé dans la république du Ghana.
2. Aujourd'hui la République centrafricaine.
3. Aujourd'hui la république du Congo.
4. Charles de Gaulle, *Mémoires, op. cit.*, p. 114.
5. Au Soudan.
6. Port du Nigeria.
7. Cet épisode se déroule dans le bassin du Tchad.
8. Entretien avec Suzanne Salmanowitz en mai 1999, à Genève.
9. Entretien avec Robert-Henri Bimont. Henri Bimont, « Lorraine 2 », revue *Icare* n° 167, 2 octobre 1998.
10. Journal de Robert-Henri Bimont.

## *Notes du chapitre 29*

1. Cette lettre a été trouvée par Philippe Brenot dans un manuscrit de Romain Gary, *Le Vin des morts*, dont il a fait l'acquisition.
2. Entretiens avec Suzanne Agid, 1999 et 2001. Correspondance entre Sylvia Agid et Christel Kriland entre 1950 et 1989. Correspondance de Christel Kriland avec Sylvia Agid.

## *Notes du chapitre 30*

1. Entretien du Dr Bercault avec Variety Moszinsky.
2. Entretien avec Robert Bimont, 1999.
3. *La Promesse de l'aube, op. cit.*, p. 356.
4. Entretien avec Robert Bimont, 1999.
5. Escadrille Nancy : deuxième escadrille du groupe Lorraine.
6. Deux lettres manuscrites de Romain Gary à Michelle Michel : 22 janvier 1980 et 28 novembre 1980. Deux versions de la préface de Romain Gary, dactylographiées avec corrections manuscrites.

## *Notes du chapitre 31*

1. SHAA Archives, Vincennes. Journal de marche du groupe Lorraine.
2. Entretien avec Marcel Boisot, 1999.

3. Souvenirs du Dr Bernard Bercault.

4. Suzanne Roquère Salmanowitz a vécu avec son mari l'odyssée tragique de l'*Empress of Canada*. Cinq survivants ont été repêchés par la corvette anglaise *Petunia*, après trois jours et trois nuits passés accrochés à des débris de planches. Suzanne Roquère, sévèrement blessée par les barracudas, des poissons carnivores, fut hissée sur le pont et frottée à l'essence de térébenthine pour enlever le mazout dont elle était recouverte. Elle passa trois mois à l'hôpital de Freetown. À son retour à Londres, elle exerça de nombreuses fonctions dans les services de renseignement britanniques parce qu'elle parlait l'anglais aussi bien que le français.

*Icare*, revue de l'aviation française. Les Forces aériennes françaises libres, tome 7 : 1940-1945. Le groupe Lorraine et le GRB1, deuxième partie.

5. Suzanne Roquère a épousé après la guerre Grégoire Salmanowitz.

6. Entretien avec Suzanne Salmanowitz, Genève, 1999.

7. P. M. Lambermont, *Videz vos poches, Histoire du groupe Lorraine*, La Table ronde, 1954. Entretien avec le général Gueguen, Paris, hiver 1999.

8. P. M. Lambermont, *Videz vos poches*, *op. cit.*

9. Une unité d'entraînement en opération.

10. Aujourd'hui Blackusche.

11. Général Martial Valin et François Sommer, *Les Sans-culottes de l'air. Histoire du groupe Lorraine*, Robert Laffont, 1954.

12. « Cet officier a démarré très lentement. Mais un enseignement supplémentaire lui a permis d'atteindre un niveau moyen. Il se sentira probablement plus à l'aise dans une unité française. » Traduction de l'auteur.

Archives du Service historique de l'Armée de l'air, Vincennes. Dossier personnel du lieutenant Roman Kacew. Nom de guerre Gary de Kacew.

13. Boîte : la formation classique de la Royal Air Force : la formation de trois avions en vol de canard constitue un *vic* ; deux vic l'un derrière l'autre, légèrement décalés en altitude, forment une boîte.

14. Walter Lewino, *Cabin Boy*, *op. cit.* Walter Lewino a été, comme Romain Gary, navigateur au groupe Lorraine auquel il a appartenu du 15 mars 1942 au mois de mai 1946. Il était considéré comme le meilleur navigateur du groupe. Il avait le sens de l'orientation et lisait admirablement les cartes. Qu'il soit remercié pour les entretiens qu'il m'a accordés, pour les conseils qu'il m'a dispensés, et surtout pour sa patience.

15. Entretien avec Pierre-Louis Dreyfus, 2000.
16. Défense antiaérienne allemande.
17. Walter Lewino, *Cabin Boy*, *op. cit.*, pp. 127-128.
18. François Sommer, *Dilemme*, revue *Icare*, n° 44, hiver 1967-1968, pp. 144-145.
19. *La Promesse de l'aube*, *op. cit.*, chapitre XL.
20. Bernard Citroën à Hartfortbridge en 1944, cité par Édith Marchou, *Le Groupe Lorraine, Quelques aspects de la vie d'une unité des Forces aériennes françaises libres pendant la Seconde Guerre mondiale*, mémoire de maîtrise, université de Paris I-Panthéon-Sorbonne, 1992-1993.
21. Pierre Mendès France, *Œuvres complètes, S'engager, 1922-1943*, Gallimard, 1984, p. 658.
22. *Ibid.*, pp. 697-698.
23. François Broche, *Les Bombardiers de la France libre — « Groupe Lorraine »*, Pocket, Presses de la Cité, 1979.
24. *Les Sans-culottes de l'air*, *op. cit.*, p. 116.
25. *Les Bombardiers de la France libre*, *op. cit.*, et P. M. Lambermont, *Videz vos poches*, *op. cit.*
26. *Videz vos poches*, *op. cit.*, p. 118.
27. Dossier médical de Gary : « plaie pénétrante dans la paroi abdominale, région fosse iliaque droite ».
28. Craignant des représailles pour sa famille, Michel Fourquet avait choisi Gorri, le nom d'un forban basque, comme nom de guerre.
29. Langer recouvra la vue, et fut même de nouveau déclaré apte à voler quelques mois plus tard. Après la guerre, il est devenu chef pilote de ligne à l'UAT. Peu de temps après la guerre, il trouva la mort aux commandes d'un avion de transport, en service aérien commandé, tué par la foudre à l'atterrissage à Fort-Lamy.
30. Dossier militaire personnel de Romain Gary, Service historique de l'armée de l'air.
31. Par le même décret étaient également nommés : Jean Maurice, Yves Ezzano, Bernard Fuchs, Jacques Mathis, Robert Gouby, Michel Boudier, Jean Fournier, Marcel Langer, Georges Goychman, Paul Ibos, Maurice Patureau, Edmond Jean, Marie Rozoy, Henri Lafont et Marcel Rousselot.

## *Notes du chapitre 32*

1. Témoignage du Dr Bercault.
2. Témoignage de Maurice Patureau. Fonds transmis par Variety Moszynski.

3. Dossier militaire de Romain Gary, Service historique de l'Armée de l'air, Vincennes.

## *Notes du chapitre 33*

1. Lesley Blanch, *Romain, un regard particulier, op. cit.*
2. « Mais derrière moi j'entends toujours/Le char ailé du temps qui se rapproche. »
3. *Journey into the Mind's Eye*, Sickle Moon Books, 2001. Première édition Collins, 1968. *Voyage au cœur de l'esprit*, Denoël, 2003.
4. « Je vous en supplie, revenez. Je vous aime, je vous aime sincèrement. »
5. « Vous me manquez, Mademoiselle. »
6. *Lady L.*, Gallimard, 1963, chapitre XII.
7. *Ibid.*
8. Je remercie Lesley Blanch pour les innombrables entretiens qu'elle m'a accordés depuis notre rencontre au printemps 1999.
9. Olivier Wormser, ambassadeur de France à Moscou et ultérieurement gouverneur de la Banque de France.
10. Le Royal Hospital a été créé en 1682 par Charles II pour accueillir les anciens soldats de l'armée royale. Les vastes bâtiments peuvent recevoir environ quatre cents pensionnaires, âgés de plus de soixante-cinq ans. Ils portent le même uniforme rouge en été, bleu en hiver, depuis le VIIIe siècle. Les vastes jardins longent, entre autres, la Saint Leonard Terrace.
11. Entretien avec Lesley Blanch, 25 juin 2001.
12. *Mother Goose's Nursery Rhymes*, edited by L. Edna Walter, *with twelve plates in colour and many illustrations in the text by Charles Folkard*, Londres, Adam et Charles Black, 4, 5 et 6 Soho Square W1, 1924.
13. Lovelace, *A Lucasta en partant pour la guerre :* « Chère, je ne pourrais pas t'aimer autant/Si je n'aimais pas l'Honneur davantage... » Cité par Lesley Blanch, *Romain, un regard particulier, op. cit.*
14. Raymond Aron, *Mémoires*, Julliard, 1983, p. 173.
15. Moura Budberg (1892-1974).
16. La revue *La France libre* fut fondée par Mme Lecoutre — une Juive de Varsovie —, un Polonais, Stanislas Szymanczyk (dit Staro), André Labarthe et Raymond Aron qui en devint le rédacteur en chef. Le premier numéro de *La France libre* sortit le 15 novembre 1940 chez Hamish Hamilton. Sur la couverture, il y avait la *Marseillaise* de Rude, avec un filet tricolore,

surmontée de la devise de la République : « Liberté, Égalité, Fraternité ». *La France libre* publiait des écrits de Georges Bernanos, Jules Romains, Romain Gary, Jules Roy, Albert Cohen, Louis Aragon, Paul Eluard, Pierre Emmanuel, Pierre Dac, Jacques Maritain, René Étiemble, Edmond Vermeil, Henri Focillon, René Cassin, Hervé Halphand, H. G. Wells, Julina Huxley, John Russel, Harlod Kaski, John Dos Passos. Jean-Paul Sartre écrivit dans *Combat* un article très élogieux sur un volume relié d'un semestre de la revue. « *La France libre* offre l'aspect le plus pondéré et le plus calme, le mieux équilibré. Écrite avant tout dans le feu vivant d'une actualité toujours mouvante et dont le rythme même n'était pas prévisible, elle semble toujours disposer du recul de l'Histoire. » Source : Raymond Aron, *Mémoires, op. cit.*, pp. 172-173.

17. Nicolas Baverez, *Raymond Aron*, Champs Flammarion, 1993. Raymond Aron, *Mémoires, op. cit.*

Raymond Aron remarque dans ses *Mémoires* que dans la « partie littéraire, souvent faible, nous avons publié des textes de Jules Roy, d'Albert Cohen. Sartre, en lisant un des textes de ce dernier, réagit avec vivacité ; il en détesta le style et me dit : "Qui est cet Albert Cohen" ? » (P. 173.)

18. *Forest of Anger*, by Romain Gary, Translated from the French by Viola Gerard Garvin, London, The Cresset Press.

19. Traduction de l'auteur.

20. Autorisation sous n° 296/SPM/3-RS. Source : Service historique de l'armée de l'air. Acte de mariage n° D/1-395212 du Register Office de Chelsea.

21. Lesley Blanch, *Romain, un regard particulier, op. cit.* Entretiens avec Lesley Blanch.

22. Télégramme n° 32/SPM/3 du 6 juin 1945 et transmission 7956/CH/FAGB du 11 juin 1945. Source : Service historique de l'armée de l'air, Vincennes.

23. Romain Gary a été décoré de la médaille militaire, de la croix de guerre avec palme de bronze, de la médaille des blessés, de la médaille coloniale avec agrafes Koufra, Érythrée, de la croix de la Libération. Il est devenu Compagnon de l'ordre de la Libération le 20 novembre 1944.

24. Dernier commandant du groupe Lorraine refondu 342 squadron « Lorraine » du 15 février 1945 au 24 juillet 1945.

25. *Le Groupe Lorraine, op. cit.* Archives du SHAA Vincennes. Journal de marche du groupe Lorraine.

26. *Ibid.*

27. *Ibid.*

28. Les Éditions Penguin ont publié en 1946 une édition française d'*Éducation européenne*.

29. Paul Lambremont, *Videz vos poches*, *op. cit.*, p. 105.
30. Entretien avec Anne Colcanap, Paris, 2000.
31. Archives d'Anne Colcanap confiées à l'auteur.
32. Je remercie Jean-Étienne Cohen Seat qui m'a communiqué les archives que la maison Calmann-Lévy a conservées sur Romain Gary.
33. *Éducation européenne*, Calmann-Lévy, juin 1945.
34. Romain Gary, lettre à Raymond Aron, Londres, 8 août 1945. Archives personnelles de Raymond Aron. Cité par Nicolas Baverez in *Raymond Aron*, *op. cit.*, p. 209.
35. Joseph Kessel, *Des hommes*, Gallimard, 1972.
36. *Preuves*, mars 1957.
37. Le 23 janvier 1942, une conférence des représentants des divers partis se tint dans un grenier de la rue Rudnitzki, au cours de laquelle furent jetées les bases de l'Organisation unifiée des partisans FPO (*Faraïnigte Partisanen Organizatiè*), dont la direction était composée de communistes, de sionistes révisionnistes nationalistes et d'autres mouvements sionistes (*Hashomer Hatzaïr*, *Hanoar Hatzioni*). Des groupes de spécialistes furent créés : éclaireurs, dynamiteurs, poseurs de mines, renseignement. Au mois de février 1942, les partisans tirèrent clandestinement un appel adressé à toute la population de Wilno et signé « Organisation de combat contre l'occupation allemande ». Premier appel : « Ne nous laissons pas immoler comme des brebis ! Jeunes Juifs, ne croyez pas les menteurs. Sur les quatre-vingt mille Juifs de Wilno vingt mille seulement restent encore en vie. Sous nos yeux, on a emmené nos parents, nos frères, nos sœurs. Où sont les centaines de personnes arrêtées par la police de la ville soi-disant pour être envoyées au travail ? Où sont les femmes et les enfants qu'on a emmenés à moitié nus pendant la terrible nuit du premier massacre ? Où sont passés tous les Juifs arrêtés dans les synagogues le jour du Kippour ? Celui que l'on a emmené hors du ghetto ne reviendra plus jamais parce qu'à partir de la Gestapo, tous les chemins mènent à Ponary et Ponary, c'est la mort. Ponary n'est pas un camp. Là-bas on fusille tout le monde. Hitler a décidé d'exterminer tous les Juifs d'Europe. Nous sommes ses premières victimes. Ne nous laissons pas immoler comme des brebis ! Il est vrai que nous sommes faibles, que nous ne pouvons compter sur aucune aide extérieure, mais il n'y a qu'une réponse digne à faire à l'ennemi, c'est de résister. Frères ! Il vaut mieux périr libres les armes à la main plutôt que vivre soumis, graciés par les meurtriers ! 1er janvier 1942. Ghetto de Wilno. »

## *Notes du chapitre 34*

1. Raymond Aron, *Mémoires*, *op. cit.*, p. 208.
2. *Ibid.*, p. 716.
3. Lettre du 31 août 1945. Archives Gallimard.
4. Archives Gallimard.
5. Lettre du 24 août 1945. Archives Gallimard.

## *Notes du chapitre 35*

1. Les droits d'*Éducation européenne* ont été cédés au Danemark, en Suède, en Norvège, en Finlande, en Allemagne, en Autriche, aux États-Unis, au Brésil, en Argentine, en Grèce, en Hollande, au Portugal, en Pologne, en Slovaquie, en Tchécoslovaquie, en Italie, en Roumanie, en Hongrie et en Suisse.

2. *Geneviève* et *Parenthèses* ont été publiés chez Gallimard en 1945.

## *Notes du chapitre 36*

1. Reçu premier à l'agrégation d'histoire, Georges Bidault fut, avant la guerre, professeur d'histoire au lycée Louis-le-Grand. Démocrate chrétien, il fut également rédacteur en chef de *L'Aube*. Il fut nommé par Jean Moulin directeur du Bureau d'information de la presse, agence de presse clandestine, chargée de faire passer entre Londres et la France les informations, la propagande et les commentaires de la presse alliée et d'informer Londres sur « l'état des esprits, notamment dans les milieux de la pensée, de l'action sociale et de la politique ». Source : Général de Gaulle, *Mémoires*, *op. cit*.

2. *Histoire de l'administration française. Les Affaires étrangères et le corps diplomatique français*, tome II, 1870-1980, Paris, CNRS-Éditions, 1984, p. 590.

3. Le passeport diplomatique de Gary portait le numéro 2591.

## *Note du chapitre 37*

1. Entretiens avec Lesley Blanch.

## Notes du chapitre 38

1. Dossier personnel de Romain Gary, archives du Quai d'Orsay.

2. Dirigeant du Parti communiste bulgare puis secrétaire de l'Internationale communiste de 1935 à 1943. Président du Conseil de Bulgarie à partir de 1946.

3. Hanna Arendt, *Eichmann à Jérusalem*, Gallimard, 2002, p. 1199.

4. *Éducation européenne* est paru en feuilleton dans *Narodno Zémlédeslsko Znamé.*

5. Correspondance entre René Ziller et Romain Gary communiquée par Geneviève Ziller.

6. Archives du ministère des Affaires étrangères, série Z, Europe (1944-1949), Bulgarie 2, *Rapport Bulgarie 1946*, p. 42.

7. Entretien avec Sonia Rouve, et documents fournis par Sonia Rouve, épouse de Pierre Rouve, 2000.

8. Pierre Jouvet m'a autorisée à consulter les lettres de Gary adressées à son père à la bibliothèque littéraire Jacques-Doucet et à les citer.

9. *Tulipe, op. cit.*, p. 59.

10. *Ibid.*, p. 59.

## Notes du chapitre 39

1. Romain Gary était le collaborateur de Jacques-Camille Paris (22 novembre 1902-17 juillet 1953), gendre de Paul Claudel, à la direction d'Europe du Quai d'Orsay. Collaborateur de Pierre Viénot au sein du Comité français de Libération nationale pendant la Seconde Guerre mondiale, il fut maintenu à l'ambassade de Londres après la fin de la guerre, puis occupa au Quai d'Orsay les fonctions de directeur d'Europe à partir d'octobre 1947, avant d'être élu secrétaire général du Conseil de l'Europe le 12 août 1949. (Source : note de Daniel Paris, fils de Jacques-Camille Paris à l'auteur.)

2. Jean Blanzat, *Le Figaro littéraire*, 26 février 1949.

3. Luc Estang, *La Croix*, 14 mars 1949.

4. Just Gary O'Brien, *The New York Times Book Review*, 16 avril 1950.

5. Ben Ray Redman, *Saturday Review of Literature*, 3 juin 1950.

6. Lettre de Romain Gary à Michel Gallimard, 7 novembre 1952. Archives Gallimard.

7. Entretiens avec l'auteur.
8. Je remercie Mikhaïl Wilson et le directeur de la bibliothèque Jacques-Doucet qui m'ont permis de consulter sans restriction le journal d'Hélène Hoppenot, un document des plus précieux.
9. Alexis Léger est le poète Saint-John Perse.
10. Colette Barbier, *Henri Hoppenot, diplomate (25 octobre 1891-10 août 1977)*, Direction des archives du ministère des Affaires étrangères, 1999.
11. Henri Hoppenot, *Hommage à Camille Dreyfus*, 1897-1966, Le Croyant, Saisons d'Alsace, été 1968, n° 27. Colette Barbier, *Henri Hoppenot, diplomate, op. cit.*
12. Eliasz Owczynski est mort le 25 janvier 1945 à Nice. Bella Kliatchkine est morte le 28 octobre 1968 à Nice.
13. Entretiens avec Lesley Blanch, 1999-2002.

## *Notes du chapitre 40*

1. Conseiller des Affaires étrangères de 2e classe, né le 25 avril 1918. Resta de 1956 à 1958 à l'Administration centrale.
2. Marcotte de Sainte-Marie, né le 5 août 1902, conseiller des Affaires étrangères de 1re classe.
3. Raymond Bousquet, né le 29 novembre 1899, ministre plénipotentiaire hors classe.
4. Archives contemporaines, Fontainebleau.
5. Je remercie Mireille d'Agostin, la fille d'Ida, qui m'a accordé un long entretien, m'a confié les documents en sa possession et m'a montré le village de Roquebrune, en 2000.
6. Entretiens avec Suzanne Salmanowitz et avec Madeleine Malraux, en 2000.
7. Ce livre (Gallimard, 1952) aura finalement pour titre *Les Couleurs du jour* et sera republié sous un nouveau titre, *Les Clowns lyriques*, en 1979, chez le même éditeur.
8. Il s'agit de Jean Vilar.
9. *Le Grand Vestiaire* fut traduit en anglais par Joseph Barnes, sous le titre *The Company of Men* ; chez Michael Joseph en 1950, en Angleterre, et chez Simon & Schuster, aux États-Unis.
10. Entretien avec Gérard Gaussen, 1999. Gérard Gaussen, né le 17 mars 1918 ; diplômé de l'École des sciences politiques ; engagé dans les Forces françaises libres ; admis au concours spécial pour l'emploi d'attaché de consulat le 15 novembre 1945 ; vice-consul à Montevideo, à Buenos Aires, consul à Venise de 1950 à 1956.

11. Journal d'Hélène Hoppenot.

12. Anecdote rapportée par Philippe Job, qui exerça des fonctions à l'ambassade de France à Berne, après le départ de Gary. Été 2001.

13. C'est ainsi que les diplomates appelaient le Quai d'Orsay.

14. « [...] *If you are one day through with it I do keep for you always the same and violent attachement made both with sex and heart.* »

15. Luth du monde arabe, à cordes pincées, en forme de poire, ancêtre direct du luth européen. Le nom du oûd vient de al-oud (branche de bois).

16. Le parvis a été exécuté en 1776, et le monument aux morts, inauguré en 1923, est l'œuvre de Simon Bussy et de L. P. Sezille.

17. Lesley Blanch, *Romain, un regard particulier, op. cit.*, p. 91.

18. Entretiens avec Mireille d'Agostin, Roquebrune, Nice et Menton, 11 et 12 mars 2000.

19. *Les Couleurs du jour, op. cit.* Traduit en anglais par Stephen Becker, et publié en 1953 chez Michael Joseph.

20. Lettre d'Ann Metzger à Robert Gallimard, 20 octobre 1950.

## *Notes du chapitre 42*

1. Entretiens avec Jacques Tiné, 2000, 2004.

2. *La nuit sera calme, op. cit.*, pp. 166-167.

3. Lesley Blanch, *Romain, un regard particulier, op. cit.*

4. *Hupi Kachina Dolls, with a Key to their Identification*, by Harold S. Colton, color photographs by Jack Breed, The University of New Mexico Press, Albuquerque. 1949, 1959. Ce livre appartient à la bibliothèque de Romain Gary, dont j'ai effectué l'inventaire. Les Indiens Hopi sont les descendants d'hommes préhistoriques qui vivaient au nord de l'Arizona et du Nouveau-Mexique, il y a 15 000 ans. Aujourd'hui, les Indiens Hopi et Zuni, appelés aussi Indiens Pueblo, vivent dans la vallée du rio Grande, près d'Albuquerque et de Santa Fe, et dans un certain nombre de villages des hauts plateaux. Pour certaines cérémonies, les hommes portent des masques appelés kachinas. Un kachina est un être surnaturel vivant sur les sommets de San Francisco près de Flagstaff, dans l'Arizona, représenté par un homme masqué.

5. *Romain, un regard particulier, op. cit.*, et mes innombrables conversations avec Lesley Blanch.

6. Entretien avec Maggy Murray, Los Angeles, avril 2000. Maggy Murray a racheté à la France la maison qui abrita pendant de longues années le consulat général.

7. « Vous n'enseigneriez pas à ces enfants à haïr ce pays, n'est-ce pas ? »

## *Notes du chapitre 43*

1. Le service des Œuvres s'occupait des échanges culturels entre la France et l'étranger au ministère des Affaires étrangères avant que le général de Gaulle ne crée la direction des Affaires culturelles après la guerre.

2. *Gros-Câlin*, Mercure de France, 1974, pp. 162-163.

## *Notes du chapitre 44*

1. Lesley Blanch, *The Wilder Shores of Love*, Carroll & Graf, 1954.

2. Livre du mois.

3. Eugénie, impératrice des Français.

4. *Actualité littéraire*, février 1957.

5. La date à laquelle Gary écrivit *Ainsi s'achève une journée de soleil*, nouvelle publiée en 1954 dans la revue de *La Table ronde* — et qui fut rééditée en 1962 sous le titre *Le Luth* —, est inconnue.

## *Notes du chapitre 45*

1. Les lettres de Romain Gary sont rarement datées. L'année n'est jamais indiquée. Sylvia Agid a ajouté de sa main les dates où elle les a reçues. Archives d'Olivier et Yves Agid.

2. « Matta a donné sa vie pour les éléphants, j'y crois », Romain Gary, *Paris-Match*, 7 mai 1960, p. 121.

3. « Lettre à l'éléphant », *Le Figaro littéraire*, 4 mars 1968.

4. *Comptes rendus de la troisième conférence internationale pour la Protection de la faune et de la flore en Afrique*, Bukavu, 26-31 octobre 1953, Congo belge. Cet ouvrage a été préparé par la direction Agriculture, Forêts et Élevage du ministère des Colonies à Bruxelles, en collaboration avec l'Union internationale pour la protection de la nature.

5. *Elephants. A Short account of their natural history, evolution and influence on mankind.* With illustrations by Maurice Wilson and others, Richard Carrington, Basic Books, Inc., New York, 1959.

Heinrich Oberjohann, *Komoon ! Capturing the Chad Elephant*. Translated by Rhoda de Terra, Pantheon, 1952.

Peter Molloy, *The Cry of the Fish Eagle*, Michael Joseph, 1957.

Heinrich Oberjohann, *Mes éléphants du Tchad*, traduit de l'allemand par Henri Daussy, Arthaud, 1952.

J. A. Hunter, *Hunter*, Harpers Brothers Publishers, New York, 1952.

6. Gary a nié que l'aventure de Matta ait pu l'inspirer. Il prétendait au contraire que la réalité était venue conforter la fiction qu'il avait créée. Dans un article paru dans *Paris-Match* le 7 mai 1960, il a déclaré qu'il avait écrit son roman avant que l'histoire de Matta ne fût connue. Cependant, sa correspondance adressée aussi bien à son éditeur qu'à son ami René Agid prouve qu'il a commencé ce livre lorsque le poste d'attaché de presse à Londres lui fut refusé par Jean Chauvel. Gary prétendait qu'il avait connu l'histoire de Matta par un journaliste nommé Jacques Guillaume.

7. « Mort pour les éléphants », Dominique Lapierre, *Paris-Match*, 27 mars 1959.

8. Romain Gary, « Matta a donné sa vie pour les éléphants, j'y crois », art. cit., p. 116.

9. *Ibid.*

10. « Lettre à l'éléphant », *Le Figaro littéraire*, 4 mars 1968.

11. *Les Racines du ciel, op. cit.*, p. 227.

12. « New introduction to *The Roots of Heaven* », by Romain Gary, *Time Reading Program*, Time Life Books, 1964, p. XV-XVI. Traduit de l'anglais par Paul Audi, in *L'Europe et son fantôme*, Éditions Léo Scheer, 2003, p. 50.

## *Notes du chapitre 46*

1. Romain Gary allait remplacer Raoul Bertrand.

2. Arthur Koestler, *La Lie de la terre*, Calmann-Lévy, 1947, cité *in* Geneviève Dreyfus-Armand, *op. cit.*, p. 70.

3. Elizabeth Jane Howard, *Splipstream. A Memoir*, Mac Millan, 2002.

4. Lesley Blanch, *Romain, un regard particulier, op. cit.*

5. *The Sabres of Paradise*, Vinking Penguin, Inc., 1960.

6. Entretien avec Charlotte Hyde à Los Angeles, le 24 mai 2000.
7. Entretiens avec Odette de Bénédictis à Los Angeles, du 22 mai au 1er juin 2000.
8. Soupe aux choux russe.
9. « Odette, je veux que vous renvoyiez le jardinier ! C'est un assassin asiatique. »
10. Les treize comtés de la Californie du Sud : Mono, Inyo, Kings, Kern, Obispo, Orange, Santa Barbara, Ventura, San Bernardino, San Luis, Riverside, Imperial et Los Angeles.
11. George Dewey Cukor (New York, 1899-Los Angeles, 1983) est né dans une famille riche et cultivée de la bourgeoisie américaine d'origine hongroise. Il commença sa carrière au théâtre et vint au cinéma comme dialoguiste et coréalisateur de cinéastes du muet qui tentaient de s'adapter au cinéma parlant. Il a réalisé de très nombreux films prestigieux ; il travaillait d'égal à égal avec ses techniciens et scénaristes et apportait une attention particulière aux moindres détails. Il a engagé les plus grands interprètes, comme Greta Garbo, Katherine Hepburn, Ava Garner, Lana Turner, Marilyn Monroe, Joan Crawford, Audrey Hepburn, Laurence Olivier, Stewart Granger, Cary Grant, Robert Taylor, Spencer Tracy, Charles Boyer, Leslie Howard, Ronald Colman... Il a transposé à l'écran des pièces de Somerset Maughan, George Bernard Shaw, Shakespeare. On lui doit également l'adaptation d'œuvres de fiction : *David Copperfield*, *Le Roman de Marguerite Gautier*.
12. Entretiens avec Lesley Blanch et Leslie Caron.
13. Entretiens avec Odette de Bénédictis à Los Angeles, avril 2000.
14. Lesley Blanch, *Romain, un regard particulier*, *op. cit.*
15. « Le magicien/L'homme qui change votre vie/l'histoire complète de ce personnage/L'homme qui réalise vos rêves/Le pourvoyeur/Le super Chat botté/Qui sait comment retirer le fardeau de vos épaules/Et je pourrais continuer ainsi pendant des heures. »
16. *Cinéma-Mémos*, Ramsay Poche Cinéma, 1984, p. 383. Lettre du 2 juin 1958 de David O. Selznick à Romain Gary.
17. *La nuit sera calme*, *op. cit.*

## *Notes du chapitre 47*

1. *Éducation européenne*, roman. Paris, Librairie Gallimard, 1956. Collection NRF.

2. Archives Gallimard.

3. Jacques Lemarchand, critique littéraire, conseiller et directeur de collection chez Gallimard.

4. Le 11 juillet 1956, les pourparlers entre la maison Gallimard et les éditions Calmann-Lévy aboutissent. Calmann-Lévy restitue ses droits à Gary, qui fait réimprimer ses deux premiers livres : *Éducation européenne* et *Tulipe* chez Gallimard. Gary remercie Robert Calmann-Lévy dans une lettre du 2 août, et lui confirme que Gallimard lui a donné « près d'un million d'avance, en 1948 » quand il « était sur le pavé à Paris ». « Je regrette de ne pas avoir été votre nouveau Balzac, France, ou Loti, mais je n'avais pas de quoi, comme on dit. Au fond, je vous ai quitté par manque de talent. » Source : archives Calmann-Lévy.

Les éditions Gallimard ont réédité *Éducation européenne* en 1956 dans une nouvelle version augmentée. Le livre comportait quelques modifications de détail et des additions : parfois une ou deux phrases et deux chapitres entiers, le III et le XXXIII.

Gallimard a également réédité *Tulipe* en 1970.

5. Archives Gallimard.

6. Le livre de Gary comporte 1 080 000 signes. Gaston Gallimard a refusé le titre *L'Affaire Homme* qu'il trouve détestable, et qui est une idée du curé de la paroisse de Roquebrune. Télégramme du 14 juin 1956.

7. Evelyn-Princesse Abd El-Kader était la femme de Razek Abd El-Kader, le petit-fils aîné d'Abd El-Kader, émir d'Algérie (Mascara, 1807-Damas, 1883).

8. *Paris-Match*, 29 février 1957.

9. Comme toujours, Gary exagère un peu. La ville de La Paz est étagée de 3 400 à 4 100 mètres.

10. *La Plus Vieille Histoire du monde*, Folio, Gallimard.

11. Lettre du 14 décembre à Roland Dorgelès.

12. Archives de René et Sylvia Agid, communiquées par Olivier et Yves Agid.

13. *Arts*, décembre 1956.

14. *Le Monde*, 24 octobre 1956.

15. « Le démon de la justice » *Nouvelle Revue française*, décembre 1956, pp. 1067-1068.

16. *Les Lettres nouvelles*, 4 février 1957.

17. Rapporté par Pierre de Boisdeffre, « L'inadmissible Romain Gary », *Les Nouvelles littéraires*, 11 septembre 1967, p. 6.

18. *France-Dimanche*, 30 novembre 1956.

19. *Paris-Presse-L'Intransigeant*, 1er décembre 1956.

20. *Arts*, 5 février 1958.
21. *Arts*, 11 mars 1958.
22. Ossip Mandelstam, *Voyage en Arménie, Zamoskvorietchie*, traduction de André du Bouchet, Le Mercure de France, 1984, p. 33.
23. Cité in *Lettre des résistants et déportés juifs*, n° 57, juin-juillet 2002.
24. Gallimard, 1965, pp. 103-104.
25. *Paris-Presse*, entretien avec Claude Le Roux, 15 décembre 1956.
26. *Rivarol*, sans date.
27. Entretien avec Elisaveta Kouvchinova, Moscou, le 2 mai 1993, *in* Lilly Marcou, *Elsa Triolet*, Plon, 1993.
28. Elsa Triolet, « Préface au mal du pays », in *Le Rendez-vous des étrangers*, Œuvres romanesques croisées d'Elsa Triolet et Aragon, tome 27, p. 12, Robert Laffont, 1973.
29. Nombreux entretiens de l'auteur avec Roger Grenier.
30. Lettre à Christel. « Après-midi du 11 janvier 1957, à L'Oasis. »
31. Entretiens avec Romy Hilda Barriera, avril et mai 2002. Romy a subi plusieurs opérations et a épousé un de ses chirurgiens après sa guérison.
32. *Idem.*
33. *La nuit sera calme, op. cit.*
34. Sinibaldi est le nom d'un des camarades de combat de Romain Gary au groupe Lorraine.
35. Je remercie Sonia Rouve, l'épouse de Pierre Rouve, qui a bien voulu me communiquer une copie du contrat que Gary avait rédigé pour son mari.
36. Archives Gallimard.
37. Golem : matière informe. Ce terme est employé une seule fois dans la Bible pour désigner une masse informe ou embryonnaire et dans la *Michnah* pour désigner une personne inculte et stupide.
38. Rabbi Loew ben Bezalel, appelé le Maharal, acronyme de Morénou-ha-rav Leïb, « notre Maître, le rabbin Loew » (1520-1609).
39. Lettre manuscrite, datée du 28 novembre (1957). Archives Gallimard.
40. Lettre du 17 septembre 1959 à Claude Gallimard.
41. In folio-16, 47 x 74.
42. Lettre à Claude Gallimard, le 30 octobre 1957. Archives Gallimard.

## *Notes du chapitre 48*

1. Claude Hettier de Boislambert s'est embarqué à Brest avec les Canadiens, avant même que de Gaulle ait lancé son appel. C'est à Londres qu'il apprit qu'un général français voulait poursuivre la lutte. Il fut le premier officier à se joindre à lui le 28 mai 1940. De Gaulle l'envoya auprès du général Leclerc au Cameroun parce qu'il connaissait l'Afrique. Il décolla d'un Luciole dans la baie de Dakar, pour remettre en main propre une lettre du Général au gouverneur Boisson, qui le fit arrêter et condamner avec ses six camarades. Ils furent enchaînés, boulet au pied, et enfermés dans une prison à Dakar. Boislambert fut condamné à mort en France au mois de juin 1941. Sa peine fut commuée en travaux forcés. Il s'évada avec Antoine Bissagnet le 1er décembre 1942 grâce à la complicité de Jean Sainteny et regagna Londres. Il commandera ensuite des missions de liaison à l'état-major, avant le débarquement américain sur les côtes de Normandie.

2. Claude Hettier de Boislambert, *Les Fers de l'espoir*, Plon, 1978, chapitre XXXVII, pp. 517 à 527.

3. *My Wicked, Wicked Ways*, Errol Flyn, Pan Books, Londres, 1961, 380 p.

4. *La Promesse de l'aube* s'achève sur la plage de Big Sur. Gary aimait tant cette côte qu'avant de quitter Los Angeles, il acheta un album de photos qui lui était consacré : *Not a Man Apart, Lines from Robinson Jeffers.* Photographs of the Big Sur Coast, by Ansel Adams, Moreley Baer, Wynn Bullock, Steve Crocuh, William E. Garnett, Philip Hyde, Eliot Porter, Cole Weston, Don Worth, Cedric Wrightn and others. Edited by David Brower, Sierra Club-San Francisco, 1964.

5. Le titre du roman de Georges Duhamel était *La Confession de minuit.*

6. *Lady L.* fut publié en 1958 à New York par Simon & Schuster.

7. Les personnages authentiques de *Lady L.* sont : les anarchistes Gracchus Babœuf (1760-1797), Louis Blanc (1811-1882), Michel Bakounine (1814-1876), Pierre Kropotkine (1842-1921), François Claudius Ravachol (1859-1892), Decamps et Dardare. Les révolutionnaires Karl Marx (1818-1883), Vladimir Ilitch Oulianov dit Lénine (1870-1924), Alexandre Herzen (1812-1870) [Gary écrit Hertzen), qui a longtemps vécu à Nice, et est enterré au cimetière russe de la ville. De 1912 à 1938, il y eut à Nice une bibliothèque russe Heren, qui fut ensuite absorbée par la bibliothèque Tourgue-

niev de Paris. Les écrivains Gabriele D'Annunzio (1863-1938), déjà évoqué dans *La Promesse de l'aube*, sir John Vanbrugh (1664-1726), dramaturge et architecte. Les peintres John-Sauveur Sargent (1858-1925), Thomas Lawrence (1769-1830), Jean Boldini (1845-1931), James Wistler Abbott Mac Neil (1834-1903), Edward Leat (1812-1888). Enfin, les personnages historiques : Humbert Ier d'Italie, assassiné en 1900, l'impératrice Élisabeth de Wittelsbach, dite Sissi, assassinée en 1898 par un anarchiste italien, le prince de Galles, futur Édouard VII (1841-1910), Alexandre Kerenski (1881-1970) et la reine Victoria (1837-1901).

Le café Tortini, situé à l'angle du boulevard des Italiens et de la rue Taitbout, a existé de 1804 à 1894.

La complainte amoureuse qui figure en exergue du livre est tirée de : Alphonse Allais, *Poésies complètes, Par les bois du Djinn*, édition établie, préfacée et annotée par François Caradec, Fayard, 1997. Cette complainte a été mise en musique par Jean Spanos et chantée par Juliette Gréco.

8. Je remercie Françoise Navailh qui a relu avec moi *Lady L.* et a examiné la manière dont Gary a construit sa fiction en utilisant souvent de mémoire des éléments puisés dans des faits historiques réels, pour les marier avec les fruits de son imagination de conteur. Voici quelques exemples des libertés que Gary prend avec l'histoire du mouvement anarchiste : Kœnigstein, connu sous le nom de Ravachol, nom de jeune fille de sa mère, fut avec ses complices Descamps et Dardare l'auteur du dynamitage de l'immeuble où habitait le conseiller Benoît, président du tribunal au premier procès intenté en France à des anarchistes.

Chapitre III : Descamps et Dardare n'ont pas pu dynamiter l'immeuble où résidait Benoît, parce que le jour de l'attentat ils étaient en prison. Il n'existe aucune trace de l'attentat de la rue des Italiens contre la banque Julien relaté par Gary, pas plus que de l'attentat au bois de Boulogne, le 25 mai 1885, dans les tribunes du champ de courses.

Ce ne sont pas les frères Marotti, mais l'anarchiste Bresci qui a assassiné le roi Umberto Ier d'Italie en 1900.

L'impératrice Élisabeth (et non la reine Élisabeth d'Autriche) a été tuée en 1898, et non pas en 1902. Il n'existe aucune trace de la bombe posée au café Tortoni, ni de celle lancée sur les gardes républicains, à quelques pas de l'Élysée.

Chapitre IV : le pianiste Anton Krajewski et le chef d'orchestre Serafini sont des personnages imaginaires, ainsi qu'Alphonse Lecœur. Aucun souverain nommé Michel de Bulgarie n'a régné sur ce pays.

Chapitre VI : Dino Scavikan Kovalski, Vilinoff, Napoléon Rosssetti, Charlkov, sir Bertram Moore sont des personnages de fiction. La chanson *O sole mio !* chantée par un des personnages a été écrite en 1901 ; elle est postérieure à l'action racontée dans le roman.

Chapitre VII : contrairement à ce qu'écrit le romancier, lors de la manifestation à Clichy le 1er mai 1891, il y eut des blessés. Descamps reçut six coups de sabre et fut passé à tabac, ainsi que Dardare et Léveillé. C'est la raison pour laquelle ils ne purent être présentés sur-le-champ au juge d'instruction pour être interrogés.

Chapitre VIII : la caserne Lobau sauta dans la nuit du 14 au 15 mars 1892, non le 18 mars 1891. L'immeuble où résidait Benoît, boulevard Saint-Germain, explosa le 11 mars 1892.

*L'Ode à l'humanité* d'Alphonse Allais (1854-1905) n'est pas dédiée à « Yane Avril », mais à Jane Avril.

La phrase : « Je ne puis entendre dans la bouche d'un bourgeois le mot culture sans avoir envie de saisir mon pistolet » est une allusion à celle prononcée par Goebbels trente-trois ans plus tard. En fait, cette phrase a été puisée dans *Schlageter,* une pièce de Hanns Johst (1890-1978) écrite en 1933, et jouée au mois d'avril 1933 pour l'anniversaire d'Hitler.

9. « Le moment de vérité », entretien avec Romain Gary, revue *Preuves*, mars 1957, *op. cit.*, pp. 3-7.

10. Lettre de Sylvia Agid à Christel Kriland, 22 janvier 1960.

11. *Livres de France*, mars 1967, n° 3, p. 6.

12. Lettre du 23 juin 1963. Archives Diego Gary.

13. Cité par Pierre de Boisdeffre, « L'inadmissible Romain Gary », *Les Nouvelles littéraires*, art. cit.

14. *Ibid.*

15. Lesley Blanch, *Les Sabres du Paradis*, Éd. Denoël, 2004.

16. Lesley Blanch, *Romain, un regard particulier, op. cit.,* pp. 126-127. Lesley Blanch a publié encore cinq livres, dont une biographie de Pierre Loti en 1983, et un roman, *The Nine Tiger Man*, qui n'obtint pas autant de succès que *Les Rives sauvages de l'amour*.

17. *Ibid.*, p. 131.

18. *Ibid.*, pp. 129 et 144. Nombreux entretiens de l'auteur avec Lesley Blanch.

19. « D'accord ! Répétons-le, disons-le une seconde fois ! »

## *Notes du chapitre 49*

1. Boisson fermentée fabriquée au Mexique avec le suc de certains agaves.
2. Petit récipient avec un long manche qu'on pose sur le feu pour réchauffer le café.

## *Notes du chapitre 50*

1. Jacques Fouques-Duparc, licencié ès lettres, docteur en droit, diplômé de l'École des sciences politiques et ambassadeur de France.
2. Lettre à René Agid. Date incomplète, probablement le 11 juillet 1959.
3. L'appartement fut loué jusqu'en mai 1958 par les Lehman, un couple d'amis des Agid.

## *Notes du chapitre 51*

1. Georges Pompidou.
2. « De Gaulle, première », émission de Daniel Costelle. Documentaire, 1975, 48 minutes.
3. *Ibid.*
4. *L'homme qui connut la solitude pour sauver la France, op. cit.*
5. *Ibid.*
6. Archives du Quai d'Orsay.
7. Lettre du 1er juillet 1959 à Jacques Vimont. Archives de Jacques Vimont, cité par Fabrice Larrat, *Romain Gary, un itinéraire européen*, Georg Éditions, coll. « Europe », p. 122.
8. Lettre du 11 juillet 1958 à Gaston et Claude Gallimard. Archives Gallimard.
9. Charles de Gaulle, *Mémoires, op. cit.*, pp. 893-910.
10. *Ibid.*, pp. 894-895.
11. *Ibid.*, p. 917.
12. *Ibid.*, p. 939.
13. *Ibid.*, p. 940.
14. Rapporté par Fabrice Larrat. *Romain Gary, un itinéraire européen, op. cit.*, p. 115.
15. *La nuit sera calme, op. cit.*
16. Archives du Quai d'Orsay. Dossier personnel de Romain Gary.

## *Notes du chapitre 52*

1. Jean Seberg est née au St. Thomas Hospital.
2. Ingrid Bergman a joué le rôle de Jeanne d'Arc en 1948.

## *Notes du chapitre 53*

1. La Souris qui rugissait.
2. David Richards, *Played out, The Jean Seberg Story*, Playboy Paperbacks, 1981.
3. Louis Seguin, *Positif* n° 33, avril 1960.

## *Notes du chapitre 54*

1. *Les Mangeurs d'étoiles*, Gallimard, 1966. Conversations de l'auteur avec Romain Gary.
2. Lettre à Sylvia Agid, 31 mai 1960.
3. Lettre à Christel, 30 avril 1960.
4. *Libération*, 11 mai 1960.
5. *Le Figaro littéraire*, 30 juillet 1960.
6. Entretien avec René Agid, recueilli par Variety Moszynski.
7. Copie du télégramme envoyé à Lesley hébergée chez les Agid : *Thank you for your debts here. I wish my mother was here to talk to you. Romain Gary.*
8. Archives de la famille Agid.

## *Notes du chapitre 55*

1. Le film sortit aux États-Unis sous le titre *Played out.*
2. Lettre de Romain Gary à Sylvia Agid.
3. Archives communiquées par Olivier et Yves Agid.
4. Lettre à Sylvia Agid, 22 juin 1960.
5. *Ibid.*
6. *Les Mangeurs d'étoiles, op. cit.*, était dédié à Sacha Kardo Sissoeff. Titre anglais : *Talent Scout*, Harper & Brothers, 1961.
7. Lettre à Sylvia Agid, 18 août 1960.
8. *Ibid.*
9. Titre anglais : *Time out for Love.*
10. Titre anglais : *The Five Day Lover.*
11. Lettre du 2 décembre 1960.

## *Notes du chapitre 56*

1. *Nothing Important Ever Dies*, by Romain Gary, London, The Cresset Press, 1960.
2. *An European Education*, by Romain Gary, New York, Simon & Schuster, 1960.
3. *Les Différentes Versions d'*Éducation européenne *de Romain Gary*, David Bellos, Princeton University, 21 décembre 2002.
4. Chmura, prononcer Khmoura, est un nom juif.
5. *Les Différentes Versions d'*Éducation européenne de *Romain Gary, op. cit.*
6. Lettre de Romain Gary à Claude Gallimard, 29 décembre 1960. Archives Gallimard.
7. *Éducation européenne*, Romain Gary, Club des Libraires associés de France. Édition définitive corrigée par l'auteur, augmentée des ajouts des éditions anglo-saxonnes inédits en France, et illustrée de documents sur la résistance polonaise. Envoi : En opérations avec l'escadrille « Lorraine », Angleterre, automne 1943. © Librairie Gallimard, 1956.
8. Commissaire général, Lituanie, Reichsamtsleiter docteur von Renteln. *La Destruction des Juifs d'Europe*, Raul Hilberg, 1985. Libraire Arthème Fayard, 1988, pour l'édition en langue française. Nombre de Juifs exterminés par les Einsatzgruppen A et B au cours de l'hiver 1941-1942 en Lituanie : respectivement 136 241 et 126 195.
9. Avrom Sutzkever, *Wilner Ghetto*, Shavi, Tel-Aviv, 1947.
10. Chaïm Kaczerginski, *Partizaner geyen !*, Oyf der vakh, Munich, 1947, *Hurb'n Wilnè*, Tisko, New York, 1948, et *Ikh bin geven a partisan, chronique du ghetto de Wilno, Die grine leguende*, Buenos Aires, 1952.
11. Joseph Tenenbaum, *Underground*, New York, 1952.
12. Aba Kovner, *Nyssayon Rishon le-Haggid*, Yalkut Moreshet, n° 16.
13. Entretien avec France Roche, *France-Soir*.
14. *Johnnie Cœur*, Gallimard, 1961, p. 45.
15. *Revue de Paris*, janvier 1962.
16. *Le Figaro littéraire*, 29 septembre 1962.
17. *Le Figaro*, 19 octobre 1962.
18. *Le Parisien libéré*, 19 octobre 1962.
19. *Libération*, 19 octobre 1962.
20. Une pièce de Romain Gary, *La Bonne Moitié*, comédie dramatique tirée du *Grand Vestiaire*, a été publiée aux Éditions Gallimard (1979). Les autres, la plupart du temps adaptées de

ses romans, figurent à l'état de manuscrits dans ses archives déposées à l'IMEC.

21. *Premier amour.*

22. Les décors de *Lady L.* ont été utilisés en 1973 par François Truffaut pour *La Nuit américaine.*

## *Notes du chapitre 57*

1. *La Rue du Bac*, atelier et maison Baltard, 110, rue du Bac. Werner Szambien, Délégation à l'action artistique de la ville de Paris, 1990.

2. L'hôtel des Mousquetaires gris, l'hôtel de Ségur, l'hôtel de la Feuillade, l'hôtel de Commaille, l'hôtel de Vintimille du côté impair et, du côté pair, l'hôtel de Montperoux, l'hôtel Robert de Cotte, l'hôtel de Ligny, l'hôtel de Le Rebours, l'hôtel de Nicolaï, l'hôtel de Valbelle, l'hôtel le Vayer, l'hôtel Jacques-Samuel-Bernard, l'hôtel Dillon, l'hôtel Talaru, l'hôtel de Chalais, l'hôtel des Missions étrangères, pour n'en citer que quelques-uns.

3. *La Rue du Bac*, Délégation à l'action artistique de la ville de Paris, Société d'histoire et d'archéologie du 7e arrondissement, 1990.

4. Entretiens avec Roger et Michèle Agid, 1999-2002.

5. Futur Zaïre, aujourd'hui rebaptisé République démocratique du Congo.

6. *Promise at Dawn*, Harper & Brothers, 1961.

7. Gary avait d'abord songé à réunir ces nouvelles sous le titre *Histoires sifflantes*, ainsi qu'il l'écrit dans une lettre à Claude Gallimard le 29 août 1961.

8. *Le Monde*, 13 juin 1962.

9. Lettre de Romain Gary à Claude Gallimard, 4 avril 1961. Archives Gallimard.

10. Il s'agit d'anciens francs.

11. Lettre du 7 décembre à Sylvia Agid.

12. Le livre de Lesley Blanch a été traduit en français par Jean Lambert, gendre d'André Gide.

## *Notes du chapitre 58*

1. Entretiens avec Roger et Michèle Agid, 1999-2002.

2. Lettre de Sylvia à Christel.

3. Le Dr Henry Rozanoff, dont le cabinet se trouvait 38,

boulevard Victor-Hugo à Nice, soigna de janvier à mars 1922 Ivan Mosjoukine atteint de la fièvre typhoïde.

## *Notes du chapitre 59*

1. Cette année-là, le jury décerna la palme d'or à *La Parole donnée* d'Anselmo Duarte. Furent également primés la *Jeanne d'Arc* de Robert Bresson, *L'Éclipse* de Michelangelo Antonioni, *Electra* de Michael Cacoyannis et *Divorce à l'italienne* de Pietro Germi.
2. « Pour moi, la vie commence et finit avec Romain. »
3. Il s'agit d'anciens francs.
4. Dossier personnel de Romain Gary, archives du ministère des Affaires étrangères.
5. Cette lettre citée par Gary dans *La nuit sera calme*, si elle existe, devait avoir un caractère privé, car elle ne figure pas dans le dossier personnel de Romain Gary au Quai d'Orsay.
6. Entretiens téléphoniques avec André Rossfelder, le colonel Antoine Argoud et Charles Lacheroy.
7. *Ode à l'homme qui fut la France*, Folio n° 3371, édition et traduction de Paul Audi et Jean-François Hangouët, p. 53.
8. Soma Morgenstern, *Errance en France*, Éditions Liana Levi, novembre 2002, pp. 364-365.

## *Notes du chapitre 60*

1. *Bulletin de la NRF*, n° 174.
2. Lettre de Romain Gary à Claude Gallimard, 17 décembre 1962. Archives Gallimard.

## *Notes du chapitre 61*

1. Joseph McCarthy, sénateur républicain du Wisconsin. En 1947, il mena des campagnes contre les communistes. La « chasse aux sorcières » visait des personnalités suspectées de sympathies communistes.
2. Corps de la paix.
3. *Le Nouveau Candide*, du 28 novembre au 5 décembre 1963, n° 135, pp. 5 et 6.
4. Fidel Castro accepta l'installation de fusées soviétiques sur son sol après la tentative de débarquement des anticastristes soutenus par les Américains dans la « baie des

Cochons » en 1961. John Kennedy obtint de Nikita Khrouchtchev le retrait des engins soviétiques.

5. École d'architecture professant un idéal socialiste, constituée en 1919 à Weimar par Walter Gropius qui réorganisa l'École des beaux-arts et l'École des arts décoratifs.

6. Me Robineau.

7. Entretien de l'auteur avec M. Noël Sarrola, maire de Sarrola-Carcopino et conseiller général, en 1999. Entretien de l'auteur avec Mme Feuvrier, mai 2002.

8. Union pour la Nouvelle République. Mouvement fondé au mois d'octobre 1958 par Jacques Soustelle, Michel Debré, Edmond Michelet, Roger Frey et Jacques Chaban-Delmas, après les événements de mai 1958 à Alger.

9. *La nuit sera calme, op. cit.*, p. 152.

10. Archives Gallimard. Lettre manuscrite, traduction de l'auteur.

11. *Ibid.*

12. Harper & Brothers.

## *Notes du chapitre 62*

1. Le 18 décembre 1964.

2. *Chien blanc*, Gallimard, 1970, chapitre XXV.

3. *Pour Sganarelle*, Gallimard, 1965, p. 23.

4. Phrase tirée des *Instantanés* d'Alain Robbe-Grillet.

5. *Esprit* n° 7-8, 1958.

6. *Le Nouveau Roman*, Bordas, 1972.

7. Nathalie Sarraute, *L'Ère du soupçon, essais sur le roman*, NRF Gallimard, 1956. Ce livre faisait partie de la bibliothèque de Romain Gary, ainsi que Jean Ricardou, *Le Nouveau Roman*, Seuil, coll. Écrivains de toujours, 1973.

8. Théoricien du Nouveau Roman et auteur de l'ouvrage *Le Nouveau Roman, op. cit.*

9. *Op. cit.*, p. 21.

10. Jean-Louis Bory, « Saint Gary ou les parapluies de Lima », *Le Nouvel Observateur*, 27 octobre 1965.

11. *Le Monde*, 3 novembre 1965.

12. *Pour Sganarelle, op. cit.*, chapitre 36, pp. 279-280.

13. *Ibid.*, p. 126.

14. *Ibid.*, p. 134.

15. *Ibid.*, p. 458.

16. Lettre de Jean Seberg à Sylvia Agid, 12 juillet 1963. Archives de la famille Agid.

17. Entretien avec Costa-Gavras, 20 janvier 2003.

18. Lettre de Claude Gallimard à Romain Gary, 28 février 1962. Archives Gallimard.
19. Archives Gallimard.
20. Lettre de Romain Gary à Claude Gallimard, postée de Barcelone le 14 mars 1964. Archives Gallimard.

## *Notes du chapitre 63*

1. Entretien avec Marjorie Brandon, New York, 1999.
2. « Un écrivain cherche une secrétaire à temps partiel pour des travaux littéraires. »
3. « Monsieur Gary, je viens de lire votre annonce dans le *Tribune*, et je postule pour ce travail. »
4. « Savez-vous taper sous la dictée ? »
5. « Pourquoi ne m'accordez-vous pas une chance ? »
6. « C'est bien. »
7. « Que veut-il ? »
8. « Eh bien, Monsieur Gary, je pense qu'il veut que vous lui racontiez une histoire. »

## *Note du chapitre 64*

1. *Mon docteur le vin*, texte de Gaston Derys, aquarelles de Raoul Dufy, typographie de A. M. Cassandre, Draeger Frères, Paris, 1936. « Bois, bois, bois… profite ! deviens grosse grosse GROSSE ! »

## *Notes du chapitre 65*

1. « Bonjour Marjy, vous n'habiterez pas ici. Je vous ai réservé une chambre dans un hôtel qui se trouve à deux pas du nôtre. »
2. « Aujourd'hui, je ne peux pas. »
3. Jean, pour ce rôle, reçut un cachet de 125 000 dollars.
4. *The Ski Bum*, Harper & Brothers, 1964. *Adieu Gary Cooper*, Gallimard, 1969.

## *Notes du chapitre 66*

1. Désigne en espagnol un cheval sauvage.
2. Entretien avec Peter Ustinov, Bursin, Suisse, 2000.
3. « Ça va ? »

## Notes du chapitre 68

1. *Talent Scout, op. cit.*
2. *Ibid.*, p. 65.
3. *Ibid.*, p. 202.
4. *Ibid.*, p. 204.
5. Entretien de Romain Gary avec Claudine Jardin, *Le Figaro.*
6. Joseph Brodsky, *Loin de Byzance, La Muse pleureuse*, Fayard, 1988, p. 36.
7. *La Danse de Gengis Cohn, op. cit.* Deuxième volume de la trilogie *Frère Océan* dont *Pour Sganarelle* constituait la préface.
8. *Livres de France*, revue littéraire mensuelle, entretien avec Romain Gary en mars 1967, 18e année, n° 3.
9. *Le Figaro*, 4 juillet 1967.
10. *La Danse de Gengis Cohn, op. cit.*, pp. 350, 351 et 352.
11. Romain Gary, archives personnelles. « Préface manuscrite à la nouvelle édition de *La Danse de Gengis Cohn* ». Feuillets épars.
12. *Schikse* (yiddish) : jolie jeune fille non juive. *La Schikse noire.*
13. *Das Geist* (allemand) : l'esprit.
14. *La Danse de Gengis Cohn, op. cit.*, p. 23.
15. *The Danse of Gengis Cohn*, World Publishing Company, 1968.
16. *Ibid.*, p. 25.
17. Prisonnier arrivé au stade extrême de l'épuisement physiologique et psychologique.
18. Le SS Moll habitait une villa avec sa femme et ses deux enfants sur le site d'Auschwitz. Revue d'histoire de la Shoah-Le Monde juif, *Des voix sous la cendre, Manuscrits des Sonderkommandos d'Auschwitz-Birkenau*, Centre de documentation juive contemporaine, sous la direction de Georges Bensoussan, mars 2001, pp. 264-265.
19. Nous ne pouvons confirmer que Romain Gary a trouvé cette citation dans l'œuvre de Maxime Gorki. Il ne nous a pas été possible de la trouver. Françoise Navailh n'a pu en retrouver la trace au cours de ses recherches.

## Notes du chapitre 69

1. Lettre de Romain Gary à Claude Gallimard, datée du 31 août 1968. Archives Gallimard.

2. Souligné par Gary.
3. *Ibid.*

## *Notes du chapitre 70*

1. *Valeurs actuelles*, 8 juin 1967.
2. Ce film a été réalisé par Jacques Rivette. Le scénario a été tiré du roman éponyme de Diderot.
3. *La nuit sera calme, op. cit.*
2. *Ibid.*
5. *L'Humanité*, 22 juin 1968.
6. *Le Nouveau Journal*, Pierre Marcabru, 22 juin 1968.
7. *Aux écoutes*, Henry Chapier, 2 juillet 1968.
8. *Le Monde*, Jean de Baroncelli, 23-24 juin 1968.
9. *Le Figaro*, Louis Chauvet, 2 juillet 1968.
10. *Gauguin in the South Seas*, traduit du suédois par Reginald Spink, George Allen & Unwin Ltd, Londres, 1964. Consultation de la bibliothèque de Romain Gary.
11. *Livres de France*, mars 1967.
12. *La Tête coupable*, Gallimard, 1968, chapitre XXXII, pp. 270-271.
13. Entretien avec Jérôme Le Thor. Réédition de *Clair de femme*, pour la Librairie Jules Taillandier, Le Cercle du Nouveau Livre, 1977.
14. *La nuit sera calme, op. cit.*, pp. 311-312.
15. *La Tête coupable, op. cit.*, p. 357.
16. *Ibid.*, pp. 367-368.

## *Notes du chapitre 71*

1. *Chien blanc, op. cit.*
2. *Ibid.*
3. *Ibid.*, chapitre XVI.
4. *Ibid.*
5. Malcolm Little, dit Malcolm X (Ohama 1925-New York 1965). Activiste noir, fils d'un pasteur baptiste membre de l'Universal Negro Improvement Association, qui mourut assassiné. Sa mère Louise, dont la peau était blanche parce que sa mère avait été violée par un Blanc, passa vingt-six ans dans un hôpital psychiatrique. Malcolm X eut une jeunesse chaotique, et connut la prison. Sous l'influence d'Elijah

Muhammad, Malcolm Little se convertit à l'islam, devient activiste et prône la création d'un État noir en Amérique. Il meurt assassiné par balles lors d'un meeting, en 1965. Il était persuadé que les Blancs étaient de nature démoniaque. Il a fondé en 1948 l'organisation Nation of Islam (NOI).

6. Diana Athill, *Make Believe. A True Story*, Steerforth Press, South Royalton, Vermont, 1993.

7. Cointelpro : *Counterintelligence program* mis en place par le FBI pour lutter contre le parti communiste américain (CPUSA).

8. *Ibid.*

9. Romain Gary, « Mes beatniks », *Le Magazine littéraire*, n° 30, juillet 1969, p. 29.

10. *Chien blanc, op. cit.*

11. *Les Têtes de Stéphanie*, Gallimard, 1974.

12. *Ibid.*, chapitre VI.

13. Martin Luther King (Atlanta 1929-Memphis 1968). Prix Nobel de la paix en 1964.

## *Notes du chapitre 72*

1. David Richards, *Played out The Jean Seberg Story*, Play Boy Paperbacks, 1981.

2. Earl Anthony, membre du BPP, pour ne citer qu'un exemple, transmettait des informations au FBI.

3. *Chien Blanc, op. cit.*, chapitre XIX.

4. *Ibid.*

5. *Ibid.*, chapitre XXI.

6. *Ibid.*, chapitre XXIV.

7. « To my General, Farewell, with love and anger », *Life Magazine*, 9 mai 1969, vol. 66, n° 18, pp. 26-29 et *Ode à l'homme qui fut la France*, suivi de *Malraux, conquérant de l'impossible.* Textes traduits et présentés par Paul Audi, Gallimard.

8. *Chien blanc, op. cit.*, chapitre XXIV.

## *Note du chapitre 73*

1. *Tokhes* (yiddish) : prononciation corrompue de *takhat* (hébreu), entré dans l'américain : derrière, cul.

## *Notes du chapitre 74*

1. James Arthur Baldwin (1924-1987), naquit dans le quartier noir de Harlem à New York. Il était le fils d'une femme de ménage et ne sut jamais qui était son père. Son enfance fut misérable. Son beau-père, un homme dur et violent, fut interné dans un hôpital psychiatrique en 1943. James Baldwin est venu s'établir en France en 1948. Il a vécu en Provence et à Paris, tout en continuant à séjourner fréquemment à New York. Il a introduit le thème de l'homosexualité dans ses romans.

2. Copie des dossiers du FBI réunis par Margia Kramer.

## *Notes du chapitre 75*

1. Prestigieuse université juive fondée en 1948 à proximité de Wellesley College, non loin de Boston (Massachusetts).
2. Entretien avec Claude Vigée, Paris, 2002.
3. Claude Vigée, *Délivrance du souffle*, Flammarion, 1977, p. 194.
4. Entretien (le 25 juillet 2004) avec Bernard Édinger, fils de Jacques Édinger, qui a été le chef du bureau de l'AFP à New York de 1949 à 1955.
5. *Pseudo, op. cit.*, p. 93.
6. Tim, alias Louis Mitelberg (1919, Kaluszyn, Pologne-Paris 2002). Ce dessin fut la première illustration satirique publiée par ce quotidien.
7. *La nuit sera calme, op. cit.*
8. « To my General, Farewell, with love and anger », art. cit.
9. *Le Figaro littéraire*, 9-15 mars 1970.
10. *Ibid.*
11. Raymond Aron, *Mémoires*, Julliard, 1983. p. 512.
12. *Ibid.*, p. 34
13. Raymond Aron, *De Gaulle, Israël et les Juifs*, Plon, 1968, p. 7.
14. *Op. cit.*, p. 18.
15. Cité par Raymond Aron, in *De Gaulle, Israël et les Juifs, op. cit.*, p. 11.
16. *Ibid.*, p. 45.
17. *Ibid.*, p. 516.
18. *La nuit sera calme, op. cit.*, p. 159.
19. *Ibid.*, p. 234.

## *Notes du chapitre 76*

1. « Mes beatniks », art. cit.
2. *Ibid.*
3. Lettre de Romain Gary à Claude Gallimard, 24 octobre 1969. Archives Gallimard.
4. Peter Ustinov évoque cet ancêtre noir dans son livre *Cher moi*, Stock, 1978.
5. Lettre de Romain Gary à Robert Gallimard, 16 octobre 1971. Archives Gallimard.

## *Note du chapitre 77*

1. Lettre manuscrite, non datée. Remise, ainsi que les autres, par Katherine Askakov à l'auteur.

## *Notes du chapitre 78*

1. Les dossiers du FBI sur Jean Seberg sont aujourd'hui libres de consultation, y compris sur Internet.
2. Entretiens avec Mabel et Marisol Muñoz Lacasta, Paris et Barcelone.
3. Entretien avec Guy-Pierre Geneuil.
4. Ces archives du FBI sont aujourd'hui consultables par le public.
5. *Power :* pouvoir. Dossiers du FBI réunis par Margia Kramer, première partie. Traduction de l'auteur.
6. *France-Soir*, 28 août 1970, p. 4.
7. Journal d'Hélène Hoppenot, 28 août 1970.
8. Entretien avec Guy-Pierre Geneuil, et *Jean, ma star assassinée*, Éditions n° 1, 1995.
9. Entretien avec Guy-Pierre Geneuil.
10. Diana Athill, *Make Believe. A True Story* et David Richards, *Played out*, *op. cit.* Entretien avec Dennis Berry.

## *Notes du chapitre 80*

1. Lettre communiquée à l'auteur par Corinne E.
2. Marquise de La Falaise, *Les Années magnifiques*, Éditions n° 1, 1986.
3. Staj, diminutif de Stanislaw Gajewski.

4. Entretien avec Sophie Gajewski, Varsovie, avril 2001.
5. Marquise de La Falaise, *Les Années magnifiques*, *op. cit.*, pp. 269-270.
6. Entretien avec Martine Carré, août 2000.
7. Entretien avec Edmond Torn, Paris, 2001.
8. Kenneth Moore, *Those of the Street. The Catholic-Jews of Mallorca*, University of Notre Dame Press, Londres, 1976.
9. Entretien de Romain Gary avec Pierre Démeron, *Marie-Claire*, avril 1977.
10. Entretien avec François Bondy.
11. Romain Gary, *La nuit sera calme*, *op. cit.*
12. *Éducation européenne*, *op. cit*, pp. 159-160.
13. *Merveilles des palais italiens*, préface de Jean Giono, Hachette, coll. Réalités, 1968.
14. Traduit de l'anglais par Paul Audi.
15. Journal d'Hélène Hoppenot, décembre 1972.
16. Entretien avec Roger et Nicole Grenier.

## *Notes du chapitre 82*

1. *L'Express*, 5 mai 1972, p. 125-126.
2. Paul Audi, *L'Europe et son fantôme*, Paris, Éditions Léo Scheer, 2003, p. 88-90.
3. *France-Soir*, 26 mai 1972, p. 11.
4. Il s'agit de Roger Grenier, membre du comité de lecture et qui était attaché à la direction littéraire des Éditions Gallimard.
5. Lettre de Robert Gallimard à Romain Gary, écrite à Majorque et datée du 5 septembre 1972. Archives Gallimard.
6. Lettre de Romain Gary à Robert Gallimard, écrite à Genève et datée du 15 novembre 1972.
7. Entretien avec Élisabeth de Farcy, Paris, 2001.
8. Lettre de Romain Gary à Robert Gallimard, Paris, 15 janvier 1973. Archives Gallimard.

## *Notes du chapitre 83*

1. *Kill* : Tue, en anglais.
2. Mercury, en version originale, ABC. Cluny Palace, Delambre et Clichy Pathé, en version française.
3. *Combat*, 25 janvier 1972.
4. Jean Seberg fait allusion à l'article du *Figaro* paru le

25 janvier, et qui présentait la sortie du film comme un succès commercial. Ce qui ne fut d'ailleurs pas le cas en France, mais en Italie.

5. Lettre de Jean Seberg à Romain Gary, datée du 22 janvier 1972. Archives de Diego Gary. Traduction de l'auteur.

## *Notes du chapitre 84*

1. Entretien avec Imelhild Kalisky, 2000.
2. Entretiens de Gary avec l'auteur.
3. *La Promesse de l'aube, op. cit.*, pp. 38-39.
4. Comté de Clark-Nevada.
5. Célèbre boîte de nuit de la rue Princesse.

## *Notes du chapitre 85*

1. Paul Morand, *Journal inutile, 1968-1972*, Gallimard, 2001, p. 840. Quelques pages plus loin (p. 843), autre réflexion antisémite de Paul Morand à l'égard de Lévi-Strauss : « Il est laid, juif et retraité. Les yeux de chouette effrayée des phares d'auto, dans le brouillard. »

2. *Ibid.*, p. 841.

3. Jacques Chauvel était allé séjourner quelque temps en Irlande chez Stas Ostroog après avoir quitté son poste d'ambassadeur à Washington.

4. Gary évoque le refus de Jean Chauvel, alors ambassadeur à Londres, d'accepter sa nomination comme attaché de presse de l'ambassade.

5. Décret du 26 avril 1944.

## *Notes du chapitre 86*

1. Archives Gallimard et entretiens avec Robert Gallimard.
2. Archives de Diego Gary.
3. Archives Gallimard et entretiens avec Robert Gallimard.
4. Romain Gary porte le numéro 275.614. Avant la réception officielle et l'accolade, Gary écrivit une lettre au grand chancelier. « Monsieur le Grand Chancelier, J'ai l'honneur de vous adresser ci-joint le procès-verbal de ma réception au grade de commandeur, en bonne et due forme. Je me permets de vous signaler que mon nom légal est Gary, et non Kacew, ainsi que l'indique par erreur le *J.O.* du 8 août 1971, portant

ma promotion au grade de commandeur. Mon nom d'origine, Kacew, a en effet été changé par décret du gouvernement le 9 octobre 1951 (*J.O.* du 16 octobre 1951) et mon nom de guerre, Gary, est donc devenu à partir de cette date mon seul nom légitime. Veuillez agréer, Monsieur le Grand Chancelier, l'assurance de ma haute considération. Romain Gary. »

## *Notes du chapitre 87*

1. Entretiens avec Dennis Berry. Entretiens avec Roger Grenier. Entretiens avec Anne de La Baume.
2. Le manuscrit des *Enchanteurs* a été déposé par Diego Gary à l'IMEC (Institut de la mémoire de l'édition contemporaine).
3. *Orientamenti della scenografia, a cura di « Prospettive »*, Görlich editore, Milan, 1961.
4. Les sources russes de l'œuvre de Romain Gary ont été examinées avec l'aide de Françoise Navailh.
5. *Les Enchanteurs*, *op. cit.*, pp. 34 et 37.
6. Elizabeth Petrovna (1741-1761).
7. *Les Enchanteurs*, traduit par Helen Eustis, et entièrement corrigé par Gary, fut publié en Angleterre en 1975 sous le titre *The Enchanteurs* chez Putnam.
8. Jacqueline Piatier, qui dirigeait *Le Monde des livres*.
9. Lettre de Romain Gary à Robert Gallimard, 11 juin 1973. Archives Gallimard.
10. *Vie et mort d'Émile Ajar*, Gallimard, 1981, p. 26.
11. Jacqueline Piatier, « Rouerie et fraîcheur au service de l'imaginaire. Romain Gary et Maurice Schumann », *Le Monde*, 7 juin 1973.
12. *Le Figaro littéraire*, 7 juillet 1973, p. 13.
13. Archives Gallimard.
14. *Ibid.*
15. Deux ouvrages de Nicolas Gogol réunis dans un même volume sont publiés sous le titre *Les Nuits ukrainiennes.* 1/*Les Soirées du hameau* (1831-1832), comportant les récits suivants : *La Foire de Sorotchintzi*, *La Nuit de la Saint-Jean*, *Une nuit de mai ou la noyée*, *La Dépêche disparue*, *La Nuit de Noël*, *Une terrible vengeance*, *Ivan Fidorovitch Chponka et sa tante*, *Le Terrain ensorcelé.* 2/*Mirgorod* (1835), avec *Ménage d'autrefois*, *Viï*, *La Brouille des deux Ivan.*
16. Norman Sherry, *Conrad and his World*, Witg, 142 illustrations, Thames and Hudson, 1972.

17. Les manuscrits de Romain Gary sont déposés à l'IMEC (Institut de la mémoire de l'édition contemporaine).

18. *Le Figaro littéraire*, 8 juin 1974, p. 14.

19. Plus exactement : « Va lui donner une paire de gifles », *La Promesse de l'aube*, p. 46.

20. *Journal de Genève*, 28 mai 1974.

21. *L'Express*, 27 mai 1974, p. 120.

22. *La Revue des Deux Mondes*, septembre 1974, pp. 402-406.

23. *Cosmopolitan*, août 1974.

24. Lettre de Romain Gary à Robert Gallimard, 19 juin 1974. Archives Gallimard.

25. *Ibid.*

26. Entretien avec Jean-Claude Zylberstein, mai 2001.

## *Notes du chapitre 88*

1. *Les Enchanteurs, op. cit.*, pp. 192, 193 et 194.
2. Entretien avec Katherine Pancol, Paris, 2001.
3. Entretien avec Anne de La Baume, Paris, 1999.
4. Entretien avec Anna Prucnal, Paris, 2001.
5. *Les Enchanteurs, op. cit.*, chapitre VII, pp. 72-73.

## *Notes du chapitre 89*

1. *Les Enchanteurs, op. cit.*, p. 79.
2. *Ibid.*, pp. 110-111.
3. Conclusions du Dr Grosgogeat, 22 octobre 1975.

## *Notes du chapitre 90*

1. *Vie et mort d'Émile Ajar, op. cit.*, pp. 28, 29 et 30.
2. *Les Aventures de la liberté*, Grasset, 1991, p. 54.
3. *Ibid.*, p. 163.
4. *Pseudo, op. cit.*, p. 16.
5. Archives Gallimard.
6. *Ibid.*
7. Archives Gallimard. Sur cette lettre, l'adresse de Pierre Michaut n'est pas la même que sur sa première lettre : Avenida Afranio di Mello, Franco 180, appartement 103, Leblon, Rio de Janeiro, Brésil.
8. Archives du Mercure de France.

9. *Vie et mort d'Émile Ajar, op. cit.*, pp. 24-25.
10. Archives du Mercure de France.
11. Lettre du 5 novembre 1974 de Simone Gallimard à Pierre Michaut. Archives Gallimard.
12. Archives du Mercure de France.
13. *Le Monde*, 24 juillet 1981.
14. *Ibid.*
15. Archives Gallimard.
16. *Le Nouvel Observateur*, 30 septembre 1974.
17. *Le Point*, 30 septembre 1974.
18. *Le Parisien*, 29 octobre 1974.
19. *Le Figaro*, 28 octobre 1974.
20. *Le Monde*, 27 septembre 1974.
21. Archives de la famille Agid.
22. *Vie et mort d'Émile Ajar, op. cit.*, p. 34.
23. *France-Soir*, 4 octobre 1974.
24. Archives Gallimard.

## *Notes du chapitre 91*

1. Henrik Ibsen (1828-1960), *Le Canard sauvage* (1884).
2. Entretien avec Diego Gary, Marisol Muñoz Lacasta et Mabel Muñoz Lacasta.

## *Notes du chapitre 92*

1. *Les Enchanteurs*, *op. cit.*, p. 42.
2. Dans les premiers états du manuscrit *La Tendresse des pierres*, qui devint *La Vie devant soi*, était intitulé *Rien*.
3. Paul Pavlowitch, *L'Homme que l'on croyait*, Fayard, 1981, pp. 74-75.
4. Archives de l'écrivain, mises à la disposition de l'auteur par Diego Gary.
5. *Ibid.*
6. Entretien avec Michel Cournot. Lettre de Michel Cournot à l'auteur.
7. *Ibid.*

## *Notes du chapitre 93*

1. *Au-delà de cette limite votre ticket n'est plus valable*, Gallimard, 1975, pp. 205-206.

2. *Lady L., op. cit.*, pp. 226-228.
3. « La matinée littéraire » par Roger Vrigny, France-Culture, 12 juin 1975.
4. *La nuit sera calme, op. cit.*, pp. 45-47.
5. Archives Gallimard.
6. Carte manuscrite, 9 avril 1975. Archives Gallimard.
7. « Éros voyage sans ticket », *Les Nouvelles littéraires*, 28 juillet-3 août 1975, p. 4.
8. *La Tribune de Genève*, 21 juillet 1975.
9. *Le Monde*, 9 mai 1975.
10. David Bellos, « Ce que Momo veut dire », *op. cit*.
11. Lettre de Sylvia Agid à Christel du 1er octobre 1975. Archives de la famille Agid et archives de Christel données à l'auteur.

## *Notes du chapitre 94*

1. Archives Mercure de France.
2. Entretiens avec Michel Cournot, 1998 et 2002.
3. *Le Nouvel Observateur*, 22 septembre 1975.
4. Lettre de Guy Dumur à Michel Cournot du 11 septembre 1975. Archives du Mercure de France.
5. *L'Express*, 1er-7 décembre 1975.
6. Brouillon de *Pseudo*. Feuillets épars. Feuillet n° 13.
7. Feuillet n° 12.
8. Feuillet n° 9.
9. Feuillet n° 7-11.
10. Feuillet n° 7.
11. Feuillet n° 5.
12. Feuillet n° 14.
13. Feuillet non numéroté.
14. *La Vie devant soi*, Mercure de France, 1975, p. 15.
15. *Ibid.*, p. 54.
16. *Ibid.*, p. 59.
17. *Ibid.*, p. 162.
18. *Preuves*, mars 1957.
19. *Ouest-France*, 9 octobre 1975, article de Charles Le Quintrec. Une photo d'Émile Ajar est également parue dans un quotidien suisse *24 Hebdo* du 15-16 novembre 1975.
20. *Vie et mort d'Émile Ajar, op. cit.*, p. 32.
21. *L'Homme que l'on croyait, op. cit.*, p. 108-109.
22. Daniel Morgaine a été successivement rédacteur en chef de *Paris-Presse*, *Paris-Jour* et *France-Soir*.

## *Notes du chapitre 95*

1. Entretien avec Charles-André Junod, Genève, 1999.
2. Entretiens avec Yvonne Baby, Paris, 1999 et 2002.
3. *Vie et mort d'Émile Ajar, op. cit.*, p. 32.
4. *Le Monde*, entretien d'Émile Ajar avec Yvonne Baby, 10 octobre 1975.
5. *L'Homme que l'on croyait, op. cit.*, p. 126.
6. Entretien avec Malcy Ozannat, Paris, 1999.
7. Apostrophes, « La sexualité racontée par les hommes », juin 1975.
8. *Le Monde*, 15-16 juin 1975.
9. *France-Soir*, 26 septembre 1975.
10. *Le Journal du dimanche*, 5 octobre 1975.
11. *Vie et mort d'Émile Ajar, op. cit.*, p. 30.
12. *Ibid.*, p. 32.

## *Notes du chapitre 96*

1. Selon les termes mêmes de Romain Gary.
2. *Ibid.*, p. 31.
3. Archives du Mercure de France.
4. Entretien avec Jacques Bouzerand, Paris, 2001.
5. *L'Homme que l'on croyait, op. cit.*, Paul Pavlowitch. p. 152.
6. Entretiens avec Élisabeth de Farcy, Paris, 2001, et Florence Baumgartner, Paris, 2002.
7. Archives Mercure de France.
8. Entretien de René Agid avec Variety Moszynski. Je remercie Variety Moszynski qui m'a communiqué la transcription des entretiens qu'elle a réalisés pour son film documentaire sur Romain Gary.
9. *Vie et mort d'Émile Ajar, op. cit.*, p. 41.

## *Notes du chapitre 97*

1. Léon Bouzerand (Cahors 1902-1972) a fait ses études à l'école de photographie de la rue de Vaugirard, à Paris, en 1925. On lui doit deux albums sur l'automobile et le rugby édités par l'association « Vitesse limitée ».
2. *Le Monde*, 21 novembre 1975. *Le Figaro*, 21 novembre 1975.

3. *L'Homme que l'on croyait, op. cit.*, p. 170.

4. *Ibid.*, p. 172. Et conversation avec Linda Noël, Saint-Ouen et rue du Four, 1978.

5. Entretien avec Jacqueline Piatier, Paris, octobre 1999.

6. Merci à Ghislène Damaz, qui a retrouvé la page du *Monde des livres* où Jacqueline Piatier avait publié la déclaration de Gary.

7. Lettre manuscrite de Romain Gary à Simone Gallimard.

8. Entretien avec Yvonne Baby. Entretien avec Jacqueline Piatier.

## *Note du chapitre 98*

1. Entretiens avec Florence Baumgartner, octobre, novembre, 2002.

## *Notes du chapitre 99*

1. *Pseudo, op. cit.*, p 67.

2. *Vie et mort d'Émile Ajar, op. cit.*, p. 19.

3. *Ibid.*, pp. 21-22.

4. *Ibid.*, pp. 20-21.

5. Lettre manuscrite de Romain Gary à Simone Gallimard, 22 décembre 1975. Archives Mercure de France.

6. *L'Homme que l'on croyait, op. cit.*, p. 193.

7. *Ibid.*, pp. 194-196.

8. *Ibid.*, p. 196.

9. Entretiens avec Moshé Mizrahi, Jérusalem, 2000 et 2002.

10. *Pentimento* (Le Repentir) de Lilian Hellman, épouse de Dashiell Hammett, dont Mary McCarthy disait : « Tout ce que cette femme dit est un mensonge y compris lorsqu'elle prononce les mots "et" et "je". »

11. Elle avait de même renoncé à jouer le personnage de La Bouboulina dans *Zorba le Grec,* le film de Michael Cacoyannis. Lila Kedrova accepta ce rôle avec le succès que l'on sait.

## *Notes du chapitre 100*

1. Roger Grenier, *Les Larmes d'Ulysse*, Gallimard, 1998, pp. 38-39.

2. *Pseudo, op. cit.*, p. 137.

## *Notes du chapitre 101*

1. Entretiens avec Roger Grenier, Paris, 2002 et 2003.
2. *Le Monde*, 16 novembre 1976.
3. *Le Nouvel Observateur*, 27 décembre 1976.
4. *Vie et mort d'Émile Ajar*, *op. cit.*, p. 20.
5. Note du 12 décembre 1977 de Michel Cournot à Simone Gallimard. Archives Mercure de France.

## *Notes du chapitre 102*

1. *Clair de femme*, commencé le 7 avril 1976, fut achevé le 27 août de la même année.
2. Dans les premiers états du manuscrit *Clair de femme* fut d'abord intitulé *Paso Doble*.
3. Archives Gallimard.
4. Entretien avec Odette Laigle, novembre 2002.
5. *Les Échos*, 4 février 1977.
6. *Le Monde des livres*, 4 mars 1977.

## *Notes du chapitre 103*

1. Entretiens avec Béatrice Clerc Bastide, Paris, 2000 et 2002.
2. Lettre à René et Sylvia Agid. Archives de la famille Agid.
3. Archives Diego Gary.
4. Souvenirs de l'auteur.
5. Entretiens avec Béatrice Clerc Bastide.
6. Une fois le livre publié, Gary s'aperçut que deux chapitres existant dans l'édition américaine manquaient à la version française de *Charge d'âme*. Il demanda qu'ils fussent rétablis en cas d'une réimpression dans la collection Blanche. Dans le même document, on peut lire que l'écrivain demandait également qu'une anecdote figurant dans l'édition américaine de *La Promesse de l'aube* soit rétablie en collection Folio. Il s'agit de la demande en mariage de Mina par un visiteur polonais, qui fut inspirée par les séjours de Borukh Kacew et du peintre Maliavine à Nice au début des années trente. Note du 9 janvier 1978 de Claude Gallimard à Suzanne Duconget et Robert Gallimard. Archives Gallimard.

Deux jours plus tard, Gary écrivit une nouvelle fois à Claude Gallimard pour lui dire qu'il était en train de procéder à la mise au point de *Frère Océan*, et notamment de *La Tête coupable* dont certaines pages de l'édition anglaise ne figuraient pas dans la première édition française. Gary demandait donc qu'André du Bouchet, le traducteur qui avait établi le mot à mot de *Charge d'âme*, fût chargé de traduire les pages indiquées dans l'édition anglaise (il s'agit des pages 76 à 92, puis des pages 101 et 102, des pages 105 à 109, des pages 111 à 119, des pages 158 à 164 et, enfin, des pages 185 à 194).

Lettre du 11 janvier 1978 de Romain Gary à Claude Gallimard. Archives Gallimard.

Gary avait en outre songé à changer le titre de son livre pour la réédition dans la collection Folio. Il avait proposé dans une lettre à Claude Gallimard que son livre soit intitulé *La Fête coupable*. Puis il revint sur sa décision d'insérer dans la version française les pages de la version anglaise qu'il avait fait traduire en français. Il renonça également à son idée de changer le titre de son roman. (Note du 2 août 1978 de Robert Gallimard à Suzanne Duconget et Claude Gallimard.)

7. Archives Gallimard.

8. *France-Soir*, 15 janvier 1978.

9. Ce ne fut pas non plus un échec, puisque le livre se vendit à 18 700 exemplaires. Situation de vente au 30 novembre 1979. Archives Gallimard.

10. *Le Canard enchaîné*, 11 janvier 1978.

11. Roger Grenier, dans une note non datée, avait informé tous les services de la consigne de Romain Gary : en aucun cas *Charge d'âme* ne devait verbalement ou par écrit être présenté comme appartenant à la série *Frère Océan*. Archives Gallimard.

12. Lettre manuscrite du 31 décembre 1977 de Romain Gary à Robert Gallimard. Archives Gallimard.

13. Lettre manuscrite datée par erreur du 1er janvier 1977 de Claude Gallimard à Romain Gary. Il s'agit du 21 janvier 1978.

14. Archives Mercure de France.

15. Archives Diego Gary.

16. Entretien avec Jérôme Camilly, Paris, 2000, et archives Gallimard.

17. Copie de la lettre de Romain Gary à Jean-Claude Lattès datée du 17 novembre 1978. Archives Gallimard.

18. Lettre de Romain Gary à Claude Gallimard, 17 novembre 1978. Archives Gallimard.

19. Archives Gallimard.

20. Romain Gary confia à l'auteur de ces lignes, qui à cette

époque entretenait quelques liens avec le monde du spectacle, un exemplaire du manuscrit de *La Bonne Moitié.*

21. Entretiens avec Michel Cournot.
22. Entretien avec Robert Gallimard.
23. Entretien avec Costa-Gavras, 20 janvier 2003.
24. *Les Nouvelles littéraires*, 6-13 septembre 1979. *Le Canard enchaîné*, 5 septembre 1979. Jeanne Folly, *Le Matin de Paris*, 8-9 septembre 1979.
25. *Le Monde*, 31 août 1979.

## Notes du chapitre 104

1. Entretien avec William Styron, Roxbury, Connecticut, 2000.
2. *Face aux ténèbres, chronique d'une folie*, traduit de l'anglais par Marc Rambaud, Gallimard, 1990.
3. *Ibid.*, p. 42.
4. Entretien avec Roger Grenier.
5. Entretien avec Yves Agid, Paris, 2000.
6. *L'Angoisse du roi Salomon*, Mercure de France, 1979, p. 11.
7. *Ibid.*, pp. 32-33.
8. *Ibid.*, p. 213.
9. *Le Monde des livres*, 2 février 1979.
10. *V.S.D.*, 11 mars 1979.
11. Traduction de Barbara Wright.

## Notes du chapitre 105

1. Roman Polanski a été poursuivi pour détournement de mineure aux États-Unis.
2. Pour tourner *White Dog*, Samuel Fuller engagea les acteurs suivants : Kristy McNichol, Paul Winfield, Burl Ives, Jameson Parker, Paul Bartel et Dick Miller.

## Notes du chapitre 106

1. *L'Homme que l'on croyait, op. cit.*, p. 235.
2. *Ibid.*, p. 295.
3. *Vie et mort d'Émile Ajar, op. cit.*, p. 42.
4. *L'Homme que l'on croyait, op. cit.*, p. 297.

5. Entretien avec Me Junod. Dossier de l'affaire Ajar communiqué à l'auteur par Diego Gary.
6. Archives Diego Gary.

## *Notes du chapitre 107*

1. Archives Gallimard.
2. *Les Clowns lyriques, op. cit.*, p. 9.
3. *Ibid.*, p. 11.
4. Magazine sentimental.
5. Leslie Caron et Henry Fonda jouèrent le rôle d'Ann et de Rainier dans *L'Homme qui comprenait les femmes.*
6. *France-Soir,* 4 juillet 1979.
7. Maximilian Oskar Bircher-Benner est né le 22 août 1867 à Aarau, et est mort le 24 janvier 1939 à Zurich. Fils de notaire, il a fait ses études de médecine à Zurich et Berlin (1885-1891). Il obtint son doctorat en 1897, et fut exclu de l'Association des médecins de Zurich en 1900, en raison de sa « thérapie alimentaire ». Il pratiqua la médecine générale à Aussersihl et ouvrit sa clinique au Zurichberg en 1904. La clinique Bircher-Benner à Zurich a été fermée en 1995.
8. Le pasteur André Trocmé a été désigné Juste parmi les nations par l'Institut Yad Vashem (Mémorial de la Shoah et Institut de documentation) à Jérusalem en 1971, et son épouse Magda en 1984.
9. Harper & Row, 1979.
10. Entretien avec Paul Bocuse, Lyon, 2000.
11. *Kites : The Gentle Art of High Flying, written and illustrated by Susan Tyrrell,* Dolphin Books, Doubleday & Company, Inc., Garden City, New York, 1978.

## *Notes du chapitre 108*

1. Entretien avec Raphaële Balmes, Paris, 1999.
2. En 1978, Romain Gary donna à l'auteur de ce livre deux de ses ouvrages : *La Danse de Gengis Cohn* et *Adieu Gary Cooper.* Quelques jours plus tard, il voulut savoir ce que lui avait inspiré la lecture de ces deux romans. Je répondis, car j'avais rencontré chez lui Paul Pavlowitch, que je ne comprenais pas comment il pouvait supporter d'être ainsi plagié par son petit-cousin. Il me fut répondu avec un air d'intense satisfaction : « Laisse tomber, c'est un petit con ! » Puis il m'interrogea à nouveau sur *La Danse de Gengis Cohn.* Je lui dis que

c'était un livre génial, mais me permis de lui faire remarquer qu'il faisait des fautes en yiddish, et lui proposai de les corriger en vue d'une éventuelle réédition. Il se mit en colère. Il connaissait le yiddish mille fois mieux que moi ! Je ne cédai pas. Non seulement le yiddish était ma langue maternelle, mais je l'étudiais à l'université. Nous trouvâmes un compromis qui lui coûtait peu : quand le livre serait réimprimé, nous irions demander à mon professeur, Rachel Ertel, de trancher qui de lui ou de moi avait raison.

3. *Vie et mort d'Émile Ajar, op. cit.*, p. 33.

4. Entretiens avec René Agid. Entretien avec le Dr Louis Bertagna.

5. Entretiens avec Robert Gallimard et Laurent Boyer.

6. *Pseudo, op. cit.*, p. 193.

7. Lettre de P. Gratianne à Romain Gary, datée du 24 octobre 1980.

8. Note numéro 2999 pour le Président datée du 3 novembre 1980, signée François de Combret, et communiquée à l'auteur par ce dernier.

## *Notes du chapitre 109*

1. Entretien avec Lesley Blanch, 9 février 2003.

2. Abdelkader Hamadi est né le 18 janvier 1944 à Casablanca.

3. 153, boulevard Magenta.

## *Notes du chapitre 110*

1. Entretiens avec André Asséo, Virginie Solenn, Georges Bouvier, Leïla Chellabi.

2. Jeanne Marie, Henriette, Marguerite Sériat.

3. Georges Bouvier, né le 26 février 1921 à Tien-Tsin, de Louis-Félix Bouvier et de Marie Bonnardeau.

## *Notes du chapitre 112*

1. *Op. cit.*, p. 308.

2. Archives Diego Gary.

3. Lettre du 5 avril de Romain Gary à Claude Gallimard. Archives Gallimard.

4. *V.S.D.*, 5-11 juin 1980, p. 50.

5. Connaissant l'ignorance de ses contemporains, Gary ne risque rien à dire cela, puisque la Pologne faisait partie de l'Empire russe. Son père était à la fois russe et polonais.

## *Notes du chapitre 113*

1. « Oh ! Lesley, j'ai mal joué mes cartes ! »
2. Béatrice Clerc a épousé François-Régis Bastide en 1982.
3. Ce témoignage coïncide avec les souvenirs de l'auteur de ce livre qui vit à deux reprises Romain Gary dans un état semblable. Je vis aussi son revolver posé sur la table basse du salon.
4. Paul Morand, *Journal inutile, 1973-1976*, Gallimard, 2001, p. 195.
5. *Ibid.*, p. 429.
6. *Ibid.*, p. 470.
7. *Ibid.*, p. 541.
8. *Ibid.*, p. 607.
9. *Ibid.*, p. 673.
10. *Ibid.*, pp. 799-800.
11. Paul Morand a fait partie du cénacle des « diplomates écrivains » : Philippe Berthelot, Paul Claudel, Jean Giraudoux, Alexis Léger (Saint-John Perse), Paul Morand.
12. Comme Paul Morand le rapporte dans son *Journal inutile, op. cit.*, il s'était opposé à ce qu'on envisageât l'accueil de Romain Gary à l'Académie française.

## *Notes du chapitre 114*

1. La mono-amine oxydase (MAO-A), enzyme responsable de la dégradation des mono-amines, est présente dans le système nerveux et son rôle est important dans le catabolisme des amines endogènes (noradrénaline). Les IMAO, inhibiteurs des MAO (amphétamines, déprényl, clorgyline), sont employés comme antidépresseurs. Le Marplan a été remplacé par l'Aurorix.
2. Le Pr René Agid était spécialiste des métabolismes sur les hibernants. Il dirigeait l'Institut de physiologie de Toulouse et était doyen de la faculté de médecine de Toulouse. Il travailla jusqu'à soixante-neuf ans, car il avait été empêché d'exercer pendant les quatre années de guerre.
3. Entretien avec Caroline Monney, *Charge d'âme*, réédité

par la Librairie Jules Taillandier, Cercle du Nouveau Livre, 1978.

4. Il le déposa chez Me Robineau, son notaire.

5. Entretien de Variety Moszynski avec Romain Gary.

6. Guillemette de Sairigné, *Mon illustre inconnu*, Fayard, 1998, pp. 19-20.

7. Entretien avec Guillemette de Sairigné, *Le Matin de Paris*, 8 décembre 1980, pp. 26-27.

8. Gabriel de Sairigné, l'un des premiers Français libres, Compagnon de la Libération, héros de Bir-Hakeim, est mort au combat en Indochine à trente-cinq ans, lieutenant-colonel de la Légion étrangère.

9. *La nuit sera calme*, *op. cit.*, pp. 103-104.

10. *Pseudo*, *op. cit.*, p. 80.

11. *Menorah* : chandelier à sept ou à huit branches, semblable à celui du Sanctuaire et du Temple de Jérusalem. Il est devenu le principal symbole juif. La *menorah* est décrite dans l'Exode où Dieu donne à Moïse des instructions précises sur la manière de la fabriquer. « Tu feras aussi un candélabre d'or pur, le candélabre sera en or massif, de même que sa tige et sa branche. Ses calices, ses corolles et ses fleurs sortiront de ses côtés, trois branches du candélabre d'un côté ; et trois branches du candélabre du second côté. » Les Romains, après la destruction du Temple de Jérusalem en 70 de l'ère chrétienne, l'exhibèrent à Rome, comme on peut aujourd'hui la voir sur l'arc de Titus, décrivant le défilé triomphal des conquérants du royaume juif. La *menorah* est l'emblème de l'État d'Israël.

Romain Gary a raconté à l'auteur de ce livre que la *menorah* qu'il avait déposée dans sa chambre, au pied de son lit, lui avait été offerte au cours d'une réception par les dames qui l'avaient élu l'homme le plus séduisant de l'année.

12. *Les Cerfs-volants*, Gallimard, 1980, chapitre XXI, p. 146.

## *Notes du chapitre 115*

1. Solomon Volkov, *Conversations avec Joseph Brodsky*, Éditions du Rocher, 2003, p. 78.

2. Ce sont les deux derniers vers du poème de cinq quatrains « Oh, Larmes dans les yeux ». Il appartient au cycle de onze poèmes intitulé *Mars*. Marina Tsvetaïeva les a écrits entre le 15 mars et le 11 mai, lors de l'invasion de la Tchécoslovaquie par Hitler au mois de mars 1939.

3. Archives de la famille Agid. Lettres de Sylvia Agid à Christel Kriland.

4. Entretien avec Charles-André Junod, Genève, 2000.

5. Raymond Aron, lettre à Romain Gary, 20 novembre 1980, Archives personnelles de Romain Gary.

6. Lettre de Sylvia Agid à Christel Kriland. Archives de la famille Agid.

7. Entretiens avec Florence de La Valette, New York, 2000 et 2001.

8. Entretien avec Bernard de La Valette, Paris, 2000.

9. Archives Anne de La Baume. Anne de La Baume, la fille de Corniglion-Molinier et de Suzanne Salmanowitz, a épousé en premières noces Serge de Dietrich, puis François de La Baume.

10. Rapport effectué par la police judiciaire et Mlle Annie Augeard, commissaire de police au commissariat Saint-Thomas-d'Aquin. Numéro 679, répertoire 276680. Transmis par le procureur Bernard Pagès et Diego Gary.

11. Cabinet du Dr Michel Delarue, 19, avenue de La Motte-Picquet, Paris 7e.

12. La légende juive du Golem, née à Prague au XVIe siècle, raconte que le rabbi Yehouda Loew, assisté de deux de ses disciples, avait créé, dans la synagogue Altneuschul, une créature de glaise à laquelle il avait insufflé la vie en prononçant certaines incantations. Ce fidèle serviteur du rabbi, non doué de parole, qui était censé défendre les Juifs des attaques des chrétiens dans le ghetto, un jour échappa au contrôle de son créateur. L'ayant récupéré, le rabbi décida d'anéantir sa créature en effaçant sur son front la première lettre *aleph* du mot *emet* qu'il y avait tracé. En effet, *emet (aleph, mem, tav)* signifie : vérité. Mais, si on efface la lettre *aleph*, le mot se prononce alors *met (mem, tav)*, c'est-à-dire « mort ».

Comme pour le rabbi Yehouda Loew, encore appelé Maharal de Prague, aux yeux de Gary, la vérité se transforme en mort.

## *Notes du chapitre 116*

1. « Gary l'immigré », *Le Nouvel Observateur*, éditorial de Jean Daniel, 8-14 décembre 1980.

2. Je remercie Françoise Navailh qui a réuni pour moi les éléments de la biographie d'Alexandre Vertinski et qui a traduit du russe *Le Nègre violet.*

3. Josyane Savigneau, *Le Monde*, jeudi 11 décembre 1980, p. 27.

## *Notes de l'épilogue*

1. Entretien avec Claude Durand, Paris, 2001.
2. Entretien avec Bernard Pivot, Paris, 2002.
3. *Le Monde*, 3 juillet 1981.
4. *L'Express*, 10 juillet 1981.
5. *Le Quotidien de Paris*, 3 juillet 1981.
6. *L'Express*, 17 juillet 1981.
7. *Le Monde*, 10 juillet 1981.
8. *La Promesse de l'aube, op. cit.*, chapitre XX, p. 167.

# Index

## REMERCIEMENTS

Toute ma reconnaissance pour m'avoir confié leurs archives, lettres, et souvenirs, pour m'avoir lue, conseillée, critiquée et encouragée à : Roger et Michèle Agid, Yves et Olivier Agid, Anne de La Baume, Lesley Blanch, Genrich Agranowskij, Galina Baranova, Violaine Chain, Diego Gary, Danièle Ghighi, Georges Kiejman, Christel Hedström-Kryland, Variety Moszynski, Françoise Navailh, Mikhaël Wilson et Geneviève Ziller.

Merci encore à tous ceux qui m'ont prodigué leur concours dans la recherche des traces de Romain Gary : Firiel Abdeljaouad, Mireille d'Agostin, Lewis Allen, Catherine Allex, Elle Allkivi, Yehoshua Almog, Alain Aptekman, Barbara Aptekman, Marie-Madeleine Aprosio, colonel Antoine Argoud, André Asséo, Pierre Assouline, Christine Arnothy, Katherine Askarov, lieutenant-colonel Gilles Aubagnac, Paul Audi, Yvonne Baby, Robert Badinter, Pierre Bailly-Salin, Luc Balbont, Raphaële Balmes, Francine Bankoff, Simonetta Barriera, Simone Bartfeld, Jose-Maria Bascones, Béatrice Bastide, Myriam Baudon-Rajk, René Bauden, Anne de La Baume, Florence Baumgartner, Marc Beauchêne, David Bellos, Odette de Bénédictis, Georges Bensoussan, Chaïm Bergman, Dennis Berry, Jean-Pierre Berst, Louis Bertagna, Mariella Berthéas, Yves Bertrand, Agnès Beylot, Hector Bianciotti, Arlette Bidault, Robert Bimont, Lazare Bittoun, Philippe Blanc, Jean Blot, Paul Bocuse, Thierry Bodin/Les Autographes, Marcel Boisot, François Bondy, Liliane Bondy, Jean Bouet, Claude Bouheret, Marie-Odile Bouilhet, Dominique Bourel, Christian Bourgois, Anne-Marie Bourgnon, Georges Bouvier, Jacques Bouzerand, Jacqueline Boyer, Nicole Boyer, Laurent Boyer, Marjorie Brandon, Maria Braunsztein, Philo Bregsztein, Philippe Brenot, Jeanine Bromberger, Jacques Burko, Krystina Byczewska, Jérôme Camilly, Catherine Camus, Mathieu Cantegrit, Leslie Caron, Martine Carré-Duravenne, Frank Mac-Carthy, Arnaud de Castelbajac, David Catarivas, Jean-Marie Catonné, Jerome Charyn, Françoise Chatenoud, Leïla Chellabi, Jean-Étienne Cohen-Seat, Marie-Laure Colin, Anne Colcanap, Sylvain Combescot, Olivier Corpet, Costa-Gavras, Paul Cougnard, Michel Cournot, Teresa Cremisi, Régine Crespin, Michel Czajic, Guislaine Damaz, Jean-Pierre Dauphin, Anny Dayan-Rosenman, Agnès Delarive, Michel Déon, Pierre-Jean Deschot, Albert Dichy, Jean Dimanchin, Azario Dobruskes, Geneviève Dormann, Pierre-Louis Dreyfus, Mordechaï Drory, Claude Durand, Alexandre Edelman, Zofia Lopecka Edelman, Gérard Elbaz, Corinne Enthoven, Jean-Paul Enthoven, Dalja Epstein, Aude Fabry, Pierre Fano, Élisabeth de Farcy, Françoise Feuvrier, Helen Fine, Micheline Fourquet, Jeanine Frenk, Bella Frydman, Denise Frydman, Carlos Fuentes, Anna Gael, Ginette Gahier, Sophie Gajewski, Antoine Gallimard, Isabelle Gallimard, Robert Gallimard, Philippe Garnier, Catherine Garson, Gérard Gaussen, Florence Girard, Roger Grenier, Linda Grinda, Yves et Françoise Grosgogeat, général Yves Gueguen, Suzanne Guillermou, Aude Guillon, Marc Guyon, Emmanuel Halperin, Sara Halperyn, Jean-François Hangouët et la revue *Le Plaid*, Albert Herskowicz, professeur Alain Hertig, Charlotte Hyde, Paul Ibos, la revue *Icare*, la revue *Les Temps modernes*, Jan Jagelski, Paula Jacques, Jessica Jama, Dominique Jochaud, Philippe Job, Guy Joly, Christine Jordis, Pierre Jouvet, Charles-André Junod, Jean Kacew, Imelhild Kalisky, Alexandre Kardo Sissoeff, Abraham Karpenschif, Bluma Katz, Alain Kirili, Timofeï Kolotursky, Maurice Kostianowski, Margia Kramer, Georges Kruger, Charles Lacheroy, Henry Lafont, Pierre Lagarde, Dalit Lahav, Odette Laigle, Jean-Claude Lamy, Denise Langer, Robert Lantz, Jean Lassere, Janek Lawendel, Joy Law, Odile Le Gal, Christian Le Guhenec, Aki Lehman, Cécile Léon, Éric Le Roy, commissaire Roger Le Taillanter, Georges de Leusse, Agnès Lévy, Bernard-Henri Lévy, Walter Lewino, Renée Lichtig, Robert Luc, Jacqueline Lucet, Yves Mabin, Maria Machado, Alexandre Magat, Alain Malraux, Florence Malraux, Madeleine Malraux, Martin Malvy, Françoise Marcassus-Combis, Greta Marester, Henri Marque, Ruszard Matuszewski, Marcel Meslati, Yeshaya Metal, Michelle Michel, Jean Milhau, Association « Les Mille Gary », Henri Minczeles, Frédéric Mitterrand, Moshé Mizrahi, Patrick Modiano, Michel Mohrt, François Moreuil, Carlos, Mabel et Marisol Muñoz Lacasta, Maggy Murray, Claude Nachin, Jay Neugeboren, Paule Neuvéglise,

Itzhok Niborski, Nina et Simone Norberg, Olivier Nouvelière, Martine Ollion, Maria Oscrowska, Anne-Charlotte Östman, Nicole Otzoop, Pedro Otzoop, Sonia Ouvaliev, Malcy Ozannat, Bernard Pagès, Pierre Pallardy, Katherine Pancol, Anne Pasquignon, Annie Pasquini, Paul et Annie Pavlowitch, Yves Peyré, Yves Peyrouzet, général Léon Petit, Christine Pétillat, Jeanine Marc Pezet, Liliane Phan, Jacqueline Piatier, Bernard Pivot, Yuri et Anne-Victoire Pochtar, Astrid Poier-Bernhard, Bertrand Poirot-Delpech, François Polge de Combret, Josette Prioré, Anna Prucnal, Ania Przybyszewska, Barbara Pszoniak, Simonetta Raffaele, Clara Rajk, Alvin Reiss, Michael Remer, Pierre-Jean Rémy, Catherine Rethi, Angelo Rinaldi, Arnaud Rodrigues, Jean Rosenthal, Arnold Rosin, André Rossfelder, Éric Roussel, Sonia Rouve, Szulim Rozenberg, Olivier Rubinstein, Hélène de Saint-Hippolyte, Guillemette de Sairigné, Suzanne Salmanowitz, Noël Sarrola, Jean-Louis Schlegel, Ralph Schoolcraft, Laurence Seguin, Jolanta Sell, Sempé, Éric Sevrin, Virginie Solenn, Frédérique Sourdais, Jean Stimm, William Styron, Joseph Sungolowsky, André Surmain, Boleslaw Szenicer, Jacques Tiné, Pierre Todorov, Edmond Torn, Nane Trauner, Rodolphe Troques, M. Tych, Pavla Ustinov, Peter Ustinov, Bernard de La Valette, Florence de La Valette, Romy Van Looye, Gabriella Van Zuylen, Hubert Védrine, Claude Vigée, Anne Vimont, Nicolas Weitz, Irène Weitz, Marc Weitzmann, Tecia Werbowski, Gérard Wilgowicz, Paulette Wilgowicz, Dana Wynter, Michel Zlotowski, David Zylberait, Jean-Claude Zylberstein.

## Merci aux institutions qui m'ont communiqué leurs archives ou assistée dans mes recherches

Mercure de France
Éditions Calmann-Lévy
Éditions Gallimard
Archives d'État d'Estonie
Archives d'État de Lituanie
Centre de documentation juive contemporaine
Amicale des Forces aériennes françaises libres
Bibliothèque littéraire Jacques-Doucet
Service historique de l'armée de l'air — Vincennes
Ministère des Affaires étrangères
The Ronald S. Lauder Foundation
Institut historique juif, Varsovie.
Yvo Institute for Jewish Research, New York

Institut Yad Vashem, Jérusalem
Musée d'Auschwitz
Bibliothèque du musée de l'Armée
Bibliothèque Medem
Institut Pierre-Mendès-France
Centre des archives contemporaines de Fontainebleau
Musée de l'Ordre de la Libération
Fondation Charles-de-Gaulle
Renseignements généraux
Bibliothèque de l'Arsenal
Institut de la mémoire de l'édition contemporaine
Musée de l'Air et de l'Espace
Bibliothèque nationale de France

ANNEXES

## DU MÊME AUTEUR

*Aux Éditions Denoël*

COMMENT VA RACHEL ?, 1973

LE RESQUISE, 1975

ROMAIN GARY, LE CAMÉLÉON, 2004 (Folio n° 4415)

*Chez d'autres éditeurs*

RUE DE NUIT, *Julliard*, 1977

L'HOMME ROUGE DES TUILERIES, *Julliard*, 1979

LE MARIDA, *Julliard*, 1982, Points-Seuil

LE BAL DES PUCES, *Julliard*, 1985

LA SOIE ET LES CENDRES, *Payot*, 1989 (Folio n° 2287)

DANS LA PLUS STRICTE INTIMITÉ, *Éditions de l'Olivier*, 1992

PRIMO LEVI OU LA TRAGÉDIE D'UN OPTIMISTE, *Jean-Claude Lattès*, 1996, Le Livre de Poche

SA MAJESTÉ LA MORT, *Seuil*, 1999. Prix Jean Freustié 2000

*Littérature jeunesse*

LES AVENTURES DE PROPRETTE ET SCHMOUTZIKER, *Mouche de poche, L'École des loisirs*, 1993

SCHMOUTZIKER GAGNE LE GROS LOT, *Neuf, L'École des loisirs*, 1994.

*Composition Bussière*
*Impression par Grafica Veneta*
*à Trebaseleghe, le 6 avril 2013*
*Dépôt légal : avril 2013*
*1er dépôt légal dans la collection : septembre 2006.*
ISBN 978-2-07-041361-6./Imprimé en Italie.

**253689**